国家清史编纂委员会·文献丛刊

中国荒政书集成

第四册

主编 李文海
夏明方
朱浒

天津古籍出版社

国家清史编纂委员会出版编委会

本书被列为国家古籍整理出版“十五”重点规划

本书出版得到国家古籍整理出版专项经费资助

高等学校全国优秀博士学位论文作者专项资金资助项目

教育部人文社会科学重点研究基地重大项目清代灾荒研究

中国人民大学“十五”“二一一工程”清史子项目

亥子饥疫纪略

清抄本

（清）冒国柱　纂
李文海　点校

亥子饥疫纪略目录

亥子饥疫纪略

如皋外史冒国柱帝臣氏纂

纪　饥

乾隆乙亥春日，霖雨不止，入夏大雨如注。每月见日不过四〔四〕五次，城内皆汪洋矣。秋仲犹昼夜淋漓，田禾皆腐。九月、十月晴而亢，十一月米价昂矣。每石自二两至二两七八钱。十二月则三两，渐至五两余矣。皋人虽年过八九十者，皆云未之见也。

十二月初一日辰刻，地震。

初七日，雪下六七寸。冻死普济堂前者二十余人，他处或三五人或六七人不等。无日无之。

初八日，普济堂又冻死十余人，有司莫之问也。

初九日，饥民或三十人、五十人不等，沿店抢食。卖熟食者皆受其害。告于令，反命开店者释之。黧面被发，鹑衣百结，虽地狱变相无以过，皆沙上及下河人。

十二日，大雪尺余，饥民死者尸相枕藉矣。

十三日，饥民至饭店抢肉，生啖之。晚复群至热酒肆，攫熟肉鱼菜。铺户挞之，饥民曰：任尔挞之死，饥不能忍也。其抢炊饼者，饼才入口，旁一人复攫之去。其人急追之，不数步仆矣，前走者不数步亦仆矣。须臾俱殒，饼犹半在口半在手也。

十四日，有饥民至羊肉店乞食，店主与之肉，不能咽，饮以汤，亦不能咽。急扶至馄饨店前，店主饲之，亦不能咽。又送饭店前，亦然。乃递送县前照墙下。

十五日，县官至文庙行香。诸生以富户闭粜，故昂其价，请亲查发囤。县官怫然曰：彼贵买贵卖，安能强之使贱乎？众复强请。县官不得已，乃诣各碾坊，封其栈，定价每升二十四文。不二日，而价昂如故，不知县官何以不问也。

十六日，县官命吏胥执簿劝绅士捐米赈粥。粥厂设于普济堂，即命吏胥分给之。究竟能奋力拥挤者得食，弱不能前者饿死矣。

十八日，县官始至普济堂，饥民以不能得粥群诉，县官不理。及归署，饥民万人随至。县官命闭县门，以鞭击之。饥民呼噪，声震远近。县官惧祸，遂欲捕。十五日，学宫禀事诸生，以倡首闹赈论，久之幸免。

十九日，有米七舟抵北关，县官勒令每百石以十石入官备赈，始许发卖。米艘夜遁。由是远近闻风，米商相戒不入皋境，而米价之昂日甚一日，无所底止。

有衣裘者，簿暮独行凤皇池畔。一人自河下出铙钩，搭其皮衣半幅而去。

一男妇从城下过，数人自城上拥下，大呼曰：屡负不偿，今遇着矣，何说之辞？遂攫其衣饰而去。

南乡有女子，忧其母无食，多作炊饼，畀其夫饷之。道遇饥民，疑其赀也，杀而夺之。启视皆饼，急向村落乞火炙之。适入此女家，识认无差，尾之擒获论抵。

丁家所有为人看守车蓬者，晡时负千钱归。夜有七八人入其家，劫杀之。又有高士德者，夜被劫，遍体刀伤，得不死。

有妇携儿晚归，途遇执扁担者强夺其簪珥，命其解衣，妇脱衣与之。复欲其裩，妇哀告曰：无以蔽体，乞以君之敝裩相易。其人曰：可。乃置扁担于地，自脱其裩。妇乘机急取扁担斫杀之，取其衣簪去。一时传以为快。

丙子正月，四门外设粥厂，粥皆成水，共传饿鬼为祟。官设牲醴，焚楮帛，乃成粥。

到处树皮皆尽。有一人护宅前榆树，以粪涂之。适夜有偷削树皮者，手摸之皆秽，遂缢树下。涂秽者晨起，见尸生惧，亦缢此树下。

树皮既尽，遂掘草根。或以枯稻草细锉，焙令焦作屑，和少面为饼。或以观音山下所出白土（名曰“观音粉”，每斤价三文）和面为饼，其实即石屑也。树皮草根犹见记载，至稻草屑则闻所未闻矣。树皮饼同糖食者，多死；食草根稻草者，多肿胀；食观音粉者，便溺闭，腹重坠，不能起立，皆死。

元宵后，小麦卖三两六钱一石，大麦二两四钱，极糙米三千二百文，白米三千八九百文，白糯米四千文。丁堰镇米一石，价十三两，真亘古奇闻。

自朝至暮，皆卖炊饼。饼重五钱，如酒杯大，价二文。更余犹闻卖饼声。荞面三十文一升，切面二十四文一斤，油豆饼一百二十文一片，甚至以一片锯分为四零卖。豆腐渣作团，如茶杯大，价一文。麸皮十二文一升，米皮十六文一升，水磨粯子二十四文一升，榆树皮饼二文一枚。神前所焚香，价皆昂，以榆皮皆作饼饵，不足供香料也。

乡居者夜夜见人放火，稍康者日防窃盗，卧不安枕。白昼群相硬借者无算。村中各家，皆备器械，鸣金相救。

沿门乞丐，弱者面无人色，仅存一息，一仆即不能起。强者眼光四顾，声色俱厉。故城内凡遇乞者至门，惟恐其去之不速也。

粥厂四处：东门外菩提社、南门外大觉庵、西大圣庙、北普济堂。每厂拨吏胥十余人，计口授筹，按筹给粥。有离厂十里外者，皆至厂领粥，先女后男。其路远至厂不得粥者，给米二合，然拥挤颠踣，践踏死者甚多。

各粥厂天初明即扬旗鸣锣，饥民闻锣奔赴。若旗落，则庙门闭，虽来者亦不得与，多涕泣去。或行急气喘，须臾而毙。近厂多有河桥，锣声急，皆争渡桥，或堕桥死。饥民名其锣曰“催命锣”，旗曰“摄魂旗”，桥曰“奈何桥”。

粥中皆和石灰同煮，又皆系新锅，故食者多死。

厂中每人给粥一勺。吏胥见妇女少艾者，即倍与之，或出谑言。其亲族及熟识者，先以热粥加倍给之。其鹑衣似鬼者，或被持梃赶逐，候至日上三竿，冷粥半盂而已。监厂官莫之察也。

庠友陈光泗，当未设厂之先，煮粥三四石，至普济堂给饿者，顷刻而尽。其不得粥者，抢其铜勺及桶担去。明日又买炊饼数千给之，仍不敷，遂止。

正月下旬，道路死者无数。初犹两人肩一尸，久之一人肩数尸矣。如普济堂外，死者日数人，掩尸者并不用肩，以草绳系尸颈，推尸入河。隔河掷绳对岸，扯尸于水面，拖而埋之，以义冢在对河故也。

一饥民夜窃一草，负至武庙前，藉草而卧。夜寒甚，冻死。南沙小民夫妇忍饥不堪，思食其子。子觉，逃之邻家，哭甚哀。邻慰之，给以食；询之，告以故。邻弗信，诘其父母，皆曰：吾怖彼耳。邻人送之归。是夜，竟烹而食之。

南门有一家三口，贫且病。忽数日，户不启。邻疑之，推门入，皆死矣。三尸皆身无寸丝，久已为偷儿取去矣。

自冬徂春，卖子女者无算。十四五岁者一二两，十岁以内者三五百文。甚至奸牙匪类，贩至他处卖之，每一女贾〔价〕三倍不止。

一旧家止生一女，年十二三矣。留养不能，卖之不可，每夜推出街心，任其所之。后竟不知何人收去，不问也。

街巷每有抛弃子女者，多不知所之。每晚呱泣之声满路隅。

正月念八夜，贼自东门城上系于月城内，从屋而下，于钱铺前后挖洞。不得入，遂将城锁扭脱，开城门而去。

二月初九夜，贼于西门城限下掘地窑钻入，洞开城门，偷一米铺。失去白米十石，钱十余千，衣数件。官弗为理。

自十二月至三月，报抢报窃者数百案。

沙上数十成群，各携一箸、一碗、一袋，至有力之家硬索饮食，名曰“义借”，又曰“麻雀会”。此一家者粮食既尽，亦持碗箸入队中，往别家去矣。到处皆然。

冬末春初，死者犹获一芦席裹尸。久之，二三人同裹一席矣。南门王生、北门卢生，各以银二十金买芦席千片施之，三日俱尽。久之无人收殓，皆推入河。凡食河鱼者，皆患胀闷。鱼腹中每剖出耳珰、指环等物。由是皋人相戒不食河鱼者数月。舟子皆汲井泉，不饮河水。

二月以后，每天晴日暖，臭秽薰蒸，殆不可闻，触其气者必病。由是瘟疫大行矣。

各漏泽园皆掘深坑，尸上加尸，不分男女，坑满再穿别坑。每狸犬发掘，肝脑狼藉，仁人所不忍见也。

纪　疫

死于饥者多系贫贱，死于疫者则不分贫富贵贱，比户皆然。究竟贫贱者什之六七，富贵者十之二三。自三月至八月方息。

凡病者多系热症，药店内黄栢、知母、大黄、石膏等药，价增十倍。市肆中，蒲荠一枚值五文，雪梨一枚百文，藕一枝七八十文。三月内，西瓜一枚值银一两矣。

得病者不费时日，最多者七八日或二三日，甚有朝犹遇诸涂〔途〕而暮已闻讣者。虽无病之人，心常惴惴也。

皂隶柴愚，薄暮与其侣饮于肆，归卧患身热，向明死矣。

庠友石某，晡时索逋归，倦而假寐，移刻而死。箧有藏金，其子窃之去，密置床头。方乐而忘哀时，又死矣。金为其妻弟所窥，又窃之去，明日又死矣。

因饥疫而获厚利者甚多，米铺也，饼肆也，医生也，医生之舆夫也，药店也，师巫也，棺店也，木工也，脚夫也，木行也，布肆也，僧道也。

得病者，急须向凶肆觅棺，预存定价。若既死而买棺，无有现存者矣。工人造棺，亦须预为觅雇，其值视棺价之半，否则无人也。

自二月至七月，每薄暮，则行人稀少，鸡犬无闻，荒凉之状，不异村落。惟闻师巫铃铎声、僧道鼓钹声、哭泣声、鬼啸声，风凄月淡，令人心胆皆寒也。

掘港场神鬼白昼现形，銮舆仪从，人往往有见之者。午后，各家闭户不敢出。城中疫鬼夜呼人名，应之者即病。

端午节，市中未见一醉人。惟买降香、雄黄、艾叶及索道流书符者，百倍于他年也。

街巷所见，衰服者十之七八，门首报丧者十室而九，且有一门而贴数丧报者。

师巫禳祝，多在暮夜，兹则自朝至暮，又自晦至明，刻无宁晷。一家未毕，复有数家候于门。所围布裙皆不暇除，俨然行于市中，人弗之怪。间有手中铎音未绝，而鼻息已齁齁矣。

医者肩舆，前后恒随数十人。每过街巷，悉呼号拉视。舆夫囊中钱常满，多备数囊自随。

村庄病疫，多以渐而至。一家病，则合村皆病，次及他村。亦间有一村俱平康无病者。

王家庄三十家，计百人，存者七人。孙家庄计七十家，存者三人而已。

田麦已枯，无人收割。田主募收割者，愿各分其半，卒无敢应者。故六月初，犹有未割之麦也。

有一家六口同疫死。邻里往殓之，得七尸，其一乃偷儿也。盖偷儿入室时，一触其秽即死。

疫盛之时，医者如鹜。能记得柴葛解肌汤、白虎汤、承气汤三方者，即悬牌乘轿，自命医家，亦往往获厚赀。虽疡医、小儿医、带下医，皆大书于门，曰“精理时疫”。户外之屦皆满。

凡患病之家幸而俱存者，亲知必共相庆幸。若无病之家，则盛世之瑞矣。唯余家及思堂、集堂两叔，俱一家康宁无恙。集堂叔少病即瘥，亦属有天幸哉。因思数家皆不食牛肉，道经云“疫鬼常避戒牛人”，理或有之。

如皋县贫民叹

黄振（漱石）

夜半嗷嗷哭，男妇相奔逐。饥寒迫人命，豺狼当道伏。去年不得收，千里民枵腹；脱衣易升米，一饭无余粟。赤身度严寒，雪片如利镞；着体无完肤，气弱身匍匐。老者死沟渠，少者当街鬻；千钱买一女，百钱买一仆。老树皮食尽，草根煮当麦。船破不可乘，移上地为屋。贫民前致词，贫民有衷曲；长官愿有问，小人以实告。淮阳三年水，薪米如珠玉；去年水更大，千里无平陆。县官邀近功，荒不报州牧。上官那得知，日看民局促。县官知难治，脱身告病笃。几日新官来，假公济私欲；托言办大差，百计敛财帛；复设八大家，布成贪婪局；沿门搜富户，遍地起大狱；脂膏银数万，纳作县官禄。继又近岁暮，粮饷征比速。隶役道路望，严逼肆涂〔荼〕毒。拆房输官粮，卖田免刑辱。且补右臂疮，难顾左臂肉。皇衷至仁慈，烛照及穷谷。下诏苏民命，补征待麦熟。县官殊不遵，部文藏诸椟。追捕仍如前，仓廪饶储粟。待民输纳毕，然后悬文牍。百姓望流涕，道路行以目。上官稍稍知，行文至僚属。劝谕邑绅士，写捐济穷独；更令典商家，减利以取赎。典商亦有钱，绅士亦有谷，县官剥削尽，公事难接续。相看本无力，然皆能自勖。一人奋笔书，千户欣饱燠。县官睹此情，一笑眉峰蹙。又可肆贪心，机缘如转毂。布令下郊坰，日施一瓢粥。不必待齐集，黎明即催促。吏役奉命行，各自饱亲族。远贾闻价昂，运来米亦足。县官不许卖，纳贿始开斛。闻风皆星散，地方益穷蹙。吁嗟小民命，危似当风烛！死不为盗贼，畏官刑法酷；屈不敢伸冤，畏官爱金帛。昨日生身父，死无一草束；今夜结发妻，饥伴土兵宿。寄言各上官，休为民碌碌。总难沾实恩，官去民有福。

大 水 歌

乙亥五六月，天公肆横虐。大水浸东南，下民无所托。吾邑称皋原，河流入城郭。皦日障云翳，飓风助其恶。五月仍披裘，三伏无薰灼。禾黍生双耳，收成殊落寞。田不必用耕，井不必用凿，岂惟人不宁，四野均无雀。继之以瘟瘴，强壮半羸〔羸〕弱。智者守贫贱，愚者行劫掠。统众几十人，聚会名麻雀。灶底有炊烟，难免盈门索。何当秋冬交，饥民齐着脚。尽自淮扬来，惊心还动魄。鹄面与鸠形，欲济无灵药。霜雪逞严威，死者尸相错。一人肩数尸，附身无棺椁。吾里多善信，捐赈施雄略。计口授餐饭，按筹与升勺。民命得生全，补天所弗若。或以絜他邦，兹土尚云乐。

侧 目 行

侧目睹行人，低头吁气走逡巡。米如珠，桂为薪，今日不饱况明辰。家余八口尚嗷嗷，呼天不应长贱贫。贱亦何足怪，贫亦何足论，看他纷纷抢食民。

侧目观抢食，魑魅罔两〔魍魉〕难妆饰。形堪悯，心堪恻，披絮束草行无力。呼朋引类集市门，炊饼馍馍当稼穑。稼已不登场，穑已不曾植，卖儿鬻女加惨刻。

侧目看儿女，塞巷填街形如鼠。数百文，或两许，得钱买粟竟投汝。数岁孩童易斗粮，（按：此处似脱漏一句）今日且捱过，明日再有处，满眼拯救向财主。

侧目望富豪，善权子母计泉刀。饮美酒，食羊羔，红炉暖阁皮为袍。饥荒满目难自立，敛金输粟赈其曹。蠲赈如流水，死尸满城壕，官吏侵蚀徒尔劳。

侧目视官吏，如狼似虎乱投刺。富户少，及屠肆，十石五石随便致。半月知县已万金，八俊聚敛争狐媚。假公而济私，因之以为利，草菅民命堪垂泪。

侧目观粥厂，挨肩擦背成群往。女为队，男为党，一瓢一碗毫不爽。昨夜煮粥成水浆，烧纸化钱去漭瀁。粥也不成粥，饔也不成饔，又听南街沿门抢。

侧目望上臺，锁拿贪污总不来。情难述，事堪骇，四方饿莩积成堆。土牛木马居南面，日聚吏役谋货财。一杯常在手，万事总成灰，官方不整万民灾。

丙子纪事竹枝词

彼苍何意降奇灾，罄室如悬万姓哀。每向茅檐闻太息，县官昨日赈饥来。

野殍填沟井邑空，萧萧时起白杨风。春来到处惊心目，辜负杏花十里红。

莫言樱笋堆盘美，休说鲥鱼入馔肥。眼底穷黎堪涕泪，并无糠核餍朝饥。

伐鼓鸣钟绕雉城，夜阑犹听步虚声。可怜费尽丹经术，不见青词达上清。

铃柝何曾报二更，天街寂寞少人行。月明灯烬黄昏后，惟有师巫叱鬼声。

皋城讼狱久争纷，此日衔冤不上闻。想为饥荒争救死，岩岩还自说神君。

押不芦花何处寻，医家空费活人心。试看华屋呻吟者，岂少青黄买药金？

指困高风忆昔人，倾赀破产济饥民（明末饥疫，伯祖巢民先生破产赈恤）。今朝我亦长贫贱，凶岁遭逢共苦辛。

不须郑侠绘流亡，饥溺情殷睿虑长。谁使斯民安枕席？奉行终是仗循良。

莫叹眚祲莫怨尤，人情久已似黎邱。如今识得天公意，倾覆栽培总自求。

又（冒春林）

时维丙子之岁，序属春夏之交，适饥馑流灾，途多饿殍；更疫疠为患，户鲜宁人。弃女抛男，至性忍同枭鸟；朝生暮死，流光疾若浮沤。转老弱于沟渠，一任水棺土椁；暴尸骸于陌路，谁怜骨化形销？白昼黄昏，几于人鬼相半；风凄月冷，竟至鸡犬无闻。惨莫甚焉！岂天心之好尔？怪何如矣，亦人事之宜然。爰赋鄙词，用纪时事。

天灾到处叹如焚，触目流亡不可云。漫说少年曾未见，老将百岁亦稀闻。

凶年莫漫倩人援，朝欢无饔夕绝飧。亲友相逢无片语，饥荒两字是寒温。

升米难堪半百钱，啼号何用转凄然。凄凉直似逢寒食，蔀屋茅檐总禁烟。

枵腹希图一饱难，寻思无奈剜心肝。酸辛岂不怜儿女？卖得千钱饱数餐。

伛偻彳亍总饥躯，有气无声喘不呼。瘦骨如柴形似鬼，不须水陆绘酆都。

救荒加意沛恩纶，发赈议蠲思济民。共仰皇仁真浩浩，济民先济在官人。

寒不曾经馁不知，无愁终属富家儿。鲥鱼入市樱桃熟，酒绿灯红宴客时。

乞丐何曾有一存，死饥死疫遍乡村。求生到底无生理，空剥树皮掘草根。

纷纷就食走他乡，千百生灵绝可伤。父母不存男女散，何如故土得偕亡？

小病旋闻命已倾，天如有意杀群生。朝来偶向街头过，半是麻衣半哭声。

生前无告死谁怜，赤手依然乏纸钱。夜半但闻群鬼笑，不愁衣食得安眠。

委壑填沟成裸葬，犬吞狸食算全归。可怜野殍同鸠鹄，不及荒郊野兽肥。

祷尔神祇〔祇〕竭至诚，县官也自恤民生。驱瘟更藉巫师力，击鼓鸣锣送出城。

清辰烧纸暮招魂，未到黄昏早闭门。行路人稀灯火寂，荒凉城市比荒村。

死者无存病者眠，茨梁空说庆丰年。三时雨足栽秧好，犹有人家麦在田。

漫言无病喜平安，纵使平安胆亦寒。巷语街谈听不得，某家某死某无棺。

天道茫茫竟若何，一春伤逝夏逾多。比来更有西州恸，薤露难禁洒泪歌。

良医共说数袁成，除却何人是福星？自是天灾流不到，借他指下肃兵刑。

可笑巫能驱疫鬼，纸冠赤体布裙围。东家未了西家去，满橐青钱满口肥。

《蚓庵琐语》记当年，千古奇殃事骇然。不道传疑今信目，好将新语补遗编。

参如皋知县杨曾敏疏

巡抚庄有恭

为特参不职之县令以肃官方事：切照知县一官，身膺民社，必须洁己爱民，秉公勤法，方为无忝厥职。讵有到任未及一年，赃法累累，声名狼藉，如如皋县知县杨曾敏者。查该县（计开四款），臣与督臣各有访闻，先后札饬该管通州确查间，杨曾敏知已被访，捏病详请解任。臣恐其贻误地方，即先委员拨署。兹据通州王继祖访查各款详揭并常镇道亢、布政使许、按察使托先后揭报到来，此一官者，或藉捐赈以肥己，或因事婪赃而枉法。似此贪污劣员，未便一刻姑容。所当特疏纠参，请旨将杨曾敏革职，以便与有名人犯一并严审究拟者也。

赈略

天津图书馆藏抄本

（清）吴元炜 撰

李文海 点校

叙

救荒无善策，非无策也。仓储陈陈，饥民满野，博施病帑，小补无益。兹逄〔逢〕圣天子痌瘝民瘼，每遇偏灾，发仓赈济，借粜蠲粮，动辄数十百万。历稽史册，亘古未有，宜乎民歌挟纩，胥庆更生矣。尝读制府方公《赈纪》一书，上广皇恩，下流膏泽，综纲扼要，缕晰条分，遵而行之，民无弗福，安能更赘一词。缘所载大都章奏率属之文，若一州一邑，牧令查办于外，幕友筹度于内，风土腴瘠之不齐，水旱蝗雹之轻重，文册折结之程式，禀详后先之次第，设非胸有定衡，猝然办理，难免周章。炜游幕三十年来，筹灾已屡，不揣谫陋，就《赈纪》大意而引伸之，仍附录最要篇章暨捕蝗成效，汇为一帙，以备参考，名曰《赈略》。言州县办赈之方略，不外乎是。至于随时调剂，神而明之，则又存乎其人，庶仰副帝泽汪濊，而不负制府己饥己溺之仁心也。夫乾隆三十一年七月既望，德清吴元炜霈苍氏自叙。

赈略目录

卷上

总论

旱象成于逐渐，水灾起自骤然。旱则统邑，水多偏灾。毋论南北，时届小暑不雨，则旱灾已成，必须报出。水灾则随时具报。灾大径用详文，灾小先用禀帖。通报之后，即确查村庄是否成灾，分别已未成灾分数及民地顷亩，以待委员会勘定局，造具灾分顷亩册结，(如有官征租银之旗地，亦须查明，分造册结。) 查例逐层详加核议，由委员加结，具详司道府。(或会详或关取勘结自详皆可。) 然后将应赈贫民户口，先令乡保从村头起，挨顺逐户查造草册(绅衿富户不造)，限日呈送。地方官督率佐杂教职(村多员少，请委员) 分赴各村，按册挨家亲为点视，以别极次，以分大小。漏则补之，冒者删之。(如册造不应赈之户太多，将乡保责惩，令自删去再查。) 贫生牒学查报，旗户装〔照?〕例票饬屯领催，确查旗色佐领户口，造册送查，申理事厅核发。查毕，核计应需米数，分项开具简明总册，并查存仓米谷敷用与否，(或动用本仓，或银米兼赈，或另请拨，) 议详本府，并报藩司及移知委员。其应否普赈，查明赈例，核之灾分轻重，并按民情是否安帖，酌量办理。(勿邀誉，勿过刻。) 如可种秋麦，详请出借籽种；倘不能种，待耕春麦以前请借。其应蠲钱粮，俟户口册申送之后，查造册结(旗民分造)，关取原委之员勘结，详府核转，并报藩司。(各员赴乡查户时，乘空将蠲粮册结办齐，以待如目。钱粮蠲带起存各款及养廉不敷支解，查造清册，分案具详，请拨请借。) 迨十一月起赈、赈毕，按月将散过户口米数开折申报司道府并移委员转报。次春青黄不接，民食维艰，应预详出借口粮并减价平粜，(直省省例，时价二两以上者减三钱，二两以下者减二钱。) 以资接济。事毕，凡赈案各款，分晰造册报销。自始至终，文禀册结各式开列备查。(灾重之区次年新粮，亦例准缓至秋后九月开征。其春夏俸工养廉无出，详请借项，征收起解归款。)

核户散赈各员等次

凡居心慈惠，办事周详，叠奉差委，倍著勤劳者，列为一等，记功三次。

凡办事明晰，不辞劳瘁者，列为二等，记功二次。

凡小心勤力者，列为三等，记功一次。

办灾次第

各村被灾分数册结(察勘分数之时，即查明被水冲塌民房间数；如旱灾则不查)

被淹地亩数目册结

以上二项，如地亩赶查得及，只须于分数各村之后，开明地数，一并议详，毋须分作两起。设地数赶查不及，分作两起办理。其被灾分数，最迟于中秋左右，详送司道府。地亩册结，随后再行议详，亦不可太迟。（册结由委员加转，或竟会稿申送。）

应赈户口及需米各数册，应于八月内申报司道府。应否领运拨赈米石，须于册报户口米数文内，声叙本仓所存是否敷用，候上司裁示遵行。

详司酌请发员役盘费、饭食及纸张等项银两。

蠲免及缓带钱粮册结，于九月内申报。

地粮蠲缓，奉派兵饷无项可解，应详请另拨。

钱粮蠲缓，带征本年俸工养廉，除支过外，无项可动，应详司借项支解，俟应征钱粮征完起解归款。此详应于报蠲册结出门之后，方可查数具详。

本年如有春借口粮籽种，应详请缓征，九月初间即行办出。

查造散赈户口米数花名册，并填赈票，先期散票，示期领赈。十月十五以前须办完。

大赈十一月起，按月散放折报。四乡村庄，离城窎远，一日不能往返者，分设大厂，运米散放，开销运脚。

水大之年，一时不能消落，秋麦赶种不及，应俟水退，酌看情形，详请出借春麦籽种。

赈后距麦秋尚远，应请出借口粮，以资接济，于年内出详。

来春青黄不接，粮价必昂，应请平粜，于二月初间具详。

被灾地方情形，非独官须时察，即幕友亦必时询，了了于胸中，方可执笔畅言，不致内外两岐。

限　期

夏灾不出六月底，秋灾不出九月底。此乃题报被灾情形之限期也。北方麦收较早，五月中俱已登场。每于麦收后，早秋已耩，于五月内被水。此秋灾，非夏灾也，当知之。

州县报灾之日起，定限四十日，将被灾分数及灾地顷亩造册具结议详，由委官加结转报。如初报被灾情形，后复被水灾，距先报之期已过十五日者，准展限二十日；倘已过正限，另起限期。

又报灾之日起，于四十五日限内，查明应赈户口数目，申请加赈。其查灾分数与查报灾户，原属两例，但系同于报灾之日起限，难以区别，故今概于四十五日限内办理矣。以五日为上司申转之期。距省途遥者，准扣程途日期。（倘被灾在七月下旬，则又不可拘泥定限。须将成灾分数村庄册结，于中秋左右详出，以副九月题报。）

应免钱粮，于具题请赈之日起，扣限两个月造报。

摘　例

旨：赈济之事，最关紧要，固不可不先定条例，以便遵行。然临时情形，难以预料，虽定例千百条，亦终不能该括。惟在该督抚因时就事，熟筹妥办。钦此。诚哉！王言如丝，其出如纶。凡经理灾务者，首察民情安帖与否，次按灾之轻重，实心筹办。虽例曰无滥无遗，然遗勿如滥，故曰宁滥勿遗。滥必滥于民，不可使胥役冒滥也，当察之。

夏月被灾，如种植秋禾可望收成者，统俟秋获，确勘分数，另行办理。其间或得雨稍迟，必须接济者，应令该管督抚酌量，或借籽种，或贷口粮，以示轸恤。查夏灾之地，秋禾复又被灾，摘造花名地亩一册，于议详文内声明，听候部议。若山东、河南，一岁之中，全赖麦秋，一经被灾，大失所望，又当从权酌变，照秋灾式办理，切勿执经，致有向隅也。

秋月被灾，普赈之后，凡六分灾，极贫加赈一个月，次贫不加。被灾七、八分者，极贫加赈两个月，次贫加赈一个月。被灾九分者，极贫加赈三个月，次贫加赈两个月。被灾十分者，极贫加赈四个月，次贫加赈三个月。大口日给米五合，小口减半，谷则倍之。查普赈不扣小建，其加赈（即冬月大赈也）之月，遇小建照例扣除。如系偏灾，或上年秋禾及本年夏麦皆经丰收，民情安帖，毋庸议请普赈，只须照例加赈。倘被灾过重，于普赈加赈之外，再请破格加赈，名曰展赈。其勘不成灾之被伤田禾三、四分者，亦应酌借籽种口粮，以示抚恤。

乾隆二年七月内，部议山东二麦被旱、被雹情形案内，准以无地无力者为极贫，以地仅十数亩麦伤无力者为次贫。

同月内，又议覆直隶夏麦被旱案内，若穷窭小民，原无寸土，佣工餬口，一过寒冬初春，不能力作，若非仰食赈米，必致流为饿殍，准赈。

乾隆三年八月内，部议江苏布政使徐士林等条奏资送流民事宜案内，查民无田者多，若不一体加赈，势必转徙异地。应如所奏，遇灾州县散赈，通查阖属贫民，均行赈济，不可过为区别，稍有遗漏。

乾隆七年，大学士等议覆江南被水赈恤案内，议云：有地之家与无田之户，均在分别等次，酌量周恤之内。

蠲不及于未灾之地，赈不弃夫无地之民，部议已历历见之。盖因无地农民，惟赖佣趁度日，奈年逢灾祲，无处佣工，若不一体赈恤，势必皆作饿莩。惟有手艺者尚可自谋，不在应赈之列。司其事者，当留心焉。

被灾五分者，向例不作成灾。乾隆三年钦奉上谕，亦准报灾，同六分灾，均免钱粮十分之一。其七分灾者，免钱粮二分。八分灾者，免钱粮四分。九分灾者，免钱粮六分。十分灾者，免钱粮七分。蠲剩钱粮，若被灾五、六、七分者，分作二年带征。被灾八、九、十分者，分作三年带征。其被伤田禾三、四分勘不成灾之地粮，缓至次年麦熟后征收。带征之项，于被灾之次年起限，俟年满稽核完欠。（缓征，麦熟后启征，至下年奏销扣满。）

直隶淀泊河滩地亩，以及武清、宝坻、宁河、天津等县减赋改照水草科则征粮地亩，原系一水一麦之地。凡遇一隅偏灾，向来不与大粮地亩一例蠲赈。乾隆十年八月内，直督高题准部覆，如常年水大被淹，勘实酌免征租，不得复行请赈。如遇大势灾歉，仍照定例办理。（系照民地例免粮加赈。乾隆十五年，霸州张贵相等处一水一麦地亩准照例赈恤。乾隆二十六年，直属大势灾歉，一体蠲赈。）

官为征租之入官等项旗地，被灾十分者，免租银五分。被灾九分者，免租银四分。被灾八分者，免租银二分。被灾七分者，免租银一分。蠲剩租银，照民地例，分年带征。其六分以下，不作成灾分数，租银缓至次年麦熟后征收。（七分灾蠲剩租银，二年带征，余作三年带征。）

各旗当差地亩，因取租不便，劄行地方官代征租银。每年秋后，内务府委员持劄到州县中取租之地。被灾，照庄头自行取租当差地亩被灾之例，据庄头（代征者佃户）呈报地方官，一面令报内务府，一面分案具详委员会勘成灾，造具顷亩灾分册结，由委员加结转送咨部，转咨内务府自行查办。并无缓征之例，亦不附于入官等项旗地及民地内题报。（结限本年到内务府。）

定例，庄头名下官地被灾，在地方官呈报不逾八月，在内务府呈报不逾九月，方准除免钱粮。佃民租种不便，以歉收缓征。（此条因新安有代征庄头当差官地租银，乾隆二十六年被灾具报，追委员来取租银空回，复奉内务府行知此例，仍将租银收去，不准缓征。）

定例，凡庄园人等承种官地内，如遇被灾一分至十分者，俱准成灾，按成核计，豁免差务，非民人被灾地亩可比。又例，庄园人等一面呈报内务府，停派司员，一面报明地方官，即时详报委勘，造具顷亩灾分册结，勘结务于年内详送到部转咨。按其应免差务，应给口粮，照例办理。（乾隆三十年五月十五日直督方准咨。）

雍和宫地亩租银，原系香灯之用，非入官余绝可比，不准报灾蠲缓。

乾隆二十六年五月二十七日奉上谕：据方观承奏，乾隆二十四年永清县应征香灯地租银两，因永定河漫水被淹，题请蠲免，所有应行拨补之项，即于司库耗羡银内解交等语。此项租银，虽属每岁供给香灯之用，但所用有嬴〔赢〕有缺，俱可听内务府自为存贮支拨，何必泥于定额？遇有蠲项，复就司库动拨。嗣后该地方官但将征收租银实数，尽收尽解内务府查收，不必沿习陋套，辗转拨解符额，以省案牍。钦此。

拨补地亩租银，于乾隆四年直督孙咨部覆准，未成灾（指勘不成灾而言）村庄地亩租银，一体缓征，仍于受补州县地粮奏册内扣明缓征分数。

灾蠲钱粮，连耗并免。如遇恩蠲，免正不免耗。恩蠲全免之年，遇有缓征、带征钱粮及本年耗羡，照例征收。（乾隆四十二年例。）

被灾之岁，设遇恩蠲全免之年，将应行灾蠲之钱粮，于次年应征银内扣蠲。扣剩之银，不准缓带。（扣剩之银，系该年正赋，非蠲剩之项，故不准缓带。）

灾年钱粮，于未被灾之前已经完纳。（如上半年完纳，下半年遇灾。）其已完应蠲之银，名曰长完，例应抵作次年正赋。（应于实征册内逐一查注。如本年已完银内，有应缓、应带之银，名曰预完，亦于实征册内查注。）

直隶奏明被水冲坍房屋，墙屋虽圮，而木植犹存者，照固安之例，瓦房每间给银一两，土草房每间给银五钱。其骤被冲漂瓦木无存者，瓦房每间给银一两五钱，土草房每间给银八钱。沥水浸泡雨淋坍塌，不在此例。

乾隆十年，山西被水冲房屋，其无可依栖之户，以三间为率，每间给银五钱。本止一二间，系属极贫，每间给银一两二钱。尚未全坍者，每间给银五钱。伤毙大口，给银一两，小口给银五钱。部议准行。

乾隆七年，江南办灾委员系试用候补人员，每日给银三钱。同知通判，每日给银二钱。印官教职及佐杂微员，每日给银一钱。书役人等，每名日给银五分。造册纸张工费，每千户给银二钱，造册每页二厘等语。部议无凭悬拟，仍令临时酌给。

乾隆八年，直隶旱灾。核赈、散赈各委员正印丞倅以上，毋庸给盘费。佐杂教职，每员月给银八两。本地委员奉委，分查日起，事竣日止；别属调委，以起程日起、回署日止。核赈，委员各派书办二名，跟役二名；散赈，每厂派书办二名，衙役四名，量米斗级四名，每名日给饭食银四分。凡册籍纸张笔墨等费，先行垫用，请领还项。

赈米不敷，银米各半兼赈。向例每米一仓石，照折中定价，折银一两。嗣江南放赈，因米价昂贵，奉特旨每石加银二钱，以一两二钱折给。乾隆三年直隶奏案，每石给银一两五钱。（乾隆八年亦照一两五钱，合给制钱一千三百文。乾隆二十年水灾，改一两二钱。乾隆二十四年奏给一两四钱。乾隆二十六七两年俱一两二钱。）

乾隆三年直隶查灾案内，将五分灾内无地极贫酌量抽赈，亦照六分成灾定例，查办造报。其有地次贫，不得滥给。（乾隆八年援此查办，归于六分灾内报销。）

赈　名

抚恤口米之例，始于永定河漫决。食口多者（五口以上），每户给米四斗，少者（四口以下）给米三斗，（如系一口两口者，又当区别酌给，并户造报。盖情伪百出，多有分户，希冀多得也。）谷则倍之。（贫户阻饥，待爨尤急。若与之谷，碾食稽时；如无碾之区，虽赈仍饥。必需官为赶碾，与之米济食也。）此系被水最重，三面四面水围村庄，拯救阻饥穷民，与急赈一月名色不同。盖因水灾猝至，其道路阻遏之区，无处得食，故须急为接助。（虽水围三面四面而道路仍通，及灾非九、十分者不准。）地方官载米就村散给于贫户，只论口数，勿复区别极次，致滋稽缓。（水以五六月为重，七八月为轻。）

乾隆二十六年秋文安水灾抚恤案内驳云：抚恤口粮，原指极贫下户而言，所用无几等语。则极次仍当区别矣。

普赈者，因旱灾以渐而成，高下同一无收，故不分极次之贫，以救其急。故又曰急赈，亦曰先赈，须在八月分散给。

乾隆二十七年直属报灾，奉司随详附禀应赈情形，蒙督批：次重州县，不予急赈则已，既予急赈，则成灾六分至十分村庄，皆应一例，不应复加区别。

续赈者，因被灾过重，极贫内之老病孤寡，全无倚依，一经停赈，即难存活，于八月普赈之后，仍续赈九、十两月，俾接至大赈。

摘赈者，于查验普赈户口之时，遇有老病孤苦，情状危惨，非急赈之不生者，或钱或米，先行摘赈，然而不过百中之一二，所用钱米，另册请销。

抽赈者，以不成灾之区，有蠲无赈，以其毗连灾村之五分灾内无地极贫，酌量抽赈，照六分成灾定例，查办造报。（附入六分灾附近村庄报销。）

大赈者，即普赈后照例加赈。自十一月为始，按被灾分数，别极次之贫，定加赈月分之多寡办理。

展赈者，因灾重之区，于常例大赈之后，去麦秋尚远，其极贫终难存活，奏蒙恩旨，再行加赈几月之谓也。（贫生亦准展赈，乾隆十六年直藩详准。）

禀漫溢新安

窃卑职本县印官奉委赴蠡县查灾公出，委令卑职代拆代行在案。今查本县地方，近日连绵大雨，更兼上游各河水发，势若建瓴，而下游河水亦皆泛涨，涌满河淀，上水不能下泄，处处平堤，在在危险。卑职率同老人等昼夜防守。不意本月十八日午刻，据西乡山西村练总老人某等禀报，韩家埝漫溢一处，计长四丈。卑职正在东关防护堤身，闻报星往查验。该处上游系瀑河平河水发，由安肃奔流入境，漫过埝面，刷坍四丈有奇。计被淹山西村、狮子村、店上村、申明亭等四村。除奉印官宅内捐备物料，卑职督率民夫，上紧堵筑漫口，设法疏消漫水，并禀请印官回署，再行确查是否成灾外，所有漫水被淹村庄情形，理合代为禀呈宪鉴。除谨禀云云。

禀已堵漫口

敬禀者：本月十八日韩家埝漫口，水淹山西等村，业经卑职代行禀报在案。卑职旋将印官宅内所捐物料，督率民夫，昼夜堵筑，已于二十一日晨刻堵筑完固。恐廑宪怀，理合禀覆。

禀开放沥水冲坍闸堤

敬禀者：本月二十三日卑职自蠡县查灾回署，即据西乡张村练总某禀称：本月二十一日，本县捕厅会同容城县主将新属四工闸涵洞启板，开放容属午方等村沥水。奈水势高下相去七八尺，以致汹涌奔腾直射，将闸口西边连雁翅冲开横堤十余丈。现在水势正盛，张村等低地不免淹没，理合禀报等情。据此，卑职旋即捐备物料，星往堵筑，并查明被淹村庄数目及是否成灾另报外，所有四工闸因放容城沥水，致被冲坍闸口横堤情形，理合先行禀报，伏祈宪鉴。

禀被淹村庄

敬禀者：本月二十一日，容城沥水冲坍四工闸并横堤十余丈，于二十五日堵筑完竣，俱经卑职先后禀报在案。今查沥水漫注，被淹西乡留村、张村，涞城王家空堤、高家空堤、朱家空堤、崔家空堤，及先被韩家埝漫水所淹之山西村、狮子村、店上村、申明亭，今又重复被淹。又，北乡大王村、小王村、小王营、南六里、中六里、北六里、南河向村、张家庄、尹家庄、于家庄等二十二村庄，俟委员到境会同确勘被灾分数顷亩数目，分别造具册结加转外，所有被水村庄情形，理合通禀，伏祈慈鉴。

禀　复　淹

敬禀者：卑县韩家埝漫溢并四工闸坍堤，淹及西北两乡二十二村，俱经卑职同代行典史先后禀报在案。兹卑职正在四乡确查被淹地亩数目，并勘被水灾分数，于本月初三日据北关地方某某报称，六、七两月雨水过多，各处泛涨，河水平堤，并不消落。堤被雨淋水泡日久，又四工闸北来之水流浸堤根，内外夹攻，于初二日午刻，北关外东首北堤蛰陷二十余丈，理合报明等情。卑职随即星飞赶回，赴堤查看是实。现在河水大溜周围并无取土之处，一时难以担筑，应请俟水缓溜定，再行设法赶办。查此水重淹西北两乡二十二村，及在城关厢民人所种高低地亩，尽被淹没，其有无冲坍房屋，再查明确办理。同日又据马家寨等村练总某某等报称，安州漫溢之水，下流灌注，以致马家寨等村被淹等语。卑职即督同典史某分头飞往确查。被淹马家寨、马村、大小赵村、董家庄、刘家庄、太平庄、泥洼、李家庄及端村堤里、马铺堤里等九村，并未坍房。以上三十一村庄淹地，再加确勘，分别轻重另报外，所有北堤蛰陷重淹西北两乡，及安州漫水下注致淹南乡村庄缘由，理合禀报，伏祈慈鉴。除禀云云。

票查被淹地亩

为飞饬速查事。照得县属某乡被水淹及村庄地亩业已通报，所有被淹地亩合行飞查。为此仰役即协同后开村庄各练地社书及屯领催人等，星夜确查被淹地亩，照依颁式，开造粮名亩数清册，注明坐落村庄，限五日内飞报本县，以凭会勘转申，毋得刻迟自误。火速飞速。

计开

某村　某庄　某屯

册式

某村被淹民地

某人（要写粮名，以凭查对征册）民地若干（系几亩折一亩行粮）

某人民地若干

有一户填一户。不被淹者，不得混行开入。

某村被淹旗地

某人何项旗地若干

有一户填一户。不被淹者，不得混行开入。务分项款，各造一册，毋许并造，致滋混淆。

议详蠲赈（会稿亦有议关委员转详者）

为详报秋禾被水情形事。窃照今岁六、七两月，大雨连绵，河淀并涨，在在平堤，处处危险。以致七月十八、二十一等日，新属韩家埝等处漫溢，水淹西北两乡二十二村，及堵筑漫口完竣缘由，先后禀报在案。嗣于八月初二日新安北关外东首北堤蛰陷，重淹西北两乡，并安州漫水流归新属，南乡马家寨等村被淹，亦经通禀在案。兹卑职等会勘得新安西北两乡，地势本低，而大溵淀形如釜底，更属洼下。河水与沥水汇聚为患，仅有西关闸一处宣泄。现今外河水势尚高，内水不能放泄，应俟外河水退，再行开放。并再相度，或有外低之处，掘沟挖堤，疏消积水。务使地亩涸出，俾民种麦。前报西北被淹二十二村，并在城关厢。今查东北隅尚有大阳、小阳、西阳三村，亦被水淹，相应补入。而北乡南、中、北六里三村，适当北堤蛰陷之水，刷坍村头上房四十六间，均系赁住之房。卑职大衍每间捐给银五钱，以资搬移之费。又南乡马家寨等村，为安州垒头村之下游，因安属漫溢，水流下归，以致被淹。虽有泄水闸二处，奈外淀之水现高于内，势难放泄，应俟淀水退落开放。查前报南乡被淹九村，今勘明淀头、寨南二村，虽在南堤之外隔河居住，而所种地亩悉在堤内，亦被灾伤，未便竟置勿论，亦应补报。统计三乡并在城关厢，共三十七村，除民人租种业主旗地外，查被灾六分之张家庄等三村民地若干，被灾七分之山西村等四村民地若干，被灾八分之狮子村等十六村民地若干，被灾九分之留村等十四村民地若干。应请照例将六分灾地钱粮蠲免十分之一，七分灾地蠲免钱粮二分，八分灾地蠲免钱粮四分，九分灾地蠲免钱粮六分，其蠲剩钱粮，分年带征。至于赈恤灾黎之处，查新属上年秋收不薄，今夏麦亦丰稔，现今民情安帖，毋庸急赈。应俟冬月，除六分灾次贫例不加赈外，请将六分灾极贫之民，照例加赈一个月；七分、八分灾之极贫，加赈两个月，次贫加赈一个月；九分灾之极贫，加赈三个月，次贫加赈两个月。仍俟地亩涸出，酌借麦种，并于明春借给口粮，以资接济。贫生之应赈者，牒学查报。旗户内除庄头、壮丁、家奴并地多之户不赈外，其有正身旗人，种地数亩，并无别业为活，亦无子弟在官，实系乏食者，饬令屯领催查报造册，申送理事厅核发，照民人例，一体请赈。应需赈米，俟查明户口确数同存仓谷数，核计是否敷用，另详请示。又各项在官征租旗地，亦有被淹。现查得七分灾回赎民典旗地若干，公产旗地若干；八分灾回赎民典旗地若干，家奴典地若干，公产旗地若干；九分灾回赎民典旗地若干，家奴典地若干，公产旗地若干，革退庄头退出地若干，地粮项下剔出旗退地若干，入官旗地若干。查定例，入官等地被灾九分者，免租银四分；被灾八分者，免租银二分；被灾七分者，免租银一分。免剩租银，分年带征等因。通行在案。应请将七、八、九分灾之各项旗地租银，分别蠲带。除应赈户口及应蠲粮租各册结次第另文造送外，所有被灾村庄分数及旗民地亩各数，理合分晰造具册结，加具勘结，具文详请宪台俯赐核转，除详藩道宪外，为此云云。

新安会议灾务（乾隆二十七年分）

为详报秋禾被水情形事。窃照今岁五月二十七日以后，连绵夏雨，河水陡长。新邑为九河下梢，诸水汇归，奔腾直注，势若建瓴。且下游赵北口一带，亦因白沟等河发水阻遏，时有逆流，以致东南无堤卫护。地内未收将熟之麦及甫种之靛，尽皆淹没。而堤里各地，因上年安州漫水尚未全消，今夏久雨滂沱，沥水屡增，亦成一片汪洋。已种稻秧，悉被淹浸。西北两乡，亦以昨岁北堤漫溢，地未全涸，又屡经雨水积盈，洼下之地，有秋禾未及播种者，有已插稻秧被淹者。初拟俟水退落，补种晚秋，以冀有收。不虞河水未消，积水无从宣泄，节候既迟，委难补植，已成秋灾。经卑职大衍先禀麦淹情形，继详秋禾难以补种，续以大阳等三村亦被水淹，具报各在案。奉委卑职昌言会勘，两次束装至新，乘坐船只，遍历各村，确加会勘。现今河水浩瀚，沥水未消。东南两乡，虽属沿淀一水一麦之区，然今岁麦靛全淹，终年失望，且致大势灾歉，例准蠲赈。至若在城关厢及居堤上之民家，虽未遭水浸，而伊等所种之地，尽在关外堤里，现亦被淹，且上年亦蒙蠲赈，似应一体邀恩。其大阳等三村，亦因沥水被淹，现今遍地皆水，秋禾无望。除各村雨淋水泡坍塌之土房，查系赤贫赁居者，共六十七间，业经卑职大衍每间捐给银五钱，以资搬移之费外，统计被淹四十九村内，除水荒苇地外，被灾七分小王等七村民地一百零八顷九十七亩零，被灾八分张村等三村民地一百二十九顷十六亩零，被灾九分留村等七村民地二百四十顷八十六亩零，被灾十分漾堤口等三十二村民地四百八十四顷二十二亩零。应请照例将七分灾地钱粮蠲免十分之二，其八分灾地蠲免钱粮四分，九分灾地蠲免钱粮六分，十分灾地蠲免钱粮七分，蠲剩钱粮分年带征。至赈恤灾黎之处，查新安上年秋既被灾，今岁麦又歉薄，向属次贫，兹又转成极贫，而向之极贫，更属拮据。且相距大赈，遥遥数月，生计尤艰。况已蒙督宪札谕普查灾重之区，令于八月赈恤等因，转行到县。卑职等似应仰体皇仁宪德，请于八月内普赈一月口粮，以济贫民。倘有鳏寡老幼笃废无依贫困更甚者，另行摘出，按月续赈，接至大赈，仍分极次。请将七、八分灾极贫之民照例加赈两个月，次贫加赈一个月；九分灾之极贫加赈三个月，次贫加赈两个月；十分灾之极贫加赈四个月，次贫加赈三个月。再查乾隆十五年，奉查安州新安淀泊河滩地亩被水，查赈是否有碍定例之处，经前本府府宪会同广平分府议详得，沿淀各村，有承种输租淀地兼种粮地者，有专种粮地不种输租淀地者，今岁被灾最重，分别所种淀地稍多又有粮地，家非赤贫，及淀地粮地虽少，尚有别业营生，并年壮可以自行谋食者，概行删除，不准食赈外，其余赤贫，准其给赈在案。今事同一例，亦应照此办理，则与大势灾歉仍准蠲赈之例相符，又与他村稍为区别，庶民知遵奉，不致妄生希冀矣。统俟河水退日，设法疏消积水，俾得早涸，分别乘时赶种秋麦春麦，酌借麦种，以助力作。并于明年赈后青黄不接之时，借给口粮，以资接助。贫生之应赈者，牒学查报。旗户内除庄头、壮丁、披甲家奴并地多之户不赈外，其有正身旗人，种地数亩，并无别业为活，亦无子弟在官，实系乏食者，饬令屯目领催查报造册，申送理事厅核发，照民人例一体请赈。应需赈米，另请拨济。又各项在官征租旗地，亦有被淹。今查得七分灾回赎民典旗地四十四亩零，八分灾回赎民典旗地十六顷六十九亩零，回赎家奴典地三顷二十亩零，公产旗地五十四亩零，另案入官旗地二顷九亩零，九分灾回赎民典旗地十顷六十六亩零，回赎家奴典地三顷零二十八亩，公产旗地一顷六十五亩，庄头退出交官征租旗地一顷六十四亩零，另案入官旗地十九亩，地粮项下划出旗退地七顷七十九亩零。查定例，入官等地被灾九分者，蠲免租银四分；被灾八分者，免租银二分；被灾七分者，免租银一分；免剩租银，分年带征等因。应请将七、八、九分灾之各旗地租银，分别蠲带。再查新邑有河淤淀苇二项地亩，向系征租解司。除淀苇地亩本属水中之物，毋庸报灾外，其河淤地租，应请一例蠲缓。又辛家庄认垦河淤地亩，已入地粮奏销，原议征租，即于租内扣完地丁银两外，余租起解清河道库，作为莲池岁修之用。其地粮应汇总请蠲，而扣粮余剩租银，亦应照例蠲缓，以舒民力。除应赈户口及应蠲粮租各册次第查办，另文造送外，所有会勘过被灾村庄分数并旗地各数，理合分晰造具册结，加具勘结，联衔具文，申送宪台核转，除径详藩道宪外，为此云云。

高阳会议灾务

为详报秋禾被水情形事。窃照今岁夏雨连绵，潴龙河水陡长，漫溢高家庄险工，淹及皇亲庄等八村。奉委卑职澜会勘，不致成灾，业经出结具详在案。嗣因庞口村等三十二村为沥水所淹具报，复奉宪台、本府檄委查勘。时值卑职澜于安州查灾事毕，随即赴高，而博野县儒学训导孙儒亦奉委到县，随会同卑职世武履亩确勘。或因上年被水，地未全涸，今夏久雨滂沱，屡增沥水，遍地盈积，以致秋禾未种者；或因接壤安州、蠡县，地居下游，沥水汇归，积而为灾，洼地秋禾被淹者。又安家庄等二十九村士民，纷纷续报地亩被淹，卑职等亦往确勘，实亦沥水遍野，秋禾被淹。似应仰邀一视同仁，准其补入。至前此之勘不成灾皇亲庄等八村，会勘时漫水原未深重，田禾高出水面，一望青葱，原不致成灾。讵勘后又屡经雨水，且从前漫水沥水积泡禾根，为日既久，目下根株渐多腐烂，青叶萎黄，不能秀实，已属成灾。卑职等不敢因前已具报勘不成灾，今复自行回护，致令向隅，相应仰邀宪恩，注销前详，并案另办。统计先后具报并士民续报未及转申共六十九村，内除勘不成灾赵通等九村外，实成灾六十村。内被灾五分之出岸村等二十三村，民地二百八十一顷八十六亩；被灾六分高家庄等十三村，民地二百一十八顷五十八亩；被灾七分皇亲庄等十村，民地一百九十顷二十二亩；被灾八分庞口村等十村，民地二百五顷二十一亩；被灾九分雍城村等四村，民地一百一十二顷五亩。应请照例将五分、六分灾地钱粮蠲免十分之一，七分灾地蠲免钱粮二分，八分灾地蠲免钱粮四分，九分灾地蠲免钱粮六分，其蠲剩钱粮，分年带征。至赈恤灾黎之处，查高邑今岁二麦虽未能十分丰稔，然亦不致失收，现今民情安贴，毋庸急赈。应俟冬月，除五分灾之极次暨六分灾次贫例不加赈外，请将六分灾极贫之民，照例加赈一个月；七分、八分灾之极贫，加赈两个月，次贫加赈一个月；九分灾之极贫，加赈三个月，次贫加赈两个月。其各村积水，俟白露之后，河水渐次归槽，设法疏消，俾地亩涸出，酌借麦种，以助力作，并于明春借给口粮，以资接济。贫生之应赈者，牒学查报。旗户内除庄头、壮丁、披甲家奴及地多之户不赈外，其有正身穷旗，种地数亩，并无别业为活，亦无子弟在官，实系乏食者，饬令屯领催查报造册，申送理事厅核发，照民人一例请赈。应需赈米，俟查清户口，核计实需米数，酌动何项粮石，另请宪示。又各项在官征租旗地，亦有被淹。除被水伤禾五六分不作成灾外，七分灾回赎民典旗地三顷八十亩七分，回赎家奴典地三顷四亩六分，公产地一顷三十四亩四分，地粮项下剔出旗退地十六顷八十三亩六分；八分灾回赎民典旗地六顷五十六亩九分，回赎家奴典地十三顷二十亩，公产地二顷二十六亩，地粮项下剔出旗退地二十二顷八十六亩五分。查定例，入官等地被灾八分者，免租银二分；被灾七分者，免租银一分；免剩租银，分年带征。六分以下不作成灾，租银缓至次年麦熟后征收等语。应请将七、八分灾之各项旗地租银及不作成灾旗租分别蠲带缓征。除应赈户口及应蠲粮租各册结次第查办，另文造送外，所有会勘过被灾村庄分数并旗民地亩各数，理合分晰造具册结，加具勘结，具文详请宪台俯赐查核汇转，除详藩道宪外，为此云云。

票查户口

为飞饬查报户口事。照得某乡某村等村，秋禾被淹，业经勘定分数，议详在案。所有应赈户口，合行饬查。为此票仰某村练地某某等，即将后开村庄贫民，各从村头起，挨顺家数，逐户查明姓名，分别男女大小口数，凡十二岁以下为小口，照依发去红格册式，造具草册，限五日内赍送本县亲临查验。倘敢以衿监及有力并能手艺自谋者混行报入，或东西隔越开造，致难稽查者，定行重责不贷。毋迟速速。

委查户口

为移檄委查验户口事。照得新属南、北、西三乡被淹，业经勘定分数具详，并票饬各练地挨查被灾户口，造册送核，以俟赈恤。但恐该练地等查报不实，合行照例移檄委复查。为此合移贵厅，烦查来文事理，希将移票仰该衙官攒照票事理，即将发去款折并空白红格册查收，照依粘单所开村庄，向练地催索草册，按其所开，逐户察验情形，点视大小口数，分别极次，冒者删之，漏者补之，填明红格册内。查完一村，先将名册封送过本县，以便凭查办，不致丛积。事关灾赈重务，幸勿毋得迟缓延遗滥。望速速速速速。

开给委员查赈规条单式

一、查赈先赴被灾最重之村，挨户清查（视其室内锅灶是否常炊，有无碗碟，当辨其装点冒赈），分别极贫、次贫，点明男女大小口数，开载红格册内。仍于门墙上灰书册内所编号数，以防重复影射之弊。有力者不入册。（如有因灾外出者，亦于墙册书明。）

一、凡男女大小口数，十二岁以下者为小口，其乳哺与壮丁不在赈例。是以册内另列条目，不入大小口数内。若极贫之户，不必过为区别。

一、册内大口分男女，小口不分男女者。盖凡穷人，女多男少，即属极贫，所以分晰区别之也。

一、凡无地无力及无牛具农器者为极贫，地仅十数亩，已被水淹，虽有牛具农器无力为次贫。

一、凡有手艺可能自谋者，不在应赈之列。如年老者仍赈。

一、贫生钦奉谕旨，令儒学查报地方官核详。

一、每户大口不过五口，小口不过三口。如实在家口众多，可分为两户填册。（近来办理，每户不论大小，只造五口报销，多则驳减。）

定例无滥无遗，与其遗而向隅，不若滥而使安，故曰宁滥无遗。然必滥于民，勿使胥役冒滥也。

牒 查 贫 生

为牒查事。照得本年六、七两月，淫涝异常。西、北两乡及南乡秋禾被淹，业经具报。现在确勘分数，遍查极次贫民，照例抚恤。惟贫生，钦奉谕旨，令本学查报者，以伊等身列胶庠，又不便等于饥民，一例散赈。酌拨银米，资其饘粥，不复核户验口，同贫民列入赈册，所以别士族于齐民，恩至渥也。诚以生员素明义利，爱惜廉耻，稍可自赡，岂肯觍颜贪冒？惟是贤愚不等，每多诈冒。乾隆八年奉议，一学之中，文武生员三百名，以一百名为贫生定额，每名均以三大口为率，折米折银，照次贫月分散给。其偏灾州县，就所居之村庄办理。至贡监各生，或以明经登进，或由援例捐资，原与单寒士子有间，不便一概给赈等因。遵照在案。今县属被灾，不无饔飧莫继之士，拟合牒查。为此合牒贵学，请烦查照，秉公据实查明，开册牒送过县，以便核转。幸勿徇情诈冒，致干宪谴。望速速速。

票 查 旗 户

为饬查事。照得地方灾歉，定例被灾旗户，除庄头、壮丁、披甲家奴及地多之户毋庸议赈外，其有屯居正身旗人，种地数亩，更无别业为活，亦无子弟在官，实系乏食者，准将家口造册，汇报理事厅核发，照民人应赈月分赈恤等因。遵照在案。今县属西、北两乡，秋禾被灾，合行饬查。为此票，仰屯领催遵照定例，据实确查，如有合例乏食旗人，开明旗色佐领姓名及男妇大小口数，造具清册，该领催出具并无捏冒甘结，送候复查转报。事关灾赈重务，毋得徇瞻扶捏，致干察究。毋迟速速。

详报户口

为详请题报偏灾分数情形事。窃照卑县西、北、南三乡秋禾被淹，业经会同委员定兴县勘明成灾，分别轻重，造具顷亩分数册结，委员加具勘结，详送在案。嗣卑职督率佐杂教职，遵照奉颁赈纪条约，刊刷红榻册，先令练地查报应赈户口草册，卑职等分头逐村挨户察看情形，点视户口，冒者删之，漏者补之。现在入册之户，均系应赈之贫民，分别极次登记，固不敢滥行准赈，亦不致遗漏向隅。至于书役等，更加严察，不容混冒。统计被灾三十七村庄内，极贫一千二百八十六户，大口二千七百六十口，小口九百七十口。次贫九千二百八十九户，大口二万一千一百八十二口，小口六千三百四口。共需赈米六千三百六十一石三斗五升。银米兼赈，实需半米三千一百八十石六斗七升五合。即以存仓谷石碾赈，以便民食。其余一半，遵照议价，每米一石折银一两二钱，共需银三千八百一十六两八钱一分。应请发给宪司库银两，按户同米散放。如遇小建，即在银内一并扣除，毋庸银米兼扣，致滋繁琐。查卑县现存仓谷九千五百五十三石零，又社谷二十四石零，内除动用前项赈济半米合谷六千三百六十一石零外，存谷三千二百十六石零，约需出借春麦种谷一千二百余石，尚存谷二千石，至明春出借口粮。查义仓现存谷二千四百余石，尽数出借，可敷动支。惟平粜约需米二三千石，以仓存赈剩，除借麦种之外，余谷二千石抵米一千石，实不敷平粜米一二千石。再查卑县额贮谷一万石，今现存同春借米折谷三千余石，通共有谷一万二千五百石有奇，内有溢额谷二千五百余石。今动用济赈外，实存并春借缓征共谷六千一百九十余石，相应拨补缺额谷三千八百余石。既敷额贮之数，又可以资借粜，不致短缺矣。又查准儒学开报贫生一百二十九户，内大口三百二十三口，小口二百三口，共需米一百十二石三斗五升。照折中定价，每米一石折银一两，共需银一百十二两三钱五分。应请拨发存公银两，移交教官散给。又卑县住旗，查据屯领催册报，卑职复加亲查，应赈穷旗十一户，大口二十四口，小口六口，需米四石五升。亦照民人银米兼赈，实需半米二石二升五合，折赈银二两四钱三分，归于贫民案内，一并请领，同米散放。理合分晰开造简明清册，具文详送宪台查核核转，除径申藩道宪外，为此云云。

详送蠲免粮租册结

为详请题报偏灾分数情形事。窃照卑县韩家埝等处漫蛰，水淹西、北两乡。又安州漫水下流，归宿卑县南乡马家寨等村，被淹共计三十七村庄，成灾民地五百九十四亩、回赎民典旗地三十六顷九十八亩零、回赎家奴典地七顷四十三亩、公产旗地四顷一十亩零、入官旗地二顷二十八亩、庄头退出旗地二顷六十亩零、地粮项下划出旗退地七顷七十九亩零。业经会同委员定兴县刘令勘明成灾，分别轻重，造具册结，加具勘结，会详在案。其各村应赈户口并贫士、穷旗，亦经开册详报在案。所有前项民地，共应蠲免地丁银五百七十三两零，分年带征银八百六两零；回赎民典旗地，共应免租银二百二两零，分年带征银四百五十九两零；回赎家奴典地，共应免租银六十五两零，分年带征银一百七两零；公产旗地，共应免租银一十八两零，分年带征银四十七两零；入官旗地，共应免租银七两零，分年带征银十一两零；庄头退出旗地，共应免租银八两零，分年带征银十二两；地粮项下划出旗退地，共应免租银一十两零，分年带征银十五两零。拟合分款造具册结，关取委员勘结，具文详请宪台俯赐汇转，除径送藩宪外，为此云云。

详请另拨兵饷并借缓缺俸工

为详请拨借以敷支解事。切查卑县本年额征地丁银若干，内除御道两旁蠲免银若干，又灾蠲银若干外，实征银若干，内有分年带征银若干，本年应征银若干。内起运项下，除蠲带外，本年应征银若干。内除已解保定驻防二十六年夏秋冬兵饷银若干，支过县丞房舍银若干，又应照例拨补存留灾蠲银若干外，下剩银若干。查奉派保定驻防兵饷，尚有未解二十七年春季银若干，下剩地丁不敷起解。应请将未解兵饷全行另拨，其下剩之银，归于地粮项下起解，庶兵饷不致迟误，而款项亦无牵扯混淆矣。再存留项下，除蠲带外，本年应征银若干。查额编存留共银若干，内除扣蠲灾毋庸拨补银若干外，实应支解银若干。以本年应征银若干，并起运内拨补银若干动用外，共不敷缓缺俸工银若干，均系急需支解势难缓待之项。应请拨借公项，俾得支解无误，实为德便。拟合造册具文，详请宪台俯赐转请核示赴领。除径详藩宪外，为此云云。

详请拨借不敷养廉

为详请拨借养廉事。窃查卑县本年额征随正地丁耗羡银若干，内除灾蠲银若干外，实征银若干。内有分年带征银若干，本年应征银若干。又地粮项下剔出旗退地租随正额征耗银若干，内除灾蠲银若干外，实征银若干，系全行分年带征。以上二项，除蠲带外，本年共应征银若干。查卑县养廉办公并佐杂养廉，岁共支银若干。额征耗羡，本属不敷动支，每年奉拨请领，今因水灾蠲缺，更属不敷，应请拨补银若干。又前项分年带征银若干，征收需时，亦应恳请借发公项，俾资办公。俟征完带征，起解归款。拟合造册具文，详请宪台俯赐转请核示赴领。除径详藩宪外，为此云云。

详借籽种口粮

为详请出借籽种口粮，以资耕作，以济民食事。窃查卑县本年秋被水灾，因水退稍迟，难种秋麦，业经详明在案。今查水势渐落，高地涸出。卑职逐村细查，宜种秋麦之地，每户自三四亩至十余亩不等，共计宜麦地二百六十七顷五十余亩，均系无力之家。按亩借谷五升，共需谷一千三百三十余石。请于常平仓现存谷三千二百余石内动支给发，听民自易麦种，以资耕作。又各村贫民，赈后二三月间，青黄不接，民食维艰，应请出借口粮，以资接济。查皋县义仓谷，连上年报捐，共应存谷二千八百四十九石六斗，内除乾隆二十四年出借未完，已经详允缓征民欠谷一百八十七石八斗二升外，实存谷二千六百六十一石零。请全行出借，以济民食。统俟明岁秋成后，概免加息还仓。如蒙允准，当于春融可以种麦之时，取具领保各状，开仓出借，俾易籽种，并谕仓正等按册出借口粮，事竣造具简明清册送查。拟合先行具文，详请宪台核示遵行。除详藩道宪外，为此云云。

禁闹赈示

为严禁喧闹赈厂以肃法纪事。照得旱荒水涝，圣世难免，而拯困赈灾，我朝为最。此皇上施济之仁慈，实从古未有之旷典也。凡属士民，当知感发安分。乃有一种劣衿刁民，往往煽惑乡众，喧闹赈厂。是以乾隆七年特颁俞旨，凡闹赈厂胁官者，执法严处。乾隆十三年定例，嗣后直省刁恶之徒，因事聚众逞闹者斩决各等因。通行在案。例禁何等森严，而有干犯者，皆因愚民不知，轻听浮言，误蹈法网，殊为可怜。今某属某某等庄秋禾被灾，业经详允赈济，择期本月某日开赈散放。其被灾村庄之民，应赈不应赈，自有一定之例，未得滥邀升合。诚恐例不应赈之民，妄听刁徒煽惑，致犯宪章，身命不保，不死于天时之水旱，反死于刁猾之诱哄，实有不忍见者。合行出示严禁。为此示，仰被灾各村居民及乡保人等知悉：凡例应赈济之极次贫民，业已查明，散给印票，令本户亲赍赴领。至期遵照派定日期，该乡保率领，蚤赴厂所，听候挨顺唱名，收票给米，不得喧哗拥挤。至例不应赈之民，并闲杂人等，概不许无故入厂嚷挤，违者重惩。倘有劣衿刁棍，号召乡愚，藉端闹赈者，定行锁拿严究，通详正法，决不轻恕。人能安命知足，上天必锡之以福，毋听好事者之言，妄生觊觎。凛之慎之。特示。

煮赈法

煮赈一事，非大赈之有册籍可稽，若不预立章程，人众难查，重领之弊不免，漏赈之口亦复不少，难免不均之叹，仍多道殣之悲。司其事必须择宽厂寺院，搭建席棚，砌锅灶十二口，安大缸二十口，半盛水半存粥。其空院内围以搅木，开以门空，派书办二三名登记账目，查发米石。衙役十余名，分别把门，巡查逾墙之人，并在搅木门空传领及持杓散给等事。水火夫十余名，专司挑水煮粥。起鼓为号，贴示晓谕，每日五更起，头鼓集书役人夫煮粥。每七印锅一口，煮粟米六仓升即满。粟六黄四，配搭煮粥则稠练，否则清稀。倘锅不满或粥稀，则有偷漏之弊，须查究。每大口给粥一大铁杓，约盛粥六汤碗；小口半之，用小铁杓。每粥一锅，约可散给大小口三十口。视人数之多寡，核煮锅粥，纵有盈缺，不致悬殊。五鼓起煮，酌量先煮十一二锅，存贮缸内，覆以盖甸，俟人集再添。辰时起二鼓，催集领粥之人。巳时起三鼓，放人入厂。先女后男，即令书办点数，以秫秸劈半，掐痕记数，庶可核计增添粥数。放人之时，令男女分立搅木之内，衙役把守木外门空处。俟人放入厂完竣，仍先女后男，先残废老弱后少壮，逐名传谕，由门空处鳞次走出，沿粥缸而行。持杓之人，分别大小，各给粥一杓，不许越次争前紊乱。得粥之人，即催出门。既散之后，纵有到迟赶不入厂者，亦不准补给，致启已领之人重复冒领之弊。而领赈之人，亦知须早到厂，不致再迟矣。其有逾墙入厂者，即系应赈，亦逐出以儆。

卷中（存目，原稿缺）

红槅册式
成灾地亩册结式
勘不成灾地亩册结式
开报户口米数册式
开报贫生册式
蠲免钱粮册结式
勘不成灾缓征钱粮册结式
散赈户口花名册式
赈票式
散过户口赈米月报折式
员役盘费饭食及坐船报销册结式
纸张报销册结式
分厂散赈运米脚价报销册结式
领运米麦水陆运脚报销册结式
抚恤口米报销册式
摘赈户口米数报销册式
大赈报销册式
扣除迁徙事故户口另报册式
煮赈报销册式

卷　下

散赈条规

村民当领赈时，急于得饱，非立法大为之防，则诸患生焉。道里不均，有往返之劳。场宇不宽，有拥挤之虑。叫口不定，有守候之苦。称较有低昂，量概有盈缩。荐盖少而米虞蒸湿，校贯差而钱或短少。外出户口之遗漏重冒者，保邻亲属之扶同捏饰者，皆为患所宜防。议行条规十则，期于弊除而利可溥。

有赈州县，审户将毕，设厂开赈，宜次第举行。所有散赈事宜十二条，应通谕印委各员及所管地保、领赈贫民一体周知，遵守如左：

一、散赈大口日给五合，谷则倍之，小口减半。银米兼支，升米折银一分五厘。一月三十日，大口月给赈米七升五合，银一钱一分二厘五毫，小口月给赈米三升七合五勺，银五分六厘二毫五丝。普赈、大赈俱按月放给（并月散给，官省民费）。普赈一月，不扣小建。加赈小建之月，大口全扣一日银七厘五毫，小口全扣一日银三厘七毫五丝，米不再扣。

一、赈厂每处委佐杂教职一员，驻厂监赈，专司稽察约束之事。详明委任，以专责成。（胥役搀糠和水，私窃粜卖，抽换银封，弊窦种种。须明练者专司其事。）

一、印官领到库银，先期剪錾，按赈册村庄户口，总计一户大小口应赈半米银数，库平兑足，包封或制小袋，开写姓名、银数于上。一村庄为一总包，照册内户口，次第就厂散给。（小袋线穿，挨次俵数最便。）

一、放赈前数日，将各厂附近村庄，按道里远近、人户多少均匀配定，分为几日支放。多张告示，开明某村某庄于某日赴某处厂所领赈，仍谕各乡地遍传，依期而赴，不得遗漏。（各村至厂道里，应于散赈册内添注。）

一、厂门左右十丈外，界以长绳，令乡地带领赈户人众，各按村庄排立，以道路远近，为给放次第（先远后近）。一村庄之内，先女后男，先老弱后少壮。（一法：按村各书一旗，立于村外旷地，令饥民各聚旗下，逐村随旗赴厂，以次散之。）天早则任先行，日晏则责成乡地拢合一村庄之人同行，毋许先后涣散。（荒年暮夜，负银米孤行田野，防生他虞。）银米所在，拦以大木，守以壮役。书役二名，量米斗级四名，在内供役。银米分置两处，贫民呈票领米，给竹筹一枝，缴筹领银，不复验票（或以图章小票代筹亦可）。普赈、大赈，按所赈月分，制小戳记，于票上印之，停赈之月掣票。（于领赈验票之时，如其下月有赈，仍与之，无赈即掣之。）

一、厂内贮米戒湿润。书役按票开发，不许留前待后。斗级按大小口数，用新制木筒平量（木筒口须钉铁条），不得短少抛撒，违者听监赈官究处。（散米木筒概板，委员入厂时均须较验无弊。）

一、赈厂许钱市之人就厂兑换，官为定价，一准库平。凡剪银封银，即用钱市之人。贫民领银，就厂易钱，但认封面所开银数，即照定价给钱，不许启封称较。铺户按封合计是日所换总数，仍缴原封于官，另给银如数。其缴回之碎银，又以供续次之用，不烦重剪，兼可就原封改写村庄姓名，并省称较也。

一、贫户止一两口者，应照市价折发钱文。库贮钱多，或市钱易购，则悉用钱，折发更便。

一、赈册内有续字之极贫户口，自起赈日至十月底止，核算共几十几日，应得银米若干，于普赈时一并支给。其闻赈归来之户，实系某村庄外字号册有名，察其尤困苦者，亦于回日起赈，至加赈前止，按日支给银米，且须速给。（以其多一番流离之苦，故宜并从优厚。）其外字号册所不载，与勘不成灾村庄托名外出，及原有资产今回籍安业者，概不准给。

一、外出之户，在各村已查之后陆续递回及自归者，既难随时赴村察讯，而传唤地邻，亦滋烦扰。应于本户到县之日，询明所住村庄，核对草册外字号内姓名口数相符，并其牌约地邻姓名，填给执照一纸，谕令于赈厂呈投，即就厂眼同地邻查证确实，换给赈票，添入红册，一例领赈。

一、离厂稍远之村庄，有孤寡老弱病废不能赴领者，准本村亲信之人带票代领。册内注明代领姓名，以防窃票冒支之弊。（令本村地牌随厂谕认，并询问前后连名之人，自无假冒。）

一、灾民众多，情伪百出。有于领赈之后，须携家口外出者，多系卖票，复往他处诡名重领。亦有携家口寄顿别属，而于放赈时单身回籍领粮复出者。应令地方牌邻据实举报，于册赈内删除。倘地邻扶同隐匿，察出究处。有首告者，赏给口米一分。

会议条规

乾隆八年旱灾案内，清河、天津二道会议准行各条：

一、查赈先赴被灾最重之州县，就一州县中，先赴被灾最重之村庄，挨户清查，分别极贫、次贫，点明男女大小口数，开载赈册；仍于门墙灰书户名口数，以防遗漏、重复、影射之弊。其极贫户内，老病孤寡赤贫无依者，悉注册内，以便续办。村庄内如有因灾挈眷外出，存剩空房者，另簿记之，作为外字号，亦于门墙灰书户名口数。本人闻赈归来，即凭查验补赈。

一、挨查户口，备具印票赈册，标明某州县某村庄，以次登记姓名并男女大小口数，十二岁以下者定为小口。票钤州县印，每百张为一束。查毕一村，即照册填写名口票册，合钤图记，按名散给。谕令于放赈之日，执票赴厂支领。其老病嫠独家无丁男者，许同村亲族两邻具保代领。

一、乾隆二年户部定议，凡遇赈恤，于城中设厂之外，再于城四面二三十里乡村，择庙宇闲房之高大者，预将米谷分贮，揭示放赈日期，临时亲往散给。应令地方官除城仓设厂外，再酌视应赈村庄道路远近，于饥民日可往返适中处所，分设赈厂，预将应需米谷运贮。某某村庄定于某日在某厂内散给，先期出示晓谕，务使远近周知。（揭示按村庄远近，先远后近。）届期之前夕，司赈之员，至厂住宿，遵照规条俵散（规条详后）。其运米车船脚价，照例详请动项给发。如有借端派累情弊，严揭参究。

一、闻赈归来贫户，应请一体赈恤。地方官责令地保、乡约，随时据实举报。其大小名口与外字号册内所开相符者，即令地保并现赈之户出具保结，一体给赈。有在十月以前归来者，仍准补赈一月。（虽过八月普赈而未及十一月，仍补赈一月；归在十一月以后者，入大赈。）倘外字号册载偶有不全，而实系本村外出之贫民，取有保结，亦即给与。如所保不实，地保责惩究追，赈户革赈。其补赈外字号户口银米数，同另册申报稽核。（外出之民，其遗易办，其冒难稽。即如八年，旱在六月，必系六月因旱而出，始为灾民应赈。如在五、六月以前，则因他事而出，非转徙之灾民矣。但实是土著而适于凶岁言归，此中又须体察。）

一、地方住旗庄头、壮丁、家奴并旗户地亩多者，俱不应赈。又租种旗地之佃户，已于民册查办。其有旗人正身种地数亩，无别业为活，亦无子弟在官，实系乏食者，准将家口造册，由本管领催汇报理事厅核发州县，一体赈恤。又灶户之贫乏者，令该管大使查明口数，移送州县赈恤。如旗庄、灶户有混入贫民冒领滋事者，行本管官究惩。（灶户亦民也，有地之家已入民册者，当查明即系某灶户数内删除。更有商人长雇之灶户，受雇得值，又可营生，不应给赈。）

一、银米兼赈，按大口日给米五合计，月给半米七升五合；小口日给米二合五勺计，月给半米三升七合五勺。州县应另造七升五合、三升七合五勺木筒各若干具，以备散赈之用，庶免零星轻重之弊。（米不及斗，故曰筒。但愚民或疑为减小之斗，须明白晓谕之。筒面宜扣以铁，以免削减。）再赈例应扣小建，其两样木筒，照扣除之数，另造一分备用。（或统于银内扣除，而不扣米，亦属简便。）

一、出借麦种，先尽畜有牛只之家，查明实种麦地，按亩借种五仓升。（有地百亩者，准借三十亩；地十亩者，准借三亩。乃实种之地也。）其无牛贫民，谕令向牛力有余之家雇用，照详定之例，每亩代发雇值制钱二十五文，收成时还官。如地主外出，借种邻佑承种，俟本户回籍，按其月日迟早，官为酌分子利。已奉奏明，应通饬灾地，一体遵行。如本户不归，即听全收还种。（风声所及，流户多归，不止尽地利也。）如有欲自买麦种者，每亩借给银一钱。

乾隆二十六年十月初五日，南乐县详请出借麦种，不分灾户地亩之多寡，均按七折请借缘由。督批：每户不得过三十亩者。以有田三十亩以上者，非甚贫乏之户，故限以三十亩为率。并非有田数十亩者，亦概给以三十亩之种也。至三十亩以下之户，自应按亩借给。今不论地之多寡，概以七折给发，则譬如十亩之家，止给七亩麦种矣。又云：即或地多，亦不得过三十亩之数。则是三十亩以上之户，亦将概行借给矣。办理殊属错会。

一、时将白露，一经得雨，即应及期种麦，全赖牛犁足用。今贫民因旱乏草，卖牛者多。来春生计所关，不得不为多方筹画。应令印委各员，于赴村查赈时，察视贫民小户牧养无资者，官为借给八、九两月牧费，按月银五钱，验明毛齿登记，本户自用耕种，并附近有地无力者雇用，官为代发雇值，收成时照数还官。所借牧费，宽期于明岁麦后还半，大秋全完。

一、本地绅士商民殷实之家，值此灾旱，如有谊笃桑梓情殷任恤者，或将余粮减价平粜，或就贫民径行施给，或设厂煮粥，或制给棉衣，不拘何条，不论本地邻封，但有情愿助赈者，报明地方官，听其自行经理。事竣，按其所用银米，核实具详，少则酌量优奖，多则题请议叙。

霸州知州朱一蜚禀陈办赈事宜

一、乡村之僻小者，易于稽察。如村大人众，又有劣衿棍徒串通把持，弊端百出，尤宜加意清厘，责重乡地、牌头按户实报。乡地所管数村或一二十村，户籍贫富，应赈不应赈，大概皆知。牌头只管数甲，此数十家之丁口大小，更无不周知熟悉。有冒赈者，不先谋之乡地、牌头不能也。乡地、牌头，串合分肥，一家冒，一村皆冒，以致远近闻风，无不欲冒者。或一户两分，或捏合眷属，或装点空房穷状，或妇幼前后重复（村大户繁，已登册之妇女幼丁，又混入未查户内，委员常不能辨），或奴役作为另户，或诡称外出，或假作新归，或藏匿粮糗牛具，变幻叵测，千态万状，未易悉数。一经察出，即将胥役乡地枷责示众；牌头代人瞒官不实报者，重杖以惩。（冒与滥有别。滥犹在所应给，冒则不应赈者而分应赈之食，故宜倍严。）

一、收成确实分数，地方官按村注交委员携带查阅。成灾九、十分之村庄，户口固难率为删除，极、次尤当加意斟酌。虽目前勘是次贫，正恐迟一二月后又成极贫矣。（贫家老弱多而壮丁少，妇女多而男丁少者，均当从宽查办。）如被灾六分，尚有四分收成者，又当防其冒入极贫。（被灾六分村庄，只赈极贫，不赈次贫。）凡贫户一切生业室庐器具情形，均于册内注明，愈详愈有益也。

一、次贫户内老幼数口俱入赈矣，其壮丁无庸滥给者，须当面明白晓谕，仍于册内注明。（极贫例不减口，虽壮丁亦当与赈。惟次贫壮丁不得滥给。向来查户，有应减之口，常不令知之。今必谕以应减之故，使之心折。假令彼有言而委员不能夺之，即仍入应赈，如此则委员不致任情率办。）

一、除应赈及不应赈外，其有本人坚切求赈而必不应给被删者，恐有刁民从中生事，须于草册内切实登注。

一、城关市镇鳏寡孤独老疾残废极贫乏食者，准其摘赈。其肩挑负贩自食其力之人，概严混冒。未查之先，出示明白晓谕，以免喧嚣。（城关市镇之人，以佣贩艺业为生，例不应赈。惟孤独残废无告之民，凶年滋困，故准予极贫之赈，而仍归入附近灾村开报。）

一、沿河及交界地方，多有刁民赁住破屋，携带家口，指称种地，分趁数县，皆得领赈。须详查来历姓名，系某州县某村人，给与印票，令回本地，禀官验票补赈，以杜重冒。

一、盐场大使灶户册，系照底名开造，委员无从查询。惟本地收粮吏书能知其现名，然责令查注，又恐滋弊。应统于各村应赈户口内一体查明，交地方官将某名即系某灶户底名，饬粮书另行摘造申送，仍于原册内注明删除。（或于造送灶户册内，令盐大使注明本户住址，则知某一村中有灶户几名，饬令乡地预于本户门墙灰书"灶"字，以免复冒。）

一、贫生户口，由教官查明开送，无庸列入草册；其同居弟侄亦不得造入民户。

院奏办赈事宜折

奏为恭请圣训事。直隶河间、天津二府，冀、深二州属秋田亢旱，经臣具奏情形，蒙皇上批谕周详，无微不到。臣钦遵敬绎之下，谨将奉行事宜，拟议六条恭呈训示。

一、赈务轻重缓急之宜，不能预定，惟在临时酌量妥办，以重当厄之施。然起手、收功先后之次第，亦应早为筹画。目前最急者，先令地方印官亲身赴乡，核明户口，分别极贫、次贫，俾灾民食赈有望，其心已安。即就便剀切晓谕，无妄希就食，轻离乡井。民知官之恤己也，自易听从。

一、此时届秋获犹早，其流移者众，缘亢旱已甚，田禾无望，尚非已经迫于饥馁。惟当早为安辑。拟令清河道方〇〇、天津道陶〇〇，率同河间府知府徐景曾、天津府知府胡文伯，分路前往，因地制宜，悉心筹办。

一、被灾加赈月分，本有定例可遵。但臣察看灾区情形，有不得不恳恩于常例之外者。拟于八月普赈之后，将灾重州县之极贫，统加赈五个月，次贫统加赈四个月。自十一月起至明年二三月止，责成道府大员，率属加意经理，俾无失所。迨明年三四月青黄不接之时，应否再筹接济，另奏请旨。

一、粮价骤贵，民情不免惶迫。拟将恩赏通仓粟米先即分运各州县，照地方时价，酌量平减出粜，以资民食。

一、八九月种麦之期，凡有地无力之户，行令地方官按其宜麦之区，借给麦种，务令及时普种。如地主外出，即责成地邻承种；地主归来，计其迟早，酌量分给子利。

一、赈务首重在米，米有不敷，乃兼用银。今所赖者，古北口外连年丰稔，米谷充裕，八沟热河鞍匠屯各处，价皆平贱，内外商贩，多资其利。上年奉旨采买口米，运贮通仓，今已得用。是广收口外之粟米，实属两有裨益之事。请令热河八沟四旗三厅属多为收籴存贮，以备运通运津充赈。或只运蓟州陵糈，而以东、豫二省岁运蓟仓者，截留在津充用，皆今冬必应筹办者。

乾隆八年七月初二日奉朱批：所奏俱妥，即照此实力为之。钦此。

会议水灾规条

乾隆十五年水灾案内，司道会议保定府厅杨等条禀赈务，各款开后：

一、淀泊河滩地亩一条。应如该府所议。如果地亩被淹，勘定无收，应照例造册请蠲租银，不得捏冒大粮地亩，滥请给赈。

一、开一水一麦之地一条。查直属旧有洼地，为沥水汇聚之区，向来止种麦田，不种秋禾。即间有种植者，亦被水涝。是以历来凡遇偏灾，此等地亩，不在报灾赈恤之内。今岁各属一隅偏灾，且麦收已过，不得概照高地报灾请赈。

一、兵丁同居，兄弟叔侄一体赈恤一条。查被灾食粮兵丁，向无与赈之例。至若兵丁之兄弟叔侄，虽系同居，而所支粮饷，不能兼顾，止藉数亩洼地，被淹别无资生之策，则与穷民无异。应如所议，一体赈恤办理。仍汇入民人户口册内，造报请销。

一、旗庄人等贫户照民人例赈恤一条。查被灾穷旗，例应赈恤。应如所议，除庄头、壮丁、披甲并旗下家奴为其主充庄头者，毋庸议赈，并租种旗地被灾佃户，已在民册之内造报外，如其专靠旗地数亩耕种，并无别业餬口，实在乏食旗人，应令地方官会同该管理事厅分别查明，动支井田谷石；如无井田处所，在于本处仓粮项下散给报销。

一、水冲倒塌房屋，除固安、霸州、永清、乐亭、易州、唐县等州县应照奏准之例赈给银两外（即三年固安之例），其余各州县因河水漫浸及被雨塌坍房屋，内有详请照依固安之例请给银两者，亦有申请借给工本者，原不画一。应如所议，在于存仓谷内，每间借给仓谷二斗，二间借给谷三斗，三间借给谷四斗，总不得逾于四斗之数，以为修补之资。所借谷石，统于次年秋后免息还仓，庶穷民不致露处。

一、领票领赈后有外出营生一条。应如所议，饬令乡保两邻，于领赈米时即行举报，以便扣除。如有顶冒容隐，查出详究。

雹灾酌借籽种口粮议

乾隆十八年奉督宪方批布政司议开：查出借籽种，原为禾苗被伤，酌筹补种之计，自应按所伤地亩之多寡，以定应借之数。而出借口粮，则为农民接助口食起见，当以户口之繁简，分别酌定借数，庶灾民受补助之益，而仓储亦不致虚縻。应请通饬各州县，嗣后出借被雹地方民人籽种，统照定州之例，查明被雹地亩，如在十亩以下者，借谷三斗；二十亩以下者，借谷五斗；三十亩以下者，借谷八斗。其有被伤至三十亩以上及五六十亩者，虽应量为增益，总不得过一石之数。至口粮一项，亦仿照此例查明。一户之内，如止一二口者，借谷二斗；三四口者，借谷四斗；五六口者，借谷六斗；七八口以上者，借谷八斗，亦不得逾于一石之数。米则减半。务须总核应借确数，统于详借文内声明等因。蒙批如详，通饬遵照。缴。

平 粜 法

州县平粜，在于关厢市镇，择宽大寺宇公所设厂，或一二处，或三四处，运米厂内，先期出示，每斗减价若干，令贫民各执本户门牌赴籴。刻木戳记三十枚，自初一至三十日验牌，粜讫即于牌上印之，以杜本日重买之弊。厂前分置席棚，界以绳桩，委佐杂各员带役分棚弹压。妇女老幼与壮丁，各分先后，验牌放入，不许混乱。每户籴米三升至五升为止。如或从前失去门牌及远乡未领者，乡地报明补给。倘有囤户贱价垄断，致令贫民往来重籴者，察出严惩。有首报者，即以囤户钱米赏之。

因灾出粜，仍限以粜三成例者，为留米备赈也。其时米少价昂，不得不借此少平市价，以系民心。究之能籴者，尚非极贫，极贫者无钱可籴，故亦不须多粜也。其轻灾僻邑及歉后米少价昂，行之为有实益。然只在城设厂，村民既难往返于数十里之外，而老弱妇女尝有持钱终日空守至暮者。故必四乡分厂，择适中之地，使四面相距十余里村庄环而相赴。又分村分日，先期出示，明白传谕，庶可遍及而无余弊。

察勘地亩灾分议

查赈先在勘准地亩灾分轻重。轻重一错，后来核办户口剧难调剂。然九、十分重灾易勘，而七、八分与六分递轻之等，所辨已微，至六分与五分，赈否攸关，尤当审慎。大旨与其畸轻，毋宁畸重。重则可于核户时伸缩之，轻则无挽补法矣。今岁成灾州县，九、十分者居多。所报六、七分灾者，似亦拘于成例，若报灾不可少二层焉者。其实收成未必果有三分、四分也。幸蒙天恩优厚，凡六、七、八分灾村，比较常年九、十分灾民得食还多，否则其时六分之极贫，七、八分之次贫，止食一赈，民其不支矣。此事责成，全在地方官。其勘报轻重之间，不惟核赈以此为根据，即钱粮之蠲缓分数亦因之，诚为办赈第一要义也。至于委员，不过临时一过，取其白地而十分、九分之，视其苗之长短疏密而七八分之、五六分之，岂知十日半月之后之一槁而同归于尽也。反是者，则前无雨而后忽有雨，此有雨而彼仍无雨，局已下变，而泥于委员报文之已上，不为更正，则错到底矣。故及灾册未经达部以前，地方官不妨具结申请，即使驳查覆勘，而其言果验，自当俯从。慎勿护前，反贻后咎。为此札请贵司核议施行。

派员核户议

地方灾赈，首在清厘户口，以杜遗滥。今年直属之被偏灾者，本处牧令尚可料理；普灾则其应办之事正多，而城内早暮亦需弹压，何能分身四乡？至一二教职佐杂，更难责以周遍，势不得不假手胥役乡地，而此辈乘机舞弊，任情操纵，甚或浮开诡名，侵冒帑项，倥偬之际，不可究诘。今议于通省内另派厅印，带同佐杂等员分查。视州邑之大小，厅印或一员或二员，佐杂并能事教官或三四员或五六员，各给号记一字，如天地元黄之类。其厅印之才干者，或兼管两州县。派员既定，本道等照议定规条，率同各厅印清查一二日，俾皆领会。（是年沧州灾最重，陶副使首先赴之。士民讦诉州牧者日十数辈。时州牧任事甫两月，察所诉诬妄，因集众谕之，悉以呈状交州责治。督率各员，遍历穷檐，指示清厘，赍银米就赈久饥者，发胥役冒赈奸状。驻沧凡七日，而细大毕举。风声所及，远近帖然。）厅印又率同各佐杂教职清查一二日，俾皆领会。然后各照派定村庄，四出分查，庶可画一。委员各带赈票多张，票用本州县印信，加用委员号记，见票即知为某委员所查。委员清查时，于票上填明极次贫户大小口数，随查随即按户散给。另用红槅赈簿，将一日内所查村庄成灾几分、某户极贫、某户次贫、大几口、小几口逐一登记，又按一日所查共若干户、若干口，总注于后，钤用本员印信图记。于查完之日，通计一州县户口应赈确数，一报上司察核，一送本州县，照册计口，验票给赈。道府大员于巡历之次，按簿抽查，应改正者，立予改正。如别有情弊，惟承办之员是问。（诫委员必曰无滥无遗。然才说无滥，弊已在遗；才说无遗，弊又在滥。故不得已而曰宁滥无遗。）至于本处胥役，惟委员随一二名以供缮写，使令不许干预核户之事。如此则户口无从弊混，民沾实惠，而官亦鲜后患矣。再，此时即应飞檄各州县，督令该管乡地，先按村按户按口开造草册，无许遗漏。届期移送委员，察其应赈者，填入格册；其不应赈与外出之户，俱就草册内注明。以草册为赈册之根，又以本有之门牌为草册之根。

谕委员摘赈续赈

赈灾必先审户，固不能不需时日，但其中已不无饥饿待毙者。所争惟在旦暮，又不可概俟赈期，不亟拯救。

圣泽汪濊，发金发粟，本以保全民命。若惟常例是拘，即是奉行不善。前已面嘱印委各员，恐未周知，合再饬谕。嗣后于勘验户口之时，遇有老病孤苦，情状危惨，非急赈之不生者，验明情形，即知会印官，先行摘赈。酌量开赈日期远近，照口米例，或钱或米，即日给付。此较极贫之应续赈者，又有缓急之别，然亦不过百中之一二。所用钱米，另记簿册，一例请销。其饥口姓名、住址，并某员所查，详悉开载，以备稽核。（于红册内所注极贫下添注“续”字，入于续赈。）又被灾最重村庄，生计尤艰。次贫之户，转瞬便成极贫。其极、次之间，须倍加审酌填写。又极贫户内，有久不得食，惟藉野菜草根糠秕为活者，色见恒饥，家无余物，均须注明续赈字样，毋得偶有遗忘。又合一州县户口查毕开赈，虽旧例为然，亦须酌量灾地轻重。如贫民实有迫不及待之势，则先尽一乡查毕，即定期开赈，四乡以次施行，亦属变通之道。印委官可详酌情形，公同议定，一面禀报，一面办理。所有开厂各事宜，目下即当筹办，以期周妥。又一州县中，村庄有多至七八百者。其僻壤孤乡，在犬牙两界之地，各员分头查勘，甚或遗漏未到，亦未可定。不可不加详慎。此地方官之专责，委员不得而知，本道宪及于此，合并谕及。谕到，即抄给委员各一纸。乾隆八年七月十八日

赈说示委员

田禾灾而赈恤行，赈所以救农也。农民终岁勤苦，力出于己，赋效于公。凡夫国家府库仓廪之积，皆农力之所入也。出其所入于丰年者，而以赈其凶灾，德意无穷而恩施有自，盖有非可得而幸邀者矣。司赈者先视田亩被灾轻重，复审其居处器用牛具之有无存弃，以别极贫、次贫。其不因灾而贫者，则非农也。佣工之农，耰锄辍而饥饿随之，极贫者为多。此与佣食于主家者有别也。孟子曰：乐岁终身苦，凶年不免于死亡。此农民之待赈为切，而急赈、加赈之泽为甚厚也。不因灾而贫者亦赈，误以赈为博施之举也。不必皆贫而衰老者亦赈，误以赈为养老之典也。乞丐得饱于凶年，将无启其乐祸之心乎？佣人安坐而得食，将无堕其四体之勤乎？夫农饥则四民皆饥，谷贵则百物皆贵，盖推广恩泽而及之耳，非赈政之本意也。观于给贫生则用存公余款，给旗庄则用井田官谷，益知灾赈之大发正帑，盖首重救农；其余乏食之民，不过为区别斯可矣，未可与农民并论也。作赈说。

办赈述示僚属二条

水旱间作，而饥口待食于官，尝至数十百万之众。孰应给，孰应减，按例依期，汤年一溉，为枯渴之所必争。恶其争不以道而法随之，亦不得已之为也。盖当此之际，亲履穷檐，悲闵衔恤，父母之心也。镇以高严，惩其顽抗，师帅之职也。外肃中慈，所向皆办。倘惟煦煦姑息，堕威启玩，其争转多，是陷之罪矣。

尝见急民之灾，虽有多官，而民所一意谨奉者，惟牧令也。救其死亡，全其室家，当厄之施，主恩为大，次则牧令，宜有其美，让之不可夺之。使百姓知感，而疾痛相依，有言共信，则争无由起，并受其福矣。此又为大吏者所宜知也。

赈口病故不减议

加赈之月，丁口有病故者，例应按数裁减，所以稽实也。然念死者敛埋需费，况在凶年，虽积一口累月之粮，犹不足以偿，奈何减之？亦有隐匿不报者，乡地从而挤分之，是徒夺其半口之食，而于公无益也。用是明著为令，凡赈户死口，概不核减。印委员一体遵照，悉依户口原数报销可也。

禁生员冒赈谕

谕府州知悉：乾隆三年四月内钦奉上谕：地方偶遇歉年，贫生不能自给，往往不免饥

馁，深可悯念。朕思伊等身列胶庠，自不便与贫民一例散赈。嗣后凡遇地方赈贷之时，著督抚学政饬令教官，将贫生等名籍开送地方官核实详报，视人数多寡，即于存公项内量拨银米，移交本学教官，均匀散给，资其饘粥。如教官开报不实，散给不均，及为吏胥中饱者，交督抚学政稽查，即以不职参治。钦遵在案。细绎谕旨，以伊等身列胶庠，不便等于饥民散赈，惟令地方官视人数多寡，酌拨银米，资其饘粥，宜不复核户验口，同贫民列入赈册矣。所以别士族于齐民，恩意至为优厚。本道已谕委员遵照。诚以生员素明义利，爱惜廉耻，如非实系乏食，岂肯靦颜贪冒？乃近据各学所报贫生名册，竟至合学无不食赈之人，一户开送自五六口至二三十口之多，且复混入民册，种种诈冒，深可骇叹。本道不得不随宜酌办，示以限制。因询问教职中之明干能约束者，佥称一学内实系乏食贫生，不过三分之一。今将各州县所报详加准酌，应照任邱县禀详情形并被灾分数月分，区别办理。其不成灾之村庄，士民一例不赈。如敢恃符妄告，轻则戒饬，重则褫革。教官职任师长，倘仍前徇情干誉，率混浮开，一并记过。本管府州更宜督率主持，俾知畏忌。

贡监生不应给赈议

昨本司议赈贫生应除贡监，详奉院批：乾隆元年定例，被灾各属，凡贡监生员，实系赤贫乏食者，报明教官确实造册，按其家口酌加抚恤。今称贡监不赈，因何与元年之例未符？即会同清河、天津二道妥议具覆。本司道等覆查乾隆三年四月内钦奉上谕：各省所有学田银两，原为给散各学廪生贫生之用，但为数无多。或地方偶遇歉年，饬令教官将贫生名籍，开送地方官核实，通融散给。钦遵在案。窃思贡监各生，或以明经登进，或由援例捐资，原与单寒士子有间。是以谕旨内专指贫生，并未开载贡监名色。虽奉有乾隆元年之部行，然例应钦遵后奉之谕旨。且部覆原题内，亦未于贫生项下开有贡监，自不便一概给赈。但或监生内有早年援例垂老穷困者，亦应加以体察。如有似此者，应令地方官通融办理，将其家口入于贫民户内给赈，庶无漏泽，而于例亦无违碍矣。

贫生定额给赈议

近据各属造送贫生名册，一家六、七、八口，文武生通学全载。访因各生乞赈，不听教官核报，更有夹入民册，重复影冒者。伏读上谕，地方赈贷之时，核实贫生名籍，于存公项内酌拨，移交本学教官，资其饘粥。既不与饥民一例查赈，自不便入室点验丁口。但据报即行全给，殊多浮冒，公帑既属虚糜，士习亦滋偷薄。本道等与府州县筹酌，并询问教官，一学之中文武生员，实系乏食应资助者，大率居三之一。今普灾之十六州县，似应饬令教官通开文武生名册，准照三分之一定额给赈。如一学三百名，以一百名为贫生定额，每名均以三大口为率，按米折银，照次贫月分散给。其偏灾州县，就所居之村庄，照次贫民户加赈月分，每户亦均以三大口为率。其不成灾之村庄，士民一例无赈。应给银两，于藩库存公项内请领回县。先令教官与诸生秉公核议，其实系单寒者，教官平日宜有见闻，诸生同里同学，更无不知。议定之后，按名移县支领。如本非贫乏，有意搅扰者，革究。教官或有偏私侵蚀情弊，听府县察实揭参。庶几画一易遵，其间即有盈缩，要非贫民遗滥之比矣。

此条经司院批覆，仍令教官逐户据实开造。逮后竟不能行，照议按三分之一饬办，乃克妥竣。

禁冒妄求赈示

本年被旱州邑，秋禾失望，荷蒙圣主鸿恩，轸念力耕贫民餬口无资，发粟赈恤，俾安农业。至于关厢市镇贸易商贾以及肩挑背负佣趁自给之人，向来不靠地亩，年岁虽荒，别有生业，皆不在应赈之列。惟鳏寡孤独老疾残废者，准一体摘赈，乃推广有加之圣泽，非例应溥及之恩膏。尔等自当各安本分，静候察办。昨本道督查至南皮泊镇，有徐德懋、韩润等倡率男妇，手执署县所发门牌，求赈如数。盖缘错认门牌即为给赈凭据，又不容委员确核丁口，造为煽惑听闻之语。及细加诘问，始知俱系生业宽裕不应入赈之人。并阅署县所发门牌，乃报灾后仓卒所为，即使确实，亦只可为造册之根，不可为散赈之据。且泊镇为水陆通衢，贸易商贾及肩挑背负者十居其九，并非乏食庄农，何可妄思例给？除将徐德懋等重惩外，合再晓谕知之。

谕民遵奉核户示

近闻景州于查户之日，贫民牵率求赈，又不宜令委员进门，无由确知应赈口数，殊可骇异。夫救灾恤患，朝廷莫大之恩施；计口授餐，有司当遵之令甲。不入户，何由分别极次？不查口，何由验其大小？官户不应赈，生员之贫者，应赴教官报赈。此外编户村氓，男耕女馌，习苦田间，非深闺屏迹者可比，于委员有何避忌？况当此救焚拯溺之候，哀矜疾苦，人有同情。官长即系父兄，妇女同为赤子，何得妄生议论，藉词阻挠？合行晓谕。倘嗣后仍敢造言煽惑，必有诈冒情弊，即便严查究处。至各员所带人役，亦应严加约束，无许出入挨挤，罔知避忌，致滋口实。

劝谕助赈示

本年旱灾二十七州县，荷蒙皇恩拯救，本道亲临灾地，督率印委各员，逐户察勘，并借农民麦种牛力，俾无旷土无后期。凡可为贫民计者，无不殚思竭虑，次第办理。复念畿辅首善之地，风俗淳厚，以姻睦任恤称于乡者，素不乏人。值兹灾祲，念彼饥寒，既生长之同方，合艰难之共恤。倘巨室有能好行其德，使贫民不皆待给于官，非特阴德为甚大，定为旌叙所先加。尔绅士商民人等，有谊笃桑梓者，或将裕存粮食减价平粜，或就本地穷民径行施给，或设厂煮粥，使之就食，或捐备棉衣，俾以御寒，事出乐施，情殷助赈，即呈报地方官，听其自行经理。事竣之日，将用过银米数目，申报督院核酌，从优旌奖。如与例符，即予题叙。又或邻省富户、侨寓士商，有乐于捐助者，亦一体呈报，转详核办。地方官只须明白晓谕，俾互相敦劝，不得抑勒强派。至贫民得邀资助，丝粟皆恩，各当心存感激，毋得妄生希冀。尤不可因本道出示劝谕，不如所愿，遂生怨望，甚至搅扰喧闹，借生事端。地方如遇此等奸民，即行严拿究治。

劝谕富户通融周急示

本年所报旱灾地方，核办户口宁滥无遗。有地百亩以内者，概已食赈。自此等而上之，虽朝廷有逾格之恩膏，而仓库有折中之限制，固不能遍及也。念一邑之中，尝有故家贫落而食指犹多，值此荒年，倍形窘迫。同邑之富有力者，又复故示羸形，售以田不可，售以房不可，售以什物不可，断断拒人，怨窦滋生。故兹出示劝谕。凡尔有力之家，当知任恤之道，况以我所有，易人所无，未为亏己，即已益人。其有以田房告售者，减其价，薄其利，留契立限，过期管业，亦为有得无失。至于什物器皿，从权作质，价贬什之七，利取什之二。迨至丰熟，人归故物，我获新赢，即论封殖，亦所宜然。周官荒政有保富之条，以其能分财惠贫也。其不然者，亦何类于富民哉？本道揆情示劝，于儒之教，则曰敦笃古风，于释之教，则曰力行方便，仰纾天庾广赉之深心，兼副当道熟筹之至计。唯尔等善守富者是望焉。

劝谕业主恤佃示

本道办赈，所至检阅村庄户口，体访农民生计，因知占业自耕者少，为人佃种者多。此等佃丁，平时劳筋苦力，为尔等业主终岁勤劬，相依为命。一旦灾荒失所，为业主者竟膜外置之，毫不关心，谅不若是之忍。是周恤佃丁之举，实业主情谊之不容己〔已〕者。除妇女小口俱凭官发赈外，其出力耕作之本身壮丁，允宜量力周助，使之结感于歉岁，必将偿力于丰年。即曰有借须还，亦属掺券可得。其各将所恤佃丁姓名、居址、人数，报明地方官，以便于赈册内填注开除。如有将穷佃家口，一并自认，力为赡给，不待官赈者，本道必按名申报，从优奖励，以示与人为善之意。如佃丁妄生希冀，求索无厌，听该业户主持发付。倘竟借端挟制，强悍滋事，立即报官重惩。

劝谕犁地种麦示

迩者旱暵成灾，农民艰苦，仰蒙恩赈次第举行，尔等得免饥馁之患。但不可恃有恩施，便不勤力地亩，致误来春生计。本月初四、初六两日，城乡俱得透雨。尔等麦地，正当乘湿翻犁，届期即得耕种。倘乏牛力，亦可雇用。除有地一顷以上者，无俟官为借助，其在一顷以下，准借麦种每亩五仓升，自备种者，每亩借银一钱，于来年麦收后照数还官。然须查明地亩是否宜麦，或数亩或数十亩，本户详注四至，并里长、乡约姓名，出具保结，官为核实，预将麦种麦价封备。俟得雨之后，印佐委员分诣各乡散给，限于三日内给领全完，毋许假手书役，致有克扣迟误之弊。倘地非宜麦及领回不即耕种者，查出加倍罚追，乡保并坐。再外出贫民遗有宜麦之地，如本村及附近村民愿代种者，并准报明地方官领种。俟本户回籍，按其月日迟早，分给子利。本户不归，即听代耕之人收割还种，毋虞本人争执，只将原地交还可也。总之今年既被偏灾，明岁全资麦熟，本道不吝谆谆劝谕尔等，各宜速自为谋，毋得懒惰误耕，毋得冒借取咎。乾隆八年七月日。

借贷麦种谕

此时督劝乡农广种宿麦，其有关于来春生计者不小。因灾贷种，上廑宸衷，屡烦宪檄。州县办此，必须稽查详密，使所借确皆种有麦地，则民沾实惠，而官亦免贻后累。乃愚民贪借，几无剩亩，州县辄亦据以转请。殊不知直隶地土，非尽宜麦，民间亦不常餐，非豫东两省可比。即豫东田亩，种麦者亦不过十居六七，直隶尚不及半。是以行令查明有地百亩者，许借种三十亩，以为限制。过此即知为冒借，非实也。讵州县又执定三十亩之说，凡借者皆按地给以十分之三，又属错误。前本道示内，有查明地亩是否宜麦，或数亩或数十亩之语，分析甚明，初非不问宜麦与否，概照十之三出借也。如无宜麦之地，则一亩亦不应借；如数十亩实皆宜麦，即不妨按亩全借。惟至百亩以上，则以十之三为之限制耳。倘不核实办理，先即拘定成数，转恐虚冒不少。再，民间有留麦地，麦后不种秋禾，大概皆力能办种之人。其于秋禾旱后，趁种荞麦、小豆，希冀薄收者，目今尚未登场。此与留麦地相较，其为无力可知。是力能早种者，无藉于借；晚种者未必皆蓄有种，并应借助。此又州县当加体察，随宜酌办者也。又若避出借之繁难，虑将来之赔累，惟从己便，罔恤民艰，计较多而实心少，则隐微之间，更有愧于父母斯民之责矣。此番核造户口，委员专办，正为州县借种等事，有关本计，俾得亲历村庄，专心察勘。若仍潦草塞责，应借者不借，有误贫民种植，而冒借者无麦，宁不转滋日后追呼？至于胥役串合冒领之弊，尤当立法察禁，以劝课之勤惰，定居官之优劣。已奉督宪再三申谕矣，其谨遵毋忽。乾隆八年八月日。

院禁私杀耕牛示

力田之家，耕犁载运，全赖牛力。因其有益农功，是以律严私宰。开圈宰卖者，有计只论罪初犯再犯之条，枷杖徒流，不少宽宥。本年河间、天津各属夏麦失收，秋禾复歉，惟藉来年麦熟，以资生计。今正值播种之期，需牛甚殷。本部院恐被灾穷民无力饲养，轻为弃卖，又恐有地无牛，雇借艰难，业经奏请借给牛草雇价银两，奉旨俞允。是民间畜牛，断宜爱恤存留，以资力作。若只图微利，宰杀售卖，不特有误秋耕，更至身罹法网，追悔莫及。乃无知愚民仍有私宰并卖与圈店者，更有嗜利奸徒收买贩运者，藐法妨农，漫无止戢。合饬地方官亟行出示严禁，并于因公下乡之时，谆切劝诫。仍令本管乡地不时查察，如有前弊，即禀官按律惩治，勿稍宽纵。乡地徇隐，事发连坐。

禁农民卖牛示

被灾各处，秋成无望，全在广种麦田，此时正资牛力。讵各乡村因旱乏草，饲养维艰，纷纷出售。遂有刁民乘机兴贩牟利，百十成群，驱之北赴。在尔等剜肉医疮，固为计出无奈，独不思目下得雨既足，正宜及时种麦，牛具被弃，岂能徒手而耕？无网罟不能得鱼，无斧斤不能得薪。事甚明显，本道深为尔等顾惜筹虑。今按临各属勘灾放赈，并酌定借种之法，总以牛具为凭。如尔等有应种之麦地，先须验明牛具，始准借领。倘有地无牛，不能种即不准借。至于奸贩挟带银钱，在于村庄市集贱价收买耕牛射利，并偷宰病农等弊，业奉督部院通饬文武各衙门分路严拿，尽法究处，并将所贩之牛，全数入官。尔等慎毋听其诱惑，自绝生理。

劝谕当商减利听赎农器示

民食全赖农田，耕作必资器具。乃村民每际农隙，辄取犁锄半价赴质。质及犁锄，其贫可知，而犹以为轻而易赎也。值此荒年，分厘莫措，而待用孔亟，取赎失时，有误农功不小。在商家逐利，虽难责令减少，然犁锄不比衣饰，所质不过百钱上下，计所让之利无多。而人各取其一件以去，数盈万千，人无遗力，异日有收于南亩，与取赢于区肆者，其益正尔相资。况目击贫农待赈为活，而犹锱铢与较，揆情亦有所难安乎？尔当商人等，嗣后于贫民所质犁锄及一切农用什物，宜各按每月三分之利让半听赎。有再能多让少取者，地方官酌量加奖。夫不病农即以惠商，本道非有所偏也。倘农民恃有此示，过缩钱文，强赎生事，亦即加以惩处。

禁止拆卖房屋示

近见灾地贫民有拆卖房屋者，固因救饥待爨之急，亦怀离乡背井之思。讵不闻八月普赈之后，继以续赈、加赈，皇恩至渥，需时待泽，可以安居得饱，何用仓皇毁弃成业，逐思他适耶？况在此时，零星瓦木，所值无几，迨欲规复故址，往往价增数倍，虽悔何及。本道巡历所至，目击心伤，合行晓谕。嗣后乡村房屋，概不许轻拆贱卖；有向同村富室指房称贷者，准听其便。委员核户时，仍查明是否弃屋外出，注之赈册，以凭稽核。

蝗蝻说

蝗蝻，即《诗经》所云螽斯之族类是也。有本孽虫下子生者，亦有鱼虾生子之处，水涸逢夏，湿热薰蒸，化而为蝻者。初出为蝻，长大有翅能飞，即为蝗虫。虽属天灾，亦可胜以人力而捕除之。故捕蝗不力，有革职拿问之条。盖恐有司懈忽从事，滋长蔓延，贻害民田耳。蝻孽下子，专于坚硬地内，栽尾入土下之，松地则否。其子初凝如白汁，渐干则粒分，形同细米。虫若篅褁〔裹〕如蜂窝，一篅常数十子。将出则色紫，及既出土，色又纯黑，如蚁如蝇，日长夜大。越数日如深墨色，有花斑。再越一二日，背长鞍桥，即翅也，色渐淡变，而为黄色。头有王字，翅亦长足能飞。每年夏初四月，正蝻孽萌生之候。计出土十八日成蝗，又下子矣。夏时生者，秋后成蝻。秋后生者，来岁夏热出土。捕除之法不一。凡土埴草满之地，孽虫生子之区，若能春耕翻犁，虫子泄气则不生。寻不周密，既经出土，将能跳跃，尚未散漫者，逐块用席囤罩住，泼以滚水，再行踹烧垦埋入土。如已跳跃，须掘壕赶入烧埋，均可殄灭。至于飞蝗，捕较难于蝻孽，应于五鼓露湿、午时交对之际扑捕，或夜燃火以聚扑之。或出钱收买，俾村众妇稚老弱争先自捕易钱，较拨夫扑捕，事半而功倍矣。收买之蝗，须下锅煮熟（锅设厂前）堆弃，以杜窃取重卖之弊。其余杂色蚂蚱，固非蝗蝻可比，亦应扑捕无遗。至捕蝗所用钱文，虽例许报销，然用多则经费有限，断难全销，徒滋驳饬，临时酌办可耳。规条列后备考。（一有蝗蝻，宜禀不宜详。禀须平淡，只要认真扑捕将尽，即报扑灭。切勿虚张声势具报，致委员接踵，上司亲来，惊惶无措。慎之。）

查收蝻子法

直隶总督宫保部堂方，为严饬查捕蝗蝻遗子，以杜后患事。照得本年入夏以来，直隶各属报生蝗蝻、蚂蚱之处，约有七十余州县。虽青灰色草土蚂蚱居多，而其中亦有褐色如蝗者。且当日午两两交对，即灰青蚂蚱亦皆交对。其下子之候，初凝白汁，渐干则分，形如细米。虫将出土则变紫，既出土则纯黑。其子有箫裹之，形如蜂房，一箫常数十子。俱于坚硬地面，裁尾入土下之，地面孔穴，相次可寻，松土则否。夏时生者，秋后成蝻。秋后生者，来年夏热成蝻。若不早予刨除，转瞬复为患害。此时一夫去之则有余，将来千夫扑之而不足，计其功效，何止倍蓰。合亟饬遵。为此牌，仰该厅官吏照牌事理。文到，立即转饬所属，于今夏生发蝗蝻蚂蚱地面，并一切荒地古冢不毛之区，先为请求寻觅之法。或者派役四出搜刨，优其赏格；或教令乡民，俾其习知搜觅，易以钱米，务从优厚。使非有十倍百倍之利，孰肯冒暑雨，辍农作，零星掇拾，积少成多，且远赴城邑交官乎？该州县慎毋吝惜小费，致悔后时，自贻伊戚也。再，凡蝗蝻遗子之地，一经翻犁，即可埋压。本部院此次巡查所及，见民间留麦之地，土埴草满，即于此等地内查出新生之蝻甚多。该地方官并应责成乡保，劝谕地主，速为翻犁，既倍地力，兼弭灾患。此于地主并无所累，既有留麦地之家，必非乏牛力之户。各州县务遵照，实心实力，不辞劳瘁，立法妥办。一面将办理缘由禀复，仍将买获蝻子若干，随时禀报查核。昨据大名县刘署令呈验所包蝻子一函，可知为查办有据之事，未可率以地方并无蝻子等语，希图搪塞。将来如有虫孽生发，则此日奉行不力之咎，捏饰显然，尚能为该州县宽乎？凛之慎之。

收捕蝗蝻法

直隶总督宫保部堂方为通饬遵照事。照得各属详报，有杂色蚂蚱生发，多寡不等，现在扑捕等情。查能飞之虫孽，与蝻子不同，夫役围捕，飞漏必多，且恐践踏田禾未便，惟有用钱收买之法，行之最为简便得力。先视虫孽所到之处，周围将村庄踏勘。如村稀人少又远，立即于扑蝗处所，按地面宽窄，分建席厂，多出告条示知，每打蚂蚱一升，给大制钱十文，令就近赴厂交收。并发兵役人等，于各村庄传宣号召。则各村男妇老幼，皆以得蚂蚱即可得钱，无不争先恐后，较之官派门夫，何止又多数倍。且人人求多得蚂蚱，即可多卖钱文，不待官为催督，较之雇夫所得，更不止数十倍矣。司厂者给钱，必皆足数。先从妇女幼孩，以次量收，勿占村民便宜。如虫孽渐稀，而殄除务尽。每夫一日所得无多，即须按升加给钱文，以示鼓舞。或十枚或八枚，给钱一文，临时酌量办理。总期村民踊跃从事，不可稍存吝惜之意，致有稽误。所用钱文，准于事竣之日，据实报销。至于一日之中扑打时候，并须讲求，可收事半功倍之益。一在五鼓带露飞不能高之时，一在午间交对不能飞起之时。于此致力，所获倍多，而又不劳。再，夜间布列墙箔，燃举灯光以招之，扑打焚埋较易，亦属一法。合行饬遵。

设立护田夫专巡蝗蝻

直隶司道奉督牌行各府议设护田夫，会转各条开后：

一、据称护田夫合三家出一名，如一村之中居民百户，则应出夫三十名。而各户人丁多寡不一，除贸易外出、家无壮丁者不议外，应先尽户内有男丁三名以上者，抽选一人，充当其役。倘不足数，再于两丁户内抽选。其村户不及百家及过百家者，总核三家一夫之数为率。谕令该乡保查照门牌户口，秉公选举，开写姓名年岁清单。该州县再与存署门牌底册细加核对，使无偏累情弊。及核对符合，即分别四乡，挨顺村庄，编造花名册籍，钤盖印信，存于署中。一面制造长条木牌及烙印腰牌，均照册开写某村护田夫姓名字样，分给各乡保，将木牌钉记该夫门首，腰牌令其收存，俟调用之时，悬挂身旁，俾均有稽考等语。查村庄居民，有贫富之不齐；烟户壮丁，又有多寡之各异。若非预定章程，令乡保秉公选举，官为酌定注册，制给长牌、腰牌，责成不专，难收实效。今议公平，易于集事，洵属妥协，自应照议办理。

一、据称十夫立一夫头，百夫立一牌头，使各相统率。其夫头、牌头，责令乡保于众夫之中，择其略有知识能事者，开报充膺。至一村之内，人夫虽不满百，亦设一牌头。倘村户繁多，出夫至一百五十名以上者，设牌头二名，均分管领。本村生发蝗蝻，即率夫齐集扑除。及他处调拨，著落该牌头号召前往。倘人夫中有托故不行及逃匿情弊，许其指名报官拿究。若徇情隐讳，查出缺少，惟该牌头是问。至平时人夫中有事故外出者，该牌头随时另行报充，换给木牌腰牌。移居别村者，即添入该村门夫之内，以杜诡避等语。查村落人夫，多寡不一。如不设立夫头、牌头，则无督率之人，势必多有逃匿规避，于事难以取效。应请照议妥办。

一、据称护田夫因供捕蝗之役，平日既免其门差，而用日又给以夫价，殊为体恤。然亦须量加区别。若本村生有蝗蝻，分所应捕，况近在咫尺，仍可家食，自毋庸给与夫价。至外调之夫，平时已免门差，偶尔调拨，所给夫价，亦不必过优。每夫日给粟米一仓升，或折大钱十五文，使不致枵腹从事。但该州县务须按名逐日散给，不得有名无实。并严察书役人等扣克侵食，俾均沾实惠等语。查蝗蝻生发，村民分应扑除；即偶尔外调趋事，平日已免门差，按日给价之处，自应量为区别，应如所议。

一、据称乡村辽阔，虫孽盛多，本村人夫不敷应用，该州县须按册查其毗连村庄，均匀调拨。倘一二日不能除灭，则更调别村轮替扑捕，总不出义仓图一区之外。远近相顾，而劳逸适均等语。查乡村辽阔，虫孽繁多，本村之夫不敷应用，自应调拨轮替，协力扑捕，以均劳逸。

一、据称调拨别村夫役，恐因非本村之事，视同秦越，不肯出力相助，致蝗蝻渐长，贻害无穷。应每夫百名，该州县选差强干妥役一二名，协同所管牌头督押扑捕，务使竭尽其一日之力。该州县计其一日之内扑除多寡，将该役牌头量加赏罚，以示劝惩而收实用等语。查蝗蝻生长，自应迅速扑除，刻不容缓。倘无知乡愚，因非本村之事，视同秦越，渐致蔓延，应如所议，差役协督，仍约束衙役藉端扰累滋事。

一、据称集夫在既生之后，巡查在未生之先。每年以二月为始，七月为止，应令护田夫各巡本村地界。每一村庄，官给巡田签四枝，以东西南北为别，每村每日用护田夫四名，一日一轮，周而复始。值日之夫，每日暮各以巡签递交而下，仍以本日巡查有无，告之牌头。如有不周，则此日甲所隐匿，次日乙必举报，牌头即可分别禀究。而除所值之日，仍可各务已业，更于防范为周，民情为便等语。查护田夫原为巡查蝗蝻而设，自应时加巡察，一遇萌动，立即扑灭，庶几不致滋蔓为患。今所议亦属详慎之意，但势有难行，且每方仅用夫一名，亦恐难以周到。应请饬令各州县每年以二月为始，至七月底为止，令各村护田夫各自按日轮替，加意巡查，勿致懈怠疏忽，以期蝻孽永除，农功无患，庶为妥协。

一、据称牌头为各夫之总，于门差之外，应并免各项大差，以示优异，使得尽心稽察。如遇本村生发，牌头能率夫即时扑灭者，量加奖赏；倘有扶同隐匿诸弊，牌头加倍治罪。如护田夫匿报者，夫头举首，则赏夫头，责护田夫。夫头匿报者，牌头举首，则赏牌头，责夫头。又或此村牌头匿报，彼村牌头举首者，则赏彼村牌头，责此村牌头。而乡保为一村头役，不得因有护田夫之设，即谓不干已事，仍责其一体经理，赏罚与牌头同。如此互相觉察，庶于防范更为周密等语。查赏罚规条，原为惩劝而设，牌头为众夫之长，亦应量示优异，应如所议。

一、据称近京五百里之内，概多旗庄，向来拨夫，旗庄多不肯应，地方官以非所统，恐致滋事，亦多听之。查捕蝗查蝻，为农田除害，旗庄既不一例查捕，则旗地生发，民夫无由而知。即民地有蝗，而夫不足用，滋蔓之后，亦将延及旗地。是两有未便也。应请以后查捕蝗蝻，无论正身户下及皇庄人等，凡在屯居住者，照民人之例，一体设立护田夫，查则轮查，拨亦均拨，庶旗民一体，似于各自为救之义更协。惟是旗人因不统于地方官，拨夫不应，习以为固然，一旦添立规条，诚恐呼应不灵，究属无益，可否仰恳奏明等语。查护田夫原为地方杜患而设，自应无分旗民，一律拨派，庶力役齐而防范密。应如所议，恳请于奏事之便，附折奏明。

乾隆二十五年十一月十八日蒙督部院批：仰即照议，通饬各属一体实力奉行。仍饬将各夫按村造具花名清册，呈送该管之府州厅存查，直隶州造送该管道存查。该管之道府州厅，限于二月内将所属送到清册缘由，申报本部院查核勿违。缴。

捕蝗规条（山东司道会议）

一、搜查初生蝻子。查蝻子初生，多在立夏前后。初出之时，仅如蝼蚁，每于清晨天气微寒之时，多系盈千累百，结聚一块，或大如盆口，或大如桌面。此时歼灭最易。地方官应遍行出示晓谕乡民，无论田主、佃户，于每日黎明，各于田禾陇内，遍加搜查。遇有蝻子、蚂蚱生发，如可独力扑灭者，立即扑灭。如力不能灭，迅速报官。其进城报官之人，准赏给盘费钱文，俾无偏苦。毋得任听无知愚民，以蝗虫不食本地田禾，蚂蚱口里有余粮之邪说，玩视贻误。其各乡村原设有保长者，所管一保之内，地方本不辽阔，巡查甚易。只以一保公事，皆责此一人办理，其间查催应答，城乡往来，势不能专任搜查，故事误得以推诿。今应于每保另设副保长一人，令其专司巡查蝗蝻之事。再于四乡，每乡添设总保一人。副保则专查一保，总保则督查一乡，地方官则周查各乡，处处巡察，层层责成，庶无隐匿遗漏之误。如地主明知隐匿，副保长及总保怠玩不报，分别责惩。仍将副保长用轻枷枷号示众，使其仍可行走，催集民夫，俟扑净之日，方准释放。得钱不报者，从重治罪，与钱者一并究处。至于蝻子虽已报官，或路途穷远，或报者同时竟有数处，印捕各官不敷分督，委员猝莫能至，先派衙役催捕，多属虚应故事，及官员查到，已蔓延不可收拾，纵置之法，于事无济。应令该村庄地保民人，一面报官，一面即多集人夫，立即扑打，以期早灭，毋得等候官到始办。如有因扑捕损伤田禾，照例给还籽本。并请嗣后除地方官将生发扑灭各情形仍照旧通报外，其该管知府，将所属某处某日生有蝻子、蚂蚱，汇开一册，或当时已经扑净，或尚未扑灭缘由，逐处注明，每逢半月，通报察核。使该州县将境内蝻子、蚂蚱全行扑灭之日，由知府详司转请销案。

一、扑捕跳跃蝻子。查蝻生三五日即能跳跃，应视生蝻地亩之长广，相度地势，督率民夫，挑挖长壕或圆壕，宽深俱约二三尺。壕既挑成，若信手驱逐，蝻即散漫旁逸，数亩之蝻，散而为数十亩矣。地方官须预备布幛，带至生蝻处所，先插木棍，两旁用幛围定，民夫手持扫帚、柳条等物，徐徐驱蝻入壕。先于壕底铺杂草二寸许，蝻被驱入壕内，必钻进草中。人夫各执草把，爨火燃着，一齐投入，壕底之草并着焚烧，蝻可尽灭。其布幛用白布一百八十丈，分为两幅。每幅横长九十丈，作一大幅布，宽一尺三寸。两幅合为一幅，计高二尺六寸。相距五尺上下，钉布带各一条，俱拴系木棍之上。如蝻地过宽，则先围一处，再围一处，或多备布幛，更为有益。至布幛所费无多，应于公费内备办，不得派累里民。照此办理，一夫可抵三夫之用，一日可兼数日之功矣。

一、早晚捕蝻之候。查蝻子无论大小，至日将落时，及黎明之际，俱上禾苗之巅，浮于叶上，似属饮露，又如蚕眠。此时地上绝无蝻子，应仿捞鱼兜之式，用柳木条火烤捏成二尺长圈，缝粗麻布作兜，绑于长四尺竹木杆上，向禾苗叶上左右掣捕。仍备大口袋二三十条，兜满即倾入口袋，所获必多。此每日黎明及日夕时捕法。日出即醒觉跳散，仍用挑壕驱捕。

一、人夫分层之法。查围扑捕蝻，人夫比肩而立，徐徐扫赶，仍有漏捕之处。莫如前掘大壕，用夫数层，横列于后。每层左右相距五尺，各执长帚，两边驱赶。如第一层渗漏，有第二层接扫；第二层添漏，有第三层接扫。层层接续向前，直至壕口。第一层转回作末层，第二层至壕转回，亦作末层。如此循环卷扫，则十层者只须三遍，抵过三十遍，五层者抵过十五遍。蝻虽至密，亦无处藏匿。本年捕蝻，曾用此法，颇有成效。

一、捕初变飞蝗。查蝻子初变飞蝗，羽翼尚属软弱，仍与蝻子成群结队，若不自知其能飞，而与蝻子夹杂爬走。若用扑打，必致四散飞扬。须用鱼缯三四面，每缯两旁用竹竿撑持，下边缯与竿齐，上边余缯二尺，不可绑于竿上。择两人精力相等者，各一手持竿着地，一手扯上余缯，向前往有蝗处飞跑。至蝗尽处所，将缯一合，所获飞蝗，倒入布袋，张缯再跑直捕。因蝗性好逆，缯向前行，蝗必回头投入缯内。如无鱼缯，即用布五六幅，缝一布单，以代鱼缯。

一、扑捕已成飞蝗。查捕蝗与捕蝻不同，人夫须四散拿捕，不宜挨排围扑，转致赶惊群起。须于清晨两翅沾露，午、未二时雌雄交对不能飞扬之时，及时上紧捕治。至黑夜则宜多执灯火，飞蝗见火，则扑如飞蛾，然其人须距灯稍远，寂静以待之。仍用前柳条圈麻布兜捕法，亦可获十之三四。至于早夜及寅午二时之外，听其屯聚，必损田禾。此非多用人夫，四路捉捕，不能为功。如应用五百名者，再加至一倍、二倍，总以人多早竣为主。倘一日之役，迟至数日，数日之役，迟至数旬，皆由地广夫稀，晏集早散，印官慢〔漫〕不经心，委员通同懈玩，以致小民日受辛若，迄无成功。而跳跃飞蝗，虫势弥广，民无息肩之时，稼受残伤之害，是皆夫役稀少之故也。拨夫既多，再照用米易换之例，将扑获蝗虫，用钱收买，民人不督自勤。其收买钱数，应临时酌定。蝗多则减，蝗少则增，总不宜过多，每斤给制钱五文，预示晓谕。更察散钱之人，勿使侵渔滋弊。

一、就近拨夫以均劳逸。查扑捕蝗蝻，不能不多用民夫，而拨夫之法，按田不如按户。盖以田连阡陌之家，其佃户原系附近村民，倘为田主充当夫役，则本户名下，即无其人，其牵制正属相等。且按田拨夫，更恐滋科敛卖放之弊。嗣后蝻生蝗发报官，即带烟户册，星将附近村庄壮丁核算约有若干，如尚不敷用，再拨数里之外人民。除老幼废疾孤寡外，余俱令应役，限时齐集。不得虚出点头差票，向穹远村庄调夫，致启胥役刁难需索之弊。至田多富户，既经按户出夫，而众人为其除患保稼，富户竟不顾问，亦非情理。应令量捐米面，置备水饭干饼等物，以济夫役之饥渴。计每米一石，可供三百人之食，所费无多。且夫役回家就食，势必散逸稽延。应将附近各庄点出田多富户几人，令其各出米粮，于捕蝗厂所，分东、西、南、北四厂，煮备粥饭、凉水以供。贫者出力，富者捐粮，使夫役无饥饿之苦，而捕蝗无作辍之虞矣。

一、焚烧草秽以除遗种。查湖泊水洼苇草丛生之地，最易生蝻。以湖滨水浅之处，鱼虾遗卵，既能化生，而飞蝗所生之子，遇水土相接，湿热薰蒸，更能速化。应于冬春民力闲暇之时，各令芟割丛草，翻掘地土，堆积焚烧以除之。

一、劝耕地亩当均牛力。查种麦之地，今秋已经翻耕。惟草洼磏〔碱?〕场，民人耕犁之所不到，有司惟知奉行故事，随口吩咐，或泛行出票查催，徒滋胥役藉端需索。应请通饬，除种麦地已经翻耕及留秋地亩，俱劝本户各于今冬自行翻耕外，其无主之嫌〔碱?〕场草洼，约地若干，用牛几只，几日可以耕完，附近村庄几处，应用某某人等牛只，令地保秉公报明，官为出示劝民，通力合作，限日完竣。如有玩不翻耕，责处地保，并禁扰累。

一、收虫孽以示劝勉。查飞蝗停落处所，必有遗子，应劝民于冬月翻耕泄气，不能复生。其沟塍地角，高岸荒堆，难施耕犁之处，非挖掘不能为力。应出示遍行晓谕，凡有挖得蝻子一升者，准照以米易换之例，给大钱十文。令其缴官收买，庶使乡民踊跃搜挖。

查蝗蝻之子，非蝗虫大而且多可比。若挖子一升，送缴到城，仅给大钱十文，不敷其食，孰肯为他人出力耶？此收子之法，应遵直督牌行办理。谨识。

预防蝗患禀（直隶易州黄）

敬禀者：蝗蝻为患，下关民食，上廑宸衷。直属去年雨水过多，鱼子变为蝗蝻，长大复下蝻子，扑打难净，长翅即为飞蝗。仰荷宪台忧勤，心力交瘁，督率州县，上紧扑捕。兹各处扑打净尽，遗孽不致远蔓，禾稼不至大伤。皇仁宪德，所全甚大。然卑职在直近二十年，蝗蝻之灾，时常有之。而东南郡县旱湿之乡患此尤多，亦多有自东省飞来者。卑职在大城任内，岁有此物，随有随扑，惟有掘坑迫除之一法耳。夫雨旱愆期，岁所时有，而蝗蝻变生，难以预定，惟先事绸缪，有备则无患，害生则易除。卑职缘大城经历已久，而望都、安肃蒙委协捕，实见防备杜绝之法，有切实宜行者，敬为宪台陈之。

一、农民宜各按地界，开挖小沟，家自为防，家自为捕之，可永远无患也。卑职在定兴姚村协捕，见有曾泣于田，问之，云：稼为蝗啮。诘以邻地何完好，则曰：不见彼皆开沟乎！问伊何以不开？诉曰：农民能任锄，率其家人妇女，挑挖一日沟成。曾不惯动手，是以邻挖二尺五寸，而伊只挖五寸，掌已刨肿，故受累耳。卑职往来定兴、安肃，督率夫役，于蚂蚱丛生之地，凡有自开沟者，均不受伤。此众所共见，非卑职一人之臆说也。去年蒙宪行开沟叠道之法，现在除蝗，全赖乎此，否则益费力，以捕蝗从未有不开沟者。然以数百名之夫，捕一区之蝗，沟未成则众夫袖手不敢动，旷时已可惜。官为之捕，何如民自为捕之为有益也。患已成而始捕，何如患未成而即防之之为有益也。请除郡县附山气冷、素无蝗患者无庸筹及外，其余有患蝗地方，禀请宪行，定为农民有田一顷上下，四面各自挖小沟。其有地亩少者，即附于地亩多者均匀并挖。总不得过三顷之数，益多即笼统，易于推诿观望。且追蝗下沟，地广则远而费力，反有损伤禾稼之处。不如地少易防，亦易除也。自己地内查察，未有不小心者。一有萌动，则合一家男妇，悉力以捕，终朝可尽，内出者跳沟歼之。自己出力，一夫可当百夫之用，不禀官，不差扰，而事毕矣。沟总以宽二尺五寸为度，开后每岁春融，出其沟淤，以铁锹拍光之而已。护田长、乡甲日督率之，官为察视，法在必行。目下薪经创芟，其机可乘，行之亦易为力，此一劳永逸之计也。至于疏泄水潦，由小沟引之于大沟，其力又有不可胜言者。而说者或有以开沟有占地亩，夫二三顷之地，只占二尺余之沟，宁有几何？且沟挖两界，合为二尺五寸，分开仅一尺二寸五分，所挖之地益无。两界合挖，人力更易。南省田畴，有旷二三尺而始培一畦者。根苗为地力所滋，旷于彼即注于此，此物理也。且沟虽小，时雨可暂蓄，两边地上润而培发，足以相补，似不可以小而失大也。

一、地土宜于秋末翻耕，以绝遗种之患也。查蝗蝻打未尽绝，至于长翅能飞，则随处停落，配对下子，至明年发生，为害最深而最广。是不独有蝻之处可虑，即无蝗之处亦可虑也。现在入土尚浅，幸迩来秋雨普遍，若于秋收后，宪行地方官严加劝谕，令各乡甲屯同督率民，一切田地悉行耕犁，遗子即败。俗云雪深一尺，蝗入地一尺。即未得尺，而数寸亦所必有。耕开则雪泽更入而益深，蝗自不能萌动。若至明岁开耕，倘得雨稍迟，及至四、五月地热而此物出矣。种入已深，即耕亦不能破其亡也。况秋后耕地，为利甚大，并不止为蝗计者。耕开之土，日晒风疏，雪沾露滋，土热而沃。明春一得小雨，耙平即可布种。土膏细润，发荣自易。若今秋不耕，至明岁则久而益坚。开冻后必得透雨，方可耕种。硬块未化，所种多不发旺。或雨未深透，虽耕仍当候雨以种，视秋耕之田，相去万万也。卑职历任秋后冬前，总使境内无不耕之土，今于易州亦然。此亦易于查察，若田不耕，一望立见。不妨杖一儆百，毋使小民因循。官督率之初年犹勉强，次年则不费力，是亦习而不怨之道也。

荒政辑要

清乾隆三十三年刻本

（清）姚碧 辑
李文海 点校

荒政辑要叙

自古圣王在上，不能无水旱之灾，故备荒有政，救荒有策。《周礼》遗人掌乡里之委积以恤民艱厄，县都之委积以待凶荒，此备荒之政也。大司徒以荒政十有二聚万民，此救荒之策也。汉唐以来，朝廷之诏令，名臣之奏议，载在史册及杜氏、马氏之书者，皆可以备参稽而资则效。惟今昔异宜，形情判然，故法古者必至戾今。安石以《周礼》国□为息而行青苗，民且受其病，况其他乎！所以救时必遵时政也。我国家恺泽覃敷，于灾赈尤加意焉。一方偶被偏灾，不惜出帑藏数百万以救之。办理之法，至周且备。奉行条例，皆圣天子德意所流布，视大司徒之十二条，又加详密。此华亭姚君所以成辑要之书也。姚君有经济才，历游繁剧，佐有司筹办灾赈者非一。此书即当时奉行成法而编综之。又参以物土之宜，胪陈其目，要而不烦，洵足为救灾程式，意良苦矣。顾办灾者，欲灾黎之得所，必先查勘获实，而不假手于吏胥，然后被灾之轻重，罔不周知，而赈贷皆为实惠。是此莅治者不在法而在人，不在才而在心。苟司牧得其人，而以实心行之，则有法外之仁；此心一不实，即有法中之弊。益之初九日，利用为大作，元吉；九五日，有孚惠心，勿问，元吉，有孚惠，我德。初九者，受任牧民之臣。九五者，行庆施惠之君。君有惠心，尤在受任之实心作事。故施者为德而受者为惠也。夫政之贵乎实，岂但办灾云尔哉。是为序。

嘉禾王燮撰

序

瓯郡守俞文漪，治行为浙省第一。莅任三载，综理政务，皆有条理。俞以事来谒，自言得幕友姚先生赞助者多，极口称述，余始知君名。乙亥岁，适予晋秩浙藩，邀君入幕，佐予厘剔利弊。未半载，政务整肃，余益契君之为人。尝手纂《荒政辑要》数卷，是为救荒楷则。瓯括观察朱公椿，已摘其尤要者三十余条，付之梓，呈中丞周公，属予复核。予正喜得全编，将斟酌刊布，适获谴，有塞外之行，不果。濒行，书数语于简端，以志心契云尔。

乾隆二十一年仲春白山同德拜手

荒政辑要序

水旱之虞，尧汤不能免。使士大夫素未究心于捍患御灾之有术，凶荒猝至，始悔经理乏术，晚矣！《荒政辑要》一编，悉准我国家现行条例，参考经史，与夫人情风土之各有所宜，汇而辑之，凡以益我民生者为要也。夫岁之有灾荒，惧其损我民也。民损者，官为益之。酌盈以剂〔济〕虚，补偏而救弊，固皆有政。政自官以达之民，贵得其要领。在官为急务，在民为生计。若荒政而不得其要，尚何拯救为哉！握其要而为之，未成灾前与既成灾后，一切法度规条，无不咸备，举而措之，裕如也。此《荒政辑要》一编，士大夫所宜讲明而切究之不容缓也。余署嘉守篆时，与我友华亭姚子天璞共事者凡若干月。一日以是编示余，受而读之，喜其约而备，简而有要，兢兢于益我民生也。爰加参订而为之序。至于因时度势，变而通之，是又在乎士大夫之善读是书者。

时乾隆二十六年，岁在辛巳正月既望，襄平高象震筠洲氏顿首拜题

序

碧幕游浙东西又二十余年矣。所至繁剧之区，公务纷杂，其中猝难措置者，灾赈为尤。客窓余暇，每见奉行条例、浙省规则及办过章程，手录成编，以备临事稽核。乾隆辛巳岁，襄平高公象震署禾郡，偕碧襄厥事，见之曰：是可为荒政程式也，宜付梓传。夫碧学识浅陋，乏经世术，即或作嫁多时，偶有所述，曷敢持以问世。惟念恻怛之隐，尽人所同，而救荒卒无善策，精明之吏，耳目稍疏，犹不免为胥役所朦，而况仕版初登，未娴例案，地方偶被灾伤，四野哗然，怆惶失措，自查勘以迄赈恤，茫无头绪 。于是假手经胥，轻重不辨，而冒滥遗漏之弊，百端蜂起，不但糜帑，甚至酿事，贻误匪细。是编觌缕及之，清利弊之源而定经权之准，寓目者自了如也。若夫随地制宜，因时措置，通变存乎人，而奉行必以实，则又非可尽赅者。兹因怂恿刊刻，终恐不足问世，见者谅焉。

华亭姚碧天璞氏自识

荒政辑要例言

一、救荒之说，散见于经史者甚详，但或宜于古而不宜于今。救时之急务，总以现行定例为准绳。其载在例册者，分门别类，非不班班可考，然头绪纷如，散而不聚，一时既艰于检寻，亦骤难理会。家君游幕三十年，每见州县难办之事，惟灾赈为最。公余因敬录历奉谕旨及通颁条例、现行章程，间或参考前人成说，汇为一编，名曰《荒政辑要》，凡八卷。其中缓急轻重，一开卷间，纲目分明，瞭如指掌。虽资学幕津梁，而初任仕途者，亦不无小补云。

一、是编恭载上谕条例，固属直省通行，而各省地有不同，则办理之法又当因地制宜，随机应变。集中间有载入浙省办法，因在浙年久，经手助理，已有成效，故附载于内。他省地虽不同，而人情物理则一，仿而行之，变而通之，以臻乎至当可也。

一、是编所载条例，俱遵照乾隆三十二年以前所颁。倘以后遇有钦奉谕旨及奏准通行更定章程，容俟随时录取，依类增刊，以免岐误。

一、卷中条目次序，略以办理之缓急为先后。勘灾、赈恤，其最急者也，故列于卷首。蠲缓、粜借诸务次之，煮赈、捐赈诸务又次之。清理刑狱、开捐助赈等事，或弭害于将萌，或拯困于既甚，均不可不详晰开载。至现奉新例，凡具有印文者，印结可以删去，则内中惟里民甘结、委员印结，尚应仍旧。但灾赈各结，为不刊之成式，结虽不必，而文内仍须照依结内字样开载，故同册式一并附载，以备查考。

一、是编中恭逢圣谕，俱用出格敬录，以昭慎重。其余如奏疏、条例等项，俱用细字附载，以省繁冗，而眉日〔目〕亦得分明。

一、水旱之灾，盛时不免。固宜经划于既事之后，亦当预防于未事之先。卷中所载捕蝗、治虫、伐蛟、种植诸法，其言固凿凿有据，而卷末治水、用水诸法，亦悉本古人之言，凡皆所以防患于未然之急务也。若仿而行之，自有成效。故备细附录，以俟采择。

一、末卷中水利杂说，皆家君游踪所到之处，目睹地方情形，博访人情土俗，随笔记载，以政高明。至一切兴利除害之事，皆因遇有实心爱民之贤主人，经划得宜，故偶一录记，以志其美。以见水利为民生切要之务，不可不加意经理。我国家深仁厚泽，涵煦百有余年，生齿繁庶，莫过今日。有斯民之责者，当思民以食为天，必以耕种为本，而耕种尤以水利为先。水利得宜，斯耕法详尽，而野无旷土，民有余粟矣。惓惓致意，聊供刍荛之献云尔。

男兆兰瑞征谨识

荒政辑要目次

卷　一

灾赈章程

一、查雍正十三年十月，奉上谕：《洪范》庶征，凡雨旸之愆和，关人事之得失，所以著感应之理，使修人事。然水旱之灾，虽尧汤不能免，惟有勤恤民隐，竭力补救，可以化灾沴而成太和，总在积至诚以昭假，不可盟一念之欺罔也。督抚身任封疆重寄，奏报收成分数，乃关系地方民命，必确实无欺，始得议行蠲赈，以苏民困。朕平日留心此事，见各省陈报收成分数，或有只据一方丰收数目为定。雨水过多之处，以高阜所收为准；亢旱时有之年，以低下所获为准。并不分析某处丰收，某处歉获。其意只图粉饰，以邀感召和气之名，而不知即此一念欺罔，已为获罪于民，获罪于君，而获罪于天矣。夫至诚格天，乃圣人体信达顺，参赞化育之事。尔等督抚，即使办理妥协，亦不过仰承皇考圣训，遵循罔越，岂得因年岁之丰阜，贪天之功为己功乎？若岁丰可引为己功，则必岁歉惧为己罪，捏报丰收，不恤民艰，使饥冻流亡之惨不得上闻，蠲免赈恤之恩不得下逮。职思其故，谁为厉阶？清夜扪心，何以自问！且朕体皇考敬天勤民之意，膺君国子民之任，岂肯姑贷此等督抚，以为民害耶！嗣后务各警醒，所奏报各地方收获分数，不得丝毫假饰，以干罪戾。特谕。又乾隆六年六月初二日，奉上谕：德惟善政，政在养民。以天下之大，天时固有不齐，地形又复不一，雨泽稍愆，则高阜之地防旱，雨水既足，则低洼之地虑淹，总期先事预筹，始可有备无患。言念及此，虽当丰稔之年，而朕宵旰忧勤，不敢暂释于怀也。向来各省报灾，原有定期，若先期题报，便不合例。朕思按期题报者，乃指其本而言，至于水旱情形，为督抚者察其端倪，早为区画，随时密奏，则朕可倍加修省，而人事亦得有备。若过拘成例，则未免后时矣。至于督抚之报灾，有故为掩饰，不肯奏出实情者，亦有好行其德，希冀取悦于地方者。惟公正之大臣，既不肯匿灾以病民，亦不肯违道以干誉，外此则不能无过不及之失。朕痌瘝在抱，再四思维，匿灾者使百姓流离之苦，其害甚大；违道干誉，虽非正理，以二者较之，究竟此善于彼。宁国家多费帑金，不可令闾阎一夫失所，此朕之本念也。各省督抚，俱当仰体，随时留心，以副朕惠鲜怀保之意。钦此。又乾隆六年十月二十六日，奉上谕：今年广东地方，有被灾歉收之处，琼州所属为尤甚。闻得署崖州陈士恭，一味粉饰，捏报崖州有八分收成，感恩县有七分半收成。经道府等屡次驳查，而陈士恭押令乡保，出具实有六七分收成不为成灾之甘结。似此匿灾病民之员，若不据实纠参，何以使玩视民瘼者知所儆戒？巡抚王安国，今年办理荒政，未免失之疏缓，不满朕意。陈士恭着广东督抚即行查参，交部严加议处。朕思各省地方辽阔，其水旱情形又复不齐。或本不致成灾，而乡里刁民，借端生事，妄希惠泽。地方大小官吏，辄便请蠲请赈，好行其德，违道干誉，固属不可，然其为害犹小；倘实属灾荒，而讳匿不报，以至小民流离失所，弱者转乎沟壑，壮者流为盗贼，为害甚大。朕已屡降谕旨，总之凡事自有中道。朕观各省督抚，能得中者甚少，然轻重之间，亦当熟筹。可将此旨传谕各省督抚知之。钦此。谨查地方水旱为灾，乃天时或有之事。如果情形甚轻，田禾可以设法补种，不至成灾，刁民借端妄报，希图幸邀蠲赈，地方官自当严加禁约，毋稍姑息养奸。倘灾象已成，民瘼攸系，应即据实详报，照例办理，以仰副皇上视民如伤之圣心。不可有意粉饰，自干参究。此权宜轻重之间，因地制宜，不可不慎。故敬录历奉谕旨，列于卷首，使阅者知所凛遵。

一、定例夏灾不出六月底，秋灾不出九月底，先以被灾情形题报。其被灾分数，按限勘明续报。逾限者议处。盖言题报情形，不出六月、九月之外也。自题报日起，限四十五日。（旧例限一个月。雍正六年，江西万载县知县许松佶奏准查勘之员宽以十日，查核上司宽以五日，总以四十五日为限。）如勘不成灾，即题明销案。如勘实成灾，即将顷亩分数具题加赈。如地方偶被偏灾，民力尚能支持，不必加赈。或应分别极、次贫民，酌赈一月、两月，亦即附疏题明。再于具题分数之日起，限两个月，将应免钱粮造册题蠲。此三次题本，一定不易之成法。至州县初详，叙明被水被旱疏泄不及，戽救无济情形，开列村庄，摘入呈首姓名。于详报之后，即履亩查勘顷亩分数，备造册结，移取委员印结，具详请题，遵照四十日限期办理。其距省遥远地方，准照交代之例，扣算程途日期，务于限内出详。一面查报户口数目，定期开赈，将应免钱粮各分数造册具详。此系州县三次正详，均宜赶赴题限，不容迟误。至三次正详之外，逐日勘过村庄田禾及户口，并民情如何，应三日或五日一禀，以慰上司之心，最为切要。（处分则例：州县官迟报，逾限半月以内者，罚俸六个月。逾限一月以内者，罚俸一年。逾限一月以外，降一级调用。逾限二月以外者，降二级调用。逾限三月以外，怠缓已甚者，革职。巡抚布政司道府等官，以州县报到之日起算，如有逾限者，照例一体处分。其被灾分数，限四十五日查明，造册题报，照例扣算程途，将已未违限月日，分晰声明。如不依限造册题报，州县道府布政使巡抚各官，亦照前例议处。至官员勘灾，不委厅员印官，乃委教官杂职查勘，或妄报饥荒，或地方有异灾不申报者，俱罚俸一年。若止报巡抚，不报总督，及报灾之时，未缴印结，册内不分晰明白者，罚俸六个月。督抚亦照此例议处。又州县官将民之苦情不行详报上司，使民无处可愬，其事发觉，将州县官革职，永不叙用。若州县官已经详报，而上司并不接准题报者，将上司亦行革职。至于赈济被灾之民，以及蠲免钱粮，州县官有借名肥己，使民不沾实惠等弊，或被傍〔旁〕人出首，或受累之人具告，或科道查出纠参，将州县官照贪官例革职拿问。其督抚布政使道府等官，不行稽查，令州县任意侵蚀者，俱行革职。又沿河州县，遇有报潦之处，令地方官会同河员，亲历确勘被淹根由，据实通报。如有隐瞒民灾者，照报灾怠缓例议处。查报不实者，照溺职例议处。）

一、检踏灾伤，律定初、覆二次。初勘责之州县，覆勘责之委员。印委各员，俱应亲历村庄，细心查勘，务得其确切分数，不容假手胥役，以致弊混。（律载初覆检踏官吏，不行亲诣田所，及虽诣田所，不为用心从实检踏，止凭里长甲首朦胧供报，中间以熟作荒，以荒作熟，增减分数，通同作弊，瞒官害民者，各杖一百，罢职役不叙。若致枉有所征免粮数，计赃重者坐赃论，里长甲首各与同罪。受财者并计赃，以枉法从重论。）然保甲分地承充，该处田亩之有灾无灾，与灾民之有力无力，早已熟悉于胸中。户书管理征粮册籍，与粮户声气相通，情形尤所深知。一官之耳目几何，岂能舍若辈而独自踏勘乎？此际全在用人得当也。须于六房书吏中，择身家殷实，为人端整，素推老成持重，并无过犯之人，点取数名，宁少毋多。再将署内丁属之能事者，一一派出。每村庄令内丁一人，领同前点书一人，再派登记书二人、随役一人，用保正甲长指引，携带鳞册，查得某庄某甲某户某圩某号田若干亩，或系佃种，则注明佃户某人、住居村庄、种植何项、被灾似有几分，随即登簿。田则按圩按号，挨段踏查，又考以鱼鳞图册。查一村庄毕，得一草册，作为地保初报到官之私册，呈缴州县。一面晓谕各灾户，将被灾田亩，自用竹签，插立田界，开注号段亩分姓名。该牧令亲带此册，履勘确切。冒入者删除，遗漏者增补，轻重不当者更改。另缮印册四五本，以备道府及委员覆勘时查取，并备案诸用。委员又照该州县勘定之册，再加增删酌改，自然确实无弊矣。

一、查报户口，即用前条内查勘顷亩分数之人与法，携带烟户册，查得某庄某甲某户大小丁口若干，似属极次贫，自种田若干，或佃种某人田若干，内被灾几分，田若干，随即登记。户则按庄按甲，挨次查审，又证以烟户底册。查一庄毕，得一草册，作为该保初报到官之私册，呈缴州县。该牧令照册亲加查明，冒滥者删除，遗漏者增补，极次不当者更改。另缮印册四五本，以备道府及委员覆查及存案诸用。委员则照前册增删酌改，自无遗滥矣。

一、如甲日丁役查勘东庄，则乙日印官亲勘东庄；乙日丁役查勘西庄，则丙日印官亲勘西庄。其窎远村庄，许委丞簿、巡检等员分勘，以副定限。一如前法，轮流无间，便无迟误之虑。（乾隆二年条例：查地方偶遇灾荒，原应州县亲身踏勘。但州县所属地方大小不同，小者固易于巡查，而大者则难于猝遍。诚以灾黎待恤，恐稽时日，故偶委佐杂分头踏勘，亦一时权宜，未便概行禁止。）

一、如被灾地方广阔，村庄繁多，地方官一身难以赶办，该管道府，可以派委邻近不被灾州县官协办，并即分委佐杂教职，分路查勘，以副定限。此系上司所委覆勘厅印官之外，名为协办官是也。但须将办法之法，公同讨论，因其地亦因其时，务必彼此明澈，然后分庄四往。仍将派定村庄，开单禀明上司，以便事竣考核。

一、查乾隆十六年九月十六日奉上谕：各省办理赈务，向无一定章程，多有冒滥中饱之弊，而实在贫民转多遗漏，不能均叨赈恤之恩。盖地方灾赈，全在清查户口，以杜遗滥。封疆大吏，统驭全省，既难躬亲其事。如被灾之州县，其应办事务实繁，如止一隅偏灾，尚可自行查办，若灾地稍阔，必不能分身兼顾。而本处一二佐杂教职，亦难遍历村庄，势不得不假手于书役乡地，所以易滋弊混。近询之直隶总督方观承，据称该省向来俱另委厅印，带同佐杂等官分查，视灾地之大小，以定派员之多寡。其巡查、登籍、散票、给赈诸法，甚属妥协周详。浙省今年被旱成灾，应赈之州县甚多，若办理稍有未善，既恐遗漏滋弊，且恐总理大员见户口过多，率意裁减，益致向隅，而胥吏之冒滥作奸，仍复不免，灾黎何由得沾实惠？可将方观承所开说帖，抄寄喀尔吉善、永贵等，令其仿照办理，于赈务实为有益。其各省州县中，有被灾应赈者，遇奏事之便，一并抄寄，令该督抚等酌量现在办灾尚有未协之处，可择善而从。若已定有章程，大意相同，而果能信其实无弊混，亦不必因有此旨，遂复行从头另办，转致更张滋扰。钦此。（说帖内开：查直隶向来查办赈务，俱系另委厅印，带同佐杂等官分查，视地方之大小，以定派员之多寡。厅印或一员或二员，佐杂并能办事之教官，或三四员或五六员，各给记号一个，如天地元黄之类。其厅员之才干者，或一员兼管两州县亦可。派员既定，令总理赈务之道员，照议定查户之规条，带同各厅印清查一二日，俾皆领会。厅员又带同派随之佐杂教职清查一二日，俾皆领会。然后各照派定村庄，四出分查，庶可画一。委员等各带赈票多张，票上用本州县印信，加用委员号记，庶见票即知为某委员所查。委员于清查时，将票上填明极次贫户、大小口数，随查随即按户散给。另用赈簿一本，将某一月内所查村庄成灾几分，某户极贫，某户次贫，大口几口，小口几口，逐一登记。又按一日所查，共若干户，若干口，总注于后，用本人印信戳记钤盖。于查完之日，通计一州县应赈户口确数，一面申报上司查核，一面送被灾之州县，照簿计日验票给赈。该管之道府等，仍于巡历之次，按簿抽查。如有遗滥浮开等弊，惟承办之员是问。至于本处书吏衙役，按各委员派给一名，以供缮写，使令不许干预查户之事。如此则户口无从弊混，而贫民均沾实惠矣。）

一、如地方偶被偏灾，顷亩无多，灾户甚少，则分数与户口并作一次查勘入册。事属可行，又不必过于拘泥也。

一、顷亩分数册，须依原定都图圩号次序开列；户口册，应照顺庄甲分次序开列，不许胥役故意淆混。此中俱有深意，承办州县当慎之于始也。

一、夏月被灾，如秋禾种植，将来可望收成者，例应俟秋获之时，确勘分数，另行办理。其间或得雨稍迟，布种较晚，必须接济者，或借籽种，或贷口粮，例许随时酌行。浙省二麦被灾，自应照此例办理。至两浙地方所种禾名，或早或中或晚。单插一熟者，若夏月早禾被灾，为期尚早，晚禾仍可接种，农民资本不继，酌量借贷，事在当行。若早中禾被灾，晚禾接种不及，悉照秋灾之例，分别蠲赈。

一、律载"水旱霜雹蝗蝻一应灾伤"，一应者，谓六害之外，别有能伤禾稼者。如飓风吹刮、海潮漫溢、山水陡发等类，无不包也。州县地方，如有此等风水为灾之事，该牧令一面通报或通禀，一面亲自勘验。（律载：凡部内有水旱霜雹蝗蝻为害及一应灾伤，田粮有司官吏，应准告而不即受理申报检踏，及本管上司不与委官覆踏者，各杖八十。）如果系一隅偏灾，情形甚轻，禾苗尚可栽培成熟，庐舍无损，人口无伤，而被灾之际，民力未免拮据，应将农民之乏力者，酌借口粮籽种，秋成免息还款，可以毋庸题报。倘被损伤大田秋成失望，及田土瘠薄之区，民鲜盖藏，并积歉之后，复遇灾祲，应行赈恤者（定例：地方如遇水旱，即行先赈一月，再行查明户口，具题加赈，即抚恤一月口粮是也），飞速查明分数及饥民多寡，照例议详，依限办理，听候上司题报。

一、成灾分数，不可彼此牵算，应以各田内实在被灾情形为准。如一圩之中，有田百亩，其九十亩无灾，而十亩成灾，即就此十亩，勘明分数入册。

一、未种田亩，归入已种被灾十分田内册报。又浙东早禾中禾，统名秋禾，如有成灾，概照秋灾例办理。

一、沿海斥卤之区，无可车灌，全赖天雨滋养。农民于一丘之内，将早晚二禾，分区相间并插。大约早禾栽毕后二十日，即于空行再插晚禾，土人名曰双插。如早禾已经成熟，仍留晚禾在田。此项晚禾，即被灾十分，而早禾已收，实有得半之数，难以作全灾论。须于履勘之时，确看情形，斟酌办理。而初勘草册内，又须将单插双插之处，逐号注明，以备查考。（早晚双插之田，浙东甚多。）

一、早晚禾分插之田，如一圩之中，有田百亩，五十亩种早禾，已经收割，五十亩种晚禾被灾，则此五十亩被灾晚禾，即应勘办，又不得将已收早禾牵算也。

一、乾隆十六年七月，浙省叶藩司议详：宁波府属地方，素产席草，夏即收割，再种晚禾。据胡守禀称，虽未补种晚禾，已收厚利，应照秋成有收之例，另册办理。查此种田亩，惟宁属所有。如果向遇水旱不齐，晚禾无收，田主亦收全租，自应照秋成有望之例，另册办理。至于现种早禾，春间不种席草，现无晚青，又不能补种杂粮，各被灾田亩，勘明册报。其早禾田内夹杂晚青，现在早禾已枯，晚青未萎，晚禾若得透雨，尚有可望，自应照秋成分数办理，毋庸造报。院准在案。

一、乾隆十六年七月，叶藩司议详：旱灾与水灾不同，田禾有早晚之分，被旱原系同时受伤。今岁各属，早禾被旱；其晚禾咸称旬日之内得雨透足，尚可有收，倘无雨泽，难望收成等语。是早、中、晚禾，均皆被旱。将来四十五日限内，不论早、中、晚禾，凡有成灾田亩，分数相符，俱得汇报。但查题疏内声明，如有州县续报被旱情形，统于分数案内汇报，系指未经附入题案之县而言。其已报情形，各属县未便再以晚禾被旱续请题报。所有胡守禀晚禾成灾，照续报水灾例查办之处，毋庸议。奉院批准在案。（乾隆十一年定例：报灾之后，续有灾伤，其应作何扣限之处，例内原未分晰。是以各省有自续报情形之日起限另报者，亦有即于正限四十日之内查勘汇题者，办理均不画一。嗣后除旱灾以渐而成，仍照旧例办理外，如查勘水灾限内，有原被水灾村庄，复经被灾较重，若距先报之期未过十五日，不准展限，统于正限内查勘汇题。十五日以外者，准其于续报情形案内，声明展限二十日查办。倘有已过正限，均准另起限期。）

一、查灾误耕。乾隆五年奉上谕：有人陈奏，各省遇有水旱成灾地亩，一经报荒之后，即不许种莳，谓之指荒地亩，以待州县勘灾出结，又候上司委员查验。若复行种莳，便无可凭。而历经查验，动需数月，虽有可耕之时，往往坐废。以此被灾之百姓，常有不愿报灾，以图耕种收获者。而赈恤、减粜等恩泽，又俱不得沾受，以救目前等语。朕思报灾定例，夏灾不出六月，有司查勘易毕，何至久稽时日？且春田既灾，全赖及时赶种秋禾，以资接济。凡有牧民之责者，正当躬亲督劝，加意经理。若因查灾，反致误其耕种，阻民生计，有司之罪，不可逭矣。人言如此，甚有关系。各省督抚，务须留心体察，如有前弊，经朕访闻，惟于该督抚是问。钦此。钦遵在案。如夏月被灾，尚可觅秧补种，应一面查勘，随即劝谕设法补种，以资薄收。若系秋灾，农民急待翻犁，布种春花杂粮，印委各员，更宜速急勘竣，毋致失时。离省遥远之县，上司委员不能即至，每区内将灾禾留存一方，以备查勘，似属可行。

一、灾户极贫、次贫，应酌中分别。如灾户内有田地虽被灾伤，另有山场果木柴炭渔盐各种花息，并有手艺生业，以及有力之家，一概不准开报外，应将被灾贫民，并无己田，又无手艺营生、山场别业，佃种田地十五亩以下，及虽有己田，而为数不及十亩，自耕自食，各被灾八九分者，准其列作极贫。如己田十亩以下自耕，被灾六七分，及己田十亩以上至二十亩自耕，被灾八九分，并佃田十五亩以上，被灾六七分者，准其列作次贫。其业户己田出佃者，自系无藉耕种为活之人，已得蠲缓钱粮，不许入赈冒混者，应严查删除。

一、如灾户内有己田自耕十亩以上至二十余亩，及佃田十五亩以上，被灾六七分，家有老病父母、幼小子女，此种贫户，虽丰收尚不敷用，今被灾更属可悯，应列作极贫。又如灾户并无己田，亦无己屋，佃田成灾过半，家口繁多者，并外乡新迁，耕种全荒，无力佣工者，亦应定为极贫。虽无己田，尚有房屋牲畜，佃田全荒者；虽无己田己屋，佃田半收，家口无多者；自种己田仅止数亩，虽未全荒，而家口多者；搭寮居住耕种，外乡别邑民人，佃田荒芜过半者；俱应列作次贫。又如佃田四五亩，虽被全荒，而系单身壮丁，能佣工度活者，应不准入册。总在地方官临时细加察看情形，平心办理，俾无遗无滥可耳。（灾户极贫、次贫，颇难分晰。然例定加赈月分多寡不同，承办官员最宜详细查审，切勿任令经胥随意填注为要。以上二条，分别极次之处，系就浙省历届查办章程酌定。但各省各县之中，情形稍殊，应就地临时平情参酌。）

一、灾民以十六岁以上为大口，未至十六岁为小口，尚在襁褓者不入赈册。

一、种田少而人口多，似属无力，然亦不可概论。盖田少则收获亦少，虽丰年亦属不足，此种户口，非尽藉耕田而食也。应将年力强壮，可以自食其力者，删除不赈。查其老病及妇女堪怜之人，酌点入册，以示矜恤。此就一户数口之中，有赈有不赈者而言也。

一、审户务必亲至其家。如有牛有畜有仓庾有生业者，暗记册内，日后有混行告赈者，可以查明驳饬。再有先经外出存有空房者，查其姓名户口，另行登记，以便闻赈归来，查册补赈。

一、查办灾赈，不可预有成见，总就被灾情形之轻重为定。若先畏刁民上控，故意博宽大之名，则书役乘机混冒，无所不至。且捏冒赈户愈多，向日久惯侵蚀赈粮之奸胥地保，闻风四起，临时既难裁汰，势必实在乏食灾民反多遗漏，最为不妥。若有心为减少之计，一味删除，民将哗然不服，更且哀鸿载道，辗转沟壑，大可伤心。故灾户必不可漏，刁告尤不可畏，宽严并济，因地制宜，事事一秉至公，而后可以办灾也。（乾隆元年定例：顽衿劣绅与夫胥役捏造诡冒者，立即申详黜革究拟。如该地方官徇情纵役，贻累灾民，该督抚即行严参，从重究处。）

一、乾隆五年定例，年岁荒歉，州县散赈，通查合属贫民，均行赈济。此指通县全灾者而言。若偶被偏灾，应照成案，止就被灾村庄农民之中，分别应赈不应赈，再就应赈贫户，分别极次，确查入册。其非被灾村庄，不在查赈之例。（附原例：户部为敬筹资送流民等事。据江苏布政徐士林奏，又据御史张重光奏各等因。臣等伏思年岁丰歉不齐，而灾民惟赖赈恤。与其于流亡之后，始行设法经理，何若于未经流亡之先，早为筹画周旋。及至流移之后，筹及邻省养赡资送之法，原为不得已而为一时权宜之计。若不分别情节办理，概恃资送，以为良法，既恐愚民无知，以异地之资给养赡为可利，亦恐有司恃有邻省之收养，转于本地查赈之初，不肯尽心措置。且长途押送，管束为难，回籍之后，安顿匪易，种种流弊，徒滋扰累。今御史张重光奏称，州县散赈，多系稽其田亩实系农夫，然后给与，其余闲散，不准沾恩。及其去而之他，则安辑之，又资遣之，是绝生路于故乡而不容其居，又悬重赏于异地而教之必去。请将闲散贫民，得与力田之民，一体与赈。应如所奏，仰请敕下直省各督抚，转饬地方官，凡遇年岁灾歉，州县散赈，务必通查合属贫民，均行赈济，不可过为区别，稍有遗漏。并令于查明被灾处所，早为出示，明白晓谕，以安众心，使咸知就赈有期，自不肯复蹈流移之苦。嗣后凡遇赈恤事宜，俱令照此办理。地方设遇水旱灾伤，务必遵例及时赈济，不使一夫有遗，则百姓于本地既可餬口度日，自不乐于轻去其乡，而流民渐少，各处亦不虞有扰累之患矣。）

一、除被灾业佃已照例查赈外，此外如有赤贫无力，难以存活之人，俟正案详定之后，如果灾荒已甚，米粮昂贵，应查明确数，照例劝谕殷户，捐资补助，开厂煮赈，以示周恤。（劝捐煮赈章程详载后卷。）

一、乾隆五年定例：被灾五分，仍有五分收成，本年钱粮恩蠲一分，复行缓征。揆之收成六分，仍行按限完赋，其情形约略相等。应于来岁春间酌借口粮外，毋庸再议加赈。惟抚恤一月口粮，向来被灾五分者，不分极次，一概准给。

一、加赈月分，应照乾隆五年定例，成灾六分者，极贫加赈一个月；成灾七八分者，极贫加赈两个月，次贫加赈一个月；成灾九分者，极贫加赈三个月，次贫加赈两个月；成灾十分者，极贫加赈四个月，次贫加赈三个月。（例载：其余一切应行赈恤事宜，仍令该管督抚，因时因地，妥议题明办理。）每大口日给米五合，小口二合五勺，扣除小建，银米兼放，米价酌动正项（每石折银一两及一两二钱不等），米石动支积谷碾给，仍领银买补还仓，于地丁内题销。（乾隆二年定例：各省积贮仓谷，如有赈济动用，原系于秋收丰稔之时，题明动拨银两，照时价如数买补。但恐地方官于应买补之时，或有不实力奉行，以致延挨，未即全数买补，亦未可定。应令各省督抚，将被灾州县，如有散给仓粮无存者，务于秋收丰稔之时，即题明动拨银两，饬令照数买补，以实仓贮。）或有拨运协济备用米石，俱可详动，于本款开销。大抵加赈一月者，应给折色或本色，随时酌定。赈两月者，首月给米，次月给银。其开赈月分，应按民情缓急，随时由上司核定，不可拘泥成例。（乾隆三年定例：嗣后遇歉收之岁赈济贫民，除该州县存仓谷石，足敷赈济，仍动支仓谷散给外，其有仓谷不敷散赈者，该督抚酌量情形，准其银谷兼赈，在于地丁银内动支。仍将赈过银数并动用仓谷，一并造册，题报核销。）

一、乾隆十六年浙东旱灾案内，将各属疲癃残疾鳏寡孤独之人，并无田地者，于抚恤一月之后，照七分灾例，加赈两个月。其各属贫生，并灶籍贫生，均照此办理，动项散给。此系仰体皇仁，优恤灾黎，从宽办理。如地方一隅轻灾，米粮不甚昂贵，不可援以为例也。

一、浙省乾隆十六年旱灾案内，于加赈之外，又奉特旨，展赈一月口粮，并奏准将被灾五、六、七分者，每亩赈给籽本谷三升，八、九、十分者，赈给籽本谷六升。此系皇仁旷典，于常例之外，加意赈恤也。（按：籽本谷石，系自种者，给与业户；佃种者，应赈给佃户。每石折价六钱。此虽非例定必给之款，但查浙省自乾隆十六年以后，每遇偏灾，俱蒙于题报情形疏内，与抚恤口粮并准题给在案。）

一、查乾隆十六年五月奉上谕：上年浙江温台等属，有偶被偏灾之处，业经照例分别蠲赈。今春巡幸，因翠华所未至，是以未及降旨加赈。近闻该地米价昂贵，亟令江、浙二省督抚，于稍近州县常平仓谷内，动拨碾米，运往平粜，以资接济，并截漕粮还仓，被灾贫民，谅不至失所。但现已停赈，而今岁麦收分数亦属平常，去秋收之时，为期尚远，滨海穷黎，生计仍不无拮据，朕心深为轸念。着该抚永贵查明上年实在被灾户口，无论极贫次贫，俱着加赈两月，以示加恩抚恤之意。该抚务宜严饬属员实力查办，无滥无遗，俾得均沾实惠。该部遵谕速行。钦此。此因海滨灾地，巡幸未至，于常例之外，再行加赈，实千古未有之旷典也。

一、乾隆十二年八月初六日奉上谕：据安宁奏称，苏松等属，于七月十四日夜，飓风陡作，大雨倾注，海潮泛溢，田禾被淹，人民房屋亦有漂没冲坍。该处人民猝被风潮，非寻常水灾可比，朕心深为悯恻。着该督抚等加意抚绥，实力查办。至绿旗兵丁，因有粮饷，例不抚恤。但是日风潮昏夜骤至，兵丁庐舍人口同被灾伤，殊可轸念。着一体查恤，俾被灾兵民，均沾实惠。钦此。又于九月初六日奉上谕：本年七月十四日，苏松等处猝被风潮，而崇明一邑受灾为尤重。朕前据安宁奏报，深为悯恻，即降谕旨，令加意抚恤，并截留漕米，以备接济。又令大学士高留南查办。月余以来，忧心未尝少释。今续据安宁查报，崇明一邑，坍塌房屋、漂没人民甚多。似此非常之灾，朕览奏徬徨轸恻，寝食为之不宁。惟有速筹补救，庶灾黎得获安全。现安宁奏报，已拨运仓谷二十万余石，并弛海口之禁，俾商贩流通，米价不致甚贵，则米粮一项，似可无虞。惟是房屋坍塌，灾民无栖身之所，况转瞬即届严冬，应速行给赀修葺，并于常例之外，量为加增，俾得从容措办。至于来春播种，关系綦重，亟应借给籽种，及时耕作，亦令该督抚董率有司，预行经理。又思崇邑被灾既重，纵使赈恤多方，恐元气不能骤复，所有该县应征明年地丁钱粮，特沛殊恩，全行豁免。至本年未完地丁以及折征漕项，并历年带征缓征银两，概予停缓。其绿旗兵丁，朕已加恩一体抚恤，但念伊等庐舍人口同被灾伤，虽经安辑，未免拮据，着再加恩各赏给一月钱粮，以资用度。至宝山镇洋各处，被灾次于崇明，轻重不等，其应如何赈恤加恩之处，着大学士高会同督抚，悉心酌议，无拘常例，妥协办理。务使凋瘵复苏，登灾黎于衽席，以副朕夙夜焦劳、怵惕靡宁之意。该部即遵谕速行。钦此。此因滨海地方，偶被风潮异灾，兵民一体赈恤，出自特旨，非常例也。

一、浙省乾隆二十年杭、湖、绍三属水灾案内，加赈月分，系灾重之处，极贫加赈三月，次贫加赈两月；灾轻之县，极贫加赈两月，次贫加赈一月。此系钦遵恩旨办理，不按分数计算，所用银米，稍与成例过费。谨查办理赈务，时地不同，原难拘守成例，但必当以有定之例为准绳，参以卓识，通融擘画，方为妥协。经费有限，先通盘计算，胸有定局，而后布置得宜。若非熟谙，临事仓皇急遽，鲜不误事。伏读乾隆五年户部议定办灾条例覆奏，奉旨：此奏依议。赈济之事，最关紧要。固不可不先定条例，以便遵行，然临时情形，难以预料，虽定例千百条，亦终不能该括，惟在督抚因时就事，熟筹妥办而已。夫雨旸不能必其时，若旱潦不能保其全无。即一省一邑之内，亦或参差不齐。如果应行赈济，即于常例之外，多用帑金，朕亦无吝惜。倘该督抚不留心稽查，以致有司奉行不当，徒饱奸胥猾吏之私囊，小民不沾实惠，则虚糜国帑，究何裨益耶！盖各省遇有水旱，皆缘朕与督抚诸臣平时政事不能感召天和，潜消灾沴，已应抱愧。若复经理未善，使闾阎至于失所，则父母斯民之责，返躬自问，又何忍乎？将此并谕督抚等知之。钦此。现今各省督抚办灾，得以随时陈奏，俱系仰体圣训，下念民依。地方官最宜承查确切，使灾民均沾惠泽，不致吏书中饱，方为尽善也。

一、查乾隆十年十月初二日奉上谕：各省办理赈务，情形百出，其侵渔克扣等弊，在所不免，所以有“自古救荒无善策”之语。但其滋弊之处，若该督抚精明查察，有司实力奉行，切切以厘剔为念，不使诸弊丛生，则胥吏少一分之侵克，百姓即多受一分之惠泽矣。即如今年宣化一带，被旱成灾，经朕车驾临幸，特遣大臣前往料理，自觉弊窦稍清。至各省地方辽阔，水旱时有，安能悉遣大臣前往？该督抚身任封疆，赈恤之处，谅亦不能遍历。其有被灾重者，间一亲至其境，董率稽查，弊窦自然减少，闾阎得沾实惠，较之饬属办理，自更有益。着该部传谕各该督抚，嗣后如有灾重地方，督抚可亲往查察，以恤灾黎。此朕勤求民瘼本意也。杨开鼎陈奏赈务积弊折并发。钦此。（附录原折内开：御史杨开鼎奏为请除赈济积弊等事。窃惟水旱灾祲，盛世不免。先时而筹备荒者为积贮，临事而议救荒者则为赈济。第赈济所以起沟壑之穷民而登之衽席，非所以饱贪饕之官吏而肥其身家也。臣阅邸抄，见今岁直省间报偏灾，皇上不惜帑金，加意轸恤，使无一夫不得其所，恩至渥也。但臣闻历来各省赈济之事，弊端甚多，不可以不亟除也。每当成灾之地方，其查赈之始，府委之州县，州县委之佐杂，又任其耳目于胥吏地保。未至其地，则先敛舟车夫马之费，既至其地，则又敛食用供应之费，胥吏则索纸笔钱，地保则索脚步钱。每户必先有使费，方得入册，典衣鬻物，以遂其欲。是未沾一丝一粟之恩，而已先抱剜肉医疮之痛矣。更可恨者，各方有一种地棍，往往贿嘱保甲，串通胥吏，以一户而编数十户之名，数口而得数十口之食，恣意侵渔，通同饱橐。良民罹灾之岁，多为奸徒发积之年。而真正贫民，以格于常例而不能报册者，不知凡几。此查赈不实之弊也。至于放赈之时，东西南北，就近灾所设厂，于民至便也。而守令不能遍地亲历，则不能不委诸佐杂吏役。或极贫而故改为次贫，或多口而漫减为少口。米稻则搀以糠秕，银钱则搭以低潮。甚且斗斛之浅漏，凭胥役之喜怒；戥串之短折，任经手之侵欺。一夫之口几何，而堪此剥削？皇上施沛下之殊恩，多入奸徒无底之私囊。其放赈不实之弊又如此。以故向来不法之徒，往往有闹赈之举，固属刁风滋事，亦未始非办理不善之所激而成也。臣以为此弊不除，欲使无一夫不得其所难矣。是惟在督抚大吏，慎选贤能之员，稽察查赈放赈之事，将存报册籍细加对勘，密访各府作弊之吏役保甲地棍，拿获严加治罪。又间时亲至极贫数家访问，曾否按口报册，曾否如数沾恩。其于斗斛戥头，先时较准，临放之时，或于数十人中抽验一二，胥役自无敢短折。督抚藩臬，又必不时访查，于州县之奉行不实者，严加参处，不少宽容。非第发仓库之钱粮，委司牧之办理，凭申报之册籍，而遂谓毕乃事也。总之皇上之仁心仁政，凭亲民之官实心实力以敷布之，使小民均沾实惠。况赈济为穷黎生死攸关，尤不可以不详审周至。臣因现在赈济多方，积弊难除，不敢缄默，伏乞睿鉴。谨奏。）又乾隆十七年十月十二日，内阁奉上谕：向来督抚惟图安逸，端居省会，反博镇静之名。即遇所属有水旱震溢，及聚众不法之事，不过委之属员，据禀报查办，并未目睹情形，何以救民水火？曾经降旨通行申饬。近来督抚多奏明亲往查办者，而外间又谓督抚不时出巡，供应频仍，苦累州县。召对时亦有人言及。此属员供亿逢迎，本有禁例。如督抚以供亿不周，需索州县，州县以应付华盛，取媚上司，此则弊政之大者。言官风闻，何不指参？督抚身任封疆，朕倚以恤民瘼而清吏治，苟出于此，何以察吏？但即轻装减从，而随行弁役，车马食用，自所必需，虽随时发价，亦必由地方办集。阘冗者流畏大宪不时按临，耳目所及，难于藏拙，或藉此妄生论议，亦不能保其必无。但因此遂以曩时督抚之深居简出为安静得体，是则所谓因噎废食矣。然督抚统辖全省，凡有举动，必当权其轻重。如事在得已，原不必以仆仆道途为勇往任事。至弹压抚绥，事关重大，亦必身先属吏，董率指示，方克有裨实济。若仅以奏报亲行为了事，虽身履其地，而漫无措置，转致幕客招摇，家人滋扰，则又不若不亲往之为愈矣。浮言虽不足动听，既有此言，不可隐而不宣。着将此通行传谕各督抚，令其留心体察。钦此。查地方猝被灾伤，必须照例蠲赈，督抚应亲往查勘，目击情形，据实折奏，以慰圣怀。无关紧要，即不必亲往。权其轻重，以定行止为要。

一、地方风水迅发，田庐淹没，事起仓猝，乏食灾民，有朝不保暮之势，待赈至急，非若别样灾伤，由渐而成，可以徐徐发赈也。是以定例，天下有司，凡遇岁饥，先发仓廪赈贷，然后具奏请旨宽恤。又乾隆三年七月钦奉上谕：各省督抚身任地方，皆有父母斯民之责，于所属州县水旱灾伤，自应速为访察，加意抚绥。朕前屡经降旨训示，谅督抚等自能仰体朕心，不致玩视民瘼，稽迟时日。朕念水旱之灾，同宜赈救，而水为尤甚。旱灾之成以渐，犹可先事预筹；水则有骤至陡发之时，田禾浸没，庐舍漂流，小民资生之策，荡然遽尽，待命旦夕，尤当速为赈救，庶克安全，不致流移失所。现在成例，分别极贫次贫，其应即行办赈者，原系不待部覆。但恐各省办理不一，或仍有拘泥迁延，致灾民不能及时沾惠者，用是再降谕旨。嗣后各该督抚，可严饬地方官，凡遇猝被之水灾，迅文申报，该督抚即刻委员踏勘，设法赈济安置，一面办理，一面奏闻，务使早沾实惠，俾各宁居，以副朕悯念灾黎之至意。倘或怠玩濡迟，致伤民命，或有司奉行不力，胥役侵蚀中饱，以及借名捏饰浮冒开销等弊，该督抚照例严参。倘办理未协，情弊未除，朕惟于该督抚是问。将此永著为例。钦此。钦遵在案。（又乾隆五年定例：凡沿江海河湖居民猝被水灾，虽不比旱灾之以渐而成，该地方官亦必查验确实，酌定分数，方可开仓赈济。若令其一闻被水，立即开仓，恐顷刻之间，办理未能允协，遗漏者多，滥给者亦复不少。应行文各该督抚，凡沿江海河湖居民有猝被水灾者，令该地方官一面通报各该管上司，一面赴被灾处所验看明确，照例酌量赈济，不得濡迟时日，专候委员，亦不得冒昧开仓，致滋弊窦。）地方官自可确勘灾民多少、缓急情形，禀明上司，酌动仓粮库项，先行散赈，安顿得所，勿致饿殍。至人口如淹死众多，于给银抚恤之外，捐备棺木，委员收殓，事在急行，不容濡滞也。

一、风水为灾，倒榻〔塌〕民房，酌给修费，损伤人口，给银抚恤，均应照成例办理。查乾隆二年八月阁学凌如焕条奏案内，部议各省州县，倘遇水灾骤至，该督抚闻报之日，一面将被灾缘由先行题报，委廉明属员，量拨存公银两，会同地方官秉公确查被灾之家，果系房屋冲坍无力修整，并房屋虽存饥寒切身者，均酌量赈恤安顿。如遇冰雹、飓风等灾，其间果有极贫之民，亦应准其一体赈恤。通行在案。浙省于乾隆九年及十二年各属被水案内，原任巡抚常　　题请被灾坍塌，无分民灶，实系贫民，楼房每间给银二两，平屋一两，草房五钱，草披二钱五分。人口淹死，大口给银二两，小口一两。田地内花禾勘实成灾，小民空费工本，轻者每亩给三升谷价，重者六升谷价，不愿者动支常平给谷。江省场灶，照江省之例，瓦房一间给银七钱五分，草房四钱五分。人口大口八钱，小口四钱。田地酌给资本挑复，不能挑者豁除。

一、先期用高脚牌传示各灾户，各自住守田庐，听候各官先后踏勘查审，毋许彼此混杂，聚集一处。如临勘本户不到者，不准与赈。倘有奸民鼓众要挟，以及纵容妇女滋事者，照定例拿究。

一、查审灾户印委各员，带同保甲，亲至其家。先令家长报明口数，然后点验大小口。以家长出名，即为户首，不得任其分别房户分报，以致重叠冒滥。查完一户，填明门单，实贴门首，以便查看。如有事故删除，即将门单掣销。

一、灾户赴领赈粮，必先散给印票。应俟通县赈户查竣之后，填写两联印单，委佐杂等官，携赴各村庄适中之地，传齐散给。如散后遗失，仍许禀补。俟领赈日将单缴销，其应赈两月、三月、四月者，俟各月散竣日掣销。

一、户口数目一定，即应通案计算，共需米若干，共需银若干，仓库内现有可垫某款米谷、银两各若干。如属无备，禀明上司，以便派拨，切不可迟迟贻误。

一、乾隆二年定例，直省各州县所辖地方，或数十里至百余里不等。歉岁散赈，止于城中设厂放给。在附郭之区，不难就近赴领；其远乡僻壤乏食贫民，距城穹远，赴领多艰，难免往返匍匐驮载之苦。应如该署抚张楷所奏，行令直省各督抚，转饬有司，嗣后凡遇赈济，于城中设厂散赈之外，再于东西南北离城二三十里乡村地方，择其庙宇高大者，预将米谷运送分贮。其绅衿房屋，不便令其运贮作厂散赈。仍先拟定散赈日期，出示晓谕，至期州县亲往散赈。倘州县一时不能分身兼顾，该督抚即另委贤员前往协同散给。俾僻远贫民，得以就近领食，以免长途跋涉之苦。其米石运乡脚价，令各督抚临时酌量，或动存公银两，或动正项，事竣据实造报户部核销等因。应于各乡被灾村庄适中之地，择庙宇可作赈厂者，预将米石运送分贮，慎选丁役小心看守。开赈之时，先期令地保传牌示知，某日散某某庄甲，在某处公所，务使周知。届期印委各员黎明前往，安设公座，厂外用木栅拦住，领赈之人止许站立栅外。先备高脚牌若干面，每面书某甲灾民若干户，甲长执牌，率领各户首进栅。书吏照册唱名，看册与票，相符即行给米，于票内盖用“放过第几次赈粮讫”红戳，交还本户。如只赈一月者，将票收销。木栅设开二门，东进西出，便不拥挤。如村庄遥远，印委佐杂各官分厂分散。所有庄保书吏地棍串通汇单代领之弊，应痛加革除，俾贫民得沾实惠。其米石务必干洁，不可夹杂秕糠。升斗较准，送道府验明印烙。

一、大口每月赈米一斗五升，小建一斗四升五合；小口每月赈米七升五合，小建七升二合五勺。赈期灾民毕集，若升斗量给，甚属耽延，且易错混。应照数另制大小口、大小建四样米桶各数个，送本府验烙，应用亦属简便。

一、折赈银两，易钱散给，既便民用，亦可杜侵扣之弊。该县临期照数易换，务照时价，每银一两给钱几百几十文，按数给发。如库内存有平粜钱文，亦准禀明抵放。倘偏僻之县，市中易钱，一时难以足数，应早赴别处兑换，或仍行给银，毋使灾民守候。

一、给赈米折银两，先期用库平称足封固，上写户名口数，朱点示期，亦于适中公所唱给其银。封印官宜亲自检点，不使管理银钱之人，缺水亏戥，剥削饥民，并查禁棍役包领侵蚀情弊。

一、散赈时示谕，赈济银米，原为饥民目下餬口之计，如有私债，俱俟收成时索偿，不许中途阻讨滋事，违者拿究。

一、散赈时，如有因事不到者扣出，俟其补到时，查无情弊，即行补给，切不可任意删除。其先经远出，闻赈归来者，查询无弊，一体入册补赈，于报销文内声明加增。

一、乾隆三年四月奉上谕：各省所有学田银粮，原为散给各学廪生贫生之用，但为数无多，地方偶遇歉年，贫生不能自给，往往不免饥馁，深可悯念。朕思伊等身列胶庠，自不便令有司与贫民一例散赈。嗣后凡遇地方赈贷之时，着该督抚学政，饬令教官，将贫生等名籍开送地方官核实详报。视人数多寡，即于存公项内量拨银米，移交本学教官均匀散给，资其饘粥。如教官开报不实，散给不均，及为吏胥中饱者，交督抚学政稽察，即以不职参治。至各省学租，务须通融散给极贫次贫生员，俾沾实惠。此朕体恤生员之意。若生员等不知感激自爱，因此干预地方，恃有生监护符，以致肆行种种不法之事，该督抚等仍应照例查参，毋使陷于罪戾。钦此。向来州县应赈贫生，例由教官查造大小户口极次册报州县应赈银米，届期州县会同散给。大概以并无田产者为极贫，无多田亩被灾者为次贫，总在教官平情造报。读书自好之辈，以为贫乃士之常，不愿名列赈册，应全其美行，不必拘泥。（定例歉收之岁，贫士与贫民一体赈恤。）

一、军种屯田被灾，由卫所查造户口册，移县附赈。事竣，该卫造册具结，仍由州县出结报销。其民种屯田，应归州县查报户口，给赈报销。

一、灶地由场官会同印委各员查报分数户口，所需抚恤加赈籽本银米，由道核实，银动道库京协饷平余等款米石，浙省系动盐义仓。届期详拨，事竣由场报销。至应蠲灶课钱粮，册结由道取齐汇总，移藩司会转。

一、办灾应另设一局，用总书一人或二人，须小心谨慎，熟谙文移，从未犯事之人充当。另拨缮书二十人或三十人，多少由该县酌定，应用诚实勤敏之人。其查勘分数户口之书，最为紧要，应居初选，总承次选，缮书又次选。开具花名年貌籍贯，州县加结，通申各上司存案。

一、造顷亩分数及户口各草册之书，须立劝惩之法。如果查造得实，印委各员初覆检踏删除止十分之一者，即属妥协，应从优给赏。仍先悬示赏格，使之尽心承办。如徇私捏混、遗真冒假，印委各员初覆检踏删除甚多，将被灾贫户大半遗漏者，应予重罚，由道府提审究处；随同查造之丁属，亦应提究。总宜预立赏罚，庶可除弊于未萌。地方官必明白面加谆告，使之凛遵也。

一、江浙各省民业田产，俱有坐落圩号鱼鳞版图。一圩之中，原田若干，自有定额。勘过一圩，即将该圩成灾田亩分数，填写印单，给与圩保知识等役，分晰业佃户姓名、住居村庄，造册解县。先令办灾经承照依各庄实征粮册，另录一部，将圩保造解之灾册，按庄按户，逐一归入。如系佃种，即于业户之下，住〔注〕明佃户姓名，谓之归户册。其业主在于此庄，佃户住别庄者，另录外庄佃户册附查。日后查审赈户之时，灾户田产之多寡，只须于归户册稽查甚便。但征册户名，向多花分诡立，是以粮户与烟户较多数倍。并书役明知佃田成灾，向系赈给佃户，遂将佃户姓名无数捏造，则佃户与灾户又较多数倍。查审之法，最为难办。必须先清保甲，方可便于参考也。

一、风水为灾，如有坍塌城垣、衙署、营房、墩台及损失官船等项，当据实具详，附疏具题，拨款佑修。如工程在保固限内，应查案声明。至冲坍海塘，如系险工，应即时量明丈尺，一面详报，一面抢修。

一、溪涧泛溢涸出田地，泥沙淤积，应酌借工本，令业户疏浚补种。如水冲沙压，竟成荒弃者，详请将钱粮附疏题豁。

一、浙江营管海运盐包，如有被水湿化，应查明详报。俟廒内积包掣清之日，核出确数，于温台卤耗项下拨补。

一、雨雹多在夏月，阳气极盛，阴气胁之不入，则转而为雹。被灾之处，其盈直长，不甚广阔。禾苗插种之后，正在耘耔，尚未吐花，被雹不至狂骤，叶根无伤，并不为灾。惟扬花吐秀之时，一经冰雹，则花多褪落，将来收成时，谷多瘪穲，分数减少。州县官闻报，应飞速前往查勘情形。如有损伤，查明承种业佃，详请酌量借贷，不愿者听。其借贷数目，并无一定，察看轻重及收成迟早，斟酌定数。如果损伤过甚，秋收失望，必须分别蠲赈，当照例办理，亦可从实详请，不必拘有借无赈之例也。（乾隆五年定例：水雹为灾，旧例有贷无赈。续于乾隆二年凌如焕条奏案内，准其一体赈恤。地方偶值冰雹，亦属一隅偏灾，且损伤禾稼，多在夏月，嗣后应令统照前款所议夏灾之例，以昭画一。）

一、乾隆元年七月初五日奉上谕：地方偶有水旱之事，凡查勘户口，造具册籍，头绪繁多，势不得不经由胥役里保之手。其所需饭食、舟车、纸张等项费用，朕闻竟有派累民间，并且有取给于被灾之户口者。若遇明察之有司，尚知稽查禁约，至昏愦庸懦者，则置若罔闻，益滋闾阎之扰矣。嗣后直省州县，倘遇查勘水旱等事，凡一切饭食盘费及造册纸张各费，俱酌量动用存公银两，毋许丝毫派累地方。若州县官不能查察严禁，以致胥役里保仍蹈故辙，舞弊蠹民者，着该督抚立即题参，从重议处。该部通行晓谕知之。钦此。浙江查灾审户散赈诸费，向来分次造报拨领。惟是奉公查办，乃官役职分当为之事，今既荷皇恩，从优给费，惟恐于灾民稍为苛派故耳。若仍纵书役藉索灾民，并将可领之费任意浮冒，问心能无愧乎？此中最宜秉公慎重也。

一、查乾隆四年八月二十九日奉上谕：自古帝王抚御寰区，惟以爱养斯民为第一要务。朕即位以来，仰体皇祖皇考勤求保赤之圣心，宵衣旰食。偶遇水旱灾伤，直视为己饥己溺，百计经营，散赈蠲租，动辄数百十万，期登斯民于衽席，此薄海内外共知者。无奈虽虽〔蚩蚩〕之众，顽朴不齐，外省官员多言屡赈之后，民情渐骄。即如今年江南地方，初夏未雨，即纷纷具呈告赈，是不以赈为拯灾恤困之举，而以赈为博施济众之事矣。更有一种刁民，非农非商，游手坐食，境内小有水旱，辄倡先号召，称报灾费用，挨户敛钱，乡愚希图领赈蠲赋，听其指挥，是愚民之脂膏已饱奸民之囊橐矣。迨州县踏勘成灾，若辈又复串通乡保胥役，捏造诡名，多开户口，是国家之仓储又饱刁民之欲壑矣。迨勘不成灾，或成灾而分别应赈不应赈，若辈不能遂其所欲，则又布散传单，纠合乡众，拥塞街市，喧嚷公堂，甚且凌辱官长，目无法纪。以致懦弱之有司，隐忍曲从，而长吏之权，竟操于刁民之手。刁民既得滥邀，则贫民转至遗漏，是不但无益于国，并大有害于民。言念及此，殊可痛恨。再者，荒岁冬春之际，常有一班奸棍，召呼灾民，择本地饶裕之家，声言借粮，百端迫胁，苟不如愿，辄肆抢夺。迨报官差缉，累月经年，尘案莫结。在刁猾之徒，尚可支撑苟活，而被诱之愚民，多至身命不保。是民不死于天时之水旱，而死于刁民之煽惑者，又往往然也。今年下江南淮北一带及上江凤颖〔颍〕等处，多被水患，河南水灾辄甚，山东、直隶亦有被水之州县。着该督抚董率有司，将朕谕旨通行诰诫，如有犯者，决不姑贷。俾灾民知有必邀之膏泽，帖然安释，而不致惑于浮言；刁民知有难犯之宪章，凛然畏惧，而不敢蹈于法网。则仓储皆归于实用，而闾阎共沐恩施，庶不负朕早夜焦劳爱养斯民之至意矣。将来地方旱涝不能保其必无，该部可行文各省督抚，咸知此意，一体遵行。钦此。查州县地方，有种蠹胥积保地棍，串通一气，乘机苛派，指称上房灾费，按户索钱。甚至捏名冒赈，一册之中，半真半假，以有用之经费，分润于若辈之手，深可发指。且此种人穷凶极恶，幸灾乐祸，偶遇雨泽愆期，或风雨骤至，即聚众入城，寻衅生闹，要挟官府，最为地方之害。应严加查禁，一有发觉，即将首犯拿获禁锢，俟事竣日审究，务使刁风不作，民沾实惠。至于经管灾务之书，不外平日管理仓库钱粮各书，侵冒是其长技。平时不受其笼络，则临事法令得行，否则将反受其挟制，不得不曲为庇护，以致上司访闻参处，后悔无及矣。（附律条例：直省不法之徒，如乘地方歉收，伙众抢夺，扰害善良，挟制官长，或因赈贷稍迟，抢夺村市，喧闹公堂，及怀挟私愤，纠众罢市辱官者，俱照光棍例治罪。若该地方官营私怠玩，激成事端，及弁兵不实力缉拿，一并严参议处。处分则例：嗣后如遇赈灾，饬令有司预将查明分数赈恤事宜，先行宣示，务令穷民洞悉规条，俾知大泽难以滥邀，非分不可妄冀。倘有聚众嚣凌情弊，应令该管督抚详加确访。如果有司玩视民瘼，即行查明，照例严参。倘系不肖奸民，藉端要挟，以及纵容妇女生事，即行按律分别究议，毋得遽揭属员，致长浇风。）

一、乾隆三年十二月，户部议覆御史霍　　奏，嗣后办赈各员，如果有实心实力，洁己爱民，使被灾黎庶不致失所者，许该督抚特行保题。其抚绥得宜，办事妥协，应行议叙者，令该督抚题请酌量议叙，以示鼓励。其有不实力奉行，厘剔弊端，致使小民不克均沾实惠者，令该督抚核实题参议处，以示惩戒。又乾隆十九年正月奉旨：刘霖承办赈务，将米石搀和糠秕，短缺升合，此与寻常侵欺帑项不同。灾民嗷嗷待哺，为父母者，即实心办理，如数给发，尚恐其不免饥馁，而乘机侵扣，罔惜民命，此岂有人心者？该督抚访查确凿，自应严参，照例请旨革职拿问。若仅照常题参审讯，何以惩儆贪邪？刘霖着革职拿问，所有搀和米色及亏缺帑项，一并严审究追，按律定拟具奏。嗣后有似此而该督抚仍视为泛常，不照例革职拿问者，该部即治督抚以徇庇之罪。该部知道。钦此。查灾伤见告，地方官将抚躬引咎之不遑，即使经理妥当，亦止于循分供职，滥邀议叙，尚有愧心，甚至克扣侵欺，罔顾民命，比贪婪更甚。革职拿问，罪所应得。至于家人胥役，承办时弊端百出，一经发觉，害及己身，尤不可不慎也。

一、乾隆二十七年九月奉上谕：御史永安奏请简派京堂科道查察直隶赈务一折，似为慎重民瘼起见，而于事理实未深悉。今年直隶近京各属低洼之地，夏秋被涝，虽较去岁分数为多，而降旨载〔截〕漕五十万石，敕部拨银八十万两，以资抚绥。加之本省常平仓等谷，赈借之用，筹备已属周详。方观成〔承〕在任年久，一切地方民事，亦能体朕宵旰之怀，悉心经理。徒令信使四出，无论于事无裨，设使奉命者，〈人〉众势纷，其中有一二好事之徒，大则别生掣肘，小则徒增酬应，闾阎岂沾实惠？况此尚畿辅近地耳，设遇远省偏灾，能一一官由中遣乎？向来简派察赈大员，或因旱涝重灾，或因封疆之吏措置未善，致干纠劾，是以降旨举行，非可援为成例。且罗列多员，转使邮传载道，重为歉乡滋累也。第该督抚等，或以朕不轻命使，遂谓耳目不能遍及，督办稍有懈弛，致胥役侵肥，灾黎失所，则科道等正当确访严参，重示惩儆，又何虑辇毂近地，尚有风闻不及之弊耶？是又在方观成〔承〕之勉副朕望矣。为此宣谕中外知之。钦此。

一、浙江藩臬司会查得回禄为灾，事起仓猝，焚巢灼体，目击堪怜。诚应抚恤及时，庶使灾黎有济。杭城房屋，类皆编竹为垣，偶一不戒，遂致燎原莫遏。地方既大，失火又多，若照例办理，地方官无时不在议处之列。从前各宪，见其风狂火猛，并非扑救不力，地方官又情愿自己捐资抚恤，未动公项，因即格外从宽，准其通融办理。但恐日久懈弛，地方官视为无关考成，将捐资抚恤一事有名无实，似非矜恤被灾贫民之意。今奉宪饬，将延烧拆毁房屋，作何分别抚恤，不致失所等因，遵即行据县府议详前来。两本司覆加筹议，定例固当永遵，外办亦应参酌。查向例，火灾恤给，在于司库程费款内动支。但程费一项，需用孔多，莫若请照原例，动支存公银两。浙省有备公一款，备公即存公也，应于此内动给。其恤给银数，除有力之户及起火之家毋庸抚恤外，其余贫苦之户，请照水灾之例，每瓦房一间，给银一两；草房一间，给银五钱；披屋一间，给银二钱五分。因开火路折毁扒坍者，亦照此例资给。伤毙人口者，大口给银二两，小口给银一两。务于三日内查明，饬委就近府佐按户散给，以杜捏冒，俾沾实惠。如失火延烧十间以下者，毋论城内城外，地方官既邀免议，则抚恤银两应令捐俸，仍另委专员散给，庶不至有名无实。若在十一间以上者，既动备公抚恤，仍应照例查参。倘实系风日燥烈，人力难施，设法救援，火威莫遏，出于天意，无咎归官，而该地方官又自愿捐资，照例抚恤，此种情形，应否免参，临时酌详宪夺。然亦专指杭城编竹为垣易生火患而言，外府州县不得援以为例。乾隆二十四年八月详奉抚院批，如详饬遵。并饬嗣后凡有应恤之户，该地方官务须查实，开造细册，同应恤银两就近送府，另委专员按户散给具报等因。通行在案。查民间失火为灾，虽与水旱有间，但其失所情形则一。地方官既幸免处分，又吝惜捐资，问心能无抱愧？最宜据实查办，不使灾户遗漏。再，各县收存救火器具，为临时救援紧要物件，当不时亲加查点，如有破损，随即修补完整，以备不时。毋徒责成民壮总甲营兵人等，长年保固，致多废弃损失，临用缺如，虽有奋勇之兵役，力无所施，不可不慎也。

卷　二

蠲缓章程

一、州县地方偶遇水旱，如果灾象已成，应将被灾村庄民欠新旧钱粮，停其催比，以纾民力。一面于情形案内声明，具详请题。如有自行完纳者，仍听民便。其非被灾村庄，不在停缓之例。

一、被灾十分者，蠲免钱粮七分；被灾九分者，免六分；八分者免四分；七分者免二分；六分者免一分。被灾五分者，亦准蠲免钱粮十分之一。被灾不及五分（原报被水被旱勘明歉收田亩），有奉旨及督抚题请缓征者，于次年麦熟后，只令催征旧欠，其本年钱粮，准于九月后催征。若深冬方得雨雪及积水方退者，缓至次年秋收催征。如被灾八分、九分、十分者，将该年缓征钱粮（蠲剩缓征之数），俱分作三年带征。被灾五分、六分、七分者，分作二年带征。（乾隆二年原例：查地方被灾之后，民力维艰，其应纳钱粮，若令次年麦熟后新旧钱粮一并催征，小民未免拮据。应如该布政使晏斯盛所奏，被灾地方钱粮，次年麦熟后，只令催征旧欠，其当年钱粮，准于九月后再行催征。至被灾之处，有延至深冬方得雨雪及积水方退者，必得次年春夏始得布种秋禾，而麦秋之际似难输纳旧逋。此等地亩，亦应如所奏，令地方官据实确查，将新旧钱粮细数造具册结，详报该督抚核实，另疏题请缓至秋成催征，以纾民力。至经征各官，于考成册内扣除分数，统于年限案内造报查核。处分则例：官员将蠲免银两多减造入册内者，州县官降二级调用，该管司道府官罚俸一年，督抚罚俸六个月。如被灾未经题免之先，报册内填入蠲免者，州县官罚俸一年，该管上司俱罚俸六个月。）

一、查乾隆二年七月奉上谕：蠲免钱粮，所以纾民力而惠黎元，或偏灾偶见，尤宜急加宽恤，故《周礼》荒政以薄征为先。乃不肖州县，一闻蠲免恩旨，往往于部文未到之前，差役四出，昼夜催比，追呼之扰，更甚平时。迨诏旨到日，百姓已完纳过半，朝廷有赐复之恩而闾阎不得实被其泽，甚至官吏分肥，侵渔中饱，情弊种种，深可痛心。我皇考世宗宪皇帝洞悉其弊，雍正十一年八月蠲免甘肃地丁银两，奉旨将已完在官之项，准抵明年正课。此诚万世之良规，所当遵奉。嗣后凡有蠲免，俱以奉旨之日为始。其奉旨之后，部文未到之前，有已输在官者，准作次年正赋。永著为令。如官吏朦混隐匿，即照侵盗钱粮律治罪。钦此。钦遵在案。查一隅偏灾，粮户急公完纳，所在有之。应将透完各户摘录一册，钤印备档。一面督令该管次年钱粮经承，于征册内按户注销，仍填写印串，与印册核对，散给透完之户，以为准抵之凭。毋听胥役耸诱，藉称充公，不为扣抵，自贻后累。

一、查雍正七年七月奉上谕：着于庚戌年为始，凡遇特恩蠲免钱粮，其耗羡仍旧输纳。若因水旱蠲免者，不得征收耗羡。将此永著为例。钦此。查免粮征耗，分厘零尾居多，书役最易浮冒，应另列欠册，另设一柜，照例银钱并纳，严加察核，庶为便民。至因灾题蠲，则正耗并免，应分别办理。

一、乾隆二年定例：丁银未经摊入地粮均征以前，凡遇灾荒，原不与地粮一例蠲免。自雍正六年丁银摊入地亩均征之后，其丁银即出于地粮之内。设有灾荒，自应一体酌免。

且查直隶江南等省地方，已有灾荒将丁银一体豁免之案，相应行令各省督抚，倘遇灾荒减免钱粮，即将丁银统入地粮银内核算蠲免，以昭画一。

一、查乾隆五年定例，查直省蠲免钱粮，如遇水旱，系按地亩成灾分数，分别扣蠲。如逢恩免，系按花户应输粮额匀算扣除。又雍正十三年十月内升任御史蒋条奏征粮案内，经各省督抚先后题覆，如安庆、江苏、江西等省，则用易知单；福建、广东、山东、山西、直隶、湖北、湖南、河南、浙江等省，则用滚单样单；西安、四川、贵州等省，则用红簿；云南、广西、甘肃等省，则用实征额册，或给发花户，或刊刻出示等因各在案。是现今征收钱粮，遵用易知等单，凡田地科则及应征额数，里民原属周知，了若指掌。臣等酌议，嗣后遇有灾免分数，如安庆等省，则于给发花户易知单样单内一并注明；其西安等省，则于所出示内一并刊刻晓谕，俾里民自行磨对，按数扣除。如此则立法似属简易，而毫厘亦难侵欺矣等因。查灾免钱粮，虽各处办法不能画一，大概应于实征册及由单内分晰注入，分别给存。惟恐经承或有移改侵欺诸弊，可将免粮数目逐户摘出，另录印册，照填印串，散给灾户收存。如有不符示谕，粮户听其自行首告。如无印串，即系不被灾之户，应照额全完。至蠲剩缓征钱粮，应照例于实征册内剔出另册，届期启征，庶不至有混淆之弊。（处分则例：地方时值偏灾，民食匮乏，仰蒙圣恩蠲免赈济，该州县理宜详加查察，厘剔弊端，俾小民均沾实惠。倘有不肖书役，于蠲免赈贫之时，暗中扣克，诡名冒领，以致惠民正项徒饱奸吏私囊，而灾黎反致失所，该州县漫无觉察者，降二级调用。至平粜借谷，原因地方收成歉薄，米价腾贵，藉以惠济小民。如地方州县官不实力稽查，以致书役包买渔利，勒掯出入者，应将该地方官降一级调用。如胥吏人等有前项等弊，州县官既已觉察而故为容隐者，将该州县革职。此条不专指蠲免，因原例统为一条，故并录于此。）

一、乾隆二年定例，查漕运议单内开：漕粮凡遇灾蠲，例准改折，间有异灾，特奉恩旨蠲免。又开：地方灾伤，漕米按照分数改折，如或灾重，亦准全折。漕项轻赍席木等银，照数征解等语。盖缘漕粮上供天庾，难容缺额，即漕项银两，亦系办理漕务之需，随漕交纳。是以从前漕米，只有改征折色之例，间或蠲免，乃出自特恩，原非永以为例。嗣后倘有被灾地方，应令有漕督抚确勘实在情形，或应分年带征，或按分数蠲免，临时具题请旨遵行。浙省历年水旱为灾案内，漕项银米分别缓征改折，俱系查照地方情形随时酌办。（漕粮蠲缓改折，应另疏具题，或恭折奏明。）如漕粮缓征，应俟次年冬征带运漕项，仍同缓征地丁，届期统征分解。至南米系本省留兑兵糈，属藩司主政。如遇灾荒，照地丁分数蠲免外，蠲剩米数，照例分年带征派拨。（南米灾免缺少，由藩司筹款酌拨。）其被灾不及五分者，漕项银米亦许题报，或具折请旨缓征。至上年被灾缓征之漕项银米，今年重复被灾，亦可再行请缓。（与地丁事同一例酌办。）但缓折漕米，地方官宜体察民情，及早具详，以便上司题奏，并派减帮船，稍迟即局促难办矣。

一、乾隆六年二月，苏抚准户部咨为呈明事。云南司案呈，查得各省钱粮，有漕项地丁之分，本部分司承办，所有题咨案件，自应分别办理，庶无歧误。节查有漕各省，凡遇被灾，将漕项汇入地丁，或请蠲免，或请缓征。殊不知漕项银米，例不蠲缓，惟被灾过重，始准临时具题请旨遵行，与地丁按分蠲免之例判然各别。若不分晰款项，汇入地丁项下，率混不清，办理互异，殊多未便。相应移咨总漕并有漕督抚，嗣后无论题咨案件，凡有关于漕项者，务须另案造报，毋得仍行汇入地丁项下，以致牵混，碍难办理可也等因。凡灾案内漕项银米，应另疏具题，不可牵并。（乾隆六年九月，又奉例开：嗣后如遇蠲免案件，务须将漕项地丁详晰分别，遵例办理。）

一、查雍正六年奉上谕：江浙征收漕粮，但择干圆洁净，不论红白兼收，籼粳并纳。

钦此。各州县有遵照尖团并纳者（浙西之仁和、钱塘、富阳、余杭、临安、新城、于潜、昌化、安吉、德清、武康，俱籼团并纳），俱于全单内注明，造册咨达仓场。其仍以土产团米征兑之县，亦咨明有案。如偶遇灾荒，仍欲籼团并纳，必须奏明请旨，或请到通先行支放甲米，候允准遵行。州县均宜未开仓之前，禀请宪示为要。

一、查乾隆二十四年六月奉上谕：杨锡绂奏，盘验浙江漕粮，米色虽属干坚，其中间有青腰白脐，难以久贮，请照江苏之例，先行支放甲米等语。上年江苏、浙江偶有偏灾州县，曾经降旨，俱令红白兼收。但该二省比年以来累获丰收，米粮价值亦俱平减，间有收成稍减之处，不过一隅偏灾。该督抚等以连岁叠沛恩膏，遂照例陈请，一律兼收并纳。不知此系格外加恩，非可援以为例。仓储关系重大，逾格邀恩，视同常事，将来势必无所底止。此次运到浙漕，着照该督所请，准其另仓收贮，先行支放。嗣后漕粮米色颗粒，务须一律干圆洁净，不得滥行陈请援例兑收，以致久贮折耗，方为慎重仓储之道。将此传谕杨锡绂等知之。钦此。查素产圆米之县，自未便偶遇灾歉，即援例渎奏。但或被水被旱之处，地方广阔，虽勘不成灾，而秋收大概歉薄，以及夏月禾苗被灾，觅秧补种，米色不纯，粮户必须购米完漕，从实奏恳，可邀圣明允准，不必拘泥，特不可冒昧耳。

一、乾隆二十七年，浙省偶被一隅水灾，奉上谕：本年浙省秋初曾被风潮，收成不无歉薄之处。现今收漕在即，各州县交纳米石，必须一例干圆洁净，闾阎诚恐艰于完纳。着加恩将杭、嘉、湖三府属所有应征漕粮，准其籼粳并纳，红白兼收，俾小民易于输将，以示体恤。该部遵谕速行。钦此。遵行在案。

一、查乾隆三年，江南被灾，漕米照例豁免。不成灾之处，收成既薄，需米孔殷，照雍正十二年之例，每米一石折银一两征收。又江南被旱歉收之处甚广，成灾漕粮，照条银之例，按其分数，悉予蠲免。蠲剩漕米，缓至次年麦熟后改折征收。又该年江南有收之田，在未经得雨以前，小民并力车戽，工本倍于往昔，劳费加于平时，亦分别折征。苏州府属三处，折征十分之三。江、常、镇、淮、扬、通、海七府州属四十三处，折征十分之五。以上系三次遵奉谕旨办理。乃因地方灾伤过甚，于常例之外，破格蠲免。凡所以为闾阎计者，至周且备矣。

一、查乾隆二年定例，直省各官额设人役所需工食，向于地丁项下编给。遇有水旱题蠲分数钱粮，系由各省督抚查明各本省成例，或应扣荒，或应拨补，分别办理。如江南、湖广等省，向系扣荒；其余直隶、福建、陕西、云南、贵州、广西、山西等省，向系于地丁米折等项银内按数拨补。久经遵循，造报奏销在案。又乾隆元年二月内钦奉上谕：教佐各员俸工，概免扣荒缺一案，系贩〔版〕荒沉缺，概免扣除，与水旱成灾者不同。至正印各员之衙役工食银两，亦不在钦奉上谕之内。且此项工食，当日俱就各本省情形，因地制宜，定为成例。亦间有遇灾拨补者，俱由各该督抚查明确实被灾分数，实在应扣若干，专案指款请拨。今据张奏称，各役工食，遇歉收年分，旧例各按分数一体扣减，势必节外生枝，民受其害。请照常全给，与佐杂教职等官一视同仁等语。查各役工食银两，版荒灾荒，俱应照所缺之数扣除。给发之项，若概议拨补，则额设之经费有常，既未便遽更成例；若不变通酌给，则原系各役应得之项，恐于版荒之外，复扣灾荒，又难于枵腹应役，或借端扰累，亦未可定。请将版荒银两，仍照各本省定例造报外，嗣后直省各州县倘遇歉收，其编征工食银两按照分数蠲免者，应令各该督抚将所蠲工食之数确实查明，循照直隶、福建等省拨补灾荒扣缺之案，专案指款报部动拨，于奏销案内查核题销，庶各省皆可画一办理，而各役亦得共被皇仁俟〔矣〕。命下之日，通行直省各督抚一体遵照等因。浙省灾蠲役食，历系指款拨补，报部核销。各属赴司领回补款，照例办理。

一、查乾隆五年十一月奉上谕：各省官役俸工，皆出于库帑。惟是州县钱粮，或遇水旱停缓及分年带征之处，其俸工既无现征之银可以动支，而例不转拨，必待届期征足，始得补给。此通行之例也。朕思正印有司，养廉稍裕，尚可支持；而佐杂微员，则恐无以养赡，食用艰难；至于胥役等人，尤难枵腹奔走。该管官员势不得不借垫库项，以致多有赔累，且恐启将来那移亏空之渐。用是持〔特〕颁谕旨，凡遇州县钱粮停征缓征及分年带征之时，其佐杂微员应得俸银及胥役应领工食，若有垫发及未给，准其司库存公银内如数拨补。仍将应征民欠依限催收，解还藩司，以清库项。如此则微员胥役得以如期支领，庶无借垫守候之苦。倘有玩延侵隐等弊，该督抚严行查参。钦此。查浙省灾缓钱粮数目，向来俱于起运项下扣停，存留坐支之俸工等项，但扣蠲免，并不扣缓，如期支领在案。

一、查乾隆二年定例，嗣后旧征米税船料各关，除丰登年分遵照旧例按则经征外，倘地方偶遇旱干水涝，其附近省分各关口，令该管督抚将被灾情形具奏，请旨宽免。凡米谷船一到，即便放行，俾米谷流通，价值不致增长，群黎亦不至于艰食。地方秋收成熟，方准按照旧例征收。又乾隆三年七月奉旨：周廷燮奏请蠲除米税，以裕民食。朕御极以来，加惠民生，免赋蠲租，不下千万计。算来米粮之税，于国计所增几何，何妨概为蠲除，以广恩泽。但为民生计，有必须详加筹画者。盖各省丰歉不一，偶遇歉收之省，除蠲恤平粜抚绥安顿外，又特免关榷米税，俾客商图利，争趋云集，转滞流通。此昔日皇考屡行之善政。近岁朕踵而行之，具有成效。是蠲免米税，实亦救荒之一策也。若平时概令蠲除，则各省地方丰歉盈虚均属一体，富商大贾趋利若鹜，歉收之岁与丰收之处，毫无分别，国家又何以操鼓舞之权，而使商贾踊跃从事于无米之地哉？惟是各省情形，或朕一时未及周知，该督抚等当仰体轸念民瘼之意，遇地方歉收，有藉外省接济者，即行奏闻免收米税。如情形孔亟，奏请需时者，即一面奏闻，一面停其输税。将此永著为例。钦此。查地方被灾甚轻，米粮不至缺乏，自应照常办理。如果灾伤深重，急藉客米接济，州县应速急禀请督抚，具折请旨免征米税，不可迟缓，致商贾裹足观望也。（附律条例：凡被灾地方米船过关，果系前往售卖，免其纳税，给与印票，责令到境之日，呈送该地方官钤盖印信，回空查销。如有免税米船偷运别省，并未到被灾地方先行粜卖者，将宽免之税加倍追出，仍照违制律治罪。再查乾隆五年部议江南巡抚岳题覆九江关监督唐折奏案内，查九江关题定则例，征收船料，不纳货税，除有差船勘合火牌不纳料外，其余看船只之大小，照商船例征收。今疏称采买赈济米谷，事出一时，仍请免纳船料。粜三补仓米谷，乃各州县每年例办之事。装载民船，多系按照时价雇募，并非派累当官。其水脚银两食用船料，已悉在船价之内，自应照例完纳等语。查买补之船，既系按照时价给发完纳船料，即采买赈济米谷船只，亦非官设有勘合火牌之站船，与雇募民船水脚事同一例。应将所请免征之处毋庸议。应令该抚行令该监督，仍照定例征收可也。查此条乃指大概采买赈济米谷，仍征船料。附录以备参考。）

一、定例，凡遇蠲免钱粮之年，将所免钱粮分作十分，以七分免业户，三分免佃户。雍正十三年十二月内钦奉上谕：蠲免之典，业户邀恩者居多。彼无业贫民，终岁勤动，按产输粮，未被国家之恩泽。欲照所蠲之数，履亩除租，绳以官法，则势有不能。其令所在有司，善为劝谕各业户，酌量宽减佃户之租，不必限定分数，使耕作贫民，有余粮以赡妻子。若有素封业户，能善体此意，加惠佃户者，则酌量奖赏之。其不愿者听之，亦不得免〔勉〕强从事。特谕。钦此。查江浙地方，农多土窄，乡民多向富户佃田耕种，岁还租息，数有一定。如佃田成灾，向来州县办理，将钱粮蠲与业主，赈恤给与佃户，事属均平。至灾田租米作何减让之处，查田禾被灾，其中仅存分数，多寡不齐，难以概论。应先期示知业佃，除熟田仍照租额还纳外，凡有灾之田，须令佃户报闻业主，面同看明。或将存田灾禾业佃分收，或听佃户砟取砻米酌分，或估定应还十分之几，业户给单照收。一县之中，四乡俗例各别，地方官劝业佃平情与受，不可限定成色，致启纷争。并江浙田禾花搭成灾，荒熟间杂者居多。无灾刁佃，既欲藉灾赖租，而刻薄田主，亦不无过于苛索。争讼之案，最宜调剂得妥。至素封良善之人，能仰体皇上爱恤灾佃之圣心，减租加惠佃户，查明确数，详明上司，酌量奖励，以表义风。

卷　三

粜借章程

一、查乾隆七年二月奉上谕：从前张渠奏请减价粜谷，于成熟之年，每一石照时价核减五分，米贵之年，每一石照市价核减一钱。此盖欲杜奸民贱籴贵粜之意也。但思寻常出陈易新之际，自应遵此例行。假若荒歉之岁，谷价甚昂，止照例减价一钱，则穷民得米仍属艰难，不能大沾恩泽。嗣后着该督抚临时酌量情形，将应减若干之处，预行奏闻请旨。如有奸民贱籴贵粜之处，严拿究治。目今江南督抚，即同钦差遵照此旨，一面具奏。钦此。又乾隆七年二月奉上谕：各省常平仓谷，每年存七粜三，原为出陈易新，亦使青黄不接之时，民间得以接济。当寻常无事之际，自然循例办理。若遭值荒歉，谷价昂贵，小民艰于谋食，而仍复存七粜三，则闾阎得谷几何，大非国家发粟平粜之本意也。嗣后凡遇岁歉米贵之年，着该督抚即饬地方官多出仓储，减价平粜，务期有济民食，毋得拘泥成例。着该部即行文各省督抚知之。钦此。又于乾隆七年六月奉上谕：各省地方，每遇歉收，米价昂贵，国家动发仓储减价平粜，乃养民之切务。然有司经理不善，即滋弊端。是以乾隆四年张渠奏请减价粜谷，于成熟之年，每石照市价减五分，于米贵之年，每石照市价减一钱，盖欲杜奸民贱籴贵粜、囤积网利之弊也。朕思寻常出陈易新之际，自应照此例行。若遇荒歉之岁，谷价高昂，非减价一钱可以济穷民之困者。是以本年二月间，特降谕旨，令该督抚等于地方歉收平粜之时，酌量情形，应减若干之处，预行奏闻请旨。今朕再四思维，地方当饥馑之时，黎民乏食，朝廷百计区画，方且开仓发粟，急图救济，一赈再赈，以安全之，岂有于平粜一节，预防奸民之贱籴贵粜，不为多减价值，而使嗷嗷待哺之穷民，仍复艰于糊〔餬〕口乎？况赴仓籴买官米，与赴店籴买市米，其难易判然，又可历数。银色有高低之不等，戥头有轻重之不同，道里有远近之各殊，守候有久暂之莫定。此在平时且然，何况年荒乏米之日。若官价照市价略为减少，则所差几何？是国家徒有平粜之恩，而闾阎未受平粜之益也。朕痌瘝在抱，言念及此，再行明白宣谕：凡各省大小官员，皆朕设立以牧养斯民者，倘于此等要紧政事，视为具文，苟且塞责，则罪不可逭。嗣后务将该地方实在情形，必须减价若干，方与百姓有益之处，确切奏闻请旨。至于奸民当歉收之年，图利囤积，将官谷贱籴贵粜，则惟在州县官严行查拿。倘或疏漏隐匿，该督抚即刻严参，从重治罪，是亦并行而不悖也。钦此。查平粜仓谷，行于青黄不接之时。种植晚禾地方，约以五、六、七月为期；早晚二禾并产之区，约以三、四、五月为期。届期由藩司核定应粜三分谷数，通檄各属，议明减价，并具设厂委员监粜册，详请示期开粜。如市价甚平，无需出粜，亦即申覆。如未奉行知，市米昂贵，民食维艰，亟应粜济，又当因时制宜，照雍正十三年阁学方苞条奏，一面开粜，一面详报。或因离省会遥远，就近详请道府核准为是。至于应粜谷数，如粜竣之后，市价未平，新谷未出，穷民望粜正殷，势难停止，应于存七数内，再行筹款，续详接粜，至价平而止。至应减价值，成熟之年，每石减银五分，价贵之时，减银一钱，系指米石而言。若荒歉之后，市价腾长，民食急需，则应照酌量情形预行奏减之恩旨办理。查乾隆十三年平粜，浙省奉文奏定市价一两二钱以下，减银五分；一两二钱至一两五钱，减银一钱；一两五钱至一两八钱，减银二钱；一两八钱以上，减银三钱。此系随时酌定之例。至平粜价值，银钱相较，钱文零尾，相应截去，以每升粜钱几文为率，不得零星粘带，使胥役得以高下其手也。

一、市价不甚昂贵，循例平粜，以为出陈易新之计，每票当以一斗二升为率。盖市米尚多，便宜无几，稍有力之户，多懒于赴籴官仓，多一番舂〔舂〕碓之劳，买者自少。若市价骤长，市米稀少，籴者云集，每票当减至五升、三升。若计户计口，按日限数，亦可使贫民得以均沾。且多多出散，仓储易竭，市价未平，乡民哗然来至，不可禁遏，甚有意外之虞，不容忽视也。

一、平粜官米，当市价极贵之时，遂有胥丁渔利、牙铺囤积之弊乘此而生。所当设法防范，使贫苦小户，得沾实惠。查清编保甲，原以稽查奸匪，而赈济、平粜两大事，实藉以查办。所虑者，州县官平日视为具文，不加察核，一任胥役填注，舛错遗漏，以致不足为凭。应于农隙之时，实力清厘，另备确册，颁给门牌，务将大小丁口、产业生理，从实注定。其畸零小户，附编邻近庄甲，不许更易。大抵一庄之中，该保于五日内可以查清，填单给发，再限五日，便可竣事。州县率同丞簿巡尉等官，或教职亦可，抽庄亲点。如有错讹及科派诸弊，将该保立即究治，承办妥协者给赏，以示奖罚。门牌散毕，遇开粜之期，先行示谕，贫户亲执门牌，赴官核明每口计口应买米数，填给格眼印单，令其收执，按日赍单赴籴。备具初一至三十日小字红戳。籴一日去，即于单格内加一红戳。如买户甚多，厂难多设，应令最远庄民，或十日或五日，作一次汇籴，以免往返拥挤。如贫不能汇籴者，听从其便。则稽察既易，而穷民均沾平粜之惠矣。

一、清编保甲，州县原有一二十金纸笔之费。而缉匪安民，遇灾赈粜，莫大之事，藉以就办，其利无穷，亦何惜此小费而任其废弛？此不谙大体之故也。（如平日未经妥办，当灾象已成，宜及早编查。但遇灾而办，书役又将沿门派费，当严加查察。雍正四年七月定例，保甲编牌，十户立一牌头，十牌立一甲长，十长立一保正。每户给印信纸牌一张，书写姓名丁男口数于上。偶有出入，必须注明，不许容留面生可疑之人。若村落畸零，户不及数，即就少数编之。）

一、乾隆六年十二月奉上谕：国家设立平粜，乃惠济贫民第一要务。但恐发卖官谷之处，与乡村相隔遥远，则小民搬运为难。是以乾隆二年，因直隶山东平粜济民，曾降谕旨，如离府县城郭路远乡村，有司当设法运至。倘脚价无出，或动存公银两，或开销正项钱粮，皆所不惜。今年江浙地方，有被灾之州县，明年麦秋以前，非平粜不能接济民食，该督抚务饬有司，查明道路之远近，将仓米四路分粜，以就民便。着各该督抚妥协办理。至于胥役有克减升斗之弊，家丁有得钱私粜之弊，奸民有冒滥贩卖之弊，均当严行查察。有一于此，法在必惩，毋得姑纵。钦此。查城乡分厂，定例现在遵行。但州县或因乏丁派管，苟且自安，或因运费多金，虑不准销，往往奉行不力。殊不知米粮昂贵，远乡穷民，咸思告籴官仓，乃令长途来往，我心何安？且人势众多，若不分厂以散其势，拥挤将至不可救解，酿成事端，我心又何忍？况以谷碾米，既有砻糠一种可抵砻夫工钱外，而每谷一石，如原买妥协，亦定有余米二三升，尽敷丁役饭费，可无赔累之虑也。

一、分厂既定，每厂一座，又以男女分作两局，收钱、发票两局，见票发米，则一厂之中，又分四处，自免拥挤之患。每日自卯时开粜起，至午时止。凡赴籴之人，先尽老幼，次及丁壮。须谕饬派委员役严加弹压，布置得宜。男女应以东西分隔，如有男子混入妇女行阵中者，摘拘儆戒。

一、监粜官每厂一员，省城禀明上司派委，外郡州县，即以所属佐杂教职自行分派，填册通报，仍捐给薪水。务令亲自在厂监督，不容托故规避。州县官仍日逐赴各厂往来巡查，不可疏忽。

一、每一米局，约用书办二人，斗级三人，差役二人。每一钱局，约用登记书二人，接钱数钱书三四人，差役二人。又每局各安丁属一人。以上人役，须用眼明手快敏健之人，切弗以不鲫溜钝汉充数，大足误事。此用人之法，另有一格也。

一、州县仓谷，于受代时应备底册，按廒口字号次序分贮数目，注明某年月入廒，谷色如何。以后凡有粜借还补，销旧注新，与田地丘领户之册相似，便觉分明。如遇平粜，拣出最远年分次等谷色，先行碾粜。切不可贪得余米，先动好谷，自贻后累，悔之无及也。

一、气头廒底，原有准销之例。搀和入数，所占便宜无几，而穷民买回，不中煮食，便有怨言。承办丁属，最宜得体，不可忽略。

一、查乾隆元年六月奉上谕：朕闻各省出借仓谷，于秋后还项时，有每石加息谷一斗之例。朕思借谷各有不同，如地方本非歉岁，只因春月青黄不接，民间循例借领，出陈易新，则应照例加息。若值歉收之年，其乏食贫民，国家方赈恤抚绥之不遑，所有借领仓粮之人，非平时贷谷可比。至秋后还仓时，止应完纳正谷，不应令其加息。将此永著为例，各省一体遵行。该督抚仍当严饬有司体恤民隐，平斛量收，毋许多取颗粒。如有浮加斛面，额外多收，及胥役苛索等弊，着督抚严参治罪。钦此。又乾隆三年二月奉上谕：乾隆元年六月，朕曾降旨，各省出借仓谷与民者，旧有加息还仓之例。此在春月青黄不接之时，民间循例借领，则应如是办理。若值歉收之年，岂平时贷谷可比，至秋收后只应照数还仓，不得令其加息。此乃兼常平、社仓而言也。今闻外省奉行不一，凡借社仓谷石者，照此办理，而借常平仓谷者，遇歉收之年，仍循加息之成例，似此则非朕降旨之本意矣。嗣后无论常平、社仓谷石，若值歉收之岁贫民借领者，秋后还仓，一概免其加息，俾蔀屋均沾恩泽。将此永著为例。钦此。又乾隆四年定例，嗣后各省除被灾州县民借谷石仍照旧例毋庸收息外，加〔如〕收成九分、十分者，系属丰稔，并收成八分者，亦不为歉，俱应仍照旧例收息。其收成五分、六分、七分，既属歉薄，自应免其加息。又乾隆三年八月，九卿遵旨酌定，如有被灾缓征，按照分数，分年带征在案，今民借仓粮，亦应推广皇仁，收成五分以下者，所借粮石，缓至来年秋后征还。其收成六分者，今年先还一半，次年征还一半。收成七分者，虽非丰稔，亦不甚歉，应令本年秋后征还，免其加息。收成八分、九分、十分者，本年秋收照数加息还仓。务令各属实力奉行。如有不肖州县捏报私征等弊，该督抚指名题参究处。又乾隆十七年定例，各省被灾，无力贫民借给籽种口粮，先于乾隆五年酌议赈恤事宜案内议准，夏灾借给者，于秋收后免息还仓。秋灾借给者，于次年麦熟后免息还仓。现在各省虽系照例办理，然催征之州县各官，原未定有年限处分，若将来历年久远，借数繁多，诚有如所奏，民既疲玩，官亦习而不察，年复一年，积欠累累，殊非慎重钱粮之道。应如该布政使高晋所奏，嗣后各省，凡系夏灾借给籽种口粮，照例于本年秋收后启征。秋灾借给籽种口粮，于次年麦熟后启征。均扣限一年，免息按数催还。

如有未完，即将催征之州县卫所各官照杂项钱粮例议处，限满即行报参。倘遇灾伤，照例停缓其各年旧欠。未完种粮，亦应如所奏，自十七年起，一体扣限造报，以昭画一等因。查应行借贷之时，情形不一，有可约略指陈者。如被灾后尚可补种杂粮，农民缺乏籽粒者；灾赈之后，当春耕时贫无籽本者；歉收田地勘不成灾，及成灾五分，例无加赈，次年耕本不继者；风水冰雹为灾尚轻，例无蠲赈，及偶有虫患，急应救治者；民力疏浚河池，修筑塘堤，工食不足者；偏僻村庄民贫，急需蚕本耕本者。种种应借，州县官访查确切，核议通详，或按田亩，或计户口，随时酌定。惟是出借最易滋弊，极宜慎重。向来常平米谷，春借秋还，行于歉岁，免息者居多。惟社谷如非歉收，亦准酌借，还仓应照例加息一斗。又浙省通饬收成八分者，亦免加息，至九分、十分收成，民食颇足，无庸出借，致有冒滥也。

一、如有民力开河筑堤诸事，酌借工食，虽非歉岁，亦应议详免息为是。

一、常平米谷出借，既有定例，应行应止，州县为亲民之官，民力缓急，自所熟悉，原可通盘筹画，斟酌举行。或于民甚相需之际，悭吝不发，此一病也。或又于民食不缺之际，勉强从事，此又一病也。应借则借，民受常平之利；不应借而借，常平遭借之害，最宜樽节。夫以有用之积储，耗散于无益之借贷，州县有出结甘赔之责，亦何乐乎为此耶？

一、滥借之时，有为庄保催逼，不得已而承借者；有贫民欲借而不得借，富户不愿借而反借者；有已不愿借，却转顶与无田耕种之人，冒名承领者；有胥役地保，捏开里户姓名，打捆冒领，临期无还，致令里户代赔者；有殷户总领转派佃户，于输租时带收汇缴，佃户多受派累者。凡滋弊窦，初任未必尽知，故为详言之，以备考察。

一、应借之时，州县一面申详上司，一面将告借之户，查对烟户册，必实系力田农民，方可批准。刊刻联单印领，每百张为一本，编列字号，将各户准借数目填明单内，截给该户，令其将住居庄甲、邻族姓名、保人姓名自行邀同登填画押，俟示期开仓，持单赴领。州县即将此单汇存，作为借户领状，以便秋收时稽查催征。其印单即令保正散给填注，如有捏混，惟该保是问。但出借时有丁胥搀和扣克之弊，还仓时有浮加索费之弊，务宜严察革除，使贫民得沾惠泽，稍有疏纵，即怨声载道也。（处分则例：州县每年春间借出谷石，自秋收后勒限征比，务于十月内尽数完纳，造具册收送部。年底令知府直隶知州亲往盘查。其府州仓谷，责令该管道员盘查，出具印结申报。逾限不完，或捏造册收，即行揭参议处，仍令欠户照数完纳。如该管上司不行揭参，照徇庇例议处。又，各省府州县存仓米谷，每年出陈易新之例，各省不同。如有抑勒派借，及搀和糠秕土灰，并交纳时掯索浮满，种种需索等弊，该督抚即行纠参，交与该部照例分别议处。又，各省赈济，借动仓粮，如有虚冒浮开，借非实借，朦混捏报，还非实还，派累小民等弊，该督抚即行指参，交与该部分别议处。如督抚徇隐，不行查参，将该督抚照徇庇例议处。又，凡州县卫所亏空钱粮，如果民欠未完，捏报全完，或私自借给百姓仓粮，其私借钱粮之员及捏报官员，应照虚出通关朱抄律，计所虚出之数并赃，皆以监守自盗论。其实在民欠民借，仍着落原借欠之人完纳。其那移钱粮有项可抵者，即令接任官催征补项。若捏报私借那移之项，该员情愿一年内代民全完者，准其复还原职。附律条例：凡遇地方荒歉，借给贫民米石谷麦，或开垦田土，借给牛具籽种，以及一切吏役兵丁人等办公银两，原系题明咨部行令出借，倘遇人亡产绝，确查出结，题请豁免。如有捏饰侵渔，以及未经报明私行借动者，即行题参，按律治罪。）

一、乾隆九年三月户部议，据署理兵部右侍郎厢蓝旗满洲副都统雅奏称，荒歉之年，米贵兵艰，应令提镇咨明督抚，酌量借给米谷，定限扣还等语。查兵民原属一体，民间既须借给，兵丁自不应歧视。嗣后如遇歉岁，应如所奏，令该提镇等商同督抚，酌量借给米谷，定限扣完，报部存案等因。浙省歉收米贵之年，兵丁乏食，向有动款借给之例，于饷银内扣还，司库买补还项。

一、谷贵伤民，然后减价而粜，至价平即止。此常平本法，非伤民不粜，所以慎重仓储，不轻出脱也。若视粜为岁一举行之常例，不问时价之贵贱，任意开粜，以收碾余之利，设或秋收失望，不又将于别邑拨运以助赈乎？此平粜之不可不樽节办理也。

一、谷贱伤农，然后增价而籴，至价平即止。此常平本法，非伤民不籴，所以调剂物价，取所增者抵所减，下以利民，而官帑亦无所亏也。若预计来岁米粮必贵，而昂价以籴，与商贾之射利者何异？且地方收获减少，食米惟恐不得流通，乃因官买之故，而使市价转增，市米愈少。试思收贮在官，何如盖藏在民乎？此采买之不可不相时而行也。

一、定例社仓立于民间，按乡建设，捐贮之人，按数给赏，果有捐至三四百石者，给与八品顶带。凡乡官士民之好义者，任其经理。社长正副二人，三年一次，选良民更换，交代出结，亏空追赔。三年无过，许再保留三年。果出纳有法，将社长按年给赏。贫民借领，每石加息一斗，歉收免息。四月上旬报借，十月上旬报收。收支数目，社长日报本县，事竣结总报府。设印簿二，一存社长，一存州县。新旧官交代，赴仓盘查，取结申报上司。此一定章程，俱当循行弗违。惟是社仓之设，官为劝谕，民自收敛。闾阎之积贮常充，地方之缓急有恃，裒多益寡，以民济民，可以补常平之不及，诚不易之良法。自雍正二年例议，照朱子条目核定通行，而各省牧民之官，行之渐有可观。嗣因有办理不善之处，派累追扰定有，听民自便，不得绳以官法，违者以违制论之。例（按：疑为衍字）而未行社仓之处，藉此遂废然中止。乾隆二十三年十月，浙抚杨以浙江大省，独无社仓，无以储备，通饬劝捐，酌议条款。奏奉朱批：好！实力妥为之，而去弊为尤要也。钦此。各州县申报捐数颇多，迩年以来，屡有偏灾，尚未收足建仓办竣。夫一方之中，不乏善人，果实心经理，不徒以勒派为能，劝捐一事，里民心所乐从，不难渐致成效也。（附录朱子社仓法曰：臣所居建宁府崇安县开耀乡，有社仓一所。系昨乾通四年，乡民艰食，本府给到常平米六百石，委臣与本乡土居朝奉朗刘如愚同其赈贷，至冬收到元米。次年夏间，本府复令依旧贷与人户，冬间纳还。臣等申府措置，每石量收息米二斗，自后逐年依旧敛散。或遇小歉，即蠲其息之半；大饥即尽蠲之。至今十有四年，量支息米，造成仓廒三间收贮，已将元米六百石纳还本府。其见管三千一百石，并是累年人户纳到息米。已申本府照会，将来依前敛散，更不收息，每石只收耗米三升。系臣与本乡土居官及士人数人，同其掌管，遇敛散时，即申府差县官一员，监视出纳。以此之故，一乡四五十里之间，虽遇灾年，人不阙食。窃谓其法可以推广，行之他处。乞特依义役体例，行下诸路州军，晓谕人户，有愿依此置立社仓者，州县量支常平米斛，责与本乡出等人户主执敛散，每石收息二斗，仍差本乡土居官员士人有行义者，与本县官同其出纳。收到息米十倍本米之数，即送元米还官，却将息米敛散，每石止收耗米三升。其有富家情愿出米作本者，亦从其便。息米及数，亦与拨还。如有乡土风俗不同者，更许随宜立约，申官遵守，实为久远之利。其不愿置立去处，官司不得抑勒，则亦不致骚扰。　一、逐年五月下旬，新陈未接之际，预于四月下旬申府，乞依例给贷；仍乞差本县清强官一员、人吏一名、斗子一名，前来与乡官同其支贷。一、申府差官讫，一面出榜，依排定日分，分都支散。先远后近，一日一都。晓示人户，产钱六百文以上及自有营运，依〔衣〕食不阙，不得请贷。各依日限具状，状内开说大人小儿口数结保，每十人结为一保，递相保委。如保内逃亡之人，同保均赔。取保十人以下，不成保不支。正身赴仓领米，仍仰社首、保正、副队长大保正并各赴仓识认面目，照对保簿，如无伪冒重叠，即与签押保明。其社首、保正等人不保而掌主保明者，听其日监官同乡官入仓，据状依次支散。其保明不实，别有情弊者，许人首告，随事施行，其余即不得妄有邀阻。如人户不愿请贷，亦不得妄有抑勒。一、收支米，用淳熙七年十二月本府给到新漆黑官桶及官斗，仰斗子依公平量。其监官乡官人从，逐厅只许两人入中门，其余并在门外，不得近前挨拶搀夺。人户所请米斛如违，许被扰人当厅告覆，重作施行。一、丰年如遇人户请贷官米，即开两仓，存留一仓。若遇饥歉，则开第三仓，专赈贷深山穷谷耕田之民，庶几丰荒赈贷有节。一、人户所贷官米，至冬纳还，不得过十一月下旬。先于十月上旬，定日申府，乞依例差官带吏斗前来，公其受纳，两年〔平〕交量。旧例每石收耗米二斗，今更不收上件耗米。又虑仓廒折阅，无所从出，每石量收三升，准备折阅及支吏斗人等饭米，其米正行附历收支。一、申府差官讫，即一面出榜排定日分，分都交纳。先近后远，一日一都。仰社首、队长告报保头，〈保头〉告报人户，递相纠率，造一色干硬糙米，具状同保，共为一状，未足不得交纳。如保内有人逃亡，即同保均备纳足，赴仓交纳。监官、乡官、吏斗等人，至日赴仓受纳，不得妄有阻节及过数多取，其余并依给米约束施行。其收米人吏斗子，要知首尾，次年夏支贷日不可差唤。一、收支米讫，逐日转上本县所给印历，事毕日具总数申府县照会。一、每遇支散交纳日，本县差到人吏一名、斗子一名、社仓算交司一名、仓子两名。每名日支饭米一斗，约半月，发遣裹足米二石，共计米一十七石五斗。又贴书一名，贴斗一名，各日支饭米一斗，约半月，发裹足米六斗，共计四石二斗。县官人从共一十名，每名日支饭米五升，十日共计米八石五斗。已上共计米三十石二斗。一年收支两次，共用米六十石四斗。逐年盖墙并买藁荐收补仓廒，约米九石。通计米六十九石四斗。一、排保式：某里第某都社首某人，今同本都大保长、队长编排到都内人口数下项。一、请米状式：某都第某保队长某人，大保长某人，某处地名，保头某人等几人，今递相保委，就社仓借米，每大人若干，小儿减半。候冬收日，备干硬糙米，每石量收耗米三升，前来送纳。保内一名走失事故，保内人情愿均备取足，不敢有违。谨状。一、簿书锁钥，乡官公共分掌。其大项收支，须同监官签押，其余零碎出纳，即委官公同掌管。务要均平，不得徇私容情，别生奸弊。一、如遇丰年，人户不愿请贷，至七八月而产户愿请者听。一、仓内屋宇什物，仰守仓人常切照管，不得毁损及借出他用。如有损失，乡官点检，勒守仓人备偿。如些小损坏，逐时修整；大段改造，临时具因依申府乞拨米斛。又，乾隆二十三年十月，浙抚杨奏定条款：一、劝捐先期得人。浙省所设社长，多由乡保举报准充，素鲜正人，难期实效。查前际灾祲，绅衿大户俱广为乐输，业将乐输之人分别题请议叙。此等殷实醇良之人，既肯乐输于灾歉之时，自能鼓舞于丰稔之岁。况社谷又不务在取盈，为力亦易。今饬令地方官，按照议叙原册，按名邀请，劝其首事，并给予循环印二簿，免其各就本乡劝捐，不必勉强，亦不必定数，无论多寡，任人乐捐登簿，即就中延一二人为社长。如山僻小县，未邀议叙者，则确访乡里推重之绅士耆民一二人，以为董事，优以礼貌，给簿就近劝捐。总不由乡保举报，则社长可望得人。一年之内，董事劝捐得有成数，即按照谷数，由县府司道及臣衙门分别给匾表庐，以示鼓励。其请给顶带之例，已奉停止，毋庸置议。一、定地方官功过，以示劝惩。查社仓守掌在民，官无派勒；稽察在官，民无侵蚀。全在地方官尽心料理。若不定以功过，鲜克望其实力。今应将奉行得法，立社较多之地方官，以贤能记功。倘漫不经心，有名无实，即予记过。若抑勒滋扰，立即严参。俟捐有成数，除具社长仓收外，该县务于因公至乡时，随时盘查稽核，务须开除有据，实贮无亏。年终出结，申报上司查考。遇离任交代，即传同社长，将开除实在谷数，移交后任官接管。设有捏饰侵那，新任查出，除报参外，即着落如数赔补。一、捐户之奖劝，宜少为变通。查浙省题定奖劝输谷之人案内，士民捐谷至十石以上者，州县给以花红，鼓乐导送。数过三十石至一百五十石以上者，俱分别给以匾额。如有好善不倦，捐数多至三四百石者，照例题给八品顶带荣身。如捐至千石以上，又系有职人员，应请奏明分别职衔大小，酌量议叙。通行遵照在案。但社谷原不限多寡，听民乐输，捐至千百石之户甚少，捐在十石以内者较多。若限以十石以上方与奖励，切恐山僻小邑，士民有志乐输，力不及十石者，见奖励不及，未免阻其向善之念。今应略为变通，凡捐数在十石以内者，即于该社建立木坊，大书好善急公等字样，将乐输姓名汇立坊上，以昭奖劝，俾咸知踊跃向风。一、敛散社谷，期于根查切实。查浙省从前出纳社谷，只设印簿二本，一存社，一存县。事毕令社长报县，转报上司查考。第查印簿之设，数目未尝不符，其中是否实领实欠，有无影射弊混、揑借强贷及抗欠复借、易换新领诸弊，只就簿稽核，无从显露。查江苏借放社谷，均发三联印票。今应仿照刊刻，汇订成本，给与社长，一发借户，一缴县，一存仓。就票画押，不另立领，惟设流水簿，照票登填稽核。追秋成还仓，另设收照，由社长给发，俾借户执以为据。每当春借之时，一经比对，如有悬欠，颗粒难隐。凡有捏借捏欠等弊，无从隐瞒，庶敛散皆归实在。一、社仓一切费用，不使累及社长。查社仓所需纸笔人工饭食之费，势不能免。浙省未定有支销成例，若令劝输，必生科派。若官为捐给，亦属虚名。以致社长虑及赔垫，惮于承管，致善政终归废弛。案查从前江省原议于每年所收加一息谷内，以七升交仓，三升给社长，为各项费用。计其所入，颇裕用度。嗣经部议，照安省之例，每石准销耗谷二升，尚觉未敷。浙省未议及此，无怪乎人人畏难，不肯应募。今应遵照部议安省准销耗谷二升之例，于每年所收息谷内，每谷一斗，以八升交仓，二升给予社长，为种种费用，使社长无赔垫之累，而殷实端方之士，不致视为畏途，庶几踊跃从事。一、社谷之盖藏宜慎。查各社应建仓廒，原系收有息谷，即为建造。今浙省办理因循，以致数十年来，只有附省仁和、钱塘二县，各建有社仓三间，余属均未办及。谷本无多，或即交社长收贮，或借贮各村镇寺院。盖藏不慎，折耗蒸霉，致谷石日渐消耗。今若即议建仓，筹费维艰。臣现饬各州县，于劝捐时酌量情形，如该地绅衿耆庶乐善急公，愿随捐谷并输仓费，即就所捐之数量建仓廒，将谷收贮，但不得稍有勉强抑勒。如无捐费之人，即择各村庄寺院余房，或殷户宽闲房屋，暂赁二三间，官购板木席片，修作仓廒式样，使高燥通气，将所捐谷不〔石〕，交社长收贮承管。俟一年后计有息谷若干，先酌量建仓一二间，以资收贮。余俟息谷宽余，陆续再行添建，俾盖□藏得所，可免折耗。）

一、内地米粮，例应流通，遏籴有干例议。况灾歉之后，米少价昂，全藉此往彼来，互相协济，以资民食。州县一有禁米出境之事，奸民闻风附和，势必聚众将沿途米船逞强拦阻，酿成抢案，最为不妥。至沿海口岸，米贵时最多偷运出口，防范最难。宜严加察禁，不可稍有疏纵也。（处分则例：凡邻省歉收告籴，本地方官禁止米粮出境者，该督抚据实题参，将州县官降一级留任。不行揭报之该管上司，罚俸一年。不行题参之督抚，罚俸六个月。倘本省歉收，米粮不敷民食，而奸民射利之徒私行贩运出境，于民生亦有未便。令该督抚酌量情形，据实题明，许其暂行禁止。）

一、凡遇被灾深重之年，截漕备用，乃出自皇恩，非可妄行陈奏。即邻省仓粮，彼此各有储备，难以拨用。但地方或遇灾荒已甚，本省米谷实在不敷赈粜诸用，或应截留漕米，或探知邻省有收，可以协拨，应据实密奏，听候圣旨定夺。

卷　四

捕蝗事宜

一、雍正六年八月十七日奉上谕：蝗蝻最为田禾之害，然迅加扑灭，可以人力胜之。昔我圣祖仁皇帝训饬地方官，谆谆以捕蝗为急务，其不力者加以处分，无非养民防患之至意。乃州县有司，往往玩忽从事，不肯实心奉行。而小民性耽安逸，惮于捕灭之劳，且愚昧无知，又恐捕扑多人，以致践伤禾黍，瞻顾迟回，不肯尽力。不知蝻子初生，就地扑灭，易于驱除。一或稍懈，听其生翅飞扬，则人力难施，且至蔓延他境，为害不可言矣。前江南总督范时绎折奏邳州地方有蝗蝻萌生，朕即谕令竭力扑灭。旋经该督奏闻，该地方已经扑尽。比即批谕范时绎云：扑尽之说，朕实未信。须令有司实力奉行，无俾遗种，莫被属员蒙蔽。近闻彼处蝗虫，该地方官并未用力扑灭，与朕前旨相符矣。地方官如此怠玩从事，而督抚尸位，付之不闻，是何理也。著范时绎查明题参，并将该督抚交部严加议处，以儆怠玩。嗣后各省地方，如有蝗蝻为害之处，必根究其起于何地，其不将蝻子即时扑灭之地方官，著革职拿问。若蝗虫所到之地，而该地方官玩忽从事，不尽力扑灭者，亦著革职拿问，并将该督抚严加议处。特谕。钦此。又乾隆四年四月奉上谕：闻直隶青县、静海等县蝻子萌生，甚可忧虑。著地方文武官弁加紧扑灭，毋使滋蔓。江南淮安等近水之处，去年被旱，今春雨泽不足，亦恐蝗蝻萌动，为害田苗。其他各省雨少之处，均当思患预防，无得疏忽。从来捕蝗之事，原可以人力胜者，倘地方大员董率不力，及州县文武官弁奉行懈弛，经朕访闻，必严加议处，不少宽贷。钦此。又乾隆十六年闰五月奉上谕：今岁雨旸时若，入夏以来，田禾畅茂，西成可望有收。据直隶总督方观承奏报，河间县之西里门及程各庄等处，有飞蝗自东而来，虽据称地方员弁合力搜捕，已应时捕灭，但所在州县，不可不预为防范杜绝。盖蝗蝻最为田禾之害，当其始生，本不难于捕灭。捕蝗之令，已再四申明。但农家恐其践踏苗稼，往往各怀观望，以致滋生繁衍，势不可遏。虽愚民虑不及远，护惜己之田禾，而不虑贻害他人，然先受向隅之苦，亦人情所必有。朕思计其所损苗稼，官为赏给以偿之，且向有以米易蝗之法，若仿而行之，凡因捕蝗践伤田禾，所在有司查明所损之数，酌量分晰给与价值，则农民无所顾恤，尽力搜捕，较之蝗灾已成始行捕灭者，难易悬殊矣。该部即速行知各省督抚，令其通饬所属州县实力奉行，永除灾害，以承天庥。钦此。又乾隆十八年五月奉上谕：蝗蝻为害甚大，朕屡敕督抚大员躬亲督率搜捕，是以提镇亦有协同往捕者。然若携带多人，需索供应，则农民转受其滋扰。捕蝗之害，更甚于蝗，此尤甚大不可者。一并通行传谕知之。钦此。又乾隆十八年七月奉上谕：定例州县等官捕蝗不力，藉口邻封，希图卸罪者，革职拿问。该管上司不速催扑捕者，降级留任。向来督抚以该道府前经节次督催，现在揭报情由，于本内声叙，遂得邀免处分，以致道府玩视民瘼，并不留心督察。今岁直隶自春徂秋，捕蝗未尽者，即由于此。嗣后州县捕蝗不力应拿问者，俱应将道府一并题参，交部议处。该督抚等不得有心姑息，于本内滥为声叙，以为宽贷之地。该部通行传谕知之。钦此。又乾隆十八年七月奉上谕：州县捕蝗，需用兵役民夫，并易换收买蝻子费用，准其动公。其有所费无多，自能捐办，而实能去害利稼者，该督抚据实奏请议叙。其已动公项，而仍致滋害伤稼者，奏请着赔。钦此。（附律条例：凡有蝗蝻之处，文武大小官员，率领多人，公同及时捕捉，务期全净。其雇募人夫，每名计日酌给银数分，以为饭食之资，许其报明督抚，据实销算。果能立时扑灭，督抚具题，照例议叙。如延蔓为害，必根究蝗蝻起于何地及所到之处，该管地方官玩忽从事者，交部照例治罪，并将该督抚一并议处。处分则例：州县卫所官员，遇蝗蝻生发，不亲身力行扑捕，藉口邻境飞来，希图卸罪者，革职拿问。该管道府不速催扑捕者，降三级留任。布政使不行查访速催扑捕者，降二级留任。督抚不行查访严饬催捕者，降一级留任。协捕官不实力协捕，以致养成羽翼，为害禾稼者，将所委协捕各官革职。该管州县地方，遇有蝗蝻生发，不申报上司者革职。道府不详报上司，降二级调用。布政司不详报上司，降一级调用。布政使详报，督抚不行题参，将督抚降一级留任。乾隆十八年九月部议，嗣后捕蝗时雇募夫役，动用钱粮，令同城教职佐杂会同给发，即佥书名押开报。该管上司查核其雇募夫役工价并易换蝻子价值，务须核实报销，毋得稍有浮冒。）

一、蝗蝻为灾，除将扑捕不力各官题参外，其被灾田禾，农民乏力补种，应酌加借贷，资其籽本。若时候已失，无可补种，照例办理。

一、蝗虫能食禾苗，为害滋蔓，惟在初生之时，竭力扑打，始易为力。若羽翼既成，生生不穷，不但害在本地，兼能飞入邻境，故定例处分最严。州县一有报发，当督率夫役多方搜捕，不惜工费，务在尽净乃已。查乾隆五年九月户部会议候补詹事李绂奏，捕蝗诸法，北方官民皆知，惟埋蝗最善。凡蝗生之地，中掘深坑，约长里许，两边用竹梢木枝惊逐。蝗性类聚，一蝗返奔，众蝗随之，堕入坑中，即行掩埋，不能复出等语。应行文各督抚，转饬地方文武官弁，凡有蝗生之地，照法办理等因。又乾隆十七年三月，户部议覆山西道监察御史周焘奏称，蝗虫始由化生，继则卵生。化生者，低洼之地，夏秋雨水停淹，鱼虾卵育。迨水势涸落，鱼子散在草间，沾惹泥涂，不能随流而去。延及次年春夏，生气未绝，热气炎蒸，阴从阳化，鳞渐变为羽翔，而蝻孽萌生矣。其初稚子如蚁，渐如苍蝇而色黑，过数日，则大如蟋蟀而无翼，土人名曰步蝻。及时扑捕，犹易为力。若再数日，则长翅飞腾，随风飘飏，转徙无定。其栖集之处，禾黍顿成赤地。若最甚，则蔽日遮天，盈地数尺，壅埋民间房屋，远望如山。欲行扑灭，亦苦人力难施。其为害殆不可胜言矣。迨至蝗老身重，不能飞翔，则又群集种子。其种也，以尾深插坚土，遗卵入地，形如小囊，内包九十九子，色如柏子仁，较芝麻加小。种子在夏，则本年复生。种子在秋，则患延来岁。苟非冬雪盈尺，肃以严威，至春融起蛰之后，滋生更繁，害稼更大。若各处扑灭之情形，则亦有可得而言者。有司纵不爱民，不能不畏处分，畏处分则不得不张皇扑捕。于是差衙役，纠保长，拨烟户，设厂收买。是亦尽心竭力，不敢漠视矣。然有业之民，或本乡本村无蝗蝻，往别处扑灭，惟惧抛荒农务，往往嘱托乡地，勾通衙役，用钱买放。免一二人为卖夫，免一村为卖庄。乡地衙役，饱食肥囊，再往别村，仍复如故。若无业奸民，则又以官差捕蝗，得食工价于己利，每于山坡僻处，私将蝻种藏匿，听其滋生，延衍流毒。待应差扑捕之时，亦往往束手无策，不过叩祷刘猛，祈以神力驱除。要皆循行故事，未尝讲求于拔本塞源之计者也。臣闻蝗蝻所自起，不过化生、卵生二端。化生者，宜于水涸草枯之时，令地方官董率百姓，纵火焚烧丛秽之区，荡以烈焰，草根鱼子俱成灰烬，永绝孽芽。卵生者，春深风暖，土脉松脆，募民于前岁蝗集之处，掘地取种，陆续送官，酌酬价值。上年闰五月间钦奉上谕，仿行以米易蝗之法，令州县将所收蝻种，详报上司，核其真伪，动用米谷，准于公项开销。小民既可除害，复得餬口，自必踊跃从事。而以米易种，较之以米易蝗，似觉费省功多。倘行之有效，亦勤民重谷之一事也等语。查蝻子之生，贻害禾稼，不一而足。惟在地方官于萌孽蠢动之时，设法剪除，自可根株尽绝。乃遇庸懦有司，不过广差衙役，拨派烟户，虚张声势，种种弊窦，势所难免。应行令各该督抚不时稽查，遇有蝗蝻间生地方，该州县倘不亲身设法扑灭，听凭胥役奸民婪赃卖放以及种蝻流毒者，按律严参治罪，毋得疏纵。至水涸草枯之时，纵火焚烧，原系古人成法，总在地方官亲身履勘，实力奉行，体察舆情，根究真确，毋得听信胥役，借端滋扰。至掘地取种，上年闰五月间，现有以米易蝗之谕旨，仿而行之，小民自乐于从事。但须地方官确实查核果否是前岁蝗集之处，并试令挖掘数处，验其委系蝻种，一面通报上司，一面督率小民。该州县验其真伪，酌其多寡，动米赏给，详明上司报销。倘有捏饰，一经该上司访闻，即行题参等因。查治蝗之法，总在因事制宜，大抵与救火灾无异。今采古人除蝗诸法，备载如左，其说甚详，以备采择。（附录明人除蝗疏曰：国家不附畜积，不备凶饥，人事之失也。凶饥之因有三，曰水，曰旱，曰蝗。地有高卑，雨泽有偏，被水旱为灾，尚多侥免之处。惟旱极而蝗，数千里间，草木皆尽，或牛马毛幡帜皆尽，其害尤惨，过于水旱也。虽然水旱二灾，有重有轻，欲求恒稔，虽唐尧之世犹不可得。此殆由天之所设，惟蝗不然。先事修备，既事修救，人力苟尽，固可殄灭之无遗育。此其与水旱异者也。虽然水而得一丘一垤，旱而得一井一池，即单寒孤孑，聊足自救。惟蝗又不然，必藉国家之功令，必须百郡邑之协心，必赖千万人之同力，一身一家，无戮力自免之理。此又与水旱异者也。总而论之，蝗灾甚重而除之则易，必合众力共除之然后易。此其大指矣。谨条列如左：一、蝗灾之时，谨案春秋至于胜国，其蝗灾书月者一百一十有一，书二月者二，书三月者三，书四月者十九，书五月者二十，书六月者三十一，书七月者二十，书八月者十二，书九月者一，书十二月者三。是最盛于夏秋之间，与百谷长养成熟之时，正相值也。故为害最广，小民遇此，乏绝最甚。若二三月蝗者，按《宋史》言，二月开封府等百三十州蝗蝻复生，多去岁蛰者。《汉书》安帝永和四年、五年，比岁书夏蝗，而六年三月书去岁蝗处复蝗子生，曰蝗蝻。蝗子则是去岁之种蝗，非蛰蝗也。闻之老农言，蝗初生如粟米，数日旋大如蝇，能跳跃群行，是名为蝻。又数日，即群飞，是名为蝗。所止之处，喙不停啮，故《易林》名为饥虫也。又数日，孕子于地矣。地下之子，十八日复为蝻，蝻复为蝗。如是传生，害之所以广也。秋月下子者，则依草附木，枵然枯朽，非能蛰藏过冬也。然秋月下子者十有八九，而灾于冬春者百止一二，则三冬之候，雨雪所摧陨灭者多矣。其自四月以后而书灾者，皆本岁之初蝗，非遗种也。故详其所自生，与其所自灭，可得殄绝之法矣。一、蝗生之地。谨按蝗之所生，必于大泽之涯。然而洞庭彭蠡具区之旁，终古无蝗也。必也骤盈骤涸之处，如幽涿以南，长淮以北，青兖以西，梁宋以东，诸郡之地，湖漅广衍，暵溢无常，谓之涸泽，蝗则生之。历稽前代及耳目所睹记，大都若此。若他方被灾，皆所延及与其传生者耳。略摭往牍，如《元史》百年之间所载灾伤路郡州县，几及四百。而西至秦晋，称平阳、解州、华州各二，称陇陕河中、称绛耀同陕凤翔岐山武功灵宝者各一。大江以南，称江浙龙兴南康镇江丹徒各一。合之二十有二，于四百为二十之一耳。自万历四十三年北上，至天启元年南还，七年之间，见蝗灾者六，而莫盛于丁巳。是秋奉使夏州，则关陕邠岐之间，遍地皆蝗，而土人云百年来所无也。江南人不识蝗为何物，而是年亦南至常州。有司士民，尽力扑灭乃尽。故涸泽者，蝗之原本也。欲除蝗图之，此其地矣。一、蝗生之缘，必于大泽之旁者。职所见万历庚戌，滕邹之间，皆言起于昭阳吕孟湖。任邱之人，言蝗起于赵堡口。或言来从苇地。苇之所生，亦水涯也。则蝗为水种无足疑矣。或言是鱼子所化，而职独缘以为虾。何也？凡倮虫、介虫与羽虫，则能相变，如螟蛉为果蠃，蛣蜣为蝉，水蛆为蚊是也。若鳞虫能变为异类，未之闻矣。此一证也。《尔雅·翼》言：虾善游而好跃。蝻亦善跃。此二证也。物虽相变，大都脱壳即成，故多相肖。若蝗之形，酷类虾，其首、其身、其纹脉肉味，其子之形味，无非虾者。此三证也。又蚕变为蛾，蛾之子复为蚕。《太平都〔御〕览》言丰年则蝗变为虾，知虾之亦变为蝗也。此四证也。虾有诸种，白色而壳柔者，散子于夏初；赤色而壳坚者，散子于夏末。故蝗蝻之生，亦早晚不一也。江以南多大水而无蝗，盖湖漅积潴，水草生之。南方水草，农家多取以壅田。就其不然而湖水常盈，草恒在水，虾子附之，则复为虾而已。北方之湖，盈则四溢，草随水上，迨其既涸，草留涯际，虾子附于草间，既不得水，春夏郁蒸，乘湿热之气，变为蝗蝻，其势然也。故知蝗生于虾，虾子之为蝗，则因于水草之积也。一、考昔人治蝗之法，载籍所记颇多，其最著者，则唐之姚崇；最严者，宋之淳熙敕也。崇传曰：开元三年，山东大蝗，民祭且拜，坐视食苗，不敢捕。崇奏：《诗》云：秉彼蟊贼，付畀炎火。汉光武诏曰：勉顺时政，劝督农桑，去彼螟蜮，以及蟊贼。此除蝗证也。且蝗畏人易驱，又田皆有主，使自救其地，必不惮劳。请夜设火坎其旁，且焚且瘗，乃可尽。古〔若〕有讨除不胜者，特人不用命耳。乃出御史为捕蝗使，分道杀蝗。汴州刺史倪若水上言：除天灾者当以德。昔刘聪除蝗不克而害愈甚。拒御史，不应命。崇移书谓之曰：聪为主德不胜妖，今妖不胜德。古者良守，蝗避其境，谓修德可免，彼将无德致然乎？今坐视食苗，忍而不救，因以无年，刺史其谓何？若水惧，乃纵捕，得蝗四十万石。时议者喧哗，帝疑，复以问崇。对曰：庸儒泥文不知变，事固有违经而合道，反道而适权者。昔魏世山东蝗，小忍不除，至人相食。后秦有蝗，草木皆尽，牛马至相噉毛。今飞蝗所在充满，加复蕃息，且河南河北，家无盖藏，一不获则流离安危系之。且讨蝗纵不能尽，不愈于养以遗患乎？帝然之。黄门监卢怀慎曰：凡天灾，安可以人力制也。且杀蝗多，必戾和气，愿公思之。崇曰：昔楚王吞蛭而厥疾瘳，叔敖断蛇福乃降。今蝗幸可驱，若纵之，谷且尽，如百姓何？杀虫救人，祸归于崇，不以累公也。蝗害讫息。宋淳熙敕：诸虫蝗初生，若飞落，地主邻人隐蔽不言，耆保不即时申举扑除者，各杖一百。许人告报，当职官承报不受理，不即亲临扑除，或扑除未尽而妄申尽净者，各加二等。诸官司荒田牧地，经飞蝗住落处，令佐应差募人取掘虫子而取不尽，因致次年生发者，杖一百。诸蝗虫生发飞落及遗子而扑除不尽，致再生发者，地主耆保各杖一百。又因穿掘打扑损苗种者，除其税，仍计价，官给地主钱数，毋过一顷。此外复有二法：一曰以粟易蝗。晋天福七年，命百姓捕蝗一斗，以粟一斗偿之。此类是也。一曰食蝗。唐贞元元年夏蝗，民蒸蝗曝飏，去翅足而食之。臣谨按，蝗虫之灾，不捕不止，倪若水、卢怀慎之说谬也。不忍于蝗，而忍于民之饥而死乎？为民御灾捍患，正应经义，亦何违经反道之有？修德修刑，理无相左。夷狄盗贼，比于蝗灾，总为民害。宁云修德可弭一切，攘却捕治之法，废而不为也。淳熙之敕，初生飞落，咸应申报，扑除取掘，悉有条章。今之官民所未闻见，似应依仿申严，定为公罪，著之絜令也。食蝗之事，载籍所书不过二三。唐太宗吞蝗以代民受患，传述千古矣。乃今东省畿内，用为常食，登之盘飧。臣常治田天津，适遇此灾，田间小民，不论蝗蝻，悉将煮食。城市之内，用相馈遗。亦有熟而干之，鬻于市者，则数文钱可易一斗。噉食之余，家户囤积，以为冬储，质味与干虾无异。其朝脯不充，恒食此者，亦至今无恙也。而同时所见山陕之民，犹惑于祭拜，以伤触为戒，谓为可食，即复骇然。盖妄信流传，谓戾气所化，是以疑神疑鬼，甘受戕害。东省畿内，既明知虾子一物，在水为虾，在陆为蝗，即终岁食蝗，与食虾无异，不复疑虑矣。一、今拟先事消弭之法。臣窃谓既知蝗生之缘，即当于原本处计画。宜令山东、河南、河北、直隶有司衙门，凡地方有湖荡淀洼积水之区，遇霜降水落之后，即亲临勘视。本年潦水所至到今，水涯有水草存积，即多集夫众，侵水芟刈，敛置高处，风戾日曝，待其干燥，以供薪燎。如不堪用，就地焚烧，务求净尽。此须抚按道府实心主持，令州县官各各同心协力，方为有益。若一方怠事，就此生发蔓及他方矣。姚崇所谓讨除不尽者，人不用命，此之谓也。若春夏之月，居民于湖淀中捕得虾子一石，减蝗百石，干虾一石，减蝗千石。但令民通知此理，当自为之，不烦告戒矣。一、水草既去，虾子之附草者，可无生发矣。若虾子在地，明年春夏得水土之气，未免复生，则须临时捕治。其法有三：其一，臣见傍湖官民田，蝗初生时，最易捕治。夙昔变异，便成蝻子，散漫跳跃，势不可遏矣。法当令居民里老时加察视，但见土脉坟起，即便报官，集众扑灭。此时措手，力省功倍。其二，已成蝻子，跳跃行动，便须开沟捕打。其法视蝻将到处，预掘长沟，深广各二尺。沟中相去丈许，即作一坑，以便埋掩。多集人众，不论老弱，悉要趋赴，沿沟摆列，或扫帚，或持扑打器具，或持锹插。每五十人，用一人鸣锣其后。蝻闻金声，努力跳跃，或作或止，渐令近沟。临沟即大击不止，蝻虫惊入沟中，势如注水。众各致力，扫者自扫，扑者自扑，埋者自埋，至沟坑俱满而止。前村如此，后村复然；一邑如此，他邑复然，当尽净矣。若蝻如豆大，尚未可食，长寸以上，即燕齐之民，畚盛囊括，负戴而归，烹煮暴干，以供食也。其三，振羽能飞，飞即蔽天，又能渡水，扑治不及，则视其落处，纠集人众，各用绳兜兜取，布囊盛贮。官司以粟易之，大都粟一石易蝗一石，杀而埋之。然论粟易，则有一说。先儒有言，救荒莫要乎近其人。假令乡民去邑数十里，负蝗易粟，一往一返，即二日矣。臣所见蝗盛时，幕天匝地，一落田间，广数里，厚数尺，行二三日乃尽。此时蝗极易得，官粟有几，乃令人往返道路乎？若以金钱近其人而易之，随收随给，即以数文钱易蝗一石，民犹劝〔勤〕为之矣。或言差官下乡，一行人从，未免蚕食里正民户，不可不戒。臣以为不然也。此时为民除害，发肤可捐，更率人蚕食，尚可为官乎？佐贰为此，正官安在？正官为此，道院安在？不于此辈创一警百，而惩噎废食，亦复何官不可废，何事不可已耶？且一郡一邑，岂乏义士？若绅若弁，青衿义民，择其善者，无不可使，亦且有自愿捐赀者，何必官也。其给粟则以得蝗之难易为差，无须预定矣。一、后事剪除之法，则淳熙令之取掘虫子是也。《元史·食货志》亦云：每年十月，令州县正官一员巡视境内，有蝗虫遗子之地，多方设法除之。臣按蝗虫下子，必择坚垎黑土高亢之处，用尾栽入土中下子，深不及一寸，仍留孔窍。且同生而群飞群食，其下子必同时同地，势如蜂窠，易寻觅也。一蝗所下十余，形如豆粒，中止白汁，渐次充实，因而分颗，一粒中即有细子百余。或云一生九十九子，不然也。夏月之子易成，八日内遇雨即烂坏，否者至十八日生蝻矣。冬月之子难成，至春而后生蝻，故遇腊雪春雨，则烂坏不成，亦非能入地千尺也。此种传生，一石可至千石。故冬月掘除，尤为急务。且农力方闲，可以从容搜索。官司即以数石粟易一石子，犹不足惜。第得子有难易，授粟亦宜有等差。且念其冲冒严寒，尤应厚给，使民乐趋其事可矣。臣按已上诸事，皆须集合众力，无论一身一家，一邑一都，不能独成其功。即百举一隳，犹足偾事。唐开元四年夏五月，敕委使者详察州县，勤惰者各以名闻。繇是连岁蝗灾，不致大饥，盖以此也。臣故谓主持在各抚按，勤事在各郡邑，尽力在各郡邑之民。所惜者，北方闲旷之地，土广人稀，每遇灾时，蝗阵如云，荒田如海，集合佃众，犹如晨星，毕力讨除，百不及一，徒有伤心惨目而已。昔年蝗至常州，数日而尽，虽缘官勤，亦因民众。以此思之，乃愈见均民之不可已也。一、备蝗杂法有五：（一）王祯《农书》言蝗不食芋桑与水中菱芡，或言不食绿豆、豌豆、豇豆、大麻、苘麻、芝麻、薯蓣，凡此诸种，农家宜兼种，以备不虞。（一）飞蝗见树木成行，多翔而不下，见旌旗森列，亦翔而不下。农家多用长竿，挂衣裙之红白色光彩映日者群逐之，亦不下也。又畏金声炮声，闻之远举。总不如用鸟枪，入铁砂，或稻米，击其前行，前行惊奋，后者随之去矣。（一）除蝗方，用秆草灰、石灰等，分为细末，筛罗禾谷之上，蝗即不食。（一）傅子曰：陆田命悬于天。人力虽修，苟水旱不时，一年之功弃矣。水田之制由人力，人力苟修，则地利可尽也。且虫灾之害，又少于陆。水田既熟，其利兼倍，与陆田不侔矣。（一）元仁宗皇庆二年，复申秋耕之令。盖秋耕之利，掩阳气于地中，蝗蝻遗种，翻覆坏尽，次年所种，必盛于常禾也。）

治　虫

《农书》云：热气积于土块之间，暴得雨水，酝酿蒸湿，未经信宿，则其气不去，禾根受之，遂生蠡。烈日之下，忽生细雨，灌入叶底，留住节干，或当昼汲太阳之气，得水激射，热与湿相蒸，遂生蠹。朝露浥日，濛雨日中，点缀叶间，单则化气，合则化形，遂生蟊。热种根下，湿行于稿，爽日与雨，外薄其肤，遂生螟。岁交热化，不雨不旸，昼晦夜暍，而风气不行，遂生蚩（按：疑为“蚩”字）。五贼不去，则嘉禾不兴。故灌田者，先须以水浸过，收其热气，旋即去之，然后易以新水，栽禾无害。或以长牵，或以疏齿拔拂，勿以凝著，则虫不生。按此言致虫之由与却虫之方，凡属农家，不可不知其说也。

一、乾隆十三年七月，浙江布政使永贵颁行治田间青蠡诸虫方法。（一、青虫大如蚕。每于日未出时，青虫正在苗尖吸露，急用新竹软条作扫帚，往回轻轻刷扫，则虫落田间，为泥粘住，不能复生。若日出以后，虫行叶下，虽扫无益。一、蠡虫小如芥。应制苗底小竹筒一个，尽下筒口四面凿孔，系绳四条，如筐挑之式。于筒节旁钻一细眼，筒内注菜油，将孔堵塞，拴于竿头。天晴日午，两人对立，一人执竿，将所系油筒取开塞孔，在苗叶上左右用油拖运，向后退行。一人执细竹扫帚，向前刷扫，虫随油落。二虫发生，均须急治为主。一、飞蛾蚱蜢，亦能食苗，惟山乡则有之。其法于黑夜中，在田边隙地，用草燃火，飞蛾自投火中。）

一、青虫如蚕，亦能吐丝，织茧于稻叶内，化为蛾。江浙乡人，名为裹头虫。此虫只能食叶，除净后禾仍发生，尚无大害。惟蠡贼之属，最不易治。食及根节，为害最毒也。

一、治虫当致力于初发之时，与救火灾同，稍迟即滋蔓难图。虽青蠡诸虫，其害与蝗蝻无异也。一有生发，一面禀报，一面亲往踏勘，督率业佃，尽力救治。近者田家多以石灰、桐油布于叶上，亦可杀虫。如有工本不继之农，酌量借贷，以助其油本工食。如果成灾，照例办理。江浙田土高卑不齐，雨水为灾，最甚止荒熟相间，惟旱久生虫，为灾最大。大抵青蠡蝗蝻诸虫，当生发之际，得遇透雨，尚易扑救净尽。人事当尽，而天时最难必得耳。

伐　蛟

《月令》：季夏之月，命渔师伐蛟。则蛟之可伐，由来古矣。斩蛟之事，亦数见于载籍。深山叠嶂之间，当盛夏雷雨之际，伏蛟忽起，大水迅发，害及田庐人畜，事出俄顷，迫不及防。江南按察使翁藻条奏伐蛟御蛟之法，乾隆十年二月奉旨：此折着抄录寄与江南浙江督抚阅看。如有可以仿照之处，令其酌量办理。钦此。浙藩司潘思渠又广其说，将一切辨观气色、制掘镇压诸法，著有条款，详准通行，洵非诞妄。惟闻山村人家，宅舍之旁，见一物状类蚯蚓，顷之雷电交作，飞腾变化而去，逾时即安。一草一木，未经损伤，惟所起之处，下成深渊。小者可用人工运土填实，大者速为迁移，亦免崩陷。则蛟亦有善有恶也。为民上者，修德行仁，惩奸除暴，则人物相感，自然灾祲不生。群虎渡江，飞蝗入海，胜于制伐之法也多矣。（翁臬司原奏：臣查被水之由，多系蛟发所致。按蛟似蛇而四足细颈，颈有白婴，本龙属也。相传旷原邃阜，当春而雉与蛇交，精沦于地，闻雷声入土成卵，渐次下达于泉。久之卵大如轮，又闻雷声，奋起而上剖而出，暴腾狰劣，往往裂冈岭，荡田园，漂没庐舍人畜而迫不可防。虽雉与蛇非类而交，其事不经，又未见于纪载，似涉臆说。第考晋大元中，司马轨之将雉媒下翳，其媒屡雊野敌遥应，觅所应者，头翅已成雉，半身后故是蛇。又武库中忽有雉人，咸怪之。司空张华曰：必妖蛇所作。搜括之，果得蛇蜕。是雉与蛇交而生蛟，容或有之。要亦虫恶为民害者，所当亟为驱除也。谨按：《月令》季夏命渔师伐蛟，则蛟之宜伐也明甚。惟是伐之法不传。询之山野父老，凿言生蛟之地，冬雪不存，夏苗不长，鸟雀不集。其土色赤，其气朝黄而暮黑，星夜视之，气冲于霄。未起三月前，远闻似秋蝇鸣。此时蛟能动不能飞，可以掘得。及渐起，离地三尺，声响渐大。不过数日，候雷雨而兴，多生夏末秋初之间。善识者察气辨色，掘土三五尺余，其卵即得，多备利刃剖之，其害遂绝。或云蛟非龙引不起，龙非雷电不行，宜用铁与犬血及不洁之物以镇之。又云蛟畏金鼓，夜畏火。夏月田间作金鼓声以督农，则蛟不起。若连日雨，夜竖高竿，悬以灯火，亦可避蛟。凡此搜捕之方，防御之术，体察物理，未必无征。臣窃以御灾捍患，惟虑不得其法耳。苟有其法，似宜试行之。况蛟水最暴，发则为害非轻。历查各直省内，每于山深谷邃之区，多被蛟患。若得前项御蛟之法通行各省，令地方官晓示居民，不时留心察看，如果掘得蛟卵，自可永除民害。否则如法镇之，俾不得上腾，亦可防患于未萌。此人力所能为，似未便置之勿论也。潘藩司原详：查夏秋雷雨之际，崇山叠嶂之间，蛟水报警，间或有之。良由不识产蛟之地，未得翦除之术，以致蛟起之时，山水并发，民间田庐，多被漂没，为害非浅。则是防御之法，诚不可不预为讲求也。查唐陆禋《续水经》内载，蛇雉遗于地，千年为蛟。又《玉壶清话》亦载，游伊山，见雌雉飞入草中。薙草往视，果一巨蛇、一雌雉，盘结纠缠，始念陆禋之说不诬等语。则是雉与蛇交，遗卵成蛟，散见诸书，似非不经。又《说铨》内载，宁国郡山中，秋蛟最多。山人每于大雪时视其土，方圆丈许无雪者，即知下有蛰蛟。持锄掘下数十丈，得蛟约千百斤等语。是蛟之为害，可以掘除，亦有明验。今江南翁臬司既奏称生蛟之地，冬雪不存，夏苗不长，鸟雀不集。其土色气色以及声响，可以预为察辨。宜用铁与犬血不洁之物，并用金鼓灯火以制之，则防御之法，亦既明白晓著，允宜仿照遵行。第本司考之《齐谐志》内载，蛟有三畏，畏楝叶、畏铁、畏蜡。又闻前明河臣潘季驯梦神告以高家堰堤下有蛟，惟石灰可制。诘朝投以石灰，遂斩二蛟。则蜡与楝叶、石灰，似亦蛟所畏忌。凡有蛟处所，勘其土色，察其地气，形色可疑，并宜预为埋藏以镇压之，或亦不无裨益。窃闻产蛟之处，多在深山幽谷，似应将捕御诸说，刊刻小字，小板刷印多张，饬令地方官，于每逢宣讲上谕及巡行村落劝课农桑时，进耆民老农，亲授方法，明白讲解。再于经收钱粮之处所，无论城乡，花户完纳给串之后，即给一纸带回，时时观看，俾父老子弟，咸知捕御之方，随地察看，依法除之。惟是法立弊生，恐有地方奸棍怀私挟诈，捏称有蛟，或侵毁坟塚，或掘坏田地，亦未可定。应请除山野无碍之处，如有前指形色，知其下伏蛰蛟，许令军民人等便宜制伐外，其关涉他人坟塚田亩者，着令先期呈报地方官，立即诣勘确实，方许制掘。是又于立法之中，寓除弊之意。至保甲军民兵役人等，如能捕获蛟卵，许禀报府县验明，各给赏银十两，俾知奋励从事。如此区画承办，实心料理，庶蛟患可以渐除，民生实有裨益矣。）

卷 五

煮赈规条

一、被灾贫民，已经赈粜兼施，自必均沾惠泽。独有一种颠连无告之人，因年荒米贵，生计多艰，甚且朝不谋夕，奄奄待毙，地方官若不速急设法养活，必致饿殍载道，是何忍心！当酌设粥厂煮赈，以救其死，而延其生。所用钱粮，或动藩库报部存公银两，或动在外闲款，或出殷户乐输，均宜奏明办理，事不宜迟也。

一、先将应赈人口通县查明，得其确数，约应煮赈几个月，需费几何，便可筹款支用。若不先通盘计算，费用半途不继，甚属不妥，切勿冒昧从事。

一、煮赈应于城外及乡镇宽阔地面，设立厂座。每厂委官一员，吏书三四名，衙役数名，伙夫数名，并延请里中公正绅耆，或诚实亲友，董理其事。每日督率夫役，及早煮粥。自辰至午，散给一次。不得迟延，致饥民枵腹等候；亦不得减少，致远来之人，奔走急促，仍忍饿而去，中途瘐毙，殊堪悯恻也。

一、应赈之人，查验确实，按名给与木筹一枝，以为赴食之凭。然煮粥之外，又有给米或给钱之法。盖粥厂分设若干座，一切人夫饭食、置备什物等项，地方官自必于本款开销，已费去多金，再加以防范不周，丁胥夫役乘间侵蚀，贫民之沾惠无几。若给米给钱，则余费省而赈项增多，官员监放时，丁役又难以弊混。穷人得钱得米，自能食用充饥，较之粥赈，似觉便易，更属切实。但或应粥赈，或给钱米，宜看时势之缓急斟酌行之，不可拘泥也。

一、折给钱米，应酌筹公项若干，穷民若干，可作几时口粮，或三日或五日，一次散给。约计大口给米三合或二合，折钱四文或三文不等，小口减半，不过供其一飧之需而已。若本款充裕，仍再加增，不得过减。

一、如原款是米，即给米谷，则碾米散给。如原款是银，即易钱给发。若垂死之人，艰于炊煮，缓不济急，仍应煮粥为便也。

一、粥厂就食之人，给与木筹，所以便其携带，不若纸票之易于遗失及湿破也。若折给钱米，仍应颁发印票，按日赴领，盖用戳记，以备查考。

一、厂内预备小筹，凡赴厂领赈之人，门首验明筹票，给与粥筹、米筹、钱筹，入内验给，另开一门放出。一厂之中，仍左右分设，以别男女。老弱之人，不能上前，多拨人役，留心照应。

一、异方流民及外出方归之人，闻赈就食，猝然而来，虽验无筹票，亦宜给赈，勿令空劳往返。至行乞之辈，所在多有，原无分丰歉。然年丰米贱，则乞所宽裕，尚可存活。若荒歉之后，人皆自顾不暇，何有于乞？设厂煮赈之举，原为若辈设也。

一、无告穷民，已入养济院食粮，若地方向有善会，长年资助，以补养济院之不足者，捐项少而贫民多（按：在上海图书馆所藏刻本上，有人在此句旁边将其改为“捐项多而贫民少”，似与上下文意不符），自应查明扣除，弗使重叠受赈，转至真正穷民有不均之叹。

安顿流民

一、穷民遭逢水旱，容或轻去其乡，流离困苦，极为可怜。是以雍正八年十二月奉世宗宪皇帝谕旨：凡遇外来被灾就食之穷民，即动支常平仓谷，大口日给谷一升，小口五合，核实赈恤。再动用存公银两，赏为路费，资送回籍，并行文知会原籍地方官收留照看。所用银谷，着该督抚查核报销。嗣后以此为例。钦此。此留养咨〔资〕送之始。后因流民本地全无生计，外地转可谋食，且有各省游惰之民闻风冒赈，资送之时，在途恃众挟制，甚至肆行抢夺，种种不便。历奉定例，饬令变通办理，全在留心查办，使实在被灾穷迫流民不致失所，方为妥洽耳。（乾隆五年六月，大学士鄂等会议江苏布政使徐士林奏称，凡真正灾民情愿回籍者，于春融时即行资送。其并非因灾而出之民，一概停其资送。应照所奏，分别办理。如因本地全无生计，外地转可觅食，不愿回籍者，悉听自便，不必免〔勉〕强拘送。至于丁壮病故无依之老弱妇女，及疾病不能雇工者，本籍既无产业，即至秋熟回籍，亦无生计。与其留养异地，不若早为资送回籍，令地方官安插，趁春夏之时，犹可觅食图生。应令该督抚转饬地方官，于春暖时一体资送。其中有愿俟秋熟后回籍者，亦应听其自便。至沿途风雨停留之日，亦毋庸过为筹及，以启逗留滋事之弊。又户部议覆苏抚张奏准，嗣后资送灾民回籍，务按人数，陆续分送。每起以五十名为率，仍将籍贯名数、起程日期预行知会前途交替之州县，逐程转报，接续递送至原籍地方官查收，加意安插。倘原送之州县不论人数多寡，混行起送，沿途州县不预期料理，接送迟延，以致别生事端，并原籍州县不加意安插，仍致流离失所者，该督抚均即题参议处。再，嗣后如有别省贫民入境，资送回籍，照上下两江之例，每大口日给制钱二十文，小口减半；其年老有病，仿照直隶成例，酌量加给脚力银三分。如遇水程，大小口应给之数，减半给与船价。均于递送文内注明。所支银两，俱于司库存公耗羡内动用，年底核实，造册报销。倘州县官有不悉心经理，及视为他省民人，不即加意抚恤，并原给银谷扣克浮冒等弊，立即题参，严加议处。）

一、乾隆五年四月奉上谕：据福建布政使乔学尹奏称，有山东兰山县饥民二起，到闽觅食。又有江南海州饥民，到闽觅食。俱已捐给口粮，资助路费，送其回籍等语。朕原降旨，凡有饥民就食于邻近地方者，令有司加意抚恤，毋使失所。至于山东则去闽省甚远，即江南与闽亦隔浙江一省，何以山东、江南之民，远涉长途，为餬口之计乎？若力量可以行远，则非饥民可知。倘实系饥民，则行至邻近省分，该地方官即应设法留养，资送还乡，又何以听其流移跋涉于数千里之外乎！此系已经办理之事，不必深问。嗣后大小官员，当留心体察，善为料理。钦此。又于乾隆六年四月奉上谕：据署湖广总督那苏图奏称，臣于上年十二月到任后，有山东、江南等省流民，禀请赈恤。查乾隆四年，山东沂州等处被灾，江南亦有歉收之处，所有流移到楚之穷民，俱已赈恤安顿。至于乾隆五年山东、江南等省并未被灾，何至有饥民流至楚省？随谕布政使确查具报。旋据查覆，外省饥民到楚者，共计五十余户。内中实系贫苦者，不过数户。其余或有先经到楚，资送回籍，复行潜来者；或有年力少壮，尽可自谋生计者；或出外多年，积有余资，堪自经营者；或本有栖止手艺，可自食其力者。均与赈恤资送之例不符。只因楚省曾有留养饥民之例，伊等妄希赈恤，未便任其冒滥，使各省游惰之民，闻风效尤而至，应各听其自便。但武昌、汉阳二府，乃五方杂处之地，若漫无稽查，则此等之民行踪莫定，或生事端。已饬各该县查明，如有情愿在楚营生者，即于烟户册尾附编畸零户后，俾各该地保甲就近稽查，以防滋事。有自愿回籍者，即令各回本籍等语。养赡饥民，乃国家恤灾济困之恩泽。若使游荡之人，得以借名冒滥，则无知愚氓，将以偷惰为得计，而荒其本业者不少矣。那苏图所办是，著通行各省督抚知之。如有与此相类者，着照依办理。钦此。又乾隆十三年四月奉上谕：向来外省有咨送流民之例，盖因地方小有旱涝，而愚民轻去其乡，以致抛弃室庐，荒芜田亩。是以国家施恩格外，酌道路之远近，计人口之大小，派遣官役，护送还家，使复故业，用意良厚。然至饥馑洊臻，本处米粮实已乏绝，而邻封尚可觅食，不得不扶携奔赴，苟延性命。此等嗷嗷待哺之氓，若必驱还故里，岂能坐以待毙，势又将顾而之他。南北东西，辗转资送，在邻省既不胜其烦劳，而于灾民转益流离失所。廷臣中尝有以此入告者。朕思灾轻之地，不可令其抛弃失业，自当照例资送。倘遇积歉之年，本处无以餬口，转徙他方，或依托亲旧，以济其乏，或佣工种田，以食其力。且其中极无倚赖者，国家复有留养之例。是惟在地方官悯其流移之苦，无分畛域，随宜安插。俟灾氛平复，土地可耕，然后使回故里，劳徕安集，加意抚绥，亦未始非权宜之道。惟在权其轻重，相其缓急，斟酌办理，未可执一而论。山东去年被灾其重，朕屡次加恩赈恤，发帑截漕，费已不赀，而尚不免流移。若近省督抚，仍复拘例，饬令资送，实于灾民无益。应与地方有司，就所至之境，酌量妥办。如有亲旧可依者，听其自为谋食。其或无所依靠，即为抚留，设法安插，不必拘定成例。嗣后凡有灾重之区饥氓外出，为督抚者俱当体朕痌瘝一体之意，善为安辑，俾令得所依归。该部可即行文各督抚等知之。钦此。又乾隆十三年五月奉上谕：朕因直省资送流民一事，邻省既多繁费，而于灾民实无裨益，特行降旨晓谕。近据署苏抚安宁所奏办理情形，仍复未能理会朕意。盖自留养资送之例行，各省刁民，有于秋收后将粮食器具寄顿亲族，挈家外出，冒称流民者。又有灾地流民，领得赈票，转卖得钱，流移外出者。又有一半在家领赈，一半充作流民者。各省流民出境，本地无从查考，邻省更莫辨其是否灾民，不得已见人即留，以符定例。且恐聚集人众，或致别生事端，虽不应留，亦勉强奉行，此留养之弊也。但奏限既满，正值东作方兴，邻省惟欲资送早归，即遵例分起发行，而中途风雨阻滞，每至数起合为一起，千百成群，肆行需索，甚至抢夺铺店，诟詈解役，干犯官长，百端刁赖。及至一入本境，惟恐有司查核，则又一哄而散，二三解役，不能阻止。散后仍复出境流移，往来资送，辗转不已，竟恃此为资生长策。其实在安插复业者，百无一二。此资送之弊也。且流民出外所得口粮，较在籍领赈为数转多，故有在家做饥民，不如出外做流民之语。因而相习成风，流移日甚。在有司因系饥民，宁过于厚，不知是乃诱之使为流民矣。邻省所费不赀，而所资送究非实在穷黎，捐厚惠而事虚名，殊非政体。即本年山东饥民出外者几至数万，口外并无资送之例，亦未见其流离失所。且人人资送，势亦有所难行。不如听其自为觅食谋生，而明切晓谕，使知流离在外，无所得利，不致轻去其乡，抛弃故业，乃为正本清源之道。可传谕各督抚等，令其酌量情形，妥协办理，不必拘拘成例。倘地方被灾果重，穷民资生无策，或老幼废疾，逃荒无倚，非留养资送，不能存活还乡者，应听其临时斟酌，各督抚其善体朕意办理。此等案件，务期实有济于灾黎，不得徒慕留养资送之美名，反启民间浇薄之习。钦此。又乾隆二十八年二月奉上谕：户部议覆御史顾光旭条奏资送贫民回籍一折，援引前驳成案，以此例一开，恐致无业之徒，混冒虚糜，于灾黎无益为言。是仅推其流弊，而未深究。夫有名无实之本源，无识者将未免仍疑为节省帑项起见，非朕轸念穷氓熟筹调剂之苦心也。从前臣工等奏请资送回籍，曾经降旨允行者，原因此等灾民，如果本籍自有田庐，固不当听其播迁失业。今经日久体验，流民中远出谋生者，悉系故土并无田庐依倚之人，而必抑令复还，即还其故乡，仍一无业之人耳。且无论一领路资，潜移别处，去而复来，有何查验？即责地方有司实力奉行，则必押解滥及无辜，亦非政体也。朕因直属两年秋霖过多，加恩蠲赈，不啻再三。又念京师为五方聚处之会，令五城加厂平粜给赈，即费正供巨万，亦无所靳顾，又何有区区资送之一节？然已洞悉其一无实济，而犹曲循陈言，矫情示惠，必不出此也。且流民故乡既无生计，四处佣趁，即揆之古人无常职转移执事之条，未始不可俾之并生并育，又何至束缚驱策，强以势所不能堪？朕意以为与其资送无实济，不如加赈济之期，俾民获实惠之为愈也。救荒无奇策，惟以体恤民隐为要。欲令被灾至重，甚至有田之户亦概远涉，则所以筹抚绥必更有大设施者，又岂特〔恃〕此资送虚文所能济其万一哉？折内已降旨依议，再将此通谕中外，使明知朕意。钦此。查农民有田有屋，遇遭歉收，岂甘弃之而去？或因灾荒已甚，饥驱无奈，闻知外地丰熟，群然他往。资送还乡，仍无生计，势必复又外出。更有落魄不堪之人，丰年本不能足食，歉岁愈艰求觅，四处谋食，亦属常情。在原籍地方官，定有先发仓廪抚恤之例，自当审其被灾之轻重，将穷民亟为安顿得所，勿致纷散，是为首先要务。至流民所到省分，更宜查其是否实在因灾流移之人，外地作何资生，分别妥办。不可概行留养资送，致启刁民冒赈聚集生事之弊也。（乾隆九年五月，直隶被灾。左副都御史励奏准通行邻省安置流民之法，或栖寺庙，或设席棚，或劝谕殷实之家，随力周给，或该地方有旷土可耕，工程可作，随宜处置，务遂其生。乾隆十三年八月，部议广西道监察御史黄登贤奏请，嗣后地方猝被水旱，贫民不能等待查赈放给，出外谋生，邻境地方官查明实系老幼妇女废疾及非赈不能存活者，按照赈例，酌行收养外，其流民中年力壮盛，可以自为觅食，及有亲族可依者，不得滥行留养。至于春融，例应遣归之时，凡前项留养之老幼男女废疾，查其程途远近，酌给口粮，听其回籍，毋庸资送。）

一、抚恤流民之计，仅藉官绅士民之捐项，煮赈了事，似属无济。然饥民清早得粥一餐，终日行乞，又可得一餐，亦足苟延性命。地方官未可谓属无济于事，因噎废食，不为竭力料理，使流民相继毙命，大可哀也。应一面广为劝谕有力之人捐助，照依前条赈粥、给米、折钱诸法，飞速举行；一面饬令各地保确查实系被灾流民、老幼妇女废疾及贫无倚赖者，或虽耕种之人，因年荒米贵轻去其乡，并无依靠者，酌量留养。其余如地方流丐，朝南暮北，丰年常有。又如庐、凤等处陋习，收获事毕，即挈家外出，歌唱营生，岁以为常。俱非被灾之民，不准冒滥可也。

捐助赈恤

一、雍正十一年五月奉上谕：朕于直省地方，偶遇灾祲，即蠲租发粟，截漕平粜，务使得所。近闻直省地方，捐资周给、好善乐施者，颇不乏人。此等良善之人，应加恩泽，以示褒嘉。着各该督抚留心体察，秉公确访，其捐助多者，着具题奏请议叙，少者着地方大吏给与匾额，免其差徭，以昭朕与人同善之至意。钦此。又，乾隆八年五月奉上谕：地方偶遇荒歉，小民乏食，富户家有余粮，或蠲助赈恤，或及时平粜，原属有无相通之义。又该地方有司，平时固宜化导，使知周恤乡闾。及至米谷短少，市价昂贵，尤当加意劝谕，俾富户不致坐拥余积，漠视乡人之困苦，于贫民自有裨益。但周恤之道，出于义举，百姓众多，良顽不一，若出示晓谕，勒令捐粜，则奸民视为官法所宜然，稍不如意，即存攘夺之心，其风断不可长。近闻湖北、湖南、江西、福建、广东等省，多有此等案件。夫拥仓庾以自利，固属为富不仁，而借周恤以行强，尤属刁恶不法。迩等可寄信与各省督抚，令其密饬各属，嗣后如地方需米孔亟之时，善为化导，多方劝谕，使富户欣然乐从，不可守余粮以勒重价。若有强暴之徒，罔知法纪，肆行强夺者，则宜尽法严惩，以戢刁风。钦此。查十室必有忠信，百里岂无善士？地方荒歉之后，本处绅衿士庶商贾人等，情殷任恤，念切维桑，或捐银以助赈，或捐米以济贫，或开仓减粜，或设厂施粥，或赴他乡产米之区籴回赈粜，踊跃从事者，固不乏人。地方官或值灾伤深重之际，当至诚开导，以感发其善心。若平日并无诚信相孚，临时虽劝不从，徒事派累，殊失政体，且启奸民攘夺之渐，不可不慎也。（乾隆二年定例，被灾贫民，该地方富户如有出赀安插，不致流离失所者，该督抚查明富户用过银米实数，作何优赏之处，于题销赈过银米数内分别议奏，以示奖励。但须出于本人乐善愿捐，地方官亦不得借奖劝之名，致滋抑勒派捐。）

一、地方或值歉收之后，粮价日加昂贵，骤难平减。当劝谕绅衿士庶之中家有余米者，量力减粜，以惠桑梓。州县酌设杯酒，敦请绅士年高尚义者数人，嘱令转相勉励睦姻任恤之雅。人有同善，有力之人，无不欣然乐从。鄙吝不堪之辈，百止一二，听之可也。切勿轻信书役之言，择殷押派，致风波顿生。

一、绅士平粜，一应事宜，令其自行经理，切不可官立规条，以掣其肘。不过颁给告示约束，时委佐贰巡查，以免刁民啰唣而已。事竣之日，将各户平粜确数开册，照依本省成案，优加奖赏，通详办理。如有不愿领奖者，亦可毋庸开报，以全其高义。

一、绅衿富户之中，如有愿出资本，赴别处买米，运回出粜者，应详明上司，给与印照，移明沿途州县，一体验放，以防阻滞，事毕缴销。如应由海运者，必候上司奏明请旨开禁之后，方可通运，未便擅专也。

一、捐资赈粜之事，殷户独力举行者，一切事宜，听该户自为料理。官为给示禁约、委员弹压外，如系零星捐助，积少成多，呈缴在官，务宜任托妥人，秉公经理，使穷民均沾。有种多事生监，并无产业，倡为劝捐之说，将乡居富户可扰之家，逐一开报，假官势百计勒派，甚至代为书捐，彼却厕身董事，集收染指。地方官平日与若辈接洽，遇事多受其愚，慎之。

一、殷实之户，或将余剩米谷捐给本家佃户，或一月或两月口粮，亦有专赈该户所住地方穷民者，俱应任从其便。

一、地方好义之人，夏捐蚊帐，冬捐棉衣，病者施以药饵，死者周以棺木，及捐修桥梁、黉序、水道、陂塘之类。事竣之日，俱应核实具详，小则从优奖赏，大则具题议叙。但不可任胥役需索规费，转滋扰类耳。

一、乾隆十六年七月奉上谕：浙东温处等郡米价昂贵，降旨加意抚绥，已据该督抚等先后奉准拨运邻省仓谷，陆续平粜，并招徕商贩，特免商税，俾米石流通，民食充裕。但思穷黎待哺孔殷，外来商米虽已云集，而山乡僻壤市镇未必尽敷。本地有谷之家，或能以任恤为心，出其所余，照官价一体平粜，更足以助官粜之所不及。虽零星积聚，岂能如官仓足给众人之求，然随乡分粜，于民食亦殊有济。在富民推其赢羡，嘉惠桑梓，孰无此心？惟是刁悍乘机，或短于价值，或冒领告贷，甚或倡众抢夺，种种不法，遂至富民闻风相戒，以为善不可为。兹特谕各该督抚，凡遇地方水旱，米价腾涌，即应明切晓谕，以天时水旱不齐，偶值偏灾，无不飞章入告，立即随时筹画，百姓惟当安分守法，静候施恩。若借端生事，转罹罪愆，有负国家之惠泽德意。其能敦任恤而出粮平粜者，地方官为之主持，实力稽查，遇强暴滋事棍徒，速即严行惩处，务令奸匪敛迹，富民无所顾忌，源源出粜，则穷黎受惠多矣。所有平粜富民，计其所粜之数，照乐善好施之例，优加议叙，以示奖励。该部即遵谕行。钦此。又乾隆十六年十二月奉上谕：浙江今年被旱成灾，经朕降旨多方抚恤，并令地方有谷之家出谷平粜，计其所粜之数，照好善乐施之例，优加议叙，以示奖励。所有捐输人等，该督抚尚未题报。今据李琨折奏，金华府属富户，群各踊跃输将，捐资赈粜等语。一府如此，他府慕义乐输者，想亦不乏。其睦姻任恤之意，实属可嘉，应予从优奖叙。从来救荒无奇策，富户能出资赈粜，是以助官赈之所不及，于闾阎殊有裨益。但先为定例，计其多寡，分别录用，则与开捐无异，自非政体所宜。如其循照向来乐善好施之例议叙，又不过给衔加级，亦非鼓励急公之道。着传谕喀尔吉善、雅尔哈善，令其查察通省情形，约略现在各富户等已输，酌量予以进身之阶，较向例稍优，以为好义急公者劝，详悉定议奏闻。钦此。查浙省通行有职人捐银三百两以下、无职人捐银三四百两以下，两院汇行给匾；捐银二百两以下，司道给匾；一百两以下，府给匾；五十两以下，地方官自行奖赏。又减粜米百石及五十石以下者，于该县城乡总制一匾，开列粜户姓名，悬挂公所。一百五十石以上至二百石者，县给匾音；二百石以上至三百石者，详府给匾；三百石以上至四百石者，详道给匾；四百石以上至五百石者，详司给匾；五百石以上至八百石者，抚院给匾；八百石以上至千石者，督抚各给匾音。又浙省乾隆十五、十六两年捐赈案内，遵奉恩旨，照乐善好施之例，从优议叙。奏定条款，其平粜减价若干，有符于议叙者，照捐赈一体议叙。此因浙省士民，一时勇〔踊〕跃助赈，从优办理。将来议叙各项好善乐施之案，自应仍照旧例也。（附录原例：乾隆四年六月，吏部议覆原任给事中朱凤英条奏：嗣后各省地方，偶有收成歉薄，及修城筑堤、义学、社仓等项公事，绅衿士民有盖藏丰裕，乐于捐输者，按其捐数多寡，大者题请议叙，小者量加旌奖。至应行议叙之员，该督抚务须核实具题，并饬令地方官出具并无胥役侵渔浮冒印结，一并咨部。仍将捐助动用数目，逐一造册具题。系赈济则报户部，工程则报工部，核实确查。如果相符，会同吏部，分别议叙。倘有抑勒捐助及以少报多者，或旁人首告，或科道纠参，除本人不准议叙外，将题请之督抚、申报之地方官，一并从重议处。又乾隆十六年十月，吏部议覆兵部右侍郎裘日修奏称，乐善好施条款，现在原属奉行，但民间不能周知，往往疑沮不前，请将议叙条款逐细详列，其中有应加增减者，亦即议定条款，行知各省督抚，明晰出示晓谕等语。臣等伏思年来直省偶有偏灾，绅士果其谊笃桑梓，捐资助赈，有司申报督抚核实具题。除捐银不及三百两者，令该督抚量给匾额花红以示鼓励外，其有捐数至三百两以上者，臣部按其银数多寡，分别等差，酌量议叙。如候选候补人员，捐银三百两以上至六百两，则予以纪录；六百两以上至九百两，则予以加级；五千两以上，则准其不论双单月即用。贡监生员民人等捐银四五百两以上，则予以职衔，加其顶带；千两以上，亦准分班选用。现任官员，捐银千两以上，始准纪录；五千两以上，始准加级，或加其顶带。较之捐纳条款，概从轻减。盖以伊等向风慕义，施惠乡间，本无冀功邀赏之心，而国家予以旌扬，书其姓氏，亦足以昭鼓励而树风声。若必如该侍郎所奏，将议叙条款预为剖析，遍行晓谕，是与捐纳无异，应毋庸议。至捐谷捐银，以资赈济，同属好善之举，原有议叙之条。桥梁、黉序、水道、陂塘一应工程，出资修造，如由地方官估验详报，经部查核确实，亦准分别议叙。俱属久定章程，毋庸再为置议。惟查江浙等省现有被灾之处，富民或有急公乐助而吏胥从中抑勒，不得仰邀恩奖者，亦未可定。应加通行各该督抚，转饬所属，如有捐输银谷、修举工程一切好善乐施之事，即行核实具题议叙，仍严禁胥役人等，毋致阻抑滋弊。）

以工代赈

一、乾隆二年七月奉上谕：今年春夏之交，直隶山东两省雨泽愆期，二麦歉收，朕已多方筹画，接济民食，且令直隶总督李卫，查有应兴工作，俾小民得藉营缮，以餬其口。今思山东民人，多仗二麦度日，今岁麦秋收获既薄，虽屡降谕旨蠲赈平粜，仍恐闾阎尚有艰食之虞。着巡抚法敏悉心计议，如开渠、筑堤、修葺城垣等事，酌量举行，使贫民佣工就食，兼赡家口，庶可免于流离失所也。再年岁丰歉，难以悬定，而工程之应修理者，必先有成局，然后可以随时兴举。一省之中，工程之大者，莫如城郭，而地方何处为最要，又何处为当先，应令各省督抚一一确查，分别缓急，预为估计，造册报部。将来如有水旱不齐之时，欲以工代赈者，即可按籍而稽，速为办理，不致迟滞，于民生殊有裨益。并将此谕通行各省督抚知之。钦此。查被灾农民，既分别赈恤，而佣工度活之人，时逢俭岁，民间工作不兴，米珠薪桂，何以存活？是以有以工代赈之例。凡城垣、桥梁、道路、河渠、塘堤各项工程，分别官修民修，详请奏明办理。

一、定例一切工程，凡系官修者，虽于代赈案内兴修，俱照各省河工定例准给。至民堤民埝，原应民间自行修筑之工，遇偏灾之后，以工代赈。自雍正十三年以后，照例准给官价十分之三。自乾隆七年以后，照例准给官价一半。凡估题代赈工程，应将官修、民修遵照何例办理之处，逐一声叙，以免部驳。

一、被灾深重，所议工程又系有关蓄泄机宜，及召募兴修，而畚作之人，未必即系应修之人，给发半价，恐尚有不敷。应将实在情形，并作何悉心筹画酌议办理之处，于疏内分晰声叙，请旨遵行。

一、城垣些小坍塌，地方官应照例随时苫补。如工程浩大，必需动帑者，查明系可缓工程，详请咨明，俟水旱不齐之年，以工代赈。若工程紧急，不能缓待者，仍照例估报题修。

一、乾隆二十六年六月，工部议：据署安徽巡抚常奏称，安省城工，现在待时兴举者二十处，其中有题明以工代赈之潜山、太湖二县工程，系乾隆二十四年秋被偏灾题请加赈案内声明请修。今二十六年始据请帑兴工。臣思以工代赈，原为接济饥民，兼完工作之意。今时移事过，岁获丰登，藉代赈之虚名，轻动十余万之帑项，殊非慎重钱粮之道。臣愚以为此等代赈之工，应请停止。潜山、太湖二县城垣，另行勘估妥办。并请嗣后以工代赈如堤坝、河渠、道路等项，饥民可以力作之工，许其一面奏闻，一面乘时兴举。其砖料城工，匠役必熟习之人，砖灰非现有之物，于赈务原无裨益，均无庸入于代赈之内等语。查代赈城工，原因年岁丰歉难定，小民谋食维艰，是以特颁谕旨，令各该督抚将应修城工，分别确查，预行报部。遇有水旱不齐之年，藉为以工代赈之举。此诚我皇上轸念灾黎，多方拯济之至意也。各该督抚自宜恪遵办理，遇有歉收地方，即将应修城工随时兴举，俾小民力作，以谋口食。并严行稽查，不使承办工员，任听匠头人等包揽射利。除需用熟习匠工之外，一应杂作夫工，贫民皆可应役，于赈务实有裨益。若不将代赈之工及时兴举，迨时移事过，始行请帑兴修，殊非以工代赈之本意。所有安省乾隆二十四年被灾案内题请以工代赈之潜山、太湖二县城工，何以不即兴举，接济饥民，及迟至二十六年始行请帑兴修之处，应令该抚据实查参，并将该二县城垣原估银二十二万二千余两，另行确查办理，报部查核。至以工代赈，地方官果能乘时妥办，于被灾贫民实属有济，应将该署抚所奏代赈城工概行停止之处，应毋庸议等因。奏准通行在案。查乾隆二年钦奉上谕：原令各省预为估计造报，以便按籍而稽，速为办理，不致迟滞。如遇水旱灾伤，应行代赈之时，当于加赈案内附疏题明，照例兴举。或因事在至急，具折奏明亦无不可。总宜及时兴工，使灾黎得以力作谋食，弗稍迟误为要。

卷　六

清理刑狱

乾隆七年三月奉上谕：数月以来，雨泽稀少，朕宵旰靡宁，虔诚祈祷，虽得微雨，未为沾足。从前因天时亢旱，曾降旨清理刑狱。今着刑部将在部各案内有牵连待质者，及轻罪内情有可原者，或应省释，或应末减，会同都察院大理寺悉心详查，妥议具奏。至于直隶、山东、江南三省，目下雨旸不均，亦着照此行。嗣后各省如遇灾眚之年，着该督抚将清理刑狱之处，奏闻请旨。钦此。又乾隆八年闰四月，大学士伯鄂等议：据护理山东巡抚包括奏称，查去岁奉到恩旨后，遵照部臣奏准条款，自军流以至笞杖人犯，酌量情罪，分别减免有差。今缺雨之处，灾眚已形，敬绎恩纶，理合将清理刑狱之处请旨。但宽恤之典，断自圣心。如蒙俞允，请敕下部臣，将何项轻罪人犯，应如何分别减免并停止月日，详查妥议，奏请圣明鉴定饬遵等语。查地方旱象偶形，祈求雨泽，间修省刑之典，亦感召天和之一端。但各省远近不同，若于旱象已形之时，俟请旨之后、部覆到日，始将刑狱清理，则远省必须经历数月，办理已不及时。臣等酌议，督抚身任地方，向来笞杖等轻罪减省之处，原可自行酌办，应请嗣后凡遇地方雨泽稀少之时，应清理刑狱者，除徒流等罪外，其各案内牵连待质及笞杖内情有可原者，一面量行减省，一面具折奏闻。如此则于恤刑弭旱之意，不致稽迟，而遵奉谕旨因时酌行之处，方为妥协。如蒙俞允，臣等遵照通行直省各督抚一体办理可也。奉朱批：依议，速行。又，乾隆八年九月奉上谕：去岁春季，京师雨泽稀少，朕虔诚祈祷，曾降旨将轻罪人犯分别减免。因推广于各省，如遇灾眚之年，著该督抚将清理刑狱之处，奏闻请旨。又恐各省远近不同，请旨行文办理已不及时，因令该督抚除徒流等罪外，其各案内牵连待质及笞杖内情有可原者，一面量行减省，一面具折奏闻，务使恤刑弭灾之意，不致稽迟也。今陈大受奏称，江南海州并所属之赣榆、沭阳二县，今夏被灾，已经咨部省刑。但三州县灾眚已成，较他处为重，减刑之事，应请于九月初一日为始，至明年麦熟后停止等语。夫赦非善政，古人论之。朕从前所降谕旨，原为地方偶有水旱间修省刑之典，亦感召天和之一端，非谓灾伤之地，即应一例赦罪也。今海州既已成灾，而始清刑狱，是为时已迟。且明示以麦熟为期，则小民无知，以为此半年之间，可以触法抵禁，肆行无忌，是诱民为匪也。陈大受所见甚为卑谬，朕已于伊折内批示训饬。恐各省督抚尚有似此错会朕意者，故特降谕旨，该部即行文知之。钦此。谨查地方祈晴祷雨之时，灾象偶形，间修省刑之典，出自殊恩，应酌量奏办，非可奉为常例。若已经成灾，事已无及，乃明示以赦宥之条、起止之限，恐小民无知犯法，反致扰害善良。是以圣训精详，承办最宜得妥。惟民迫于饥寒，不幸有过失，古制缓其刑辟，以哀矜之。地方当灾荒之际，争端在所必有。一切审断罪犯，如果实系饥寒逼迫，所犯甚轻，情有可原者，用刑拟罪之间，或可量从末减，随事定夺，以示矜恤之意。而约束刁民，又宜严示惩创，使畏法不敢违犯，决不可行姑息之政，致启劫夺之渐。此际调剂得宜，又谈何容易哉！

开捐助赈

州县地方题报水旱偏灾，多系荒熟相间，并非全灾。而蠲赈之需，动辄多致百十万不等，设或被灾重大，例应普赈，为费不赀，攸关国用，不可不樽节筹画。惟有悬爵赏以劝急公，取富民之有余，补灾黎之不足，于救荒之策，大为有济。古人所谓崇尚义风，不与进纳同。盖用之于为民，在官无所利之也。雍正四年，总理水利营田和硕怡亲王议覆大学士朱折奏，直隶地方频罹水患，将营田效力人员，分别议叙，开列捐款奏明。奉旨依议。又乾隆七年八月，直隶总督高、刑部侍郎周以江南淮徐等处连被水灾，奏请照好善乐施之例，令各省急公人员，出资备赈，酌予议叙等因。部议条款准令上下两江收捐，于七年十月起，定限二年停止。嗣于乾隆八年六月江督尹奏请酌减例款，部议照本例概行减四收捐，并展限一年。均奉旨允准。乾隆九年五月都察院左都御史励条奏直属被灾案内，拨济银米通计二百余万。现在河间等十六州县加赈未毕，次重偏灾之大城等十二州县贫民又蒙特恩，赏给口粮。将来普赈兴工，所费不赀。请于江南限满停捐之后，改于直省收捐助赈。现在好善乐输之例，捐数虽经减四，终觉太多，其途亦尚可增益，请照营田事例收捐。经部议奏，奉旨准行，成案具在。如当必须举行之时，由督抚酌核定议，入奏定夺。

暂弛海禁

米谷出洋，例禁森严。是以海船食米，按其程途远近、舵水商人名数，定额给票买备，注明照内，以备盘诘，不容多带。商贩米粮，俱由内地往来载运，不许出口。惟地方水旱为灾，急需赈粜，协发邻境仓粮接济。内地水陆道里纡回遥远，灾民悬釜待炊，缓不济急。应详明海运，以期迅速。或灾伤甚重，本地殷商巨贩，肯挟赀赴丰收产米之区购买运回，粜济民食，或绅士乐输捐赈，赴外省采买，俱可给照海运。浙省有行过成案，应奏明办理。但奸民偷运米谷下海，即非弛禁之时，其偏僻海岸巡查不到之处，尚多窃运入船。今海禁一弛，其透漏之弊，有不可枚举者。沿海口岸文武官员兵役，稽查不易。必出于万不获已，方可举行。非偶遇歉收米贵，即行仿照办理也。

矜恤无告

地方灾伤深重，米少价昂。灾民坐困无聊，出外求生，并向非耕种为活之肩挑背负手业穷民，亦多生意萧条，四散行乞，所在多有。更有一种老幼男妇，久为乞丐，乃因灾地求告无门，奄奄垂毙，均可矜怜。地方官既已煮粥施赈，而其中毫无依靠之辈，尤宜择宽大寺院内有隙地者，搭造篷厂，资其夜宿。上用席片，旁用稻草苦〔苫〕盖，以蔽风雨。地下亦用稻草或芦席铺垫，以便坐卧。其有染病者，给予药饵。道途死亡者，随时捐备棺木收殓，并将境内设立义冢段落，委员尽数清出，陆续掩埋。此种费用，州县肯捐俸料理，以仁心行仁政，上宪定加赏识。如力所不能，查明库贮闲款，详请动支，实用实销，亦无不可。至于煮粥之法，自古行之，不须审户，不须防奸，可以举行，时下可以救死目前。凡穷饿者，不分外郡本省，不分男女老幼，一家三五口，但赴厂者，一体给食。垂死之人，晨举而午即受惠，其效甚速。藉以补蠲赈之不及，其功更大。现行条款，具载前卷，仿而行之可也。

收育婴孩

民间遗弃婴儿，虽成熟之年，亦常有之。况年荒米贵，窘迫无聊，弃置路旁，乳食不继，即时毙命，殊堪怜悯。地方官原有设立育婴堂，此际当加意整理。如经费不敷，即多方设法补助。令堂内司事之人，按日四散巡查，并饬城乡保甲人等，见有路旁遗婴，随时送堂，注册留养，延医好为调治。一切乳工衣食等项，务必如数给与，俾各养育存活，以推广皇仁宪德，亦仁政所应行也。

抚恤要言

古人云：疾疫之灾，多生于凶荒之岁。凡遇荒年，宜豫为之防，使之不至于饥饿而内伤，劳苦而外感，积聚而旁染，是亦救荒之一助也。又云：救饥者，使之免死而已。当使晨人，至巳午而后与之食，给米者午时出，日得一食，即不死矣。其力自能营一食者，皆不来矣。比之不择而与者，当活数多倍之也。凡赈饥，当分两处，择羸弱者作稻粥，早晚两给，勿使至饱，俟气稍完，然后一给。第一先营宽广居处，切不得令相藉。如作粥饭，须官员亲尝，恐生及入石灰。或不给浮浪游手，无此理也。平日当禁游惰，至其饥饿，哀矜之一也。又曰救荒有二难，曰得人难，审户难。有三便，曰极贫之民便赈米，次贫之民便赈钱，稍贫之民便转贷。有六急，曰垂死贫民急饘粥，疾病贫民急医药，病起贫民急汤米，既死贫民急墓瘗，遗弃小儿急收养，轻重系囚急宽恤。有三权，曰借官钱以粜籴，兴工作以助赈，贷牛种以通变。有六禁，曰禁侵渔，禁攘盗，禁遏籴，禁抑价，禁宰牛，禁度僧。有三戒，曰戒迟缓，戒拘文，戒遣使。又云赈饥莫要乎近其人。以上古语，皆言简意该〔赅〕，故采录于此，以备披览，亦集思广益之一助也。

附录明林希元荒政丛言疏：一、二难。曰得人难者，盖为政在人，况救荒无善政，使得人犹有不济，况不得人乎？如常平、义仓之法，在耿寿昌、长孙平行之则为良，后世踵之则有弊，其故何也？正以不得其人耳。今各处灾伤，民罹凶厄，陛下隐念，至动府库百万之财，尽不爱以养苍生，此真爱民如子之心，生灵不世之遇也。使不得人以行之，臣恐措置无方，奸弊四出，饥者不必食，食者不必饥，府库之财，徒为奸雄之资，百万之费，不救数人之命。此臣所以深忧过虑也。然所谓得人者，非特府县官，凡分委赈济官者，皆所当择而不可苟者。昔富弼青州赈济，其所用之人，则除著州县正官外，就前资及文学等府佐领官，择有廉能者用之。夫有欧阳修以主赈济，则府县正官不用择，所当择者，分委赈济之官。今不得如欧阳修者主赈济，则主赈济者，府县正官之职所当精择，而择委官又其责也。臣愚欲令抚按监司精择府县正官廉能者，使主赈济。正官如不堪用，可别简廉能府佐，或无灾州县廉能正官用之。盖荒事处变，难以常拘也。至于分赈官员，可令主赈官各就所属学职等官，又待选举人监生等人员，择素有行义者，每厂一员为主赈。又择民间有行义者一人为耆正，数人为耆副。使监司巡行督察各厂，所至考其职业，书其殿最，并开具揭帖。事完，官上之吏部，府县学职等官，视此为黜陟；举人监生等人员，视此为除授。民上之抚按，有功者以礼奖劳，仍免徭役；有过者分别轻重，惩治不恕。如此则人人有所激劝，而荒政之行，或庶几矣。曰审户难者，盖赈济本以活穷民，夫何人情狡诈，奸欺百出。乃有颇过之家，滥支米食，而穷饿之夫，反待毙茅檐。寄耳目于人，则忠清无几；树衡鉴于上，则明照有遗。此审户所以难也。古云救荒无善政，正坐此耳。昔宋富弼青州赈济流民，古今所称。臣谓此殆不难，何也？民至于流，即当赈济，无事审户，何难之有！惟夫土著之民，饥饱杂进，真伪莫分，此其所以难也。迩时官司审户，有委之里正者矣，有亲自抄劄者矣，有行赈粥之策者矣，然皆不能厘革奸弊。何者？以臣所见言之。臣昔待罪泗州，适江北大饥，臣始至，稽其簿籍，本州已赈济两月，仓库钱粮已竭矣，而民父子相食者不能救，盗兵潢池者日益炽。臣深求未得其故，既而见民有投子于淮河者，问其赈济，则曰无钱与里书，不得报名也。又审贼犯于狱，问其赈济，则曰未也，而稽其簿籍，已支两月粮，盖里书之冒支也。又收饥莩于野，问其赈济，则曰无有。何以不济？曰户有四口，二口支粮，月支三斗，道途往复，已费其半。一口支粮，四口分之，每口只得六七升，是以不济也。此按籍之弊也。此里正之不足任也。臣既灼知其弊，乃亲自抄劄，则才入其乡，而告饥者塞途，真与伪莫之辨也。既而沿门审验，则一日不能十数家，千万饥民，已不能遍，而分委之人，其弊与里正亦不甚相远。此亲自抄劄之难也。及廷臣建议赈粥，其说以为穷饿不得已者始求食，不须审户，可得饥民。臣始是其议，用意推行，不知岁既大饥，民多鲜耻，饥饱并进，真伪莫分。甚至富家伴仆，报名食粥，穷乡富人，遣人关支。臣因痛加沙汰，追罚还官者无数。是赈粥之法亦难任也。故曰三者皆不能厘革奸弊者此也。昔宋苏次参沣州赈济，患抄劄不公，令民用纸半幅，土〔上〕书某家口数若干、合清〔请〕米豆若干，实贴各人门首壁上。如有虚伪，许人告首，甘伏断罪，以备委官检点。古今以为良法。但以臣观之，门壁之贴未必从实，检点之官未必得人，安能可以保其革弊而绝无欺伪于其间也。然则终无策与？臣愚欲分民为六等，富民之等三，极富、次富、稍富；贫民之等三，极贫、次贫、稍贫。稍富不劝分，稍贫不赈济。极富之民，使自检其乡之稍贫者而贷之银；次富之民，使自捡其乡之次贫者而贷之种。非特欲借其银种也，欲于劝分之中，而寓审户之法也。何者？盖使极富之民，出银以贷稍贫，彼必度其能偿者方借，而不借者即次贫也。使次富之民出种以贷次贫，彼必度其能偿者方借，而不借者即极贫也。不用耳目而民为吾耳目，不费吾心而民为吾尽心。法之简要，似莫有过于此者。责委官耆逐都推勘，随户品题，既皆的实，然后随等处分赈济，则府库之财，不为奸雄之资，而民蒙实惠矣。或曰贫分三等，流民何居？臣曰流移之民，虽有健弱不一，然皆生计穷尽，不得已弃乡土而仰食于外，与鳏寡孤独穷乏不能自存者何以异？虽谓之极贫可也。臣故曰不须审户即当赈济者此也。二、三便。曰极贫之民便赈米者，臣按宋富弼青州赈济流民，所支米豆，十五岁以上，每口日支一升。十五岁以下，每口日支五合。仍历子头上分明算定一家口数。一官如管十耆，即每日支两耆，逐耆并支五日口食。河北流民赖以存活者，五十余万人。此荒政之最善，古今所称。近时官司赈济，多有用之而专赈米者。然以臣观之，若次贫、稍贫人户，家道颇过，不幸而际凶歉之年，生理虽艰，犹未至悬命朝夕，且其力能营运，不至束手待毙。使其终日敞敞而守升合之米，彼故有所不屑者。且欲食之民，略无涯限，仓廪之积岂能尽济？唯夫极贫之民，室如悬磬，命在朝夕，给之以米，则免彼此交易之难、抑勒亏折之患，可济目前死亡之急，此其所以便也。其法：大口日支一升，小口半之；八口之家，四口给米；四口之家，二口给米。非不欲尽给之也，民无穷而米有限，穷饿之民，日得米半升，亦可以存活矣。随饥口多寡，不分流移土著，合就乡集立厂。每厂赈济官给与长条小印，上刻其厂极贫饥民，以油和墨，印志于脸，每人给与花阑小票，上书年貌、住址，如系一家，即同一票，五日一次，赴厂验票支米。十人为甲，甲有长；五甲为郡，郡有老。每甲一小旗，旗上挂牌，牌书十人姓名，甲长执之。每郡一大旗，旗上挂牌，牌书五甲姓名，郡老执之。群以千字文给号，当给之日，俱限巳时。郡老、甲长各执旗牌，率领所属饥民，挨次唱名给散。每口一支五升，每甲五斗，每郡二石五斗。郡甲之粮，只给长老，使之给散，必印脸验票者，防其伪也。必群分旗引者，防其乱也。必一时支给者，防其重叠也。必总领细分者，省其繁且迟也。每厂给与印文簿，将饥口支粮数目，逐一造报，以凭稽考。仍给升一、五升斗一、五斗斛一，当官印烙，发付印用。其发米下船，如不系沿流及产米去处，难于搬运，则散银。各厂官者，令就本乡富户照依时价籴买。或本乡富民粟尽，可令饥民远就有粟去处一顿关支，亦移民就粟之意也。曰次贫之民便赈钱者，臣按董蝟〔煟〕《救荒活民书》谓，支米最不便，弊又多，不系沿流及产米去处，搬运脚费甚大。不如支钱最省便，更无伪滥之弊。小民将钱可以抽赎典过斛斗，或一斗米钱可买二三斗杂斛，以二三升伴和野菜煮食，则是二斗杂斛，可供一家五七口数日之费。其说是矣。近时官司赈济，多有用之而专赈钱银者。然以臣观之，极贫之民，室如悬磬，命在朝夕，若与之钱银，未免求籴于富，抑勒亏折，皆所必有。又交易往还，动稽时日，将有不得食而立毙者矣。可谓便乎？唯次贫之民，自身既有可赖，而不甚急，得钱复可营运以继将来，此其所以便也。其法八口之家，四口支钱；四口之家，二口支钱。每口所支，折银二钱。编群给票，亦准极贫。印志旗引，则不必用。支钱于穿钱绳索系以钱铺、散者姓名，支银于包银纸面印志银匠、散者姓名，如有低伪消折，听其赴官陈告，坐以侵渔之罪。如是则法不生奸，而民蒙实惠矣。然块银细分，必有亏折。如银十两，散五十人，每人二钱，必亏五、六、七厘，此臣所经验也。要不若散钱为尤便。且贫民以银易钱，又有抑勒亏折之患也。曰稍贫之民便转贷者，臣按出官粟以贷贫民者，古之义仓是也。劝民粟以济贫民者，今之纳例是也。今臣所谓转贷者，借民财以借贫民，而不费官财，酌二者之间而参用之也。夫稍贫之民，较之次贫，生理已觉优裕，似不待赈济。然时当荒歉，资用不无少欠，不可全不加念，是故不之济而之贷也。然欲官自借之，则二贫之给钱谷，亦或不敷，若使富民借之，则民度其能偿，必无不可。故使极富之民出财以借，官为立券，丰岁使偿，只收其本，不收其息，贫民得财而有济，富民捐财而有归，官府无施而有惠，二举而三得备焉。此其所以便也。其法八口之家，四口借银，每口二钱。自正月至四月，总四月之银，一次尽给之。待其辗转营运，亦可以资其不足而免于匮乏矣。一人所借，多至二百口，少不下一百口。若本乡无富民，则借之外乡，并官立文册，事完之日，以礼奖励，免几年徭役。作之有道，则民自乐于供输矣。三、六急。曰垂死贫民急饘粥者，臣按作粥以伺饥民，昔汉献帝盖尝行之，后世多有用之而专赈粥者。但以臣观之，次贫之民，生计未急，日授之米，已有不屑，而况粥乎？极贫之民，生计虽急，而给之粥，亦有所不愿者。何则？粥之稀稠冷暖不一，食之多寡缓急甚殊，早关晚放，人弗自便，气蒸疫作，死亡相继。始也不得已扶携强健而入厂，终也不得去空拳匍匐而出门，此所以不愿也。臣昔泗州亲见之，审矣。若夫垂死之民，生计狼狈，命悬顷刻，若与极贫一般给米，则有举火之艰，将有不得食而立毙者矣。惟与之粥，则不待举火而可得食，涓勺之施，遂济须臾之命。此粥所以当急也。必于通都大衢，量搭小厂，亦设官者，令其领米作粥。流莩所过，并听就食。但人饿既久，肠胃噎寒〔塞〕，乍饱多死。粥要极稀，毋令至饱，当渐以与之，待气完体壮，然后与极贫一体赈米。然作粥之法，又虑生熟不齐、参和灰水之弊。要在委任得人，则民蒙实惠矣。或曰赈粥之法，昔大臣尝行于江北，今子三贫之赈不知取，独取而用于垂死贫民也。臣曰：昔江北之大饥也，民饿死与为盗，正在十一年〔月〕、十二月之间。臣至多方赈济，稍健能行，在随口给米，弱惫不能行者，为汤粥饲之。及正月初，廷臣建议赈粥，民多不愿。臣乃试为二厂，一赈粥，一赈米。民皆舍粥而趋米。臣因与面论可否，其说凿凿可听，臣不能夺，乃一意推行而更得法。然行之未久而弊，何也？饥饱混进而糜费浩繁，疫疠盛行而死亡枕藉。当日上司目击其弊，故行之不两月，羽书星驰，令停粥而给米，则上司已知其法之不可行而自改之矣。臣目击其弊，乃多方澄汰，亦只查革得一二。续因饥民病愈乞归，遂给米散遣之。虽以赈粥造报，则赈米者半月，则臣已知其法之不可行而阴改之矣。然臣始至泗州也，亲见饥民立死，乃亟行赈济。城郭饿莩既仆者、欲仆者，亟取米饮灌之，旋以稀粥接续与食。既仆者十救五六，欲仆者全救。因思垂死饥民，非粥决不能救，又不可缓。若夫三贫之赈，决不可用。乃知昔人此法，实为垂死饥民而设。择羸弱给粥，候气完然后一给，则宋儒程颐之论实有见矣。今臣三贫之赈，去粥不用，而独用之垂死贫民者，岂空言无据哉。或曰赈粥民既不愿，又有滥食者何也？臣曰：不愿食者贫民，其滥食者非贫也。曰疾病贫民急医药者，盖时济凶荒，民作疫疠。极贫之民，一食尚艰，求药问医，于何取给。昔宋赵抃知越州，为病坊以处病民，给以医药者，正为此也。往时江北赈济，官府亦发银买药，以济病民。然敛散无法，督察无方，医人领银，不尽买药，而多造化销；穷民得药，初不对病，而全无实效。今各处灾伤重大，贫民疾病，所不能免。臣愚欲令郡县博选名医，多领药物，随乡开局，临证裁方。郡县印设花阑小票，发各厂赈济官，令多出榜文，播告远近，但是饥民疾病，并听就厂领票，赴局支药。仍开活过人数，并立文案，事完连册缴报，以凭稽考。济人多寡，量行赏罚；侵克钱粮，照例问遣。如是则病者有药，而民免于夭札矣。曰病起贫民急汤米者，盖疾病饥民，或不能与赈济，或与赈济而中罹疾病，逮疾病新起，元气初复，正当将息之时也，而筋力颓惫，不能赴厂支米，若非官为之所，则呻吟床箦之上，有枵腹待毙者矣。臣昔泗州赈济，四月疫作，见饥民多病，不能赴厂食粥，因遣人访问其家，则有患病新瘥，欲食而无所仰者。乃遣人沿门搜访，但是疾病新起贫民，每人给米一升五合，三日内外，散米一十一石七斗，而济病民八百二十二名口。所费不多，全活者众。今各处灾伤重大，民病有所不免。臣愚欲令各厂赈济官遣人沿门搜访，但是患病新起贫民，俱日给米五合，一支五日，使其旦夕烧汤，不时食饮。待元气既复，肤体既壮，方发饥民厂照旧支米，则病起有养，而民免于横死矣。曰既死贫民急墓瘗者，盖大荒之岁，必有疾疫，流移之民，多死道路。不为埋瘗，则形骸暴露，腐臭薰蒸，仁者所不忍也。故先王有掩骼埋瘗之令，宋仁宗有官为埋瘗之诏，良有以也。然死者人所畏恶。责人以所恶，其从则难；诱人以所利，其趋甚易。臣昔在泗州，见郡县差官给银买席瘗尸，督责虽严，而暴露如旧。臣知其故，乃择地势高广去处，为大冢，榜示四方军民，但有能埋尸一躯者，官给银四分或三分，每乡择有物力行义者一人，领银开局，专司给散。各厂赈济官给与花阑小票，凡埋尸之人，每日将埋过尸数，呈报该厂，领票赴局，验票支银，事完造报，以便查考。埋过尸骸，逐日表志，以待官府差人看验。此令一出，远近军民，趋者如市。数日之间，野无遗骸。官不费力，而死者有归，至简至便。今各处灾伤疫疠，不无饥死转死，所不能免。如臣之法，似可行也。曰遗弃小儿急收养者，盖大饥之年，民父子不相保，往往弃子而不顾。臣昔在泗州，见民有杀子于淮河者，有弃子于道路者，为之恻然。因思宋刘彝知处州，尝给米令民收弃子，乃仿而行之，置局委官，专司收养。令曰：凡收养遗弃小儿者，日给米一升，一支五日，每月抱赴局官看验。饥民支米之外，又得小儿一口之粮，远近闻风，争趋收养。甚至亲生之子，亦诈称收抱，以希米食。旬月之间，无复有弃子于河于道者。今各处灾伤去处，若有遗弃小儿，如臣之法，似可行也。曰轻重囚系急宽恤者，臣按《周礼》荒政十有二，三曰缓刑。盖民迫于饥寒，不幸有过失，缓其刑罚，所以哀矜之也。况年当荒歉，疫疠甚行，狱囚聚蒸，厥害尤甚。若不量为宽恤，则轻重罪囚，未免罹灾横死。故充军徒罪、追赃不完、久幽囹圄者，必量情轻重，暂为释放；绞斩重罪，有碍释放者，必疏其枷扭，给以汤药。如此则轻重罪囚，各获其生，无夭札之患矣。然囚系既急宽宥，则凡户婚诸不急词讼，当且停止，恐负累饥民及妨误赈济，此又不可不知也。四、三权。曰借官钱以籴粜者，盖年岁凶歉，则米谷涌贵，富民因之射利，贫民因以艰食。昔宋吴遵路知通州，适灾伤，民多流转。遵路劝官家，得钱万贯，遣衙吏散出收籴米豆，归本处依原价出粜，民谓之便。今既劝富民出贷贫民，又借其财以籴粜，则民不堪矣。臣愚欲借官帑钱银，令商贾散往各处籴买米谷，归本处，依原价量增，一分为搬运脚力，一分给商贾工食，粜尽复籴。事完之日，籴本还官，官无失财之费，民有足食之利。非特他方之粟毕集于我，而富民亦恐后时失利，争出粟以粜矣。然籴粜之法，专为济贫，商贾转贩，所当禁革。又当遍及乡村，不得只及坊郭，则贫民方沾实惠。或曰宋苏轼浙中赈济，谓只将常平斛斗出籴，则官司不劳抄劄勘会、结〔给〕纳烦费。但得数万石斛斗在市，自然压下物价，境内百姓，人人受赐。董煟以为良法，遂建救荒三策，而以是为首。今三贫之赈而不之取，何也？臣曰：大饥之岁，三贫俱困，安得许多银可粜米豆？而籴买者多商贩或富民也。故其策不可用。苏轼之行于浙中者，或未至于大饥也。曰兴工役以助赈者，盖凶年饥岁，人民缺食，而城池水利之当修，在在有之。穷饿垂死之夫，固难责以力役之事，次贫、稍贫人户，力任兴作者，虽官府量品赈贷，安能满其仰事俯育之需？故凡圮坏之当修、湮塞之当浚者，召民为之，日受其直。则民出力以趋事，而因可以赈饥；官出财以兴事，而因可以赈民。是谓一举而两得，于工役之中而有赈济之助者。昔宋熙宁七年，河阳灾伤，常平仓赈济斛斗不足，诏赐常平仓万石，兴修水利，以赈济饥民。董煟谓此以工役赈济者。今之大臣，盖常用之于宰县之日。臣昔师其意而行之于泗州，既有效者，今各处灾伤，似可用也。或曰荒年财力方屈，凡百工力，皆当停止，故《周礼》荒政有驰力之令。今子乃欲兴工力何也？臣曰：荒年工役之停止者，盖谓宫室台榭之类之可已者。若夫城池之御侮、水利之资农，皆荒政之所不可已者。府库之财，自有应该支用而不〈碍〉于赈济之数，若里甲之类者。臣在泗州，盖尝支用而不碍于赈济者矣。臣兴工役之策，复何疑哉！二曰借牛种以通变者，盖饥馑之后，赈济之余，官府左支右吾，府库之财亦竭矣。民方艰食之际，只苟给目前，固不暇为后图，幸而残冬得度，东作方兴，若不预为之所，将来岁计复何所望？故牛种一事，尤当处置。若燕慕容皝以牛假贫民，宋仁宗发粟十万贷民为种，为是故也。今府库之财既殚于赈济，如欲人人而与之牛，则都里之民甚多，一牛之费甚大，欲人人而与之种，则缺种之户不少，府库之财莫续，是难乎其为图。臣昔在泗州，承上司文移，上里与牛六具、种若干；中里与牛五具、种若干；下里与牛四具、种若干。臣召父老计之，其法难行。乃自立法，逐都逐图，差人查勘，有牛有种者几家，有牛无种者几家，有种无牛者几家，牛种俱无者几家。有牛者要见有几具，有种者要见有众多寡，通行造报，乃为处分。除有牛无种、有种无牛人户听自为计外，无牛人户，令有牛一具带耕二家，用牛则与之共养，失牛则与之均赔。无种人户，令次富人户一人借与十人或二十人，每人所借杂种三斗或二斗。耕种之时，令债主监其下种，不许因而食用。收成之时，许债主就田扣取，不许因而拖负。官为立契，付债主收执。此法一立，有牛种者皆乐于借而不患其无偿，缺牛种者皆利于借而不患其乏用。臣半月之间，凡处过牛一千九百六十五具，种八百四十七石，银一百七十五两，处给一州缺牛种人户计四千八百五十六家。此于财匮之时，得通变之术。时江北州县，多有仿行者。今各处灾伤重大，如臣之法，似可用也。然臣昔在泗州，不曾定六等人户，故须临时查勘。今既定民为六等，则稍贫者不待给，次贫者令次富给之，不待临时查勘矣。或曰次贫之民，既有次富之民出种借之，极贫之民则何所借？臣曰：极富之民既借之银，次富之民既借之种，不可复借矣。要极贫之中，无田地者多。若有田地者，再处一月之粮而一给之，则其事尽济矣。五、六禁。曰禁侵渔者，盖人心有欲，见利则动。朝廷发百万之银，以济苍生，而财经人手，不才官吏不免垂涎，官耆正副类多染指。是故银或换以低假，钱或换以新破，米或插和沙土，或大入小出，或诡名盗支，或冒名关领，情弊多端，弗可尽举。朝廷有实费而民无实惠者，皆侵渔之患也。昔王莽时南方枯旱，流民入关者数十万人，置养赡院廪之。吏盗其廪，饿死十七八。夫盗廪之弊，岂特莽时为然，自古及今，莫不然也。不重为禁可乎！臣按《大明律》：凡监临主守盗仓库钱粮者，问罪刺字；至四十贯者斩。《问刑条例》：宣大榆林等处乃〔及〕沿海去处，监临守盗粮二十石、银一十两以上者，发边卫充军。臣愚以为赈济钱粮，人民生死所系，若有侵盗，其罪较之盗宣大沿边等钱粮者为尤大，其情尤为可恶。合无分别等第，严立条禁。凡侵盗赈济钱粮至一两以上者，问罪刺字，发附近充军；十两以上者，刺字，发边卫永远充军；至二十两以上者处绞。按律杀人者死，侵盗赈济钱粮至二十两以上，致死饥民不知其数，处之以死，岂为过乎？重禁如此，庶侵渔者知儆，饥民庶乎有济矣。曰禁攘盗者，盖人有恒言，饥寒起盗心。荒年盗贼难保必无。纵非为盗之人，当其缺食之时，借于富民而不得，相率而肆劫夺者，往往有之。于此不禁，祸乱或由以起。《周礼》荒政十二有除盗之条，辛弃疾湖南赈济严劫禾之令，正为此也。然处之无方，则禁之不止。民迫于死亡，方且侥幸以延旦夕之命，岂能禁之使不攘盗乎？臣昔至泗州，适江北大饥，盗贼蜂起。臣先赈济招抚，次斩捕。凡赈过饥民三千四百口，抚过饥民四百五十口，捕过抚而复叛饥民六十口，而盗始大靖。今各处灾伤重大，盗贼攘夺，难保必无。若官府赈济未及而犹犯，是真乱法之民也，决要惩治。然不预先禁革，待其既犯，遂从而治之，是不教而杀，谓之虐也。必也严加禁革，攘盗者问罪枷号，为盗者依律科断，如有过犯，不得轻宥。如此则人知警惧而不敢犯，祸乱因可以弭矣。曰禁闭籴者，尝见往时州县官司各专其民，擅造闭籴之令。一郡饥则邻郡为之闭籴，一县饥则邻县为之闭籴。臣按春秋之时，诸侯窃地专封，固不以天下生民为念。然同盟之国，尚有恤患分灾之义。秦饥，晋闭之籴。《春秋》诛之。况今天下一家，民无尔我，均朝廷赤子，乃各私其民，遇灾而不相恤，岂吾君子民之意？万一吾境亦饥，又将籴之谁乎？是欲济吾民，而反病吾民也。谓宜重为之禁，令后灾伤去处，邻界州县不得辄便闭籴，敢有违者，以违制论。如此则尔我一体，有无相济，非惟彼之缺食，可资于我，而己之缺食，亦可资于人矣。曰禁抑价者，盖年岁凶荒，则米谷涌贵。尝见为政者每严为禁革，使富民米谷皆平价出粜。不知富民悭吝，见其无价，必闭谷深藏。他方商贾，见其无利，亦必惮入吾境，是欲利小民而适病小民也。昔范仲淹知杭州，两浙阻饥，谷价方涌，斗计百二十文。仲淹增至百八十，众不知所为。仍多出榜文，具述杭饥及米价所增之数。于是商贾闻之，晨夕争先恐后，且虞后者继至。于是米石辐集，价值遂平。今各处灾伤，若抑价有禁，参用范仲淹之法，则谷价不患于腾涌，小民不患于艰食矣。曰禁宰牛者，盖年岁凶荒，则人民艰食，多变鬻耕牛以苟给目前。不知方春失耕，将来岁计亦旋无望。臣按《问刑条例》，私宰耕牛，再犯累犯者，俱发边卫充军。弘治十六年九月初一日，又节该钦奉圣旨：私宰耕牛，今后违犯，照例治罪。每宰牛一只，罚牛五只。钦此。夫耕牛私宰，在平时尚有厉禁，况荒年宰杀必多，所关尤大，不为之禁可乎！然徒为之禁，而不为之处，彼民迫于死亡，有不顾死而苟延旦夕者，况充军乎！有同类之人，父子相食而不顾者，况牛乎！谓宜预为禁处。凡民间耕牛，不许鬻卖宰杀。卖者价银入官，杀者充军发遣。如果贫民不能存活，欲变卖易谷，听其赴官呈告，官令富民为之收买，仍赴牛主收养，待丰年听民贩卖，或牛主取赎。如此则牛可不杀，而春耕有赖；民获全济，而官本不亏。臣昔在泗州，盖尝行之，而已后期。今各处灾伤，宜敕所在官司，早为禁处，斯可以有济矣。曰禁度僧者，盖见往时岁饥，多议度僧赈济。殊不知一僧之度，只得十金之入。一僧之利，遂免一丁之差。十年免差，已勾其本。终身游手，利不可言。况又坐享田租动以千百。富僧淫佚，多玷清规，汗〔奸〕人妻女，大伤王化。是谓害多于利，得不偿失，事不可行，理宜深戒。昔宋孝宗淳熙九年，敕令广东、福建帅臣，晓谕愿为僧道者，每名备米三百石，请换度牒一道。续恐米数稍多，特减五十石。臣按宋人全失中原，财赋之入已窘，又苦于岁币之需，一遇饥荒，故不得已而出度僧之策，然犹一僧换米三百石，其不轻易如此。今国家财赋既倍于宋，蛮夷岁贡无复需币，其财用既不若宋人之窘迫，乃因荒年给度，又一僧只易其十金，所获不多，而受此不美之名何也？故宋人之策，不可复用，度僧之事，决不可行。今各处灾伤重大，恐有偶因费广复建此议者，所当禁也乎。六、三戒。曰戒迟缓者，臣闻救荒如救焚，唯速乃济。民迫饥馁，其命已在于旦夕，官司乃迟缓而不速为之计，彼待哺之民岂有及乎？此迟缓所当戒也。昔宋苏轼与林希书云：朝廷原谓储备，熙宁中，本路截发及别路般来钱米，并因大荒放税及亏却课利，盖累百巨万，然于救荒初无分毫之益者，救之迟故也。然迟之一言，岂但熙宁一时为然。自古及今，莫不然也。臣昔在泗州，适江北大饥，府县九月、十月赈济，皆是虚文。而民饥死，正在十一、十二两月。及至正月，而差官发银始至，盖亦坐迟之病也。今宜以此为戒，严立约束，申戒抚按二司、府州县各该大小赈济官员，凡申报灾伤务在急速，给散钱粮务要及时。申报灾伤，与走报军机同限；失误饥民，与失误军机同罚。如此则人人知警，待哺之民，庶乎有济矣。曰戒拘文者，尝见往时州县赈济，动以文法为拘，后患为虑。部院之命未下，则抚按不敢行；监司之命一行，则府县不敢拂。不知救荒如救焚，随便有功，唯速乃济。民命悬于旦夕，顾乃文法之拘，欲民之无死亡，不可得也。朝廷虽捐百万之财，有何补哉？昔汉河内失火，延烧千家。汲黯奉使往视，以便宜持节发仓廪以赈济贫民。宋洪皓秀州赈济，宁以一身易十万人命，截留浙东纲常平米斛，以赈济仰哺之民。此皆能便宜处事，不为文法所拘者也。令各灾伤去处，宜告戒抚按司府州县等官，凡事有便于民，或上司隔远，未便得请，事有妨碍者，并听便宜处置，先发后闻。唯以济事为功，不得拘牵文法，致误饥民，有辜朝廷优恤元元之意。则大小官员得以自遂，而饥民庶乎有济矣。曰戒遣使者，臣尝见往时各处灾伤重大，朝廷必差遣使臣，分投赈济，此固轸念元元之意。然民方饥饿，财方匮乏，而王臣之来，迎送供亿，不胜劳费，赈济反妨，实惠未必及民，而受其病者多矣。臣愚以为各处抚按监司，未必无可用之人，顾委之何如耳。莫如专敕抚按官员，令其照依朝廷议拟成法，仍随所在民情土俗，参酌得中，督责各道守巡等官，分督州县着实举行。事完之日，年稍丰稔，分遣科道各处查勘。王命所在，谁敢不尽心？黜陟所关，谁敢不用命？较之凶歉之际，差官往还，徒为纷扰者，万不侔矣。

劝课农工

一、耕贵熟。《农书》云：农家栽禾，启土九寸为深，三寸为浅。地之高下，有气脉所行，而生气钟其下者；有气脉所不钟，而假天阳以为生气者。故原之下多土骨，而隰之下皆积泥。启原宜深，启隰宜浅。深以接其生气，浅以就其天阳。盖土骨如人身之经络，而积泥如人身之余肉耳。经络者，气血流行之所；余肉者，块然附赘之区。此浅深随宜之法，不可不知也。然或深或浅，要以耕犁透熟为主。必将松土翻抄，往来数次，使田无不耕之土，斯土无不毛之病。若耕之不遍，虽所余径寸地，古人所谓镃錤寸隙，他日禾根适当之，则诘屈不入。叶虽生，必以渐而萎，至于濯濯然，俗所云缩科是已。农夫能知浅深透熟之理，则耕法始得。每田一亩，岁可多谷加倍。其他杂粮蔬菜，皆当依此耕法也。

一、种贵良。《农政全书》云：草木之生，其命在土，生成变化，不离土气，踵踵相接，生生无已焉。若脱土久，气不连属，生之虽具于胎，成之则不全其数，或半途而剥，或成穗而秕。故收种者，当于冬至之后，热治高土，散布其上，覆以多草，障蔽鸟雀，壅以畚灰，滋润燥枯。至清明时，沃之使芽，除草瀍粪，频助其长。此第一义也。其次草裹美种，悬之风檐，季春之始，置诸深汪，勿令近泥。半月气足，布地而芽。此虽不伤，已落第二义矣。但世俗浸种，昼沉夜�，畚酿郁蒸，逼之使速。胎中受病，拔不可去。长芽嫩脆，抛撒下田，跌蹼折损，种种不免。迷而不晤〔悟〕，不知何见耳。

一、耘贵净。天生五谷，所以养人，贵物也。贵则难成而易伤。稂莠，草之害苗者，贱物也。贱则易生而难制。毋论一田之中，恶草夹杂，立见其荒。即一区之间，一草挺生，则四旁之禾，因之退缩，收成时谷数遂至减少。故上农智力兼至，于根芽未萌之前，先有以治之，是以用力少而成功多。其次已萌而治之。若萌而不治，则农之事已失，乃惰民也。萌而治之法有二：一曰耘。工夫熟，遍数多，务使寸草不留，嘉禾林立。全亩之地气，悉归于禾根，而不为他物所分，是为尽人事以待天时。再曰荡。《农书》云，捣荡虽以去草，实以助苗。盖田之浮泥，易行横根，而下之实土，难以顶本。顶本者，直下命根也。顶本入土不深，横根布于泥面，则得土之生气不厚，枝叶虽繁，抽心不茂矣。捣荡欲断其泥面横根，使顶本入土，深受积厚多生之气。其后抽心始高，结穗长硕。浙西农多土窄，耕法精详。浙东山陬海澨，地土甚广，耕耘之事，多忽焉不讲。常见灾田枯禾间于密草之内，其盘结而辅翼者，草之势转盛于苗。此虽雨旸时若之秋，亦必颗粒无收。乃灾于人，非天灾也。其他如瓜畦豆圃，众草尤加滋蔓。农家能各务精勤，凡田地之内，有草必除，治于未萌之先，复治于已萌之后，功夫由渐而深，地利维勤乃获。其试思之。

一、粪贵足。《农桑通诀》曰：田有良薄，土有肥硗，耕种之事，粪壤为急。粪壤者，所以化硗土为肥土。《农书》曰：禾苗资土以生，土力乏则衰。沃之所以助土力之乏。易田并两岁之力，不壮则不能兼收所生，以致倍然。沃助其衰，壮求其倍，势也。犹有不待其衰，未禾而先沃于白块之间者。此《素问》所谓滋化源之意耳。滋其衰者，过滋或至于不能胜而病矣。滋源则无是也。农民能知粪田之法，未治田，先积粪。随地随时，豫为沤罨窖熟，待时而用，无过不及。大约一亩稻田内，须下六七担粪，少即无济。粪有踏粪、泥粪、草粪、苗粪、火粪、灰粪及禽兽羽毛牲畜便溺，皆可肥田，随地所宜可耳。

一、勿贪多。东南田亩，以岁收两熟为常。两熟者，春二麦、秋禾稼也。然老农深知地理，以二麦能耗土膏，每于冬间，先种油菜，勤加粪壅。盖菜为易生之物，粪以助菜，实以肥田。此最得种植之法。容有贪多无厌，既收菽麦之利，复欲兼收早晚二禾，于已插早禾田内，将晚禾相间栽插。早禾于六月中登场，其时晚禾正屈曲不舒，其后虽获畅遂，而时气已逾，扬花吐穗，终觉力薄。若浙中斥卤之地，必藉天雨滋养，欲早晚并收，乌可得乎？大抵滨海宜早禾，沿河宜晚禾，山乡宜中禾。农家能知地力有限，不容贪多，或早或晚，因地专种，则获利自多，不至两失矣。

区种稻法

区种之法，不论地土之肥硗，随地多少，皆可种植。每区计地一尺五寸，每亩积算二千六百五十区，止种六百五十区，一区可收谷七升、八升不等，大旱亦可得谷三、四升，洵为备荒之良法。王祯曰：参考《汜胜之书》及务本书，谓汤有七年之旱，伊尹作为区田，教民粪种，负水浇稼。诸山陵倾坂及田丘城上，皆可为之。其区当于闲时旋旋掘下。正月种春大麦，二三月种山药、芋子，三四月种粟及大、小豆，八月种二麦、豌豆。随时为之，不可贪多。夫丰俭不常，天之道也，故君子贵思患而预防之。是知此法由来甚古，特为采集古今人传播成式，条列于左，以俟留心者仿而行之。可使游惰之人，各务精勤，凶年又免饥馑，一举而两得也。

一、每田一亩，阔一十五步，每步五尺，计七丈五尺，每行一尺五寸，该分五十行。长一十六步，计八丈，该分五十三行。长阔总算，通共二千六百五十区。每区四方各一尺五寸，见方二尺二寸五分。空一行，种一行；隔一区，种一区，可种六百五十区。不种旁地，以收地方。

一、区田画就，每区挖深一尺，将松土起出（此就应种之六百五十区而言），再起出松土寸许，用熟粪一升，与寸许土和匀，归入区内。将籽种均匀撒在上面，用手在粪土上按实，使土与籽种相粘，然后将起出之松土覆上，且勿盖满。俟谷芽将探起时，渐渐添土铺平、隔处，便人入内浇灌耘锄诸事。

一、苗出时，相去一寸半留一株，区之边上，多留一株，每行十一株。（此是区内种稻之行，非即前每行宽阔之行也。）每区得一百一十株。只看粗壮好苗，约估拣留，不必逐株细数。总不可贪多，收成时自然获利。（区有四边，边上多留一株，靠一边留，空三边也。）

一、禾苗留足之后，俟当锄之时，制一小铁锄，宽一寸，长四寸，锄去野草。如锄过八遍，草尽土松，结子饱满，禾穗长大。如肯加功勤锄，即寻常种植，收成犹多，况区田乎？

一、区田禾穗长大，所结谷粒甚重，定要下坠，况遇大风摇摆，一经卧倒，便恐伤损。须于苗出有尺许长时，即用土壅，渐长渐壅，遇大风不致吹倒矣。

一、凡田不论美恶，总须粪以肥之。况区田既不择地，未必皆属沃土，粪壤最为要紧。积粪之法多端，总在人随地土之寒热所宜，随时沤罨窖熟，以备临时之用。按《农桑要诀》曰：田有良薄，土有肥硗，耕种之事，粪壤为急。粪壤所以变薄田为良田，化硗土为肥土也。田亩岁岁种之，土敝气衰，生物不遂，必储粪朽以粪之，则地力常新，而收获不减。踏粪之法，凡人家于秋收场上所有穰秽等物，并须收贮一处，每日布牲畜脚下二三寸，经宿蹂践，便溺成粪，平旦收聚，除置隙地堆积之。每日如前法，至春可得多粪。又将稻草灰撒入猪圈内，便溺践踏，至湿透再撒。平地积起一二尺，俟猪出圈时，可得粪数十担。苗粪者，绿豆为上，小豆、胡麻次之，蚕豆、大麦皆好。溉种长大，淹杀之，为春谷田，其美与熟粪同。草粪者，于草盛时芟倒，就地内掩罨腐烂，其土肥美，地力不衰。火粪者，积腐藁败叶，刬薙枯朽根荄，遍铺烧之，则土暖而爽。及初春，再三耕耙，而以窖罨之，粪壤壅之，又积土同草木堆叠烧之，土熟冷定，用碌轴碾细用之。南方地冷，应用火粪。又于冬春之际，将山上杂草纵火烧之。俟得雨，灰水流入田内，亦属肥美。泥粪者，于沟港内取底泥，掀拨岸上，杂以青草，日久凝定，内中热烂，裁成块子，担置田内，最为得力。又凡退下禽兽羽毛，积之成粪，更属肥泽，胜于草粪。又山泉寒冷，或以石灰为粪，土暖而苗易发。用粪之法，贵适乎中。生粪峻热，多用反能杀物。治田之家，应于田头置砖槛，窖熟而用之（熟粪非煸烧蒸煮之谓）。然虽熟，亦不得多用。多用者，须于腊月下之，其田最美。

一、浇灌之法，总无一定，要看土之干湿。干则量浇，使其润而不枯；湿则停浇，不致单长苗梗而不结实。凡田以近水为上，而不能处处近水，则取水之法，务在因地制宜。或引池塘溪涧，或置水库，或凿井汲溉，或担取。区田用水，不比寻常禾田，但能积水滋养，虽旱亦易为力也。

一、凡高原、平坂、丘陂及宅傍空隙场地，但以一尺五寸画区，虽奇零尖斜横曲，无不可做。其区当于闲时慢慢开掘，弗贪安逸，致临时急促。田多之户，余田照常栽种外，量种二三亩区田，丰年固可倍收，即大旱亦有区田所得，足资口食。田少之户，尽可竭力行之，以收水旱无虞之利。大率一家四五口，可种区田一亩。多者增加，少者弟兄子侄合种一亩，或分区各种，无不可也。

区种豆麦

区种大豆法。坎方深各六寸，相去二尺，一亩得千六百八十坎。其坎既成，取美粪一升，合坎中土搅和，以内坎中。临种沃之，坎三升水，坎内豆三粒，覆上土勿厚，以掌抑之，令种与土相亲。一亩用种一升，用粪十六石八斗。豆生五六叶锄之，旱者溉之，坎三升水。丁夫一人，可治五亩。至秋收，一亩十六石。

区种麦法。坎同前。凡种一亩，用子二升，覆土厚二寸，以足践之，令种土相亲。麦生根成，锄区间秋草，缘以棘柴律土，壅麦根。秋旱则桑落烧浇之；秋雨泽适，勿浇之。麦冻，解棘柴律之突绝，去其枯叶。区间草生，锄之。大男大女治十亩，至五月收，区一亩得百石以上，十亩得千石以上。

区种瓜瓠

区种瓜法。六月雨后种绿豆。八月中犁掩杀之，十月又一转，即十月中种瓜。率两步为一区，坑大如盆口，深五寸，以土壅其畔，如菜畦形。坑底必令平正，以足踏之，令其保泽。以瓜子、大豆各十枚，遍布坑中（瓜子、大豆两物为双，藉其起土故也），以粪五升覆之，又以土一斗，薄散粪上，复以足微蹑之。冬十月大雪时，速并力堆雪于坑，为大堆。至春草生，瓜亦生，茎叶肥茂，异于常者。且常有润泽，旱亦无害。五月瓜便熟。（其掐豆锄瓜之法，与常同。若瓜子尽生，则大概掐出之，一区留四根足矣。）

又汜胜之曰：区种瓜一亩，为二十四科。区方圆三尺，深五寸。一科用一石粪，粪与土合和，令相半。以三斗瓦瓮埋著科中央，令瓮口上与地平，盛水瓮中令满。种瓜，瓮四面各一子，以瓜盖瓮口，水或减辄增，常令水满。种常以冬至后九十日，或百日。又种薤十根，令周回瓮，居瓜子外。至五月，瓜熟，薤可卖之，与瓜相避。又可种小豆于瓜中，亩四五升，其藿可卖。此法宜平地，瓜收亩万钱。

又曰区种瓠法。收种子须大者，若先受一斗者，得收一石。先受一石者，得收十石。先掘地作坑，方圆深各三尺。用蚕沙与土相和，令中半（若无蚕沙，生牛粪亦可），著坑中，足蹑令坚，以水沃之。令水尽，即下瓠子十颗，复以前粪覆之。既生长二尺余，便总聚十茎为一处，以布缠之五寸许，复用泥泥之。不过数日，缠处便合为一茎。留强者，余悉掐去。引蔓结子，子外之条亦掐去之，勿令蔓延。留子法，初生二三子不佳，去之。取第四、五、六区，留二子即足。旱时即浇之，坑畔周匝小渠子，深四五寸，以水停之，令其遥润，不得坑中下水。（不论草木，凡根株大者，俱宜遥肥遥润。）

区种芋法

《汜胜之书》云：区种芋，区方深各三尺，下实豆萁尺有五寸，以粪着萁上，深如其萁。区种芋五本（旁四本，中一本，渐渐培之），芋成萁烂，皆长三尺。此亦良法。今之农不然，但于浅土秧子，俟苗成移就区种，故其利薄。夫五谷之种，或丰或歉，天时使然，芋则系之人力。若种艺有法，培壅及时，无不获利。以之度凶年，济饥馑，助谷食之不及。

备荒琐语

《稗史汇编》曰：甘薯，或曰芋之类，根叶亦如，芋大如拳，有大如瓯者。皮紫而肉白，蒸食味如薯蓣。性冷，生于朱崖之地。海中之人，皆不业耕稼，惟掘地种甘薯，秋熟收之。蒸晒切如米粒，作饭食之，贮之以充饥，是名薯粮。北方人至者，或盛牛具豕，脍炙诸味，以甘薯荐之，若粳粟然。海中之人，寿百余岁者，由食甘薯故耳。《农书》曰：山薯植援，附树乃生，番薯蔓地生。山薯形魁垒，番薯形圆而长。番薯甚甘，山薯为劣。中土诸书所言薯者，皆山薯也。又曰番薯传自海外，若于高仰沙土深耕厚壅，大旱汲水灌之，无患不熟。闽广人赖以救饥，其利甚大。又曰薯蓣与山薯，显是二种，与番薯为三种，皆绝不相类。

又曰：种薯有二法，其一传卵。于九十月间，掘薯卵，拣近根先生者，勿令伤损。用软草苞〔包〕之，挂通风处阴干。至春分后依法种。一传藤。八月中，拣近根老藤，剪取长七八寸，每七八条作一小束，耕地作埒，将藤束栽种如畦韭法。过一月余，即每条下生小卵，如蒜头状。冬月畏寒，稍用草器盖，至来春分种。

又曰：甘薯藏种，必于霜降前。下种必于清明后，更宜留一半于谷雨后种之，恐清明左右，尚有薄凌微霜也。

又曰：诸（按：疑为藷，即薯）苗二三月至七八月俱可种，但卵有大小耳。卵八九月始生，便可掘食。若未须者，勿顿掘，居土中，日渐大。南土到冬至，北土到霜降，须尽掘之，不则烂败矣。其种宜高地，遇旱灾，可导河汲井灌溉之。在低下水乡，亦有宅地园圃高仰之处，平时作场种蔬者，悉将种薯，亦可救水灾也。若旱年得水，涝年水退，在七月中气后，其田遂不及蓺五谷。荞麦可种，又寡收而无益于人。计惟剪藤种薯，易生而多收。至于蝗蝻为害，草木无遗，种种灾伤，此最为酷。乃其来如风雨，食尽而去，惟有薯根在地，荐食不及。纵令茎叶皆尽，当能发生，不妨收入。若蝗信到时，能多并人力，益发土遍壅其根节枝干，蝗去之后，滋生更易，是虫蝗亦不能为害。故农人之家，不可一岁不种此，实杂植中第一品，亦救荒第一义也。

又种薯法。种宜沙地，仍要极肥，腊月耕地，以大粪壅之。至春分后下种，先用灰及剉草，或牛马粪，和土中，使土脉散缓，可以行根。重耕地二尺深，次将薯种截断，每长二三寸种之，以土覆，深半寸许。每株相去数尺，俟蔓生盛长，剪其茎，另插他处即生，与原种不异。又曰：凡薯二三月种者，其占地也，每科方二步有半，而卵偏焉。四五月种者，地方二步，而卵偏焉。六月种者，地方一步有半，七月种者，地方一步，而卵皆偏焉。八月种者，地方三尺以内，得卵细小矣。种之疏密，略以此准之。方二步者，亩六十科也。方一步有半者，亩一百六科有奇也。方一步者，亩一百四十科也。方三尺者，亩九百六十科也。九月畦种，卵生其下，如箸如枣，拟作种。早种而密者，谨视之，去其交藤。

又曰：人家凡有隙地，悉可种薯。若地非沙土，可多用柴草灰杂入凡土，其虚浮与沙土同矣。即市井湫隘，但有数尺地仰见天日者，便可种得石许。其法用粪和土晒干，杂以柴草灰，入竹笼中，如法种之。

《农书》云：稗多收，能水旱，可救俭。孟子言：五谷不熟，不如荑稗。淮南所谓小利者，皆以此。且稗秆一亩，可当稻秆二亩，其价亦当米一石。宜择嘉种，于下田蓺之，岁岁无绝。倘遇灾年，便得广植，胜于流移抢拾，不其远矣。

又曰：蚕豆，百谷之中，最为先登。蒸煮皆可便食，是用接新，代饭充饱。大黑豆者，食而充饥，可备凶年。黄豆，可作豆腐，可作酱料。白豆，粥饭皆可拌食。皆济世之谷也。蚕豆，蝗所不食。

《齐民要术》曰：春种大豆，次植谷，之后二月中旬为上时（一亩用子八升），三月上旬为中时（一亩用子一斗），四月上旬为下时（一亩用子一斗二升）。岁宜晚者，五六月亦得，然稍晚稍加种子。地不求熟（过熟，苗茂而实少），收刈宜晚（此不零落，刈早少实）。

豆圃最宜锄草，遍数多则结实亦加多。

《农书》曰：耕种麦地，俱须晴天。若雨中耕种，令土坚垎，麦不易长，明年秋种亦不易长。南方种大小麦，最忌水湿。每人一日只令锄六分，要极细，作垅如龟背。小麦早种，每亩种七升，晚种九升。大麦早种，种一斗，晚种一斗二升。麦沟口种蚕豆，豆亦忌水畏寒，腊月宜用灰粪盖之（南方地寒，宜火粪），冬月宜清理麦沟，令深直泻水，即春雨易泄，不浸麦根。理沟时，一人先运锄，将沟中土耙垦松细，一人随后持锹，锹土匀布畦上，沟泥既肥，麦根益深矣。

宋王祯备荒法曰：北方高亢多粟，宜用窦窖，可以久藏。南方垫湿多稻，宜用仓廪，亦可历远年。其备旱荒之法，则莫如区田。区田者，起于汤时伊尹所制。劚地为区，布种而灌溉之。救水荒之法，莫如柜田。柜田者，于下泽沮洳之地，四围筑土，形高如柜，种蓺其中，水多浸淫，则用水车出之。可种黄穋稻，地形高处，亦可陆种诸物。此皆救水旱永远之计也。备虫荒之法，惟捕之乃不为之灾。然蝗之所至，凡草木叶，靡有遗者，独不食芋桑与水中菱芡（亦不食豌豆），宜广种此。其余则果食之脯，米豆之面，栖于山者，有粉葛（取葛根肉为粉）、蕨萁（取蕨根捣碎，以水淘汰，停粉为萁）、蒟蒻、橡栗之利；濒于水者，有鱼鳖虾蟹，皆可救饥也。

卷　七

册结成式

勘实成灾分数结式

浙江某府某县　　今于

与印结为汇报秋禾被　　偏灾情形，仰祈睿鉴事。结得卑县某年分被虫旱水风田亩地，会同委员某府通判府同知县知县某勘实，各庄被灾几几分，共田若干。内几分田若干，几分田若干，又冲坍沙石壅涨田若干。被灾几几分，共地若干。内几分地若干，几分地若干，又冲坍沙石壅涨地若干。另具应免应豁钱粮册结呈送外，所有勘实被灾轻重分数田亩地，不致扶捏，如虚甘罪，印结是实。

府　结　式

浙江某府　　今于

与印结为全注语

事。结据某县知县某结称，结得云云（照县结全备）等情到府，卑府覆核无异，理合加具印结是实。

委 员 结 式

浙江某府某通判同知县　　今于

与印结为全注语

事。结得某县某年分被虫旱水风田亩地，奉委会同该县知县某勘实，各庄被灾云云（照县结全备），除应免应豁钱粮册结该县造送外，所有勘实被灾轻重分数田亩地，不致扶捏，如虚甘罪，印结是实。

册　　式

浙江某府某县

呈为某事。今将卑县某年分被旱成灾田亩，勘实轻重分数，造具简明清册，呈送查核施行，须至册者。

今开：

原勘被旱共若干都庄内，除某某都庄报后得雨薄收，不致成灾外，所有某都起至某都止共若干都庄，俱系勘实成灾。内

原勘被灾田共若干顷亩，

今除勘实不致成灾田若干顷亩外，实在勘实成灾共田若干顷亩。内：

五分成灾田若干

六分成灾田若干

七分成灾田若干

八分成灾田若干

九分成灾田若干

十分成灾田若干

以上共成灾田若干

某都庄

勘实成灾共田若干。内：

几分灾田若干

几分灾田若干

余仿此。

勘不成灾县结式

浙江某府某县　　今于

与印结为全注语

事。结得卑县某年原报被虫水旱风村庄田亩，会同委员某县知县某履亩确勘，实系秋成有收，不致成灾，并无扶同捏混情弊，印结是实。

府　结　式

浙江某府　　今于

与印结为全注语

事。结据某县知县某结称云云（照县结全备）等情到府，卑府覆核无异，理合加具印结是实。

委　员　结　式

浙江某府某县　　今于

与印结为全注语

事。结得某县某年原报被虫水旱风村庄田亩，奉委会同某县知县某履亩确勘，实系秋成有收，不致成灾，并无扶同捏混情弊，印结是实。

查报灾民户口结式

浙江某府某县学场委员今于

与印结为全注语

事。结得某县学场乾隆某年偶被水旱灾，查实被灾几分田亩地，应赈几个月，极贫穷民生灶丁若干户，内大口若干，小口若干。被灾几分田亩地，应赈几个月，次贫穷民生灶丁若干户，内大口若干，小口若干。会同委员印官亲赴被灾地方，逐户挨查，俱系实在被灾乏食穷民贫生灶丁，并无假捏重复遗漏，印结是实。

册　式

浙江某府某县学场

呈为某事。今将查实被灾各村庄乏食穷民贫生灶丁户口，造具细册，呈送查核施行，须至册者。

今开：

被水旱成灾几分田亩地，应赈几个月。

极贫穷民生灶丁若干户，内：

大口若干

小口若干

次贫穷民生灶丁若干户，内：

大口若干

小口若干

已上通共若干户，内：

大口若干

小口若干

某都某图

某村庄

被水旱成灾几分田亩地，应赈几个月。

极次贫穷民生灶丁若干户，内：

大口若干

小口若干

一户某人　大口几口

小口几口

一户某人　　大口几口

小口几口

各都庄仿此。

抚恤口粮结式

浙江某府某县　　今于

与印结为全注语

事。结得卑县乾隆某年分被水旱，赈过乏食灾民若干户，内男妇大口若干口，计赈一个月，自某年某月某日赈起，至某月某日止，计几日。每口日给米若干，共给米若干，每石折给银若干，计赈米价银若干。男女小口若干口，计赈一个月，自某年某月某日赈起，至某月某日止，计几日。每口日给米若干，共给米若干。每石折给银若干，计赈米价银若干。通共该米若干，每石折给银若干，计赈米价银若干，内动支某款银若干，每米一石折给银若干，作米若干。俱系会同委员亲行逐名散给，并无虚捏冒领重支等弊，不致虚捏，印结是实。

府结式

浙江某府　　今于

与印结为全注语

事。结据某县知县某结称，结得云云（照县结全备）等情到府，卑县〔似应为府〕覆核无异，理合加具印结是实。

委员结式

浙江某府某县同知　　今于

与印结为全注语

事。结得奉委会同某县知县某赈过乏食灾民（与县结同），俱系会同该县知县某亲行逐名散给，并无虚捏冒领等弊，不致扶捏，印结是实。

册式

浙江某府某县

呈为某事。今将赈过某年分被水旱乏食灾民大小名口、动给银米数目，造具细册，呈送查核施行，须至册者。

今开：

一、卑县赈过灾民共若干户，内男妇大口若干名，计赈一个月，自乾隆某年某月某日赈起，至某月某日止，计几日。每口日给米五合，共该米若干，每石折给银若干，共折给银若干。男女小口若干口，计赈一个月，自乾隆某年某月某日赈起，至某月某日止，计几日。每口日给米二合五勺，共该米若干，每石折银若干，共折给银若干。通共赈过灾民若干，大口若干，小口若干。

通共该米若干，每石折给银若干，共给银若干。

前件系在于某款银内动支，按户按口赈给，理合注明。

某庄

被水旱乏食灾民

一户某姓名

大口几口，某人　某人

小口几口，某人　某人

以上某庄赈过灾民若干户，内男妇大口若干口，计赈一个月，计几日。每口日给米五合，共给米若干，每石折给银若干，共赈给银若干。男女小口若干口，计赈一个月，计几日。每口日给米二合五勺，共给米若干，每石折给银若干，共给银若干。

共该给赈米若干，每石折给银若干，共给米价银若干。

余庄仿此。

给过籽本并坍倒房屋淹毙人口银两数目县结式

浙江某府某县　今于

与印结为全注语

事。结得卑县某年分原额田地，除不被水及被水冲坍砂石壅涨无征田亩地外，勘实被灾五、六、七分田地共若干，除有力之家不给籽本田地若干，其余无力之户，共田地若干，每亩给籽本谷三升，照时价折银若干，共银若干。被灾八、九、十分田地共若干，除有力之家不给籽本田地若干，其余无力之户，共田地若干，每亩给籽本谷六升，照时价折银若干，共银若干。又被水坍倒房屋若干间。内除有力之家不给赈恤房屋若干间外，其余无力之户，坍倒房屋若干间，内楼房若干间，每间给银若干，共该银若干；瓦平房若干间，每间折银若干，共该银若干；草平房若干间，每间给银若干，共该银若干；披屋若干间，每间给银若干，共该银若干。又被水淹毙人口若干口，内大口几名，每名赈恤银若干，共该银若干；小口几口，每口赈恤银若干，共该银若干。以上通共给过籽本谷价及赈恤坍倒房屋、淹毙人口共银若干。俱系会同委员按亩散给，督令补种杂粮，抚恤安顿得所外，中间不致扶捏，如虚甘罪，印结是实。

府结式

浙江某府　今于

与印结为全注语

事。结据某县知县某结称，结得云云（照县结全备）等情到府，卑府覆核无异，理合加具印结是实。

委员结式

浙江某府某厅县　今于

与印结为全注语

事。结得卑厅县奉委查勘某县某年分勘实云云（照县结全备），俱系会同该县按亩散给，督令补种杂粮，抚恤安顿得所，不致扶捏，如虚甘罪，印结是实。

册　　式

浙江某府某县

呈为全注语

事。今将卑县某年分被水田亩，分别有力无力，给过籽本折价银两，并坍倒房屋淹毙人口抚恤过银两，造具细册，呈送查核施行，须至册者。

今开：

某年分

勘实被灾五、六、七/八、九、十分田共若干顷亩内，除有力之家不给籽本田若干，其余无力之户田若干，每亩给籽本谷三/六升，照时价折银若干，共银若干。

余仿此。

共给过籽本谷价银若干。

某庄

勘实被灾几分田若干，内除有力之家不给籽本田若干，其余无力之户共田若干，每亩给籽本谷三/六升，照时价折银若干，共银若干。

一户某人被灾几分田若干，给籽本谷价银若干。

余仿此。

又勘实被水坍倒房屋共若干间，内除有力之家不给赈恤房屋若干间，其余无力之户，共若干间，内楼房若干间，每间给银若干，共给银若干；瓦平房若干间，每间给银若干，共给银若干；草平房若干间，每间给银若干，共给银若干；披屋若干间，每间给银若干，共给银若干。

共给过银若干。

某庄

一户某人被水坍倒△房若干间，应给银若干。

余仿此。

又被水淹毙人口共若干，内大口若干名，每名给银若干，该银若干；小口若干名，每名给银若干，该银若干。共给过银若干。

某庄

淹毙大/小口一名某人，应给银若干。

余仿此。

以上通共给过籽本谷价并赈恤坍倒房屋、淹毙人口共银若干。

前件动支某款银两，领回散给，理合注明。

杭、嘉、湖三府属蠲免结式

浙江某府某县　　今于

与印结为全注语

事。给〔结〕得卑县乾隆某年分勘实各庄被水旱成灾几几分田共若干，又被灾几几分地共若干，每亩加丁等项实征银若干，各征不等共应征银若干，共应免银若干。每亩加丁实征米若干，各征不等共应征米若干，共应免米若干。内被灾几分田若干，每亩加丁等项实征银若干，共征银若干，奉文免十分之几，每亩免银若干，共应免银若干。每亩加丁实征米若干，共征米若干，奉文免十分之几，每亩免米若干，共应免米若干。被灾几分地若干，每亩加丁等项实征银若干，共征银若干，奉文免十分之几，每亩免银若干，共应免银若干。每亩加丁实征米若干，共征米若干，奉文免十分之几，每亩免米若干，共应免米若干。（被灾五、六、七、八、九、十分田地分数，以田归田，以地归地，仿前叙入。）取具各庄里民并无捏报冒免情弊甘结印钤外，卑县不致扶捏，如虚甘罪，印结是实。

里民甘结式

浙江某府某县庄里民某人等　　今于

与甘结为某事。结得本庄乾隆某年分灾户某某等被灾几分田地若干，每亩加丁等项实征银若干，奉文免十分之几，每亩免银若干，共应免银若干。每亩加丁实征米若干，共征米若干，奉文免十分之几，每亩免米若干，共应免米若干。并无捏报冒免情弊，中间不致扶捏，如虚甘罪，所结是实。

府结式

浙江某府　　今于

与印结为全注语

事。结据某县知县某结称，结得云云（全备）等情到府。卑府覆核无异，拟合加具印结是实。

委员结式

浙江某府某州厅县　　今于

与印结为全注语

事。结得卑州厅县奉委查勘某县乾隆某年分被水旱成灾几几分田共若干，又被灾几几分地共若干，共应免银若干，共应免米若干。内被灾几分田若干，几分地若干（余分照前叙入）。实系伤重成灾，并无扶同捏冒情弊，如虚甘罪，印结是实。

册式

浙江某府某县

呈为全注语

事。今将卑县某年分各庄被水旱田亩地备造花户应免钱粮细册，理合呈送查核施行，须至册者。

今开：

某年分

原额田若干，内除

原不被水以及被水田禾疏泄无碍 旱以及被旱有水车戽不致成灾田若干。

勘实被灾几几分共田若干。内：

被灾几分田若干，内：

某项田若干。

每亩征银若干，加征丁银若干，灰截路费银若干，又漕截并征折实纹银若干，实征银若干，奉文免十分之几。

每亩免银若干，共应免银若干。

每亩征米若干，除白粮米若干，加征丁米若干，实征米若干，奉文免十分之几。

每亩免米若干，共应免米若干。

余几几分田仿此。

原额地若干，内除照前田式开造（科则不同，临时查考。如田地数至百亩者，应照例开造顷数）。

以上共应免银若干，共应免米若干。

二共应免银米，内除漕截并灰截路费银若干、漕行月食等米若干另册造报粮道衙门汇转外，实该应免起运地丁存留银若干，南丈夫船米若干。

扣免

某年分

布政司项下

起运地丁银若干

司存留银若干

府县存留银若干

下三南米若干，上八秋米若干（无南、秋米之县及南秋米不敷扣捐，应于月粮米内匀免）。

府册夫船米若干，府册南

某庄被灾几分某项田若干。

每亩加丁等项实征银若干，共征银若干，奉文免十分之几。

每亩免银若干，共应免银若干。

每亩加丁实征米若干，共征米若干，奉文免十分之几。

每亩免米若干，共应免米若干。

一户某人被灾某项田若干

应免银若干

应免米若干

各庄田亩分数仿此。

某庄被灾几分某项地若干。

每亩以下照田式开造

（宁、绍、台、金、衢、严、温、处八府册结内应删字样，已于前式内用尖圈——编者按：此处以着重号代之——记出，应添项款，已另条添入，候临时查明纂造可也）。

无征县结式

浙江某府某县

与印结为全注语

事。结得卑县乾隆某年分勘实各庄被水冲砂压难垦田地共若干，共征不等，共无征银若干，各征不等，共无征米若干。内某项田若干，每亩加丁匠等项实征银若干，共无征银若干；每亩加丁实征米若干，共无征米若干。某项地若干，每亩照田式叙入。取具各庄里民并无捏报冒免情弊甘结印钤外，卑县不致虚捏，如虚甘罪，印结是实。

府结式

浙江某府　　今于

与印结为全注语

事。结据某县知县某结称，结得云云（全叙）等情到府。卑府覆核无异，理合加具印结是实。

委员结式

浙江某府某厅/县　　今于

与印结为全注语

事。结得卑厅/县奉委查勘某县乾隆某年分被水冲砂压难垦田地共若干，共无征银若干，共无征米若干。实系沙压难垦，并无扶同捏冒情弊，如虚甘罪，印结是实。

里民甘结式

浙江某府某县某庄里民某某等　　今于

与甘结为全注语

事。结得本庄乾隆某年分灾户某某等被水冲沙压难垦某项田若干，每亩加丁匠等项实征银若干，共无征银若干，每亩加丁实征米若干，共无征米若干。被水冲沙压难垦某项地若干，每亩照田式叙入。并无捏报冒免情弊，中间不致扶捏，如虚甘罪，所结是实。

联单式

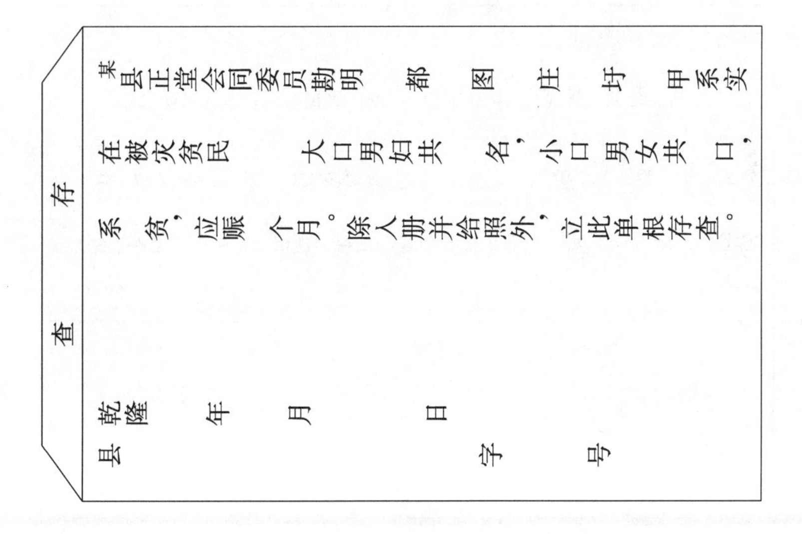

存查

某县正堂会同委员勘明　都　图　庄　圩　甲系实在被灾贫民　大口男妇共　名，小口男女共　口，系　贫，应赈　个月。除入册并给照外，立此单根存查。

乾隆　年　月　日

县　字　号

灾民领粮票

某县正堂　会同委员勘　都　图　庄　圩　甲

真正被灾贫民　大口男妇共　名，小口男女共　名，

系　贫人户，应赈　个月，除入册外，给此领票为照。

执单赴厂支粮，须要收好，不可遗失，照完缴销。

乾隆　年　月　日

县　字　号

覆勘填给，仍加委员钤记。

门单式（实贴灾户门首）

某县某都某庄

一户　贫民某人

大口　口

小口　口

乾隆　年　月　日给

县　字　号

平粜印票式（中间盖正印一颗。煮粥赈米折单亦做此式）

某县　都　图　庄　甲某人每日应籴官米　几　升

乾隆　年　月　初一（按日用一红戳。连籴三四日，即连用三四个红戳）

赈粥筹式

某县正堂押

某庄穷民某人年 岁 身 面 须

卷　八

治水诸法

治水之法，既顺水之性，亦因地之宜，而运以人之智巧。法有一定，而智巧则无定者也。今采古人治水成说，于农家切近者，条列如左，以俟留心水利者随宜仿用。以人用法，而不为法所用可耳。

一、水源来处高于田，则于上源开沟，引水顺行，令水自入于田。其田多作梯形。梯田者，相土寻丈以上即治为田，节级受水，自上而下，以达于江河。但须测量有法，即数里之下，当知其高下尺寸之数，不然沟成而水不至，为虚费矣。

一、溪涧傍田而卑于田，急则激之，缓则车升之。激者，因水流之湍急，用龙骨翻车、龙尾车、筒车之属，以水力转器，以器转水，升入于田也。车升者，水流既缓，则以人力、畜力、风力运转其器，转水以入于田也。

一、溪涧离田而卑于田，缓则开沟导水而车升之，急则激水而导引之。开沟者，从溪涧开沟引水至田侧，用前法车升之。激水者，开沟于岸，用前激法起水，由沟以入于田也。

一、泉在于此，用在于彼，中有溪涧隔焉，则跨涧为槽而引之。为槽者，以木架水槽，递相嵌接，自此岸达于彼岸，不令入溪涧之中。如泉源高，水性趋下，则易引。或在洼下，则当车水以上槽，亦可远达也。

一、平地仰泉，盛则疏引而通之，微则为池塘于其侧，积而用之。为池塘而复易竭者，水库以蓄之。平地仰泉，泉之瀵涌上出者也。水库者，以石砂瓦屑和石灰为剂，涂池塘之底及四旁而筑之平之。如是者三，涓滴不漏。当作橄榄形，尖底皤腹小口，则不为风日所耗。此蓄水之良法也。

一、江河傍田，则车升之，远则疏导而车升之。疏导者，十里一纵浦，五里一横塘，纵横脉散，勤勤疏浚。此井田之遗意也。

一、江河之流，自非盈涸无常者，为之闸与坝酾而分之，为渠疏而引之，以入于田。田高则车升之，其下流复为之闸坝，以合于江湖。欲盈则上开下闭而受之，欲减则上闭下开而泄之。

一、塘浦滨泾之属，近则车升之，远则疏导而车升之。连片之田，可纵横作沟，曲折以引之。

一、江河塘浦之水，溢入于田，则堤岸以卫之，使水不得入。积水其中，则车升出之。水无归着，则于下流设法以疏通之。车升出之者，去水而蓺稻，或已蓺而去水，使不没也。

一、江河塘浦，源高而流卑，易竭也。则于下流之处，多为闸以节宣之。旱则尽闭以留之，潦则尽开以泄之，小旱涝则斟酌开阖之。为水则以准之。水则者，为平水之碑，置之水中，刻识其上，知田间深浅之数，因知闸门启闭之宜也。

一、江河之中，洲渚而可为田者，堤以固之，渠以引之，闸坝以节宣之。

一、流水之入于海而迎得潮汐者，得淡水；迎而用之，得咸水。闸坝遏之，以留上源之淡水。遏咸蓄淡之法，宁、绍、台、温多用之。或有用之而不得其法者，当为相地制宜而收其利也。

一、水之潴而为湖荡傍田者，田高则车升之，田低则堤岸以卫之。水盈则车升以入于湖荡，欲得水则决一口以引之。湖荡之远于田者，则疏导之使近，随宜取用之。

一、湖荡有源而易盈易涸，可为害、可为利者，疏导以泄之，闸坝以节宣之。疏导者，惧盈而溢也。节宣者，损益随时，资灌溉也。宋人言闸窦欲多广，正谓此也。

一、湖荡之上不能来者，引而来之；下不能去者，疏而去之。来之者，免上流之害；去之者，免下流之害。去其害且资其利也。吴之震泽，受宣歙之水，又从三江百渎注之于海。故曰三江既入，震泽底定也。

一、湖荡之潴太广，而害于下流者，从其上源分之。江南五坝，分震泽以入江是也。

一、湖荡之易盈易涸者，当其涸时，不于秋，必于冬。宜蓺麦，麦熟而水又至。楚之武汉黄德诸处，多用此法。他处可仿也。

一、海潮之淡而可用者，迎而车升之，易涸则池塘以蓄之，闸坝堤堰以留之。海潮不淡也，入海之水，迎潮而返，故淡。《禹贡》所谓逆河也。今江浙联界之处，农民多候潮而车溉，皆用此法。

一、海潮入而泥沙淤垫，屡烦浚治者，则为闸、为坝、为窦，以遏浑潮，而节宣之。其浚治之法，则宋人之言曰：急流搔乘，缓流捞剪，淤泥盘吊，平陆开挑。今江浙之间，潮汐去来之河，常苦淤溅。节宣与浚治之法，宜兼用之也。

一、岛屿而可为田者，有泉则疏引之，无泉为池塘井库之属，以积水而灌之。如浙之玉环诸山，可以类推也。

一、高山平原，与水违行，泽所不至，故宜凿井以达。夫泉为水窖、水库，潴雨雪之水，以资灌溉。凡水利之所穷者，惟井可以救之。水窖、水库，亦井之属。故《易》称：井养而不穷。古人于斥卤之地，多凿井以利人，至今尚沾其泽。今人不知，特因小忽之耳。

一、浙省沿江沿海地方，咸潮直达内地，十日不雨，农民便有忧旱之色。常雨泽愆期，淡水告竭，民间汲饮甚难。应详查古井所在，通其淤塞，并于平原旷野泉源隔绝之处，劝民多掘深井，用砖围砌。或殷户独力开凿，或数户共凿一井。饮用之外，兼可浇灌蔬圃。大者亦可用翻车引水上达，灌溉田禾，旱年甚获其利。且地方偶患火警，取水便易，则泼救有资，实备灾之急务也。

一、高地作井，未知泉源所在。凡水气，当夜恒上腾，日出即止。今欲知水脉安在，宜掘一地窖。天明人入窖，以目切地，望地而有气如烟，腾腾上出，水脉在其下也。

一、凿井之处，山麓为上。蒙泉所出，阴阳适宜。园林室屋所在向阳之地次之，旷野又次之。山腰者，居阳则太热，居阴则大寒为下。

一、掘井及泉，视水所从来，辨其土色。若赤埴土，其水味恶。赤埴，黏土也。中为甓为瓦者，是散沙土，水味稍淡。若黑坟土，其水良。黑坟色黑稍黏也。沙中带细石子者，其水最佳。

一、实地而旷，并不能多为井为库。望雨于天，歉多稔少。不如种木，水、旱、蝗不能全伤。取其果，取其叶，取其材，取其药，四时不绝。此木奴之利，亦足以养人也。

一、溪岸稍深，田在高处，水不能及，则于溪上流作栅遏水，使之旁出下溉，以及田所。其制当流列植竖椿〔桩〕，椿〔桩〕上枕以伏牛，擗以粒木，仍用块石高垒众楗，斜以邀水势。此栅之小者。若拒大川之水，率用巨栅，乃深植椿〔桩〕木，列置石囤，长或百步，高可寻丈，以横截中流，使旁入沟港。凡所溉田亩以千万计，号为陆海。此转害为利之法也。

一、地形高下，水陆不均，则必跨据津要，高筑堤坝汇水。前立斗门，甃石为壁，叠水作障，以备启闭。如遇旱涸，则撤水灌田，又可转激碾硙，民赖其利也。

一、《周礼》以潴蓄水，以防止水。说者谓，潴者，蓄流水之陂也；防者，潴旁之堤也。今之陂塘，其制近是。应于地形坳下，因之为陂，围之为塘，以备灌溉南亩，兼可养鱼种菱，获利无穷。其通达河港之处，则于水口插以竹帘，鱼不走失。江浙之间多有之，有民业有官河，此用水便易者。

一、翻车即龙骨车。其车之制，除压栏木及列槛椿〔桩〕外，车身用板作槽，长可二尺，阔则不等，或四五寸至七八寸，高约尺余。槽中架行道板一条，随槽阔狭，比槽板两头，俱短一尺，用置大小轮轴，同行道板上下通周，以龙骨板系在其上。大轴两端，各带拐木四茎，置于岸上。木架之间，人凭架上，踏动拐木，则龙骨板随转循环，行道板刮水上岸。其起水之法，若岸甚高，可用连车。中开小池，倒水上之，足救三丈以上高阜之田。凡水低田高之处，皆可置用。连塍并片之田，可于邻田内另安车接引之，亦可将田内余水倒车入河。水具中便捷者此为最，农家多用之。

一、牛转翻车，于车轮之外端，另立轮齿。轮齿之旁，架木立竖轴，置大卧轮，离地尺许。大轮齿适与车轴轮齿相辏，用牛拽转卧轮，则翻车随转，比人踏功加数倍也。

一、手转翻车，其式同前较小。于车轴外端，擐以铁钩木拐，人执而棹之。此必水与岸相去无几者始可用。若岁潦，用以出水尤便。

一、有流水处，可用筒车，不藉人力、畜力、风力。其法视岸之高下，制轮之大小，须轮高于岸，筒贮于槽，方为得法。其车之所在，自上流排作石仓，斜擗水势，急凑筒轮。其轮就轴作毂，轴之两旁阁〔搁〕于椿〔桩〕柱山口之内。轮轴之间，除受水板外，又作木圈缚绕轮上，就系竹筒或木筒于轮之一周，水激轮转，众筒兜水，次第倾于岸上横架木槽，谓之天池。承接筒水，以灌于田，日夜不息，绝胜人力。凡有流水之田，皆可仿用也。

一、高转筒车，其高以十丈为准。上下架木，各竖一轮，下轮半在水内，各轮径俱四尺。轮之一周，两旁高起，其中作槽，以受筒索。其索用竹青，均排三股，通穿为一，随车长短，如环无端。索上相离五寸，俱置竹筒，筒长一尺，筒索之底，托以木牌，长亦如之。通用铁线缚定，随索列次络于上下二轮，复于二轮筒索之间，架刳木平底行槽一，连上与二轮相平，以承筒索之重。或人踏，或牛拽，转上轮则筒索自下兜水，循槽至上轮，轮首覆水，空筒复下。如此循环不已，日所得水，不减平地车戽。若田高尚在十丈之外，或田在山上，则于中段积为池沼，再起一车或二车，可致数十丈以外之水。若用之迅流疾湍，但于下轮轴端，别作竖轮，傍用卧轮，借水势拨之，日夜不息，比人力所转，功更加倍。此秘术也。

一、连筒，以竹通水也。凡所居相离水泉颇远，汲取不便，乃用大竹，内通其节，令本末相续，连延不断。阁〔搁〕之平地，或架越涧谷，多用叉木阁〔搁〕起，高低随宜，引水而至。又能激而高起数尺，注之池沼及庖湢之间，如药畦蔬圃，亦可供用。杜诗"连筒灌小园"，今山家多用此法。

一、石笼，谓之卧牛。判竹或用藤萝或木条，编作圈眼大笼，长可三二丈，高约四五尺，以签椿〔桩〕止之。就置田头，内贮块石，以擗暴水。或相接连，延远至百步。其水势稍高，则垒作重笼，亦可遏止。如遇限岸盘曲，尤宜周折以御奔浪，并作洄流，不致冲伤埂岸。农家濒溪护田，宜习此法，比于起叠堤障，甚省工力。

一、水筹，《集韵》云竹箕也，又笼也。夫山田利于水源在上，间有流泉飞下，多经嶝级，不无混杂泥沙，淤壅畦埂。农人乃编竹为笼，或木条为捲笆，于水口下盛水，透溜入田，则泥沙留于笼内，不致坏田。

以上所列治水之法，巨细毕备。大用之则大利，小用之则小利。俱从古人农书所采，并非创为臆说，故示人以难。其理虽一，而其间或用其原，或用其委，或用其潴，或用其流，因地制宜，各自为法，不容误用。人或不能知，或知而不能辨，此编简而能该，就政高明，未知有当否也。

用水诸法

水碓之制，浙东山家多用之。其法为侧轮，或卧轮，置流水岸旁。上为舂局，引水激轮，转拨杵梢，日夜不息。然卧轮转迟，侧轮转疾，制造之理则一，而变通为之。运以巧思，又不拘成式，并不止舂碓一事。凡为食用之事，皆可因地而成也。水势缓则设石仓以擗之，使与轮板急凑，既得迅速，亦便启闭。略举成法数则，备列如左。凡有流水之处，可仿行之，代人畜之劳，而功多数倍。利用水利，此为工巧矣。

一、水排。《集韵》作橐，与鞴同，韦囊吹火也。后汉杜诗为南阳太守，造作水排，铸为农器，用力少而见功多，百姓便之。注云：冶铁者为排吹炭，今激水以鼓之也。《魏志》曰：胡暨字公至，为乐陵太守，徙监治谒者。旧持冶作马排，每一熟石，用马百匹。更作人排，又费工力。暨乃因长流水为排，计其利益，三倍于前，由是器用充实。以今稽之，此排古用韦囊，今用木扉。其制当选湍流之侧，架木立轴，作上下二卧轮，用水激转下轮，则上轮所周弦索，通激轮前，旋鼓掉枝，一例随转。其掉枝所贯行桄，因而推挽卧轴左右攀耳以及排前直木，则排随来去，扇冶甚速，过于人力。又有一法，先于排前直出木簨，长约三尺，簨头竖置偃木，形如初月，上用鞦韆索悬之。复于排前植一劲竹，上带牵索，以拴排扉。然后却假水轮卧轴所列拐木，自上打动排前偃木，排即随入，其拐既落，牵竹引排复回。如此间打，一轴可供数排，宛若水碓之制，亦甚便捷。

一、水磨。当选择用水地所，先尽并岸擗水激转，或别引沟渠，掘地栈木，栈上置磨，以轴转磨。中下彻栈底就作卧轮，以水激之，磨随轮转。比之陆磨，功力数倍。此卧轮磨也。又有引水置闸，甃为峻槽，槽上两旁，植木架以承水激轮轴，轴要别作竖轮，用拨在上卧轮一磨。又于轴末〔末〕安一轮，另设一磨，周围安以木齿，与轴末轮齿凑拨。既引水注槽，激动水轮，则上旁二磨，随轮俱转。此立轮连二磨，水机巧异，又胜于卧轮独转磨也。

一、水砻。其制与上磨同，但下置轮轴，以水激之，一如水磨。日夜所破谷数，可倍人畜之力。临流之家，可仿用之。

一、水碾。《后魏书》崔亮教民为辗奏，于方张桥东堰谷水，造水辗数十区。其制与磨同，但下作卧轮，或立轮，如水磨之法。轮轴上端，穿其碢榦，水激则碢随轮转，循槽轹谷，疾若风雨。日所毇米，比于陆辗，功利数倍。

一、水转连磨，须就急流大水，以凑水轮。其轮高阔竖立，轮轴围至合抱，长则随宜。中立三轮，各打大磨一檗。磨之周匝，俱列木齿。磨在轴上，阁〔搁〕以板木，磨旁留一狭空，透出轮辐，以打上磨木齿。此磨既转，其齿复旁打带齿二磨，则三轮之功，互拨九磨。其轴首一轮，既上打磨齿，复下打碓轴，可兼数碓。或遇天旱，旋于大轮一周，列置水筒，昼夜溉田数顷。此一水轮，可供数事，其利甚溥。

一、水击面罗，随水磨用之，其机与水排同。罗因水力互击，筛面甚速，倍于人力。又可就磨轮轴，作机击罗，更属捷巧。

一、水碓，水捣器也。《通俗文》云：水碓曰翻车碓。杜颖作连机碓，孔融论水碓之巧，胜于圣人斲木掘地，则翻车之类，愈出于后世之机巧。王隐《晋书》曰：石崇有水碓三十区。今人造作水轮，竖立轮，轴长可数尺，列贯横木相交，如滚抢之制。水激轮转，则轴间横木间拨所排，碓稍一起一落舂之，即连机碓也。凡在流水岸旁，俱可设置，须度水势高下为之。如水下岸浅，当用陂栅；或平流，当用板木障水。俱使傍流急注，贴岸置轮，高可丈余，自下冲转，名曰撩车碓。若水高岸深，则为轮减小而阔，以板为级，上用木槽引水直下，射转轮板，名曰斗碓，又曰鼓碓。此随地所宜，各趋其巧便也。

一、槽碓，碓稍作槽，受水以为舂也。凡所居之地，间有流泉稍细，可选低处，置碓一区，一如常碓之制。但前头减细，后稍深阔，为槽可贮水斗余，上庇以厦。槽在厦，乃自上流用笕引水，下注于槽，水满则后重而前起，水泻则后轻而前落，即为一舂。如此昼夜不止，可毇米两斛。浙东临流小户，处处有之。

水利杂说

《荒政要览》曰：水利之在天下，犹人之血气然，一息之不通，则四体非复为有矣。按：废水利而不兴，有二病：一则聚而不散。此失于消导，病在泛滥也。一则塞而不通。此失于疏浚，病在凝滞也。二病悉除，自然无往不利。古者田间水道，为沟为洫，著有定制。盖有水然后有田，农功与水利，固同贯共条。今之为农者，皆取资于自然之利。凡近水之田，即为沃壤；凡远水之田，即为瘠土。是仅知水生于天，而不知用在人耳。夫不先治水，何以治田？舍本求末，未有不失。至井田之制，虽不便行，而沟浍之设，自不可废，岂可任其淤滞而不为疏通？且两浙地方，愚民贪图目前之小利，至将已业池塘改垦为田，以资种植。或于官塘两岸，起造虚阁，以图自便。官为查看，似属无碍，亦遂听其纳租管业。殊不知地方水道，贵乎周流无滞，有一处淤塞，则上下之水因之不能畅流，泥沙积聚，此必然之势。惟水之利在远，故易略；惟水之害由渐，故易成。此备荒之要务，所宜亟讲也。

支河叉港，虽通舟楫，原为灌溉田畴而设，例用民力疏浚。民有力而不为之用，则习于惰。且乡人当收获事毕，群居无事，倡为赛神演戏之举，适足耗财，是劳之正所以妥之。今郡邑所属，设有专司水利之副佐。农隙之时，正印官当督令循例四乡查勘。如有河港淤塞，堤岸损坏之处，催令里民协为修复，或令业主供食，佃户出力，或官为借给口粮，随宜举行，事属易为。一至临渴掘井，便无及矣。

苏、松、常、嘉、湖五郡，环绕于太湖之外。太湖之潴，又由江湖以入于海。其上游则有堰坝以遏其冲，港渎以杀其势。此天地自然之利，而非可概论于他处。至两浙水利，亦东西迥别。嘉、湖二郡，支河小港，纵横分合，寸土皆归有用，皆收太湖之利，杭则仅其余润矣。西湖水入则潴，无不容纳，旱则开闸以放之，而斥卤转为沃壤。官此地而言水利者，有三事：一谨堤防，二通淤塞，三禁坝占。行之无倦而已。宁、绍二郡，江海堤闸之制，精详毕备。而旱涝之年，其害每甚于他处者，皆因众山之水，一发而不可遏，其流迅速，横溢旁冲之故。金、衢、严、温、台、处六郡，山海交错，少潴蓄之利。民间田土，以天时定丰啬者居其半。言水利者，亦有三事：一多积水，二备泄水，三御咸蓄淡。此养民之要，当无时或忽也。

大凡州县新莅任所，吏典接见，例必呈送舆图。辐止尺许，内中开载城市、村庄、水陆桥梁、道路各名目，寥寥数笔，真属挂一漏万，不堪寓目。到任后，盘查仓库银米钱粮，考核民欠供赋，清理积案，点验狱囚，阅视城垣、塘汛、营房、仓廒各种工程。俟诸要务粗有头绪，即应将四境之内，水道源流，土田高卑，堤防闸坝，险缓津梁要隘上下通达各所在，并大而名山大川，小而湖塘邱壑，逐加采访，绘成图说。并将各乡田地山荡，按照区图圩分，划分段落，开注明确。图内道里约以五里为一方。悬置坐〔座〕右，不时查看。再加以因公赴乡之际，亲为阅历，则阖邑之农田水利，尽皆熟悉。设遇水旱偏灾，不待粮户呈报，而已先时绸缪；不待履亩踏勘，而胸中早有成竹。其境内水利之兴革损益，亦可因地因时，措置裕如。经野之模规，此其先事矣。余昔在平湖幕，见县志内刊入区田水道四至图形十七辐，系采诸里人私稿，最为详悉。他处志书，不过总图一辐而已。其余如名山胜地所在，则颇有专图，镌刻精工，而无裨政务。凡有修志之州县，当访而补之。

浙西三郡，惟湖州府所属水田形势较低。其水源发于天目山之阴，西由吴淞以入海。西北诸水，皆入太湖，而潴太湖之滨。西北自斯圻港起，东北至乔溇止，系乌程、长兴二邑所辖。湖旁旧有溇港数十道，乃出水之要口，实土田之血脉。缘历年久远，溇港淤塞，每当夏秋之间，雨水过多，山水迅发，各处支河汊港骤然合并，下流宣泄不及，低田平沉，最易成灾。乾隆二十三年，余馆于长兴，适遇水患，与居停刘（名光汾）樽节经理，尚不至縻费。事后察其致患之由，实因溇港淤滞之故。因力劝刘居停捐俸疏浚，为民兴利。彼时刘公以莅任未久，力绵有待。二十七年，余又馆于乌程，仍遇夏水为灾。居停潘（名炯禀）商府尊李（名堂），以为与其频罹水患，销费国家数百十万帑金，莫若开浚溇港，为一劳永逸之计。因而毅然决然，议行其事。潘公属余具禀稿，备陈一切利害，并以民间水道，原为灌溉田畴而设，请将工程改为民修。府尊称善，转禀制抚两院，亲历查勘，蒙恭折奏准办理。士民踊跃从事，至今通达无滞。第查郡城之南二里为碧浪湖，一名岘山漾，一名玉湖，广数百顷。如程、安二县之苕、霅二溪，夹山、钱山二漾，菱湖荻港，长邑之箬溪、南溪、合溪、罨画溪，德邑之余不溪、龟溪、北流水，武邑之前溪，孝邑之龙溪，以上诸水，俱分支汇碧浪湖。环绕郡城，漫延浃渫，又分派同西北各乡之水入溇港，以泄于湖。是碧浪一湖，又为湖属水利之咽喉。今涨沙绵远，等于涸泽，仅留一线中流，久晴之后，舟楫不能并行。设遇雨多水涨，南来诸水，俱由碧浪湖夹束停缓，不能畅流下泄，泛滥靡涯，低田保无受害。乾隆二十七年议疏溇港之时，原拟各工并举，因需费约计二三万金，恐民力不支，是以暂为缓待。俟连年丰稔，民有余力，当援民修溇港之例，急速举行。俾南亩永无受水之患，舆情乐从，果官为董率有方，毋烦派扰也。

乾隆二十六年，杭司马高（名象震）奉委摄嘉兴守篆，邀余共事。下车后，见郡城内河淤塞年久，惟正河尚可通行小舟，至支河甚有淤泥高于桥面者。民间饮沐勺水，必乞诸城外担水，需钱二三十文，甚以为苦。虽经前任议详疏浚有卷，究属空言无补。高公曰：事已急矣，可毋俟详准而后行。且敛钱入官，代民经理，徒为胥役中饱，此事断不宜为。因即出示居民，凡有河道阻塞之处，各就住房门面，自为挑浚。彼时适值东作未兴，乡夫可募，而嘉邑士民本多素封，未及一月，正河开浚深通，花船可以入城。并有富户愿出资数百金，将贫户无力开掘之河面及空旷所在，协力浚复。禾城人欢声载道。惜摄事止四阅月，为时甚暂，未及竣工而去。乾隆三十年，高公视事绍兴，又值久晴水退，绍城内外河道半多涸出见底，商民病甚。高公复如嘉郡法，示谕民户，各自乘时疏浚，甚有成效。以上二事，俱不委一官，不遣一役，而令民自经理，故能捷速如此。若官吏先居心不净，必先按户派钱若干，集收入官，然后遣役募夫料理；或选衿民充为董事，领钱经营。在承充董事之人，又属向日出入公门之衿监，决非良善之辈，伙同丁役，扣克侵肥，势所必有，苛派将无底止，无怪乎事多无成。此可知地方捍卫民生之工程，用民力修理，在民毫无免〔勉〕强，可以不烦不扰，而咄嗟立办。其不克成事者，皆料理不妥协之故耳。

绍郡属县八，惟诸暨、新昌、嵊县地处山乡，其余山阴、会稽、萧山、余姚、上虞五县，俱系海疆。凡石土塘堤闸坝官民工程，无日不有。高公前任嘉乍司马，往来东西两塘，熟谙塘务。及抵绍兴，于水利要务，无不擘划得宜。先有土人，欲于会稽县属之狗项颈创筑石坝，名为保护田庐，实则损人利己。事已垂成。高公履任后，密访舆情纷纷不服，因即扁舟遍历亲勘，禀于上台，力议阻止。其略曰：备查绍属各邑山海交错，塘堤闸坝之制，原已精详毕备。后人只宜遵守旧规，不容意为更张。缘会稽、上虞联界之处，有曹娥大江，其上则新昌、嵊县山水，由东南顺流而来，其下则海潮从西汇嘴逆溯而上。当夏秋之间，设遇异常久雨，山水潮水互相激湍，洪波巨浪溢入内地，江之两岸，如梁湖、曹娥、蒿坝等处田地，不无受水。乾隆十七年，会稽民人曾有曹娥、蒿坝并筑塘堤之请，经前守兴德会同原任淮安府同知章应奎勘明禀销有案。盖因曹江一带，若山水陡发，海潮上涌，飓风助浪，横溢旁冲，惟藉各口以杀其势。若尽皆坚筑石堤，则下游之江海塘工俱不足恃，受害更甚。会邑曹娥之不筑塘，犹上虞梁湖之不筑塘，并非前人疏漏。此番会稽士民，以上虞民人现于沙河筑塘抵御，仍请于曹娥建筑土塘，并于蒿坝以内之狗项颈河内创立石坝，呈县通详允准。前府会同厅县勘明，狗项颈筑坝，有妨蒿镇居民。续议于蒿坝龟山至眠犬山止，建造土堤一百八十丈，为蒿民之外卫，详准按田捐办。惟是狗项颈坝工，上虞之民始终未肯乐从，以至争端忽起。卑府到任后，传同各县令亲勘，曹娥土堤七百六十五丈，与蒿坝外堤尚属可办，惟狗项颈石工不应兴举。禀奉批饬，再行分晰禀覆。卑府遵查，蒿坝与曹娥相隔路止十余里，两地情形并无殊异。曹娥既止于沿江筑新堤以防水患，则蒿坝龟山至眠犬山土堤一百八十丈已足资捍御。蒿坝属于上虞，其内河二里许即为狗项颈，乃会稽接界，是会邑田亩已在捍卫之内。今会邑士民，以为堤在上虞，隔属难以保护，群起创议，于狗项颈两山夹峙之处，砌筑石坝一道，并定于每岁七八两月，将中留水面，用土填实，从此重关叠障，层层遮护，设或外堤冲溃，可以高枕无忧。殊不思蒿镇人烟稠密，为商旅往来通津，遇江水泛滥之时，全藉狗项颈内河泄水，直达三江大闸归海。今外堤内坝，既前后璧〔壁〕立，而左右两路又众山环列，蒿镇之土地民人，岂不尽归釜底？更查七八月填土，必先期挑筑，后期开挖，旷日持久。蒿坝之行商，势不得不绕道曹娥过塘，蒿镇之经营脚夫行店，势必尽皆闭歇，小民又焉肯束手待毙，势在必争。欲为永远之计，不若将沿江土堤加培保固，则内地数十里田庐均资捍护，坝工可以不举等语。各上宪披阅之下，深以为是，如议立案。蒿民至今犹感高公生全之德也。蒿坝之下路，隔十里为曹娥坝。曹娥对江，系上虞之梁湖外口。其地与曹蒿二处形势较低，是以历来有曹娥筑塘害及上虞之说。今曹娥蒿坝，既土堤并筑，而乾隆二十三年上虞里民捐修梁湖塘闸，又久已被水冲坍，设遇山水骤涨，建瓴而下，直趋梁湖口内，甚为可危。高公复又会同上虞县令两次亲勘，得其确切情形，从长筹议，详禀妥办。其略曰：备查梁湖内塘，原建自覆船山起至九龙山止，长四百余丈。因在沙湖之外，故又名沙湖塘。中间运河北岸，又设转塘一带，迤东建造闸座，直抵覆船山麓，历久相沿。嗣因年远失修，塘身低薄，潮患频仍。乾隆二十三年里民捐筑，前县欲省修费，不将转塘修复，于旧闸之西，将土塘取直改建，另设新闸。基址松浮，旋即坍卸。窃思前人创造，自属因地制宜，如塘闸可以直接，又何必绕道而筑转塘之烦？况测探旧闸之底，乃系山骨，至令〔今〕完整。新闸下水深莫测，断难建复。为今之计，应将沙湖各塘修培高厚，转塘仍行砌筑坚固，与旧闸相接，复还古制。工费节省，办理可以速竣。询之耆民，意见相同。并该地附近殷户，均自愿捐资，不必按田派费等语。详准办竣。适抚军熊公赴台属勘灾，便道禀请历曹娥、蒿坝、梁湖各塘并狗项颈不必筑坝之处，周流阅视，熊公甚相嘉许。遂将三处民修塘闸缘由，绘图专折奏。奉朱批：好，抄案行知。高公又恐曹娥、蒿坝、梁湖各口塘闸坚固，下游各处江海塘工受冲，督率会、上县令，分别官民工程，设法帮筑，办理周匝无遗。故使民情悦服。后人止须照旧整理，不事更张，可永保无虞也。

浙省田亩之最易受水者，湖属乌程、长兴二邑之抖田，与绍属诸暨县之湖田是也。程、长二邑，滨临太湖，其沿湖一带田亩，通县计之，约居其半，悉与水平，本非可耕之土。旧制于田外围以土埂，作为堤防，其名曰抖。每抖之田，自数千亩，以至数十亩不等。抖之四围，方圆长阔，因地划分，其形又不等。抖之闸洞防护及车戽经理诸事，俗例系业户按年轮流承管，计亩派费，其抖埂修补亦然。设有非时抖埂破损，则惟该处坐落田主是问。每当水发之时，外河水高于田，土埂有一处坍卸，则河水从高处直灌入田，全抖受淹。乡民哗然四起，甚至将坍埂处之田主房屋门窗板片，拆卸堵塞，最易酿成事端，地方官弹压非易。更有抖心之田，深入釜底，惟亢旸之岁，方得丰收，若雨水稍多，即难望有秋。乡民一遇久雨，辄即聚众鸣锣，赴官报灾，易滋混冒，调剂颇难。至田坐抖心者，要亦为数无多，似宜酌量改则，以免藉口。减些微之正供，可省无穷之赈恤也。诸暨一邑，上受义乌、浦江两路之水，由丰江口合流，从县城外经过。至茅渚埠，又分而为二，又从阮家埠东受会稽山水，至三港口，又并三为一，经碛城山下入钱塘江归海。其江之东西两岸曰湖田，地处低洼，荒多熟少。倘遇旱，收获每亩可得谷七八石不等，因地力积厚之故。若夏水涨发，失于栽插，竟成白土。然三年之内，有一岁倍收，则获利适均。故民多不肯轻弃此种田亩，惟藉堤埂坚固，以资外卫，并各处河基（土名曰汇）留有潴水之区，不许占垦，方有裨益。农隙之时，宜官为遍历亲勘，劝民修补堤埂，务必完固。于汇水之区，则严禁填塞；于河滩则禁止承佃，栽插树木。明万历三十一年，县令刘见初勘定各湖田顷亩数目，及湖埂丈尺、派修夫工确数，并各处河基滩地禁垦禁佃处所，著有《规略全书》。后人当以此书为根底，再行因地因时，经划尽善，无难变瘠土为膏腴也。

三江闸在山阴县境，去郡城三十里，前明郡守汤公（名绍恩）所建。闸旁即三江城，因曹娥江、钱清江、浙江诸水汇归于此，故名三江城。西北为彩凤山，其下山骨活石，即大闸之根底。汤公因之始基作槽者，凡山阴、会稽、萧山三县数百里内田畴，皆资此闸蓄泄之利。闸上七梁，阔三丈，长五十丈。下列内外二槛，计二十八洞。初建三十洞，因潮浪撼动，填没二洞，始屹然不动。闸洞以二十八宿为名，立测水牌于闸内平澜处，取金、木、水、火、土为则。如水至金字脚，则各洞尽开；木字脚，开十六洞；水字脚，开八洞。夏至火字头筑、秋至土字头筑闸板，每洞自十四五块至五十块不等，通计一千一百十三块。闸夫照例启闭，今属南塘厅掌管。闸座横亘江口，洪波巨浪，朝夕冲击，其声如雷如霆，板多震撼，而无虑倾仄。观乎志载，未建闸之先，潮汐为患，坏宫室，毁田园，且直入郡城，虽城内亦潮汐出没处。自汉唐以来，建闸二十余所，惟玉山闸为重，次即扁拖闸。水势虽稍杀，究未据要津，遂有决筑沿塘之劳费而患不能除。乃自汤公建闸之后，民皆安堵无恐，至今斥卤变为沃壤。则汤公之利及万民，功垂后世，亦神奇矣。宜乎绍民之祠祀弗替也。余前年幕馆郡署，见石缝渗漏，石块攲侧，梭墩剥落之处甚多。山、会士民谆谆以修闸呈请，而萧民又以此闸利在泄水，无虞罅漏，执必不可修之成见。虽官为勘验集议，卒无成局。夫以数百里之长江大河，波涛冲击，外则潮汐汹涌，互相吞啮，年深月久，其根基之必为摇动，石性之必有朽坏，接缝之必有参差，亦时势使然，不足为异，焉有千古不朽之理。况前人再三修理，已有成效，是必不可修之说，似非至理。但修闸必先内外筑坝，方可戽水见底，设法拆补，毋论江海之深，坝工浩大，难以竣事，更艰于图始。万一坝成之后，闸板尽起，而潮势冲决，复行淹没，则费愈多而工愈大，又将作何措置？当汤公兴建之时，若有神助者，乃犹倏成倏毁，有蚊负蚷驰之嗤。惟公以至诚感格，始终弗移此志，始得海若效顺，豚鱼示兆，阅两年而告成。则修闸之事，又岂容轻举妄动耶？

浙西海潮入江之口，群山环列。每当中秋大汛，江水海潮，会合于龛、赭两山之间，则涛头涌起，有吞吐日月排奡山岳之势。而沙岸坍涨靡常，则水道亦迁移无定。其在禅机山之北、河庄山之南者，为中小亹。在龛、赭两山之间者，为南大亹。在河庄山南逼近宁塘者，为北大亹。中小亹乃中流古迹，江海潮水从此出入，则南北两塘均可永固。南趋则有绍属之龛山、长山、凤凰山为之抵御，其害犹轻。北徙则大潮直冲仁、宁二邑塘根，加以洄溜奔腾狂骤，塘身日受侵削，难成易损之工甚多，防御最宜紧密。大抵江海之口，或数百年、或百年、或数十年，转移之际，不可以岁时计，不可以智巧测也。自唐宋以至前明，捍海之功渐以加多，然亘古以来，未有如国朝之不惜经费，有加无已，至周且备者。谨查志载，自顺治五年以来，迄于雍正、乾隆年间，工程日积月累，用过经费不下千万两。而雍正十年因潮势汹涌，老沙洗刷，潮头直逼内地，奉旨特遣大臣相度地势，议于尖山起至万家闸统建鱼鳞大石塘。雍正十一年又奉谕旨，允内大臣海望等所请，于海宁迤东尖塔两山之间，筑石坝一道，分杀水势。再于中小亹开挖引河，分江流入海，以减水势。此工程之至要且巨者。直至乾隆十二年十一月朔，江流直趋大溜，全归冲刷，河身通畅，南北两岸皆成坦途。一切善后事宜，随次第措置。乃自二十五六年间，余由平湖而馆于海宁，目睹大潮尽趋北大亹，宁城石塘以外，竟成汪洋大海。现今绍属钱清地方“海晏河清民安物阜”等号沙地并雷山一带，涨沙绵远，北塘受冲。乾隆二十七及三十年，两次蒙圣驾亲临宁塘，阅视各工，睿虑精详，指示机宜，筹画备切。有专管之大员，有分防之丞倅，有住守之兵役，有岁修抢修之常例，有贮备之款项，并一切急需料物夫工，无不先期采办，以备不时。承办之员，各皆尽心竭力，经理得宜。故使潮汐安恬，间阎宁静，民乐升平之福，宁有涯哉！

跋

天璞先生少负不羁之才，游荆襄之间。阅历既久，得江山之所助，故其丛言浩瀚洋洒，与古合，亦与今宜，无拘牵涩滞肤廓空疏之病。十余年来，遨游浙中，予于容斋同方伯性斋朱观察幕府，心折其为人，而性情磊落，绝无矜异，故喜从之游。其所著《荒政辑要》一编，予手读有年矣。大约列时政于前，附古法于后，间参议论，考核精确，语必根柢，洵乎仕路之津梁，而拯世之药石也。嗟乎！以先生之才，出其所学，勒为成书，必历久而有效。然后从而付剧梓，则世之率尔操觚，自诩为可传者，问之可以知愧矣。时在戊子朱明节仁和李炳谨跋。

御荒集览

清乾隆五十年抄本

清嘉庆十九年刻本

（清）畬西居士　辑

李文海　点校

拟御荒集览序

古人救荒之书，如《救荒本草》、《康济录》、《荒政丛书》之类备矣，惟坊间不能常见，每思摘录其要，以备观览。嘉庆十九年，岁稍歉，朝延发帑赈恤，动数百万。吾辈稍免饥寒，亦宜随力施济，以答圣世爱民之至意。因屡觅救荒诸书，适于肆中得《御荒集览》抄本，不知撰自何人，要亦仁人君子之用心也。其书目一利济，二勘灾，三救荒，四调济，五筹赈，六劝赈，七仓储，八方术，末附劝济被水流民西江月词。荒政大略已尽晐〔晐〕举，而尤于劝人赈荒，谆谆不倦，且于一草一木可以代谷而救饥者，无不详载。夫天地以好生为心，水旱之来，虽天之所以降罚，而返之好生之本心，必仍有恻然不忍者。如父母鞭朴子孙，特出于不得已，非致鞭朴之使至于死也。此时有体天好生之心，以力为施赈者，则如鞭朴时得贤子孙，力为解免，亦可徐挽父母之意。且夫天道至公，必不偏爱一人者。古人于亲戚中有患难，于天壤中有水旱，不特不敢自幸无事，必且力行善事，损己益人，以祈天之免降罚于我也。若使贫人受荒歉之苦，而富人可以坐视，则天岂如世俗偏爱不明之父母哉！是书之作，凡居家居官者，皆可览以自警。故序之而付剞劂氏。

嘉庆十九年岁次甲戍〔戌〕仲秋下浣惺斋居士书

御荒集览序

人非衣食不生活，一日不再食则饥，终岁不制衣则寒。夫饥寒之迫身，肠枯舌涩，岂易忍哉！盖丰稔之年，常有不熟之家。其间贫窘孤苦尚难度日，若一遇年荒岁歉，每至米珠薪桂，至此其能安全乎？且业农之人别无生计，惟力田有望，得以养赡家口。设遭水旱奇荒，或禾苗为之枯槁，或田庐尽在水中，人力无所施，收成何所望？此中之困苦情状，更有不可胜言者。人以食为命，得之则生，不得则危。此正危急困厄时也。帝君曰：救危如救密罗之雀，济急如济涸辙之鱼。凡好善之人，当此目击情伤，能无恻然思有以拯救之耶？前贤有《救荒全书》，已极其详尽周备。此救荒之良法，在贤明士大夫固已遵行，第惜坊无刻本，每以未获全书为怅。兹偶逢灾荒，于饥馑荐臻之时，予徒怀杞人之忧而不能已。缘于闲暇之余，抄录先正格言，分为八门，名曰《御荒集览》，请质高明，致付梨枣，聊备采访，而所重寓意于劝善，庶或可冀得以生全之助于万一耳。惟望大人君子贵显者事权在手，易于举行，富厚者积善有资，易于救济。是在有心有力之仁人推胞与之心，痌瘝在念，饥溺犹己，毅然勇猛为之，苍生之幸也。此天地间莫大之阴功，即有心力不及者，亦当随己之量，勉力为之，或济一人救一命，皆是阴功种德。又如辟谷诸方，工本少而救济多，稍有余资，事在可为。至于无有力者，要之亦不可无其心。有言责者，用其言，或借口舌之劳，转相劝募，是又不费钱功德也。袁了凡先生曰：凡系世家，未必不由祖德洊厚而科第绵延者。真西山先生曰：惠恤饥民，必获天地之佑护。此理之必然者也。用是为劝。时乾隆五十年岁在乙巳季秋月畬西居士敬识。

御荒集览目录

利　济

胡振安曰：阴功有万，而救人为第一。倘值水旱奇荒，三空四尽，百万生灵嗷嗷垂毙。仁人君子当此，苟可自全性命，即当倾财救济。而一人之力有限，须得实有善心者广为劝募，设法赈给，庶几转沟壑为衽席。此在大家殷户首当倡率者也。

姚龙怀曰：谨按兵荒者，世界一劫运也。救劫者，顺天之心，逆天之运也。天心好生，顺以承之；天运行杀，逆以挽之，人道所以与天地参也。人欲一日而行千百善，一人而救千百人，舍却此等时节无处著力矣。

真西山先生曰：惠恤贫穷，必获天地之佑。此以理言者也。若以利害言之，无饥民则无盗贼，无盗贼则乡井安，是富家之利也。此语更极切实，有势力者盍三思焉。

人在颠沛患难之中，凡有目击情伤者，务当心诚愿坚，勇猛为之。此极便宜功德，切不可因循犹豫，当面错过，自取堕落，诚为可惜。古人谓在场若不行方便，如入宝山空手回，真至言也。

李弘斋曰：凡人不必待仕宦有位有职事，方为功业。但随力到处，有以及物，即功业矣。

沈龙江曰：君子处心行事，须要以利人为主。利人原不在大小，但以我力量所能，稍与人行些方便，即是有益于人。

凡救济必挟势力以行，身处贫贱，恒忧其事之难为。然无其力者，终不可无其心。间亦有厄穷沦落，目击而心伤者，虽力量不足，而悲悯之情恻然难已，而不惜困穷其身以救援之。此其为功，尤非寻常之可比也。

鲁恭云：万民者，天之所生。天爱其所生，犹父母爱其子。故爱民者必有天报。今上天见其地人民积有罪愆，不得不罚以灾。既罚之灾，又矜其饥寒困苦，不胜哀悯。忽有人焉，怜而赈之以钱财衣食，使不致填于沟洫，上天又不胜其慰然欢欣，将必报其人，以世世子孙富贵禄寿。此一定之理，无可疑者也。

陈先生燧，家居甚贫，急于行义。常诫诸子曰：遇贫乏者，宜随力赈之。若待富而后行，恐吾儒终无济人之期也。

李端纯曰：人岂无意于施济，恒虑其难给而惜费焉。惟约己之奉者，自能为用人之地。于自己分上省得一分，则此一分便是赢余，无难积善。此留心施济之要诀也。

有曰善在心耳，奚必论事。不知恻人之死而不救，与救者孰是？又曰施济者有限，尧舜犹病。夫限我以不得我为，我既谢不为矣。乃若力稍得为，损我锱铢，救人当厄，尚可曰我不能遍及也？姑已之乎？又曰我后来值此，将难继也，遂吝施已乎？夫立人达人，未尝不施济，只顾分量何如。安有颠者窘者日见乎前，我力又足以及人，而徒以立达在念，不务博众为辨哉？且我之衣食奢淫等项，据现施设，不顾前后。至施济直计久远，以不能遍及自解，是终无行善时也。

利济一事，立功最速，然必乐善不倦，方有进步。即或财力不及，亦须常存此心，方得善果圆成。否则即遇有救济善事而力能为者，亦将迟疑悠忽，当面错过。此皆善心未能真切之故耳。

今人于救济之事，辄谓安能从井救人。夫过难之事，岂以强人，亦惟力之能者而已。圣人老安，少怀，至诚尽人尽物，岂必有位有力者之为哉！但满腔恻隐，则随地自能流露充溢也。

有一等沮善者，见放生则曰人为重，长助丧则曰生者食为重，见施济则曰赈穷亲为重。果尔，则亲亲仁民爱物，必完一件而后做一件耶？夫施因当厄，事就易举，心绪偶触，随处可行。多方难人者，必非实心周急可知也。

张隐圃先生劝世云：德者本也，财者末也。积德自可致财，敛财必致损德。不务德而专务财，是犹树而无根，其枯立见；水而无源，其涸可期。此古今富贵之家，每多横祸飞临，儿孙荡尽也。若逢岁歉年荒，饥寒满目，济急如济涸辙之鱼。损我之有余，补彼之不足，则于人有再生之仁，即于我种无穷之德。且天不畀我以财，决不以聚财而致富；天果畀我以财，决不以积德而遂贫。昔杜锌仙好善，严寒施棉衣，岁底集分施穷苦。每出常怀碎银数十封，见有贫者在家，则置其门内，在途则投其足下。曰：此汝之物也，拾之。如是阴功，而其子紫纶遂得联捷。广陵韩乐吾，家极贫。遇康熙四十七年之旱荒，典押殆尽。有同社友绝粮，分半济之，曰：我死在明日，彼死在今朝。上帝因其济人诚切，赐黄金一穴。明日锄地得之，遂以广济饿者。由此观之，则散财以积德者，其后究未尝无财也。而必一毫不肯放松，撄神天之怒，愚矣。语云：富家一席酒，贫者半年粮。惟劝人平日少为省俭，曷若布仁慈之德，而为子孙培隆盛之基也。

林景阳好周贫乏，每曰：与其为无益以求冥福，不若为有益以济生人。

司马温公曰：士君子尽心利济，使海内少他不得，则天亦自然少他不得。即此便是立命。

勘　灾

袁介曰：余奉檄离江勘灾。有一老翁贫病骨立，褴褛如鬼，哀告行人乞钱米。余见而怜之，赠与米五升，因问何故穷困至此。老翁曰：我住东乡，姓李名五福。曾种田三十亩，朝耕暮耘，备尽辛苦。指望成熟，抵还私债，并输官粮。谁知六七两月雨水绝无半点，田苗干枯。一旦成灾，我恐征粮吃棒，相随邻里去告旱灾，以冀恩免。因高田尽荒，低田丰稔，县官不问田亩高下，谓与低田同征。文字下乡如火速，逼我将田多首伏，把我田批作熟田。九月开仓，哀哀贫乏，无可低偿，逼我卖男鬻女陪粮。男名阿孙，卖与运粮户，即日不知在何处。女名阿惜，犹未及笄，嫁与湖州山里去。我今年已七十有余，饥寒难忍，东求西乞，苟延残喘，命将归阴。两泪交流，旋言旋拭。闻见之下，不觉令人酸鼻。以此见踏勘之不可苟也。凡有民社之责，于中大能积庆于子孙，亦能流殃于身后，不可不慎也。

苏次参令安乡县，值大涝，令典捕将县图逐乡抹出，全涝者用绿，平〔半〕涝者用青，无水之乡用黄，不以示人。又令乡司抹来参合。方请乡耆逐乡为图，亦以各色别村。故按图参验，即知分数。斯诚善策。

宋郑刚中为温州通判，岁饥民流。乃出俸劝粜，守曰：恐实惠不及饥者。答曰：已有措置。乃以万钱，每钱押一字，夜出坊巷，遇饥者给一钱，戒曰：勿拭去押字，翼日凭钱给米。饥者无遗。

汉武帝时，河南失火，使汲黯视之。还报曰：家人失火，比屋延烧，不足忧也。臣过河内，河内伤水万余家。臣以便宜矫诏发仓粟以赈贫民，请伏矫制罪。上贤而释之。

救　　荒

富弼镇青州，适河决，八州之民奔入京东。公劝民出粟十余万斤，随处置之，以济殍者。且括公私闲舍十余万区，散置其人，使便薪水。明年麦熟，计远近授粮使归，活者五十余万。

明道先生摄，盛夏塘堤大决，法当言之府，府禀于漕，然后计工调役，非月余不能兴作。先生曰：如是则苗稿〔槁〕矣。民将何食？宁获罪不辞也。遂发民塞之，岁得大熟。

秦中饥，范纯仁擅发常平粟赈之。僚属咸请待奏报而行发，纯仁曰：报至无及矣。果有诏遣使按视，民叹曰：公活我，我安忍累公？昼夜输纳常平。逮使至公，已无所负矣。

扈谏议称为梓州路转运使。属岁饥，道殣相望。称先出禄米以赈，故富家大族皆愿以米输入官，而全活者数万人。

钱祕监知梓州，会岁旱歉，民多流移。大发常平粟赈之，而自劾待罪。上释不问。

王待制居易知汉州，会岁大饥，乃出俸钱，率僚友及郡豪。得谷数万斤，全活者以万计。

张侍郎溥知楚州，会岁饥，贻书发运使求贷粮，不报。因叹曰：民转死沟壑矣！尚待报耶？乃发上供仓粟赈之，所活以万计。因上章待罪，降敕奖谕。

韩魏公琦为益州路安抚。适岁大饥，民无救处。魏公于是劝捐、发粜、开仓，种种拯济饥民，赖以活者一百九十余万。及镇河北，又大饥。公劝赈备给如前，济活者七百余万。公之惠政满天下，而握兵以服叛为心。功封魏国，子孙贵显。

陈袁佐，知素州，遭大饥，公自出米为糜，以食饿者。吏民皆争出米。活数万人。

调剂

赵清献公知越州。两浙旱蝗，米价腾贵，饥死相望。诸州皆榜衢路，禁人增米价。公独榜衢路，令有米者增价粜之。于是米商辐辏，米价转贱。凡物多则贱，少则贵。不求贱而求多，真晓事之人。其识见当高人一筹。

张咏知杭州。属岁歉，民多私鬻盐以日给。咏捕犯者数百，悉宽罚而遣之。官属以请，咏曰：钱塘十万家，饥者八九。苟不以盐自活，一旦为盗，则患深矣。

明季天下蝗旱，知通州吴遵路乘民未饥，募富者得钱几万贯，分遣衙校，航海籴官米于苏，使物价不增。又使民采薪刍，官为收买，以直籴官米。至冬大雪，即以原价易薪刍与民。官不伤财，民且蒙利。又建蓬茅屋百间，以处流移。俸钱置荐席盐蔬，日与饭参俵有疾者，给药以治之。其愿归者，具舟续食，还之本土。是岁诸郡悉多转死。惟通民安堵，不知其凶岁也。故其民爱之若父母。至数十年，犹咏称不已。

宋邓元发知郓州。时淮南、京东大饥，元发虑流殍日众，必且蒸为疫疠，先度城外空地，召谕宦家富室，使出力为席舍。一月之内，成二千五百余间，井灶器用毕具。民至如家。遇疾即治，全活五万人。后为龙图阁学士。年八十五，无疾而终。

宋邵灵甫储谷数千斤。岁大饥，尽发所储，雇佣除道，自县至湖镇四十里。挑浚蠡湖、横塘等处水道八十里，直通罨画溪，□□震泽。邑内人争受役，贫人皆得藉此全活，而水陆又得其利。按是法，范文正公尝用之，以为饥岁兴徭，使民得食其力；又气血运动，而疾病不生。具疏奏曰：荒政之施，莫此为大也。

万历丁亥水灾，丁清惠公慨然以拯救为任。令家人用米易布，布加市价米四升，费积储千余石。又修筑田野圩岸，以备旱涝。计文给米，费储六百五十余石。昔人谓其不赈之赈，真良法云。

办　　赈

汪龙庄先生曰：此不便言，且不敢言，然亦不忍不言。地方不幸而遇歉岁，自查灾以至报销，层层需费，不留余地，费从何出？不便言、不敢言者此也。但克减赈项，以归私囊，被赈之户，必有待赈不得，流为饿殍者。上负圣恩，下伤民命，丧心造孽，莫大于是。此吾所为不忍不言也。昔济源卫公哲治牧邳州，尽出赈羸〔赢〕设栖流所，赡养仳离雁户，全活无算。同时赈办之吏，竞笑其迂。然肥囊者多不善后，公独契神宸衷。不数年，累迁至安徽巡抚，工部尚书致仕。尹中堂文端公继善总督两江时，余尝见其办赈告条，末云：尚〔倘〕不肖有司，克赈肥家，一有见闻，断不能幸逃法网。即本堂稽察有所不到，吾知天理难容，其子孙将求为饿殍而不可得。痛哉言乎！读至此而不实力救荒，其尚有人心也哉！

赈饥十二善（见《荒赈全书》）

赈饥之法莫善于散米，莫不善于施粥，莫善于各里散米，莫不善于城市儱侗散米。各里散米之善何如？施粥止及近地之人，十里以外多不能及。即十里以内之人，其脏腑筋骨已为饥馁所败，欲其晨赴夕归，力既不堪，况竟日止此一粥，而日日奔驰往反，兼之风雨霰雪，道路泥泞，即使施粥不缺，亦必转填沟壑，死于道路者不少，死于粥厂更多。死即埋于乱冢，并子孙亦无处识认。此最是伤心之事。至于疲癃老弱之不能出而吃粥者，又不必言矣。散米则皆安居而受赈，其善一。煮粥必多人料理，此曹或私昵〔昵〕其亲友，宽假其佣仆，必有破冒，有偷窃，或添水，或宿馊，种种诸弊。又有柴薪器具等费，计米一石，饥民所食不过五六斗耳。散米则一人之费可供两人，其善二。城市游闲无赖皆得积饱，乡愚濒死之民安能与争？强者或数次重餐，弱者或后时空返，不公不均，无从查核。散米则按籍分给，既无重餐，亦无空返，其善三。一家有几口吃粥，必须齐出，以致少年妇女，出头露面。有志者羞泣不怜，痴愚者习成无耻，甚至执役之丧心绰趣，亡命之调笑挨挤，事变丛生，言之足令发竖。散米则男人持票赴领，而妇女得全其廉耻，其善四。然此犹小者也。救目前之性命，当救将来之性命。目前之性命在口食，将来之性命在农桑。若施粥之法，无论从前诸弊，民不沾恩，即使奉行尽善，饥民人人受惠，日日饱餐于城市中，而早出暮还，荒废耕织。散米则仅费一时之支领，仍不旷逐日之工程，农安于畝〔畎〕亩，妇安于织纴，无旷土，无游民，有无相济则情厚，死徙不出则俗淳。其善五。况饥民宜散而不宜聚，宜静而不宜动。日喧闹于市井，污秽之气最易蒸为疫疠。何如怗然于村落间乎？其善六。城市散米，似可省舟车挑脚之费。然乡民走领数升之米，往还过午，饥肠难支，必不能持归炊煮。不免于城市换饼饵粥面，聊以充饥，而家中仍恐嗷嗷无食。若各里散米，则无是患。其善七。儱侗赈施，人户难稽，应领而不得领，不应领而或多领，弊端丛生。惟各里造册自赈，则邻里熟悉，真伪难欺，必无不均不公之病。其善八。城市赈施，必每日领给。此则或五日一给，或十日一给。五日以下则太频；十日以外，则总给米多，饥民恐不知樽节者，不可不为之限制也。其善九。所赈之米虽止数升，然十日、五日总给，不夺其工。其人仍做生活以佐益之，则全家鼓腹矣。其善十。或疑但救土著而不救流亡，不知流亡中有刁猾强悍者，小则为鼠窃，大则为劫夺，往往为害于地方。况被灾之处财力艰难，饱一流亡，则馁一土著。夫此之流亡，即彼之土著也。但使各州县、各都图举行此法，各任其土著，安得复有流亡？即有流亡，闻故乡有米赈，谁乐为流离异域之人乎？其必归而就赈矣。是不救流亡，正所以救流亡也。其善十一。此法既行，人不出乡，又可佐以兴作之事。各里中巨室长者，或疏凿，或创造，皆可以活人。其里中公役，则高乡宜浚河浜，低乡宜筑圩岸。有产之家，计亩稍出升合，既以活人，又可为己业无穷之利。若当事推扩此义，为力尤大。其善十二。然以米代粥，亦可以钱代米。以米则有舟车转运之资、斗斛折阅之弊、米色干潮新陈好丑之别。若以钱，不惟人人均匀，且可买麦豆杂粮，价贱而谷多，易于果腹；或作小本营生，兼可觅利度活。是在乎当事之通融办理矣。

黄懋中曰：赈饥胥吏作奸，贫者未必尽报，报者未必尽给。其报而给者，又未必尽贫。有司擅其名，贫民不沾惠。请就里中推一二大姓，任以赈事，稍立赏罚科条以劝戒之，则无漏冒损耗之弊，而胥吏不能为奸。贫民即有缺漏，易于自鸣，可无奔走与留滞之苦，至喧杂秽恶，蒸而成疠。

《功过格·汇言》云：救荒之法，既虑粟米不给，兼忧冒滥复多。设立善法，必贤明官府主张之。若士庶，则画策以献。是乃有心有力者皆可为之，然亦在因时制宜，非有死法可执。昔人论赈济之法，或设厂赈粥，或分给钱米，或施赈干粮米食、辟谷丸丹之类，皆能拯救民命于垂危，岂云小补？按给米之法，必须各里分赈。先立主赈二人，劝募里中绅士素封者捐赀籴米，家询户稽，分极贫、次贫二等，编审详确，以杜弊端。极〈贫〉者日米八合，父母同之，妻子减半；次贫者又各减半。先一日计口注票，亲付其家。次晨集某处，挨号给之。但旬日给米，又不如一月一给，或两月一给，令归治本业，无妨生理。此赈米不易之法也。赈钱亦然。赈粥者，饥民命在旦夕，岂能久待？设粥则所赈皆贫民，为救饥急着。然聚而待哺，沴气薰蒸，更防变生意外。莫若用粥担，每担用白米五六升煮粥，或以有盖桶，外备小篮，贮以碗箸盐菜等物，担至通衢或寺庙。凡遇贫者，令其列坐，人给一餐，约每担可食五六十人，十担便足食五六百人。得逐里逐巷，每日举行，无设厂聚人之弊，有随时广济之实。此赈粥莫便之法也。又如炎天不可用粥，不拘粞米麦豆，磨粉为蒸饼糕团，或修合辟谷丸丹，照散粥法分给，甚便。此皆因时制宜莫妙之法也。有志者当毅然行之，造福应非渺小。《论语》曰：见义不为，是无勇也。盖为善惟一勇字成之，若无勇猛之心，则索然气馁，何事可成乎？

赵清献公之办赈也，前期为备。编荒民若干人为籍，发廪募输，计口给之。使受之者，男女异日，以杜恶少之从中绰趣。于城市郊野，分给粟之所，以免老弱之临时拥挤。真良法也。

劝　　赈

秀水姚思仁，万历间巡按山东、河南，杀贼颇多。忽被摄入冥司，群鬼索命。冥王诘曰：尔为御史，何好杀如此？姚曰：某为天子执法，非好杀也。王曰：此言过矣。凡为官，当体上天好生恶杀之心，先王刑期无刑之意。今尔不以哀矜勿喜自省，理应受罪。姚曰：固也。当两省凶荒，某曾上疏请赈，所活不下数千万。独不可相准乎？王曰：此尔幕宾贺灿然之所为也。已注其中年富贵矣。姚曰：稿虽贺作，本由某上，独不可分其半乎？王乃依言，斥去群鬼，令其生还，勉做好官。贺亦秀水人，少年家贫，从姚于官。因见凶荒，特作疏稿，劝姚上请发帑赈济者也。后贺四十后中进士，累官冢宰。姚亦官至吏部尚书。

崑山徐某为严文靖幕宾。时三吴大水，撰赈荒疏，嘱严上奏。严欲卜，徐即赂卜，因以卜吉奏之。上允其请，活数百万人。徐后五世孙乾学、元文、秉义同胞三鼎甲，严孙栻翰林，元孙虞仁探花。两姓簪缨，至今不绝。

济宁岁旱。夏云蒸游幕州署，劝牧及时救荒，饥民咸沾实惠。牧无子，夏一子多疾。次年各妾各生一子。所谓人在颠沛患难中，善用一言，上资祖考，下荫儿孙。况保全一州之穷民，岂无报乎？张文定公咏守成都，尝夜梦诣紫府真君。继请到西门黄承事，真君降阶接之，其礼甚恭，揖张尚书坐承事之下。梦觉，莫知所谓。明日问左右：西门有黄承事否？左右云：有。命召之，戒令具常服来。既至，果如梦中见者。即以所梦告之，问生平有何阴德，真君礼遇如此，又坐吾上。再三叩之不获已，承事云：别无他长。惟每岁收成之时，随意出钱收籴米粮，候至来年新陈未接之际，粜与细民。价例不增，升斗如故。尚书叹曰：此宜居我之上也。使两吏掖之而拜。世传紫府真君，主天下神仙籍。如张尚书、黄承事皆在籍中，而黄承事又居其上，其子孙又青紫不绝，非赈济阴德之大所致然耶？承事讳兼济。

李士谦尝出粟数千石，贷闾里租。值岁歉，莫能偿，群趋谢。士谦曰：吾本图赈济，岂求利哉？设酒食，焚券罢之。后岁熟来偿，讫不受。值大饥，设粥待饥饿者，全活以万计。或谓士谦曰：子阴德多矣，其必有后。士谦曰：所谓阴德，犹之耳鸣，己独知之。今吾所作，汝皆知何谓阴德哉！

常熟徐凤竹栻，其父素富。偶遇年荒，先捐租以为同邑之倡，又分谷以赈贫乏。夜闻鬼唱于门曰：千不诓，万不诓，徐家秀才到做举人郎。相续而呼，连夜不断。是年凤竹果举于乡。其父因而益积德，孳孳不怠，修桥修路，济急扶困，凡有利益，无不尽心。后又闻鬼唱于门曰：千不诓，万不诓，徐家举人直做到都堂。凤竹官终两浙巡抚。

陈天福，茶陵人。岁平粜，贫不能籴，则与米。无米则与饭，无饭则与钱，乡里甚德之。一日有道人以钱籴米，天福施之米，还其钱。道人题诗于壁上：远近皆称陈长者，典钱籴米来施舍。他年桂子共兰孙，平步玉堂与金马。陈后巨富，起赈济仓，平粜济人。生三子，皆登第，孙官至太常。

陈几亭曰：俗谚有现世报三字。此在人事已无足疑，惟于天道，或有难信者。然积诚所透，实有其事。如丁改亭先生童子时，乡人大疫。公每出，则病者闻鬼云：丁御史来矣。皆潜避。公自稔其异，未强仕。果入御史台，即予告归，不出者十四年。逮起南大理寺寺丞，乃复仕，累擢，操江都御史。人疑都御史犹御史也，其止是乎？已迁少司空，未北上，又迁南大司空。时年七十矣。又二十一年乃终。存问者三公，年四十五，梦入鬼录。明岁大饥，决志蠲粮济乡人，所活不下数万。又为操江时，常宽活数十百人。其他实政济民，自邑宰至司空，不可枚记。此爵此寿，讵非活人现报乎？他人不信命者多经营，而信命者多坐听，何若公之孳孳为善，而福寿自增也。

袁了凡曰：凡系世家，未有不由祖德深厚，而科第绵延者。予旧馆于当湖陆氏，见其室中挂一轴文字，乃其先世两代出粟赈饥而人赠之者。文中历叙古先济饥之人，子孙皆膺高位，谓陆氏他日必有显者。今自东滨公而下，三代皆为九卿，其言若合左券云。

魏时举，北直钜鹿人。家多田产，积谷有余。时值岁歉，因发仓廪出粜，价惟取时之半，以周人急。尝语人曰：岁凶之半，即丰年之全价。虽少取之，岂为损耶？按此法，在富厚之家原无大损于己，而贫乏之户于中受惠实多。非其心平见远，素称长者，曷能语此！

庐陵大旱，米价腾贵。龙昌裔蓄米千斛，闭不发粜。既而微雨，价稍下，乃为文祷于神冈庙，更祈一月不雨。祷讫，憩道旁中。俄有黑云起，雷雨大作，昌裔震死。官司验之，得祷文稿，无不快焉。后家业日以萧条，子孙贫困，不堪言状。今人祷神，固不敢也，然偶值岁歉，米价昂长，囤积者犹俟高价，闭而不发，则往往人多犯之。夫推其不发之心，是虽不祷于神，而实有于心也。谚所谓家有千担米，便起杀人心。只恐天怒人怨并至，吾甚为之危矣。

仓 储

《功过格》云：凡士大夫居乡，以其势力可为，必当留意于备荒之策，劝率同志，倡始捐粟，画立规条，闻达当事，实心实力，躬为任之，期于丝毫无弊，真正可以利及无穷。而取易举、效期实济，此其法莫精于朱子社仓之法。但后世之言社仓者，要籍小民零星捐输，则涣而难合。朱子创法之时，亦从王太守借贷六百石，而后得以行之。今须有势力士大夫十数人，共矢善愿，亦得五六百石，则朱子之法无难遵仿而行。按朱〈子〉社仓之始，因岁大饥，与进士刘如愚劝豪民发粟，减直赈济，里人获存。俄而盗发浦城，近境人情大震。藏粟已竭，乃以书请于建宁府知府徐公，即以船粟六百石沂溪来，随与乡人迎受。饥民以次受粟，遂无饥乱，欢声载道。于是浦城之盗无复随和，而束手就擒矣。及秋王公淮来代守，适丰登，民愿以粟偿官。王公曰：岁有凶穰不常，其留里中，而上其籍于府。倘后艰食，无前运之劳。朱子随以粟分贮民家。又明年，请于府曰：山谷细民无积粮，新陈未接，虽乐岁或称贷豪右，而粟积无用，将红腐。愿岁一敛藏，收息什二，即以纾民之急，又得易新储，广蓄积。如不欲者勿强。岁少饥，则弛半息；大饥，则尽蠲之。王公报可，随著为例。后于守视不便，乃捐一年之息，为仓三间以贮之。十有四年，已将原米还府。共存米三千一百石，则累年之息也。申本府永不收息，每石只收耗米三升。皆朱子与乡宦士人同共掌管。遇敛散时，即申府差县佐一员监视出纳。以此一乡五十余里，虽遇凶年，人不缺食。又奏以其法推广行之他处，令随地择人，随乡立约，申官遵守。实为乡间久远无穷之利也。

从来救荒无奇策，然救荒之策，正不必奇也。欲官为民救，无如耿寿昌常平法；欲民自为救，无如朱子社仓法。然惟在有位有力之君子真有悲悯救济之心，以苍生民社为念者，方能倡率举行，实力为之。若虽有财力而善愿不坚，亦待虚企于心而已。明洪武初，令各处立预备仓，择年高笃实者管理。每县定为四所。嗣后周忱之济农仓，利□苏松。王廷相里社仓，慎选社长。凡给贷悉听于民，第□登记册籍，以备有司稽考。即无官府编审之烦，亦无奔走道路之苦。诚备荒之良策也。

化书劝行社仓法，举乡里温足之家，以上中下为率，随丰俭，率其义钱轮掌之。遇谷贱时籴之，贵时粜之，收其本钱，勿计其利。自乡行之镇，自镇行之县，非特却盗，疫疠等灾可免，必有建功业之贤士复出云。

汪龙庄先生曰：夫民亦知积贮之不可少也。实买实贮，事原易行。自移星换斗，权归胥吏，而有名无实，窒碍多端。初犹藏价于库，终且库亦虚悬，而仓愈难言矣。遇有交代，辄移作收。然尧水汤旱，盛世所不免。设遭歉岁，生民之命系于仓储，万一欲赈无粮，欲借无种，嗷嗷哀雁，恐不能以美言市也。昔余佐幕浙中，尝以此意语主人，求实仓廪，主人颇不河汉余言。比官湖南，亦持此论诫勉同官。盖库亏尚可补苴于一时，仓空万难筹措于临时。有备无患，守土者何等关系，其可度外置乎？

又曰：谈积贮于民间，社义二仓尚已。然而行之不善，厥害靡穷。官不与闻，则饱社长之橐；官稍与闻，则恣吏役之奸。盖贷粟之户类多贫乏，出借难缓须臾，还仓不无延宕。官为勾稽，吏需规费，筦钥之司，终多陪累。故届更替之期，畏事者多方规避，牟利者百计营求，甚有因而亏那仅存虚籍者，社长之害也。其或劝捐之日勉强书捐，历时久远，力不能完。官吏从而追呼，子孙因之受累。此捐户之害也。此等良法，固不可因噎而废食，究不容刻舟求剑，欲使吏不操权，仓归实济，全在因时制宜，因地立法。旧有捐贮者，务求社长得人，为之设法调剂。捐户果无力完缴，亦不妨据实详免。若本未捐设，亦不必慕好义虚名，创捐赔患。

方　术

邱文庄公曰：荒旱之民，桂薪玉粒，吸水飧霞，牂羊羵首，水静星光。业艺者技无所施，营运者贷无所售，典赀则富室无财，举货则上户乏力。鱼虾螺蚌，索取已竭。草根木子，掘取又空。面皆饥色，身似鬼形，弃男鬻女，忍刻心肠。乞之不足，又顾而他。辗转号呼，曳衰匍匐。气息奄奄，须臾不保。或垂亡于茅舍，或积尸于道途。哀哀生民，何辜罹此！仁人君子，能无恻然思有以拯救之耶？

许真君普济丹（出《道藏经》）

岁荒饥众，此方所费不多，简便易行，一料可济万人。宜修合以济世。黄豆七斗，芝麻三斗，水淘过即蒸，不可浸多时，恐去元气。蒸过即晒干去壳，再三蒸三晒，捣为丸，如核桃大。每服一丸，可三日不饥。

许真君不饥丹（出《道藏经》）

或荒年，或远出，皆足备急充饥。自济济人，为功不小。芝麻一升炒干，红枣一升去皮核，糯米一升焙干磨末，蜜丸弹子大。每服一丸，汤水皆可下。

广济丹山谷救荒煮豆法（见南村《辍耕录》）

真黑豆一升淘净，用贯众一斤细切，参和豆中，量水多少，慢火煮。豆香熟，摊篚内，就日晒干，翻覆，令沾余汁。去贯众，瓦器收贮。空心啖五七粒，则食百草木枝叶皆有味，可饱也。此在凶年米珠薪桂之日，不可忽遗。此方故僭列《救荒本草》之首云。按《救荒本草》凡百余品，而人或未识，莫知所用，且味或螫口，用亦不适。惟得一煮豆法以通之，则所遇草木，件件可口，皆无害也。

大道丸（见《尊生八笺》）

黑豆一升去皮，贯众、甘草各一两，白茯苓、苍术、缩砂仁剉碎，各五钱，用水五升，同豆熬煎。火须文武紧慢得中。煮至水尽，去药取豆，捣如泥，作丸如鸡头子大收贮，磁蜜封之。每嚼数丸，可食百般苗叶，终日恣饱。虽异草殊木，素所不识者，觉甘甜与进饭同。

守山干粮预防荒歉

红萝卜洗净蒸熟，俟半干捣烂。糯米舂白，浸透蒸饭，捣如糊。入红萝卜，等分捣匀，泥竹壁上，待其自干，愈久愈坚，不蛀不烂。如遇荒岁凿下，掌大一块，可煮成稀粥一大锅，食之耐饥。做成土丕样，砌墙亦可。凡有心有力之士预为造制，亦救荒之一法耳。

刘养初辟谷方

马料豆煮烂去皮，白茯苓、白术制芝麻炒，红枣煮烂去皮核，捣药和丸如桂圆大。每日服一丸，可度一日。

德王府辟谷方

芝麻、黑马料豆煮熟，晒干为末。用红枣煮烂去皮核，共捣作饼，蒸熟晒干。每日食一饼，可度一日。

辟谷神妙方

黑马料、黑芝麻各半升，沙锅内炒黄色。去皮贯众、茯苓、甘草、干姜各三两，共炙干为末，炼蜜作丸。每重五钱，服一丸可十日不饥，兼能化诸石柳药毒，且能延年益寿。加白术、胡麻、糯米、红枣更妙。

又方（见《救荒本草》）

黑豆半升炒香去皮，芝麻半升炒熟，白茯苓四两、贯众四两水洗净，切碎为末，糯米炒熟为末。每服三钱，日进三服，或水或汤送下。盛贮用青布囊。

辟谷方（见《尊生八笺》）

黑豆五升淘净，蒸三遍，晒干去皮。秋麻子三合，温水浸一宿，去皮晒干，各为细末。糯米三升煮粥，和前二味合捣，为团如拳大，入甑蒸一宿。一更发火，蒸至寅时日出，方才取出甑，晒至日午令干，再捣为末。用小枣五斤煮去皮核，同前三味为团如拳大，再入甑中蒸一夜。服之，以饱为度。如渴，以淘麻子水饮之，滋润脏腑。如无麻子汁，白汤亦可，不得食他物。

辟谷仙方（见《太平广记》）

辟谷之方见于石刻。水旱虫荒，国家代有，甚则怀金立鹄，易子炊骸。为民父母者，不可不知此法也。昔晋惠帝永宁二年，黄门侍郎刘景先表奏：臣遇太白山隐民，传济辟谷仙方。臣家大小七十余口，更不食别物。若不如斯，臣一家甘受刑戮。其方用大豆五斗淘净，蒸三遍，去皮。大麻子三斗，浸一宿，亦蒸三遍，令口开取仁，各捣为末。和捣作团如拳大，入甑内蒸。从戌至子时止，寅时出甑，午时晒干为末。干服之，以饱为度，不得食一切物。第一顿，得七日不饥；第二顿，四十九日不饥；第三顿，三百日不饥；第四顿，二千四百日不饥，更不必服，永不饥也。不问老幼少，但依法服食，令人强壮，容貌红白，永不憔悴。口渴即研大麻子汤饮之，更滋润脏腑。若要重吃诸物，用葵子三合研末煎汤冷服，取下药如金色，任吃诸物，并无所损。前知随州朱领教民用之有验，序其首尾，勒石于汉阳大别山太平兴国寺。

按此方所云服至第四顿，更不必服，永不饥也。但凡人非具仙根道骨，焉能人人辟谷不食？此言未免过甚，不足深信。然辟谷救荒之说，诚有不可淹没者。乾隆二十一年绍郡大饥，乡间以树皮草根为食，人不聊生，甚堪恻悯。予祖孝范公既于族中煮粥施济，又修合辟谷丸数百斤，以分给村族中之贫苦者，由是赖以存活甚众。则知辟谷一方，实有裨于救荒。凡好善君子，遇饥荒之岁，用以修合施济，其活人功宁有量焉？

防饥救生四果丹（见《臞仙神隐》，名曰防俭饼）

栗子去壳，红枣煮去皮核，胡桃肉滚水泡去衣，柿饼去蒂核，各等分，入甑蒸二时取出，石臼中杵捣，不辨形色，捻为厚饼，晒干收贮。冬月吉日，焚香修合，凡饥者与食一饼，茶汤任嚼服，腹中气足自饱。一饼可耐五日，再服不限日数。此果能补肾水，健脾胃，润肺金，清肝水，而心火自平矣。

辟谷第一神妙方

用马料豆不拘多寡，淘净，蒸极透，即晒干。如是者三次，或九次更妙，舂碎，磨为粉。再用柿饼煮烂，去核并蒂，与豆等分共捣为丸，如鸡蛋大。每服一丸，不用汤水，细嚼，以津液润下。此方大能耐饥，且又滋补脾肾，更可任吃粥饭，并无妨碍。此最是辟谷平易神妙王道方也，且工本不贵。如好善君子有力修合者广为施济，功德应无量矣。

诸葛干粮方

白茯苓二斤，干姜一两，黄米二升，山药一斤，白面二斤，芡实三斤，麻油半斤，各药一处蒸熟，焙干为末。每服一匙，新汲水下。日进一服，可一日不饥渴，而气如常。

孙思邈辟谷简便良方

凡遇凶年，贫不能自给者，用白茯苓四两为末，头白面二两入水，同调稀，以黄蜡三两代油，煿成煎饼。饱食一顿，便绝日。至三日，觉难忍。三日后，气渐生，熟果、芝麻、汤米饮凉水，微用些少，以润肠胃，无令涸竭。至仍用饭时，先以葵米汤并米饮稀粥，少少服之。

又方　用糯米二三合炒过，以黄蜡二两铫内镕化，再入米同炒，令蜡干不出。任便食之，可数日不饥。如要吃食，以胡桃肉三个嚼下，即便思食。又方：蜜蜡和松脂、杏仁、枣肉、茯苓，等分合成。食后服五十丸便不饥。按古人遇水旱奇荒，多食蜡以耐饥，不至殒命。但合大枣咀嚼，即易烂也。

辟谷休粮方（见《王氏农书》）

白面一斤，黄蜡四两化开，白茯苓一斤，去皮，为细末打糊，摊成饼。先清斋一日，食一顿，七日不饥。再食一顿，一月不饥。若要吃饭，葵菜煎汤服一钟。如无葵菜，茯苓汤亦可。

辟谷千金方

白面六斤筛细，白茯苓四两、生甘草二两、生姜二两，去皮捣干为末。干姜二两，共研磨极细，用香油二斤、蜜二斤拌匀，捣成块，甑内蒸熟，阴干为末。每服一大匙，冷水调服之，可百日不饥。以绢袋盛之，可留十年。

试验救饥方

黑豆五升，黑芝麻三斗，糯米三斗，小枣五斗。芝麻炒香研末，糯米炒磨粉。黑豆蒸去皮，枣煮去皮核，合捣成丸。每服一丸，七日菜色渐转。乾隆丙成〔戌〕、乙巳，此方救饥，全活甚众。

达摩休粮方

柏叶晒干二斤半，红枣肉一斤半煮去皮核，白豆蔻半斤，老米一斤，白面二斤半，共为末，苍术煎汤，法丸重一两二钱。米汤化下，尝饮长流水，一碗一丸，可饱二日。

辟谷延年方（见《臞仙神隐》）

服松柏叶，用茯苓、杏仁、碎补、甘草捣细为末，取生叶投滚水，蘸药末同食。《博物志》云：荒乱不得食，可细捣松柏叶，水送下，以不饥为度。清粥汤送下尤佳。每用松叶五合、柏叶八合，不可过度。服之充饥、壮气、驻颜色。

天灾流行，尧汤不免。春秋二百四十二年，书大有者惟二，而水旱螽螟，屡书不绝。然则年谷之丰，盖亦罕见。为父母者，自有救备大著胜著。若山叟泽丁，五谷尽而糠秕，糠秕尽而草根木叶，苟可缓须臾死，其何忍废！王槃氏《野菜谱》详于南，周宪王《救荒本草》详于北，成书具在，皆食草木法也。故栖于山者有粉葛，取葛根研为粉，又蕨萁根捣碎，以水淘汰停粉，为萁蒟蒻橡栗之利。濒于水者，有鱼鳖虾蟹蛤螺芹藻之资。虽蝗虫所食，靡有子遗，而独不食陆地芋桑、水中菱芡。万一怀金立鹄，易子炊骸，饥荒之极，则辟谷诸法，无资粮赈济之劳，延饿莩时日之命，安可秘而不传哉？

一、东海洲上有草，名曰茆实，如球子。七月熟，八月收，煮熟可充饥。

一、菰生水中，叶如蒲苇，有茎梗。至秋结实。古人采之以为粮。飞蓬乃藜蒿之类。如灰藋菜，亦可充饥。

一、山茶嫩叶爆熟，水淘可食。亦可蒸晒作饼食。见《救荒本草》。

一、黄蓬草叶如菰蒲，秋月结实成穗，子细。炊食可疗饥。

一、青科叶如菱，有子如赤黍而细，其稃甚薄。曝舂炊食，可充饥。

一、胡萝卜之类，荒岁可采食。

一、刺蒺炒去刺，磨面作饼蒸食，可充饥。

一、芋头、番茹、百合，皆可疗饥。

一、荸荠晒干作粉，朝夕食之，不饥。

一、稗米一斗可舂三升，煮粥饭皆可。

一、莨蓁粉如野蕨，亦可食。乾隆丙子岁饥，有取灯檠花根捣碎，水澄三十六次。大抵有毒，故宜多漂，名曰三十六桶。

一、雀麦即燕麦，穗极细，每穗又分小叉十数个。千〔干〕亦细小，舂去皮，作面蒸食，或作饼食，皆可济荒。

一、藻有二种。马藻叶长二三寸，两两相对，聚藻叶细如鱼腮，节节相连。《左传》以为蘋蘩，温藻是也。挼去腥气，米面糁蒸为茹。荆扬人遇饥，以之当谷。李时珍书。

一、紫苎、白苎，其叶背上皆白，刮净煮熟，可食。

一、白茅根洗净咀嚼，可辟谷。

一、桑椹不拘干湿，平时收采，大能救饥。

一、蔓菁子九蒸九晒，捣末长服，可以断谷。

一、芜菁子熟时采之，水煮三遍，令苦味尽，晒干为末。每服二钱，温水下。日三次，久可辟谷。

一、榆树皮、檀树皮为末，日服数合，可令不饥。见《救荒本草》。

一、白鲜米九蒸九晒，亦可避荒。

一、用松脂十斤镰之五度，令苦味尽，每一斤入茯苓四两，每日水服一钱，能令不饥。

一、黄精蒸熟晒干为末，另用生黄精切碎熬膏，捣成丸，如鸡子大。日服三次，每一丸可以不饥。渴则饮水，兼除百病。

一、熟地一斤九蒸九晒，天冬二斤去心为末，蜜丸弹子大。温酒化下三丸，日三服，居山远行，辟谷最良。久服延年。

一、赤石脂三斤，水渍二三日，捣为丸，如李大。服子，可辟谷。

一、红枣煮去皮核，山药为丸。

一、黄蜡炒粳米，亦可充饥。食胡桃肉即解。

一、杜仲、茯苓、甘草、荆芥等分为末，湖〔糊〕丸如桐子大。每服数丸，任吃草木，可以充饥。止有竹叶、甘草不可同食。食草木有毒，惟盐可解。杜仲应是贯众，宜酌之。

一、糠皮味甘平，食之而肥。又北边饥荒人多以豆饼干嚼，或煮熟食之。或草木花实可食者，和剂蒸煮，以救荒云。李时珍书。昔秦饥，应侯请发五苑果蔬枣橡栗以活民。孔融为东莱贼所攻，治中左承祖以宫枣赋战士。明太祖令民种桑枣，不种者有罚，亦以备凶荒之用。

劝济被水流民西江月词

（武林高伯阳先生刊刻施送）

第一流民之苦（淮、扬、海各州县人来，多之极），农工商贾齐排（举贡、生监、乡绅、富室典当字号，不知凡几）。狂涛汹涌陡然来，那里还分好歹？富者随身衣饰，贫者赤体光骸；小人君子并难开，玉石装成一袋。

内杂良奸不一，恳宪惩治凶顽，以安善懦。

第二流民之苦，行来绝少居停。阶前露地且安身，硬石又无草衬。夏日炎蒸犹可，寒来风雪难禁。单衣破裤雨来侵，满面周身水浸。

健者即要生病，况老弱病人乎？每见人家门首空檐地下，浇之以水，绝彼夜卧。你何不将灾民之心与你心一比，你恨浇水之人，岂不切齿？结下冤仇，断乎不可。即使令伊往宿一宵，免其风吹雨打、露宿之苦。在你不过早晨一扫之劳，就行了方便，积了福寿，岂不美哉！

第三流民之苦，艰难来到苏杭。人人说道上天堂，原想恩波优养。只见布施人俭，但逢豪费人狂。游船看戏听笙簧，日夜花消颇广。

何不将诸色无益之费节省，稍为散施流民，以有损为有益，改消福为增福之为念乎？

第四流民妇女，鞋弓袜小逃奔。妆奁衣饰尽无存，尚有银钗在鬓。夏日如花之貌，秋来活鬼之形。西施嫫母即斯人，世上荣枯无定。

无定者，无常也。富贵、贫贱、穷通、寿夭皆然。

第五流民孩椎〔稚〕，随娘受尽艰辛。娘还爱若掌中珍，干乳教他空忍。薄粥尚然不饱，乳汁焉得通盈？看看母子两难存，堪叹堪怜堪悯！

第六流民之苦，时时思想回乡。故乡一片水茫茫，回去作何依仗？只剩墙根石在，其余皆付汪洋。总然水退可开荒，耕筑全无力量。

所谓进无路，退无家，将心一比，惨何如之！

第七流民之若，睁开二目无亲。往来俱是异乡人，诉尽苦衷谁听？软讨尚然取厌，强求更是堪憎。奉劝菩萨发慈心，恕彼乡愚顽蠢。

昔有人骂观世音菩萨，菩萨云：他因无知骂我，岂不折了他福寿，甚为可怜。即化一老僧，劝其忏悔。今此等乡愚，因饥寒交迫，出言触忤，还祈大善怜其无知，恕其冒犯，仍加矜恤。即菩萨心肠也，自然福量无边。常向此辈来乞钱者云：尔等时乖孽重，幸而逃在此间上街，须告以流离之苦，将情将理哀辞求恳。苏地人皆乐善，虽连年生意艰难，亦肯酌施不吝。即间有呵叱，此是你去求他，不是他来求你，亦当俯首顺受才是。今尔辈中有不怨自己命苦福薄，非但不肯顺受，竟有反肆强讨者。况白受人施，虽粒米文钱，亦当存怀惹报德之心，方可消受。若反肆强粱，岂不更增罪孽，神人共愤，将来苦报无穷矣。伊等云：我们江北人，语言粗蠢，求之将晚，一村共十余人不等，若无几钱回去，半饱犹艰。故不觉心焦发急，出言冒犯，原有之。又向云：你则语言触忤，傍人听闻，皆指你为行凶恶徒，不足矜怜，连柔善者亦不哀怜而布施矣。岂不是歹人累及好人乎？去年冬间逃荒人结党成群，横行街巷，官府访闻，尽皆押逐回籍。尔等谅亦闻知。今何以仍旧结连多人，将箩担拦截店铺？无怪人皆厌恨，关门畏避。伊云：我们村中逃出者，皆是亲邻家族，同病相怜，互相依倚。况内有妇孩，向常藏于闺阁，羞见生人，难以离开独往，又恐子女失迷，饮食住宿艰于聚集，故结队而行，推几个能言不怕羞者出面相求。且家资尽在箩担，兼要挑睡小孩，况人多杂沓，不带即要失遗。并非好挑取厌，此皆不得已之苦衷也。又向云：今各宪极其矜悯尔等。所矜悯者，良善人也。若不安本分，犯法违条者，岂能曲加宽贷？尔等若是心气和平，知感恩戴德，上天仍降之福，使尔本地年丰岁稔，仍回故里乐业安居，自然转灾为福也。今幸蒙各宪恩慈设局，在尔等原籍赈济，此地准给盘费口粮回籍，何不早早回去，免得飘流异地，才是正道。伊等云：所言皆是金玉，只因有病人拖累，难以动身。吾云：总应遵奉宪示，速即回去才是。

第八流民之苦，浑身臭秽难闻。百人共卧破庵门，尿屎随身遗涵。夏有蚊蝇咂体，寒无汤粥沾唇。可怜彻骨至贫人，又怕西风冷信。

一遇大冷信，便要打折头哀了。

第九流民之苦，时时悲念家乡。亲人离散往何方，只怕半归泉壤。但愿斯时是梦，醒来即可如常。惺惺千忖万思量，无奈一声鸡唱。

要想如做梦，谁知竟不是梦苦哉！

第十流民之苦，老幼疾病颠连。不行囊乏半文钱，欲走头眩足颤。忽尔皆如冰拥，陡然心似油煎。不如命早丧黄泉，何苦汤烹活鳝。

此不过疟疾。更有难名大症，无医药而毙者，不知凡几。故施医药者，亦莫大阴功也。老幼病人，岂能行乞？如有亲人还可，驼负而行。否则竹管煨鳅矣，岂不可怜？

十一流民之苦，随身衣服逃灾。那里有伞与钉鞋，只怕风狂雨大。若遇倾盆数日，阎王速帖分来。酒筵摆设望乡台（七七卷云台在鬼门开口），恕不再邀立待。

老幼妇女病者，即刻赴席。少壮者，待生病后即到。愚言虽谑，情甚堪哀。若施芦席，遮蔽阶前檐下人卧处，免其上侵风雨，下浸湿地，俾残喘能延，皆思公之赐也。

十二流民孕妇，怀胎十月之间。忽然肚痛又头旋，随地蹲身分娩。无有脚盆马桶，血流神佛龛前。欠汤少粥哭苍天，哀恳一棺盛殓。

前至寒山寺山门内金刚座下，有一少妇闭目捧腹，奄奄一息。见其卧傍地上尚有血痕，因询之，伊云：前日产下一女。问女何在，伊云已死，教人抛入河内。我云抛入河中，岂不罪过。何不葬埋？伊云：无掘地。即地主岂能容我葬埋？我云：你在神足之下生产，更为罪过。伊云：我本卧于露地，蒙众人好意，见我腹疼将产，换我卧于屋内。我想人家猪二，尚有栏圈。苦命人原知罪过，若生于星月之下，罪孽更为加重。问其可曾吃些茶粥否，伊云：数日前早晨，已唤侄儿买些茶粥。及至日间，人皆四散求乞，僧已极厌，安敢启齿求他？远二日来，水米未沾，眼花头晕，不能坐起，尿屎随身遗出，见者远避。我本兴化田姓，原有三百余亩田地之家，丈夫监生。亲丁六口，三人离散，只剩三人，同一伯一侄来此。伯已途中病故，侄带病往街求乞。如此情形，殊深可悯。因施与钱文，伊云：老爹赏我钱买物，亦不能下咽。只恳求赏棺一具，免致尸骸暴露，恩债来世偿还。又嘱伊称念阿弥陀佛，免致来生再苦，瞋目不答。我即回寓募棺一具抬往，已于午后身殁。即倩人盛殓，抬至义冢墩头，焚化楮钱纸锭。愚细思苏杭，虽至贫极苦之家，生产莫不避风内室，典衣接稳。母处夫家，何等畏慎！今此妇，母女亦富室之人，收成如此。因诵昔人诗云“花正开时遭急雨，叶方嫩处被浓霜。杜鹃叫落桃花月，血染枝头恨正长”之句。其时正值苦雨凄凄寒鹊噪，悲风切切暮鸦啼，不觉泪沾襟袖。

十三流民之苦，转眼冬雪时光。旧鞋破帽在何方，敝絮鹑衣难望。无奈苦言哀恳，被叱满面羞惶。(丙有富室，男妇不得家传求讨之法。未闻言，早先愧恧，何况被店铺人呼叱乎？只得含羞而退。退去何往，曰往首阳山寻伯夷弟兄相商也。)**吁天抢地叫爹娘，骸骨要势异壤。**

或十家，或五家，每日各出钱三四文，给与一人，使之轮卧阶前，兼敛施破旧棉衣一件。苏有一二十万人家，一图之中即可分散数十百人，施之者不觉其费，受之者散于各图，不觉其众矣。古人埋蛇救蚁还带，尚有状元宰相之报。若救人一命，岂不胜造七级浮屠？浮屠者，即费十数万金所造之大寺塔也。此时胜造浮屠之价甚廉，可以多多广造。□自己忘记著得一件背褡，即或伤风鼻塞。若重伤风，即要发热，请郎中吃药。试看灾民如此寒天，还是单衣不足，他也是父母皮肉所生，须思昔贤云民吾同胞之言。况且他系天作之孽，并非自作之孽，应得哀怜救度。

十四流民之苦，无钱无米无柴。病无医药死无材，撇在荒郊野外。缈缈愁魂一缕，凄风冷雨坎开。只因前世不修来，做鬼还偿苦债。譬自家中人死，岂不哭断肝肠？他家骨肉有伤亡，痛不关吾心上。若把他家相比，如吾一样悲伤。施棺施殓施坟场，此等阴功无上。十斛宝珠出售，光明照耀寰区。或隐或现现还无，见者缘何反恶(见之反加叱恶，因眼光短，不识货也)？**要买此时速买**(正是机会)，**不买过后无珠**(岁一丰收，绝无买处)。**识时即买莫踌蹰，休被骊潭摄去。**

珠十斛，分大小千百余号。大者如碗，细者如黍。出数万金可得如碗者，用数百钱可买如黍者。福之厚薄，随价而偿。若集真诚乐善之人，往往将少钱买得大号之珠，故又无定价，惟在心之诚与不诚、善之真与不真耳。其实不论贫富，并皆可买，非必定卖与富人者。汉鲁恭云：万民者，天之所生。天爱其所生，犹父母爱其子。故爱民者，必有天报。今上天见其地人民积有罪愆，不得不罚之以灾。既罚之灾，又矜其饥寒困苦，不胜哀悯。忽有人焉，怜而赈之以钱财衣食，使不致填于沟洫，上天又不胜其慰然欢欣，将必报其人以世世子孙富贵寿禄。此一定之理，无可疑者也。今将往昔买珠□大乐善、大施主、大福大德大贵人尊姓芳名，千百人中，略述一二人。如汉之耿寿昌、伏湛，未〔宋〕之韩魏公、范文正公、富郑公、朱文公、赵清献公、洪忠宣公、叶石林诸公，已班班载史，不必细述。国朝崐山徐中堂乾学，同胞三鼎甲：状元、探花、探花，宰相、尚书、侍郎。大兴黄芳洲、宜兴储方庆，河南按察张孟珠，皆五子登科。栗阳任尚书□枝，父子鼎甲。海宁陈中堂元龙，叔侄中堂。桐城张中堂英、青州刘中堂统勋、常熟蒋中堂廷锡，皆父子中堂，六代科甲。苏州缪国维及沈国祥，皆祖孙、父子、伯叔侄、兄弟甲科。河南李姿仁，三子同榜进士。湖州蔡启樽，叔侄状元。严我斯，祖孙状元。苏州彭南畇，祖孙会状，至今世代科甲。此皆先世买珠人也。非但人间富贵荣寿，即成仙成佛成神者，亦皆买珠而后成也。此珠即大金丹也。

此物明知至宝，何以见者离开？为怕受累又伤财，不得法门成害。你若将钱欲买，他便挤挤攒来。下回街巷遇斯侪，扯住衣裳强卖。

此词言买珠之难也。店铺中人若买，他便闹得你生业不宁。路上人若买，倘街上再遇著他，便扯住你要卖身。若无钱，他即随你回家。认得了你住处，他便引类传扬，日日来要卖，吵得你里巷不安。本地贫人贫亲贫友贫邻贫匪不肖之徒，皆要来强卖。你若不买，他便挟嫌，阳则吵骂，阴则暗害，你如何招架得住。有识人明知是希世奇珍，无奈内藏害累，故皆却步耳。若容易买，何足为贵？不入万丈，焉得骊珠。今一管见求正，凡有大德长者发心要买，不论银钱多寡，须分穿或数十百串，先一日细访伊等众人聚宿之地，或寒山寺、王路庵及各寺庙等处，有几何人，回家派定。次日赶黑早叫船前往，泊在伊等所住近处，然后叫伊等起来，齐出山门之外，即吩咐云，称此举乃本县某好善乡绅、某大老爷家托我等前来施舍，尔等不得拥挤喧哗，强者多索，弱者向隅。高声朗说，众皆听闻。问他可是否。待伊等允诺之后，然后将山门只开一扇，自带强力数人，把门者把门，给钱者给钱，拦人者拦人。叫一人进，即与一串。宁可分剩有余，少则受吵不了。分完之后，飞速下船开远，否则强横之徒又要追来缠扰矣。不论银钱、衣絮、毡帽、蓑衣、蒲鞋、手巾、扇子、小菜、点心、布袋、线索、筐篮、碗箸，俱可照此分法。若回籍之时，在总接路口给与盘缠，使彼从容归去。他得一文之惠，胜受千文之德。我舍一倍之财，即获千倍之报。

此珠光彩照耀大地山河，挂在通衢要道，人人既见，人人又不见。虽然买了些最小者去，可惜未曾买得大号。现在江北原产之处甚多，如信真要买者，速发勇猛心，备价雇船前往，趁未大寒速买。如迟，恐其冰损冻裂，无买处也。

旧棉花行，现在北寺前山塘上等处广多，不过二十余文一斤。载往江北，呈厂分给，每人一紮三斤，俾之或缚身，或垫卧，保得此珠不受伤残，最大之善也。

昔高峰祖师斋堂偈云：施主一粒米，大似须弥山。若不真修报，披毛戴角还。此言出家人吃了篕饭，不肯念佛真修，报答施主者，来生必披毛戴角偿还。今苏州各行店铺人家，虽被流民强求硬索，深可厌恨，其出过钱文施主，仍是买珠，仍是增延福寿。不情强讨之徒，来生岂免做牛做马偿还？其循理柔善、知恩戴德者尚无罪愆，尤可消受，总不论强求软讨。凡布施财物之人，如上种一树，下必有一影随之，其功仍在，并不落空也。昔莲池大师诗云：财物施于患难人，此财功德更非轻。灵山会上千尊佛，尊尊皆是施财人。施舍钱财不是骇，舍财作福福根栽。朝中多少公卿贵，尽是前生栽种来。宗元亦有俚句云：宝珠一粒照西江，光射西江万丈长。古今多少贤卿相，皆购斯珠入佩囊。韩、范、富诸公，皆肯出大价者。现今有数人住在僻街冷巷求买此珠而不得者，隐其名姓，黑早挑钱，往寻流民分给，并劝其安命守分，可望转灾为福等言。此人实是识得真货的波斯，大快大乐，买了一粒小珠回去也。

非是布施者少，不施内有原因。柔良遇舍即衔恩，愚者强求狠甚。以致皆怀畏厌，一见下榻关门。奉劝大士发洪仁，不把贤愚较论。

恐因强丐者，连柔者亦不肯施。若阳春择物而施，其施不广；大海择流而纳，所纳无多。今奉劝救苦救难大士广开方便之门，发平等心，海涵春育，不论贤愚，并皆施舍。所谓植根深则枝叶自茂，救济多则报享自长。贫人肯施功德，犹胜若殷富之家。爽爽快快，舍出千贯万锭，买了宝珠，自然子孙大繁衍，大昌盛，大富贵，大寿考，亦有列入圣殿两庑乃各名宦乡贤祠也。

你著鲜花美服，他穿破损衣裳。你眠楣木大凉床，他卧阶沿石上。他你详加比并，立分地狱天堂。同天同地共三光，都是爹生娘养。

世上千万亿人，原是天地大父母同胞所生，四海之内皆兄弟也。如今你富贵他贫贱，你快乐他忧愁，你饱暖他饥寒，你平安他患难，同是十月怀胎而养，可不曲加矜恤，而施济银钱、衣服、碗箸、粥饭、卧场、医药、材薤使之得所乎？

世事如同棋局，谁人保得无灾？昔年豪富广钱财，转眼钱财安在（大木来，倾刻赤贫）？不若发心施舍，他年厚利回来。小小银杏种莓阶，发出半天枝蒂。

苏州半塘寺、杭州金祝庙有古银杏，五六人抱不转者。昔人云：谁人得保常无事，那个能无落难时？

世上钱财如水，流来淌去无常。前人多少好田房，尽被儿孙斵丧。（谚云：衙门钱，一蓬烟。又云：公门里面好修行，亦可长久。若本分勤苦积下之钱，每多久享。生意钱，六十年。此指买卖言也。若交易公平正道、积善勤俭人家，亦有传至一二百年者。种田钱，有千年。农夫血汗耕田，四时难苦，本分内之钱也，故最久远。前年偶至东乡，有一姓倪农家，尚种其先世洪武年间遗下之田十余亩。传至今四百余年，不富不贫，常温常饱。古槐老屋，清趣绝尘。）何不施财种德，打下难拔之桩。盗贼水火不须防，百世千年可仗。

古人设立常平积谷义社等仓以备荒灾，筑江河海塘堰以防冲决，及建闸坝，疏浚河流，注归千〔于〕海，此大千年桩也。如赡族义田、育婴善济堂、养济院、放生池及一切造桥开路、凉亭、义学、义渡、义井、义塚、施衣、药材、葬赒孤寡病茕桩，虽有大小不等，总名之曰千年桩，即今世上宝山中之物也。

奉劝东邻西舍，闲观过客傍人。自家无钞舍灾民，切莫将言阻梗。（此辈虽然可恶可厌之处不少，总求宽恕，须哀怜他天字第一号之至苦极贫。若将篙头一点，他即沉入深潭。）此苦并非假苦（比黄连汁浓百倍），此贫才算真贫（光身赤体，百物皆无，路贫贫杀人）。劝人作福两均分，全仗金言帮衬。

口头积福，添助好言，即是舌头莲花。自己年高百岁，儿孙平步青云。今晚见一施主，正要大发心。遇一友人云：虽施与每人一二三百文钱，总不能了其终局。施与不施同也。其人闻言而止，可怜伊等又要饿过一夜矣。一言而伤天地之和，不自知其折尽平生福也。何苦佛经云：欢喜而施，为之乐施。哀怜而施，为之悲施。双手递送，为之敬施，其功尤胜。虽力不能施，心不愿施，亦当婉言回覆，何必疾辞遽色，加之叱辱？伊虽恋默而去，及至下世相逢，一语而意如水火，一交而忮若参商者，平素非有所嫌隙也，是前世结下之冤也。若陌路闲人，见伊尴尬，肯添助好言，成全其美，及至来生相会，一言而欢，若平生一接而情同故旧者，向日非有所恩义也，是前生结下之缘也。《大藏经》云：你昔后言他过恶，他虽不知，他后世来生，一见你即淡漠无缘，何况对而直叱乎？所以三教圣贤，皆重隐恶扬善也。细思古往今来耳闻目见，其事甚多，不及详载。

代诉流民苦状，十分未及三分。闲中略询彼情形，并未亲身历境。奉劝大慈长者，救拯苦难施恩。消灾延寿福临门，百代儿孙余庆。

因略询伊等，知其家园荡尽，骨肉散亡，流离奔走，苦。日间求食，夜里求眠，身无衣服，囊少钱财，病无医药，死无棺葬，苦。寒来冻杀，雨来淋杀，风来吹杀，苦。壮者欺老，健者欺病，强者欺弱，莨莠害嘉禾，苦。仰面求人，低头忍气，异乡音语不通，我本好言人，反以为恶语，常遭呵叱，苦。恩人绝影，怨人偏在目前，苦。欲质妻儿，妻儿何在？欲卖自己，自己谁收？苦。少年妇女，夜半登坑，乳哺孩提，三更出屎，欠烛无灯，贤愚杂处，诸多不便，苦。以及耽〔担〕惊受吓，带恐怀忧，去来不易，进退皆难，说不尽千态万状、委曲琐细之苦情也。宗元因于伊辈住宿之处略论情形，并非亲历其境，岂能洞达无遗？十分中不过代叙其三忿〔分〕耳。故言之欠于详尽也。前因此辈无耻强求，蒙官惩治，极快人心，曾何足惜？惟连累于良善多人困苦饥寒，深可悯恻。无奈靦颜，再将伊等苦情转求。

按《救荒本草》二卷，系明周定王朱橚所撰也。书中备载草木之可采以御饥者，最切于实用也。昔乾隆丙子、辛巳年，亦岁歉乏粮。贫民尝掘取树皮草木为食充饥，以苟延性命。盖当年人尚忠厚也。今人遇有饥荒，多不屑以糠皮草木为食，惟于富家或稍温饱者，不免强索硬取。设所乞不遂，即生恶念，种种滋扰，而不安本分。此人心之不古也。但天之降灾，原因世鲜厚道，由于不孝不义，不知敬天地，畏神明，所作不善，或不知惜福，轻视五谷之所至也。彼富有者，由其祖先积德，前生修善所致，兼天之私厚于是人也。然而富者惟知有已，而略无悯恤穷困之念，则天亦厌弃之，而悄长于冥冥之中矣。若贫穷妒人，不知安分而肆为不善，则天益怒矣。罪可挽乎？当亟思改之，以消天谴也。羲木氏附未以劝世云。

广东佥事林希元，嘉靖八年上《荒政丛言》曰：救荒有二难：得人难，审户难。有三便：极贫民便赈米，次贫民便赈钱，稍贫民便赈货。有六急：垂死贫民急粥饭，疾病贫民急医药，起病贫民急汤水，既死贫民急墓瘗，遗弃小儿急收养，轻重系囚急宽恤。有三权：借官钱以籴粜，兴工作以助赈，贷牛种以通变。有六禁：禁浸渔，禁攘盗，禁遏粜，禁抑价，禁宰牛，禁度僧。有三戒：戒迟缓，戒拘文，戒遣使。上以其切于救民，皆从之。按此六说，因救荒之大法也。至于存仁心，行仁政，因事制宜，权变流通，是所望于太君子。即阴隲文云代天行，化慈祥为国救民也。

救荒备览

清道光三十年重刻本

（清）劳潼 辑

郝秉键 点校

救荒备览序

乾隆戊戌岁，吾粤大饥。潼居佛山镇，曾随诸乡先生后，禀宪捐签赈济乡人。襄事之下，因考古事，得蒋、魏、王三家之书有裨于荒政者，抄集成编。时以见闻寡陋，阅书不多，恐法有未备，未敢刊布。既而丙午岁复饥，仍禀宪佥捐赈济。至丁未复大饥，佥赈之举，难以复行。潼与乡缙绅数辈，联恳大宪，准于佛山阖镇铺店租银每两科收五分，共得数千余两，募人带往楚南、粤西，买谷回乡平粜。因恨乡中先事无预备之策，至临时周章补救，所裨无几，遂欲刊布是编，献其一得之愚，以备当世采择。既而从旧书铺购得钦定《康济录》，庄诵数次，仰见圣天子覆冒万方，轸念民瘼至意。先事绸缪，临事补救，既事善后，无所不用其极。潼所葺是编，不及此书百分之一，且其要处，如林次崖、魏冰叔诸策，此书已具，不觉爽然自失，用是不敢付梓。今年春大旱，夏大水，田禾未熟，识者忧之。友人冯子世则过予书斋，偶见是编，谓可以触发人善心，设法虽不如《康济录》之尽善，然《康济录》乃为朝廷及有位者言之，是编乃兼及士庶之微，使有心者得以人人自尽于世，未为无补，劝予亟付之梓。予亦念生平久处困约，徒有人〔仁〕人之心，而无济人之力。居乡数次救饥，不过因人成事，究无大补于时，深以自愧。而偶值灾祲，乡里之中，鸠形鹄面，所在多有，又未免为之恻然。且《康济录》粤中书贾少有，人罕得见，用是思刻是编，藉以补救于万一。倘有力之家得寓目焉，未必无触于厥心，邻里乡党或有赖也，不亦万一之幸乎？若大人君子，俯恤灾黎，欲起沟中之瘠而衽席之，则固有钦定《康济录》在，法良意美，自可为苍生造无疆之福，亦奚取乎此。

乾隆五十九年岁在甲寅立秋前三日，南海劳潼谨序于羊城书舍

救荒备览总目

卷 之 一

录王汝南《赈恤纂要》

天灾流行，圣世不免。是以《周礼》大司徒以荒政十有二聚万民，一曰散利（贷民种食也），二曰薄征（轻其租税也），三曰缓刑（岁凶犯法者多，故轻之），四曰弛力（民饥堪役者少，故息之），五曰舍禁（舍山泽之禁，与民同利也），六曰去几（去门关之讥，便民转移也），七曰眚礼（吉礼之中，减其礼数也），八曰杀哀（凶礼之中，杀其礼数也），九曰蕃乐（闭藏乐器而不作也），十曰多昏（婚姻杀礼，使男女及时也），十一曰索鬼神（荒年灾祸易起，搜索鬼神而祠祀之，以祈民休也），十二曰除盗贼（荒年剽窃者多，除之以去民害也）。可谓仁之至、义之尽矣。然以治荒，非待荒也。古称荒政，贵不治之治，而治荒尚无功之功，皆以未灾而兢兢也。故春官岁献民谷之数，通制三十年余十年之食，此量出入也，常法也。遗人（遗，馈也。掌馈遗之人也）掌县都之委积，以待凶荒。此待施惠也，常法也。廪人（主藏米谷者）稽民食，食不能人二鬴（鬴与釜同，六斗四升也。每人一月食四鬴则年之上，三鬴则年之中，二鬴则年之下也），则令邦移民就谷。此待匪颁也，常法也。法如是其详，是以三代以上，有荒政而无荒民也。至后王政既衰，所谓九年之制，已自败坏。岁一不登，则乞籴于邻国，如秦饥乞籴于晋，鲁饥乞籴于齐是也。即管子治齐，亦不过君民互相攘夺，收其权于上，虽曰富霸一时，举周官荒政一变而为敛散轻重之权，岂复有及民之意哉？至汉文帝，始念鳏寡孤独穷困之人，议赈贷之，于是赐帛粟有差。武帝元鼎中，冬大雨雪，夏大水，关东饥死者以千数。因遣博士分循谕告吏民，有赈救饥民免于一戹〔厄〕者，具举以闻。已而河内贫民伤水旱者万余家，汲黯以便宜持节发仓粟赈贷之，归伏矫制之罪，上贤而释之。昭帝遇荒岁，则赈贷贫民之无种食者。宣帝岁不登则令大官损膳，乐府减乐，又令租谷入关者毋得用传。元帝于郡国被灾甚者，诏令毋出租赋。陂湖园池属少府者，则以假贫民，勿租赋。关东大水，饥，人相食，则转旁郡钱谷以相救。成帝鸿嘉四年，哀民流离，因下诏曰：数敕有司，务行宽大而禁苛暴，迄今不改。一人有辜，举宗拘系，农民失业怨恨者众，伤害和气，水旱为灾。朕甚痛焉。未闻在位有恻然者助朕忧之。今被灾害什四以上，民资不满三万，勿出租赋，逋贷未入，皆勿收。流民欲入关，辄籍内。所之郡国，谨遇以理，务有以全活之，思称朕意。平帝元始二年，郡国大旱蝗，民流亡，遣使捕之。民捕诣吏，以石㪷受钱。疾疫者，置空邸第舍之，为置医药。死者赐葬钱，民犹思仁也。至王莽时，常苦枯旱，不思赈济，但分遣大夫谒者，教民煮木为酪。酪不可食，重为烦扰，流民入关者数十万人。虽名置养赡官以廪之，而吏盗其廪，饥死者十七八。莽耻为政所致，每下诏饬之曰：百姓流离，予甚悼之，今害气将究矣（究，终也，言害气将终，不久复和也）。岁为此言，言未竟而国亡矣。

后汉建武六年，诏曰：往岁水旱蝗灾，谷价腾跃，人用困乏，朕恻然愍之。其高年鳏寡孤独及笃癃无家属、贫不能自存者，如律廪给之，二千石勉加循抚，无令失职。明帝永平中亦诏：鳏寡孤独笃癃贫不能自存者，粟人三斛。和帝永元中诏：自京师离宫果园上林广成圃，悉以假贫民采捕，不收其税。又屡诏有司，务择良吏，犹仁政之余也。而有司不改，竞为苛暴，侵愁小民，以求虚名，委任下吏，假势行邪。是以令下而奸生，禁至而诈起，民不重困乎？安帝永初中，连年水旱灾伤，郡国饥困，樊准上疏，言：调和阴阳，实在俭节，百姓凋残，恐非赈给所能赡也。宜遣使者，与二千石随事消息，悉留富人守其旧土，徙尤贫者庇以衣食，诚父母之计也。太后从之，悉以公田赋与贫民，即擢准使冀州。准到部开仓廪给之，慰安生业，流人咸得苏息。献帝兴平中，三辅大旱，谷一斛五十万，豆麦一斛二十万，人相食啖。帝因出太仓米豆，命有司作糜，食饥人。既而疑其虚，乃亲于御座试之，乃知非实，因痛惩有司，民得全济。政在实行，不其然乎？此则实行者矣。

晋至惠帝，政教陵夷，丧乱弥甚。北魏永兴中，频年水旱，诏简宫人出，赐鳏民。文帝太和中大旱，公私缺乏，诏听民就丰，道路给粮廪，至所在，三长赡养之。隋文帝开皇时，关中连年大旱，而青、兖等州又大水，百姓饥馑。文帝乃分道开仓赈给。又发故城中周代旧粟，贱粜与人。又买牛驴六千余，通分给尤贫者，令往关东就食。视民食豆屑杂糠，为流涕，不忍御酒，殆将一期。三君虽曰小补，犹不失君人之意。及炀帝嗣位，则巡幸无度，百姓废业，无以自给。然所在仓库犹大充牣，吏皆惧法，坐视民困，转俟唐师入长安，发永丰仓以赈之，而苏息百姓，何愚而忍也！

唐太宗贞观初，畿内蝗。上忧恚，掇数枚欲吞之。左右谏曰：恶物恐致疾。上祝曰：民以谷为命，而汝必食之，毋宁食我之肺肠。朕为民受灾，何疾之避为？遂吞之。是岁蝗不为灾，岂非德胜耶！二年关内旱饥，民多卖子，诏出内府金宝赎还之，与膜视者异矣。中宗景云中，关中大饥，米斗百钱。群臣请幸东都以便籴。韦后家本杜陵，不乐东迁，使巫觋以东行不利说上。后有言者，上怒曰：岂有逐粮天子耶！乃止。元〔玄〕宗开元中，立赈饥法。制曰：饥馑必待奏报然后开仓，道路悠远，何救悬绝？自今委州县及采访使，给讫奏闻。代宗时关辅旱，盐铁使裴谞入计，帝问榷酤岁入几何，谞久不对，帝怪之。谞曰：臣自河东来，谷菽未种，民人愁叹。臣谓陛下轸念元元，先访疾苦，而乃责臣以利，故未敢即对。上曰：微公言，朕不闻此。拜左司郎中。德宗贞元时，兵民皆瘦黑，及麦熟，人有醉者，人以为瑞。八年，天下四十余州大水，陆贽请遣使赈抚。上曰：闻所损甚少，议恤恐生奸欺。贽曰：流俗多谀。揣所悦意，则侈其言；度所恶闻，则小其事。今遣使巡抚，所费者财用，所收者人心。苟不失人，何忧之有？上曰：淮西贡赋既阙，不必遣也。贽复奏曰：率土之内，莫非王臣。或有不共〔贡〕，皆教化未至。今希烈乱常，污染淮甸，职贡废阙，责当有归，编氓岂任其咎，遂令施惠不均，恐未为允也。臣尽言若此，君耳可充哉？僖宗乾符中，关东旱饥。翰林卢携请发义仓赈给，敕从其言，而有司竟不行。是上之命，不能夺下之主持也。周显德六年，淮南饥，上命以米贷之。或曰：民贫，恐不能偿。上曰：民犹子也，安有子倒悬而父不为解者，宁责其必偿耶？盖闻《禹贡》九州，有上、中、下三错之类，可见其未尝立为定式也。所谓田赋者，既随时斟酌而取之，则自不令其输纳不敷，而至于逋悬也。既无逋悬，则何有于蠲贷？虽亦有春省耕补不足、秋省敛助不给之制，然未闻责其偿也。秦汉以下，赋税之额始定，后世遂立经常，而升合不可悬欠也。于是征敛之名始多，而上之人不容，不视时之丰歉、民之贫富，而时下蠲贷之令，亦其势然也。由唐以来，取民之制愈重，故蠲贷之令愈多。然蠲贷本恤贫，而桀黠顽犷之徒，至有故逋常赋以待蠲，而以为得策，则上下胥失之矣。唐自宣宗而后，政不及民，而置诸汤火之中者将百年。惟后周世宗有人君之德，行不忍人之政，又命刻木，为耕夫织女置诸庭。留心邦本如此，宜其赫然南面指挥，而四方宾服也。宋之为治，一本于仁厚。凡赈贫恤患之意，视前代尤为切至。诸州岁歉，则发常平惠民诸仓粟，或平价以粜，或贷之，或赈给之，无分于主客户。不足则或转漕粟于他路，或募富民出钱粟，酬以官爵。又不足，则出内藏或奉宸库金帛以济之。赋租之未入、入未备者，或纵不取，或寡取之，或倚阁以须丰年。凡宽恤之政，无所不行。建隆三年，户部沈义伦使吴越，还言扬泗饥民多死，郡中军储余万，宜以贷民。有司沮之曰：若岁未稔，谁任其咎？义伦曰：国家以廪粟济民，自当召和气，致丰年，宁忧水旱耶？太祖悦而从之。又诏州县，岁收二税，每石别贮一斗，以备凶歉，德意深厚矣。太宗恭俭仁爱，谆谆劝民务农重谷。真宗继之，益务养民之政。于是推广淳化之制，而常平惠民仓殆遍天下矣。仁宗、英宗一遇灾变，则避朝变服，损膳彻乐，恐惧修省见于颜色，恻怛哀矜形于诏旨。神宗即位以来，河北诸路水旱荐臻，命粜仓米以赈民，仍谕在京难以住泊，令速往丰熟州郡存活。司马光以为有损无益，因疏言：民之本性，怀土重迁，岂乐去乡里，流离道路，乞丐于人哉？以丰稔之岁，粒食狼戾，公家既不肯收籴，私家又不敢积蓄。所收之谷，随手縻散，不得不春指夏熟，夏望秋成，上下偷安，姑为苟计。是以稍遇水旱虫螟，则糇粮已绝，公私索然，无以相救。仰食县官既不能周，假贷富室又无所得，此乃失在于无事之时，不在于凶荒之年也。兼之监司守宰多不得人，视民之穷曾无矜悯，增无名之赋，兴不急之役，吏缘为奸，蠹弊百出。民缚手计穷，则不免四方之志，意谓他处必有饶乐之乡、仁惠之政可以安居，遂伐其桑枣，撤其庐舍，杀其耕牛，委其良田，累世之业，一朝破之，相携就道。若所至之处，复无所依，进退失望，彼老弱不转死沟壑，壮者不起为盗贼，将安归乎？是以圣王之政，必使民安其土而乐其业也。为此之要，在于得人。诚择一公正之人为河北监司，使之察灾伤，那融斛斗，次第赈济，则所给有限，可以预为矣。若富室有蓄积者，官给印历，听其举贷，俟丰熟，官为收索，示以必信，不可诳诱，则百姓争务蓄积。夫如是，饥民知有可生之路，岂肯复为流民哉？既而王安石秉政，改贷粮法而为借助，移常平广惠仓钱而为青苗，皆令民出息，言不便者辄得罪，而民遂不聊生矣。又诏卖天下广惠仓田。自是先朝良法美意所存无几矣。

高宗南渡，民从者众。既为衣食赈其饥寒，又为医药救其疾病，毙于道路者复埋瘗之。绍兴以来，岁有水旱，发常平义仓，或济或粜或贷，如恐不及，何莫非善政也？然当艰难之际，兵食为急，储蓄有限，而赈给无穷，复以爵赏诱富人相与补助，亦权宜不得已之策也。元年，诏出粟济粜者，赏各有差。十年，婺州通判陈正同赈济有方，深山穷谷之民，无不沾惠，以其法下诸路。孝宗隆兴中，秋霖雨害稼，出内帑银四十万两，变籴以济民。宁宗庆元中，转运沈诜言米价翔踊，凡商贩之家，尽令出，而告藏之令设矣。度宗咸淳中，拨公田米五十万石付平粜仓，遇米贵，减价出粜。御史赵顺孙上言：今日急务，莫过于平粜。今粒食翔踊，实出富家大姓所至闭籴，所以籴价愈高也。陛下念小民之艰食，为之发常平义仓，然为数有限，安得人人而济之？愿课官吏任牛羊刍牧之责，劝富民无作秦越肥瘠之视，则籴价无不平矣。嗟嗟！敛散轻重之权，岂善政哉。至后世敛散轻重之权，又不能操，所以启奸民祸害急迫之政一切举行，五代至括民粟，不出粟者死，与敛散轻重之法，又殆数等矣。盖其法愈坏，则其术愈粗。如移民移粟，孟子特指为苟且之政，而汉武诏水潦移于江南，唐自高祖至明皇，荒年则幸东都，不独移民就粟，且有逐粮天子之语。是孟子所谓苟且之政，后世已谓之善政矣。如李悝之平籴法，虽非先王之政，然丰年收之甚贱，凶年出之赈饥，此犹思其次之良规也。使平籴常行，则谷价不贵，四民自各安其居，而无流散之患，又何至于移民移粟哉？若设糜粥，又策之下者。统而论之，先王有预备之政，上也。使李悝之政修，次也。所在蓄积，有可均处使之流通归移，又其次也。咸无焉，至设糜粥，最下者也。大抵天下可行之法，古人皆已施用，今但举而措之，则为民造福矣。

卷之二

摘录蒋伊《臣鉴录》在官事实六十条

周魏文侯使李悝为上池守，悝作尽地力之教，国以富强。又以籴甚贵则伤民，甚贱则伤农，善平籴者，上熟籴三而舍一，中熟籴二而舍一，下熟籴一而舍一。小饥则发下熟之所敛，中饥则发中熟之所敛，大饥则发上熟之［之］所敛。民皆仰给焉。

汉武帝以赵过为搜粟都尉，过教民代田，一晦三圳，岁代其处，故曰代田。耕耘田器，皆有便巧，用力少而得谷多，民皆便之。(按牛耕始于此。)

武帝时，汲黯为谒者，值河内失火，使视之。还报曰：家人失火，屋比延烧，不足忧也。臣过河内，贫人伤水旱万余家，或父子相食。黯矫制持节，发仓粟以赈之，请伏罪。上贤而释之。

宣帝时，岁丰穰，谷一石五钱。大司农丞耿寿昌奏言：岁数丰穰谷贱，农夫失利。故事岁漕关东谷四百万斛，用卒六万人。今宜籴三辅宏农五郡谷，足供京师，可省关东漕卒过半。又奏令边郡皆筑仓，谷贱增其价而籴以利农，谷贵时减价而粜，名曰常平仓。民便之。上赐昌关内侯。按此法无岁不籴，无岁不粜。上熟籴三而舍一，中熟籴二，下熟籴一，此无岁不籴也。小饥则发小熟之敛，中饥则发中熟之敛，大饥则发大熟之敛，此无岁不粜也。苏轼云：臣在浙中，遇荒只出粜常平仓米，更不施行余策。盖抄劄饥贫，所费浩大，有出无收。且饥民云集，盗贼疾疫，客主俱毙。惟依常平斛斗出粜，不劳抄劄，但得数万石在市，自然压下物价，境内百姓人人受赐。吁！有司者，委任得人，实实举而措之可也。

伏湛为平原守，四方兵起，岁大祲。湛谓妻子曰：天下皆饥，何忍独饱？乃共食粗粝，悉分俸禄，以赈乡里。远客来依，至百余家。后官至司徒，封侯。子隆为光禄，勋翕嗣爵，曾孙无忌为侍中，元孙宝为大司农。

梁商常以多财为子孙累，所得俸钱及两宫赏赐，悉分与昆弟。中外年凶谷贵，多有饥者，辄令苍头以牛致米及钱，于四城门外，赒济贫民，不告以姓名。

晋杜预因大水螟，上言：今者水灾，东南尤剧。宜敕兖、豫等州，留汉氏旧陂以蓄水，余皆决沥，令饥者得鱼菜螺蚌之饶。此目下日给之益也。水去之后，填淤之田，亩收数钟。此又明年之益也。典牧种牛四万五千余头，可给使民耕种，责其租税。此又数年以后之益也。晋主从之，民赖其利。

唐刘晏以户口滋多，则赋税自广，故其理财，尝以养民为先。诸道各置知院官，每旬日，具州县雨雪丰歉之状白使司。丰则贵籴，歉则贱粜。或以谷易货，供官用及于丰处卖之。知院官始见不稔之端，先申至应蠲免救助之数，及期晏即奏行，应民之急，不待其困毙流亡饿莩然后赈之。由是民得安业，户口蕃息。

郭子仪以河中军食常乏，乃自耕百亩，于是士卒皆不劝而耕。是岁河中野无旷土，军有余粮。

萧复为太子仆射。广德中，连岁不稔，谷价腾贵。家贫，将鬻昭应别业行赈。时宰相王缙闻其林泉之美，使弟纮致辞，若以别业见赠，当处足下于要地。复对曰：仆以家贫鬻业，将拯济孀幼耳，倘以易美职于身，令无靠之人冻馁，非鄙夫之心也。

五代阳梦炎在澧阳，置生老病死苦庄，专济生而无依者、老而无子者、病而无药者、死而无棺者、苦而无告者。梦炎后移节常武，创无恩库，民皆德之。

宋富弼，字彦国，为枢密副使，除知郓州，继知青州。时大水，饥民就食者不可胜数。弼乃择所部丰稔者三州，虚己以情劝民，得粟十余万斛，以官廪贮之。又得公私庐舍十余万区，散处其人。山林河泊之利，可取为民生计者，任流民取之无禁。官吏皆书其劳，使他日得论绩受赏，五日辄以酒食款劳之。出于至诚，人皆尽力。流民病者济以药饵，死者为大冢收葬，谓之丛冢，更为文祭之。饥民从者如归市，且募为兵者万计。或谓弼非所以处疑弭谤，祸且不测。弼曰：吾岂惜以一身易此五六十万人之命哉。行之愈力。明年麦大熟，流民各以远近给粮而归，感德之声轰然载道。前此救灾者，皆聚民城中，蒸为疾疫，或待哺数月，不得一粥，因而仆者多矣。名为救之，而实害之。惟弼此法，简便周悉。仁宗遣使劳弼，拜礼部侍郎，不受，曰：此臣职也，敢受赏乎？后官至中书门下平章事，封郑国公，年八十余卒。富弼自枢密使被谤，出知青州，会河北凶岁，流人就食者众，弼劝民出粟赈之。或曰此非弭谤自全计也。弼曰：能全活数万人，不胜二十四考中书令哉！从朝廷乞斛斗济民，作书与执政曰：伏念人生，好事难得入手，今方遇之，幸乐成此志也。

郑刚中为温州判，岁饥，流民载道，劝守发仓赈之。守曰：恐实惠不及饥者。答曰：业有措置。以万钱，每钱押一字，夜出坊巷，遇饥卧者，给一钱，戒曰：勿拭押字。次旦凭钱给米，饥者无遗。守叹服。

吴中大饥，范文正公纵民竞渡，又日与左右僚属宴集湖上。自春至夏，不禁游赏，富民空巷出游。又招诸佛寺大兴土木，整理仓廒吏舍，日役千夫。监司劾杭州不恤荒政，嬉游无节。公乃条陈其所以宴游兴造之故，皆是欲发有余之财，以惠贫民，使工伎佣作之人，皆得仰食公余之财，不致转徙沟壑。此亦救荒之一法也。

仁宗时，岁大旱蝗，民食草木几尽。范仲淹请遣使循行，未报。因请间曰：宫中半日不食何如？帝恻然，乃命陈执中安抚京东，仲淹安抚江淮。

范忠宣知庆州，大饥，饿莩满道。公请发封桩粟麦，郡官皆曰：须奏乃可。公曰：人不食，七日即死，奏岂能及乎？诸君勿忧，有罪吾当自坐。即日发粟赈之。此能开仓济民者也。夫借粟济民，限于功令则奈何？有一法焉，减免苛征，招来客商，奖劝富民，出粟救荒，政之善也。

韩琦为益州安抚使，救济饥民，活至一百九十余万。及抚河北，岁又大饥。公多方措画，赈济安辑，所活又七百余万。此节镇济荒之证也。夫大臣经理，或遇匮乏则奈何？有一法焉，每遇水旱，必报灾伤，洞悉民瘼，频上表章，大臣之责也。

张咏知杭州，属岁歉，民多私鬻盐以自给。咏捕犯者数百，悉宽罚以遣之。官属以请，咏曰：钱塘十万家，饥者十八、九。苟不以盐自活，一旦为盗，则患深矣。

熙宁八年，吴越大旱。赵抃知越州，先民之未饥，为书问属县：被灾者几处？乡民当待廪者几人？沟防兴筑可僦民使治者几所？库钱仓粟可发者几何？富人可募出粟者几家？僧道所食羡粟，书于籍。乃录孤老病不能自食者二万一千九百余人。故事凡岁廪，穷人当给粟三千石而止。抃简富民所输及僧道羡余，得粟四万八千余石，佐其费。自十月朔，人受粟一升，幼小者半之。忧其众相蹂也，使男女异日，而人受二日之食。忧其且流亡也，于城市郊野为给粟之所五十有七，使各以便受之，而告以去其家者勿给。计官职之不足用也，取吏之不在职而寓于境者，给其食，为任以事。告富人毋得闭籴。诸州皆榜禁米价，抃令有米者任增价粜之，自解金带置庭下，命籴米，繇是施者云集。又出官粟五万二千余石，平价予民。为籴粟之所十有八，以便籴者。又僦民修城四千一百人，为工三万八千，计其佣，与粟再倍之。民取息钱者，告富人纵予之，以待熟，官为责其偿。弃男女，使人得收养之。明年春，人疫病，为病坊，处疾病之无归者。募僧二人，属以视医药饮食，令无失时。凡死者，使在处收瘗之。故事廪穷人，尽三月当止，是岁五月而止。事有非便者，抃一以自任，不累其属。有上请者，遇便宜多辄行。早夜惫心力，无巨细必躬亲，给药石多出私钱。是时旱疫，吴越民死者殆半，抃所抚循，皆无失所。盖民病而后图之，与先事而为计者，则有间矣，殆可为后世法。抃卒相神宗，为名臣云。

明道末，天下旱蝗。知通州吴遵路乘民未饥，募富室得钱几万贯，分遣衙校，航海籴米于苏秀，使物价不增。又使民采薪刍，官为收买，以其直籴官米。至冬大雪，即以原价易薪刍与民，官不伤财，民再蒙利。又建茅屋百间，以处流移。出俸钱置荐席盐蔬，有病者给药以治之。其愿归者，具舟续食，还之本土。是岁诸郡率多转死，惟通民安堵，不知其凶岁也。故其民爱之如父母。明年，范文正公安抚准〔淮〕浙，上吴治状，颁行诸郡。

刘涣知檀州，值河圮地震，民乏食，率贱卖耕牛，悉发仓储买之。明年耕牛价十倍，涣即出市牛，以原直与民，赖不失业。

李之纯三任成都漕司，仁民爱物，尤留心掩骼埋胔。小吏徐熙佐之甚力。时有百姓王彬病入冥司，见朱紫数官聚厅而坐，召熙曰：适天符下，李之纯以葬枯骨有功，更与知成都府一任。汝以主行文书有力，赐汝一子及第。元祐二年，之纯果加宝文阁直学士，知成都。徐熙子名适，果登巍科。

陈尧佐知寿州，岁大饥，自出米为糜，以食饥者。吏民以故皆争出米，共活数万人。尧佐曰：吾岂以是为私惠耶！盖以令率人，不若身先而乐从耳。后为两浙转运使，钱塘江石堤辄坏，尧佐令下薪实土，堤乃坚久。移并州，汾水暴涨为灾。尧佐筑堤，植柳万本，作柳溪，民赖其利。迁谏议，拜枢密，寻平章事。寿八十二，谥文惠。

李肃之因河决寇氏堤，府檄修治，功成不扰，民德之，请为宰。邑多盗，肃之令比户置鼓，盗发辄击，远近皆应，盗遂息。父老颂曰神君。

韩综通判天雄军，会河水涨金堤，民依邱冢者凡数百家。水大至，综出令：能活一人者，予千钱。民争操舟筏，尽救之。已而邱家〈冢〉溃。

程明道摄上元邑事，盛夏塘堤大决，法当言之府，府禀于漕，然后计工调役，非月余不能兴作。明道曰：如是苗稿〔槁〕矣，民将何食？救民获罪，所不辞也。遂发民塞之，岁得大熟。

王懿敏公素知太原，适汾河大溢，水灌平晋，将灌州城。公急备舟，明日水至，民得无恐。且劝大姓出粟赈济，所活者千万。

张忠定再镇成都，虑民艰食，或复为盗，于诸邑田税内，岁折米万斛。至春则籍城中细民，计口给券，依原价粜之。由是一城之民，虽遇荒歉，不至甚饥。

欧阳修知颍川，岁凶，奏免黄河夫役，得全者万余家。修陂溉田，民赖其利。

汪纲知兰谿，岁苦旱，劝富民浚治塘堰，大兴水利。饥者得力，民赖以苏。

高斌知唐州。州土旷人寡，历五代至宋，领县四，户六千一百五十五。斌至，相视田原，大募两河流民，计口受田，增户一万一千三百八十有一，给田三万一千三百二十有八。于是山林榛莽之地，悉变为良田。

学士张纶，为江淮发运副使，疏五渠，导太湖以灌民田，复岁租米六十万斛。

鲁有开初知确山，兴废陂以灌民田，凡数千顷。程师鲁知晋州，凡汾晋诸州山谷有水可以灌民田者，悉相其地，酾而为渠，辟田一千余顷。王济初主龙溪簿，县有陂塘，绵亘数十里，先为大姓输课，独专其利。王至，悉均以溉民田，由是一邑无愆亢之患。苗时中初主宁陵簿，邑有古河，岁久湮废。苗至，请发卒疏导，以灌民田。由是一邑之田，尽成沃壤。

王仆射为谯幕时，因按逃田，见岁饥而流亡者数千家，乃力谋安集。上疏论列，乞贷以耕具牛种，朝廷皆从之。一夕次蒙城驿，梦空中有紫绶象简者，以绿衣童子送之，曰：汝本无子，上帝嘉汝有爱民深心，特以此为宰相子。后果生一男，王累官至宰相。

苏轼知杭州，岁值饥疫，力请减价粜常平仓，奏给度僧牒易米助赈，日遣吏督医四出治病，全活者以万计。民有逋税若干不能偿者，轼呼至询之。云：家以制扇为业，遇天寒，所制不售，非敢负也。轼曰：姑取扇来。遂据案棹作草书及枯木竹石，须臾就二十余柄。其人才出府门，而好事者争以千钱取一扇，因得尽偿所逋。一郡称叹。

滕元发知郓州时，淮南京东大饥。虑流民日聚，必蒸为疫疠，相度城外废地，召谕富室，使为席屋，一夕成二千五百余间，井灶器用皆具，民至如归。遇疾即广延医调治，全活五万人。后迁至龙图阁学士，年八十五，无疾而终。

叶梦得为许昌令，值水灾，流殍不可胜计。梦得发常平所储，奏乞越制赈之，全活数万。道中多遗弃小儿，一日询左右曰：无子者何不收以自养？左右曰：人固所愿，但患既长，或来识认。梦得乃为立法，凡灾伤遗儿，父母不得复取。夫儿为所弃，则父母之恩已绝，人不收之，能自活乎？遂作空券数千，具载本末。凡得儿者，使明所从来，书券付之。又为载籍记数，贫者给米以为食，事定按籍计三千八百余儿，此皆夺诸沟壑而致之襁褓者。后官至尚书左丞，子懋为转运使。

洪皓为秀水录事，大水，田尽没，流民塞路，仓库空虚，无赈救策。公白郡守，以荒政自任。悉籍境内粟，留一年食，发其余粜于城之四隅。民不能自食，官为主之。立屋城西南两废寺，十人一室，男女异处。防其淆伪，涅墨子识其手，西五之，南三之，负爨樵汲有职。民羸病不可杖，有侵牟斗嚣者，乱其手文逐之。借用所司发运名钱，钱且尽，会浙东运常平米四万过城下，公遣吏锁津栅，语运官截留。官噤不肯，曰：此御笔所起也，罪死不赦。皓曰：民仰哺，当至麦熟。今腊犹未尽，中道而止，则如勿救。宁以一身易十万人命。迄留之。未几廉访使至，曰：平江哀号诉饥者旁午，此独无有，何也？守具以对。乃视两寺验视，使者曰：吾尝行边，军法不过是也。违制抵罪，为君脱之。又请得二十万石，所活九万五千余人。后有叛卒，排门掳掠，至皓门首，曰：此佛子家也，无得入。后官端明学士，谥文忠。子适、遵、迈相继登科。

丁讽知蔡州，设法赈饥，活者六十余万。及代，蔡人号泣请留，闭城断桥，不得行者累日。

员半千调武陟县丞，岁旱，劝县令发粟，不从。俟县令往省谒上司，员尽数发之。刺史怒，囚之狱。薛元超责曰：君有民不恤，使惠出一县丞，尚可罪耶！朝廷闻而举之，归罪刺史、县令。

盖苗为济宁判官，会岁饥，白郡府，郡府遣苗至户部躬请，户部难之。苗伏中书堂下，出糠饼以示，曰：济宁民率食此，况不得此者尤多，岂可坐视不救？因泣下。时宰大悟，凡被灾者，咸获赈焉。

朱子自叙云：乾道戊子，余居建宁府崇安县开耀乡。时大饥，予与进士刘如愚劝豪民发粟，减直赈济，里人获存。俄而盗发浦城，人情大震，藏粟亦且竭，则以书请于府。知府徐公即以船粟六百斛溯溪而来，余率乡人迎受之。饥民以次受粟，遂无饥乱，欢声动旁邑。于是浦城之盗，无复随和，而束手就擒矣。及秋，王公淮来代守，适丰登，民愿以粟偿官。而王公曰：岁有凶穰不常，其留里中，而上其籍于府，倘后艰食，无前运之劳。予奉教。又明年请于府曰：山谷细民无蓄积，新陈不接，而官粟积无用，将红腐。愿岁一敛藏，收息什二，既以纾民之急，又得易新储，广积蓄，即不欲者勿强。岁少饥则弛半息，大饥则尽蠲之，著为例。王公报可。又以粟分贮民家，于守视出纳不便，乃捐一年之息，为仓三间以贮之。十有四年，将原米六百石还府，其见管三千一百石，则累年所息也。申本府照会永不收息，每石只收耗米三升，皆予与乡官士人同共掌管。遇敛散时，即申府差县官一员监视出纳。以此一乡五十里内，虽遇凶年，人不阙食。又奏请以其法推广行之他处，令随地择人，随乡立约，申官遵守，实为久远之利。上布其法于诸路。其法以十家为甲，甲推一首，五十甲推一人通晓者为社首。其逃军及无行之士，衣食不缺者，并不得入甲。得入者又问其愿与不愿，愿者开其大小口若干，大口一石，小口五斗，五岁以下不与，置籍以贷之。以湿恶还者有罚。朱子自言，数年左提右挈，上说下教，为乡间立此无穷之计，盖其成之也亦不易矣。其知南康军，遇旱，讲求荒政，多所全活。遇浙东大饥，乃改提举浙东，即日就道，至部移书他郡，募米商蠲其征，米遂辏集。日访民隐，按行境内，单车屏役，所至莫知。官吏惮其风采，皆尽力。有不便民者，悉革之。帝闻曰：朱熹政事却有可观，乃进直阁。

查道字湛然，休宁人。淳化中赴试，贫不能上，亲戚醵钱三万赠之。至河南，过父友吕翁家。翁丧，贫无以葬，母兄将鬻女襄事。道倾囊中钱与之，且为择婿嫁其女。又遇故人卒，贫甚，女卖为婢，道赎之，俾嫁士人。是岁罢举，次年登进士，迁龙图阁待制，出知虢州。岁蝗民灾，道不候报，出官粟赈之，设粥以救饥者。又给官麦四千石，散民为种，所活万人。尝梦神告曰：汝位至郎，寿五十七。后竟享寿七十七。子循之，亦贵显。

元彻里帖木儿议赈饥民，其属以为必县上府，府上省，然后以闻。帖木儿慨然曰：民饥，死者已众，乃欲拘以常格耶？往复累月，民存无几矣！此盖有司畏罪，欲归怨于朝廷，吾不为也。大发仓廪赈之。乃请专擅之罪，文宗闻而悦之。

畅师文任太平路总管，收米盈屋，曰：我家几人，能尽食此？呼贫士及细民，恣其取去。

明洪武时，汉中知府费震多善政。值大军平蜀后，陕西大饥，汉中尤甚，民多为盗。时府仓储粮十余万石，公即日发仓，令民受粟。自是攘窃之盗与邻境之民来归者，令为保伍，验丁发之，全活甚众。至秋大熟，民悉以粟还仓。上闻而嘉之。后以他事逮，上曰：

震，良吏也。释之，以为牧民者劝。

王竑巡抚两淮诸郡，岁饥，死者相枕藉，竑尽救荒之术。既而诸道流民猝至，竑擅发官储赈之。近者饲以粥，远者散以米，流徙者给米为粮，被鬻者赎还其家。择医四十人，空庾六十楹，处流民之病者。死者给以棺，为丛冢葬之。有所委任，必至诚诫谕，人为尽力。或述其行事为救荒录世传焉。先是淮上大饥，帝于棕桥上阅疏，惊曰：百姓饥死，奈何！后得竑擅赈疏，大言曰：好御史！不然饥死我百姓矣。

成化间，山西大饥，人相食。上命何乔新赈赡，得便宜行事。乔新请内帑两淮课银及鬻祠部僧道牒，得粟数十万石，分部赈恤。又令富人疏沟渠，出粟偿直，凡活三十万人。

大学士彭时奏：京师米价，日贵一日。在京蓄积之家，因而闭籴，以要厚利。乞命户部将官俸军粮预放三月，如又不足，将东西太仓米平价发粜，收贮价银，俟丰年支与官军折俸粮。上嘉纳之。

韩忠定参赞南枢时，属岁饥，米价腾涌，死者枕藉。韩咨户部预支官军粮俸三月，度支辞未得命。韩曰：救荒如救焚，民命旦夕，安能忍死以待？即得罪，请当之。遂发米十六万石，米价渐平，人赖以济。

秀水姚思仁，万历间巡按山东、河南，杀贼颇多。忽病中被摄入冥司，主者告曰：尔为御史，何好杀如此？姚曰：某为天子执法耳，非好杀也。主者曰：凡为官，当体上天好生恶杀之心，先王刑期无刑之意。今尔不以哀矜勿喜自省，理应受罪。姚曰：固也。当两省凶荒，某曾上疏请赈，所活不下数千万，独不可相准乎？主者曰：此尔幕宾贺灿然之所为也，已注其中年富贵矣。姚曰：稿虽贺作，疏由某上，独不可分其半乎？主者乃依言，令其生还。贺亦秀水人，少年家贫，从姚于官。因见凶荒，特作疏稿，劝姚上之。后贺年四十登第，累官冢宰，姚亦至工部尚书。

严文靖公讷，嘉靖乙卯典应天乡试，见水患频仍，江南大饥，复命时亟以荒本上告，邀恩蠲免南直隶现征钱粮，间有投纳在官者，给还本户。后拜相，子孙繁衍。

冯玘为河南泌阳令，收恤贫穷。夹、石两河告凶，流民入境。玘发粟赈之，全活甚众。擢监察御史，年八十一，子冠举进士。

况钟守苏州，初至，佯不解事。吏抱案请判，钟顾左右，吏欲行止，钟辄听。吏大喜，谓太守愚。越三日，钟召吏诘曰：某事宜行，若顾止我；某事宜止，若顾欲我行。缚诸吏，挎掠投庭下，死者数人。吏大惧，谓太守神明。钟与周文襄讲究收粮法，除免旧征三之一，以其二之一为转输费，余入济农仓，为来岁经费本。每旱涝，发余米赈给，活数万人。钟为守时，势家犯法，立死杖下。寒门下士有行艺者，时时赈赡。任满，民叩阍留者八万人。升正三品，仍守苏州七年。

桑翘为江西万安令，邑界闽广贼巢，苦无城。翘议筑之时，旧址多没于权贵，异议群起。翘叹曰：一人任怨，万姓获安，吾所愿也。首捐俸以为民倡，计其费不下数万。一时尚义者各输资以助，而城遂成。上大喜，劳以白金文绮。时岁旱，申请于上，得免税之什三，活民数万。江右所辖邑七十有二，巡抚荐翘治行第一。会考绩之京，万安父老诣阙乞留。复奉诏视邑事，前后更五载，玺书赐劳焉。

杨廷和初宦归，通水利，灌溉田万顷。乡人德之，号为学士堰。再归，捐建坊费，以修县城，城成而贼至，全活数万。后归，置义田于城西北，以赡族人。盖三归而三善兴焉。

刘彝任虔州，民饥弃子，彝出榜召人收养，日给广惠仓米二升，每日看视，一境无夭死者。后蔡梿举育婴社，其法以四人共养一婴，每人月出银一钱五分。遇路遗子女，收至社所，倩贫妇乳之，月给工食银六钱。每逢月望，验儿给银，考其肥瘠，以定赏罚。三年为满，待人领养。此法不独恤幼，又能赈贫，免一时溺婴之惨，兴四方好善之心，世间功德，莫此为大。凡城邑村镇，皆可仿而行之。官长为此，利济更易宏也。

曾泉谪典史，莅事勤敏，劝学兴礼，督农事，稽女工。贫窘无牛具者，贷与耕种。无木棉者，借与纺绩。时历乡村，察其勤惰。又率民垦荒田以积麦谷，树材木以备营造，通商贾以完逋税。官有储积，民无科扰。历三年，家给人足。

张需守霸州，见民游食者多，每里列户置簿，计其男女大小口数，派其合种粟麦桑枣及纺绩之具，遍晓示之。暇则下乡，至其户按簿验之，缺者必罚。于是民无游惰，不三年，俱有恒产。畿内蝗灾，捕之有法。魏骥巡至其部，异之，下其法于诸郡。

卷之三

摘录蒋伊《臣鉴录》士庶事实二十八条

三国吴骆统，字公绪。少时乡里饥困，游客或多窘乏，公绪为之饮食衰少，其姊哀而劝之。公绪曰：士大夫糟糠不足，我何心独饱？

全琮父柔为桂阳守，使琮赍米数千斛至吴交易，琮皆赈士大夫之贫者，空船而归。柔怒，对曰：愚以所市非急，而士大夫方有倒悬之危，故因便赈给，不及启也。柔奇之。

晋董奉居庐山，为人治病，不取钱物，使重病愈者，栽杏五株，轻者一株。如此数年，计得十万余株。后杏子熟，奉于杏林下作仓。欲买杏者，悉照取杏之器，易谷以赈贫穷，人号曰董仙杏林。

朱冲多买敝衣，择市妪之善缝纫者，成衲数百，当大寒雪，尽以给冻者。

南北朝魏时举，钜鹿人，家多田产，积谷有余。时值岁歉，谷价腾贵，因发仓库出粜，价惟取时之半，曰：凶岁半价，即丰岁之全价，虽少取之，不为损也。族人亲故贫约者更相与周之，一郡多赖以济。子收官仆射，谥文贞。

李士谦，字子约，赵郡人。尝出粟万石，以贷乡人。属年谷不登，债家无以偿。士谦曰：吾家余粟，本图赈赡，岂求利哉？于是悉召债家，为设酒食，对之焚契，曰：债了矣，幸勿为念也。年饥，多有死者。士谦罄家赀为糜粥，赖以活全者万计，人德之。抚其子孙曰：此李参军遗惠也。后遇凶年，散谷至万余石，合诸药以救疾疠，如此积三十年。或谓士谦子多阴德，士谦曰：阴德犹耳鸣，己独知之，人无知者。今吾所作，子皆知之，何阴德之有？

刘凝之，字志安，隐居不仕。值岁饥，衡阳王义季饷钱十万。凝之大喜，将钱至市门，见有饥色者，悉分与之，俄顷而尽。

唐裴延年兄弟，家贫好施。一日有老父过而求浆，衣服颜色鲜异，语延年曰：此地当有难，及君兄弟。窘而好施，不惟免难，且得大福也。后安史祸作，老父引入太白山中。乱定，尽得生还，兄弟皆得美官。

宋尚书沈诜，致政家居。每岁歉，即发租平粜，自执斛斗，倍量与人。见贫甚者，必以钱置米中。乡人不识公，但云身着青衫道人，量得米好。

眉州苏杲，遇岁凶，卖田以赈邻里。乡党及熟人将偿之，辞不受，以致数败其业而不悔。其后生子洵，孙轼、辙，为世名贤。

倪闪字奏夫，沙县人。好施予，每出，以钱自随，遇贫则掷其家，不问知否。及领乡荐，赴京师，施予不减。屡试不第，或诮曰：君济贫功大，何为屡屈，岂造物有未知耶？闪益自奋。绍兴三年寇起，官兵获从贼者，皆系狱。闪愍其无知罹法，日饮食之，后竟得释。忽火焚民舍，将及闪家，贼党争为扑灭，邻家获全。明年大饥，道殍相枕，闪设糜粥济之，活者万计。次年赴试，梦竖旗于门，旗上书饘粥阴功四字。是岁果魁天下。除宁国教授，出私帑创斋舍，置义田，俸资悉分兄弟姊妹。秩满，迁广东提干，仕至尚书。

蒋崇仁仗义乐施，仿常平仓法，以家赀籴谷，贱粜以救贫者。其弟崇义、崇信，亦承兄志，行之六、七十年，岁以为恒。里人德之。咸淳初，奏于朝，封侯庙食。

朱承逸居霅之城东，为本州孔目官。尝五鼓趋郡，闻桥下哭声甚哀，使仆视之，有男子携妻及小儿在焉。朱叩之，云：负势家钱三百千，计息已数倍，督索无以偿，将并命于此。朱恻然，遣仆护其归。且自至其家，正见债家悍仆群坐于门。朱谕之曰：汝主以三百千钱之故，将使四人死于水，于汝安乎？幸吾见之耳。汝亟归告若主，彼既无所偿，逼之何益？吾当代还本钱，亟以原券来。债家闻之，惶惧听命，即如数取付之。其人感泣，愿终身为奴婢，不听，复以二百千资之而去。后值岁饥，承逸以米八百石作粥散贫。是岁生孙，名服，熙宁登进士第二，仕至中书舍人。次孙肱，亦登第。

陈亢，金坛人，中年无子。熙宁八年，饥殍无数，作万人坑，每一坑设饭一瓯，席一领，纸四帖，藏尸不可纪。是岁生子廓，后又生子度，皆继为监司，子孙仕宦不绝。

祝染，延平沙县人。遇岁歉，为粥以施贫民。后生一子，省试举首，春榜将开，里人梦报人手持状元大旗，上书施粥之报四字。及榜发，果状元及第。

邵灵甫储谷数千斛，岁大饥，或曰：何不乘时粜之？邵曰：是罔利也。或又曰：请少价粜之。邵曰：是近名也。或曰：然则将自丰乎？邵曰：有成画矣。乃尽发所储，雇佣除道。自县至湖镇四十里，挑浚蠡河横塘等处水道八十里，直通鼋画溪，入震泽邑内。人争受役，贫人皆得藉此全活，而水陆又得俱利。子梁登第，孙刚魁南省。

明解开，吉水人，赀巨富，亲故昏丧力乏者辄济之。或多为乡里所负，开曰：人孰不欲厚积，然富者怨之府也，吾但知种善贻子孙，而暇金玉乎哉？二子纶、缙，皆成进士。纶官御史，缙官学士。

张八公家富好施，乡人德之，号张佛产。公二子，值岁歉，其乡谷价倍增，其子亦增价粜之。八公坐于门，籴者出，问其价，曰：少增矣。八公自以钱偿其所增之数。子遂不敢增价，后子孙皆登第。

徐孝祥隐居吴江，家甚贫，忽于后园树下得白金一瓮，亟掩之，人无知者。后二十余年，值岁大歉，人不聊生。孝祥曰：是物当出世耶。乃启瓮，日取数十金，收籴以散贫人，全活不可胜计，银尽乃已。嫁女惟布裙荆钗，藏中之物，锱铢不动。

史秉直，永清人。筑室发土，得银数万两。叹曰：财者，人之命也，何可独享？遂遍周贫乏。后遇岁凶，出粟八万石赈饥。未几盗贼蜂起，复散家赀，设防御，乡里得全。有司上闻，赐官立坊，寿九十四。

陈燧晚年家贫，益急于行义。尝戒其子曰：遇贫者，宜随力赈之，不必计多寡。若待富而后行，恐终无济人之日也。

赵瑾好善喜施，孤贫无归、婚嫁失期者，皆资给之。景泰乙亥，饥疫死者尸多弃野。瑾买棺置通衢，纵取不问。

新城杨思庠，富而好义。每岁积谷不粜，至米价腾踊时，始平价以鬻，民多德之。子居理，以年少登贤书。

宁崇礼性好善，常造棺椁施人，其贫不能葬者，又施以钱米，终身不变。殁后，其仆丁贵童梦见之，如生时。与语曰：我生平累积阴德，庆延子孙。汝说与十四郎，明年秋试，必得解，后接续登名者常不绝。十四郎者，其子谦光也。次年果魁于乡，自是殆无虚榜。

宜兴吴颐山为督学，致政归，尚无子。有李生献种子方曰：方今岁荒，殆天假公以会也。乃列数事：一、贫民钱粮有欠，数不满一两，而卖妻鬻子以完者，代为完纳。二、遇荒歉之年，其粮食贵籴贱粜，赈给贫民，尚有不敷者，复设粥济之。三、普施应验汤药，救人疾苦。四、施棺木，周给无力津送暴露之家。五、使女长大，不计身钱，量给衣资，听其适人。六、专一戒杀，救护众生，遇有飞走物，命买赎放生。七、寺观损坏者，为修理之；圣像剥落者，为装饰之；或桥梁道路沟渠不通者，咸为整理。八、族属姻党以及相知故旧，有贫不能赡者，时当馈遗，周其困乏。九、有远乡之人客旅流落者，酌量远近，助以裹粮，保全还乡。十、不论居官居乡，凡遇枉抑，必与辨明。每推己及物，济困扶危，锄强扶弱。吴欣然行之。后连举三子，皆登第。

冯琦之父，为邑庠生。隆冬早起赴学，路逢一人，倒卧雪中，扪之半僵矣。遂解己绵裘衣之，且扶归，救苏。梦神人告之曰：汝救人一命，出自诚心，吾遣韩琦为汝子。生子遂以琦名，官至尚书。

刘洵母好善，有徒犯卧病门首，饥瘠颠连。刘母询之，知其诬，罄奁饰为赎罪。后母怀孕将产，夜梦神云：受地之人明早生，看地之人明晚至。次日果生洵。晚，地师至，引观一地，即前徒业，因买葬之。洵后举会魁，子孙成进士者六人。

萧逵，湖广汉阳人。嘉靖甲辰，楚大饥，出粟赈之。粟尽，复捐千金，易粟作粥，以食饥者。时未有子也。一夕，梦见数百人罗拜曰：来报凶岁活命恩。一人手携两孺子曰：请以为嗣，所以报也。庚戌，长子良有生。丙辰，仲子良誉生。先后中乡举。逵欲取故借券付诸火，妻戴氏言曰：伯氏亦有贷于人，如此不相形乎？毋索偿足矣。万历庚辰，良有举礼部第一，廷对及第。良誉高第。逵年七十五，置一庄，收粟赡族，名曰景范。二子复出俸增田，楚人有汉阳双凤之谣。

乾隆辛巳，豫省黄河溃决，陆地水深丈余，民间庐舍，半被淹没。陈留有曹姓者，居宅沉没已三昼夜，咸谓无生理矣。及水退，墙舍并未崩塌，眷口亦安然无恙。众问之，云：日来惟觉雾气弥漫，不见天日，初不知在水中也。有司见而异之，询其有何善行，云：每年租课所入，除衣食足用外，尽以济乡里之贫乏者。自高曾以至今，未尝少替，已历五世百有余年矣。宪司俱赐匾额，以旌其异（附录，事见《秋灯丛话》）。

摘录蒋伊《臣鉴录》格言二十五条

宋朱文公与进士刘如愚有社仓法。夫常平之法，惟官可以行之。至社仓之设，则随地随人可行也。大约开仓、赈粥、劝募等事，止可救老弱之贫民；兴工、补葺、宴游等事，止可救工作之贫民。至于中等顾恤体面之辈，则又坐而待毙矣。且周恤多在城市，而乡村僻壤，不能多及也。唯此法一行，庶几其有济乎？然此亦平时预办方可，当大饥猝至，则又在酌量于开仓救贫、兴工佣力中通融变化之矣。凡为乡绅富民，可忍视本方之寒士中人束手饿死而不一为之拯救哉？（见爱养。）

明林希元上荒政疏，丛言救荒有二难，曰得人难，审户难。有三便，曰极贫民便赈米，次贫民便赈钱，稍贫民便赈贷。有六急，曰垂死贫民急饘粥，疾病贫民急医药，病起贫民急汤水，既死贫民急墓瘗，道弃小儿急收养，轻重系囚急宽恤。有三权，曰借官钱以粜籴，兴工作以助赈，贷牛种以通变。有六禁，曰禁侵渔，禁攘盗，禁遏粜，禁抑价，禁宰牛，禁度僧。有三戒，曰戒迟缓，戒拘文，戒遣使。上以为切于救民，皆从之。愚谓宜兼禁酿酒，且当预禁之将荒之时。

先策者，将然也。如有旱有水，谷种既没，则饥馑立至，当预先广籴他郡。又检灾伤无可生理者贷之，随地利可栽种者教之。令贫富皆约食，曰此惜福救灾宜尔也。昔程珦知徐州，久雨坏谷。珦度水涸时，则耕种已过，乃募富家，得豆数千石贷民，使布之水中。水未尽涸，而甲已露矣。是年遂不艰食。又各州县有上供粮米者，先事奏请截留，即以此粜钱，还充国赋，则米价自落，国赋不亏。苏轼《预救荒议》言此甚悉。且云救之于未饥，则用物约而所及广，民得营生，官无失赋。若其饥馑已成，流殍并作，则虽拦路散粥，终不能救死亡，而耗散仓廒，亏损课利，所伤大矣。

正策、权策者，已然者也。正策一曰开仓赈贷，二曰截留上供米赈贷，三曰自出米及劝富民称贷，四曰借库银循环籴粜赈贷，五曰兴修水利、补辑桥道赈贷，令饥民有工力可食。然所贷者，每及下户，而中等自守体面坐而待毙，尤为狼狈。又城市之人，得蒙周恤，而乡村幽僻，富户既稀，拯救亦缺，此间尤宜周详曲处者也。大约赈济之法，旬给斗升，官不胜劳，民不胜病，仰而坐待仓米，卒无以继，此立毙之术。莫若计其地里远近，口数多寡，人给两月粮，归治本业，可无妨生理也。赵令良帅绍兴，用此法，城无死人，欢呼盈道。又李珏在鄱阳时，将义仓米多置场屋，减价出粜，既先救附近之民，却以此钱抵价计口，逐月一顿支给，以济村落。一物两用，其利甚溥。盖远者用钱，或免减窃拌和之弊、转运耗费之艰。且村民得钱，非惟取赎农器，经理生业，亦可收买杂料，和野菜煮食，一日之粮，可化数日之粮，甚简甚便。此二策者，俱可行也。曾巩《救灾论》亦极言升斗赈救之害。盖上人一图赈济，则付里正抄劄，实未有定议也。村民望风扶携入郡，官司未即散米，裹粮既竭，馁死纷然，浊氛薰蒸，疠疫随作。曾无几何而官仓已罄，是以赈济之名，误其来而杀之也。故须预印榜四出谕以方行措置，发钱米下乡，未可轻动，恐名籍紊乱，反无所得，庶革饥贫云集之弊。民不去其故居，则家计依然，上不烦于纷给，则奸宄不生，视离乡待斗升米而不暇他为，顾不远哉？（已上议赈济。）粜常平仓米，用平价。又借库银于多米他〔地〕方循环粜籴，则用米贵时价减四之一，而民已有所济。至于富民之价，切不可抑之，抑之则闭籴而民愈急，势愈嚣，其乱可立待也。况官抑价则客米不来，境内乏食，而上户之粗有蓄积者，愈不敢出矣。文彦博在成都，适值米贵，不抑民价，只就寺院立十八处减价粜米，仍多张榜文招籴，翌日米价遂减。范仲淹知杭州，斗粟百二十文。仲淹增至百八十，仍多出榜文，具述杭饥，增价招引。商贾争先趋利，价亦随减。此二公者，见过人远甚。或恐贵籴减粜，财用无出，不知米贵不能多时，将减粜之银，待米熟时点谷上仓，已不乏矣。第出纳之际当核奸，赈济之法当检实，而朝夕经营，总宜尽心力为之，视为万命生死所在，自不惮勤劳也。（已上议赈粜。）至于弃子有收，强籴有禁，啸聚渠魁必翦其萌，泽梁关市暂停其税，此皆因心妙用，慈祥之所必至者矣。

权策，如毕仲游先民未饥，揭榜示曰：郡将赈济，且平粜若干万石。实张大其数，劝谕以无出境，民皆安堵。已而果渐艰食，饥民十七万，顾所发粟，不及万石，以民粟继之，而家给人足，民无逃亡。又如吴遵路令民采薪刍，出官钱收买，却令于常平仓市米物归赡老稚。凡买柴二十二万束，候冬鬻之，官不伤财，民再获利。又以飞蝗遗种，劝种豌豆，民卒免艰食。又如昏葬营缮等事，皆宜劝民成之，宴乐赛愿都不复禁，所以使贫者得射利为生也。至于重罪有可出之机，令人粟收赎，亦无不可，盖偿一人以生千万人耳。

倪文正公元璐《一命浮图疏》引：窃为米价高腾，天灾未已，麦青有待，近忧三四之交；榆赤无条，远危六七之际。顷者分坊设赈，亦既普郡归仁。然固有穷谷荒村，他乡别井，卧儒游旅，废丐瘐囚，居远仁者之邻，名逸饥民之籍，鸠鹄在望，殍殣渐繁。谁不有怀，所患无术。今则曲求巧便，别启因缘，不假他施，但占一命。计自春暮以及秋中，为期百有四旬，量米日给五合，不过七斗，已阅三时。今以万钱广施万众，万腹仍枵。苟以一桥专渡一蚁，一缗即足。为此功德，胜于浮图，各务尽心，共回厄运，以万宝登廪之日，为七级合尖之期。一、愿倡募者，领册一本，认救一命。更于亲友间辗转劝募，即自己无力者，但能劝募多人，功德自应无量。一、注认之后，须访查确核，必得真实无告束手待毙者，而后可以当之。无或忽略受欺，虚此善愿。一、每十日给米五升，钱一百文，自五月初旬起至九月尽止。如米不足，以麦代之。一、遇异乡流落，枵腹露居，旦夕就毙者，更当设处空屋半间，俾得容身栖宿。倘家无余屋者，或于大寺观公所觅一无碍隙地，使暂栖止。一、此举费少功大，愿相与踊跃从事。约计米六斗、钱一千二百文，便可全活一命。一、倡募某人领册倡募，共募救饥命若干人。认察举饥民者，开记某人察举及所举饥民姓名，列于后幅，上书赈主姓名，中书“认一命”，下书饥户姓名及启赈日月，某人察举饥户几人。按，此系崇祯时浙省荒旱，会稽倪文正公设一命浮图册以劝于乡，遇有真实无告、束手待毙者，仁人君子触目惊心，各任一命，日给钱米，以待秋成，务使全活而后已。虽所及有限，而实实能生人救人。百人发心，即活百命；千人发心，即活千命。各人具一片恻隐至诚，真可以格天心，回厄运，岂小补哉？（以上见恤灾。）

张居正《请蠲积逋疏》曰：所谓带征者，将累年拖欠，搭配分数，与现年钱粮，一并催征也。夫百姓一年所入，仅足供当年之数。不幸遇荒，父母冻饿，妻子流离，现年钱粮尚不能办，岂复有余力完累岁之积逋哉？有司规避罪责，往往将现年所征，那作带征之数，名为完旧欠，实则减新收也。今岁之所减，又是将来之带征，况头绪繁多，年份混杂，征票四出，呼役沓至。愚民竭脂膏以供输，未知结新旧之课。里胥指交纳以欺瞒，适足增谿壑之欲。甚至不才官吏，因而猎取侵渔者，往往有之。夫与其敲扑穷民，以实奸贪之橐，孰若施旷荡之恩，蠲与小民，而使其戴上之仁哉？（见减赋。）

詹事霍韬陈数事：一言洪武中，令天下多栽桑枣。今六军万姓，仰食江南，万一漕河迁徙，南土灾荒，将安仰给？必兴治北方水利，劝课农民，栽种桑枣，此今日急务也。一言永乐中，命宝源局铸农器，给山东被兵之民。今诚能招集游民，给以农器，使耕边地，则数年后可尽辟也。一言农桑为衣食之源，请敕抚按，用心劝课。一请于陂塘湖堰可蓄可泄者，皆因地修浚，既可兴水利以灌农田，亦可分杀河势，不致横溢。疏入，诏下有司。（见兴利。）

为治之道，必先除弊以悦民心，然后兴利以造民福。盖除弊以解悬，民心即喜。兴利便须用民财，劳民力，非得其心，则民将生怨。故二者当有先后。然非真知利弊之详确，则是非混淆。吾以为利而兴之，而不知其为害；以为害而除之，而不知其为利。或兴除之际，未得其法，则弊随生而害又起。故又在于广询博访，取决贤智，不专恃一己之见，而求通舆论之公。古人所谓合人情，宜土俗，而不失先王之意，然后兴除各当，而德泽及于民矣。(见除害。)

燕齐之地，不讲于水利。旱则赤地，水则涝溢，民无兼岁之蓄。召信臣治水之法，不可仿而行之乎？闽南力到山头，而两广地不尽利，江西苦粟贱金贵，而山东至无粮食。吏其地者，用心区画，大有造也。(见兴利。)

宋范文正公《淮上遇风》诗云：一棹危于叶，傍观欲损神；他年在平地，无忽险中人。

陆平泉《劝方便十则》云：寻方便，是济贫。饥寒良可悯，推解莫厌频。寻方便，在敬老。光景迫桑榆，居食须安饱。寻方便，在息争。群小喜相构，和调仗端人。寻方便，在伸枉。鉴彼覆盆冤，周旋脱罗网。寻方便，在怜才。美哉后来俊，勿惜齿牙推。寻方便，在矜愚。昏柔莫轻侮，启翼须勤劬。寻方便，在抚孤。伶仃怅无依，颠危亟相扶。寻方便，在抚下。仆役皆人子，百事从宽大。寻方便，在掩骸。白骨虽已朽，游魂实堪哀。寻方便，在除恶。宁独忍斯人，恶除良民乐。(见方便。)

宋张咏知益州日，尝夜梦诣紫府，真君降阶接之，礼甚恭。继请到西门黄兼济，揖张益州坐黄承事之下。梦觉，莫知所谓。问左右：西门有黄承事否？令具常服来。既至，果如梦中见者。再三问平生何阴德，承事云无他，惟每岁收成时，随意出钱收米，至来年新陈未接之际，粜与细民，价例不增，升斗如故。张公叹曰：此宜居我上也。使两吏掖之而拜。按有司宰制一方，则一方之休戚利病，刻刻相关。为民捍患恤灾，当不惜赴汤蹈火。乃有水旱频仍，不为请命而催科如故，不为拯救而敲扑如故者，嗟嗟！不畏百姓之怨詈，亦不畏子孙之灭绝乎！(见恤灾。)

杜公衍，性好施。张环曰：公之好施，人所能及也。其不妄施，人之所不能及也。吁！今之施者，类及沙门弟子止矣。愚以为人不惟当施之三宝，而当并施之三教；不惟施之三教，而当首施之三族。

凡人见乞儿跪求残炙，则挥肱逐之。贫士穷饿无归，则闭户避之。亲故贷不满数金，则心疑而远之。于此甚悭，而必欲狼藉物命，以破除悭名，是亦不可以已乎？省一席费，可果数人之腹；分一日供，可合数口之欢。其究能使姻朋益亲，非止养福养财而已。(以上见济乏。)

明袁黄曰：凡系世家，未有不由祖德深厚而科第绵延者。予旧馆于当湖陆氏，见其堂中挂一轴文字，乃其先世两代出粟赈饥而人赠之者。文中历叙古先济饥之人，子孙皆膺高位，谓陆氏他日必有显者。今自东滨公而下，三代皆为九卿，其言果如左券。则今日之闭粜射利、剥众自肥者，可反观矣。

无食无居无衣无褐之苦，处处有之，时时有之。如丰年乐岁，亦不能免也。诚使有官者尽以范文正、张忠定诸公为法，有财者率以苏眉州数公为心，则出其人力之有余，可以补天行之不足，而贫穷之人，不致丧于沟壑。由是和气所蒸，上则水旱不作，下则盗贼不生，彼此共享太平矣。况善报如是彰明较著乎！(以上见恤灾。)

薛文清云：一命之士，苟存心于爱物，于人必有所济。盖天下事，莫非分所当为。凡事苟有可用力者，无不尽心其间，则民之受惠者多矣。(见爱养。)

宋李燔曰：凡人不必待仕宦有官职有职事方为功业，但随所到处，有以及物，即功业也。

君子处世，贵有益于物耳。不徒高谈虚论，左琴右书，空縻人君禄赐也。常见文学之士，品藻古今，试用多无所济。居承平之世，不知有丧乱之祸；处朝堂之安，不知有战阵之危；保俸禄之厚，不知有稼穑之苦；肆吏民之上，不知有役使之劳。故难以应世经务。(见勤劳。)

士君子尽心利济，使海内人少他不得，则天亦自然少他不得，即此便是立命。(见爱养。)

士大夫不贪官，不爱钱，而一无所利济以及人，毕竟非天生圣贤之意。盖洁己好修，德也；济人利物，功也。有德而无功，可乎？(见济乏。)

维俗议曰：吾侪身受宏荫，即致政居家，亦必有所及于物，而后可在。力厚者自当广布阴功，若力难广布，则亦随分随力而已。应俊云：所谓阴德者，非独富贵有力者能之，寻常之人皆可为也。世有乐施者，施棺砌井，修桥整路，此皆阳德也。惟能推广善心，务行方便，不阻人之善，不成人之恶，不扬人之过，人有窘乏吾济之，人有患难吾救之，人有仇雠吾解之，不大斗秤以倍利，不深机阱以陷物，随力行之。如耳之鸣，惟己自知，人无知者。此所谓阴德也。

俭有四益，勤亦有三益。盖民生在勤，勤则不匮。一夫不耕，必受其饥；一妇不蚕，必受其寒。是勤可以免饥寒也。农夫昼则力作，夜则甘寝，故淫心无从而生。文伯之母曰：瘠土之民，莫不向义，劳也。渊明诗曰：田家岂不苦，弗获辞此难，四体诚乃疲，而无异患干。是勤可以远淫辟也。户枢不蠹，流水不腐。吕成公曰：主静则悠远，自强则坚实，操存则血气循轨而不乱，收敛则精神内守而不浮。是勤可以致寿考也。(见勤劳。)

朱子曰：自古救荒，只有两说。一是感召和气，以致丰穰。其次只有储蓄之计。若待他饥饿时理会，更有何策。或言辛幼安帅湖南，榜文只有八字，曰：劫米者斩，闭粜者配。朱子曰：这便见有才，此八字若做两榜，便乱道。(附录。)

卷之四

录魏禧《救荒策》

天灾莫过于荒。天灾之可以人事救之，亦莫过于荒。古之行荒政、言荒策者不一，有永利者，有利在一时、不可再用者；有可行者，有言之足听、行之不必效者。要或散见诸记籍中，未有统要。余摭所见闻，择其可常行无弊者，条之救荒之策。先事为上，当事次之，事后为下。先事者，米价未贵，百姓未饥，吾有策以经之，四境安饱，而吾无救荒之名，所谓美利不言是也。当事者，米贵而未甚，民饥而未死，有策以济，而民无所重困，所谓急则治标是也。事后者，米已乏竭，民多殍死，迂就支吾，少有所全活，所谓害莫若轻是也。凡先事之策八，当事之策二十有八，事后之策三。

先事之策，一曰重农。

农者粟之本。或兴屯田，或修水利，或赈贷牛种，或亲行田野劝相，或分督里役地方摘举游惰，或开恳〔垦〕荒之法，而首在不以工役妨农时，不以狱讼扰农家。如此，则农事举矣。

一曰立义仓。

贫民富民，多不相得。富者欺贫，贫者忌富。贫民闲时已欲见事风生，一迫饥馑，则势必为乱。初然抢米，再之劫富，再之公然啸聚为贼。富民目前受贫民之害，贫民日后受官府之刑，兵刀之惨，真贫富两不得益也。所以朱子修举社仓，不特救一时饿殍，实所以保富全贫，护人身家，养人廉耻，为法至善。今师其意，而少损益之。凡每坊设立义仓，不必分派若干家、若干人，随其相附近处择便为之，听民自议自行，则众情和矣。但建仓费重，或劝富民，或设处公费，随时斟酌，此在官长以真心勤力行之。凡欲立义仓，先集父老士民，恳切开谕以养仓之利，身先捐俸，以劝富室。然后出示远近，令十日内报命。凡报命者，合坊具联名呈一纸，内称遵谕设立义仓，共计户丁若干，出谷者若干，举值事者一正一副某人。造册二本，一丁册，一义仓出入册。凡丁册，不论男妇、贫富贵贱皆载之。呈及二册，官皆用印，旋给本坊收管。其官所助谷若干，照各坊丁数多少，派贮仓内。旧册写完，则仍以新造之册送官用印。坊中有富豪悭吝不肯助义者，许本坊呈官，视所应出者加罚三等。所举值事之人有不法不公者，本坊呈官重罚，公举他人代之。或本人有病故远出者，仍签他人代之。俱要呈官，其呈仍用官印付还。或坊中事繁，三人不能理，许值事人随签几人帮之，本坊俱要酌处公费以酬其劳。至义谷出入之数，官府不预。只于当发粜之时，先期出示，令各坊清核丁数，定于某日粜米，官府时行巡访。于当收籴之时，先期出示，以某日起籴谷，至某日报完，逾期不完者，以欠谷多少议罚。凡坊内与籴者，设签一根，写户首姓名，下注共计几口。籴米时左设一人散签，右设二三人量米。来籴者先将名下应籴米钱若干，交左人领签，即将签投右人，照签领米。散米已完，右人缴签交左人收。明日如之。富室及僮婢皆许与籴。凡粜米，如原价每升一分，今价三分，则取分六厘，二分则取分四厘，分半则取分二厘，分二厘则取一分，升一分则不出陈矣。盖酌取余息，以供耗折及修仓杂用诸费也。凡石斛升斗之类，皆一听官造。日久器坏，许如法私造，仍送官验押。盖以赏罚之权归于官，则人知所畏；以出入之数归于民，则官无可私。所谓官民相制，其法无弊者也。造仓之法，如系五间，只以四间贮谷，空闲一间，以便搬移仓谷，防整仓及新谷发热等事。法详治谱，可按而行之。汤念平先生《劝积义谷序》曰：民穷日甚，借贷无门，一有灾荒，坐而待毙。昔朱文公社仓一法，最为尽善。然时诎举赢，实为难事。宜师其意而力行之，为积义谷法。每坊造一木柜，置本坊神庙。每月朔望，谒庙者各持义谷少许，或一角，或半斛，或一升，至小斗而止，勿得过多。不愿助者，听随其意而因其力，不相强也。数少而不欲多者，相形则意沮，力轻则可久也。共推一端谨者司登记，虽一角半升，必纪其名，以彰好义。推一稍有恒产而素行忠信者司出入，每朔望，迄晚即将贮柜者登仓。次年春夏，推陈出新，因数多寡，贷与农人，息取加二。小荒则以贷之贫民，而减其息，必公议而酌行之。若大荒则尽捐以赈困穷，必计众而均分之。先其老弱之无告及孝子节妇之贫者。是举也，专以备荒而利农，他虽公事急需，不得轻移，以致耗散。有恃强而索者，众共持之，不听则控诸官，庶几可久行而不废。夫为数甚少，则人皆乐助。月月积之，岁岁行之，斯可无大饥之患矣。噫！省目前宴乐之费，即可苏异日数人之命；减一月鸡鹅之粟，即可救他年同类之生。独何惮而不为哉！又《募义谷疏》云：里中亲友，寿诞称觞，当计其费出义谷。欲为人称觞者，亦计其费出之。或宴会有不可已者，则薄其费，而以义谷补之。夫省酒食之浮费，以利济饥贫，此祝寿之上术也。又有疾病及一切祈求，亦于神庙发愿出义谷若干。夫省斋醮之虚文，以利济饥贫，此祈神之上术也。盖天地鬼神，原以爱人为心，能爱人者，则彼亦爱之。以此祝寿，寿必永。以此禳病，病必愈。以此祈名利子息，名利子息必得矣。〇按：二条法最简妙，能济义仓之穷，故备记之。

黄存斋曰：畜马乘不察于鸡豚，士大夫而积谷高价以病小民，可乎？朝廷当为禁律。凡已出仕，田满五百石者，谷贵出粜，止许依秋成原价，每担酌取仓耗三分。于己无损，于人有益。若乘风高价者，治如违例放债之罪。〇按：此意只可劝谕乡绅富民，听其自行，贤士大夫身为之倡，未可以法绳人也。

一曰设砦堡。

义仓之法，仍当劝谕乡落行之。或一乡自建一所，或数乡共建一所，其事概听之乡人，而官府第班式劝成而已。但乡落中无城郭足恃，或有兵寇骚扰，则义谷荡耗，断难复聚。当令各乡于附近之山有险足恃者，因以为砦，无砦者为堡，而置义仓其中，有急则并妇女牲畜衣服器用徙居之。盖砦堡之设，可以固生聚，可以保义仓，可以行清野之法以困敌，所谓一举而三善备者也。〇彭躬庵曰：设砦堡最利乡落，更可以保护城邑，而险不为贼据，此从来救荒策中所无。

一曰酌远粜之禁。

本地产谷，有可支数年者。以远方籴运过多，遂致产谷之地顿成饿殍。然概禁远粜，则一方粟死，一方金死，交困之道也。当于收成时，出示谕民，凡收谷者，自计两年口食以外，每谷十石粜五石支用，存五石备荒。又为酌视时价贵贱，以为启闭。如仅满地方常价，听其搬粜。过常价三分之一外，则不粜远。违者籍谷入官，分给义仓。至新谷收成已完，则旧谷任粜矣。

一曰严游民之禁。

百姓不谋生业者，宜置常罚，令乡耆邻里时简举之。盖游手好闲之人，如米中蠹虫，饥馑之时，死亡尤甚，多至为盗贼者。若督令务生，则自可生财，有养身之具矣。然欲耆老简举，而不实心行乡约保甲之法，未易辨也。

一曰制谷赎罪。

凡有罪犯情理可原者，一照买谷备赈银数输谷，不令输银。其谷分寄各坊义仓，值事者具领状交官。俟赈粜时，如数取出，以施最穷苦无告之人，或米或粥，视米多少可也。盖义仓虽以周贫，然须有粜米本钱，则鳏寡孤独一文不办者，尽饿死矣。但施米仍当责成各坊值事，每日清早粜米，饭后施米。仍效义仓领签例，令各来报名，每人写一票，给之为据。领票领米，一如义仓，但不须交钱耳。盖事归一人，则坊人姓名已熟，虚实尽知，且不至于混领。若以事归官府，另签书役行之，为弊不可胜言。

一曰豫籴。（然当兼禁酿酒，令酒户缴酿具，而严察吏胥之需索滋扰。）

凡地方遇有水旱，便当实稽境内人丁，核境内谷粟，推算缺少若干，即多方那处，遣富商预往谷多处买之。盖有水旱，则必有饥荒。若临饥荒方议他籴，便难措手，且米价亦必踊贵也。

一曰教别种。

地方遇有水旱，种植必不得时，即须先察地利。如水多害禾，则急以不忌水者种之；旱久害禾，则急以不畏旱者种之。失彼得此，尚可支持其半。大抵以先时急作为胜著也。

当事之策，一曰留请上供之米。

地方大饥，或有本地应解粮米，及他处经过米船，不妨权留赈济，然后申报，秋熟即行籴偿。在朝廷不过缓数月之粮，在百姓则活十万之命，虽以专制贾罪，又何伤哉？

一曰借库银转籴。

地方大饥，欲他买又苦无银，不妨那借库中钱粮籴赈，从容设处以偿。择平日众推诚实能干百姓任其事，或仍劝民自贩，开以薄利，使之乐趋。

一曰权折纳之宜。

时当凶灾，择荒熟相应处，以荒处折纳之价，于熟处和籴，则荒处不至太贵，熟处不至太贱，两利之道也。〇凡为守令，权不自主者，则申请上司行之。他准此。

一曰捐俸劝赈。

地方大饥，有司当以至诚开谕，劝富民赈济，或减价出粜，或竟行施予。然本官须先捐俸倡义，庶几不令而行。

一曰重赈谷之劝。

饥馑时，有能大出粟以赈者，或闻于朝廷，加以官号，或请于上司，给其冠带扁额，以示酬劝。

一曰兴作利民之务。

地方大饥，穷民多无生业。此时或修桥路，或浚水利，种种必不可已之务，当概为修理。盖穷民借力作以资生，而我又因以兴利，一举两得之道也。

一曰劝富室兴土木、举庶礼。

地方大饥，宜劝富室营造土木及一切当行之礼，使贫民得以资生。盖损富而富实未损，益贫而贫不虚益。劝谕时当以三利歆动之：一则成吾欲为之事；一则借此赈贫，有大阴德；一则贫民乐业，不至为盗，富室所益更多矣。

一曰均籴。

米谷既贵，富者得以多籴，则贫者益少。每日市籴，当依每家丁口为准，人口少者，不得多籴，则米谷均矣。

一曰严闭粜之法。

富民拥有多粟，除本家口食外，余至百石以上闭粜专利者，许人告发，官府尽籍谷赈贫，告虚者反坐。盖彼所利在多得米价，今并米本失之，则闭粜者鲜矣。〇温伯芳曰：吾邑荒少而谷常踊贵，弊不在富户而在铺户。铺户闭粜，而后价忽高，铺户得高价，富户之价愈高。总之宁民家无杵臼，皆粜于市，铺户遂操其重。昔叶令公（名向荣，金华人）处之极善。每早巡行各街，米户不出粜者，杖数十。于是铺户欲高其价不得，而富户知市价如常，各竞出粜矣。盖公稔知此时非有水旱兵凶之灾，客岁之入如常，何以来岁之供不足，不过雨旸偶愆，何至旧谷顿尽，至于闭市乎？〇按：此须实知境内谷多乃可行，不可执为定法。又按米价不甚昂，断不可禁屯积。且于丰熟时宜劝之广为积贮，凶年乃有所恃。否则小民必多酿酒，以当屯积射利，而谷米反为靡费矣。

一曰重强籴之刑。

时方大饥，民易生乱。若纵其强籴，则有谷者愈不肯粜，四方客粟，闻风不来，立饥死矣。且强籴不禁，势必抢夺，抢夺势必掳杀。当著为令，曰：有不依时价，强籴一升者，即行枭首。盖彼原欲少取便宜，今并身命而亡之，其强籴者鲜矣。〇或曰：闭粜自百石以上，强籴自一升以上，闭粜者止于籍谷，而强籴者遂至杀身，轻重不太悬乎？曰：闭粜之人，虽不仁，犹不过专自有之利。强籴则是妄取他人，罪自不同。况闭粜者少，强籴者多乎？〇彭躬庵曰：此法须不动声色，使百姓晓然，知杀一人乃可以生众人，始不激变。愚按：易枭首为枷责，似已足警众。若其素有恶迹强横者，虽枭首不为过。

一曰不降米谷之价。

米方大贵，有司乐于市恩，动辄减米价以博小民一时欢心。不知米价减则富户不乐粜，而四方客米亦不来矣。惟当听民间自消自长，粟贵金贱，人争趋金，米价不降自减也。〇或谓古人有遇饥辄增米价而米贱者，其法可行乎？曰：此非一定可行之法也。万一我增米价，而客米一时不来，彼贫民能当许久重价乎？大抵地方富饶，所欠止在于食，则不妨增价以招客粟。若地多贫民，此法恐不可行。止一不降米价，尚为稳著。

一曰核户口。

时当饥荒，须先详核户口若干，扣算赈粜之谷若干，赈济之谷若干，每丁应得若干。先有定局，则无不均之患，而设处之方，可早谋矣。

一曰无失期。

不论赈籴、赈施，俱当先期四处张示，的于某时举行，不可迟误失期，有孤人心，且虚劳小民奔走。

一曰定乡城分给之法。

凡赈籴、赈施，每日一给则太烦，而小民易荒生业，至乡落尤难行矣。当先定为令曰：凡城市每给五日，乡落三十里内者每给十日，三十里外者每给半月。或谓乡落路远，当每给两月。曰：每给两月，为数太多。小民不知远计，多谷在手，便不撙节，甚至以易酒肉者有之。到瓮尽杯干时，不束手待毙，又邪思生乱矣。○或谓贫民无资，必待每日生理，方可得籴。此条只可行于赈施，不可行于赈籴，当酌其无弊可也。

一曰多置给米之地。

给米须多设处所，派定某关某处给、某关某处给，则不至捱挤失序。

一曰编户丁牌。

领米最易争挤，多至混数。若仿义仓领签，又人多难行。当照户编牌，如考试例，循次领给，则诸弊俱无矣。其牌每户止写丁首一人。

一曰慎择给米之人。

主管给米，最要得人。须平日实访其人公平廉能者，方可属事。每处择一善耆主之，又听其各择一、二人为副，必不可令衙役与事。

一曰不时巡访。

任纵得人，未必一一皆当。有司于给米时，当不时出访。或东或西，或详或略，或随手取米，以验美恶，或随唤领米人，验克减与否。至于出访，或轻车，或缓步，不可盛列驺从，使人得为备。

一曰别赏罚。

不时巡访，则任事者之贤否见，而赏罚可行矣。有公平廉能者，则重赏之，或优以冠带，或旌以财帛，随其功之大小可也。有奸贪私克者，则重罚，或加刑，或罚谷，随其罪之轻重可也。至于无他罪犯，止是才力不济，不能处分条理者，则无赏无罚，下次不复签用而已。

一曰暂省衙门役期。

时方大饥，衙役工食，多不足赡。此时当减其半役，使之营生。如旧例一月供役十日，今止取五日。

一曰清狱。

饥馑时平民已难治生，狱囚死者八、九矣。清狱宜分三等：轻者竟释之。次者限亲邻保结，俟谷熟时再拘。大罪重犯，囚而少赈之。

一曰禁讼。

大荒之时，治生不暇，况治讼乎？凡除人命贼情抢掳外，一切财产婚姻等讼，概不准；已告者概停不行。

一曰弛税禁。

山泽市货等利，法有禁者，此时宜暂弛税弛禁，广其营生之路，至谷熟时复旧。

一曰修街道。

街道污秽，易生疾病，荒疫相因，尤不可不慎。故当修洁街道，以防其渐。

一曰收弃子。

饥民有弃置子女道路者，许人收养。凡收养者，具呈至官，云某年某月某日于某处收得子女几人，归家抚养。官为用印给之。太平长大，一听收主照管，本生父母不得争执。其收主愿赎者听。或能收养自几人以上者，官府为赏格劝之。

一曰赎重罪。

重罪无赎之理，然能多出谷救荒，则虽枉法以生一人，而实救数千百人之死，亦权道也。○重罪如泛常人命事，则许赎。若劫杀真贼及人伦大变之犯，则不可赎。更旧冬以前，人命可赎。本年所犯，则不可赎。恐富人乘机报复故也。

一曰收买民间草薪衣服器用。

饥荒之时，贫民多卖衣服器用以给食，而富民乘人之急，甚至损价十之九者。此时官府宜那移钱粮，设人收买，使贫民不至大亏，则谋生之路宽矣。秋冬间仍行发卖，便可补数。至于草薪之类，亦当于此时收买，俟寒雨卖之，仍可得利。此古人已行之效。

一曰多置空所以处流民而严其法。

大荒之时，有他郡流民走徙就食者，若处之不得其道，则流民立死，且或生乱。有司当择寺观公廨一切空所，分别安插。每处设一人管其事，立法以绳之。诸如卧所有定，出入有时，领米有叙。若乱法者，初犯三日不给粮，再犯逐出境外。其有休养壮健者，则令执工役之事，或雇募民间，便不许坐食矣。

事后之策，一曰施粥（粥忌大热，饥人食滚粥，往往致死。临时宜谆谆告诫）。

饥荒已极，不能赈米，当设法施粥。施粥须因里设厂，若劳其远行，恐半途仆毙。又须立人监理，令饥民至者，随其先后，来一人则坐一人，后至者坐先至之下，已坐者不许再起。一行坐尽，又坐一行，以面相对，以背相倚，空其中路，可令担粥人行走。坐至正午，击梆一通，高唱给一次食，令人次序轮散。有速食先毕者，不得混与。一次散讫，然后击梆二通，高唱给第二次食，如前法。共三次即止。盖久饥之人，肠胃枯细，骤饱即死。惟饥民中称有父母妻子卧病在家者，量行给与携归。处分已讫，方令散去。散去之法，令后至坐外者先行，挨次出厂，庶不挤拥践踏。又人多群聚，易于秽染生病，须多置苍术，醋碗薰烧，以逐瘟气。又不时察验，严禁管粥者克米，将生水搀稀，食者暴死。其碗箸令各饥民自备。〇按：米多亦不得施饭，久饥食饭，有立死者。

一曰施药。

赈粥或不能，多服药亦可免死。当多合救荒丸，以周给之，亦不得已之极思。诸经验奇方另载。

一曰葬殍。

饿殍载途，秽戾之气，易生疾病。当随时收葬，或为大坑丛埋，亦补救之一端也。

禧按：古称救荒无奇策。要凡天下之策，未有奇者。因时制事，世人不能行而独行之，则谓之奇耳。是编多辑古人成法，间以意损益之。然一人耳目有尽，心思有所不及；又或自拟良法，行之不能无弊者。增美去恶，以成万世万民之利，是在后之君子矣。

朱方来曰：《周礼》荒政十二，有不切于事者，后世因时制宜，妙用无方。然散在他书，难于取法。勺庭先生山居二十年，心计手画，无时不胞与天下，所著策略，多万世大计。予获与其门下士游，尝窃窥一二，而此策斟酌今古，流自苦心，尤为荒政中集大成也。或谓如留请上供、借库银转籴，今亦决不可行。余谓此固在人所自命耳。曹王皋专制贷廪，宁杀我以活众，而唐宗优诏答之。李元忠违诏大赈，束身待命，而齐主亦不罪。何代无贤，安见三古而下，必臣不汲黯而君不汉武哉？篇中立一法即有一救弊之法，周详精当。中有似琐而实密，似偏而实确，似迂而实切者，读者尤当用心。天下司民牧者，果能行此，则天不能灾，民生遂而国本固矣。

附　录

防饥救生四果丹：栗子（去壳）、红枣（去皮核）、胡桃（去壳皮）、柿饼（去蒂）各等分，入甑蒸二时取出，石臼中杵捣，不辨形色，捻为厚饼。冬月吉日，焚香修合，晒干收贮。凡饥者与食一饼，茶汤任嚼服，腹中气足自饱。一饼可耐三、四日，再服更耐得久。此药补肾健脾，润肺清肝，而心火自平。

又方：芝麻（一斤）、红枣（一斤）、糯米（一升）共为末，蜜丸弹子大。每吃一丸，水下，一日不饥。

守山干粮：红萝卜（洗净蒸熟，俟半干捣烂）、糯米（葱白浸透蒸饭，捣如泥）二味，等分捣匀，泥竹壁上，待其自干。愈久愈坚，不蛀不烂。如遇荒年，凿下手掌大一块，可煮成稀粥一大锅，食之耐饥。故做成土坏〔坯〕样，砌墙亦可。

附 录*

汤潜庵先生岁饥赈济邻朋论（附录）

从来积德之事，无有大于岁饥赈济邻朋者也。盖天地仁爱斯民，必欲使朝饔夕飧，而天地之心始慰。至不幸而岁饥，则天地已恻然而穷于无术矣。依亲朋以乞假，借贷无门；欲典当以谋生，家无长物。鹄形菜色，既蒿目之堪怜；鬻子卖妻，诚凄凉之可悯。性命悬于呼吸，孰与周旋；死生介于须臾，谁为推解？此情此际，真有呼天不应、叫地不闻，铁石为之垂怜，鬼神为之下泪。所望苏饿殍之余生，起沟中之白骨，使天地之术穷而不穷者，惟在仁人君子，发积子荫孙之慈祥，破锱铢计较之私见，有以赈济之而已。然其道有二焉。其首以财赈，捐赀出粟，不以第一等事让之他人。救急扶危，不以眼前阴功待之异日。而且施由亲始，先子姓而后穷人；善人是富，首寒士而暨鳏寡。其次则以智赈，多方倡率，设法解朝夕之危；广坐危言，劝勉舒燃眉之急。务使悭者出谷，吝者解囊，俾乡邻梓里，不死少缓须臾，蔀屋穷檐，残喘苟延旦夕。即饥魂饿鬼，咸沾一饱之恩；彼祖若宗，亦感再生之德。此真弥天地生成之缺憾，佐帝王补助之深仁。况谓之邻朋，则同沟共井，亦是良缘，且非济众博施，事原易给者哉。如是我既为天地之功臣，天地必报以身名之俱泰。故眉山仲果，赈济而连产三苏；窦氏燕山，济人而荣栽五桂。千金一饭，漂母之庙貌彰彰；活族施亲，文正之簪缨赫赫。故修桥整路，古今且无不报之事，况延生活命，天地断无不报之条。不然有财不舍，时当饥馑，闭户而拒穷亲，有智畏劳，岁值凶荒，坐视不为策画，纵食粥以掩时灾，呻吟以谢知己，其有济于邻朋者，曾几何哉？嗟嗟！尔既爱财如命，天亦吝福如珍。迨天道好还，富贵无常，忽而易人，或当其身，或于其子孙，凭亲戚而不见收，呼豪右而莫为之应，然后叹前此一毛不拔，出尔反尔，悔将何及哉！故曰：积德之事，无有大于岁饥赈济邻朋者此也。

论救荒之策，圣王尤有大经济在此，乃为赈济邻朋近一层说法耳。但言言刺骨，字字惊心，令读之恻然动念，亦救荒之药石也。篇中议论，其次第处，大有圣贤帝王作用，不同一味说因果者可比。愚纂《救荒要览》，此文未曾搜及，异时亟需补入。

闻当时饥荒，先生同里中一富人，拥赀不舍，千百饥民欲纠众以破其家，先生作文以感悟之，故言之恺恻乃尔。其后饥民不至正法，富人不至破家，仁人之言，其利普哉！有财者可以思矣，有智者所当学矣。

救荒本草（附录）

李卫公行军辟谷方

大黄豆（五斤，淘三遍，至极净，去皮为末）、麻子仁（三斤，绵包，用沸汤浸至冷，取垂井中一宿，勿令著水。次日晒干，新瓦拨出壳簸扬，取粒粒完整者，蒸三遍为末）、白茯苓（六两）、糯米（五升）淘净，与茯苓同蒸为末。先将麻仁、糯米、茯苓共捣极烂，渐加豆米和匀，捏如拳大块，复入甑蒸之。约三个时辰，冷定取出，晒干为末。每用麻子汁调服，以饱为度，不得吃一切诸物。第一顿一月不饥，第二顿四十九日不饥，第三顿百日不饥，第四顿一年不饥，第五顿千日不饥。永远颜色日增，气力加倍。如渴饮麻子汁或芝麻汁，滋润脏腑。如欲吃饮食，用葵菜子三合为末，煎汤冷定服之，下其药。再服稀粥一二日，稠粥一二日，方可饮食。但服药之后忌房事，慎之。

辟　谷　方

晋惠帝永宁二年，黄门侍郎刘景先过太白山，遇隐士，传得此方。前知随州朱頔教民用之有验。序其首尾，勒石汉阳军大别山太平兴国寺。

大豆五斗，淘净洗蒸三遍，去皮。又用大麻子三升，浸一宿，漉出蒸三遍，令口开。右二味先将豆捣为末，麻子亦细捣，渐下豆同捣令匀，作团子如拳大。入甑内蒸，初更进火，蒸至夜半子时住，直至寅时出甑，午时晒干。捣为末，干食之，以饱为度，不得食一切物。第一顿得七日不饥，第二顿得四十九日不饥，第三顿得三百日不饥。不问老少，但依法服食，令人强壮，容貌不憔悴。如渴，研大麻子汤饮之，滋润脏腑。若欲食别物，用葵子三合许，研末煎汤冷服，开导胃脘，以待冲和，取下其药如金色。任食诸物，并无所损。

救　荒　丹

黑豆五升，洗净蒸三遍，晒干，去皮为末。火麻子三升，汤浸一宿，捞出晒干，用牛皮胶水拌晒，去皮淘净，蒸三遍碓捣，渐次下黑豆末和匀，用糯米粥为丸，如拳大。入甑蒸，从夜至子住火，至寅取出晒干，磁器内盛，盖不令见风。每服三块，但饱为度，不得食一切物。第一顿七日不饥，第二顿四十九日不饥，第三顿百日不饥。容颜佳胜，更不憔悴。渴即研火麻子浆饮之，滋润脏腑。若要重吃物，用葵子三合，杵碎煎汤饮，开通胃脘，再以薄粥饮数次，然后食则无碍矣。

辟　谷　方

黑豆五斗，淘净蒸三遍，晒干去皮。秋麻子三升，温水浸一宿，去皮晒干，各为细末。糯米三升煮粥，和前二味合捣为团，如拳大。入甑蒸一宿，一更发火，蒸至寅时，日出方才取出。甑晒至日午令干，再捣为末。用小枣五斗，煮去皮核，同前三味为团，如拳大。再入甑中蒸一夜服之，以饱为度。如渴，以淘麻子水饮之，滋润脏腑。如无麻子汁，白汤亦可，不得别食他物。

辟谷方

黑豆半升，炒香去皮。芝麻半升炒熟。白茯苓四两，管仲四两。水洗净，切碎为末。糯米半升，炒熟为末。每服三钱，日进三服，或水或汤送下。盛贮用青布囊。

普济丹

岁荒饥众，此方所费不多，一料可济万人，宜修合以济世。

黄豆七斗，芝麻三斗，水淘过即蒸，不可浸多时，恐去元气。蒸过即晒干，去壳再蒸三晒，捣为丸，如核桃大。每服一丸，可三日不饥。

济生丹

其味香美疗饥，数月可安。

芝麻（一斗，微炒黄）、黄豆、糯米（各一斗，水淘蒸晒）、熟地（十斤）、黄耆（炙）、山药（炒五斤）、白术（三斤）、红枣（十斤，去皮核）为末，捣枣肉，炼蜜丸，约五钱重，白汤下。

行路不饥丹

芝麻（一斤）、红枣（煮熟去核一斤）、糯米（一斤）共为末，以红枣煮熟为丸，或如蜜和，弹子大。每用一丸，水下，可一日不饥。

黄山谷救饥方

糯米、芝麻各三升，各淘洗晾干，文火炒熟勿焦，磨成粉。红枣三升，煮烂去皮核，将枣汁一盏半和枣肉入粉，捣成丸。每丸七八钱，风吹半干，烘晒收贮。为丸后置当风处，半干方可供晒，否则味薄矣。早午各细嚼一丸，开水送下，可以终日不食，仍不忌饮啖。

辟谷仙方

天门冬二斤，熟地黄一斤为末，炼蜜丸，弹子大。每温酒化三丸，日三服。居山远行辟谷良，服至十日，身轻目明。二十日，百病愈，颜色如花。三十日，发白更黑，齿落重生。五十日，行及奔马。百日延年。

荒年辟谷

稻米一斗淘汰，百蒸百曝，捣末。日食一餐，以水调之，服至三十日止，可一年不食。

又方

粳米一升，酒三升渍之，曝干又渍酒浸，取出稍食之，可辟三十日足；一斗三升，辟谷一年。

又　方

青粱米，以纯苦酒浸三日，百蒸百晒，藏之。远行日一餐之，可度十日。若重餐之，四百九十日不饥。

左慈荒年法

大豆粒细调匀者，生熟挼令光暖彻豆内。先日不食，以冷水顿服讫，一切鱼肉果菜，不得复经，口渴即饮冷水。初小困，十数日后，体力壮健，不复思食。

休粮养道方

白面（六斤）、香油（二斤）、白蜜（二斤）、干姜（二两，滚水泡）、生姜（四两去皮）、甘草（二两）、白茯苓（四两）、黄米（三升）共为细末，和成一块，切作片。蒸一时，阴干为末。先吃饱饭，后服此药，一茶匙净水送下。若服至一盏，可一月不饥。要解药力，葵菜煎汤服之，仍旧食饭。

诸葛干粮

白茯苓（二斤）、白面（二斤）、干姜（一两）、黄米（二升）、山药（一斤）、麻油（半斤）、芡实（三斤），各药一处蒸熟，焙干为末。每服一匙，新水汲下。日进一服，气力如涌，一日不饥渴。

救荒辟谷奇方

荒年贫不能自给者用此。

白茯苓四两为末，白面二两，入水同调匀。以黄蜡三两代油，煎成饼。饱食一顿，便不食。至三日后，气力渐生。熟果、芝麻汤、米汤、凉水略饮少许，以润肠胃，无令涸竭。若仍欲饮食，须先用葵菜汤并米饮稀粥，少少服之。

许真君避难饮食方

白面六两，黄蜡三两，白胶香五两，将面调糊为丸，如黑豆大，晒干。再将蜡融成汁，将圆子投入其中打匀，候冷用纸包裹，安放净处。每早空心服三、五十丸，冷水咽下，吃熟食任意不妨。

辟谷休粮方

白面一斤，黄蜡四两化开，白茯苓一斤去皮，三味为细末，打糊，摊成饼。先清斋，一日食一顿，七日不饥。再食一顿，一月不饥。若要食饭，葵菜煎汤服一钟，如无葵菜，茯苓汤亦可。

辟　谷　方

糯米二三合炒熟，以黄蜡二两，铜勺内融化，再入米同炒，至蜡干为度。任便食之，数日不饥。若要吃食，嚼胡桃肉二个，即便思食。

神仙辟谷延寿丹

朱砂（光明者佳飞过）、定粉（烧之黄色者佳）、黄丹（轻者飞过各一两）、乳香（七钱半）、水银（三钱）、大金薄（二十片）、白沙蜜（一两）、净蜡（二两）、白茯苓（如雪者佳，一两或加五钱）。

右各择精细者，先将定粉入乳钵研开，次下水银再研，直至水银无星为度。次下黄丹、朱砂、金薄再研，次下茯苓、乳香等细末同研匀。将药入埚碗，坐热汤上，勿令汤冷。另融蜜蜡，入药在内，木匙搅匀。众手丸每一两作十二丸，勿令有剂缝，或朱砂、或水银为衣（水银为衣法，取水银二、三粒，手心内用津唾擦青色，取药三、五丸搓之），合时忌鸡犬妇人。药成，入埚器内贮之。如欲住食，先用油三两、蜡一两、白面一斤，入蜜一两，和烧饼或煎饼，如无食不托面或糯米粥亦可。须极饱然后服药，以乳香汤下一丸。又一时辰，再将白面炒熟，蜜蜡为丸，如桐子大，温白汤或乳香汤下百丸，名曰后药。先已饱食，又服后药，故二三日不困，虽困亦无伤。服药后当万缘不染，盖心动则气散，语多则气伤。故辟谷者，以宁心养气为本事。来则应事，过勿留于心。时时向日咽气，以为补助。茶汤任意，勿食有滓之物，忌怒大劳。十日后肌肉虽瘦，而筋骨轻健，神观开朗。如欲开食，须二七日以后，候药在丹田，可开食。不至二七日而食，则药随脏腑而下。开食之后，如更欲住食，不必服药，止以乳香汤饮之。

长生辟谷丹

云南雪白大茯苓，去黑皮令净。定粉、黄丹、白松脂、白沙蜜、黄蜡、松脂，于净磁碗内融为汁，倾药在内，以木匙搅匀，候温就丸如指头大，用水银为衣。有死水银法，先洗手净，用水银三钱，点在手心内，以指头研如泥，见手心青色，将药三、五丸搓揉后，以金薄约量摊碗内，以药丸在内摇动，使金薄都在药上，密器收贮。服时用乳香末半钱，水三小盏，煎汤温送下，不嚼破。服后第三日觉饥，以面和白茯苓末，烙成煎饼，食半饱，以后药在丹田，永不饥渴。久则交过五脏，阴滓俱尽，长生不死。诸人可服，并无所忌。使人添气力，悦容颜，身轻体健，百病皆除。救贫拔苦，实济世之良方，长生之妙法。其间若欲饮食，俱不妨事。但七日之内吃食，药必随下，至半月，药在丹田，永不出矣。服时面东持药，念咒一遍，吹在药上。如此七遍毕，以乳香汤送下。咒曰：

天清地宁，至神至灵。三皇助我，六甲护形。去除百病，使我长生。清清净净，心为甲庚。左招南斗，右招七星，吾令立化，与天长生。吾奉太上老君急急如律令。

辟　谷　方

黄耆、赤石脂（煅淬）、龙骨（三钱）、防风（五分）、乌头（一钱泡），右药置石臼内，捣一千杵，炼蜜丸如弹子大。如行远路者，饱食饭一顿，服一丸，可行五百里，二丸可行千里，不饥。

长　命　丹

白茯苓、粉甘草（各四两），川椒、干姜（各二两），白面（六斤炒熟），共为细末，用真麻油二斤，沥去浮沫，俟温，入前药面，拌捣为丸（如不成，可加炼蜜），如弹子大。初服每日三丸，三日之后每日服一丸。饮凉水三口，即终日不饥不渴。欲解，食核桃一个，即思饮食。

辟谷方

榆树生耳，八月采之，以美酒渍曝，同清粱米、紫茨实蒸熟为末。每服三指，撮酒下，令人不饥。

斩草丹　　备荒辟谷修道

芝麻黑豆半升齐，炒成黄色去了皮。贯众、茯苓各四两，干姜、甘草亦如之。枣肉为丸钱来大，走遍山川不忍饥。试问山中青苗草，管教入口化为泥。

大道丸

黑豆一升去皮，管仲、甘草各一两，白茯苓、苍术、缩砂仁各五钱，共剉碎，用水五升，同豆熬煎。火须文武紧慢得中，直至水尽。拣去药，取豆捣如泥丸，作鸡头子大，入有盖磁瓶密封。每嚼一丸，可食百般苗叶，终日恣饱。虽异草殊木，素所不识者，觉甘甜与进饭同（忌服荤菜果热汤水）。

休粮方

缩砂仁、贯众、白芷、茯苓、甘草共为细末，煮黑豆熟，以药拌置锅中。黄蜡一两，薄切掺豆上令匀，取豆焦干为度。以数粒同松钗中节食，亦可不饥。

黄山谷煮豆帖

黑豆一升，拣极净，淘洗。用贯众一斤，细剉如豆大，和豆中，量水多少，慢火煮之，翻覆令展尽余汁为度。簸出黑豆，去贯众，空心服七粒，食诸草木枝叶，觉有味可饱。杜仲、茯苓、甘草、荆芥等分为末，糊丸如桐子大。每服数丸，即吃草木可以充饥。止有竹叶、甘草不可同食。食草叶有毒，惟盐可解。

服苍术方

苍术一斤，白芝麻、香油各半斤。右将苍术用米泔浸一宿，取出切片子，以香油炒，令熟，用瓶盛贮。每日空心服一撮，用冷水汤咽下，饥即服之。壮气驻颜色，辟邪又能步履。

服黄精方

黄精根梗，不拘多少，细剉阴干为末，水调服。初服不可多，恐饱胀。以后渐渐加多，饥则再服。可以不食，渴则饮水，一年之久，可变老为少，身轻善走，久久成地仙。不得食一切烟火物，则有效。

又方

黄精蒸熟，晒干为末。另用生黄精切碎熬膏，捣成丸，如鸡子大。日服三次，每次一丸，可以绝食不饥。渴则饮水，兼除百病。

救饥民法

凡遇凶年，作糜粥食饥民，糜脱釜，犹沸涌器中。饥人急于得食，食已往往仆死百步间。若于夜分作粥，盛大瓮中，次早以木棍搅匀，食饥民可不致死。

疗垂死饥民法

煮薄粥泼桌上，令饥民渐渐吮食之必生。饥肠微细，顿食则涨死矣。

跋*

右《救荒备览》四卷，国朝南海劳潼润之撰。按先生孝舆子，乾隆乙酉举人，受知于武进刘星炜、大兴翁方纲、余姚卢文弨。著有《四书择粹》、《孝经考异选注》、《四礼翼》、《荷经堂稿》等书，现阖邑公举从祀乡贤。《鱼山文集》称其得名最早，事母孝，至不肯再应礼闱，以引奖后进为己任，倡率乡党备赈，皆有成绩。丙午、丁未荐饥，赖以存活者无算。《雁山文集》称，先生憾先事无预备之策，临时补救，所益无几，倡立义仓。只请存案，不经官理，司事者公举轮值，无得擅借升斗，有侵渔者罚之，所以矫社仓之失也。请于上官，皆曰善，悉如所议。又称先生尝言三代井田之法，不可复行，所恃以活民者，惟在谋积贮。故生平致力在此，此著书之微旨也。嗟乎！古称救荒无善策，魏叔子亦称救荒之策，先事为上，当事次之，事后为下。又称有治人，无治法。膺民社之寄者，尚慎旃哉。是书虽卷帙无多，而援据已详，特重梓之，使广为流布焉。道光己酉谷雨令节后学伍崇曜谨跋。

余姚捐赈事宜

清乾隆六十年刻本

（清）张廷枚　辑
李文海　点校

序

乾隆甲寅年，余姚戴令君下车数月，适秋霖浃旬，大田虽获，东北两乡木棉大减。乙卯春，海乡艰食，米价渐腾，令君蹙然忧之。县绅士相与议曰：吾侪幸有恒产，粗具盖藏，又乘歉岁获贵粜，是瘠里邻以自殖也。奚其可！因请捐赈，令君嘉之，而欲善其法。适余掌教于斯，故乡人也，谊不容却，遂谋于余。余惟国家惠爱黎元，一隅偏灾，皇上发帑截漕，奚啻亿万万计。京师五城，每年例设饭厂，则每日给米若干，不计其人，此以米为经而以丁为纬也。四方水旱灾赈，银米兼施，则计户造册，按丁分给，此以丁为经而以银米为纬也。海乡偶歉，不过一隅中之一隅，且大田未有病也。长吏随时调剂，绅士尚义乐输，善矣。台司大吏，念切民瘼，又信戴令君之能尽心也，檄谕再三，匾题嘉奖，司其事者亦倍踊跃。府县捐俸首倡外，几输钱二万贯有奇，设厂者九，为期一月，加展者八日，计耗米八千二百石有奇。是役也，不按户、不造册，计人给筹，计筹给米，综经纬之法而参用之。凡司事诸君子，半皆倡捐之人。一切需用，多由倡者贷给，故经费亦倍省。至议捐之法，或因田或不因田，集事颇速，皆出于一时慕义之殷，不以贫富限其赢缩。故铢积寸累，悉登于册，俾知出纳细数，无可丝毫欺隐，亦以使后之人食德饮和，绵延瓜瓞。阅是册者，犹见祖若父之能明大义，慷慨好施，故能泽及云礽，长享太平之福，未必非维持风教之一助也。夫是为序。

乾隆六十年岁次乙卯秋八月，赐进士及第翰林院修撰原任山西学政会稽茹棻序

事有出于不得已而决然为之，不敢几于必成。及成矣，愿继此者之必不遇之，而犹恐其万有一然，则欲以无穷之心，为不匮之惠，此今日之载笔所以不容忽也。姚江东北二乡，滨海斥卤，居民皆以木棉为业。迩来连岁歉收，至乙卯春，民几艰食。时余捧檄摄篆兹土，尚未匝岁，爰以上元蠲洁祷于城隍之神，聚閤〔阖〕邑绅士，谋为粥厂捐赈之举。院长茹古香先生亦极为怂恿，且力任分劳。余乃毅然捐廉，首倡一切。钩稽出入，悉董以绅士，官吏丝毫无与。维时以为捐缗数千贯，赈至万人，于私心已快然无憾，宁敢有奢望。及又二月十二日开赈，自吴山庙至水阁，周袤延百里，凡八厂，又益以附郭接待寺一厂，共九厂。饥民就赈者云集，每厂多者万余，少亦不下六、七千人。以每口三合计之，每日耗米二百余石不等。且示期放赈，少辽缓焉，即呼号四起，势难刻待。巡察不周，又虑东出西入，循转若环，重支冒领，力有不支。余方蹙然忧之，惧是役之举而中辍也，讵意下吏微诚，已蒙各台鉴察，飞檄数下，多方奖劝，各殷绅捐有成数，著有成劳，即立给匾音，用垂不朽。于是閤〔阖〕邑人士，咸欢呼鼓舞，踊跃乐输，无不勉其有余，而耻其不足。初议赈粥一月，又加赈八日，凡三十八日。至三月二十日停厂，计捐钱二万贯有畸，买米八千二百石有畸。至舍药数万丸，给槥数百具，尚不在数内。自始至终，得无缺乏。余初愿不及此，其及此，幸也。呜呼！难矣。余惟国家爱养民生，普免天下地丁漕粮，以及议蠲议赈，奚啻亿万万计，又宁赖此区区豪末，有所加损。顾念姚邑海乡，原不

过一隅中之一隅，又其歉收者仅在木棉，自不值上资国帑。而乡间慕义，铢积寸累，一月之内，输钱至二万余贯。率教向风，深堪嘉尚。其间先事之绸缪，临事之剂量，终事之补苴，诸董事夙夜勤劬，考其成效，劳费正等，于事皆中书法。语云：救荒无奇策。以余之不敏，得以藉手观成，仰承宪意，俯对吏民，匪成劳之不泯，抑前事之不忘，或亦采风者之所不废也。夫其捐赈事宜及台檄文告，并捐输姓氏，备列于后。

乾隆六十年岁次乙卯冬月，特授文林郎知余姚县事吴门戴廷沐序

昔曾子固作《越州赵公救灾记》，谓救荒之策，丝理发栉，从来未有如赵公者。前事之不忘，后事之师也。毋泥古而变今，推迁不一，使有人焉，载笔以示后，非仁者之用心哉。我邑中尊戴父师自甲寅之夏下车伊始，东北二乡以飓风，木棉无收。积歉之后，次年人民至掘蕨根、采榆皮以食，滨于死亡者数矣。中尊蹙然忧之，祷于城隍之神，誓以起瘠为己任，与绅士倡捐，设厂赈粥。适会稽茹古香先生主龙山讲席，力为怂恿，其章程缀密，悉心措注，与有劳勚。事竣，中尊以枚忝与董事之列，稔其颠末，属汇为一册，曰《捐赈事宜》，授诸剞劂。枚则何能为役，第以中尊、古香先生暨各当事绅士殷户之盛心，不可无垂于后，而因以知救荒无善策之未始无善，且得媲美于越州赵公之救灾焉，是又枚所乐为之也。治门生罗山张廷枚谨识。

捐赈事宜目录

余姚捐赈事宜

启

为传知好义各绅共襄善举事。窃照本邑上年早晚秋禾，俱属丰稔。惟东北二乡沙地，木棉收成歉薄。该处农民，甚为拮据。先经本县谕令补种杂粮蔬莳，以资餬口。数月以来，尚为宁贴。但相距春收，为日正长，失业贫民，难以接济，是应亟为调剂，毋使失所。因与诸绅士熟商，拟于东北两乡，分设粥厂，俾土著乏食贫农，赴厂就食。第地广人稠，为数匪细，不得不作将伯之呼。各绅士夙称好义，情切桑梓，谅有同心。是以本县因公赴郡，面禀府宪，深为嘉与，并谕蒙捐米一百石，为诸绅士倡。本县先捐米三百石，幸各绅士量力捐输，共成善举，务于月内定有成数。事集之后，将好义姓名禀明府宪，分别奖许。如捐数较多，转详大宪，从优示奖。其粥厂设立何处，捐米作何支发，每厂应设董事几人，及一切事宜，惟诸绅士会商筹议，以期尽善，并不假手胥役，致滋弊混。厂内应备什物，应雇人夫，均应酌捐，毋于米数扣除。总期粒粒归于实惠，于诸绅士有厚望焉。此启。

谨按：此系初议章程。及开厂后，饥民就食者云集，捐项不敷，戴令君陆续倡捐，为米、为药、为棤、为赏犒，捐数实在千贯以外。古香谨记。

在城总局董事姓名

原任沭阳县知县黄璋
监生张廷枚
候选州同施浩
附贡生杨绍勋
贡生朱培德
候选州同朱培行
监生邵鼎涵
候选州同邵杠
监生洪光培
廪贡生洪应尧
廪生黄征质
监生洪应堂
监生张焕

告　示

余姚县正堂加五级纪录五次戴为捐设粥厂以济民食事。照得本县东北两乡，去冬棉花歉收，虽例不成灾，民食实形拮据。本县忝司民牧，时切恫心，是用捐廉首倡，设局劝捐。今城乡各殷户陆续捐输，细数印簿存核，议于近城接待寺为第一厂，大古塘一带分设八厂，共九厂。自闰二月十二日为始，酌赈一月。每厂每日备米煮粥，每名口给粥一杓，每日鸣锣集众，以辰、巳两时为率。虽为数无多，务期各董事踊跃将事，实惠在民。一切胥役人等，丝毫不准干预，庶颗粒均沾，事归实济。为此示，仰众贫民等知悉。尔等须知，天灾流行，此番赈济，不拘多少，皆众殷户谊切桑梓，情殷好义，本县亦得以相与有成。尔贫民具有天良，各宜安分守法，静候散给。毋许拥挤喧哗，重叠冒领，致滋纷扰。如敢故违，即行出示停赈。所有应行条规列后，各宜凛遵毋违。特示。

乾隆六十年闰二月初十日给

谕　单

余姚县正堂戴谕：各厂地保知悉，照得本县定于又二月十二日，在大古塘一带设厂赈粥，尔等均每日在厂，协同厂役，常川伺候。饥民就食散粥时，遵照规条，东入西出，毋得拥挤入厂争抢。一切偏僻小径，均须分头堵截，勿致重支冒领。尔等每日止准在厂随同领粥一次，毋得延玩干咎。特谕。

余姚县正堂戴谕：坐都捕役知悉，照得本县定于又二月十二日，于大古塘一带设厂赈粥，所有钱米船只，昼夜通行。诚恐附近不法匪徒，伺隙滋事，尔等务须不分晓夜，加意巡逻。厂船如有被窃情事，除严拿匪犯重究外，定将失事地方之坐都捕役，加倍重惩不贷。特谕。

余姚县正堂戴谕：石堰、横河堰、低仰堰、小里堰、枫林堰、梁家堰各坝夫头知悉，照得本县定于又二月十二日在大古塘一带开设粥厂，所有各厂办公船只，昼夜通行，尔等务须随到随放，毋得留难勒索，致误时刻。如敢玩违，定即提究不贷。特谕。

施粥规条

一、在城设局，酌定董事二人，各给一札。令一人专司收放钱文，一人专司收放米石，并砻米及记明袋号。

一、局中收钱，总以制钱为率，小钱缺数补换。交米照依时价，潮米、糙米不收。

一、交米各殷户，先于袋口各挂竹签记号，以便事竣照签发还。

一、米斛用市，以便收放核实报销。

一、初次开厂，先示期一月，自闰二月十二日行起至三月十二日止。后有赢余，不妨源源接济，展期加赈。

一、踹定厂地，先期派人踏勘，谕令地保打扫。附近寺院，于门外各搭高大棚厂，务要结实完固，毋致风雨损坏。事竣核实，于本局报销。

一、厂前地面，贫民每日践踏，不免有损春花，照依时价偿给工本。

一、每日厂中放粥，各借备锣一面，定于辰时警众齐集，总以辰、巳两时为率。

一、每厂用城乡董事，专司稽查弹压，收放报销。各带工人一名，工食量给。

一、每日开厂放粥，本厂董事，对众先尝一碗，以明搀和等弊。

一、设厂定于大古塘一带，约长百里，拟分八厂。厂地星罗棋布，务以便民为主。

一、每厂用米，初次难以预定，每日先酌备二十石，多少临时再行酌定。

一、每厂设糠灶三乘，大锅六口，小锅三口。用木板照甑式围圆加盖，小锅只须平盖。外多备大锅一口，以便换用。

一、人数众多，若煮粥不敷散给，即每人按筹给米三合。

一、每厂用衙役六名，专司放粥。如有擅入厂内争抢等事，惟该役是问。工食均由本县捐给，不准由厂支取。

一、各厂地保，每日分派承值，照例一体领粥。

一、每厂用水火夫或十名，或十五名，即于附厂贫民中，由本乡董事保举老成壮实可用之人，不得任意唤用。每日照例领粥外，酌给钱五十文。

一、每厂于两檐柱用长绳二条，木桩两面，各四根拦住。放粥时由东过西，不得挨挤争扰。

一、每厂各设皮鞭一对，木牌一面，禁止拥挤喧哗。

一、每厂备风箱四具，铁火夹四把，计长三尺，淘米大竹箩四个。如有须用家伙，或借或添置，临时酌备。

一、每厂用大杓四个，每粥一杓，计用米三合，各厂划一。

一、每厂用大缸四口，二口厂内盛水，二口厂外盛粥（借用）。

一、每厂用挑水担桶四付（借用）。

一、每厂用糠，每日先酌备十袋，毋至停锅待购。

一、各厂每日用船，均由各董事照依民价自雇，事竣报销，并不动用官船。

谨按：章程虽有定议，筹办全在人为。如饥民中有年老不能每日赴厂者，有卧病在床者，有因赴厂领粥而在厂困卧者，或竟赏以一月之粮，或五日，或十日汇给不等。即按名散粥，而粥有不敷，则继以米，米又不足，则继以钱，种种不一。各董事煞费苦心，总期于实用实销，无挂漏亦无欠缺，其大概也。古香谨记。

担粥法

窃思东北两乡，上年棉花歉收，现值青黄不接，贫民乏食，已捐廉倡议，设立粥厂，延城乡绅士董理其局，俱属踊跃，好义可嘉。俟四乡捐足米石，即可定期开厂。惟查前明嘉善陈龙正有担粥就人之法，事便易行，用书其说，刊刻印送，是又捐米设厂之外，所重望于好善者采而行之者也。

担粥法无定额，无定期，亦无定所。每晨用米数斗煮粥，盛于木桶，分挑至通衢郊外。凡遇贫病，各给一杓。每担需米五升，可给四、五十人，如有十担，可延四、五百人一日之命。或一、二日，或数日，无设厂之劳，有活人之实。既可时行时止，又且无功无名，量力而行，随人可济，每日有仁方矣。

谨按：此法简便易行，功效之速，如立竿见影。且三家之村，一哄之市，老弱疾病，岂能人人赴厂领粥？得此便不虞其独抱向隅。即岁遇丰收，乡闾好义，果能如法奉行，较之塔院布施功德，奚啻倍蓰。良法美意，洵足存以劝后。古香谨记。

设厂地方并董事姓名、各厂报销钱米总数

第一接待寺厂（附郭）

总办董事：候选州同朱培行、监生徐鼎臣
同办董事：监生励景康、吕天奇
用米五百三十二石，杂用钱八十千文（本厂董事捐助）

第二吴山庙厂（在岑王埭，离城六十里）

总办董事：廪贡生洪应尧
同办董事：候选千总徐镛、监生陈宗煌
同办乡董事：职员余飞泉、岑典书、岑守位
用米七百九十六石，杂用钱一百五十七千八百文零

第三大悲庵厂（在华家桥，离城四十里）

总办董事：附贡生杨绍勋
同办乡董事：监生华钰、监生孙有用
用米八百二十六石，杂用钱一百六十六千三百文零

第四西洋寺厂（在浒山，离城四十里）

总办董事：监生张焕、附生张本（原名煌）
同办董事：监生熊于飞
同办乡董事：监生陆光国、马杏芳、胡佩玉、胡永龄
用米七百六十四石，杂用钱一百五十五千八百文零

第五宝林寺厂（在湖塘，离城五十里）

总办董事：候选州同施浩
同办乡董事：监生马声和、监生陈志范
用米八百四十六石，杂用钱一百五十八千二百文零

第六法华庵厂（在天元寺，离城六十里）

总办董事：监生邵鼎涵、候选县丞张炎
同办董事：原任博白县典史徐奎

同办乡董事：候选州同潘基隆、监生张予义

用米一千二百六十一石，杂用钱一百八十九千一百文零

第七万寿寺厂（在吴家路，离城五十里）

总办董事：监生洪光垲

同办乡董事：职员徐高、监生吴佳范

用米九百七十二石，杂用钱一百八十一千五百文零

第八道塘庵厂（在道塘，离城五十里）

总办董事：候选州同邵杠

同办董事：候选卫千总原任借补处州把总邵标、候选千总邵霖

用米九百六十二石，杂用钱一百六十千三百文

第九水阁周厂（在第四门，离城四十里）

总办董事：贡生朱培德

同办董事：监生朱锡川

同办乡董事：监生谢敬廷

用米一千二百六十一石八斗，杂用钱二百五十一千八百文零

谨按：煮粥之法，初意自以早煮多煮为第一议。殊不知用缸盛粥，缸面之粥既凝，缸底之粥尚热。冷热相激，便成酸水粥渣。第一、二日各厂皆然，不免疑鬼疑神，众情滋惑。及推求致此之由，始恍然大悟。此又在搀灰搀石膏之外者，不可不知。古香谨记。

又按：向来灾赈，原有分别男妇间口轮放之法。目下贫民待泽情殷，势难久待。兼之各厂地面，宽窄不同，就各厂之中，量其地势，酌分子厂，分别男妇老幼，不致拥挤倾跌，尤为尽善尽美。是又在司事者之调剂得宜矣。古香又记。

奉宪派委巡查弹压各员衔名

大岚都司谷曰孚（水阁周、道塘庵二厂）

城守千总李信（万寿寺、法华寺二厂）

教谕周懋曾（吴山寺、大悲庵二厂）

署县丞郁炳（接待寺厂）

三山司巡检宋吉禄（西洋寺、宝林寺二厂）

典史陈凤鸣（总局管捐输并报销账目）

禀　　帖

余姚县知县戴廷沐谨禀。敬禀者：窃卑县地方，上年早晚秋禾均属丰收。唯是东北两乡沿塘民灶各户沙地，迤长百里，该处止种木棉，因秋雨淹浸歉收。虽情形尚均安贴，民

食实形拮据。入春以来，天气晴霁，春花可望有收。此刻青黄不接，亟应调剂。前经本府宪因公到县，察看情形，复面加商酌，谕令于城乡各殷户量加劝捐，煮粥赈济。卑职当于城隍庙设局，延请公正董事数人，除本府捐米一百石，卑职捐米三百石外，令诸董事各就其戚友邻里，持簿劝捐，不许吏胥人等丝毫干预，致滋弊窦，现已陆续捐输。伏查海乡地方辽阔，贫民就食甚众。查煮粥每人每日约需米三合，计期一月，非三、四千石不可。且此时众情仰望，若俟捐足后方始开厂，恐缓不济急。卑职当经出示晓谕，于本月十二开厂，定期赈粥一月。卑职率同教佐各官，轮流稽察，随赈随捐，不拘多寡。各殷户实系情殷好义，踊跃乐输。如有赢余，再行示期展赈。至办理粥厂告示规条，及事竣后将绅士乐输捐数，及各厂实赈米石若干，另缮清折呈览，所有现在捐赈情形，合先禀请宪示。

余姚县知县戴廷沐谨禀。敬禀者：本月初十日接奉本府札开，转奉藩宪云云等因。窃卑县地方，上年早晚秋禾均属丰收。惟是东北两乡沿塘民灶各户沙地，迤长百里，该处止种木棉，因秋雨淹浸歉收。虽情形尚均安贴，民食实形拮据。入春以来，天气晴霁，春花可望有收。此刻青黄不接，亟应调剂。前经本府宪因公到县，察看情形，复面加商酌，谕令于城乡各殷户量力劝捐，煮粥赈济。卑职当于城隍庙设局，延请公正董事数人，除本府捐米一百石，卑职捐米三百石外，令诸董事就其戚友里邻，持簿劝捐，不许吏胥人等丝毫干预，致滋弊窦，现已陆续捐输。伏查海乡地方辽阔，贫民就食甚众。煮粥每人每日约需米三合，计期一月，非三、四千石不可。且此时众情仰望，若俟捐足后方始开厂，恐缓不济事。卑职当经出示晓谕，于本月十二日开厂，定期赈粥一月。卑职率同教佐各官轮流稽察，随赈随捐，不拘多寡，各殷户实系情殷好义，踊跃乐输，如有赢余，再行示期展赈。卑职又虑未经开厂之先，贫民乏食，刻不能待，爰仿前人担粥就人之法，复捐廉倡率，各殷户量捐粥担，随便分给。所有卑职办理粥厂告示并刊刻规条及担粥事宜，另缮清折呈览。

余姚县知县戴廷沐谨禀。敬禀者：窃卑县设厂赈粥情形，前经具禀宪鉴。接奉钧批，卑职遵照妥办，并传知各董事实心经理，以仰副大人饥溺为怀之至意。查卑邑粥厂，东北二乡，设立八处，每厂相距数里及十余里不等，近城又设接待寺一处。卑职于未经开厂之前，亲历勘定，俱系村庄联络适中之所，择其宽大寺院设厂。兹卑职又遍赴各厂查看，人多拥挤，复于各厂前圈编竹笆，分别男妇，东进西出，以免混杂滋事。日来甚为宁静。所有设厂地方及在厂董事委员衔名，另开图折呈送宪电。兹自本月十二日开厂起，至十八日止，每厂贫民五六千至七八千不等。定以每名净米三合，煮粥施放。近有闻赈归来，及邻邑贫民赴厂就食，虽非本境土著，而鸠鹄情形，亦殊可悯，是以一体给散。连日每厂领粥之人，竟至较前加倍，每日需米二百六七十石。查绅士原捐仅一万二千余贯，就现在情形，赈至三月中旬蚕豆大麦登场为止，约需二万余千，不敷经费计有八千余贯。城乡董事虽现又持簿劝捐，各乡士民尚知好义，并有并未待劝，自行赴局输捐者，但为数尚多，民间实在拮据，断不能尽数劝捐。卑职身任地方，自应仰体仁慈，捐廉妥办，赈至麦熟为止。其捐户银数多寡，事竣后造册禀报，听候宪台分别奖励。再各户捐输，悉系城乡董事，在于城隍庙设局写捐。所捐钱米，洎卑职倡捐米石，俱交各董事收存支放，并不假手吏胥，致滋弊端。至卑职深沐鸿慈，自问毫无报称，惟有将民事时刻系怀，庶不致辜负宪恩。其仓库益加谨慎，卑职到任后实有弥补，即此煮粥不敷，断不动用厘毫库款。恐廑慈怀，合附禀闻，伏祈垂鉴，并请钧安。卑职廷沐谨禀。

余姚县知县戴廷沐谨禀。敬禀者：窃卑县海乡粥厂，叠奉宪札查办。卑职业将开厂一月，复展赈五日，至十七日止办理情形，驰禀在案。兹查连朝阴雨，刻下蚕豆、大麦登场者，十止一二。体察民情，尚有拮据。卑职复竭力捐措，并多方谆劝。今各绅士欣闻大人念切痌瘝，有加无已之德意，竟倍加踊跃，量力加捐。是以又展赈三日，截至二十日为止。是时豆麦悉可收获，且正当翻种大田，贫民受雇佣工，可资口食。兹已将展赈日期，遍示各厂。卑职适因公在乡，黄童村妪之感激鼓舞情形，似有出于至诚者。所有乐输绅士，应宪台示奖者，俟事竣后，折报本府转禀察核外，合将续又加赈日期，肃禀宪鉴。

余姚县知县戴廷沐谨禀。敬禀者：窃卑县东北二乡，上年木棉歉收，民食维艰，设立粥厂，以资接济，屡蒙训示，俾得遵循。计自闰二月十二日起，施粥一月，又两次展赈八日，至三月二十日为止。据各董事开报，共用市斛米八千二百余石，及柴薪锅灶人工杂用，统需二万二千余串。今各绅士感激宪恩，有给匾奖励之谕，捐输踊跃。局中司事禀称，城乡捐簿，已有一万九千余贯，其不敷之数，除本府捐米一百石外，卑职已照数捐交司事收清。今蚕豆、大麦悉已登场，小麦、菜子三、五日内亦可收割。无业贫民均可受雇工作，不致有饥饿之虞。皆由宪德之感孚，是以输将之恐后。所有应请给匾奖励之绅士，卑职现在查照捐簿，分别等差，开折禀送本府听候转请宪核。惟是海乡男妇，饥寒耐久，一旦工作辛勤，恐多疾疫。查医书内载藿香正气丸，能益脾去湿，以辅正气，并驱岚瘴，似与卑县环山抱海之地更属相宜。已捐资制配，即分交开设粥厂之各寺僧人存贮给领，源源配给，交秋为度，以冀推广鸿慈而安黎庶。卑职廷沐谨禀

宪　　批

兵部侍郎浙江巡抚部院觉罗吉谕余姚县知悉：据该县具禀，上年木棉歉收，贫民拮据，现在劝令殷户捐输，赈粥接济，定期开厂缘由到本部院。据此，除经批示妥办外，查绅士殷户，好善乐输，深堪嘉尚。本部院应行给匾优奖，以示鼓励。合饬开报，谕到该县，即将经理劝捐之董事，及乐输最多之绅士殷户，系何姓名，酌量开折禀报，以凭给发匾音，毋违速速。特谕。

兵部侍郎浙江巡抚部院觉罗吉批：据禀开厂给粥情形，甚为慰悉。务期实力董率，俾贫民均沾实惠，是所望切。另单并悉，此缴。三月初三日。

兵部侍郎浙江巡抚部院觉罗吉批：据禀办理赈粥事宜，甚属周妥。具见关切民瘼，殊堪嘉尚。给予扇二把，以示奖励。该令务须实力实心，始终勿懈。并再行设法倡捐，赈至麦熟后为止。余已悉，缴，图折存。

兵部侍郎浙江巡抚部院觉罗吉批：该县办理赈粥事宜，均属妥协。更恐民受饥寒之

后，易致疾疫，复预制药丸，以备散济，诚不愧父母斯民，深堪嘉尚。候行歉收各处，一体查照给办。本部院尚当制备，另行札发也。此缴。

兵部侍郎巡抚浙江部院世袭散秩大臣骑都尉觉罗吉批：据禀展赈日期甚妥，绅士乐善可嘉。仰将发来匾额，照式多办，事竣后查明填给，开折报查。缴。

钦命浙江分巡宁绍台兼管水利海防兵备道加三级纪录五次恩批：据禀办理捐设粥厂济食贫民一事，极为妥协。深见实心为政，真堪嘉尚。至担粥之法，尤可采行。总须行之而实，穷黎口食均沾，更有望于贤有司不浅矣。图说存阅。此复。三月初四日。

钦命浙江分巡宁绍台兼管水利海防兵备道加三级纪录三次恩批：据禀展赈粥厂及地方安静缘由慰悉，其乐输绅士，仰即查明折报，以凭示奖。毋违。此缴。

钦命浙江分巡宁绍台兼管水利海防兵备道加三级纪录三次恩批：据禀赈粥施药等事，具见惜民为政，循吏设施，迥超侪辈，实堪嘉尚。现在春收将获，闾阎自必更为宁谧，尚须留心抚字，则本道更有厚望焉。此复。三月廿三日。

特授浙江绍兴府正堂加五级纪录十二次高批：本府因该处上年歉收，贫民不免乏食，谕令该县劝捐施粥，以资接济。该绅士等自应踊跃从事，仰再剀切劝导，务冀共相乐从，量力捐办。事竣之后，将捐数最多各绅士，分别禀请奖励，以为乡党好义者劝。至该县禀请先行捐办，深堪嘉尚，仰即妥速办理。开厂后尤须善为照料，俾贫民均沾实惠，勿使稍滋弊窦。余已悉。缴。二月廿九日。

特授浙江绍兴府正堂加五级纪录十二次高批：据禀办理施粥情形已悉。仰即将设厂处所，并收放各章程，妥议禀覆，务期周到宁贴为要。余已悉。缴。闰二月初四日。

特授浙江绍兴府正堂加五级纪录十二次高批：据禀分路设厂示期举行缘由，具见周妥。现蒙抚、藩二宪札询办理情形，业经本府禀覆在案。仰将发去禀稿，逐一查照妥办，并遵照另札，径禀各宪查核毋违。缴。图存。闰二月初十日。

特授浙江绍兴府正堂加五级纪录十二次高批：据禀添设厂所并委员董事衔名已悉。务期实力督率，俾穷黎咸沾实惠，是所望切。此缴。图折存。

特授浙江绍兴府正堂加五级纪录十二次高批：据禀续又加赈日期，甚为慰悉，即将各绅士捐输数目，分别请奖。此缴。三月廿一日。

宪　　牌

特授浙江绍兴府正堂加五级纪录十二次高为遵批饬知事。本年闰二月十三日，蒙巡抚部院觉罗吉批本府具禀该县施粥情形缘由，奉批：据禀捐米施粥缘由，具见该府、县关切民瘼，尽心经理，殊堪嘉尚。但务须督率妥办，始终勿懈，并必须至麦收时停止，方有实济，毋以空言粉饰为嘱，此缴等因。奉此，查此案禀稿，已于该县批禀内粘抄转行，并饬令遵照妥办在案。兹蒙前因，合行饬知，为此仰县官吏查照。宪批事理，即便遵照妥办毋违。须牌。乾隆六十年闰二月十七日。

特授浙江绍兴府正堂加五级纪录十二次高为奉批饬知事。本年闰二月十八日，蒙布政使司田批本府具禀该县施粥情形缘由，蒙批：据禀已悉。仰即飞饬该县广为劝捐，以资接济，务使穷黎得沾实惠，不致一夫向隅。一面督令教佐各员，分赴厂所，稽查弹压，妥为经理。仍速将设厂处所，分委教佐董事姓名，及每月需米若干，通报查考，事竣开造各绅士捐输米数细册送核。并应如何分别奖励之处，议详察夺，毋稍违延，并候抚宪批示，缴等因。蒙此，查是案前奉抚宪批示，当经转饬在案。兹蒙前因，合亟飞饬，为此仰县官吏查照宪批事理，立将设厂处所，迅即移行教佐，分段弹压。并董事姓名及每月需米若干，通报查考。事竣开造各绅士捐输米数细册，送候核转。并应如何分别奖励之处，议详察夺，毋任违延干咎，速速。须牌。乾隆六十年闰二月廿三日。

特授浙江绍兴府正堂加五级纪录十二次高为遵批饬知事。本年三月十一日蒙布政使司田批该县具禀施粥情形缘由，奉批：据禀煮粥情形，具见该县实心经理，惠爱穷黎。但每日既需米二百五、六十石，现在所捐钱文，仅有一万二千余贯，甚属不敷。如该县自认捐办，为数过多，亦恐力难为继。仰绍兴府飞饬该县，妥谕城乡董事，即速广为劝捐，务期源源接济，毋使缺乏。事竣造具捐户钱米数目及各厂赈米若干细册送核，并应如何分别奖励之处，议详察夺。惟不得假手吏胥，以致勒派滋扰为嘱。余已悉，缴，图折存等因。蒙此，合行饬知，为此仰县官吏查照来文宪批事理，即便遵照妥办，毋违。须牌。乾隆六十年三月十六日。

特授浙江绍兴府正堂加五级纪录十二次高为奉批饬知事。本年三月二十二日蒙布政使司田批本府具禀该县施粥情形缘由，奉批：据禀余邑粥厂，展放五日，具见惠爱穷黎。但麦秋尚早，正青黄不接吃紧之时，未可遽行停止。仰即飞饬该县察看情形，如尚须接济，再为勉力，妥协劝捐，务期民食有资，不致半途而废。事竣造具各捐户钱米数目细册送查，并应如何分别奖励，议详察夺。余已悉，缴等因。蒙此，合行飞饬，为此仰县官吏查照来文宪批事理，即便遵照，再为勉力，妥协劝捐，务期始终勿懈毋违，速速。须牌。乾隆六十年三月廿八日。

特授浙江绍兴府正堂加五级纪录十二次高为奉批饬知事。本年三月二十三日蒙布政使司田批本府具禀该县施粥至二十日止缘由，奉批：前据余邑具禀到司，当经批饬该县察看情形，悉心筹办，如尚未能停止，惟宜勉力劝导捐输，再为加赈数日，以惠穷黎在案。仰即飞饬遵照前批，酌筹妥办，务使民食有资。仍将遵办缘由，驰禀察夺毋违。余已悉，并候抚宪批示，缴等因。同日又奉抚宪批：同前由，据禀已悉，春花将届收获，天气最宜常晴，民瘼攸关，随时虔祷为要，此缴等因各到府。蒙此，合行飞饬，为此仰县官吏查照来文宪批各事理，即便遵照办理毋违，速速。须牌。乾隆六十年四月初三日。

特授浙江绍兴府正堂加五级纪录十二次高为奉批饬知事。本年四月初五日蒙布政使司田批该县具禀制配丸药散给救济贫民等缘由，奉批：据禀捐资制配丸药，散给救济贫民，殊堪嘉尚。仰绍兴府饬将各厂赈米若干，及捐户钱米数目，开造细册送核，并应如何分别奖励，刻速议详察夺毋违，余已悉，缴等因。蒙此，合行饬知，为此仰县官吏查照来文宪批事理，即便知照毋违。须牌。乾隆六十年四月十二日。

特授浙江绍兴府正堂加五级纪录十二次高为奉批饬知事。本年四月初五日奉巡抚部院觉罗吉批本府具禀该县粥厂停止缘由，奉批：据禀已悉，缴等因。奉此，合行饬知，为此仰县官吏查照来文宪批事理，即便知照毋违。须牌。乾隆六十年四月十二日。

匾　音

抚宪匾音：尚义可风

（给奖各厂总办董事及捐助三百千以上绅士）

监生洪光垲　　候选州同施浩
附贡生杨绍勋　　贡生朱培德
候选州同朱培行　　监生邵鼎涵
候选州同邵杠　　廪贡生洪应尧
监生张焕
附贡生张业　　候选布政司理问杨绍炯
贡生孙秉忠　　监生胡式南
监生严世琛　　候选州同邵天德
候选布政司理问杨宗溥　　监生孙元杏
候选州同陈浩（并无田亩，自行请捐，应请与捐至三百千以上绅士一体奖励）
监生诸开潮（田亩无多，自行请捐，应请与捐至三百千以上绅士一体奖励）

藩宪匾音：风高任恤（给奖姓名列后）

附贡生张业暨贡生张志经
候选州同朱培行　　候选州同陈浩
监生洪光培　　监生洪应堂
附生张本（原名煌）

本县匾音：谊笃桑梓（给奖姓名列后）

附贡生孙星聚　　监生俞瞻蓑
监生华钰　　候选千总徐镛

监生徐鼎臣	候选县丞张炎
监生徐实亨	候选训导邵步瀛
附生吕庆	候选州同潘基隆
监生胡光瑛	职员徐高
监生谢敬廷	候选卫千总邵标
候选州同冯铎	廪生黄征质
候选州同谢锦堂	监生孙泾
附贡生叶棍	附生杨椿（以上恐有遗漏，查出补入）

捐助姓名

监生孙元杏，捐钱七百千文。候选布政司理问杨绍炯，捐钱五百千文。候选布政司理问邵天德，捐钱五百千文。监生严世琛，捐钱四百二十千文。附贡生张业，捐钱三百千文。监生洪光垲，捐钱三百千文。候选州同施浩，捐钱三百千文。附贡生杨绍勋，捐钱三百千文。贡生朱培德，捐钱三百千文。候选州同杨宗溥，捐钱三百千文。贡生孙秉忠，捐钱三百千文。附贡生孙星聚，捐钱二百五十千文。附贡生叶棍，捐钱二百千文。候选州同陈浩，捐钱二百千文。监生俞瞻禄，捐钱二百千文。附生杨椿，捐钱二百千文。候选州同冯铎，捐钱一百八十千文。监生胡式南、胡秉理，共捐钱三百六十千文。候选州同谢锦堂，捐钱一百五十千文。监生孙泾，捐钱一百五十千文。候选州同邵杠，捐钱一百四十千文。监生徐实亨，捐钱一百二十千文。候选训导邵步瀛，捐钱一百二十千文。姜振声、姜周化、姜良才，合捐钱一百六十千文。候选游击余方珩、余岳宾，合捐钱一百二十千文。附生吕庆，捐钱一百千文。候选州同潘基隆，捐钱一百千文。监生岑景恒，捐钱一百千文。胡文瑛、胡文熙、胡光瑛，合捐钱一百零七千文。监生邹仪常、邹文斗，合捐钱一百千文。夏慎余、夏经德合捐钱一百千文。鲁成龙、袁洪学、史义方、史义发、史义达，合捐钱一百千文。罗慎德捐钱一百千文。王踵武捐钱一百千文。王宁志捐钱一百千文。王泰周捐钱一百千文。王裕周捐钱一百千文。赵敦茂捐钱一百千文。洪恒聚、洪怀德，合捐钱一百千文。蒋致和、叶具美，合捐钱一百千文。监生谢占魁，捐钱九十四千文。监生诸开潮，捐钱九十千文。谢厚积捐钱八十六千文。许文翰捐钱八十四千文。王修简、王奕渠，合捐钱八十四千文。沈安国捐钱八十千文。冯其泳、冯其效、冯大宾，合捐钱八十千文。监生胡国柱，捐钱七十五千文。沈邦良、沈邦柱，合捐钱七十五千文。监生邵百祥，捐钱七十千文。贡生邵玢，捐钱七十千文。施均捐钱七十千文。施耀祖捐钱七十千文。陈朝宗捐钱七十千文。桑孔章捐钱七十千文。沈士钫捐钱七十千文。何藻林捐钱七十千文。吴羽丰、吴善明、吴光照，合捐钱七十千文。夏式远、夏兰魁、夏仲焕、夏仲兴，合捐钱七十千文。吴世治捐钱六十九千文。监生施楠，捐钱六十六千文。监生朱铨，捐钱六十千文。黄学佩捐钱六十千文。叶之良捐钱六十千文。廪生陈宗植，捐钱六十千文。吕士尚捐钱六十千文。贡生张志经，捐钱六十千文。附生黄霖、黄咸宁、黄义勇，合捐钱六十千文。附生叶椿，捐钱五十六千文。毛梦烛捐钱五十六千文。赵允蕙捐钱五十六千文。洪尚文捐钱五十五千文。附贡生岑在兰，捐钱五十四千文。郑悌和、郑汝章、郑德遐、郑锡泳、郑锡山，合捐钱五十五千文。附生宋淇、监生毛忠友，合捐钱五十三千五百文。监生宋维宪，捐钱五十千文。孙向义捐钱五十千文。附生黄汪若，捐钱五十千文。邵禹声捐钱五十千文。监生毛怀泗，捐钱五十千文。孙可久捐钱五十于〔千〕文。武举陈大伦，捐钱五十千文。熊兆易捐钱五十千文。附生叶炳寰，捐钱五十千文。谢亦南捐钱五十千文。附生陈寅，捐钱五十千文。黄雅望捐钱五十千文。吴辉远、吴尧章，合捐钱五十千文。毛开烈、毛宇平，合捐钱五十千文。监生黄武京、黄绎如，合捐钱五十千文。附生王怀、王巨川，合捐钱五十千文。监生邹宇旺，捐钱四十五千文。施抡占捐钱四十五千文。徐定宇捐钱四十五千文。施浩、施云磐，合捐钱四十五千文。茅汝舟捐钱四十四千文。张守城捐钱四十三千六百文。监生叶青，捐钱四十三千文。张五峰、谢世贤，合捐钱四十七千文。丁焕文、丁元揆，合捐钱四十二千文。监生潘成锦，捐钱四十一千文。监生吴奕唐，捐钱四十千文。监生史作辉，捐钱四十千文。贡生张志纬，捐钱四十千文。劳大有捐钱四十千文。龚廷青捐钱四十千文。余声闻捐钱四十千文。黄祥南捐钱四十千文。监生傅南林，捐钱四十千文。监生严成玉，捐钱四十千文。监生劳加清，捐钱四十千文。陈锡九捐钱四十千文。监生谢景运，捐钱四十千文。陈广周捐钱四十千文。符圣江捐钱四十千文。诸正国捐钱四十千文。监生宋德怀、附生宋启行，合捐钱四十千文。汪协周、吴禹江，合捐钱四十千文。蔡天开、蔡邦凡，合捐钱四十千文。谢仲蕙、谢仲豪，合捐钱四十千文。翁元佩、翁元新，合捐钱四十千文。劳邦治、劳世煌，合捐钱四十千文。贡生施景、监生施武律、监生施咼、附生施丙，合捐钱四十千文。杨锡林、杨振德，合捐钱三十八千文。陆振华、陆锦文，合捐钱三十八千文。监生黄蕴斯、黄祁曾，合捐钱三十八千文。茅纯也捐钱三十六千文。严宜民捐钱三十六千文。杨光裕捐钱三十五千文。韩绥章捐钱三十五千文。附贡生孙一飞，捐钱三十五千文。附生吴镐，捐钱三十五千文。顾立常捐钱三十五千文。监生黄安仁，捐钱三十二千文。严逵明捐钱三十二千文。监生金国彩、监生金振羽，合捐钱三十一千文。胡邦荣捐钱三十千文。严在德捐钱三十千文。袁恒升捐钱三十千文。袁新丰捐钱三十千文。陈岐山捐钱三十千文。严永加捐钱三十千文。陆禹川捐钱三十千文。张守先捐钱三十千文。监生劳成全，捐钱三十千文。符揆一捐钱三十千文。刘发瑞捐钱三十千文。罗名佩、罗文辉，合捐钱三十千文。毛临川、毛端书，合捐钱三十千文。张志道、张志刚、张志仁，合捐钱三十千文。附生黄宸占、廪生黄品南，合捐钱三十千文。魏雨松、毛尔璜，合捐钱三十千文。董泉源、董正义，合捐钱三十千文。冯介堂、周伯伦，合捐钱三十千文。董义美、董科瑶，合捐钱三十千文。王器、王奇献，合捐钱三十千文。余宇澄捐钱二十九千文。胡孝友捐钱二十八千文。劳望先捐钱二十八千文。施载策捐钱二十八千文。孙兆坚捐钱二十八千文。附生胡华清，捐钱二十八千文。符端林、符宣文，合捐钱二十八千文。胡尧功、简文际盛（按：原文如此），合捐钱二十八千文。卢魁燿、张伯钦，合捐钱二十八千文。徐世援、徐世衡，合捐钱二十八千文。职员徐增，捐钱二十八千文。附生王霖，捐钱二十七千文。张炯仁捐钱二十七千文。李远公振扬世作（按：原文如此），合捐钱二十七千文。鲁鹤园捐钱二十七千七百文。劳环周捐钱二十六千文。周世魁捐钱二十六千文。吴思睿捐钱二十六千文。郑邦俊捐钱二十六千文。谢福宁捐钱二十六千文。干继丰、干文华、干起贵、干亦政、干在甲，合捐钱二十六千文。韩步奎捐钱二十五千文。唐声闻捐钱二十五千文。毛成章捐钱二十五千文。毛玉怀捐钱二十五千文。刘云飞捐钱二十五千文。毛孔斋捐钱二十五千文。王之汝捐钱二十四千文。监生施廷萱，捐钱二十四千文。监生于有学，捐钱二十四千文。孙禹方捐钱二十四千文。余可权捐钱二十四千文。孙兆甲捐钱二十四千文。方文蒸捐钱二十四千文。周元乔捐钱二十四千文。谷素先捐钱二十四千文。劳寉梁捐钱二十四千文。吴学谦捐钱二十四千文。戚其康捐钱二十四千文。沈宸晖捐钱二十四千文。叶际美、朱学希，合捐钱二十四千文。陆维城、陆继纲，合捐钱二十四千文。叶华南、叶凤飞，合捐钱二十四千文。魏宁夏、魏和玉，合捐钱二十四千文。戚鸣道、戚丰，合捐钱二十四千文。顾高永捐钱二十三千文。童秉钧、童秉连、童廷沼、童名山，合捐钱二十三千文。朱元祚捐钱二十二千文。张管声、张世可，合捐钱二十二千文。桑汉相、桑有才、桑保佃、桑圣学，合捐钱二十二千文。徐云青、干起仁，合捐钱二十一千文。徐声六捐钱二十千文。徐履之捐钱二十千文。徐丰之捐钱二十千文。朱升绪捐钱二十千文。岑斐远捐钱二十千文。袁正国捐钱二十千文。朱克膺捐钱二十千文。黄成教捐钱二十千文。鲁林墨捐钱二十千文。鲁济川捐钱二十千文。鲁克佐捐钱二十千文。严琳玉捐钱二十千文。陈世栻捐钱二十千文。方行谦捐钱二十千文。鲁金声捐钱二十千文。郑德本捐钱二十千文。金冠英捐钱二十千文。喻咸一捐钱二十千文。戚承勋捐钱二十千文。谢林儒捐钱二十千文。周楚才捐钱二十千文。魏行之捐钱二十千文。毛维岳捐钱二十千文。卢奕清捐钱二十千文。方岸如捐钱二十千文。周士通捐钱二十千文。马景崧捐钱二十千文。李鸣山捐钱二十千文。周廷标捐钱二十千文。方玉振捐钱二十千文。陆守寰、陆守平、陆大绅，合捐钱二十千文。顾宁裕、顾立节，合捐钱二十千文。牛正国、牛继国，合捐钱二十千文。劳贻伦、劳丰成，合捐钱二十千文。陈士全、陈士正、陈士明、陈士尚，合捐钱二十千文。熊人杰、熊镳、熊凤竹、熊昆山，合捐钱二十千文。史安侯捐钱十八千文。徐景周捐钱十八千文。陈志亨捐钱十八千文。毛怀春捐钱十八千文。韩宇宁捐钱十八千文。熊子揆捐钱十八千文。张在庭捐钱十八千文。陈承栋捐钱十八千文。谢端临捐钱十八千文。马起蛟捐钱十八千文。毛宗鲁捐钱十八千文。黄鲁东捐钱十八千文。李卓群、李接三，合捐钱十八千文。陈思安捐钱十七千文。陈廷海、张志昂，合捐钱十七千文。徐作裘、徐作舟、邱文治，合捐钱十七千文。余象殷、余行舟，合捐钱十七千文。徐式安捐钱十六千文。徐宁泰捐钱十六千文。翁朝荣捐钱十六千文。沈保和捐钱十六千文。举人钱秦川，捐钱十六千文。余言一捐钱十六千文。贡生陈南容，捐钱十六千文。周应兆捐钱十六千文。陈殿声捐钱十六千文。孙增兰捐钱十六千文。鲁是本捐钱十六千文。张士清捐钱十六千文。沈祥光捐钱十六千文。符玉书捐钱十六千文。何卓然捐钱十六千文。陈宇资、陈宇辉，合捐钱十六千文。毛占荣、毛柱东，合捐钱十六千文。赵望隆、赵身润，合捐钱十六千文。余龙光、余增光，合捐钱十六千文。胡兆球、胡兆璜，合捐钱十六千文。傅丹书、傅毓奇、傅毓万，合捐钱十六千文。华尚志捐钱十五千文。王晋尚捐钱十五千文。余美祥捐钱十五千文。胡方卓捐钱十五千文。张可行捐钱十五千文。孙沛刚、孙玉和，合捐钱十五千文。监生史绍先，捐钱十四千文。姜安宁捐钱十四千文。陈彩渠捐钱十四千文。黄九皋捐钱十四千文。黄锡圭捐钱十四千文。附生黄瑶，捐钱十四千文。叶赤文捐钱十四千文。余星陛捐钱十四千文。邵应麟捐钱十四千文。周学道捐钱十四千文。孙含辉捐钱十四千文。曹天锡捐钱十四千文。邵友班捐钱十四千文。沈元茂捐钱十四千文。叶五峰捐钱十四千文。谷尚彩捐钱十四千文。谢凤来捐钱十四千文。魏端揆捐钱十四千文。劳起德捐钱十四千文。监生杨璸，捐钱十四千文。王文在捐钱十四千文。任应灵捐钱十四千文。吴文相捐钱十四千文。胡正纪捐钱十四千文。田金兰捐钱十四千文。陈学显捐钱十四千文。董登陛捐钱十四千文。张泳捐钱十四千文。张德光捐钱十四千文。陈启宝捐钱十四千文。

马亦旦捐钱十四千文。符汉楚捐钱十四千文。周应魁捐钱十四千文。何益亭捐钱十四千文。谢五阳、谢斗南，合捐钱十四千文。翁格训、翁格非，合捐钱十四千文。韩昌周、韩昌恒，合捐钱十四千文。符载宁、符载锡，合捐钱十四千文。陈大成、陈世沛，合捐钱十四千文。金圣锡、金圣惠，合捐钱十四千文。张有常、张锦城，合捐钱十四千文。张宇尊、张守良，合捐钱十四千文。徐宁远捐钱十三千六百文。邵成涛捐钱十三千文。邵世显捐钱十三千文。赵望清捐钱十三千文。詹子清捐钱十三千文。翁伯盛捐钱十三千文。毛天益捐钱十三千文。张可钦、张可欣，合捐钱十三千文。吴元勋、吴元英，合捐钱十三千文。史赓廷捐钱十二千文。杨廷文捐钱十二千文。魏魁禄捐钱十二千文。毛端揆捐钱十二千文。诸美斯捐钱十二千文。周廷洪捐钱十二千文。周文格捐钱十二千文。陈朗寰捐钱十二千文。高式仪捐钱十二千文。方简书捐钱十二千文。桑邦彦捐钱十二千文。诸大行捐钱十七千文。陈启侯捐钱十二千文。王佩言捐钱十二千文。蔡天秩捐钱十二千文。傅国惠捐钱十二千文。王奕诰、王奕全，合捐钱十二千文。陈行止、陈高魁，合捐钱十二千文。胡公山、胡廷弼，合捐钱十二千文。张德辉、赵载岳，合捐钱十二千文。蔡天章、蔡天枢，合捐钱十二千文。叶名杰、叶日华，合捐钱十二千文。朱之周捐钱十一千五百文。岑启明捐钱十一千文。诸君实捐钱十一千文。王武千捐钱十一千文。徐观怀捐钱十一千文。翁格鼎捐钱十一千文。翁会斌、翁会淇，合捐钱十一千文。楼文德、楼钦隆，合捐钱十一千文。杨志法、杨志奠，合捐钱十一千文。徐玉音、徐志成，合捐钱十一千文。孙学山、孙殷伦，合捐钱十一千文。监生严君培，捐钱十千文。张必达捐钱十千文。翁丹庭捐钱十千文。监生蒋廷魁，捐钱十千文。卢守凡捐钱十千文。监生施孔旸，捐钱十千文。史朝佐捐钱十千文。徐鼎臣捐钱十千文。监生黄需尚，捐钱十千文。监生谢砚北，捐钱十千文。原任巡检韩毓秀，捐钱十千文。附生高景梧，捐钱十千文。余溥捐钱十千文。孙星邦捐钱十千文。廪生陆清涵，捐钱十千文。叶武律捐钱十千文。陈志范捐钱十千文。黄德奎捐钱十千文。毛开翰捐钱十千文。岑希尹捐钱十千文。沈秀廷捐钱十千文。王士贤捐钱十千文。黄鸣山捐钱十千文。金廷端捐钱十千文。胡孔学捐钱十千文。邵王度捐钱十千文。黄宾如捐钱十千文。杨学泗捐钱十千文。赵辉远捐钱十千文。王万丰捐钱十千文。邵天和捐钱十千文。褚青云捐钱十千文。赵光辉捐钱十千文。卢梦吉捐钱十千文。张学政捐钱十千文。吴思元捐钱十千文。劳楚江捐钱十千文。吴兆彝捐钱十千文。陈殿相捐钱十千文。王平章捐钱十千文。干其新捐钱十千文。施翰英捐钱十千文。李达尊捐钱十千文。谢雨栎捐钱十千文。戚子祥捐钱十千文。宋学灏捐钱十千文。谢文斗捐钱十千文。许源隆捐钱十千文。卢廷荣捐钱十千文。董科翰捐钱十千文。韩怀仁捐钱十千文。张君翰捐钱十千文。黄承武捐钱十千文。陈继忠捐钱十千文。魏文杏捐钱十千文。胡正宇捐钱十千文。叶贵信捐钱十千文。钱士美捐钱十千文。符作球捐钱十千文。符美华捐钱十千文。方敬学捐钱十千文。戚用宾捐钱十千文。周晋阶捐钱十千文。周孟尚捐钱十千文。谢巽功捐钱十千文。周孝宰捐钱十千文。赵汝梅、赵汝桂，合捐钱十千文。马昂飞、马昂茹，合捐钱十千文。洪光烈、洪光和，合捐钱十千文。黄奇达、沙成镐，合捐钱十千文。陆同文捐钱九千四百文。韩成章捐钱九千三百文。梅源隆捐钱九千文。王位思捐钱九千文。徐育英捐钱九千文。张美中捐钱九千文。沈锡公捐钱八千文。叶新之捐钱八千文。朱伦九捐钱八千文。倪圣阶捐钱八千文，史石帆捐钱八千文。朱嘉言捐钱八千文。韩廷和捐钱八千文。卢巨川捐钱八千文。何国仁捐钱八千文。余翰周捐钱八千文。陈开乾捐钱八千文。曹圣堂捐钱八千文。方廷有捐钱八千文。严恒足捐钱八千文。杨士显捐钱八千文。邵成孝捐钱八千文。郑廷元捐钱八千文。陆金榜捐钱八千文。周宏济捐钱八千文。成士才捐钱八千文。景鹏年捐钱八千文。吴有成捐钱八千文。童靖贵捐钱八千文。吴正才捐钱八千文。魏维城捐钱八千文。魏安之捐钱八千文。沈赤南捐钱八千文。毛嘉叙捐钱八千文，魏日泰捐钱八千文。宋美玉捐钱八千文。谢元凡捐钱八千文。谢宜美捐钱八千文。胡昌善捐钱八千文。杨起凡捐钱八千文。诸江捐钱八千文。汪士刚捐钱八千文。徐协万捐钱七千五百文。邵体辉捐钱七千文。王秀章捐钱七千文。陈名邦捐钱七千文。余有邻捐钱七千文。沈永龄捐钱七千文。施平蛟捐钱七千文。胡国尚捐钱七千文。金圣复捐钱七千文。王正思捐钱七千文。金圣清捐钱七千文。孙世甲捐钱七千文。方志豪捐钱七千文。何闻盛捐钱七千文。许其然捐钱七千文。叶存德捐钱七千文。马锡贵捐钱七千文。杨振南捐钱七千文。王其位捐钱七千文。干隆春捐钱七千文。许维勤捐钱七千文。毛有章捐钱七千文。魏兆崔捐钱七千文。叶汤佐捐钱七千文。谢蕴范捐钱七千文。诸锦尚捐钱七千文。吴定升捐钱七千文。毛静涵捐钱七千文。谢云行捐钱七千文。诸维周捐钱七千文。戚可兴捐钱七千文。戚光介捐钱七千文。诸士宏捐钱七千文。谢泰郊捐钱七千文。洪兆隆捐钱七千文。张绍宾捐钱六千文。何占熊捐钱六千文。徐养性捐钱六千文。毛萼桂捐钱六千文。毛九锡捐钱六千文。许汉吉捐钱六千文。胡文治捐钱六千文。张士超捐钱六千文。陈永清捐钱六千文。吴永斯捐钱六千文。鲁浩然捐钱六千文。杨禹江捐钱六千文。张允龙捐钱六千文。陈士和捐钱六千文。陆国学捐钱六千文。张玉升捐钱六千文。张济元捐钱六千文。蔡汝连捐钱六千文。黄永清捐钱六千文。黄启达捐钱六千文。蔡尚忠捐钱六千文。闻人溥捐钱六千文。黄圣传捐钱六千文。赵熊飞捐钱六千文。谢凤翙捐钱六千文。谢师伯捐钱六千文。周钦安捐钱六千文。周维方捐钱六千文。谢宜仁捐钱六千文。戚汝林捐钱六千文。谢信占捐钱六千文。谢文郁捐钱六千文。周华玉捐钱六千文。蒋朗如捐钱六千文。符明荣捐钱六千文。卢堂捐钱五千文。邵魁基捐钱五千文。胡起光捐钱五千文。杨维诚捐钱五千文。戚兆永捐钱五千文。罗朝安捐钱五千文。苏汉光捐钱五千文。黄在纲捐钱五千文。金廷瓯捐钱五千文。陆圣一捐钱五千文。罗立兴捐钱五千文。杨永清捐钱五千文。熊兆周捐钱五千文。张重新捐钱五千文。张崇俭捐钱五千文。张采之捐钱五千文。张闻高捐钱五千文。张国泰捐钱五千文。王以仁捐钱五千文。周维贵捐钱五千文。陈士彦捐钱五千文。鲁成焕捐钱五千文。黄永清捐钱五千文。黄纯祖捐钱五千文。黄绳章捐钱五千文。黄绳武捐钱五千文。符景三捐钱五千文。熊正道捐钱五千文。曹维忠捐钱五千文。黄德容捐钱五千文。千学英捐钱五千文。陈立志捐钱五千文。杨觐采捐钱五千文。沈纯忠捐钱五千文。谢道开捐钱五千文。黄维新捐钱五千文。周殿元捐钱五千文。周雅存捐钱五千文。毛月林捐钱五千文。戚明周捐钱五千文。洪国治捐钱五千文。徐灿先捐钱五千文。童得利捐钱五千文。杨国瑞捐钱五千文。谢凤浩捐钱五千文。方敬孝捐钱五千文。黄道顺捐钱五千文。（有捐数多而收未足者，悉照收数，五千以下不遍载。以上职衔，未及遍考。）

赈案示稿（节选）

中国科学院图书馆藏抄本

（清）佚名 辑

李文海 点校

赈案示稿（节选）

因比缘被灾贫户，或有田或无田，或系灾田，分数不等，或系田坐灾区，人居熟地，种种情形不一，碍难拘泥定例办理。是以节年以来，下江被灾办赈，俱遵因时就事熟筹妥办之谕旨，察看被灾轻重情形，并查积歉、偶歉地方，酌定应赈月分多寡，详奉题奏办理。近因奉部屡以不遵定例为驳，故蒙宪台于乾隆九年赈案声明，下次照例查办，则是将来遇有灾伤，自当遵照定例办理。但恐各属向未照例办过，今属创始举行，若不详定章程，易致奉行岐误。当经本司谘访上江成案，兹准抄录九年赈案文册，到司随查。上江查赈，虽遵部例，按照成灾分数，分别月分之多寡给赈，但因照例给赈，止及有田之户，无田贫民难免失所，是以近年赈务，皆系权宜办理。然其如何酌办之法，尚未明定章程。即无田贫民，虽照该村被灾分数，按月给赈，查其报销册内，亦未另款胪列，似属尚未周备。本司正在筹画议详间，兹蒙宪谕前因，遵即覆加筹绎，酌拟数条，是否允协，伏候宪夺。

一、查赈业户，宜就户问田也。查定例，查灾应兼查赈，但民间业田，每多跨越几处，被灾分数亦有轻重不齐。若行就田问户，恐田坐此处而人居别地者，势难于查灾之时，兼查赈户。惟是各属报灾之始，必先据各乡里灾户具呈汇册，方始派员查勘。而有田业户，无有不入保甲烟户册内者。今似应以就户问田之法为便。其办理之法，应饬被灾之邑，晓谕灾民，凡具报灾呈内，务将本名下被灾田亩若干，内坐落某区某圩田各若干，业户的名某人，住居某村庄地方，佃户某人，住居某村庄地方，分晰开明。如恐乡民未谙开报，可即刊式晓示，填送该印官，即于汇造勘灾册内，照此分晰登注。俟勘定成灾田亩分数之后，即按册开灾户住居村庄，逐户摘归一处。每村每庄，钉为一册。对明保甲烟户相仝，即将此册分交查赈委员，赍往逐庄按户查验。如此查办，庶几灾田饥口，皆有把握，不致茫无所据矣。

一、有田业户，宜分别给赈也。凡委员赍册赴庄查赈，必先验明该户家道情形是否尚可度活，并察该户有无另业可以营生。如果家有余蓄，无藉田亩，或系户下田亩荒少熟多，无碍生计者，自毋庸冒滥外，如系家本贫乏，又无别业资生，田被灾伤，分数相等者，应照定例，被灾六分者，极贫加赈一个月；被灾七八分者，极贫加赈两个月，次贫加赈一个月；被灾九分者，极贫加赈三个月，次贫加赈两个月；被灾十分者，极贫加赈四个月，次贫加赈三个月。如系田坐此处，人居彼地，或田跨几庄，荒熟不等者，总归住居之庄，查验该户家道情形，以定极次。再核其户下被灾分数之田亩多者，以定赈给月分。毋许一户而两庄重冒，违者究治。卫属饥军，悉照田地坐州县一体办理。其贫生向由儒学查报给赈，另案报销，应仍照旧办理。如此分别查办，可无遗滥之虞矣。

一、佃户宜随田主并赈也。查民间田亩，类多召佃耕种。收成之际，有分收籽种者，有定额收租者，其例不一。而佃田之人，大抵赖农为命，一遭水旱灾荒，穷佃必致失所。故前款议于业户报灾之时，必先开明佃户住址姓名，以便一体查赈。今似应饬令查赈之员，凡查有田业户之饥口，即带查种田之佃户。如果自有己业，力能存活，或系佃户遇荒，田主自行养赡者，毋容给赈外，倘有一佃而兼种几家之田者，应汇齐该户之田，参酌轻重分数给赈。如止种一户之田者，即照其田主被灾田亩分数、应赈月分，分别极次给赈。庶务农贫佃，不致失所矣。

一、无田贫民宜一体查赈也。查乾隆五年御史张重光条奏案内，奉部议覆内开：小民无田者多，若不一体加赈，势必转徙异地，应饬地方官，凡遇岁歉，州县散赈，务必通查合属贫民，均行赈济，不可过为区别，稍有遗漏等因。奉旨依议，钦遵在案。则是无田贫民遇灾，亦在应赈之内。查此等贫民，或佣工度日，或手艺营生，一遇灾歉，无处谋食，实与有田被灾者相等。更有一等鳏寡孤独疲癃残疾之民，平时依藉亲邻度日，遇灾而所依失恃者，尤堪悯恻。似应遵奉部文，通查合属给赈。其应赈月分，既无灾田分数以为准则，似应即查照实在艰窘情形，应赈一月至四月，分别极次，确查妥酌办理。其查报饥口，饬令该地方官先令各该乡地及原依亲邻赴县开报，分庄汇册，附交查赈之员，按庄带查，实则准其照例给赈。如有虚捏重冒，即行删除，仍将冒报之人治罪。庶克仰副皇上务使无一夫不获其所之深仁矣。但部定按灾分数查赈例内，未经指明此项应照何项分数办理，今应否先行咨奏明白，以免日后推驳，统候宪台裁示，以便另叙简详呈送。

一、抚恤不应滥及次贫也。凡遇灾祲，向有先行抚恤一月之例，原不在正赈之内。故奉部定，按照灾田分数、赈恤月分，亦有加赈字样。夫加字之义，乃属已有而再添之词也。则是将来遇灾抚恤，自应仍照旧例办理。盖未赈先抚，原因贫民或系猝时被灾，荡析离居，盖藏尽失，或系本属极贫，又遭水旱，嗷嗷待哺，朝不谋夕，急不及待，故有先行抚恤之典。至若次贫之户，或尚有盖藏，或有别业，暂可缓待，故曰次贫，并非急不及待、非赈不生者比。似应饬令灾邑，嗣后次贫不得滥行抚恤，致滋糜帑，违则追赔。

一、闻赈归来，宜加核实也。遇灾赈济，必先委员按庄查明应赈户口，造有底册可查。即或灾户于未查之先他出，未入赈册，迨后闻赈回归，亦有保甲烟户册可考。各属往往一遇闻赈归来之户，不论原赈册内曾否入赈，亦不查核烟户册内有无其人，概凭乡地开报，滥行补赈，以致奸民蠹胥串通重冒，不一而足。今似应严饬灾属，凡有闻赈归来之户，必须查明，原赈册如果未入，烟户册确有其人者，方许补赈。如有重复捏冒，即行究治。至于外来流民，另有留养资送之例，应归本案办理，不得混入闻赈归来户内，致滋淆混。

一、赈后情形宜随时酌禀也。查灾赈月分，虽奉部文，按照灾田分数酌定。然原奉谕旨：赈济之事，最关紧要，固不可不先定条例，以便遵行。然临时情形，难以预料，虽定例千百条，亦终不能该括，惟在该督抚因时就事，熟筹妥办而已。钦此。则是办赈月份，虽应遵照部定办理，如或地方被灾甚重，或叠被灾伤之区，民情艰苦异常，实非例定赈恤月分所能接济者。似应饬令该地方官，随时就地酌看实在情形，据实通禀，以便上宪酌核，奏请加赈，候旨饬办，庶定例遵而圣谕孚矣。

一、报销册式宜归画一也。查上江赈济册式，系将抚恤极贫一月列为一项，九分灾之极贫并十分灾之次贫应赈三个月者列为一项，七八分灾之极贫并九分灾之次贫应赈两个月者列为一项，六分灾之极贫并七分灾之次贫应赈一个月者列为一项。其闻赈归来之户，各照赈给月份，附于正赈被灾分数之下造报。下江自应仿照办理。惟是无田贫户，上江未经列出，似未周备。今应请于正赈册后，另列无田饥口一项，分别极次贫造报，庶办理确实，无烦凑合矣。

以上数条，皆系遵照定例，按灾给赈应办事宜。本司谬抒管见，酌定章程，是否有当，统候宪台鉴核批示，以便通饬遵照。除详云云。

七月二十六日准藩司安咨抄奉督院尹檄行，为严行饬遵事。照得本年六月间，下江淮、徐、海所属之邳州等处地方，雨水稍多，又兼上游东、豫二省之水建瓴直下，滨河田地多有被淹。据各属详禀，俱经飞饬该司委员确勘，其被水最重之乏食贫民，先行抚恤一月，坍塌房屋，查明给资修复在案。查勘报灾荒分数，其吃紧处，全在分别村庄之荒熟，而荒熟之分，必须在未经收割以前，秋禾粟豆俱在田中，或系全属无收，或系收成歉薄，或系水退有收，亲历之下，举目了然，其分数始为确凿。若至深秋获刈之后，一望平原，荒熟何从分别？势不得不据地保之开报以为凭准。是成灾分数既不确切，将来造报饥口，更多混淆，遗滥滋弊，自必不免。江省近年屡被灾祲，地方官实心办理者固不乏人，然竟有报灾之后，惮劳畏暑，安居衙署，并不亲历田间，惟凭地保约略开报顷亩分数，取一甘结便为了事。或委令佐贰教职，分赴各处村庄，名为勘灾，徒多扰累。其造报饥名户口，亦复如此，穷民何由得沾实惠？至地方被灾，例委邻近州县会勘者，诚恐地方官或有讳匿增减情弊，故令协同勘报，以期确实。今闻各委员多不亲赴灾地履亩确勘，惟凭该地方官所定分数，扶同出一印结，虚应故事。似此玩视民瘼，自问良心何忍？今时届秋令，被灾各州县轻重情形，总于此一月内大局可定，勘报不容迟缓。诚恐怠玩之辈仍复狃于积习，新任之员又或因循故套，合行严饬。为此牌，仰该司官吏，文到立即飞饬被水各州县，乘此禾稼尚未登场之时，速行会同委员，亲赴被水各村庄履亩查勘，务将实在成灾分数逐一分晰明确，造册结报。并于成灾村庄，先给一成灾印票，以为凭据，不许稍有遗漏。其不成灾之处，不得混行冒滥。将来查造饥民户口，亦须挨户亲查，据实开造。如有怠玩偷安，并不亲身查勘，但据地保朦胧开报，及止委教佐微员草率一查，便为了事，经本部院访察确实，定将印委各官俱以玩视民瘼飞章严参，决不姑容。道府为各属表率，其被灾尤重之处，务须亲临督办，加意稽查。如有玩愒从事者，即行详揭请参。慎毋稍有徇饰，并干咎戾。

八月初四日红单致宿迁县。

第奉委宿、桃、邳三处督赈，即于起程日，飞檄行知在案。兹于初四日午刻，舟抵清江。现在雇觅夫马，径赴贵治。乃顷闻初二日贵城民人竟有哄闹罢市之举，令人骇异。但未识因何起端，是否确实。除一面趱程星赴外，特先专差飞询，祈即详示，并希善为妥办。余当面悉，不既。

宿迁县禀称，切查宿邑人情刁横，凡地方偶遇水旱偏灾，有等不法劣生，倡集无赖多人，勒报通县全灾。毋论城镇市集，成熟村庄，亦必要挟普赈。如乾隆三、四、六、七年，俱报通县全灾在案。卑职伏思冒灾滥赈，定例綦严。卑职任宿先后一十四载，荷蒙历任各大宪格外殊恩，惟期实力办事，稍图报称。若曲徇要挟之请，冒滥国帑，即使幸免重谴，而问心亦多自愧。是以上年偶被花灾，卑职勘明荒熟，分别请蠲请赈。然亦仰体皇仁宪德，宁稍从宽，不敢过刻。今岁又因天雨频仍，汛水骤至，漫溢堤闸，低洼田地，悉被淹没。即高阜之区，亦缘雨水过多，禾荳不免伤损。卑职节经先后禀详各宪，一面照例委同佐杂各员，分头查勘，分晰被灾轻重分数，并照上年之例，携带烟户册挨户带查饥口。乃于七月二十五日，有生员王育英、陆士敏、高弘经、李辉四名呈请全灾全赈。卑职当批候勘齐详报，且当堂面谕：在城居民，并未被水，原在不应赈之列。即有地亩在被水乡图者，应候灾地勘齐，同无田业之乏食穷民，以及鳏寡孤独非赈不生者，一并禀请宪示另查，尔等须回家静候。讵知大拂其意，即悻悻而去。至二十七日，县城即有匿名揭帖，内开不能普赈，谏之不从，只得罢市等语。卑职正在访查，不期八月初一日黎明，有县城居民百余人，勒令县东门外财神庙前一带铺户，不许开店。卑职闻知，随同河标后营王守备前往查拿，业俱奔散，随谕令开张讫。卑职伏查本年查办灾赈，现奉各宪饬照五年定例办理，且令先查灾田，后查饥口。今各乡图现在安贴，听从查勘。乃未被水淹不应赈之县城不法棍徒，竟敢纠众妄行挟制，逼勒罢市，此风岂可渐长？但是否即系具呈之王育英等四名为首，卑职现在确查，另文详究，当即一面通禀各宪在案。昨晚接奉宪台传牌，知宪驾不日按临卑境，卑职得以备聆训示，不胜忻忻。业经遣役飞探，一俟到境，即当叩迎，面禀一切。兹蒙宪谕下询，用敢据实先行禀明。

八月初四日，札邳州。

本道奉委督办宿、桃、邳三处灾赈，已于起程日飞檄行知在案。兹于初四日午刻，舟抵清江，现在雇觅夫马，径赴宿迁。所有该州办理情形，并先为抚恤一月，曾否发给四乡饥民，何处查清，何处未完，民情是否安贴，札到飞即逐一禀报，毋得刻迟，火速火速。

邳州禀称：卑州地方本年六月内雨水过多，湖河泛涨，更兼宿邑之闸口冲决，水势倒灌，从磘湾、猫见窝直抵旧城羊山一带。各社营秋禾俱被水淹，居民房屋倒坍甚多。卑职禀报之后，六月二十四日蒙河部院按临查勘河工，发银抚恤。卑职先查搭蓬〔篷〕栖止贫民，按户先行抚恤。至七月初三日抚恤完竣之后，卑职随即飞赴四乡，履勘成灾地亩轻重情形。卑职于七月二十二日查竣，即经开折通禀。今自七月二十日以后，卑职会同各委员，先查被水最重之刘义墩、宝车等十一社及胡连海等九营，查明坍房间数，给以修费。遵照督、抚二宪谕饬，察其必须接济者，不分极次，按其大小口数，概行抚恤。卑职现在动支州库银两，随查随给。以上被水最重各社营，先经查清。其被水次重之处，随后陆续赶办。现在民情安帖，合先禀覆。至卑州水势情形，高阜之乡，庐舍田亩，已经涸出。惟被水最重各社营，因外河水大，内水不能宣泄，田中现有积水二、三尺及四、五、六尺不等。合并禀明。

八月初六日，准藩司安咨抄奉抚院陈檄行，为清厘查赈积弊，定立规条，通饬遵照事。照得淮、徐、海三属连年被灾，查饥散赈，节经定有成规。无如印委各员，每多假手胥役地保，捏冒混报，刁民乘饥影射，弊端叠出。如上年阜宁县捏造饥口盈千累万，若非督部堂暨本部院谕饬淮守亲往覆查删正，冒破帑储不知凡几，而真正贫民，反多遗漏。此皆各员不能实心查办之咎也。本部院细加访察，其弊约有数端：查饥之员，不以烟户册为凭，又不挨户亲到，则保长操其权，书役乘其隙，小则需索灾民使费，大则捏户妄报。其弊一也。委员所查草册，不行按日亲自结总，查完缴县，遂为塞责，亦无清晰确数。于是书役得以恣意增添，不肖印官得以任情朦混。其弊二也。闻赈归来者，不查其是否因灾外出，烟户册内有无此户口，并未核实，即率给极贫赈票，以致捏名重领。其弊三也。流民入境，既有留养之条，又有资送之例。但能核实辨〔办〕理，自必所至如归。乃庸劣有司，恐干失于抚绥之谴，一闻有往外境者，极力招回。多有已入赈册之人，留亲属在家领粮，而己身潜往他邑，又作流民招回，重复领赈者。其弊四也。至于外省流来之民，并不询问该处是否被灾，混行一概留养。其弊五也。此外仍有刁民卖票之弊，印官亦不整顿。本年淮、徐、海三属州县地方，又报被水。如勘系成灾，则查造饥口，亟宜清厘诸弊，合行酌定规条，通饬仰司即便转饬查明檄内所指情节，及后开各条，凡有成灾之邑，查赈印委各员，无论先后任事，一并檄饬遵照，令其周知。仍酌量某邑被灾广狭，查赈应分委几员，本处佐杂，除浮滑者不用外，仍需几员，务即速行查详，以凭调委，毋违。速速。

计开：

一、东西南北四乡某村庄被灾，委某员查赈，印官即将该处烟户册及勘灾时所发各庄头灾票串根，发交该员带去，以凭挨户查对。将应赈贫民，一面填入草册，一面亲给赈票。一日不能查完，次日复行挨查。不得住宿生监之家，及令乡地料理公馆，安坐寓所，但令地保庄头查开。如委员并不挨查，印官即据实密禀，以凭察夺。倘瞻徇不禀，察出浮冒，惟该印官是问。其猝被水患房屋浸倒，门牌漂失，避处高阜者，即于抚恤时给予一票，俟水退归庄，再照烟册查对。

一、委员每日查过大小饥口，当晚即亲笔查结一总。所查之处完竣，即结一大总，将册缴县。一面将查过某村庄极次大小饥口各若干，开具简明折片，经自禀申院司道府存查。州县汇总委员所查，亦开具简明片用印禀申，送各衙门备核，俱不用花名细数。

一、遇灾给赈，已成定例。小民无不周知，非如从前未有定例，先行纷纷外出，闻赈始归也。如有确系应赈之民，前次遗漏，未经入册，续为查出补给，自当据实报明，归入总案，一体报销。其有实系因灾外出，挈家而去者，必有遗下房屋。只身而去者，亦有烟册口数可稽。应于查赈时，将因灾外出贫民另记一册，备细登填，以备归来查验给赈。其出门已久，非因被灾，家室有温饱形象者，不在此限。

一、本省流民到境，查出即行资送，其老弱妇女疾病颠连之人，酌为留养。并移明邻封，一体照行，不必遣役往招，致滋混冒。

一、外省流民，如在百里内外者，即照前条办理。其留养者，亦必询明果系被灾州县之民，方准酌留，不得滥及。

一、近年刁民领票之后，有将票与人抵折夙逋，或卖与他人，又行出外捏作流民者。推其原，或系流民回境，漫无稽考；或系将不应赈之人，混行滥及。如果核实查办，则赈票乃彼养生资，方且谨藏，惟恐有失，何至如此？但此弊地保庄头断无不知之理，应责令稽查。一有发觉买卖之人，一并立提惩处追赔。地保庄头徇隐不报，一体治罪。至散赈之时，头关仍令原查员役经手，下次二、三、四关，即调换别员查散，务期彼此互相觉察，不得令其一手到底。临时州县官仍将某处调换某员役姓名通报查核。

八月初七日谕宿迁县，并札徐州府。

照得被灾抚恤，原因乏食贫民迫不及待，是以先行抚恤。如谓不无薄收，目前尚可支延度日，即属不应抚恤之列，未有应抚恤者而可从缓以俟补给也。况抚恤一条，业经藩司条议，专及极贫。而奉抚宪批示，猝被水患，房屋已坍，凡搭蓬〔篷〕栖止贫民，应择其困苦者，一概先行抚恤，援案饬办等因，甚为明晰。该县自应遵照查办。今被水已经两月，本道昨经抵境，闻各乡尚未抚恤，合函谕办。谕到，飞速遵照藩司议详条款及各院宪批示檄饬缘由，会同委员悉心妥办，将应行抚恤之贫民，逐一查明，先行抚恤一月，以免失所。特谕。

八月初八日本道禀督、抚二院。敬禀者：本道奉委督办邳、宿、桃三州县灾赈事务，业将起程日期报明在案。因上水阻风，于本月初四日午刻舟抵清江。又缘天妃闸封闭，舍舟从陆，初五日申刻至桃源县城。沿途查视，并询之该令及委员陈齐东、黄建中等，实属被水甚重。然民情甚属安贴，所过之处，并无一人拦舆遮道。现在各委员分庄查办，随查随给抚恤。尚未查竣、具〔俱〕已给过抚恤者，据禀皆系极贫户口，未及次贫。因续奉抚宪大人批回府禀转行到县，令将露处贫民，不分极次，一例抚恤，现在遵办等语。陈、黄二令均能实力妥办。据禀现在委员敷用，无需另委，月内统可查竣。此桃邑之大概也。本道抵清江时，传闻初一日宿邑居民有哄闹之事，当经专差飞赴查探。是以桃邑不便久停，即于初六日五鼓起身，行至半站，接到钱令禀帖，称七月二十五日有生员王育英等呈请全灾全赈，批候勘齐详报。至二十七日，县城即有匿名揭帖，内开不能普赈，谏之不从，只得罢市。初一日有县城居民百有余人，勒令县东门外财神庙前一带铺户不许开店，随同河标王守备前往查拿，业俱奔散，随谕令开张讫。当即通禀各宪在案等情。至晚抵城，询据该令并各官，与前禀无异。除饬俟上宪批示遵行外，本道详细察视，宿邑是否全灾，应俟各委员查勘齐日始定。然较之桃邑，似尚稍次。至揭帖聚众之处，是否即系王育英等，未便悬揣。但此日之人，悉系城内外居民，而远乡无与焉。一时观看拥挤，不下千人。旋因王备出查，亦各解散，开张如故。本道到县后，即经出示慰谕，晓以皇仁宪德，应俟查明题报，静候分别赈济，并惕以闹赈之严例。至今三日，亦属宁静，尚无一人具呈渎扰。再据王备口禀，白洋河地方亦有揭帖，约于初六日聚众罢市之说。但此处此日即系本道赴宿之中站，并未见有举动，本道亦经发示该处。诚恐风闻宪听，更切系怀，合并禀明。惟是抚恤一项，至今尚未给发。询据该令面禀，谓抚赈太早，愚民必至花消，待至寒冬，转致饥寒交迫，应暂缓散放，已于七月二十七日通禀请示等语。本道思被灾抚恤，原因乏食贫民迫不及待，是以先行抚恤。如谓不无薄收，目前尚可支延度日，即属不应抚恤之列，未有应抚恤者而可从缓，以俟补给。况藩司条议抚恤一条，奉抚宪批示之处甚为明晰，未便迟缓。现在谕令速行遵照查办，先行抚恤。至邳州距宿二百余里，本道遵奉宪檄，驻扎宿迁，业经委令泰州学正仲周霈往邳查视，俟覆到另禀。合将桃、宿二县情形，先行具禀宪鉴。

抚宪再禀者。桃邑县丞景麟祥一员，卫守亦知其上届办事不妥，今次未曾派委佐杂河员，自当逐处留意。至奉拨赈银，宿邑三万两，桃邑一万两，已据委员解到。又禀。另单奉督宪批：宿邑灾伤，尚未查勘明确，即有刁民贴揭罢市，明系衿棍要挟生事。此等刁风，断不可长。已据县禀批司转饬查拿首犯究拟，并行该道，就近督率查办，不得牵累无辜。抚恤一项，原因贫民乏食，迫不及待，是以定例先行抚恤，不应迟缓。前据县禀，已批令作速查抚，并给发坍房修费。至露处贫民，即属极贫之户，诚恐各属意见参差，已酌定规条通饬，仰即督率各州县妥协料理可也。再钱令办灾，未免略严，今年灾重，宁可从宽，但不可过滥。该道宜留心指示之。

八月初九日，行邳、宿、桃三州县并各委员协办王，为檄行查办事。照得江北各属，本年夏秋猝被水患，所有应行查办灾赈事宜，业经两院宪暨藩司酌定规条，节次檄行。凡印委各员，无论先后任事，一体饬遵周知在案。今本道奉委督办邳、宿、桃三处，惟期与印委各员实力妥办，所有院司条款，谅已悉心体会，无庸冗叙。内有吃紧最要者，尤须加意。如灾田务须履亩确勘，分别荒熟，以定分数。查造饥口，务须赍带烟户底册，挨庄逐户亲历查造，察其情形，分别极次，给与印票，按日亲自结总。查完缴州县，一面开折通送。其因灾外出贫民，务对烟户册内有无此户，另记一册。至无田贫民，以及鳏寡孤独疲癃残疾饥口，一并亲查确实，以俟部示到日，定数发给。如将灾田分数查造不实，应赈户口遗漏不造，或将不应赈之人滥行造入，及将以极为次、以次为极，或住宿生监之家，或安坐寓所，并不亲历，潦草了事，一任胥役地保朦混开报，串同捏冒，一经本道抽查得实，即以玩视民瘼，立行详揭，决不宽宥。前岁阜宁覆辙，可为炯鉴。为此牌，仰该州县委员即速一体凛遵，查办毋违。

八月初九日扎〔札〕致桃源县并协查黄、陈二令。

顷闻给放河南陆陈等乡抚恤银两，均无定期定所，乡民守候，薄暮涉水远归，深以为苦。特扎〔札〕通知，此后务须随查随给，或势处不能，亦须将某日散发、某乡在何处支领，先为告知，一到即发，宁早毋迟，庶免守候晚归也。至嘱，至嘱。桃邑银谷各现存若干，并望开折寄知，余不一。

三令会禀覆称：卑职等散放抚恤赈银，原系查完一处，随即协同各委员分头赍银前往，于适中之地，定期传示灾民赴领，俾免远涉守候。惟缘极次贫赈票，俱系同时并发，于本月初八日查有丫儿新庄次贫民数十人，误闻不分极次，一例抚恤，亦即来县领粮。及至卑职等闻知，有次贫在外，当即谕知，奉文坍房露处次贫，方准抚恤，其余次贫，应俟饬知普赈月份，示期赴领。随即散去，实非散放极贫并无定期定所，致令乡民守候。今蒙宪谕，卑职等当加意妥办，断不使灾民有守候远涉之苦。至现存银谷确数，另开清折呈电。

八月初十日谕宿迁县并札徐州府。

照得院司原行规条内开：无田贫民，实与有田被灾者相等，更有鳏寡孤独疲癃残疾之民，均应通查给赈。惟因应赈月分，既无灾田分数以为准则，是以将应照何项分数办理之处，咨请部示，并非竟不给赈也。未可因此缓待，以致临赈周章。谕到即速遵照，并移行各委员，将前项无田贫民查明开造，并鳏寡孤独疲癃残疾内之额领孤贫口粮者，毋庸重给外，其余一并查核确实造册，俟奉到部示之日，定数给赈，均毋违延。特谕。

宿迁县详称：卑职查得今岁秋被水灾，所有各灾图应赈极次饥口，先经委同佐杂各员，派定乡图，分头查勘。其被灾村庄并无田业之贫民，原系循照往例，一体勘报。前奉藩宪议详条规内开：雇工度日、手艺营生以及鳏寡孤独疲癃残疾等辈，亦准分别极次，确查给赈等因。卑职惟查向来办赈，凡成熟村庄、城镇市集，原不查及。上年灾赈案内，蒙督宪札谕，将不被灾村庄内鳏寡孤独残废乞丐贫民查明，照次贫之例给赈等因，当经遵奉查报，并奉藩宪饬令附入闻赈归来数内报销在案。查今次奉到条规，止开雇工、手艺、鳏寡等辈，亦在应赈之内，但是否止查被灾庄村，抑或不论城乡灾熟地方，概邀一例查赈，未奉分晰指示，难以查办。卑职正在具详请示间，兹奉前因，拟合具文详请，伏祈俯赐鉴核批示，以便遵照办理等情。本道批：督、抚两宪，现在因公会临淮郡，候飞详请示饬遵。至嗣后如有应商事宜，务须早为筹画，一面飞驰通禀，一面禀道，以凭酌夺。徐州府即转知照缴。

徐州府详称：卑府查得徐属地方，湖河环绕，形势最洼。历年遇灾，凡有地二三十亩以至二三顷亩者，俱在赈济之列。此外如打草捕鱼、肩挑背负以及专靠佣工或小本营生等项，俱属并无恒产之无业穷民。一到寒冬，则草已无而水已冻，工作既辍，佣趁无从，即有手艺，或稍有经营，亦因本小利微，难以资生度岁。故历来此等无田贫民，各就所居之被灾村庄，一体给赈，报销册内总入贫民项下。其实此等无田贫民之食赈者，反居十之三四。近奉藩宪议行条款内所云通查给赈，应照何项分数办理之处，似指不被灾村庄之内无田贫民，诚如宪札，未可因有咨请部示之语，竟尔缓待，以致临赈周章。除现在遵照飞饬印委各员一体查造外，合将遵办缘由，先行详明宪台查核。卑府又查上年赈案内，因不成灾村庄内穷苦无业之民，恐其纷纷外出，曾奉制宪札谕，将鳏寡孤独无业穷民，酌照次贫赈恤。现奉藩宪行令，统入闻赈归来项下报销，是不被灾地方鳏寡孤独等项，以及实在穷苦乏食之贫民，上年一体给赈，亦已行过有案，合并声明等情。本道批：已据县详请示，候一并叙明，详奉宪批到日，知照可也。此覆。

八月十一日谕桃源、宿迁二县。

白洋河一镇，为桃源、宿迁毗连之地。闻得往年委员分勘，其查报灾祲饥口，宽严不一，遂致大相径庭，舆论不孚。前经面谕各该县，务令委员会同查勘，务殚实心，遵照规条，查验被灾实在情形，分别极次，无滥无遗，不得任意宽严，致滋异议。目下正届会勘之际，再行饬知该县，可即传谕照行。特谕。

宿迁县覆称：遵谕，传知各委员遵照办理。

八月十四日谕宿迁县。

闻得仁义三乡运河南岸古城西破墩子、小关口、河北镇、萧家坝等处，被水甚重，至今尚无委官查恤，合亟谕查。谕到立即查明该乡派委何员，因何尚不查恤，一面具禀，一面星速催查毋违。特谕。

宿迁县禀称：卑职遵查，仁义三乡运河南岸古城西破墩子、小关口、河北镇、萧家坝等处，俱系仁四图地方，原委教谕汪荧查勘。因查办不及，续派委员苏蕙前往分办。缘该员先赴仁十一图地方，是以该图尚未查及。兹奉宪谕，除又飞催赶办，以便散放抚恤外，至现在未经查竣各图，俟有闲员，均须添委分任办理，庶克速竣。合先肃禀具覆。再，安七、八两图抚恤，李委员业经散毕，现又将安六暨顺六、七等图抚恤银两秤封，移交该员散放，合并禀明。

八月十二日本道禀督、抚二院。敬禀者：本道抵宿后，闻得该县将原议之无田贫民及鳏寡孤独等项一条，因泥于咨请部示，尚未查办，是以谕令查造。随又询据钱令面称，恐部文十一月始到，若经先行查造，万一不准，关系赔累等语。今据以在城及不被灾之村庄，前项贫民，是否一例查赈，具详前来。本道查详内又有援引上年督宪宪台扎〔札〕谕给赈之处，事关紧急赈务，未敢臆断。兹闻宪节已同抚宪督宪抵淮，是以专差赍详，伏候鉴核批示，以便画一饬遵。再，白洋河地方，系宿、桃两县毗连之处，历年因各委员查办，宽严不一，以致彼此岐异，舆论不孚。今本道已令两地委员务须会同照应，查视实在情形，分别极次，勿致宽严迥别，致滋异议。至邳州据禀灾田分数已经查竣，其灾民先经河宪发银散给。目下现在遵照宪谕，察其必需接济者，不分极次，概行抚恤，随查随给，并给发坍房修费；一面查造饥口，已查过半，民情安贴等语。本道看来，韩牧办理之处已有头绪，容俟泰州学正仲周霈查明回日，再为具禀。本道到宿未久，正须静镇督办，不便远离，未获趋赴行辕，统惟钧鉴等因。十八日奉督宪批开：无田贫民给赈一条，前据藩司议详，因不分荒熟区图，概请赈恤，殊觉太滥。业经本部院分晰批饬，令将灾地无业贫民一体给赈，其住居成熟村庄者，不便滥给，惟鳏寡孤独即系额外孤贫，非无田贫民可比，应量给赈粮等因通饬。嗣恐淮、徐等属，接到批示迟延，办理参差，又经特檄饬知在案。今宿邑灾伤颇重，如城外四围俱已被水，则与被灾村庄无异。城内之无业贫民，亦应查赈。若近城一带，俱系丰熟，则不应查及城内。其余村庄，若实在丰熟者，应遵照前批，无庸滥及。倘被花灾之村庄，自应一体并查，现在据详批示矣。仰即查明，飞饬各属细看前后批行，一体妥协办理，毋致错误可也。余已悉。又奉抚宪批开：宿邑被水较重，前据司详，当将邳、宿、桃、沭四州县坍房露处贫民，不分极次，概行抚恤，俟水退归庄查明，分晰加赈，批示通饬在案。该县既经接到司牌，何故并不遵办？至无业贫民，原令附入住居成灾村庄之列，嗣接督部堂咨，又据司批示，毋庸咨请部示，统照各本庄成灾贫民一体赈恤在案。仰即飞饬邳、宿、桃三州县遵照。钱令所称甲乙之说，甚属糊涂，该道指示极是。他如成熟村庄以及城镇市集佣工手艺之人，田既有收，又有生计，从无一并查赈之例。该县将灾地贫民尚请缓行抚恤，今忽以熟区有业之人并请查赈，不知是何肺腑？惟在该道严行切责，俾得愧悔妥办。前委苏蕙、李天章二员曾否到宿，并查附覆。余已悉，此缴。

八月十二日本道详督、抚二院。为详请宪示事。本月十二日，据宿迁县详称，本月初十日奉本道谕开：照得奉准院宪藩司原行规条内开，无田贫民，实与有田被灾者相等，更有鳏寡孤独疲癃残疾之民，均应通查给赈。因应赈日分，既无灾田分数以为准则，是以将应照何项分数办理之处，咨请部示，并未竟不给赈也。未可因此缓待，以致临赈周章。谕到即速遵照，并移行各委员，将前项无田贫民查明开造，并鳏寡孤独疲癃残疾内之额领孤贫口粮者毋庸重给外，其余一并查核，确实造册，俟奉到部示之日，定数给赈，均毋违延。特谕等因到县。奉此，该卑职查得今岁秋被水灾，所有各灾图应赈极次饥口，先经委同佐杂各员，派定乡图，分头查勘其被灾村庄，并无田业之贫民，原系循照往例，一体勘报。前奉藩宪议详条规内开，佣工度日、手艺营生以及鳏寡孤独疲癃残疾等辈，亦准分别极次，确查给赈等因。卑职惟查向来办赈，凡成熟村庄、城镇市集，原不查及。上年灾赈案内，蒙督宪札谕，将不被灾村庄内鳏寡孤独残废乞丐贫民查明，照次贫之例给赈等因。当经遵奉查报，并奉藩宪饬令附入闻赈归来数内报销在案。查今次奉到条规，止开雇工手艺鳏寡等辈亦在应赈之内，但是否止查被灾庄村，抑或不论城乡灾熟地方，概邀一例查赈，未奉分晰指示，难以查办。卑职正在具详请示间，兹奉前因，拟合具文详请，伏祈俯赐鉴核批示，以便遵照办理等情。同日并据徐州府详称，该卑府查得徐属地方，湖河环绕，形势最洼。历年遇灾，凡有地二、三十亩以至二、三顷亩者，俱在赈济之列。此外如打草捕鱼、肩挑背负以及专靠佣工或小本营生等项，俱属并无恒产之无业穷民，一到寒冬，则草已无而水已冻，工作既辍，佣趁无从，即有手艺，或稍有经营，亦因本小利微，难以资生度岁。故历来此等无田贫民，各就所居之被灾村庄，一体给赈，报销册内总入贫民项下。其实此等无田贫民之食赈者，仅居十之三四。近奉藩宪议行条款内所云通查给赈应照何项分数办理之处，似指不被灾村庄内之无田贫民，诚如宪札，未可因有咨请部示之语，竟尔缓待，以致临赈周章。除现在遵照，飞饬印委各员一体查照外，合将遵办缘由，先行详明查核。卑府又查上年赈案内，因不成灾村庄内穷苦无业之民，恐其纷纷外出，曾奉制宪札谕，将鳏寡孤独无业穷民，酌照次贫赈恤。现奉藩宪行令，统入闻赈归来项下报销，是不被灾地方鳏寡孤独等项以及实在穷苦乏食之贫民，上年一体给赈，亦已行过有案，合并声明等情。各到道。据此相应转详，伏候宪台鉴核，迅赐批示，以便饬办。奉督宪批：查不被灾村庄内鳏寡孤独无告之人，经本部院于通饬办赈规条内行令，查明实在不能存活者，亦应量予赈恤，以免颠连。并于藩司议详条款内批饬，量给一月赈粮等因在案。至无业贫民，前据藩司议筹办赈章程案内，业经本部院批饬，乾隆五年部议，令通查合属贫民赈济，自系指州县通属被灾而言。若止数村被灾，自应止查灾地之无业贫民，一体给赈。如不分成灾与否，一概给赈，是州县数村被灾，合州县或〔成〕熟村庄均行赈恤，似觉太滥。且应赈月份既无被灾分数可核，其应给一月至四月四等极次亦属无从分晰等因批饬。嗣恐淮、徐各属接到迟延，办理参差，复将批示缘由，特檄行知又在案。今宿邑灾伤颇重，如城外四围，俱已被水，则与被灾村庄无异。城内之无业贫民，亦应查赈。若近城一带，俱系丰熟，则不应查及城内。其余村庄，若实在丰熟者，应遵照前批，毋庸滥及。倘系花灾之村庄，自宜一体并查。仰即查明，飞饬各属，一体妥办，毋得错误，仍候抚部院批示，缴。二十三日又奉抚宪批：灾邑无业贫民，暨鳏寡孤独疲癃残疾之人，作何赈恤，已据该道另禀批示矣。仰即查照禀内批示，飞谕印委各官，并遵督部堂见在檄发规条，悉心妥办，勿得违错。仍候督部堂批示，缴。

八月十三日奉抚宪扎〔札〕开：邳、宿二处被水情形，据道府俱称最重。近据宿邑钱令禀称，民情安贴，毋庸先行抚恤。但所称坍房贫民，虽系自行早移，究属流离困苦，自应即为照例抚恤，以免失所。已经批饬遵照，务期加意查察实在情形，并饬印委各员妥办，不可过滥，亦不可过紧，务得其中为要。

八月十四日本道禀督、抚二院。敬禀者：本月十三日据宿迁县钱令禀称，查本年查办灾务，奉宪饬照五年定例，按各庄图被灾分数之轻重，定极次加赈月分之多寡。并奉议颁条规，现在遵奉办理。惟查历来办赈，止有极次两项，今次按灾给赈，月份参差迥别，事属创始，而其中尚有踌躇未妥者。譬如甲乙两图地方，形势敧仄，甲图则近堤低洼，现多积水未涸，实系被灾十分，极贫应加赈四月，次贫三月。乙图则地势稍高，被水灾仅可八分，极贫止应加赈二月，次贫一月。惟是丙图接壤，小民比闾而居，在愚民自视贫穷相若而加恩仅不及半。虽明示以章程，窃恐土俗愚顽，必致滋事。卑职再四筹商，未能妥协，不得不禀明宪鉴者也。又如各灾图佣工手艺以及鳏寡孤独残疾等辈，现遵一体分别极次，查明汇报，其应照何项给赈之处，现候咨请部示。惟是民间一经查勘，无不引领望赈，倘部覆未能即到，而有田业者若使先行散给，则彼无业贫民心滋惶惑。似应先将极贫抚恤一月之外，毋论极次，均请暂缓接放，统候彼案部示至日，一体按照赈次散给，庶为安妥。再，散放抚恤，凡搭棚居住之被水灾民，自应一概先行给领。第查凡属极贫，均有朝不谋夕之势，亦难缓视，似应一并通图散给。只须酌看情形，先尽被灾最重之地方，次及被灾稍轻之区，陆续接放，约俟九月中旬，俱可散竣，而请示之部覆是时谅亦可到，即可定期分别开厂，源源散放矣。至无田业之极贫，向例原系一体同时抚恤，今加赈月分应候部示遵办，而抚恤原所必需，此时应否并予散给，兹蒙谕催抚恤，除现在委放另文通报外，合并禀明。至成熟村庄以及城镇市集佣工手艺无业贫民，应否一并查赈之处，业经另详宪案，统祈鉴核训示遵行等情。具禀前来。本道查赈给饥口，照灾田分数，分别月分多寡，此属定例。本年既奉宪行照例办理，自当恪遵。一图之中，灾田分数即有区别，岂能因村庄接壤相形之故，而别焉置议？若必甲乙两图互相为例，则递接丙丁等图，岂能概之使一？民虽无知，惟在印官善为明示，秉公查办，以期妥协。至所禀各灾图佣工手艺以及鳏寡孤独等辈一节，查原行规条，惟因此等贫民，并无灾田分数可为准则，是以咨请部示，并非不赈。况计至开赈之期，彼时部示亦可覆到，亦无庸分别暂缓。再，据禀散放抚恤一节，查司议宪行内，原令将极贫乏食穷民，并搭篷栖止察其必须接济者，一概先行抚恤，甚属明晰。正须及时查办，更毋庸候部示也。又所禀无田业之极贫一节，查本道抵宿后，因闻该县报灾已久，尚未通行抚恤，是以谕催，亦非专指无田极贫而言。今所禀无田极贫，如在被水村庄，察其困苦，必须接济，自应一体查明抚恤，以免失所。是否有当，相应禀请宪示饬遵。至成熟村庄以及城镇市集佣工手艺贫民，应否一并查赈之处，昨已据详转请宪示在案，合并禀明。

二十九日奉督宪批：成熟村庄以及城市内之无田贫民，应否给赈，已据该道前详分晰批示。至给赈饥口，原因田地被灾，是以定例按照灾田分数定加赈之月分，固应照例办理，更须因地变通。该县以接壤之区，灾田分数不等，给赈多寡不均为虑，未免过于拘泥。查比邻区图，如果荒熟不等，轻重悬殊者，自应勘明，分晰给赈。如被灾情形轻重不甚相悬，或竟全为十分，或全为九分，甚属简便，断不必过为区别。再灾图无田贫民，既应一体给赈，自可即随本图有田灾民分别极次。前据藩司议以合属给赈，故详内声请咨部，今熟地无业贫民，已不并查，业经抚部院批饬，无庸咨部矣。其乏食灾黎，实有朝不保暮之势，即次批檄，先行抚恤。搭篷栖止之露处贫民，又经本部院特檄通饬，不分极次，一概先行抚恤。自应将灾地无田贫民，一体照办。仰即转饬该县，作速遵照妥协办理，毋稍延缓干咎。仍候抚部院批示。

八月十四日本道禀督、抚二院。敬禀者：本月十三日接奉抚宪札
据宿迁县送到七月二十四日奉发宪札内开：邳、宿二处被水情形，据道府俱称最重。近据宿邑钱令禀称，民情安贴，毋庸先行抚恤。但所称坍房贫民，虽系自行早移，究属流离困苦，自应即为照例抚恤，以免失所。已经批饬遵照，札令本道加意查察实在情形，并饬印委各员妥办，不可过滥，亦不可过紧等因。奉此，查此件公文，迟至二十日始行送到，除现在饬县查究外，本道遵查，被灾抚恤，原因乏食贫民急不及待，自应遵照宪行，凡极贫及搭蓬〔篷〕栖止，择其困苦必须接济者，一概先行抚恤。本月初六日本道抵宿，目击困苦情形，乃闻该县通属尚未给恤，随谕令速行抚恤，一面于初八日具禀在案。该令虽现在照办，然仍属延缓。兹奉前因，除又转行饬催外，但查宿邑叠被水灾，钱令虽属久任，而为人拘泥固执，办理灾务，未免区别过紧，民情不甚浃洽。又惟以历年灾赈止分极次、不分月分多寡、通融画一之为省易，而以今岁之分晰办理为棘手。原委协办之王令，又现经钱令派乡代查饥口，应请宪台于候补州县内迅赐拣发明白干练者一员，到宿协办，伏候宪裁。至邳州已据委查之仲周霈覆称，被灾情形较桃、宿尤重，坍房甚多。在城居民稀少，无异乡村。正在抚恤，幸民情尚属安贴。今因该州地方辽阔，现在查办止有九员，据韩牧禀留该学正分地查办矣。本道复经批示，如尚不敷，再行速请，以便酌委，合并禀明。

二十九日奉督宪批：宿邑乏食灾黎，并坍房露处搭蓬〔篷〕栖止贫民，应令作速抚恤。节据该道前禀，批示应饬速行查抚，毋得延缓干咎。至该县应需协办人员，现在檄委候补知县朱绍文、水利效力汪立均赴宿，并委淮分司李锽前往稽查料理，另檄行知矣。余已悉，仍候抚部院批示。

八月十四日奉督院尹檄行严禁冒赈积习以戢刁风事。照得淮、扬、徐、海地方，本年五、六月间，阴雨连绵，湖河水涨，以致傍河民舍，不无坍损，低洼田禾，多被淹没。本部院仰体皇上视民如伤之念，就经分委多员，发帑抚恤。盖因极贫之民，荡析飘〔漂〕流，迫不及待，故先给一月口粮，俾得徐徐待赈。又房屋冲塌，棚栖堤岸，露处堪悯，故又按间给资，俾得水退修葺，庶几各有宁宇。若力能支持，稍可存活者，应待水退归庄，再按灾田分数，分别极次给赈。至屋未倒坍，从无给费之例。以经本部院酌定规条，通行遵办，务使实在灾黎，均沾惠泽在案。近闻无知刁民，一遇地方被灾，知有赈恤之利，预为捏冒地步。向住此庄，俟委员查过，又换姓更名，窜入彼庄。又有烟户无名，捏称新迁，及点妻孥，半属子虚。询其房灶何居，悉属凭空支吾。邻佑戚党，代为妄结。又有奸滑之徒，不论有力无力，概欲列入极贫；不顾已坍未坍，均冀请领修费。凡见官长经临，男子尽皆藏避，纵令妇女出头，百十成群，喊禀求赈。无论老少，口称寡妇，习以为常，恬不知耻。更有劣衿恶监，家计本饶，不思立品，自称灾生，纷纷具呈，每以不得赈为无能。又有雇工奴仆，向列主人户下，烟户无名，一逢查赈，辄称年荒被主逐出，虽其中不无一二真情，然为伊主指使者，亦复不少。此等刁风，在在皆有。殊不知救灾极〔济〕困，乃圣朝之殊恩，固不可遗漏而使贫民向隅，更不可捏冒而致身干禁令。兹当开赈伊始，合亟出示晓谕。为此示，仰该属灾民人等知悉，凡属被灾贫民，静听印委各官查明极次，先后给赈，慎毋捏名重冒，致罹法网。衿监身列胶庠，更宜自爱，切勿见利忘义，觊觎纷扰，致干拿究。务各凛遵，毋贻后悔等因。除出示晓谕外，仰道即便转饬印委各官，悉心查察，力除锢弊。如有违犯，即行查究详报，毋违。

八月十四日准藩司安咨为遵筹办赈章程等事。奉总督部堂尹批，本司议详，本年淮、徐、海三府州属，猝被水患，应行查明抚赈，分别条议，详候核示等缘由。奉批：所议各条，颇为明晰。但细加斟酌，其中有一二条尚须熟筹。如就户问田，于查办灾户之法，似属详细，然以田亩跨越数处，先令灾户将田坐区图、人居村落分晰开报，非惟事涉繁琐，且一邑之中村落繁多，报灾之区不过数处，业户散处各乡者不知凡几，若不问其有力无力，概令印委各员分历不被灾之区图，亲至报灾业户之家，一一察勘，亦恐势难周遍。如仍经乡保胥役之手查报，转难切实。夫有田之户，果无别业，自必田坐村庄，人亦住居此地，其是否有力无力，不难随查随定。其力能住居他处，人田相离，即非别有赀产，亦属另有生计，其间应赈之户，谅甚有限。即间有实系贫乏无力者，俟其自到灾区求赈，再覆查住居处所，按实在户口，给与赈票，即可不至大错。似不必分业户之应赈与否，先行就户问田，以致被灾之田在南乡，而报灾之户反在北乡，报灾之田在乡村，而查赈之户反在城市，错杂参差，头绪断难清楚。本部院之意，似应于报灾之区，查被灾之田。被灾村庄之田，即查被灾村庄之户。或业或佃，查明有力无力，分别应赈与否，似为简便。但因地制宜，难以拘泥成法，尚应听各地方官悉心领会，妥酌而行。至无田贫民一体查赈一条，乾隆五年部议，令通查各属贫民赈济，不可过为区别，自系指州县通属被灾而言。若止数村被灾，自应止查灾地之无业贫民，一体给赈，方为得当。如不分成灾与否，一概给赈，是州县数村被灾，合州县成熟村庄之无田贫民，均行赈恤，似觉太滥。况无田贫民，照被灾区图一体给赈，其应赈月分，尚可查照有田灾民，酌量分别极次，如不论荒熟区图，通属给赈，其应赈一月至四月四等极次，又从何处分晰？至鳏寡孤独实在无告之人，即系额外孤贫，未被灾祲之年，亦须加意抚恤，非无田贫民可比。自应量给一、两月赈粮，附于册尾，亦不必分作四等，致有偏枯。总之成灾分数，虽应据实，而轻重情形，尚宜権其大体。若强为分别，等次太多，则一村之中，即有数项之赈，不但有田之民琐碎难分，且使无业贫民更难比照，是又在地方官于照例之中，仍善于办理，小民得沾实惠。否则过于固执，必至杆格难行。仰即一并覆核，通饬遵照，仍候抚部院批示，缴等因到司。奉此，为照本年抚赈办理规条一案，先奉苏抚部院陈批开：据议各款均属妥协。至抚恤一条，定例本不及次贫，惟猝被水患，房屋已坍，凡搭篷栖止贫民，应择其困苦者，一概先行抚恤，俟水退归庄后，仍分极次加赈。乾隆七年奏明办理有案。本年被灾较重之邳、沭、宿、桃四州县，应援案饬办，余仍照例办理。仰即移行遵照。至无田贫民一条，即叙详咨请部示遵行，仍候督部堂批示录报，缴等因，奉经移行遵照在案。今奉督宪批示前因，伏查就户问田，并有田业户分别给赈二条，应遵宪批，饬令即于报灾之区，查被灾之田。被灾村庄之田，即查被灾村庄之户。或业或佃，查明有力无力，分别应赈等次，仍饬地方官悉心体会，因地制宜，酌妥而行。又无田贫民一体查赈一条，虽乾隆五年部议令通查合邑贫民赈济，然赈恤自应区别，应将灾地之无业贫民，查照有田人户，酌量给赈。其不被灾之村庄鳏寡孤独疲癃残疾实在无告贫民，定例未经指明照何项分数办理。检查乾隆十年被灾各属给过不被灾村庄鳏寡孤独穷民口粮，详明统入该年次贫项下。今本年被灾各属内不被灾村庄之孤独穷民，应遵宪批，量给一两月口粮。将来造报花名，即将此等穷民附入被灾村庄册尾造报缘由，详覆在案。应俟宪批至日另移。合将督宪批示及本司详覆缘由，先行移知。再查无田贫民及鳏寡孤独穷民，先经遵奉抚宪批示，请咨部示，已奉抚宪批饬，查无田贫民，见准督部堂咨，已据该司前详批示矣。仰即遵照饬办，毋庸再咨等因在案。合并移明，希即转饬被灾各属印委各员，遵照妥协办理。

八月十五日奉督院尹檄行为通饬遵照事。照得今岁淮、扬、徐、海被灾各属，即据详禀批檄，将被灾乏食贫民，照例先行抚恤一月口粮，坍房给资修葺。嗣据藩司议详办赈条款，复经分晰指明，批令通饬遵照。其被灾最重之邳、宿、沭、桃四州县，又经抚部院批饬，搭篷栖止贫民，应择其困苦者，援照七年奏案，一概先行抚恤等因。谅各属奉有章程，可以恪遵办理，自不致尚有失所之虞。兹本部院舟过高宝一带，目击被水灾黎，沿堤露处，颠连因〔困〕苦之情，均堪悯恻。夫猝被水患，淹没田禾，冲坍房屋，一切口粮什物，漂淌一空。虽受害不过一隅，而情形实为最重，与天雨为灾，水势平缓，仅止田禾失收者迥异。本年被灾各属，猝被水患者居多，此等露处穷民，即属极贫之户，自应一例抚恤，庶不致流离失所。诚恐各属强为分别，办理参差，或致任意轻重，遗滥不均。合行通饬，为此仰司官吏即便飞饬淮、徐、扬、海被灾各属，查明坍房露处搭篷栖止之困苦贫民，一概先行抚恤。其余仍遵定例，分别极次，妥协料理，毋得违误干咎等因。除行苏藩司转饬遵照外，合并饬行，仰道即速转饬，妥协办理毋违。

八月十六日谕宿迁县典史吴元。

本年宿邑被灾已重，民多穷困，自当矜恤。各委员查造饥口时，凡目击艰难困苦，实系日不聊生者，即应秉公办理，入于极贫项下。断不可有意裁减，预定十分之中，量报一二分，致使极贫之户，多抱向隅之泣。将来转徙死亡，则委员与长吏均难辞罪矣。

宪谕谆切，本道屡经面饬，勿视同秦越，有干大咎。因适闻量报之说，而钱令又经公出，故特飞谕该典史，迅将此谕传知各委员，火速。特谕。

八月十六日出示发邳、宿、桃三州县。

为严禁事。照得邳、宿、桃三州县叠被水灾，小民甚为困苦。幸逢圣上饥溺为怀，各宪恫瘝在念，饬查实在被水灾黎，分别抚恤赈济。按大小口数，给米给银，则是一毫一粒，皆民命攸关，务须核实给发，俾均沾实惠。所有应用册籍纸张等项，均应印官备用。诚恐不法乡保，串通该管书役，藉名册费，需索纸笔饭食，混行科派。是于报定口数中抽取一分，即减口粮一分，层层剥噬，民何以堪？至本道按临各邑，书役人等食用纸张，俱自为捐给，断不忍于灾荒之地，纵容纤毫扰累。合行出示晓谕，为此仰灾属官民乡保胥役人等知悉。自示之后，如该州县经管书役串通乡保，胆敢肆行指派，或经访查，或被告发，定行拿究，尽法治罪，决不宽宥。特示。

八月十六日谕邳、宿、桃三州县。

据该州县折报：存银四万两，存仓米五千石，拨江都、六合米一万五千石。三万两，存仓米麦六千一百九十七石七斗零，拨上元、吴县、吴江、丹阳米一万三千石。二万三千四百七十五两二钱，存仓谷七千四百石六斗，米麦二千五百八十五石八斗零。现存连拨到各银米，是否敷用，合行谕查。谕到立即通盘约计，尚需银若干，米若干，及早打算，开数具禀，以便转请拨协，无待临时周章，以致转运艰难。特谕。

邳州禀称：遵查卑州仓粮，仅存米麦五千余，现奉抚宪饬拨江都、丹徒等县米一万六千石，已于本月初二日雇船赴清江接运，月内即可运到。至于赈银，已奉发四万两到州。今奉藩宪饬知，又解徐府赈银十万两。现已具文请领三万两，已可接济。一俟各社营饥口查齐，核实应用赈粮确数，再行禀请给发接济，不致有误。

宿迁县禀称：遵查各乡图灾田分数以及饥民户口，现在各委员勘报尚未齐全，须俟勘定数齐，核计极次应赈月分，方有实需确数。今遵奉谕查，约算卑县五乡，共五十二图，现今报到三十三图，计有大小饥口十二万有奇。尚有未到十九图并五隅，约再有数万，通计在二十万内外。如极次普赈二月，并极贫多赈一月，及抚恤一月，通共约需赈粮七万余石。现在存仓存库，计抵粮五万石，尚需赈粮二万余石，或银或米均可。倘此外再有加赈，另当请拨。其应赈贫生口粮、造册纸张、查赈官役盘费饭食、运赈脚费，一切在外。又资给坍房修费已经核实者，亦现于赈银内动给，俟核齐总数另报。又据详，为详明不敷赈需，仰恳宪核拨济事。切照卑邑本年秋被水灾，应赈各乡图贫民，业经会同协办各员并分委县属佐杂各员逐细查勘，除查过及〔极〕次大小口数按照定例分别应赈月分另开细折呈送外，所有应需加赈口粮，共九万九千一百一十七石七升零。查卑县现在存仓米麦，计六千余石，应遵宪行，留为来岁平粜之需。今奉拨各邑协赈米一万四千石，现遵委员接运。又前奉委员邹瀚拨发卑县备赈银三万两，内除动放抚恤并坍房修费外，仍存银一万九千三百三十四两四钱。又奉委员陈必选领解赈银十万两，赴徐交收，内卑县留存备赈银三万两，报明在案。以奉拨各项银米，除抵放前项加赈口粮外，仍不敷赈粮三万五千七百八十二石六斗零，应请查核，或银或米，按数预期派拨，以济赈需。再查赈济贫民之外，尚有应赈贫生，现在牒学勘报需用口粮，并查灾办赈员役盘费饭食纸张运费等项，以及民间涸出地亩，现需及时布种二麦，倘有自田自种乏种贫民，应需借给籽种，以资耕作，一切应需银两，现于赈银内通融动用，另请拨给，合并声明等情。据即转咨藩司在案。

八月十七日奉督院尹檄行，为酌定办理灾赈规条，通饬画一遵照事。照得下江淮、扬、徐、海各属，原系积潦之区，本年六、七月间，雨水稍多，又兼上游东、豫二省山水长发，奔流入境，以致低洼田地，陆续告灾。现在委员会同该地方官确勘成灾顷亩分数，查造饥民户口。其及〔极〕贫乏食穷黎，先行抚恤一月口粮。倒塌房屋，照例给资修葺。并派发多员，分往各灾属协同查办在案。但赈务弊窦多端，地方情形各别，该州县及委员中有节年曾经办理灾务者，亦有从未办灾，于赈务一切机宜多不熟谙者，若不酌定规条，俾知遵守，必致办理舛错。本部院今就上年所定各条详加斟酌，再参以各属现在情形，将各项切要事宜，逐一开列于后。

一、办赈须先分别村镇之荒熟，如某村某镇，田地实在被水淹伤，则该村镇民人，即系被灾之户。按照烟户册内开载名口，就地挨查，不可稍有遗漏。其并未被水村镇，一概不许滥及。若业户住居城市，该地虽未被水，而田地坐落被水之处，果系淹没无收，别处并无熟地，餬口无资，自来灾地就赈者，应查明一体入赈。

一、各属地方辽阔，赈务头绪纷繁，印官一身不能兼顾，是以委员协办。须先将办理之法，公同详细讲究，彼此和衷商酌，期于妥协。凡颁发章程，务即抄送细看，一一凛遵。慎毋各逞意见，办理参差，以致贻误公事。

一、查造饥口，最关紧要。如造报果皆的确，散赈之时，按名给领，自无所容其纷扰。稍有疏忽，胥保即从中滋弊。应饬印委各官，凡系被灾之处，即穷乡僻壤，亦必亲往挨查给票，不得怠惰偷安，假手地保开报，及但差役下乡，致启勒索混冒之弊。

一、充当地保之人，未必皆奉公守法。散给赈票之时，多有需索饥户钱文，稍不遂愆，即百计刁难。而衙门吏役，又勒取地保规礼。州县及委员随从家人，复向吏役分肥。积习相沿，各属多不能免。不知穷民罹此灾祲，所得银米仅资餬口，何堪复为若辈苛索？该印委各官，务宜约束家人衙役，随时密加察访，仍先出示严禁。许被索之人指名控告，一有干犯，立即详报严惩。该道府州有督察之责，更宜留心稽查。

一、生计饶足，可以自给之家，一名不许滥给。毋得为乡保吏胥欺朦，混行入册。其实系极贫饥民，无论该户口数多寡，一名不许删除，亦不得将极贫列入次贫，使困苦穷民，不沾实惠。如不据实查造，故意减报口数，反将殷实之户混行开报，及捏造诡名，希图冒销侵蚀者，察出定即严参拿究。

一、被灾村庄内有无业贫民，无田可耕，无资贸易，惟藉佣工力作，以图餬口。今地方被水，无人雇倩，难免饥寒。此等贫民，应照例查明，一体入册给赈。如系普灾，则城内乏食之民，亦应通查。

一、鳏寡孤独年老有疾之人，住居灾地，本无家业，复难佣趁者，遇灾更为艰苦，均应查明给赈。即不被灾村庄内，如有此种穷民，除尚可自给及有亲族可以依倚者毋庸概赈外，其实在不能存活者，亦应量予赈恤，以免颠连。此项原属有限，即可附于灾地内开销。但须确查明白，无徒为胥蠹中饱，更须善于料理，勿致贫民混生希冀。

一、凡有手艺之人，向不给赈。但此等末作小民，所获工资，原属有限。当此被灾之后，即有些小手艺，恐亦无处觅食。应于被水村庄内查其实在穷苦不能自存者，亦照例赈恤。至于经营贸易，可以营生者，不许滥给。

一、种田之户，如系奴仆雇工，其本主家计饶裕者，应听伊主自行养赡，毋庸议赈。至穷苦佃户，其所种之田既无收成，自应一例赈恤，不得责成业主收养，致有苦累，且启刁佃诈扰之端。

一、生监赤贫难以度日者，应照旧例一体加赈。但必系合县被灾，方准通查散给，如止系一隅偏灾，惟应就被灾地方之生监，分别给赈。其住居成熟之地者，不得概行滥给。如或住居城市，而有田地坐落荒村，勘明成灾，其家实系贫乏者，仍准给赈，不得遗漏。若本非贫寒，倚恃生监，引类呼朋，挟制官长，妄求普赈，恣意横行者，立即详革究拟。

一、州县查报饥口，每先存一成见，于十分之内定报极贫几分、次贫几分，以为极贫若多，恐干驳查。殊不知灾重之处，困苦堪怜，极次之分，相去有几，若实在难以存活者，即极贫稍多，有何妨碍？总须据实办理，不可限定分数，稍有捏饰。

一、查造户口之时，遇有出外佣趁，或暂依亲戚者，即于册内注明，俟有闻赈归来者，核对无错，准予补给。如有自称闻赈归来，而册内未经开注，应再查烟户册内，若果实有某某姓名，即系造报饥口时草率遗漏，亦得补赈。设烟户册内并无其人者，定属冒赈之徒，不许滥给。

一、散给灾口银米，戥头务要秤足，升合务要平满，毋得短少丝毫，克减颗粒。米谷之中，不得搀和沙土，及以霉烂者搭放，致干参拿。

一、放赈日期，宜先分定。如一日内准可放若干户，一一计算明确，将某日放某村庄之处，预先晓谕，使至期赴领。凡此日应领之户，务于本日放完，免至往返守候。放赈之厂，宜设于适中之地，不可太远，以致跋涉艰难。厂所更宜多设，使无拥挤，并可速竣。

一、各属查造饥户之后，即谕令贫民安心待赈，慎毋外出流离。其有土豪地棍、不法奸民，因冒赈不遂，纠合无知愚民喧闹赈厂，捏造流言，该地方官立即察实严拿通详，按律惩处，慎毋姑息宽纵。

以上各条，本部院查照定例，体访情形，详加酌定。办赈要务，大约虽不外此数端，而因地制宜，亦非规条之所能尽。该道立即转饬被灾各属及协办官逐一细心体认，同抚部院檄发规条并藩司议详各款，互相参看，务须融会贯通，实力遵行。该道府州专辖一方，地亲任重，一届开赈之期，须即周历轮查，督率妥办。如有檄内未尽事理，及应随宜便通之处，即一面详禀饬遵，本部院仍另行委员密访。倘各州县办理未协，以致灾民失所，定行严参，该道亦难辞咎。慎切慎切。

八月二十日奉抚院陈檄行，为钦奉上谕事。准户部咨，奉上谕：淮、扬、徐、海被水州县，着加意抚恤，不必拘于成例，务使灾民不致失所。本年漕粮，截留二十万石，酌量分给被灾州县，以资接济等因，到部院。准此，合亟抄粘飞饬，仰道即便转行钦遵，将被水极贫之民，星速查明，先行抚恤，并照节次批檄，将坍房露处贫民，不必拘于成例，概行抚恤，务使均沾惠泽，勿得遗漏迟缓。其截漕派拨事宜，听候藩司粮道会核定议，毋迟。抄粘内开：户部为钦奉上谕事，江南司案呈乾隆十一年七月二十九日内阁奉上谕：据苏州巡抚陈大受奏称，淮、徐、海三属，先于六月初旬，因东省沂蒙等处之水并发，以致江南沂、沭、六塘运河一时俱涨，又因本地雨水过大，邳、宿、清、桃、安、海、赣、沭八州县田地被淹，铜、沛、丰、萧、砀、睢六州县具报被水。又因河湖异涨，水趋下游，宝应、阜宁滨水田地复被淹浸，山、盐等处低田亦在所不免等语。江南本属水乡，而此十数州县，逼近湖河，常有水患。今年水势较前更大，是连年歉收之地，又被灾荒，朕心深用悯恻。着该督抚加意抚恤，不必拘于成例，务使灾民不至失所。从前降旨，令该地方官于丰收之处，采买谷麦，以备赈济之用。着再将本年漕粮截留二十万石，令该督抚酌量分给被灾州县，以资接济。该部即遵谕速行。钦此。钦遵于八月初一日抄出到部，相应行文苏抚钦遵旨内事理施行可也。

八月二十日奉督院尹、抚院陈会札，内开：照得本年淮、徐、扬、海四府州所属各州县，陆续具报被水，俱经行令藩司委员会勘成灾分数。又因本年办赈，遵照定例，按灾田分数分别给赈，事属创始，恐各属办理参差，业据藩司议详条款，经本部院分晰指明批示，并经本部院同抚部院先后酌定条款，特檄通饬，自可遵照办理。近据各属来禀，仍有各持意见，纷纷请示，不能领会者。查办灾之法，大要惟在履勘分数及查报饥口二端。踏勘灾田，固应遵照定例，分别荒熟村庄，勘实成灾分数，然一乡一村之中，不能略无高下之分，成灾分数亦即因之稍异。若必逐层区别，似乎详细周密，殊不知错杂纷繁，易启捏冒争执之端。且分晰丝毫未当，转致偏枯不均。不如简便立法，在民则知所遵从，在官亦易于办理。如田地有荒熟不等，东乡西乡轻重迥别者，自应履勘明确，分晰造报。若同属被灾，情形不甚悬殊，勘系被灾甚重者，或竟统报九分，或竟统报十分；勘系被灾稍轻者，或竟统报七分，或竟统报八分。等而下之，五、六分者，亦照此办理。虽数十百顷之田，岂无稍有参差之处，惟在大段不甚相悬，即不必过为区别，俾层次既少，不但易于扣蠲，且使一乡一村之中，应赈月分不甚参差，官民亦觉两便。至查报饥口，固应视其家计之有无，以定极次之差等，然地方薄有收成者，虽窘乏之户，尚可勉强支持，若全属无收，虽稍有盖藏之家，亦不免难于餬口。惟在地方官细心体验，以该地之民情与被灾之轻重，相为权衡。如断不应赈者，一户不得滥及；实在应赈者，一户不许删除。若被灾极重之地，内有应赈饥户，介乎极次之间者，准其入于极贫造报。即极贫略多，亦无妨碍，不可强列入次贫。总之查灾、给赈二事，应于据实办理之中，仍存宁宽勿刻之意。但只须宽于贫民，而不得宽于不贫之民，更不可玩忽偷安，漫不实心经理，以致地棍奸胥从中滋弊。灾属各官，务宜遵照，殚力料理，不可稍有贻误。该道即谆切转谕各州县，悉心体会，逐一切实妥办。该道就近督率，查察易周，亦宜时刻留心，切饬各属详慎办理。如有怠玩从事，以致穷民不沾实惠，定将该州县严参，该道亦难辞咎。此札。

八月二十日奉抚院陈檄行，为钦奉上谕事。准户部咨开乾隆十一年七月二十一日内阁奉上谕：江南山安、海防两厅属所辖黄河南北两岸堤外滩地，如遇水涨之年，田禾不免被淹。闻今年秋汛之水较往年更大，滩上居住之民房俱被淹浸。幸未淹之前，居民见水势渐长，陆续搬移堤上，搭盖席棚，以蔽风雨。但田禾无收，将来难以餬口。着督抚即速委员，将被水穷民确查明白，加意妥协赈恤，毋令失所。该部遵谕速行。钦此。钦遵于本月二十三日抄出到部，相应行文江督钦遵旨内事理施行可也等因，到本部院。准此，查淮、扬、徐、海各属被水，极贫之民，业经饬令照例先行抚恤，其先报被水最重之邳、宿、桃、沭四州县，坍房露处贫民，先行抚恤，俟水退归庄，再分极次加赈。又据淮府禀安、清、山、阜暨海州均有坍房贫民露处堪怜，请一体不分极次，先行抚恤，已批司饬令照办。并将本部院奏明办理之处示知，饬遵在案。是山安、海防两厅所属搭棚栖止贫民，均在山、阜二县不分极次先行抚恤之内。至加赈月分，悉照乾隆五年定例，按成灾分数而定。凡灾在十分之极贫，例得加赈四个月，当于九月赈起。其余七、八、九分灾之极次暨六分灾之极贫，又当按其应赈月分，递行放给，俾寒冬腊月咸有赈粮可以资生。坍房照例给资，俾得水退修葺。节经批檄饬遵在案。兹准前因，合再抄粘飞饬。为此仰道官吏即便钦遵，严饬印委各官，悉心妥办，务期毋滥毋遗，使实在灾黎均沾惠泽，慎勿迟缓干咎。速速。

二十九日又奉督院尹檄行前事，部文全由。准此，查淮、扬、徐、海被水各属，前据详禀，随经批檄，将极贫之民，先行抚恤一月口粮，坍房给资修葺。其搭篷栖止之露处贫民，即属极贫之户。诚恐各属意见参差，办理不一，又经本部院特檄通饬，不分极次，一概先行抚恤。并檄委各员分头查办在案。今准前因，令就檄行，仰道即便遵照，立即转饬印委各官，悉心妥办，毋任遗滥。慎切慎切。

八月二十日谕泰州州同。

昨据宿令面禀，委派该员赴乡分发抚恤银封，并据该员回明在案。但恐从前委员查造，或有极贫之户遗漏未开，以及极贫之口开报减少者，该员均须详细留心，逐一注明开禀，以凭饬县补入抚赈。不得但以照县银封分发了事。切谕切谕。

周梦华覆称：卑职当即亲诣仁义乡一、二、五图，分别传集册内有名极贫人户，眼同该县书差练总保正人等，逐名查问明白，核对大小口数无异，当场散给银票在案。其余次贫人户，亦皆妥帖，细加察访，未有减报遗漏之户。惟据仁二图民王得柱等七户吁求并入极贫户内一体抚恤，当经验明，或系残疾患病，或系年迈孤寡，或系贫病不堪，均属实在极贫，似应添入极贫户内，补给抚恤，以免失所。除移明该县外，理合开折呈报核夺。

八月二十六日行宿迁县。

为遵谕呈覆事。据泰州州同周梦华申称：卑职亲诣仁义乡一、二、五图，分别传集册内有名极贫人户，眼同该县书差练总保正人等，逐名查问明白，核对大小口数无异，当场散给银票在案。其余次贫人户，亦皆妥帖，细加察访，未有减报遗漏之户。惟仁二图民王德〔得?〕柱等七户，当经验明，均属实在极贫，似应添入极贫户内，补给抚恤。除移明该县外，理合开折呈报等情，并据折报前来。据此，合亟抄折飞饬，为此仰县官吏，文到迅将粘单户口即便查明，分别入册，一体抚赈。毋违。

八月二十六日谕邳、宿、桃三州县，并札淮、徐二府。

本月二十四日，清江舟次奉督宪面谕：被水各州县，现今某乡村已经涸出种麦，某乡村尚在积水，未经播种，约十分之几，应作何设法疏导，俾得及时赶种，庶明春得以接济口粮。或堤工有应宣泄之处，亦须权其轻重缓急，相机办理。务令各州县查明，会同河员，作速熟筹妥办，毋得彼此歧视等谕。奉此，合亟转谕该县州即速遵照宪谕，将被水乡村曾否涸出种麦，及应作何设法疏导之处，迅即逐一查明，会同河员，相机妥办，俾得及时赶种，一面将查过情形及办理缘由，分晰开折，通禀各院宪藩司，并禀本道查考。毋违。特谕。

邳州折覆称：卑州所辖共四十二社，并卫五十屯营。今查遵教、竹林、泇口、更听、齐家庄、范家町等三十七社，并坐落各社之郭一阳等十八营，以及黄河以南张永臣、张孝、焦其新等二十九营，自八月中旬，水已渐次消退，地亩涸出。间有积水未消之处，卑职会同河员，督率民兵，开沟宣泄，地亩已尽涸出。卑职督令有力之家自出籽种，劝谕佃农，翻耕播种。其各社营自种无力农民，卑职先经禀明，循例每亩借给籽种，赶种冬麦。今查各社营已经赶种冬麦者约十分之七，其余三分，留为来春布种春麦秋禾，理合注明。

又被水最重之刘义墩、沙子道口、青墩、宝车、陆家町等五社，与夫坐落各社之刘延柞、胡连海、孙印等三营，缘该营坐落黄、运两河堤岸之内，本年被水原由民便闸冲决淹没。所积之水，亦必由闸口方能宣泄，并无可以疏导之处，是以涸出稍迟。所幸天晴日久，今查地亩已经涸出者约计十分之七；卑职酌借籽种，督率佃农，播种冬麦者约计十分之五。间有未消之处，即日可望全涸，来春布种春大麦，亦可无误。理合登明。

宿迁县折覆内开：

仁义乡共十一图内，一、二、五、八、九、十图现经全涸，已种麦者，约十有四、五分。

三、四图已涸地十分之九，现在种麦者，约有五、六分。未涸洼地，十分之一。水由运河及六塘河宣泄，须俟交冬河水消退，方能全涸。

六、七图未涸洼地，约十分之二。俟陆〔六〕塘河水消，即可全涸。其余岗地，种麦十有二分。再查高岗地内，有向不种麦留种杂粮地亩。

十一图陆〔六〕塘河南岸半图，现经全涸，种麦十有六分。北岸半图，甫涸地约有五分，尚未种麦。其未涸地五分，系县东河水漫积，向由姜家套从陆〔六〕塘河宣泄，因沟形淤阻，业于估修陆〔六〕塘河民堰案内，议详挑浚建闸在案。

孝义乡共十一图。内一、二、八、九、十、十一图现俱全涸，已种麦者，约十有五、六分。

三、四、五、六、七图已涸地十分之九，现种麦者，十有五、六分。未涸洼地十分之一，水由找沟、林子河及祠堂河泄泻。俟交冬河水消退，即可涸出。

顺德乡共十一图。内一、二、三图坐落黄墩湖，尚未涸出，必须俟运河水消，从民便闸及蔡家河等闸泄泻。

四、五、六、七图已涸地十分之八，种麦约有三分。未涸洼地十分之二，现从骆马湖泄泻。

八、九、十、十一图现俱涸出，种麦者约五分。

北仁乡共十一图。内一、三、四、五、六、七、八图现俱全涸，种麦者约十有五分。

二图已涸地十之八、九，种麦者约有三分。尚有未涸地十之一、二，须俟陆〔六〕塘河水消，即可全涸。

九、十、十一图，岗地因地土干燥，尚未种麦，亦有留种杂粮之地。洼地已涸十之七、八，种麦约有四分。未涸地十之一、二，须从沭河宣泄，现议挑沟。

安仁乡共八图。内一、二、三、四、五图俱已全涸，种麦约有五分。

六、七图已涸地十之七、八，种麦约有二分。未涸地十之二、三，须俟骆马湖水落，方可泄泻。

八图尚未涸出，必俟运河水落，从董家沟宣泄，他无可归。

桃源县折覆内开：

西南乡于家冈、白洋河、马牙湖等处

东南乡官田冈、陵集等处

直北乡众兴集、太山集、河头集、赤鲤湖等处

西北乡永丰集、复古镇等处

东北乡三岔、来安集、水晶湖、久在庄、刘家荡等处

以上各乡村已经涸出，种麦约十分之三、四不等。理合登明。

西南乡樵滩、房家湖、体仁集、公安渡、界头集等处

东南乡仁和集、永安集、安阜集等处

直北乡王家集、里仁集、穿城等处

西北乡至公集、大成集等处

东北乡古八集、倪家荡等处

以上各乡村已经涸出，间有积水之处。种麦约十分之二、三不等。理合登明。

八月二十七日谕朱绍文。

闻得顺得〔德?〕乡一、二、三、四、五、六、七图，安仁乡六、七、八图，极贫户口多有遗漏，又减报口数甚多，合亟谕查。该令飞赴该乡各图确查极贫口数，如有遗漏减少，一面移县入册补给，一面开折具禀，毋违。特谕。

据禀覆：顺二、三图，间有拾豆初归，未入赈册二十四户。卑职察验属实，亦经造册移县补给。

八月二十七日谕汪立均。

闻得宿邑北仁乡一、二、三、四、五六图极贫户口多有遗漏，又或减口甚多。再，仁义六、七、十一图，亦有漏造。其八图三庄，竟未查到，是否遗忘，抑系本不被灾？庄内岂无孤寡老疾无告贫民？合亟谕查。该员即速携带烟户册，飞赴北仁各图并仁义六、七、十一图，查明极贫口数，如有遗漏减少，一面移县入册补给，一面开折具禀。其仁义八图三庄是否被灾，从前因何遗漏，庄内有无孤寡老疾无告贫民，一并查覆毋违。特谕。

汪立均禀称：荷蒙宪谕委查仁义乡八图遗漏村庄，卑职遵即束装于二十八日已抵该

处。查得仁八图仓基湖地方，共有六十一庄未经查及。卑职随即细勘情形，较之他处，被灾稍轻。但果系穷佃贫民，亦复不少。而况该乡系三面临桃，一面临宿，且四方俱已普赈，似难遗此一乡。为此卑职现在逐户挨查，酌量实在饥民户口，造册送县补给。是否有当，伏乞批示遵行。

当批：该处被灾几分，应否赈恤，果否从前委员遗漏，仰宿迁县查明，飞速移知该州同妥办，缴。

随据宿迁县申称：遵查仁八图灾田饥口，原委北河主簿沈黼龙查勘。内有仓基湖一带，该主簿尚未查及，随又往查仁四图地方。今据汪委员禀，蒙宪台批查前因。卑职查该处灾田分数，虽未据该主簿勘报，但仁八通图，业据勘覆被灾十分。而此仓基湖一隅，即被灾稍轻，应遵督、抚二宪前谕，似未便过为区别。所有穷佃贫民，自应一体查赈。除即飞移汪委员查明应赈饥口入册给赈外，理合具文申覆，伏祈查核。

汪立均又折禀：北仁乡一、三、五、六图无庸添改。惟二、四两图，被灾本重，内有极贫减口，应添者大口三十二口，小口六十三口，次贫应改极贫六十三户。又补遗漏两户。当批淮分司查明，饬速添补改正，折仍缴。淮分司禀称：奉发委员沈黼龙所查仁义乡六、七两图以次改极户口，折令卑职再加查对等因。蒙此，遵核得折内所开仁义乡六图内十九庄，七图内十一庄，共以次改极者一百二户。伏查该处被灾虽重，而较之黄墩湖地方田亩庄房尽沉水底者有间，其原定极贫，已有十分中之三分半，户口与烟户册核对，亦无过刻。卑职愚见，似可毋庸以次改极，仍照该员原查给放为便。至典史吴元所查安仁乡之一、二、三、四、五图户口，未能妥协，卑职公同知县王檠、朱绍文，分图将烟户册与原查草册逐加核对，内遗漏口数过多之处，酌量增添，共大口三千三百七十口，小口二千四十四口。开呈电阅，原发各折并缴。

八月二十七日谕王檠。

闻得安仁乡一、二、三、四、五图极贫户口多有遗漏，又减报口数甚多，合亟谕查。该令飞赴该乡各图确查，极贫口数，如有遗漏减少，一面移县入册补给，一面开折具禀。毋违。特谕。

据票覆称：安一等五图，贫民有趁工外出，原系门牌有名者，共遗漏三百七十一户。前遵谕勘该图涸出田亩，据各户环禀到职，仰体宪台无使一夫失所至意，随登册移县，按图核对烟册，另行补报。

八月二十八日谕邳、宿、桃三州县。

照得奉宪檄行，被灾十分之极贫，于九月开赈，余俱挨次递行赈给。今已八月告终，开赈伊迩，所有查造饥口曾否查竣，抚恤银两曾否发完，合亟谕催。谕到该州县即速分催各委员，速为查造妥办，一面将查明成灾分数，抚恤及应赈户口月份逐一查照粘单，开具清折。限谕到三五日内飞送察核。特谕。

邳州折开：

饥民饥军，通共九万二千五百二十七户。内极贫一万七千三百八十二户，内大口三万七千七百六十六口，小口二万六千八百九十七口。

次贫七万五千一百四十五户，内大口一十七万五千一百三十一口，小口十万八千九百五十二口。

共该搭篷席银九百二十五两七钱一分六厘，坍房修费银一千四百五两八钱，抚恤一月银七千六百八十二两一钱七分五厘，加赈四月至一月银八万六千六百八十两五分。

以上通共需银九万六千六百九十三两七钱四分一厘。

外本年赈案内，需用接运赈米水脚、委员勘灾查赈公费等项，约计需银三千两。又卑州借给无力自种农民籽种银五千两。

总共需银十万四千六百九十三两七钱四分一厘。内先奉院宪委员饬发赈银四万两，又卑职遣属赴府库领回赈银一万两，又奉文拨协各县赈米一万六千石，以及卑州常平仓存贮米麦五千八百石，遵奉抚宪批饬，只可动用十分之四、五，堪以抵放赈粮二千四百石。除抵算外，尚计不敷赈粮三万六千二百九十三两七钱四分一厘。理合登明。

宿迁县折开：

各乡被灾，共抚恤过大口四万三千九百九十三口，小口一万八千二百五十二口，共银七千九百六十七两八钱五分。坍房五千九百九十五间，共银二千六百九十七两七钱五分。

应赈极贫通共大口四万三千九百七十九口，小口一万八千二百四十二口。次贫并城隅贫民共大口十五万六千三百二十三口，小口四万七千二百六口。

自应赈四个月至二个月，共需赈粮九万九千一百一十七石七升五合。除奉拨银米外，计不敷赈粮三万五千七百八十二石六斗零，应候不拘银米拨用。

外准协办王令移据安一等图保正马文盛等造送原造烟户册漏户三百七十一户，于本月初七日移交到县，现在确查。又各乡图禀报闻赈归来户口，现遵宪行，查对烟户，核实给赈。理合登明。

桃源县册开：

通共极贫一万六千五百三十六户，内大口四万四百三十二口，小口二万一千九百六十三口。

通共次贫四万一千八百八户，内大口一十万六千三百八十八口，小口五万一千一百一十一口。

以上通共极次贫大小口二十一万九千八百九十四口，共需赈米九万四百六十六石五斗。

赈需项下：存仓谷六千八百五十四石五斗四升四合。奉宪檄饬存留贮仓不准动赈外，存仓米三百八十七石一斗七升八合，存仓小麦一千七百三十石八斗一合二勺。河宪发银五百两。府库领过银三万两。奉拨接运米一万四千石。

以上共米麦一万六千一百一十七石九斗七升九合二勺。银三万五百两，内除放给过坍房银八千一百七十五两七钱五分，实存银二万二千三百二十四两二钱五分。

前件米麦银共抵米三万八千四百四十二石二斗二升九合二勺，仍不敷米五万二千二十四石二斗七升八勺。理合登明。

坍倒瓦草房一万八千一百六十三间，共应给过修费银八千一百七十五两七钱五分，系动赈济银两。

极次贫贫生大小口三千一百八十一口，共需赈银一千一百九十三两八钱五分。

又折报酌添加增岗陵集、七里沟二处次贫大口一百七十六口，小口一百九十五口。

八月三十日谕邳州。

据芒稻河巡役禀称：二十二日有逃荒男妇十余口，在芒稻河越河口空地窝住。询系邳州窑湾口民，是熊委员查的。因向日造烟户册时他出，故此目下无粮，今又房舍冲倒，无奈来扬觅食等情。据此为查，查赈以烟户册为凭，但从前所造烟户册，或经遗漏，此番如查明的系本庄贫民，自应补入，何得任其逃亡而莫之恤？前据李分司查至窑湾口邻近地方，亦有男妇逃出，口称减口太多，难以度日。是州民转徙他乡，明系办理未妥，不几负圣上无一夫不获其所、各宪宁宽勿刻之盛心乎？合亟谕查。谕到，该州即速查明逃亡各户，是否委员遗漏减少，如的系本庄贫民，或系减口，应即设法招回，一体补造入册，仍将合境内有无似此遗漏减少之户口，一律查补，勿致逃亡。务须妥协办理，慎毋违误干咎，一面禀报察夺。特谕。

邳州禀称：卑职本年查赈饥口，先将烟户册分发委员，以为查赈张本。各委员挨庄逐户，亲勘确实，然后入册给赈，以杜冒滥之弊。但卑州地方连年被灾，有本年四月内赈竣之后，贫民外出拾麦为生，未入烟册，今闻赈归来请赈者，亦有平日雇人佣工，未入烟册，今被水灾被主逐出，贫无聊赖，具禀请入赈册者。此等民人，一经具禀，卑职即唤地方庄主查讯，或就便亲到该社营确查，实有其人，的系本处户籍，准其入册补赈。倘有重冒假捏，即时严饬，不得混冒。至于口数之多寡，总因被灾之轻重以为衡。被灾重者，一口不敢遗漏。被灾略轻之处，亦不能不少有区别。灾赈重案，现奉各上宪备细颁发条规指示，卑职悉心体会，实力查办，并不敢稍有疏忽，致滋遗滥。兹奉谕查，合行据实禀覆。

九月初七日奉督院尹、抚院陈檄行，为酌定留养资送之条，通饬遵照事。照得贫民遇灾他出，所在地方官收留养赡，资送回籍，原系恤民善政。乃行之既久，百弊丛生。蚩蚩愚氓，竟以流移为得计。有地方并未被灾，本处不能冒赈，诡托饥民名色，赴邻近州县求养者。有本地已入赈册，支领银米到手，又潜往他邑就养，图得两倍赈恤者。更有游惰之民，素以流荡为事，不论年岁丰歉，总系趁食他方。一遇荒歉之年，亦借称灾地饥民，到处求养求送者。若不加以区别，到则一概留养，去则悉行资送，不特虚糜帑项，亦为滋长浇风。今岁淮、扬、徐、海、凤、颖、泗等属又被水灾，除一切办赈事宜俱已另檄饬遵外，查成灾之处，荷蒙皇恩从厚赈济，其极贫乏食者，又已先行抚恤一月口粮，坍塌房屋，按间给与修费，所以惠济穷黎者已为至渥。本部院仰体圣心，多方筹画，督率各地方官竭力料理，俾苏困苦而获生全。在被灾之民，尽可安坐待赈，不应轻去其乡，复有流入邻境之事。但迩年积习相沿，已成熟径，流移他出，势所不免。诚恐所在地方官见有流民入境，漫无区别，一例留养资送，且任意办理，参差不一，报销亦多格碍，均属未协。本部院今就节年办过成案，参之近日各处民情，将应否留养资送者逐一分晰明白，期于定例无悖，各属得以画一遵循。合行通饬。为此牌，仰该道即便查照后开各条，转饬各属一一遵照办理，慎毋故违。

粘单内开：

一、凡有流民入境，地方官应先查其本籍果否被灾，因何并不在家领赈，辄自轻身外出。如不系灾地流来及外出多年者，一概不准留养。若欲回籍，听其自便，亦不必资送。即称系本地被灾者，其虚实亦难凭信，必须详察情形，果有鸠形鹄面，菜色堪怜之状，及携妻挈子，饥寒切肤，不能回籍者，准照例给资送回原籍，听该地方官查明给赈。至上年曾有令所在地方官代给赈票，赍回原籍领赈之事，此系一时权宜，究竟易滋弊混，今岁概不准行。

一、地方遇有灾地流民到境，除年力尚属强壮，可以力作谋食，并无携带家口者，不准留养，亦不必资送外，其有老病残疾及寒冬难以行走者，仍应验明，照例留养，不得强令前进。内中如有挈家远适，或父母衰老，有赖其子扶持，或妻子疾病，必赖其夫照料，果有不能相离之势，应即一并留养。所在地方官务宜好为安顿，俟春融资送回籍，免致仳离。

一、留养流民，不宜聚集一处，应择空闲庙宇，或搭盖席棚，分散各处，免其籍称饥民，结伙生事。其安置之处，该地方官宜留心料理，不可使有冻馁。此等背井离乡，均系颠连无告之人，如有疾病死亡，更堪悯恻。亟宜加意矜恤，不可膜视。

一、凡实在灾地流民，亦必查其离乡遥远无力不能自达者，方准资送。如近在邻封，举足可至者，听其自行回籍。仍移明邻境地方官确查给赈，不必资送，更不许留养。

一、资送回籍之人，该地方官须确查，实系住居灾地烟户册内有名者，方准补赈。若住居村庄并未被灾，不许滥给。或虽居住灾地，已经入册领赈者，亦不得重复再给。

一、江北一带贫民，每年多有赴下江苏、常等处佣工力作，或挟有手艺随处觅食者。此系出外谋生之人，并不在饥民之限，不得强行押送。更有一种无籍流丐，结队成群，惯以逃荒乞食为名，实则掏摸偷窃，无所不为。此等流匪，应严行查逐，押令回籍安插，毋使扰害地方。

一、资送流民，每日应给钱文数目及水路船价，均照定例给发。如有必需留养者，亦照例每日大口给米五合，或银五厘，小口减半。从前上下江有大口给钱八文、小口四文者，流民因所给之数，比本地给赈可以多得一倍，是以相率而出，就养他方。无论是否灾地饥民，闻风群往，皆因不遵定例，所给过优，有以招来之也。应饬各属务照定例给发，不得稍有浮多，致愚民妄生觊觎。

一、某某州县系被灾之处，在通省丰收地方之牧令，无从悉知。该司应将被灾之某州、某县，通行知照各属，令其了然明白。凡有流民入境，询其籍贯，不在知照之内者，即非灾地饥民，办理可无舛错。至被灾各该州县，应即出示剀切晓谕，使愚民咸知出外无可希冀，则流移者自少，不必差役拦阻，徒滋纷扰。

以上各条，于遵循成例之中，稍加区别，以期妥协办理。倘地方官领会错误，希图省事，竟将应留者一概不留，应送者一概不送，以致异乡之民流离道途，辗转沟壑，一经查出，定予重咎，各宜凛遵。

九月初七日谕邳州。

据效力州同汪立均禀称：卑职至曹家林地方，路遇邳州逃荒民人苗士兰男女大小五口、朱聚公男女大小三口，据称系邳州小倪舍饥民，因该处保正朱伦不肯上册，是以逃出等情。据此合亟飞谕，谕到立即查明苗士兰等是否实系该处灾民，因何遗漏，不行入册，即速设法招回，入册补赈具报。毋违。特谕。

九月初八日禀督、抚二院。敬禀者：二十二日奉大人抚宪面谕：邳、宿、桃三州县放赈已有委员，该道办灾，大局定后，即回本任办理关事并该管诸务等因。奉此，二十四日清江淮安行舟谒辞后，仍即回至宿迁，督办各邑赈务，一面委候补知县王檠、朱绍文，州同汪立均，分乡抽查。宿邑灾重饥口，间有减少口数或以极为次之处，均经查明。现饬淮分司同钱令核对补正。桃邑密遣妥役数人，分头稽查。据覆尚无滥遗，民情安静。至邳州因从前各年办赈过滥，此次又传闻多刻。其故因历年河工捕蝗，多派民夫，是以本年造烟户册时，多不愿写，即写亦减口数。又或有故他出，亦未上册。乃闻现今各委员只照烟户册查造赈口，不无遗减。间有外出谋食者，本道以既系从前烟户漏造，若实系该乡灾民，即应查明邻保，仍当补入。先经飞谕该牧，并委泰州州同周梦华抽查去后，本道复于本月初四日起程，亲诣该州，次晚抵新邳州官湖。据韩牧禀称：此等户册遗造请赈者，卑职即唤地方庄主查讯，或就便亲到该社营确查，实有其人，即准入赈册，有假捏重冒，即行严饬。被灾重者，一口不遗，轻者少有区别。断不敢执定烟户册，不行查补。本地被水最重，并无外来流民，有出外递回者，亦即查明安插，不致失所。本道当即抽提饥口册，内沙子道口补七十二户，洳口补二十五户，赵家庄补三十户，各委员实有增补，并非任其遗漏。该牧拟于二十日即将运到之米，先于灾重处所散给。各州县大局已定，俱皆安帖，统约初十前后可以查竣。尚须核算饥口，方定总数，并分别等次，另行呈送。至抚恤一项，俱行散给，将次已毕。本道因初七日途次接据由闸委员禀称，二十八日抚宪经过由闸，以部驳节年税饷档册一案，谕速上紧查办，一面令本道亦即回扬星飞禀明，以便委苏松道前来会查等因。本道初七日邳州回宿，初九日即起程赴扬，并移行淮徐海道、徐州府查照。合行驰禀，统惟宪鉴。

九月十二日准藩司安咨奉督院尹宪行，准户部咨开江南司案呈，乾隆十一年八月初十日内阁奉上谕：今年下江之淮、徐、海，上江之凤、颍、泗所属州县，多被水灾，朕心轸念。已命督抚等设法加意赈恤，其居民房舍被水冲塌之处，向例给资修葺。七年被灾最重，朕于定例之外，曾加赏银两。今当积歉之余，百姓生计已属艰窘，又遭值水患，民力自多拮据。着将上、下江被水之地，于定例之外，照七年之例加赏，俾坍塌房屋及时缮葺，早得宁居。该部即遵谕行。钦此。钦遵于本月十二日抄出到部，相应移咨江督钦遵旨内事理施行可也等因，到院，行司奉此为照。此案先奉抚宪行司奉经移明在案。今奉前因，查赈恤被灾坍房修费，惟上年十一月内特奉上谕，于定例之外，每间加增银二钱。乾隆七年并无加赏之案，今奉谕旨加赏，自应即照上年之例办理。但年分互异，未便即行加赏，其扬府不在加赏之内，除详请咨明内部外，合亟转移，希即转饬钦遵，俟部覆至日，另行移知，幸勿歧误施行。

九月十三日奉督院尹檄行，为钦奉上谕事。乾隆十一年九月初六日准户部咨开江南司案呈，乾隆十一年八月十七日内阁奉上谕：今岁江南之淮、徐、海三属河湖水涨，所有灾民俱令照例赈恤。但被灾较重之州县，若照常加赈，恐冬末春初，赈期已满，小民仍不免于困苦。着将被灾较重之邳州、宿迁、桃源、沭阳、沛县、睢宁、清河、安东、阜宁、海州十州县，令该督抚查明应赈月分，酌量加展，妥协办理，具奏以闻，俾民食得资接济。该部即遵谕速行。钦此。钦遵于本月十九日抄出到部，相应行文江督钦遵旨内事理施行可也等因，到本部院。准此，拟合就行，为此仰司官吏即便钦遵转饬，其作何加展接济之处，妥议通详，以凭会核具奏，毋得迟延等因，行司檄道转饬钦遵。

九月十八日准藩司安咨为通饬遵照事。照得本年淮、扬、徐、海等属，猝被水灾，所需赈粮，业经拨协各属仓米，并委员采买米谷。近又钦奉特恩，截漕凑赈。先又动支司库银两，委员解交备贮，以济赈需在案。今时当九月，正届开赈之期，所给赈粮，例应银米兼赈。惟查九、十两月，正新谷登场之际，被灾各邑乡村虽已歉收，其未被水之附近村庄以及邻封，收成尚称丰稔。新米入市，客贩流通，目下粮价谅必平减。若届严冬雨雪，商贩或有不继，抑且市米渐少，市价恐致渐昂。本司酌量调剂，应将九、十两月赈粮，以银折给贫民，易于买米，自无不足。其十一、十二两月，以米放给，或银米兼放，俾免贵价购米之艰。全在地方官因时就地妥办，庶灾黎均沾实惠。若急图出脱米谷，放给失序，反致冬底乏粮，春月无济，大属非宜。除呈明督、抚宪并行淮、扬、徐、海四府州遵照外，合并移明。

十月初五日奉督院尹檄行，为行知事。据淮安府禀秋灾赈济一事，原奉宪行，十分灾之极贫，加赈于九月给放，其余七、八、九分灾之极贫暨六分灾之极贫，又当按其应赈月分，递行放给，俾寒冬腊月咸有赈粮等因，遵照在案。近据安邑邹令抄录大人批禀，有云放赈之期，前据淮安府禀，已批饬自九月为始，据请次贫之户，亦于九月内给一月口粮，以资接济，事属可行等因。又据邹令通禀，十分灾之极贫加赈四月，即于九月赈起；次贫加赈三月，即于十月赈起；九分灾之极贫，加赈三月，应于十月赈起；次贫加赈两月，应于十一月赈起等情。此邹令就安邑被灾分数之极次贫而计耳。但由此以推，则被七、八分灾之极次贫与被六分灾之极贫，必递至隆冬而后可以领赈，迟早之间，似应稍为变通。查淮属俱系积歉之余，六、七、八、九分灾之极贫，情形困苦，固与十分灾之极贫不甚相悬，而七、八、九分灾之次贫，蓄积无多，亦与十分灾之次贫相去无几。今被水已及三月之久，即稍可支持者，渐竟难以过日，故重灾之镇集，原多朝不保暮之穷黎，而灾轻之村落，亦有无计求生之贫户。加赈太早，诚恐难以为继，但若因其加赈之月分，灾轻减少，而必迟至沍寒之际始行给放，又恐不及。待赈之户，或先困于饥寒，或竟逃荒四出，均不可知。卑府管见，窃谓十分灾之极贫抚恤之后，奉定于九月起给放加赈，是以邀两关之惠。而十分灾之次贫，其窘迫不过稍间于极贫，而一关之赈，尚猝不能到手，势难贴然。请将十分灾次贫之加赈，即于九月底放起，以杜滋生事端。其余极次均不便以过迟，请将九分、八分灾之极贫、次贫，于十月中旬给放，又七分灾之极贫、次贫与六分灾之极贫，于十月底给放。似此牵匀办理，在灾民既得以资存活，亦不致过于怏望。惟是各邑中，地方有大小，被灾有偏全，印委查上饥口，有先经查竣而久已抚恤者，有目下方经查竣而现在抚恤者。即就一邑而论，其各项极贫抚恤之迟早已属不同，仍应饬各邑察看情形，随时调剂。如抚恤早者，则加赈不宜太缓，或致资生乏食。如抚恤迟者，则加赈不宜太急，或致入手花销。全在权其缓急，而勿过于拘泥。至将来尚须接济之处，另行据实续请，总期贫民无致失所为要。伏乞核示饬遵等情，到本部院。据此，除禀批开，赈济被灾饥口，于勘定成灾分数之中，按其贫乏等次，以定月粮之多寡，虽属通行成例，而酌量灾户情形，分别赈恤，以资接济，全在地方官随时调剂，办理得宜，庶贫民赈项不致趸领花销，而待哺者又得免嗷嗷悬望。查次贫灾口，照例不与极贫一体抚恤，而应得赈粮月分，又较极贫递减。屡据地方官以次贫赈期压迟极贫一月，连抚恤即少两月之口粮，恐致难以资生，当经批令酌量提早，于极贫抚恤头赈散竣，即将次贫给放一月。而各属又泥于按月给散之例，欲将次贫续后应领之赈，即同极贫一体散放。是极贫领赈未完，而次贫早已散尽，严寒岁暮之际，无赈可领，不无流移失所之虞。是以抚部院批，令将十分灾之次贫，并七、八、九分灾之极次，暨六分灾之极贫，令按应赈月分递行放给，不过为贫民寒冬腊月之计，咸得借赈以免拮据也。凡可以照例办理，自应按应赈月份递行放给，为办赈之正道。其有必须通变者，如将十分灾之极贫，于九月起按给四月口粮，至腊月散竣。其十分灾之次贫，应得三月赈粮，于此四月之中，均匀三次给散。等而下者，或自十月起均派给放办理，原未始不可。总在权其缓急，勿过拘泥，而必须寒冬之时得有接济，方于灾民有益。但未剀切指明，又恐承办各员或尚有拘执成见，仍未妥协之处。仰苏州布政司再行通饬各属，一体遵照，并候径檄行知各道、府、州查照转饬，仍候抚部院批示等因批发外，合并行知，仰道即便转饬办理，毋违。

十月十六日奉署抚院安檄行，为再行申饬事。照得外来流民到境，该地方官查明实系因灾外出，原未在籍领赈，无业无依，不能力食资生，欲回籍者，资送回籍。或携妻挈子，冬寒疾病，难于行走，不能回籍者，暂为留养，俟春融送回。凡给发留养资送之口粮舡价，俱有定例。若其漫不经理，将应留应送者概不留送，以致因灾流移之老弱妇女颠连疾病等辈，转于沟壑，仁心何在，政体何存？而倘其违例滥准留送，虚糜公帑，或一味姑息，任听结党成群，不遵约束，甚至扰害良善，滋长浇风，均属办理舛谬。是以本年八月间，经督部堂、前部院酌定八款，将分别稽察并安置约束各事宜，条分缕晰，备檄通饬遵行在案。近闻各该属境内，仍有游民流丐及外出多年佣工力食之辈，混冒灾民，所在妄乞留养资送，即间有果系合例流民应得留养资送者，仍敢多索口粮舡价钱文。地方官以为宁滥毋刻，姑且纵容，不加惩治，则是玩视前颁条款，并不实力遵奉，且使奸民罔知畏惧，滋生事端，何所弗至？合再特檄申饬。为此仰府州官吏查照来文，即便转饬各属，将办理流民事宜，细绎督部堂、前部院指饬条款，恪遵查办。并明白出示晓谕，务使周知凛遵。如有游民流丐抗法藐官，混冒生事，及虽系合例流民，应得收养资送者，罔知餍足，多索钱文，不遵约束，该印官查明强梁倡率之人，枷号示众，惩一儆百，切勿姑息从事。亦不得将实在外来老弱疾病之灾民，漫不收恤，致有失所，均干重咎未便等因。除行江苏等各府州遵照外，仰道即便遵照毋违。

十一月初一日准署藩司翁咨抄奉署抚院安为再行申饬事。照得本年淮、扬、徐、海各属报被水灾，即饬印委各官分历村庄，按照烟户挨查。凡属实系被灾颠连困苦之户，先给抚恤一月口粮；坍倒房屋，给资修葺。随又按其被灾轻重分数，区别极贫、次贫，再予加赈。一切查赈规条，经前部院详细酌定饬行，务使无一夫失所，亦不容一处滋弊。在地方印委官员，如果一一恪遵，悉心实力办理妥协，则猝被冲淹之灾户，已在抚恤之列，即家无储蓄之饥口，尽入加赈之中。苟得宁居，谁不恋土？而若其纷纷外出，甘作流民者，非系查赈有遗，即是不肯安分之徒。既得入册报赈，或托亲属候领，或则卖票与人，己身飘然远去，所到之处，混求留养资送，冀得两地复冒。此种情弊，前部院原颁条款均已指明。今闻各灾属地方，仍多流民四出，前往邻境，道路之间，所在不乏。除又通行申饬查照办理流民条规，严加察查，若果真正因灾流移，未经在籍入赈者，方准分别留养或资送回籍补赈，其余不得滥准外，但清厘前项弊源，禁戢奸民外出，仍须在于本籍严查，合再特檄申饬。为此仰府道州官吏查照来文，即便转饬有灾各属，将委员查过村庄饥口，再加留心查察。如有查时遗漏及闻赈归来者，务须按名补赈，不得遗漏一名。如有已经入册，或给过抚恤，或见有候赈而私卖赈票，及转托代领，无故轻身外出，或挈带妻儿出境，混作灾地流民者，饬督庄头乡保，据实首报。该印委各官亦实办稽查。如有此等外出奸民，应即扣除原册名口，追销赈票，俟本人回时，方许补给，不得稍为宽纵。并遍行出示晓谕，庶灾民得赈，不肯复作流民。清厘振刷，全在乎此。本署院言之谆谆，切勿听之藐藐，致干重咎未便等因。除行淮、扬、徐、海四府州暨淮徐海道外，合并行知，仰司即便一体移行遵照毋违。

十一月十一日徐州府禀称：昨奉抚宪安谕帖，内开：即速查明该属被灾较重之邳、沛、宿、睢四州邑，现在情形如何。除岁内给有赈粮外，来春是否必需加赈；如系应加，极次贫民应作何分别加展月分，方不致遗滥。其被灾次重之铜、丰、萧、砀四邑，如有亦需加赈之处，务须察实情形，或积水不能种麦，或通县合计虽系次重，而被灾则系十分最重，不可稍涉游移，据实备细具禀，交差驰覆，立等核明入告，毋得刻迟，及以空禀率覆，致干未便等因到府。奉此，该卑府查得被灾较重地方奉文加展赈期一案，前接宪檄，即经转行各属，将切实情形查明，酌定加展月分，议详去后，因九月内抚恤初竣，于九月底、十月初始将被灾十分之极贫、次贫放给第一关赈粮，是以来春作何加展之处，未据议覆。今卑府遵奉抚谕，察核各属情形，现照灾田分数，分别给赈，民情实已妥贴。约算末关赈当于腊月底俱可放完，屈指新正望后起，已无赈粮。遥计四月麦收之期尚远，自应于三春接济，方可无虞。但今岁赈济月分，系照五年定例办理，至来春加赈，又当因时因地熟筹，未便再照成灾分数逐层区别，以致多寡不均。况次贫延至岁外，几与极贫相似。就卑府管见，应将灾重之邳、沛、宿、睢及次重之铜山并萧县，虽系偏灾，向来地瘠民贫，均请无论极次，俱于正月下旬起加赈两个月。其邳、宿境内黄墩湖、骆马湖一带，并沛县昭阳、微山湖边，现在积水皆未干涸，此等地方，恐新正亦不能布种春大麦，应饬另行查明。如果新正尚未涸出，请于加赈两月之外，再加一月。仍于三月内借给籽粒，赶种早秋，以资接济。至丰、砀二县，原系一隅偏灾，但青黄不接之际，贫民亦难资生。应请毋论极次，加赈一个月，稍助民力。以上所议，因卑府于六月内即经前往灾属查察起，迄今业已再至、三至，昨又于沛县等处稽查赈务，本月十六日始行回署。一路察看民情，实应如此议加，庶为妥协。再查极贫一项，较之次贫多一抚恤，又多一关正赈，是岁内已多两月赈粮。故来春加赈，不便又为区别，致滋苦乐悬殊。合并声明等情。具禀交差赍覆抚宪并通禀外，理合一并禀明。

十一月十四日，准藩司王咨为钦奉上谕事。本年十一月初八日奉署抚都院安宪行乾隆十一年十一月初五日准户部咨：本年淮、徐、海三属被水，坍房贫民，照乾隆十年之例，每间加赏银二钱。其扬州府属，仍照向例给赏，毋庸加给缘由等因到院。行司奉此，合就抄粘飞移，希即转饬遵照施行。

计抄粘内开：

户部为钦奉上谕事。江南司案呈本年十月十二日准调任苏抚陈咨称：本年淮、徐、海三属被水，各属民房坍塌之处，钦奉上谕，于定例之外，照七年之例，加赏坍房贫民，及时缮葺等因。仰见浩荡深恩，有加无已。伏查室庐坍塌，无所栖止者，向例官给修房之费，瓦房每间七钱五分，草房四钱五分，以资修葺。至乾隆十年淮、徐等属被水坍房，特奉恩旨，着瓦房、草房，定例之外，每间加增银二钱，俾得缮完屋宇，以安其身。续又特奉恩纶，淮府所属之阜宁县，连被水患，倍于他邑，官赏之银恐不敷用，着于草房一间赏银六钱五分之外，再加增三钱，以资穷民缮葺各等因，钦遵在案。今本年淮、徐、海被水民房冲坍之处，奉上谕，于定例之外，照七年之例加赏等因。第查各属坍房奉旨加赏，乃系十年分之事，其七年未奉此例。今奉恩旨，将淮、徐、海三属坍房加赏，以资修葺，应请照十年之例，凡瓦房每间给银七钱五分，草房每间给银四钱五分之外，各加赏银二钱，俾穷民及时修葺，早得宁居。再查扬属本年亦有被水之邑，但近年屡丰，与淮、徐、海连岁叠被灾祲者有间。如有坍塌房屋，仍照向例给赏，似可毋庸加给。除先行知各属外，理合咨明。俟部覆至日，饬行各属遵照，以免歧误。相应咨达等因前来。查先于本年八月初十日奉上谕：今年下江之淮、徐、海，上江之凤、颖、泗所属州县，多被水决，其居民房屋多被冲塌。着于定例之外，照七年之例加赏，俾得及时缮葺。钦此。行文遵照在案。今该抚既称各属坍房奉旨加赏，乃系十年分之事，七年未奉此例，应请照十年之例加赏修葺等语，应如该抚所请，遵照乾隆十年所奉谕旨，下江瓦房每间七钱五分、草房四钱五分之外，每间加增银二钱之数，一体赏给。仍转饬被灾各属遵照办理。并于题报情形案内，严名查核。其扬属被水之邑，既与淮、徐、海连岁被灾者有间，如有坍塌房屋，仍照向例给赏，毋庸加给可也。

乾隆十二年正月初六日藩司咨飞移事。奉苏抚都院安宪扎，奏为遵旨议奏加展赈期仰祈圣鉴事。乾隆十一年九月初四日，准户部咨开，乾隆十一年八月十七日内阁奉上谕：今岁江南之淮、徐、海三属河湖水涨，所有灾民俱令照例赈恤。但被灾较重之州县，若照常扣赈，恐冬末春初，赈期已满，小民仍不免于困苦。着将被灾较重之邳州、宿迁、桃源、沭阳、沛县、睢宁、清河、安东、阜宁、海州十州县，令该督抚查明应赈月分，酌量加展，妥协办理，具奏以闻，俾民食得资接济。该部即遵谕行。钦此。移咨到臣等。该臣等查得本年淮、扬、徐、海四属秋被水淹，勘灾题报，成灾共二十州县四卫。遵照定例，查将灾贫极重、迫不及待之民，先给抚恤一月口粮，坍倒房屋例给修费，续又钦遵恩旨，从优加给修葺宁居外，凡属被水之民，成灾六分者，极贫加赈一月；成灾七、八分者，极贫加赈两月，次贫加赈一月；成灾九分者，极贫加赈三月，次贫加赈两月；成灾十分者，极贫加赈四月，次贫加赈三月。臣等业经题明，一面发粟拨帑，饬行次第开赈。应赈四月者，从九月赈起。应赈三月以下者，循序递给，总于腊月赈周。是岁内灾黎，已得借赈资生。今蒙皇上轸念被灾较重之十州县，冬末春初赈期已满，小民仍不免于困苦，令臣等查明应赈月份，酌量加展，妥办奏闻。仰见圣主念切如伤，恩施靡已，毋使一夫失所之至意。臣等谨查邳州、宿迁、桃源、沭阳、沛县、睢宁、清河、安东、阜宁、海州十州县，原属灾重之地，且系积歉之余，岁内赈毕之后，时距麦秋尚远，交春餬口无资，诚难免于困苦。但穷民被灾原有轻重，似宜仍按被灾分数，酌量加展。钦遵悉心筹议，应请将被灾十分、九分者，极贫加展三月，次贫加展二月；被灾八分、七分者，挨至三春，均属难窘，应无分极、次，并于加展二月；被六分灾之极贫，亦请加展一月。如此分别加展，各随灾情轻重，均有酌给春月赈粮，俾得支持接济，方克延待麦秋。即届青黄不接，又有拨发仓粮，减价平粜，庶可无虞失所。至贫生饥军，各随坐落地方，分别照办。倘各属灾地内，或有交春积水难消，不能布种，将来尚须调剂者，届期察实情形，另再筹议奏请。以上遵旨酌议之处，臣等在扬面商，意见相同。并据署藩司翁具详前来，理合会折恭奏。是否有当，伏祈圣鉴训示遵行。谨奏。

乾隆十一年十二月二十日奉到朱批：著照所请行，该部知道。钦此。

乾隆十二年正月初六日藩司咨钦奉上谕事。奉署抚都院安案验内开，乾隆十一年十二月二十二日准户部咨，江南司案呈乾隆十一年十二月初六日内阁奉上谕：今岁江南邳州等十属被灾黎民，朕已令该督抚查明应赈月分，分晰加展赈恤。今思山阳、高邮、宝应、甘泉、铜山、萧县、赣榆七州县，被灾虽为次重，而与灾重之邳州等属，邑界毗联，其困苦情形，应亦不甚悬殊，着将此七州县被灾十分、九分者，无分极、次贫民，概行加赈两个月；被灾八分、七分者，亦无分极、次贫民，同被灾六分之极贫，概行加赈一个月，俾灾黎得资接济。该部即遵谕速行。钦此。钦遵于本月初八日抄出到部，相应行文苏抚，钦遵旨内事理施行可也。

乾隆十二年正月十一日藩司咨详请示遵事。奉署抚都院安批本司详，淮、扬、徐、海灾属加赈，请拨运库银两缘由到署院。据此，除批如详移行遵照，余俟会酌，并候督部堂批示。缴册存。

计抄详：

窃照本年淮、扬、徐、海四府州属秋被水灾，除抚恤外，按照灾田分数，以定正赈月分，于情形案内，详奉题明饬遵，并发粟拨帑，协济办理在案。又钦奉上谕，令将被灾较重之邳州、宿迁、桃源、沭阳、沛县、睢宁、清河、安东、阜宁、海州十州县，查明应赈月分，酌量加展，妥办奏闻等因。经翁署司钦遵谕旨，照成灾分数，定期加展赈月，议详已蒙抚宪会奏。钦奉朱批：着照所请行。钦此。又钦奉上谕，山阳、高邮、宝应、甘泉、铜山、萧县、赣榆七州县，被灾虽为次重，而与灾重之邳州等属，邑界毗连，其困乏情形，应亦不甚悬殊。令将此七州县分别加展，转行钦遵亦在案。惟是本年查赈，应按照灾田分数，而几分灾之中，又有极贫、次贫，俱应核实散给。事须详慎，以致各属饥口及应需银米确数，总未报齐。虽经升司酌量调剂，九、十两月以银折给，十一、十二两月以米折给，或银米兼放，令因时就地妥办。在各属散放，或银或米，原不画一。且某赈给银，某赈给米，又借籽种动项之处，亦多未经报齐。是银米之盈绌，实难核见确数。今就属报饥口之数，以定给散银米月分，并报到已给银米数目，约略核计造册，呈送宪核。所有应需银米，正赈可以通融济放，毋庸筹拨。计加赈项下，将正赈余存抵用，实不敷银二十六万六百四十四两五分。查各该府州原领司、运两库备用银两，除分发各属外，核计尚有余存，应饬酌拨银二十七万三千两，分发各属济放。所有不敷米二十九万三千九百六十四石四斗四升二合，查苏道所截漕粮久已派定，拨运江道所截漕粮之内，俱留本处备用。惟查有山阳、兴化、丰县、萧县、砀山等处赈剩米石，可以拨出。又成熟州县仓粮，开赈之始，已经拨运，余存米谷，应留本处，以资储备，不便多拨。今酌于上元、江宁、溧水、高淳、昭文、昆山、武进、无锡、江阴、丹徒、丹阳、溧阳等县，拨米七万二千六十余石，运交不敷各属凑用。此外仍不敷米二十万七千八十余石零，内沭阳县现有赈剩银两通融办理，其余各属，应请仍于运库内酌拨。令淮府具领银六万两，扬府具领银二万两，徐府具领银十二万两，分发各州县，酌量情形，本折搭放，总期无误于赈至来年。加赈之期三个月者，应于正月底起，二月、三月亦于月底散发。两个月者，从二月底放起。一个月者，于三月底放给。查正、二月米少价昂，应给本色。至三月已届平粜，给银即可籴食。且麦收伊迩，可无难食之虑。再查扬属系沿河米粮聚集之所，可毋庸亟筹平粜。海州今冬米价，据报中米价银二两，糙米价银一两八钱。若至青黄不接，更贵可知。今酌拨原派赣榆县备赈之盐义仓谷，折米五千石，同核计赈余米石留资平粜。再该州已详给照招商贩运，来春米粮自必充裕，毋庸再拨。其余各属来春平粜，尚须筹拨。但灾属已无可拨之处，江南各属亦应酌留贮备本地粜用，不便罄拨一空。惟有通饬灾属，酌量情形，多赈折色，撙节本色，以备平粜。相应酌筹具详，伏候宪台鉴夺批示，以便移行遵照。再，可否仰邀宪台奏请截留尾帮漕米十万石，分派淮、徐、海灾重缺米各属平粜，将粜价照例解部，庶民食有赖，京饷无缺。合并声明。

正月二十九日，藩司咨，奉总督部堂尹批开：灾属不敷加展赈济银米，该司酌议筹拨，已属妥协。惟请于正、二两月给以本色，三月给以折色，未便稍为拘泥。查饥口繁多，米粮有限，赈放既多，则平粜无资。自应饬令不必拘定月分，酌量仓储民情，通融本折兼放。仍酌留本色，以为平粜等项之用。至本色既令酌留，则折色银两，恐尚有不敷，应另行续拨。现在灾重之邳、宿等十州县，钦奉上谕，每石加增折色银二钱，亦应添拨银两。该司一并查明酌拨，仰再妥议通详。再据请截留尾漕，虽不为无见，但上、下江已截留三十万石，现在折色价值，又奉特恩加增，似不便复为无厌之请。查扬州盐义仓谷石，除先拨外，尚存十五万石，此内尚可酌拨。候咨商盐院，俟覆到另檄饬知，仍候抚都院批示，缴册存。

二月初五日，藩司咨，奉署抚都院安批本司详，淮、扬、徐、海等灾属加赈一案，奉督宪批，饬灾邑多放折色，酌留本色，以备平粜等项之用。前拨折色银两，诚有不敷，自应筹议。惟是各属正赈放过银米饥口各数，册报未齐，前详原属约计。且令应就各属仓储民情，通融本折兼放，不敷赈银若干，在司亦难悬定。查运库原拨赈银，除正赈加赈并加增邳、宿等州县折色银两拨用外，尚存银一十万余两，可以动拨。现在飞饬各府州遵照，通融兼放。如有不敷，核计不敷银数，径赴运库具领转给。一面开折具文报查，相应详明等缘由。奉批如详，移行遵照，仍速飞饬各属，将应需银米确数查明具报，毋迟。并候督部堂批示。缴。

二月初五日藩司咨，奉署抚都院安批本司详：五分灾贫民及六分灾次贫，分别酌借口粮，仍责成该管道府、直隶州就近察查，如有捏冒遗滥，据实详报究参。借给银两，统俟秋收免息催还等缘由。奉批：据议酌借口粮月分，已极妥协，惟是六分灾次贫，究与五分灾不同，恐其中亦有一月口粮不能度活者，似应与五分灾一例分别一月、两月办理，仰候会同督部堂具折恭奏。但今已届二月，恐穷民难以嗷待，仰即飞饬各灾属，先行查明应借户口，照详速为放给，以资接济，余如详行。仍候督部堂批示，缴。

计抄详：

为饬议事。本年正月十四日奉署抚都院安宪行内开：案照各灾属赈粜所需米银，前据该司筹拨议详，止就正赈、加赈及平粜而言，其五分灾之极、次贫，并六分灾之次贫，例应借给口粮，尚未议及。今作何定数，酌借约需银米若干，合饬查议。仰司即将前项应借口粮银米作何筹拨，即日酌议具详核夺。再，正赈月份，前于情形案内部覆，令于分数案内具题再议。后于题报分数案内，虽经声明照依原例办理，未准部议覆，及应否再行咨明，一并查详，均毋刻迟等因到司。奉此，该本使司查得奉抚宪、宪台饬查五分灾极、次贫并六分灾次贫借给口粮，作何定数，酌借约需银米若干等因。遵查江苏遇灾赈济，向未照成灾分数查办，亦未按灾借给口粮，惟乾隆八年钦奉上谕，盐城、铜山、沭阳三县，停赈之后，应量为筹济，当将原报极贫之户，借给一月口粮在案。此系停赈接济，非按灾酌借也。上年淮、扬等属被灾，始奉题明照例办理。此五分灾贫民及六分灾次贫不在应赈之列，未据各属查报户口，应需银米，在司难以遽定。惟查乾隆五年奉部议定赈恤条例内开：秋月被灾五分者，应于来岁春月酌借口粮，毋庸加赈。其被灾六分者，应择其极贫，加赈一个月。未奉议及次贫之应借。但被灾六分，较五分灾为尤甚，极贫已邀赈济，次贫不得与五分灾之民一体借给，未免向隅。届此青黄不接，灾后穷黎不无枵腹嗷待，情亦可悯。应将六分灾地，除极贫给赈外，如有必需接济，非借不能自食者，同五分灾民一体确查。虽借赈各别，例无极、次之分，但此灾民待借，亦与上年待赈情形约略相等。盖三春去麦收为日既久，其中或有目前尚可支持，不能接济麦熟者，亦有见在已难度活者，若不量为区别，殊非仰体皇仁宪德无使一夫失所至意。请将五分灾地现在即难度活之民，列为极贫，酌借两月口粮。其目下尚可支持，而不能待至麦熟，必须接济者为次贫，借予一月口粮。六分灾必需接济之次贫，即汇入五分灾次贫内，通融一体借给册报，庶与定例相符，灾民均沾德泽。至口粮应照给赈之例，每大口月借米一斗五升，小口借米七升五合。第今灾属米谷不敷，时届平粜，给银亦可买食，并照例每米一斗，折银一钱，每大口一月折借银一钱五分，小口七分五厘。即加增折价之邳、宿等十州县，亦照此画一借办。所需银两，不拘何项动支，限以十日内先将应借户口银数分析开折呈送，另行筹详拨款归抵。仍责令该管道府、直隶州就近察查，如有捏冒遗滥，据实详报究参。借给银两，统俟秋收免息催还。是否允协，相应具文详明覆，伏候宪台鉴夺批示，以便移行遵照。如蒙鉴允，并请核奏。再，查正赈月分，悉按灾田分数给赈，原系遵例办理，且于情形分数案内两奏题明，似可毋庸册咨大部，合并声明覆，伏候宪裁除详。

又准咨奉督宪尹批开，仰候抚部院核示遵行具报，缴。二月十五日准到。

二月十九日藩司咨，奉总督部堂尹奏为酌请推广赈济之条以溥皇仁事。窃查地方偶遇歉收，惟灾地乏食贫民，例应查明户口，按月给予赈粮。至各营兵丁，既已入伍差操，每月支领银米，可供食用。是以虽值荒歉之年，从不给赈。惟乾隆七年，前任督抚诸臣将被灾地方兵丁家口俱行准入赈册在案。臣详加体察，营兵所支月饷，为数无几，除供本身当差外，原不能养赡多口。在丰稔之年，其父兄子弟，可以自食其力，一遇荒歉，与齐民同一无处谋生。若因其一人入伍食粮，使一家多口不得与该地灾民均沾惠泽，似属可悯。但漫无分别，竟行一概入赈，又觉过滥。兹据各属纷纷禀请，臣因时制宜，再三斟酌，查兵丁粮饷一分，尚可养赡三、四口。凡坐落被灾地方之营分，除兵丁本身及家属在三口以内者俱不准入赈外，其多余家口，似应各就被灾查赈处所，分别极贫、次贫，编入饥民册内，亦予给赈。如此按家口之多寡，酌量办理，庶各兵俯仰有赖，得以尽力操防，而界限分清，亦不得冒领赈恤，似亦推广皇仁体恤戎行之道。臣愚昧之见，是否有当，仰恳圣恩训示，以便画一遵行。为此恭折具奏，伏祈皇上睿鉴。谨奏。

乾隆十二年正月初一日奉朱批：照所议尽心办理。钦此。

二月十三日藩司咨，奉总督部堂尹批本司呈详，被灾地方兵丁家口，凡在三口以外者，应照灾地分数应赈月分，与民一例赈补等缘由，奉批如详，转饬各属，会同营弁实力确查，先行开册通报。但必须兵丁家口坐落民户查赈地方，方许照成灾分数一例给赈。如有从前已经入赈者，不许重领，毋得借滋冒滥，致干察参。仍候抚都院批示，缴。

计抄粘：

该本使司查得奉宪奏准被灾地方兵丁家口，在三口以外者，应就被灾查赈处所，分别极贫、次贫，编入饥民册内，一体给赈。又奉抚宪饬议，应照何等灾民分别极次给赈，现今正赈已过，是否止按加赈地方议给，酌议通详核夺等因。遵查乾隆十一年淮、扬、徐、海被灾各属，有钦奉特恩加赈者，亦有未奉谕旨加赈者，若按加赈地方议给，同一灾地兵丁，有给与不给之分，似非一视同仁之意。查兵丁本身家属凡在三口以外者，已奉奏明，照被灾查赈处所分别极、次贫给赈，应照灾地分数应赈月分，与民一例赈补。惟极贫之户，毋庸抚恤，仍随坐落州县灾地分别加赈。其有邳州等十州县加赈案内加增折价者，一体增给。并饬各灾属会同营弁，按户确查，于前拨赈银内动支，会营给散。如有不敷，速将应赈口数、不敷银两，驰详请拨。仍一面将应赈家口月分，先行开册报查，统俟事竣，将坐落几分灾地兵丁家口，即附入几分灾地饥民之后，造册报销。应否如斯，相应核议具详，伏候鉴夺批示饬遵。

乾隆十二年四月初二日藩司咨行知事。本年三月十九日奉总督部堂尹宪行内开：据徐州府禀，奉文兵丁家口在三口以外者，一体补给正赈及加赈银两。查徐属八州县，均系河标所辖，而河标下有操防兵与河兵两项。其余协镇操防兵，住在郡城内者，约十之五；驻扎外州县城关者，约十之三；散布各乡镇汛地及在墩台居住者，不过十之二。至于河兵，专司防河，俱在黄河两岸居住。其实两项之中，河兵稍有身家，盖因堤之内外空地可以种麦种林，即柳草等项，伊等亦可稍沾余泽。故河兵富而操防兵穷。今奉文赈恤，河兵先已纷纷欲求索赈，因其局面情形，断难与操防兵稍为异同，自应一体办理，庶为妥协。再，昨奉宪檄，必须兵丁家口坐落民户查赈地方，始许照成灾分数一例给赈。卑府为查百姓住居城市关厢，大约无赈者多，即附郭之铜邑城内城外穷民，不下十余万口，惟乾隆七年稍为润饰，近年并未给赈，因非灾地故也。如兵丁必以坐落民户查赈之处为凭，则现在徐协镇所辖操防兵，在被水之乡镇汛地墩台者几已寥寥。卑府细筹此事，亦只可通融料理，除在灾村遵照宪行妥办外，其余似难概拘坐落灾地并按成灾分数等情，到本部院。据此，除禀批开：灾地兵丁多余家口，与齐民无异，是以仰体皇仁，奏请各就被灾查赈处所，分别极次，编入饥民册内，亦予给赈。如非灾地，虽属贫民，亦无给赈之例。则兵丁家口，更不宜冒滥。原行甚属明晰。今据禀不拘坐落灾地并成灾分数，通融办理，殊未妥协。至坐落灾地河兵，如有多余家口，贫难度日，尚属可行。若实在殷实，可以餬口者，亦不得滥与。另单所开户口银数，是全无分别，欲将民户不赈之处，一概给赈，甚属错误。仰即查照原奏，分别办理，勿任属员混冒妄费。仍将如何遵行之处，再行禀知。淮、安、凤阳，俱报初五日得雨透足，此日云势甚广，该府与淮、凤接壤，谅应均沾，查明飞速报闻可也。余已悉等因。批发外，合就行知，仰司即便知照，查明原奏，再饬各府州一体分别办理，毋得违误等因到司。奉此，除行淮、扬、徐、海四府州遵照外，合就移明，希即一体转饬，分别办理施行。

乾隆十二年八月初八日藩司咨饬议事。乾隆十二年七月二十日奉署抚都院安，照得苏松太属沿海州县，本月十四、五日风潮为灾，业经檄饬委员查勘抚恤在案。查被灾赈恤，向由该司议详条规，通行遵办，以免参差歧误。今苏松等处潮灾，系偶有之事，非比淮北地方水灾常有之州县办理熟谙，自应明定章程，俾得遵循无误。合亟饬行，仰司即将勘灾查赈一切应行事宜，详查往例，即日酌议规条，具详核夺饬遵，毋得刻迟。切速等因到司。奉此，该本使司王查得苏、松、常、镇、扬、太、通等属沿江、沿海州县，本月十四、五日风潮为灾，据各该县先后通报，节经檄饬印委各员查勘抚恤。所有勘灾查赈一切应行事宜，遵奉抚宪檄行，酌拟条规，开列于左，伏候宪台鉴核批示，以便移行遵照除详云云。

一、此番潮灾，昼夜猝发，民多荡析离居，逃奔高处。抚恤之时，难居原住地方。自应各就灾民现在栖息之处，随地给抚。仍讯明原住村庄注册，俟水退归庄后，仍按原庄给赈。倘有漂流邻境者，亦即照此查办，仍彼此关会明白，以便安插按赈，毋致两地重支。至查勘被灾田地，应按实在潮水淹没，收成无望，或系风狂刮损，分数大歉者，据实勘报。其余略被水淹风刮，所损无多者，不得混冒。

一、被潮冲漫村庄民人，皆系被灾之户，如本无产业，素系赤贫，一旦遭此惨患，栖身无所。即向系有田有屋，今遭水没，庐舍倾倒，什物漂流，现在露处，此等灾民，均系极贫，应行抚恤，给予一月口粮。照例每大口给米一斗五升，小口七升五合，或大口折给银一钱五分，小口七分五厘。

一、淹毙人口，应上紧捞获，或用棺木，或用芦席殓埋。查雍正十年风潮案内，捞埋淹毙人口，或系印官捐给，或出绅士乐输，或动无碍闲款。续于乾隆五年山阳、宿迁二县风灾案内，奉前抚宪张奏明动项办理。又于乾隆七年淮扬等属被水案内，议详大口给棺木银八钱，小口给棺木银四钱等因各在案。今被潮各属，淹毙人口众多，所需各费浩繁，不能多备棺木，应令分别节省查办。如有属领埋，实系无力者，照七年例，给棺木银两。若无属漂流浮尸，即备芦席包裹掩埋。亦准动项置备，事竣据实报销。如有印官、绅士好善捐输，备买棺木、芦席，并捞埋公费者，按其所捐多寡，照例具详，分别嘉奖。

一、各营兵丁，如果实在被潮冲淹，或伤及人口，或室庐荡然，非抚不能存活者，应饬各营员据实查明，移会州县办理。该州县即委各官，务必秉公覆查，不得将同营同汛未经冲没兵丁一概混入，致滋冒滥。查此条已奉抚宪宪台饬行查办，□并附入条规，理合登明。

一、被灾贫生，向止给赈，例不抚恤。又手艺等人，向不抚恤，并不给赈。今潮灾非比寻常，无论贫富，已经家室全无，即有手艺，一时无处觅食，应将被潮村庄内查其实在露处乏食穷苦不论〔能〕自存者，毋论生监手艺等人，概行先为抚恤。

一、猝被潮灾，或有逃避高处，周围皆水，无船济渡，不能赴领赈粮，残喘待哺者，应照乾隆七年甘泉县被水动支米谷钱文并买备饼面准销之案，立即动项买备，委员分路前往散给救济。此系专指初行查办而言，如潮水已退之后，可以不必再照此办。

一、猝被潮冲坍倒房屋，除有力外，应无分极、次贫，每瓦房一间，给银七钱五分；草房一间，给银四钱五分。如有坍倒楼房，亦应照瓦房之例动给，毋庸加增。如住居村庄潮水未涸，逃避高阜者，应照乾隆七年被灾办赈需用杂费案内，前抚宪陈奏准之例，官为动项搭盖棚厂，听其栖息，应于司库公项银内分别动支济应，统俟事竣据实造册报销。倘有住棚贫民，原居水退，房屋已坍，无从栖止者，即应给予坍房修费。但按间给银，房屋多被潮水淌去，基址难以查考，恐有刁民多开间数，亦未可定，似应按照人口多寡，酌量给发。除一、二口者仍照例给予一间修费外，凡人口多者，约略三口给予一间修费，以次递加，俾得宁居。营兵卫军俱照民例一体查给。灶户坍房，应令地方官会同场员查明造册，详报盐政衙门，毋致舛混。

一、风潮之后，边海地方商贩一时阻隔，米少价昂，应饬开仓减价平粜，其价应照往例，大为酌减。州县米粮，时价每石价在一两三钱以外者，量减一钱；在一两六钱以外者，量减三钱；在一两八钱以外者，量减五钱；如在二两以外者，量减七钱。分设厂所，先将本邑常平仓谷照例减粜，以济民食。仍候筹拨邻近不被水州县仓谷，运赴接济。所需运粜并起运、接运一切米谷水脚，均照定例支给，事竣造册报销。并劝谕本地绅士富户，如有多余米粮，减价粜济，按其减价粜数之多寡，详报嘉奖。

一、委员每日查大小饥口，当晚即查结一总。所查之处完竣，即结一大总，将册缴县。一面将查过某村庄极次大小饥口各若干，开具简明折片，径自禀申院司道府州查考。州县将委员所查汇总，亦开具简明折片，禀申各衙门备核。俱不用花名细数。

一、赈济月分，定例按田地成灾分数，分别散给。如被灾六分者，极贫加赈一个月；被灾七分者，极贫加赈两个月，次贫加赈一个月；被灾九分者，极贫加赈三个月，次贫加赈两个月；被灾十分者，极贫加赈四个月，次贫加赈三个月。今田地被灾，庐舍犹存，人口无恙者，除极贫照例抚恤一月，其余应俟勘明成灾分数，再定起赈月分办理外，若田庐俱已无存，搭棚露处乏食之民，非赈不能存活者，前给一月口粮不敷接济，即于正赈数内再给一月赈粮。此等搭棚露处之户，赈粮应概经本色，或近内地市集商贩流通可以籴食者，令州县酌量情形，详明本折兼赈。

一、沿海地方，煎盐场灶为多，课银丁籍，皆隶盐政衙门经管，或淮或浙，各自设有专员。今猝被潮冲，应责成该管场员，会同地方官稽查，如有猝被水冲露处乏食贫灶，应令该地方官照民例一体先给抚恤一月口粮，一面造册报明盐政衙门，听候接续给赈，不得歧视，致使流离失所。

一、坐落州县之卫所灾军，照民例一体查办。

一、勘灾查赈员役盘费饭食，除现任州县养廉丰裕无须议给，并跟随书役轿夫人等饭食即于养廉内自行捐给外，如试用候补府州县正印官原无养廉者，每日给银三钱；候补并现任同知通判，每日给银二钱；现任教职及现任并候补佐杂微员，按日给银一钱。如遇乘船之日，应将原议日给盘费银三钱者，加给船价一钱；原议日给盘费银二钱者，加给船价一钱五分；原议日给盘费一钱者，加给船价二钱。其现任同知通判，准带书办二名、差役四名、轿夫四名，候补府州县及丞倅亦如之。现任教职佐杂，准带书办一名、差役二名、轿夫三名，候补佐杂官亦如之。每名每日俱给饭食银五分。营卫备弁亦照佐杂日给盘费，如遇乘船之日，一体加给船价。并跟随书役定数，一例准给饭食。统俟到县协办日起，支至事竣日止，俱由州县核实给发。其给单造册纸张工费，给单每千户给银二钱，造册每页给银二厘，亦令在县动办，分别造册报销，于司库耗羡银内拨还归款。查此条已奉抚宪宪台饬行办理，今并附入条规，理合登明。

一、晓谕灾民，安居待赈。间有未查之先外出者，饬行各属，照例给以口粮，资送回籍安置。其老弱妇女病〔疾〕病之人，酌为留养。如有亲朋可依佣趁为活者，不得一概强行递回。

一、沿海土石塘坝各工，如遇异常潮汐冲击坍损，并非人力可施者，例应该官道员亲勘确估，取册移司核明详宪保题，动支司库正项钱粮修筑。今查本年七月十四、五日风潮案内，冲坍华宝等县土石塘坝等工甚多，业经飞移苏巡道勘明实在情形，将顶冲最险之处，先行估计抢修，以防秋汛。一面移司详办，其余可缓各工，应俟陆续勘明，取造估册，移司详宪覆核具题兴筑。又一切城垣、仓库、衙署、墩房、要路、桥梁等项，如有坍坏者，俟勘灾一定，再行确勘，估计次第，照例办理。

一、各营军械马匹，间有冲失，均关紧要。应令各营查明，先行详题动项置补。

一、放赈及平粜米厂，务于各乡镇宽畅处所，多分几厂，使领赈买米之民，不致聚集拥挤，致滋事端。并严加约束在厂书役，不得需索扣克。倘有违犯，立即严处。

一、运粜运赈米石，务须零星运送，陆续接济。多派壮役，并移明当地营汛，拨兵沿途防护，毋致疏虞。

一、放给抚恤银米，务将某某村庄在于某处厂内于何月日给放，先行晓谕明白，庶使饥民不致往返守候。

一、奸民闹赈闹灾，以及抢夺什物等事，年来常有。务须严行晓示利害，使各安分受赈。如有违横，即严拿为首之人，重惩以儆其余。

一、各属办理抚恤，或因未经接到规条之前，先经酌量给过银米，数目未符者，应将少给者即行找给，多给者即于续给赈米或在应给坍房修费银内抵算。

乾隆十二年八月十九日准藩司咨饬议事。本年八月十三日奉总督部堂尹批前司议详，苏、松、常、镇、太等属沿江沿海州县，本年七月十四、五等日风潮为灾，所有勘灾查赈一切应行事宜，酌拟条规，详候批示等缘由。奉批：查坍房给费一条，据议房屋淌去，基址难以查考者，按照人口多寡，酌给修费，固属权宜办理，但基址□无查考，则瓦草房间亦无从办别，自应俱照草房给费，庶各属有所遵循。其现在有数可稽者，仍应分别瓦草，按间给资修葺。平粜仓谷一条，虽为接济民食起见，但沿海州县俱被灾祲，一切抚赈，正需米粮，若各处俱令减粜，转恐正项不敷。只应于潮灾最重、缺乏米粮之处，酌量行之。如商贩已通，即应停止。至搭篷露处之户，据议概给本色，亦属轸恤灾黎。查潮灾最重之崇邑，僻处海外，系素不产米之区，将来自应酌给本色，需米已多。其余各处商贩均属流通，若概给本色，焉得如许米粮？应酌量本折兼放，如有米可买之处，竟行折给银两。再各营兵丁已一体抚恤，将来正赈案内，其家口亦应一体给赈。惟不被水之处，不得混行冒滥。其余所议各条，俱已妥协，如详飞速移行各地方官并各营遵照。淮、海二府州属，亦有海潮冲漫之处，应一并移行照办。其从前被水各处，并非潮灾者，仍饬照案另办，不得牵混可也。并候抚都院批示。

救荒良方

清刻本

（清）佚名 辑

张永江 点校

救荒良方

救荒良方例言

一、诸方皆历有应验，历有证据者，始为录集，否则不敢混入，以误苍生。但若欲试方，必勿食一二日后，极饥后服之，乃见奇效。即不可再食一切物，慎勿以平常偶然小饥而试。一或不验，生退悔心，阻大善缘也。

一、方应验者一二，足可济人，何必繁冗。愚窃虑地土有膏腴硗瘠之不同，出产有多寡便易之各异，且遇值者每在荒迫之际，何暇采择，故多多益善耳。

一、诸方专为饥馑而设，并非养道法也。如内中之三教护命丹、长生辟谷丹，乃修真之秘要，不可概视。

一、方中紫河车乃草紫河车，一名金线重楼，详见河车本条，莫误为婴儿胞也。贯众，即今误称管仲是也。

一、方中分两之下写大数目者，恐印久模糊，多少有误，故也。

一、方中开方寸七者，用挑一小刀头可也。

一、方中凡易为力及能自合者，当与之传说，恐有不识字人也。

一、食树皮必与稻草节同食，否则闭塞而死。不可不知，亦当广为传说。

一、久饥之后，大忌骤饱，缘食肠饥后细薄，骤饱则寸断矣。宜先少食稀粥汤，渐食稠粥，逐渐调理，可保无恙。

一、凡草木人所知食者，则不载。知〔如〕苹蘩蕴藻等是也。

一、是书板在上海大东门内四牌楼博斯堂书坊内。好善之士倘若广印送者，竟备纸张来印可也。若能扩克刊布，使穷乡僻壤家喻户晓，有备无虞，其功更大。

一、岁歉之年，凡有仁人君子，欲将此方使人信服，必须自饿一二日，服辟饥丹后，即绝食于开市中，与众人目睹，然后传方施药，众人信服无疑也；并嘱伊极饥后服方验。

一、凡天降饥荒瘟疫，皆我等百姓不敬天地神佛三光，不孝不友，不仁不义，不惜五谷字纸，杀害物命，及奸盗诈伪，酒财色气，无恶不为；为僧道尼僧者，不遵仙佛戒律规矩，酒肉淫赌，亦无恶不为，以致上天降灾。凡我士农工商僧道人等，必须改过自新，洗心涤虑，日诵阿弥陀佛，日用《太上感应篇》、《阴骘文》，身体力行，自然感召天和，年丰人寿，享福无尽矣。

疗饥良方

许真君济世方

岁值凶歉，饥饿者众。此方所费不多，一料可济万人。

黄豆（七斗），芝麻（三斗），水淘净即蒸，不可浸多时，恐去元气。蒸过即晒，晒干去壳，再蒸再晒，共三次。捣极熟，丸如核桃大。每服一丸，可三日不饥。此方所费不多，一料可济万人。

济生大丹

芝麻（一斗，微炒，磨）、黄豆、糯米（各一斗二升，水淘，蒸熟晒干，或焙燥）、熟地（十斤）、黄耆（炙）、山药（各五斤）、白术（三斤，共细末）、红枣（十斤），煮熟去皮，核打烂，配入烂蜜，捣和为丸。约重五钱，滚水服，修合如法，香美。疗饥即数月可安（康熙壬子年，杭州设施粥厂，尚氏施效）。

食生黄豆

槿树同嚼，不作呕，可下咽二三合可度一日。

又方

小赤豆（一升）、大黄豆（一升半，炒），共捣末。每服一合，新水下。一日三服。尽三升可度十日。

又方

用黑豆五斗淘净，三蒸三晒干，去皮为末。秋麻子三升，浸去皮，晒研。米三斗，做粥，和捣为剂，如拳大，入甑内，蒸一宿，取晒为末。用红枣五斗，煮去核，和为剂，如拳大，再蒸一夜。服之至饱为度。如渴，饮麻子水，便滋润脏腑也。芝麻亦可，但不得食一切之物。

大麻子，即火麻子也，俗名黄麻。叶狭而长，状如益母草叶，一枝七叶，或九叶。五六月开细黄花，成穗即结实，大如梧桐子肉。大麻子极难去壳，取帛包放沸汤中，浸至冷出之，垂井中一夜，勿令著水。次日日中晒干，就新瓦上挼去壳，簸扬取仁，粒粒皆完。麻子，早春种为春麻子，小而有毒；晚春种为秋麻子，入药佳。

大道丸

大黑豆（一升，去皮）、贯众（俗名管仲）、甘草（去皮，各一两）、茯苓（去皮）、苍术（米泔浸去皮，一作云木）、砂仁（各五钱）同剉碎，水五升，同豆熬煎，文武火得中。水尽去药，捣豆如泥，丸鸡头大，磁器密封。每用一丸，可任食草木，终日可饱。即异草殊木，平素不识者而无毒，甘美如饭，同能断谷。

黄山谷救荒帖

大黑豆、贯众（各一升），先以豆挼净，入贯众，剉如骰子大，同水煮，文火。斟酌至豆熟，取出晒干，覆今展，尽余汁，簸去贯众，瓦器收贮。每日空心啖豆五七粒，能食百草木枝叶，有味可饱。

《博物志》云左慈荒年法

用大黑豆粒细调匀者，生熟挼令光暖彻豆内。先日不食，以冷水顿服讫，一切鱼肉菜果不得复经，口渴即饮水。初小困，十数日后，体力壮健，不复思食也。

休　粮　歌

芝麻黑豆半升齐，俱炒黄时要去皮。贯众茯苓各四两，甘草干姜四两宜。炼蜜为丸如钱大，百草入口化为泥。任他四野无烟火，走遍天涯不受饥。

道藏救饥方

贯众（四两）、甘草（一两）、干姜（四钱）、黑豆（一升），水共煮干，去药。每用豆三粒，嚼与草叶同食。

一七丹（一七者，一刀头也）

绿豆（一升，炒熟）、却下白胶香（三两，即芸香），熔成块，候燥，为末收贮。每日才饥，口吃一七。食毕饮生冷水，半盏自饱。勿食别物，一日不饥。

辟　谷　方

粳米（一升）、酒（三斤），渍之晒干。取稍食之，可辟一月。

又糯米（一斗），淘净，百蒸百晒，为末。食一餐，以水调之。服至一月之间，可以一年不饥。

延　生　饭

南烛、冬月采根皮捣取汁，春三月取子叶捣取汁，拌糯米，蒸熟晒干。又拌蒸晒，如此九次。遇饥时，嚼一合，不饥；久服，乌须发轻身。浸酒，每日饮一二杯，功同。

疗　饥　方

用糯米二三合，炒过，以黄蜡二两，铫内熔化；再入米同炒，令蜡干不出。任便食之，即数日不饥。如要吃食，以胡桃肉二个嚼下，即便思食。

不　饥　丸

芝麻（三升）、红枣（去皮，核三斤）、糯米（三升），焙燥磨末，蜜丸如弹子大。每服一丸，汤水皆可服。

救　饥　方

清粱米（今粟中有大而青黑色者是，一斗）、赤石脂（三斤），水渍，置暖处一二日，上青白衣，为丸如李大。日三丸，亦不饥。

千　金　面

白面（六斤）、茯苓（去皮，四两）、甘草（去皮，二两）、干姜（二两），三味焙燥磨末。蜜（一斤）、菜油（二斤）、生姜（四两，打汁），右和成块切片，甑内蒸熟，阴干。春末每服一酒钟，汤水皆可下，最能耐饥。其面绢袋盛之，可留经久。或淡盐汤调服，亦可。

行　粮

白茯苓（一斤）、淮山药（一斤）、白蜜（二斤）、干姜末（二两）、黄米（二斤）、白面（二斤）、香油（半斤）、鸡豆粉（半斤），共匀蒸熟，切片，阴干后磨末。绢袋盛之，十年不坏。每服一二匙，新水调下。乙日一服，气力如常，亦不饥饿。

又　方

白茯苓、山药（用白果取浆，拌湿）、香油、白糖霜（各一斤），干姜末（二两）、薄荷末（二两）、炒黄米粉（三升）、炒白面（三升），共蒸熟，用纸糊蒲□盛之，少食极能济饥。

太　乙　粮

茯苓（去皮，四两）、头白面（二两），水和作饼，以黄蜡三两煎熟。饱食一顿，便绝食。辟谷至三日，觉难忍，以后气力渐生也。熟果芝麻汤米，饮凉水，微用些少，以润肠胃，无令涸竭。仍用饭食时，用葵菜汤并米饮汤稀粥，少少服之。

辟谷治病

松香（净者十斤），以桑柴灰淋汁一石，煮五七沸，滤出冷水中，旋煮十次，乃白。每斤如云茯苓（四两）为细末，每服粥汤下二钱，每日三服，久则不饥，兼治百病（一方止用松香，服十两已上不饥）。

四　仙　丹

松脂（即松香）、杏仁（去双仁，去皮尖）、枣肉、茯苓（去皮），各等入，捣为丸。食后五十粒，可不饥。

松　柏

松柏叶同骨碎，补食，有味。骨碎补，一名猴姜，去皮，忌铁器。

餐柏食松

紫花地丁草阴干，贯众、干姜、熟地、当归、白茯苓、陈皮、花粉、大黑枣，各等分为末，炼蜜为丸，如弹子大。每用大黑豆一升，用七九小新砂锅煮透，晒干收贮。每采松柏，或各种树叶同豆食，不涩苦。服乙饱，自不饥矣。

柏　叶

扁柏叶烧成白灰，每服三钱，冷水服，七日不饥。渴饮凉水，忌茶。

食 柏 叶

杜仲（一斤，去皮，醋浸焙干）、荆芥穗、茯苓（去皮）、甘草（去皮，各一斤）、薄荷（八两），共细末，蜜丸如小指大。将柏叶水洗，和丸入口，细嚼食之。

又 方

茯苓（去皮）、杜仲（去皮，醋浸焙干）、甘草（去皮）、荆芥穗（各一斤），共为末，蜜丸如桐子大。每服数丸，细嚼，即吃草木，可以充饥。止有恶草、竹叶不可食。

常见苦行僧人入山耽静，必炒盐入竹筒携往，云食草叶有毒，惟盐可解。或云先食碧芸草，则草木叶皆可食。

食 松 柏 叶

茯苓（去皮）、骨碎补（去毛）、杏仁（去双仁）、甘草（去皮），共捣末，蘸水同食，香美（一方无甘草，有芝麻。食柏叶，有味；食松叶，有火辣气）。

蜡 油 煮 柏

黄蜡（八两）、麻油（八两），共熬入竹筒中。每用，倾锅中，取扁柏嫩叶入锅煮食。三四两，十日半月不饥不渴，生津。此油蜡，日日作之皆不耗折。

祖师救饥方

核桃仁（去皮）、茯苓（去皮）、薄荷叶（各四两）、杏仁（去双仁皮尖一两，煮熟）、甘草（去皮，一两）、嫩桔梗（二两，去小枝）、小茴香（炒）、贯众（各四两），共细末，或烘或晒，候冷，瓶收。每用一匙，含口中，百般草木枝叶细嚼。至饱乃止，依旧气力不减。松柏叶更妙。

六祖救饥方

柏子仁、茯苓（去皮）、甘菊花，三味共末，醋蜜丸，空心冷水下。此药名为养道丹，休将轻泄等闲看。若人不信饥餐了，一月之中即不餐。

访 道 丹

苍术（米泔水浸去皮，为末）、白芝麻（生研）、红枣（蒸去皮核，各一斗），共捣丸，胡桃大。每一丸，冷水服一二日，不饥。渴饮冷水，一切物不可食，食之反饿。又如不大饥，服之不验。

又 方

水煎百沸枣数枚，芝麻合许，每日服之，不死。

行 路 不 饥

生姜、杏仁各四两，枣去皮核，用二斤，共打为丸，桐子大。饥食一丸。

又方

凡远行，水火不便，或修行，欲省缘休粮，用黄耆、赤石脂、龙骨（各三钱）、防风（五分）、乌头（一钱炮），于石臼内捣一千杵，炼蜜丸，如弹子大。要行远路，饱食饭一顿，服一丸。

预备疗饥

白菊花、白蜡等分为丸，如弹子大。水服一丸，可五六日不饥。又一服，可十余日不饥。

休粮

禹余粮、明雄黄（水飞，各四两）、麦门冬（去心）、茯苓（去皮，各一斤），为末，蜜丸弹子大。水吞三丸，可行百里，渴任饮水。

又方

明雄黄（一两）、麦门冬（四两）、茯苓（四两）、蕨粉（四两），共为末，蜜丸桐子大。每服三丸，一日不饥。

滚水疗饥

水经百滚煎熬，亦能补人。曾在严陵见衲僧枯坐深崖，多积山柴，每日煎服沸水数碗，枣数枚，芝麻合许，可百日不死。

救饥方

芝麻三升，糯米三升（俱水淘，晒干，悠火炒）。先将糯米磨成粉，和入芝麻，再磨一遍。另用红枣三斤（煮烂，只留汁肉，滤去皮核），同粉石臼内捣熟，丸如弹子大（约重五钱），白汤下。每服一丸，可耐一日饥，久服勿饿。

治疫良方

总论

众病一般者，即谓天行时疫。其治法，有宜补、宜散、宜降之不同。甚者仍类似伤寒，察其传变治之，方能奏效。其病初起，先憎寒而后发热，以后止热而不憎寒也。其脉数，昼夜发热，日晡益甚，头疼身痛。乃时邪伏于脊之前、肠胃之后，不可认为伤寒表症，辄用麻黄、桂枝之类，强发其汗，徒伤表气。即热不减，亦从缓下，恐伤胃气。宜用达原饮。槟榔（二钱）、厚朴、知母、芍药、黄芩（各一钱）、草果仁、甘草（各五分），水煎，午前温服。〇如胁痛耳聋，寒热呕吐而口苦，加柴胡（一钱）。如腰背项痛，加羌活（一钱）。如目痛，眉棱骨眼眶痛，鼻干不眠，加干葛（一钱）。症之轻重，药之分两，临时增减。〇如舌上白胎，薄热不甚，脉不数，症不致传里，照方一二剂，其病即解。〇盖疫病从口鼻而入，必先犯胃，上膈痞满者多。此方用破气之品，三味服之即效。若年老气弱之人，胸膈不满闷者，槟厚果不可全用。〇又或三四日后，舌上胎如粉积，脉洪而数者，又须或汗或下解之。〇伤寒汗解在前，时疫汗解在后。伤寒投剂，可使立汗，时疫汗解，俟其内苏，汗出自然。是故瘟疫不必重加衣被发汗。〇四时头痛发热，初起用黑砂糖一盏，生姜汁二盏化开，令病人多少服之。轻者即愈，重者减轻。

时疫不传人

苍术（三钱三分三厘，米泔水浸一宿，晒燥，切片炒）、生甘草（一钱六分六厘）、抚芎（八钱五分）、干葛（一钱三分六厘），加生姜三片，连须葱头三个，水煎，空心服。已病者一服即愈，未病者服一半，不染。白粳米五合，连须葱头二十根，水二十碗，煮成粥汤，加米醋一小碗，再煮一滚。各与一碗热服，得微汗即解，如有汗者勿服。初病之人，衣服蒸过，则一家不染。

辟疫法

凡入病人家，不宜空腹。饮雄黄酒一杯，再以香油调雄黄末、苍术末，涂鼻孔，则不染。出则以纸燃探鼻，得嚏更好。〇误触汗气入鼻，即觉头痛不快，急以水调芥菜子末，填脐中，以热物隔衣一层慰〔熨〕之，汗出即愈。如觉胸次饱胀者，以淡盐汤探吐即解。

预辟疫法

青松毛切细为末，酒下二钱，常服大能辟疫。每年四五月，用贯众一个，置食水缸内，不染时疾。〇五月五日，用艾扎一人形，悬挂门户上，辟邪气。以五彩丝系于臂上，不染疫。正月初一日，将赤小豆二十一粒投井中，辟疫。十二月二十五日，煮赤豆粥，合家食之，能祛疫。除夕以花椒二十一粒、赤小豆二十一粒投井中（勿使他人见），一年不染疫。〇时疫之年，每日早晨，水缸内投黑大豆一握，全家无恙。五更时，投黑大豆二三合于井中，勿使人见。凡饮水家，俱无染。〇每日多焚降香，再随身佩带，祛疫。行路于时疫之乡，口中常念游光厉鬼四字，祛邪。黑夜行走，皆可诵之。〇凡时疫之年，能首忌房事，即受病亦易解也。

瘟疫发狂

天行时气，热极，狂言不识人，即以地浆水服一二碗即解。（方见伤寒门。）〇或用童便浸白颈蚯蚓，捣烂，取新汲井水，滤下清汁，任服一二碗，即清爽并能即愈。〇如热甚无汗，用新青布以冷水浸过，略挤干，置病人胸上，以手按之，布热即易之。少顷汗出如雨，或作战汗而解。（夏月用此法，他时勿用。）〇病八九日后，已经汗下，热仍不退，口渴咽干，欲饮水者，以六一泥（即蚯蚓屎，不拘多少）擂新汲水，饮之即效。

三日饮

治天行时疫，热极狂乱及发热不退，或大便燥结不通。鸡子清一个，白蜜一大匙，芒硝三钱，合一处，泉水送下，即愈。

瘟疫发斑

病至困笃者，取大虾蟆一二个，去肠肚，生捣绞汁，服下可解。

虾蟆瘟

其症项肿头大。用贯众、黑豆（炒香，各三钱）、生甘草、白僵蚕（各一钱半）、葛根（二钱），水煎服。外用井底泥调大黄、芒硝涂之。〇大黄（四两）、僵蚕（二两）、姜黄（二钱半）、蝉蜕（六钱半），俱为末，姜汁糊丸，每丸重一钱，蜜水调服。（大人一丸，小儿半丸。）外用靛青涂肿处，燥即再润之，亦效。

辟瘟丹

苍术（一斤）、降香（锉末，八两）、雄黄、朱砂、大黄、独活、藿香、赤小豆（各二两）、羌活、白芷、菖蒲根、桃头（端午日收者佳，各四两）、柏叶（八两）、硫黄、火硝（各一两），俱为末，红枣糊为丸，印方锭，焚烧祛疫。即端午、除夕，宜多焚之。

又集免疫方

烧苍术，能去鬼邪时疫。苍耳子为末，白汤下三钱，不染疫。〇白茅香一两，前〔煎〕汤浴，能辟疫。用草绳量家中壁后，打结挂于厨下，则不染。〇辰砂蜜丸如小梧子大，太岁日吞三七丸，不染。〇马骨佩之不染。淡竹叶煎汤饮，解疫。〇淡豆豉同白木浸酒，常饮除疫。〇能力行《太上感应篇》、《文昌阴骘文》、《功过格》中善事者，终身不染瘟疫。

《太上感应篇》曰：济人之急，救人之危。

人之有急，如疾病则医药急，死丧则殡殓急，饥寒则衣食急，逋欠则追逼急，其类不可胜数，俱当各随其力，方便济之。此时须当勇往不疑，否则错过福缘，可惜。危是自生之死之际，如覆舟、失火、破家、丧命，至刑狱官司被人倾陷等类。元帝曰：人在患难颠沛中，善用一言解救，上资祖考，下荫儿孙。又曰：推人与扶人，都是一般手；陷人与赞人，都是一般口。宁使扶人手，莫开陷人口。若能依此言，前程永固久。《迪吉录》曰：匹夫存心爱物，于人必有所济。凡救性命，所损无几。特足衣食者，不知饥寒之苦，视为可已泛泛置之耳。菜色时不当意，及见病卧道涂者，又以为危笃不可复振，遂坐视其死，即行道有心人忾叹焉耳。其他则侧目之，屏逐之矣。不知缘饿得病，病未能求乞，则愈饿愈深。此不过三四升，调护之累日，便能求趁，便有生意。或乘其菜色将病时，早救尤妙。在富人过宿之一费，足救十命矣；师巫之一费，足救百命矣。千金之子粒，十捐一焉，岁月之衣服饮食，十啬一焉，足救千命矣。甚易举也。

盖人当病时，无偢无睬，则益一病，吹风暴露，则益二病，空乏忧危，则益三病。重以腹饿衣秽，拖逐转展，岂有再生之望哉？试设身处此，痛苦何如！何惜损太仓一粒，不以惠此？且均是人耳，我辈若托生非地，便是这等样子。幸得自足，又欲享丰席盛，为子孙长久计，而眼前救人，一钱不舍，不知水火、盗贼、疾病、横灾，皆能令我家业顿尽，少小福分亦是天地庇之，岂一俭啬钱癖能致然哉？一旦无常，只供子孙酒色赌荡之资，于是一掷而足救千命者有之矣。何如及早积德，邀庇于天之为厚也！此理至明。铜臭染身，直不思量到此耳。　许叔微尝以登科为祷，梦神曰：汝欲登科，须凭阴德。许自念家贫无力，惟医乃可，遂精究方书，久乃通妙。人无高下，皆急赴之，所活甚多。声名益著，善心益切，后得登第。夫救人疾病固属良因，其如医术难精何？有志者虔合丸散膏丹施济，刊刻经验奇方流传，亦一法也。　王曾赴试京师，路闻子母二人哭声甚切。询其邻，曰：因少官钱，无偿，将卖女，故哭也。曾乃访其家，问之无异，乃曰：汝女可卖与我。仕宦往来，可时时得相见。遂如逋数与之，约以三日取女。逾期不至，其母访曾之所馆。曾留书，令其择善配，已行数日矣。后曾三元及第，封沂国公。　吴奎与王彭年友善，王死，贫不能殓，奎使长男与之治丧事且葬之，周其家并嫁其二女焉。后官宰相，谥恭肃。　解开家富，亲故婚丧力乏者，辄济之；有告急，恒蹈汤火而赴援也。尝曰：人孰不欲厚积？然富者，怨之府也！吾但知种善可贻之子孙而暇金玉乎？子纶，官侍御史；缙，官大学士。　新建大荒，有人窘极，存米升许，乃炊饭置毒，欲夫妻共饱而死。适里长索丁银，见饭欲食，贫人急止之，曰：此非尔所食也。泣告以故，里长恻然，曰：何遽如此？吾家虽乏，尚有五斗粟，随往负归，可以少延。贫人负粟归，则有五十金在内。忖曰：必官镪也！急持还里长，云：并非官镪，其天赐乎！遂均分之，俱得宽然卒岁。　孙觉知福州，民欠官钱，系狱者甚众。会有富人出钱五百万，请葺佛殿。觉曰：汝辈施钱，愿得福耳。佛殿未甚坏，孰若以钱为狱囚偿官，使数百人释枷锁之苦，即佛祖亦应含笑垂慈，获福不更多乎？富人遂输官，囹圄以空。富人子孙显达，觉仕至柱国。

以上皆济人丧葬、疾病、婚姻、逋欠、离别、贫困之急之案，天报之厚皆极至速者也。噫！人之急患，触处皆有。有力者遇此，固当善便救济，而无力者亦宜妙于设措，随缘而尽其心力焉。至于岁歉民饥，尤属诸急中之首且大者，苟非在位者、有财者出人力之有余，补天行之不足，以济之援之，则贫穷者能不丧于沟壑乎？前于忠注中已及此意，然未畅尽，故今于论济诸急之后特再专言，惟愿当道仁人好善士庶其熟体之。　宋范纯仁知庆州，岁饥，饿莩满路。纯仁请发常平粟米赈之，郡官须奏乃可。纯仁曰：人不食即死，奏而后发，岂能及事！诸君勿忧，有罪吾自坐。乃即日发赈，所活无算。后官至学士，封高平公，谥忠宣。　赵抃知越州，吴越大旱。乘民之未饥，为书问属县灾者几处，乡民当待廪者几人，沟防兴筑可僦民使治者几所，库钱仓粟可发者钱〔几〕何，富人可募出粟者几家，僧道所食羡粟书于籍。乃录孤老病不能自食者二万一千九百余人。查故事，岁廪穷人当给粟三千石而止。抃简富民所输及僧道羡余，得粟四万八千余石，佐其费。自十月朔，人日受粟一升，幼者半升之。忧其众相杂也，使男女异日，而人受二日之食。忧其且流亡也，于城市、郊野为给粟之所五十有七，使各以便受之，而告以去其家者勿给。计官为不足用也，取吏之不在职而寓于境者，给其食而任以事。告富人无得闭籴，诸州皆榜禁米价，抃令有米者任增价粜之，自解金带置庭下，命粜米。繇是施者云集。又出官粟五万二千余石，平价予民。为粜粟之所凡十有八，以便籴者。又僦民修城四千一百人，为工三万八千，计其佣与粟再倍之。民取息钱者，告富人纵与之，而待熟官为责其偿。弃男女，设法收养之。明年春，人疫病，为病坊，处疾病之无归者。募僧二人，属以视医药饮食，令无失时。凡死者，使在处收瘗之。法廪穷人尽三月当止，是岁五月而止。事有应上请者，遇便宜多辄行。抃一以自任，不累其属。早夜惫心力，无巨细，必躬亲。是时旱疫，他郡民死者殆半，独抃所抚循，无失所。后相神宗，为宋名臣。　富弼为枢蜜〔密〕富〔副〕使，有诬其欲结契丹起兵者。仁宗怒，谪知青州。时河朔大水，饥民流入境，无食待毙。公募粟十万余斛随处贮发，且括公私闲舍十余万区散处其人，医药皆备。山泽之利，听流民取之，主不得禁。死者，大冢葬之。从者如归市。或谓弼非所以处危疑，祸且不测。弼曰：吾岂以一身易六七十万人之命乎？行之愈力。明年，麦大熟。各计远近受粮使归，活者五十余万。帝闻，遣使劳之，拜礼部侍郎。后为宰相，封郑国公。寿八十，谥文忠，配享。　丁清惠公宾乐善不倦，尤切救荒。万历丁亥大水，米价涌贵。公始令家人用米易布，照时值价，每匹加米四升，费积储千余石。又修筑田野圩岸，以备旱涝，计丈给米，费积储六百五十石。明年益馑，公设粥厂，就食者日几千。又访老弱不能就者，另给之。至九十日乃止。秋又苦旱，公又赈饥民于水次。规画皆救荒良策，全活甚众。冬月，灾民多苦寒。公遍访单赤者，编籍给票。戒期候领，尽出前所易布，佐以绵花，每名给布二匹、花四斤。前后通计散米一万二千四百余石，布三万四十匹，花六万八十斤。戊申，复大水。公令台省疏请赈贷，且檄吴楚无遏籴，发官镪四路转输。复捐已资广赈。甲子，淫雨。公又发仓庾施济，散米三千石。计共四赈矣！公又计合邑小户止田二三亩者，约该输银三千两，悉与代完。公九十岁，存问建坊，寿近百龄。　郑刚中为温州通判，岁饥，乃出俸劝粜。守曰：恐实惠不及饥者。答曰：是不难。乃以万钱，每钱押一字。夜出坊巷，遇饥者给一钱，戒曰：勿拭去押字。明日，凭钱给米，饥者无遗。散粟之法，莫此为善。又有议济饥，计口授食，半月一发。在彼既省奔走工夫，住家力作，在我亦省人工杂费，可多活几人，又免侵渔。或曰：计口授食，恐多冒滥，不可行。曰：是有措置！且先施粥三五日，男女异处，许带瓶来，归养老幼。人给一筹，每村人记其姓氏，聚于一处，不许四散，便可约一村人数矣。然后到乡亲查，分别中贫、上贫，宁失出，勿失入。约其持囊授粮而归。老弱寡妇不能负重者，照时价折青钱，多与加一勿少。此亦筹画至当之法，惟其时而仁人便宜融措耳。　延平祝染，每遇岁歉，设粥大救饥民。其子乡试日，邻人梦人驰报状元，手执大旗，有施粥之报四字。果联捷，大魁天下。昔人论赈济之法，设糜最下，而席文襄救江南大饥，特主赈粥。谓给散银米，必须编审详确，杜绝弊端。饥民命在旦夕，何能悬待？设粥则所赈皆贫民，为救饥急着。是可见最下者亦有当用之时，在临事者相机度宜耳，非可一律拘也。有论设厂施粥，事虽美而实未尽善。一则老弱不能赴；又如数里之远者，忍饥而冒风寒，易病，倘然来十里、归十里，再守候拥挤，未能即遍，多食则腹胀，少食则即饥，且沴气薰蒸，常致变生意外，有食粥而即毙者，有其躬一俯而粥即喷出者。言之惨伤，是宜体察，乃见为善之真。今更得良法，莫若用粥担。每担用白米五六升煮粥，盛以有盖桶，其下或置少火，使不冷。外备小篮，贮碗十只、筷十双，盐菜少许。挑担至通衢或郊外，遇贫者令其列坐，给一餐毕，借水涤器，以便后食者。约每担可食四五十人，十担便足食四五百人。得逐里逐巷，每日各各举行，诚有随时救济之实，而无设厂聚人之弊。此赈粥至便至当之法也。　魏时举好施，遇岁歉米贵，只发廪平粜，只取时价之半。尝曰：凶年之半价，即丰年之全价，虽少取之，不为损。亲友之贫者，常赒之。一郡多赖以济。子收节，官尚书。　黄承事，每岁收成时出钱籴米，至来年新陈未接之时，粜与细民，价不增升合如故。后梦紫府真君，曰：赐汝子，位至尚书；汝身登仙籍。后果俱验。长春真人曰：平粜米是第一大方便。诚歉岁济人，无量功德。有力者于收成时广行收籴，或有田地，自能收积。遇缺乏时，只依原价出粜。在己未损，在人极利，亦何乐而不为乎？次则量减时价，均粜尤佳。　邓成美约族人做周利会，取凶年不能杀之意。其法丰收时，每亩出谷一斗或二斗，来春以二二分息放出，秋场交还。成美秉公董其事。后遭荒旱，不但救邻族，且能及人。寿七十五岁。死之日，异香满室。邻人见冥役无数，声言迎某城隍者。　曹世美家贫好善，一僧教其实心劝人帮人，亦可造福。世美从此约人广结善会，舍粥，舍衣，舍药，舍姜汤，放生惜字，施棺掩埋，修桥路等类，人出财，己出力，每年如此，愈久愈力。荒岁尤加意劝济焉。后与富家贩油，渐获五千余金，子孙安享厚福。凡事富者易为功，贫者难为力，然居难为力之地而能勉焉，此其所以异于人也！古人有云：贫者行功一百，即当富贵者行功一千。由此观之，贫者安可自弃而不具刚肠苦志也哉？　段廿八积米数十仓，遇岁饥，欲索高价。官遣吏借赈，许诺。次早，见饥民候集，悔而不肯发。众方喧噪，乃与家人闭门拒人。忽天大风雨，发其粟于衢，各以色聚，饥民争取之。段为雷击死。历看荒年仁残祸福之报，书载目击者繁多，不能尽述，非谓止于此也。先儒云：荒者数也，而天心仁爱，其悲悯饥黎倍切也。故智者合天而降祥，愚者违天而降罚，必然之理也。祸报多端，更速于福报。不独闭粜之罪必遭天击，即积金悭吝，漠视垂死而不救者，忍心害理，谴责尤重。至深居华屋，啼饥不闻，沟瘠不见，欲救而徘徊怠缓，不察饥毙已多，亦属睽违天心，咎愆不免。若为民父母者，泛然不关民瘼，因循缓误，与为吏胥者生弊逞奸，使民不沾实惠，其罪更万劫不超也！古云：救人一命，延寿一纪。况有势力者呼吸间可救百千万命，故当权如在宝山，听我采取，慎勿空手回也。最贵者率先倡始，效古人之大赈，即力有限者，亦当约实有善心之人，广为劝募，随缘举行，庶几转沟壑为衽席。阴功浩大，天报不爽也。篇中言此特详者，苦心深意，至切叮咛也。并嘱倘遇荒歉，须赈时速，将救荒诸说诸案采集润色，刊印传劝，广送被灾城乡绅庶殷户细阅，多贴热闹去处，实是大善，造福无疆。

附苏州府陈公鹏年《救荒二十策》。注：康熙四十七年，水旱相仍，陈公以此策请详江浙督抚颁行。初时米价二十文一升，不及两月，每升止粜八九文，民歌再造。一、禁占米作酒。二、禁小麦烧酒。三、禁黄豆打油。四、禁糙白粞作糖。五、禁麸皮作面筋。注：令集粜卖平民作饼度荒。五项严禁，中县一日省米数百石不止。故当日米价日减。六、禁屠沽熟食。注：省财惜福，只许卖粉食、面食、素食。七、劝巨室富商捐米赈饥。注：是年，平湖县董公天眷得陈公指教，先造为富不仁匾额二十，堆在县堂，亲至富室劝捐，至诚感人，刚柔递用。先至乡村，遇顽富三家，钉匾门首，并准告发。凡田土断赎断加，家业几去半。从此由乡到城，乐输众多。给米给钱外，到处设厂施粥，又施药赈济数月，至食新而止。捐数有余，派还富室，活人无算。真西山曰：惠恤穷民，必获天地之祐。此以理言也。若以利害言之，无饥民则无盗贼，无盗贼则乡井安，是又富家之利也。陈几亭曰：救荒须各村、各区之乡绅、富户就近各救穷民，自得合邑无一饿莩。黄震曰：救荒惟在劝分。劝富室加惠贫民，损有余以补不足，天道也，国法也。人若但思独富，不思饥荒之惨厄，即或国法可幸逃，必难逃天道之诛也。又闻朱子曰：劝分以救民之急，不得不小有所忍，若为富民计较太深，则恐终无可行。威克厥爱，于事乃济。是以陈公深得朱子救荒之道也。八、兴工作以济乏。注：如筑城、开河、修桥路等，使工匠得食。九、宽山泽之禁。注：听民卖盐、捕鱼，不禁采樵等，使有餬口，不致流为盗贼。十、犯罪情可矜疑者，听其以粟赎罪，取以赈饥。十一、不论官吏、军民、妇女、僧道各色人等，能助赈者，少则给匾领赏，多则详宪候旨。十二、延请名医，开药室以救病民。十三、近山之民，教采松柏疗饥。注：《博物志》云：荒岁不得食，可细捣松柏叶，以水送下，不饥为度；粥清汤送下更佳。每用松叶五合、柏叶三合研服，或专用松叶亦可，但须禁一切食物，自能疗饥却病。十四、缓刑。注：凶岁犯法者多，故宽之。十五、省礼。注：冠婚丧祭，减其礼文。十六、贷民种食。注：恐荒地利也。十七、谨防盗贼。注：恐为民害也。十八、官吏、绅衿、耆民，每逢朔望，斋戒沐浴，执香步行各庙拜祷，以祈民休。注：荒岁灾祸易起，故搜索鬼神而祭之，亦《周礼》荒政之一。十九、每州县中择有才德者主持荒政。注：如料理给米施粥之类，使小民得沾实惠。事成之日，与捐银捐米者一体上闻。二十、花米豆麦等船，放关一月，并遣人夫牵挽护送。注：外郡花米日至，则价日减，是转歉为丰一大关也。

济急之说，上已详言，至于救危，大低〔抵〕其理相同，但更觉生死相关耳。数案附后。高邮张百户舟中遥见一人，踞覆舟之背，浮沉出没，呼号求救。张急呼渔舟往救，不应，与银十两乃行救，至则其子也。周必大绍兴中监杭州和剂局，局内失火，火犯当死。公曰：此火设起自官，当得何罪？吏曰：削职为民。公曰：吾可以一身而忍视十余人之命哉？遂诬服，罢官，各家全生。后为宰相。雷有终讨王均，欲屠城。时蜀士范灿、范璲尚气节，富文学、文鉴大师有名行，相率迎王师，稽首曰：蜀人善弱，其胁从者特畏死耳。城下日，愿勿屠戳〔戮〕，锄其凶党可也。有终见三人慷慨丈夫，忘身为物，出于至诚，为之改容，曰：非闻长者言，几妄举矣。一城遂得保全。范氏子孙贵显。文鉴得悟道。冯某隆冬早起，路逢一人，卧雪中，身已半僵矣。急解己棉衣衣之，扶归救苏。梦神曰：汝救人一命，出自诚心，当赐韩琦为汝子。后生子名琦，极显贵。徽商王志仁，年三十无子。旅中遇一妇人，抱子投水，止之。问其故，妇曰：夫贫，畜豕偿租。昨夫出佣于人，买豕者来，鬻之。不意所得皆假银，恐夫归箠楚，且无以聊生，故死耳。仁悼，恤周之银。及夫知之，疑其诳也，拉妇诣寓质焉。仁已寝，夫令妇叩门，曰：我投水妇，来叩谢。王厉声曰：汝少妇，我孤客，昏夜岂宜相见？有言明早同汝夫来。其夫始悚然曰：吾夫妇同在此。仁乃披衣出见。才启户，墙倒而卧榻为粉矣。夫妇感叹致谢而去。后生下一子，享高寿。

世路巇巇，遭危不一。仁人推类尽余，事事当尽所能，为兹未及备载也。

赈荒福报

祖孙会状

长洲彭一庵公，纯孝人也。值年歉时，卖己田二顷，赈施亲族邻里，家无余蓄。子定求，曾孙启丰，皆会元、状元及第。子孙繁衍，皆忠孝良善，科甲联翩。

五子登科

大兴县黄芳洲，官曲阳教谕，仁慈乐善。遇歉年，尽将己资施济亲族孤寡无遗。生五子，皆高第。黄叔琳（康熙辛未探花）、黄叔璥（康熙己丑科）、黄叔琪（康熙乙酉科）、黄叔琬（康熙己丑科）、黄叔瑄（康熙癸巳科）。

五子登科

宜兴储方庆，用俭好施。遇歉年，自将衣物典卖，并募有力之家捐资煮粥赈济，开医药局，疗人疾疫。身任其事，不辞劳瘁。中丁未进士。生子储右文（康熙丁巳北榜）、储大文（康熙辛丑会元）、储在文（康熙己丑科）、储郁文（康熙辛丑科）、储雄文（康熙辛丑科）。五子皆高科。

同胞三鼎甲

崑山徐竹亭公为严文靖公记室时，江浙大水，公代具疏草请赈。文靖犹豫未决，要卜筮定。徐先嘱小者，第曰：大吉。乃请于朝，全活无算。子开法公，于崇祯时，有寇掠妇女数百，锁闭徐公空室大楼上，命公监守。公悉赠资放去，焚其室，自挈家避寇于太仓。后生三子，长徐乾学（康熙庚戌探花），位至尚书；次秉义（癸丑探花），位至侍郎；季元文（丁亥状元），位至宰相。徐乾学连生五子，登甲。徐树谷（康熙乙丑科）、徐炯（康熙壬戌科）、徐树敏（癸未科）、徐树屏（己丑科）、徐骏（癸巳科）。善有善报，信不诬也。

父子鼎甲

溧阳任南原公乐善好施。天启时，大荒，出米数千石，以贷乡里贫人，廪盖一空，自食粥。次年秋，人劝其索偿。公曰：贫人经大荒后，今稍苏，不忍逼索。遂取券尽焚之。曾孙任兰枝（康熙癸巳榜眼），元孙任端书（乾隆丁巳探花）。余杭吴志廉公，赈贷事亦类此。自享高寿，子孙贤孝，科甲联绵。

叔侄中堂

海宁陈氏，望族也。先人富而好施，尝见高楼，每午刻登楼四望，见邻家有不举火者，使人以粟周之。遇疫时，开局施药施棺，置义冢地数百亩。一生乐善不倦。晚年遇异人，指以葬地。出中堂数人，科甲鹊起，子孙贵显冠浙中。

子孙科甲，冥府为王

王如伦，吴县人。父某在虎阜山塘创建普济堂，收养老疾。如伦承父志，捐田百亩，为经久计。子孙科甲不绝。吴三复在盘门建女普济堂，造桥修路，赈荒济饥，孰善不懈。临终三日前，自知时至，无疾坐脱。有临顿巷施士达，病入冥府，还阳言：亲见三复公，为九殿王。谕曰：还阳，诸恶莫作，众善奉行。

享高寿子孙繁衍

莲池大师对严子才云：尔命相夭而无子，能敬天地，孝父母，将家财施济老幼残疾贫苦孤寡，日日称念阿弥陀佛，万德洪名，久之自可挽回造化。严拜受师训，勇猛奉行，遇岁歉，尽将家财买米煮粥赈饥。寿延九十二岁，七子、十四孙送终。

父子中堂

大学士张英、大学士张廷玉父子中堂，忠孝厚德。其先五世祖某公仁慈好施，遇岁歉，将家内米万石半价粜尽于乡里，心甚喜悦，曰：荒年半价乃丰年全价，无损于我，有益于人，是以欣喜。又遇歉岁，即将米万石全散乡里亲族之贫苦者。后又遇歉年，即将田屋衣物卖银买米，煮粥济饥。一生乐善好施不倦。后遇化斋异人指示葬地，今子孙贵显冠江南也。

父子中堂五代科甲

常熟大学士蒋廷锡、大学士蒋溥父子中堂，家世忠孝友悌。其先五世祖春圃公，一生自奉极俭，力行众善，出己资买米赈荒四次，费三万余金，以致售田卖产，自己反受饥寒而不悔也。晚年生孙蒋棻（崇祯己丑科），棻子蒋伊（康熙癸丑科），孙蒋陈锡（己丑科）、蒋廷锡（癸未科），曾孙蒋涟（己丑科）、蒋洞（己丑科）、蒋溥（雍正庚戌科），元孙蒋栏、蒋楷（丙午科）、蒋槱（乾隆辛未科）。已五代科甲矣！

五子登科

河南按察司张孟球居官廉洁，威惠并行，爱良民如子，疾匪类如仇。凡境内之盗贼、窝主、恶棍、土豪、奸书、蠹役、淫画、春方、娼妓、赌博以及僧道之饮酒食肉，不守戒律者，皆亲自密访，严拿重处。是以境内善良安业，可以开门而卧。遇歉年，自食菜粥，叹曰：百姓饥馑，吾当与百姓共苦，安忍食厚味耶？因出己俸并夫人衣饰籴米赈饥。于是富户争出米煮粥赈济，所活无算。生五子，皆登高科。长公子张学庠（康熙己丑科）、张应造（乙未科）、张绍贤（己丑科）、张企龄（戊子科）、张景祈（雍正癸卯科）。

祖孙父子叔侄兄弟科甲

吴县缪国惟，为诸生时，居家孝弟，好行善事。拒夜奔之女，还路遗之金。遇荒年二次，尽将米粟赈济亲族邻里。后登天启进士。生子缪慧远（顺治丁亥进士），孙缪彤（康熙丁未状元）、缪景宣（癸丑二甲传胪）、缪继让（戊辰进士）。彤子缪曰藻（乙未榜眼），彤叔子缪曰芑（雍正癸卯翰林），曰藻子缪敦仁（乾隆己未翰林），缪遵义（丙辰进士）。天报善门，祖孙、父子、叔侄、兄弟科甲，为吴中世家也。

同胞三同榜

康熙丙午，岁饥。河南李炎仁慈乐善，家贫，只存米五升。有胞侄来云，欲借米二升，以延一日，否则今日三口即皆饿死矣。李即赠三升，其妻曰：只剩二升，翌日与你皆要死矣。李含泪曰：侄孤幼，吾恨不能尽与。宁吾先死，好见先人于地下耳！翌朝掘草根，得藏金百余两，亦尽分赠贫苦亲友。后享寿九十二岁。临终，异香满室。孙李铟、李镛、李铉，乾隆庚午科，同胞三同榜。

贫人行善，享高寿，子孙科甲

吴凤岗五十无子，莲池大师劝其行善。吴曰：吾贫，不能行善。师曰：为善不在贫富贵贱。宰相日日有可行之善事，乞丐亦有日日可行之善事，只要心好，力行不怠耳。《功过格》上有许多不费钱的善事。尔可受持。尔教书一年，所得不过十余金，用度自然不足。尔能持斋戒杀，尽心教学，不误人家子弟。得闲念念弥陀，出门见字纸米粒拾起。瓦砾瓜皮跌开虫蚁，须当爱护。出恭沐浴，要避天光。遇衰老残疾乞丐，即施一文二文钱、一合半合米。口中时时说因果报应，好话劝人为善。今当荒疫之年，正是宝山取宝之时。宜多抄写救饥方、治疫方，广贴通衢，教人修合，劝人施助。此皆贫人可行之大善事，与富贵之人大布施千金万两无异也。凤岗遵师训，力行不怠，后享高寿。生四子，二登甲榜。今为江干望族。

叔侄状元

湖州蔡佩兰公，居家孝友，用俭好施。每出以银钱自随，遇贫苦残疾，即施之。每当米麦熟价平时，以钱千贯收入；来年米麦未熟乡里艰食之时，照前贱价平粜于贫苦孤寡，不取分毫利息。力行者三十余年。寿八十四，无疾坐化。有邻童见金童玉女引伊乘车上天而去。曾孙蔡启樽，康熙庚午状元。元孙蔡升元，壬戌状元。

反风灭火，时疫不染，子孙久富

上虞倪士元家，每年存米一仓，于艰食时平粜。后邻家失火，延至伊家，忽风返火灭。丁丑岁大疫，伊一家数十口一人不染。子孙皆贤孝，各安分守业，为上虞首富。

享高寿，子孙三代同科

奉新县甘乐天翁家富，自俭好施。每对人曰：钱财乃上天暂交于我，我应当代上天济人利物，方不负上天所托也。逢歉年，即将仓米煮粥，赈施乡里。疾疫时，开医局施药。又施棺千余具，义冢地百余亩，造桥修路，买物放生，孜孜为善，惟曰不足。后享寿一百零三岁。曾孙甘汝来，位至吏部尚书。甘汝来父甘万达，弟汝蓬，侄甘禾，雍正丙午，三代同科。

改夭为寿，子孙科甲

太原布商刘全顺，求袁柳庄相面。袁一见惊曰：兄大限只在一月内，可飞速回家办后事。柳庄神相也，言无不中。因是归寓，惘然不乐。表侄周鳌问故，始知因。劝云：今大荒歉，人相食，何不捐资五六千两，买米麦散赈诸贫人，积大阴德，或者可回造化。刘即依言，星夜发银办米散赈。过一月余无恙。复往见柳庄，庄又惊曰：尔作何大阴德？满面阴骘纹，气色异常，非但延寿，且得二贵子。刘后行善愈力，施济愈勤，享寿八十五岁。生三子，二登甲榜。子孙科第不绝。周鳌亦寿八十，子三，皆为太原巨商，子孙大富六七代。古云：百世之计树德，洵不诬也。

车夫成仙

天启时，祥符县车夫金芳性仁慈，贫而好施。遇歉年，自啖糠粞豆渣，见饥寒残疾人，必施一二文，每日空囊而归。有时雨雪不出，常忍饿一二日，不怨也。年六十四岁，遇无心昌老，赠吞丹药，发白复黑，齿落重生，乡里嗟异。后复遇昌老，随之而去，不知所终。贫而好施，功胜于富施百倍，故吕祖度之成仙。

往生净土

顺治时，常德府圆照庵僧性修，布衣蔬食，日课弥陀万声，寒暑不问。遇歉年，将所有钱米、布帛尽施乡里饥寒孤苦之人。徒众埋怨，修惟含泪念佛不止而已。年七十一，月前自知时至，临期天乐，远近皆闻，寒笑坐化。室内异香，经月不散。

往生净土

披发婆子，年约八十余，不知何处人。在沁水县东门内往来求乞，口念弥陀，不绝声。人矜其老，多施钱米，婆即转施孤苦残疾，并云：我代施主转种福田也。后里人见五色云起草市中，见婆坐逝，异香郁然。

羽化成仙

天启时，桐柏观道士赵紫霞遇歉岁，将钱米、衣物尽施山下贫苦老幼残疾。自绝食，掘莨根，剥榆皮疗饥，致成病而卒。举棺甚轻，开视惟留敝衣一袭、蒲履一双，尸解而去。

科甲连绵

绍兴平士端为济宁州幕宾，慎于刑狱，不枉不滥。遇岁饥，自出银一百六十两，又劝本官出银八百两，粜米散赈。又劝本官优礼富户，助粟三千石煮赈。严查书役侵渔，小民皆得实惠。今平氏子孙皆令德俊异，科甲连绵。

子孙繁衍富厚二百余年

嘉靖时，平阳府西街杨士琰开张粮食铺，斗称进出，一味吃亏克己，人称为杨呆。伊见一切贫苦乞丐，常怜悯之，必与钱米。一日，伊店伙呵骂。杨云：贫苦小人，所求者不过一文一勺，何忍以呵骂加之？且人生靠天，只要店中生意顺聚，无官非口舌火盗，自己吃用省俭些，一日亦不争乎此一二百文钱。贫人买三五升者，即令伊自量，任满不取其利。遇荒岁，家内所存贱米平价粜完。每日晡，带银钱往僻巷小街施济。凡亲族邻里肩挑负贩，病者、瞽者、老者、幼者，无不沾其惠泽。愈施济而家愈茂盛，方信暗中有神助也。六十二岁，秋，病入冥府。冥官言：尔有济贫大善，可还阳去。增寿二纪半，后寿九十二岁，无疾而终。子孙繁衍富厚，至今已二百余年矣。此皆祖先肯吃亏，肯做呆，所延之福泽也。

奉劝今之开店铺君子，宜留心矜悯此辈，聚沙成塔，功德不小。门口布施，最为简便。古语云：远处烧香，不如近处作福。古云：施济是第一阴功。先要去悭吝心，吝心去得净，自然舍得彻，舍得彻，总是见得到耳。盖钱财是命中一定之物，分中有财，舍得去，积得来，上天必千倍万倍加息偿之。所谓君子落得为君子也。分中无财，悭吝刻剥何益？即使心用机，损人利己，刻薄成家，而天地鬼神降飞灾横祸，水火盗贼，不肖妻子仍夺之而去，留不美之名，与人作笑柄，所谓小人枉然做小人也。司马温公曰：积金以遗子孙，子孙未必能守。积书以遗子孙，子孙未必能读。不如积阴德于冥冥之中，以为子孙长久之计。又云：人受命于天，生来之福有限，积来之福无穷。善心既发，切莫中止。温公位至宰相，封温国公，子孙十八世为显宦。世上惟大智慧人眼光看得远，善观天道，善体天心，广种福，以散为聚，平日吃小亏，到后来得大大便宜。

为城隍神，子孙科甲连绵

嘉靖时，南昌熊兆鼎翁精内外科医术，不计财利，不避寒暑，不先富后贫。遇有危症，贫不能服参者，自备为末，密投剂中，更赠以银钱。凡富家所谢之财，皆为济贫之用，无私藏也。遇歉岁，即步行，不乘轿，恐歉年而扰累于人。斯时贫疫者多，甚至卖父遗田以济，所活无算。自妻冬衣葛裙，怡然也。年八十岁，诞日忽见中堂悬红绫报单，上书奉上帝命，命熊兆鼎三日后赴福建省城隍司任。询之家人，皆云不见。至期，沐浴更衣，拜天地，别亲友，端坐而逝，异香累日。子孙繁衍，科甲不绝，为江西望族。

福建无林不开榜

福建林文彬，子思敬，孙仁植。祖孙三代于天顺、成化、正德时出己财，共赈饥荒六次。遇仙指示葬地，至今三百年来，科甲不绝。谚云：无林不开榜。

享高寿，子孙繁衍

济宁左近数百里皆种烟业为业，惟李家集农民沈廷瑞有田五十余亩，父子年年只种米麦。人笑其痴。沈曰：种烟之利，虽倍于米麦，但米麦为生人之本，岂可贪厚利，务末作而忘本，以负上天爱养百姓之仁恩哉？沈享寿八十八岁，妻九十岁。生六子、十四孙、二十二曾孙，皆孝友端方，务耕务读，家业方兴，乡里皆敬羡也。

往生佛国，子孙二状元一中堂

金坛、溧阳、丹阳左近数百里皆种糯谷，一年出粜数百万石。成化时，于南皋公仁慈好善，力课《功过格》，日持《金刚经》，有田千余亩，惟种籼麦。人亦笑其痴，公曰：糯米为造酒之用，杜康留下此方，今古害人不少。籼麦乃上天生下恩养世人之至宝，吾安忍贪厚利种秫而忘养人之至宝乎？遇荒年，数散仓谷，赒济亲族乡里及贫苦真修僧道尼姑。后享高寿。临终，邻人见伊墙上忽显金楼，高十余丈，隐隐向西而没。子孙科甲至今。

酒为害人第一大毒蛇。三教圣人谆谆戒人，言之详矣。其种烟叶，必要膏腴之地，毫无益于人，且有火毒戳喉之患。今只苏州北马头一处，各烟行一年有二三百万金生意，因城乡老幼、男女、僧道无一人不吃烟，竟有一人一日吃至一二十文者，故耗费比茶盐更甚。且生齿日多，田地日为造屋、造坟用去，又为烟糯二物所占，故一遇歉年，即不支矣。倘人人能如于、李二公之存心，务本抑末，一年即多米麦数千万石。凡种烟之处，仁人君子，可劝种米麦。

往生净土

江宁余光斗织机为业，好善乐施，日课观音圣号三千声。丙子岁饥，捐施粥厂米十二石。寿七十一。化前二日，自知时至，邀集亲朋叙别。至期，沐浴更衣，执香跪于阶上。良久，对妻唐氏云：观世音、大势至二位大士已荷降临，执红莲台来迎我矣。言讫，入室饮茶漱口端坐而化。时当炎暑，颜貌怡然不变，异香绕室三日。

三代公卿

杭州徐文敬公潮道义自闲，尝讲圣贤事迹，引人于善。见有谈人善者，辄从而赞叹，再三详问。有言人短者，公愀然不乐，默无一语，谈者惕然而止。遇岁歉，出己资买米赒济亲族。子本，官至东阁大学士；杞，甘肃巡抚；孙以烜，官侍郎。诸孙曾皆科第。

延寿得子

杭州荐桥仇鸣盛，六旬无子。幸〔辛〕未岁饥，自捐施粥厂米五十石。后连生三子，寿八十五。

双目复亮

苏州虹桥寡妇崔施氏，因哭子双瞽。丙子年，捐施粥厂米二十四石。一日晨兴念观音圣号，忽见观音大士法身现云端，二目复朗。今寿七十九岁，甚健。

愈疾延年

桃花坞潘敦仁瘵疾数年，卧床待毙，自思身故后要银钱何用，不如及早济人利物。时值辛未岁饥，售屋八间，捐施粥厂米六十石。其疾渐痊。至今六十余，甚健。

延年生子

徽商汪宇亭，算命者言伊只有四十五岁之寿，无子。丙子岁饥，伊捐施粥厂米一百六十石。今年七十余，甚康健，已生四子、七孙。

寿考子孙贤孝

杭州杨文和住菜市桥。丙子岁，曾捐米四十石于施粥厂。今八十余，犹强健。子孙贤孝。

愈疾延年

湖市应玉华，幼有血症。丙子岁，助赈米三十石。今八旬，强健，子孙繁衍。

免横灾延年

长洲学前马鹤林，辛未曾助米十六石粥厂赈饥。后寓淮安湖嘴子蒋家饭店。一日夜半，忽腹疼，下楼出恭。忽轰然一声，楼上墙倒。众人携烛往视，马之卧床已压碎矣。马此后一心力行众善。今八十余，甚健，子孙绕膝。

阴司重施贫，不重酒肉僧道经忏

丙子岁，南濠李文璧父故，广延僧道，修醮拜忏。一夕，伊父凭孙女福全对文璧云：尔在生亦孝我。今当此荒年，有此钱财，何不施济饥寒？今延酒肉僧道拜经忏，非但于我无益，更加我你罪愆。若肯施济贫苦，功德比经忏胜百倍也！李阅日施饥人，每人钱一百廿，共用七百余千。伊父又凭福全对文璧云：尔可为大孝，冥府已加增福寿，我今已往生富贵人家去矣！

贫人行善，增延福寿

娄门外李贵生务农为业，病入冥府，见五殿王乃汤文正公，对李云：尔丙子年在施粥厂充煮粥夫役，因尔粥锅水缸必洁，米粒砻糠必惜，身虽贫苦，而常存哀矜他人贫苦之心，且常劝人戒杀牲禽，勿食牛犬，应增寿二纪。回阳后须多念弥陀，多行善事，增延福寿，未可限量也。现今七十五岁，面貌如五十许，强健过人。

据汤文正公生前常云：百姓造孽既久，上天势不得不降灾劫。既降之后，见百姓受苦惨凄，上天又不胜哀矜怜悯。有仁人肯舍财施济，救人于危急死亡之时，上天又不胜喜悦，即眷佑此人，降以福寿。盖上天无亲，惟佑善人。此天心如此也。吾侪饱食暖衣，可不为上天矜怜此等饥寒疾疫人乎？

奉劝仁人，将衣食器用省俭些，婚嫁省俭些，一切宴会歌舞灯彩省俭些，赈此乏食饥人。春时种一粒子为因，秋时收千粒粟为果也！

往生净上〔土〕

杭州余杭塘宋文进妻韩氏，三十而寡，居小楼，日课弥陀三百，拜念佛万声，观音三千声。丙子岁歉，将衣饰变卖，捐银六十两于施粥厂。自惟食菜粥半饱，云：众人饥饿，吾安忍独饱？每见残疾衰老贫苦人，暗为流涕，施以银钱。又捐资刻《金刚经》、《感应篇》、《阴骘文》，印施数千部。又买放鱼鸟，亦千万命。年六十一岁，一日对侄媳计氏云：今早有信，欲往西方净土，三日后回来，尔等勿讶。言讫气绝而胸中暖。三日后果回，云：西方极乐国，好世界！好世界！有金、银、琉璃、玻璃、珊瑚、玛瑙、砗磲七宝砌地，七宝装成楼阁宫殿，七宝树林，七宝浴池。又有真珠、明月、摩尼众宝为网覆盖其土。奇衣异食家家有，白鹤、孔雀家家养，一切好处说不尽。好世界！好世界！尔等当勤念弥陀，勤行众善，广放生命，他日尔等命终之时，我同佛菩萨来领尔。次日午时，云：莲池、紫柏二大师同比丘居士三百余人在空中迎我。即沐浴更衣，执香于手，行至阶前，望空立化，颜貌如生，异香芬郁。至今杭州人多信念佛法门，往生者甚多。此二先人目都〔睹〕，书此奉劝。

以上所集皆父老传闻及身目睹实事，略记数十条。不及闻见者，又不知几千几百。其古书所载赈荒福报，纸不胜书，故不重赘。惟愿仁人君子大发慈心，广施利济。当此荒歉之年，正是宝山取宝之时，切切不可错过，千万不可错过，错过可惜。须眼光放远，余地早排，将虚浮不坚牢之财物，积悠远大坚牢之福缘，非但百世子孙贤良忠孝，发丁兴族，富贵寿考，即成仙了道，此路犹为捷径也。

乙巳冬月，伯扬氏九顿首拜劝。

附经验神奇良方

（此皆历有证验，故敢附入刊印。阅者幸勿轻易而忽之也）

痘　症

凡出痘遇险者，以白鸽子煎汤服，或多食鸽子肉亦妙。此系乩仙所授之方。

凡痘倒压色黑，唇白冰冷，用狗蝇七枚擂碎，和醅酒调服。移时即红润如旧。

经验稀痘神奇良方

天麻子（三十粒，去壳衣，拣肥大者）、朱砂（一钱，拣明透者）、麝香（五厘，拣真净者）。

先将朱砂、麝香研极细末后，入天麻子，共研成膏。于五月五日午时，擦小儿头顶心、前心、背心、两手心、两脚心、两臂湾、两脚湾、两胁，共十三处，俱要擦到，不可缺少。擦如钱大，勿使药有余剩。擦完不可洗动，听其自落。本年擦过，出痘数粒。次年端午再擦，出痘三五粒。又次年端午再擦，永不出痘。如未过周岁小儿，于七月七日、九月九日依法擦之更妙。男女皆同。传方之家不出天花已十三世矣。

又　方

立春前一月，将鸡蛋七个，用麻布袋盛上，用线挂好，浸屎桶内（粪取稠的），一月取出（蛋勿水洗），埋土内三日（须要人走）。立春日早，用磁罐煮三枚（须糖心，令易吃），诸食宜少进，恐饱不能食，总期三日内吃完。儿小者一二枚亦可。服过三年，重者必稀，轻者不出。（按：痘皆父母遗毒。今用屎浸，消后天之毒，用土埋，培先天之气。又当立春阳间之候，服之毒消痘稀，必然之理也。慎勿以秽而忽之。）

又验过神奇之方

凡婴儿无论男女，用肥大光洁川练子，一岁至三岁者七个。臼内捣烂，水三碗，新砂锅煎浓，倾入盆内。避风处，将新稀白布一方蘸水，自头至足，遍身洗擦，不留余空，仍将布拭干，避风一刻。四五岁者，用川练子九个，水五碗。六七岁者，用川练子十五个，水七碗。八岁至十岁，川练子二十个，水九碗。十一岁至十五岁，川练子三十个，水十五碗。照前煎浓洗擦。捣药忌铁器。非但不出痘，且免疮节。若不信，或手或足留一处，倘出时，必聚一块。此系神效仙方。

新安吴春山先生作宦时，三子俱患痘殇。斋戒虔诣城隍庙，梦神授此方。后娶妾，连生二子，即照此洗擦，俱长成。深感神功，刊布。庚辰年，吴义丰在楚地，见痘疫流行，刊刻布送，救活婴儿无算。（洗浴日期须择七个除日，洗七次。如五月至八月初止，内有七个除日，俱在热天，更妙。）

又　方

取丝瓜不老不嫩，才不可食者，悬檐下风干。只将近蒂者二三寸许，瓦上炙存性，为细末，每一钱配水飞朱砂三分。每服五分，用黑沙糖调服。量儿大小，如初生时，一服最妙，三岁内者二服，三岁外可三四服。能使多者稀，稀者无。

此古方也。试过百儿，无不稀少。一儿服之最多，竟至不出。

虫入耳

以菜油少许滴入，其虫即死。或虫入左耳，掩右耳，以左向明，屏气，少顷即出。不可爬挖，其虫愈深入矣。

吞金

凡误吞五金，以饴糖半斤啖之。 吞铜钱，以羊胫骨烧灰研末，米饮下三钱立效。吞铁物，将栗树炭二块，铁锤研极细末，沙糖和丸服，三钱立出。

吞针

取田鸡眼乌珠一对，冷水囫囵吞下，其针两头穿珠立。

解砒毒

其症烦躁如狂，心腹绞痛，头旋，欲吐不吐，面色青黑，四肢逆冷。又或闷绝，心头微温，命在须臾者。用绿豆半升，擂去滓，以新汲水调通口服。或用真靛花二钱，分二服，以井花水浓调服之。又用细叶冬青汁频灌即解。又，用无名异五钱，研末冷水调服。又以杨梅树皮煎汤二三盏，服之。又以黑铅磨水灌之。又，以禾杆烧灰，新汲水淋汗滤清，冷服一碗，毒即下。又以生油灌之，令吐。又取热鸭血灌之，立解。

解盐卤

用生豆腐浆灌下，再以鹅翎绞喉数次，令吐，即活。又急将白洋糖四两，汤调灌下，垂死者即活。

解虫毒

（此淫术也，广东有之，藏于鱼肉中害人）

毒在上则服升麻以吐之，毒在下则服郁金以下之，或合升麻郁金服之，不吐即下。宋李巽岩侍郎为雷州推官，鞠狱得此方，活人无算。见《范石湖集》。

汤火伤

（最忌浸冷水中，防火毒攻心，并勿服寒冷之药）

平日取老黄瓜，不拘多少，磁瓶贮之，藏暗湿处，自烂为水。将此水抹患处，立刻止痛，且不起泡。又以人乳拌铅粉鸡毛，调敷患处，专治初经汤火者。又，以白蔹、大黄等分为末，麻油调敷，神效。如药不便，服童便以护其心，使火不能内攻，随取大黄末、桐油调敷，即垂危者皆保无恙。

止 血 方

凡刀斧伤或疮口出血不止者，将水调泥，敷出血处四边。若伤头面，敷颈周围，伤手敷臂，伤足敷腿。能截住其血，令不来潮。其伤口仍用膏丹贴之。

人 咬 伤

用热尿洗出牙黄瘀血，以蟾酥丸涂孔中。或嚼生白果涂之。

咬 指 伤

急用人尿入瓶，将指浸之，一夕即愈。如烂，以克蛇乌龟壳灰敷之。

踢 伤

冬青叶同醋煮数沸，略滴麻油少许在内，取叶换贴自好。

跌打损伤

扑压跌打、从高坠下及竹木所磕、落马覆车者，皆瘀血凝滞，大小便通者轻，不通者重。以淡豆豉一合煎汤饮之，或用生姜自然汁和麻油温服之，再将净土五升蒸，以旧布重裹，分作二包，更换熨之，不可大热。若骨节打抓离脱，捣生蟹极烂，用淡酒冲服，任量饮之，即以蟹渣敷患处；或用大虾蟆生捣如泥，敷患处，缚定其骨，自合。又法：用地鳖虫（十个，酒炙）、蚯蚓（十条，焙干）、自然铜（二钱，醋煅）、骨碎补（三钱）、乳香（五分）为末，加苏木三钱，酒煎服。

蛇狗咬伤

凡风狗毒蛇咬伤者，以人粪涂伤处，新粪尤佳，诸药不及此。蛇咬，用蒲公英捣烂，贴上即愈。又用鸡蛋敲破蛋头，合在蛇咬处，蛋变黑色，再用一个合之，俟蛋内黄白不甚黑，再用一蛋合之，自愈。极妙良方也。或将夜壶内尿垢用津唾研烂，搽之立愈。

蜈蚣蝎螯咬伤

用手指探入鸡喉内，取鸡口内涎涂之，立愈。又，蜈蚣咬伤，取锅底煤搽，立愈。又用五灵脂敷伤处，其肿立消。

热 死 方

伏天行走热极，猝然昏倒，断不可饮冷水，遇冷即死。急用热土围脐，上使数人溺尿，令温热汤洗更妙。又以姜汤或童便乘热灌下，外用布蘸热汤，熨脐下三寸穴，立醒。醒后忌饮冷水，饮之立死。

斑 痧

其症头腹痛，烦闷眩晕，与别症不同。但变起猝然，痛甚颠叫，六脉皆沉。或右关浮洪，胸背腹有细斑隐于肌肤内者是也。急寻生芋艿或蜡油食二三枚，如非斑痧，难下；若真斑痧，食之觉甘。以此试之，极验，更能解此病。再用灯草蘸菜油，点火照之，隐隐见红斑，即以火向斑上淬，必暴响，须淬尽方止，否则复发。用荞麦五钱煎汤温服，自愈。不可太热，食忌姜、茶、酒、烟、药，忌陈皮、紫苏、半夏、甘草，误食者凶。

绞肠痧

(阴痧腹痛，手足冷，身有红点，火猝妙。阳痧肠痛，手足暖，针刺出血，甚妙)

明矾末(三钱)滚水调服，立愈。一用生芋艿二片下汁，神效。或用盐少许，置刀头，烧红淬入水中，乘热饮，立苏。

缠腰痧

一时腹中疼痛，眩晕昏迷，觉腰间如绳缠者，急以真菜油一杯灌下，一吐即愈。

霍乱

凡吐泻、头眩、眼晕、四肢厥冷，用药稍迟，不救急。用吴茱萸、木瓜、食盐各五钱，同炒焦，用水三碗煎服，立愈。

又方：以霍香叶、陈皮各五钱，水煎服，垂死立生。

又，用锅底煤五分，灶额上煤钱五分，滚汤搅千下服，亦效。

干霍乱

凡手足厥冷，欲吐不吐，欲泻不泻，转筋，人腹汗出，气冷欲绝者，用炒盐一两、牙皂一钱，水煎服，取吐胃气一回即愈。盐二匙，熬黄童便冲服，效。吴茱萸三四两，用盐数两，炒热，熨脐下，亦效。

喉闭方

手足厥冷气闭，命悬顷刻。一时无药，或有药不进者，急将两臂以手勒数十次，取油发绳扎大拇指，以针刺指甲边，血滴下，其喉即解。男左女右，重者两齐针。

又，用鸭嘴、胆矾，研极细，以酽醋调灌，吐出胶痰，立愈。

急喉风

取蜒蚰入瓶，加乌梅肉压之，即化为水。遇患时，取滴喉间少许即愈。如无现成收好者，即取蜒蚰一条，将乌梅一个去核，包蜒蚰在内，扎定，含口中，其水流至喉间，立愈。又枯矾(一钱)、百草霜(二分，须釜脐内者佳)同研极细，用管吹之，呕吐胶涎，立效。又，以墙土壁喜窠数个，瓦上炙燥，研极细末，吹入喉中，血散痰消，立愈。

又，喉间乳蛾，取马兰头汁漱之，立愈。腊月八日，取雄猪胆一个，装入白矾末，阴干研末。次年腊月八日，再取猪胆，入前猪胆末，如此三四次。遇患者，用一二分吹之。凡单乳蛾喉癣喉痈，肿痛吐咽不下，命在须臾者，皆效。此神方也，宜预制以救人。

缠喉风

热结于喉，肿绕于外，且麻且痒者，急用牵牛鼻绳烧灰，吹之，甚效。

急救疔疮方

活蟑螂二个，捣烂涂之，神效。或将白矾研细，冲入河水，连饮数觥，令吐毒出，则疮自消。

鲫鱼仙方

（治对口疖，及一切白色阴毒初起）

活鲫鱼一个，生山药一段，一样长，白糖二钱，同捣极烂，敷上神效。再，瘰疬初起及乳痈初起，加腊糟同捣，敷上。

急心痛

其症牙关紧闭，欲死。用老葱白五茎，去皮须，捣膏，将匙送入喉中，灌以麻油四两，但得下咽即苏。

腹痛

一切男妇，腹痛紧急欲死，不识何症。用盐炒热，布裹熨痛处，立止。

小便不通

用蚯蚓五十条研烂，投入凉水一碗，搅匀澄清，去泥滓，饮下立通。此物大解热毒，垂死者无不效。

又，腹胀如鼓，危急垂死，百药不效者，用凤眼草（即臭梧桐子）、皂角四两，水煎五七沸，加麝香少许，入磁坛内。将玉茎入坛口内，薰半炷香时，使药气入窍即通。极验。

小儿卒死

小儿卒然暴死，不解何病。急以狗粪一丸，绞汁灌之，即活。

〈此前似有脱漏〉刻吐出，冬天无田鸡，在桑树底下掘深三尺，自有。

又，小儿吞针，将半生半熟出芽蚕豆捣碎，用韭汁为丸，吞下。

骨鲠方

威灵仙二钱，用沙糖和酒煎，通口服，立效。又凤仙花子二十粒，白滚汤送下；或用玉簪花根汁亦妙。但二物俱不可着牙，恐其损落。

天丝入目

石菖蒲捶碎，左目塞右鼻，右目反是，即出。屡试极效。

辟瘟丹

（凡遇瘟疫流行，服之可却邪气。即与病人同床合被，亦不传染也）

雄黄（一两）、鬼箭羽、丹参、赤小豆（各二两），练蜜为丸，如梧子大。每服三五丸，空心温水下。

每元旦日未出时，举家吸井花水，各服赤小豆七粒，即一年可免疫症。

救五绝良方

凡自缢高悬者，徐徐抱住解绳，不得截断，上下安被放倒，微微捻正喉咙，以手掩其口鼻，勿令透气。一人以脚踏其两肩，以手挽其头发，常令弦急，勿使缓纵。一人以手摩捋其胸臆，屈伸其手足。若已僵直，渐渐强屈之。一人以脚裹衣，抵其粪门，勿令泻气，又以竹管吹其两耳，候气从口出，呼吸眼闭，仍引按不住。须臾以小姜汤或清粥灌，令喉阔，渐渐能动乃止。此法自旦至暮，虽已冷，可活；自暮至旦，阴气盛，为难救，心下微温者，虽一日以上亦可活。

又一法治自缢，气已脱，极重者，只灸涌泉穴（在足底心）。男左女右，灸三壮即活。

一法刺鸡冠血，滴入口中即活，不可将茶水灌。

凡溺死者，先以刀斡开溺者口，横放箸一只，令其牙衔之，使可出水。又令一健夫屈溺人两足放肩上，以背相贴，倒驼而行，令其出水。仍先取燥土或壁土置地上，将溺者仰卧于上，更以土覆之，止露口眼，自然水气吸入土中，其人即醒。仍急用竹管，各于口、耳、鼻、脐、粪门内，更迭吹之，令上下相通，又用半夏末搐其鼻，又用皂角末绵裹塞粪门，须臾出水即活。

一方用艾灸脐中即活。

一法将梯乘其人倒挂，用盐塞鼻填满，盐化即醒，并将盐堆脐上。

又法以鸭血灌之即醒。

凡冻死及冬月落水，微有气者，脱去湿衣，随解活人热衣包暖。用米炒热囊盛，熨心上，冷即换之，或炒灶灰亦可。候身温暖目开气回后，以温酒或姜汤粥饮灌之。若先将火烘，必死。

一用雄黄、焰硝等分为末，点两眼角。

凡压死及坠跌死，心头温者，急扶坐起，将手提其发，用半夏末吹入鼻内。少苏，以生姜汁同菜油调匀灌之，次取散血药服。如无药，以小便灌之。

一取东南桃柳枝各七寸，煎汤灌下。

凡中恶魇死者，不得近前呼叫，但唾其面。不醒，即咬脚跟及拇指，略移动卧处，徐徐唤之。原无灯，不可用灯照。待少醒，以皂角末吹鼻取嚏。

凡溺死、缢死、魇死，急取韭菜捣汁，灌鼻中。得皂角末、麝香同灌，更快捷。

凡五绝，皆以半夏末冷水为丸，如豆大，纳鼻中即愈。心温者，一日可治。

凡卒死，以半夏末吹入鼻中。（又治产后晕死，神效。）

救　死　方

凡杀伤不透膜者，用乳香、没药各一块，如皂角子大，研烂，以小便半盏、好酒半盏同煎，通口服。然后以花蕊石散或乌贼鱼骨为末，敷疮口上，立止。

附花蕊石散方

没药、乳香、羌活、紫苏、细辛、草乌、厚朴、白芷、降香、当归、苏木、檀香、龙骨、南星、轻粉（以上各二钱）、麝香（三分）、蛇含石（二钱，童便煅三次）、花蕊石（五钱，童便煅七次），共研末极细，用葱汤洗过伤处，以此掺之，软绵纸盖扎。一日一换。神效。

救　急　方

凡中风、中暑、中毒、中恶、干霍乱一切速暴之症，以生姜自然汁和童便服，立解。

劝民除水患以收水利歌

清嘉庆三年刻本

（清）胡季堂　撰

李文海　点校

劝民除水患以收水利歌

宫保尚书直隶总督兼理河道光山胡季堂撰

民以食为天，足食在耕畔。农民种植勤，全赖雨泽灌。天雨有时缺，居民尽忧旱；天雨有时多，又苦水浸漫。旱涝时廑怀，何不思备患？

右第一章言旱涝为灾，虽曰天时，人力亦可挽回，当思患预防也。农民全赖耕种养生，而田苗又全赖雨泽滋长。但天时旱涝不一，旱苦干枯，涝苦淹浸。尔民既时时忧虑，自当预先想法以救旱涝之灾。

地广种亦广，雨大无容纳，高地望有收，洼地徒嗟呀。惟多开沟池，庶得有拿把。池深容水多，沟通水可泻。

右第二章言地广种普，雨水无容纳之区，遂积涝为患。惟多开沟池，庶可免也。农民贪图多种地土，不肯留洼下之处容水。一遇雨水多时，高处纵能免涝，而洼处必多受害，徒深叹息。须各择地势最洼之所，挖掘小池大塘，深坑广濠，勿任淤垫，而贪一种之利，让为容水之区。平畴广远，有一分之容纳，即少一分之漫淹。再开沟引水归河归淀，使有去路，则雨水之来，既有池塘分消其势，又有沟渠以泄其流，其患自免。

譬如盖住宅，有院必有墙，墙必留沟窦，泄水保其房。或与四面邻，水无所出方，亦必挖沟坎，容水免惊慌。何独陇亩间，不挖池与塘。

右第三章言盖房种地，事异理同，自可仿照而行，以避水涝也。譬如人家盖屋，必在院墙下留沟，使院内之水流出，此房方得坚固。即或四邻挤靠，并无出水之路，亦必在自己院内掘坑纳水，断无任听水浸墙壁之理。若于地亩之内，开沟渠以顺水，挖池塘以容水，水有流通归宿之处，自不至淹坏禾苗，实与盖房防水之理无异。尔民何独不思？

十亩百亩地，千顷万顷间，高下地不一，就下可穿潭。让地十一二，收水免弥漫。让地亦有限，余地便安恬。

右第四章言前说地广须让地开池，以容水而免患。此言让地不过十分之一二即可也。直省地土自十亩百亩，以至千顷万顷中，高阜低洼必不一律。就其低洼之处，掘池收水，或作数分之坑，或挑数亩之塘，按其地势，大以成其大，小以成其小。约计让地不过十分中之一二，则雨水之来，有池塘以纳其流，自不至一概漫溢。虽让地不得播种，目前似为可惜，而余地可免淹浸，便得收获安恬之利。

看彼灌园叟，汲井浇其畦，纵有旱涝年，蔬菜仍货殖。农民耕作勤，尽可仿其式。池开漫水容，借可溉黍稷。免涝又救旱，农民何不知。

右第五章言掘地存水，不惟遇涝可免泛溢，即遇旱亦可借池水浇灌也。即如菜园穿井浇畦，无论旱涝之年，菜蔬总可得利。若把庄稼地内开池容水，使之深广，水可潴蓄，与掘井无异。如遇天旱，即可将所蓄之水，浇灌禾苗。是让地以避水，即可借水以救旱，农民不可不知也。

勿谓已地窄，开池容无多。又恐邻水来，无能阻其波。尔只防尔涝，人作人陂陀。地边围土埝，野水难漫过。且使沟渠通，骤涨自落河。

右第六章就人之地土少者而言也。愚民之见，恐自己地土本少，若在地内掘池，让出容水之区，则所种更少。而邻水漫来，不能遏阻，是徒然少种，仍属无益。不知尔等各人于各人地内掘池塘以容水，筑土埝以防水，修沟渠以通水，各尽其力，各保其地，彼此并不相妨。人家地内之水，自然不能漫过。且水沟既通，纵有水来，自顺流归入河道矣。

勿谓已地宽，池大工力繁。勿谓弃地惜，目下又费钱。须知沟池成，旱涝俱可蠲。广种多不收，不如少种安。眼前虽多费，日久利无边。

右第七章就人之地土多者而言也。自家地土既多，掘池修渠，工费用度必多。畏难惜费，人之常情。不知目下破费工本，修成沟池，水旱皆可无虑。是向来之贪图广种，每多旱涝不收之虞，何如让水少种，可保收获之稔？即眼前之费力虽多，而日后之获利无穷。所谓日计不足，岁计有余也。

开池可免涝，民何久不为？必恐沟渠多，驱车非所宜。不知沟渠上，桥梁有可规，一里二里间，涵洞三五拔，下可通流水，上可听车驰。似此无阻碍，急修莫迟疑。

右第八章言沟池既开，必须修建涵洞桥梁以通车行也。尔民非不知开池修沟，可以免涝而救旱。第恐沟池既多，驱车径行，多有不便。不知沟渠之上，一里、二里之内，于通行之路，用砖砌一涵洞，或用砖包砌两头，中架木植秫秸，上铺厚土，所费无多，下面可以通流，上面可以行车，自无阻碍矣。

池成沟又通，救旱可施工。辘轳时转汲，费力润难充。两手兜斛劳，亦非普济功。南方有牛车，驾使若磨砻，激水任浇灌，人力免疲癃，驴马皆可用，仿之利无穷。

右第九章言池塘蓄水，当仿造水车灌溉，以省人力也。池既成而沟又通，若遇旱干之年，并可浇灌救旱。但庄稼地不比园地，若用辘轳汲水，徒然费力，浇地有限。即杆架绳牵戽水，亦费人力，不能普遍。因思南方牛拉水车之法甚便，如磨盘轮转，骡马牛驴皆可套拉。转车吸水，只用一人开导渠口，引水入田，即百亩不终日可遍。仿而用之，其利甚普。现在打造水车式样，另行颁发照造。

今岁通省年，大概多丰稔。间有雨稍迟，不免旱为窘。又有洼地中，积涝也觉眚。念尔辛勤劳，此情实可悯。劝尔开沟池，免尔受饥馑，勿谓浮言移，勿谓工力省。早早尽人事，岁岁丰仓廪。

右第十章。此章总言年岁之丰稔，固在天时，而免涝救旱，亦由人事，当力行沟渠之法也。即如今岁直省年成，大概丰收。偶有缺雨之处，未免稍旱，亦有低洼处所，积水未消。尔民终岁勤劳，情殊可悯。此皆由于不开池塘，不修沟渠之故。今劝尔众百姓，切勿畏难，更莫惜地而省费，依法为之，自必用力少而成功多，损地微而享利久。尔民其共相劝勉，实力速行，勿为浮言所惑。尽人事方可享地利。年年丰稔，仓廪充盈，于尔民有厚望也。

本部堂因深悉直省多水患而不知水利，是以专折奏请，仰蒙俞允，业已通行各属。第恐未能办理妥协，或委之书役乡地，转多滋扰。因作此歌，出示晓谕。尔等士民，务须熟读而讲求之。如果实力兴作，避患而得其利，亦经奏明给与顶戴。本部堂惟愿与尔共享丰年，决不强勒，委任书役乡地，为尔之累。尔等宜体此意，勉力为之。如有书役乡地人等借端诈扰，尔等即赴本部堂衙门控告，以凭究治，决不宽贷。

宫保制府光山公，前以司寇兼京兆尹数年，已备悉三辅地利民情。戊午春，膺帝命总制畿甸，以实心行实政，凡有裨于民者悉兴之，而尤以勤耕凿、裕民食为先务。巡行之次，重为民惜。谓夫隶此士者，患水患而不知除，利水利而不知收也。爰进老农，以古沟洫法谆切劝谕，反复申明，俾仿而行之，庶水行而患以除，水蓄而利以收。是年秋扈跸山庄，缕晰陈奏，已蒙俞允。犹虞吏胥奉行不善，或致病民，不若使民自为之为便，爰作歌十章，揭示晓谕。词质理明，人易晓则法易行，所以卫民生而为国计者，不亦厚哉！勷承乏首邑，日侍左右，聆公之训，知公之心。即以公之言，注公之歌，寿之枣梨，广其传而垂永久。行见畿辅无水旱之祲，享丰盈之利，公之实心实政，于此亦可见一端矣。嘉庆三年冬十月属吏吴之勷谨跋。

钦定辛酉工赈纪事

清嘉庆七年刻本

（清）庆桂等　辑

牛淑贞　夏明方　点校

辛酉工赈纪事序

嘉庆六年辛酉夏六月，京师大雨数日夜。西北诸山水同时并涨，浩瀚奔腾，汪洋汇注，漫过两岸石堤、土堤，决开数百丈，下游被淹者九十余州县，数千万黎民荡析离居，漂流昏垫，诚从来未有之大灾患。此工之所由兴而赈之所由起也。职此之由，实予不德之所致。予承天考命，抚绥万方，授玺以来，兢兢业业，唯恐一夫之不获。孰意罹此涝灾，遘此未见之奇变。呜呼痛哉！永定河向来虽经决口，为患不巨，即被淹浸，何至波及多方。水从桥顶堤上漫过，人力难施，固非意料所及，若诿之气数，是遇灾不知惧，益获天谴矣！从来消息盈虚之理，总视人君敬怠感召之机。《书》曰：日狂恒雨若。又曰：满招损。予一念之忽，遂致如此，诚可畏也。若稍不实力救民，获咎滋甚，予何敢抑又何忍！故分命卿员，多方赈恤，亟命大员督修石土堤工。工成于六年冬，而赈直至七年夏始毕。虽办理尚为迅速，全活者众，然仓卒之间，转于沟壑者，已不知凡几矣！古云救荒无善策，惟尽予心耳。工成赈毕，爰命内廷诸臣编述节次所降谕旨及内外诸臣折奏，纂集成书，颁示直省，俾令知予赎咎之本意。设遇水旱偏灾，皆应实力拯救，庶几挽回天意，转歉为丰，尤不可稍存讳饰。书誌在予过，亦可谅予之苦心矣。是为序。

嘉庆七年夏五月御制

钦定辛酉工赈纪事目录*

钦定辛酉工赈纪事卷首上

谕　旨

嘉庆六年八月十一日内阁奉上谕：本年京师自六月初旬大雨连绵，河水涨决，直隶被水地方至九十余州县之多，实非寻常偏灾可比。朕廑念焦劳，当即简派卿员，分路查勘，开仓赈济。节降谕旨，分别蠲免钱粮，截留漕运，动用银钱米石，交汪承霈、熊枚等分拨急赈。又令那彦宝、巴宁阿赶筑永定河堤岸，并派高杞、莫瞻菉挑浚护城等河，兴工代赈，以期安抚穷黎，实已不遗余力。现在右安门外等处饭厂人数日渐减少，十月初开放大赈，灾民各回乡里，就近领赈，似可不致有失所之人。可见地方间遇灾祲，若能及早筹办，实力抚绥，即可为补救之方。前因暑潦成灾，宵旰靡宁，曾作《河决叹》一首，用抒忧勤惕厉之怀，刻石颁示内外大臣，并非尚词藻摛豪，徒资传诵，实欲臣工等共喻朕诚求保赤之深衷，留心民瘼，或地方偶值偏灾，亟为拯救，以绥黎庶而迓庥和。著将本年办理一切工赈事宜编辑成书，派军机大臣庆桂、董诰、成德、戴衢亨，会同南书房朱珪、彭元瑞，并曾经查办水灾之丰伸济伦、明安，检查六月初旬目后节次所降谕旨，并诸臣关涉灾务各奏章，逐日编集，为《辛酉工赈纪事》，于冬底缮写，进呈刊布，以示朕遇灾兢惕、子惠元元至意。钦此。

御　制　诗

望晴（辛酉）

夏忧雨过钦先训，（恭本圣制读《洪范》文句。）三日为霖月额占。田稼早蒙盈尺润，湖波已报几分添。繁滋深厚泽敷甸，急溜滂沱响沸簷。敬叩昊恩赐时霁，涨河军信恐迟淹。

初伏日作

初伏雨仍注，百川灌大河。涨添阻军信，潦积损田禾。栋宇淋漓遍，墙垣倾圮多。祈天赐晴霁，早报靖兵戈。（每早宫中虔祷速赐霁晴，并望洗兵韬甲，渠魁授首，胁从革面，且俾沿途捷音无阻滞也。）

日狂恒雨若，省咎惕予心。责己德诚薄，临民惭实深。自知过勉改，敢怨澍微霪。何莫非穹泽，躬承一念钦。（旸雨休咎，皆天示恩威也。惟有一念钦承，改过勉善，以仰答上苍仁爱之至意耳。）

河　决　叹

天考付鸿基，兢业勉图治。渺躬才德疏，愆尤日丛积。干戈未全消，国家又有事。季夏月之初，霖雨昼夜渍。波澜涨百川，放溜如奔骥。西北汇大河，桑乾堤溃四。白浪掀石栏，荡漾洪涛恣。(连日雨大水涨，因命侍卫大臣等分投驰勘。据报西路永定河堤开口四段，冲决卢沟桥石栏，下流村庄多被其害。)哀哉我黔黎，昏垫沟整坠。愧予咎日深，罹此非常异。示警衷敬承，敢怨蛟龙祟。分命八京卿，以实查灾被。抚恤尽苦心，奚能得饱饲？一人罪益滋，何辜众姓累！连朝失神魂，食少难成寐。泣思乾隆年，屡丰多上瑞。龙驭杳莫攀，仰空挥涕泪。艰难身愿当，余黎祈妥置。字字皆血诚，言言非虚伪。告我众臣工，展猷集谋议。竭力挽灾屯，静俟昊恩赐。

河徙十韵

永定原安轨，惊心故道移。决堤波泛溢，夺溜浪奔驰。漂没黎民涣，倾颓屋宇夷。黍禾全浸失，妇子遍流离。散赈救生命，推恩拯溺饥。此灾实罕见，予咎又奚辞！竭尽衷怀苦，翻增五夜悲。省躬诚有罪，示警本无私。平孽念遥系，剥肤患近施。叩天消异涨，恬静溥鸿慈。

示在廷诸臣及办赈卿尹

澍雨廿余日，遇灾夙夜惊。救荒无善政，拯溺出真诚。发帑尽予力，任劳在众卿。心肫天鉴察，民饱国充盈。曷可锱铢较？应怜沟壑倾。苦衷祈昊佑，消潦赐时晴。

社稷坛祈晴敬纪

祈雨祈晴总一诚，典章创始特躬行。(雨旸同属庶征，祈报总关民瘼，而向来求晴仪注罕见举行。兹特申殷荐，斋被躬亲，先期幸示光霁。是晨升阳昭朗，尤严惕畏也。)非常积潦连旬溢，奇变大河故道更。荡析闾阎万民苦，筹量宵旰百忧萦。右坛昭格希垂佑，迅赐时肠宇宙清。

立秋日述怀

惊心季夏大河移，庶姓罹灾予咎滋。送暑虔祈救苦厄，迎秋敬吁赐新禧。兵戎亟愿除邪慝，昕夕常怀己溺饥。消潦安民宁陕楚，西南络绎捷书驰。(昨据吴熊光等奏报楚省办贼情形，于六月初七等日，官兵叠获大胜，歼擒贼匪一千八百余名，伤毙首逆张万林、刘大青等，并生擒伪总兵邓起华、彭良材等，贼势残败，不难搜捕蒇事。又据勒保奏报，在东乡境内剿净青蓝两号余匪，歼毙伪元帅鲜俸先、苟文通，生擒伪先锋何子魁，并将两股匪众歼除净尽情形，伫望各路蒇功靖众，速驰捷奏也。)

对雨遣闷

季夏及孟秋，无日不对雨。墙垣鲜弗倾，淋漓遍屋宇。湫隘气潮蒸，积忧寸衷聚。一念少敬诚，灾沴自召取。予咎实甘承，吾民何太苦。

盆倾昼继宵，滂沱疾如箭。大河堤堰开，浑流漾畿甸。百川互争驰，不辨东西淀。被灾嗟多方，七十余郡县。水患昔亦闻，此祸真罕见。值兹嘉庆年，昕夕祗兢战。兵戎五载余，追奔未平定。何时消大忧？漫喜有小胜。积潦阻军书，长途尽泥泞。叩吁赦重愆，至诚天必应。自知才德疏，未得酬考愿。竭力救灾民，发帑遵成宪。盼捷兼望晴，烦忧扰方寸。纪事述予怀，拈豪难遣闷。

秋晴誌慰

连朝朗霁宿云收，一色沉寥玉宇浮。皎旭腾辉光的烁，金风荐爽气清遒。津门积潦将归海，拱极决堤渐涸流。无定洪波祈永定，虔求河复昊恩优。

社稷坛礼成敬纪

京畿全被涝，直省雨旸匀。既沐春祈佑，仍应秋报伸。兵消拯劫难（去声），河复救灾屯。积潦犹淹稼，余邪尚害民。欲除万姓苦，尽此一诚真。虔吁神垂鉴，赦予渎告频。

凌虚阁有会

高秋澄远目，杰阁凌太虚。明霞绚木杪，极浦清光舒。厦屋念陋巷，民艰实廑予。倾颓皆露处，良田被沙淤。畿辅鲜完善，深惭居广居。赈恤尽心力，何时劫难除？

御园季秋

萧萧落叶舞西风，水洁岩清树渐红。民苦难援逢异涨，昊恩虔吁转登丰。五年筹笔仍奔窜，四海萦心半困穷。秋稼近畿全未获，饥寒交迫悯哀鸿。

旷览台作歌，敬依皇考原韵

作歌述民苦，非关胜景酬。敬体我考惠鲜志，旰霄惕厉忧民忧。今夏畿甸涝灾重，九十余郡县广袤。河水泛滥几无地，所幸二麦获尚优。不遗余力救众姓，大田失望全歉收。登斯高台凝远眸，永定决口未涸流，又兼盼捷心悠悠。予小子实增愧怒，恐辜先泽衷焦愁。

赋得百川赴巨海（得收字五言八韵）

洪水连时雨，奔腾畿甸周。惊心川尽涨，慰意海全收。浩汗几无地，纡迴漫择流。朝宗归渤澥，净潦涸田畴。已废九河绩，难垂四载修。涓涓真不测，荡荡泽焉酬。折桂过佳节，把萸及素秋。龙门登俊秀，若渴望洋求。

香山旋跸即事

五日为期四日还，连宵凉雨罢登山。漫耽游豫训常守，遍阅戎兵赏叠颁。省岁多方逢旱涝，筹军庶姓尚痌瘝。心殷民瘼救无术，莅政临轩实赧颜。

颁朔日作

大清声教被要荒，泽洽民心顺典常。绩纪十全尊正朔，德涵九有感先皇。龙髯难挽悲千古，凤诏新颁惠万方。敬授人时恢橐钥，兵消岁美吁穹苍。

立冬日作

一岁历三时，军书尚待披。西成稼未获，北指斗徐移。平贼消民苦，逢年吁昊慈。自思德诚薄，兢业固丕基。

河复六韵

永定惊奇变，忧心四月同。欣闻大河复，敬感昊恩隆。重筑新堤固，全消旧涨融。去沙流自畅，涸潦路能通。神佑抒诚谢，臣劳沛泽充。安澜愿悠久，纪事惕予衷。（今岁夏秋之交，雨霖河决，日夜廑怀。兹据那彦宝等奏报，北上头工于十月初三日丑时合龙，全河复归故道。仰荷昊恩神佑，实为畿辅群黎庆慰也。）

冬暖八韵

御园度诞日，冬暖众心怡。河复堤初筑，民安赈遍施。雄师虽渐彻，余贼尚纷驰。剿抚原兼用，愚顽忍尽夷。怙终罪未满，肆孽恶仍滋。宥过祈天赦，祛邪溥昊慈。转旋大元气，斡运小春时。三捷群黎定，飞章陕蜀邮。（自入冬令，连日暄霁。节据各大帅奏报，截剿陕蜀余匪，连得胜仗，俘获紧要贼党。现在搜捕零星逸贼，可期指日荡平。仰吁昊慈，消劫安民，捷音飞至也。）

小雪日述怀

夏潦侵寻冬始涸，不同每岁盼祥霙。淤泥渐净麦初吐，残贼犹奔功未成。节序迭迁觉时速，事机顺适益心萦。在天望捷昭鸿佑，年捻民安奏荡平。

命部院臣工分赏五城顺天府贫民棉衣，诗志予意

涝灾普及苦吾民，深愧君临德未淳。己溺己饥同体切，无衣无褐剥肤亲。回春欲共黄绵乐，转歉虔祈苍昊仁。尤愿三军怀挟矿，贼平岁美荷鸿钧。

初雪（十月二十七日）

今冬雪较常年易，畅月方临时玉霏。琼屑平铺三殿瓦，粉蕤轻点百官衣（是日御乾清门听政）。麦根深护丰盈兆，蝻孽潜消蠢动机。衷感天慈调六气，安民除劫旰宵祈。

钦定辛酉工赈纪事卷首下

御制诗

壬戌元旦

序启青阳品汇新，生寅留熟应昌辰（壬寅月癸酉日）。履端庆始三元集，交泰咸亨百福臻。岁美人安恩遍锡，文修武偃俗还淳。（上年发帑截漕，为直隶九十余州县民生筹画安全，修筑永定河，挑挖护城河，以工代赈，于常例外加恩制备棉衣散给，其新正展赈，恩例豫于嘉平先发，令百姓早洽盈宁。本日启銮恭谒裕陵，所有经过地方，蠲免钱粮十分之三。又以虽交春令，气候尚寒，加恩于通州、三河、蓟州、遵化四州县赏给棉衣二万件，于回銮后均匀给散，俾畿辅闾阎同庆温饱。至陕楚地方，早经宁谧，惟川省零星余孽未净。然民间堡寨宁固，兵多气奋，即日大功告成，从此乐业安居，共享太平之福。）太和上日临朝会，旭丽罘罳寰宇春。

祈穀礼成敬述

昨岁近畿全被涝，秋禾仅有五分收。祈年敬愿丰登庆，抚字深怀昏垫忧。九奏大韶通昊绰，三时多稼茂田畴。寸诚虔祝鸿慈溥，百穀用成六府修。

上元日作

令节欣逢风日佳，又叨瑞雪润陈荄。民艰衣食常萦念，军讨蝗螟时系怀。（上元例陈节事，亦柔远旧典也。而民艰衣食，极意畴咨。至军务屡有捷获，惟余孽未尽殄除，不能片刻释然于衷耳。）天眷鉴昭临有赫，考恩高厚沐无涯。观灯赐宴施嘉惠，福锡寰区淑气谐。

社稷坛礼成敬纪六韵

右坛祀上戊，农事重民生。国本隆仪举，春祈巨典行。辉煌土五色，精洁遗（上声）双成。致敬陈琮帛，和声奏頀韺。甫四希大有，余贼望全平。诚悃垂昭格，登咸寰宇清。（右坛将事，固为春祈巨典，而乘时消沴除氛，尚希鉴佑。正所谓去其螟螣也。蜀胜虔吁之至！）

春阴

昨岁雨最稠，宿润郊原积。陈根遍和融，初耕起阡陌。漠漠酿春阴，虔望沾新泽。欲苏民困穷，必待丰收麦。滋培固深酿，霢霂倍受益。如膏得涵濡，知时沃甘液。拯救曷能忘？寸诚孚保赤。祈天赐康年，安良靖余逆。（年丰则穷黎得所，逆靖则良民获安，全在天心之默佑，捷于转圜，曷胜殷吁！）

先农坛礼成敬述

国本惟民民重谷，敬蠲吉亥祀先农。协风司律应三月，大乐同和格六宗。俯育如伤悯饥馑，（常赈展至四月，复发米石平粜，并于近郊加厂煮赈，分派卿员实力督办，以广恩施。）仰瞻若在致虔恭。力田尤望逢康岁，千亩躬耕曷敢慵！

过卢沟桥，敬诣龙神庙拈香并阅堤工，感成长句

去夏近畿久作霖，大河四决涝灾侵。幸蒙神佑工成速，常轸民殃患被深。（去夏霖雨决堤，旋于立冬前督修巩固，足资捍卫，且使灾黎得藉工力食，以助赈施。兹来省视要工，谨诣庙壖，瓣香致敬，虔吁永庆安澜也。）代赈仍须劳众力，救荒无策尽予心。金堤永定培高厚，叩吁安澜一念钦。

涞水道中

秋澜行馆意何取？取意逢秋澜庆安。昨岁雨多百川涨，旰宵筹度兆民艰。涞水罹灾六七分，沙途尚印旧波纹。深怜畿甸民昏垫，负扆惭为万姓君。大赈虽施难普遍，更教煮粥救饥贫。展期直待麦成熟，实力诚心活庶民。

观民有感

河决惊心全患涝，京西首被十分灾。秋禾未获淤沙积，春麦望收宿润培。拯溺怀惭衷倍切，救荒乏术赈难该。民情安静尤增感，愿锡丰年泰运回。

御园季春

畿甸春行恰浃辰，候临谷雨念饥贫。最怜宛转沟渠下，何忍遨游水石滨。麦稔禾收救荒岁，租蠲额减惠灾民。尽予心力筹宵旰，除劫安良溥昊仁。

望雨

去岁畿甸皆被水，沙压泥淤民半徙。久晴固与涝相宜，三春不雨麦难恃。雨未沾濡恐枯苗，麦再歉收民已矣。沮洳失业望高田，高田缺雨又弃委。煮赈曷能遍穷黎？人力何如天泽美。叩吁苍穹鉴寸忱，竭诚抒志救赤子。

三月晦日作

韶光九十去堂堂，又届清和刻漏长。春雨未蒙滋宿麦，饥民仍待赈官粮。政多阙失增惶惧，贼尚纷纭肆窃攘。考付鸿基虞渐损，省躬思咎吁穹苍。

孟夏朔日作

春去夏即来，代谢自邃古。体元抚群黎，寸衷怀九宇。畿甸嗟涝灾，腴田成瘠土。所望二麦收，三春又缺雨。连岁总劳心，薄德增惭怃。仰首望高天，锡福直省普。

诣斋宫作

夏初辰角著东方，龙见而雩古籍详。法驾朝排皋应启，仔肩负扆实惭惶。

与祭必诚祈岁稔，今年求泽倍关心。去秋被水民罹患，大有虔希天眷深。

积润麦根虽被渥，仍希新泽沃良苗。最怜待哺失农业，转歉为丰昊贶昭。（春前祈雨前后，虽得二寸有余，而麦苗待润，亟吁昊慈转旧歉为新丰，以苏农业也。）

壬戌孟夏七日雩祭礼成敬述

雩祭肇禋自皇考，乾隆壬戌定常仪。（乾隆七年壬戌定常雩仪，皇考仿云汉诗体，敬制乐章八首，岁举鸿仪，虔申诚悃。今适逢花甲一周，敢不仰承至诚敬勤之心，为民祈福。）祈丰永仰圣诚贯，纪岁适逢花甲移（今岁壬戌）。勘乱总求天锡福，救荒尤愿雨知时。翘瞻云汉增寅畏，敬俟苍穹渥泽施。

望雨自责

盼霖心益急，云起即生风。万窍号蓬勃，三宵结蕴隆。临民原之德，省己倍焦衷。碧垄渐干涸，黄尘集晦蒙。祈甘滋稼穑，待泽救饥穷。愿鉴寸诚吁，时和赐岁丰。

遣闷偶成

盼霖望捷闷难遣，蒿目焦心民苦深。云薄风雄净虚宇，逆潜师老阻高岑。贼锋虽敛兵锋敝，涝患甫过旱患临。值此总由予罪重，吁天消劫鉴微忱。

敬诣静明园龙神庙祈雨誌事

灵湫神所宅，祈泽竭诚来。虽幸风威敛，又忧云势开。漫除兆姓苦，莫释寸心哀。懒对佳山水，石衢策骑回。

鉴德书屋述志

皇考治世六十年，薄海苍生沐厚德。小子凛承大业艰，鉴观心法勉君职。守成不易念长存，一人莅政抚邦国。黎庶繁增物力昂，地之所产难足食。昨年畿甸水患深，至今吾民多菜色。春夏又未被甘膏，复恐旱干起螟螣。况兼二逆尚纷驰，（现存邪匪，惟樊人杰尚有六千余人，参赞德愣泰赶办；苟文明潜伏终南山内，尚有一千余人，经略额勒登保围剿。此二股若能全行办完，余匪即可逐渐搜捕，迅奏蒇事安民矣。）叩吁天恩蒇事亟。泽敷贼靖苏困穷，云汉翘盼衷怆恻。

喜雨（四月二十六日）

久旱逢甘渴望符，上天赐雨万民苏。霏征嘉澍云衢降，优渥酿恩绣甸敷。继泽九秋禾卜有，屯膏五日麦怜无。好生帝德祈周遍，畿辅先蒙四寸漏。

署直隶总督熊枚奏报约计麦收八分有余并合省得雨情形，诗以誌慰

地广难祈普庆丰，幸叨二麦八分同。深蒙昊眷康年兆，诚感天恩渥泽充。政治钦哉建皇极，雨旸时若助农功。豫齐连界皆全稔，益凛明昭矢敬衷。

端午日作

度节聊从俗，幸逢甘雨敷。农功助长养，天泽普涵濡。展赈筹民食，（赈厂屡次展期，直至节日方止。所以加惠饥黎，不遗余力矣。）崇儒广士途，（翰林为储才之地，今科庶常用至九十余人，庶期文运光昌，励士习而正人心也。）正兴邪必净，伫看殄萑符。（川省邪匪已净，惟陕楚边界尚有樊、苟、蒲三逆潜匿未获。现在各大帅分路剿除，伫期扫荡。）

六月朔日作

去岁霖雨始月朔，大河四决洪流浊。工赈兼施拯灾黎，转歉总沐昊恩渥。今岁月朔逢畅晴，嘉兆可卜百谷成。时若肃乂咸有庆，更祈靖逆安民生。

直隶总督颜检奏报通省秋禾约收九分，诗誌感慰

涝被昨年民太苦，幸蒙天鉴获西成。雨旸若合郊原浃，禾黍如京仓廪盈。三辅九分称上稔，（据直隶总督颜检奏报，通省秋禾约收分数，十分者，滦州、卢龙县等三十九州县；九分有余者，保安州、迁安县等三十九州县；九分者，张家口厅、祁州、房山县等二十二厅州县；八分有余者，承德府及蓟州、保定县等二十处；八分者，宛平县、霸州等十一州县；七分有余及七分者，大兴县、安州等十五州县；六分有余及六分者，文安等四县。核计通省约收九分。今岁旸雨应时，大田普臻上稔，获此丰收，弥深虔感。）一隅千贼望全平（现今余贼奔窜勋、房大山中，合计只有千余名）。近畿远省皆宁谧，倍感穹慈勉敬诚。

侍郎那彦宝等奏报永定河秋汛安澜，诗誌感慰

去夏河四决，泛滥遍畿南。兴工可代赈，筑堤聚丁男。今岁雨晴洽，恬波天泽含。中泓既畅注，汛期已过三（谓桃汛、伏汛、秋汛）。新工普巩固，安澜具奏函。感贶瓣香谢，甄叙恩施覃。敬愿河永定，刷沙免浸渰。禾稔救荒歉，稍慰予衷惭。（永定河自去岁泛滥，即命侍郎那彦宝等督率河工员弁，集料抢筑，旋于十月立冬前合龙。惟河水消长靡常，时为廑注。今岁汛期，仍分命附郎等轮流赴工督视巡查，相机防护。桃、伏二汛先报安澜。兹复据侍郎那彦宝等奏报，因秋汛尤关紧要，加意巡防，凡新旧各工段，遇有溜势顶冲、湍激险要处所，随时随地相度修防，俾添筑扫坝，旧有堤工悉皆坚实，以资捍御而卫民生。今幸汛期大溜渐消，各堤防俱臻巩固，恬流顺轨，永奏平成，臣民无不同深欢庆。因降旨敬发大藏香答谢神贶，虔申诚悃。在工诸臣及各员弁分别加恩甄叙，用酬劳绩，以答天庥。）

钦定辛酉工赈纪事卷一

嘉庆六年六月初二日（丁未），上命军机大臣传谕直隶总督姜晟曰：京城旬日以来，连得透雨。昨三十日酉刻起，阴雨越两昼夜，势极滂沛，本日申刻尚在未止。当此盛夏水长之时，恐附近京畿一带河水涨盛，文报不免阻滞。闻滹沱河值雨大之年，水势尤为涨盛，乃军报必由之路。目下大功将次告竣，文报往来，关系紧要。著姜晟即遴委干员，于滹沱河一带及近京各河道，多备渡船，督令地方兵役妥为照应，卑文报得以遄行。仍一面设法疏消平治道路，以济行旅；并查明田禾有无妨碍之处，随时驰奏，以慰廑注。

初四日（己酉），上谕内阁曰：京师连日雨势甚大，圆明园宫门内外顿有积水，自因水道下游淤塞所致。因命步军统领派出兵丁，将附近旧有旱河壅塞之处，迅速开挖。积水立时消退。询之明安等，据称此处旱河，自乾隆三十六年以后至今，总未疏浚，渐致淤塞。盖缘数十年来，夏令大雨时行之际，皇考驻跸热河避暑山庄，管理圆明园大臣等遂未办及此事。宫门内外，虽偶有积水，亦不奏闻。嘉庆四、五两年，朕在二十七月以内，未莅园居，伊等亦未奏及。以致淤垫日增，骤雨连朝，水无去路。而一经挑浚，即时消涸。可见疏治之功，宜亟讲也。因思京城内外沟渠河道，每年虽循例修浚，并派大员管理，但恐奉行日久，有名无实，未能一律深通。著该管大臣将一切沟渠河道通行查勘，择其紧要之处，随时酌量疏通，俾积水不致停留，以奠民居而利行旅。

初五日（庚戌），仓场侍郎达庆、邹炳泰，通州巡漕御史周栻奏言：本月初一日卯刻至初二日，大雨连绵，昼夜不止。据漕运通判刘四顺禀报，通惠河水势骤长，漫溢堤顶一二尺不等。平上、平下、普济等闸，暨王相公庄堤岸，有汕刷漫口数处。臣等随诣各处查验，平上闸北岸，汕刷一段约长有十二丈；平下闸南岸，汕刷一段约长十二丈；普济闸南岸，汕刷一段约长二十三丈；西门外滚水坝南岸，汕刷一段约长十三丈；王相公庄北岸，汕刷一段约长十二丈五尺。其各闸口金门，尚无冲坏，惟金刚、雁翅间有伤损之处。平下闸重船一只，被大溜冲出漫口，撞坏船身，当时沉溺。抢获米一百九十一石，其余米二百一十八石，俱经漂没。应照例责令该船经纪赔补。其损坏船只，责令赔修。查此次漫溢堤岸，汕刷数处，实因连日大雨滂沱，上游水势奔注，暴涨陡发，而下游之泄水闸坝，又缘外河发水，骤长二丈有余，两水相逼，宣泄不及所致。现值漕务盛行，刻难稽缓。臣等面饬护通永河道陈凤翔，拣派理事通判边唐阿、通州知州潘仁、试用知县陈上理，帮同承办之漕运通判，分段赶紧抢修。并令坐粮厅祥泰、谈祖绶，护通永河道陈凤翔督催查察。臣等仍逐日在工，督率赶办，务期迅速完竣，以济运务。再，石土两坝堆米号房，及土坝官厅，共计倒坏三十余间。俟水落地干，臣等查例动项修理。奏入，上谕内阁曰：此项沉失米石，系因连日骤雨，河水陡长，船身冲撞闸座，猝不及防，尚非疏玩所致。所有未经抢获米二百一十八石，著加恩免其赔补。

初六日（辛亥），步军统领明安奏言：本月初三日，面奉谕旨：京城各门外河道，因雨水泛溢，有无淹没田庐村庄之处，查明具奏。钦此。臣饬令五营将备等官迅即查明呈报。

今据中营静宜园汛守备李会元呈报，篱笆房地方，旱河南边土山冲汕一丈有余；北边土山冲汕二丈有余。北营德胜汛都司刘明玉呈报，松林闸桥翅下，被水冲断土道长五丈有余；水簸箕连，帮岸坍塌，长三丈有余。东直汛守备泰保呈报，东直门外北角楼东河岸，被水冲汕宽三丈，深一丈。左营东便汛守备赵邦治呈报，高碑店地方，平上闸北边土坝，冲汕长五丈有余；南边土坝冲汕长三丈有余。又有第十二号粮船，被水冲漂损坏。又平下闸南岸，被水冲开四丈有余，并无冲汕房间，亦无损伤人口各等情。臣复亲往德胜汛所属松林闸、东直汛所属北角楼、东便汛所属高碑店，查看无异。臣已严饬各营汛员弁，多派兵役雇募人夫，上紧堵筑。至高碑店等处冲汕之土坝，并碰坏之粮船，应交仓场侍郎即行堵筑修理。

同日，明安奏言：据左营左安汛都司王永功呈报，六月初四日，雨水骤急，河水涨发，海子大红门外，石桥栏杆冲倒，南顶庙被淹，并冲倒庙外大石碑一座。海子外围墙垣，冲坍二百余丈。又据右营永定汛都司海龄阿呈报，南顶庙之戏台，被水冲淹；广宁门外大井迤东，京汛所管丰台角儿堡、马家堡等村，俱被冲淹等情。臣亲身前往，查看得水势汹涌，深自三四尺至五六尺不等。大井牌楼以外，系顺天府所属，水势尤大，车马难走，竟至断阻行人。其被水冲淹田亩、民舍之处，一时难以查勘，俟积水稍退，再为详细查勘。

同日，兼管顺天府府尹兵部尚书汪承霈、顺天府府尹阎泰和奏言：本月初一等日，雨水连绵，臣等飞饬各属，将雨水田禾情形据实具报。据通永道及通州禀报，四野俱有积水，禾苗尚在水中，刻下雨势渐小，水由东南疏消等语。又据西路同知及宛平县报称，西北山水骤至，永定河水深一丈八九尺，卢沟桥洞不能宣泄，漫溢两岸，直泻长新店等村。其东一股绕至拱极城；东南下流一股冲城西门，由东门而出。城垣尚无损坏，民居亦无漂没。惟西关一带逼近水溜，房间多有冲损。又石景山之南，河水涨溢，自庞村直泻东南，以致水屯村、衙门口、砖瓦窑、大井、五里店、看丹、丰台、草桥、黄村等处田禾、庐舍间有淹浸等情。臣等查各属路水浸田禾情形，一时难以查勘。均奏入。

初七日（壬子），上谕内阁曰：近日雨势甚大，永定河水骤涨，由南顶至凤河下注，京城附近西南地方自必被淹。其东北一带地方，积水不能即时消涸，于民舍、田禾恐不无妨碍。朕心深为廑念。著派大理寺卿窝星额、通政司副使广兴前往西路，内阁学士台费荫、通政使陈霞蔚前往南路，内阁学士阿隆阿、顺天府丞张端城前往东路，副都御史恩普、鸿胪寺卿范鏊前往北路。俱著驰驿，带同地方官，分投悉心查勘被水情形，据实具奏。俟奏到时候，朕另降恩旨。

同日，明安奏言：初六日辰刻，据右营参将奇成额等呈报，广宁门外普济堂至大井村一带，于初五日夜间，河水涨发，水势甚大等情。臣即前往查看，普济堂水深一二尺，臣行至干石桥以西三四里间，水深三五尺不等，未能前往。又据该将备探得小井村、大井村一带，水势甚大，阻隔行人，村庄俱被水淹，其大井村牌楼恐难保固。

同日，京营右翼总兵国霖奏言：臣面奉谕旨，拣派妥员，前往广仁宫至卢沟桥一带，查看被水情形。当即派出圆明园汛都司赵全、树村汛守备李杰分投查看。旋据禀称，守备李杰由昆明湖河堤至广仁宫，水势汹涌，骑马实难渡过。正欲绕路行走，适都司赵全亦至，该二员一同沿水溯去。诚如圣谕，实系永定河于初三日早因连日雨水过大，水势陡发，由卢沟桥北六里许，自东岸冲开约宽二十余丈，渐流渐宽，水势散开。看来系由拱极城西北奔赴东南。该员等询及附近居民，据称此水系由小井村、丰台、草桥一带直至南苑，致将西北墙垣冲坍等语。询以沿途村庄田庐被水情形，该员等称，现在水势未消，一时实难详查。

同日，巡视南城御史达灵阿、张鹏展奏言：本月初四日，据分驻关外副指挥陈韶报称，初三日夜雨水涨溢，臣等即日亲到城外，见水势涌漫，未能遍查。当即饬令副指挥陈韶传齐四门总甲，讯问各处情形。据总甲人等称，南城外涨水二条，一条由西头石景山、大井、丰台、角儿堡、马家堡归于凉水河，直通于南顶；又水一条，由蔡户营、铁匠营亦归于凉水河，直通于大红门内。南顶大石桥栏杆冲损，桥北御制诗碑一座欹侧。大红门东，由栅子口地方，冲塌海子墙二百余丈。水出东红门，由马驹桥归于凤河。各处村庄房屋冲塌三五间、七八间不等，居民亦有避水各处觅居者。臣等随饬该指挥，督率各总甲及附近居民人等，渡水分往各处，招呼避水男女，于各处寺观暂行安插寄宿。俟水势稍落，臣详查有无淹没田庐、损伤人口，再行具奏。均奏入。

初八日（癸丑），上手书朱谕内阁曰：朕德薄任重，夙夜忧勤，深惧弗克负荷。陕蜀邪教倡乱，民遭荼毒，五年以来竭力剿办，近日连擒首逆，略有头绪。意谓今秋或可蒇事，即此一念，稍涉自满，致干天和。自六月朔日，大雨五昼夜，宫门水深数尺，屋宇倾圮者不可以计数。此犹小害。桑乾河决漫口四处，京师西南隅几成泽国，村落荡然，转于沟壑。闻者痛心，见者惨目。小民何辜，皆予之罪。已分命各衙门卿员实力稽查，尽心抚恤，救我余黎，稍赎予之重咎。因思今秋木兰行围，大营所用车辆及除道成梁等事，皆需民力。此次大水所淹，岂止数十州县，秋禾已无望矣，若重费民力，予心不忍。况畋猎近于嬉游，我皇考自乾隆六年始行秋狝，今年虽系六年，尚在皇考三周年内，远行射猎，终非所宜。朕意今秋停止巡幸，庶息民力而省己过。尔诸臣其速议以闻。

同日，上谕内阁曰：近因大雨连绵，水势涨发，诚恐军报不无阻滞。乃本日经略额勒登保递到打仗得胜奏报，参赞德楞泰追剿贼匪，淹毙首逆。徐添德六百里加紧捷报，同时递到。核计程站，尚不甚迟。所有沿途递报驿站，著该督抚查明赏给，以示鼓励。

同日，兵部侍郎那彦宝，乾清门侍卫庆长、孟住奏言：初七日辰刻，奉旨派出臣等前往卢沟桥一带探听军报，并查看冲塌堤岸情形。臣等即带步军中营守备李杰、外委佟国栋，自阜城门外，由八里庄、田村、衙门口村绕道至石景山南十四号堤岸。现在石堤冲开者约七八丈外，土堤冲开者约三十余丈，其水汇流大井村、草桥、南苑一带。卢沟桥南东岸二十三号，冲开碎石堤约七八十丈，其水顺流京南至庞各庄一带；桥西北岸税局后，冲开碎石堤约四五十丈，其水直至长新店大道以南；桥南西岸二号大石堤冲开约十余丈，其水亦直至长新店大道以南。若一二日内晴明无雨，水势略为缓浅，即可设法以通往来。折报。

同日，明安奏言：初七日午刻，据右营参将奇成额等禀报，广宁门外起，至大井村止，水势较昨日稍为消落等情。臣闻报前往查勘，得普济堂水势已消，露出石道。至小井村石路西北两旁外委官房及堆拨房，俱被水冲坍，其民房铺面冲坍者三分之一。大井村牌楼南一间坍塌。石路以北，民房坍塌甚多，并无损伤人口；石路以南，房屋、庙宇现有积水，有无损伤人口，未能详查。其发水之由，系卢沟桥迤北被水冲开石堤七八丈、土堤三十余丈，桥南冲开石堤七十余丈，其水顺流京西南一带地方。又桥西税局后身冲开石堤四十余丈，桥南冲开石堤十余丈，其水由长新店东顺流而下。现在卢沟桥迤东至大井村止，尚可由地边绕道行走。至军报阻滞，并非由卢沟桥之水所阻。询及该处居民，云长新店以南至良乡县等处，水势甚大。想由良乡等处阻滞所致，应派妥员绕道前往良乡，查看水势，询明有无军报。再，臣饬令左安汛都司王永功，扎筏探视永定门一带水势。据该都司禀报，探至南顶，往前水势甚猛，不能前进。勘得南顶土山被水冲断水口四道，计一百余丈；南顶庙内房屋倒塌三十余间，周围院墙倒塌七十余丈，两廊俱被浸泡倾坏等情。查此次京汛地方，各门外被水淹浸者甚多。现在飞饬五营将备等官，俟水势稍退，亲赴各村庄详细查勘，将被水冲塌民房及有无损伤人口，确查实数，另行具奏。

同日，国霖奏言：臣今日饬令都司赵全，仍往卢沟桥一带地方查看水势。去后据赵全禀称，查得阜成门外枣林村一带，至卢沟桥以北六里许，水势较之昨日消有丈余，宽处约有一里及半里不等，深处三尺四尺不等。沿水往前探视，开口处所河堤根基石块，尚无损坏。惟卢沟桥拱极城北水势涌溜，难以过渡。随雇觅水手保护，跟去之马兵赵明骑马涉水过去，至卢沟桥龙王庙内，面见该处查水同知。该同知即给与赵全说帖一纸，交伊持回。臣检查来帖，内称永定河水势，于本月初二日午时骤长，连底水一丈八尺四寸。午后水势汹涌拍堤，叠见增长，约有二丈四五尺，桥洞出水不及，以致东西两边漫水二三尺不等，将桥上栏杆、狮子全行打坏，天将庙坍入河内，东岸十四号漫开十余丈，西岸一号漫开十余丈，桥南东岸刷开百余丈。日内水势已消六七尺等语。均奏入。

上谕内阁曰：昨因大雨连绵，河水涨发，朕心深为廑念，特派那彦宝等前往卢沟桥一带，查看被水情形。兹据那彦宝等覆奏，卢沟桥东西堤岸，被水冲塌漫口四处，水势散溢，下游民居、田亩被淹浸者必多，自宜赶紧修筑，以资保护。所有东岸工程，著派侍郎那彦宝、武备院卿巴宁阿前赴拱极城驻扎督办；其西岸工程，著派侍郎高杞、祖之望前赴长新店驻扎督办。各带司员，率同地方官，上紧设法疏消，堵筑缺口，俾要工即臻巩固，毋稍迟缓。

钦定辛酉工赈纪事卷二

六月初九日（甲寅），上谕内阁曰：祖之望现在患病，即著留京办理秋审事务。所有卢沟桥西岸决口工程，著改派莫瞻菉前往，会同高杞督办。因思河堤漫决四处，下游必有壅塞，著高杞、巴宁阿分驻东西两岸，一面先为购料，赶紧筹办；著那彦宝、莫瞻菉即带同司员，驰驿分赴永定河下游一带，逐段详细查勘，如有高仰淤垫之处，即行奏闻，候旨办理。

同日，睿亲王宝恩等奏言：我皇上念切民依，痌瘝在抱。因连日河水涨发，手书朱谕省己恤民，至诚恻怛之词，怀保惠鲜之德，洋溢丹毫。臣等跪诵再三，同深感激，钦服之至。至木兰行围，所以肄武习劳，虽属向年例典，惟需用车辆、修治桥道等事，诚如圣谕，不无稍资民力。值此水潦方降之后，一切抚绥赈济事宜，刻蒙睿虑，允宜暂辍劳费，以广恩施。且恭查高宗纯皇帝临御六年，始举行秋狝。今我皇上亲政三年，考之旧章，为期较早。应即钦遵谕旨，今秋停止巡幸。奏入。得旨：允行。

同日，明安奏言：本月初八日未刻，据右营永定汛都司海龄阿呈报，右安门外关厢内增寿庵、三官庙、地藏庵三庙，共存有被水难民大小男妇四百二十八名口。又该处民人薛大，家内存留难民男妇四十七名口。四处共存难民四百七十五名口。臣查勘属实。询之该男妇人等，咸称俱系大石桥一带居住土房之人，因河水陡发，淹浸房屋，无处居住。此内有初二、初三日奔来者，其中有各带干粮餬口者，有绝食者。闻中顶庙内，尚存有被水难民千余名口。俟查看确数，再行具报。又左营左安汛都司王永功呈报，永定门外关帝庙及海会寺、马神庙三处，现存被水大小男妇三百八十三名口。土山上现存大小男妇二十四名口。询系附近海会寺石家村、邓村、石榴庄、苏家坡等处被水难民。查得该五村共冲塌土房二百余间等情。奏入，上谕内阁曰：本日据步军统领衙门奏查勘被水情形一折，据称右安门外关厢内各庙宇，存留被水难民四百七十余名口，并闻中顶庙内存有难民千余名。又永定门外海会寺各庙，亦现存被水大小男妇三百八十余名口。土山上亦存男妇二十余名口各等语。该民人等村庄房屋，因河水陡发，猝被淹浸，奔赴高阜处所暂住，实堪悯恻，急宜设法赈济。著派汪承霈、陈嗣龙、刘湄、阎泰和同该城御史，于户工二部钱局内，领出制钱二千串，带赴永定门、右安门外一带，将该处被水难民按名抚恤，或给予钱文，或购买米面散给，俾资果腹。仍令步军统领衙门分派员弁，前往弹压。并著汪承霈等晓谕各该处民人，以伊等屋宇业经被淹，无可栖止，虽经赈济口粮，难以支持日久。现在永定河东西两岸决口，赶紧兴工堵筑，所有被水民人等正可前赴工次，帮同力作。不独官给佣资足充口食，并可于河干暂行搭盖窝棚，使眷口亦有住处。汪承霈等务当悉心妥办，俾被水民人不致流徙失所，以副朕轸念灾黎至意。

同日，汪承霈、阎泰和奏言：本月初一等日大雨以后，所有宛平县被水缘由，业于初六日奏闻在案。兹据大兴县知县钱复禀称，初三日水势陡涨，卑县四乡，以黄村、礼贤、青云店、采育等四处，人烟辐辏，为各村出入大道，设巡检三员分管。而黄村与青云店相连，是大兴县常平仓谷存贮之地。凡赴黄村、青云店，必出右安门或永定门；赴采育、礼贤者，或从黄村，或由通州之马驹桥。卑县亲身出城查探，左安门、马驹桥现在淹浸，是采育、礼贤等处并无出入之路。又右安门查至永定门，取道行七八里，至城属之海会寺即龙会寺，见有被灾男妇数百人，就近居民渡水馈食。又土山一带，有避水男妇，水势汹涌，一时难以下山。查永定门外之水，一达黄村，入海运河；一由南顶直泻黄村，入青云店，由礼贤入东安。又海子东南之水，由采育凤河营亦入东安。现在探觅路径，设法筹办。并据宛平县禀称，长新店等处随同那彦宝等督同办理，民情俱极宁帖。臣等伏查连日晴霁，水势自必日渐消退。既据该县禀称道路未通，各灾民觅食维艰，急须设法赈济，以仰副圣主轸念灾黎至意。臣等现饬该两县，或扎木筏，或用叵罗装载烧饼、面食等项，随处设法前进，先将各灾民妥为安顿。至各属情形，俟禀报到日，核计被灾轻重，另行请旨。再，城属地方既有避灾贫民，应请敕下都察院，转行该巡城御史一体查办。奏入，上谕内阁曰：汪承霈、阎泰和等奏，永定河水涨发，大兴、宛平县各村庄多被淹浸，居民避水觅食维艰。现已降旨动用户工局钱急为抚恤。此次被水较重，秋禾难望有收。除附京各州县派出大员四路查勘被水情形，俟查明确实奏到时，再将各该州县另降恩旨外，所有顺天府属之大兴、宛平两县本年应征钱粮，著加恩全行蠲免，以示朕轸恤民艰至意。

同日，直隶总督姜晟奏言：窃查保定省城暨各属，自五月十八、二十二等日连得雨泽之后，高下田畴一律均沾，农民共深庆慰。兹于六月初一日寅时起，复沛大雨，自朝至暮，连宵达旦，雨势极为宽广。初二、初三两昼夜，仍复阵雨时作。现虽尚未开霁，势渐疏缓。臣惟恐雨水过多，致与庄稼有伤，随遴派妥弁并饬县四路确查。据禀各乡高阜之地，高粱、黍谷日见长茂。惟低洼之区，一时不能宣泄，间有存水一二尺不等。询之土人，佥称雨止天晴，即可消涸，与农田尚无妨碍等语。惟查驿站大道，地势本低，骤雨连绵，易致间段停积。而近处如安肃之漕河、定兴之北河、定州之唐河、正定之滹沱河，皆系文报经行要路，臣业已飞饬各该地方官妥置渡船，如有积水处所，赶紧疏消修垫，以利遄行。至永定河水势，据该道王念孙禀报，五月下旬以内，时有长落，除相抵外，现存底水四尺四寸。并称本年河流未断汛前，节次长水，实为嘉兆等语。当饬该道督率厅汛各员，宿堤防护。时交初伏，兼值多雨，臣一面预备，如应赴工，即起程前往督防。合并陈明。奏入，上谕内阁曰：姜晟在湖广总督任内，办理军需各务种种贻误，前据吴熊光查奏，当即降旨将姜晟交部严加议处。部议上时，必当治以溺职之罪 。今京城自六月朔日起，大雨五日四夜，水势骤长，节经朕派令乾清门侍卫等驰赴城外查勘被水情形。旋据覆奏，永定河两岸决口四处，卢沟桥一带几成泽国，并经设法将各路军报赍递。此皆朕与廷臣集议办理。又分命众卿员四路查灾办赈。众臣均能奔走，不辞劳瘁。而自初一日至初八日，地方大吏杳无音信，殊出情理之外。保定距京甚近，值此大雨盛涨，即邻近地方百姓尚应随处留心体察，岂有京师帝居所在，为臣子者漠不关心，视同膜外，有如此之封疆大吏乎？若云被水阻隔，则朕近日派往之大员、侍卫等尚能策马淌渡，接递军报，姜晟即不亲自前来，独不当差人赍折，自陈悚惧不安之意耶？及本日姜晟奏到一折，只据河道禀报内称，本年永定河河流未断汛前，节次长水，实为嘉兆。又称大雨叠沛，查明田禾尚无妨碍。真如在梦中矣！向来永定河至伏汛时，该督豫行赴工防汛。上年河水未经泛涨，胡季堂尚往来工次，冒雨触热，以致积劳成疾。乃姜晟折内犹称，一面预备，如应赴工，即起程前往督防。可谓全无人心！畿辅距京咫尺，地方大员已玩愒乃尔！若远省督抚相率效尤，岂复尚成治体！姜晟之在直隶如此，其在湖北办理军需，废弛玩误不必言矣。近因雨水过多，朕遇灾增惧，不肯迁怒，节次降旨，引为己过。即宫廷内太监偶有错失，方且曲意优容，岂独于封疆大吏有意苛求，以塞灾应？但姜晟辜恩尸位，昏愦瞀乱，伊若出之有意，即属丧尽天良；若云全无闻见，则是形同木偶。此而不加惩办，何以整饬官联？经朕询问本日奏事之王大臣等，佥以姜晟罪由自取，必当革职拿问。若复加曲贷，转非执法持平之道。姜晟著革职，派侍郎熊枚驰驿带同司员前往，传旨拿问。即暂行接署直隶总督篆务，派委妥员，将姜晟押解来京，交军机大臣会同刑部严审具奏。至永定河道王念孙及南北岸同知，于河务是其专责，今该处已有四处决口，王念孙全未知觉，犹以虚词具禀姜晟。且那彦宝赴河干查水，住宿一夜，总未见该道等在彼勘办，均属罪无可道。王念孙及南岸同知翟粤云、北岸同知陈煜，著那彦宝、莫瞻菉于沿途遇见时，传旨将伊三人革职拿问，一并解京归案审办。至石景山同知，亦系管理河务之员，但现在决口处所是否该员所管工段，著熊枚查明具奏，再降谕旨。

同日，上谕内阁曰：直隶永定河道员缺，著陈凤翔升补，即赴工次，随同侍郎那彦宝等办理堵筑事宜。至通永道员缺，前已降旨将阿永补授，尚未到任，即系陈凤翔署理。该员既经升任，所有通永道印务，著刘朴暂行署理。俟阿永到任后，该署道即著留于直隶，以道员题补，并令赴工随同办理。其陈凤翔所遗之永平府知府员缺，著屈为经补授。至永定河南北两岸同知员缺，著署督熊枚遴员奏补。

同日，热河副都统庆杰、热河总管董椿、穆腾额奏言：五月三十日丑时，暴雨盆倾，至寅时，热河德汇门外东边迎水坝南及东草市一带，山水陡发，水势汹涌，越堤泛溢，高至六七尺不等，将流杯亭门外工程处堆积物料厂圈，立时全行冲去。臣等即饬该监督率领人夫，赶捞冲失物料。除已捞获之件，查明不敷物料，令其上紧购办，作速修整。其东一面石堤，间有冲刷，坍塌至三百余丈。臣等随率领苑丞等亲诣园内外庙、狮子园各处，详细查看。碧峰门内备用正房五间，内东二间坍塌，及各殿宇亭座间有渗漏，并各处点景、高峰、山石、泊岸、墙垣、挂檐、踏跺、抹饰、灰片，有披吊、歪闪、坍塌之处。闸洞铁幪有被水冲坏，其内外墙垣，共计坍倒九十余丈。再，钓鱼台冲去游廊二间、堆房一间、栅门二座、墙垣坍倒。随面饬该千总多派兵弁，小心看守，严密遮挡。臣等伏思距皇上临幸之期不远，应将各项活计逐细详查请旨，伏候命下之日，臣等将应急修活计分晰清单，报明总理工程处查验，作速饬知岁修监督，赶紧估修。再，臣庆杰查得流杯亭门外堆房三间被水冲去，当即饬令该值班官先搭帐房，照旧严加看守。又八旗满洲官兵操演处，冲去房四间、周围群墙七十二丈三尺；正白旗档案房器械库四间，被水淹淤；镶黄、正白、正红三旗兵丁及额鲁特营房，有屋内漾进河水者。又三十日夜间续经大雨，初一日丑刻，广仁岭以下山水涨发，旱河两岸居住镶白、正蓝等兵丁营房内，亦有屋内漾进山水者。查被水兵丁房间，并未倒坏，人口亦无伤损，毋庸另行办理。惟查臣庆杰所属各项公所房间，请照例委员勘估修理。至冲去堆拨房三间，照例行文热河工程处及时修盖，以资看守。至迎水坝东草市一带被冲庐舍、人口，现在热河道庆章率属分投跟查，遇有被冲人口，设法捞救，酌量抚恤，以期居民不致失所。据实详报直督办理。奏入，上命军机大臣传谕庆杰、董椿、穆腾额曰：庆杰等奏，热河一带，大雨连绵，山水陡发，流杯亭门外工程处堆贮物料被水冲失，所有公处房屋坍塌甚多，请即购料兴修等语。昨因雨水涨盛，业经降旨停止巡幸热河。著庆杰等于各该处详细查勘，其坍塌墙垣、屋宇，有急须修整刻不可缓者，自当奏明赶紧修理；其余可以稍缓之工，统俟来岁再行修葺。此次工程动用银两，即径报户部、内务府核销可也。

同日，兵部尚书、内务府大臣丰伸济伦、乾清门侍卫孟住、奉宸苑卿永来奏言：据南苑郎中仙保等报称，本月初三日浑河发水，将镇国寺门北角儿堡、马家堡冲倒围墙数处。大红门内外，现今河水相连，将大红门内大红桥桥板全行冲去。又西红门北至黄村门南，冲倒围墙二十余处。团河行宫现今四面皆水，尚未消退。又南顶大石桥栏杆冲去，石狮子二个冲倒。桥南北各冲刷深沟一道，行人不能来往。再，南顶庙外土山冲刷数处，小红门栅子口被水冲倒围墙约有一百余丈。角门门房并沙河桥、庑殿桥等处房间，间有冲倒。又东红门马驹桥、五孔桥冲刷，天仙庙冲倒旗杆一根。现在水势深二丈余。奏入，报闻。

初十日（乙卯），上谕内阁曰：昨因永定门、右安门外及南顶、中顶各庙内多有存留被水难民，虽降旨令汪承霈等携带局钱，购买米面，先为散给，但此止系目前急赈之法。现在水未消退，永定河东西两岸决口尚难兴筑，一时亦不能以工代赈。虽有仿照每年五城放饭之例，分员散给，方足以普济灾黎。现在中顶庙内存留难民千余名，为数较多。著先于该处设厂煮赈，令都察院派出满汉御史各一员，常川在彼，住宿监放。其余被水处所，应如何分设厂座煮赈散给之处，著汪承霈等查明具奏，一律办理。并令汪承霈、陈嗣龙、刘湄、阎泰和四人，每日轮流前往各厂查察，以示朕轸念灾民，有加无已至意。

同日，上谕内阁曰：近日永定河水涨发，被水村庄民人迁避不及以致淹毙者，自必不少，殊堪悯恻。著顺天府饬令各州县详细检查，官为收葬，俾免暴露，用副掩骼埋胔至意。

同日，上谕内阁曰：向来京城内外遇有修建墙垣、房屋等事，各该旗民俱系报明步军统领及街道衙门方准兴修，原以杜侵占官街之弊。现在京城内外因雨势过大，坍塌墙垣、房屋甚多，自应各行赶紧修葺，以资栖止。若必俟报明各衙门后方准动工，未免守候稽时，且恐启胥吏需索之端。著加恩准令各该旗民现修墙垣、房屋，除于旧址之外另行改建、添盖者，照旧呈报外，其余俱听自行修筑，毋庸呈报各衙门，以归简便而示体恤。倘因此旨，竟有藉端越界，侵占官地者，仍令该衙门查明究办。

同日，上谕内阁曰：京师自本月初间大雨连日，现在虽已开霁，仍复晴雨相间，且近京一带，被水淹没之处尚多，自应虔诚祷祀，以迓时旸而消积涝。所有玉泉山龙神庙，著派仪亲王致祭；黑龙潭龙神庙，著派成亲王致祭；密云县白龙潭龙神庙，著派绵课致祭。其一切应行典礼，著各该管衙门敬谨预备。

同日，上谕内阁曰：直隶总督一时简放乏人，因思陈大文在籍守制，将届期满，此时营葬诸事谅已完毕，直隶总督员缺，著陈大文署理。即驰驿来京请训。此实因直隶地方正资整顿，需人孔亟，并非开夺情之例也。

同日，明安奏言：臣于初九日前往永定门外海会寺，查得存住难民五十三名、妇女二百口，均系初二三等日，该庙僧人广庆用木筏渡救庙内，亦有自赴庙内栖止者。连日该庙僧人广庆，将积蓄米面通融煮粥，散给各民餬口。臣询其何以妇人有二百口之多，据称伊等夫男俱已出外佣工觅食未回。臣又至关帝庙、马神庙，并土山，计共存有难民男妇一百五十六名。询以被淹情形，咸云有低洼处河水冲塌房屋者，亦有高阜处被雨水淋倒房屋，无处居住。请交钦派散赈大臣，酌量分别赏恤。臣并将奉旨钦派大臣一二日内即来赈恤之处晓示，该难民等俱各踊跃欢忭，叩头感谢天恩之至。再，永定汛中顶一带，积水未消，是以未能查看。奏入，上命交散赈大臣，分别赏恤。其海会寺僧人广庆，著官赏银五十两。

同日，姜晟奏言：窃照保定省城，自六月初一、二日两昼夜大雨，初三、四日阵雨时作，河水涨发，维时就清苑情形察看，田禾尚无妨碍。嗣是初四、五昼夜，仍复大雨如注，以致水势益加增长，南北文报不通。初五日晚刻，接据永定河道王念孙来禀，据称南四工于初一日戌刻，存底水七尺八寸。石景山日来无信，想因金门闸水流湍激之故。俟得信另禀等语。初一以后情形，未据续报。臣心切焦灼，随于初六日午刻起身赴工，探得安肃、定兴一带，旱路水深数尺，万不能行。因改由水程前进，取道保定府属清苑接壤之安州、新安、雄县一路，查看水势。各该处均九河下游，连年被水著重。此次水势骤长丈余，四乡村庄地势稍下者，多被淹浸。新安西南两乡，间有损伤老幼男妇。其安州、雄县乡民，入城随地栖止，甚可矜悯。臣当饬酌动仓米，立即煮赈抚恤。派令佐杂教官，携带干粮赴乡。初六日以后，天气业已放晴，水势渐消，并饬赶紧疏消，俾得及早涸出，再图补种杂粮。并飞札藩司首府遴派干员，一体切实查看，以期民无失所。臣现抵雄县，拜折后，由白沟河一路择道赴工，距长安城仅百余里。统俟到彼勘明堤工水势，缕晰奏闻。奏入。

钦定辛酉工赈纪事卷三

六月十一日（丙辰），上谕内阁曰：京师自本月初旬连日大雨，永定河决口四处，中顶、南顶及南苑一带俱被淹浸。犹幸决口处所，尚距卢沟桥南五六里，若再向北冲决，则京城及圆明园皆被水患。是上天于降灾示警之中，仍寓仁爱垂慈之意。叩感之余，朕心益深兢惕。向来偶遇雨泽愆期，清理庶狱，以冀感召和甘。因思旱潦同一灾祲，此次雨水连绵，居民屋宇多有淹浸，而囹圄之中，蒸湿尤甚，殊堪悯恻。著刑部查明各省军流以下各案，无论已结、未结，在配、在途，概行分别减等发落。其因事牵涉拘系候质各犯，亦速行讯明省释。至寻常案件，并著即行完结，毋得稽滞。该部即遵谕行。

同日，直隶布政使同兴奏言：窃查保定省城初一、初二日以后，阵雨时作，昼夜滂沱。业经督臣姜晟奏蒙圣鉴。初四、五等日，仍复大雨断续相接，直至初六日午刻始行开霁。臣委员分路确查，据禀高地积水，雨住即消，惟低洼处所，存水四五六尺不等。并据河间、新城、雄县、涿州、定兴、安肃、满城、望都、定州、新乐、正定等州县禀报，大清河、沙河、拒马河、漕瀑、二唐河、郜河、滹沱河水俱涨发，宽至二三百丈至十余丈不等，漫溢大道，淹及村庄。复据清苑、蠡县、安州、新安、容城等州县具报，上游河水下注，宣泄不及，洼地田禾被淹等情。臣即飞札该管府厅并各该州县，赶紧将被水居民妥为抚恤，一面设法疏消积水。其驿站大道，已飞饬各州县多备渡船人夫，昼夜守候，遇有文报，即时渡送。此次大水，幸值甫交初伏，距秋尚远，消退最易。设有地处洼下，积水难消，容俟查明，酌量筹办。奏入，上命军机大臣传谕熊枚曰：本日据同兴奏省城一带大雨情形，内开被水州县，只系河间、新城等处，而于涿州迤北地方，如良乡一带被水淹浸，并未提及。且永定河于初三日决口四处，该藩司此折系初九日拜发，亦未将决口情形奏闻。其折内所开各州县被水之处不实不尽，已可概见。现在大、宛两县业经降旨将今年应征钱粮全行蠲免，其余被水各州县自当亟为抚恤。熊枚抵任后，著即派委妥员，将被水各处详细查明，开单速奏，以便降旨加恩，不可稍有遗漏。又据明安奏，涿州一带，水势尚未消退，只有渡船一只接递文报。现在大功将次告竣，各路军报络绎，该处仅设渡船一只，倘有疏失贻误，关系甚重。著传谕熊枚，即飞饬该处地方官多备船只，以资递送。即往来行人不能遍行济渡，如各省差人赍送奏折及呈进本章等项，随到随渡，勿少阻滞为要。再，永定河决口及涿州迤北被水各处，该州县等何以并不禀报上司？著熊枚一并详查参奏。

同日，上命军机大臣传谕同兴曰：同兴奏报省城一带雨水情形，其折内所开被水各州县，只系河间、新城等处，至涿州而止。自涿州迤北良乡一带，全未提及。此折系本月初九日拜发，永定河于初三日决口四处，京师中顶、南顶及南苑一带俱被淹浸。此数日内节经朕特派卿员等分路查勘赈济，而地方大吏毫无闻见，实堪诧异。同兴身任藩司，河务即非专管，岂地方亦非所辖？何至河决被灾之事，隔越多日，尚未得信？而该管河员及州县等官，亦全不报明藩司，有是理乎？姜晟年力衰老，于地方事务，精神不能照察，属员无所畏惮，全不关白。其旷官尸位之咎，实无可逭。但伊到任未久，而同兴在直多年，于该省情形自应熟悉。且藩司经管通省，与总督职任只差一间，乃地方有此被灾紧要事件，茫然不知。该省诸务废弛，玩视民瘼，已可概见。同兴著传旨严行申饬，并著将永定河决及良乡以北被水情形何以毫无闻见之处，据实明白回奏。

同日，明安、国霖奏言：臣等遵旨于本月初十日，派委圆明园汛都司赵全，前往涿州一带探看水势、道路情形。去后，今于十一日子刻，据赵全回至圆明园禀称，伊于初十日辰刻到卢沟桥，因山水又发，随坐叵罗渡过。查得长新店、赵新店、董公庵、长洋一带，至良乡县，水势消退，大路虽属泥泞，文报可以行走。自良乡至窦店、琉璃河、谢河道路，亦可行走。惟自谢河至西湖良止，泥水甚大。又自西湖良至涿州一带，水势相连，难以过渡。此处惟有小船一只，专递往来文报，是以未能前进详查等语。又本月初十日，臣明安面奉谕旨，派员往永定门外萧家村致祭龙王庙，并赏海会寺僧人广庆银五十两。臣当即派主事定昌、游击王元凯分往，据定昌禀称，将恩赏银五十两晓示僧人广庆，该僧感激祇〔祗〕领。又据王元凯回称，遵即扎筏前往萧家村，看得龙王庙内，止有殿宇一间、僧房二间，现无僧人住持。询之该处民人，云此庙系明季正德年间所建，该处各村周围水势甚大，惟此村最低，并未被冲。此庙民间向称灵感，该将官遵即备具香烛，遵旨虔诚祈祷，叩谢神庥等语。奏入，报闻。

十二日（丁巳），侍郎那彦宝、莫瞻菉奏言：本月初八日，臣那彦宝面奉谕旨，驻扎拱极城，督办东岸工程。初九日未刻，即赴工次，会同巴宁阿，率同兵部司员及地方官员，将附近卢沟桥东岸情形详加查勘。自石景山起，至卢沟桥堤工二十号，又桥南堤工四号，均系石景山同知汪廷枢所辖，每号约长一里。所有十四号并二十三号石堤均已冲决，十四号约长八丈，二十三号约长一百五十余丈。二十二号石堤，间有倾欹坍卸，幸护岸土工尚未移动。十九、二十、二十一等号石堤，虽犹壁立，而外层护岸土工俱已漫刷无存，势亦危险。初九日夜间又降大雨，水势汹涌，难以趋赴堤根丈量。其下游壅塞处所，臣等即应遵旨分赴查勘，并拿问王念孙等三人。但现在东岸决口约有一百五十余丈，水势浩瀚，直夺正溜，斜向东南横流而下，若由东岸前往，恐有阻隔。臣等现拟会同一处，俱由西岸前往。如有壅塞之处，先行奏闻。再，奉派前往西南二路查勘水势之窝星额、广兴、台费荫、陈霞蔚等，俱为水所阻，现仍在卢沟桥守候。奏入，上命军机大臣传谕那彦宝、莫瞻菉曰：据那彦宝等奏称，遵旨赴永定河下游查勘，因东岸决口，水势浩瀚，现在俱由西岸行走等语。目下水势未消，即西岸亦恐不无阻隔。那彦宝等当随时慎重，不必冒险前进，但亦不可因有此旨，遂涉迟缓。惟须酌看水势情形，可行则行。至决口工程，此时水势未消，碍难兴工，转可不必亟亟。第闻南苑一带连日积水又复增长，查看水势自南而北，自因下游壅塞，水无去路所致，不可不赶紧疏消。著那彦宝、莫瞻菉留心查勘南苑一带因何水长？若下游有壅塞处所，应即上紧挑浚。如能绕至南苑南面，将该处积水设法疏消，不致久被淹浸，再将各决口以次修筑，方为妥善。并著将查办情形随时具奏。

同日，上命军机大臣传谕各路查勘卿员曰：本日据那彦宝等奏，前派查勘水灾之窝星额、广兴、台费荫、陈霞蔚，俱为水所阻，仍在卢沟桥守候等语。前此派出台费荫等八员分路查灾，原欲俟该员等覆奏到时，如有应行抚恤之处，再降恩旨。今伊等为水所阻，不能前往，因思被灾民人嗷嗷待哺，若俟水势消涸之后查奏到日，再行抚恤，未免稽迟。朕心实为悯恻。著传谕台费荫等查勘被灾地方，有急须抚恤之处，即督同地方官立时赈济，量给银米，一面奏闻，一面动帑开仓，令经手之员据实报销，以副朕轸念灾黎，如伤在抱之意。并著将查勘情形先行驰奏，以慰廑念。

同日，明安奏言：六月十一日，据右营广宁守备那丹珠呈报，查勘得丰台附近之万泉庄等处十三村民房，冲塌三分之二。各该村民除已经他出者，现存男妇共八百五十一名口，俱支搭窝棚居住。臣查万泉庄等处，既存有难民八百五十一名口，现在奉旨钦派大臣设厂赈恤，应请交与放赈大臣详细查明，按名一体赈恤。再，查现在官赈难民处所，亦有铺户人等在彼施舍面饼。臣伏思已蒙恩旨派大员散赈，伊等身系子民，不应搀越施舍，致有歧碍。臣愚见自应停止，如散赈大臣有不能到之处，准伊等前往施舍。是否有当，伏候谕旨遵行。

同日，兼管顺天府府尹、兵部尚书汪承霈，左副都御史陈嗣龙、刘湄，顺天府府尹阎泰和奏言：本月初九日钦奉谕旨，派臣汪承霈、陈嗣龙、刘湄、阎泰和同巡城御史，于户工二部领出制钱二千串，带赴永定门、右安门外，抚恤难民。臣等伏查永定门外海会寺灾民聚处最多，右安门外增寿寺、中顶为多。其南顶、中顶四围水势未退，臣陈嗣龙、臣刘湄亲至中顶给赈，又委员赴南顶查看。连日人数约略相仿，惟海会、增寿两寺，逐日增添，而增寿寺为尤甚。缘两寺贴近城旁大道，屋宇较宽，是以日聚日多。至附近各村零星散处，现在雇用渡船，捆扎木筏，装载面食，先于被水最近处按名散给。其水势汹涌之处，一时尚难前进。臣等细询各村情形，皆云现在房屋冲塌，田禾淹浸，幸人口尚少压损。臣等宣述恩旨，俱各欢呼感戴。察看民情，尚为宁帖。均奏入报闻。

十三日（戊午），丰伸济伦、孟住、永来奏言：本月十二日，据南苑官员等呈报，查得团河行宫四面皆水，因附近围墙冲塌三段，水势外流，是以墙内积水稍消。惟仁佑庙、东红门、马驹桥以及回城门一带，水势尚大。再，南宫后亦因水大，不能往查。遥望东北墙角，有坍塌之处。苑户、兵丁等看守房间，多有冲倒。其苑户、兵丁人等因被水灾，俱无口粮。再，镇国寺、潘家庙等处，又有附近民人七百余口，在槐房夹墙存住，亦无口粮。现系苑副六达塞同镇国寺住持宽如，各将家内所存米麦供给餬口，仅敷数日之用。再查旧宫、南宫、团河苑户、兵丁等，十有八九俱无口粮。至苑内牲畜，跑往宁佑庙、小海子高阜处所群聚。惟小牲畜被水淹毙者甚多，苑外随水漂来尸首不少。因水未退，不能查清数目各等语。奏入，上谕丰伸济伦等曰：南苑兵民、苑户以及附近居民存住南苑，现被水灾者俱无口粮，甚属可悯。即著动用该苑羊草变价银九百余两，并再加恩由造办处赏给银一千两，俱交员外郎永安、主事富森保，率领苑副六达塞，即速办买米石，运往南苑。无论官弁、兵民，凡被灾者，著该员等逐日眼同均匀散给口粮，务使均沾实惠，以副朕矜恤兵民至意。

同日，明安奏言：遵旨著游击赵全前往涿州一带查看水势情形，今据赵全探得，涿州自初一日至初五等日，大雨连绵，山水陡发，灌入拒马等河，河水涨大，冲破通济桥石堤三段，大桥栏杆亦有冲倒之处；桥南龙神祠以及大碑亭二座，均被水冲塌；其桥北庙宇亦被水冲去。自庙旁至下湖良，共有居民二百余家被水冲去。西北两门月城内，水深六七尺。东西北关三乡沿河两岸，共计一百五十六十村，俱被水冲去。至初七日，水势渐涸，其文报马匹，现有摆渡船一只。大道马匹可以来往，车辆难行。至谢河，现在尚需摆渡。琉璃河大道至良乡南关，水势全消；良乡南关至南门，行人来往尚可。至卢沟桥水势虽长，骑马可行。奏入报闻。

十四日（己未），上谕内阁曰：京师永定门、右安门一带水势未消，前经派往查办赈恤之大臣汪承霈等俱为水所阻，不能分投给赈，自应筹备船只，以资乘坐。著派乾清门侍卫庆长、庆惠前往通州，与达庆、邹炳泰面商，饬令地方官速备船十余只，雇觅熟识水手，官给工食，即令设法运送至永定门、右安门外，交汪承霈等四人乘坐，上紧分往各路查勘，加意抚恤，俾被水灾黎早沾实惠。

同日，管理上驷院事务贝勒绵懿、上驷院卿富成奏言：南苑六圈，自本月初间叠经大雨，水势较大，该厩长等未能来京禀报马匹、人役曾否被水情形。于十一日，始据该厩长等差善水牧丁、草夫等凫水前来禀称，所有六圈内马匹以及人役等，虽经浃旬大雨，并无伤损、淹漫等事，草豆、麸石虽间有漂失，亦不及十分之二等语。伏思圈厩近在南苑，既经浃旬大雨，臣等即当设法差人驰往查看，乃并未想到。及据该厩长禀报后，又复拘泥，未经亲往查勘，耽延未奏，实属糊涂昏愦。今蒙传询，不胜惶愧之至。请旨将臣等分别交宗人府、内务府严加议处。奏入，上谕内阁曰：昨因南苑积水未消，而吴甸牧养马匹，总未据该管大臣等奏报情形若何，特传旨询问。始据绵懿、富成等覆奏，总未差人往看情形，至十一日经该厩长禀报，人役、马匹并无伤损，草料、麸石间有漂失，不及十分之二。绵懿等并未亲往查勘，又复耽延未奏，自请严议等语。京师自本月初旬大雨倾注，南苑一带早被淹浸。自初一至初十日，朕节次派员前往查勘，并设法赈恤。即管理奉宸苑之丰伸济伦等，亦屡差官员驰赴该处，确探具奏。绵懿、富成俱系内廷行走之人，宁不闻知？何以于所管苑厩漫不关心，竟不思朕必垂询及此耶？且南苑圈厩，不特马匹应随时查察，该处人役不少，尤当留心。并闻有被水难民聚集在彼。绵懿等即不亲往查勘，亦当专人探听，以备询问。及至该厩长等于十一日禀报被水情节，绵懿等又不即时具奏。经朕传询，犹以六圈人役马匹并无淹损、草料间有漂失，敷衍入奏。可见绵懿等全不以公事为重，难胜坰牧之任。绵懿著不必管理上驷院事务，仍交宗人府严加议处；富成著退去上驷院卿，革退御前侍卫，在乾清门行走，仍交内务府议处。

同日，姜晟奏言：窃臣自省赴工，沿途察看被水州县。于初八日自雄县坐船，由白沟河至新城县登陆，前抵涿州，勘明涿州北关大石桥被水冲断，石栏俱冲落入河。讯因西北上游拒马河陡涨，水漫桥面，急溜掀翻。城外一带民间房舍、墙垣，淹浸、倾塌甚多。当饬该州就近妥为安抚。至永定河工所情形，该道初三以至初六等日节次具禀，至初十日，始于省城转递接到。知石景山及南北两岸工段漫口多处，水溢下游等情。臣随于十一日赶至该河南四工，接晤该道王念孙，详细询问。据称初一以后，连日昼夜大雨，奔腾倾注。正在督率厅汛员弁在南北岸分头抢护间，初三日自寅达戌，水势四面陡涨，骤而兼猛，措手不及，以致各工漫口。石景山约计九十余丈，南岸约计一千七百六十余丈，北岸约计一千五百二十余丈。初八日，接石景山同知汪廷枢禀报，初三日卢沟桥水长至二丈四尺三寸，永定河堤岸最高者仅止一丈二三尺。桥漫则堤漫，相连而及，实为从来所未有等语。臣查河务要工，全以大员督率抢护，乘时宣泄，均能合宜，自无漫塌之患。此次永定河各工漫口，多至二十余处，计长三千三百余丈，水势漫溢，自由防护不周所致。所有该道厅汛文武各员，请旨敕部一并严行查办。至臣等未能先事筹防，亦难辞咎，亦应请旨将臣交部严议。至漫口塌堤，例应分别著赔修复。工程较大，需料繁多，尤当赶紧购办。其应如何先筹垫款及事竣分赔，容臣饬令悉心详议核明，具奏办理。奏入。

十五日（庚申），长芦盐政那苏图奏言：窃照天津为九河总汇，地势低洼，一遇上游发水，日渐增长。讵本月初四日夜间，运河水势涨溢，陡长丈余。现届初伏，海不收水，宣泄未能迅速。至初九日，甫得消退数寸。臣督饬众商雇集人夫，在于行宫四围挑筑堤埝，以免浸漫。其堣盐坨地滨临河畔，亦经各商加意防护，均幸稳固无虞。臣一面严饬地方各官，将堤闸、桥梁实力抢护，低洼村庄间有积水浸淹，速为车戽疏消，毋致有伤禾稼。现在民情均属宁帖。奏入，上命军机大臣传谕那苏图曰：现在京师大雨连绵，永定河决口四处，南苑一带被淹，积水尚未消退。天津地居下游，将来永定河漫溢之水，疏浚下注，恐水势过猛，宣泄不及，该处堤闸、桥梁自应豫为防护。并著查勘淀河近海一带，如有淤垫处所，及早量为疏浚，俾水势得以畅行。至低洼村庄有被水淹浸者，务即转饬地方官迅速查明，设法疏消，加意抚恤，并据实具奏。

同日，丰伸济伦、孟住、永来奏言：据员外郎永安等禀报，职等于十三日遵旨由造办处领出银一千两，随即在正阳门外办买得稜米、饽饽、咸菜，于十四日陆续运至海会寺，上船到苑，由大红门连夜运往镇国寺等处，酌量散给被灾兵民、苑户人等。其每日应用米石数目，另行禀报。

同日，查勘西路卿员窝星额、广兴奏言：臣等奉命出京，行抵卢沟桥，因初九日夜间西北雨势甚大，河水涨发，不能过渡。次日见水势稍平，即赶往长新店、良乡、涿州一带，督同各该地方官逐加查看。缘永定河南岸决口二处，均流至长新店后身，汇入旧有之山涧，由良乡迤南，归入固安交界。涿州所属地方，亦因牤牛、拒马等河盛涨，一时宣泄不及，是以该州县村落多被浸淹，人口间有伤损，房间多有倒塌。臣等遍历各村庄察询情形，自水淹之后，居民四出躲避，有亲友相依者，均暂在人家借住。其存留贫民，因水大不能耕种，生计拮据。兹钦奉谕旨，如有急需抚恤，即行动帑、开仓。臣等谕令地方官，业已设厂煮粥，亲身散给，并买饼分散。现在实无三五成群嗷嗷待哺之人，似应将村落户口大概查清，再行抚恤，不致稽迟。均奏入报闻。

钦定辛酉工赈纪事卷四

六月十六日（辛酉），明安奏言：臣于本日黎明涉水，至南顶迤南大溜边，水势汹涌，随雇觅善水者十数人测探中溜，尚深三四丈不等。臣绕道至灵应龙王庙一带，见水势稍小，遂进小红门，至迤西一带，著水手测探，亦有二三丈深不等，不能前渡。若晴明三二日，自可稍退。

同日，丰伸济伦、孟住、永来奏言：臣等于十四日差员外郎嵩灵前赴南苑，查得北红门至旧宫、新宫，水深二三尺、四五尺不等，冲刷深沟，甚属泥泞，乘马亦不能过。又差会水海户至南宫及团河行宫，查得水深四五尺、六七尺不等。又据员外郎永安、主事富森保禀称，十五日在北门等处放赈。有家者，男妇大口散给米一升，小口散给米半升；无家者，大口散给饽饽十个，小口散给饽饽五个。苑副六达塞等在新宫夹墙槐房等处放赈，亦照前散给。所有赈过苑户、兵丁、难民等男妇大小一千二百五十八名口，俱各欢呼，感激天恩。臣等仍饬知永安等，无论官弁、兵民，但系现无口粮，即须逐日实心办理散给，不可疏懈。均奏入报闻。

同日，那彦宝、莫瞻菉奏言：臣等十二日丑刻，准军机大臣字寄，即于寅刻，由西岸一带履勘，行至固安县境南三工地方，适永定河道王念孙、南岸同知翟粤云、北岸同知陈煜，均在彼防汛，臣等当即恭宣谕旨，将该三员革职拿问，饬委固安县县丞屈邦基、候推守备侯肇安等押解进京，交刑部收审。至臣等查勘永定河下游，见河身内并无急湍长流，且附近居民已有在河身内高阜处所，靠两堤岸，或南、或北，种植秫豆等物。是该河下游淤塞，早在圣明洞鉴之中。臣等自卢沟桥勘至南四工，淤塞情形大概相仿，则未经勘及之下游，亦略可想见。现因北岸外，自堤根起，至南苑一带，积水甚深，最关紧要。臣等应先行纡道驰往北岸，查勘明确，再行据实奏请圣训。再，臣等十三日系由良乡取道，复折回南岸，由二工顺堤行走，沿路所见被水低洼处所，田禾浸漫无存，室庐坍塌过半。至南岸堤外，访问东西约十余里，南北约一百五六十里，间有村庄全行淹没者。其高阜未经被水田禾，依旧畅茂，早苗如高粱、谷、黍，多已吐穗，芝麻、杂豆俱已扬花，晚苗赶紧耘锄，涸出地亩已见有行犁、撒种，赶种晚莜之处。惟丑刻后，又值大雨，道路渐消之水复经存积。又查得河堤，除石景山石工决口五处外，土堤复有决口十八处，共三千二百八十余丈。现因本河身大溜掣入卢沟桥东南石堤二十三号之决口，直走下流黄村、南苑一带，是以本河身下游余溜，只不过存有一二分。其土堤决口之处，俱已干涸断流。臣等沿堤查验数处，均属实在情形。奏入，上命军机大臣传谕那彦宝等曰：那彦宝等奏查明永定河南岸情形，现驰往北岸查勘一折，览奏俱悉。永定河水势涨漫，决口四处，而南岸决口尤宽，竟至掣动大溜。朕早经料及，必因下流壅塞，水无去路所致。今据该侍郎等所奏查勘永定河下游，见河身内并无急湍长流，且附近居民已有在河身内高阜处所种植秫豆等物，其南岸堤外并有涸出地亩赶种晚莜之处等语。可见下游高仰，已非一日。此皆由历任河道因循不办，而王念孙又不能及时疏浚，罪实难辞。现在永定河大溜尽已掣入卢沟桥东南，直走黄村、南苑等处，若不设法使河溜仍归故道，则南苑一带，岂不竟成河流熟径耶？此时伏汛涨盛，口门一时不能堵筑，惟有开挖引河，吸溜归槽，最为目前第一要务。著那彦宝等四人会同熊枚，相度地势何处可以挑挖，即稍占地亩，亦属无可如何。应详酌具奏，一面上紧赶办。至开放引河，必先使下游无高仰处所，去路方无阻滞。今永定河下游既有淤塞，自宜及早疏浚。并著那彦宝等会同熊枚悉心筹画，于何处施工，速行妥议，详细绘图具奏，俾下游通畅，为将来开放引河之地。至熊枚奏，于涿州冲断桥梁处所，备船十只，接递文报一节，所办尚好。此项船只，须俟积水全消，修道平坦，再行撤去，以便往来接递文报，无致贻误。所有直隶各属被水成灾分数，熊枚即当遴委大员确查，据实速奏，候朕加恩，俾被灾穷黎早沾实惠。现在永定河工程紧要，熊枚即驰赴工所经理一切为要。

同日，查勘北路卿员恩普、范鏊奏言：本月十四日途次密云，接准廷寄，十二日奉上谕：著传谕台费荫等查看被灾地方，如有急需抚恤之处，即督同地方官立时赈济，量给银米，一面奏闻，一面动帑开仓，令经手之员据实报销，以副朕轸念灾民如伤在抱之意。并著将查勘情形先行驰奏，以慰廑念。钦此。臣等跪读之下，仰见我皇上念切民依，无时或释。查北路厅所属昌平、怀柔、密云、平谷、顺义共五州县，臣等遵旨于初九日起程，行抵清河，适北路同知盛惇复赶至，因率同先赴昌平查看后，即由昌平北境驰赴怀柔、密云，以次履勘。伏思该州县地势本高，即雨水稍多，不患无处宣泄。惟山水来路甚远，一时汇注，河身不能容纳，恐致漫溢冲刷。臣等每至一处，即询明土人，沿河低洼村庄共有若干，逐一详细查勘。其已勘之昌平、怀柔及密云东乡，见河流均已归槽，并无村舍被冲，亦无居民迁徙。至高阜田禾，本年四五月间雨泽稍稀，今得此透雨，益加畅茂。其洼地间有过水之处，询之各村农民，佥称水势随长随消，田禾并无伤损。若从此晴霁，高粱谷豆均可无碍等语。臣等悉心体察，二麦甫经登场，民食无虞缺乏。现在勘不成灾，毋庸遽议抚恤。臣等即日赴密云西乡及平谷、顺义查勘，如有应行抚恤，即敬体皇仁，发给银米，立时赈济。

同日，恩普、范鏊又奏言：途次据北路同知盛惇复转据密云县知县周履衢禀称，该县白河神庙被水冲失。臣等一至密云，先往查勘，缘该处庙宇贴近河身，初二日夜间河水骤涨，致将正殿群房共二十余间均被冲没，现在仅存御碑亭一座。臣等当饬该地方官，令其设法保护。其择地建造庙宇，应俟直隶督臣办理。奏入，上命军机大臣传谕恩普等曰：恩普等奏称，查勘北路厅所属之昌平、怀柔及密云等处地方，河流均已归槽，并无村舍被冲，田禾亦无伤损等语。览奏稍慰。北路地势本高，是以雨水虽多，尚不致有漫溢淹浸之事。恩普等现赴平谷、顺义查勘，如该处有被水应行抚恤者，仍即遵照前旨，督同地方官设法赈济；如勘不成灾，无庸办赈，恩普等即可起程回京。至密云县白河神庙被水冲失，其应行择地建造庙宇事宜，著交该地方官从容办理。

同日，刑部左侍郎暂署直隶总督熊枚奏言：臣陛辞出京，十二日申刻行抵涿州，探闻姜晟在固安县南四工地方驻扎防汛，臣于十三日酉刻，驰抵该处，恭宣谕旨，将姜晟摘取关防，革职拿问。照例锁铐，派令原带刑部员外郎张鹏升，协同员弁押解进京，听候会审。至臣于十一日在永定河上游，会同钦差大臣，履勘决口四处，劄调新任永定河道陈凤翔并南北两路同知等员，赴工听候差委。十二日丑刻，驰抵窦店，承准军机大臣字寄，奉旨饬臣抵任后，将被水各处查明速奏，并著于涿州一带多备船只，以资赍送文报。臣途次涿州，即飞扎〔札〕各府厅州，速查所属，将现在曾否被水成灾及被灾分数，确查具报。俟臣抵保定后遴员覆查，再行速奏。并饬涿州知州，在被水冲塌桥梁处所，添备渡船十只、水手三十名，接递文报；仍一面赶紧购料，将坍塌桥梁修垫平坦，似于赍递文报可无贻误。至奉旨饬查永定河决口处所是否石景山同知所管工段，臣亲往石景山地方，勘得永定河第二号、四号及二十三号漫口处所，均在石景山同知汪廷枢所管工段之内。再，臣驰赴固安，道经永定河堤，自南三工第六号行至四工地方，见该处河内并无急湍长流。及接印后检查文卷，见各该河员禀报，北岸漫口约计一千五百二十余丈，其南岸各漫口共计一千七百六十余丈。现经钦派大臣那彦宝、莫瞻菉周历勘查，应俟勘明，妥议具奏。奏入，上谕内阁曰：熊枚奏遵旨查明永定河第二号、四号及二十三号漫口处所，均系石景山同知汪廷枢所管工段等语。汪廷枢系专管河务之员，平时不能豫为防范，以致该管工段决口三处，玩误已极。汪廷枢著革职拿问，交熊枚委员押解来京，归案审办。其石景山同知员缺，著即遴员奏补。

同日，军机大臣庆桂等奏言：臣等遵旨讯问姜晟，据姜晟伏地碰头痛哭供称：我在保定，初一、二两昼夜，大雨倾注。初三日，又连夜不止。永定河道尚无报到。因该道五月底曾有禀报，汛前节次长水，实为嘉兆之语。维时正在汛前，随将该道禀词于初四日叙入折内具奏。向来总督赴工防汛，总在中伏以前。去年因永定河断流，恐有水灾，经顺天府奏明，奉旨著胡季堂先行赶往防堵。今年并未断流，所以拟于中伏时赴工防汛。如水势紧急，永定河道必来禀知，是以折内声明，一面豫备前往督防。旋于初五日接该道来禀，惟称初一日金门闸水流湍激，石景山日来无信。该处距金门闸尚有五十余里，我因向来永定河漫口总在下游，即于初六日赶往工次，由安州、新安经过，当饬该州县开仓煮赈。又因道路水阻，至初十日方抵涿州。十一日，接到该道王念孙专禀，永定河南北两岸漫口三千三百余丈，并知良乡、卢沟桥等处水势冲漫。欲赶赴查看，涿州距河堤仅四十余里，上堤行走，既可面见该道询明防御情形，又可即由堤上直至卢沟桥。即于是日行抵南四工工次，查明漫口，一面办折参奏，一面将陆续被水之各州县，飞饬藩司就近拨米，急为抚恤。十二日晚拜折后，已定十三日由堤径赴卢沟桥，次早即在工次拿问。至我初四日折内所称田禾尚无妨碍，系专就清苑境内彼时情形而言。清苑地势较高，积水易消，田禾实无妨碍，是以据实入奏。总之，我系总督，管理河道未能先事豫防，以致永定河溃决，伤及田禾，上廑宵旰，实在无地自容。我先既毫无闻见，又到直未久，于地方河道未能熟悉，种种错误，咎无可逭，只求皇上将我从重治罪等语。奏入，得旨：著军机大臣会同刑部，定拟具奏。

十七日（壬戌），丰伸济伦、永来奏言：十六日，据员外郎永安、主事富森保、苑副六达塞报称，连日南苑放赈，计男妇二千余口，皆均匀散给口粮。其内有该处苑丞、苑副、听差人以及苑户、海户，并东西马圈之厩长、厩丁、铡草人等无口粮者，亦皆散给。并晓谕被灾民人，现在奉旨于正阳门外设厂赈济，俾伊等知所就食。如有非南苑居民，即设法引导出苑，勿致在彼久困。其附近村落者，亦著人带领，引其归家。现在积水亦渐消退，尚属安静。又据苑丞裕常等报称，南宫、团河行宫，惟墙垣坍塌，殿座渗漏，别无坍倒之处。奏入报闻。

同日，查勘东路卿员阿隆阿、张端城奏言：窃臣等初八日面奉谕旨，查看东陵有无渗漏，并东路地方被水情形。臣等当即于初九日起程，驰赴通州。据知州潘仁禀称，由通州至燕郊二十五里，近日水落泥深，船马俱不能行等语。臣等一面差人确探路径，一面带同该州查看就近被水村庄。至十一日，探得燕郊一带水势复涨，船仍可行。臣等即由通渡至燕郊，复由陆路，于十二日驰抵马兰峪，会同该处贝子永硕弘谦、内务府总管兴长，于十三日恭赴昭西陵、孝陵、孝东陵、景陵、裕陵，各处门、殿、明楼、宝城墙垣、瓦片极为妥固，均无渗漏。其余配殿并饽饽房神厨库，间有雨渍之处，多系旧日痕迹。据永硕等佥称，本年马兰峪一带雨水本不过多，是以陵内各处，较之往年，渗漏尤轻，足以上纾宸廑。至沿途所过之三河、蓟州、遵化地方，并无积水，禾苗极为畅茂。问得三河所属，被水不过数村。惟宁河、香河、武清、宝坻等处，被水较重。臣等拜折后，即日起身，钦遵圣训，逐一切实确查，上副圣主轸念灾黎至意。奏入，上命军机大臣传谕阿隆阿等曰：阿隆阿等奏称，恭查东陵殿宇及各明楼宝城极为妥固，均无渗漏等语。陵寝重地，近因大雨连绵，刻殷悬廑。兹阅阿隆阿等所奏情形，朕心得以稍安，实深敬慰。其查过之蓟州、遵化地方并无积水被淹之处，所奏亦属确实。惟据称三河所属，间有数村被水；宁河、香河、武清、宝坻等处，被水较重。应即遵照前旨，亟为赈恤。阿隆阿等俟东路查勘事竣，即前赴天津察看水势及空重粮艘情形，据实具奏，再行起程回京。

同日，查勘南路卿员台费荫、陈霞蔚奏言：臣等于初九日出京，因卢沟桥水阻，十一日下午始行渡河，由涿州绕道前进。十三日，于涿州途次承准廷寄，十二日奉上谕：著传谕台费荫等查勘被灾地方，如有急须抚恤之处，即督同地方官立时赈济，量给银米，一面奏明，一面动帑开仓，令经手之员据实报销，以副朕轸念灾民如伤在抱之意。并著将查勘情形先行驰奏，以慰廑念。钦此。臣等跪读之下，仰见我皇上轸念民依，无微弗到。臣等查向来偶遇偏灾，地方官先行设厂煮粥。臣等于十三日途遇南路同知吴辉祖，即令其飞饬所属各州县，先行设厂煮粥，以济无业灾民。十四日，行抵固安县地界，带同该县田宏猷沿途查勘。此次漫堤决口，水势多趋东南，兼之琉璃河、涿州之拒马河涨溢，是以民房俱有冲塌，田禾多被浸淹，人口亦间有漂失。臣等所过各乡村，见有灾民，即告以皇上念尔灾民，急加赈恤，因恐地方官吏不肯据实造报以及从中克扣，特派前来查勘。此时虽已暂行煮粥，一俟查明，即当动帑开仓，再加赈恤。此皆出自皇上格外天恩，有加无已。尔等俱须静待。该灾民等无不感颂皇仁，喜形于色。且现在业经煮粥散放，俟查明户口再行赈恤，亦未稽迟。臣等已饬令该县赶造户口清册，以备查核，不使稍有讳饰，亦不任其以少报多，总期民沾实惠，帑无虚糜，仰副皇上念切民瘼，谆谆训诲至意。再，南路所属七州县，臣等即赶紧顺道以次查勘。奏入报闻。

同日，达庆、邹炳泰奏言：本月初一等日雨势滂沛，通州河水盛涨，所有北运河一带军拨空重各船，猝遇涨溜冲逼，人力难施，船只星散。水退后，适新任通永河道阿永于初九日接印，十一日往北运河一带查勘河工。臣等就委该道确查详办。去后臣等并亲赴河干查勘抚恤。兹查得浅搁各船，扬州头等四帮空军船共十三只，江淮七帮重运军船二只。缘各该船值河水涨发，冲断锚缆，一时水陆不辨，陡然水落船停，已距岸有一二里许不等，势不能推活下水，应照例准其拆板回南。并移咨漕臣，查照出厂年第，分别赔造。其重运二船米石，起归本帮各船洒带抵通。其余受伤官拨各船，咨明直隶督臣，查核照例办理。至前报漂淌无踪之拨船，臣等连日催查，据报内江淮七帮官拨船五只，装米一千二百九十八石，全数漂失；太仓前帮拨船十三只，除抢起湿米六百九十七石四斗，实漂失米三百七十六石七斗。以上二帮，共漂失米一千六百七十四石七斗。臣等查粮船在内河有失，其漂没米石，例应该丁赔补；其抢获湿米，应令该丁等易换日食好米，尽数交纳，其余亦应赔补。但查此次被水情形较重，灾丁实属拮据，其应赔米石，可否援照买余抵补之例，准其在于本帮三升八合余米项下抵补。倘有不敷，准买别帮余米抵补之处，出自皇上天恩。此外尚有未经抵坝验看之米，或亦不免潮湿，倘风晾干洁即可收受者，亦请一并准其买余抵补。所有现在受湿霉变之米，准令该丁等在附近地方减价售卖。在该丁等既获价值，于一切费用不无小补，而被水贫民亦得贱价买食，足以充饥，于灾黎亦属有裨。至淹毙人口名数，据报镇海后帮副舵一名、水手二名；太仓前帮军船水手二名，拨船户男妇二名口；江淮七帮副丁一名，拨船舵水亲属十名口。以上共十八名口，俱经淹毙。臣等查定例，粮船淹毙人口，除亲属例无赏恤外，其余丁船水手，可否查照乾隆四十七年漕臣鄂宝奏赏之例，酌量分别赏给银两之处，伏候恩旨，应于通库动支，咨部查核办理。奏入，上谕达庆等曰：此项漂失米石，系因雨水涨发，人力难施，尚非疏玩所致。所有应赔漂失米一千六百七十四石七斗，著加恩宽免八百石。其余八百七十四石七斗，著该丁等买余抵补。至淹毙男妇十八名口，并著加恩照例赏恤。余依议。

同日，巡视天津漕务给事中周廷栋奏言：南粮二进粮船，共计三十四帮。至六月初一日，陆续过关者二十六帮。其后已入直境者四帮，未入直境者四帮，正在催趱间。讵初四日夜，北运河上游水势涨发，陡长丈余；南运河、西河各处亦俱骤长数尺。三岔口、海河为众水会归之地，宣泄不及，至初九日未见平减。臣随驰赴沿河一带逐加查勘，所有津关南北各数十里，俱漫溢纤道。当兹水旺溜急，若催趱过紧，恐致转有疏失。现有南来江淮五帮重船六十二只，臣与天津道蔡齐明详细商酌，暂令停泊守候。并严谕沿河员弁及领运千总，一俟水势稍平，即设法催趱前进，勿令稍有疏失。奏入，得旨：所办甚是。

钦定辛酉工赈纪事卷五

六月十七日（壬戌），同兴奏言：连日复据西路同知禀报，卢沟桥以上堤决。井陉县报，山水涨发，将乾隆五十九年冲过之固关城楼并官道复又被冲。大兴、宛平、良乡、通州、霸州、保定、香河、大城、任邱、献县、祁州、高阳、无极、藁城、赵州、宁晋、隆平、深泽、曲阳、安平等二十州县，均各连朝大雨，无从宣泄，田禾庐舍俱有被淹，现在设法抚恤，一俟水势稍定，查明被水轻重，再行详报各等情，陆续禀报前来。复经臣严饬该州县等实力抚恤，多备船只，将倒房各户一体接渡入城。有亲故可依者，即令暂时相依，赏给口粮；无亲族可靠者，即觅宽敞庙宇，搭盖窝铺，分别男女，先行安顿。仍多设粥厂，按每日两次赏给，俾被灾穷黎得资存活，以期仰副圣怀。其京南一带，尚有未据禀报者，臣现已差弁往查。至顺德、广平、大名三府所属州县，今夏雨水本属稍缺，现据各属具报，于初一、二等日得雨三、四、五、六寸不等。就现报情形，尚与大田有益。但三府离省稍远，其初三以后有无续行得雨，未据禀到。现在飞札饬查，惟已据报到之河间、大宛等三十七州县，多系近河之区，被水颇重。并闻钦差分路查勘，仰见我皇上念切民依，不使一夫失所。直省臣民感戴，实无既极。惟是水已成灾，应需赈款即当豫为筹备。查直属常平仓谷，因历年赈借粜缺，前经督臣胡季堂奏明分别年限采买，现在尚未补足。被水各州县所存仓粮，仅可供目前抚恤之用。臣再四筹画，惟有仰恳皇上天恩，赏拨漕米六十万石，敕下仓场督臣，仍照向例，截留天津北仓存贮。俟查定灾分，就近分拨应用。奏入，上谕内阁曰：同兴奏，直隶良乡等州县，因上游河水下注，堤工漫溢，田禾、民舍俱有被淹，请赏拨漕米六十万石，以资备用等语。即照所请，著仓场总督截留漕米六十万石，照例存贮天津北仓，交署总督熊枚，就近分拨应用。

同日，上命军机大臣传谕同兴曰：同兴奏续报被水情形并请截留漕米一折，据称近河被水各州县，因上游河水下注，堤工漫溢，田禾、庐舍俱有被淹。现在办理抚恤，除大兴、宛平两县本年应征钱粮先经降旨全行豁免外，其余各州县，即著同兴查明，据实速奏，候朕加恩。其应行抚恤之处，分别极次贫民，妥为办理，无致一夫失所。至所请赏拨米石，现已有旨准行，交署督熊枚分拨应用。又据奏井陉县山水涨发，固关地方多被冲漫等语。前因涿州一带水势较大，特派大员前往查勘，设法接递文报。近日该处添备船只，文报往来尚无迟误。今固关等处复有山水涨发，恐附近该处之滹沱河同时水发，军营文报到彼致有稽迟，所关最要。现今又无军报到京，是所阻不在良乡、涿州，而在保定、正定等处。同兴系本省藩司，地方是其专责，署臬司专修驿站事务，尤系专管。所有直省文报经由各河道，应即派委妥员分投照料。如有冲失桥梁处所，或多备船只，设法济渡，务俾驰递无误。伊等于地方被水情形奏报迟缓，已有应得之咎，倘军营文报递至直省再有阻滞，则获咎更重矣。

十八日（癸亥），宗人府宗令和硕仪亲王永璇等奏言：臣等议得南苑吴甸系牧养马匹之所，今积水未消，该管大臣绵懿等并未具奏。蒙皇上传旨询及，绵懿等始将该处人役马匹并无伤损、草料麸石间有漂失等语入奏。又并未亲往查勘，甚属错误。诚如圣谕，全不以公事为重。请将多罗贝勒绵懿实罚贝勒俸二年，虽有纪录，不准抵销。

同日，总管内务府丰伸济伦等奏言：臣等查圈厩近在南苑，遇此阴雨连绵、积水未消之际，富成系该管堂官，乃于圈厩漠不关心，既不亲往踏勘，并不专人侦探，及至该厩长等禀报，又不即时具奏，咎实难辞。查应奏不奏，与部内有水旱不覆踏各律罪名相等，自应从一科断，应将富成照应奏不奏律，杖八十，系职官降二级留任。该员已奉旨退去上驷院卿，革退御前侍卫，在乾清门行走，应于现任内降二级留任，虽有加级纪录，不准抵销。均奏入，上谕宗人府、内务府曰："宗人府议处绵懿，罚贝勒俸二年"、"内务府议处富成，于现任内降二级留任，不准抵销"两折，伊等于南苑六圈被水情形并未查勘具奏，不以公事为重，均属咎所应得。惟念苑厩人役、马匹俱无损伤，尚可量予从宽。绵懿著加恩改为罚贝勒俸一年，富成著加恩改为降一级留任。余依议。

同日，上谕内阁曰：本日召见按察使衔、候补盐运使嵇承志，询以永定河现在决口情形，奏对甚为详晰。嵇承志著即发往直隶，交与那彦宝等，令其以原衔随同办理堵筑事宜。俟工竣后，如果出力，再行加恩。

同日，明安奏言：开挖引河之处，臣未得亲往查看，惟每日据该营汛呈报，漫溢之水不但不能消退，且日长二三尺不等。臣伏思发水为日已久，总未见其畅泄，既有可开引河泄水之处，臣拟即亲往查勘，如果无碍田禾、村落，再为据实覆奏，请旨办理。奏入，上命明安、祖之望同往查勘具奏。

同日，汪承霈等奏言：连日水势未消，臣等仍分往散赈。永定门外人数虽亦日渐增多，不过递增至一千七百八十五名，惟右安门外，较前增至数倍。臣等逐加询问，实系各村庄田禾房舍俱被漂没者，欣闻圣主恩施浩荡，涉水而来就领食者，共有八十余村庄。各村庄被水户口，自数十口至数百口不等。质之总甲、地保人等，均能认识。臣等宣述恩旨，按名散给，无不欢跃称庆。有右安门关厢居民，亦以水浸累日，觅食维艰，咸来求赈。臣等仰体皇上一视同仁至意，照各村庄减半发给。现在被灾男妇统计一万八九千人，所领户工二部制钱二千串，除办理食物、运送脚价及雇觅船只、书役饭食等项需费外，将次用完，仰恳皇上再赏发制钱数千串，以资接济。至此后水势稍退，或煮粥，或散米，臣等察看情形，公同酌议，再行请旨。再，永定门至海会寺、右安门至增寿寺等处，因积水较深，原雇船二只，每日给工价三千七百文。十五日，特蒙恩旨，令庆长等于通州雇船十二只，赏臣等分投散赈，仰见皇上轸念灾黎，无微不到之意。臣等酌量当即拨回五只。次日，庆长、孟住传谕：著汪承霈拨船二只，交孟住往南苑应用。钦此。臣汪承霈遵即拨给外，其余五只，臣等乘坐，分赴各处查看。无如所经处所，与河道情形不同，非倒塌墙垣、淤泥壅塞，即大溜穿林，均不能行走。臣等酌量永定门外之海会寺、南顶，右安门外之增寿寺、中顶等处，除有船二只，再留船二只，以备中顶、南顶来往之用，其余令其回通，以节靡费。奏入，上谕内阁曰：汪承霈等奏永定门、右安门外海会、增寿等寺散赈情形一折，据称前次所发户工二部制钱二千串将次用完等语。现在水势虽经稍退，而被灾难民一时未能复业，自应接续散赈，以资糊口。著于广储司库内拨银二千两，交汪承霈等实力妥办，毋致一夫失所。但朕节次给发帑项，原为抚恤穷黎，近闻永定门、右安门外关厢一带，往往有铺户、居民人等，其田庐、房舍并未被水淹浸，亦前赴散赈处所冒领口食，而实在饥民，或因拥挤不前，转未免或有遗漏，殊非朕加惠灾黎之意。著汪承霈等于散赈时留心查察，如有前项冒领之人，立即查明责处，以儆其余。至所奏请将通州拨到船只，酌留二只，其余仍令回通一节，殊属非是。前因汪承霈等奏永定门、右安门外一带，为水所阻，不能分投给赈，是以降旨派侍卫前往通州，饬令速备船只，设法驶至永定门外一带，俾资济渡。今船只甫经送到，而汪承霈等又称经行处所与河道情形不同，请留船二只备用，其余仍令回通。试思此时尚未晴霁，倘南顶、中顶等处水势或稍有增长，又必须奏请将回通之船仍令送往，徒滋烦渎。若为节省糜费起见，尤属不知大体。朕方发帑赈恤，不惜多费，岂转于渡船工价，稍有靳惜耶？汪承霈、陈嗣龙、刘湄、阎泰和俱著申饬。所有此项船只，仍留该处备用，俟水退赈毕后，再令回通。

同日，丰伸济伦、永来奏言：据员外郎永安等报称，大红门庑殿、新宫、镇国寺、潘家庙、角儿堡海户、民人及南宫、团河苑户、闸军，并旧宫、永慕寺等处堆拨步兵人等，共加添大小男妇共一千零九十六口，俱系实无口粮。永安等随即按名散给粮米，并传知该难民人等，俟水势稍退，令其投奔京城外饭厂。随有现在苑内、西红门外、粉庄等处难民共一百四十七口，该员等按名散给饽饽后，即令船只渡至河北，投奔京城外饭厂。其余难民现在新宫夹墙高阜之处，自搭窝铺栖止。传问伊等，据云实无房屋可归，只可俟水退时各归旧业等语。呈报前来。臣等随饬知永安等，令其设法陆续引导出苑，毋任耽延多日。

同日，孟住奏言：本月十六日，丰伸济伦面奉谕旨，传知臣会同庆长，即赴永定门外，面见汪承霈，要得拨船二只，运至南苑大红门外。十七日早晨，臣乘船渡过南岸，见有各处难民一百余名，等候过渡。业经员外郎永安、主事富森保按名散给饽饽，臣即用船渡过北岸。该难民等由此即可领赈谋生，不胜欣喜感激天恩之至。臣即进大红门，眼同永安、富森保，将应散给兵丁、苑户、难民等一千三百余名口米石、饽饽，俱已如数散给。臣即到新宫，查得前后殿宇并无渗漏，惟东西殿座、游廊间有渗漏，墙垣亦无坍塌。臣即眼同苑副六达塞，在该处将应散给兵丁、苑户、难民三千一百余名口亦如数散给后，并晓谕该难民等，现在大红门外有皇上赏给拨船二只，自宜速往附近永定门外赈厂，即可安生。况此系园庭禁地，不便久存。该难民等闻知有船可以过渡，无不喜悦。臣又到团河行宫，查得周围土山内外，俱有水深三四尺不等；宫门以内各院，俱有水深五六寸至尺余不等。俱未进殿，前殿并无渗漏；其余殿座、房间、游廊间有渗漏，墙垣亦无坍塌。惟看守房并苑户房坍塌、歪闪之处甚多。至南宫、旧宫，沿路水势过深，俟稍退时，臣再行查看。均奏入报闻。

十九日（甲子），上谕内阁曰：京师自六月初旬以来，雨水连绵，已及两旬，现在尚未晴霁。永定河漫溢成灾，积潦未退。朕宵旰焦思，倍增悚惧。稽之会典，只有亲诣社稷坛祈雨之礼，祈晴未有明文。但水旱同一灾祲，礼缘义起，自当一律虔祈，以迓时旸而消盛涨。谨择于本月二十六日亲诣社稷坛祈晴。先期于二十二日进宫，二十三日起致斋。三日所有一切典礼，著礼部太常寺敬谨豫备。至二十七、二十八、二十九三日，本系孟秋时享斋戒之期。初一日礼成后，如气候晴霁，泥淖已干，朕即回至圆明园驻跸；若彼时尚未放晴，不妨在宫多住数日，俟天气晴明，再行降旨。

同日，汪承霈、阎泰和奏言：据涿州等州县将被水轻重情形开报前来，臣等逐加细核，或令动款急赈，或令借给口粮，俱经随时批饬办理。至宛平县被灾村庄人数，较别县尤众。虽经该县报称捐赀煮赈，惟恐日久难支。今据禀请，将常平仓存贮仓谷，发出五百石，以资接济。再，南路之黄村迤南一带角新店等村庄，系大兴县所属，俱被水淹，房屋坍塌甚多。该县钱复现在跟随臣等办理散赈事务，业已飞饬前往查勘。臣等伏思，若俟该县查报，势必有稽时日。查大兴县常平仓即在黄村，可否仰恳皇上天恩，各赏拨五百石，以资赈济。如蒙俞允，臣等即饬令西路同知蒋耀祖、南路同知吴辉祖，督同各该巡检、千把等，就近妥协办理。所有该两县知县，一俟查勘完竣，仍即来京，随臣等查办散赈事务。谨将顺属各州县被水轻重情形，开具清单，恭呈御览。奏入，上谕内阁曰：汪承霈等奏查勘各属被水情形一折，并开单进呈，内被灾较重者十一州县，而宛平一县尤重。前经降旨将大兴、宛平本年应征钱粮全行蠲免，著再将宛平县来年应征钱粮，一并蠲免。其涿州、良乡、保定、宝坻、固安、三河、房山、顺义、通州、武清等十州县本年应征钱粮，均著加恩全行蠲免。所有被灾稍轻之怀柔、大城、东安、昌平、永清、蓟州等六州县，著加恩将本年应征钱粮蠲免十分之五。该部遵谕速行。

同日，丰伸济伦、孟住、永来奏言：据郎中仙保、员外郎永安等报称，十七日，查有武清、枣强、固安等县被水难民共一百五十一口，散给饽饽后，随即用船渡过河北，投奔京城放赈处所。其余难民，现在仍陆续引导出苑等语。臣等饬知该员等务须实力办理，将难民人等作速全行渡出苑外。并将南苑被水冲淹之处，敬谨绘图，恭呈御览。

同日，那彦宝、莫瞻菉奏言：臣等于十五日早刻冒雨至固安城北，因水阻隔，仍折回城西十里铺，跴流直渡，验得河身止有雨水存贮，桑乾河身业已全行断流。渡至北岸，自北四工起以北，处处积水，路断行人。所见固安、永清、东安三县境内，其南岸外，于卢沟桥石堤未溃以前，各堤顶曾经过水，漫及地方，并积存雨水，田禾浸漫一半，在高阜者仍旧畅发；其北岸外，固安、永清境内，犹有间段禾田，东安近堤之处全属巨浸。臣等沿途相度，熟筹疏浚之法。见北堤外有减河一道，系由黄村大道掣分决河正溜之一支，约宽二十余丈、深七八九尺不等。臣等因思决堤放水，亦向来河工从权办理不得已之一法，究属有碍田庐。而堤外之水引入正河，尚属可行。拟即借此设法于堤岸开通一口，将决河收入正河，亦可掣分大势。无如上游一带，堤内比堤外淤高四五六尺不等，处处均无可下手。直查至武清县境北九工第九号以下，不过三里许，堤岸至此已尽，是即桑乾河下游之尾闾，两岸宽五十余里。其东南黄花店所汇诸水漫入河身，其堤北桑乾河全溜，并挟龙河及到处所积雨水，一望汪洋无际。东南趋入母猪泊，接连凤河、北运河、大清河，并黄花店，俱界限不分。惟是水阔则溜缓，且决河又为下流诸河漫水所顶，未能畅流。惟此工第九号堤内，比堤外较低二三尺，见溜势一道直趋堤根，波浪撞击，漫过堤顶已及二尺余，堤岸渐就倾塌。臣等再四商酌，此堤已断难保护，莫若就势开通堤外决河之水，引入正河。因督令三角淀通判李逢亨、东安县知县金鸣琴，传集工次兵夫，就水漫处趁势开挖。甫经施力，开下二三尺，来溜已经掣动。又值大雨倾注催迫，顷刻刷断堤根，冲开口门七十余丈，顺流并下。两日来，阵雨频作，臣等即就近暂住河干，见溜势入口，颇有顺利之机。其堤外被淹村庄，亦渐露出屋基。是桑乾下游，必有淤塞高仰，亦必有可以疏浚之处，均在圣明坐照之中。查下游虽被各河漫水相敌，未能倾泻如意，然已将决河之水，由母猪泊上游，约分三四成，归入此口。现值伏秋大汛接连，天之晴雨无常，即水之消长不定，而大概形势似渐可有减无增。此项开通堤口，俟两岸工竣后，归入下口岁修疏浚项下补修，无庸另案开销。至前途诸水所汇，浩瀚无边，臣等谨遵慈谕，未敢冒险前进。再，东安县知县金鸣琴现兼署永清县事，臣等已谕令回署速筹急赈口粮，于被水较重各村先行散给。并将三角淀通判所存该管地方河图贴说进呈。臣等拜折后，仍由原路绕至卢沟桥，进京恭聆圣训。均奏入报闻。

同日，同兴奏言：本月十五日，臣折差回省，承准军机大臣传谕，十一日奉上谕：同兴奏报省城一带雨水情形，于涿州迤北良乡一带全未提及。著传旨严行申饬，并著据实明白回奏。钦此。臣跪读之下，悚惧恐惶，莫知所措。伏查前因省城连日大雨，至初七日晚，传闻有永定河决口之信，并据涿州禀报水势陡涨，文报不能传递。直至初九日，尚未得涿州以北情形并永定河何处决口确信。臣当于初十日，委候补同知奇福、外委李茂林，前赴良乡一带查看，并令设法接递军报。至十一日，始据西路同知蒋耀祖、石景山同知汪廷枢会禀永定河石堤决口，大兴、宛平、良乡等县禀报被淹，并钦差分路查水之信。查验该厅县来禀，系初五、初八等日封发，臣一面行查该同知等公文迟误缘由，复派守备乌尔库德前往涿良一带挨查，并照料一切。今尚未据查明回省。窃思臣叨沐殊恩，畀以藩司重任，自接篆以来，将及两月，未尝一刻敢忘君父深恩，无事不以整顿地方为己任。惟恨臣才识庸愚，不能力挽颓风，仍形疲玩，以致地方值此水患，未克及早上闻，致劳宵旰。今蒙垂询，臣实愧悚难容，何敢以州县禀报稽迟冀宽咎戾？惟有仰恳主恩，将臣交部从严议处，以示惩儆。再，保定省城，自十四日又复大雨如注，直至十五日午刻始渐开霁。省城四面皆水，城中民房倒塌过甚。臣现在率同府县分设粥厂，养赡无业贫民。一面将无处栖身男妇，俱令在庵观寺院暂居，并散给钱文，以资口食。民情尚属安静。各路驿站，已雇觅船只渡送文报，以期无误。奏入，上谕内阁曰：前因同兴于永定河决口及良乡以北被水情形毫无闻见，当经降旨严饬，并令明白回奏。兹据同兴奏称，初七日晚闻有永定河决口之信，初九日尚未得涿州以北情形，直至十一日，始据西路同知等禀报。查该同知等所禀，系于初五、初八等日封发等语。永定河堤决口四处，乃初三之事，经朕特派大员分投查勘。而该管厅县直至初五、初八等日始行禀报藩司，迟缓已极。直隶地方官疲玩积习一至于此，不可不大加整顿。是以特简陈大文署理总督，以资振作。至同兴身任藩司，于本省被灾情形竟茫然不知。及经饬训，徒以焦愤愧悚虚词入奏，于事何益？各地方官皆藩司所属，如果知其疲玩，何不及早参劾惩办乎？同兴久任直隶，实难辞咎，著交部严加议处。此尚系朕格外施恩，不即将该藩司治罪。同兴当倍加感奋，将直隶被水各州县地方确切查明，实力抚恤，毋令一夫失所，稍赎玩惕之愆。至现在各路军营文报，尚无迟误，同兴仍当严饬驿站，多备船只，迅速赍递，不得稍有阻滞。此时熊枚甫经到任，且须查勘永定河决口，筹办堵筑事宜。所有地方应办诸务，系同兴专责，倘于灾赈不能妥为经理，或军营文报致有迟误，惟同兴是问，恐不能当此重咎也。

同日，查勘西路卿员窝星额、广兴奏言：臣等遵旨赴西路，将成灾地方督同州县亲加查勘。缘永定河南岸决口，自长新店后身，与原旧溪河汇而为一，沿途挟沙涨漫，而行至良乡迤南，归于大清河，流入固安地界。涿州所属之牤牛、拒马等河，亦由大雨连绵，山水涨发，复因永定河南三工土名南蔡地方决口下流，顶住溪河，不能畅注，以致宛平、良乡、涿州三州县村庄，凡附近水区地势洼下之方，多被淹浸，收成失望。幸而居民早已移于高阜，搭棚栖止，是以被淹村落虽多，人口伤损尚属有限。其有亲友相依者，多系附借人家居住。即有无力之民，亦可赴高阜未经被淹之处，力作佣工，尚不致于嗷嗷待哺。臣等复敬将我皇上轸念民艰，特命臣等查勘缘由，遍加晓谕。该贫民等更皆跪诵皇仁。现在河流大溜已消，所存不过积水。地方官均皆设厂煮粥，居民俱极宁静。惟是小民被淹之后，户鲜盖藏，房间倒塌，较之寻常之时，生计未免稍形困乏。臣等仰体皇上如伤在抱，不敢因其未至极贫，稍存隐饰。谨将查过村庄，实系被水所淹，现存大概人数，谨缮清单，恭呈御览。应否赈抚，出自皇上天恩。西路房山一县，地势较高，尚不致于成灾。惟附近大道之旁，有岗洼村一处，亦被永定河水浸淹。臣推广皇仁，未便令其向隅，是以一并列入单内。至户口人数，有水淹之后远出营生者，亦有雇与他处佣工力作者，朝出暮归，均无一定。单内所开人数，系就臣等清查时约略而言。嗣后如有增减，已谕令各该州县随时具报。奏入报闻。

钦定辛酉工赈纪事卷六

六月二十日（乙丑），上谕内阁曰：京师自本月初旬以来，雨水连绵，贡院墙垣、号舍多有坍塌、渗漏之处。现在考试期近，已饬令赶紧动工修葺。惟气候蒸湿，恐难如期修竣。若草率从事，必致内外关防不密，不足以昭严肃。且近畿一带道路泥泞，士子等来京应试，跋涉维艰，倘中途稍有阻隔，致误考期，转无以遂观光之志。所有本年顺天乡试，或展期至八月下旬九月初旬，著军机大臣会同礼部妥议具奏，以副朕体恤寒畯至意。再，向来俊秀、监生乡试录科，系由国子监考试录送。因吴省钦条奏，改为钦派大臣在贡院扃试。嗣又有御史奏请应复旧例者，经礼部议驳未行。此时贡院正值兴修，未能在彼录科。此次俊秀、监生仍由国子监考试，不必钦派大臣。以后或应照旧例，或仍在贡院录科之处，并著军机大臣会同礼部，一并议奏。

同日，上谕内阁曰：京师自六月以来，阴雨兼旬，永定河水泛溢，附近灾黎，节经朕特派大员前往抚恤。因思五城地方贫民乏食者自复不少，著再加恩，照每年冬月之例，设立饭厂，煮赈一月。责成该御史亲自稽查督放，并令窝星额、广兴会同都察院堂官随时查察，俾小户贫民藉资餬口。俟一月期满后，再行奏闻请旨。

同日，上谕八旗内务府曰：自六月初旬以来，阴雨连绵，兵丁等房屋坍塌者甚多。朕心深为悯恻。著加恩将八旗内务府三旗兵丁所借今年应扣七、八月份库银，展限至八、九月再行照例坐扣。

同日，明安、祖之望奏言：臣等于十八日酉刻至海会寺，天晚雨大，未能踏勘。十九日卯刻，冒雨前往灵应龙王庙，因水势汹涌，不能乘船。臣等细询该处民人，佥称由此迤东，皆入南苑，汇归张家湾一带，下游并无阻滞。臣等查看水势顺流直下，并无壅塞之处，必〔不?〕待旁宣支引。再查萧家河地势平衍，若挑开引河，恐更有淹没之虞。臣等悉心筹画，非在上游设法堵御，别无良法。且闻得卢沟桥下游地形高仰，未能畅消，是以山水暴涨，猝致泛滥横冲。若能于此挑挖，俾归正河，则水自安澜，而无四出之患。奏入报闻。

同日，国霖奏言：本月十八日酉刻，接据广宁汛守备那丹珠报称，大小井村一带，因连日大雨连绵，骤长二尺余深之水。并查得大小井各村庄被水灾民，共计男妇五百八十三名口等语。臣即于十九日亲赴广宁门外察看。查大小井村石道一带，水长二尺有余，系因暴雨暂积，随长随消。臣自彼处查勘，进城时业已渐次消退。惟查得被水村庄共计七处，在大小井村以南，相距二里、三里不等，均系广宁门营汛所属。或在高阜处支搭窝棚，或在各庙宇内居住，总共五百八十三名口，悉系被水冲塌房屋无处栖止之灾民，自应一律赈恤。但各该处距永定门设赈处尚有二十余里，且为水势中阻，不能涉水赴领，是以查询各灾民尚未领赈。臣伏思现值圣恩赈恤灾黎，自不令一夫不获。相应请旨交钦派散赈大臣，酌令分别赏恤，俾灾黎普沐恩施，咸资果腹。奏入，得旨：允行。

二十一日（丙寅），庄亲王绵课奏言：本月十二日，臣钦奉谕旨，率同礼部司员等前诣密云县白龙潭致祀。遵即出京，于十三日抵密云县，十四日抵九松山。礼部司员等亦于十五日到齐。是日潮河水势正盛，询之土人，据称此处水势宽漫，向来消落较迟，即从此晴霁不雨，亦需旬日方可淌渡。该处向无设备渡船，而水势湍急，他处船只亦不能调到。查南天门向有渡船，或可间道绕往。十七日，北行到彼，适提督特清额闻信，由河西循山踵至。臣详询情形，据云：渡河赴龙潭，隔山阻岭，道路不通。臣不得已，仍回九松山驻候。日来连朝晴霁，河水可望退消。如十九日水落归槽，臣即率同礼部司员等淌渡致祀；倘水势不见消减，延时久待，似非仰体皇上轸念民依、特颁祀典恪诚至意。臣愚昧之见，拟遥望龙潭，虔诚祀祷，先令该司员等回京。臣仍当候河水可渡时，亲诣龙潭行礼后，再行回京复命。奏入，上命军机大臣传谕绵课曰：绵课奏前往密云县致祭白龙潭，因潮河水盛，无船可渡，请在九松山望祭。该处水势宽漫，向未设有渡船，不能淌渡。此等情形，朕所深知。著传谕绵课即在九松山一带书写神牌，敬谨择吉望祭，虔诚默祝，祈晴消水。礼成后，即率同司员人等回京，不必复行，在彼处守候。

同日，丰伸济伦、孟住、永来奏言：前经臣等饬令永安等将南苑难民人等全行渡出苑外，今据报称，每日散放米石、饽饽后，即传知各处难民，远方者即令渡河，附近有业者令其回家，其向在内居住者，查清另行登记。随有大兴、东安、河间等处被水难民共五十四口，俱散给饽饽，令船渡过河北，投奔京城外放赈处所。至本苑各门章京马甲、步营章京步甲、苑丞、苑副、苑户以及东西两圈官达、厩丁、铡草人，伊等俱有俸饷米石，不过一时缺短，臣等酌拟暂放三五日后，即可停止。其余难民，尚有九百余人。现今水势已退二尺，臣等饬知永安等，俟将难民陆续全行渡过，再行奏闻。

同日，丰伸济伦等奏言：据上驷院奏请查勘南苑马圈被水情形一折，奉旨交总管内务府大臣，将南苑各马圈水湿草豆并吴甸铡草之太监等，均著查明具奏。钦此。臣等随派员查得恒德等三圈，共原存草七千三百五十余束、豆一百零五石余、米二百二十七石余，内共水湿草四千余束、豆六十余石、米九十余石，均与原奏相符。询据该院郎中佛钟禀称，水湿草束尚属堪用，其米豆不能应用等语。臣等查该圈收贮米豆被水淹浸，究系不善收藏所致。应将不堪用之米豆，著落该管堂司官员、厩长及兼圈之侍卫、司员等照数分赔。至吴甸铡草太监，请移于慎刑司番役处暂行收禁，俟吴甸房间修整之时，仍归该处，当铡草差使。均奏入报闻。

同日，贝勒永鋆、贝子永哲、总管内务府大臣公盛住奏言：五月三十日申刻，大雨如注，六月初二日未时，山水骤涨，河流水势甚大，直至初七日，雨势始行稍止。臣等连日敬谨查看，泰陵、泰东陵宝城琉璃花门、隆恩殿，并桥座神路，直至大红门，俱各巩固。其明楼及配殿、隆恩门等处，虽稍有渗漏，尚无妨碍。树木被水冲倒者数株，臣等即亲率司员，督令树户扶起，照旧培植，未致有伤。至东口子门一带围墙坍塌处所，俟雨止查明确实丈尺，赶紧修理。再，永福寺及良格庄行宫，并未受水。殿座、房门所有渗漏，臣盛住已派员详细踏勘，并派员前赴秋澜等三处行宫查看，另行具奏。惟查得八旗大小各营房，在南北两山之间，临河甚近，当河水涨发之时，俱经被水。又内务府大小各营房俱各渗漏，墙垣间有坍塌。现据八旗总管顺海等呈报，营房院内俱有积水，至二三尺不等。查明官兵及眷口、人丁，并无损伤。其营房围墙暨官员、兵丁房屋墙垣，俱有坍塌之处，衣服什物虽无冲失，皆被浸湿。当经臣等覆查无异，现派司员详确勘估。惟是官员兵丁每日当差用度一切，实为目前急需，合无仰恳圣恩赏借俸银钱粮，俾资接济。奏入，上谕内阁曰：永鋆等奏，自五月三十日以来，大雨如注，山水涨发，所有驻扎西陵之八旗及内务府营房俱各渗漏，墙垣坍塌，官员、兵丁等衣服、食物尽皆浸湿等语。此次雨水甚大，该官员、兵丁被水之后，当差、用度未免竭蹶，深堪轸念。著加恩赏借八旗官员兵丁并内务府武职及拜唐阿太监、树户人等俸银钱粮各三个月，于部库及直隶藩库分别支给，并分作二年，按季、按月扣还，以示体恤。

同日，同兴奏言：十五六等日，复据护理通永道、永平府知府陈凤翔禀报，务关同知所管北运河马头缕堤，于本月初三日，因运河水势异涨，漫溢十九丈。又据北路同知盛惇复禀报，密云县地方，于初三日山水陡发，潮、白二河水势骤长二丈有余，致将白河西岸河神庙全行被冲，基地成河，潮河桥船亦多漂失。又据房山、永清、东安、固安、昌平、文安、武清、顺义、新河、行唐、阜平、晋州、肃宁、完县、博野、深州、饶阳、故城等州县，各报河流泛溢，急切难消，低洼地亩俱被淹浸，民房亦多坍塌。又据顺德府属之平乡、沙河，广平府属之永年、清河等四县具报，近日雨水过多，洼地田禾微有损伤，尚不致成灾各等情。臣伏查现在原续报出者，系四路厅、保定、正定、河间、广平、顺德、深州、冀州、定州、赵州等十三属，共六十州县，内除广平属之永年、清河，顺德属之平乡、沙河田禾微有损伤，不致成灾外，其余五十六州县被水甚重者居多。查各属应存仓粮，除历年赈借动缺，与初二两次清查案内奏明待款候归之外，均属存贮无多。而应征地粮、旗租，现值奏销之时，均经提解司库，各属并无存款可供支放。臣悉心筹计，应于司库现存耗羡、旗租银内，先行动拨银十万两，按灾属之多寡，拨给本管各府厅直隶州，就近酌看情形分别抚恤，不必拘泥成例，总期待哺穷黎均沾实惠。所用银两，将来归入大赈案内据实报销。臣一面遴委诚信可靠之员，前往详查，倘有官吏侵冒、克扣等弊，即奏明在于该处正法，以示严惩。再，现在尚未报到各属，臣已飞札饬查，统俟查明续奏。奏入，上谕内阁曰：同兴奏，直隶被水地方，民间存贮粮石多被漂没，口食无资，应亟为接济等语。著于司库现在耗羡、旗租银内，先行动拨银十万两，分饬地方官速为抚恤，务期待哺灾黎均沾实惠。

同日，上命军机大臣传谕同兴曰：据同兴续报被水州县并急筹抚恤事宜一折，此次直隶被水地方较宽，灾民待哺嗷嗷，若俟循例勘定灾分轻重，查清户口，再行给赈，实属迫不及待。今同兴请先动用现存旗租等银十万两分别抚恤，所办甚是，已明降谕旨照所请行矣。现在近京一带被水难民，动用内库银钱普行赈济，而远处乏食之人亦闻风踵至，皆由各该处尚未一律给赈，以致贫民纷纷赴京觅食。朕痌瘝在抱，无谕〔论〕远近灾民，皆吾赤子，岂忍少为区别？但此等饥民赴京者日聚日多，一时难于稽察，或恐流而为匪。著传谕同兴，即于涿州迤南一带，或分段设厂煮赈，按灾属之轻重，责成该管府厅州县实力经理，使灾民就近餬口有资，自不复远涉来京。且可使现在来京者，知本处已有赈恤，亦必复归乡里。同兴务当饬属悉心妥速办理，勿令一夫失所。至折内称办赈官吏倘有侵冒、克扣，即奏明在该处正法等语，灾民等困苦流离，旦夕转于沟壑，为民牧者不思急行拯救，而转欲克扣赈银，自肥囊橐，实属天良丧尽，罪不容诛。但恐同兴能言之而不能行之耳。若果将不肖官吏早为惩办，何至地方疲玩积习一至于此耶？至所奏被水各州县，前经降旨将大兴、宛平、涿州等十八州县分别蠲免，其文安等州县及此次折内未经开列者，并著同兴详悉查明，应如何酌量蠲免之处，分晰开单，迅速具奏，再降恩旨。

二十二日（丁卯），上谕内阁曰：本日，朕自圆明园进宫斋戒祈晴，见旗人等所住房屋墙垣多有坍塌。朕经过之处如此，其偏僻街巷可想而知。并闻近日因雨水过多，米粮较贵，该旗人等生计维艰，殊堪轸念。前已降旨将八旗及内务府三旗兵丁所借库银展扣两月，恐尚不能宽裕。著再加恩各赏给一月米粮，以示休恤。

同日，上谕内阁曰：本日由圆明园进宫斋戒祈晴，经过御道，修垫均属平整。步军统领所属官员、兵丁等昼夜冒雨，一律赶修，不辞劳瘁。步军统领明安、右翼总兵国霖及本日在道旁督率之四品以上各员，均著加恩各加一级；其五品以下之文武员弁，俱著纪录二次；游击赵全连日查勘被水地方，颇属勤勉，无论本日曾否在道旁当差，著一并加恩赏加一级；至垫道兵丁二千四百名，著动用造办处存项，每名各赏给银一两，以示奖励。

同日，上命军机大臣传谕山西巡抚伯麟曰：此次永定河水涨盛，决口多处，不但阴雨之日间有增长，即晴霁之时亦未见消退。自系永定河上游涨发，非全因积水所致。因思永定河发源晋省浑源州地方，著伯麟即行详查永定河上游经过州县，是否雨水过多，众流汇注下游，致有漫溢，即行据实具奏。

同日，上命军机大臣传谕密云副都统全福曰：据全福参奏古北口存贮备用银两被窃，请将官兵究办一折，近因京师自六月初一日起，霪雨连绵，附近地方被灾较重，朕正日夜焦切。全福乃驻扎近畿大臣，白河岸龙神庙已被冲没，全福并未奏闻。该处驻防之地距河较近，自初一日以来雨水情形及该管官员、兵丁居住房间有无损坏之处，全福俱未奏及一语。今因失去备用银两，始行缮折具奏，可见伊平日于兵丁生计，并未留心。著传旨申饬。

钦定辛酉工赈纪事卷七

六月二十三日（戊辰），上谕内阁曰：近日京师钱价颇昂，兼值雨水连绵，食物甚贵。因思每月兵饷，现系搭放制钱三成，此次七月兵饷，著加恩搭放六成，俾兵丁等多得钱文，日用较臻宽裕，而民间钱币流通，市价亦可渐平。该衙门遵谕速行。

同日，上谕内阁曰：京师一带雨水连绵，永定河漫水泛溢，被灾贫民口食无资，流离失所。节次特派大臣等查灾给赈，一切加惠穷黎之事，如截漕、蠲赋、煮赈诸务，虽已次第举行，而朕心轸念民艰，寝食不安，宵旰焦劳，仍无时或释。惟恐办灾大臣等意见或有拘迂，经理未能妥协，廑怀尤甚。即如前日汪承霈等奏，永定门、右安门外关厢一带，往往有假托灾民，前赴散赈处所冒领一节，虽经降旨令其于放赈时留心查察，但思附近居民如果衣食并未缺乏，岂肯改装乞丐，经行泥淖之中，冒此区区口食，实非情理。至京城内原有求乞之人，朕在藩邸时常经目睹，即无灾之年亦不能免。非因被灾乏食，闻知设厂给赈，前往觅食。同一穷民，皆朕赤子，一视同仁，岂有加之区别，不行散给乎？况灾民等嗷嗷待哺，不能稍缓须臾，若必一一查明始行分给，势必过事盘诘，其实在饥困不前者转未免有所遗漏。办赈之道，总在周施博济，宁滥无遗。若期不滥，则必有遗。即有一二冒领之人，皆系穷苦百姓，又何忍斤斤较量耶？又据明安面奏，现在拨帑赈济，而官民内有自出己赀散给银米者，应请禁止。汪承霈又面奏，官赈与私捐不应搀杂一处。俱属见小，不知政体，经朕面加驳斥。试思官员等皆食禄于朝，稍有捐助，孰非公家之物？朕闻现在部员中，即有查有圻、盛时彦等捐给银米，有何不合？至殷实商民，受国家涵育深仁，积有余赀。伊等乐善好施，更属美事。将来事毕后，尚当查明，官员内有捐赀较多者，加恩甄叙；商民等亦应酌赏顶戴，或官给扁额，以示奖励。方嘉许之不暇，岂有转行禁止之理？若云官赈、私捐虑其搀杂，亦断无钦派大臣等在彼散发口粮，而私捐之军民等率行争先散给之事。况官赈之外，又有私捐接济，饥民多得一分口食，岂不更资果腹耶？近日并有人在朕前奏及，近畿灾民纷纷至京，竟有被各门拦截者，更属大谬。现在五城设立饭厂，穷民等自必闻风踵至，岂可转行阻禁？况此等被水难民，皆由本处无可谋生，是以远赴京师就食。朕念切痌瘝，无论远近灾黎，宁忍少分畛域？前已降旨令直隶地方官分段设厂煮赈，伊等知本处可以就近得食，亦必渐归乡里，又何忍驱逐禁止乎？总之，多救一民，减朕一分之罪。惟在办赈各员等仰体朕子惠元元如伤在抱至意，实力妥办，毋使一夫失所，方足以拯流离而挽灾祲。

二十四日（己巳），明安奏言：二十三日戌刻，据左右营营员等禀报，中顶一路水消四尺有余。自海会寺至海子一带，均落三尺有余。臣询问来员，据称水势日渐消退，如天气晴霁三五日后，各处涨发之水易于消退等语。

同日，孟住奏言：本日丰伸济伦面奉谕旨，传知臣，令到南苑栅子口北边龙王庙拈香。臣遵旨恭领大藏香一炷，前赴拈香，虔诚祝告。礼拜后，由河北岸，经南顶，渡河到南苑大红门内外，看得水势较十八日，门外消四五尺，门内消二三尺。现在天已晴霁，沿路民人无不喜悦。仰见皇上至诚感格，臣不胜欣忭之至。均奏入报闻。

同日，汪承霈、陈嗣龙、刘湄、阎泰和奏言：十九日，复蒙恩赏拨广储司帑银二千两，俾资接济。数日以来，臣等仍用面食分投散给。所有附近海子各村庄及广宁门外被水民人，俱各涉水而来。经臣等查明实系被灾户口，并有老弱男妇不能亲身来领者，饬令地保、总甲出具人数甘结，按名散给。其船行可通之处，臣等即亲赴查点户口，并委员分往各村庄查对实在人数，尚无冒领情弊。日来统计远近村庄一百余处，共有二万二千余人。现在面价日见增长，人数更多，每日散给面食及载运船只脚价、人役工食等项，约需制钱三百余串。所领广储司银两，因钱价昂贵，每两合制钱九百六十八文，共合制钱一千九百三十六串。所换钱文，今又将次用完。昨奉上谕，令五城设立饭厂煮赈一月，仰见我皇上廑念灾黎有加无已至意。所有永定门、右安门外领赈之人，有五城所辖者，似可赴厂领饭。惟是各村庄远近不一，涉水维艰，势难令其一律前来领饭。且现在各乡民具结代老弱男妇领赈者，更不能以饭相饷。臣等公同商筹，人数过多，概办面食散给，亦非长计。各该处灾民，现俱搭盖窝棚居住，均可给米造饭。酌拟每口日给米三合三勺，小口减半，统计人数，每日约需米八十余石。仰恳皇上天恩，赏发京仓稜米二千四百石，可敷一月赈济。此后秋晴潦尽，百姓庶可复归故业，自谋生计。至一月之内，设立米厂所需制造升合器具及芦席板片，并运挽脚价、斗级书役饭食等项，在在须费。再，车价一项，向例城内放赈，每石给制钱三十文。今在城外，不特道路较远，兼有泥泞，其脚价较城内多至一倍有余。至米厂未设之前，仍须面食接济，仰吁圣恩再赏给制钱，以备支用。统俟赈务完竣之日，将前后所领银钱、米石，详细造册，咨部核销。奏入，上谕内阁曰：汪承霈等奏，永定门、右安门各村庄灾民，现俱搭盖窝棚居住，均可给米造饭，酌拟每口日给米三合三勺，小口减半，统计共有二万二千余人，每日约需米八十余石等语。著即加恩赏拨京仓稜米二千四百石，以资赈济。至米厂所需器具、席片，并运挽脚价、人役饭食，及未设米厂以前仍须面食接济，需用钱文尚多，著于工部节慎库存钱内，先支制钱一千串，交汪承霈等，俾资应用。

同日，熊枚奏言：窃臣于十四日自南四工起身，叠遇雨水，绕道泥滞，至十八日酉刻抵保定，值折回，接奉朱批：一切勉力为之。此时急赈为最要之事。钦此。臣跪读之下，益深衹〔祗〕领。臣自涿州过高碑店、定兴县界内，民情尚属安帖。迨入安肃县城北及城南各村庄，被灾甚重。先经藩司同兴发银，饬交该府朱应荣等驰往急赈。臣行抵该处，该灾黎男妇等在道跪接。臣敬将皇上轸念百姓无食，特命前来汲汲抚恤至意，遍加晓谕，无不感激涕下。臣目睹情形，不胜酸楚。适值藩司又拨发接济银两到安，即交该县设厂，及时分赈近城村庄。又据查有离城窎远大辛等村庄，四面受水，无船可雇。臣赶抵省垣，添派勤干妥员试用知县蒋知让等，雇船星夜驶往，分赈远乡，以免向隅。臣查安肃一处如此，其下游安州、新安当必尤剧。随询两司等，据称先已奏请酌拨库银十万两，遴派干员，帮同分赈。伏思保属灾区，轻重殊形，其直属被灾轻重，即可类推。随饬司速开拨银，委员清单查核，俾银归实赈。比据单开，东南二路厅属被灾较重，各拨银一万两；北路厅属较轻，拨银三千余两；西路厅属最重，拨银一万五千两。俱交各厅酌分急赈。保定府属十五州县，拨银一万八千两，交该府酌量轻重分别急赈。他若河间府属五县，拨银一万两；正定府属八州县被灾较轻，酌派银五千两。俱交各该府酌分急赈。其顺德府属沙河、平乡两县，广平府属永年、清河两县，俱不成灾，无庸急赈。又直隶冀州所属新河、直隶赵州及所属隆平、宁晋，直隶深州及所属饶阳、安平，俱被灾较重，亦各拨银五千两。直隶定州及所属曲阳、深泽，被灾较轻，酌拨银四千两。以上各属被灾，共六十州县，先经藩司奏明。臣甫抵保定，衹〔祗〕聆圣训，总以急赈为最要，务期银归实赈，帑不虚糜。再，据单开续报未奏之东路厅属宝坻、直隶冀州并所属衡水、武邑、正定府属之平山、河间府属之交河等六州县，俱被灾较重。其直隶易州并所属广昌、涞水、顺德府属之任县、河间府属之阜城等五州县，被灾较轻。相应续行奏明，分别查办。其承德府被水，已经热河副都统具奏，张家口厅现禀不致成灾。赤城、怀来及卢龙、获鹿四处，俱因雨水阻滞，是否成灾，仍即飞饬刻期禀报。至昨据该司已奏被水各府厅州县所有大赈，委勘的确分数，现饬遴委大员分别详办，并该司奏请截留漕米六十万石，以备大赈所需，恭候训示。臣与藩司再行遵照将一切章程妥议具奏，并另缮各州县被灾轻重清单恭呈御览，奏请加恩。奏入，上谕内阁曰：熊枚奏查明各属被水轻重情形一折，除大兴等各州县前经蠲免外，所有此次勘明被灾较重之香河、霸州、文安、清苑、满城、安肃、定兴、新城、博野、望都、容城、完县、蠡县、雄县、祁州、安州、高阳、新安、河间、献县、肃宁、任邱、故城、交河、平山、冀州、清河、衡水、武邑、赵州、隆平、宁晋、深州、饶阳、安平等三十五州县，著加恩将本年应征钱粮全行蠲免。其被灾较轻之密云、正定、井陉、阜平、行唐、藁城、晋州、无极、新乐、灵寿、任县、阜城、南宫、定州、曲阳、深泽、易州、广昌、涞水等十九州县，著加恩将本年应征钱粮蠲免十分之五。至大城、永清、东安三县，前经降旨蠲免本年钱粮十分之五，兹据查明被灾较重，亦著加恩全行蠲免，以示朕轸念灾区有加无已至意。

同日，熊枚又奏言：窃臣面奉谕旨，南北两岸同知关系紧要，急须遴选熟谙河务之员题补。臣抵任后，即与藩臬两司会同遴选。查有三角淀通判李逢亨，年力富强，熟谙河工，办事亦复持重，堪以升署南岸同知；又查有雄县知县冯瑛，熟悉河务，本系河员出身，现任沿河知县，堪以升署北岸同知；又查有子牙河通判徐体劭，亦系河员，平素办事尚属历练谨慎，堪以升署石景山同知。以上三员，均堪升任河工要缺。如蒙俞允，仍均俟经历三汛，如果称职，保题实授，再行给咨送部引见。伏候训示遵行。奏入，上谕内阁曰：熊枚奏，南北岸及石景山同知各缺，请以熟谙河务各员升署等语。著照所请，南岸同知员缺，准以三角淀通判李逢亨升署；北岸同知员缺，准以雄县知县冯瑛升署；石景山同知员缺，准以子牙河通判徐体劭升署。该部知道。

同日，熊枚又奏言：臣驰抵保定，查据藩司单开，直省被水至有七十三州县之多，灾黎嗷嗷待哺，刻不容缓，尤应与藩司悉心妥议，于州县中未谙赈务者，虽已遴委勤干妥员驰往帮办急赈，而灾重州县甚多，干员不敷遴委，臣实不胜焦急。适值赵州知州薛学诗因公在省。查该员在直前后计阅二十九年，曾任河工州县，于永定河上下游河道素习熟谙。臣于十九日札委，昼夜兼程，星赴卢沟工次，预备钦使询问，先行随往，相度地势，何处可以开挖。诚如圣谕，即稍占地亩，亦无可如何。臣已向该州县语悉，并将臣前于十一日会同钦使，履勘二十三号漫决要口，据臣愚昧见及之处，亦逐向该州县说知，令其转向钦使缕述，以备公同参商裁夺。臣拟暂驻保定数日，赶将急赈事宜办有头绪，亦即起程，先从永定河南北岸下游各厅所报两岸溢决各口遍行查勘。因永定河上游二十三号漫决要口，现在遵旨开挖引河，吸溜归槽，则大溜仍由下游故道奔驶。惟北岸各漫口约计一千五百二十余丈，南岸各漫口约计一千七百六十余丈，现在俱不及抢堵。将来上游决口堵塞，大溜下注，不令仍向南北岸各漫口分溢，方可保无他虞。臣现飞札永定河道陈凤翔，饬其刻将下游各漫口豫筹作何购料堵筑，抑或即将开挖河身淤土、挑补漫口之处，均先向钦使禀悉裁夺。臣前面承谕旨，抵保后赴工防汛时，再行陛见。臣俟遍行履勘，与钦使会议后，即进京恭请皇上训示，合并附片奏闻。奏入，上命军机大臣传谕熊枚曰：熊枚奏查明被水轻重并派员散赈一折，直属被水灾区共有六十州县，现已明降谕旨分别蠲免本年应征钱粮。熊枚应即督饬藩司及地方官分别抚恤，照所奏章程妥协办理，务期银归实用，帑不虚糜，俾灾黎均沾实惠。至永定河开挖引河事宜，据称知州薛学诗于永定河上下游河道俱素习熟谙，现已饬委该员驰赴卢沟工次，相度地势等语。熊枚一俟抵工后，即会同那彦宝，将堵筑挑浚事宜商酌妥协，速行具奏。

同日，台费荫、陈霞蔚奏言：臣等由固安行抵永清，沿途查看，西北一带水势稍平，受灾尚不甚重，地势较高之处，田禾可望有收。至东南道路均为水浸，田亩民房多被淹没，较之固安，被灾轻重情形大概相等。该县业已煮粥散给，无业贫民得以藉资餬口，民情安帖，尚无须急为赈恤。惟霸州所辖各村，皆系逼近大清河堤岸，地势本洼，形同釜底，每逢水涝之年，被灾较重。此次永定河漫溢，浑水灌入大清河，一时不能宣泄，泛溢该州所属各村庄。臣等于十七日查勘永清后，出南关，即坐小船前进，行至李家口，将入霸境，水势愈大，深五六尺至丈余不等，其宽一望无际。或有一二庐舍尚未冲塌者，亦俱在水中。臣等亲到被淹各处查看，居民多有逃赴州城，亦有逃往他乡亲属寄寓者。该州城内灾民，现有二千数百余人，俱经分拨各庙宇栖止，业经设厂煮粥，以济民食。该州顾宾臣安抚妥协，民心尚属爱戴。臣等复亲赴粥厂查看，当将面奉皇上恩旨遍为宣布，告以皇上念尔等此次被灾较重，特派前来抚恤，以救尔等目前之急；将来查明户口，当大沛恩施，尔等俱安心静待。该灾民等无不伏地叩头，并有感激流涕者。臣等伏思该灾民等既有暂栖之所，复有充饥之资，民心并不张皇。但目击情形，甚属可悯。诚如圣谕，若俟臣等查明回京后再行赈恤，未免稽迟。臣等仰体皇上如天好生之德，立饬该州详查例案，仿照往年办过抚恤章程，五口以上给谷四斗，四口以下给谷三斗。其中有尚可支持，不致目前乏食者，自宜量为区别，以免滥邀而省糜费。现据该州禀报，常平等仓米谷，因历年灾赈无存。本年六月初猝被水发，筹款买米一千石，以为煮粥之用。半月以来，已用过米三百七十五石，只存剩米六百二十五石。所需折谷银两，将存库旗租项下借款动用等语。今仅就现存之米，按一米二谷散给。其不敷之谷，照例每石折银六钱，即于二十二日散放。查该州被水共有二百余村，近复连日积雨，水势有长无消，远近居民闻风就赈，须将银米用船运往，方为有济。臣等饬令认真妥办。闻文安被水较重于霸州，恐该处灾民待哺嗷嗷，难免顾此失彼。若一任该州承办，亦恐有克扣、浮冒情弊。臣等公同商酌，臣陈霞蔚暂住霸州，亲赴各村，眼同该州散放，毋任胥役等丝毫染指，俾灾民均沾实惠。臣台费荫赴文安查勘，急为抚恤，亦照霸州一律办理。臣陈霞蔚一俟霸州抚恤赶办完竣，即星驰文安，同臣台费荫再赴大城、东安一带查勘商办。其用过银米数目以及散过各户口，另饬该州备造清册，详明该省总督核实报销。臣等惟实力实心，以期仰副皇上视民如伤之至意。再据霸州禀报，现在仓无粒粟，库无存银。臣等伏查抚恤之后，例应继以急赈，需用银米甚多。仰恳皇上敕下直隶总督早为筹备，不致临时周张。奏入，上命军机大臣传谕台费荫等曰：台费荫等奏，查明文安、霸州二处被水较重，现在督同地方官散给米谷，分别赈恤。所办尚好。台费荫、陈霞蔚一俟霸州、文安二处现办抚恤事宜完竣后，即前赴大城、东安一带再行查勘。有被灾较重，应行赈恤者，亦即照文安、霸州一律办理。至所称抚恤之后，应继以急赈，需用银米尚多，请敕直督筹备等语。昨已有旨，令截留漕米六十万石。现据熊枚奏，南路厅属已拨给银一万两，以备赈需。台费荫等应即咨会熊枚，饬属妥为经理，毋俾一夫失所。

钦定辛酉工赈纪事卷八

六月十二五日（庚午），长芦盐政那苏图奏言：查天津水势，自初九日消落数寸之后，十一、十二等日复又增长尺余。十四、十五等日，风雨交作，水激浪涌，将行宫挑筑堤埝汕刷渗漏，院内积水尺余，房屋墙垣间有坍塌。臣亲往查看，连夜多雇人夫，赶紧加筑抢护堤埝，尚保无虞。至天津府城西门外临河之芥园、教场一带，滩低受患。旧筑大堤一道，为防护津城扼要之处，每年一交夏令，豫行加高培厚，以资防御。天津道府暨文武员弁驻工防守，臣亲赴大堤逐段查看。现俱筑土培高，员弁梭织巡防，时加保护。惟天津为众水汇归入海之地，现值海不收水，逆顶内河之水，又兼上游各河水日渐增长，以致泛溢。四乡村庄田地被淹较多，禾稼受伤，秋成难望。十八日自丑至午，大雨倾注，东南风紧，海河倒漾之水漫溢，府城南门、西门关厢积水淹浸，居民奔避入城，各觅栖止。现经天津道蔡齐明、知府杨志信、知县沈长春等设厂煮粥急赈。其四乡被淹村庄，已经该地方官分路查勘，亦即量加抚恤，不致灾黎失所。又据长芦商人郭利和江公源等呈称，商等直省引盐，现查顺天及河间天津等府均受水患，运到各州县之引盐多有淹没。天津堣盐坨地，昼夜加筑抢护，无如河与堤埒，积水无从消泄，存坨盐斤雨淋水浸，荡没二万六千余包。河流湍急，粮船货载均皆停泊守候，盐船亦难涉险挽运，不得不将被水误运情形据实呈明等情。臣伏查引地运到之盐被水淹没，天津存坨盐包又经淋浸伤耗，即欲赶紧筑运，而河流驶激，挽运维艰，被灾误运，势所不免。随饬运使伊勒图将各府所属众商行运引地，并坨地被淹盐包逐一确查详报，以凭核办。臣正在缮折具奏间，承准廷寄，钦奉上谕，臣随饬天津道府各员，将所有堤闸、桥梁妥为防护。至低洼村庄被水淹浸者，务即设法疏消，加意抚恤。臣于拜折后，即率同天津道臣蔡齐明，前赴淀河、海河一带查勘。奏入，上命军机大臣传谕那苏图曰：那苏图奏天津四乡被淹成灾，商盐不能筑运一折，此次天津地方，因大雨倾注，东南风紧，海河倒漾之水漫溢府城南门、西门一带，民居被水淹浸，四乡亦俱被淹，殊堪悯恻。现在该地方官设厂煮粥，并分投查勘，务饬令加意抚恤，勿致一夫失所。除俟熊枚、同兴等查明奏到，再行加恩外，其折内所称天津堣盐坨地雨淋水浸，存坨盐斤荡没二万六千余包，现在积水未消，不能配运等语，自系实在情形。著那苏图即查明该商等引地坨盐被水轻重，应如何酌量加恩展限之处，分别具奏。至京师连日天气晴霁，南苑及卢沟桥积水渐消。天津地处下游，恐水势不无增长。那苏图尤当会同地方官，将堤埝加意保护，俾得坚固无虞。漕船重运，饬令小心行走为要。

同日，同兴奏言：查直属被灾州县，前据陆续报到，共计八十处。旬余以来，阴雨连绵，昼夜不息。复据延庆、三河、怀柔三州县禀报村庄田禾被淹前来，臣当即飞饬该管府厅确勘情形，实力抚恤。计前后报到被灾，除大兴县、宛平县，共计七十八州县，业经署督臣先后开单，奏蒙圣鉴。现据报到之延庆、三河、怀柔等三州县，情形较轻，其余各属亦属轻重不同。臣现在详委知府、同知等官分往查勘。所有蒙恩赏拨漕米六十万石，臣查照上届拨兑章程，妥协办理，统俟勘定各州县灾分轻重，核计需用多寡，再行详请督臣分别领回备用。奏入，上命军机大臣传谕同兴曰：同兴奏现在详委各官查勘灾区一折，前因直隶被水地方较宽，曾经降旨留漕米六十万石，并动用旗租、耗羡银十万两，以备赈恤。此时天气渐已晴霁，所有被水饥民，应一面按户清查，分别办理。现在熊枚亲往永定河工程处所查办堵筑等事，同兴系藩司，傅修现署臬篆，皆其专责。所有一切赈恤事宜，著即责成同兴督同该地方官实力妥办，务令灾黎均沾实惠。至驿站递送军营及各处紧要文报，尤须妥为照料，应即派委妥员，于河道、桥梁处所设法驰递。倘稍有贻误，惟同兴等是问。

同日，明安奏言：臣于二十四日辰刻奉旨，著差中营游击赵全前往卢沟桥面见那彦宝，告知现在海子一带两日内水势落有丈余，询问该处水势消长如何，著那彦宝附片具奏，并谕令该游击随势踏勘淤塞情形。臣即飞传赵全，于巳刻前往卢沟桥。去后旋于本日戌刻据该游击禀称，面见那彦宝，咨询一切，据该侍郎称，卢沟桥水势已落三尺有余，其上游冲决石堤之水势亦舒缓。惟水之大小，不关此处阴晴。若西北山势一涨，河溜即长，并无一定情形。谨将该侍郎奏片附呈御览。该游击赵全复会同拱极营游击二达色，驰往戴岭一带踏勘，河身淤塞，溜势不能顺下。再询知戴岭迤北横流东泛，迤南复有淤塞处所，约二十余里。此皆西堤情形。至东堤冲决石堤，系二十三号地方，距卢沟桥三里。其开口处直注东南，由丰台等处汇归南苑。大约此时水势不由正河顺流，翻于冲决处所壅成急溜等语。谨缮折片，绘图具奏。奏入报闻。

同日，那彦宝、高杞、莫瞻菉、巴宁阿奏言：本月二十四日午刻，准步军统领明安遵旨差游击赵全来卢沟桥查勘水势，并奉谕令臣等将近日情形，缮折即交该游击赍奏。查数日以来，天气连阴，并未落雨，现存底水六尺一寸。桥底十一孔并决口处所，虽湍流如故，然较前数日已减落三尺有余，桥边堤根渐有沙滩微露。惟查河水增减，不仅在本地雨水之多寡。往往此地连日阴雨，而河水不见甚长；又或天气晴明，而河水忽然陡发。总视上游之晴雨，以定此地水势之消长。此目下水势情形也。至天将庙后护石堤之土工，现已抢修过半。臣等率同永定河道陈凤翔等督催夫役，赶紧修筑，约五六日内即可完竣。奏入，上命军机大臣传谕那彦宝等曰：据那彦宝等奏卢沟桥近日水势渐落情形，与步军统领衙门差往查勘之赵全所报，俱属相符。该处决口四处，其东、西堤水势全消，共有二处。西堤漫水不及尺寸者一处，止有东堤迤南一处，较前仅减落十之六七。是决口处所，已有三处消涸。若不趁此时堵合，设再遇雨水增长，难保不复行漫溢。那彦宝等现办天将庙护堤土工，据称五六日内即可完竣，伊等在彼驻扎，亦无所事，何不于业经消水处所兴工修筑？或先筑月堤，藉资保护，庶水归一处。西则长新店一带，东则大井、小井，俱系往来大路，可以坦行无阻。再，决口下流数里，即有淤河壅塞，地形高仰，现在该处已经断溜，何不一面挑挖，以便将来水归正溜，得以畅行？且目下永定门、右安门附近一带，待赈饥民甚多，并可广为招集，令其速赴工次佣作，以工代赈，于赈务、河工岂不两有裨益？如各处灾民踊跃赴工，隔三五日，那彦宝等即可将人数若干随时具奏，以慰廑注。是否可以如此办理，仍著那彦宝等详细妥议，先行据实奏闻。

同日，达庆、邹炳泰奏言：十七日钦奉谕旨，交臣等截留漕米六十万石，照例存贮天津北仓，交署总督熊枚就近分拨应用。仰见我皇上轸恤灾黎，勤求无已之至意。查向来放赈，因稄米体质坚实，拨给较多。现在二进尾后及三进在前之帮多系粳米，此次赈济急需，自应不分粳、稄，酌量截拨。查以前办过成案，或将各帮应行起剥之米，即截留上仓，原船仍令抵坝，可省另雇拨船；或按帮间派令该帮全在北仓起卸，即令回空。总视南船抵津有无断续，临时酌办，以足六十万石之数，务期被水灾黎早沾恩泽，而通州坝上亦不致于停斛。除先饬坐粮厅谈祖绶驰赴北仓，会同天津道蔡齐明，一面查勘北仓情形，赶紧铺垫廒座，备办斛只、口袋，一面筹办截拨外，臣等仍轮替前往稽察督办。再查通惠河平上等闸漫口，臣等连日督催赶办，将次合龙之际，适二十日复因雨水骤急，水长一丈有余，将新堵漫口一段仍复冲刷，并将近闸旧堤汕刷六丈有余。其王公庄等处亦间有汕刷。臣等当即饬令将各漫口两头先行保护，不使复有冲刷。一俟天气晴霁，即行赶紧办理。奏入报闻。

二十六日（辛未），丰伸济伦、孟住、永来奏言：臣等查永安于十三日由造办处领恩赏银一千两，又领羊草变价银九百余两、换银一千一百两，按市价得制钱一千四十七串五十七文。买稜米四百二十石，用钱八百四十串；买饽饽三万个，用钱九十串；米石运脚钱十六串八百文；水手工饭钱四十二串四百七十五文。现存钱五十七串七百八十二文。于十四日至二十五日放赈，共用米三百十六石六斗五升五合，现存米一百三石三斗四升五合。今令永安等将难民全行渡过河北，余剩米一百三石三斗四升五合，臣等谨请旨即赏给四宫看守殿座陈设苑户、九门兵丁等，以资食用。其余存银八百余两，仍贮南苑衙门，俟年终奏销羊草变价钱粮时，一并据实核销。再将放过米石并人口数目、给发水手工饭钱文，缮写清单，恭呈御览。再，现在南顶积水未消，往来人须船渡，该处原有奉宸苑船一只，已足应用。臣等今将汪承霈拨来船一只，交回本苑。闸军每日所需饭食钱文，即在用剩钱内发给。奏入，上谕内务府曰：赈济余剩米石，即施恩赏四宫苑户、九门兵丁。其苑丞裕常、苑副六达塞系内务府微员，能将家中所有米麦接济难民，实为急公可嘉。裕常著加二级；南苑现有苑丞一缺，即著六达塞补授外，仍加二级，以示鼓励。至员外郎永安、主事富森保，办理赈济事务亦属妥善，俱加恩各加一级。

同日，台费荫、陈霞蔚奏言：本月二十一日，臣台费荫由霸州坐船前赴文安，行离州城十余里，闻南路所属之保定县被水亦重，随取道先赴保定。缘保定县本系土城，本月初旬连日大雨，兼之河水漫溢，直灌入城。现在城内水深五六尺，惟西北一隅地势较高，百姓尚可栖止，余均被淹，各村尤甚。臣台费荫当即札知臣陈霞蔚，臣陈霞蔚得信后，即日由霸州亦赶到保定，复同臣台费荫详加查勘。远近村民逃至县城者，现有一千数百余人，嗷嗷待哺，情形可悯。似宜即为抚恤，以沛皇仁。臣等立饬该县，即照霸州办过抚恤章程，照例银米兼放。其中尚可支持，不致目前乏食者，自宜区别，以省糜费。臣等谨遵旨一面奏闻，即于二十五日散给。查该县所属大小共三十六村，较霸州仅有十分之二，户口无多，应需银一千余两。俟散放完竣，饬令该县备造清册，详明直督核实报销。再，该县各村距城俱在十五里以内，办理无需多日。臣台费荫暂住保定督办，三日内即赴文安。臣陈霞蔚于拜折后仍回霸州，率同该州赶紧散放完竣，亦即星赴文安。臣等再公同查勘商办。至文安、大城、东安等处，已飞饬各该县先行煮粥，妥为安抚，俟臣往查情形，再行酌办。奏入，上命军机大臣传谕台费荫等曰：台费荫、陈霞蔚奏查勘保定县被水较重，亟为抚恤一折，所办甚好。朕因附京州县民舍、田禾被水淹浸，特分派卿员四路查勘，原为急拯灾黎。昨西路窝星额、广兴仅至涿州，即行回京，并未将如何赈恤之处悉心经理。东路阿隆阿、张端城，亦仅将查勘大概情形奏闻。北路恩普、范鏊，亦据具奏一次，尚未续有奏报。今台费荫、陈霞蔚本在霸州、文安分路给赈，闻保定县被灾较重，百姓嗷嗷待哺，即驰赴该处，督饬该县银米兼放，急为抚恤，自应如此办理。台费荫等于该处散赈完竣，仍赴霸州、文安，分投散赈。其大城、东安等处如有应行抚恤者，亦即查照妥办。再，天津一带，业据那苏图奏称，四乡被淹成灾。连日京师天气晴霁，南苑及卢沟桥积水渐已消退。天津地处下游，恐一时不能宣泄，深为廑念。著台费荫、陈霞蔚于南路查竣后，即取道赴天津查勘水势，并督饬该地方官于被水灾民加意赈济，均沾实惠。将查办情形据实奏闻。俟该处查办完竣，再行回京。

同日，阿隆阿、张端城奏言：臣等于十四日卯刻谨将恭查东陵殿宇均极妥固，专折具奏。正在起程，承准廷寄钦奉上谕，传谕台费荫等查看被灾地方，如有急须抚恤之处，一面奏闻，一面动帑开仓，并著将查勘情形先行驰奏。钦此。仰见我皇上轸念灾黎，痌瘝在抱之至意。臣等当即兼程前进，途次接见遵化、蓟州各地方官，据禀遵化地处高原，未罹水患；蓟州南乡虽稍有积水之处，不至成灾。此一路禾苗畅茂，民情极为宁帖。十四日夜间大雨如注，各处河流涨发。三河从前被水仅有数处，今又续淹十余村庄；通州浸淹之地，比三河较多，然成灾尚非极重。十八九、二十等日，复值大雨滂沱。查过地方恐又有续淹之处，现经札查。臣等由通州至香河，正值通永道阿永、东路同知方其畇在武清、宝坻一带查验水势、堤工，当即同该道厅等逐处悉心确查。香河、宝坻、宁河均在通州东南，香河则受牛栏山与运河漫溢之水；宝坻、宁河又处下游，兼受蓟、运、鲍、邱等河贯注。武清在通州西南，其城西则当永定河下流，城东则为运河之下马头、下坡庄等处，陆续共开堤工五道，一片汪洋。缘此四处地本洼下，上游之水势如建瓴，至此蓄而不泄，民舍、田禾被淹轻重不等。间有完善之区，寥寥无几。虽海口切近宁河，因水势太盛，一时骤难归海。查得武清、宁河、宝坻被灾最重，香河较轻。臣等遍历村庄，细心访察，稍幸目下甫过麦收，民间藉有新麦，暂资餬口，仅能支持，舆情尚属宁帖。惟恐天气稍寒，衣食无资，不免饥寒失所。即问之该道厅等，所言亦与访察相符。此东路之大概情形也。至一切详悉之处并应面陈事宜，臣等拜折后，即由武清之河西务起身，恭赴阙廷，仰渎天听。再，运河之水，数日来减落三尺有余。合并陈明。奏入报闻。

同日，熊枚奏言：臣于二十四日辰刻承准廷寄，钦奉谕旨，饬臣速至工次，会同派出办工之那彦宝、莫瞻菉、高杞、巴宁阿彼此熟商。臣遵即刻日起程，其各属被灾州县应请分别蠲免之处，并令藩司详细查明，据实具奏。至各属城内城外分段设厂煮粥急赈，现遵即严饬赶紧添设，务使灾黎不致轻弃其乡，以仰副圣主宵旰勤求民瘼至意。奏入，上命军机大臣传谕熊枚曰：熊枚奏速赴工所会商筹办一折，熊枚现已驰赴工次，应即与那彦宝等四人，将紧要工程熟商妥办，并将节次所奉谕旨应行速奏者，即会同那彦宝等熟筹妥议具奏。至永定河决口四处，现在涸出三处，昨已降旨令那彦宝等趁此时兴工办理。熊枚务当与那彦宝等会商如何修筑，如何挑淤，并可以工代赈，或于决口涸出处所先筑月堤，藉资保护为要。再，本日据阿隆阿等奏报查勘东路被水州县，内称宁河地方被灾最重等语。熊枚前奏查明直属被水轻重共六十余州县，当即降旨分别蠲免本年应征钱粮。今宁河一县被灾较重，而查对熊枚前次所开清单，竟未将宁河开入。想该署督发折时，尚未接据地方官禀报。著熊枚即速查明该县被灾情形，一律赈恤。此外如尚有续行查报灾区，一并据实具奏，候朕再降恩旨，不可因奏报于前，将续行查出之处稍有隐饰。至该署督称各属城内城外分段设厂煮粥急赈一节，务当督饬各地方官实心办理，毋令吏胥等从中侵蚀，俾灾黎均沾实惠。

钦定辛酉工赈纪事卷九

六月二十六日（辛未），上谕内阁曰：向来凡遇蠲免钱粮，督抚奉恩旨后，即行文各该州县遵办。朕素闻知外省竟有不肖州县官，故将文书压搁，转于应免钱粮赶紧催征，俟征收将次完竣，始行誊黄晓示，迨百姓知有恩旨时，应免钱粮业经输将过半。是国家蠲免恩施，徒饱不肖官吏囊橐，灾民并未能均沾实惠，最为外省恶习。现在直隶被水各州县，已节次降旨分别轻重蠲免应征钱粮。其中如大兴、宛平两县，近在辇毂，业已遍贴誊黄，自不致有压搁催征情事。但恐外属州县离京较远，地方官仍不免有前项弊端。著熊枚将前次奉到蠲免谕旨，即刊刻誊黄，径发各州县，先行遍贴晓示，再照例行文办理，俾闾阎早知有蠲免恩旨，不肖官吏无从售其伎俩，庶恩泽下究，实惠及民，以副朕加惠灾黎至意。倘经此次饬谕之后，尚有州县官吏仍蹈故辙者，该署督一经访察得实，即行严参治罪，决不稍贷。

同日，上谕内阁曰：本月二十二日，朕由圆明园进宫斋戒祈晴，是日雨势微细，旋即霁止。二十三四等日，云气渐散，昨日业已放晴。今早朕亲诣社稷坛礼成，天光开霁，日色畅晴。此皆仰赖昊贶神庥，默垂鉴佑。欣慰之余，殊深警惕。向来求雨有谢降之礼，因思祈晴事同一体，亦应虔诚叩谢。本月二十七日至二十九日孟秋时享斋戒。次日、初一日，朕诣太庙行礼后，仍于宫内斋戒。初二日，亲赴社稷坛谢晴。所有一切仪文，著照祈晴典礼，该衙门敬谨预备。至祈晴系用常服，今行谢晴之礼，服色应有区别。是日，朕御龙袍、龙褂，其陪祀王公、大臣及执事各员俱著穿蟒袍、补褂，并著各衙门将祈晴、谢晴典礼仪注一并载入会典。

同日，军机大臣庆桂等奏言：臣等遵旨派军机章京瑞麟前往永定门外面询汪承霈近日赈饥情形，据瑞麟回称，面见汪承霈，询悉现在永定门外被水灾民约有二千七百余人，右安门外约有二万七千余人，较日前人数增多。缘水势渐退，附近百姓得以陆续前来领赈。所请米石，现已知会户部关领，约于二十七、八等日可以领到，即设厂放米，停止发给馍饼。再，永定门外至南顶一带，水俱消退，惟有泥泞。其南顶大桥迤南至南苑北红门外尚有积水，来往须用船只等语。奏入报闻。

二十七日（壬申），贝子永硕弘谦、总管内务府大臣兴长奏言：本月十三日，臣等会同内阁学士阿隆阿、府丞张端城前赴各陵，敬谨详细查看五陵隆恩门殿等处，均无渗漏。阿隆阿、张端城看毕，即赴武清一带。十四日未刻，复降微雨。十五、十六两日，昼夜大雨如注。臣等伏思前次雨系时降时止，是以各陵殿宇均未渗漏。今又连宵大雨，臣等诚恐复有渗漏之处，随即率同各处内务府司员等恭赴各陵，敬谨查看得昭西陵、孝陵、孝东陵、景陵殿宇等处，经此番大雨，俱各渗漏，情形轻重不等。至裕陵，明楼、隆恩殿渗漏较多，其隆恩门东西配殿、朝房、神厨库，并纯惠皇贵妃园寝明楼、享殿、配殿、宫门、朝房虽间有渗漏之处，情形尚不甚重。臣等查明后，正在缮折具奏间，复于十七日寅刻又降大雨，至二十一日辰刻方止。查马兰关正口以外各处山沟旱河前已涨发，今各处之水汇积一处，由正关口流出，甚觉汹涌，所有马兰关、马兰峪南北新城一带沿河附近，间段冲刷被淹。即各处八旗营房、内务府拜唐阿以及绿营官兵居住房屋，间有坍塌倒坏，但查并未损伤人口。随饬令各该管官员查明，妥为办理。至围墙一带亦有坍倒，现饬查明坍倒丈尺数目，咨行工部，查照向例，作速赶紧修整，以昭严慎。奏入，上谕内阁曰：前据阿隆阿等奏称，恭查东陵殿宇及各明楼、宝城，大雨并无妨碍。兹又据永硕等奏，十四、五日等日复值大雨，各陵殿宇等处间有渗漏等语。陵寝重地经雨渗漏，朕心刻不能安。因思绵亿、张若渟前经派令办理裕陵大碑，现在绵亿本欲亲往查看，即著绵亿同张若渟，于七月初三日起身前赴东陵，敬谨详细查看。如有应行修葺之处，一面奏闻，一面上紧兴修，务臻妥固。

同日，明安奏言：前因京营所属地方被水漫淹之居民村落，臣早经严饬左右两营官员，如水势稍退，迅速确实呈报。昨于二十二、三等日，天气渐晴，即据该营节次报称，积水消至四五尺及丈余不等。至二十四、五、六等日，天气大为爽晴，自应更得畅消，道路虽有积淤泥泞，想人马总可来往。而该营所报水势消退情形，反不及前数日之畅顺。恐该员等有未能周察之处。且被淹村落居民，尚未得有实数。臣拟即亲为前往查看水势及被灾之居民村落实在情形，详细查明，再行奏闻。

同日，恩普、范鏊奏言：臣等由密云赴石匣、古北口一带查勘，维时潮河经十五日大雨，水涨丈余，势极汹涌，沿河道路不无冲刷。幸村舍俱在高阜，并未被淹，亦未损伤禾稼。见提臣特清额询以各营禀报情形，均与臣等所查无异。当即回至密云。因潮河南岸村庄尚多，俟水势稍平，即率同北路同知盛惇复、怀柔县知县李官杜过渡，由丫髻山赴平谷县一带查看。询之该县，据称六月初旬雨不甚大，惟十八、九两日大雨如注，洵河陡涨，村庄间有过水处所，不至为患等语。臣等随往履勘田间积水，高阜处，俱已涸出，低洼者，仍有一二寸不等，高粱尚可无碍，小禾恐致歉收。复由平谷查至顺义，该县上承昌平、怀柔、密云三州县之水，下注通州。六月初一至初五日，河水畅流，不致漫溢。十五至十八九等日，接连大雨，上游溜急，汇注下游，河身不能容纳，几有倒漾之势，以致村庄过水者十居五六，田间积水未能骤消，禾稼不无受伤。臣等查北路五州县被水情形，顺义为重，昌平次之，怀柔、平谷又次之，密云为轻。所幸麦秋俱获丰收，迄今甫及月余，口食有资，民情极为宁谧。其房间虽有坍塌，并未冲失。现在实无急需抚恤，发给银米之处。臣等本拟秋成后，令地方官核定分数，详报督臣，请旨酌量加恩。兹阅邸抄，知已特沛恩纶，将顺义应征钱粮通行蠲免，昌平、怀柔、密云蠲免十分之五。仰见我皇上赈恤灾区，如伤在抱。臣等不胜钦悚悦服之至。现已面饬该地方官，将钦奉恩旨上紧刊刻誊黄，挨村张贴，俾百姓周知，不特迅速广布皇仁，抑且免不肖胥役人等影射包交之弊。臣等查勘北路事毕，遵旨回京。均奏入报闻。

同日，汪承霈、阎泰和奏言：据霸州等六州县将被水情形续报前来，除霸州、香河被水较重，密云较轻，并前报稍轻、续报较重之大城、东安、永清三县，均经署总督臣熊枚奏明，奉旨分别加恩蠲免外，惟宁河县据报六月初旬上游各河水势骤涨，灌注县境以后，河水日涨，下游宣泄不及，又兼十四日大雨，河水漫溢，以致高洼地亩先后被淹，水深五六尺至三四尺不等。核其被水情形较重。平谷县报称，自五月三十日连日大雨，溪水涨发，不无漫溢。平谷地处高阜，田禾尚无淹浸，民间房屋亦无冲失，惟卑湿之处，雨水过多，不能及时锄刨，禾苗未能一律滋长等语。核其情形较轻。又奏言：据大兴县知县钱复禀称，黄村地方街道直冲大溜两傍，房屋倒塌。又青云店、采育、礼贤三处附近各村庄，俱经被水，各庙多有避水贫民，各村搭席栖止。田禾淹浸涸出地亩，沙压一二尺及四五寸不等。前蒙恩旨动拨仓谷五百石，以资接济。查被水村庄广阔，人数众多，不敷散给。再请赏拨仓谷一千石，给银二千两，银谷兼放，先为抚恤，俾灾民不致失所等语。臣等复查大兴县所属被水地方情形，与宛平县相等。该县所禀系实在情形，可否仰恳天恩，再赏拨该县存贮仓谷一千石，俾资接济。至所需银两，请旨于恩赏直隶抚恤银十万两之内，交布政使同兴酌量拨给。奏入，上谕内阁曰：汪承霈等奏，大兴县黄村等处附近村庄俱经被水，前经动拨之仓谷五百石不敷散给等语。该处被水村庄广阔，人数众多，前拨仓谷不敷散给，著再加恩拨给该县存仓谷一千石，并于熊枚前奏拨南路备赈银一万两内，拨给银二千两，俾资接济。

同日，同兴奏言：前经臣恭折奏请，酌动司库旗租等银十万两，分给被水各州县急为赈恤。当即委员分投解往该管府厅直隶州，酌量所属灾分轻重，转发应用。日来自必一律遵办，分厂散放。其有所居村庄现在水围不能外出，即令委员及教佐等官乘坐船只，分投散给口粮，务令被灾穷黎均沾实惠，不使一村向隅，以期仰副圣怀。现在省城粥厂就食者日以千计，无不感戴皇仁，欢喜安静。而近京州县地方辽阔，被灾贫民咸知仰蒙圣恩浩荡，普行赈恤，闻风远至，纷纷就食，以致人数稍多。第京师重地，就食之民日聚日增，诚如圣谕，稽查恐难周至。臣仰蒙训示，复经飞饬近京之良乡、涿州一带及东南二厅所属州县多添粥厂，认真料理，毋论远近灾黎，一体放给。如此，庶现在家居者不肯轻弃其乡，而已经外出者亦必闻信归里。至此次原、续奏报被灾者，已有八十三州县。十五日以后，大雨不止。现在又据东路厅属之宁河、保定府属之唐县、束鹿、河间府属之景州、天津府属之青县、静海、宣化府属之怀来、大名府属之元城等八州县续报田禾被淹，通共计九十一处。内除大兴、宛平、涿州等十八州县，已荷皇上天恩，将本年应征钱粮分别蠲免，其余七十三州县，虽经署督臣熊枚及臣节次奏报，其间轻重情形系属约略，尚未能核实。容俟臣所委府厅各员周历各乡查勘明确再报到日，分别轻重，奏请圣训。再，保定省城于二十三日雨止，现已晴霁，城外积水亦见消退，惟城垣间有坍塌之处。臣现在督令清苑县清理砖石，一俟秋晴，即为估计修补。奏入，上命军机大臣传谕熊枚曰：同兴奏委员发解银两给被灾州县急赈一折内称，近京之良乡、涿州一带及东南二厅所属州县，多添粥厂，认真料理等语。前因各州县尚未一律给赈，诚恐各处灾民远道赴京觅食。今同兴饬令地方官一体煮赈，该处灾民家居者固不肯轻去其乡，即业经外出者亦必闻风归里。如此办理方是。至宁河地方被水较重，未据熊枚等奏出。昨经降旨询问，兹续据同兴奏称，该县与唐县、束鹿、景州、青县、静海、怀来、元城等州县田禾均有被淹之处，著传谕熊枚即速查明各该州县被灾处所、分数，据实具奏，候朕加恩，并传同兴知之。

同日，军机大臣庆桂等会同礼部等衙门奏言：臣等公同酌议，现今雨水较多，河流盛涨，正当士子赴京乡试之时，非惟畿南一带陆路难行，即各省应考之贡监，水路北来亦皆冒险。今蒙特旨饬议改期，仰见圣心体悉周详，无所不至。伏查雍正四年，因天气寒冷，曾奉恩旨将会试展期一月。臣等拟请今岁八月乡试，亦照雍正四年之例，改期于九月初八日举行，以广皇仁。至武举会试，原在九月初五日；武生乡试，原在十月初五日。今文闱既改期，所有武科乡、会两闱，若以次逐月移后，恐十一月天气太寒，亦宜体恤。查武科乡、会两闱外场，均不过七日，其入内场至揭晓，极迟亦不过七日。如于十月初五日考武会试外场，则武闱外场毕日，正文闱揭晓之后，可不碍其入内场。即于武会试进内场时，就现成芦棚、马道考武乡试外场。至十月十八九日，武会试揭晓之后，正武乡试内场之期，亦不至于相碍。至俊秀、贡监录科，本为小试，实可不必特派大臣。从前以俊秀、贡监皆系未经考试之人，恐其中真伪不一，又恐国子监录科之日，官吏往来，生徒出入，门户不能封闭，难于关防，诚难保其必无弊窦。是以有贡院录科之例，原属不得已之变通。臣等公同酌议，窃谓真伪有所稽查，则弊窦不能隐匿。似应将俊秀、贡监仍令国子监照旧办理。惟于录科后，即将俊秀、贡监原卷封送礼部，严密贮库。俟揭晓后磨勘之日，凡由俊秀中式者，均查出录科原卷，夹于中式试卷之中，核其笔迹、文理有迥不相符者，即举出究办，亦可使藐法之徒知所畏惮。是否有当，伏乞皇上睿鉴施行。再，此稿内有武会试、乡试日期，应行酌议展期之处，是以臣等一并会同兵部具议。奏入，得旨：允行。

同日，军机大臣庆桂等会同刑部奏言：臣等遵旨将姜晟等逐一研讯，业经节次缮录供词，奏蒙圣鉴在案，自应据供定拟。查律载，凡不先事修筑河防，毁害人家，因而致伤人命者，杖八十等语。今姜晟身任直隶总督，于河工要务，既不能先期修筑，及雨水泛涨，又拘泥防汛日期，不即迅速前往防护，已属因循怠弛，贻误地方。且京师为帝居所在，现在卢沟桥一带被水，漫决河堤，伤及民田、庐舍，几成泽国，圣心宵旰焦劳。该督受恩深重，竟漫不关心，并未星即赴工查勘情形，实非寻常疏玩可比，未便照例拟杖。相应请旨将姜晟发往军台效力赎罪，以为封疆大吏贻误地方者戒。永定河道王念孙，系专司河务之员，明知下游淤塞，未能先事详请挑浚，致河水下壅上溃，漫溢堤顶，京城附近地方，决口至三千余丈之多，民田、庐舍均被淹浸，实属辜恩旷职。王念孙应请旨发往乌鲁木齐效力赎罪。南岸同知翟粤云、北岸同知陈煜、石景山同知汪廷枢，均系分段管理堤工之员，当夏汛未发之先，未将堤工修筑巩固，及河水骤涨，又不能竭力抢护，竟至各工漫决，淹及近京地方。翟粤云所管工段决口六处，陈煜所管工段决口八处，汪廷枢所管工段决口三处，共计三千余丈。较之寻常玩误河防，厥罪尤重。翟粤云、陈煜、汪廷枢均应请旨发往伊犁，充当苦差。其如何赔修工段及此外有无疏防营汛，俱交署直督熊枚查明，奏请办理。奏入，上谕军机大臣等曰：军机大臣会同刑部审拟姜晟等贻误河工分别治罪一折，请将已革总督姜晟发往军台效力赎罪，已革永定河道王念孙发往乌鲁木齐效力赎罪，已革同知翟粤云、陈煜、汪廷枢发往伊犁，充当苦差。所拟罪名轻重，均为允协。姜晟身任总督，管理河防，不能先期饬备，及雨水涨溢，又不赶赴决口处所，于地方灾务漠不关心，实非寻常疏玩可比。王念孙系专司河务之员，早知下游淤塞，并不详请挑浚，以致下壅上溃，漫溢堤顶，罪无可辞。同知翟粤云、陈煜、汪廷枢所管工段，决口三千余丈，其罪亦重。本应照拟发遣，但伊等一经发往，转得置身事外，且念永定河防汛俱在固安所辖之长安城一带，从前漫口总在西岸土堤，今因雨水过多，河流异涨，竟漫过卢沟桥面，冲决石工，实为从来未有之事，不但人力难施，亦非意想所到。姜晟甫任直隶，于河工情形本未熟悉，其未经赶赴工次，究因未接地方官禀报，以致拘泥迟缓。王念孙、翟粤云、陈煜、汪廷枢，照寻常防护年份，只注意西岸土工，未能虑及冲决东岸石工，尚非有心玩误，情稍可原。姜晟、王念孙、翟粤云、陈煜、汪廷枢，俱著加恩释放，发往永定河工次，交那彦宝等会同熊枚，分派工段，令其自备资斧，上紧堵筑、挑淤。其有应行赔修之处，并令著落分别办理。所有现拟罪名，仍著存记，如姜晟等认真出力，办理妥善，将来工竣，不但免其前罪，尚可酌量加恩。倘不知感愧，稍有推诿、懈怠，著那彦宝等据实参奏，即将伊等仍照原拟罪名，分别发遣，不能再为宽贷也。余依议。

钦定辛酉工赈纪事卷十

六月二十七日（壬申），上谕内阁曰：前因京师雨水甚大，永定河决口泛溢下注，附近京城西南各州县地方自必被水，其东北一带积水未能即时消涸，民舍、田禾必多淹浸之处。朕心深为廑念。诚恐地方官查报不实，特派台费荫等八员分往四路，悉心查勘。嗣又思被灾民人嗷嗷待哺，刻不能缓，若俟该员等查奏到时再行抚恤，未免稽迟。复经降旨传谕台费荫等查看被水地方，有急需散赈之处，即督同地方官立时赈济，一面奏闻，一面动帑、开仓。原欲使被难穷黎早得赈济，藉以存活。伊等自当仰体朕如伤在抱之意，妥速查办。乃各路卿员内，惟派往南路之台费荫、陈霞蔚，所办实为妥协。伊二人本在霸州、文安分路给赈，闻保定县被灾较重，即驰赴该处，督率该县银米兼放，急为抚恤，俾灾黎等得以立时果腹。查勘西路之窝星额、广兴，仅查至涿州，即行回京，不过开写户口清单具奏，并未将如何赈济之处悉心经理。至派往东路查勘之阿隆阿、张端城，既目击武清、宁河、宝坻被灾最重，而宁河村庄被水围浸，又曾接到续降之旨，并不督同地方官立时开仓赈济。经朕面询，转称民间藉有新麦，暂资餬口，此时不必赈济。大属非是。即如京师大、宛两县，本年麦收非不丰稔，早经降旨给赈，且各村庄猝被水灾，庐舍俱遭淹浸，即有收藏麦石，宁不被水漂失。而阿隆阿、张端城在朕前尚以为该处百姓有新麦足资接济，是何言耶？且朕念天津地处下游，恐永定河漫水汇流灌注，殊深悬廑，于十七日降旨，令伊二人东路查勘事竣，即前赴天津查勘水势。乃本日伊等面奏，在河西务地方业经接奉此旨，并不就近速往天津，转至京城复命请训，其意不过欲藉此回家看视耳。朕轸念民依，特遣卿员分路查勘，以期速拯灾黎。今各路办理既有不同，自当核其功过，明示惩劝。台费荫、陈霞蔚，著交部议叙；窝星额、广兴，著交部议处；阿隆阿、张端城，著交部严加议处，仍令伊二人赴天津查勘该处被水情形，不准归家，亦不准驰驿前往。至查勘北路之恩普、范鏊，因各该处地势较高，居民等未经被水，无需开仓给赈，是以来京复命。若果有应赈灾区，亦必能遵旨办理，伊二人无咎无誉。现在五城设厂煮赈，都察院堂官本有稽察之责，但念西成、冯光熊俱已年老，照料恐有未周，俱著在本衙门办事，不必前赴饭厂。所有监放五城煮赈事宜，著派恩普、范鏊会同舒聘及前次派出之窝星额、广兴轮流查察，务俾穷民均沾实惠。

同日，大学士管理吏部事务庆桂等奏言：查定例，河工冲决地方，如过十日申报者，降二级调用。又定例，官员议处，有奉旨交部严加议处者，加等核议。如例止降二级调用者，应加一等，改为降三级调用。直隶布政使司同兴于河堤决口及被水情形并不即时查勘具奏，奉旨垂询时，始据该厅等禀报入奏，实属迟缓。应将布政使同兴照冲决地方申报过限十日例，降二级调用，系奉旨交部严议，应加一等，改为降三级调用。至禀报迟误之西路同知等，均应议处。应令该督查取职名，咨送臣部查议。再，同兴任内并无加级纪录抵销，应行实降。奏入，上谕吏部曰：同兴于河堤决口及地方被水情形不能即时查奏，吏部议以降三级调用，实属咎所应得。向来地方官遇有严议处分，例应降三级调用，而其情尚有可宽者，朕即量为加恩，亦必改为革职留任。惟念此次河堤决口，同兴系驻扎省城，其不能即时奏报，究因该地方官禀报迟延所致。姜晟、王念孙等获咎较重，现在业将姜晟等释放，令其前往河工效力。同兴亦著格外施恩，改为降三级，从宽留任。同兴务当倍加感奋，将现在灾赈、驿站等事悉心经理，倘再有贻误，不能复邀宽贷矣。

二十八日（癸酉），那彦宝等奏言：本年永定河漫口四处，东岸南二十三号决口，坍至一百数十丈，现为大溜，实难施力堵筑。惟东岸北口漫溢大井等处，现已断流。西岸南北二口通长新店大路者，虽未断流，已形消落。此三处似乎易于为力，但河身石底，无可下桩。西岸堤根尚未全行显露，不特灰石等料一时未易购办，即先行估计，亦非水底料度所可灼见真知。臣等与永定河道陈凤翔等再四筹酌，此三处虽为大路所经，但此次大水泛涨究非常有之事，即使再有雨泽，亦不过偶存积水，旋积旋消，于文报、行旅往来可无阻滞。若急于施工，物料不齐，桩底不实，小有雨水，加以河溜，仍可冲动，无益于行旅而转虚糜钱粮。此卢沟桥漫口施工之不宜骤也。臣等又与该道等面为商酌，下游漫口十八处均系土堤，例用桩埽旧料既已被冲，新料亦未登场，若先用土方实力夯筑，俟秋收后购齐秫秸，再行加镶埽工，比之赶筑月堤，究为省便。且计决口三千二百八十余丈，分段兴作，需夫繁多，右安门一带灾民自必闻风而来，乐于趋事。以节候计算，现值立秋，以三四千丈之堤，认真妥办，为时亦不能迅速，可以陆续接至霜降，大工灾民更可自食其力，于赈务、河工两有大益。正在筹议未定间，适奉明示，臣等愈觉得有把握。已面饬永定河道陈凤翔，会同候补盐运使嵇承志、候补道刘朴，星赴下游，切实估报，以便臣等亲往复查，应需若干银两之处，据实奏请圣训。至于高仰淤垫处所，现虽间有显露，而盛涨未退，回流荡漾，势必随挖随淤。非俟河水大消，淤河全露，挑浚难以深通，殊为徒劳无益。是以一并定于霜降后，随同大工一律兴举。再，天将庙后护石堤工前被大水坍卸，臣等因系紧对拱极城，工程最为险要，督令永定河道陈凤翔赶紧抢护。经该道雇集人夫并力修筑，连日天气晴明，兹于二十六日赶筑完竣。奏入，得旨：允行。

同日，那苏图奏言：臣钦遵谕旨，一面转饬天津道府各官，将所有堤闸、桥梁加意防护，至低洼村庄有被淹浸者，迅速设法疏消，加意抚恤；一面同天津道蔡齐明，乘坐小船，由三岔河先至海河一带查看。缘该河并无堤岸，河西有叠道一条、石闸七座，近日上游各河来水汹涌，宣泄不及，又因海潮逆流而上，倒漾湍流，将叠道石闸均被漫溢。二十一二等日，复同天津道蔡齐明前赴定沙河一带查看，所有南北运河、定沙以及各处旱路，均被漫水接连，河旱道路不能分晰，各乡低洼村庄皆被淹浸。总因数日以来，上游各河之水接连而下，兼之海潮顶阻，并非淤垫不能宣泄之故。至天津地势最洼，为众水汇归之区。当此河流盛涨，惟有保护津城，安慰黎庶，最为紧要。查西门外芥园大堤，现有同知吴之勷在彼昼夜驻工防守，筑土加高培厚，幸保稳固。至西南两门被水居民奔避入城者，现经地方官多择宽敞庙宇，并于城上搭盖窝铺，安置栖止。臣与地方各官业经设厂煮粥，俾灾黎口食有资，均属妥帖。其各乡村庄被水围绕未经奔避者，亦经地方官派委员役，船载钱米，分路按户散给。臣一面恭诣天后宫海神庙，虔诚默祷，仰祈皇上洪福，神庥灵佑，河流宣泄，奠安黎庶，上慰宸廑。又据商人任振宗、查世兴等禀称，二十一日风狂雨骤，盐坨后堤李公楼一带水势顿长数尺，堤埝登时漫溢，抢护不及，斜冲入坨，冲去盐包六十六堣。所有被冲盐包数目，一时不能查清。现在饬司确切详查造报，到日再行核办。

同日，周廷栋奏言：窃照六月初四日夜，天津河水陡长，津关上下漫溢纤道。至初九日未见平减。所有南来江淮五帮重船六十二只，经臣奏请停泊守候，一俟水势稍平，即设法催趱前进，以仰副我皇上慎重漕运，体恤军丁之至意。十七日，奉到朱批，当即恭录谕旨并原折移咨仓场侍郎在案。伏查天津在京师东南一隅，地势低洼，众水汇归之地。每逢河水涨发，虽时有浸淹，居民习若固然。此次涨发异常，目击海河从上游漂没物件甚多，且闻低洼地方间有淹浸之患。臣连日驰赴水次查勘，自初十至二十日，水势有长无消，四乡庐舍、田苗俱被浸淹，其南北运河联成一片。芥园一带，堤岸逼近城坦，居民纷纷迁避。现据天津道蔡齐明、知府杨志信赴水次分段稽查、保护，设法将难民抚恤。知县沈长春率领丞倅，分驾小船，赴四乡散给钱米。其房屋冲塌者，搭盖芦棚，俾得栖止。至逃进城内男妇，暂令空庙安插，给与粥食。其芥园一带堤工，经管河同知吴之勷、游击林楷、都司那丹珠，率领兵役、人夫，筑土培高，俾免冲决。镇臣福会因津淀涨发，亦乘舟赴工次，督率文武员弁，无分昼夜抢护，增修县城四门，分派兵弁，加功筑埝，以防浸漫。臣那苏图会同道臣蔡齐明连赴淀河一带查勘，设法疏消。二十一二等日，连夜风雨交加，臣等督率员弁，分段赴水次查勘水势，虽渐增数寸，终不似初四日夜之陡长丈余，猝不及备，来势纡缓。所有各处堤埝，尚可雇人夫加高培厚。臣复面饬该县沈长春，务将被灾男妇加意抚恤，城内居民设法捍卫，俟晴霁数日，觅求无碍庄稼空地，设法疏消，次第经理，可保无虞。伏惟皇上痌瘝在抱，无时无事不以爱民为心，偶遇偏灾，尤深轸念。今臣目击灾黎满道，何敢以非关职守，视同膜外，壅于上闻？均奏入，上谕内阁曰：据周廷栋、那苏图等同日奏报天津被水情形各折，天津地势洼下，当此河流盛涨，众水汇注，所有被水灾黎自须安置栖止，妥为赈济。前已谕令署直隶总督熊枚派员查勘被灾轻重，候降恩旨，但奏报尚需时日，灾民嗷嗷待哺，恐缓不济急。著那苏图于运库闲款项下动用二千两急为抚恤，会同镇道府县实力办理，毋使吏胥等从中侵蚀，俾灾黎早沾实惠。此时粮船重运，正当北上，而天津河水陡长，漫溢纤道，所有重船不妨稍迟数日，毋庸过于催趱，冒险轻进。该巡漕御史等惟当持以慎重，勿至稍有疏虞。至天津堤岸，自应会同地方官加意防护。所有被冲盐包，俟那苏图通行查明后，另降谕旨。

同日，丰伸济伦、孟住、永来奏言：臣等前往南苑查看，在于南顶渡河，进大红门，查得大红桥东西河泡以及河沟并大红门外稻地，俱已淤平。又至新宫，查得大殿并无渗漏，惟裕性轩等处俱有渗漏。再，大红门至新宫路上，有横冲水沟四五道，水深三五尺不等。两傍旧有水沟以及卡伦圈水泡，俱经淤平。问及该管官员等，据称苑内所有水泡河道，现在淤平者甚多。至南宫路上冲刷水沟，淤泥深浅不等，难以行走，未能查看。其四宫及此外一带内外庙宇渗漏，并苑户、兵丁房间以及冲去桥梁、墙垣等项，现在饬令该管官员等详细查明后，臣等再行具奏。

同日，天津镇总兵福会奏言：窃臣赍折外委回津，奉到朱批：现今雨多河涨，一切须加小心，不可冒险轻进。钦此。臣跪读之下，仰蒙圣训谆饬，敬谨钦遵。臣前于六月十二日在安陵闻天津大水，帮船停泊，即奏明起程，前来防护弹压。连日查看天津水势，总由西淀河水大，海河不能宣泄，致有漫溢。今郡城之西南两面，水溢城下一二尺不等，附郭居民俱搬移城内，择宽敞庙宇安置，并于城上搭盖窝铺栖止。西南两门皆紧闭，高筑土坝。已饬游击林楷、都司那丹珠，率领弁兵，会同地方官昼夜防护。臣会同道府厅县善为抚恤，并一面多备钱文、粥食，散给灾民，不使一夫失所，民情尚皆安静。其城东北两面地势较高，烟户稠密，现亦筑埝防备，水势尚不致浸及。惟自六月初一日迄今连阴，雨水过多，臣与同城道臣蔡齐明、知府杨志信、同知吴之勷、县令沈长春同将备等官，于郡城内外，无分昼夜，加意防护，一面恭诣天后宫海神庙，虔诚祈祷，仰藉神庥，早施晴霁水消，以安民业。此时惟郡城西北芥园地方堤岸尤关紧要，现在管河同知吴之勷昼夜在彼，督集人夫防护，幸保无虞。均奏入报闻。

二十九日（甲戌），明安奏言：臣于二十七日出永定门，至南顶大溜边，见石桥中洞已露出二尺有余。随著水手下水测探，据称较之前数日，已消落丈许。臣又差弁兵，由高阜纡路，查至南红门及双桥门外，各处村庄被水淹浸者虽多，尚无冲决之患。询及此处俱大兴县地方，并非京汛所属，惟南苑墙垣东南两面俱有刷倒之处。至左安汛所属各处，房庐亦有坍塌，不过十之二三。其居民赖有赈恤，尽皆宁谧。适因天晚雨大，臣随即进城，于二十八日卯刻出右安门，查至中顶村，共有一百三十余家，俱被淹浸，并无伤损人口，其男妇老幼现在均住中顶庙内。至庙前水面甚宽，遂著水手测探，深处不过七八尺，浅处不过一二尺不等。臣随绕至广宁汛所属大、小井村一带，并无冲决之处。惟丰台之十八村内，有四村被水冲决，其间房庐被水冲没七百余间，高阜处所仅存瓦房数十余间，冲去男妇三十余名口。其余居民尚有九百五十四名口，或投依亲戚，或支搭窝铺，俱略有栖息之所，每日均赴右安门外等处领赈餬口，皆感戴皇恩得以生活。其余村落不过被水淹浸，房舍间有坍塌，尚有栖止。其被患稍重者，亦每日至厂领赈。现在人心安帖，不致一夫失所。此皆臣目击情形。奏入报闻。

同日，户部尚书朱珪等奏言：窃臣等于二十八日在午门外公同验看月官，并分发人员。有本日验看之捐纳分发州同何际会呈称，系江西乐安县人，遵川楚例捐州同分发，于六月十八日到京，见近京雨水过多，蒙恩给赈，情愿捐银八百两，稍补灾民之不足，呈请归纳何处等语。臣等不敢壅于上闻，伏候训示遵行。奏入，上谕内阁曰：朱珪等奏，本月验看月官，有分发州同何际会呈请捐银八百两，稍补灾民不足等语。何际会系捐纳征员，在部需次，见近京被水灾民，官为赈济，情愿捐赀，出有余以补不足，乐善好施，殊可嘉尚。但此项银两未便官为收贮，仍著该员自为经理。闻现在京城官民内，似此私捐者尚复不少。有一人捐赀，即有一处灾民得济，是以昨经降旨毋许饬禁，将来事毕后，当按其捐数，酌量加恩，自不致没人之善。其何际会一员，即著存记，俟赈务完竣，再行交部量给加级纪录示奖。至此等捐赀之人，原系各尽心力，无待官为办理，嗣后不准纷纷具呈。果能出赀妥办，有裨灾民，断不虑壅于上闻也。

钦定辛酉工赈纪事卷十一

七月初一日（乙亥），上谕内阁曰：前因被灾难民口食无资，分段设厂散赈。南顶一带业经设厂给赈，而黄村一路亦两次动拨仓谷，另设粥厂，俾资赈济。南路灾民业已无虞乏食。因思西路长新店、卢沟桥等处被灾较重，居民待赈者多，且近日外县灾黎闻京师设立多厂，纷纷前来就食，未免跋涉维艰，且人数众多，亦恐过于拥挤，转有遗漏。著于京仓内再赏拨米二千四百石，交那彦宝、莫瞻菉、高杞、巴宁阿、熊枚等酌量情形，或于长新店、卢沟桥设厂赈济，俾各灾民得以就食，并搭盖棚厂，用资栖止，以副朕恩施无已至意。

同日，那彦宝等奏言：永定河地势情形，臣那彦宝、臣莫瞻菉前次周历查勘，见下游高仰，南北岸土堤漫口十八处，共计三千余丈，若不将各漫口先行堵筑，遽行开挖引河，将大溜吸入河身，势必又复旁趋漫溢。臣等公同酌议，欲引溜归槽，必须先筑土堤，俟漫口堵筑完固后，再相度通身河势，一律开挖，俾得畅行无阻。至姜晟、王念孙等，奉旨交臣等分拨工段，令其在工效力。现在已抵工次，臣等俟开工时拨给段落，令其勤慎效力。该革员等是否奋勉，臣等随时查看，据实具奏。再，本月二十九日申刻，卢沟桥一带并未得雨，河水陡长二尺有余，想系上游得雨之故。合并奏闻。

同日，熊枚奏言：窃臣于本月二十四日自保定起程，行抵定兴、良乡一带，三次奉到谕旨，仰见我皇上宵旰勤求，痌瘝在抱。随恭录恩旨，飞行藩司，饬令敬谨刊刷誊黄，遍行贴示，并督饬该司及各地方官务照原奏章程妥协办理，俾灾黎均沾实惠。仍令将前次未及禀报、续经查出之被灾各州县，分别轻重，续行查报，以凭核奏。再，臣于二十七日行抵涿州，始据通永道阿永等禀称，宁河县被水成灾，现在被淹最重约计一百二十余村庄，次重约八十余村庄。其受灾分数及倒塌房间，饬县查报等语。旋据宁河县王国璐禀报，本月十四、五日连日阴雨。二十日自午至亥，更加霪雨如注，水势骤长，洼地水深一丈二三尺，高地亦有七八尺不等。现在虽未淹毙人口，而该县并无城垣，业已漫及附近县治各等语。臣接阅之下，不胜焦灼，当即批饬该县，令将仓库、监狱小心防护，被水灾民加意抚恤。仍一面飞饬藩司，令即拨银两发交该县，多设粥厂急赈，俟水势稍涸，即将该县淹浸村庄被灾分数确切查报。去后又据滦州、大名、丰润、平谷、威县、宣化、延庆、保安、枣强、广宗、南和等州县禀报，均被水淹。其是否成灾及成灾轻重分数，未及详悉勘明。臣当又札饬藩司，令同近日续报被灾各州县一体确查，开单呈送，以凭续奏。再，宁河地方被灾较重，与唐县、束鹿、景州、青县、静海、怀来、元城等州县田禾均有被淹之处。臣又即飞行藩司，将各该州县被水是否成灾并成灾轻重分数一体确查，迅报到日，一并奏闻。臣仰荷天恩，暂署直督，当此被灾较重之时，我皇上议赈、议蠲，惟恐一夫失所，臣具有天良，断不敢稍有讳饰，以致上辜圣泽，下负灾黎。臣于二十八日巳刻已抵卢沟桥工次，即亲勘天将庙，抢筑土堤业已完竣。至一切堵筑疏消事宜，容臣与那彦宝等同心酌议，再行会奏。

同日，熊枚又奏言：前据藩司同兴奏请截留漕米六十万石存贮天津北仓，俟查定灾分，就近拨用。当蒙恩准在案。臣伏思此次被水灾区，各府州县南北异地，若将截留漕米尽贮天津北仓，将来分赈，迤南各属又须挽运，不惟虚糜脚价，或沿途稽察不周，致有亏折狼戾之虞；且使距天津较远灾民，未能早行领食，似亦非及时赈济之道。臣愚以为，此项漕米应分贮沿河水次，就近酌拨。查故城县属之郑家口地方，与大名、顺德、广平、冀州、深州、赵州等属相近；交河南皮所属之泊头地方，与保定、河间、定州、易州等属相近；天津北仓与顺天府四路厅及永平、宣化、遵化等属相近。伏乞敕下仓场侍郎，将应留漕米即在于郑家口、泊头及天津北仓三处分别存贮，俟查明灾分，就近拨用，似于赈务较有裨益。再，臣昨接天津镇总兵福会禀称，自天津至静海一带，现有粮船十余帮在彼停泊守水等语。臣当即飞札天津道督饬员弁，设法挽运开行。其各帮内载米石，有无白粮，抑系常用稜米及应否截留之处，应听仓场侍郎酌量查办。又据通永道阿永禀报，运河水势未消，务杨漫工现在亲督赶筑。并据天津道蔡齐明禀报，故城县刁家门地方，漫口五丈，现在赶筑各等语。臣查运河堤埝，粮运攸关。今据报务杨及故城等处均有漫工，虽据各该道等禀称业经分投抢筑，无碍粮艘，其有无淹浸田庐，深堪焦虑。臣当即分饬各道，督率在工员弁上紧堵筑，仍将有无淹浸田庐之处，速查具报到日，再行续奏。均奏入，上命军机大臣传谕那彦宝、高杞、莫瞻菉、巴宁阿、熊枚曰：昨据高杞奏，那彦宝等及熊枚欲于初一日进京面奏事件，乃本日那彦宝等所递到奏报，据称卢沟桥一带水势，日内陡长二尺有余。而熊枚亦差人递折，自因永定河水势增长，均须在彼照料，不克来京。该处工程紧要，那彦宝等俱当驻工筹办，不必来京，其有应奏事件，原可专差具折奏闻。至南北两岸漫溢处所，先筑土堤，以杜其旁趋之势，自应如此办理。现在天将庙土堤业已完竣，伊等在彼闲住无事，此外漫口各工可以堵筑者，应即上紧赶修，不得迟缓；且使附近被水灾民，闻风前往佣工，藉资口食，亦可以工代赈。此时京城内外分厂赈济，远处灾黎纷纷就食，未免渐聚渐多。现已降旨赏拨京仓米二千四百石，于长新店、卢沟桥一带酌量设厂赈济灾民，并搭盖棚厂以资栖止。所搭棚厂须相离稍远，以防火烛。此项棚厂，不独目前灾民可免露处，即将来动工，夫役人等亦有所栖托。该处散赈事宜，即著那彦宝、莫瞻菉、高杞、巴宁阿、熊枚等妥为经理，总须实惠及民，毋令一夫失所。至熊枚奏截留漕米，请分贮沿河水次，就近酌拨，所见甚是。即著照所请，在郑家口、泊头及天津北仓三处分别存贮。现已谕令达庆等遵照办理矣。至务杨及故城县刁家门漫口，有关粮运，著熊枚即饬令该地方官上紧堵筑。

同日，上谕内阁曰：熊枚奏直隶滦州、大名等州县均被水淹，是否成灾，俟详悉查明另行具奏等语。前经降旨将被水成灾之大兴等七十余州县加恩分别蠲免，此次续经查报之滦州、大名、丰润、平谷、威县、宣化、延庆、保安、枣强、广宗、南和等州县，著熊枚迅速详查被灾轻重分数，据实奏闻，俟奏到再降恩旨。又据称各州县被水成灾分数，现复饬令藩司一体确查一节，灾区叠被恩施，总以地方大吏奏报轻重为凭。熊枚务须悉心详核，如有前次奏明被水较轻，而续经查出情形甚重者，即业经降旨照灾轻之处加恩，亦不妨据实再奏，候朕另降恩旨，断不可回护前奏，致有不实。并此外各州县如有续行禀报灾区，一并据实具奏，毋得稍有讳饰。

同日，上命军机大臣传谕达庆、邹炳泰曰：前经降旨截留漕米六十万石存贮天津北仓，以备赈恤之用。兹据熊枚奏称，此次被水灾区较广，请将截留漕米分贮郑家口、泊头及天津北仓三处，于赈务较有裨益等语。所奏甚是。著达庆、邹炳泰将此次应留漕米，饬令该帮运弁即在郑家口、泊头及天津北仓三处分别存贮，交地方官就近拨用。

同日，那苏图奏言：天津水势，自本月初九日消落数寸之后，十一、十二等日，又复增长尺余，嗣后旋落旋长，总无一定。臣等因查看淀河堤岸之便，询问土著耆老，佥称天津地势最洼，为众水汇归之区，若河水涨发，全仗流归入海。往年水或涨发，一交白露，海中收水，一涌而下，三五日间即熊（按：原文如此，疑为“能”字）消涸。今年初伏，上游陡涨，各河之水全归于此，正值海不收水，人力不能疏消。臣闻悉之下，实深焦急。屡经敬诣天后宫海神庙，虔诚默祷。兹二十三日起，连日天气晴霁，浪平风定。二十四五两昼夜，各河以及平地积淹之水渐次消落，计有一尺五六寸。查看各处堤闸，皆属完固，并无决口处所。闻近日海潮不甚汹涌，河水渐流入海，是以日见消落。若再晴数日，上游无水发来，河水即可归槽，旱地之水亦可消涸，居民得以安全。奏入，上命军机大臣传谕那苏图、福会曰：那苏图奏天津各河水势渐次消减一折，览奏实深欣慰。向来海中收水，总在立秋以后，现在才交秋令，水势即已归海，此皆仰赖神灵默佑，俾各处之水及早消落。兹发去藏香十枝，著那苏图、福会敬诣天后宫海神庙，虔诚祀谢，以答神庥。至该处办理赈务，应会同地方官悉心经理，以期灾黎均沾实惠。

初二日（丙子），那彦宝、莫瞻菉、巴宁阿、熊枚奏言：本月初一日，自丑刻至午刻，工所大雨时作，臣等查看河身水势，不特并未增长，且消落七寸余。但西北阴云浓布，恐上游亦有落雨之处，不无略增。其西通长新店决口之水，倏长倏消。桥东大井、小井一带，雨水存积尺许，现于行旅俱尚属无碍。奏入报闻。

初三日（丁丑），明安奏言：本日辰刻，出西直门查看水势，见长河涨溢，漫过高梁桥身，水面甚宽，直至广通寺，深处三尺有余，浅处二尺有余。南海淀石路上俱有尺余。至恩慕寺南北之水，二尺有余。再，自红桥至大宫门及二宫门前，水势汪洋，与河泡连成一片，深处皆二尺有余。大概情形与上月初二三相同。其圆明园附近沟港支流，虽有积潦，臣赶紧饬挖旱河，即可消落。至西直门长河涨漫，皆因昆明湖水势陡长，与岸相平，所以高梁桥一带水流奔驶，未能骤消。此系臣一去查看情形。回途自南海淀起，至神武门一带，积水全消，道路业经平垫妥协。天惠楼至宫门，水势亦渐消退。臣现在严饬承办司员赶紧开泄，务期畅流。再，上月初二三日昼夜大雨，宫门前水深二尺有余，曾经臣奏请挖熙春园一带旱河淤塞，水即消落，嗣因十八九日又连降暴雨，田水横流，冲塌永恩寺前石堤，复有淤塞之区。奉旨交臣归并清挖河淤工内办理，臣自应督催弁兵，赶紧疏浚，以清壅滞。乃恐糜费钱粮，定于本月初二日动工开挖，不能先事豫防，以致雨水暴涨，未得畅消，实属糊涂之至。相应请旨将臣及承办司员等交部议处，以为疏玩公事者戒。

同日，国霖奏言：前因熙春园一带旱河停淤，圆明园宫门内外积有雨水，经臣等于上月初三日大雨后即刻派人挑挖，以泄壅滞，并奏明派员赶紧清挖，自应即时兴修。臣等恐致旋淤，糜费钱粮，是以定于本月初二日动工挑挖。今于初一日雨水过大，宫门前复有积水，实属疏玩，相应请旨将臣国霖交部议处。均奏入，上谕内阁曰：明安、国霖承办旱河挑淤，不能及早赶办，固属咎有应得，但念明安连日往来查水，跋涉勤劳，所有自请议处之处，著加恩宽免。国霖督修道路，亦稍有奔走之劳，著加恩改为交部察议。其承办司员等，著交部议处。

同日，伯麟奏言：查直省之永定河，发源于晋省大同府之浑源州，在晋省名为浑河。

本年六月初十前后，雨水较多，河水浩大。又朔平府属之朔州马道乡等处桑乾河水涨发，由山阴、应州东流，会于浑河，入直隶境。其代州属之繁峙县，系滹沱河发源处，经由代州、崞县、忻州、五台，一路山水俱会注直隶，以致水势更大。前次朔州、应州、山阴等州县被水，即多由桑乾河漫溢。现于六月十九日至二十二三等日，忻州、浑源州、定襄、崞县、大同、怀仁等六州县又有被水之处。臣现于藩库提银五千两，飞饬各属作速先行抚恤，即次第亲诣各处，赶紧妥为勘办。奏入，上命军机大臣传谕伯麟曰：山西省北之代州、朔州、应州、山阴、五台、繁峙、忻州、浑源、定襄、崞县、大同、怀仁等十二州县，因河水、山水涨发，间被冲淹，是永定河上游果有泛涨，无怪下游水势愈大。据报各该州县被水冲淹，殊堪轸恤。该抚先于藩库提银五千两，飞饬各属即为抚恤，并亲往查勘，所办甚是。但被水州县较多，伯麟应即将奏明被灾分数，察看情形，如有应行蠲缓之处，即由驿速奏，候朕再降恩旨。此外如尚有被水州县，著一并确查具奏，不可稍存讳饰。现在被水难民嗷嗷待哺，一切抚恤事宜刻不容缓，该抚务须督饬所属实力妥办，勿使小民一夫失所。

同日，那彦宝、莫瞻菉、巴宁阿、熊枚奏言：南北岸漫溢各口，急须先行堵筑。臣等于六月二十九日已饬陈凤翔、嵇承志、刘朴带同在工各员驰往勘估，一俟估有成数，即令陈凤翔一面先于河道库内酌拨银两，招集人夫。臣等轮流往来工次，督率堵筑，断不敢稍事稽迟。至赏拨京仓米石，臣等当即飞咨仓场侍郎，派拨仓廒，以便遣员赴京领运。仍一面督令西路同知蒋耀祖、宛平县知县胡逊，在臣熊枚前次拨交西路厅抚恤各处银内酌量借支，先行购买木料、席片、绳索等项，相度宽敞高阜处所，间隔搭棚。臣等凛遵圣训，亲督搭盖，务使相离稍远，以防火烛。至应搭棚厂若干间，臣等随时酌量人数，分别办理。现在邻近京城各州县，仰蒙圣恩赏拨银米煮赈抚恤，大约未经开工以前，灾民就食者犹可屈计。迨开工以后，各处灾民闻风到工佣趁，自必日众。臣等自当妥为经理，务使有所栖托。再，本月初一日巳刻，天气开霁，晴日蒸灼，高阜处所田禾可资晒晾，河身水势减落尺余，通长新店决口之水，本无碍于往来。大井、小井村一带所积雨水，已减落过半。

同日，丰伸济伦奏言：查得南苑大红门外现在水势，惟永定门小石桥顶，中溜有一丈余深，余者二三尺深不等。其大红门内，水亦有一二尺。现在天气晴霁，水势渐消。均奏入报闻。

钦定辛酉工赈纪事卷十二

七月初四日（戊寅），明安、恭阿拉、国霖奏言：据北营参将阿尔绷阿等呈报，德胜汛松林闸桥西帮冲坏一丈余，水簸箕连，帮岸被水冲坍；又据北营安定汛守备赵邦治禀报，本月初一日雨水涨发，安定门外西二闸北面闸帮被水冲坏三丈余，将北河沿东西两边冲开七丈余；又据左营东便汛守备李国瑞禀报，平下闸以西泊岸冲开一段，约有十七八丈各等情前来。臣等当即派员前往查看，与各该营所报相符。相应请旨将平下闸冲刷之处，交仓场侍郎赶紧堵筑。其松林闸并安定门外被冲闸帮、泊岸等处，请交奉宸苑即速修筑。其土岸冲决之处，臣等照例饬令各该营弁兵赶紧修垫。再，初三日戌刻，据左右两营参将等呈报，永定、右安、广宁三汛属内所有积水之处，均各消落二尺有余；至大红门外石桥仍然露出等语。臣仍饬令各该营将官等随时查看水势，再有消落之处，即为呈报。奏入报闻。

初五日（己卯），庆桂等奏言：臣等遵旨将分路查勘被水各卿员分别核议。向来各省督抚办理一切事宜，钦奉谕旨议叙者，给予加一级。又定例：地方灾荒，不实心确勘，少报分数者，革职。此案特派分查四路卿员，除都察院左副都御史恩普、鸿胪寺卿今授通政使司副使范鏊遵旨毋庸议外，台费荫、陈霞蔚查勘被水地方，有急须散赈之处，即督同地方官立时赈济，所办实为妥协，钦奉谕旨议叙，应将内阁学士、镶蓝旗蒙古副都统台费荫，通政使司通政使陈霞蔚，照例各准其加一级。至阿隆阿、张端城目击武清等县被灾最重，接奉赈恤恩旨，并不督饬地方官立时赈济，又不就近赴天津察看水势，即行回京，奉旨严议，应将内阁学士、正黄旗汉军副都统阿隆阿，顺天府府丞张端城，均照不实心确查例革职。其窝星额、广兴查至涿州回京，仅开写户口具奏，并不悉心经理，奉旨议处，应将大理寺卿窝星额、通政使司副使广兴，于阿隆阿等革职例上，量减为降三级调用。查窝星额有加一级纪录十六次，广兴有纪录七次，应否准其抵销，恭候钦定。如蒙恩准，窝星额应销去加一级纪录八次，抵降三级，免其降调。广兴应销去纪录四次，抵降一级，仍降二级调用，任内有革职留任之案，无级可降，仍应革任。奏入，上谕内阁曰：吏部奏将查勘各路卿员分别议叙、议处一折，前因雨水甚大，河堤漫决，附京各州县被水淹浸，恐地方官查报不实，特派台费荫等八员分往四路查勘，俟伊等奏到后再行抚恤。嗣因被灾穷黎待食维殷，即降旨谕令台费荫等有急须散赈之处，一面奏闻，一面动帑开仓赈济。倘伊等途次未经奉到此旨，或未敢便宜行事。今伊等均经接奉，而各路卿员内，惟南路台费荫、陈霞蔚二人，本在霸州、文安放赈，及闻保定县被灾较重，即驰赴该处查勘给赈，办理实为妥协。台费荫、陈霞蔚著照部议，各加一级，以示奖励。至北路地势较高，被灾本轻，恩普、范鏊查明无须赈济，即行来京覆命。若果有应赈灾区，伊二人自必能遵旨办理。恩普、范鏊无咎无誉，自无庸议。其西路窝星额、广兴，查至涿州，仅开列户口清单入奏，遽行回京，亦未能悉心经理，但该处已有地方官设厂开赈，散给银米，灾民不致失所，伊二人之咎稍轻。窝星额著准其销去加一级纪录八次，抵降三级，免其降调。广兴任内有革职留任之案，无级可降，著加恩免其革任，仍注册。至东路阿隆阿、张端城，既目击武清、宁河、宝坻被灾最重，而宁河村庄俱被水围浸，又接奉续降之旨，自应督同地方官立时开仓赈济。况该处百姓见有钦差到彼，无不引领望泽，同深欢感。乃伊二人并未即行赈恤，及来京覆命奏称，询之该处民人，云有新麦藉资口食，须俟秋深饥寒交迫之际再行放赈等语。大属非是。直隶通省本年麦收均有九分，若被灾之区俱听其以新麦餬口，又何用多发帑金，截留漕米，急行拯救为耶？阿隆阿、张端城经朕简派查灾大员，草率从事，殊负委任，本应照部议革职，姑从宽将阿隆阿降为头等侍卫，著在大门上行走，仍兼管鸿胪寺事务；张端城著降为六部郎中，遇缺补用。俾玩视民瘼者，知所儆戒。

同日，直隶提督特清额奏言：近据古北口各营将备禀报，所属地方，六月二十五至二十九日，云气开散，河水渐次消退，道路疏通，高阜禾稼饱绽充实，水浸田亩大半涸出，若翻犁播种莜麦，仍可续望有秋，灾区贫民均属宁静。兹接天津镇总兵福会札称，北运河水势弥漫，粮船多帮在天津停泊守候，该镇已自安陵回津照料，并奏恳皇上天恩截留帮米，赈恤灾民。臣伏思抵津帮船停泊守候，固应加意巡防，其已、未入境南运河粮船尤关紧要，镇臣一人未免兼顾难周。且天津一方水势较大，灾民自多，现当雨水时行之候，一切防范、救护、抚恤、弹压，仍须大员率驭照料。臣所驻古北口河水已消，军民宁谧，可期无虞，正当前赴天津一带查看。臣于初三日束装起程，觅路前进，沿途查看情形，相度策应。臣至彼，福会即可旋驻安陵，照料后帮入境船只，两地均无贻误。再，臣所属各营具报雨水情形，间有衙署、库司、军器、塘拨兵房被雨水淋冲倾圮损失之处。当经臣差查，尚不甚关紧要，亦无装点情弊，应俟秋后次第查明，缓为办理。惟塘汛一项，前因倾圮年久，有司因循不修，奉旨严饬。经前护督臣颜检奏明立限，责令各该地方官赶紧修整。迨后有修理已竣者，亦有尚未修完之处。近经雨水淋灌，新旧塘房坍塌倒坏，较前尤甚。臣已通饬各营员确切查勘，具报到齐，咨会督臣，查照原议定立限期，速饬一律修理整齐，以肃观瞻。奏入，上命军机大臣传谕特清额曰：天津运河水势弥漫，粮艘在彼停泊守候，一切防护、抚恤，均需大员督率照料。署总督熊枚现驻永定河工次，无暇分身兼顾。总兵福会亦须仍赴安陵催趱运粮船只，不便久驻天津。特清额接到福会知会，即行起程驰赴淀津一带查看，所见尚是。该处被水较重，灾民嗷嗷待哺，急须妥为安抚。前已降旨拨给银两，令那苏图等实力筹办。特清额到彼，即可多住一二月，务当会同地方官悉心经理，俾灾黎均沾实惠。总兵福会即令前赴安陵督催漕船。近日京师天气晴霁，各处积水已渐见消退。天津地处下游，恐众流汇归，一时疏消不及。前据那苏图奏称，才交秋令，海已收水，著特清额察看海口水势究竟若何，并办理灾赈及粮船行走各情形，一并据实具奏。

同日，上谕内阁曰：特清额奏，各营塘汛经地方官修理，有已经完竣及尚未修完之处，近因雨水淋灌，坍塌倒坏较前尤甚，请仍查照原议立定限期，一律修理等语。前因直隶各处塘汛年久倾圮，叠经降旨严饬地方官兴修，以肃营伍。兹因雨水复有坍塌，自应立限赶紧修完。但近闻直隶塘房、墩台虽经修理，仍无兵丁在彼住〔驻〕守。塘汛兵丁所以巡缉奸宄，若汛地无兵，则塘房竟成虚设，虽修理完整，有何裨益？该提督应会同直隶总督严饬各营，务令塘汛兵丁常川守驻，毋得擅离汛地，仍前疏懈。

同日，丰伸济伦、孟住、永来奏言：前步军统领明安奏准请挖香山一带旱河淤滞，并请将钓鱼台水泡下游一带河道有无停淤积水之处，敕交管理奉宸苑大臣详加踏勘，自行办理等因。臣等当即拣派司员，前往京城内外河道各处下游宣泄水势之处，详加查勘。因历年久未清挖，均有淤浅。臣等再四筹酌，拟将钓鱼台自三孔闸起至小青龙桥下游一带归入护城河一段一千一百三十一丈五尺，又广宁门滚水坝至右安门迤东护城河一段长一千五十丈，东便门内喜龙桥至雷闸口归入运河一段一百二十一丈五尺，均属淤浅，必须清挖。又紫禁城四面护城河，凑长一千一百丈，间段均有淤浅。此内拟将东华门、西华门、神武门两边清挖六段，凑长一百二十丈。又禁城内筒子河，自城隍庙、太和门至銮仪卫出水闸河道，凑长六百十一丈，南海日知阁出水闸，由织女桥、牛郎桥入天妃闸河道三百八十四丈五尺，北御河桥出水闸，至南面大城老出水闸河道一段，长二百三十四丈，大红桥起，至熙春园河道，长五百七十八丈，河流实系淤塞，水势不能畅流，应行即时清挖。现在明安等派令步甲清挖，只须饭食银六分。查内工募夫例，每名用银八分，较多二分。此项工程仍请交步军统领衙门赶紧清挖。其余内外护城河淤浅之处甚多，共凑长一万三千一百三十一丈。臣等造具丈尺清册，一并交该衙门陆续清挖。至臣衙门所属各处河道、桥梁、闸坝、泊岸等项，间有被水冲汕坍坏之处，应请即时修整，使河流归槽，以资蓄泄。随派员分处详加踏勘，内外护城河等处坍塌闪裂砖石、泊岸、雁翅，共七十六段，凑长六百三十五丈四尺四寸；添修泊岸六段，凑长五十五丈；排丁土岸十二段，凑长三百九十丈；拦马墙，凑长三百三丈九尺三寸；出水暗沟，凑长二十七丈五尺；石道海漫，凑长十二丈四尺；以及水簸箕涵洞等项。除现存旧料抵用外，按例估需工料银二万九千五百八十一两九钱二分。时值雨水过大，其桥闸、泊岸装板现在多有淤淹之处，俟水稍退后，有冲汕情形，再为呈明续修，据实汇案核销等因。臣等覆核无异，谨将查得河道、桥闸情形绘图贴说，恭呈御览，伏候训示遵行。如蒙俞允，即将应挖河道淤浅宽深丈尺造册移咨步军统领衙门查照办理外，至应修桥闸、泊岸等项，臣等即拣派妥员，由广储司银库支领银两，赶紧妥为修理。统俟工竣，臣等另行派员据实核销。奏入，得旨：允行。

同日，汪承霈、陈嗣龙、刘湄、阎泰和奏言：臣等奉命散赈，续又蒙恩赏京仓米二千四百石。当由户部行令在裕丰仓支领，臣等即派南城司坊官，于六月二十九日起陆续领运，七月初一日开赈。查永定门外海会寺，现既归并右安门外关帝庙米厂一同放赈，曾经出示晓谕，恐该民人未能周知，有遗漏拥挤等事，仍于海会寺按名分签，令往关帝庙领米。照签核算人数，共计大小三千三百余名口。至右安门外各村民人数本多，两处共计三万三千二百余名口，每日需米八十六石五斗零。伏查放米较放面食多延时刻，且人数众多，势必拥挤。臣等悉心筹画，将各村分作三起，每期给三日口粮。海会寺中顶等处，共五十八村为一起，一、四、七、十等日散给；万泉寺大井等五十村为一起，二、五、八等日散给；镇国寺草桥等处三十三村为一起，三、六、九等日散给。初一日，除本期应发各村庄外，其应于初二、初三等日领米者，先给一日、二日口粮。初二日以后，俱按期给三日口粮，周而复始。今初四日已逾一轮。臣等体察领米各民人无不感戴天恩，欢欣忭跃。奏入报闻。

钦定辛酉工赈纪事卷十三

七月初六日（庚辰），上谕内阁曰：前因雨水过多，米粮较贵，曾经降旨将八旗及内务府三旗兵丁各赏给米粮一月，所有巡捕、五营兵丁，亦著加恩赏给一月米粮，以示体恤。

同日，上谕内阁曰：直隶清河道印务，现系保定府知府朱应荣护理。此时保定一带被灾较重，该府本属应行料理事务已属不少，其道属覆勘稽查之事，朱应荣恐不能兼顾。前已将刘朴发往直省，以道员补用，并令其前往永定河工次帮办堵筑各事。该处现有嵇承志、陈凤翔等在彼，足资帮办。刘朴著暂署清河道印务，即令熊枚转饬该员赴保定任事。

同日，熊枚奏言：连日同那彦宝等在卢沟桥一带督盖棚厂，筹商工务，并于灾赈事宜悉心核酌。谨将现已举行及应行筹办各事宜，一并奏明，伏乞训示。一、直属此次被灾地方，除前经奏报外，现又续报灾区，叠经飞饬藩司查明开单汇报，再行奏闻。仍饬将续报灾重地方添拨银两，发往急赈。其续报灾轻州县，即令地方官酌为抚恤，并饬仿照保甲旧例，责成地保，将此项抚恤、急赈灾民造册存记，俾大赈则按册可稽。是查办急赈之时，已赅大赈户口，不惟可以杜滥邀之弊，且大赈时又省一番查造之繁，兼以杜愚民觊觎刁控之渐，办理似为简便。臣仍严饬各地方官示谕灾民，以现奉恩旨蠲赈频施，令毋轻去其乡，以仰副我皇上轸恤灾黎至意。一、各学贫生向无给赈之名，而有资给口粮之例。臣昨已饬司行学令将被灾贫士查报，由各该州县核明详司，仍照历次灾案发给银两，以供饘粥。并令各教官谕以生员例不给赈，系朝廷养其廉耻，别于齐民之意，俾该生等各知自爱，毋许大赈时混入滋扰。一、查秋灾定例，于急赈抚恤之后，查明灾轻州县，统归十一月大赈案内按月赈济；其灾重之区，无分极次，先于八月内普赈一月，仍于普赈案内，将鳏寡孤独老幼残废之户，另册登记，于九、十月内再行酌赈两月，俾接至十一月大赈之期。历次遵行在案。昨据藩司同兴查例禀请具奏，臣思此次直属被灾较早，灾民较众，容俟勘定灾区、查明灾分、核清户口之后，再将灾民若干、需费若干及应赈几月之处，督同该司通盘筹画。是否可以仍照向例，抑或不必泥于成例，另行请旨办理。一、救灾有平粜之法。今各处粮价日昂，总由市侩奸商乘此囤积居奇，高抬市价。臣已飞饬藩司转饬州县，令于城乡内外严行示禁，毋许米行、粮店囤积居奇，并严禁书役藉端滋扰。至各该州县灾黎，除已蒙恩蠲赈稠叠外，如有情殷任恤自行捐赈之户，一体听其捐施；若不愿施者，各从其便。总不许假手胥役，致滋扰累。仍令将自行捐赈之户，报臣汇核，少则分别酌赏；若捐赈较多者，咨部题请奖励。一、绿营兵丁向不给赈。臣昨往来途次，面询兵丁，据称住屋房间均被冲塌。臣查此等地当孔道、现被水灾之各营兵丁，平日递送公文、护解人犯及巡防道途，已较偏僻汛兵劳逸迥别。昨据藩司禀请，臣又飞饬冲途营汛，令各于积潦较深处所安设水拨，派兵扎筏，以备护送文报、济渡行人。是此等冲途营兵差使愈繁，较之偏僻营兵倍为劳瘁。若听其栖身无所，殊可矜怜。相应奏明请旨将冲途各兵查有住房坍塌者，照例一律给与修理；其偏僻各营兵丁，仍不准其滥邀，用以广皇仁而昭限制。一、密云等处驻防满兵，钱粮优厚，向不给赈，但现在灾重各处公私廨宇坍塌甚多。

昨臣经过良乡，据该防守尉海福详报，该处驻防官房倒塌。臣思良乡一处如此，他若雄县、东安、宝坻等处均属灾重之区，其各该处驻防官房，亦必多有坍塌。但现值工赈兼施之时，经费浩繁，势难请项兴修。相应奏明请旨饬下该管各副都统分查各处，除被灾较轻，并未倒塌房屋者，不许滥行具报外，其有倒塌官房，即由各该州县勘查明确，申报藩司，于该驻防兵丁等应领钱粮内酌量借给，以资修理。将来此项借支银两，仍在嘉庆七年秋冬二季、八年春夏二季内，分作四季，坐扣归款，似于国帑、兵丁均有裨益。是否可行，应请旨钦遵办理。一、衙署监仓，前准户部行知，俟大功告竣后，再行详细修理。查本年直省被水较重，监狱、仓廒最关紧要，若不动项兴修，恐在监人犯日久疏虞。现已谕藩司饬查各处监仓，如仅止墙壁稍坍、房屋稍漏，仍令该管官自行修葺；其有倒塌过甚者，即行查明确估，详请动项兴修。不惟慎重监仓，且以工代赈，更于灾黎有济。又如直属之陵糈兵饷，饬于地粮项下按季拨支。除本年秋季之项应照例拨给外，其今年冬季及明年春夏二季应领饷糈，查现奉恩旨蠲免本年应征钱粮，将来恐不敷支拨。臣一面札饬藩司查明具详，其应否需拨外款以资接济之处，俟该司查详到日再行具奏。奏入，上命军机大臣传谕熊枚曰：熊枚奏，抚恤灾民，仿照保甲旧例，责成地保造册存记，大赈时可省查造之繁，并杜滥邀之弊。所见甚是。前因直属被灾，地方穷黎待食维殷，曾明降谕旨，令散赈大员周施普济，宁滥无遗。此系朕痌瘝在抱，不使一夫失所之意。而地方各员查勘灾赈，总当核实办理。且外省办赈之滥，不在灾民，而在吏胥。伊等从中舞弊，多开花户，任意侵渔、冒滥，而闾阎转不能均沾实惠。熊枚自当严饬属员按户实开，不可稍有遗漏，亦不可听其虚报。又称各学贫生，现已行学照历次灾案拨给银两，以供饘粥。所办亦是。其急赈灾区，应俟查明被灾轻重分数，核清户口，通盘筹画，请旨办理。至所称平粜粮价，毋许市侩囤积，及情愿捐赈之户分别酌商咨部，其不愿捐者听等语。现在京师即系如此办理。又冲途营汛有护送文报之责，坍塌住房给价兴修，事属可行。惟驻防满兵所住官房，请借给钱粮修理一节，密云地方本未成灾，其他处驻防兵房亦属可缓。即如京城八旗兵丁房屋坍塌亦复不少，尚未筹修。所有良乡等处驻防官房，此时且不必急于办理。

同日，同兴奏言：省城一带，自月内二十三日放晴以后，今已旬日，虽有阵雨，旋得西风吹霁。臣差查附近地方，高地庄稼颇属畅茂，其洼地积水日见消落，并各属涸出地亩现有赶种莜麦者。伏查目下虽已立秋，天气尚热，若赶种及时，收成不无小补。臣现已通饬被灾各属，详看情形，如有地已涸出，可种秋麦，而民力不能播种者，即照例酌借籽种，以冀来岁有收。至此次陆续报出被灾者虽有一百余州县，现在天已晴爽，积潦日消，臣就各属报案确核，将来应赈之处不过十分之八，其余成灾俱不过五六分以内。现蒙圣恩宽免钱粮，再于冬春之际酌量借粜，足资安顿。惟应赈州县灾分尚未据一律勘报，应需米石未能豫计，容俟各府厅勘报到日，臣与署督臣熊枚通盘合计，据实奏明办理。惟初一、二等日，天津府属各路积水，均由淀河归海。现在未届白露，海不收水，以致众水会聚天津，田禾大受伤损，居民庐舍多被冲坍。臣当即飞行道府，督率厅县等官加意防护城垣、仓廒，赶紧抚恤灾黎。查该处系水陆交冲，人烟最为稠密，今忽被水，抚恤更为吃紧。臣现已委员赍银二千两，发交该府杨志信，督率该县多设粥厂，妥为赈济，以资安顿。奏入报闻。

初七日（辛巳），熊枚奏言：查藩司同兴六月初九日奏报被水情形折内，止有十六州县，其涿州迤北各县并未奏及。且永定河决口尤关紧要，其附近之西路厅、大兴、宛平、良乡等厅县，何以并不及时禀报？自应确查办理。臣于抵保后，遵即调查该布政司接收文禀号簿，并札饬西路同知、宛平、大兴、良乡等县令，将各该县被水淹浸并永定河决口于何日禀报之处，据实查覆。去后旋据西路同知并良乡、大兴等县先后呈覆，其宛平一县，因该令连日赴乡勘办灾赈，于七月初六日始据禀到。臣复加详查，据宛平县知县胡逊禀称，六月初四日已将被水情形具禀。至卢沟桥决口，亦于初五日通报。因卢沟桥一带水猛难行，至初八日方能前递等语。核对该司收文号簿，系于十六日接到。至西路同知蒋耀祖，于初四日将被水决口情形禀报顺天府尹。其省中各禀，因卢沟桥水势溜急，至初五日差夫凫水，递送该司，系于十一日接到。其大兴县知县钱复、良乡县知县李元林，均于初三四等日禀报被水，因涿州石桥冲断，在彼守候至初六日方能前递各等语。核对该司号簿，系于十一、十二等日先后接到。臣复提查涿州、定兴、安肃等处驿递号簿，均核与各该员等禀报相符。是藩司同兴接到各该厅县禀报，俱在初九日具奏之后，业据自请交部严加议处。经部议以降三级调用，奉旨改为从宽留任。至西路同知及大兴、宛平、良乡各县，各于初三四等日将被水情形随时禀报。其到省迟逾，实因卢沟桥决口及涿州冲断桥梁阻隔所致。臣等奉旨饬令查参，如果各该员等迟延禀报，即当严行参奏，断不敢稍为讳匿，自干咎戾。再，臣于六月二十二日奏报被灾各州县内冀州属下之新河县被灾较重，臣开单进呈。迨恭奉蠲免恩旨内，有清河县字样。查清河系广平府属，臣始知前开清单错误，当即敬谨更正，行司赶紧刊刷誊黄颁示在案。所有臣失于查检之咎，理合据实检举，仰恳圣恩将臣交部议处，仍请敕下军机处、户部一体更正注册。奏入，上谕内阁曰：熊枚奏，前次开报被灾各州县单内，将新河县误写清河县，请交部议处。熊枚甫经抵任，即在永定河工次办理堵筑事宜，并筹办地方灾赈，经手事务繁多，一时失于查检，其咎尚属可原。且于接奉蠲免恩旨后，业已赶紧更正，刊刻誊黄。所有熊枚自请议处，著加恩宽免。

初八日（壬午），周廷栋奏言：天津水势，自六月初四日夜至二十一二等日，有长无消。自六月二十三、四等日，逐日消减。臣因粮艘限期甚迫，当河水初消时，即提集江淮五帮运弁陶起龄、谙练旗丁水手，正在熟筹设法开行之际，旋据仓场侍郎移会恭奉恩旨赏拨漕米六十万石，以资备用，檄委坐粮厅谈祖绶星驰赴津，先截二十余万石，以备急赈。议自江淮五帮起，照以剥为截之例，起四存六办理。其未截米三十余万石，在于殿后之江广各船稜米全帮整截找足。目今北仓被水浸淹，露囤于关北之王家厂地方。当经坐粮厅谈祖绶、天津道蔡齐明乘驾小舟，赴水次查勘。三岔口海河大溜已平，惟北运河一带纤道断续，且上游决口甚多。该侍郎议以起四存六，正以船轻则遄行较易，分卸则人力可均。臣历查截留漕粮旧案，俱系江广尾帮之稜米，缘备赈宜用稜米。江广船只体重路远，难于回空。若从中段截留，则前船停卸需时，后船担〔耽〕延守候，且运弁旗丁易多趋避，办漕胥吏处处生心，兼之露囤厂地，泊船无多，起粮艰涩。臣与坐粮厅谈祖绶连日通盘计算，查上年南漕七八十帮不等，俱系七月初四五等日，全数过关。本年南漕九十九帮，迄今过关者五十帮，未过关者尚有四十九帮。计每日验放一帮，将及两月，则抵坝起卸，应在八月底回空，过关即在九月初，归次守冻，势必致误开兑之期。所有仓场先行截拨，起四存六，系一面办理，一面具奏，迄今尚未接奉谕旨。臣与坐粮厅谈祖绶悉心商酌，诚恐粮艘既因守水迟滞于前，复因截留耽延于后。其浙江等帮粮船，现在仍照起四存六逐日催行，以收尺寸之效，兼备赈恤之需。合无仰恳皇上天恩，饬下仓场侍郎，据现在情形通盘筹画，再行详议具奏。恭候命下，臣等遵照办理。奏入，上命军机大臣传谕达庆、邹炳泰曰：此次截留漕米，前据熊枚奏，将应截漕米分贮郑家口、泊头及天津北仓三处。业经降旨准行。周廷栋想尚未奉到此旨。至刻下赈务既关紧要，而漕船回空又不可过于迟缓，致误兑期。著达庆即亲赴天津一带，督率坐粮厅谈祖绶等，会同周廷栋，察看情形，妥筹办理，务于赈务有裨，而回空不至迟滞，方为妥善。并著将如何截卸之处，据实奏闻。周廷栋原折一并抄寄阅看。

同日，阿隆阿、张端城奏言：臣等遵旨查看天津水势，当于二十七日驰诣前往，由通州雇舟趱行，一路河水日消，业已归槽。惟距天津三十余里之桃花口至府城，水急溜紧，连日大风，空重粮艘及买卖船只俱停泊难行。臣等不敢观望迁延，于初二日行抵津郡，初三日卯刻，会同该处盐政、巡漕御史、镇道府县各官，登城四望，一片汪洋，漫无边际。附郡东北两面关厢地势较高，水尚未及城下；其西南两面地本低洼，城下水深二尺有余，两门皆掩土紧闭，附近村庄均被淹浸，其关厢房舍大半坍塌。各灾黎即于城上搭盖窝铺居住，并于城内庙宇安栖。查看城下退水痕迹，已落有二、三尺不等。现在该处地方各官妥为安顿，并城内设粥厂二处，每日男妇领粥，约有四千余名。臣等复往北门外沿河查看，至芥园地方，该处附近城垣实为津郡保障。其西岸已与淀河通连，水势浩大。东岸甚为紧要，现于原堤之上，复又培筑新堤，约高五尺。水势已渐减落，阖郡官民称庆。并据文武各员口称，往年海中收水，总在白露以后，今自六月二十三日起，天气晴霁，水势逐日渐落，顺流归海。臣等于初三日恭诣天后宫海神庙，虔诚礼谢。查天津县被水实为最重。所有空重粮船，据巡漕御史周廷栋称，重运二进，尚有八帮未过津关。三进已入直境者七帮，俱于唐官屯至津关沿河一百八十余里，次第住泊守水。未入直境者，尚有三十四帮。回空头进粮船，于六月初三日以前过关南下者，共计十四帮；其余三十六帮，亦守水未行。臣等嘱在津各员，空重粮船俱宜慎重，不可冒险前进。现经仓场臣遵旨令坐粮厅谈宜绶来津，在于各帮截留米石，存贮天津备拨。已自江淮五帮开斛截留。奏入报闻。

初九日（癸未），军机大臣庆桂等奏言：臣等遵旨派军机章京德宁额恭赍恩赏荔枝二枚，前往卢沟桥，面交那彦宝，当经那彦宝叩头祗领讫。并遵旨询问现在水势尺寸及办理堤工情形。据那彦宝等称，卢沟桥河水，数日前有七尺余深，连日天气晴霁，日渐消落，漫口尚有四尺余深。下游漫口土草各工丈尺做法，今早始据永定河道陈凤翔等开单呈报。那彦宝、巴宁阿即于今日前往覆勘，俟确切查明后，再将应需银两若干并兴工日期，具奏请旨。再，查初八日在卢沟桥领赈附近灾民，男妇大小共八百二十名口；外乡前来就赈灾民，男妇大小共八百八十一名口。但此项附近灾民，于天气晴霁，间有散往各处佣工餬口，至阴雨时始来领赈。是以每日需用米石，并无一定之数等语。熊枚因现在长新店一带查办赈济事务，所有恩赏荔枝，当经那彦宝派员恭赍送往。再，臣等遵旨派军机章京富绵恭赍恩赏荔枝，前往永定门外面交汪承霈，当经汪承霈叩头祗领，并遵旨询以连日水势及散赈情形。据称现在连日天气晴霁，南顶一带，积水日渐消落五六寸不等。至领赈饥民，现在永定门、右安门外两处，约共二万九千数百余人，较前并无增多。所有恩赏米石，因人数众多，若一时放给，恐致拥挤。现在按照村庄户口，酌分三起，每日放给一起，每起放给三日口粮。自初一日起轮散，周而复始，每日约用米八九十石不等等语。奏入报闻。

初十日（乙酉），上谕内阁曰：前因永定河决口四处，应行赶办堵筑事宜，特派侍郎那彦宝、武备院卿巴宁阿、驻扎东岸侍郎高杞、莫瞻菉驻扎西岸，分投督办。嗣据那彦宝等四人奏请合驻一处，商同堵筑。现在已阅一月，尚未施工。因思该侍郎等四人同办一事，倘议论纷歧，于要工转致稽缓，且本衙门亦均有应办之事，侍郎高杞、莫瞻菉，俱著即回京办理本衙门事务，所有堵筑漫口工程，专交侍郎那彦宝、武备院卿巴宁阿，会同署直隶总督熊枚上紧督办。

同日，上谕内阁曰：现因近京一带被水，穷民亟须抚恤，业经加恩多方给赈，以资餬口。但救荒之策，莫善于以工代赈。除永定河漫口淤沙赶紧筑浚，任其佣工外，因思附近城河等处久未挑浚，多有淤滞，以致骤雨不能消涸。著派侍郎高杞、莫瞻菉，会同各该管衙门，将护城河及旱河等处通行查勘，将应行疏浚之处，即雇集附近穷民兴工挑挖，既可畅消积水，亦可安抚灾黎，于工、赈两有裨益。

同日，明安奏言：臣于初九日寅刻前往卢沟桥查勘被冲堤岸情形，至辰刻过桥沿堤而下，亲至淤沙处所详加查勘，直至东堤冲决地方，距桥十里有余，其下游均被沙淤，直如陆地，而冲决堤口翻若正溜。臣目力所及，不过一二十里，及细询该处民人，佥称自此以下，绵亘一百七八十里淤塞地方，与此无异。必须于正河身内冲决之处深加疏浚，使之汇归堤内，则横流之水自可安澜。除此别无疏泄之法。至被冲之处，系二十三号堤岸，开决三段，浸涌南苑、黄村、芦城等处，水势迅急，未见甚消。其余诸处，水势日见退落。此皆臣查勘现在情形。再，臣至卢沟桥，时值那彦宝、巴宁阿前往查工，未得面见。及臣回桥时，仅与高杞、莫瞻菉相遇，谨将谕旨传谕二人，据高杞等覆称，俟那彦宝、巴宁阿查工回来，商酌妥协，再行具奏。奏入报闻。

同日，御史胡钧璜奏言：窃自河水漫决以来，上廑圣虑，日夜焦劳，查灾散赈，所以为灾黎计安全者，固已无微不至。但救灾之策，急则治目前之性命，缓则图日后之身家。闻城外嗷嗷待哺者不下数万人，虽蒙圣恩多方赈恤，可保无恙，惟念嗣后天气渐次寒冷，野处既恐难存，且灾民宜散不宜聚，自应急图安置之法，以期久长。查京城庙宇，内外约有五千余座；又王公大臣以及文武各官员并铺户之殷实有力者，统计亦复不少。以此数万人寄食于诸有力者之家，如京城雇工之法，少则一二人，多则三四人，或五六七人，量力厚薄，分匀散给。在灾民，感豢养之恩，服役用劳，自必各尽己力；在寄食之家，不过如雇工多用几人，所费者少，而所全者正多。仍令五城、大宛两县官为经理，将某人分给某家姓名、数目详细注册，有不安分者，禀官责处，或另为分给，或即留于官署服役，待来岁春融，有愿各自谋生者，听其自便。是数万人之待命于一人者，散而布之数千百人之中，既分其啸聚之势，复去其饥寒之苦。圣主宵旰之忧思，或亦稍分于万一也。有谓灾民不可使令进城，恐滋事端。夫灾民皆良民耳，得其所而其心安矣。夫复何虑？此臣愚昧之见，是否有当，伏祈皇上饬下九卿酌定章程，妥议具奏。奏入，得旨：此事可行、不可行，朕不先定主见，九卿议奏上时，再降谕旨。

十一日（乙酉），那彦宝、莫瞻菉、巴宁阿、高杞奏言：本月初九日，步军统领明安到卢沟桥工次传旨，此时水势消落，河底止深四尺有余，是否可以开挖引河之处，饬令据实奏闻。臣等到工以来，往来查勘，悉心筹度，亟思开挖引河，掣溜归入河身。第现在永定河下游漫口十八处，尚未堵筑。自卢沟桥以至下游漫口一带，淤塞均未清挖。倘径引溜归河，不但为淤垫高仰之处所阻断，不能畅其溜势，且恐漫水旁溢，转冲及下游诸处决口。此堵筑漫口、挑挖淤塞以前，引河之不敢轻议举行也。臣再四思维，欲使河水畅流，必须自卢沟桥起，至下口一百八十余里，将淤塞处所，相度高下、宽窄情形，于中泓疏挑，一律深通，然后开挖引河，掣溜归槽，方能畅流而下，无虞阻滞。惟刻下时未白露，尚在秋汛之期，水势长落靡常，仍恐旋挖旋淤，徒滋糜费。至漫口处所，臣等拟于数日内即行奏请先开土工，次办石工；再一面将淤仰处所赶紧疏挑，以备将来开挖引河吸溜归槽地步。如此次第办理，似觉事半功倍。其一切石土各工做法及应需钱粮，臣等另行详细缮折奏请圣训外，所有现在不能开挖引河缘由，理合恭折覆奏。奏入报闻。

十二日(丙戌)，熊枚奏言：臣暂署直隶，督篆一切工赈事宜，均资熟手。臣前抵保定时，即经奏调赵州直隶州知州薛学诗赴工听候差遣在案。查该州系江苏如皋县监生，年五十六岁，在直二十九年。臣前任顺德府知府时，即知该员朴实，办事认真。兹调赴工次，访询一切挑浚、堵筑及办理灾赈各事宜，俱能分晰详明。追查考例案，核与所陈，均属符合，实属直省州牧中熟谙练达之员。该员在直年久，素为出力，臣又调赴工次勷办一切，不辞劳瘁，自宜量加鼓励。查前次直省奉旨保举堪胜知府，前督臣未及举行，似应遵照此例，仰恳皇上天恩俯准，将赵州直隶州知州薛学诗先行赏给知府职衔，俟工赈完竣后，再行给咨送部引见，将该员仍留直省恭候简用。如蒙俞允，不特该员感激天恩，益图报效，臣亦得收指臂之助。臣为工赈需人起见，不揣冒昧，奏请逾格加恩，伏候训示施行。奏入，上命军机大臣传谕熊枚曰：熊枚前抵保定时，曾奏请将薛学诗带赴工次帮办一切。该州熟悉例案，固属得力之员，但此时堵筑挑浚事宜尚未兴工，未便遽行加恩，暂令军机处存记，俟工赈告竣后，如该州不辞劳瘁，始终出力，著有成效，再降谕旨，赏给知府职衔可也。

钦定辛酉工赈纪事卷十四

七月十二日（丙戌），御史和静奏言：京城一带澍雨连旬，河水陡发，灾黎趋赴京畿，如赤子之就慈母。现今赈厂既多，聚人必众，蚩蚩之民安于现食，岂知远谋？秋令渐寒，势难露处，苟不示以久远之计，究恐难于善后。目今水过之区，田庐可复，淤地可耕，或种菜蔬或种秋麦。有地者固宜归谋经理，无地者亦可佣工力食，较之仰食异乡，栖身无所，情形自属不侔。此前人救荒议内，原有资助回籍之一说也。况各灾区已奉恩旨蠲免钱粮，并令开厂设赈，是灾民回籍，既可就近领赈，又得各自谋生，最为妥协。但非先期晓谕，仍恐愚民只顾目前，未能遍悉，似宜限定京城施赈之期，并将各处设赈及水退后可以经理生计情形，明白宣示，兼令放赈官役面加劝谕，令其及早谋归就食，庶民人逐渐散归，不致久去其乡，生理可谋，抚恤亦易。否则来而不散，聚者日多，虽国家大赉频施，恐亦难继其后；且各灾民一时虽得餬口，将来何以自存？饥寒一至，宵小生奸，似应豫为筹及者。祈敕下廷臣妥议为灾民久远之计，并消弭一切于未然。是否有当，伏乞皇上睿鉴施行。奏入，得旨：此奏似属可行，九卿并议具奏。

十三日（丁亥），大学士庆桂奏言：本月十二日，臣遵旨会同明安、熊枚前往卢沟桥一带查勘永定河漫工情形，当即亲赴西岸二十三号石工，绕至东岸石工及东岸土工，逐处详细查看。现在二十三号漫口水深约有二三丈，东岸头工漫口水深约有数尺及丈余不等，俱掣大溜，缘河身下游淤塞高仰，与堤顶相符。目下必须先将下游淤塞处所，酌量河身宽窄，或开槽三四道，或一二道，并将下游无水土工、上游无水石工次第兴筑，漫水自易归槽。臣面询那彦宝、巴宁阿，亦俱称先挖淤沙，开槽引溜，为目前要务。但现在时未白露，水势长落无定，不但下游淤沙尚有积水，即上游亦难施工，且恐旋挖旋淤，于事转为无益。现已悉心商酌，拟于一、二日内将筹度兴工缘由专折具奏等语。臣思白露节气距今仅半月有余，为日无多。届期一面开槽挖淤，一面修筑堤工，可期事半功倍。询之明安、熊枚及永定河道陈凤翔等，意见均属相同。奏入，得旨：允行。

十五日（己丑），那彦宝、巴宁阿、熊枚奏言：据永定河道陈凤翔、候补盐运使嵇承志等勘估下游南北两岸漫口、土埽各工，计三千二百四十九丈。内除现在有水决口五百五十二丈尚未估计外，所有即时应修十七处土埽各工应需土方，并桩、麻、秫秸、柳枝、稻草、夫价银两，按工部例价合算，共需银三万六千一百七十四两零。按市价合算，需银八万九千余两。例价外，尚不敷银五万三千余两，缮写清单呈报。臣等公同酌议，各省一切工程俱有例价可遵，断无舍例价而用市价之理，严行驳饬。复据该道等禀称，向来岁修、抢修各工，俱系汛员承办，遇有重大要工，沿河州县均有责成需用夫料，总督转饬地方各官雇办。嗣于嘉庆四年，经升任江宁藩司孙曰秉条奏，奉上谕：河工省分各设厅汛员弁，专管修防。若派州县代办，不但本任公事旷废，兼至赔累难堪。嗣后遇有挑筑工程购料雇夫等事，不得调用州县等因。从前州县雇办之时，各项夫料俱按例价饬发，设有例价不敷之处，沿河州县各顾地方津贴，在所不免。今现奉饬禁，自应遵行。惟是各项料物例价，与市价原有不同。本年雨水过多，附近地方多被淹浸，百物无不昂贵。即如秫秸，例价每束连运价银八厘，石灰每斤连运价银一厘，以目下之市价核计，大相悬殊。若用市价采买，而照例价报销，其不敷银两实属无从著落，委系实情，并无捏饰。不但现在办理土工应需土方桩埽，即日办理石堤灰斛木料、挖淤夫价等项，亦均请照依市价采办。臣等伏思例价既不敷用，除用市价采买及派委州县代办之外，别无他法。若奏令地方官代为采办，诚恐累及闾阎；若奏请按照市价办理，而每岁内外工程不可胜计，倘互相效尤，亦非慎重钱粮之道。然目下永定河石土草坝及挑挖淤仰各工所需物料，较比往岁不啻倍蓰，而直省各州县被水之区已属过半，不得不因时调剂，以济要工。可否将此次河工需用一切料物等项，照依市价购买办理，庶灾黎不致扰累，而要工亦得办理裕如。臣等为调剂要工起见，不揣冒昧，据实奏明，伏候训示。现在修筑挑挖各工急应次第赶办，而道库仅存银一万二千两，断不敷用。应先请帑银一百万两，以便采办料物，上紧兴修。俟用完之时，再行请领，务期工归实济，帑不虚糜，以仰副皇上委任至意。再查河工定例，遇有土堤漫口，向照销六赔四之例，按十成之数，以六成作销项，四成作赔项，著落现管河道承修各员分别摊赔。至堵筑石堤及挑挖淤塞，向不在应赔之例。但今岁永定河石土各堤漫涨，决口多至三千数百丈，皆因下游高仰，历来各员失于疏浚所致。现在请帑兴修，经费浩繁，若仅将修筑土堤之费著落现在经手承办之员照例分赔修筑，不特赔项无多，不足以资公用，且使历任各员转得置身事外，亦不足以昭平允。臣等公同酌议，除修筑土堤之费，仍照例著落现在经手承办之员摊赔四成外，其堵筑石堤及挑挖淤仰各工费，著落自乾隆三十八年起，至嘉庆五年止，历任直隶总督、永定河道暨厅汛各员，分别在任久暂，酌量摊罚，以示惩儆。容俟估有确数，再行缮写历任各员衔名及通用银数清单呈览，其应准销若干、摊赔若干之处，恭候钦定。奏入，上谕内阁曰：那彦宝等奏请拨发帑银一百万两以备永定河采办料物，著照所请，于部库内拨银五十万两，内务府广储司库内拨银五十万两，交那彦宝等收领备用。至所称需用料物，因附近地方多被淹浸，百物昂贵，例价不敷，恳请照市价购办。本年永定河决口漫溢，所需料物较之往年多至数倍，而直隶州县多半被灾，秫秸等项不无短少，兼之道途泥泞，远处一时不能运到，市价昂贵，自系实在情形。所有此次永定河物料等项，著加恩准其照依市价购办，以济急需。但时价长落不一，此时虽属昂贵，转瞬水退道干，价值自必逐日渐落。那彦宝等惟当随时确查料物贵贱情形，饬令承办之员据实报销，不得以目前最昂之价为准，藉口浮冒。至河工定例，土堤漫口系销六赔四，著落各员分赔；至堵筑石堤及挑挖淤塞，向无应赔之例。现在永定河工各堤决口多至三千数百余丈，皆因下游高仰所致。历任各员因循玩误，不肯随时疏浚，以致下壅上溃，冲决石堤，咎无可辞。若不责令赔修，是贻误各员转得置身事外，不足以昭平允。除修筑土堤仍照例著落各员摊赔四分外，其堵筑石堤及挑挖淤仰各费，著那彦宝等估计用银确数，查明自乾隆三十八年起至嘉庆五年止，历任直隶总督、永定河道暨厅汛各员，分别正任署任、年月久暂，开单具奏，酌令摊赔，以示惩儆。

同日，特清额奏言：本月初十日行抵天津，先诣天后宫海神庙虔诚拈香毕，入城登埤履看。四乡投来及接救被水灾民，计四千余人。有于城上结篷栖止者，有于空庙存身者，日领粥赈，果腹宁帖。羁留穷乡小民，亦经该县钱米并施，时常接济，无使枵腹。查看城外漫水痕迹，已消落四五尺不等。附郡紧要堤埝，地方文武加高加厚，保障稳固，军民安堵。臣由通州一路行走，留心访察。武清县安抚灾民，尚属合宜得济。惟通州办理尚未尽善，虽设有粥厂，而食粥之人甚属寥寥，半是本处无业游民，其四乡实在灾黎未闻设有接济之法。臣面饬该州牧潘仁，应仿照京城抚恤之法，扎筏运送饽饽，暂资口食，勿致饿殍。至北运河水势渐次消平，虽纤道断续不连，舟行不致冒险，停泊重运尽可开行，未便畏难惮进。此次帮船延滞月余，计算抵通回空，当届深秋，归次已迟，势致守冻，有误开兑之期，尤关紧要。臣抵津之日，即晤巡漕御史臣周廷栋，面商重运开行之事，意见相同。现在严饬沿河将弁，于重运开行时，小心护送前进，早抵通仓。再，仰蒙皇上天恩截留漕船一项，天津应留米二十万石。现经坐粮厅谈祖绶于七月初二日，自江淮五帮起，截四留六，办理迅速。臣伏思此项截留帮米，原为急救灾黎之需，若拘泥往例，俟清查户口后始行散赈，层层辗转，势必延至冬底，为时未免过迟。灾黎较众，赈费浩繁，各州县情形不一，或有仓谷可动，或能有垫用之项，尚可通融接济，其无术筹画之地方官，势致灾黎失所，转非所以仰体圣主如伤在抱之鸿慈。可否量为权宜，请将恩赏截留漕粮六十万石，准各按十之二三先行开支，以便即时抚恤。将来大赈时，道路通达，灾民内必有投外四出谋寻生计之人，领赈者自应较前减少，断不致有增。下存漕粮，仍足敷用。如蒙俞允，恭候命下之日，臣即咨会督臣，檄饬各该地方官遵照速即承领，早济灾黎，实有裨益。臣即日前赴海口地方查看水势情形，往回约需五、六日，暂令镇臣福会在郡策应一切。臣查毕海口回抵天津时，福会即驰赴安陵，照料后帮入境船只。

同日，漕运总督铁保、巡视济宁漕务御史五德、兖州镇总兵博奇奏言：臣等于七月十五日，将江西尾帮催出临清闸河，正在分投赶趱入直，接据苏松粮道李奕畴禀报，天津海口一带，系南北发水汇归之所，情形险要，各帮停待多日，未便再迟。现拟雇备大小锚缆船只，设法保护前进。臣铁保因临清一带开口关系紧要，不能分身，当即飞派老练备弁六员，星赴该处董率办理。伏查已过德州未过天津者，不下三十帮。是刻下情形，尾帮即全入直省，而在前多帮不能速过津关，仍属迟缓。若拘泥向例，俟全漕挽出东境再行赴彼，前途难免阻滞。现在临清水势渐消，因公同商酌，臣等分投督催查办，总期不误回空期限，方于公事有益。均奏入，上命军机大臣传谕达庆、铁保、周廷栋、特清额曰：铁保等奏，漕船各帮在天津停待多日，未便再迟。现拟雇备大小锚缆船只保护前进，以期不误回空。漕船冬兑冬开，例有定限，必得赶早抵通，回空始无迟误。但现在天津海口一带水势甚大，若铁保等催趱过迫，冒险行走，设有疏虞，不但米石沉失，兼致损伤人口，且船只一经沉溺，又焉能依限回空，于事何益？铁保等务当加以慎重，固须顾及回空程限，尤不可专事催促，以致欲速转迟。并著会同达庆、周廷栋、特清额悉心筹画，令帮船不误回空，而行走仍不涉冒险。或将漕船于沿途地方起留存贮之处，妥筹速奏。又据特清额奏请将截存漕米六十万石先行开支，以资急赈，及通州办理赈务未能尽善等语，已另谕熊枚办理矣。

同日，上命军机大臣传谕熊枚曰：前因直隶被水地方较广，目前赈务极为紧要，是以降旨截留漕米六十万石，并节次谕令，将此项米石分贮郑家口、泊头及天津北仓等处，以备拨用。原因灾民等待哺嗷嗷，必应早为抚恤，各州县得有此项米石，均可随时散放，庶于急赈有裨，并非欲俟各处清查户口后始行散给也。今特清额请量为开支以资接济，自应如此办理。著熊枚即将该处所留米石，酌发十之二三，交该地方官速行赈济，务令灾黎早沾实惠。再，朕闻京东一路安抚灾民，武清县所办尚属妥贴。惟通州地方，虽设有粥厂，而食赈之人半是本处无业游民，其四乡实在灾黎转致向隅。自因该知州办理未能妥善，而该道阿永又系甫经到任，著传谕熊枚即行确查，或添委妥干之员前往帮办，务令被水灾民不致失所为要。

同日，台费荫、陈霞蔚奏言：霸州、保定俱已抚恤完竣。臣等前后驰抵文安，连日分路督同该县佐亲赴各村散放。查文安地势最洼，形同釜底，全赖堤埝以为保障，设有漫溢，其水总归本处，且河身高于粮地，水无出路。嘉庆四五两年，偶遇偏灾，仰蒙皇上蠲赈并施，有加无已，灾民并未失所。本年六月初旬连日大雨，河水骤长，漫决堤埝，以致旱地刻成巨浸，不惟田禾尽没水底，抑且民舍多被冲淹。该县城垣四面俱被水浸，经该县筑埝堵御，水未入城。此文安被水情形，在南路七属为最重也。各村灾民畏水情急，乘筏坐船，奔赴城内栖止者，不下一万余人。先经该县张桓设法安置，每日煮粥散放，以资餬口。臣等察看人数过多，势难分户散给，当即按口分散银米，共散过一万八百七十九口。其余各村，仍照抚恤例案，按户散放。近日水势消退四丈有余，所有城内各灾民陆续散往他处并分投亲属寄寓者，已有大半。查该县所属三百六十村全行浸淹，村民逃水外出者十居二三。现在水深尚有五六尺至丈余不等，远近居民未能闻风就赈，必须移粟就食。兼之水势深阔，风信靡常，势难克期告竣。臣等不胜焦急，现已飞调邻封佐杂等官帮同散放，务期迅速蒇事。臣等仍不时按村抽查，以防克扣浮冒情弊。至大城县被灾亦重，似应一体即为抚恤。臣等若俱在文安督办完竣后，再赴大城，诚恐缓不济急。公同商酌，臣台费荫暂住文安督办，臣陈霞蔚先赴大城急为抚恤，亦照霸州、文安等一律办理。臣台费荫俟文安赶办完竣，亦即星赴大城。其用过银米数目以及散过各户口，另饬该县备造清册，详明直督核实报销。再，南路各属，尚有东安一县未经查勘，闻该处被水稍轻，一俟东安查竣后，臣等即遵旨取道前赴天津。合并陈明。奏入，上谕内阁曰：此次文安被水情形最重，台费荫等将城内栖止灾民按口分散银米，共散过一万八百七十余口。其余各村，仍按户散放。复因大城被灾亦重，陈霞蔚先赴大城急为抚恤，台费荫暂住文安督办赈务，事竣后亦即星赴该处。并据奏称，尚有东安一县未经查勘，俟东安查竣，即取道天津等语。前因近京州县多被水灾，特派台费荫等八员分四路悉心查勘。又思被灾民人嗷嗷待哺，刻不能缓，复经降旨传谕台费荫等察看被水州县，有急需给赈之处，一面奏闻，一面动帑开仓赈济。四路查灾卿员，均经接奉此旨，惟南路台费荫、陈霞蔚二人，实能遵照谕旨，妥为办理。是以前次照部议各加一级示奖。其北路本未被灾，恩普、范鏊自无需在彼办赈。至西路一带，均有待赈灾民，而窝星额、广兴查至涿州，仅开户口清单入奏，遽行回京，并未办理。东路被灾各处，阿隆阿、张端城目击情形，竟置之不办，转称本年麦秋丰稔，不致缺食。及接奉派往天津查勘之旨，又不即行前往，实属怠惰偷安，苟且因循，玩视民瘼，咎无可贷。前此部议上时，皆应分别降革，经朕格外施恩，将窝星额降级准抵，广兴以革职留任注册，阿隆阿、张端城仅予降调，尚觉从宽。窝星额、广兴著该部存记，三年内遇有应升缺出，俱不准开列。阿隆阿、张端城三年内亦不准保送升迁，以示惩儆。

同日，明安、恭阿拉、国霖奏言：本年六月内雨水过大，圆明园一带猝被水浸。经臣明安面奉谕旨，令将熙春园前旱河并香山一带旱河赶紧估计，派拨步甲挑挖，以防积水。臣等随派员踏勘，业经奏明赶紧挑挖在案。续据奉宸苑将紫禁城内外各筒子河，并圆明园红桥引河及各门外护城河现在淤浅丈尺，分别急挖、续挖奏明，交臣衙门估计后，拨派步甲清挖。臣等正在派员查估间，于本月十二日钦奉上谕，派侍郎高杞、莫瞻菉，会同各该管衙门，将护城河及旱河等处通行查勘，雇集穷民，兴工挑挖。仰见皇上轸念灾黎，有加无已。查熙春园并香山旱河等工，臣等前已奏明，现在派拨步甲按段挑挖。至奉宸苑所开册内应行即时清挖之圆明园红桥引河一段，查此河即系熙春园所挖旱河上游，自应归并一手。臣等伏思紫禁城内外各筒子河及大城以内应挖河道，系属紫禁重地，仍令步甲挑挖，以昭慎重。其各门外护城河并旱河等处，应遵旨即交高杞、莫瞻菉二人，会同奉宸苑，招募民夫，酌量办理。如蒙允准，臣等即将红桥迤东引河一段并紫禁城内外各筒子河及大城以内各河道，派员赶紧估计具奏，以便即时清挖。奏入，得旨：允行。

同日，阿隆阿、张端城奏言：天津为诸河下游，众水汇归，悉由海河入海。海河共长一百六十余里，闽广洋船，即由此河出入，向无堤岸。河西有叠道一条，仅长六十余里，高三四五尺不等。上建石闸七座，闸口开引河七条。伏秋以后，低洼之处存有沥水，开放闸门宣泄入河；伏秋期内，海河水长，闸门即行堵闭。又海河之水随潮长落，夏令长潮较大，落潮较小。河水涨盛易而消退难，是以向有夏间海不收水之说。过白露后，则长潮渐小，消水始易。此海河水势之实在情形也。海河上游，南为南运河，北为北运河，在津城东北之岔河合流，于西沽地方，又汇大清、永定、子牙诸河之水。本年六月内，北运河上游诸水同时并涨，陡长丈余，与西沽大淀连为一片。南运河自静海之独流以下，有西堤一道，原为滨临淀泊，遇运河水涨之时，藉以宣泄。今淀泊之水，反由堤倒灌而入，致南运河下游水阻，不能畅流。六月中旬，风雨甚大，以致水势日增，海河水涨出槽，漫过叠道之处，泛滥四出，直抵城根。查天津东北两面关厢，地势较高，房屋尚属完固。其余二百九十余村均被淹浸。此津郡四境被水之实在情形也。幸现在海口收水，水势日消，经该处地方官遣派委员，船载钱米，妥为抚恤，近乡被水难民俱迁徙入城，散居寺院，搭盖棚厂栖止，并经煮粥赈济，不致稍有失所。至近日北运河空重粮艘，现已通行。惟近津一带，水势虽渐减落，仍有溜紧湍激，纤道未尽涸露之处，约计截留漕米，尚有数日耽延，彼时水势自必更见消退，定可遄行无阻。此粮艘挽运之实在情形也。臣等自天津起行，因系上水逆溜，舟行驶挽迂缓，是以回京稍迟。伏思臣等前次查勘被水地方，种种拘泥糊涂，上负委任深恩，自问罪无可逭。兹蒙皇上逾格鸿施，不加重谴，仅予降调薄惩，闻命自天，感愧无地。嗣后惟有黾勉办公，倍加敬慎，以期仰报高厚鸿慈于万一。奏入报闻。

钦定辛酉工赈纪事卷十五

七月十六日（庚寅），福会奏言：天津一带被水成灾，仰蒙皇上轸念灾黎，恩施截漕六十万石分备赈恤，复于运库拨银二千两急为抚恤，圣恩优渥，无微不至。灾黎无不同深感激。惟查兵丁向无领赈之例。本年自六月朔日以后，连次大雨，河水涨漫，营汛俱被水围，兵丁房间坍塌无数。天津所属二十三营，惟葛沽一营存城兵丁居住，系从前满营旧存营房，现据呈报，被水淹浸，所存无几，向系兵丁自行修理。其余各营兵丁，俱无官建营房，皆系附近营汛处所，与居民毗连居住，遇此雨水过大，多半倒塌。该兵丁等所关钱粮，虽已足资餬口，而家室飘零，栖止无所。津属二十三营额设马步守兵六千三百八十六名、出师之兵七百五十六名在内，除未经被水及被灾较轻之营汛不计外，现据各营汛具报，统计被灾较重者约有七成，数在四千余名。现经办理抚恤灾黎以及将来大赈，各城乡市镇设厂处所，皆须派拨官兵弹压照料，若不量为筹画，兵丁栖身无地，衣食艰难，目击远近灾民均得仰荷皇恩，不免向隅。伏思皇上爱民恤兵，恩加无已，可否仰恳天恩，赏借被水较重各营兵丁一季饷银，约需一万六七千两，请就近在于天津运库拨给，俾兵丁早得修盖房间，复业栖止。该兵丁等仰沐皇恩，自必倍加感奋。奏入，上谕内阁曰：前因天津一带被水，难民急须赈济，业经降旨截漕、发帑，叠沛恩施。因念该处兵丁同罹水患，生计维艰，著加恩交该督等查明被水较重各营兵丁，赏借一季饷银，就近在天津运库内拨给，俾兵丁等得资接济。所借银两分作八季，在于该兵丁名下应领饷银内，由藩司坐扣，移交运库归款，以示体恤。

同日，汪承霈等奏言：右安门外，散放赈米已逾半月，民情甚属宁帖。惟所放米石，每日多寡不等，约计日需米八十七八石，原领米二千四百石，不敷一月之用。仰恳皇上天恩，再赏拨京仓稄米二百四十石，以资接济。奏入，上谕内阁曰：汪承霈等奏，右安门外散赈，约计日需米八十七八石，原领米二千四百石，不敷一月之用，请再加恩赏拨京仓稄米二百四十石等语。著照所请，再拨给稄米二百四十石，以资接济。俟一月期满时应否展赈之处，仍著汪承霈等察看情形，据实具奏，候朕降旨。

十八日（壬辰），上命军机大臣传谕熊枚曰：本日扎郎阿自东陵回京召见时，询以经过地方情形，据奏蓟州东门外，至桃花寺一带，蝗虫积地至一二寸等语。本年直隶被水州县甚多，蓟州地势较高，未经浸淹，秋禾尚冀有收，今又滋生蝗蝻，必致有伤禾稼，殊深廑念。何以总未据熊枚奏及，是否尚未接到地方禀报？著传谕熊枚即派妥员迅速前往查勘，将该处被蝗情形据实速奏，不得因现在直省被灾州县纷纷办赈，遂视蓟州一处被蝗无足重轻，稍存讳饬。并此外附近地方有无被蝗之处，亦著一并查奏。

同日，明安等奏言：前经臣等以大城以内各河道，若招募穷民，恐有未便，应照例仍派步甲挑挖其大城以外护城等河，遵旨交高杞、莫瞻菉会同奉宸苑踏勘办理。臣等当即派员，将步甲应行挑挖各河道，照依奉宸苑送到河身宽长及停淤丈尺详细踏勘。去后兹据该员等禀称，查得圆明园红桥迤东，至熙春园西南角引河一道，又紫禁城内外及大城以内各河道，通共凑长四千一百二十四丈五尺，其淤浅处，自二三尺至六七尺不等，共土方二万八千九百四十六方九分，按例计算，共用银七万五千十二两九钱估计前来。臣等伏查，前次估计挑挖熙春园并西大河淤浅工程，议定嗣后遇有派拨步甲挖河等工，每名七分五厘饭银内，毋庸遵照向来每名扣留银二分五厘之例。今实给银六分，仅止节省银一分五厘，其节省之银，仍照旧例存于臣衙门，以备正项开销。前经办理在案。今此项工程，应仍照上次所奏，按六分放给，共实用银六万十两三钱二分，节省银一万五千二两五钱八分，共银七万五千十二两九钱。应请仍在广储司库内领出，以备赶紧办理。统俟挑挖洁净时，臣等亲往各该处照估查收。奏入，上谕内阁曰：明安等奏估挑挖紫禁城内外大城以内各河道及圆明园西南角引河，通共土方银七万五千十二两零，请在广储司库内领出赶办一折，皆缘历任承办官员及管理大臣因循不办，藉词省费，年复一年，听其淤塞。设伊等早能随时查办，间段兴挑，则每年所费亦不过数百金，或千金而止，又何至此时需费至七万五千余两之多乎？是历任之大臣官员，惟知顾惜小费，存心玩忽，转致此时多縻帑项，咎实难辞。著交明安会同管理奉宸苑大臣丰伸济伦等，详查乾隆五十年以后所有承办官员、该管大臣分别著赔，以示惩儆。现在开工紧要，著先于内务府广储司库内拨银一万两动用，一面挑挖，俟查明各该员等应赔银数奏上时，再降谕旨。

十九日（癸巳），上命军机大臣传谕熊枚曰：本年六月初旬大雨连绵，几及一月，以致水势涨溢，永定河决口数处，直隶各州县大半被水，民舍、田禾多被淹浸，实非寻常偏灾可比。当经分派卿员四路查勘，谕令一面奏闻，一面开赈。旋即动拨帑银十万两，截留漕米六十万石，并于京城附近一带拨给银钱、米石，分厂赈济，以救灾黎。朕思灾祲之事，倘经督抚奏闻，不即降旨发帑开仓赈济，是朕之过；若既拨发帑金，截留漕米，而办赈之地方官未能经理妥协，以致穷民不沾实惠，则臣下不能宣布德意，咎实难辞。近日科道条奏，每虑及各处灾民来京觅食。其最不可行者，如胡钧璜之欲令王公、大臣、官员及各庙宇铺户等分养灾民，固属纰缪。即和静所奏，欲京师限定赈期，劝谕灾民早回乡里，亦无此办法。试思各州县灾黎，如果纷纷赴京就赈，必因州县散赈或侵蚀肥己，或假手吏胥，从中冒滥，有名无实，以致百姓不能存活，弃家觅食。否则，人情莫不系恋乡土，孰肯舍近图远？假如京师办赈并不认真，则远处灾民亦未必闻风踵至也。现在京城各厂所赈多系附近人民，并有数目可稽，其外来就食者人数不多。目今各州县正届大赈之期，此后如有流民自远处地方来京领赈，则是该州县办理不善之明验。无难询明系某州、某县民人，不待该督等参奏，即可指名究办。即如现闻通州赈恤灾民，办理未能妥善，已谕令熊枚确查，或添派干员前往帮办。恐此外各州县似此者，尚复不少。熊枚现署督篆，驻扎工次，陈大文不日即可抵京，熊枚俟陈大文接印后，不必留工，著即周历直隶办赈各地方详细查勘。如果地方官有实心办赈，民情宁帖者，即将该州县存记，以备升调；倘有玩视灾务，将赈饥银米侵牟入己，即当奏明正法；即无侵牟之事，或任听吏胥中饱，致小民不得实惠，一经查访得实，亦应严参惩治。此事专交熊枚查办，倘稍有徇隐，咎无旁贷。凛之慎之！

同日，大学士庆桂等奏言：御史胡钧璜奏请令王公、大臣、官员、铺户人等分养被水灾民，御史和静奏请劝谕灾民及早回籍各款。臣等会议得本年永定河水泛涨，冲决多处，仰蒙皇上轸念灾黎，截漕发帑，特派大臣分道查勘，煮赈以济其口食，搭棚以资其栖止，慈训谆谆，惟恐一夫失所。凡所以惠养而赒恤之者，无处不周，亦无微不至。乃该御史胡钧璜犹以人数众多，请分给京城内外庙宇及王公、大臣、官员、铺户之殷实有力者，如雇工之法，分匀散给。查被水男妇均系灾民，妇女之中有老有少，如果入庙居住，势不能将原有僧道概行驱逐，必致僧俗杂处，男女混淆，殊不成事。至于王公、大臣、官员受禄于朝，目击被水灾黎，自行赀助，原所不禁。若将现在灾民，自二三人至六七人，一概责令豢养，视如雇工，以平日力田手作之人，徒以偶值偏灾，一旦率其妻孥，下与奴仆为伍，灾民必不乐从。是该御史所奏，名为体恤灾黎，其实与犯属发给大臣之家为奴无异，持论纰缪已极。又如铺户人等，稗贩奇赢，本皆自食其力，更非王公、大臣可比，无端亦令多养冗食，自古无此政体。本年五月，陕西巡抚陆有仁参奏署白河县知县阿龄阿办理安插难民，将精壮男丁挑充水火夫，妇女强行婚配一案，钦奉谕旨，严切告诫。如该御史所称，五城、大宛两县官为经理，将某人分给某家，详细注册。有不安分者，官为责处，或即留于官署服役。其说果行，必至激成事端。与阿龄阿之见何异？所有陈奏各节，均毋庸置议。该御史于筹办工赈时，以万不可行之事逞其臆见，妄行渎奏，未便因其本系言官，置之不议，相应请旨将该御史胡钧璜交部照例议处。又御史和静奏请限定京城施赈之期，劝谕灾民及早回籍一折，查被灾贫民就食外出，所至官为给赈，本非经久之计。原应妥为经画，俾灾黎各归故里，不致日久失业。该御史所奏不为无见。但查小民之所以轻去其乡者，原出于一时之不得已。如果本籍地方官认真散赈，一切抚恤得宜，小民开赈旋归，其情无不踊跃；若州县办赈不得其法，造报户口动辄经时，极贫、次贫挨查不已，致领赈之人久候无期，即在籍者尚不免四散觅食，况外出者安肯归籍坐受冻馁？是目前安插抚绥之要务，不在劝令回籍，而在原籍地方官办理合宜，令其得所。应请敕下顺天府，将各州县现在通行办赈缘由出示晓谕，俾共闻知。并令直隶总督速饬被灾各州县，就本境地方多搭棚座及早散赈，毋令放赈吏役人等刁难勒掯，务期周遍无遗，并酌给修盖房屋之费，以供栖止。灾民等远赴京城领赈，不若归家领赈之便，自必扶老携幼，各归故土，有地者可以补种谋生，无地者亦可佣工食力，所有附近就赈之人日渐减少。彼时察看情形，自可将京城赈厂应否停止，再行请旨定夺。若如该御史所奏，将放赈日期豫为限定，转恐小民无知，妄生疑惑，以为朝廷为惜费起见，殊非圣主恩泽频施，有加无已之至意。该御史所请限定赈期之处，应毋庸议。是否有当，伏候训示。奏入，上谕内阁曰：本年京师自六月初旬大雨连绵，河水涨发，直隶所属各州县民田、庐舍多半被淹。灾祲示警，朕心深为兢惕，当即简派卿员分路查勘，谕令一面奏闻，一面开赈。即降谕旨分别蠲免钱粮，截留漕米六十万石，动支库项十万两，交熊枚等酌量分拨急赈。并于京城附近地方，拨发银钱、米石，设厂分给。又令兴工代赈，以期安抚穷黎。当此淫潦为灾，百姓流离失所，嗷嗷待哺，倘不立时降旨发帑开仓，多方拯救，其过在朕；若既有银米，而地方官经理不善，以致惠不逮民，则咎在臣下矣。本日九卿等议驳御史胡钧璜、和静条奏二折。胡钧璜则请令在京王公、大臣、官员及各庙宇铺户等分养灾民，和静则奏请京师限定赈期，晓谕灾民早回乡里。伊二人虽主见不同，均以各州县灾黎来京就食者多，鳃鳃过虑。试思各州县被灾百姓，如果纷纷赴京就赈，必因州县散赈，或侵肥入己，或假手吏胥，从中冒滥，有名无实，致百姓不能存活，弃家觅食。否则，人情莫不系恋乡土，孰肯舍近图远？假如京师办赈并不认真，则近者必致失所，远处灾黎亦岂肯闻风踵至乎？该御史等并未将如何办赈之法悉心条奏，其议均不可行。和静折内词意尚无纰缪，毋庸置议。至胡钧璜请将被水男妇发给京城内外庙宇及王公、大臣、官员、铺户之殷实有力者，如雇工之例，各处分养，则荒唐已甚。此等被灾男妇，令其入庙居住，必致男妇混淆。若责令王公、大臣、官员等分拨豢养，视如雇工，灾民必不乐从，难保无别滋事端。且以待赈之民，下侪厮仆，与犯属发给大臣之家为奴何异？试问前代救荒之策，有如此办理者乎？今该御史妄逞臆见，以必不可行之事冒昧渎陈，本应照九卿所请交部议处，念其究系言官，若因所奏失当，遽予处分，恐有奏事之责者因此心生疑惧，缄默不言。但似此识见庸陋，亦难胜台谏之任，胡钧璜不必交部议处，著革退御史，仍回本衙门，以原官补用。向来各部院衙门保送御史，往往将年老才庸者列名塞责，竟以风宪衙门为投闲置散之地，殊属非是。各堂官于属员中优等出色者，自必留于本衙门办事，但亦应将才具稍次、明白有识之员慎选保送，岂可令衰庸之辈忝居言职，致陈奏多属不经。嗣后各衙门保送御史，务须认真遴选，勿得率意充数，自干滥举之咎。

二十日（甲午），高杞、莫瞻菉奏言：遵查内外城十六门均有护城河，其由昆明湖、长河至西直门角楼分流者，一从角楼迤北，经德胜门，自西而东，南至朝阳门，入通惠河；一从角楼南流，进西便门，折而向东，经宣武诸门，至东便门，入通惠河。此内九门之护城河也。由钓鱼台三孔闸泄出者，从西便门外，绕过外城广宁诸门，至东便门，入通惠河。此外七门之护城河也。内城周四十里，外城长二十八里，诚如圣谕，久未挑浚，所有河身之浅深宽窄，早已今昔异形。兹蒙廑念灾黎，特命臣等集夫兴挖，以工代赈。仰见皇上因时制宜，无非利国利民之至意。顾欲期赈之切实，必先使工无虚浮。若就目前情形悬度测量，估计既不能真，即疏浚未必得当，以一举两得之计，转成为有名无实之工。在钱粮虽非虚糜，赈皆实济；在工程稍为草率，力乃徒劳。惟有仿照江南徒阳运河每年煞坝戽水之法，先将淤仰处所分定段落，煞坝掣水，使河底显露，议定应挖丈尺，挖毕第一段，再挖第二段，庶工无隐藏，费不虚掷。向例办理工程，俱系先估后办，统于工竣之后，奏请钦派大臣验收。现在护城河工系掣水兴挖，一经放水，不惟所挖丈尺无凭查核，且不能即时兴工，转非仰体我皇上轸恤灾民，以工代赈之意。此次挑挖河工，谨拟于煞坝后勘定丈尺，钉立志桩，挖毕一段，即请钦派大臣验收一段，随即放水，以期迅速兴工，并可杜夫头人等朦混偷减之弊。其余闸坝桥座等工，业经奉宸苑奏明估修，应听该衙门自行办理外，其朝阳门迤南至东便门河道一段，向系仓场衙门所管运河，臣高杞、臣莫瞻菉顺道履勘，多有淤浅高仰，恐上游挑挖，一经放水，下游仍不能通畅。应请旨敕交仓场侍郎一体赶紧查办，各归各销，务使一律宽深，毫无阻滞。如蒙俞允，臣等于户工二局先行豫领钱二万串赶紧修挖，俟估定丈尺、核计钱粮确数，再行请帑。奏入，上谕内阁曰：高杞、莫瞻菉奏，勘明护城等河应行挑挖段落，请于户工二局豫领制钱二万串赶紧修挖，殊属非是，不晓事体。局铸钱文本有定额，现在添成搭放兵饷，需钱较多。高杞系户部侍郎，莫瞻菉系工部侍郎，伊二人宁不知之？乃竟不筹及局钱经费有常，率为此请！若皆图省便，则那彦宝等亦不请银，竟请二百万串钱矣。似此相率效尤，再添几百卯，亦不能供请领之用。高杞、莫瞻菉均传旨申饬。此项工程，著于内务府广储司拨银一万两，交高杞等上紧兴工，将城河淤垫处所一律疏通，并可以工代赈。余著照所议行。

同日，御史汪镛奏言：本年六月雨大河决，直属被灾较重，仰蒙圣主宵旰勤求，爱民如子，恤赈并施，睿虑周详，无微不至。臣管窥蠡测，知不足以仰副高深，而意见所及，谨就一得之愚，敬为我皇上陈之：

一、畿辅被灾者九十余处，甫交六月，即罹水患。至今立秋，两旬内虽间有涸出之处，亦半属泥淖，赶种晚粮无几。现奉恩纶叠沛，截漕发帑，灾民原可藉以资生，第以九十余州县所获之粮计之，奚啻数十万万！是赈济之粮定不若自获之多。况益以来春青黄不接，民食尤属拮据。计此时海运各商亦自必乘时加运图利，但恐其囤积居奇。若再能益以官运平粜，粮日多，则价必日减。从前督臣方观承曾经奏请，以天津每年海中运粮之船，令赴盛京各属装载百十万石回贮津仓，分饬被灾州县自行领运，减价平粜。所需籴价，于盛京库贮给发报销。其内地籴价解交藩库，搭解盛京归款。以时价论之，在关东每石不过东钱十千，实则大钱一千六百五十文。以升斗计之，关东每石已抵内地仓石二石五斗，是关东之十万，即可抵内地之二十五万。如此转运，则所费无多而为惠甚溥。至船只，则令各船户除官粮之外，亦酌令自带数百石，以为水脚之用。前既行之有效，今似宜仿照此例而行。惟于运到津仓之粮，其由运河拨运来京者，即照向来钦命大臣于五城监粜之例，分厂平粜；其由被灾州县领运者，须择于水次较近地方存贮，即责成派往各路原勘水灾之京员监粜，以杜官吏侵蚀、囤户贿买及私抬价值等弊。

一、向来直隶凡遇歉岁，其灾小者，就近寄食邻封；灾大者，往往远赴口外谋生。乾隆十二年曾奉恩旨，令古北口于避灾民人不得拦阻，但当问明来历，并询其将往何处投止，即行知所往地方，俾得有所稽核。是既遂其餬口之计，复定以查察之条。圣德如天，至今感颂。乃臣窃闻未经奉谕以前，督提等官拦阻不准出关之民，进退无路，饥寒交迫，自经沟渎者不可胜数。推原守土文武所以不准灾民出关之故，惟虞灾民迁徙既多，必系各官赈恤不周，恐干诘责，因而百方拦阻。殊不思普天莫非王土，谋生当随民便。关外既称有秋，正当趁此和暖天气，又值西成收获之时，俾各出口佣趁力作。自不应拘泥禁止出口之例，遂忘因时便民之恩旨，以致穷民既去其乡，而前路又无可归也。

一、散赈用银不如用米，用米不如用钱，以银有成色、戥头之高下，米有增减升合之弊端。至用钱，则由上司核定数目，出示晓谕，人人皆知，在放赈官吏即不能克扣短发。惟现在钱价昂贵，自缘银多钱少而然，似应通融添铸，不惟足济赈务，并可渐平市价。以之搭放兵饷，于兵丁等亦有裨益。查从前户工两局曾经数年减卯，铜铅俱有赢余。如即以此项酌加十卯鼓铸，向来户局铜铅，其数多于工局一倍，每卯所铸亦即比工局加铸一倍。今以两局均匀牵算，余铜约可敷三四年之用，一年约可得钱三十余万串。至此番加卯，原系因时调剂，如果滇铜嗣后亦可酌为添运，源源接济，即不妨以所加之卯，永远遵行。否则，但以节年余铜用尽为度，仍减还现行卯数。如虑及炉座既加，不可复减，则数年前因银价昂贵，何以将七十卯减去过半，亦未见有妨碍难行之处耶？合无仰恳敕下该二局酌量卯数，添铸办理，以裕国宝而利民用。以上三条是否有当，伏乞训示。奏入，上命大学士满汉尚书会同该部速议具奏。

钦定辛酉工赈纪事卷十六

七月二十一日（乙未），丰伸济伦等奏言：遵查乾隆五十年以后，历任奉宸苑该管河道大臣及承办官员，分晰管理年份，按销六赔四之例，将各员应赔银两数目恭缮清单进呈。奏入，上谕内阁曰：丰伸济伦等奏，遵旨查明乾隆五十年以后，历任管理奉宸苑大臣及承办官员，分赔圆明园等处应挖引河银两，固应如此办理。但此事实由从前和珅任内务府大臣时诸事专擅，其奉宸苑事件虽非伊专管，总须向其关白。偶遇各处河道有应行挑挖者，该管官自必告知和珅。而彼时每值大雨时行之际，皇考驻跸热河，遂尔置之不办，以致年复一年，总未疏浚。是河道淤垫，皆因和珅废弛所致。迨嘉庆四年以后，朕尚未莅圆明园居住，而该管之大臣、官员等亦未将应行挑浚缘由奏明办理，本难辞咎。但此二年中，从未有如本年之经旬大雨，且因军务未竣，朕曾降旨各处工程如可缓修者，不必急于兴工。伊等遂尔误会，将此项挑工亦未办及。今猝遭霖潦，致有积水泛涨，其贻误尚属有因。若追论此事玩误之由，其咎自以和珅为重。伊已早正典刑，毋庸置议。其历任大臣、卿员，均属随同和珅因循延玩，而司员不过回明堂官，不能自定主见。若按照销六赔四之例分别著赔，未免银数过多。朕细阅单内，如丰伸殷德名下，应赔银二千九十余两。惟念其管理奉宸苑时，皆系伊父和珅代为主持，且伊家产籍没，经朕赏给余赀，作为公主养赡。今令其照数赔出，必形拮据，朕心有所不忍。所有丰伸殷德应赔银两，著加恩全行宽免。金简应赔银三千六百余两，业经身故，所有赔项自系伊子缊布代赔。现在缊布亦有应赔银一千四百余两，若令其一并缴出，当差未免竭蹶。金简、缊布著赔缴十分之三。丰伸济伦两任内，共应赔银三千七百余两，为数稍多，亦著赔缴十分之三。此外，各该管大臣及承办官员等俱著赔缴十分之五，稍示薄惩。所有各员分赔银两，著即如数送交办理工程大臣明安收贮备用。朕因此次奉宸苑挑浚河道，初议将历任各员量加著赔，用儆将来，是以稍为示罚。倘挑竣之后，各该管大臣及承办官员仍不能留心随时查察，复致积淤，则一应挑挖工费，即著伊等全数赔认，不得援此为例也。

同日，特清额奏言：臣自天津上船，前赴海口查看水势情形。次日行抵葛沽地方，该处相距海口七十余里，近海河水浩瀚湍急，水手不敢撑驶，船不能停，势难守待，仍即转回葛沽，沿河察看水迹，俱已消落四五尺不等，众流趋海，水势舒畅。询之该处土人，佥称自六月二十以后，河水日渐消退，是为海已收水之明验。天津东门外至海口，不下三百余里，水势弥漫，四望无际。或亲身履看，或差弁经查，村庄内有房舍照旧完整者，有被漫坍塌几间者，有稍积盖藏暂可通融餬口者，有颗粒艰难，现经地方官筹济抚恤者，大概均称安堵。劝嘱绅士，当知赒恤乡里，俾同心保护村庄，防范盗贼，以待大赈。绅士内亦多晓悉大义，乐襄佽助之人。察看现在民情，惟在地方官查办妥速，散赈得实，灾民自不致有失所。并屡见水面小舟，纵横络绎，查询或系灾民投觅生计，或称经营往来。但沿海地方最易藏奸，难保无匪徒溷迹，乘灾滋扰，尤宜严防。臣面饬各营将备，多派妥干员弁，带兵驾船，常川巡查。如遇外来贼匪，立即擒拿，不可蹈文武观望积习，致有疏纵；

亦不可张大其事，总以弹压宁谧为要。奏入，上命军机大臣传谕特清额曰：特清额奏查勘天津水势及经过地方民情安堵，览奏稍慰。月前甫交秋令，海已收水。计特清额接奉此旨时，将届白露之期，谅水势更见消纳。著特清额于白露节后，即将水落情形迅速具奏，以慰廑注。所称现在民情，惟在地方官办赈妥实，灾民自不致失所等语。百姓无不系恋乡井，如果天津地方办理灾务妥善，黎民岂肯轻去其乡，离家觅食？至于现在水面小舟络绎，饬各营将备派员带兵巡查，所办未尝不是，但恐不肖弁兵或乘机索诈，甚至将良民诬为奸匪，致滋扰累，亦不可以不防。特清额身为提督大员，经朕谕令暂住天津查看水势，督办灾赈，该提督惟当会同该处地方文员实力查办，以期灾民均沾实惠，地方益臻宁帖。

同日，副都御史舒聘等奏言：五城分设饭厂，每城每日各领米二石、薪银一两，交巡城满汉御史分率各坊官常川在彼监放。臣等逐日前往稽察，眼同按名散给，务俾穷黎均沾实惠。统计五城领赈者，每日不下八九千名口，妇女幼孩约居十之七八，余亦多系衰老残废之人。每日卯刻齐人，巳初散毕。伏睹各贫民扶老携幼，叩被皇仁，无不欢欣鼓舞。计自上月二十五日起，除小建一日，扣至本月二十五日止，一月期满。刻下秋稼尚未登场，小户贫民不免仍需接济，可否展赈一月之处，出自皇上天恩。奏入，上谕内阁曰：前因京师被水，穷民急须抚恤，因令五城地方照每年冬月之例设立饭厂，煮赈一月，责成该城御史并派舒聘等稽查督放，俟一月期满，再行奏闻请旨。兹据舒聘等奏称，领赈男妇多系幼孩、衰废之人，仍须接济。现在各处河道尚未兴工，即动工之时，其老弱残废之人亦不能力作，著再加恩展赈一月，俾灾黎藉资餬口。舒聘等务须随时查察，实惠及民，用副朕恩施无已至意。

同日，熊枚奏言：臣前将直属被灾七十三州县分别轻重开单具奏，钦奉恩旨，将被灾较重各州县全行蠲免本年应征钱粮；其被灾稍轻者，蠲免十分之五。臣当即恭录谕旨，刊刷誊黄颁示。嗣据东路厅属之宁河等二十八州县陆续禀报被水情形，内三河、怀柔二县，先经各钦使查奏，奉旨分别蠲免钱粮。其余二十六州县，经臣与藩司同兴先后具奏，因灾分未定，声明俟查勘明确再行奏闻。兹据该司将被灾各处分别轻重开单详报到臣，臣覆加查核，内除顺德府属之广宗、广平府属之威县、宣化府属之宣化、延庆、保安、怀来、永平府属之滦州、北路厅属之平谷共八州县勘不成灾外，所有东路厅属之宁河、保定府属之唐县、束鹿、河间府属之景州、天津府属之天津、静海、顺德府属之钜鹿、南和、广平府属之鸡泽、大名府属之大名、元城、遵化、直隶州属之玉田、丰润、赵州直隶州属之柏乡、深州直隶州属之武强，共十五州县，俱被灾较重，其天津府属之青县、顺德府属之唐山、冀州直隶州属之枣强，共三县，俱属被灾稍轻。至前据钦使等查奏之东路厅属之蓟州，并臣前奏被灾稍轻之北路厅属昌平、正定府属之阜平、藁城、无极、新乐、顺德府属之任县、河间府属之阜城、定州直隶州并所属之曲阳，业奉恩旨蠲免本年应征钱粮十分之五。又臣前奏勘不成灾之顺德府属平乡、广平府属之清河等十二州县，现据藩司详报，俱因六月十二日以后及七月初旬连次大雨，田禾复被淹浸，被灾情形均属加重。又续据各属禀报尚未具奏之天津府属之沧州等十二州县，据藩司委勘具报，沧州一州被灾较重。其正定府属之获鹿、栾城、大名府属之南乐、通永道属之遵化州、宣化府属之蔚州、河间府属之东光，共六州县，俱被灾稍轻。至正定府属之赞皇、顺德府属之邢台、内邱、广平府属之广平、曲周、永平府属之乐亭、昌黎、承德府属之滦平、丰宁、宣化府属之龙门、西宁、万全、赵州直隶州属之高邑，共十三州县，俱属勘不成灾。以上已、未具奏及前奏灾轻续报加重共五十八州县，连前次业经具奏各处，共一百二十二州县。除勘不成灾者二十三州县毋庸赈恤外，其已成灾者共计九十九州县。此次直属被灾实属较重，所有赈济章程、需用银米，臣已札饬藩司详核户口，通盘筹画，不必拘泥成例，俟妥议详报到日，再行具奏请旨。再，臣昨奉廷寄谕旨内开，蓟州东门外至桃花寺一带，蝗虫积地至一二寸，饬臣委勘具奏。伏查臣自接任以后，并未接据该州禀报被蝗，兹积地至一二寸之多，亦未据查明具报。是其迟延玩误，在该州固咎无可辞，臣亦有失于查察之咎。除一面派令标弁驰往查勘，并札委通永道阿永，查覆到日，再行奏闻。奏入，上谕内阁曰：熊枚奏续报被水各州县分别灾分轻重开单进呈，内除勘不成灾各州县外，所有续行查明被灾较重之宁河、唐县、束鹿、景州、天津、静海、钜鹿、南和、鸡泽、大名、元城、玉田、丰润、柏乡、武强、沧州、平乡、清河十八州县，著加恩将本年应征钱粮全行蠲免。其被灾稍轻之青县、唐山、枣强、获鹿、栾城、南乐、遵化、蔚州、东光九州县，著加恩将本年应征钱粮蠲免十分之五。又昌平、阜平、藁城、无极、新乐、任县、阜城、定州、曲阳、蓟州十州县，前经降旨蠲免十分之五。兹据查明续又被淹情形较重，亦著加恩将本年应征钱粮全行蠲免。至蓟州境内，现又蝗蝻萌生，禾稼不无伤损，著熊枚查明被蝗各村庄，将明年应征钱粮加恩再行蠲免十分之三，以示朕轸念灾区，恩施无已至意。

同日，兴长奏言：本年七月十七日，接据署蓟州营都司刘天相禀称，蓟州以东，自大屯庄起，至鹤门一带，东西十数里，南北四五里不等，现有蝗蝻萌生，除高粱、芝麻、苏子未经残蚀，其余黍、谷、稗子各种，已被蚀至六、七、八分不等。又盘山以南新庄一带，亦起有蝗蝻，方圆不过七八里，禾稼亦间有被蚀之处。当于十八日起身查看东路行宫渗漏情形，并顺道鹤门及盘山以南新庄一带，亲身履勘蝗蝻萌生并被蚀田苗情形，俱与该署都司禀报无异，幸尚未长翅飞腾。并询之村民人等，此项蝗蝻萌生之时，蓟州知州曾否禀报，据称此次蝗灾未闻知州禀报等语。臣伏思此次所生蝗蝻地方，虽不甚广，乘此未经长翅，尚可易于扑净。若待旬日后长翅飞腾，即难扑打。查地方官匿蝗不报，例议綦严。是以臣于十九日，将蓟州生有蝗蝻情形，具文移知直隶总督查照办理，仍一面饬令署蓟州营都司刘天相，督率兵丁，帮同村民竭力扑打，勿致蔓延。奏入，上命军机大臣传谕熊枚等曰：本日兴长奏，接据署蓟州都司刘天相禀称，蓟州以东，自大屯庄起，至鹤门一带，及盘山以南新庄等处，各有蝗蝻萌生，禾稼间被残蚀。现饬都司刘天相督率兵丁，帮同村民扑打等语。前因扎郎阿奏称，道经蓟州时，见有蝗蝻萌生，已降旨令熊枚查办。兹兴长接到都司禀报，并询据村民尚未闻该知州呈报。岂地方蝗虫为灾，武职留心查报，而文职转隐匿不报，有是理乎？著熊枚即将该知州查参具奏。至兴长饬令都司督率兵丁，同村民扑打蝗虫之处，究恐兵丁等办理不善，转有践踏田禾等事，并著熊枚派委妥员前往蓟州，会同兴长等督率村民自行扑打，毋致蔓延。

同日，铁保奏言：直隶督臣原奏截留六十万米石三处分贮，自应酌留整帮，以免零星分拨。接奉谕旨，当即飞饬故城、南皮等县速即雇备民房、铺垫及一切应截事宜。一面飞檄护山东粮道蒋继焕，就近赴郑家口督同委员办理；护江西粮道椿龄，在泊头督同委员办理。仍移咨直隶督臣，速派大员前往验收。查江西九江前至永建尾帮止，除截拨沧州兵米外，尚存米四十万一千二百三十二石零。以九江前、广信、抚州、赣州、吉安五帮，装米二十一万八千八百七十石零，派截泊头；其饶州、安福、南后、永建四帮，共装米一十八万二千三百六十一石零，即令派截郑家口。如此赶办，不但被水灾民早资接济，即回空亦得迅速，实属一举两便。其余米石，于天津北仓找清，以足六十万石之数。再，臣前准坐粮厅咨报天津截留之米，系照乾隆二十四年截四存六办理，固属循照旧例。但所余六成米石，尚须抵坝交卸，未免有需时日。臣现在两三日内即到天津，与巡漕诸臣妥商，除将已截之米留贮北仓，其未截米石，尽在后之江广船只整帮找截，俾空船及早南下。倘直省有需拨米，更不难及时交兑，不致有误。再，郑家口、泊头截留之米，因彼时该帮已抵郑家口，不敢拘泥等候派截数目，致有迟滞，是以酌拟整帮米数分留。今接直督并仓场来文，郑家口十五万石、泊头二十五万石，与臣所定之数稍有参差。臣已飞饬郑家口，委员将多留之三万余石照数运赴泊头，以符两处原派数目。奏入报闻。

二十三日（丁酉），上谕内阁曰：京畿一带被水，灾民节经发帑、截漕、煮赈，叠沛恩施，急为轸恤。此后尚有大赈，分别极次贫民，按例办理。而目前以工代赈，最为救荒良法。现在特派大臣，将永定河漫口淤沙赶紧筑浚，及京城护城河等处通行查勘疏浚，雇募附近灾民，俾得趁工觅食。惟向来办理工程，俱有工头承揽一切。雇集人夫，照料收管，皆系工头总司其事。诚恐伊等只招雇向日做工熟识之人，未必令灾民佣工力作，则赴工之人既误领赈，又不得佣资，两无所获。是以工代赈之举，仍属有名无实。所有挑筑永定河及护城河疏浚工程，著那彦宝、巴宁阿会同直隶地方官高杞、莫瞻菉，会同五城御史、顺天府，各行悉心筹画，务令灾民得以藉工餬口，不使工头从中垄断之处，酌定章程，妥议具奏。

同日，上命军机大臣传谕熊枚曰：直隶被灾州县，节据熊枚查明具奏，业经降旨分别加恩蠲免，并谕地方官急为赈恤。因思定例开放大赈，头绪较繁，必须早为经理。此时州县被灾轻重，熊枚既已查明，自应清查户口，分别极次贫民，将如何酌量办理之处，先行陈奏。乃前次熊枚惟奏称现在酌议章程，迄今未据奏到，甚为悬廑。事关民瘼，岂宜濡迟？乃尔著熊枚即督同藩司同兴，将本年直隶被灾各州县应办大赈事宜，详查妥议，速行具奏。至现距大赈之期，尚略需时日，此时各州县办理急赈能否周遍，其被灾民人是否可以敷衍度日、等候大赈之处，亦著察量情形，一并奏闻。

同日，大学士王杰等议奏：本月二十日，御史汪镛因直属被灾，条奏海运粮石、灾民出口佣工、鼓铸钱文、设法调剂各款。臣等会议得，外省各州县偶遇歉收，向邻境丰稔之区酌量采办粮石，官为平粜，原属以有余补不足。该御史因直隶所属本年被灾之处较多，请仿照前任直隶总督方观承奏案，将天津海运船只，于关东地方装载米石回贮津仓，分拨各处，以资平粜之用，系为运筹民食起见。溯查乾隆十五年，督臣方观承奏请暂开海运，接济民食。旋经前任奉天将军府尹等咨覆，于宁远州等处海口，准商买运米十万石在案。此时直属州县大半被灾，节经钦奉恩旨简派卿员分路查勘，一面奏闻，一面即行给赈，分别蠲免钱粮，动拨帑银十万两，截留漕米六十万石，并于京城附近地方，拨给银钱、米谷，急为赈济。所以抚恤灾黎者，有加无已。皇上犹恐地方官经理不善，特令侍郎熊枚交卸督篆后，周历巡查。转瞬即届大赈之期，地方官果能抚绥得宜，小民自当不至失所。今该御史虑及赈毕之后，民食仍不免拮据，欲仿照成案，由海道运送关东粮石，为各州县平粜之用。查关东商船由海道装运粮石，至直属各州县粜卖，事所常有。本年盛京地方收成丰稔，商船由关东籴贱售贵，自必较旧增倍。如果商运米船络绎而至，粮石既多，价值不期平而自平。今议官为购运，倘所运无多，自不值远道采办。若如该御史所奏，装载百十万石运至津仓，则现在盛京各属粮石，除本地需用酌留外，是否能余出百十万石，难以悬揣。况陪京根本重地，亦宜积贮充裕，以备不时。应请敕下该将军府尹等酌筹该处粮石是否充裕，民间多有盖藏，可以采买粮若干石，市价不致腾贵，无谷贵妨民之虞，确切查明，据实具奏。俟覆奏到日，再行请旨遵办。又直属各州县被灾百姓叠奉恩谕发帑、截漕，多方抚恤，地方官果能仰体圣慈，办理妥协，俾实惠逮民，人情莫不系恋乡土，断不肯跋涉道途，远赴口外佣工觅食。查向定章程，民人出口，凭口票稽察往来，原以杜宵小而严管钥。若遇灾馑之年，贫民亲族有在口外居住者，原不禁其投奔依倚。乾隆十二年曾奉有恩谕，准令灾民等出口觅食，但必须询明来历，指定去向，以备稽查。倘全无诃禁，听其结队成群，势必任意所之，略无限制。且口外地方，向来本有内地民人私种蒙古地亩之事。上年钦奉谕旨，令该将军等将口外居民所种地亩划定界限，清查户口，此外不准再垦一陇，添民一人。极为明切。若偶因被水成灾，稍弛例禁，任听穷民纷纷前往蒙古地方谋生，成何事体？况人数众多，其中难保无奸宄混迹潜踪，实非慎重关隘之道。应请令各关口，遇有出口民人，验票放行。其实系灾民，必须询明有亲族在口外居住者，方准前往，以杜弊混。该御史所请灾民等出口不必拦阻之处，应无庸议。又查户部宝泉局额铸七十五卯、工部宝源局额铸七十卯。乾隆五十九年，因钱价日贱，户工二局奏准减卯。嘉庆元年，全复旧卯。嗣于五年，又各添铸十六卯。其加卯动用铜铅，即系从前减卯年份所存赢余，藉资鼓铸。向来局铸钱文，总以铜铅多寡、经费出入通盘筹算，岁有常数，年来酌量调剂。户工两局业已设法添卯，一切俱系尽力办理。若此时再议加增，不特炉座、匠役骤难添募，即赶紧筹办一切章程，总需时日，于现在灾赈事宜，究属缓不济急。况添炉鼓铸所用铜铅溢于常额，而滇黔两省每年供运，非但难以格外加增，且每岁挂欠者往往而有，现在局内虽有余存铜铅，设将来办运稍迟，未能接济，必致临时掣肘，即正卯亦不免贻误，所关非细。该御史只计及目前，并未熟筹经久之道。所请加卯之处，亦无庸议。以上各条，臣等公同悉心筹议，是否有当，伏候训示。奏入，得旨：允行。

二十四日（戊戌），邹炳泰等奏言：通惠河漫口工程，前因水势涌急，将新筑工程复行冲刷，经臣等查明暂令停工，俟天晴再行修筑。兹自本月十三日以后，天色晴霁，水势亦渐消落，随饬令该工承办各员购料，赶紧兴筑。其平上、平下、普济三闸漫口工程，于十七、十九等日俱已合龙。现饬加高培厚，将次就竣。惟王相公庄漫口，系诸闸下流总汇之地，口门汕刷较为宽深，约于二十五日亦可合龙。计至二十八九等日，各该工全行竣事。即应请旨敕下奉宸苑启闸放水，俟各闸养足，以资行运。现准开挖护城河工程处，咨照于二十四日即行筑坝开工。伏查通惠河来源，经玉泉山等处，东入都城，出御河桥水门，合南北城河，经大通桥而东至通州。若护城河于二十四日筑坝兴挑，上游断流，无从放水。臣伏思本年自六月初旬后，堤工屡因雨水冲刷，京仓停运已经两月，兹正当运务赶紧之时，未便再迟。仰恳圣恩，饬护城河工程处暂缓五六日开工，俟日内通惠河工程全竣，奏明放水注闸后，即行咨会该处开挖。奏入，得旨：允行。

钦定辛酉工赈纪事卷十七

七月二十四日（戊戌），高杞、莫瞻菉奏言：臣高杞蒙皇上天恩，擢用户部，职任度支，臣莫瞻菉擢用工部，兼司钱法，恩施优渥，有逾常格，自应倍加详细，以期无负厚恩。前蒙特派臣等挑挖护城河淤浅事务，竟未能筹及局铸钱文搭放兵饷，原有定数，乃率行陈请先发局钱二万串，荷蒙天恩，不即加以重谴，仅传旨申饬。跪聆之下，愧惧交并，理合请旨交部严加议处，以为遇事未能详审者戒。奏入，上谕内阁曰：前据高杞、莫瞻菉奏，勘挑护城等河，请于户工二局豫领钱文二万串。朕以局钱经费有常，一切工程需用，岂能概行取给？莫瞻菉系工部右侍郎，钱局是其专管；高杞虽未管钱局，但现任户部左侍郎，于本部局钱多寡亦应知悉。乃率为此请，殊属不晓事体。当经降旨申饬。昨据户部奏称，因七月兵饷搭放钱文六成，现在局中存钱较少。除八月兵饷仍行搭放三成外，其九月以后兵饷，请搭放一成；并将官员秋俸，概用银两给放。已依议准行。此折高杞亦复列衔具奏，经朕将原折交军机大臣，询之高杞既知局钱不敷，何以前奏请发钱文至二万串之多，始据高杞、莫瞻菉二人联衔奏请交部严议。伊二人于本管部分事务漫不经心，其所请多发钱文，不过自图省便之计。若人人皆图省便，则那彦宝等现办河工，请银一百万两，亦当奏俱给发钱文，有是理耶？似此，即再添数百卯，仍属不敷支给。而添卯一事，询之户部堂官，佥以为难行；询之工部堂官，则云较之户部更难添设。昨大学士满汉尚书等议覆御史汪镛条奏请添卯铸钱一节，亦均议驳。高杞、莫瞻菉均系与议之人，是竟如御史游光绎所奏，不过挨次画题，又安用此堂官为乎？户、工二部职任较繁，高杞、莫瞻菉愦愦乃尔，岂能胜任？所有户部左侍郎著和宁调补，那彦宝著调补工部左侍郎。伊现在出差，仍著和宁兼署。其兵部左侍郎，即著高杞调补。蒋曰纶著调补工部右侍郎，管理钱法堂事务。刘跃云著调补工部左侍郎，其礼部左侍郎著莫瞻菉调补。高杞、莫瞻菉所请严议之处，著加恩改为交部议处。

同日，同兴奏言：今岁直属各州县猝被水患，仰蒙圣主轸念民依，不使一夫失所，特派大臣分路查办，叠发帑银，急加抚恤，小民藉资安顿，并赏截漕米，以作赈需。现经督率府厅州县实力妥办，除灾分本轻力能自赡者毋庸抚恤外，有被灾较重者无告贫民，均照例易钱折给，并带钱米运送各村庄。所在灾区，既设有粥厂多处，又复得此抚恤钱文米粮，益资接济，洵足上慰圣怀。惟是时甫初秋，相距赈期尚须时日。灾重贫民虽经抚恤，究难持久，且秋风渐凉，小民待哺情形尤为亟切。必得于冬月大赈之先，将九分、十分灾内之极贫并鳏寡孤独老幼残废者，于八九两月，先行摘赈两月，方始有济。所需米石，即在各州县常、社、义三仓内动谷碾放，责成各该管府厅州县核实办理。如额存之谷实有粜缺、拨缺者，即于恩赏漕米内添拨应用。向例办赈，于查清户口后，至冬月内始开大赈。今岁被水较早，与往年情形不同，自应略为变通。请将十分灾之极贫，即于十月内开赈；其十分灾之次贫及九、八、七分以下者，均提早一月散放，俾灾黎早得口食，并可接至岁底春初，不致缺乏。所有灾地户口，现在催查，一俟报齐，即将应需赈款通盘核算，详请督臣覆核具奏。再，保定一带，自本月初五日大晴后，至今已将两旬，各处积水日见消落，高地田禾颇为芃茂。村庄内坍塌民房，有力者已经动工苫盖。附近贫民多有佣趁，以资口食。民情颇属宁帖。昨据差查各处抚恤并驿站委员回称，自定州至正定，正定至磁州，又自正定至井陉，各路大道俱可行走。滹沱河水已归槽，行旅、车辆直可通至定州。惟定州至省城，又省城至卢沟桥，尚多积水、泥泞之处。现饬地方官赶紧流〔疏〕消修垫，俾利军报而便行旅。其涿州至新城、雄县、河间府景州一带，被水较重，大道尚未一律涸出，容俟水退，即赶紧督饬修办，不敢迟误。奏入，上命军机大臣传谕同兴曰：同兴奏请接办摘赈并预放大赈各缘由，览奏俱悉。据称今岁被水较早，与往年情形不同，请将给发大赈之期提早一月。灾民待赈情殷，今议于十月开赈，尚觉少缓。现在陈大文业已来京，已令其接印后，即赴保定任事。所有同兴原折，已发交陈大文阅看。同兴俟陈大文到后，将大赈是否可以再移前一月并一切办理章程，妥为商议，迅速奏办。

同日，上命军机大臣传谕熊枚曰：同兴奏请接办摘赈并预放大赈各缘由。本日陈大文到京召见，已将同兴原折发交阅看，并谕令于到任后，与该藩司酌商妥办矣。陈大文于一两日内陛辞后，即令前赴新任，熊枚即可就近在卢沟桥会晤，交卸印篆。此时熊枚自应仍在工次，与那彦宝等督办挑浚、堵筑事宜。俟各处开赈后，熊枚遵照前旨，亲赴放赈各州县认真查察，务俾灾黎各沾实惠。俟查赈事毕，再行回京供职。

同日，董椿等奏言：热河地方，自五月十七日起，连日阴雨不止，上游山水涨发，迎水坝、东草市二处民人房舍冲塌，栖身无地。并查明茅沟汛、高素台、黄土坎、二道河等处民房、禾稼亦被冲淹，失业灾黎嗷嗷待哺。该道府目击情状，未敢坐视。现在青黄未接，道路泥泞，市集米石稀少，请即将承德府备贮米先酌动一千石，放给口粮。俟事竣时共用过米若干，于秋收后买补还仓。现已陆续开仓，放过茅沟汛、黄土坎、北二道河、喇嘛寺、迎水坝、东草市、河东红石峦、南菜园、二道河、下营子等处村庄米七百余石。尚有已报被冲户口之张三营等处，俟水消路通，随到随放，总期被灾穷民不致饥饿失所。奏入，上谕内阁曰：本年雨水较大，直隶被灾地方，节据熊枚等查明奏报，叠沛恩施。其承德府属被灾情形，未据该督等奏。及现据董椿等奏到该处被水贫民无所栖止，餬口维艰，著加恩在承德府备贮米石内赏拨一千石，放给口粮，以资接济。并著该督查明该处是否成灾，照例办理，不可因一隅偏祲，稍有讳饰。

二十五日（己亥），上命军机大臣传谕那彦宝、巴宁阿曰：朕恭阅康熙三十七年圣祖仁皇帝实录内载谕旨一道，以浑河沙砾壅垫，河身积高，水势弥漫，遂致土田冲没，饬抚臣、河臣挑浚淤沙，令得畅流，不至淤涨。敬绎圣言，是浑河之患，总在淤沙，惟应随时挑浚，俾畅流无阻，实为至当不易之法。那彦宝等惟当督饬各员实力挑挖深阔，俾下流通畅，自无泛滥。至此次挑挖之后，若不随时疏浚，恐日久沙复淤积，下流又将高仰，不可不防其渐。其如何定期岁修，俾永免沙淤之处，即著那彦宝等会同陈大文妥议章程速奏，并恭录圣祖谕旨一道，令那彦宝等敬谨阅看。

同日，熊枚奏言：查酌议大赈事宜，必先清查户口。臣昨于二十日将各处被灾轻重分别开单具奏，并声明应需赈款及作何按口计月分别赈恤之处，俟查清户口之后，通盘核算，详议奏闻。其普赈章程，是否可以仍照向例，抑或不必泥于成例，亦经奏明，饬司妥议详报。去后迨二十三日，据藩司同兴将已奏接办摘赈缘由具禀到臣，臣查阅该司所奏，系于急赈抚恤之后，即行接办摘赈，将普赈之例略为变通，分别予以摘赈；并将十一月大赈之期，均各提早一月，于十月内即行开赈。是虽较往例略为通融，而此次被灾较早，自应早行大赈，俾灾民接济有资。该司为筹瞻〔赡〕民食、慎重国帑起见，所议尚属周妥。至所称摘赈所需银米，即在各州县常、社、义三仓内动支；如有粜缺、拨缺，即于恩赏漕米项内添拨。臣查此次灾区较广，其四穷无告贫民为数已多，且又将十分、九分灾内之极贫并予摘赈，是其人数愈众，即需米愈多。今将此项米石，责令各该州县于常、社、义三仓内先行动拨，在实贮各州县自当核实支销；其有粜缺、拨缺，被灾较重之区，或转以动拨不敷，遂假开仓放赈之名，借以弥缝其所缺米数，将小民徒邀食赈之名，而猾吏得遂侵牟之计，或亦势所必有。臣拟札饬藩司，将灾重各该州县常、社、义三仓内实贮若干、粜缺拨缺若干之处，先行分别开报，并严饬各府厅州转饬各该州县，一经奉拨，即行核实动支；若有不敷，即于恩赏漕米项内添拨。并谕以现奉谕旨命臣周历查勘，倘访有前项弊端，即行严参治罪，俾各州县凛遵国宪，激发天良，务期实惠及民，以仰副圣主轸念灾黎至意。其大赈事宜，因户口较繁，查造需时，现据该司奏明，俟查清后再行议详请奏。臣交卸在即，应听督臣陈大文督同该司速议，奏请拨放。臣仍终始其事，实力勘查，倘有见闻所及，亦即随时札商办理，断不敢稍涉诿卸，致负殊恩。至各处灾民，虽距大赈之期尚需时日，惟节经赏拨银米，赈恤有资，且现在时将八月，又得接至摘赈之期，似尚可敷衍度日。奏入，上命军机大臣传谕熊枚曰：熊枚奏筹办大赈情形一折，已交陈大文阅看，即于到任后酌筹妥办矣。陈大文现已起身赴任，熊枚于卢沟桥会晤交印后，自应遵照昨降谕旨，暂驻河工，将应办挑筑事宜妥为料理，一俟陈大文到省酌定开放大赈之期，熊枚即亲往放赈各地方详加查察。并遵前旨，将实心办赈之州县存记保奏；其有玩视灾务，侵蚀银米及办理不能核实之员，即应分别严行参办，务令待哺灾民均沾实惠。

同日，熊枚又奏言：二十三日，据通永道阿永禀报，该道于十九日接奉札委，立即驰抵蓟州，勘得该州城东自距城十五里之三家店起，至桃花寺一带，初生蝗蝻，间段聚落。该州赵宜霖先因委赴宁河勘灾公出，迨十四五日闻知被蝗，星即赶回，会同署都司刘天相等，先已在彼扑捕，并发价收买。该道抵蓟后，又复集夫挖濠，分段圈捕，现已日就减灭，并未踏伤禾苗。至蝗蝻生自何处，并该州因何不报之处，亦据该道禀称，询之土人，以本年雨多，山水停积，鱼虫遗子化为蝗蝻。所幸时将白露，天气渐寒，虽有蝗虫，不及遗子，且出土甫经数日，尚未长翅。该州因其易于扑灭，兼查明各村高阜田禾，因时近白露，枝坚穗实，并未损伤，原期克日捕尽，再行通禀，是以查报少迟。现据该州赵宜霖及署东路同知方其昀先后禀报到臣，情形均属相符。查匿蝗不报，定例綦严。今蓟州蝗蝻发生，虽已据该州亲往扑捕，而该处都司刘天相尚知留心查报，该知州转匿不禀闻，其玩误迟延实出情理之外。相应奏明请旨，将蓟州知州赵宜霖，照蝗蝻生发不申报上司革职例革职，以为玩视地方者戒。至该管署东路同知方其昀，现因勘办所属武清、宝坻一带灾分抚恤事宜公出，通永道阿永，先因督办务杨一带漫工公出，迨接奉札知，立即驰往扑捕，且均未据该州禀报，无由详报上司。惟究系统辖之员，于所属匿蝗不报未能查出，应请交部分别议处。臣与藩司同兴亦均失于查察，并请敕部察议。奏入，上谕内阁曰：前因蓟州一带滋生蝗蝻，未据熊枚奏及，自系地方官未经禀报，当即令熊枚查明参奏。兹据奏称，该州城东十五里之三家店起，至桃花寺一带，有初生蝗蝻间段聚落。知州赵宜霖会同署都司刘天相等分段圈捕，现已日就减灭。并据该州禀称，原期克日捕尽，再行通禀等语。地方一有蝗蝻发生，即应一面申报各上司，一面亲往扑捕，勿使蔓延害稼，方为留心民瘼。若业已捕尽，又何事通禀为耶？赵宜霖玩误迟延之咎，实无可辞，著革职。该管通永道阿永、署东路同知方其畇，于所属匿蝗不报，未能查出，著交部分别议处。藩司同兴失于查察，并著交部察议。熊枚甫经署任，驻扎工次，其失察尚属可原，所有自请交部察议之处，著加恩宽免。

二十六日（庚子），高杞、莫瞻菉奏言：臣等奉命挑浚护城河工，臣高杞带有户部郎中朱尔赓额、员外郎龄椿、英惠三员，臣莫瞻菉带有工部郎中征保、员外郎邹文焕、主事谢城三员。该司员等连日以来，分路查丈内外城十六门护城河淤浅高仰处所，均经周历相度，于煞坝掣水事宜，详定章程，专候开工。今臣高杞蒙恩调任兵部，臣莫瞻菉蒙恩调任礼部，所有原带户工二部司员，自应仍回本衙门办事。惟查该司员俱系臣等平日留心拣选结实得力之员，现在大工克日兴举，骤易生手，一切估计挑挖并稽查工作人等、照料趁工灾民等事，稍不妥协，贻误非细。且臣等于礼兵二部司员向未熟识，意中亦实无信心可靠之人。合无仰恳圣恩，俯念工程紧要，准将郎中朱尔赓额等照旧随同臣等帮办一切，以资臂指。俟工竣后，再令各回本衙门，于公事实有裨益。奏入，上谕内阁曰：高杞、莫瞻菉奏请留原带户、工二部司员一折，高杞等现经调任，原派司员虽非所属，但该司员等随工以来，分路查丈，周历相度，业经具有章程。若于伊等所管礼、兵二部司员更易生手，转恐不能得力。户部郎中朱尔赓额、员外郎龄椿、英惠，工部郎中征保、员外郎邹文焕、主事谢城，著照高杞等所请，准其留工帮办一切，俟工竣各回本衙门办事。至该员等既派随工次，若因高杞、莫瞻菉现非本部堂官，心存玩忽，呼应不灵，以致贻误公事，即著高杞等据实参奏。如果在工奋勉出力，工竣时，著高杞等奏明，候朕酌量加恩。

二十七日（辛丑），上命军机大臣传谕惠龄、颜检曰：本年直隶各州县地方被灾较广，现在加恩赈恤，将来青黄不接之时，粮价自必昂贵，亟应先为筹拨，以资调剂。山东、河南二省，附近京畿，收成尚好。东省惟临清、馆陶等处，豫省惟内黄地方，稍有被水之处，均属一隅中之一隅。其余各属，秋收多系丰稔。著传谕惠龄、颜检，于丰收价贱处所，酌量采办小米麦石，由水路运至直省，以备来年平粜之用，并将该省能采办若干之处，先行由驿具奏，以慰廑注。

二十八日（壬寅），汪承霈等奏言：永定、右安二门外居民猝被水灾，当蒙皇上颁发库钱，令臣等前赴各该处散放面食，灾民得以全活。继又蒙赏给银两、米石，以资接济。复奉旨挑挖护城等河，以工代赈。仰见我皇上念切灾黎，恩施稠叠，有加无已至意。臣等每于散赈时，逐加晓谕该村民等年力精壮者，均可赴工挑挖，自谋生计，不特本身衣食有赖，兼可养赡家属。各村民等咸知皇恩优渥，无不感戴欢呼。目下有生计者，散去亦复不少。臣等公同筹酌，自七月初一日至月底，赈济期限已满，不日即可挑挖城河，各村民自十五岁以上至六十岁以下者，俱可赴工受雇，藉资衣食，似可毋庸再为展赈。臣等未敢擅便，理合奏明，请旨停止。奏入，上谕内阁曰：汪承霈等奏，自七月初一日至月底，赈济期限已满，毋庸再为展赈一折，前因永定、右安二门外居民猝被水灾，嗷嗷待哺，自六月至今两月内，节次散放银米，办理急赈。现又挑浚京师护城河，以工代赈。即日已届兴工，其附近居民年力精壮者，均可赴工佣作，藉资口食。但念其中妇女、幼孩及老病残废不能佣工者亦属不少，此时大赈尚未开放，著再加恩于现在散赈之增寿寺地方，照五城之例，设立饭厂，煮赈一月，每日给米三石，俾无力觅食之人得以餬口，且一月之后，将届大赈，即可接济。该处原派汪承霈等四人经理，惟现距乡试之期已近，顺天府衙门理应承办科场，汪承霈兼有本任兵部事务，此次煮赈，汪承霈、阎泰和俱不必经管，著专交陈嗣龙、刘湄督同派出御史等妥为散放，实力稽查，俾灾黎均沾实惠。俟旬日后，再将人数多寡据实具奏。

同日，汪承霈等又奏言：臣等因五月间雨泽愆期，当经叠次通饬各州县随时刨挖，勿使蝻孽萌动。雨后复经严檄查报。讵蓟州赵宜霖，于地方蝻种，既不能豫为搜除，迨至滋生蔓延，又不即时申报，实属玩误。业经署直隶总督臣熊枚遵旨参奏革职。查蓟州系顺天统辖，臣等未能先事觉察，咎实难辞，亦请交部议处。奏入，得旨：蓟州蝗蝻滋生，该州不即时禀报，汪承霈、阎泰和现俱办理赈务，其失察之咎尚轻，所有自请议处之处，著加恩改为交部察议。

三十日（甲辰），邹炳泰奏言：查通惠河来源，自高梁桥流入西直门护城河一带之水，最资行运。今查东直门外角楼南边及安定门外弯桥西边并西滚水坝、德胜门外西闸口数处口岸，现俱冲刷，若即移咨奉宸苑启闸放水，经各该处冲刷之所，水皆散漫，仍不能引水注闸。现当运务吃紧之时，仰恳圣恩敕下该管衙门即行修筑，使水得下注闸河，以资行运。奏入，得旨：允行。

钦定辛酉工赈纪事卷十八

八月初二日（丙午），汪承霈、陈嗣龙、刘湄、阎泰和奏言：臣等前后蒙赏发制钱三千串、银二千两、稜米二千六百四十石，又银一千两、制钱二百五十串。自六月十一日起，至二十九日止，每日每名给面食半斤，共计给面食十四万九千五百二十二斤，连办面食并运脚人役等项，用过钱四千三百八十三串五百六十一文。自七月初一日起，至月底止，每日每名给稜米三合三勺，小口减半，共放过米二千五百九十四石七斗六升一合二勺，并给运脚、斗级、夫役饭食及置备各项器具，用制钱五百九十八串八百十三文。又船只水手等，用制钱二百八十三串零五十文。此次运米车脚，因雨水过多，运载维艰，且自仓口由永定门至右安门，道路较远，比往昔多至数倍。所有领过制钱三千二百五十串、银三千两，核计换钱二千九百十三串，通共制钱六千一百六十三串。除用过制钱五千二百六十五串四百二十文，尚余钱八百九十七串五百八十文。共领稜米二千六百四十石，内除耗米二十六石四斗，放过米二千五百九十四石七斗六升一合二勺外，尚余米十八石八斗三升八合八勺。所有余剩钱米，均归煮赈厂内备煮饭、柴薪、锅灶等项之需。至煮赈应需添米七十二石，仍应赴仓支领。俟一月煮赈完竣，将所有钱米再行请销。兹据南城司坊官造具细册详报前来，臣等逐加确核钱米数目，均属相符。奏入，上谕内阁曰：永定门、右安门外办理急赈事宜，自六月中旬至七月底止，陆续发去钱文米石，派令汪承霈等经理五十余日散放、稽查，俾灾黎均沾实惠。所办甚属妥协。汪承霈、陈嗣龙、刘湄、阎泰和，并巡视南城御史达灵阿、张鹏展、兵马司正指挥贾钠、副指挥陈韶、吏目单恩长、顺天府经历查人和、宛平县县丞陆逢瑞，均著加恩交部分别议叙。其用过钱文米石，著报部核销。

同日，福会奏言：臣自七月十八日督饬弁兵照料催趱各帮于二十五日全数过陈官屯后，查陈官屯漫口自二十四日合龙后，河水顺流平稳。臣即督押各帮经过静海迤北两处漫口妥为行走，于三十日将尾帮全数挽过独流，距天津河路七十里，即可衔尾前进。臣于八月初一日抵津，查得南运河水势已落至七、八、九尺不等，两岸地亩全行涸出，附河之地俱已普种菜蔬，现已滋长葱茂，堤外之地亦多翻犁播种秋麦。旬日后，涸出田地更必宽广，附河各村庄被灾之民渐次复业。其天津浸至城下之水全消，西南两门洞开，附郭灾黎各得复业。此时粮价并不甚昂，麦面价值尤平，地方可期宁谧。再，臣经见各河水势齐消，运河虽尚有与淀河通连处所，现今水浅溜弱，指日皆可涸出。惟静海县迤北之邱家堤、王家院二处东岸漫口水势仍溜，昼夜水往外泄。兹届白露，河水有减无增。若运河之水任其于漫口横消，则明春运道自必有浅涩之虞。是该二处漫口，势须急为堵筑。此时天津道臣蔡齐明在泊头截收漕粮，臣已飞札致商，令其速筹款项，即委干练河员前来开工赶办，勒限合龙，以固运道。奏入，上命军机大臣传谕署直隶总督陈大文、提督特清额曰：福会奏，静海县迤北之邱家堤、王家院二处东岸漫口水势外泄，应请开工赶办合龙，以固运道等语。所见甚是。该处河水漫涨，固应妥为宣泄，以期日就消落，但运道经由之处，若任其分泄，不为收蓄，则河路必致浅涩。目前粮艘回空既属不便，且恐来岁重运有碍行走，所关匪细。著陈大文即速派委妥员前往筹办，并转饬天津道蔡齐明将该二处漫口赶紧兴筑，早为合龙，俾河水储蓄充盈，以利漕运，方为妥善。

同日，那彦宝、巴宁阿奏言：恭照永定河下游堤埽各工动工日期，前蒙钦点七月十九日，臣等遵于是日辰时告祭河神，即将南北两岸应行补筑下游土堤同时破土开工。其顶底长宽丈尺，俱照依原旧尺寸，每土一层加硪一次，中心用本地土，两帮盖顶俱用远方好土，各厚二尺，以期完固。现在南北两岸土工十七处，自开工至今，已有十分之三约计月底可以完工。又南岸下头工土堤一段，原堤逼近大溜，频年屡被冲刷，此次复冲开四百九十五丈。今拟往后展宽二百六十丈，照依庙后老月堤形势，改作正堤，接筑坚固，以避顶冲。谨绘图贴说，恭呈御览。仍拟添筑挑水坝一座，以备急溜旁趋。拟俟土工竣后，再行估做。此土堤各工之情形也。至附近卢沟桥东西两岸石堤决口四处，除东岸二十二号决口尚未断溜，其根底难以测丈，俟挑淤挖引后再行确估外，其东岸十四号、西岸桥南一号并税局后身堤岸三处，勘估得三处决口，共计一百二十八丈。原旧做法，上截露明一丈至二丈二三尺不等，俱用片石；下截埋深八尺，用片石及大料石，层数不等。背后灰土戗堤并外护土堤，顶底宽窄不一。此外石堤之臌裂、坍塌并护岸戗堤冲刷处所，均应一律照旧补修。其中或有量加更改之处，再行详细酌量情形，恭请训示。所有十四号等三处石工，已于七月二十四日雇觅夫匠，刨挖泥沙，清理根脚，次第下桩修理。至物料价值，前蒙圣恩准照市价办理。臣等当即札饬大宛等州县开列清单，按月呈报，以凭核对。查此次工内需用最多者，惟灰石二项。据报石料宽一尺四寸、厚四寸、长一丈者，市价二两七钱，石灰每斤市价三厘四毫，比较例价大相悬殊。而石土各作商匠人等所开工料价值，亦属昂贵。臣等复将现在修筑永定河工，仰蒙皇上天恩，一切俱发价采买，并不派委州县购办，致累闾阎，谆谆劝谕各商匠酌量减价。去后兹该商匠等佥称，石料山价并铁料、绳斤等项仍照例价办理俱不加增外，现在道路泥泞，车辆难行，草料无不昂贵，石料运脚必须加增。所需青沙石、豆渣石，每丈每里加运脚银一分；片石，每车每里加运脚银一分。至夫价一项，因今夏雨水过多，米粮昂贵，亦须量为加增。匠夫每名加银四分五厘，壮夫每名加银二分一厘。惟白灰一项，不特道路泥泞，车辆难行，且窑座多有坍塌，均须修筑，方能烧造，以致灰斤缺少，每千斤必须二两八钱，方能收买等情。臣等详细比较灰斤等项价值，尚属有减无增。即匠夫工价，比较例价稍为加增，亦属实在情形，只得如此通融办理。臣等随时察访，市价稍落，即为核减。统俟完工之日，将前后价值通盘核计，并将大、宛二县所报清单一并咨部据实报销，不使稍有浮冒。其应行补修臌裂、冲刷各工，俟算明后，再总缮简明做法及一切物料价值清单，另行具奏。再，臣那彦宝奉命督办永定河堤岸工程，随带兵部员外郎智凝、主事诚安、额外主事徐寅亮等周历查勘，酌议章程。该员等俱属奋勉，不辞劳瘁，办理一切颇得端绪。今臣蒙恩调补工部左侍郎，原带兵部司员等自应仍归本衙门办事。但月余以来，一切要工事宜，俱系该员等会同永定河道陈凤翔等一手经理。今将届诸工并举工务吃紧之时，若易生手，恐一时未能得力。仰恳皇上天恩俯准，将兵部司员等仍留工次帮办一切。再，该员等在工，臣酌议照本衙门随围之例，由饭银内酌给帮贴银两，以资当差费用。如蒙恩允，臣即知照兵部，仍照旧办理，俟将来工务一竣，即令该员等回署办事，奏入，得旨：允行。

初六日（庚戌），署理直隶总督陈大文奏言：查本年直隶各州县水灾既早且重，节蒙恩旨蠲赈兼施。先经同兴奏拨银十万两办理抚恤，并多设粥厂，俾资餬口。现在抚恤将竣，请将成灾九分、十分之极贫并鳏寡孤独等项，于八、九两月摘赈，似尚不至失所。大赈十分灾极贫之户，应赈四个月者，核之同兴原奏，提早一月，自十月开赈起，可领至次年正月。其余六、七、八、九分灾之极、次贫民，应领三个月、二个月、一个月赈粮者，亦可支至岁暮，俾寒冬口食有资。若再移前一月，恐愚民类少远谋，一经领赈到手，罔知撙节，及至严冬，无以为继，啼饥号寒，转形拮据。合无恳恩将大赈仍自十月开放，俾灾民后先生计有资，藉延度岁。至被水各州县，除勘不成灾之二十三州县外，计应给赈者九十九州县。即如州县内村庄而论，亦有被灾轻重不同，再除五分例不给赈外，其成灾六、七、八、九、十分实在应赈之户口，一时势难查报齐全。兹就历次办过灾案及现报灾分州县之村庄多寡，约略撙节，参较合计例赈次数，约应赈大小灾民一千万余口，需米一百八十余万石，照例本色、折色兼放。除已蒙赏给漕米六十万石尽放本色外，尚不敷折色银一百四十余万两，并议给实在无力之家倒坍房屋修费约需银十万余两，通计需银一百五十万两。查司库存银六十余万两，尚不敷本省岁支之用，不能动拨给赈。仰恳皇上天恩俯准拨银发直应用，臣督同司道等查明现议章程，切实办理，务使民沾实惠，帑不虚糜，以仰副圣主矜恤灾黎至意。再，臣接据宣化府知府苏勒通阿具禀，延庆州属之八达岭，有圈洞一座，六月初旬被大雨将西圈洞中圈冲塌，七月初三日又被雨将东圈洞冲塌。该处两边皆山，中系出关大路，今被圈洞砖石填塞。虽相距半里许，山上有平坡一块，可以堆贮，雇夫抬运，需费浩繁。并尚有臌裂、粘连处所，势颇危险，必须工匠，方可拆卸、搬运。现饬州确勘筹办等情。臣伏查该处圈洞，为关隘通衢要路，未便任其阻塞。除饬该府作速督同该州县设法辟除大路，毋再因循外，并飞札口北道索诺木、扎木楚速赴该处督同办理，以利邮传。又据保定府知府朱应荣具禀，安肃、满城二县境内，间有蝻子，为数无多，现在扑捕等情。臣当即札饬各委员等，协同地方官，督率乡民，自行设法搜捕。今据该府县委员覆称，赵州所属之柏乡，并保定府属之清苑、安肃、望都、满城各县，所有蝻孽萌生之处，或止数武，或不及亩，甫能行动，不能伤及禾稼，旋即扑除净尽，并遍加搜觅，不令再留余孽。又丰润县知县朱潮，现以县属之板桥水涸处所间生蝻孽具禀，臣已飞札该管道州赶紧捕净，并挨查各属有无萌孽。如敢玩廷，臣即据实查参。

同日，特清额奏言：臣查灾赈事宜定例，被灾极重贫民，八月应行急赈，九、十两月应行摘赈，十一月应行大赈。未届大赈之前，最为紧要。若仍循从前旧式，稽延迟待，殊非仰体皇上急救灾黎至意。天津、静海二县被灾同重，当大赈之前三月，势须接济。现拟将督臣拨到漕粮，即酌分该二县及时赈恤。臣日内即会同道府县令亲至棚厂，照册按名详察，散发票单，并派令妥干文武员弁前赴赈厂监察散赈，以杜胥役侵克情弊。臣于筹办赈务之暇，亲往附近各乡村查看，积水大见疏消，间有涸出园地栽种菜蔬之处，浸塌房舍亦间有粘补、修葺者。民情极其宁帖。

同日，巡视中城御史多福、李蘧奏言：本月初五日黎明，臣等赴给孤寺中城饭厂放赈，据副指挥赵文在禀称，适自寺门外墙上揭得匿名揭帖二纸。臣等公同阅看，一系编成歌词，控告文安县张知县扣减赈数，私征钱粮等款，并未写出张知县名字；一称系京南村庄灾民，从前乾隆五十八年被灾时，商民捐赀煮赈，奉有恩旨议叙，至今未见办理。臣等不敢壅于上闻，所有原帖二纸一并恭呈御览。均奏入，上谕内阁曰：陈大文奏筹办大赈章程核计赈需数目一折，前因直隶被水灾民待赈孔亟，业经赏拨银十万两、漕米六十万石，并谆谕陈大文将大赈事宜速行经理。兹据该督奏请将大赈之期提前一月，于十月开放，俾灾黎早资餬口，著加恩于两淮解京商捐银内先行赏拨银一百万两，该督一俟两淮解员行抵直境，即照数截留，以备放赈之用；并著督饬所属实心办理，俾畿辅灾黎均沾实惠。

同日，上命军机大臣传谕陈大文曰：陈大文奏筹办大赈章程开单呈览，朕详加披阅。所称大赈只须提早一月，毋庸再为移前，请统于十月开赈，并其余放赈一切条款，所办皆是。至所称需银一百五十万两，现在两淮有商捐银一百万两业经起解在途，约计开放大赈以前定可早到。著陈大文即行知该省委员，将此项一百万两于过直境时即行全数截留。至此外不敷银五十万两，俟可以拨给之时，即行如数发给。朕廑念灾黎，痌瘝在抱，惟恐一夫失所。即当国用不足之时，从不靳惜帑金。该督所请一百五十万两之数无不如数拨给，以应要需。第闻地方官办赈情形诸弊丛出，不但放赈之时层层朘削，即清查户口等事，皆有向贫民勒索册费，以多报少，以少报多，极贫、次贫意为高下，甚至有贫民待赈孔殷，转因册费无出，愿甘舍赈不领者。其余捏造户口，肆意侵吞，何所不至？在地方大吏，受恩深重，自不忍出此。其余州县各官，即贤否不一，难保无从中侵蚀之人。至书吏人等，尤奸伪百出，不可不严密查办。即如现在，已有匿名控告文安县知县减赈私征之事。试思当此饥民嗷嗷待哺之时，伊等犹敢恣意侵渔，多方勒索，较之寻常侵盗仓库者，其情罪更为可恶。此即在国帑充裕之际尚当严办示惩，况现值经费不敷，朕因小民等颠沛流离，焦劳备至，所有此项赈恤银两，皆经朕设法筹画，始克足数。乃不肖官吏，忍心藉端克扣，攘夺饥民口食，岂不丧尽天良？陈大文惟当严访密查，如有前项不法之徒，立即查拿，从重治罪，以儆其余。务令所拨帑金、粟米，丝毫颗粒，实惠皆及小民，方为不负委任。又据奏查明各县蝻子情形一折，该州县等雨水之后，蝗蝻不无萌孽，务饬令该州县等，各于该管地方上紧设法搜捕净尽，不可使遗孽未净，致伤明年春稼为要。再，本日据特清额奏筹办灾赈等一折，特清额发折时，尚未知现在办理大赈提早一月。其所称天津、静海等县被灾赈恤各事宜，自应照直隶通省赈饥之案画一办理。此非细事，岂可纷纷办理？此轻彼重，亦非体制。著陈大文查明一体核办。特清额原折发交阅看。

同日，上命军机大臣传谕钦差侍郎熊枚曰：本日据巡视中城御史多福等奏，于给孤寺门外揭得匿名揭帖二纸。其所编歌词内，有控告文安县张知县减赈私征等款。此等匿名揭帖，定例本不查办，但所控系属灾赈，事关民瘼，未便置之不问。熊枚现在东安审办事件，俟审案完竣后，即就近前赴文安，访查该县平日声名如何，其减赈、私征各款是否属实，即行据实具奏。至编造揭帖之人，或即系籍隶文安者，并著熊枚密饬查拿，一经拿获，仍照例治罪。所有多福等原折及揭帖二纸，一并发交阅看。

初七日（辛亥），上命军机大臣传谕陈大文曰：直隶地方，于乾隆五十七年被灾时，经商民等捐输银米接济。五十八年，梁肯堂奏明，当奉恩旨将该绅士等交部照例议叙。经吏部行文直隶总督，转饬地方官造册送部。嘉庆二年，据户部咨明吏部，因直省册开捐赈各绅士姓名与原捐底册多不相符，复经吏部开单，咨行直隶总督查明申覆。至嘉庆五年，总未据直隶总督查覆。上年复经吏部行催，至今仍未将清册送部。是五十八年之事，相隔九年，尚未将该绅士等议叙。昨有匿名揭帖申诉此事，不为无因。地方官查对捐赈绅士姓名，有何难办？乃悬宕至今，迟延几及十载。直隶地方诸务废弛，即此可见。著传谕陈大文，即检查部案，将捐赈绅士姓名，饬令该地方官迅速查对确实，开造清册送部，以便补给议叙，并将因何迟延之处一并查奏。

初八日（壬子），那彦宝、巴宁阿奏言：臣等先于七月下旬，饬令原任南岸同知翟粤云，带同抄平人等，自卢沟桥起，至下口，一面估计，以便白露后兴工挑淤。兹据翟甹云禀称，沿河逐段测丈，除八、九工俱有河形，现在尚存积水，难以平丈外，所有自卢沟桥起，至下口七工条河头止，共平过一百五十余里，全河形势或起或伏，尚非一律高仰。查所平各工内，有大淤滩二十二段，计长八千九百余丈，高一丈一二尺至三四尺不等，或中梗河心，或偏垫岸侧，此必须挑挖深通者。至其余各处，较卢沟桥第五虹桥底石板渐见低洼，现在尚可缓挑等语。臣等伏思河形大势，尚属北高南下。现在只须间段疏浚，即可因势利导，无虞阻滞。已于初六日招集人夫，赶紧挑挖；一面挑引打坝，掣溜归槽，务期河流及早顺轨，仰慰圣怀。至两岸之中流以及下口所有必须裁湾〔弯〕取直并开引分流之处，统俟明年凌汛以后、麦汛以前，再行确切查勘，量加挑浚，以备伏秋大汛。至需用人夫，系随时各处雇觅。应挖土方，砂土、泥泞情形不一，至价值亦各不同。且宽窄、浅深必须临时相度形势，酌量增减。今开工之始，一切土方及雇夫价值确数尚难豫定，容另行详细具奏。奏入报闻。

初九日（癸丑），那苏图奏言：据长芦运使伊勒图详，据芦商郭利和、江公源等九十七名呈称，商等行办直豫两省引盐，本年六月阴雨连绵，河水涨溢，坨存引盐上淋下荡，抢护不及，先后两次共冲荡盐三十二万九千二百余包，成本化为乌有。直省各州县被水成灾，酱盐既已缺销，菜盐亦难有望。且河流驶激，车路泥泞，水陆运费倍加增长。其豫省引地虽未被水，而淹冲坨盐，成本亏折，兼之道远费重，艰于挽运。盐由商运，课从盐出，商等百计设措，课、运实难兼顾。况芦商每年有应交经费，必需帑利及杂款等银，又应完第三限川楚饷，合共银五十四万九千七百余两。现在按期完纳，例不容缓，转瞬奏销。若并将应交嘉庆五年正余引课银五十七万二千三百余两，又带征元年第三限引课银十七万五千一百余两，又积欠课饷、运本分十五限带征，应交第一限银三十六万三千四百余两，一并同时完纳，商力实在难支，必致课运两误等情。臣查芦商行运各引地本年被水成灾，坨盐冲荡，成本亏折，系属实情。然其中轻重不同，自应分别调剂。臣前奉谕旨，著查明引地坨盐被水轻重、应如何加恩展限之处，分别具奏。合无仰恳天恩俯准，将现在引地被淹坨盐，又被冲荡之八十八州县各商应交五年正余引课银二十八万五千七百余两，恳请全行缓征，于明年奏销后起，分作四年带征。其直、豫各引地未经被水，不过坨盐冲荡，恐致误运之九十八州县各商应交五年正余引课银二十八万六千五百余两，恳请缓征十分之五课银十四万三千二百余两，亦请缓至明年奏销后起，分作四年带征；仍应交十分之五课银十四万三千二百余两。再，本年带征元年第三限课银十七万五千一百余两，亦令照数依限完交。至分限十五年带完积欠课饷、运本等项，业经奏明本年起限完交，未便再请加展。但该商等值此被灾亏折成本之年，除本年正余引课分别恳请缓征外，尚有应交各款银八十六万八千二百余两，若仍令将分限十五年带完第一限银三十六万三千四百余两一并完纳，商力实形竭蹶。合无仰恳皇上天恩酌予加展，亦请展至明年奏销后起，仍照原定十五限完交，庶商力得以纾缓，而被灾轻重亦稍有区别。其本年应交引课并带征元年引课及经费必需帑利杂款等项银两，仍令依限照数完交。臣仍督同运使，严饬各商，赶紧起运，随时批买滩盐，接续趱办，无误民食。奏入，上谕内阁曰：那苏图奏芦商坨盐被水冲荡，恳请酌予展缓引课一折，本年六月阴雨连绵，河水涨溢，冲荡坨盐，成本亏折，挽运艰难，自系实在情形。若将新旧应征、带征各款同时完纳，诚恐商力不无拮据。著加恩将长芦引地被淹坨盐复被冲荡之八十八州县各商，应交五年正余引课银二十八万五千七百余两，全行缓征，于明年奏销后起，分作四年带征。其直、豫各引地未经被水，仅止坨盐冲荡，恐致误运之九十八州县各商，应交五年正余引课银二十八万六千五百余两，亦著加恩缓征十分之五，并于明年奏销后起，分作四年带征。再，前此分限十五年带完积欠课饷、运本等项，原系奏明本年起限完交，并著加恩将本年应完第一限银三十六万三千四百余两，一并展至明年奏销后起，仍照原定十五限完交，俾商力益资宽裕。该部即遵谕行。

钦定辛酉工赈纪事卷十九

八月初十日（甲寅），特清额奏言：查本年直省地方猝被水患，灾民内不无投觅亲知出外谋食之人。前次署督臣熊枚虑及灾民出外滋事，行令各关口劝阻回乡。臣思被水之初，各州县灾民急于觅地趁食，若概行拦阻，穷民长途纡折，或致饿殍在路，情形亦属可悯，似不若暂听其便。如大赈开行后，仍有出口穷民，再为斟酌拦放。当经札覆熊枚，并行知守口员弁照办在案。臣伏思此月已届急赈，旋即大赈，穷民正可仰戴鸿慈。此后各关口验放穷民，即宜量为区别，不应仍如被水之初任其所往，以严关禁而重地方。查山海关，系临榆县给票，关口验放。其余隘口，系守关员弁查验，不能按名辗转关查来历。臣愚昧之见，嗣后该地方官及守口员弁，于验放穷民时，查明如系携老幼妻子者，自然多系良民，实有可投之地，应准其放出；如系无眷流民，年当少壮，本可内地谋生者，应无论只身、结伴，一概不准出关。如此甄别节制，既无阻穷民生计，又可杜奸匪溷迹，于口外地方倍臻宁静矣。奏入，上命军机大臣传谕陈大文、特清额曰：特清额奏穷民出口分别验放章程一折，据称向来惟山海关一处，行旅到彼，临榆县给票，关口验放。其余隘口，径由守关员弁盘查，分别放行，并不能按名关查来历等语。各处关口定例，稽查出口民人，自当一律给票验放，方足以昭严密。何以只山海关一处由临榆县给票，而古北口、张家口等处并不给票，仅由守关文武员弁查验放行？办理殊未周密。至所称嗣后穷民出口，如查系携带老幼妻子者，自系良民，应准放出；如无眷流民，年当少壮，无论只身、结伴，概不准出关一节。所议亦未妥协。本年直属被水地方较多，穷民出口谋生者自必不少，并恐奸匪易于溷迹。若只查其带有眷口，即信为良民，概准放行，其年壮未带眷属者，或向守关兵役许给钱文，搀混出关，均属事之所有，防闲未为严密。况口外即系蒙古地方，若内地穷民纷纷到彼觅食，竟似内地不能存活，而蒙古等又必以侵占伊等游牧为辞，致生枝节，殊属不成事体。总之，中外之界不可不分，稽查关隘宁严毋滥。其应如何立定章程，给票验放之处，著陈大文会同特清额妥议具奏。

同日，河南巡抚颜检奏言：窃臣接奉上谕采办小米麦石，运至直隶，以备来年平粜之用。伏查豫省收成丰稔，市粮充裕，各属大概相仿。惟大河以南各府州相距陕楚较近地方，时有商贩往来，是以粮价未能甚减，而脚费并属不赀。臣与署藩司陈钟琛通盘筹画，莫若即在开、归、彰、卫、怀等属附近水次地方丰收价贱之区，酌量收买。惟豫民食性以面为常供，故兼买麦石，不如专买小米为易。现即派委诚实之员，携带银两，分赴各该处采买小米五万石。本处民食仍可宽余，粮价亦不至因此昂贵。总于九月内分装船只，运往直省，以资备贮。再，本年六月直隶水灾，实从来所未见。皇上多方救度，如天布惠，拯此哀鸿。而卢沟桥以下堵口要工，需费尤为重大。臣坐享厚廉，疚心中夜，即通省司道亦无不寝食难安，见于词色。并据各府直隶州等，以直省工巨费繁，壤地毗连，情殷抒悃。仰恳皇上天恩俯准豫省两司道府、直隶州等，将各所得养廉捐缴一年，稍佐工需。至臣巡抚养廉更为优厚，且曾任直隶藩司、护理督篆，义尤切近，恳请捐廉二年。共合银十万两，或解永定河工，或解直省藩库，仰祈谕旨遵行。奏入，上命军机大臣传谕河南巡抚颜检曰：颜检奏请豫省两司道府等捐廉一年，颜检捐廉二年，以佐工需一节。本年直隶被水州县，经朕发帑开仓，工赈兼兴，现又谕令于十月开放大赈，需银一百五十万两。永定河筑堤挖淤，亦需银一百余万两。拯救灾黎，办理工务，虽为数甚多，曾不稍为惜费。若以豫省与直隶毗连，通省司道府州俱请捐廉助公，则直隶邻境之山东、山西等省亦必纷纷渎请公捐，成何政体！且各省水旱灾祲，原难保其必无，倘一省偶值偏灾，他省官员辄捐廉助赈，又开假公摊扣之渐。颜检此奏不可行。至颜检曾任直隶藩司兼护总督，于永定河淤浅不能及早挑挖，将来估计挑工，应有分赔银两。此时自请捐廉，尚属分所当然。著准其扣缴巡抚养廉一年，解赴工次备用。

同日，察哈尔副都统金良奏言：据张家口满洲蒙古三营协领德柱等呈称，本年六月初一日至初五日，大雨五昼夜，张家口八旗兵丁等所住官房尽皆渗漏，间有墙垣倾倒，檩柱损坏等因呈报前来。臣查验无异。此项倒塌房屋墙垣，若令兵丁自行补修，伊等力量实属不能。查乾隆五十九年前任都统乌尔图、那逊等奏，张家口八旗兵丁等住居官房，年久倒坏过多，曾由口北道衙门存贮银两内酌借给兵丁等一年钱粮修补，作为八年扣完归款。此项银两，现已扣过六年零八个月，尚欠一年零四个月。恭恳圣恩，仍请由口北道衙门存贮银两内，再赏借给一千二十名兵丁一年钱粮，补修各住官房。其所借银两，仍作为八年扣完。如蒙皇上施恩，俯准所请，兵丁等前次所借银两，俟明年扣完时，再将此次赏借银两，于八年春季起陆续扣归完款。奏入，上谕内阁曰：据金良奏，张家口八旗兵丁等住居官房，因本年雨水较大，浸漏倒塌稍多。若令兵丁等修补，兵丁力量不支，请赏借兵丁一年钱粮等语。著施恩照金良所请，由口北道衙门存贮银两内赏借张家口八旗一千二十名兵丁一年钱粮，令其补修各住官房。此项借支银两，俟前项借支银两扣完时，亦分作八年扣归完款。

同日，侍郎熊枚奏言：窃臣前准侍郎那彦宝交出步军统领衙门奏东安县僧人演亮呈控该县教谕杜鹏远查造大赈户册需索舞弊各等情一折，传奉谕旨，交臣密行查办。臣于本月初二日驰抵东安，即提取该县业已查造之大赈户册，并传集该县教谕杜鹏远及跟随下乡之县书何文玉、快役周和、刘天锡、门斗刘文礼、李本发等，到案严讯。不特该教谕供无需索，即书役人等亦各狡供不吐。臣当即委员带同演亮，前往所供七村庄严密挨查。随据查得该县前所营、栗家庄二处，每处各给过查赈书役东钱十吊；马神庙地方，亦给过东钱三吊；巩家洼地方，给过东钱八吊；麻子屯地方，给过东钱两吊；邢官营地方，止预备书役人等饭食；沙窝村并未给钱各等情。所有各村民确供呈送。并据回称，查出沙窝村、马神庙，实有漏未登写灾民十余户；前所营地方，实有捏报二户冒写，大小共十二口；并各村庄内，多有将一户分作两户之处各等情。臣复亲往各村逐讯居民，并提集案犯严审。缘何文玉系该县粮书，本年七月十三日，经该县派同快役周和、刘天锡并门斗刘文礼、李本发，跟随教谕杜鹏远，前往东南乡一带清查大赈户口，何文玉起意需索各村饭食纸笔钱文。是日先查麻子屯一村，有地保冯五在于该村每户敛制钱六文，共敛得制钱三百三十文，合东钱两吊，该犯等收受。嗣查至马神庙一庄，经地保王得匣在于该村每大口敛制钱四文，小口敛制钱二文，共敛得制钱五百文，合东钱三吊，亦交该犯等收受。嗣又查至巩家洼地方，经地保孟体武在于该村庄每户敛制钱十五文，共敛得制钱一千三百十五文，合东钱八吊，亦交该犯等收受。随后，查至前所营地方，因时已昏暮，该教谕杜鹏远带同书役，前往该村庄之娘娘庙住宿。甫进庙门，该教谕正在查收行李，该庙僧人演亮用扇戏拍其背，出言轻肆，杜鹏远斥其侮慢，演亮复用言顶触，杜鹏远因另往村南住歇，向牌头刘淑并村民人等告知演亮无礼，令其撵逐，并以若不撵逐，即先查别处后查该村之言挟制。居民等急于求赈，即往将演亮驱逐。惟时何文玉等跟随在彼住宿，经该村牌头刘淑在于该村中每大口敛制钱八文，小口四文，共敛得制钱二千三百余文，合东钱十四吊有零。将四吊有零预备该犯等饭食，下余东钱十吊，转交收受。迨后查至栗家庄地方，亦经地保林宗和，每大口敛制钱六文，小口三文，共敛得制钱二千四百六十余文，合东钱十五吊有零。除办给该犯等饭食外，下余东钱十吊给与收受。至邢官营、沙窝村，仅止供给该犯等饭食，并未给钱。以上各村庄，除该犯等吃用饭食外，实收受过东钱三十三吊，合制钱五千五百文，五人分用。此书役何文玉等需索得赃之实在情形也。演亮被逐后，怀挟嫌隙，思欲控告泄忿，当赴各村庄探知书役等索赃情节，即以何文玉等所得之赃指作该教官需索之项，赴京在步军统领衙门具控，奏交到臣。查例载，蠹役索诈贫民，计赃至五两，杖一百，枷号一个月；十两以上，发近边充军。其或索诈贫民，致令卖男鬻女者，十两以下，亦照例充发；为从分赃者，不计赃，并杖一百，徒三年各等语。今何文玉跟随查赈，辄敢指称纸笔使费，起意需索，虽并计其所得赃数共制钱五千五百文，例止枷杖，而该犯等胆敢于阖县被灾之时收受各村钱文，致令灾民按户计口，通行摊凑，较之寻常索诈贫民之案，情罪尤重。何文玉应请比照蠹役索诈贫民，致令卖男鬻女，计赃十两以下充发例，发近边充军，照例面刺“蠹犯”二字。县役周和、刘天锡、门斗刘文礼、李本发，听从需索得赃，各分制钱一千一百文，均应照为从分赃杖徒例，并杖一百，徒三年，各照例臂刺“蠹犯”字样。现当各处甫开大赈之时，该犯等需索得赃，藐法害民，莫此为甚。应各加枷号三个月，在于东安县境内通行游示满日，由该县详明定地，分别军徒，至配所各折责四十板。各犯等所得赃钱，仍照数著追给领。该教谕杜鹏远，虽讯无知情、分肥及舞弊情事，惟于跟随书役需索得赃毫无觉察，实属有乖职守。杜鹏远应请照溺职例革职，以为查赈官员玩视民瘼者戒。其敛给何文玉等钱文之村民地保冯五、王得匣、孟体武、刘淑、林宗和等，讯未侵分入己，惟任听书役需索，辄为摊派，均属不合。应同捏报户口之村民刘文学、李廷奇，各照不应重律，杖八十。原告僧人演亮，因挟杜鹏远撵逐之嫌，辄将何文玉等需索钱文指为杜鹏远入己赃项，审明捏出有因，应免治罪。但该僧不先由本省呈控，即行赴京越诉，应钦遵前奉谕旨，将演亮照越诉律，笞五十。均各折责示儆。该县知县金鸣琴，于教谕赴乡查赈，不能慎选妥役随往，咎有应得，应请旨饬交吏部照例议处。奏入，得旨：该部议奏。

十一日（乙卯），陈嗣龙、刘湄奏言：窃臣等奉命在右安门外增寿寺接办煮赈，每日督同该城御史散放，查得本月初一日开放之始，人数只一千一百五十六名。自初二日后，日渐增多。初六日增至一千八百九十三名。初七日以后，每日复递减数十名。昨初十日，计一千六百四十九名，俱系妇女、幼孩及老弱残废之人。领赈时，无不感戴天恩，欢欣鼓舞。奏入报闻。

十三日（丁巳），上命军机大臣传谕陈大文曰：直隶需用大赈银两，前于两淮解京商捐银内拨给一百万两，嗣又将浙商捐备赈银三十万两解交直省。兹费淳等奏，南河投效人员捐项，现存银十五万五千余两。降旨令该督等动支十五万，委员解直。前后共拨给银一百四十五万两，照陈大文前次所请一百五十万之数，止短银五万两，于九月间如数拨往应用。该督惟当督率妥办，俾灾黎均沾实惠。惟是向来办赈章程，俱系银米兼放。穷民待哺嗷嗷，所领银两仍须自行买食，不若多给本色，更资餬口。但前次所截漕米共有六十万石，恐尚不敷用。现在京通各仓米石，有应放官兵俸饷，亦未便再行动拨新漕。朕思邻近山东、河南等处丰收之区，或可将赈银划出若干，采买粮石，用资接济，于灾黎更为有裨。著陈大文酌量情形，妥为筹画，并将如何办理之处，据实奏闻。

同日，上谕内阁曰：京师城外附近各处，凡遇人命盗案事件，俱系五城所属，而征收地粮等项，例由大兴、宛平两县管理。遇有灾赈之年，向不列入两县户口册内。即如本年永定、右安门外一带地方被水较重，即经加恩赈给米石、钱文，灾民虽可藉资餬口，但十月内即开放大赈，恐直隶地方官因系五城所属，遂不列入大、宛两县待赈户口册内，未免向隅。著直隶总督会同顺天府，饬属遍查附近京师地方五城所属户口，其钱粮归入大、宛两县者，届期一并造册给赈，勿稍遗漏，以副朕轸念灾黎，无使一夫失所至意。

同日，御史永祚奏言：窃查本年六月初旬，连朝淫雨，猝被水灾，各处贫民口食无资，多致流移。即蒙皇上叠沛恩施，截漕蠲赋，设厂煮赈，高厚鸿慈，至周极备。又奉恩旨挑浚京城内外护城河，兴工代赈，以期安抚灾黎。睿虑周详，更为优渥。臣伏思以工代赈，实为救荒良策。若能于本籍经理，俾得就地餬口，不致流移，更为妥善。直隶省如顺天府属及保定、天津、河间、顺德、广平、永平、正定、大名、宣化等府，均有应修城工，今年俱被雨水浸淋，城垣更多坍塌。若即于目前及时估计兴修，则城工早得完固，而各处灾民复得藉工餬口，在籍者庶不致再就他乡，而外出者亦得闻风归里，益沐皇上深仁于无既矣。再，臣闻永定门外食赈难民，多系认租海户承种地亩居民，现在海子地亩涸出，正值播种秋麦之时，此等居民尚不致有失本业。其余皆系畿辅难民，离京甚远者，不过二三百里。伏恳圣恩，即饬交巡视南城御史并帮同查赈御史，会同顺天府府尹等查明，每名各给盘费银三四钱，或数名、或数十名，给与顺天府或经厅印票一纸，各归本县，并请借与牛粮籽种，及时播种。如无地亩及老弱不能力作者，或入本县留养局，或择本邑绅士经理，不使一夫失所，庶不负我皇上念切灾黎至意。奏入，得旨：军机大臣同该部议奏。

十四日（戊午），上谕内阁曰：本年夏间大雨连旬，河水漫决，永定门、右安门外居民多被淹浸。惟时该处各庙宇僧道将被水民人收留，并将庙中存贮米面给食。灾民等仓猝中得所栖止，兼资餬口，保全实多。该僧道等所蓄粮食，俱系得自募化，今已分济灾黎，深堪嘉许，应按其收留人数多少，加以奖赏。所有中顶道士马广兴，著赏银三百两；镇国寺僧广净、增寿寺僧果明、万泉寺僧祖智，均著赏银二百两；九莲寺僧方林，著赏银一百两。此项赏银，著于广储司库内动支，交组布分别赏给。

同日，陈嗣龙奏言：窃本月十一日臣奉谕旨，命查询京外远来就赈民人，何以不即在本处领赈，舍近就远，岂该地方官竟未办赈，抑或胥役索贿无钱，不肯入册之故。臣于十二、十三两日，询之外州县领赈民人，据东安县民四人，俱称东安、永清两县并未散赈，应赈各户口开去，须俟中秋节后方办；询以曾否开设粥厂、饭厂，或给过面食、钱文等，据云并未设给。又据静海县男妇共十八口，佥称于七月十一日彼处起身，该县并未散赈。近曾遇见同县人新到京者，言至今未赈，须俟九十月间方办；亦并未散过粥饭等语。又固安县民人称，该地方官从六月二十日起赈粥，每人一杓，因不够吃，来京希图做工觅食等语。又霸州民二口，称曾赈过一次，每户给米三升五合；五口以上之户，加制钱一百九十文；不及五口者，加制钱一百四十文。以人数众多，亦不能遍及，并无衙役索钱情弊等语。奏入，上命军机大臣传谕陈大文曰：京师五城现设赈厂，各州县被灾民人来京就食者颇多。因思各该州县，早经降旨令地方官亟为抚恤，灾民等因何不在本处领赈，转舍近求远，来至京城。恐地方官于办赈一事，经理未妥，特命监放给赈之大臣等随时查询。兹据陈嗣龙奏，询据就食民人等称，东安、永清、静海三县，本处地方官均未办放急赈。内永清一县，系东安民人传述之语。本年直隶各州县被水成灾，经朕特派卿员分路查办，并谆谕地方官办理急赈，诚以小民等待哺嗷嗷，不容刻缓。乃东安、永清、静海三县被灾已两月有余，而该地方官未曾设有粥厂、饭厂及酌给面食、钱文，以致穷民不能餬口，出外觅食。且永清一县，曾经台费荫等奏称，有该县业已煮粥散给之语，何以小民并未得赈？著陈大文查明该三县是否于急赈一事竟置不办，抑或经理未善，有名无实，即行据实覆奏。

钦定辛酉工赈纪事卷二十

八月十六日（庚申），盛京将军晋昌、副都统成林、兵部侍郎兼管奉天府府尹穆克登额、奉天府府尹明志奏言：臣等接阅邸抄，知月来直隶雨水较多，桑乾河漫溢，附近畿甸间有水浸，蒙皇上派员分投查看，并特发内帑赈济，叠沛鸿施，仰见圣虑周详，如伤在抱，凡所以惠爱群黎，无微不至。臣等伏思直隶省田禾被水，民食自必缺乏，冬季粮价如贵，更形竭蹶，自当早为筹画接济。查奉天一省，向来米粮价值并不昂贵，足敷本省一年食用外，每于秋收后，各海岸俱有商船载运出口，贩往他处售卖。今岁奉省雨水调匀，较之往年，各等处俱系丰收。似当以奉天之有余，稍补直隶之不足。案查乾隆四十九、五十等年，两次曾因直省偶歉，奉旨动用盛京户部库项，采买麦石、黑豆，解送直隶备用。统俟直隶省粜用后，即将动用银两解还奉省归款。今直隶雨水较多，民食维艰，可否遵照上两次之例，准在奉省采买高粱、谷石若干，交直隶总督派员押船，至奉接运，以备粜用，粜后归款。抑或请旨饬知直隶总督遴委妥员，前来奉省，会同本处官员，在于聚粮处所，按照市价采买之处，伏候圣明训示。臣等接奉谕旨后，即先行出示晓谕居民，无论官商，均按寻常市价公平交易，毋得藉此囤积居奇。如此少为筹办，在直隶可资接济，而奉省亦不致缺乏，似与民食不无裨益。再，直隶地方蒙皇上如天之仁，不惜帑费，赈恤频施。其距京较近之人自可就食京师，而去京路远，与奉省相近居民，知今岁盛京年谷丰收，难保不无出关觅食者。查此项穷民出口自有先后，皆系贫寒无告之人，情实堪悯。若专设散食处所，纷纷群聚，亦非慎重地方之道。臣等业经饬知各旗民、地方官，如有此项穷民行走经过，务于各该处道口，或三四十里，或四五十里，选派妥干官弁，在彼随时照料，或给钱文，或给食物，即令其四散各自谋生。倘有百数群聚者，亦必须煮粥接济，总不使道有饿莩，亦不使积聚滋事。臣等谨会同五部侍郎、府丞等妥协办理。奏入，上命军机大臣传谕晋昌等曰：前据大学士等议覆御史汪镛条奏，令晋昌等察看奉天粮价情形，可以采买若干石，运往直隶接济之处，酌量具奏。本日晋昌等奏称，闻知直隶被灾较重，现在奉天粮石充裕，请采买接济等语。晋昌等发折时尚未接奉前旨，能知以奉天之有余，补直隶之不足，所见甚为可嘉。现已降旨令陈大文酌量直隶来春平粜实需谷石若干，豫行约计，俟陈大文覆奏到时，再降谕旨。又另片奏穷民出关就食，酌量抚恤等语，所奏尚未明晰。晋昌等既称散给食物钱文，似系实有贫民出关觅食之事，而折内复称，如有此项穷民经过，派员照料，又似现在尚无贫民到彼，伊等不过先为豫备。阅之殊欠分晓。著传谕晋昌等将现在是否实有贫民出关觅食及人数多少之处，详晰具奏。如果现有出关就食之民，即照晋昌等所奏妥协办理可也。

同日，台费荫、陈霞蔚奏言：臣等先后驰抵东安，查该县三百余村，成灾实有十分，民舍、田禾多被淹浸。臣等仰体皇上轸念灾黎之意，即饬令该县将被水较重各村，照文安、霸州等处，按户银谷兼放，所需银谷，统共合计银一千四百余两。现已连日赶紧散放，即日完事。再，近日水势日渐消涸，唯文安地势最洼，水深尚有三四尺至丈余不等。

其余各属，俱有露出旱地，民间所种菜蔬已觉青葱。现在赶种秋麦，足以上慰圣怀。至南路七属，俱已查办完竣。臣等于拜折后，当即遵旨前赴天津。奏入，上命军机大臣传谕台费荫等曰：台费荫等奏查办大城、文安等处灾赈，俱已完竣，即遵旨前赴天津查勘等语。台费荫、陈霞蔚本系派查南路灾区，该处七属地方现已查办完竣。前此曾令伊二人于办理南路抚恤事毕后，前往天津查勘。今该处水已消退，居民渐次复业，其各帮粮运亦俱催过津关，遄行无阻，接续抵通。伊二人到彼亦无可查办。陈霞蔚昨已简用山西学政，令其来京请训；台费荫亦著回京供职。伊二人若已至天津，即可转回；倘尚在途次，不拘何处，接奉此旨，即起程回京可也。

同日，上命军机大臣传谕陈大文曰：晋昌奏，奉天通省雨水调匀，较之往年，各等处俱系丰收，似当以奉天之有余，补直隶之不足，或在奉省采买谷石，交直隶总督派员接运；或饬知直隶总督，遴员前来奉省采买等语。本年直隶被灾州县较多，节经发帑、截漕，开放大赈，民食自不至缺乏。但念来春青黄不接之时，米价昂贵，必须预筹采买米石，以备平粜之用。今奉天通省丰收，粮价甚贱，自应就近采买转运，以资接济。著传谕陈大文即查明直隶被灾各州县明春预备平粜米石共需若干，迅速奏闻，以便谕令晋昌，即由奉省如数采买。其采买价银，直隶照数归还奉省。至如何派员接运之处，并著该督详悉酌核具奏。再，前据陈嗣龙奏，询据就食民人等称，东安、永清、静海三县本处地方官，均未办放急赈等语。当即降旨令陈大文查明该三县是否于急赈一事竟置不办，抑或经理未善，有名无实，即行据实覆奏。本日据台费荫等奏查明东安被水情形一折内称，饬令该县将被水各村庄按户银米兼放等语。是东安急赈事宜，于台费荫等八月到彼后，始行筹及。可见该处六月被灾以后，两月有余，该县竟置之不办，以致贫民等纷纷出外觅食。著再传谕陈大文，将东安县因何久未给赈之处即行查明，据实具奏。所有晋昌及台费荫等二折，一并抄寄阅看。

十七日（辛酉），上谕内阁曰：本年六月雨水过多，永定、滹沱等河泛涨，直隶被淹地方至九十余州县，业经发帑、截漕、煮赈，分别蠲免钱粮，并令赶紧堵筑堤岸，挑浚护城等河，以工代赈，俾灾民得资餬口，不至一夫失所，实已不遗余力。惟念水冲地亩，不无淤沙积压之处，即水退之后，仍不能一律耕种，若赋额尚仍其旧，民力恐不免拮据。著交署直隶总督陈大文，遴派廉能道府，分路履勘，将此等水冲沙压地亩应行减豁之处，逐一据实奏闻，候朕再降恩旨。若其中有水退泥淤，转瘠为腴者，转不必亟行查办也。

同日，明安奏言：皇上轸念灾黎，钦派大臣设厂煮赈，以济口食，并令各该地方官查报户口，发帑赈恤，圣恩优渥，有加无已。又奉谕旨挑挖河道，雇集难民，以工代赈，诚救荒之善策。臣伏思挑挖河工，难民虽得饱食，而地冻工停后，身无衣缕，无以御寒。现计四乡被水领赈之民，约共三万余人。查京城内外，共有官民当铺三百余座，各铺俱有当满出卖之衣，酌议每铺分办粗布棉袄各二三百件，毋拘新旧，以厚为要。如当满者尚不足数，即令该铺照数补做，每件定官价银六钱。如蒙俞允，臣亲谕京城内外各当商，务令于九月内办齐，派员查验件数，仍贮各当，俟天寒之时，奏请交顺天府，会同五城御史，查照附近被水村庄从前领赈难民，逐名散给。至所置衣价银两，臣另行筹款，再为奏明给发各铺收领。奏入报闻。

同日，惠龄奏言：窃臣于临清途次，承准军机大臣字寄，七月二十七日奉上谕：著传谕惠龄、颜检，于丰收价贱处所，酌量采办小米、麦石，由水路运至直省，以备来年平粜之用；并将该省能采办若干之处，先行由驿具奏，以慰廑注。钦此。臣跪读之下，仰见我皇上廑念民依，预筹足食之至意。伏查本年东省被水州县，以通省而论，原属一隅，其余收成尚属丰稔，非直省各属多被淹浸者可比。臣与司道等再三筹商，除沿河灾区外，距水次较近及距水次在二百里以内者，共有二十余州县，酌数分买，约可得米麦十万石。现已饬令该州县等，照依部价，如数赶办，运赴水次，于春融冰泮后，分起运直，以备来年平粜之用。所有采买价值并车船运至直省脚费等项，约需银十七八万两。查现在山东藩库支用较繁，惟有将续征银两设法凑办，以期无误要需。至流通民食，官运与商贩兼资，更得挹彼注兹之效。臣于沿河查灾时，目击南来商贩船只，多系装载粮石，赴直贩卖。因念直省多得一船粮食，即多受一船接济。臣恐闸坝各处稍事留难，当即遍加出示晓谕，严禁拦阻，以利遄行而济民食。奏入，上谕军机大臣传谕惠龄曰：惠龄奏酌筹采办米麦一折，据称于东省采买米麦十万石，由水路运往直隶，以备来春平粜之用等语。此项米麦，必须向丰收各州县酌核该处粮价情形，量为购办，俾市价不致腾踊，方为妥协。其需用价银，据称于本省续征银两设法凑办。但查该省现有捐监银两，亦可酌为动用，仍当随时附折奏明。其所称晓谕闸坝各处，于商贩粮载船只毋庸拦阻，以利遄行而济民食，所见甚是，自应如此办理。

十八日（壬戌），丰伸济伦、孟住、永来奏言：据奉宸苑郎中德泰等呈称，三海每年所产莲藕，向例除内廷应用外，其余鬻卖钱文，存贮本苑应用。今岁六七月间，因雨水骤急，中、北海莲藕俱被淹没。至南海虽亦被淹，其沿边高阜之处所生莲藕，尚未受伤，仅足供奉内廷应用。又草桥、什刹海等处荷花地亩，向例招佃征租。今据值年官员呈报，该佃户等诉称，亦因六七月间叠逢大雨，将所种莲藕尽行淹没，实难交纳租银，伏乞恳恩豁免等因。臣等随即派委署主事广传覆查紫禁城护城河及乐善园、什刹海等六处，计地七顷八十三亩，莲藕俱被水淹，实受全灾。其前河、紫竹院等七处，计地十六顷二十六亩七分零，虽经被淹，莲藕俱无，而周围间有蒲草、茨菇，可抵钱粮一成至三成不等。至草桥、镇国寺、茭儿堡一带，荷花水泡计地二顷十亩三分零，俱经永定河水涨泛，全行淤平，亦受全灾。合无仰恳圣恩，除尚有蒲草、茨菇等处地亩可抵租银一百六十六两三钱五分八厘，仍照数征收外，其余被水地亩，合租银一千七十两四钱七分九厘零，可否豁免之处，出自天恩。奏入，上谕奉宸苑曰：三海等处荷花地亩，既经雨水淹没，若仍令其如数交纳，小民未免拮据。所有荷花地亩租银一千七十余两，著照所请，加恩准其宽免。

同日，丰伸济伦、缊布、明安、孟住、永来奏言：据奉宸苑郎中德泰等呈称，据稻田厂值年官及各佃户等诉称，所种稻田俱被浸淹，又兼天气连阴，复生虫灾，稻苗受伤，呈请查验，恳恩豁免。臣等随即派员外郎元成查看，旋据查得稻田厂民租稻田共地九十七顷二十八亩二分七厘，除蛮子营地四顷二十亩零被水冲淹，禾苗无存，实受全灾，南苑、大红门、马家堡、凉水河等处水地十四顷五亩零，又有旱地三十一亩七分一厘，因永定河水涨泛，俱被沙土淤盖，亦受全灾。其余稻田七十九顷三亩零，虽一望青葱，然稻苗内皆有粘虫，其受灾情形自二成至八成不等。至官种稻田十五顷九十七亩零，虽水淹生虫，而情形尚觉稍轻，有六成可望。俟收割时，照例仍令该厂达他住场督办，尽收尽报。其民租稻田，查每年按例应征租银六千一百三十九两五钱八分五厘，今按受灾成数，合计应征租银三千七百七两六钱二厘，较少征租银二千四百三十一两九钱八分三厘，统计受灾均合四成。合无仰恳圣恩，将受灾地亩租银二千四百三十一两九钱八分三厘可否豁免之处，出自天恩。奏入，上谕奉宸苑曰：奉宸苑稻田俱被淹浸，兼受虫灾，若仍令其如数交纳，未免拮据。所有稻田地租银二千四百三十余两，著照所请，加恩准其豁免。

十九日（癸亥），上谕内阁曰：今年六月间淫雨连绵，八旗兵丁住房及各营官房倒坏甚多，经朕屡次施恩，将兵丁每月应扣库银展限两个月，又普赏一月兵米，用资生计，所有倒坏房间亦得藉以修理。乃朕本日自圆明园进宫，见兵丁住房墙垣尚未能一律修整，想因伊等生计未臻充裕所致。朕所见者如此，其穷巷僻居自必更甚。目今天气渐寒，若住居房屋不能完整，何以为御冬之计？虽各营兵丁官房，既经各该处奏明动用公项修理，而私房未经修理者尚多，且物价昂贵，诸凡拮据，殊堪怜念。著加恩将每年年终所赏八旗及包衣三旗兵丁等地租银两，移前于九月内即行普赏。此时地租银两尚未据直隶解到，著于户部银库内先行照数动用赏给，以示朕惠赉八旗兵丁，有加无已至意。

二十一日（乙丑），上命军机大臣传谕陈大文曰：朕恭阅皇考高宗纯皇帝实录：乾隆十二年，因东省被灾，流民出古北口觅食，巡抚阿里衮奏请携银招徕资送。钦奉谕旨，以流民出外觅食，总因乡里糊口无资，果能一一遵旨办理，安辑于本州县，使无轻去其乡，上也；离乡未远，招徕于本省境内者，次也。及其已至古北口一带，往返数百里，远者千里，其中或有父兄、亲族向在口外，有所依倚，亦不妨任其前往。若一一资送回籍，不惟縻费不赀，且恐已误耕作，而还乡更无可倚赖，于灾黎转属无益。圣训谆谆，仰见我皇考轸恤穷民，无使一夫失所至意。彼时东省被灾地方，距古北口较远，尚有流民出口之事。本年直隶地方被灾较广，穷民大半失业，且距古北口甚近，其出口觅食者自所不免。但被灾处所，如果地方官认真经理，计口授食，灾民等岂肯轻去其乡？若本籍既不能妥为赈恤，致令流移出口，离家已远，岂有概行拦截及资送回籍之理？前因直隶被水州县甚多，谕令地方官急为赈济，原恐灾民流离失所，必致纷纷出口，或赴蒙古地方觅食，竟似内地居民不能存活。且户口流亡，则田亩必多荒弃，来岁春耕稀少，更属不成事体。计十月初间，即届开放大赈之期，著传谕陈大文督率藩司道府州县等，按照极次贫民户口大小，分别给发，务令实惠及民，各有生计，自不致有出口觅食之事。至承办灾赈地方官经理得宜者，自应奏明量加奖擢；倘草率从事，或任吏胥等从中侵蚀，必当严参治罪，以示惩儆。再，本日查办南路之卿员台费荫等到京覆命，并将霸州等五州县用过银米数目开单进呈，当即召见询问散赈情形，据称单内霸州用银一千九百四十两，保定县用过谷五百一十九石，东安县用过谷一千二百余石，皆由该州县仓库内动用。其霸州所用米石，保定、东安所用银两，俱无仓库可动。至文安、大城二县，仓库银米俱无。询之该州县等，均称曾经报明上司，今闻知查灾钦差到此，始行捐赀凑集办理等语。各州县仓库俱应实贮银米，以备动用。乃文安、大城二县，仓库银米俱无，殊堪骇异。且该州县所称捐办之处，是否自出己赀，或仍系勒派该处富户商民，俱未可知。今文安、大城等县如此，其余各州县仓库亏缺情形，已可概见。陈大文现署直隶总督，于赈事完毕后，务将直隶通省各州县仓库妥为经理，俾储备有资，缓急足恃，方为不负委任。

二十二日（丙寅），陈嗣龙奏言：臣续询得任邱县领赈民人，据称于七月十九日自原籍起身，彼时该地方官并未办赈，亦并无粥厂、饭厂等语。又据文安县民人称，闻得城里有赈，五口以上之户，给制钱一百八十文，小米二升；不及五口之户，给钱九十文，高粱一升。各乡村俱未散赈等语。其余固安县等处续到之民人，所称俱与前所访闻相符。奏入，上命军机大臣传谕陈大文曰：前据查赈大臣陈嗣龙奏，询之来京就食民人，称东安、永清、静海三县未经办放急赈。曾经降旨令陈大文查奏。本日又据陈嗣龙奏，询据任邱县领赈民人，称于七月十九日自原籍起身，该县并未办赈，并无粥厂、饭厂等语。本年直隶各州县被灾较重，节经谕令地方官亟为赈恤，诚以被灾穷黎嗷嗷待哺，刻不容缓。何以任邱县并无设厂散给粥饭之事？可见直隶地方玩视民瘼，恐各州县似此者尚复不少，将来大赈亦不认真办理，则朕节次所发银米数百万，仍未能实惠及民，徒资不肖官吏侵蚀，成何事体？且前此未经办理急赈各州县，或闻知京城于六七月间即已给赈，亦欲仿照此例开销银米，而实无散给粥饭等事，则尤为虚冒，必当查明严惩。著陈大文将直隶被灾各州县普行查明，何处办理急赈，何处并未办理；其所设粥厂、饭厂，何处系各州县自行捐办，何处系动用公项，详查据实具奏。此后京师再有询出未经办理急赈之州县，亦不复一一饬查，统俟陈大文奏到，再降谕旨。

钦定辛酉工赈纪事卷二十一

八月二十三日（丁卯），汪承霈、阎泰和奏言：本年八月十三日钦奉谕旨：五城所属各村庄被灾贫民，归入大、宛两县一并造册给赈。钦此。当即饬令大、宛两县，会同司坊官，迅赴各村，挨查被灾轻重分数，分别造册具报。正在查办间，据宛平县知县胡逊禀称，接准挑挖永定河钦差侍郎那彦宝、巴宁阿札委该县雇觅方夫赴工领取夫价等事，臣等以该县现须承办赈务、科场不能兼顾行文咨覆，并札知督臣陈大文。嗣据直隶总督臣陈大文咨催该县赴工前来，臣等查京县事繁，从无调至京外办差之例。现当查赈，城属各村庄逐户挨查，计须时日，及领帑散赈等事，在在均关紧要。至永定河雇夫领价，又不能竟委之夫头经手钱粮重务，该县势难分身，臣等恐于公事彼此两误。合无仰恳皇上天恩，饬下直隶总督臣陈大文另派妥员前赴工次，领价雇夫，以专责成。奏入，上谕内阁曰：汪承霈等奏，宛平县知县胡逊，经那彦宝等札委赴工，复据陈大文咨催前往。该县现有承办科场事务，请饬陈大文另行派员赴工等语。卢沟桥一带，虽系宛平县所属，但京县事务较繁，向无调至京外办差之例。且现居科场之期，该员承办事件甚多，更不应调派他往。况办理工务，通省不乏派调之员，亦不籍〔藉〕宛平县一人经理。著照汪承霈所奏，即令该员速回本任，以便办理科场等事。所有工次领价雇夫之事，该署督另行派委［委］妥员，速往接办。

同日，陈大文奏言：臣查通省被水一百二十三州县，内除宣化、永平、承德、易州等四府州属之宣化等十六州县均系勘不成灾，现在仓粮足敷冬春借粜，其余一百零六处，按地方大小，合计每处均需借粜米二三四千石不等，共需米三十万石。兹盛京将军晋昌等以奉省年岁丰收，可以采买谷石接济直隶，现计所需米石，除豫、东二省已代买十五万石外，仰恳圣恩令奉省垫价采买十五万石，足敷来春平粜之用。至派员接运，应查照乾隆四十九年采买章程，由奉省雇船派员押运到津，饬委天津道府豫备内河船只，接运收兑。所需海程内河水脚以及奉省委员盘费等项，仍在直省动用报销。垫买米价，俟直属粜竣，解奉归款。再，奉省原奏声明买谷，今议请买米，以节运费。又原奏声明兼买高粱，如价值相宜，应听奉省酌量兼买四五万石，连米共成十五万石之数，陆续运直，以资接济。奏入，上命军机大臣传谕晋昌曰：前据晋昌等奏请在奉天地方酌量采买谷石以济直隶一折，当经发交陈大文，令将直省明年春间平粜需米若干奏闻请旨。兹据陈大文覆奏称，核计直隶被灾州县明春平粜，约共需米三十万石。除由豫、东二省代买米十五万石外，恳在奉省再采买高粱四五万石，连米凑足十五万石，以资平粜等语。著晋昌等即照陈大文所奏，在奉省如数采买，俾资接济。其采买章程，即著照乾隆四十九年之例，由奉省雇船派员押运到津交收，所有一切垫用款项，俱由直隶解奉归款。

二十四日（戊辰），上谕管理八旗大臣曰：据值年旗奏八旗兵丁因豫赏地租银两据情谢恩一折，此乃照例具文，不过参佐领等代作禀稿，呈送都统、副都统处，其实该兵丁等何尝会同具禀耶？朕从来崇实不尚虚文，王大臣等素所稔知。即如今年六月间雨水过大，朕将兵丁应行坐扣之库银施恩展限，且普赏一月兵米。昨自圆明园进宫，于途次见兵丁居住房屋尚未一律修整，因念气候渐肃，八旗兵丁难以避寒，复将每年赏给兵丁地租银两，移在九月内先由部库动用赏给。此乃矜恤兵丁，有加无已至意，并非徒尚虚文。各都统等理宜仰体朕意，合饬该参佐领等转饬骁骑校领催妥为训导，务使兵丁各谋生理，勿稍浮费，将倒塌墙屋修理整齐，不可恣行沽买酒肉，顿致耗尽。乃不如此办理，惟以代奏虚词塞责，而于兵丁生计并不留意，殊属无益，朕甚不取。嗣后管理八旗各营大臣等惟当实心实力，随时教训，务复满洲淳朴旧习，使人人皆节俭持家，以副朕矜恤兵丁至意。

同日，那彦宝、巴宁阿、陈大文奏言：窃照永定河堵筑石土各堤、间段挑挖淤浅诸工，同时并举，一切监工、收料以及弹压人夫等事在在需员管理。直省现办大赈之时，所有调取来工人员不敷差委。兹准永定河道陈凤翔详称，原任肥乡县知县金宝，曾任沿河知县，在直年久，熟悉河务，现报丁忧，尚未回籍。原任武清县县丞汪应钤，上年丁忧回籍，今投效来工；原任固安县县丞屈邦基，现报丁忧。该二员本系永定河汛员，一切工程做法俱称谙练，请留工次，以资熟手。又据原任福建龙溪县服满候补县丞孙荣春，候选县丞余镕、石尚文，候选府经历朱钤，候选主簿嵇会嘉，候选从九品李藩、宗人寿、汤佐贤、宋廷懋、汪熙泰，候选未入流吴辑邦、徐瀚、傅瀛等，俱各呈请自备资斧，留工效力。查各省遇有紧要差务，凡本省丁忧离任及情愿自备资斧效力之候补、候选人员，向准收录，以资差委。所有永定河道详请留工之金宝等三员，及呈请在工效力之孙荣春等十三员，合无仰恳皇上天恩，俯念河工紧要，准将该员等留工，以供臣等指臂之使。臣等仍留心察看，如果该员等始终奋勉，俟工竣后，其应如何量予鼓励之处，再行奏请圣训。臣陈大文于拜折后，即起程赴省。奏入，上命军机大臣传谕那彦宝等曰：本日那彦宝、巴宁阿等奏请留投效人员，并会同陈大文审拟蔡文高控案各折，俱系寻常事件，于永定河办理章程并未一字提及。前因赶筑堤工，挑挖淤垫，事关紧要，曾谕令那彦宝、巴宁阿，约计旬余，即将所办情形奏报一次。乃伊二人每隔数日轮替来京，面为陈奏。其节次所奏修筑土堤及挑淤各事，并无必须面陈之处，其意只欲藉奏事之便，可以顺道进城回家，殊为非是。试思封发奏章，何事不可直陈？若俱待亲身赴阙陈奏，则各直省封疆大吏遇有应奏事件，岂亦皆来京面陈耶？且本日陈递奏折，何不即将工次办理情形附奏，不过留待面奏耳。嗣后那彦宝、巴宁阿不准轮流前来奏事，仍遵前旨，将所办各工约有若干成数，随时具奏。

同日，上谕内阁曰：那彦宝等奏请将投工效力人员留工差委一折，内有原任武清县县丞汪应钤，于上年丁忧，业经回籍办理丧葬，今自请投效。该员本系河员出身，著准其留于工次，以资驾轻就熟之益。其原任肥乡县知县金宝、原任固安县县丞屈邦基，均系现报丁忧，例应回籍守制，即河工需员，亦应俟丧葬事毕，再令赴工。况该员并未自请投效，而河工又非军务可比，何必违例奏留，致开夺情之渐。金宝、屈邦基俱著回籍，俟丧葬事毕，如果河工尚有需用之处，听其自请投效；如河工业已办竣，即在籍终制。至原任福建龙溪县服满候补县丞孙荣春，候补县丞余镕、石尚文，候选府经历朱钤，候选主簿嵇会嘉，候选从九品李藩、宗人寿、汤佐贤、宋廷懋、汪熙泰，候选未入流吴辑邦、徐瀚、傅瀛，俱请自备资斧，留工效力。该员等本非熟悉河务，且难保其中必无违碍之处，未便据呈准其投效。著交吏部详查议奏。

二十六日（庚午），熊枚奏言：窃臣承准廷寄，奉上谕：御史多福等奏，揭得匿名揭帖二纸，有控告文安县张知县私征等款。熊枚现在东安审办事件，俟审案完竣，即前赴文安查访该县平日声名如何，其减赈、私征各款是否属实，即据实覆奏。至编造揭帖之人，或即系籍隶文安者，并著熊枚密饬查拿，一经拿获，仍照例治罪。钦此。臣伏查文安县知县张桓，臣前署总督任内并未接见其人，询诸属员，称其尚属能事。此次舟抵文安，密行查访，多有称其办事刻核，不能曲体人情之语。臣以毁誉之来恐出爱憎之口，总视其办事之是非以定其居官之优劣，当就揭帖所控逐加查核。如所称该县"历任六年来，未赈两三转；查户须亲身，精明诩独占；每户止一口，多者是口半；间或二大口，贫民喜罕见；皇恩海样深，都被鲸吞惯"等语。臣查该县张桓于乾隆五十九年抵任，嘉庆四、五两年办理灾赈二次。四年该县被灾六、七分，共灾民二万二千六百余户，动用赈米六千四百余石，银七千三百余两；五年该县被灾六、七、八、九分不等，共灾民四万三千一百余户，动用赈银四万三千四百余两。查该县原造赈册，每户系大小各二口，询之该县，据称自五十九年以来历次灾案，每户俱不过三大口，是以仿照办理，据实报销。臣核对两次报销册档户口及银米数目，均属相符。其非该县鲸吞，似属有据。至本年查造大赈户册，据称现只查有三十余村庄。臣提册查验，内亦间有三四大口之户，而大二口、小二口者居多。核与揭帖所称每户一口及二口罕见之语，虽微有不符，而该县所查三十余村口数大略相同，恐不无任意删减情事。当派原带司员刘珏、张鹏升携册舟行下乡，逐加查核，旋据查得一户有四五大口，而该县原册止登二三大口者，原查口数较现在所查实属有减无增。于逐户下添注名氏，呈送到臣。臣复亲身下乡，抽查无异。随传该县张桓，诘其删减之故。据称从前灾案，每户多不过三大口。我现已查造之各村庄，俱系住居堤外，该处居民多以捕鱼为业，我见壮丁力能佣趁者，即行删除。又因人多外出，查造时未见其人，亦不开入等语。臣查次贫壮丁例不食赈，若极贫之户，即壮丁亦应一律赈济。至外出之户，若远赴他乡，亦应登记，俟其闻赈归来，再行补赈。其朝出暮归之人，只应取具邻保确供，即行开造。况该县地如釜底，历年积潦未消，今岁四境漫水灌入，被灾更重。现在放晴月余，尚无涸出地亩。县境东西一百余里，南北七八十里，其三百六十余村庄俱在水中。是该县被灾情形，在直隶被灾九十九州县内，尤为加倍极重。乃该县既将极贫壮丁删除，复将暂行出外户口不为即时登造办理，即属刻核拘泥。此揭帖指为减赈，实系事出有因也。至揭帖所报私征一款"一连淹五年，钱粮未减免"等语，臣督同司员等调取该县历年征册及存县串根，详加核对。该县于嘉庆二年间被水成灾，勘止五分，照例蠲银七百两零；四年被水成灾五、六、七分不等，照例蠲银四千二十七两。以上两年，被灾分数与蠲免银数，各有案卷可凭，逐对征册串根，实已蠲免在案。是所称钱粮未减之说，竟属虚诬。又如所称"去岁圣主恩，停征因亢旱，缓至麦收时，再议征粮限。狠哉张县主！二月征新欠；刚交五月中，新旧齐紧赶"等语，查直省向例，每年二月开征，夏至停止，七月复行开征，至封印停止。上年该县于二月开征，至闰四月内，因雨泽偶愆，奉旨将文安、霸州等十二州县应征地粮缓至次年麦收后征收。该县于五月接奉行知遵照停缓，秋间不复开征。至本年二月照例开征，征收本年粮银。五月麦秋后，遵旨补征上年缓征未完银两。至六月初间，一经被水，即行停止。臣查该县于二月内征收本年粮银，在未经被水奉旨豁免之前，其所征银两应抵作次年正赋，业经出示晓谕，并非私征。即五月间补征上年缓征银两，亦系遵旨应行补征之项。愚民不知原委，见新旧并征，疑为私自征收，遂尔编词捏控。臣检查红簿及串根征册，其开征停止日期及征收银数均属相符，其非该县私征亦属可信。查该县张桓，虽查无私征及侵冒情事，即六月初旬该县督率民夫，于城南倾颓处所排桩抢堵，幸保无虞。又于城外灾民，觅船济渡入城，救活颇众，办理亦属妥协。惟清查户口，泥于往年灾案，将极贫壮丁仍行删减，又将暂出户口不为即时开造，虽所查仅三十余村，现在亦未开赈，尚与业已减赈者有间，而办理究属拘泥，应请旨交吏部议处。所查原册，仍发交该县另行核实查造，务期无滥无遗。如有核减浮冒，即行严参究治。至揭帖另纸所称乾隆五十八年士商捐赈，奏请议叙未发之处，臣询据张桓禀称，该县自五十八年至今，并无士商捐赈之事加结呈送。臣查原纸开载京南村民具禀字样，或未必即系文安县人，应行直隶总督，务饬京南各属一体查明办理。其编造揭帖之人，臣已密饬南路厅，令其不动声色，严密查拿，俟拿获照例治罪。至臣舟抵文安，该处四面皆水，并无寸土禾稼，尚欲体察地势，讲求堵御疏消之法。随传集绅士、耆民人等，详加询问，据称文安地形洼下，沥水停积，已越三年。今夏子牙、清河诸水四面漫入，深者二丈有余，浅亦丈余不等。不惟今岁禾稼全伤，即来年亦不能耕种。又据称向有宣泄支河泊淀，久经淤塞，现在近境堤埝溃决，其旧淤之支河泊淀，俱各淹没水中，人力难施，实在无法消浚等语。臣覆查该处水害，既骤难疏泄，而目击三百六十余村居民浮沉水中，其住居堤外者，濒临河道，尚可贩鱼为活，至堤内居民，惟仰给抚恤急赈之粮藉资餬口。其丁口较多之户，惟有折变倒房砖木，以敷度活。臣与司员等逐查各村，所见大率如此。是该处被灾，较之直隶灾重之区尤为加倍。臣现拟咨明督臣陈大文，将拨发文安大赈银米酌量加优，俾该处灾民咸臻果腹，以仰副我皇上轸念民瘼，不使一夫失所至意。并绘具县境全图，恭呈御览。再，昨据该县张桓禀称，在于县城城隍庙前揭得匿名揭帖一纸呈送。臣查阅帖内诗词，系指该县张桓删减抚恤户口及钦差台费荫等任听减放，城内寒士未得沾恩等情。伏查该县抚恤急赈，前经台费荫等亲临监放，业据奏明将在城栖止之一万余人按口给米，其余各村，仍照抚恤例案按户散给，乃揭帖内有任听减放之语。臣复询，据该县禀称，被水之时，灾民逃避入城者居多，城内设有粥厂二处。至城外各村，四面水围，不能分设粥厂。是以散放抚恤，于城外居民，则按户折给钱米，所得较多；城内之民，按口给谷，所得较少。揭帖小注有城内急赈男女约计均各一口及城内士民均不如村等语，职此之故。至寒士，例止资给口粮，俟大赈时甫行查办。此次散放抚恤，例不给与。揭帖有寒士未获颗粮，灾同惠异之语，实由于此。又揭帖小注内称，护城人夫饭食、物料，民力多半，及钦差二大人来查，反以库项报销一节。我六月内在城垣倾颓处所，督率民夫排桩抢堵，其所用料物，系我自行措办，并未报销各等语。臣复传绅士、耆民等详加体访，均与所禀相符。查匿名揭帖大干例禁，今该县城内复有粘贴揭帖，是前次在京所贴歌词，诚如圣谕，即系籍隶文安之人。除一面密访，饬该厅县严拿，务获究办外，谨将揭帖抄呈御览。其原帖仍存臣处，获犯查对笔迹后，再行进呈。奏入，上命军机大臣传谕陈大文曰：熊枚奏，查勘文安一县被水成灾，较直属灾重之区尤为加倍，并绘图贴说进呈。朕详加披阅，该处地形洼下，积水已越三年。今夏子牙、清河诸水四面漫溢，竟深至二丈有余不等。住居民人共计三百六十余村，俱浮沉水中，嗷嗷待哺，朕心实增怜轸。该县被灾情形，在直属灾重之区，尤为极重。著传谕陈大文，即派明干之员，速赴文安地方加意查勘。现在该县禾稼全伤，积水又难消退，恐来年亦不能耕种，除业将本年钱粮全行蠲免外，现办大赈，自应酌量从优。并著该署督察看情形，或将来年应征钱粮奏请蠲免，或如何量请展赈，详悉奏闻，候朕再降恩旨。至该县虽系低洼积水之区，但自建置县治以来，必有旧定章程，为疏通水道、保障居民经久之计。是否近日废弛不办，并现在如何设法疏消，俾百姓不致久困积潦之处，亟应讲求妥办。著陈大文悉心体访，详议具奏。又熊枚另片奏，于文安县内揭得匿名揭帖抄录进呈一节。此等匿名揭帖，大干例禁。其歌词有城内寒士不沾颗粒之语，自即系该处城内生监妄为编造。灾黎固当赈恤，而刁风亦断不可长。著陈大文饬属严缉，一经拿获，仍照定例办理示惩。所有熊枚奏片并文安被水图样及匿名揭帖，俱著发交阅看。

钦定辛酉工赈纪事卷二十二

八月二十七日（辛未），陈嗣龙、刘湄奏言：臣等遵旨督同御史达灵阿、张鹏展等每日稽查放赈，迄今已将匝月，所有领赈人数，节经奏闻。现在护城河早已兴工，附近居民多往佣作，不独壮者可资口食，所给工钱，并可使其家中老弱妇女不能觅食之人，亦得藉以养赡。且大赈在迩，民情至为宁帖。计自本月初一日煮赈起，至三十日期满，似可停止。奏入报闻。

二十八日（壬申），台费荫奏言：窃臣奉命查看南路厅所属七州县被水情形，就近抚恤。其中惟文安地势极洼，现在积水自数尺至丈余不等。其霸州等六处，被灾较重之区，亦复不少，居民田庐俱被淹浸。面询该县张桓，据称此次水势过大，看来明岁断难全行消涸；询之土民，并称恐二、三年尚不能耕种等语。臣愚昧之见，与其令灾民聚而待赈，不若令其散而谋生。臣前任锦州副都统，该处有杨什木马厂，东西计四十余里，南北计一百余里。因大凌河马群无需此地游牧，曾经奏交盛京将军归入牛羊群在案。查此项牧厂，尽堪开垦。再闻吉林齐齐哈尔等处，地方宽阔，听旗人垦种，概不升科。今文安等处灾民，如有情愿前往耕种者，合无仰恳皇上天恩，准其出山海关，赴各该处开垦谋生。或将数月赈济之费，酌量赏给，以为迁徙安集之资。并请敕令盛京等处将军不得拘泥成例，驱逐流寓。将来积水尽涸，如有愿回故土者，听其自便；其有开垦得利，愿为安插者，定以年限，照内地酌减升科。则灾民得以谋生，而租赋亦可有著。再查大凌河马厂，于乾隆五十七年，经原任侍郎伊龄阿奏请，赏给庄头等开垦耕种田三千余顷。此项地亩，并非该庄头等出赀售买之业。今文安等处猝遇大灾，其中有老弱不能前赴各该处垦田者，恳请官为经理，由天津备船送至锦州，交该副都统收管。可否即将庄头等承种之地撤出一半，均匀拨给。在庄头等承种十余年，获利已多，今分其半，以给穷黎，亦不至甚苦。惟是前据御史汪镛奏请准令灾黎出口，曾经议驳在案。诚以国家偶遇偏灾，岂可令其就食蒙古？所奏原有未协。若锦州、吉林等处，俱系腹里地方，与口外不同。是以臣不揣冒昧，敬陈鄙见，伏乞皇上睿鉴，敕下施行。再，臣等于文安各州县查放灾赈，据该州县等称，抚恤事宜，以大户、小户为率，五口以上为大户，例给谷四斗；四口以下为小户，例给谷三斗。然即以文安而论，大户二千余户，小户四万余户，多寡悬殊。其中显有三四口分报三四户者，影射冒领，不无弊窦，是皆该乡约、地保等徇情多报。经臣等率同委员、地方官详细挨查，亦有冒领之人，但时方抚恤，不便责处。臣请嗣后倘有亟需抚恤之事，似宜计口散放，大口给谷八升，小口给谷四升，庶群黎均沾实惠，而国帑不致虚糜。奏入，上谕内阁曰：台费荫奏请将文安县民迁徙盛京等处一折，所奏断不可行。据称文安地势极洼，现在积水自数尺至丈余不等，明岁断难全涸，并恐二三年尚不能耕种。请酌给迁徙安集之资，准令赴锦州及吉林齐齐哈尔等处地方，听其耕种，并请官为经理，由天津海道备船送往等语。本年直隶文安一县被水较重，田庐、村落多被淹浸，深堪轸恻。现令陈大文加意抚恤。至该处地势低洼，形如釜底，为众水所归，但建设县治由来已久，必有旧定章程，为疏消积水保障生民之计。断无因一时积水难消，遂将阖县居民全行迁徙，任令县治沦于巨浸。况文安距奉天等处途路辽远，由天津出海前往，风涛险阻，小民断不乐从。古来移民就粟之举，虽间亦有之，然不过在邻近处所，如河内移至河东，亦无有移民如是之远者。奉天即有官地可资开垦，而籽种、牛具焉能齐备？兼之目下将届冬令，小民到彼后，既非耕作之时，又无栖止之所，而关外气候尤寒，当此穷冬风雪，岂竟令其露处乎？台费荫所奏，种种格碍难行，著将原折发还。其文安现在积水情形，自应以设法疏消、优恤穷黎为正办。著陈大文遵照节降谕旨妥协经理，以副朕轸念灾区至意。

同日，上命军机大臣传谕陈大文曰：朕恭阅皇考高宗纯皇帝实录，内载乾隆十二年，因福建、山东、江南、广东、山西等省有抗租拒捕之案，钦奉谕旨，以普免钱粮而民不以为恩，加赈厚恤而民不生其感，偶或地方有司稍不如意，辄呼群咆哮，挟制官长。不思守令者，朝廷之守令，敬守令所以尊朝廷。各省督抚其倡率州县，谆切化导，使愚民知敬畏官长，服从教令。圣训煌煌，至为明切。百姓等偶遇水旱偏灾，餬口无资，自当加意赈恤，俾无失所。若地方官吏有捏报户口，多领少发种种侵食情事，必应严办示惩。若办理本属认真，偶尔遗漏一二口，或将不应给赈之人照例删除，而伊等即肆行怨讪，甚或挟制官府，此风亦不可长。即如本年直隶被灾州县较多，节经发帑、截漕、蠲赋给赈，并特派卿员等四路查勘，办理急赈，所以赈恤灾黎者，固已无微不至。而文安一县，前此即有匿名揭帖控告该县减赈、私征之事，经朕派令熊枚前往访查。昨据熊枚奏，该县又有匿名揭帖指称钦差到彼，仅闭门算命，并未查访赈务，编造歌词，尽情诋毁，自即系该处城内生监妄为编造。生监等例不给赈，原以身列胶庠，不等齐民之列，而其中实在艰窘者，亦俱行令该教官照灾案定例拨给银两，以供饘粥，何得辄生觖望？总之，民间疾苦，必当实心抚辑，而士习浇漓，亦须加之整饬。所有两次编造匿名揭帖之人，陈大文务当遵照节降谕旨，饬属严缉，照例惩办。现在将届开放大赈之时，陈大文于查察吏胥侵冒诸弊外，仍当随时晓谕，俾百姓咸知感朝廷赈恤之恩，尊敬长吏，方为妥善。倘有一二小民，因给赈或有未周，稍不如意，遂尔控告官长，一经呈诉，又不能不即时参办，岂不转长百姓刁风乎？再，本日据台费荫奏请将文安被水百姓移送奉天等处就食，此事断不可行，已明降谕旨矣。文安一县本属低洼，今积水较深，自应设法疏浚。前此文安与河间县民争控开掘河堤，泄放积水，曾令同兴前往查勘。旋据该藩司奏，筹度地势，建筑闸座，以资宣泄。此项闸座，是否可将文安积水之处开放疏消？并著陈大文面询同兴，派委妥员查看办理。该县素仗麦收，今地亩既不能涸出，无从栽种二麦，深为轸念。陈大文仍遵昨旨，或将来年该县应征钱粮奏请蠲缓，或于正赈之后再请展赈，悉心筹酌具奏，候朕再降恩旨。又台费荫奏请计口给赈，不必计户散放一节，向来办灾成例，本系计口不计户，今台费荫既有此奏，或文安及各州县地方乡约、地保等有影射冒领之事，亦未可定。并著陈大文留心查察。所有台费荫原折奏片，一并抄寄阅看。

同日，那彦宝、巴宁阿奏言：窃臣等承准寄奉上谕，令臣等将所办各工有若干成数，随时具奏。窃查永定河石土各堤工，前于七月十九、二十四等日开工起，所有石堤漫口四处内东岸十四号石工，计长七丈，今照依旧式，下截补砌青砂大石五层，头卧缝下生铁银锭，底面灌浆，上砌片石，又加压面石一层，背后地脚下柏木丁，筑打灰土五步，上砌片石，已于二十六日修筑完竣。其背后戗堤冲没二十九丈，应筑灰土三十二步，已筑十二步；培护素土堤二十三步，已筑四步。又西岸税局后身不列号漫口，计六十八丈五尺，现在地脚柏木丁俱已下完，灰土三步亦经打竣，下截外皮大斜石五层，现已安砌一层，背后石子亦安砌一层。又桥南头二号漫口，计六十二丈五尺，内迤北四十五丈五尺根脚尚属结实，无庸下丁；所有应筑灰土三步，现已筑有一步；南边十七丈尚有积水，现经淘戽，俟露出根底，再行分别土性，酌量下丁筑土。至东岸二十三号漫口一百五十余丈，又坍塌三十余丈口门一带，深处急溜冲刷，甚属汹涌。虽时逾秋分，而正溜深处尚有丈余，若待消涸，再为堵筑兴修，不惟有误大工，且明年凌汛更属可虑。是以臣等与永定河道陈凤翔等再四熟商，惟有一面挑挖引河，一面赶筑拦水坝，将大溜入到河腹，方可兴工修砌。但河身一带，积年石子层积，一切丁桩难下，因设法编用柳囤，中填大小石块，挨次布列，以作排桩；又将秫秸铺草包裹石子捆扎成卷，俗名石牛，层叠囤傍，以作大埽。通计拦水大坝长一百七十余丈，现在臣等带领办事司员，督率永定河道陈凤翔等各员加紧抢筑工程，已有十分之九，惟是口门愈窄，全河溜势愈急，恐尚需数日方能完竣。俟决口大溜一断，即一面奏闻，一面补筑石堤。其北上头工土堤五百五十余丈之水口，一俟淤工告竣，即行堵筑合龙。又据永定河道陈凤翔等禀报，南北两岸土堤旱口十七处，并展宽月堤，共计二千八百三十八丈，俱照依原估做法，夯硪坚实，于本月二十五六等日一律修筑完竣，并将顶冲紧要处所帮镶边埽，以资捍卫。其盖顶两帮应用胶土，再行次第添筑。以上各工，每段均派妥实委员常川在工，专司监修。臣等仍不时轮流上下稽查，不使稍有偷减草率。再，现在石土各工并挑挖淤垫民夫，共有五万余人。其中在卢沟桥棚厂居住及各处续来灾民趁工佣作者甚多。经永定河道陈凤翔稽查照料，并派委厅汛各员弁往来弹压，俱各安静踊跃。奏入，上命军机大臣传谕那彦宝等曰：那彦宝等奏现在办理石土各工情形一折，览奏俱悉。此时口门一带深处积水仍有丈余，京南一带地方尚在淹浸，自当急为堵合，而开挑引河尤为目前要务。引河如果深通，大溜掣入后，漫口自形消涸，方可上紧施工，兴筑大坝。那彦宝等务当督率在工各员迅速办理，并随时具奏，俟工竣奏到时，派员前往验收。

钦定辛酉工赈纪事卷二十三

九月初二日（丙子），上命军机大臣传谕陈大文曰：直隶被水地方办理灾赈，自须派委妥员前往查察。近见陈大文屡次奏到折内，多将隔属道府等官，或千里、或数百里，调至别处查勘。所调各员，其本任现在亦有灾务，即无灾务者，亦有本任经手事件，一经调遣，转于应办之事不能兼顾，恐难免贻误。因思该省道府丞倅州县各员，如不敷差委，陈大文不妨酌量何项需用若干，奏请拣选发往。此项人员到直后，其中有始终勤奋出色者，该督于工赈事竣，据实具奏，准其留于该省补用。如缺少人多，即将寻常当差之员奏明咨回，或改发他省，或另行补用，均无不可。

同日，庆桂等奏言：臣等遵旨查议侍郎那彦宝等奏，丁忧知县金宝、县丞汪应钤等请留工次帮办，以资熟手各等因。除当奉谕旨，将原任武清县县丞汪应钤留工效用，原任肥乡县知县金宝、固安县县丞屈邦基俱饬令回籍守制外，臣等伏查河工效力需员，向例令该督奏请，于在部候补、候选人员内拣选，引见发往，并无令各该员自备资斧，赴工效用之条。现在直隶河工自同知以下额设实缺七十七员，又有投效东河办理纤道完竣加捐分发签掣直隶河工试用同知余溶等共三十九员，足敷委用。本年六月，该侍郎那彦宝等咨请将捐纳知县吴天楷等三员留工效力，当经臣部照例咨驳。兹该侍郎等复将候补县丞孙荣春等十三员奏请留工投效，臣等伏查该员等，或系应补佐杂而需次甚难，或由捐纳出身而签掣名次甚后，或由供事吏员议叙而本班铨选极迟。此等人员，大抵因选用无期，希冀工程竣事得以留省补用，既可早邀得缺，又可免分发掣签之繁。诚如圣谕，该员等本非熟悉河务，且多取巧之处，况该省河工实缺效力人数本不为少，何必将此等人员准其投效？既开侥倖之门，而于工程究无裨益。所有该侍郎等请将候补县丞孙荣春等十三员留于直隶河工效用之处，应毋庸议。奏入，上谕内阁曰：吏部议覆那彦宝等奏请将投效人员留工差委一折，办理永定河工程，固属需人，但那彦宝等所请均非曾任河工之员，奏到时朕即以为不可行，交部核议。兹据查明，现在直隶河工，自同知以下额设实缺七十七员，又有办理东河纤道完竣加捐分发在直隶河工试用同知等官三十九员，近又将嵇承志派赴工次，并将前经获咎之姜晟、王念孙等员发往效力，合计已有一百余员，并非乏人差遣，何必将在部候选人员纷纷奏请？必系该员等因铨选无期，有心取巧。那彦宝等虽非有瞻徇请托情事，未免被人朦混。且此辈并非河员出身，辄留工差委，徒开侥倖之门，于工程仍无裨益。所有候补县丞孙荣春等十三员，著照部驳，不准投效。那彦宝等均著传旨申饬。此后河工需用人员，除该员实系熟悉河务深知有素者准其奏留外，其余概不准率行渎请。

同日，陈大文奏言：窃臣两次接奉谕旨，饬查东安、永清、静海三县地方官曾否办有急赈，并东安一县自六月被灾之后，因何久未给赈之处，即行查实具奏。当即密委广平府知府徐烺、北路同知盛惇复分赴各该县详细察访，并谆嘱务得切实情由具覆。兹据先后查明禀复，臣逐加确核，东安县于六月十九等日钦差台费荫等未到之先，即于县西关、杨官屯、杨税务、旧州等处分设粥厂四座。其不能赴食灾区，勘灾时酌量散给钱文。因该县地瘠灾重，经台费荫等谕令查明户口，再加抚恤。至八月初十日，复经台费荫等到县按户散放银米。遍访食粥领赈乡民，俱无异词。又永清县，于六月十五日在县属之信安、后弈、南关、李家口、韩村、双营六处分设粥厂煮赈。其阻水不能赴厂者，载运饽饽散给。七月中旬以后，积水渐消，各厂食粥人数日增，续于泥安、横上添设粥厂二处。询之就食灾民，与赈粥月日相符。又静海县，于七月十二日在县城西南关外开设粥厂一座。因被水时乡民多迁赴城厢内外，当设立窝铺安顿，每日领粥灾民计三千六七百名。旋于七月十八日，将该县存仓米谷并领得道库银两，经知府杨志信督同逐日散放，至三十日止。现又添设粥厂二座，俾分厂就食，不至拥挤，灾民亦皆安静。此该三县办过赈抚实情。臣复检查该县等禀报原卷，与现在委员所禀情节相同，且系各邑民人共见共闻之事。其并非不办急赈，事属可信。惟各县等或止设厂煮赈，或兼赈银米及粥厂，或多或少，办理未能画一。臣与藩司同兴悉心体察，缘被灾地方情形不同，仓猝从事，亦势难拘泥成例，且亦不能尽人遍给。至在京就食之各县民人，或先已赴京，或不应食赈之人，其所称不办急赈之言，殆因不能得赈之故。现又奉到谕旨，以任邱县并未办赈，令臣普行查明，据实具奏。除钦遵通查应赈各州县核实奏闻外，臣惟有尽心竭力，密访严查，稍有弊混，立即参究示惩，以期实惠在民，稍纾宵旰。所有查明东安等三县曾经抚恤实在情形，先行恭折覆奏。奏入报闻。

初三日（丁丑），河东河道总督王秉韬奏言：查直隶附京地方，因六月雨大，山水涨发，以致被灾九十余处。我皇上痌瘝在抱，惟恐一夫失所，蠲粮、加赈、煮粥、留漕，宵旰忧勤，凡可以拯救哀鸿者，无微不周，无时或释。恭读节次谕旨，凡中外臣民，无不感激泣下。而修整石工土坝、挖浅开河等项，所费更属不赀。若职膺外任，坐拥厚廉，竟置国政、民生于不顾，少有人心者断不出此。臣河东总河年支养廉银六千两、公费银一千一百两八钱八厘，已于本年三月内接准部咨，将公费银裁扣外，兹愿捐廉一年，即由山东、河南藩库先行扣解工所，作两年缴半还款，仰恳皇上天恩赏收。虽不过涓滴之微，未必度支有济，而略尽臣子之分，庶几眠食少安。奏入，上命军机大臣传输王秉韬曰：王秉韬奏，恳请捐廉一年，少助工赈。日前颜检亦有捐廉二年之请，朕因其曾任直隶藩司兼护督篆，且永定河下游淤垫，致有壅溃，将来估计挑工，颜检名下即有分赔银两，其出赀助工，分所宜然，尚止准其扣缴养廉一年。王秉韬前此并未身任直隶，非颜检可比。倘因直隶所属被水，邻省大吏即纷纷奏请捐廉，实属不成政体。在王秉韬平日操守尚好，即准其所请，谅无借端摊扣之事，而此风一开，即难保无假公科派等弊。所奏不准行，亦不必再为渎请。如该河督有积存养廉，或遇该省有因公需用之处，再行捐扣可也。

同日，庆桂等会同工部等部奏言：臣等会议御史永祚奏修直属城垣，以工代赈及资送难民回籍各等因。臣等伏查城垣以捍卫民生，如有坍塌，自应及早修固。兹该御史所奏直隶顺天府属及保定等府均有应修城工，今年被水浸淋，更多坍塌，请及时兴修，固为以工代赈起见，但此项城工果能即日估计兴修，俾穷民藉工餬口，自属救灾良策。惟是修理城垣，必须先备料物，逐细勘估，方能兴工，非一时所能猝办。转瞬即交冬令，已届停工之期，灾民等仍不能及时就食。况节次钦奉恩旨蠲租截漕，动用银米，分拨急赈；又令附近直隶邻省采买米麦，以备来春平粜之用；现在赶筑永定河堤岸并挑挖护城等河，均属以工代赈；且大赈业经提早一月，灾民等俱可就本处领赈，更可无虞失所。所有该御史所奏目前兴修直属城工之处，应毋庸议。又附片内称，查明直省左近州县难民，给与盘费，资送回籍等语。查本年近京被水灾黎，荷蒙皇上轸念民依，不待该省奏闻，钦派大臣分路查勘，煮赈以济其口食，搭棚以资其栖止，截留漕米六十万石，节次发帑百余万金，蠲免钱粮九十余州县，凡所以惠养而矜全之者，实已无微不至。复恐大赈需时，特旨以工代赈，俾被水难民，在工可以谋生，闻赈亦可归里。现在右安门外一带人数已日渐减少，若地方官再能办理妥协，自不致有一夫失所之虞。今御史永祚奏请，永定门外食赈难民，除海子内地亩已有涸出者，挑挖河工以前，正值播种秋麦，居民不失本业。其余皆系畿辅难民，离乡甚远者不过二三百里。请令巡城御史协同查赈御史，会同顺天府府尹，查明难民名数、籍隶各县住址，每名给与盘费银三四钱，顺天府府尹或经历给予印票，令其各归本县等语。固为周济灾民起见，但灾民等或情愿回里，或情愿佣工，原宜听其自便。若一一资送归籍，不惟灾民散处，访察难周，势难遍及，且旋去旋来，已给资者未必回籍，又希冀重复得资，亦无从稽核。况官给印票，不免耽延守候，书役等或转藉此刁难，于灾民毫无裨益。该御史所奏应毋庸议。至各属被灾难民，地方官原有酌借口粮、籽种之例。今近京各处难民，应如该御史所奏，令直隶总督转饬各该地方官，俟回籍后查明，分别有地、无地，照例妥为查办，仰副皇上轸恤灾黎至意。奏入，得旨：允行。

初四日（戊寅），庆桂等奏言：遵旨议覆失察所属匿蝗不报之该管上司各员处分，应请将署东路同知事务、保定府同知方其畇，通永道阿永照例降三级留任；布政使同兴照例降二级留任；兼管顺天府府尹事务、兵部尚书汪承霈，顺天府府尹阎泰和，均照例降一级留任。查方其畇有加三级，应销去加三级；汪承霈、阎泰和俱有加一级，应各销去加一级。均免其降级。奏入，得旨：同兴著降二级留任；汪承霈、阎泰和俱著销去加一级，免其降级。余依议。

初五日（己卯），熊枚奏言：窃据南路同知吴辉祖、文安县知县张桓禀称，访得该县革生赵连第、黄甲科、民人何秋雯等形迹可疑，即在赵连第家搜获歌词底稿一纸、黄甲科家搜获诗句稿底一纸呈送，恳即提讯等情。当将该犯等行提到案，亲加研鞫。缘赵连第籍隶该县，考入文庠，因不遵约束，经该学详革在案。嘉庆六年七月间，该县散放抚恤钱米，因彼时该犯尚未详革，照例汇入贫生案内查办，未经散给。该犯身患痨病，贫困无聊，心疑该县有减放抚恤之事，当将该县减赈及钦差任听减放等情，编造歌词一张，存于家内。黄甲科往探瞥见，劝其不可混写，该犯置之不理。嗣该犯复编诗词，持送黄甲科家给看，亦经黄甲科夺下，团弃篓内。八月十二三日，该犯将所作诗歌并誊一纸，潜往臣公馆贴近之城隍庙前粘贴。经该县揭获密访并查起诗词稿底，当堂核对，兼令将原帖内撕破字迹补行添注，语句、笔迹均属相符。诘据坚供，所贴揭帖委系自作自写，实无同谋编造及知情代贴之人。臣以匿名揭帖定例本不查办，但事关灾赈，不可不严切根究。当就揭帖所开，令其逐款登答。如所称该县守护城垣，以民间物料报销一款。据供六月内，该县抢护城垣，一切人夫、饭食、物料，该县官与在城绅士均各自备。我想知县必要报销，是以写上。今蒙查明并未报销，实无可置辩。又如所称台大人闭门算命，并未查赈一款。据称台大人到县，曾经下乡查赈，后因听得人说，台大人公馆内曾叫瞽目进去算命。想他特来查赈，何以叫人算命？是全不以查赈为事了，所以说他闭门算命，并未查赈的话。又如所称任听委员减放及贪婪会计扣余光（按：原文如此），城内士民均不如村等款。据供散放抚恤，城中寒士并未给与，并城外居民所得钱文比城内较多。我心疑台大人任听减放、知县贪婪侵扣，所以写上。今蒙查明，才知道生员例不给赈。至城内因有粥厂，是以按口给谷，城外未设粥厂，是以按户折给钱米，亦经奏明有案，并未侵扣减放。还有何辩？又如所称城中老废不能拥挤赴领及县役闭门照领，寒士反不如役等款，据供城内抚恤，系在县堂按口散放。那时人多拥挤，我母亲年老，未能赴领。我就心疑城中老废必有拥挤不上的。随后又听见人说，县里衙役有给两大口的，有给一大一小的。我想衙役不应领赈，所以说寒士反不如役的话。今蒙查明，我母亲未领抚恤，是因我那时尚未详革，应归于贫生项下请领口粮，我母亲不应领赈。其城中老废均已按名抚恤，我实不能指出遗漏之人。至县役照领的话，我今细细打听，才知道是县役叔侄弟兄应该领的，实在没得说了各等供。臣查该犯所指各情，均属影响臆度之词，毫无实据。其平素之不安本分，不问可知。且该处揭帖既经承认，则京中揭帖正可从此根究。当将该犯严加究诘。据称京中揭帖实不知道，现在县城揭帖我已承认，身犯重罪。如果京中揭帖是我做的，总是一样罪名，何必狡赖不吐？我此外亦无另犯不法别情各等语。覆诘，不移案，无遁饰。至何秋雯一犯，因与赵连第日夕聚处，经县访传到案，臣再四讯诘，不特京中揭帖坚称不知，即该处揭帖，亦称并未见过。虽亦与赵连第等供词相符，惟提讯之下，该犯形色慌张。当就其身带荷包内，搜获状稿一纸，核系控告该县捐减大赈等情。臣询以现尚未开大赈，何以即具词欲控？据称，我家人口较多，那时不知系据实查造，恐怕知县捐减，是以托赵连第作就呈词，豫备控告。质之赵连第，亦自认代作不讳。臣复提查该县城内大赈户册，内开何秋雯及伊父何东樊名下，共计大小九口。是该犯阖家户口业已全载，乃于尚未开赈之先，即倩作捐减呈词，豫备控告，实属健讼，自应并案定拟。查律载投贴匿名文书告言人罪者，绞监候；见者若不烧毁，杖八十。今赵连第因贫病交迫，辄逞其无据之谈，编造诗词，于贴近臣寓之城隍庙前粘贴，即与投官无异。赵连第应照投贴匿名文书告言人罪，绞监候。例拟绞监候，秋后处决，虽据供母老丁单，照例毋庸查办。黄甲科虽讯无同谋编造情事，惟于赵连第持诗送看之时，不行烧毁，仍存家内，亦应照律杖八十。何秋雯于未开大赈之先，即倩赵连第代作呈词，豫备投控，情殊刁健，应照不应重律，杖八十，仍枷号一个月，以示惩儆。该县张桓查明并无减赈，钦差台费荫业经下乡亲查，亦无任听减放情事，均毋庸议。至在京所贴揭帖，讯据何秋雯等坚称不知。但该犯等均非安分之徒，亦难保无知情不吐情事。所有何秋雯、黄甲科二犯，应发交南路同知，饬县取保，俟该厅县等访获在京粘贴揭帖正犯，再行质审另结。臣谨将审拟缘由恭折具奏。再，臣拜折后，即由大城、河间一带以次查勘。此时距大赈之期不远，各属查造户口最关紧要。恐不肖州县于散册删减口数，及至申报上司，又复浮开户口，以遂其冒销之计。臣现已移会督臣，将各属申报户口，经藩司核定总数，并拨给银米数目，开单移会到臣。臣仍饬令各府厅州县，将已据查勘者加结申送。行抵各属，即提取该州县散赈户册，与申报户口总数详加比对。如有浮开、希图冒销情弊，立即据实严参。至拨给各属银米之多寡，总视灾分之轻重。其在被灾稍轻及次重之区，臣就其所拨银米与散放户口两相核对，仍亲往各乡核实抽查，总以赈归实济，官无假冒为衡。若被灾极重之区，自不得拘泥往年所办成案，遗漏户口，致令一夫向隅。倘有银米不敷，臣即酌量添拨。臣奉命饬查直省灾赈，责任綦重，兢惕弥深，惟有实心勘核，断不敢稍存讳饰，上辜委任。所有臣原带司员刘珏、张鹏升，自随臣办事以来，认真出力，不辞劳瘁，于赈务情形，亦俱熟悉。此次查赈伊始，臣仍带同该司员等并委员试用县丞席寿丰，周历灾区，分投抽查。奏入，上命军机大臣传谕熊枚曰：前此熊枚奏到于文安县内揭得匿名揭帖时，朕以为必系该处生监妄为编造。兹熊枚密为访拿，即属该县革生赵连第所作，并查起诗词稿底，核对语句、笔迹，均属相符。果不出朕所料。此等劣生，平素谅不安分。日前京城所揭匿名揭帖二纸，亦有控告文安县知县减赈、私征等款，虽未必出自赵连第一手编作，或系该犯素所熟识之人，亦未可定。从此跟究，不难查出确情。其何秋雯一犯，于未开大赈之前，即托赵连第代作呈词，豫备控告，实为健讼。熊枚现已查明该县册载何秋雯大小户口，系全应领赈之人。可见该县造报户口，尚不致任意减少。而此等刁健之徒，自应按律枷责，以示惩戒。至熊枚查核灾赈，闻其尚属认真，业由大城、河间一带以次查勘，即照现经查过地方，一律办理。其各该州县所报户口，如有浮开冒销情事，固应立即参办，亦不可有惩而无劝。仍著熊枚随时留心，如州县中有办理赈务详细妥协之员，询其平日居官实心爱民者，熊枚即当查明保奏，候朕量加奖励。

初六日（庚辰），明安奏言：臣于八月三十日奉旨前往卢沟桥查看永定河石土各工情形。臣即亲往各工详细查看，所有石堤四处东岸十四号，计长七丈。查得该处下截补砌青沙大石五层，上砌石片十八层，又添加压面石一层，头卧缝俱下有铁银锭，已经修筑完竣，甚属坚固。其背后戗堤，冲没二十九丈，应筑灰土三十二步，已筑十七步；培护素土堤二十三步，已筑八步。夯硪亦属结实。又西岸税局后身不列号石工，计长六十八丈五尺。现在地脚柏木钉俱已下完；灰土三步，亦经打竣；下截外皮大料石，现已安砌一层，第二层已砌三十四丈。又桥南头二号石工，计长六十二丈五尺，内有四十五丈五尺根脚结实，毋庸下钉。所有应筑灰土，现在已筑有一步；南边十七丈根脚软处，现在下钉筑土。至东岸二十三号，漫口一百五十余丈，又坍塌三十余丈。现在口门水势甚属汹涌，深处尚有一丈二三尺不等。永定河道陈凤翔等每日在彼督率人夫，竭力上紧赶办。而那彦宝等因南苑一带村庄俱被淹浸，甚关紧要，是以一面挑挖引河，一面相度形势，于二十二号挑水石坝起，接筑拦水坝一道，以期将大溜截入引河，归并北上头工水口，该处石堤即可兴工修砌。惟因河底石子层积，不能下桩，用柳枝编成大囤，中填石块，挨次排下，又将秫秸等物包裹石子，捆成巨捲，镶靠囤旁，作为大埽。计长一百七十余丈，现已打得一百六十余丈，口门仅余四五丈。臣到彼留心查看该处地势情形，自当如此办理。但口门愈窄，溜势愈急，兼之连日天气骤冷，风浪俱急，人夫下水，早晚难以施工。现在那彦宝等督率各员赶紧催趱，加以劝赏。如天气晴暖三五日，即可抢筑完竣。俟二十三号决口断流，南苑一带积水自可日渐消涸，该处决口石工亦可赶紧修砌。其北上头工土堤五百五十余丈水口，臣亦亲往查看。现在有水之处三百一十丈，已涸出堤迹二百七十五丈。那彦宝等因天气渐寒，欲期于月底赶紧合龙。现将干处土堤已经兴工修筑，所需物料均已备齐，一俟淤工竣事，即行堵筑合龙。以上各工，臣亲往查看，俱系实在情形。至石土各工以及挑引挖淤人夫，并各处灾民，共有五万余人，实属安静踊跃。所有臣遵旨查看各工情形，并二十三号修筑拦水大坝及北上头工土堤决口情形，谨绘图贴说，一并恭呈御览。奏入，上命军机大臣传谕那彦宝、巴宁阿曰：据明安奏查勘永定河石土各工情形并绘图贴说进呈，据称那彦宝等所办俱为妥协。朕阅图内东岸二十三号决口，现因水势汹涌，尚难施工。那彦宝等于二十二号挑水石坝起，接筑拦水坝一道，将大溜截入引河，归并北上头工水口。此时口门仅余四五丈。据那彦宝等称，月内可以堵筑完竣，而明安则称，不过三五日内即可堵闭，稍慰朕心。但口门迤南石子淤滩一块，合龙后溜势南趋，恐为此滩所阻，不能畅流，自应量加挑挖，方不致有碍水道，于坝口更为有益。再，北上头工决口一道，图内未见绘有坝基。二十三号决口堵合后，若水势一直就下南趋，固属甚善，倘由此决口，又往东北倒漾，则南苑一带仍恐不能消涸。著那彦宝等酌量情形，及早将此处决口堵合，或设法拦截水势，逼向南趋，不令北漾为要。又西岸头二号决口，现在虽已断流，亦应一律补筑。俟决口合龙后，那彦宝等即行奏闻，候朕派诸王前往龙王庙拈香祀谢。再，折内称石土各工及挑引挖淤人夫，并各处灾民，共有五万余人。此五万余人，被灾之民居其大半。伊等赴工佣作，是否各该地方官由本处带至工所？抑系就近雇募？将来十月气候凝寒，自应停止工作，至来年春融再行开工。此数月内作何安置？即工次搬运料物等事，或尚须酌留人夫，亦无须数万人之多，断无令此数万人聚集工次度岁之理。或仍交各该地方官带回本籍，或听其另图生计之处，那彦宝等务当豫为筹画，设法遣散，俾伊等谋生有路，不致聚集滋事，方为妥善。明安原图，并著发交阅看。

钦定辛酉工赈纪事卷二十四

九月初八日（壬午），陈大文奏言：窃照直省地方本年六七月间大雨连绵，各营员弁衙署及兵丁房屋类多坍塌。现据各镇协营纷纷由藩司同兴详请借项修理等情，臣查绿营武职衙署，例用扣存留半养廉银两修理；驻防官员衙署，向系借俸修理。按各员所得廉俸多寡，分别动给，自数百两至数十两不等。至各营与各驻防兵丁遇有水旱偏灾，兵力维艰，从前亦有借饷之案。所借银两，在于各兵应得饷银项下分季扣还归款。此历年办理章程。今岁被水情形，倒塌房屋十居七八，实非寻常坍卸可量为修补者。比查天津营被水各兵，经镇臣福会奏准借给。其余各营，若不乞恩赏借，未免向隅。臣与同兴将修费通盘核计，直省各驻防并绿营所有衙署、兵房，若照向例官借一年养廉，兵借一季饷银，通共约需银二十八万两，未免需用过多。应酌量减半借给，核计尚需银十四万两。惟直省本年被灾州县应征地粮钦奉恩旨蠲免，且现办灾赈诸务，司库经费实属不敷。合无仰恳天恩俯准，照天津各营准借之案，在于运库借拨银十四万两，解交藩库，以备借给各营修理营署、兵房之用。所借银两，即请自嘉庆七年春季为始，分作三年，在于各营应支廉饷内按季扣存司库，汇解运库归款。如此通融筹办，庶各营官兵房屋得以及时修复，而司库亦可免支绌之虞。是否有当，伏乞皇上睿鉴训示。奏入，上谕内阁曰：陈大文奏称赏借运库银两修理营署、兵房一折，直隶省营署、兵房因本年被水坍塌，自应亟为修理，以资办公栖止。著照所请，准其于运库借拨银十四万两，解交藩库，借给修理。其所借银两，著于各营应支廉饷内，自嘉庆七年春季为始，分作三年，按季扣存司库，汇解运库归款，以示体恤。

初十日（甲申），上谕内阁曰：熊枚现在派令查办直隶各属灾赈事务，尚属认真。所有都察院左都御史员缺，著加恩将熊枚补授。候查赈事毕，再行来京供职。

十四日（戊子），那彦宝、巴宁阿奏言：查二十三号坝工一百七十余丈，已堵筑十分之九。惟连日水势尚涨，口门溜急奔腾，诚恐新工单薄，合龙后河槽水满，或有臌裂、泛溢之虞。是以臣等饬令永定河道陈凤翔、运司嵇承志等督率兵夫，先为加高培厚，并加镶埽工，以资防御。现在星夜赶办，数日内即可合龙。其北上头工水口，应否绕筑坝座，须于合龙前数日，相度引河水势情形，酌量办理。堤工已堵筑十分之四，约计月底亦可合龙。此两处水口全行堵合后，南苑一带即能日就消涸。至二十三号口门石子淤滩，诚如圣谕，合龙后溜势南趋，恐为此滩所阻。业已集夫酌量挑挖，庶不致有碍水道，而于坝工甚为有益。西岸头二号现在镶砌片石，税局后身已有三分工程。所有在工佣作人夫，虽灾黎居其大半，而各处甚为安静。将来停工之时，自当先期豫为筹画，札商署直隶督臣陈大文设法遣散，妥为安置，断不使其聚集工所，滋生事端，以仰慰慈注。

同日，湖广总督吴熊光奏言：臣查永定河即古称桑乾河，每遇桑叶黄落，河水即日消涸，非若黄河虽交冬令犹有大溜者可比。所有冲缺堤工，若急切兴筑，岸土尚未涸出，必须多用秫（按：疑为蔴，即麻）秸，不但料价昂贵，所费不赀，并恐将来料工易于矬蛰，增修之费更属繁多。而近水取土与远水取土，工价亦相倍蓰，似不若俟桑落水干后可以取用土方时，再查看跌塘坑洼处所，让出移筑，庶需费较省，而各工并得坚厚。应请敕下在工大臣通盘筹画，分别缓急，次第兴修，以期稍节糜费而工归巩固。又查被水灾黎田庐尽失，待赈方殷。皇上视民如伤，惠心勿问。第念人数既众，为日方长，国家经费有常，当谋其继。臣查前督臣方观承任内，直省亦曾被水，其时被灾百姓，除情愿出口者，即令出口谋生，凡近沽淀一带者，令其捕鱼为业，以资糊口。一时称便。其查赈、散赈均定有章程，刊刻存案。又直省各州县，某州、某县共若干村，方观承曾著有《义仓图》，按图而稽，该州县村数之多寡，亦一目了然，庶奸胥猾吏无从私增户口，影射侵渔。应请敕下署督臣陈大文查明方观承原办章程，斟酌时宜，仿照办理，不惟赈皆核实，而灾黎亦不至失所。臣敬念宵旰勤求，愧未能稍分睿虑，谨就见闻所及，略陈愚昧。是否有当，伏乞皇上俯赐采择。均奏入，上命军机大臣传谕那彦宝、巴宁阿曰：堵筑漫口固应上紧赶办，但朕闻永定河水势日内尚未消落，并略有增长。坝工甚为著重，并据明安查勘南苑水势情形，绘图呈览。现派明安前诣卢沟桥龙神庙敬谨拈香，以祈迅速合龙。所有二十三号坝工，现已将次合龙。其北上头工缺口堵合后，水势自应逼向南趋，但该处河身积沙淤塞，若不及早挑挖深通，引河不能疏畅，仍可倒漾贯注南苑一带，否则他处或再有冲溃，办理更属费手。那彦宝等务当加意慎重，断不可草率从事，急欲克期合龙，以致堤工不能坚实也。至工竣后，将各处灾民如何遣散之处，已谕令陈大文派员妥办矣。明安原图一件，一并发交阅看。

同日，上命军机大臣传谕陈大文曰：本日那彦宝等奏永定河坝工情形，据称在工佣作人夫，现俱安静。将来停工时，当札商总督陈大文设法遣散，妥为安置。此项佣作人夫，前据奏有五万余人，灾黎居其大半。将来天冷停工后，须俟来年春融再行开工。此数月内必须妥为经理，方不至流离失所。且附近京城地方，若有数万饥民相聚觅食，颇不易办，亦属不成事体。陈大文务须斟酌妥善，将作何安置之法，一面先行具奏，不可徒托空言了事。此事应派大员督办，俟堤工将竣时，或简派能事道府，或于两司内酌派一员，前来工次亲为照料，妥协经理，俾数万人夫安静散归，不致纷纷来京就食，滋生事端为要。又据吴熊光奏，前此直隶总督方观承任内，直省亦因被水，曾办有章程。此折著发交陈大文阅看，将可以仿照办理之处酌量施行。或今昔情形不同，当斟酌尽善。如近水灾民捕鱼为生，虽一时糊口之计，但岂能遂将赈务稍有裁减？即贫民出口谋生，并未概行饬禁。陈大文惟应于稽查户口、散给银米等事实心经理，俾畿辅灾黎不致失所，方为不负委任。

十六日（庚寅），明安奏言：臣于十五日辰刻至卢沟桥虔诣龙王庙，拈香致祭，恭抒圣意，敬申祝祷。恰值天气晴和，风恬浪静。该处官兵等咸称，此时水势，较之往日甚为平顺。若得如此安澜，不过数日内可以合龙，是皆仰赖皇上洪福，得蒙灵佑之先征也。臣随会同侍郎那彦宝前往北上头工逐处细加查勘，挑挖引河淤沙人夫甚多，堵筑堤工皆属坚固。至二十三号坝岸水口，仅止七八丈，旬日内即可合龙。惟北上头工堤岸水口稍宽，尚有百余丈。现在赶紧挑挖引河，俟引河疏通，水势南下，归入正溜，则堤工即可合龙，而堤外之水自然消退。询之永定河道陈凤翔，据称此处挑挖淤工，约于月底可以完竣。臣复亲身沿堤踏勘，查二十三号之水，东南流至看丹村，北上头工之水，东流亦绕至看丹村，汇归一处，直注草桥，趋入南苑。是两处堤工合龙后，南苑之水即可消涸矣。谨将踏勘情形恭折覆奏。奏入报闻。

十八日（壬辰），上谕内阁曰：向来京城广宁门外普济堂，冬间煮粥施舍贫民，均赏给小米三百石，俾资接济。本年夏间雨水过多，贫民生计更形拮据。著加恩照年例赏给京仓小米三百石外，再加赏二百石，以示格外轸恤至意。

二十一日（乙未），那彦宝、巴宁阿奏言：查二十三号坝工堵筑多日，口门愈窄，溜势愈湍，办理甚为吃力。臣等钦遵恩训，加意慎重，一面将坝身加高培厚，一面妥镶大埽，以资捍卫。永定河道陈凤翔、运司嵇承志昼夜在工，不辞劳瘁，督率兵夫抢筑。仰赖皇上洪福，河神默佑，于二十日酉时合龙。其坝南石子淤滩，臣等饬令北路同知盛惇复、候补直隶州知州孙树本等，业经顺势挑挖深通，引河畅流无阻。现在水势趋入北上头工水口，臣等督率在工各员弁赶紧抢修、堵筑，月内亦可合龙。所有二十三号坝工合龙日期，理合奏闻，以慰慈注。奏入，上谕内阁曰：那彦宝等奏二十三号坝工合龙，览奏欣慰。据称二十三号坝工口门愈窄，溜势愈湍。经那彦宝等督饬永定河道陈凤翔、运司嵇承志昼夜堵筑，将坝身加高，一面妥镶大埽，得以及早合龙。此皆仰赖河神默佑，钦感不尽。著发去藏香五枝，先令明安赍赴该处，代朕祀谢。其北上头工，计日亦可堵合，俟全行合龙后，再派亲王虔诚代谢。那彦宝、巴宁阿均俟堵筑完竣，再行加恩。陈凤翔、嵇承志二人昼夜在工，不辞劳瘁，均著加恩赏戴花翎。嵇承志俟北上头工合龙之后，即赴运司新任。

同日，陈大文奏言：查河工雇集人夫，蒙皇上天恩，命俱照市价给价，无不踊跃趋事。其石工匠作人等，多由京师赴工领办。所用帮工人役，系由工头经理，人数较土工本少。惟土工挖淤需夫最多，有令沿河州县雇觅者，有厅汛员弁承雇者，亦各有夫头经管。臣前赴工所查勘，见该夫等虽大半灾黎，类皆沿河乡民，力能佣趁，亦不尽无家可归。况蒙恩赏给市价，与民间雇工无异，计其每日所得，除去食用，总有盈余。将来天冷停工，各夫俱积有余钱。臣酌拟按工完先后，陆续令夫头随时遣散，均可自图生计，似不致滋生事端。惟人数多至五万，诚如圣谕，不可不豫筹妥善。若此时遽派大员酌办遣归安置，该夫等良莠不齐，一闻此信，恐有刁猾之徒先启望恩幸泽之心，于事转多掣肘。臣拟于月内即赴灾重之区抽查户口，察看民情，当亲赴工次，斟酌情形，或应派司道驻工照料之处，再行具奏。至吴熊光所奏赈务章程，臣现皆仿照方观承旧章，酌量缓急，参考核办。惟有钦遵谕旨，督饬各属，将散放银米实心经理，俾灾民均沾实惠，以期稍宽宵旰于万一。奏入，上命军机大臣传谕陈大文曰：陈大文覆奏，永定河工次雇集人夫，俱给发市价，与民间佣工无异。将来天冷停工，均可自图生计。俟月内亲赴工次察看情形，再行筹办等语。此项人夫多至五万，若遽派大员遣归安置，该夫役等恐不无望恩幸泽之心。今陈大文拟于查灾之便亲往酌办，所见亦是。直属被灾之区，惟文安、霸州最重。陈大文应即往该处确查，顺道前往永定河工，将在工佣趁人役，督令所属各员妥为照料，设法陆续遣归，勿令别滋事端为要。

同日，明安奏言：臣于二十一日午刻至卢沟桥恭诣龙王庙拈香，至坝工龙门及北上头工致祭讫，谨将赏赐陈凤翔、嵇承志花翎分赏二人，并传述谕旨，令伊等倍加奋勉办理堤工，暂且毋庸进京谢恩。臣遂同那彦宝、巴宁阿自二十三号合龙处起，前至北上头工，逐处查勘。现今二十三号决口之处，全行归并北上头工水口，该处水势较前数日倍加湍急。仰赖皇上洪福，合龙后河面虽宽，而水势甚为平静。又兼二十三号坝南石子淤滩，那彦宝等已遵旨开挖宽阔，不碍水道。至二十三号迤南石堤，前在急溜之中，不能确见损坏，是以未经详细具奏。今合龙后大溜已断，石堤始全露出。臣等查勘得此堤坍塌，直接北上头工土堤，竟无一段可用。现在那彦宝饬令在工官役赶紧确切丈量估计，俟核算清楚，另行奏闻。其北上头工水口，近日赶紧堵筑堤工，疏浚引河，约于月底引河深通之后，即可合龙。谨将查勘情形恭折覆奏。奏入报闻。

二十三日（丁酉），明安奏言：臣因二十三号坝口合龙，恐水势湍急，于草桥等处有碍，于二十二日派右营参将奇成额前往查勘。据奇成额回称，查得草桥一带地方，较前数日水长二尺有余，其势汹涌，汕倒马家堡地方房屋三十余间等情。臣闻报星即亲身前往查勘情形，与该员所报相符。伏思此水实由二十三号合龙之后，两处之水汇归一处，水势迅急，以致有碍村民。现在北上头工尚须数日方能合龙，惟恐此村难以保存。臣愚昧之见，或可在于马家堡村西筑砌土坝一道，拦住水溜，则水势尽归凉水河，以达马驹桥。正溜一顺，则村居可保无虞矣。谨将查勘情形恭折具奏，伏候训示遵行。奏入报闻。

二十四日（戊戌），颜检奏言：窃臣遵旨筹办小米五万石运往直省，以备平粜之用。臣随督同署藩司陈钟琛、署粮道王如金等派委诚实之员，携带银两，分往开、归、彰、卫、怀五府属丰收价贱之区，按照时价收买。开、归、怀三府属米石，运至卫辉府之西关水次上船；卫属米石，运至浚县之道口水次上船；彰属米石，运至汤阴之五陵水次上船。俾车运既得便捷，而各有水次兑运，亦不至于壅挤。并将采办米五万石分作两起，头起委通判叶大奇为总运，知县李烜戚、学标等为协运，二起委通判陈淦源为总运，知县熊象阶、府经王闇等为协运。即令总运之通判等先赴水次，往返稽查，督率各承办之员，购买干洁好米，妥为验兑。其应用船只，并令协运之正佐各官，亲赴内黄之楚旺及浚县之道口地方，公平价雇，以免扰累。旋准直隶督臣陈大文咨称，以天津既有仓廒，又为四路被灾州县适中之境，领运较便。所有豫省采买米石，应即饬委员运赴天津北仓存贮。复飞饬该委员等遵照。兹据该委员等先后禀报，分赴各属采买米石，因市集充盈，如数买足，赶紧运交水次，由总运之通判叶大奇等验收，均属干圆洁净，分装船只。头起小米二万七千石，定于九月十八九等日开行；第二起小米二万三千石，亦即督催兑运，于月内衔尾而进。臣复严饬各该委员沿途小心管押，慎密稽查，无使船户、水手人等中途偷卖搀和，以致损失霉变。并移咨山东、直隶督抚及漕河诸臣，转饬沿途地方文武及板闸各官，一体稽察催趱，俾免迟滞。至购买小米所需价值，照例在于嘉庆六年地丁银内动支，其各属运送米石以及由水次运赴天津需用水陆脚价，并各委员跟役人等盘费，均请于耗羡银内支给。统俟事竣，一并核实造报请销。奏入，上命军机大臣传谕陈大文曰：颜检奏，采办小米五万石，委员分起运送天津，以备直省平粜需用等语。著传谕陈大文即行派员前往接收，存贮北仓，以备来年平粜之用。现在距大赈之期仅止数日，朕闻放赈一切章程，该督等尚未筹定。小民嗷嗷待哺，望泽孔殷，诚恐临事周章，灾民或致失所，殊深廑念。朕节次所发银米不为不多，地方官如果妥为放赈，俾颗粒皆在民间，则灾黎餬口有资，自不致轻去其乡。陈大文务当督饬所属实心经理，勿令不肖官吏及胥役人等得以从中侵蚀。仍将如何酌定章程，一面奏闻，一面迅速办理。朕勤求民瘼，时加访察，该督等是否办理妥善，朕断无不知之理也。又闻景州一带大道，均有积水，此水系从何处汇注，至今未消，必有受病之处。该处为往来通衢，若不及早消涸，一届冬令冱寒，水土凝冻，至春融冰解，积水如故，不惟有碍行旅，必致有妨耕作。陈大文当即乘时赶办，设法疏消为要。前曾降旨令熊枚将故城县刁家门漫口上紧堵筑，此时曾否办竣？著陈大文即行查明，并将景州一带积水如何疏浚之处上紧筹办，一并详悉具奏。

同日，明安奏言：臣于二十三日辰刻，自圆明园前赴马家堡查勘汕塌民舍情形。臣亲身绕至村西周行踏勘，该处被汕之由，盖缘水势湍激，直注村舍根基，日汕日深，是以坍塌。统计房舍共四十四间，幸无损伤人口。该处土松溜紧，若欲拦水筑坝，人力难施，一时不能遽成。臣再四筹画，惟有旁支宣泄，可以少分其势，不致复有冲汕之患。查此水迤西，现有淤滩一段，若于此处挑挖，则水势散漫，北归凉水河而下，于此村方保无虞。询之该村民人等，亦称必须如此办理。惟小民等未能挑挖者，总因口食维艰，不能纠合人众。今蒙皇上垂恩，欲为办理，小民感激无地，情愿竭力佣工，无须别觅人夫。臣计其本村人数，除老小外，年力精壮者，尚有三百余人。须用稜米一百石、制钱一百串，此工即可告成。现在备办钱米，已交右营参将奇成额督催赶紧挑挖，约于旬日内可以完竣。奏入报闻。

钦定辛酉工赈纪事卷二十五

九月二十六日（庚子），上谕内阁曰：御史达灵阿奏请筹备仓储一折，据称本年直属被灾，办理截漕煮赈等事，用米较多，现虽筹备采买，尚恐仓储未裕，请将八旗兵丁及各项坐甲应领之米留二三成存仓，按时价发给折色。所奏非是。向来八旗兵丁皆系按季领米，或将麦豆搭放，亦系随时调剂，均属通融办理，于兵民皆有裨益。本年因直隶所属灾赈，截漕六十万石，兼有散米、煮赈等事，需米较多，且节年均有轮免漕粮省份，是以到通漕米比之往年较少，然仓储并无不敷。至明岁以后，则全漕抵通，源源输运，倍臻饶裕。若如该御史所奏，将兵丁应领之米折色给发，不但有违定制，且无识之徒妄疑天庾不免匮乏，殊属不成事体。况京城向无米贩，全赖甲米转售以裕民食。若酌给折色，则市间米少价昂，诸多不便。此奏断不可行，达灵阿著传旨申饬，并将原折掷还。

同日，陈大文奏言：查本年直属地方，自春徂夏，雨水调匀，禾稼本皆畅茂，讵六七月间大雨连绵，水势涨发，堤工漫溢，以致低洼地亩多被淹浸，惟有高阜处所与水过即消之区尚属有收。约计通省各州县全地十分，内除去被水无收地亩五成有余不计外，其有收地亩计四成有余，即收成分数亦未免稍减。据布政使同兴将约收分数查明开报前来，臣复加查核，永平、承德二府属，约收八分有余；宣化府属约收七分有余；广平、大名、冀州、赵州暨口北道属，约收六分有余；正定、顺德、易州等三属，约收五分有余；河间、天津二府属，约收五分；顺天、遵化、定州等三属，约收四分有余；保定、深州二府州属，约收三分有余。总计全省秋禾，约计五分有余。除刈获登场之后另行核明实收分数，照例题报外，所有本年有收地亩秋禾约收分数，恭缮清单，敬呈御览。再，天津府属之庆云、盐山、南皮及天津府同知经征坐落武清、天津二县之苇渔课地亩，并广平府属之肥乡、宣化府属之赤城、口北道属之张家口、独石口暨承德府等九府厅县，俱因积水消退稍迟，洼地秋禾亦间有受伤，但情形较轻。现已分饬查勘，俟勘明实在歉收分数，归入秋灾情形案内汇核题报，照例查办，以示体恤。

同日，陈大文又奏言：窃臣查任邱一县，于被水之初，即经知县陈元芳在本城及鄚州石门桥、长丰村等处地方，先赶紧设粥厂四处。自七月初四日起，至八月中旬止，每日领粥贫民大小约有三千余人，共用过米一千三百余石。内除地方绅士等备办之外，该县又筹办米一千二百余石，并未动用正项钱粮。其离厂较远，煮赈不及村庄，复经河间府知府姚梁酌发抚恤银一千二百余两。该县陈元芳因被灾贫民约有二万六千数百户，如按户散放，需用较多，于贫民中摘出困苦尤甚者共计一万七百余户，每户按五口以上给米一斗、五口以下给米八升之数，一体折色，散放完竣。此任邱县办过赈抚实情。并查得通省原续被水之府厅州县共计一百三十一属，其中六七月内办理抚恤银米又复煮赈者，系通州等四十二州县；专办抚恤银米并未煮赈者，系武清等十七州县；又专办煮赈并未办抚恤银米者，系三河等十五州县。以上七十四处，均系动用公项散给，应俟各府厅州查明实用数目，准其归入大赈案内报销。其余昌平等五十七厅州县，非勘不成灾，即民力可支，是以抚恤、煮赈均未办理。臣按属悉心体察，缘被灾地方实系情形不同，故有抚恤银米而又煮赈者，有专给银米专办煮赈者，亦有抚恤、煮赈均未办者，总以被灾之轻重为准。此六七月内各属势难画一办理之实情也。现在八九两月开放摘赈，亦仍按各属民情分别查办。臣与藩司同兴分路委员严密饬查，不使稍有弊混，以期民沾实惠，帑不虚縻。奏入，上命军机大臣传谕陈大文曰：陈大文奏秋禾约收分数，朕详阅所开单内，如顺天府属大兴、宛平二县，尚开报约收三四分。本年直隶被灾州县一百三十一属，而近京一带地方被灾较重，秋禾全已淹浸，岂能复有收获？即间有涸出田园补种菜蔬，收成亦属有限。该署督约略开单入奏，未免意存粉饰。朕轸念灾区无时或释，方自愧之不暇，岂于秋禾约收单内开报三四分数，遂能宽慰耶？现在已届大赈，该署督惟当督率地方官实力办理，俾实惠在民，不使颗粒丝毫稍有侵蚀，方为妥善。至续经查出被灾各州县，如有尚未加恩及前经施恩尚轻应再加抚恤者，仍著陈大文确切查明，据实具奏，候朕另降恩旨。又据另折覆奏查明任邱县办理急赈及各州县已未办理急赈 。任邱县知县于该处被水之初，即设厂散粥，尚无不合。至其余各州县，或系银米煮赈兼放，或专放银米，专办煮赈。此内除该州县自办外，其有动用公项办理者，查明实系散给，自应准其一体报销。若有不肖官吏，藉此影射冒销，该署督即当查明，据实参办。

二十七日(辛丑)，那苏图奏言：窃照本年六月间阴雨连绵，河水涨溢，天津分司所属丰财、芦台二场滩副池埝悉被水淹。先经臣檄饬场员确实查勘，并督率灶户等设法疏消积水。随据灶户吁恳循例借给修滩工本，当经批饬运司查勘明确，核实详报。旋据运司转饬勘明，将应修滩副所需工本银两分别酌定，造册详请具奏。臣覆加细核，缘该二场盐滩逼近海滨，地势最洼。本年六月间阴雨过多，各河漫水下注，又兼海潮逆顶，通场滩副悉被水淹，池埝冲打几平，盐根尽成淡水，滩坨存盐冲没四十七万余包，被灾情形实为数十年来所未有。查该二场产盐最旺，有关通纲岁额引销。向年每逢滩副被灾，节经奏准借给工本修整，历有成案。此次被灾较重，若不大加修整，诚恐盐滩荒废，有误兴晒。商运、民食，所关非细。除查明有力之户责令自行修整外，其贫乏灶户无力自修，势必因循迟误，自应量为酌借。请照乾隆四十六年之例，分为三等，稍有力之户，每工借银五两；次无力之户，每工借银八两；极无力之户，每工借银二十两。查丰财场贫灶应修滩一百五十四副，需工本银四万九千八百二十二两；芦台场贫灶应修滩一百三十八副，需工本银一万四百八十两。丰芦二场共需工本银六万三百二两。合无仰恳皇上天恩，准照向例，在于本年运库征收商课项下借给。如蒙俞允，臣仍督催各灶户上紧雇夫兴修，务期一律完整，以资明春勘晒。所有恩借银两，请自嘉庆七年菜盐后起，照例分限六年完交，每年完银一万五十两三钱三分三厘，按限归款。庶户力不致拮据，而滩副亦无荒废，得以广产盐斤，商运、民食皆可充足，益沐皇仁于无既矣。奏入，上谕内阁曰：那苏图奏，盐灶滩副、池埝被淹，恳请借帑修整。天津分司所属丰财、芦台二场盐滩，逼近海滨，本年夏间被灾情形较重。该二场向来产盐旺盛，关系通纲岁额行销，自应亟加修整。查照向例，分别借给修滩工本，著加恩于本年运库征收商课下借给银六万三百二两，分限六年完交归款。该盐政务须督饬上紧兴修，一律完整，俾商运、民食并资接济。

同日，那苏图又奏言：窃查芦属灶户丁地，坐落天津沧州等州县境内，地势低洼，本年六月间阴雨连绵，河水涨发，灶地田禾均被淹浸。当经臣面嘱运司转饬确查，旋据该州县场陆续各将被水情形详报，随又批饬照例会勘顷亩分数，并将被水贫灶加意抚恤。今据署运司蔡齐明将坐落各州县场被灾灶地分别轻重详请具奏，臣伏查灶地钱粮，与民地事同一例。向来民粮凡遇恩蠲，灶粮皆系援照办理，历有成案。今年直省被水各州县，经府尹、督臣节次奏报，仰蒙皇上天恩叠颁谕旨，将本年应征钱粮分别全免、半蠲。内有天津、静海等州县灶户地亩被水成灾，经各州县场会勘相符，合无仰恳皇上天恩，准将被灾较重之沧州、冀州、衡水、交河、宁河、河间等州县灶地，并兴国、富国、丰财、芦台、越支、严镇、海丰等场坐落沧州、天津、静海、宁河、宝坻、武清、蓟州、丰润、交河等州县境内灶地本年应征灶户丁地钱粮，请照民粮一体全行蠲免。其被水稍轻之青县、东光二处灶地并各场坐落该二县境内灶地本年应征灶户丁地钱粮，亦请照民粮一体蠲免十分之五，其蠲剩应征银两，统照民粮一律分限带征，俾灾灶均沾实惠，顶戴皇仁益无既极。是否可行，鸿恩出自圣裁。如蒙俞允，另将各州县场应免灶课钱粮并带征各数目，分别造册报部。奏入，上谕内阁曰：那苏图奏，被灾灶地钱粮，请照依民粮蠲免。今年直隶被水各州县，节经降旨将本年应征钱粮分别蠲免。灶地钱粮与民地事同一例，著将被灾较重之沧州、冀州、衡水、交河、宁河、河间等县灶地并各场坐落沧州、天津、静海、宁河、宝坻、武清、蓟州、丰润、交河等州县境内灶地本年应征灶户丁地钱粮，加恩全行蠲免。其被水稍轻之青县、东光二处灶地并各场坐落该二县境内灶地本年应征灶户丁地钱粮，蠲免十分之五，至蠲剩应征银两，仍著照民地分限带征，以示轸恤至意。

二十八日（壬寅），明安等奏言：本年被水灾民，荷蒙我皇上轸念，发帑赈恤，并挑挖河道，以工代赈。臣明安前思灾民虽得饱食，而地冻工停之后，身无衣缕，何以御冬？查京城内外，共有官民当铺三百余座，各铺俱有当满出卖之衣，酌议每铺分办棉袄二三百件，每件酌给官价银六钱，于九月内办齐，交顺天府会同五城御史散给，庶灾黎可免冻毙之虞。今逐细详查京城内外，除王公等所开当铺四十一座，伊等所当棉袄自行办理外，其民当三百零八座，臣等将各当商人传集当面，明白晓示。据商人于廷玺等咸称，情愿每当各办棉袄一百四十件、棉裤六十条。至请领官价，现在京城偶遇偏灾，商民等谊切桑梓，岂无天良，何敢请领等情。臣等再三开导，必得发与价值，方合体制。乃该商等求之至再，不肯领价。又据宛平县民人蔡永清等呈称，身等七人，因恐灾民天寒冻毙，随向各绅士、买卖人等攒凑钱文，置办得棉衣二万件，本欲私下散给灾民，今闻皇上特恩发帑命各当备办棉衣、棉裤，蔡永清等情愿将此办得棉衣二万件呈交衙门，祈官为分散各等情。臣等查各当商民情愿不领价银，置办棉衣四万余件、棉裤二万余条，情词尚属恳切。又民人蔡永清等备办棉衣二万件，亦愿呈交。二项共八万余件。可否俯准之处，臣等未敢擅便，相应一并据情具奏，伏候训示遵行。奏入，得旨：各当商民所办棉衣，务令领价。如伊等不愿领价，著明安等酌量给发，并将呈交棉衣之蔡永清系何籍贯，作何生理，其棉衣如何凑办之处，问明覆奏。

二十九日（癸卯），上命军机大臣传谕那彦宝、巴宁阿曰：前据那彦宝等奏，永定河北上头工，月内即可合龙。本日尚未据奏到，自系该处口门水势湍急，尚未堵合。在那彦宝等之意，自必欲于十月初六日以前赶紧合龙，以期仰慰廑怀，即可来京庆祝。但坝工关系紧要，倘草率完事，或致堵合不能稳固，办理转为费手。那彦宝等惟当将引河挑挖深透，下游疏浚通畅，俾合龙后永臻巩固。即稍迟旬日，亦属无妨。届万寿之期，那彦宝等在工次叩祝可也。将此谕令知之，仍将现办情形覆奏。

同日，明安等又奏言：据通州斗行经纪魏洪泰呈控，州书金鉴等采买赈粥米石，短发价值，又折钱交米，额外多索使费钱文等情。臣等详加审讯，据魏洪泰供，我系直隶通州人，年五十二岁。我们通州共有五座集场，设立五个斗行经纪。我在马驹桥当斗行，张达在西集当斗行，王吉升在张家湾当斗行，王玉琳在通集、烟郊二处当斗行。我们每月供应州里采买麸子、囚粮差使。每买麸子一石，领官价钱七百文，每年约用麸子一千余石。至囚粮，每石领官价银一两，每月约用米五六石。本年起，粮房书办章铨叫我们采卖麸子，每石只发京钱四百文。刑房书办王九，每囚粮一石，口称照旧支领官价，他并不要米，每月著我们折交京钱六十余串，并不发给官价。本年七月，通州知州放赈，传我们五集斗纪，叫我们采买米石，每集发给银子五十两。我们按市价采买。王玉琳、张达两人，共管三集，他们每集交米十九石五斗，格外仍花使费钱三十串。我与王吉升按市价平买，每人只买了十五石交纳，格外仍要使费钱二十串。迟了几天，仓房书办金鉴，将我们五集斗行传去，口称各铺户采买了米一千余石，每石只领官价银七钱，格外仍有使费，叫我们照二两之数交米一石，仍要叫我们交米三十七石。及至交米石时，金鉴又叫我们每石折交钱六串五百文，每集仍格外要使费钱二十四串。我们实因赔累不起，情急无柰〔奈〕，所以同张达、王吉升、王玉琳来京联名呈控，只求公断。讯之张达、王吉升、王玉琳，供亦相符。查魏洪泰所控通州书吏章铨、王九，平素藉差派累已非一次。今仓书金鉴，因采买赈粥米石，始则短发价值，及买米交官，又欲折收钱文，格外多索使费。如果属实，则该吏等藉赈科派，索诈钱文，实属大干法纪。但系一面之词，未可遽信。魏洪泰等未在本省地方官及各该管上司呈告，遽行来京呈控，即属越诉。但其所控系吏役科派之事，未便置之不议。相应请旨将魏洪泰、张达、王吉升、王玉琳俱解交直隶总督，亲提犯证，详加查审，秉公定拟具奏，奏入。得旨：允行。

同日，陈大文奏言：窃臣于九月二十六日途次安州，接奉谕旨垂询豫省采办小米五万石，委员运送天津，并景州一带大路均有积水缘由。仰见我皇上勤求民瘼，无微不至。臣伏查直属灾区，小民待哺情殷。臣抵任后，遵旨与藩司同兴筹议章程具奏，荷蒙恩赏银一百五十万两，并先奉恩旨拨给漕米六十万石，诚如圣谕，节次所发银米不为不多。并将各州县实存仓谷，酌量道路远近，动碾凑作赈需。经藩司通盘筹核，酌拨领运，以便及时散放，均已办有头绪。至奉赏银两内南河解到银十五万两，先于九月初十日已抵天津。经藩司请收天津道库，令道属州县就近赴领。嗣于九月二十三日，准两淮头批解到商捐银五十万两，并经臣札行藩司，转饬各州县赶紧领回散放。惟现距赈期仅止数日，各州县或先领到米石，或先领到赈银，势不能拘泥原奏，十月先放折色。现已饬令不拘银米，何项先到，先行给领，俟十一月再行搭配匀给。如此办理，则灾民早得一日之赈，即可早安一日之心，庶免守候失时之苦。其应赈户口，已饬各属按灾分轻重，分别极贫、次贫并应赈银米各数，逐一开列出示，按村张贴，俾众共知。倘不肖官吏及胥役等敢有从中侵蚀，一经查实，立即严参究治，断不敢稍事姑容。又景州一带大路积水，臣前抵直境时，即目睹一片汪洋，询之该地方官，据称该州地本低洼，连年频遭水患。今岁雨水过多，兼因东省德州之水由南留智庙灌注，临清州之水由马家河、孟家湾灌注，即故城被灾，亦由于此，不止刁家门一处漫口所致。今闻临清业已堵筑一处，而德州之水未能消退，是以景州大路积水成渠。臣节次饬委员弁赴河间所属之有驿州县督令疏消。缘大路冲决漫溢，到处皆水，除已另觅绕道，饬令垫土支桥可以行马外，尚有任邱之赵北口、河间之八里铺、献县之南关、交河之富庄驿、阜城之刘伶河皆间段隔水，兼用船只、马匹接递文报差使。惟景州至德州交界，计程一站，止可用船。臣日夕焦思，屡饬道府并委员等设法疏浚，急切未能涸出。此景州大道积水之实在情形也。其故城县刁家门漫口，先经河间府知府姚梁亲赴履勘，因水深溜急，工险料多，当赴道库借银一千两，不敷购办，续借银八百两，委员协同该县于八月内兴筑，至九月二十日已筑二十丈，尚有五丈四尺未竣。据禀不日可以合龙，但尚未据报完工。现又严饬作速堵筑完固，并将景州积水，饬令相度地势，多开沟渠，或另觅绕道，俾驿路不致久淹为患。如再因循贻误，当即据实揭参。至豫省采买小米五万石，前准来咨，已饬委天津道蔡齐明收贮北仓，以备平粜。兹蒙垂询，理合将办理各缘由先行覆奏。奏入报闻。

同日，陈大文又奏言：窃臣自省起程，前赴保定府属之安州。该州北临府河，壤接清苑、高阳，势处下游，形如釜底，积年多被淹浸，本年受灾更重。臣逐加履勘，府河水已归槽。该州境内涸出最高之地，尚不及十分之三，余皆水深二三尺至五六尺不等。次赴新安县查看，该县处安州之下，地势渐高，现虽积水尚多，计涸出地亩已居十分之四。再至雄县、任邱接壤处所，查得该二县毗连淀河，受淹虽重，现计涸出地亩约居其半。下至保定县，该县幅员甚小，大半现为水占。再下即系文安，著名大洼，实为巨浸。北至霸州，地势已高，现在水淹之地不过十分之四。其余邻近各州县，察访情形约略相等。现在或仍设厂煮赈，或摘赈钱米，民情尚皆安帖。已涸之地，亦经种麦出土。指日开放大赈，自不致于失所。惟各路积水消退延缓之故，实缘水利废弛已久，各淀河及各属河道类多淤浅，不能畅流，漫至洼地，与河渠相等。即一切堤埝，亦大半残废，不足以资捍御。此时若议疏浚修筑，不但水占难以举行，且工程浩大，经费实繁。目下情形，惟有俟漫水退定后，饬令各州县各就地势，先行酌量消堵，以卫民生。至积久停淤不能种植之区，除文安一县地粮历年本系蠲减，现又委员查勘，容与藩司同兴酌核，另议具奏外，其安州等州县并此外积水各属，俟开放大赈后，当分委道府大员逐一勘明能否消涸，同水冲沙压地亩应输粮赋，分别奏请施恩减豁，以期稍苏民困。是否有当，伏乞皇上训示。再，臣现由霸州起程，驰赴工所，察看在工人夫，酌量遣归，仰慰圣廑。奏入报闻。

钦定辛酉工赈纪事卷二十六

十月初一日（甲辰），那彦宝、巴宁阿奏言：查北上头工漫口五百八十余丈，水面甚宽。臣等督率员弁赶紧堵筑，原拟九月底可以合龙，因二十七八连日大风，口门水深溜急，兵夫不能多做。又恐新土浮松，与其周章于后，毋宁详慎于前，复饬令加高培厚边埽戗堤，上紧镶筑，以资巩固。现在口门六丈有余，两坝头皆盘裹结实，约于初三四尽可合龙，引河淤工，均已一律挑挖深通，日内即可相度机宜，放水以归故道。臣等钦遵恩训，断不敢稍存欲速之见，务期工程坚固，以慰圣怀。奏入报闻。

初三日（丙午），那彦宝、巴宁阿、陈大文奏言：臣等忝荷天恩，委以河工重任，昼夜经营，不敢稍懈，督率在工员弁，一面将水口赶紧堵筑，一面将两坝头加培结实，以资巩固。惟口门渐窄，溜势奔腾。臣等先将引河头挑开，势如吸川建瓴，分掣大溜，直达中泓，乘势顺机，得于十月初三日丑时合龙，边埽、戗堤俱属坚实。又虑挑挖淤工稍有阻滞，水流不畅，关系匪轻，复令永定河道陈凤翔分派员弁，沿河按段查探，所有原估挑挖八千九百三十二丈及续估六千一百八十七丈，均为一律深通，安流顺轨，全河水势得以复归故道。查今岁永定河漫溢石堤四处、土堤十八处，共计三千七百四十七丈五尺，上廑宸衷，频劳睿画。臣等屡蒙圣恩训示周详，始得以次第合龙。此皆仰赖我皇上至诚格天，是以河神默佑。臣等欣幸之中，益加凛惕。再，前蒙恩旨发往永定河工效力之原任直隶总督姜晟、原任永定河道王念孙、原任南岸同知翟粤云、原任北岸同知陈煜、原任石景山同知汪廷枢等，经臣等派赴下游一带监修土堤、埽工，查验各段淤工，俱属认真奋勉。又此次堵筑漫口所有文武大小员弁，谨择其最为出力人员开列清单，恭呈御览，可否仰邀奖励之处，出自皇上格外天恩。奏入，上谕内阁曰：本年六月初间大雨连朝，御园左近水势骤涨。朕彼时即虑及永定河工必有冲决之处，特派乾清门侍卫等前往查勘，果系卢沟桥一带决口四处。向年永定河虽间有泛溢，从未有如此次之甚者，实属异常盛涨。朕心深为悚惕，当即派令那彦宝、巴宁阿等上紧堵筑，并将下游淤塞设法疏浚，雇集人夫五万有余，其中灾民居多，即可以工代赈。幸兴工以后，天气放晴，水势渐退，办理两月余，各漫口全行合龙，河复故道。此皆仰赖天助神佑，欣感不尽。著发去大小藏香十枝，派成亲王永瑆、大学士庆桂前往敬谨祀谢。至各工办理妥速，皆由在工大小各员出力认真，殊堪嘉奖。那彦宝自派办河工以来，遇事虚心，筹画妥善，洵不愧为阿桂之孙，著加恩挑为御前侍卫，仍交部议叙。巴宁阿从前曾任内务府大臣，缘事降黜，兹办工出力，加恩授为内务府大臣，仍交部议叙。陈大文虽到工未久，一切督催甚属认真，亦著交部议叙。嵇承志、陈凤翔在工勤奋，前已赏戴花翎，再著交部议叙。至随带兵部员外郎智凝，在工奔走，尚为奋勉，著赏戴花翎，仍交部议叙。兵部额外主事徐寅亮，著俟报满后，遇有本部缺出，先尽补用。同知盛惇复、候补直隶州孙树本、千总杨贾成，均著以应升之缺升用。至姜晟调用直隶总督，甫经到任，地方事件尚未熟悉，于河工自更不能了然，况永定河下游淤垫已久，亦非伊一人任内之事，其奏报迟延，亦由王念孙等不即时禀报所致。但该管地方有如此非常疏失，伊适当其任，自不得不治以应得之罪。此时业已合龙，亦宜量予加恩。姜晟曾任刑部侍郎，刑名是所素习，著赏给刑部主事衔，在部行走，不准食俸，俟一二年后，如果奋勉，著该堂官再行保奏。其已革道员王念孙、已革同知翟粤云、陈煜、汪廷枢，于伊本管地方失于防范，又不能及早禀报，获咎较重，俱仍著在工效力，俟工程一律完竣，再行奏闻请旨。至在工人夫踊跃奋勉，并著动用广储司银一千两，赏给该夫头等，以示恩赉。

初四日（丁未），明安、国霖奏言：本月初三日早，臣等闻知北上头工水口合龙，遂商定分勘水势情形。臣明安出永定门，由栅子口仍乘船过渡，至马家堡迤南地方，查得水势消落三四尺至五六尺不等，回至北红门外，人马竟行淌水而过。臣国霖出右安门，由中顶一带，查至丰台各村之水，亦皆消落五六尺不等，其势散漫，不似往日波流迅驶，大约三五日内即可全行涸消。再，臣明安于酉刻回至南顶地方，接得圆明园笔帖式多赉禀称，奉军机大臣口传谕旨，现因永定河堤合龙，令步军统领明安于明日前往合龙处所及永定门外一带地方，查明水势消退情形具奏。臣等谨将初三日分头查勘水势消落情形，先行奏闻。臣明安遵旨于今日寅刻往北上头工合龙之处沿水一带详细查勘后，再行具奏。奏入报闻。

初五日（戊申），明安奏言：臣于初四日至北上头工合龙之处，查看得大溜已归正河，堤外之水全行消退。臣遂从被水之区次第详查，直至看丹、阜角、樊家村、张家路口、丰台、刘家村、中顶、草桥、马家堡等村，水势俱已全消，惟洼下之处微有积潦，不过仅为止水，自可渐次涸消。至凉水河迤东，直抵马驹桥，水皆归槽，清浅安流，人马皆可淌水往来。其余平坦之处，地形全露，所有淤泥，不过数日内即可就干。奏入报闻。

十一日（甲寅），明安等奏言：臣等传集制办棉衣之各当商，遵旨明白晓谕。据商人王廷栋等咸称，商等所交之衣，原系当满不赎应行变卖之旧衣。其不足之衣，亦系当满旧布成做。所费价本原自无多，是以不敢请领。今既蒙皇上恩施发价，商等不敢不领，亦不敢从中取利，只求照依当本，酌给具领。臣等随向该商询其当本，据云每件不过京钱三四百文不等。臣等酌议袄裤均匀给价，每件银二钱，计棉衣六万二千件，核给银一万二千四百两。该商等既于原本无亏，而被水贫民亦免受冻之虞，实属两有裨益。至所发价值，即在臣衙门闲款内另行奏请给发。臣等又传询蔡永清，据称系宛平县民人，现在广宁门内等处设立勉善堂，捐赀募化，收养贫民，并义学、粥厂，又设立广育堂，收养婴孩等事。因本年被水民人甚多，恐天寒受冻，欲施舍棉衣，以济贫民。现在凑出银六千七百两，置办棉衣二万件等语。臣等查各当共交棉衣六万二千件，并王大臣自行呈交棉衣二千九百五十件及蔡永清所交棉衣二万件，共棉衣八万四千九百五十件。应发交何处，作何散给之处，伏候谕旨遵行。奏入，上谕内阁曰：前因近京一带被水，灾黎御冬无具，曾谕令明安等置购棉衣，以备赏给。经各当商等呈交棉衣六万二千件，并恳请不敢领价，当即谕明安等仍应量给价值。复据该商等称，系当满旧衣，所值无几。此项棉衣，既经该商等呈交，即系当满之物，亦不可令其少亏赀本。著加恩赏给银一万二千四百两，按各商交出棉衣多寡均匀给发，即在提督衙门闲款项内动支。至宛平县民人蔡永清凑办棉衣二万件，甚属急公。闻蔡永清向在京城居住，每岁经理收养贫民、婴孩等事，今年夏秋曾捐赀散给被水灾民，兹又凑办棉衣，种种义举，殊堪嘉尚。著顺天府堂官备办匾额、花红，传旨赏给蔡永清，以示奖励。

十七日（庚申），那彦宝、巴宁阿奏言：查卢沟桥税局后身并桥南头二号两处石土堤工，于本月初间先后完工。其二十三号石堤现在砌有四成，今冬虽不能完竣，前所筑拦水大坝近已加高培厚，来春凌汛可以藉资防御。至此外应行修补各工，前经奏明，俟查明后再行具奏。兹水势已落，查得石景山东西两岸所有坍塌臌裂大石片石等堤五十七段，凑长一千四百九十八丈八尺，又背后冲没戗堤十七段，凑长一千一百八十六丈一尺，均应粘补修理。其中二十四号一段长至一百二十九丈，全行坍塌，旧存石料尚有四成可用，必须通身拆卸，方可一律坚固。现已刨槽下钉，但时届小雪，天气凝寒，工段绵长，不能刻日竣事，转瞬春汛，恐有漫溢，自宜豫为筹画，以资保障。臣等现已赶紧筑成护堤土坝一道，自二十三号拦水大坝起，至北上头工土堤止，绕堤圈筑，计长二百九十三丈，高一丈，均厚二丈，夯硪坚实，以备抵御凌汛。俟明年春融动工，即行修砌石堤。其南北两岸新筑土堤，计共三千四百二十三丈，除原有埽工业经照旧帮镶外，现因河流直下南趋，所有各段顶冲险要处所，恐致汕刷堤根，并饬令永定河道陈凤翔及该汛员弁陆续添做，以资保护。谨将已、未竣石工及应修坍塌臌裂各工段开缮清单，并将现筑二十四号护堤土坝情形绘图贴说，恭呈御览。再，十月初三日钦奉恩旨，赏给在工夫头等银两，臣等当即饬令永定河道陈凤翔查明实在出力弁兵、人夫等共六百九名，即在本工所领帑项下动用一千两，分别赏给。该弁兵等无不叩头欢呼，同声感颂。再，查牤牛等河，系上年前督臣胡季堂奏请动项挑挖之工，甫及一载，旋已停淤，诚恐上年承办各州县或有草率从事、任意浮销等弊。臣等于十月十一日亲往履勘，查得牤牛河共长一百四十七里，自金门闸至米谷庄二十里内淤成平陆，并无河身。自此以下至黄家河，俱深通无阻，北村引河并未淤垫。缘金门闸口宽五十余丈，牤牛河宽不过五六丈，河身褊浅，分泄不及，又加以今夏盛涨，闸上下两处漫水泛溢，水过沙停，故闸口附近地方竟至淤成平陆。其下游离闸较远，因分流势缓，沙停于上，水流于下，是以仍得疏通如故。通计牤牛河淤者十之二，不淤者十之八。下游之不淤，自是曾经挑挖之验。查现在上游之淤，显系挑后新淤，并询之沿河居民，俱无异词。又查牤牛等河原系疏消良乡、涿州等六州县民间沥水，兼泄永定河盛涨，向由沿河各州县每岁劝民挑挖。乾隆三十八年钦奉上谕，令照南河毛城铺例，于金门闸过水后即为挑挖。历年遵办在案。查此次承办各员虽无草率浮销情弊，但该处过水之后，既有新淤，已成平陆，亦未便遽准题销。应请旨敕下直隶督臣，转饬沿河各该州县，仍按原挑尺寸妥为疏浚，俟一律深通，详报督臣验收后，再将此次题销之案准其报销，庶泄水之区不致久留淤垫矣。奏入，上命军机大臣传谕那彦宝、巴宁阿曰：那彦宝、巴宁阿奏现筑二十四号护堤土坝情形，并将已、未竣石工及应修坍塌臌裂各工段开单进呈，即著照那彦宝等所请办理。现在天气晴和，各工员正可赶紧修筑。惟时届小雪，气候渐近凝寒，若于冻土施工，转恐不能坚固，著传谕那彦宝等酌量情形，何日凝冻，即于何日停工，俟来年春融，再行修筑。

同日，上命军机大臣传谕陈大文曰：那彦宝等覆奏查勘牤牛河确实情形，著传谕陈大文将牤牛河淤垫之处详细查勘，派委就近地方官，按照原挑尺寸，于明岁春融妥为疏浚，务俾一律深通。俟该督验收后，再行题销。至直隶各属开放大赈，朕闻地方官办理尚为妥协。现在赈务正当紧要之地，该督务当留心查察，俾实惠及民，毋任吏胥中饱。如各州县中有实心经理详细周妥之员，即当据实保奏，候朕量加奖励。倘有办理不善浮冒滋弊者，即当严参究办，以示惩儆。

二十一日（甲子），那彦宝、巴宁阿奏言：查现在石土各工均关紧要，幸天气晴和，得以赶紧修筑。惟时逾小雪，早晚已见凝冰，诚如圣谕，若于冻土施工，转恐不能坚固。臣等已于二十日概行停止工作。伏查浑河水势长落靡常，惟资两岸堤工以防泛溢。其石堤工程，均系灰浆水修砌，背后又有土堤戗护，可期坚固。前已将应修各石工俱经奏蒙圣鉴。惟查两岸土堤，尚须酌量筹办。臣等公同计议，所有下游形势，不外疏筑兼施之法。查两岸土堤，自乾隆五十年经前督臣刘峨奏请加高培厚以来，十有余载，其河身日渐淤高，堤身日形卑矮。又因土性浮松，多系沙砾，是以每年汛水稍大，即至漫顶平槽，泛溢堪虞。今臣等往来河干，悉心筹度，所有南北两岸旧堤，除下口七、八、九等工计长八十余里，河面渐宽，尚可从缓加筑外，自头工起至六工止一百五十余里，必须间段择要加培，并于最险之处添筑越堤，以为保障。其迎溜顶冲处所，尤须多备物料，添筑埽段，方足以资捍卫。现已饬令永定河道陈凤翔分别逐段估计，豫为筹备，俟明年春融，次第办理。所有丈尺确切成数，再另缮清单具奏。至此次挖淤工程，前经直隶督臣陈大文奏准，饬派沿河各州县雇夫挑挖，均为安静妥速。但今岁自白露后始能兴工，时日无多，是以间段挑挖，因势利导，未及遍行疏瀹。其两岸之中泓，自卢沟桥以上及下口一带，尚有必须裁湾〔弯〕取直、开引分流之处，前经臣等奏明，俟来春凌汛以后麦汛以前，再行相度情形，确切估计，量加挑挖，以备伏秋大汛。此项工程仍应请旨敕下直隶总督陈大文，分檄沿河各州县，俟来春届期各按本境，遵照估计土方，妥为承办。呼应既灵，弹压亦易，庶可克期蒇事。再，此次堵筑北上头工漫口所余料物，即可分拨各汛，留为明年岁修、抢修之用。所有该道应领嘉庆七年岁修、抢修银三万余两，毋庸另行赴部请领。奏入，上命军机大臣传谕陈大文曰：本日据那彦宝、巴宁阿奏应行培高旧堤、添筑越堤埽段及挑挖中泓之处，俱关紧要，来春凌汛以后麦汛以前，即当赶紧办理。所有需用物料，自应先期备办。著传谕陈大文饬令陈凤翔分段估计，并分檄沿河各州县各按本境遵照估计土方物料，妥为购办堆贮，并豫期雇集人夫，以备明春开工之用，不可稍有贻误。至现在工已停止，该处佣趁之人尚有千余。该署督应遴派委员前赴工次，设法妥为散遣，俾穷黎得以各归乡里为要。再，前因景州一带积水二十余里，有碍行旅，当经降旨令该署督赶紧疏浚。近日闻该州被淹之二十余里，水仍未退，该州知州等捐修桥座，权为来往商旅之计。该处之水，系由何处汇集？因何尚未疏消？其所搭浮桥曾否办理完竣？目下气候凝寒，积水之区俱已涸出，此处尚复淹浸，转瞬春融冰释，雨水较多，更难即时消落。陈大文务饬令地方官迅速疏消，以利民田而便行旅。

同日，上谕内阁曰：那彦宝、巴宁阿奏请停止永定河工程一折，现在时逾小雪，已见微冰，一切工程土冻难施，自应暂为停止，俟来岁春融再行赶办。该处既已停工，那彦宝、巴宁阿可以无须在彼久驻，且伊二人各有本任应办事务，著将河工应行筹备事宜妥为安置，即行回京供职，仍间隔数日轮替到工抽查。其随带司员智凝、徐寅亮，候补知州孙树本、革道王念孙等，仍留在工，与地方官轮流稽查。

同日，汪承霈、阎泰和奏言：本月十四日，臣等将应散棉衣人数缮折具奏，由军机大臣传奉谕旨，不必等至十一月，遇天气寒冷，即行具奏散给。仰见我皇上轸念穷黎，无微不到至意。臣等当将大兴、宛平二县送到清册，按各村穷民数目，分列二本，以便两处散给，较为快捷，亦不致有拥挤之虞。即在近京永定门外之海会寺、右安门外之三官庙二处，设厂监放。所需棉衣一万八千三百五十四件，业经咨明步军统领衙门檄饬大兴、宛平二县照数分领，运至该庙存贮，并饬该两县豫行刊刻印票，先期按名给发，以杜冒领、遗漏等弊。现在气候较寒，理合遵旨开列满汉文武大臣衔名，奏请简派，于次日辰刻分赴各厂监放，似可一日散竣。再，普济堂、功德林现在人数尚少，俟收养人数齐全，再行咨取，即交本年稽察该两处饭厂御史玉庆、汪镛按名给放，庶免遗漏。

同日，左都御史西成、左副都御史舒聘、万宁、陈嗣龙、刘湄奏言：本月十五日，军机大臣传奉谕旨，著都察院转交五城御史，将五城饭厂及乞丐人等，查明应散棉衣人数，不必俟至十一月，遇天气寒冷，即行具奏散给。臣等随即面交各城御史，饬各坊官速即查明实数具报。兹据五城造册呈报前来，核计男妇共九千五百六十二名，俱称实系极贫，业经按名给发印票，理应据实覆奏。均奏入，上谕内阁曰：向来地方偶遇灾赈，例只发给银米，俾资食用，并无散放棉衣之事。本年近畿一带被水较重，实非寻常偏灾可比。当经降旨截留漕米六十万石，动拨帑银一百五十万两，并以工代赈，为费亦不下百余万。现在开放大赈之期，气候已属严凝，念穷黎等无衣御寒，特发给帑银置购棉衣数万件，交顺天府五城分地同日散给。今据汪承霈、西成等奏请派员监放，所有顺天府奏永定门外之海会寺、右安门外之三官庙二处，著派文职大员刘权之、范建丰、扎郎阿、莫瞻菉、高杞、祖之望、吉纶、戴均元、那彦成、茅元铭，武职大员春宁、德麟、庆长、积拉堪丹巴、多尔济共十五员分往监放。其五城十厂，除都察院堂官西成、舒聘、万宁、陈嗣龙、刘湄分往外，著添派先福、广泰、蒋予蒲、广兴、范鏊分赴各厂，会同该城御史监放，均于二十二日辰刻分赏。此实朕轸念灾黎，恩施格外，并不在常例之内。在贫民等得有絮纩过冬，藉资全活，惟当安静领赈度日，慎勿将官给棉衣付之典卖，仍致号寒无赖，甘为宵小；或衣食粗给，仍不知守分，有鼠窃狗偷之事。转瞬春融，务当各谋生业，勿以特恩为可屡邀，勉为良善，以副朕子惠困穷至意。

钦定辛酉工赈纪事卷二十七

十月二十三日（丙寅），尚书刘权之等奏言：本月二十一日，奉旨派出臣刘权之、范建丰、扎郎阿、莫瞻菉、高杞、祖之望、吉纶、戴均元、那彦成、茅元铭、春宁、德麟、庆长、积拉堪丹巴、多尔济等监放棉衣。查得大兴县极贫民九千二百六十二名口，在永定门外海会寺设厂监放；宛平县极贫民九千零九十二名口，在右安门外三官庙设厂监放。臣等遵于二十二日辰刻会齐，分往两处，即会同汪承霈、阎泰和，督率大兴、宛平两县属员，查按各村极贫应领花名，照票给发。所有原领棉衣一万八千三百五十四件，已经给领过一万八千零八件。穷檐男妇老幼，仰荷天恩，得有挟纩之乐。并将恩旨面行晓谕，刊刻誊黄，在该两厂及各村粘贴，该贫民等咸戴皇仁，欢呼遍野，俱出一片真诚。此皆我皇上逾格恩施，无微不到，给赈之外，又俾穷黎悉被春温，实为从来所未有。所有臣等散给棉衣情形，理合恭折奏闻。至所剩棉衣三百四十六件，应交汪承霈、阎泰和督率所属，随时按名照票补给。再，高杞现在出差东陵，未能到厂，合并声明。奏入，得旨：此项所剩棉衣三百四十六件，著交汪承霈、阎泰和等督率所属，随时按名照票补给。

同日，光禄寺卿先福等奏言：臣先福、广兴、蒋子蒲、广泰、范鏊、西成、舒聘、万宁、陈嗣龙、刘湄奉命分往五城饭厂监放棉衣，遵于二十二日辰刻敬宣圣谕，按名散给。各贫民无不欢欣鼓舞，共深顶戴。各厂间有因病及事故不到者，通计尚有五百七十余名，自应补为散给。现在臣等所领棉衣，除散给之外，所存无几，合无仰恳圣恩酌量拨给，续行补放。奏入，得旨：所有此次应行补给棉衣之男妇共五百七十余名，著提督衙门再备棉衣六百件，交都察院分给五城御史等补行散给。

二十七日（庚午），陈大文奏言：臣亲至文安县境查勘，惟见一片汪洋，所有各处村墟俱浮沉水中，阅之实堪悯恻。回署后，连日与藩司同兴、臬司瞻柱详细讲求，缘文安县四面环堤，形如釜底，不独河水泛溢为灾，即时值雨水稍多，常被淹浸。盖地居河间、大城之下游，河间略高，大城渐低，至文安为极低。今夏淫雨连旬，子牙河冲决而来，大清河倒灌而入，众流悉纳，遍地波涛。现值初冬，尚未消涸，诚如圣谕，恐来年亦不能耕种。先已奉旨蠲免本年钱粮，应恳圣恩将嘉庆七年应征钱粮一并准其豁免，以示体恤。至该县于六月内被水之时即设厂煮赈，续于七、八、九月接放口粮，散放摘赈。现在十月开放大赈，节次所用银米，俱比别属格外加多，灾黎感戴皇仁至优极渥。俟大赈将竣后，如须展赈，再行察看通省灾区，酌核具奏。并查得该县全境三百六十村庄，共民地三千五百五顷九十九亩七分三厘，岁额应征地粮银一万二十七百七十一两四钱九分三厘。其三百六十村内，苏桥等五十一村，名为大洼，频年积潦为患。乾隆三十八年钦奉恩旨：将此洼地视积水之多寡，定赋粮之等差。水大则全行蠲免，水小则量为减赋。若遇水涸耕种有收年份，仍行按额征输。经前督臣周元理查明坐落大洼之苏桥五十一村，共计民粮地一千一百八十八顷一十二亩八分六厘，应征岁额粮银五千七百九十五两七钱三分三厘，按岁勘明实在情形，分别减免。历经照办在案。惟查大洼之地固为水占，即其余三百余村，雨水偶多，亦荒歉相仍。臣查天津府属之庆云县，地瘠民贫，难于完赋，乾隆十一年钦奉上谕：庆云县每年额征地丁银两蠲免十分之三，永著为例。今文安县全境积歉情形与庆云无异，可否并恳圣慈，将该县三百六十村民地额征地粮豁免十分之三，按照十分之七启征。内大洼五十一村之地粮应征七成银两，仍按年查勘积水之大小，分别减免办理。如此量为调剂，庶于民困渐苏，永沐恩施无既。再，查文安地处极洼，至受水之后，地与河水内外相平，实已无从宣泄。自建治以来，别无疏浚章程。为今之计，惟有将上游大城、河间旧有堤岸赶紧堵筑，以资捍御。查大城河之广安横堤，长九里，为文邑保障。迤南有河间所属千里长堤，可资外卫。两堤之中，又有藩司同兴上年查勘控告私刨堤工案内奏明新建闸座，以泄河间漫水。本年水泛异常，横堤、长堤并行冲决，水势建瓴而下，全注文安，致成泽国。现饬将两堤决口设法堵闭，以遏其流，并将原建闸座修复，以资宣泄，则上游之水可断，而文安积存之水，俟水势减落时，当于地段稍下之龙潭湾等处开沟疏浚，可期日渐消退。如此酌量堵浚，救弊补偏，则文邑灾黎或不致久淹为患矣。再，查永定河来岁开工所需物料，必须宽为筹备。臣先札饬永定河道陈凤翔飞饬厅汛员弁广为购贮，以备开工之用。其挖淤人夫，仍饬令沿河州县协同厅汛，按计土方雇觅赴工，克期集事。至工次尚有佣趁之人，已委因公在省之顺德府同知李宗蕃前赴该处，会同西路同知蒋耀祖妥为遣散，毋令滋生事端。至景州大路积水，先由德州、临清之水灌注，并故城县刁家门漫口泛溢，节经委员督饬疏消堵筑，嗣经该州朱阶具禀，已另觅有绕道并建筑桥座，亦已完竣，可以行走。惟张家河沟一段，尚须摆渡，因刁家门漫口未经筑复断流之故。并接据河间府姚梁具禀，该处漫口于十月初七日赶办合龙后，初八日埽坝中缝涌臌，水深湍急，登时冲陷，现在设法购料赶修等情。除已严饬该府驻守工所，督同该县并委员等克期修筑完固，如再草率延误，即行严参外，谨将遵旨饬办情形据实具奏。再，静海邱家堤等处漫口，前经臣遵旨委候补道刘朴，会同天津道蔡齐明督率兴筑，因雨大水涨，屡被冲刷。兹据具禀，自十月初一日起昼夜赶办，邱家堤于初五日合龙，王家院于十三日合龙。现仍饬令将新筑堤工加高培厚，夯硪坚实，以保无虞。奏入，上命军机大臣传谕陈大文曰：文安县全境积歉情形，既与庆云县无异，每年额征地丁自应量为酌减，用纾民力，俟明岁新正另降恩旨。再，折内称文安地处极洼，向来别无疏浚章程，惟有将上游大城、河间两堤决口设法堵闭，并修复闸座，以资宣泄。亦只可如此办理。该署督务当饬令所属上紧如法妥办，俾积年被潦灾区得以渐次消涸，地亩不致久淹为要。又另折奏，故城县刁家门漫口合龙后复又冲陷，现在克期修筑，陈大文应即饬催地方官赶紧堵筑，俾大路积水速就消退，以便行旅。

同日，上谕内阁曰：文安县地方本年全境被水，今已届冬序，积潦尚未消退，来春仍不能及时耕种，殊堪悯恻。除本年应征钱粮业经全行蠲免外，著再加恩将该县应征嘉庆七年分钱粮概行豁免。该署督仍当随时设法疏浚，妥为抚恤，以副朕轸念穷黎至意。该部知道。

二十九日（壬申），左都御史熊枚奏言：臣于上月二十三日，由河间行次献县，维时各属尚未开放大赈。臣沿途察看，该县涸出地亩多已种麦，一望青葱。间有大道附近低洼处所，积水未尽消涸，来岁尚可补种春麦。民情甚属安帖。迨抵交河县泊头、三铺地方，有老幼男妇纷纷求赈。该处系市镇之地，例不给赈，是以该县未经造入赈册。臣详勘该处滨临运河，水难消退，而泥泞尚多，被灾属实。若拘泥成例，概不给赈，其实在无业贫民住居该处，致令向隅，情亦可悯。随饬委泊河通判王之霖暨南皮县倪为炳，会同该县李善成查办。旋据会详，该处实在极贫应行补赈者一千零二十一户，共大小一千八百五十三口。请照六分灾极贫之例，给与赈粮一个月，共需米二百五十石零。臣当批令遵照办理。臣又查天津一府被灾四属，惟天津、静海为最重。该二县被水之初，大略相同，及涸出之后，情形稍异。天津为诸河下游，水易消退，现今海河两岸地亩多已涸出，臣与原带司员先后赴高家庄勘查之便，询问乡民，来岁可种春麦，又有渔盐芦苇之利，尚易餬口。其高阜地亩，早经布种麦苗。现据藩司拨给米二万三千四百余石，银三万五千一百余两。臣检查该县所开极次贫民七万九千四百余户，共大小二十万八千六百余口。其中虽不无因涸出地亩以后与初起被淹之时各异委勘酌减之处，核与臣前署督篆时奏请不拘成例通盘筹算之议相符。兹就所拨银米与查造户口数目核对，尚属有绌无盈。据该县禀报，尚需银二千余两，现已筹垫。又逐村张贴榜示，对榜核户，俱无歧异，可见尚无侵冒之弊。该县又屡经出示严禁书役需索情弊，遍贴城乡，许令首告。是该县沈长春办理赈务甚属妥善，各村灾民无不感颂皇仁，欢声载道，足以仰慰圣怀。至静海一县，臣于本月二十日驰赴查勘，除初起四面水围二百二十余村庄现俱涸出，俱照覆加委勘酌减外，所有西乡之谷家楼等二十四村庄，地近凤台等洼，现在尚系四面水围。其东北乡之普提洼等十七村庄，现亦积水二三面不等，较谷家楼等村庄亦属次重。察看形势，来岁春麦恐不能尽行补种。查臣前在文安，将该县村庄四面水围及拘泥旧案减开户口情形，据实具奏，仰蒙恩旨饬令酌量从优拨给银米。并前由文安具报起程折内附片奏明，被灾极重之区，不得拘泥往年所办成案，遗漏户口，致令向隅；倘有银米不敷，移知督臣添拨各在案。今该县谷家楼等二十四村庄，其情形既与文安无异，应请将覆委核定之九分灾，仍照该县被淹初起成灾十分办理，极贫给赈四个月，次贫给赈三个月。其积水二三面之普提洼等十七村庄，较之谷家楼等村稍异。臣亦面饬该县与谷家楼等村，将应赈口数按户酌量查造，毋致遗漏偏枯。旋据该县禀称，谷家楼等二十四村庄，照十分灾，并酌加口数，共需米二千二百八十三石零，折银二千七百三十九两零。其普提洼十七村庄，酌加口数，共需米二百九十石零，折银三百五十六两零。二共合银三千九十六两零。现值大赈已开，灾民望泽甚殷，臣即照所需银两，移知督臣速即拨给，以资接济。仍令该县将酌量续补缘由及灾分户口，于各该村再张榜示，明白晓谕，以仰副圣主轸念灾黎，毋令一夫失所至意。至沧州、青县被灾，视天津、静海较重。臣饬该府杨志信驰赴该州县查看，据称现已开放大赈，应赈户口俱已按村榜示。查对赈册，与榜开户口数目相符，实属官无侵冒，似可无庸覆勘。臣拜折后，即由武清、通州一带以次查勘。奏入，上命军机大臣传谕熊枚曰：交河县泊头、三铺系市镇之区，虽例不给赈，但办理赈务，自须周溥无遗，俾灾黎不致一夫失所。今熊枚因该处老幼男妇纷纷求赈，并不拘泥成例，饬令该县查明户口，给与赈粮一个月，所办甚是。此外被灾市镇谅不止此一处，著熊枚即行知会陈大文查明一体给赈，以免向隅。至熊枚查勘天津、静海一带散赈情形，尚为周到。熊枚现又前往武清、通州等处，以次详查，皆当照此办理。直隶各州县现有钦差大员周历履勘，即有一二猾吏奸胥，自必知所儆惧，不敢从中舞弊。现在正届开放大赈之际，熊枚尤当遵照前旨，设有地方官办理草率侵冒不实者，立即指名参奏。其实力奉行，民情感悦者，亦当据实保奏。熊枚现系左都御史，该衙门尚无应办紧要事件，熊枚尽可安心查赈，不必急急来京供职也。

同日，陈嗣龙奏言：臣于本月二十八日至普济堂稽查赈粥，见该处领赈贫民已有八百一十五名，尽多衣裤俱无者，其余亦不过著极破碎之单衣单裤。值此雪后严寒，冻冷尤甚。日前臣稽查各饭厂及散给棉衣时，尚未见有一缕不著之人，以此较彼，更堪悯恻。臣询之御史汪镛功德林人数情形，亦俱相仿。臣散毕起身时，已申正初刻，见尚有续到者在门外等候给牌，约计二三十人。盖该处每日赈粥二次，其续收则自申正至起更时方止。伏思此次蒙皇上特恩赏给贫民棉衣，顺天府尹覆奏时原请俟十一月给发，仰荷圣明洞鉴穷黎无告不能久待情形，谕令天寒即赏，不须迟至仲冬，俾数万贫民俱得欢腾挟纩。惟普济堂、功德林两处，该府尹以人数未齐，声明俟齐全时再请普行散给。殊不思该处向例随到随收，直须腊月初八日始行截数。即今年人数较多，或冬至前已可住满，而此等贫民，每日两次冲寒出屋领粥，岂可无衣蔽体？又安能忍寒至人数齐全之后俟其奏请耶？本日报病故者即有二名数，日来或一名或二三名不等，安知非因冻而毙者？在该府尹之意，不过因收养之人原许其缴牌出去，恐有去而复来重领者耳。然亦只须令经管之人，于散给棉衣后十余日内只准续收，不准缴牌，俟散完后，方照常准其出去。如此办理，即不至有重领之弊矣。臣闻前数年值人多时，两处各有一千余名，今年恐比往岁较多，然住满亦不过千二百名。臣愚仰恳皇上恩施格外，普济堂、功德林两处，每人给一衣一裤，两处各发棉袄一千二百件，棉裤一千二百件，敕顺天府即行文提督衙门领取，交钦派稽查赈粥之给事中玉庆、御史汪镛先照现在人数散给，续收者，每日给牌时补放；督率承办之人妥为经理，暂且停止缴牌，以杜重领。臣敬体圣主念切民艰不使稍有失所之至意，既有所见，不敢不据实奏闻。奏入，上谕内阁曰：陈嗣龙奏，普济堂、功德林两处领赈贫民现在已各有八百余名，尚未散给棉衣等语。此时雪后天气骤寒，所有普济堂、功德林收养贫民，若顺天府必俟腊月初八日截数后始将棉衣散给，贫民等岂能忍寒久待，必致转于沟壑，殊堪悯念。著该府尹等即行文提督衙门，领取棉袄二千四百件、棉裤二千四百件，会同稽查普济堂、功德林两处粥赈之给事中、御史等，先照现在人数散给，并豫备续收贫民之用。此外如尚有不敷，仍著行文按数补领分散，以副朕轸念穷黎，有加无已至意。

钦定辛酉工赈纪事卷二十八

十一月初一日（甲戌），上谕内阁曰：向来五城十厂冬间煮赈，散给贫民，以资口食。本年夏间雨水过多，穷黎生计更形拮据。现闻各厂贫民就食者，比往年人数较多，恐现给米石尚不敷用。著加恩添赏米三百五十石，于京仓内支领，分给十厂，照例添给柴薪银两，自本年十一月起，至来年三月二十日止，均匀散放，俾老弱穷民均资果腹。再，前因普济堂、功德林两处领赈贫民尚未给予棉衣，特降旨赏给。兹闻五城栖流所收养穷民，尚有未经领得棉衣者，著该城御史查明人数，向步军统领衙门领取棉衣棉裤，按名散给，以示格外轸恤至意。

初六日（己卯），巡视西城御史安柱、郑敏行奏言：窃惟本年近畿一带偶被水灾，荷蒙圣慈轸念灾黎，截漕散赈，设厂煮粥，又特命制备絮纩，钦派文武大员监散。五城自十月二十二日并二十四日，两次散给一万一百六十二件，所有极次贫民无不棉衣被体，皲瘃无虞。兹查近日尚有赤贫之民，因在别处佣工及老幼残废在屯居住，离京稍远，不及趋领者，未得均沾优渥，至厂呼吁补领。臣等于连日放赈时察看情形，俱系实在极贫。除栖流所收养穷民现又奉旨查明人数散给外，所有续到人等，可否仰恳天恩，将发帑置购余衣再行酌发五城饭厂，核实补给。奏入，上谕内阁曰：巡视西城御史安柱、郑敏行奏，连日于放赈时，尚有赤身贫民恳求补领棉衣者。此等穷黎或因别处佣工及离城稍远，前次未及如期到厂领衣。经该御史等目击情形具奏，殊堪怜悯。即著五城御史查明现在续到未领棉衣之男妇等实在数目，向步军统领衙门支取衣裤，按名散给，以示朕轸恤穷黎，有加无已至意。

同日，达庆、邹炳泰奏言：窃照各省粮艘抵通，自石坝起，由通惠河拨船转运到桥。是通惠一河实为粮运要道，向于十年后即行大挑一次。查此河自大通桥至通州北门外葫芦头止，又通州北门外天桥湾起，由东门至南门一带护城河，均为此河下游。前于乾隆五十四年经前任仓场侍郎奏请挑挖，迄今十有余年，河身本形浅涩，兼之本年夏秋雨水过大，各闸冲刷漫溢，多有淤积。伏查今岁京城十六门护城河按段挖淤，以工代赈，现在挑浚一律通畅。而通惠河势处下游，若不亟为疏浚，恐淤垫处所一时未能宣泄，于闸坝大有关碍。臣等悉心筹画，拟将通惠河应行挑淤处所，请旨敕交原派挑挖京城护城河工程处照例估办，一手经理，抑或钦派大臣另行勘验，分晰估计，将通惠河道暨通州北门外天桥湾东南等门护城河各工，一并支领部库银两，归工程处办理。此外尚有朝阳门至东便门护城河一段，例系仓场衙门办理。应请照例在于坐粮厅库扣存桥坝办公银两内动用，饬大通桥监督估计挑浚，总于今冬明春赶紧挑挖深通，以济行运。俟工完验收报销。至应修闸坝各工，仍照例归入岁修案内，饬漕运通判承办，由通永道核转具详，臣衙门题报咨部查核。奏入，得旨：现在护城河工程将次告竣，其大通桥以下至通州一带运道自应一律疏浚，以利漕运。著即派高杞、莫瞻菉一手经理，先会同该仓场侍郎等详细履勘应办工段，估计开单具奏，请帑挑修。所有应用司员，仍令原派之朱尔赓额、征保、龄椿、英惠、邹文焕、谢城等随同办理，以资熟手。该员等如果始终奋勉，工竣后，该侍郎等遵照前旨保奏，候朕酌量加恩。其现在护城河做工之人即可令其接挑通惠河工程，俾仍得以工代赈，口食更资充裕。余照该仓场侍郎等所请行。

初八日（辛巳），陈大文奏言：景州一带大路积水，因故城县刁家门漫口堵筑合龙后，复又冲陷。经臣饬河间府知府驻工，督同该县并委员等赶备料物，多集人夫，昼夜戗堵，于十月二十八日合龙。随严饬该府等将新筑堤工加高培厚，夯硪坚实，毋稍疏虞，并将景州大道积水设法修垫，以便行旅。奏入，上命军机大臣传谕署直隶总督陈大文、山东巡抚和宁曰：陈大文奏，故城县刁家门漫口，现经戗堵合龙，并将新堤加高培厚，自臻稳固。但朕近闻景州大道积水，虽由刁家门漫口所致，亦因山东临清之屈家渡、孟家口一带漫水下注，泛滥为患，是景州上游、下游，皆应一律疏消。现在和宁前赴山东新任，著顺道亲往查勘，如有应须办理之处，即饬属设法赶办。其景州大道积水，仍著陈大文饬令该州等上紧疏浚，将道路妥为修垫，以便文报行旅。

初十日（癸未），熊枚奏言：臣昨自天津起程，访闻东路厅属之武清、宝坻等县，民情颇刁，被灾亦重，查勘尤应加严。迨行抵武境，见该处村民沿途跪接，感颂皇仁。询知该县朱杰素爱百姓，自六月被灾以后，该县昼夜轮赴各村存问民隐，其办理抚恤急赈固已深得民心，现在放赈一切章程井井有条，人心悦服。臣入境后，间有一二刁民，于业经领赈之后，捏称未领，希图重冒，同村邻佑群起指证，并加唾骂。该县民心允惬，具有确据。是该县知县朱杰洵属认真办赈，有守有为，实心可靠之员。嗣由该县驰赴宝坻，道经香河边境，臣沿途察看，该处地系高阜，水势消涸后，多半布种秋麦。其尚未播种者，亦已翻犁赶种春麦。该县被灾情形尚属稍轻。惟臣经过边境，间有数村老幼男妇环跪求赈。诚恐原查户口或有遗漏，臣即札调北运河同知杨瑛昶督同该县逐加覆查，如有遗漏户口，即行分别补给，并令于查办完竣后，出具并无遗冒侵蚀印结，呈送存查。初五日，臣行抵宝坻县境，随有勘未成灾例不给赈民户及业已领赈贫民纷纷求赈。臣当即调查赈票，见每户多止大一口、小一口，间有二大口不等，似该县原查户口不无遗漏。当派原带司员刘珏、张鹏升分赴各乡，严行抽查。臣于是晚行抵县城，又有远近乡民遮道求赈，随谕令各灾民等于次日齐集该处城隍庙，分乡站立，听候逐加覆查。讵民情刁猾，凡有丁壮男民均各躲匿，止令老妪少妇杂沓拥挤，求赏赈票钱文。询其男民姓名，俱不肯实说。臣廉知其诈，严谕厅县毋许混给赈票钱文。如系应赈贫民，自应计口登名，以凭核放。当即饬令分投注册，而该妇女等所报户口又多浮冒。臣以妇女喧闹，不但人心风俗攸关，且深负皇上勤求民瘼至意，当即严切出示，遍贴城乡，晓谕居民，倘再唆令妇女滋扰，立即查拿治罪。该妇女等均各畏惧散去。此虽民情刁猾，而该县知县王铠办理赈务未能周妥，并可概见。该处被灾九百余村，是否均有遗漏，自应遍行覆查。当即派委署东路同知方其昀妥速安抚。又以该厅虽素称能事，但恐一人查察难周，武清令朱杰平日帖服民情，声闻邻邑，且武邑赈务现将完竣，随一面札调抵宝，随同该厅将宝坻勘不成灾及减遗各户口覆加确查，分别应赈不应赈，酌量补给。并密饬该厅县严查有无侵蚀需索等弊，出具切实印结，呈送查核。又据分查司员刘珏、张鹏升等查出该县圈子庄乡保刘大用有混冒领赈情事，臣即带提严讯，据刘大用供认冒领大小十六口属实。臣以刘大用系该县务本里乡保，所管有二十余庄，其冒领断不止此数，并各村乡保朦混冒领者，恐亦不止此一庄，均须彻底跟究，饬交该同知方其昀同朱令严行审拟具详。臣在宝坻住经三日，已将该县民情安顿宁帖。尚有遵化东路各厅属及奄南河间等府厅州县多未查勘。现值各属开赈之期，趁此留心遍加抽查，如有弊窦不及弥缝，更易查出。除应行保举之武清县朱杰及香河、宝坻两县知县沈封忱、王铠均俟该同知等确切查覆分别汇奏外，臣于拜折后，即由玉田、丰润、蓟州、三河、通州以次查勘完竣，再往奄南一带周查。奏入，上命军机大臣传谕熊枚、陈大文曰：熊枚奏，武清县朱杰前此办理抚恤急赈，深得民心，而于现在放赈章程亦井井有条，是该县系实心任事之员，自当加以奖励。著交陈大文存记，俟赈务完竣，果能始终如一，即据实保奏，候朕酌量加恩。其宝坻县赈务，经熊枚派令随带司员查出该县圈子庄乡保刘大用有混冒领赈情事，现交同知方其昀等严行审办。该县王铠本有疏漏，以致不应领赈之人朦混冒领，其办理无能已可概见。熊枚现派同知方其昀、知县朱杰帮同办理，所办甚是。务当饬令该同知等认真详查，按名散给，勿再遗漏、冒滥。至宝坻县圈子庄，既查有冒领之事，该县村庄不止此数，恐他处乡保亦有似此冒领者，此外各州县亦恐不免此弊。熊枚务当一律严查，随时惩办。再，宝坻县例不给赈民户及业经领赈贫民，于熊枚入境时纷纷求赈，经熊枚亲自覆查，其丁壮男民均各躲匿，耸令妇女等杂沓拥挤，求赏赈票。是该处百姓不知感戴朝廷赈济之恩，转思挟诈逞刁，希图冒领。此风亦不可长，并著陈大文明白出示，饬属严行禁止。熊枚于玉田一带查赈完竣后，即遵照昨旨前赴大城，审办张瑞林控案可也。

同日，汪承霈等奏言：窃照本年附近京畿猝被水灾，仰蒙恩旨发帑、开仓、给衣施赈，各灾民叠蒙旷典，人人咸庆更生。惟查大赈例有区别，凡被灾六、七、八、九、十分村庄之贫苦旗民，先据大、宛两县会同城属查勘，照例赈恤在案。其有先期外出闻赈归来者，例准续查补赈，自可毋虞乏食。至于被水稍轻勘不成灾之区，例不给赈。其在各州县均有民捐义谷，凡系勘不成灾之区及六分灾村之次贫，皆例得借领义谷。五城地方向无设立义仓，而各村不乏贫民，被灾后生计益形拮据。现当大赈初开，各贫户闻风冀幸，日赴臣等并步军统领衙门纷纷求赈。乡愚无知，不谙例义，似应量为分给，用示洪施。臣等仰体皇上惠鲜保赤之意，合无恭恳圣慈拨给银一万五千两，交臣等会同步军统领衙门派委司员营弁，及巡城御史派委坊官，同大兴、宛平知县，将城属勘不成灾各村庄查明户口，公同按名酌量散给。一面晓谕该村民等，咸知本系勘不成灾，例不应赈，出自皇上格外恩施，庶圣泽普沾，更无一夫失所。伏乞训示。奏入。

十一日（甲申），明安、恭阿拉、国霖奏言：本月初十日，军机大臣传奉谕旨：顺天府具奏添给难民赈济银两一事，该难民曾在提督衙门具呈告赈，何以不行具奏？著明安、恭阿拉、国霖明白回奏。臣等查十月二十七日，有大兴县所属东马道村民人杨二等共一百三十余人，进城求赈。臣等以大、宛两县现在办理放赈，恐尚有未经查明遗漏者，是以立即咨行顺天府作速查办。嗣准咨覆，大兴县分办城属地方成灾七、八、九、十分例应赈恤者，计八十四村；其勘不成灾例无赈恤者，计一百八村。所有求赈之马道等村，皆系勘不成灾之区，盖以被水较轻，不过歉收四五分，是以有蠲无赈，并非遗漏。小民不知例案，惟利是趋，混行渎禀，希冀滥邀，而定例昭然，未便破例滥给。并将勘不成灾之一百八村，开单咨覆。嗣于初四、初七等日，又有祁家庄等十九村民人祁五等百余人陆续进城，赴臣衙门求赈。臣等查阅顺天府送到原单内，该村等俱系勘不成灾不应散赈之村，且所来之人俱穿有棉衣，并无极贫形状。当将不应给赈之处明白晓谕，又恐滋生事端，复差派妥役员弁暗为护送出城。该民等俱各安静出城回村，并无异说。臣等又咨行顺天府，令其于勘不成灾之村明白出示晓谕，使小民各安生业，不致结伙成群，再行进城渎请。臣等因思赈济灾黎，原应地方官查办。前次乡民杨二等向臣等讨赈，并非控告地方官吏应赈不应赈之事。且顺天府业经咨明，系勘不成灾例不应赈之处，俱经出示晓谕。是以臣等未经具奏，实属拘泥。今蒙圣明垂问，不胜悚惶之至，理合请旨将臣等交部议处。奏入，上谕内阁曰：昨据汪承霈等奏请发银一万五千两，赏给勘不成灾各村庄求赈民人，朕即以该村民等既向步军统领衙门呈恳，何以明安等不行奏及，当经传旨询问。兹据覆奏，接准顺天府咨覆，马道等村本非应赈之人，业经顺天府详悉晓示，并经步军统领衙门派委弁役护送出城，均各安静。是各该村民等已共知例不应赈，各无异说。步军统领衙门未经具奏，尚无不合。其所请交部议处之处，著加恩宽免。至该府尹等既称各村庄系勘不成灾，何又为之例外求赏？地方官查办灾赈，原应于未赈之先，将被灾分数详悉查勘，分别造册。追查清户口之后，其成灾之区例得蠲赈兼施，而勘不成灾地方，向只有蠲无赈，章程本属一定。若遽将不应给赈之人例外加赏，则近京地方未经给赈者尚多，即大兴所属勘不成灾者共有一百八村，即再发帑银数十万两，亦不足以遍给。诚所谓惠而不知为政，焉得人人而济之？倘各处纷纷效尤，又将如何办理？朕非于赈贷稍有靳惜，但国家惠下之举自有等差，若于例外曲为施恩，则例得邀恩者转不免心生觖望。汪承霈等所请实太不知事体矣。原折著发还。

十二日（乙酉），陈大文等奏言：本年直隶地方被水成灾，应赈州县共计九十处，地广灾重，贫民不能缓待。前经奏明于十月内开放大赈，现在各属俱已遵照领回银米，妥协散放。惟查正定府属之藁城县知县路元锡，并不多设赈厂，及时散给，至十月十八日始行开赈。拨给漕米，并不运齐，每日止放米一百余石。及今半月之久，散放尚未及半，民间啧有怨言。该管知府景敏一闻该县办赈玩误，即亲往督率赶放，一面禀道揭报。又大城县知县钱桂清查户口，颟顸延宕，屡催总不造送，迟至十一月初四日，始将请赈户口开报，且所开复多遗滥不实，以致贫民守候需时，未能得赈。该管南路同知吴辉祖亦任延不顾。以上贻误各员，据司道列揭请参，相应请旨将藁城县知县路元锡、大城县知县钱桂一并革职，以昭炯戒。南路同知吴辉祖，于所属贻误赈务，既不认真督办，又不据实揭参，并请交部照例议处。除委员分往藁城、大城摘印署理，赶放银米，并确查经手钱粮有无弊混未清，另行核办外，理合会同兼管顺天府府尹臣汪承霈、顺天府府尹臣阎泰和恭折严参。奏入，上谕内阁曰：外省办理诸务，每多疲玩，而直隶省积习废弛尤甚。本年直属被灾州县较多，赈务綦重，经朕节降谕旨，令该督严饬所属认真经理，并特派左都御史熊枚周历被灾各州县确切稽查，地方官自当共知谨凛，悉心妥办，俾得实惠及民。乃本日陈大文参奏藁城县知县路元锡，于十月十八日始行开赈，距应行开赈日期迟至半月有余，且于拨给漕米并不运齐，每日止放米一百石，民间啧有怨言。又大城县知县钱桂，于清查户口，延宕至十一月初四日始行开报，贫民守候需时，未能得赈，均属延玩。路元锡、钱桂俱著革职，交该督查明该参员等如有别项情节，即严行审讯，据实续参。此外办赈各州县，并著陈大文一体传知，设有似此玩误之员，即立时参办，庶该州县等共知儆惕，于应办赈务实心经理，期于穷黎均有裨益。该部知道。

二十一日（甲午），陈大文奏言：直属本年被水成灾，仰蒙圣主痌瘝在抱，蠲赈兼施，复因小民待哺情殷，恩准将大赈提早一月，于十月散放，仰见我皇上仁德如天，轸念民依，无微不至。臣仰承恩命，竭尽愚诚，率同藩司实力筹办，以期无滥无遗，民沾实惠。

直属此次应赈者计九十州县，各按成灾分数，分别极贫、次贫，核计银米数目。其有存仓谷石较多者，即全放本色；如存贮无多，而距北仓等处较近，易于领运漕米者，酌给银三米七，或银米兼放；至存仓既少，领运不便，并被灾本轻之区，即全用折色。各就地方情形，通融分拨，严饬妥办。兹据大兴等八十八州县陆续禀报，已放大赈，民情宁帖。臣密加访查，尚俱安静。惟大城、藁城二县办理迟误，业经臣将该知县等参奏，一面遴委干练之员，星飞前往，摘印署理，接办赈务。现俱禀报散给。臣查本年被灾虽重，小民仰沐殊恩，抚恤摘赈之后，旋接大赈，伊等于负戴钱米之时，无不感颂皇仁，欢跃归家，村庄照常宁谧。惟是十月以来，通省粮价日增，市贩未免抬价居奇。新城县属之辛桥地方，有无业棍徒勾串穷民，抢夺粮店杂粮，经店夥格毙三命之事。臣已委员拿究，照例办理，并分饬文武镇静弹压，总期闾阎安堵，穷民不至群聚滋事。一面普张告示，平减粮价，仍饬各属将存仓粮石减价出粜，以平市价而便民食。再，查被灾各属，其情形应须设厂煮赈者，俱于十二月初一日起开厂，至来年二月三十日止，所需米石即碾用仓谷。该地方官果能实心稽查，妥为经理，俾无力贫民不至饥寒失所，待至东作兴时，自可佣力谋生矣。至直省风气，诚如圣谕，疲玩异常。州县中固多其人，而道府内亦不无一二。臣惟有督率两司认真整顿，随时策励，凡事考核，倘有观望泄视之员，臣即严行参办，务期力挽颓风，断不敢稍事姑容，致负委任。再，此次直属赈务，臣与藩司同兴详核灾分，酌拨银米，固不令有遗漏，尤不稍任冒滥。通计漕米连碾用仓谷，约共需米在八十万石以内。又自抚恤摘赈并现给大赈，约共需银一百五十万两以外。俟全赈完毕，逐一核明细数照例造册，题销报部。谨将用过米银细数附片具陈。奏入报闻。

二十二日（乙未），上命军机大臣传谕陈大文曰：昨据陈大文奏，新城县地方有匪伙抢劫店铺之事，现在陈大文提犯亲鞫，此案实在情节究竟若何，陈大文自已审讯明确，其如何定拟之处，著即迅速具奏。又近闻房山县知县，于该处赈务办理不善，经陈大文访闻欲行参奏，该县惊吓至死。正欲降旨询问，本日阅该督题本，适有房山县知县王如茂中风病故之事。该令身故，是否因办赈不善，畏惧该督参奏，以致惊吓身死，抑实系中风病亡，该处地方百姓因其素日居官平常，捏造此语，互相传播。现在该县业经病故，原可无庸追问，但赈务最关紧要，如果王如茂未能妥为经理，此时接手承办之人，该督务须遴委妥员前往认真散给，俾灾黎均沾实惠。此一事，亦著据实覆奏。

二十八日（辛丑），陈大文奏言：臣查新城县匪徒扒抢粮店一案，先因各属粮价日增，屡次严饬商贩人等不许抬价病民。该县辛桥地方有山西人郭承熙粮店，不肯遽行减粜，因有固安县人卢大名，率同本地乡民数十人强行扒抢，经店伙李添候等拦阻互殴，将卢大名等殴伤，李添候等亦各受砖伤。当饬保定府朱应荣驰赴该处，督同营县查拿验讯，而抢粮之卢大名、庞三、刘俊先后因伤毙命。现已提省逐一研审，并确查首伙若干人、抢粮苦干石，一俟质讯明确，即行定拟，具奏请旨。并先已出示减价，饬令该商等一律平卖，现在民情称便。再，查房山县知县王如茂才本拘谨，素有痰疾。本年灾广人众，虽各按灾分轻重明白出示给赈，无如无知乡愚并妇女等任意纠缠求索，屡经晓谕，置若罔闻。在明干之员设法驾驭，稍见平静；中才畏事之员，每有以忧劳交迫致病者。如涿州知州金际会、东光县知县张祥麟，俱于十月内先后病故，与王如茂情形无异。至其承办赈务，谨守章程，本无不合，臣与司道亦并无欲参之说，多因冒赈之徒不遂其欲，见其已故，借端诋毁，事所常有。现已委试用知县蒋知让赴房山署理，大赈近竣，接放二赈，地方亦颇宁谧，足以仰慰慈怀。臣惟有竭愚尽瘁，于一切公事应行奏办者，断不敢稍有隐讳。若见闻未确，亦不敢稍涉张皇，上烦圣廑。奏入，上命军机大臣传谕陈大文曰：朕勤求民隐，兼听并观，于各省民情吏治，无不随时访察。其中有事属无稽者，朕亦置之不问。至于特降谕旨垂询之件，大约不尽子虚。即如所询房山县知县惊吓身故等事，今据该督查覆不为无因，可见朕之所闻，皆有所据。本年直隶被灾甚重，虽节经发帑、截漕，开放大赈，所以加惠穷黎者至再至三，但人数众多，岂能尽满其愿？且恐铺户等值此饥岁，将屯积粮石有意居奇，不肯减粜，以致别滋事端。至各处殷实之家有无相通，本属乡党亲睦之谊，现因直隶各属被水，朝廷多方赈济，惟恐小民失所，身家殷实者亦应推广皇仁，共敦任恤。著该督饬令各州县剀切劝谕，如果家有储蓄，当此灾民饥困之时，目击流离，宁不关情桑梓。若将所贮粮石量为周济，或减价粜卖，地方官于此等急公之人，必加之奖赏。既得乐善好施之名，而穷黎等受其利益，必交口称赞，断不忍强加攘夺，转得保其素封。倘封殖居奇，致无赖穷民乘机抢掠，即使铺户人众或将强抢之人殴伤致毙，亦已蹈擅杀罪人之律。一经拘讯，匍匐公庭，守候审结，岂能安居经营生理？实为两失之道。不若各量己力，出赀周急，所费者少而所益者多。地方官等总须婉为开导，俾各慕义乐从，不得将殷实铺户人等多方抑勒，致滋扰累。至纠众强抢，大干法纪，尤当严拿惩办，不可稍有姑息。所有新城县一案，务将首伙悉数拿获，严加审讯，按律办理，以儆其余。至房山县知县王如茂等，既据查明办理赈务谨守章程，本无不合，其传闻被参惊吓身故之事，自系冒赈不遂之徒借端诋毁。惟当饬令接办赈务之员，妥协经理为要。

二十九日（壬寅），上命军机大臣传谕陈大文曰：前经陈大文具奏被水灾黎于新城县粮铺有抢夺之事，并闻此外如新城之强抢者往往而有，皆由贫民迫于饥寒，有力之人又不能量为赡给所致。陈大文当遵昨旨转饬各州县，劝谕铺户及殷实之家，将所贮粮石，或减价粜卖，或量予周急，俾穷民均资口食，自不致伙抢滋事。至本年直隶被灾较重，待赈户口为数众多，陈大文前此奏请给赈银一百五十万两，自系稔知帑藏情形，不肯多为请拨。所办赈务只就已发银两，酌量分给，谅亦未能宽裕。其所查户口及极贫、次贫，或未尽确实，并偶有遗漏，俱未可定。小民值此饥困之时，岂可令其失所？现在大赈已办理过半，如该署督察看情形，银米尚有不敷，不妨据实奏明，候朕量为添拨。转瞬即届展赈之期，并著陈大文将应行展赈地方查明，由驿速奏。所有恩旨亦不待新正颁发，一俟该署督于十二月内奏到时，即行降旨，誊黄晓示，俾灾黎得早闻恩旨，自必欢欣感激，地方益臻宁谧。再，现已谕令熊枚于审办大城控案后即行回京复命，其一切查赈事宜系陈大文专责，务当遴派妥干大员分路认真稽察，不可稍有疏懈。

同日，上命军机大臣传谕熊枚曰：熊枚奏，查勘直隶赈务，业已查过三四十州县。此时前赴大城审办张瑞林控案，纡道行走，又查过七八州县。该省赈务既经熊枚以次抽查，办有章程，亦不必遍为巡阅。熊枚于交办张瑞林控案审明定拟具奏后，即回京复命，朕并欲将直隶办赈情形面为垂询也。

钦定辛酉工赈纪事卷二十九

十二月初二日（甲辰），上谕内阁曰：今年六月内雨水较大，兵丁居住房屋墙垣多有坍塌，必须速为修葺。曾经加恩将兵丁应行坐扣七、八两月库银展限两月，并普行赏给一月米石，以期兵有余赀，藉得早兴工作。后由圆明园进宫途次，见兵丁居住房屋尚未一律修理，又将每年年终恩赏兵丁地租银两移在九月先行赏给，原欲兵丁生计充裕。此项银两业经赏给，年终自不应再赏。但本年物价稍昂，从前赏给租银，谅兵丁等早经用罄，此时若不量为接济，仍不免度日拮据，朕心深为不忍。著加恩于地租银两内，再赏给八旗内务府三旗兵丁等半月钱粮，以示朕轸念兵丁，有加无已至意。

初四日（丙午），陈大文奏言：查直隶本年被水成灾共计一百二十八州县，内除勘明歉收三、四、五分例不赈恤之三十八州县已照例蠲缓出借无庸议外，其成灾六、七、八、九、十分之大兴等九十州县，前经臣与藩司筹议，大赈时按各属灾分、户口约计所需银米，奏请赏发银一百五十万两，并截留漕米六十万石，原不令有冒滥，亦并未敢减省。缘成灾自六分至十分与灾民之极贫、次贫，应给赈一、二、三、四个月，各有等差。其例止领一、二月赈之贫民，见领三、四月赈者，未免觖望。且六分灾之次贫，即不应给赈，更难为情。而定例奉行已久，断不能一律同施，亦难禁其不言遗漏。现在大赈将次散竣，所需银米核之原赏之数尚有不敷，已经筹拨给足，此时无需再为添拨。因时届寒冬，惟恐例不食赈及止领一、二月赈之穷民无所资给，臣前与司道悉心筹画，通饬各属剀谕殷实商民平价出粜，并酌办留养，设厂施粥。自十一月起，省城暨各郡县亦俱次第举行。至新城县粮铺抢案，实因该粮户不遵谕平价所致。此外别属亦偶有向囤户索借粮食之事，俱随时饬令地方官示令减价，旋即宁息，民情称便。以目下情形而论，实不致滋生事端。惟来春相距麦收为期尚远，诚如圣谕，青黄不接之时，恐民力不无拮据。臣与同兴历查灾赈案内展赈各条，再四熟筹，必须春膏普被，庶几调剂咸宜。如止将九、十分灾之极贫加赈一月、两月，而此外未能得赈愚民纷纷干请，事多掣肘；若不计灾分极次，普行展赈数月，则事属滥施，亦无以示区别而昭平允。伏查今夏被水之初普行煮赈以代抚恤，贫民大为受益。合无仰恳圣恩俯准，将被灾九、十分之顺天府属大兴、宛平、通州、武清、宝坻、香河、宁河、霸州、保定、文安、大城、固安、永清、东安、涿州、房山、良乡、顺义，保定府属之清苑、安肃、新城、博野、雄县、蠡县、容城、束鹿、安州、新安，河间府属之河间、献县、肃宁、任邱、交河、景州、东光，天津府属之天津、青县、静海，正定府属之正定、藁城、无极、阜平、新乐、平山，遵化州属之丰润、玉田、冀州、武邑、衡水、新河、赵州、柏乡、隆平、宁晋、深州、武强、饶阳、安平、定州、深泽等六十州县，均于明岁正月起，各令仍设粥厂，并饬各按地方村庄多寡、远近，酌量广为添设，一律开厂煮赈，至四月麦收时停止。并查六、七、八分灾之蓟州、三河、昌平、满城、定兴、唐县、望都、完县、祁州、高阳、阜城、故城、沧州、行唐、灵寿、晋州、南和、平乡、钜鹿、唐山、任县、鸡泽、威县、清河、元城、大名、南乐、南宫、枣强、曲阳三十州县，与成灾九、十分之六十州县，情形微有不同，但民困已久，应饬各牧令就地体察，如有必须接济之处，亦一体详请煮赈，以广皇仁。如此，以煮赈为展赈，俾穷乏灾民均得藉资糊口，比之核计灾分展赈钱米，所施较为普遍。惟此项煮赈经费，司库无款动拨。查本年旗租奏销案内尚有应解部库银二十余万两，现在严饬催提。可否将此项银两留直备用，恭候钦定。如有不敷，另行筹给。其现办赈务，臣仍严饬各道府分路实力稽查，断不敢稍有疏懈。再，俟开春冰泮后，将奉、东、豫三省运到采买粮石分拨各属平粜，俾民食不致缺乏，庶于圣主忧民之心可期稍慰。再，查天津府属之青县、河间府属之东光县、正定府属之正定县、定州属之深泽县，前署督臣熊枚奏报被水情形稍轻，已蒙恩旨将本年钱粮蠲免十分之五。嗣经雨水连绵，续淹加重，俱勘明成灾九分。所有抚恤赈济各事宜，已按灾分一律办理。查被灾之九、十分之各州县应征本年钱粮，俱奉旨全行蠲免。惟青县等四属因初报灾轻，蠲免一半。今既查明确系成灾九分，可否将青县、东光、正定、深泽四县应征钱粮十分之五一体全行蠲免，以示体恤。奏入，上谕内阁曰：向来各省被灾州县，除大赈之外，每有于次年新正加恩展赈者。本年直隶省被灾较重，贫民望泽尤殷。昨经降旨令陈大文体察情形，据实速奏。兹据奏到查明被灾九、十分之顺天府属大兴、宛平等六十州县，明岁青黄不接时应需接济，朕轸念民艰，刻深廑系。若照例于明正始颁发恩旨，未免稍缓。且此时办理展赈，若将九、十分灾之极贫加赈一月、两月，其余亦不能普被。所有顺天府属之大兴、宛平、通州、武清、宝坻、香河、宁河、霸州、保定、文安、大城、固安、永清、东安、涿州、房山、良乡、顺义，保定府属之清苑、安肃、新城、博野、雄县、蠡县、容城、束鹿、安州、新安，河间府属之河间、献县、肃宁、任邱、交河、景州、东光，天津府属之天津、青县、静海，正定府属之正定、藁城、无极、阜平、新乐、平山，遵化州属之丰润、玉田、冀州、武邑、衡水、新河、赵州、柏乡、隆平、宁晋、深州、武强、饶阳、安平、定州、深泽等六十州县，俱著加恩于明岁正月起至四月麦收时止，各按地方村庄多寡、远近，多设粥厂，无论极次贫民，一律给赈，以示轸恤灾黎，恩施普遍至意。此外原报六、七、八分灾之州县，如有应行煮赈接济之处，并著陈大文详悉查明，再行具奏。至此项煮赈银两，即著将应行解京之旗租银二十余万两赏给备用。该部知道。

同日，上谕内阁曰：前曾降旨将天津等府所属被水稍轻之州县本年应征钱粮蠲免十分之五，今据陈大文续行查奏青县等四属成灾俱有九分，所有青县、东光、正定、深泽四县应征钱粮十分之五，著加恩全行蠲免，以示朕轸念灾区，有加无已至意。

同日，上命军机大臣传谕陈大文曰：陈大文奏，直隶大兴、宛平等被灾九、十分之六十州县，请于来年正月内开厂煮粥。现已明降恩旨，该署督接奉后，即刊刻誊黄，普行晓示。其煮粥银两，并著将应行解京本年旗租银二十余万两留于该省备用。至新城县抢夺一案，闻纠伙至千人之多，前往抢掠粮铺，该铺户转将强抢之人伤毙三命。粮铺商伙为数有几，当匪徒纠集混行滋扰之时，众寡悬殊，岂能力为抵御？此等情节，恐未必尽确。该署督务即将此案详加审讯，速行定拟具奏。现在直隶查办赈务，诸关紧要。朕于新正恭谒裕陵时，陈大文及藩臬两司三人内酌量一人赴差次照料，余俱著在省督办地方事宜，俟三月、七月差次亦可轮流前往。总以守土责任为重，此次无庸复行谆请也。至道府以下各员，亦有经手散赈等事，著陈大文将办差各员量为酌派，只须足敷差遣，不必纷纷檄调。

初九日（辛亥），熊枚奏言：臣于本年六月仰蒙恩命暂署直督，奏明将刑部郎中刘珏、员外郎张鹏升随带办事。该司员等到直后，随臣料理抚恤急赈及驰抵工次，并拟议条陈各事宜，俱能实心勷理，不辞劳瘁。嗣臣奉命查勘灾区，并鞫审东安、文安、天津、大城等处控案，于讯供谳案均为妥速。即派令分查各村赈务，亦皆据实认真。臣甚资其勖助。该司员等由进士分部出力多年，在部总办秋审、修纂律例及派审要案，均各妥协结实，是在刑部司员中已属贤能出色之员。本年京察，臣在刑部侍郎任内，公同各堂官，将该司员等保列一等引见，奉旨准其一等注册。兹该司员等随臣半载以来，益加奋勉，且于地方各事宜亦俱熟习。臣现遵旨回京复命，该司员等亦非都察院衙门所属，臣不揣冒昧，据实奏明，可否将刑部郎中刘珏、员外郎张鹏升送部引见，恭候记名，以道府简用之处，出自皇上天恩。再，臣查各州县中办赈结实民情感悦者五员，除武清县知县朱杰业经奉旨交直隶总督存记外，谨将东安令金鸣琴、天津令沈长春、署定兴令赵锡蒲、玉田令倪为贤四员开列，恭呈御览，并请旨交直隶总督存记，俟赈务完竣，如果始终奋勉，奏请加恩。又查得宝坻令王铠、容城令章德溥办赈疏漏舛错，民情不甚帖服，应请旨交部严加议处。香河令沈封忱、永清令李光绪不谙赈务，办理未协，应请旨交部议处。奏入，上命军机大臣传谕陈大文曰：前派熊枚前往直隶各属查察赈务，并令于所到州县留心察看，如有实在办理妥善者，准其保奏；其办理不善者，亦据实严参。兹据熊枚将办理实心之东安令金鸣琴等四员奏请存记，将办理未协之宝坻令王铠等四员奏请分别议处严议，开单呈览。金鸣琴、沈长春、赵锡蒲、倪为贤四员，如果于办赈一事始终奋勉，舆情悦服，自应与熊枚前此保奏之武清令朱杰一并存记，将来酌量加恩。其王铠、章德溥、沈封忱、李光绪四员，如实在赈务草率，办理未协，与熊枚所奏相符，即应参奏革职，岂仅分别议处？但熊枚所奏是否属实，著将熊枚清单发交陈大文秉公查核。熊枚现即回京，尚有伊未到各州县，并著陈大文于赈务完毕时一体据实查奏。

同日，上又命军机大臣密谕陈大文曰：本年直隶省办理赈务，特派熊枚周历巡查。闻熊枚初往查看时，于所过地方，认真察访，不辞劳瘁，行走甚属安静。自九、十月后，即不免有骚扰驿站，需索供应之事，甚至索马百余匹之多。州县中有马匹短少者，往往以钱文折交，甚不成事。因特降朱笔谕旨，密询熊枚，并令熊枚于大城审案完结后即行来京，其余各州县不必前往。兹熊枚覆奏，伊于所到之处，除骑坐马匹照例应付外，余皆系自行买备，并无仆役需索情事，陈辩甚力。此事必须查询明确。或熊枚尚能谨饬，而伊家人等不免需索，又或所带司员及司员等家人沿途不无骚扰，是熊枚亦有失察之咎。但恐或有办赈各州县中不能妥协，虑及熊枚前往，造作浮言，以尼其行，又或即系熊枚现在所参各员挟嫌污蔑，亦未可定。著交陈大文督同臬司瞻柱据实查奏。陈大文系本省总督，而臬司又系专管驿站之员，接奉此旨，即按熊枚所到州县逐细访查有无骚扰需索情事，务得确实秉公密奏，不可瞻徇熊枚，亦不可回护地方官，将熊枚意存周内。所有熊枚奏片，并发交阅看。

十三日（乙卯），陈大文奏言：臣接奉上谕，大兴等六十州县之外，原报六、七、八分灾各州县，如有应行煮赈接济之处，并著详细查明具奏。臣覆查蓟州等三十州县内，南宫、枣强、完县、唐县、晋州、行唐、灵寿、唐山、鸡泽、南乐等十州县俱系被灾六、七分，居民不致概行匮乏。又任县、钜鹿、南和、平乡、威县、昌平、祁州、故城、阜城、清河、大名、元城、曲阳等十三州县，虽被灾八分，而村庄本少，民力亦尚可支持。已据各州县陆续禀报，均经自行煮粥赈济，民情俱属安帖，自可毋庸再议接济。惟查蓟州、三河、定兴、望都、高阳、满城、沧州等七属，成灾均有八分，非通境歉收，即毗连灾重之区，贫户较众。臣与同兴连日悉心体察，核与被灾九、十分之大兴等六十州县情形不甚相远，若令各州县自为酌量办理，诚恐贫民一时未能周遍，转不足以仰副慈怀。合无再恳圣恩俯准，将被灾八分情形稍重之蓟州、三河、定兴、望都、高阳、满城、沧州等七州县，于明岁正月起，饬令各州县按地方远近照设粥厂，至四月麦收时止，一体动项煮赈，以广皇仁，俾各属灾黎皆得以藉资餬口。奏入，上谕内阁曰：前经降旨谕陈大文详查原报六、七、八分灾之州县，如有应行煮赈接济之处，具奏候旨。兹据陈大文查明分别覆奏，著加恩将被灾八分情形较重之蓟州、三河、定兴、望都、高阳、满城、沧州等七州县，于明岁正月起，各按地方村庄多寡远近照设粥厂，至四月麦收时止，一体动项煮赈，俾灾黎均得藉资餬口，以副朕轸念畿辅，有加无已至意。该部即遵谕行。

十六日（戊午），熊枚奏言：本年直隶被水成灾，仰蒙天恩截漕发帑，蠲赈并施，各属灾民无不遍沾渥泽，并戴皇仁有加无已。伏查赈恤以足民食，河堤以卫民田，而豫筹民食于工赈之中，似宜先事讲求者也。臣奉命周查灾区，沿途留心察看，见大清、子牙河之千里长堤，跨南路河间、天津等府厅所属。昨面询曾经勘估之东路同知方其畇，据称虽号千里，实仅三百余里，各属庐舍、民田藉资捍御。现因本年大水冲刷，决口甚多，若不及早修筑，无论现在被淹地亩积水难消，诚恐春夏水涨，决口愈开，不但民田复被淹浸，工程转较浩繁，而且议蠲议赈计费不赀，究属事后补救。应请敕下直隶总督，转饬大清、子牙沿河各州县迅速查明共有决口若干处，并此外如宝坻县之湖河堤即今之浑家堤，与夫凡关紧要各堤埝现有溃决亟应修筑者，一体查明，确切估计，绘图贴说，趁春融冰泮之时，即行兴工堵筑，庶先事豫防，可以弭水患于未来，且使灾黎内强力丁壮赴工佣趁，不致以习惯食赈为常，似于民生、河堤两有裨益。至此项经费，在例应官修者，即动帑兴修；其例应民修者，若仍责令闾阎自行赶筑，恐被灾之处民力不无拮据，势难及时堵筑，应令该督饬司将作何筹款先行赶堵及应如何分年摊还归款之处，详悉妥议具奏，请旨遵行。奏入，上命军机大臣传谕陈大文曰：熊枚奏称，大清、子牙河长堤三百余里，因本年大水冲刷，决口甚多，及此外有关紧要各堤埝，现在俱有溃决，应亟为修筑，庶可消水患于未来，且使灾黎赴工佣趁，不致习惯以食赈为常，于河堤、民生两有裨益等语。河工各堤埝，原以捍卫民田，既有冲决，自应趁春融冰泮之时，及早兴工堵筑。著陈大文饬令沿河各州县将应修堤埝查明确切估计，绘图贴说，奏明简派大员，督率兴修。其如何分别筹款垫用之处，先行详悉妥议具奏。

二十四日（丙寅），陈大文奏言：臣于十二月初十日接奉密寄上谕一道，即传臬司瞻柱将奉到密旨敬谨展阅。当查熊枚所到各州县该令有因公来省者，即于谒见时详询赈务、民情，并顺便诘以查赈钦差到境，如何供应、需费若干。据禀，熊枚未到之前，曾经札饬各府，如随从人等稍有需索，许该地方官立即禀究。及到站尖宿，所需饭食俱发价买备。至赴乡抽查时，跟随人役于无可买食之处，州县官酌备米面给食，事所常有。所带司员及仆从人众，约骑马三十余匹，车数辆，夫二十余名，照常应付，颇属安静，实无索扰情事。即臬司瞻柱体访经过各站，所言相同，并诘问被参之员，亦皆称委无需索，不敢诬指。惟每至一处，遇有老幼妇女缠扰求赈者，不问灾分轻重，即以该地方官办理不善，严加呵叱，并勒令设法补给。沿途骚扰之言，或因此而起。此熊枚所到州县之大概情形也。再，熊枚所奏举劾各员，其所举之东安令金鸣琴，实系民情爱戴，通省皆知。此外，武清令朱杰、天津令沈长春、定兴令赵锡蒲、玉田令倪为贤等，才守皆有可取。但各属中称职宜民者，亦不止此数员。并查所劾之宝坻令王铠、容城令章德溥、香河令沈封忱、永清令李光绪等，皆才识未能开展，遇有混行乞赈之愚民，不能相机惩劝，以致钦差到境，仍行索扰。屡查其所赈银米，俱按灾分实给在民，尚非办理草率。其宝坻县乡保冒支钱米，已委员彻底查明，罪应拟杖。失察之知县，当随案咨部议处。以上各员，如本年大灾皆素所未经，止于办赈未能裕如，究与玩视民瘼不同。且似此拘谨之员尚复不少，势未便一概请参。惟有钦遵谕旨，于赈务完毕时，通查确核，将实在出色与难期振作之员分别具奏请旨。谨先据实密陈。奏入，上谕内阁曰：本年直隶省办理赈务，特派熊枚周历巡查，以期肃清诸弊，实惠及民。闻熊枚初往查看时，于所过地方，不辞劳瘁，认真访察，且行走甚属安静。嗣有人在朕前奏称，熊枚自九、十月后，即不免有骚扰驿站，需索供应之事，甚至骑用驿马多至百余匹。州县中有马匹短少者，往往以钱文折交。朕即于熊枚奏事折内朱批密询。旋据熊枚覆奏，陈辩甚力。但朕既有所闻，自不能遽信熊枚一面之词，不行查询，是以复密降谕旨，令陈大文督同臬司瞻柱秉公据实查覆，如果熊枚及随带司员、仆从等有骚扰驿站之事，必当治以应得之咎。兹据陈大文覆奏，熊枚经历各站尖宿所需饭食俱自行发价，随带司员及仆从人等骑马不过三十余匹，系照常应付，颇属安静。不特臬司瞻柱体访相同，即诘问熊枚所参各员，佥称委无需索情事。所论甚为公允。至老幼、妇女向熊枚缠扰求赈，原系地方官经理不善所致。熊枚面加呵叱，并令补给，自应如此办理。是熊枚此次周查赈务，实属尽心妥协，而沿途行走安静，尤可确信。熊枚著加恩在紫禁城内骑马，以示优奖。至刑部司员刘珏、张鹏升随同办理赈务，尚为出力，又查无骚扰等事，既据熊枚保奏，著交吏部带领引见。其前此熊枚举劾各员，仍著陈大文俟赈务办竣后，与各该州县通行确核，分别具奏，再降谕旨。

钦定辛酉工赈纪事卷三十

七年正月初一日（癸酉），上谕内阁曰：上年京城附近贫民，节经降旨设厂放赈，并于常例之外，加恩制备棉衣散给，穷黎业已均沾实惠。此次朕恭谒裕陵，所有銮辂经过之通州、三河、蓟州、遵化各州县，虽时交春令，气候尚寒，恐贫民犹有衣不蔽体者，著加恩赏给棉衣二万件，令顺天府送交陈大文，转饬各该地方官，于回銮后均匀散给，以示朕恩施无已至意。

初四日（丙子），上谕内阁曰：上年直隶被水各州县，节经降旨加恩分别蠲免钱粮。内文安一县被水尤重，复经降旨令陈大文实力查勘。嗣据陈大文奏，该县在河间、大城之下游，四面环堤，形如釜底，不独河流泛溢为灾，即雨水稍多，常被淹浸。查该县全境三百六十村庄内，苏桥等五十一村庄名为大洼。乾隆三十八年钦奉恩旨，将此洼地视积水之多寡，定赋粮之等差。历经遵办在案。文安地势洼下，土瘠民贫，殊堪悯念。除上年及本年应征钱粮俱全行豁免外，嗣后该县三百六十村庄每年额征地粮，著加恩豁免十分之三，永著为令。内大洼五十一村庄地粮应征七成银两，仍按年查勘，视积水之大小，分别减免。该督等仍当随时疏浚，不致积涝为患，以副朕轸念灾区，敷锡春祺至意。该部知道。

十一日（癸未），上谕内阁曰：京城附近贫民及通州三河等处俱已散给棉衣，穷黎均沾实惠。因思现交春令，天气尚寒，此次朕于三月初八日恭谒西陵，经过地方亦应一体散给。所有涿州、良乡、易州，著各发给五千件，涞水、房山共发给五千件，令顺天府送交该地方官先行均匀散放，以普恩施。

二十九日（辛丑），熊枚奏言：臣于上年八月前抵文安县查勘被水情形时，留心采访疏浚之法。查得该县雍正年间原任水利营田观察使陈仪文集内，有直隶河道事宜，至详且备。臣当即检阅，见其分类、标题无不原原本本，引据精核，似于直隶诸水利弊所在大有裨益。即前任督臣方观承所著直隶水利，多本于此。惟去岁八月时，海口尚未纳受诸流，直属处处淹浸，俱与文安相同，支河旧形未露，骤难讲求，是以未敢恭缮进呈。兹直隶各属被淹处所多半涸出，而前观察使陈仪《河道事宜》，查经《四库全书》采收备考，且是编所载文安河堤一条，尤与直隶水利下游最关切要。是直隶诸水之源流利害，悉具陈仪一书，而诸水之或汇或达，又以文安为上下游，总领要会。臣复恭读《钦定四库全书总目》，内言陈仪是编，虽叙述简质，但载当时形势而不详古迹，又数十年来，水道之通塞、分合小殊，然仪本土人，又身预水利诸事，于一切水性、地形，知之较悉等语。以是揆之古迹沿革，只资考证切要，利病究视目前。即今诸河水性地形，臣便道履勘，与陈仪所言微有不同。惟其分疏导下之法，指陈最确。臣思补偏救敝，水利岂能全行骤复？端在随时随地，先其大者重者而后其小者轻者。似今日之急务，宜以疏浚文安河流为先。盖以文安受六十六河之灌注，实三郡数十州之咽喉。合邑之民，受水害者，匪伊朝夕。陈仪籍隶文安，又身预营田水利，所见自不可易。此时自应以文安为先，其余难骤复者，再分次第先后，逐年以渐及之，庶积久未修之水利，不责成于一旦，则求治不至过急，利导不忧无本，蓄泄不难复旧。即臣年前奏恳饬修千里长堤，请择其紧要决口乘时堵浚，庶涸出地亩不致水潦复淹，非必全堤同时并举，似亦急先务之一端也。臣愚实为地方有裨起见，谨将陈仪《河道事宜》缮录，恭呈御览，伏乞皇上圣鉴，饬交督臣陈大文悉心讲求，遴委认真实力谙习河务干员，分往文安以及各河考究查勘，将应行先办者逐细覆到，条议具奏。奏入，上命军机大臣传谕陈大文曰：直隶各属水利，本关紧要，而文安一县受六十六河之灌注，上年被水尤重，自应设法疏消，俾资利导。熊枚录呈陈仪所著各事宜不为无见，但地方水利今昔情形是否相同，著陈大文详悉讲求，酌量缓急，如有急须堵浚之处，即行妥议具奏。

二月初四日（乙巳），上谕内阁曰：现值青黄不接之时，京城地方米价不无昂贵，闾阎口食维艰，自宜量为调剂。著加恩于五城设立厂座，将仓贮米石减价平粜。其应如何分城设厂并拨用何项米石及派员经理之处，著该部查照向例，速行妥议具奏。

初七日（戊申），那彦宝、巴宁阿、陈大文奏言：永定河自去冬以来，水势日增，直至冬至后，河面始结冰凌，而大溜在下流澌未断，实为从来所未有。先经臣等派令随带司员，会同永定河道等带领佐杂各员，分投巡防，并督饬各厅汛员弁于埽工蛰陷处所立时加镶，酌调各汛河兵，分派二十三、四号两大坝，随时加培，以资防护。臣那彦宝、臣巴宁阿于本月初二日到工，见河冰初泮，水势颇觉浩瀚，复饬令该员等督率各厅汛文武昼夜防范。兹据禀报，全河冰凌于二月初六日融化净尽，凌汛安澜，现虽水势稍大，而正溜径走中泓，新开引河冲刷益深，直达下游，甚为畅利。各汛堤埽闸坝工程俱属安稳。奏入，上命军机大臣传谕那彦宝、巴宁阿曰：此次冰凌泮解，河流畅利，堤埽闸坝工程亦俱稳固。此皆仰赖河神默佑，曷胜钦感！著发去大小藏香十枝，那彦宝等接奉时，先以五枝敬谨祀谢；俟本月初十日开工之时，再以五枝虔诚申祀，以祈本年河流顺轨，伏秋两汛全奏安澜。至现在将次开工各处应募人夫云集，那彦宝等尤当派员留心约束，妥为经理。

同日，上命军机大臣传谕陈大文曰：前据陈大文奏请，直隶大宛等六十州县于正月内开厂煮赈，当即降旨将旗租银二十万两留于该省备用，自正月以来早行开赈。第念该省上年被灾甚重，而节次所发赈项亦属不少，若能多赈一二月，则穷民等益资餬口，于生计更为有裨。所有前留银两约可赈至何月为止及现在各处就食贫民是否安静，其卢沟桥工次应募人夫，比上年人数有无增减之处，俱著陈大文详细查明，据实具奏。

十一日（壬子），那彦宝、巴宁阿、陈大文奏言：臣等于嘉庆六年七月内接奉廷寄上谕：因恭阅康熙三十七年圣祖仁皇帝实录，内载挑浚浑河淤泥谕旨一道，以浑河之患总在淤沙，应随时挑浚，俾畅流无阻。令臣等督饬各员实力挑浚，并如何定期岁修，俾永免沙淤之处，会同陈大文妥议章程速奏。并恭录圣祖仁皇帝谕旨一道，令臣那彦宝等敬谨阅看。彼时臣陈大文甫接新任，不能深悉全河情形，未敢据行会议。续于十二月内，臣那彦宝、臣巴宁阿蒙皇上将高宗纯皇帝实录内载乾隆十四年谕旨，以疏瀹、决排为治水之正道，毋得姑循旧辙，加高培厚，命臣等敬谨阅看。并经军机大臣传谕臣等，于到工后相度该处情形，或应加培，或应疏浚，酌量办理。臣等查永定河之水挟沙而行，水急则沙行，水缓则沙停。每当大汛之时，挟山西、直隶众山之沙，建瓴而下。一到卢沟桥迤南，地势渐平，河流渐缓，沙亦易停。及至下口，又恐其挟沙入淀，淤塞淀河，为害甚大。是以乾隆二十年前督臣方观承奏请将北岸六工二十号改为下口，中宽四五十里，任其荡漾，水散沙匀，俾澄清之水由沙家淀会凤河入大清河。是沙有来路而无去路，非若黄河之沙，可直达于海也。日积月累，河身淤高，每逢盛涨，消纳不及，遂致弥漫，上游既溃，下游益壅。诚如圣谕，浑河之患总在淤沙。今欲令其畅流无阻，必须将全河淤沙挑挖净尽。第查南北两岸相距自三四里至五六里不等，长一百数十余里，下口宽四五十里。每年疏浚中泓所挖之沙，仍堆河岸，原非治河善策。若将此一百数十余里之沙全行运出堤外，则所费实属浩繁。果能一劳永逸，即多费帑金，亦圣明所不惜。无如一经大汛，则旧沙才去，而新沙又淤。况工程过大，一岁之中，除三汛及冰冻之时不能动工，只有三、四、九、十等月可以挑挖，计比四月之久，不能一律完工，必致半途而废。臣等再四筹画，只可相度形势，裁湾〔弯〕取直，疏通梗塞，并将卑矮堤身加高培厚，添做埽工。埽多可以护堤，堤固可以束水，水束亦可攻沙，庶足畅河流而防冲刷。臣等于去秋饬令原任南岸同知翟粤云带同抄平人等测量全河形势，尚属北高南下，奏请将淤塞处所间段挑挖，合龙后大溜归槽，即已畅流无阻。臣等又于两岸险要处所，除补还旧埽外，添设新埽二千余丈，俾资捍卫。今岁凌汛，虽水势倍于往年，仰赖皇上洪福，得以安澜顺轨。是加培与疏浚二者实不可偏废也。至沙流迁徙无常，嗣后只宜随时筹办，因势利导，于河防自有裨益。惟查雍正年间，每年岁抢修银两四万有余，又加以另案七八万两不等。迄今岁抢修减至二万九千余两，并无另案工程。永定河工段绵长，而经费有限，每致顾此失彼。加以此次补还旧埽，酌增新埽二千余丈，每年均须照式加修，费用更属不敷。伏思水势原有大小不同，则动用银两亦应多寡不一，每年岁修抢修银两，似难限以定额，应请责成永定河道，于秋汛后详细察看情形，将各工预为估计，加培量工之平险，疏浚视淤之浅深，核实酌定银数，详明督臣覆勘，奏请办理，庶帑不虚縻，工归实用，而堤工益资巩固，河流自可顺轨矣。奏入，上命军机大臣传谕那彦宝、巴宁阿、陈大文曰：挑挖淤沙，固为治河不易之法，但永定河南北两岸长一百数十余里，自不能将全河淤沙挑挖净尽。该侍郎等相度形势，裁湾〔弯〕取直，疏通梗塞，并将卑矮堤身加高培厚，添做埽工，护堤束水，藉以攻沙，只可如此办理。惟当督饬工员，于新旧埽工实力镶筑，以资捍卫，断不容有偷工减料，以致工程卑薄，不能经久。其河身高仰处所，亦须间段挑浚，俾无阻梗，方为妥善。至永定河每年岁抢修银两，向来定额二万九千有余，就目下情形而论，虽称不敷应用，但每届岁修，亦须酌定银数，方有限制。设遇抢险工程较多年份，原不妨据实估计，且距京甚近，可以随时奏请办理。所有永定河岁修每年实在需银若干并动用何项之处，仍著那彦宝等公同确勘，悉心妥议具奏。

十四日（乙卯），户部尚书成德等奏言：二月初四日钦奉谕旨，令臣等酌议平粜章程，速行具奏。臣等查从前平粜成案，系五城分设正、副十厂，拨给京仓十成好米，按市价酌减粜卖，俟市价递平，官价亦量为酌减。其粜卖之数，每人每日准买一二升至二斗为止。此次酌议平粜，现据仓场侍郎奏称，各仓尚有稜、粟二项溢额之米，约计二万六千余石，可以减价平粜。应请即以此项米石分给五城十厂粜卖。现在月报粮价，每稜米一石，市价制钱二千九百文。今酌减制钱四百文，以二千五百文出粜。每粟米一石，市价制钱二千六百文。今酌减制钱四百文，以二千二百文出粜。至土米一项，据仓场侍郎奏称，现在筛飏净米二万五千余石，系十成土米，应请一并拨出发粜。查乾隆五十七年平粜案内，搭放成色土米，系由监粜大臣估计减粜。此项筛飏十成土米，应请敕交监粜大臣，会同仓场侍郎，察看米色，照例估计，减价粜卖。其每人每日籴买米数，俱请照从前成案，自一二升至二斗止，不得逾数多买。如市价递平，官价亦奏明量为酌减。再，向例设厂平粜，由臣部奏请钦派监粜大臣十员，督同五城御史分厂稽查。此次平粜，臣等按各部院咨送名单敬谨开列，恭请钦点监粜大臣满汉各五员，分派各司一厂，以专责成，并会同五城御史每日在厂严查妥办。仍令步军统领衙门选派妥干员弁，督率兵役，密为访查。如有奸商影射偷籴及胥役藉端需索等弊，查出即行从重究治，务使闾阎普被皇仁，均沾实惠。恭候命下，臣部即行知各城，转饬即日赴仓关领开粜。其粜卖钱文，照例陆续解部，以备搭放兵饷、工程等项之用。至应给车脚等项，均请查照从前章程办理。奏入，得旨：依议。并奉朱笔圈出监粜大臣琳宁、刘权之、纪昀、德瑛、熊枚、范建丰、高杞、成书、祖之望、陈嗣龙。

十五日（丙辰），陈大文奏言：臣前于新正自京回保，顺道查阅沿途粥厂及在省出视附近煮赈之所，见纷纷就食贫民，扶老携幼而来，每厂自一二千人至四五千人不等。试尝所煮之粥，均堪充腹。时与藩司筹算银米各数，俾足敷用。兹复奉圣明垂询，以前留旗租银两约可赈至何月及现在就食贫民是否安静，其卢沟桥工次应募人夫比上年有无增减之处，令臣等详查具奏，仰见我皇上轸念民生，至周至渥。臣与藩司瞻柱细加覆核应行煮赈之大宛等六十七州县，现在共设粥厂二百六十五处。其各属查有存仓米谷者，酌量拨用，余俱领银采办。除前拨旗租二十一万余两，复拨米三万余石，银米牵算，即再有不敷，添拨亦属无多，总在三十万两以内，计可赈至四月底止。维时二麦登场，穷檐得有收获，自可毋需再赈。至各该州县，自正月开厂以来，已一月有余，办理均属妥协，贫民既得餬口，村庄极为宁谧。臣仍不时督饬各属妥为经理，俾群黎益资生计，以冀仰慰慈怀。再，卢沟桥应募人夫，俱系各州县居民闻有开工之信，次第前赴佣趁。此时甫兴工作，人数尚少，旬日后雇募齐集，约计人数多寡，另行具奏。奏入报闻。

十九日（庚申），上谕内阁曰：京师五城现在分厂煮赈，以济贫民。刻下正届青黄不接之时，闻外州县来京就赈者较多，恐原设各饭厂散给或有未周，朕心深为轸念。著再于卢沟桥、黄村、东坝、采育四处添设厂座，专派卿员督同地方官经理，俾来京就食穷民分投领赈，得资果腹，以示朕恩施无已至意。

同日，上谕内阁曰：此次添设饭厂四处，卢沟桥著派万宁、范鏊，黄村著派徐绩、邵自昌，东坝著派窝星额、蒋予蒲，采育著派长琇、周廷栋，分投前往，妥协办理。

二十日（辛酉），上命军机大臣传谕陈大文曰：上年十二月，曾允陈大文奏请赏给旗租银二十一万两，交该督于直隶被灾之六十余州县，各按地方村庄多寡远近，广设粥厂，无论极次贫民，一体赈给。乃近日来京就食贫民已多至二万余人，自系直隶各州县并未认真办理，灾民无从餬口。闻京师五城各厂散给粥饭，较为得实，是以扶老携幼，相率来京。当此青黄不接之时，该州县不能于所属灾黎妥为抚恤，则前次赏给银二十一万两不知所办何事？岂此项旗租银两并未征解齐全，实领实支，竟以灾赈为名，借词开销耶？著陈大文详确查明。如赈恤银两实有不敷，不妨据实奏请；若系地方官玩视民瘼，藉端侵蚀，即指名严参，以示惩儆。转瞬三月初旬，朕恭谒西陵，若跸路所过，经朕目击各州县有灾黎失所之处，惟陈大文是问。

二十一日（壬戌），西成、熊枚、舒聘、万宁、陈嗣龙、刘湄奏言：昨蒙皇上天恩轸念民食，平粜米石，经户部等衙门议定章程，令五城即日赴仓关米，设厂办理。第念五城地方，现在设立饭厂共有十处，就食男妇较往年多至数倍。每日分头督放，于卯刻起，至午初方能散毕。如同时开设米厂，城内城外相距遥远，势既不能兼顾。若即在饭厂内，俟领饭完毕后，再行按名开放米数，则此项买米之人，向来俱于黎明齐集，男妇老幼自二千至三四千不等，亦未便令其守候多时，致滋拥挤混杂之弊。是以向来平粜，均在饭厂完竣之后。今米饭兼设，专责五城，即应专在米厂会同钦派大臣督率办理。所有各城饭厂，应另行拣派科道十员监放，以专责成，至司坊各官，五城共只十五员，现计米、饭同时设厂，每厂一员，必须二十员，方敷委办。而该司坊官等又各有相验命案、缉拿盗贼及各部院饬交查办事件，顾此失彼，亦必添派委员，方足敷用。臣等公同商酌，请于臣衙门满汉科道中，五城各添派一员，以便分办。臣等谨拣派得科道音德布、卫谋、达德、达灵阿、诚存、舒敏、周厚辕、费锡章、张凤枝、王祖武共十员，令其分办各米厂平粜。俟饭厂事竣之日，平粜事宜，仍专令巡城御史办理。至司坊各官不敷之处，应请敕下吏部，于候补、候选司坊官员内拣派十员，以资委用。则责成既专，分任亦易，于公事似有裨益。奏入，得旨：著吏部于候补、候选司坊各员内拣派十员，听候差委。

二十二日（癸亥），上命军机大臣传谕那彦宝、巴宁阿曰：永定河工程，节经降旨以工代赈。上年那彦宝等因工次需用人数较多，恐其不敷，曾经奏明令该督陈大文招集灾民，来工佣作。本年开工以后，已阅旬日，闻该处募用人夫不过三千余人，而卢沟桥一带饥民云集，不获佣工趁食。著传谕那彦宝等察看情形，如工次或可添用人夫，即量为雇用，俾穷黎得资餬口，于工、赈事宜，两有裨益。仍将该处近日约有饥民若干，据实具奏。

同日，上命军机大臣传谕陈大文曰：现在近畿一带来京就食者多至二万五六千人，自系直省所办赈务未经得有实济，是以舍近就远，群来觅食。特派卿员于卢沟桥、黄村、东坝、采育四处分设饭厂监放，俾得餬口。因思良乡、涿州、房山、涞水、易州等处，为此次跸路所经，该处贫民谅复不少。陈大文自已于前赏银两内分拨五州县开厂赈恤，或此五州县实有不敷应用之处，不妨先行奏请添拨，以资接济。倘该督未能督饬各地方官妥为赈给，至三月初旬銮辂经临时，目击该处饥民流离失所，则该督不能辞咎。该督务当饬令州县认真筹办，增添粥厂，或设法平粜，以期实惠逮民，不致嗷嗷待哺为要。

同日，汪承霈、阎泰和奏言：卢沟桥、黄村、东坝、采育四处，定于本月二十四日开厂。臣等查宛平之卢沟桥、大兴之黄村、采育地方，先经直隶督臣遵奉恩旨饬令开设粥厂，兹复钦奉特派大臣督同地方官分设饭厂，请即以原设地方为钦派大臣监放之所，其原设粥厂，仍饬该两县另筹适中宽敞之地照数设立。东坝一处，为东城、大兴、通州三处交界之区，距通较近，应即饬委东路同知办理。再，催办棚灶、柴薪、运米等件，约四五日始能妥办，监放大臣于二十八日前往开放，庶无贻误。奏入报闻。

钦定辛酉工赈纪事卷三十一

二月二十四日（乙丑），那彦宝、巴宁阿奏言：臣等遵旨查永定河去岁堵筑漫口并石土各堤，以及挖淤挑引相继兴作，是以需用人夫较多，工次佣趁者至有五万余人。远近灾民，于大赈以前，均得藉资餬口，以工代赈诚有实效。今岁卢沟桥一带工程，俱系修砌石堤及坍塌臌裂擦补钩抿活计，需用匠役居多，所有雇用人夫，只可挑水、挖土、抬运灰石，计各工段现有三四千至一二千人不等。通共只需一万余人，无庸再为增加。现在卢沟桥一带聚集灾民，除壮盛者佣工自食其力外，其妇女老弱每日俱赴拱极城内饭厂就食，共约有四千余人。本地者居其大半，尚属安静。至于开工后，文安、霸州等处来工灾民又有七百余人。臣等缘本处各段工程应雇壮夫均已敷用，无可安插，因思南北两岸应行加培土堤内，有先经估计现已开工之处，当即饬永定河道陈凤翔，率同西路同知蒋耀祖，按名散给路粮，派委河兵分送各汛佣作，以资养赡。其未开工段落土方丈尺已将估有成数，一二日内即行修筑，附近灾民又可赴工佣趁。臣等已札饬沿河各厅汛州县，俟一律开工后，即将人数确实详报，再行具奏。奏入，上命军机大臣传谕那彦宝、巴宁阿曰：那彦宝等奏，今岁卢沟桥一带工程需用匠役居多，所有雇用人夫只可挑水、挖土、抬运灰石，有万余人已足敷用。自系实在情形。惟念该处饥民聚集数千，其南北两岸已开工段，现据那彦宝等饬令陈凤翔、蒋耀祖派兵将灾民分送各汛佣作，其食力者已属不少。所有未开工段将次兴筑，仍著那彦宝等悉心筹画，能多用一夫，即少一饥民嗷嗷待哺也。

同日，陈大文奏言：查北运河延袤三百三十余里，为粮艘经行要道，源高脉广，溜急滩多，全赖两岸堤坝巩固，收束水势，以利漕运，而附近民田庐舍亦可藉资保障，最关紧要。该河工程，自乾隆三十五年蒙钦差勘定动项修筑，迄今已阅三十余年。现在河流西徙，东岸淤沙日涨，西岸迎溜顶冲，堤工倍形险急。加之上年永定河漫出，浑水由南苑经凉水河，从张湾大石桥灌注运河者数月，而淤沙益重。汛后水退沙停，东岸节节新淤，阻遏河流。若不及早筹办，一遇伏秋大汛，实难抵御。业据通永道阿永督同厅员等详细履勘，择其极险要工，于大溜回湾紧逼西岸之处，截去沙嘴，裁湾〔弯〕取直，开挑引河，顺流东行，以分西岸顶冲之势，似可化险为平。粮艘经行，亦得坦顺无滞。并择淤滩较大、积水过厚者，勘丈议挑。又两岸堤坝，每年虽有岁修、抢修，亦仅循旧修筑，未能添建新工。上年伏秋两汛涨漫异常，两岸堤根雨淋水激，到处均有坍塌。其中照旧拆修加培者，列入岁修估办。此外实在地处险要，必得添建堤坝方能抵御者，亦应一并勘办，以资捍卫。惟于筹办要工之中，必求核实撙节之法。复委天津道蔡齐明前往会同该道阿永等，勘估应行开挑河沟六处，共计一千五百余丈，建筑加培堤坝十三处，共计二千余丈，均属险要，刻难缓办。按段计工，确估共需工料银二万五千二百余两。臣复逐加确核，委系应办要工，应请准其估报所需工料银两，查有通永道库备贮要工动用之木税丁字沽等税项下动拨。如蒙俞允，即饬令通永道阿永督同务关同知杨瑛昶、杨村通判刘宝第，乘此春融晴霁，认真赶办，汛前一律完竣，务使工臻稳固，帑不虚糜，庶于运道、保厘两有裨益。仍俟事竣，照例造册具题。至南运河应办要工，现饬天津道确勘，议详到日，另行具奏。

同日，陈大文又奏：查永定河南岸堤长一百五十四里，北岸堤长一百五十五里，又有下口之南大堤八十余里，北大堤四十余里，以及凤河东堤斜埝五十九里，工段绵长，处处需兵保护。查永定河南北两岸额设战兵一百十六名、守兵一千四十七名，共战守兵一千一百六十三名。工长兵少，约计三里不及三名。每遇伏秋大汛，各处要工不敷差遣。上年河流异涨，抢护不及，以致南北两岸漫口十余处，俱添埽镶垫以御大溜顶冲。而各工今皆险要，需兵防护更为吃紧。相应请旨酌添战兵六十名、守兵三百四十名，分派南岸守备、北岸协备经管，酌量工段平险，添拨各汛，以资捍卫。第添兵四百名，计需添饷银六千一百余两。国家经费有常，未便于定额之外再议加增。当即札饬藩司瞻柱会同臣标中军副将武尔衮泰悉心妥议，于绿营各标镇额兵内酌核繁简，通融抽拨，以归核实而重河防。查马兰、泰宁二镇，系守护陵寝重地，正定镇奉派出师兵丁较多，均难议拨。惟查督标额设马步守兵五千六百八十六名，提标额设马步守兵八千八百一十六名，宣化镇额设马步守兵七千九百二十七名，天津镇额设马步守兵六千七百六十九名，核计四处兵数较多，应请每处抽拨战兵十五名、守兵八十五名，共战守兵四百名，拨交永定河道，查明险要工段，分防各汛。所需饷银，即在各标镇原额兵饷项下扣留司库，解交永定河道支放。臣复悉心确核，如此通融调剂，于营务不致贻误，河防得有裨益，粮饷仍不虚糜。伏乞敕部议覆，俟命下之日，臣等一面转饬各标镇于简僻营汛内酌量裁汰，扣存粮缺，随时开送河营；一面檄饬永定河道先行招募沿河壮丁当差学习，视应募之先后次第补伍，俾免生疏，仍俟募补足额，由司汇核造册咨部。奏入，上谕内阁曰：运河堤坝河身，原以保护民居，利济漕运。如有河身淤塞及堤岸损坏之处，自应随时挑筑。兹既据陈大文勘明北运河应行开挑河沟六处，共计一千五百余丈，建筑加培堤坝十三处，共计二千余丈，均属险要，著照所请，准其照估挑筑。所需工料银两，即在通永道库备贮要工项下动用。该署督务当督饬工员认真办理，毋任稍有侵冒。此外如有应行挑浚者，仍著该署督详查酌办，务于大雨时行之前，俾各工均臻完善，免致泛溢。

同日，上谕内阁曰：永定河工段绵长，原设河兵较少，每遇伏秋大汛，不敷防护。陈大文所奏自系实在情形。著照所请，酌添战兵六十名、守兵三百四十名，分派南北两岸，酌量工段平险，添拨各汛。即在督标、提标、宣化镇、天津镇战守兵内抽拨。其应否添设兵房之处，著该署督悉心经理，务臻妥协。

同日，步军统领禄康、总兵恭阿拉、国霖奏言：前奉谕旨将五城各饭厂领粥贫民每日共有若干名，于五日汇奏一次。臣等详查五城饭厂十处，自二月十九日起，至二十三日止，每日领粥男妇俱有二万五六千余名不等，均系直隶、顺天所属一带民人。奏入报闻。

二十六日（丁卯），上谕内阁曰：昨经降旨于附近京城添设饭厂四处，闻卢沟桥一处就食贫民较多，且距广宁门稍远，著于适中之大井地方，再增设饭厂一处，派副都统台费荫、副都御史刘湄前往督同地方官经理，俾穷民分投领赈，不致拥挤，更为有益。

同日，汪承霈、阎泰和、玉庆、汪镛奏言：窃照普济堂、功德林留养贫民，年例以清明为止。此次被灾后，仰蒙皇上轸念群黎，钦派大臣添设各厂，所有普济堂、功德林似应一体加展，以广皇仁。臣等会同筹议，可否以三月底为止，庶贫民餬口更为充裕。奏入，上谕内阁曰：京师城外普济堂、功德林留养贫民，向例以清明节为止。本年著再展限一月，俾穷黎多资果腹，以示朕恩施无已至意。

二十七日(戊辰)，陈大文奏言：查照定例，凡遇青黄不接之时，市粮昂贵，俱准动用仓谷，分别减粜，以平市价。又荒歉之年，各督抚当确查实在情形，将必须减粜若干始与民食有益，奏明办理。又直省地方，乾隆二十六、七、八等年因灾奏请大加减粜案内，每米一石，价在一两五钱至一两八钱者，准减银一钱；价在一两八钱至二两者，减银二钱；二两一钱以上者，减银三钱。其粮价素贱之区，不得悉照此议。上年直省各属被灾甚重，今春应需借粜米石，荷蒙圣恩轸念灾黎，豫筹接济，先于奉、东、豫三省采办米麦高粱共三十万石，运直备用。经臣札饬藩司瞻柱悉心筹议，各按灾属现在市价，分别酌拨。其有存仓米谷足敷借粜，毋庸派拨者，良乡等四十一州县。若本仓存贮不敷，而距北仓较远，碍难拨运，查明就近邻邑协济者，阜平等十州县。其余应行领运采办米石者，通州等七十七州县，已按灾分轻重派定，饬令赶紧领运，及时减粜，以资接济。查开春以来，市粮稀少，价值增昂，当此青黄不接之时，小民籴食维艰，必须大加酌减。臣与该司细加酌核，应请照次粟米并红麦、高粱各时价，以次递减。每石市价在一两八钱至二两者，准减银二钱；二两一钱以上者，准减银三钱；三两一钱以上至四两一钱以上者，俱照此累减。其一两八钱以下者，价尚平等，仍按常例减粜。一面普张告示，晓谕民人，官为减粜。并飞饬沿河州县，如遇商贩船只，督催赶运，务使市价有减无增，米粮渐期充裕，以冀仰慰圣主筹济民食之至意。再查设厂展赈，臣先已督同前任藩司同兴，将应行煮赈之六十七州县，各按地方村庄多寡远近酌核，每县自二三厂至十五六厂，共计设粥厂二百六十五处。自五月开厂以来，俱已按旬折报。若人数实在众多，仍按地方情形随时酌量增添。即如涞水、易州灾分本轻，原不在煮赈之内，现亦拨给银两，一体设厂接济。计各属每日每厂自二三千人至六七千人不等，纷至沓来，有增无减。各厂夫役昼夜炊煮，水火不绝。屡经严饬道府分路往查，臣与两司复不时委员密访厂地人数，共见共闻，无可欺隐，办理亦均安静。此各州县承办粥厂之实在情形也。所需经费，奏蒙动拨旗租银二十一万六千七百余两。据藩司瞻柱查明，实系各属如数完解。该司按计正月至四月米薪等费，已将此项银二十一万余两尽数拨领，复拨存食仓米三万三千余石，均系实支实用。其续添各厂并另款筹添银米，尚未列入此数。此动用粥厂经费之实在原委也。臣查直属上年通省被灾，饥民遍地，附近畿辅民人，因上年堵筑漫口，佣工餬口，类皆挈眷而来，全活无算。维时搬土运料，无论老幼，均可藉以佣趁。今搬运料物之工颇少，其余各工类非衰幼所能动作，节经工员遣散，分赴各厂就食。工次距京不远，旋赴京厂食赈，人数增多在所不免。伏思各属灾黎，仰蒙圣主赏项赈济，动用已不下二百数十万两。今春设厂展赈，即再多设数百厂，请帑数十万，我皇上无不立予恩施。惟博济本难，而米薪亦未易广集。此事惟有严饬各厂认真经理，务使民沾实惠，帑不虚縻。如有不肖吏胥敢于侵润，立即参办严惩。至良乡、涿州、房山、涞水、易州等处，为銮辂经由之地，尤应豫为安顿。除酌量添拨银米分饬周详抚恤外，数日内即令清河道傅修、藩司瞻柱先后前往查看道路，留心体察。臣随后亦即起程，顺途察看情形，督属妥办，以期仰副圣怀。奏入，上谕内阁曰：上年直隶被灾州县较多，经朕叠沛恩施，设法赈恤，并豫行降旨令奉天、山东、河南三省采办米麦、高粱三十万石，以备平粜之用。现届青黄不接之时，该省市粮稀少，价值增昂，小民籴食维艰。著照陈大文所请，将前项粮石按所减价值分别派拨粜卖。该署督务须严饬各属，实心经理，俾市价日就平减，毋任胥役人等藉端滋弊。

二十九日(己亥)，成德等奏言：前蒙钦派监粜大臣十员，准吏部咨称，右侍郎范建丰现应随驾恭谒泰陵，所有监粜事务不克兼顾，理合奏请更换。谨缮写满汉大臣名单，恭候钦点一员监粜，以专责成。奏入，得旨：改派钱樾。

同日，那彦宝、巴宁阿奏言：臣等于嘉庆六年十月停工时，曾将永定河土堤应行加培之处，奏明于今年春融办理。嗣于本年二月内议奏永定河章程，以疏浚与加培不可偏废，谕旨准行在案。查永定河南北两岸以及三角淀各处土堤，自乾隆五十五年前督刘峨奏请加培以后，迄今十有余年，堤身日形卑薄，且经上年异涨冲决，除漫口十八处计三千四百二十三丈外，其残缺仅存二三尺处所，不可胜计。今择其尚可从缓足御汛水者，令各汛员督率河兵间时陆续修理。其险要工段及形势最为卑矮必不可缓者，先行估计，间段办理。查原任南岸同知翟粤云，于永定河情形颇为熟谙。臣等令其率同两岸并三角淀各汛员逐段确切估计。兹勘估得南岸之上头工至六工，北岸之上头工至六工，三角淀之北堤八工、九工，南堤八工、九工，共十八汛内应行加培者，计长二万七千一百一十余丈，加高二三尺至六七尺不等，培厚一丈至三四丈不等，共需土五十五万七千八百余方。臣等按册覆核无异，饬永定河道陈凤翔督率厅汛及沿河州县，照依估计丈尺，广募人夫，次第兴工。并派委原任南岸同知翟粤云等，会同现署南岸同知李逢亨、北岸同知孙豫元率同各汛及承办州县等员妥为监理。臣等现驻卢沟桥督办石堤及戗土堤各工，其两岸工段绵长，虽各有监修承办，仍须不时派员前往抽查，务令层土层硪，坚实修筑。惟石景山及南北两岸附近尽属砂砾，必须数十丈至数里以外取用好土。其南岸堤工盖顶镶帮，仍须胶土封护，方足以资巩固。臣等又札饬各汛及承办各州县等员，俟完工时，均令次第加结呈报，臣等再公同详细查验。如有不如原估做法者，即行参办，并著落承办官照式赔修，庶各员共知儆畏，不致草率偷减。惟经此次加培之后，若不豫定章程，随时修理，仍恐风雨摧残，或汛员等日久弛懈，又必复致卑薄。因饬令该道制单轮土车一千辆，每车一辆工料银一两。计一车所运之土，可抵三夫肩挑之数，千人之力，可抵三千人之用。将来按工段之险平，定车数之多寡，分留各汛，于每岁春融并伏秋汛后，遇有浪窝水沟及残缺之处，即随时运土填筑，以免日就卑薄。如仍至残缺废弛，即令该管官题参，交部议处。其车辆经年推运，不免损坏，应请照依浚船三年小修、五年大修、十年拆造之例办理，准其开销。至两岸中泓，经去岁疏浚后，今年凌汛河流甚畅，大段淤滩颇有冲刷深通处所。现在水势尚盛，其应行裁湾〔弯〕取直之处，难以丈测，俟桑乾时再行相度形势，酌量办理。再，查卢沟桥为京师通衢，往来行人或去或止，聚散靡常，按数日内饭厂贫民细册核计，多则四千余人，少则三千余人。其中多系土著，外来者不过三分之一。现在南北两岸土堤及石景山三、四、五号背后土堤，俱经陆续开工。臣等已饬永定河道率同西路同知，择其年力壮盛者，分送各段佣趁餬口。卢沟桥及南北岸石土各工，需用人夫共有二万余人。近日又奉恩旨在卢沟桥添设饭厂一处，皇仁高厚，有加无已。惟目下早晚天气尚寒，东作未兴，小民无业者尚多。若两厂并设一处，将来闻风而至者，人数自必仍有增加。臣等饬令西路同知，将原设饭厂移于大井村西拱极城东适中之地，俾附近之丰台、看丹等处村庄便于就食，而卢沟桥不致过形拥挤。奏入，上命军机大臣传谕那彦宝、巴宁阿曰：永定河南北两岸土堤急须修筑，除加高培厚之外，亦别无办法。其所议现在兴工及将来随时修理各章程，俱著照所奏办理。目下各堤既已陆续开工，需用人夫已至二万余名，若实在敷用则已；如尚可增添，不妨再为雇募工次，多一佣作之人，即可少一饥民，于要工、赈务两有裨益。至所称卢沟桥原设饭厂，请移在大井以西拱极城以东一节，昨已降旨于大井地方增设饭厂一座，所有卢沟桥原设之厂，应于长新店之西南一带另择适中之地安设散放，俾穷民分段就食，不致拥聚，方为妥协。那彦宝即知会陈大文饬令西路同知遵照办理。

同日，禄康、恭阿拉、国霖奏言：据直隶霸州已革生员张封呈控，霸州知州顾宾臣隐匿赈济米石，侵吞肥己。臣等详加审讯，据张封供，去夏水灾，蒙皇上赈恤，顾知州隐匿粮米八百石，与家人刘二、户书汪信美、快役赵国信等朋分。又将淀神庙放赈米四十余石，暗嘱仓书、斗级夜间分肥，被地方周大成撞遇，分去米一石。再，顾知州隐匿之米石，因不能粜卖，将放粥银两侵吞，即将隐匿之米煮粥抵散。并指称煮粥向富户派捐高粱一千石，折钱入已。又户书王际美等假冒穷民，领赈五十余户，经州民张毓秀呈控，顾知州并不究办。现在我家父兄子侄男妇共有十二口，顾知州止放赈七口。又顾知州出示晓谕，每口应领米七升，我家领米每口止六升有零。去年十一月，我与户书赵秀等理论，他们说我闹厂，将我辱骂。我赴州呈告，顾知州反将我掌责，勒令我具假冒赈米的甘结，将我生员革退。我情急来京呈告等语。查张封所控霸州顾知州将赈济粮米隐匿，侵蚀入已，如果属实，则地方官串通家人胥役，欺隐赈米，冒领粥银，实属有干法纪，自应严加惩治，以儆贪黩。但一面之词难以凭信，诚恐其中另有别情。事关冒赈，该革生并不在本省各上司衙门呈控，乃遽行来京渎控，实属越诉。相应请旨将张封连所递原呈俱交刑部查审办理。奏入，得旨：著交刑部。

钦定辛酉工赈纪事卷三十二

三月初一日（辛未），陈大文奏言：窃照万全县所属张家口之上堡圈城，旧有东北两面石坝三百六十丈五尺，以御东、西、北三沟之水，原为护卫堡城暨附近一带村庄而设。乾隆三十八年及嘉庆三年两次被水，冲塌石坝，均经历任督臣委勘，奏请估修。上年六月间大雨连绵，山水涨发，三沟大溜奔腾汇注，致将张家口石坝新旧工段间被冲损。据该县知县曾汾具报，随即饬委独石口理事同知阿林前往查勘。据称张家口上保城大境门外东石坝第一段冲刷坦坡海漫二十七丈，内有嘉庆四年承修新工十六丈。又搜根裂缝应拆卸重修旧工二十七丈，接连东西两边冲刷海漫旧工十丈五尺，坦坡甃堿一二路、埋头甃堿一二层各不等。又小境门外东石坝第二段冲刷新工坦坡埋头八丈，裂缝五尺，海漫八丈五尺。又冲刷旧石坝八丈，两头搜根七丈，坦坡埋头海漫十五丈，接连西边冲刷海漫十一丈五尺，坦坡甃堿一二路，埋头甃堿一二层各不等。接连第三段冲损新工坦坡埋头裂缝五丈五尺，冲刷海漫十五丈。又第八段南尾冲刷海漫十丈，内有新工五丈；又冲刷埋头七丈，内有新工五尺；又冲刷坦坡五丈五尺，内有新工五丈。以上四股，共计新工六十八丈五尺，旧工九十七丈五尺。分列新旧各工段丈尺，开单估报。经臣与前任藩司同兴，以所委系佐贰人员，恐有以新报旧扶混情弊，且此项工程需费较大，必须熟谙工程大员确核勘估，复委前经委估嘉庆四年兴修此坝之口北道索诺木扎木楚亲往履勘，确实撙节估计。兹据覆加查勘冲刷新旧工段，丈尺相符。除新工饬令该县赔修不计外，所有旧工撙节估计，约需工料银一万九千一百五十八两七钱四厘，由司详请核奏。臣查张家口为旗民杂处之区，该处石坝系保护城垣及附近各村落，最关紧要。其冲刷旧工，自三十八年请修后，已历二十余年，久出保固限外，今被水冲塌，自应赶紧修筑，以资保卫。覆核估需银数，此较嘉庆四年估修工段需用银数均属相等，尚无多浮，应请准其估报所需银两。臣与藩司瞻柱酌筹在于司库节年地粮项下动拨，先拨给银五千两，发交现任万全县知县曾汾上紧购料，即日兴工。并责成宣化府知府苏勒通阿、张家口理事同知海亮往来监修稽查，务使坝工稳固，实用实销，以祈仰副圣主节用卫民之至意。再有请者，臣查万全县属之洗马林虎皮石坝一道，计长二百四十五丈，系乾隆二十七年修葺，嗣于五十九年并嘉庆三年暨六年节次被水冲塌坝工共八十七丈四尺，业已片石无存。又裂缝虎皮石坝一百五十七丈六尺，亦经该县详报。据该堡士民等吁求，详请速为估修，以资捍御。先经臣委员查勘，复饬委口北道索诺木扎木楚顺道确勘，撙节估计，共需银五千六百一十八两六钱四分六厘，由司核明呈送到臣。缘该处石坝自修建以来，迄今三十余载，节次被水，上年冲塌更甚。现在水势直射堡门，实于城堡、民居大有关系，亟应照旧修筑，俾资捍卫。所需工料银两，亦请在于司库节年地粮银内动拨，饬令及时赶办，仍切札该府厅督率监修，务俾工坚料足，一例巩固。奏入报闻。

同日，陈大文又奏言：查涿州北关拒马河永济桥一座，为畿南通津要道。乾隆二十五年，经前任督臣方观承奏明移建，嗣于三十六、五十九年两次被水冲塌雁翅、地伏、涵洞，俱经各该州勘估动项修理，报部准销。嘉庆二年被水冲塌涵洞、金刚墙等项，节经详请估修，未及办理。上年六月间河水异涨，复被冲塌两旁雁翅、两边石栏杆、石道、涵洞、地伏等项。据该州禀报，当经行司饬委会勘，并案确估。兹据勘明，由司详请核奏。臣查永济桥桥身九孔，计长三十七丈四尺，南北石道共长一百三十四丈，下有过水涵洞大小四十三孔。嘉庆二年被水后，复经上年大水，冲没桥上北头西面青石拦板并南头两边雁翅、拦板十五堂、蹲象一块、券洞底桩板石四孔，冲塌南头桥面海漫一段、石道五段、涵洞八座、南石道东面牙石、泊岸南北石道两边拦板四百六十五堂。臣于经过时，目击大桥塌损有碍行旅，亟应及时修筑，以利驿传而壮观瞻。除饬该地方官刨寻旧石抵用外，连成搭挡水草坝，共估需工料银六千一百八十六两七钱八分三厘。再，查拒马河发源广昌之涞水，东流至房山铁锁崖，分为两派，南入涞水七分，东入房涿三分。其自南流入涞水一派，由石亭村迤南而趋涞水。上年大雨，合溜东趋，涿地被灾尤重，涞水河身淤塞断流。臣于十一月间，委清河道傅修驰赴涞水，督饬该县立即疏浚，但未能大兴工作。现在河流止有二分，自应将下游淤塞疏浚，以资通畅；再于涞水河头对岸上游房山县境，添筑挑水石子坝一道，挑引大溜趋入涞境，仍足七分，俾涞民藉资灌溉。现饬该二县会同勘办，俟造估到日再行办理。其东流入房涿一派，向由房山县镇子营，经涿州西疃杨家庄，绕至州城北坛村，转东北入永济桥。因上年水涨，于宋家营、普利庄分流二派，下游虽仍归北坛村，而该村对岸阳武庄一带新涨淤滩，阻塞河流，以致大溜逼近北关，甚为险要。自应开挖引河，使河水畅达，引归故道，藉以保护北关堤岸。自阳武庄起，至永济桥外止，共长五百三十一丈五尺，计挑土二万八千六百四十二方六尺余，每方银一钱八分，共估需银五千一百五十五两六钱七分七厘，通共需银一万一千三百四十二两四钱六分。合无仰恳圣恩俯念水利桥梁均关紧要，准其动项兴修，以昭利济。奏入，得旨：此皆必不可缓之工，依议速行。

同日，窝星额、蒋予蒲奏言：窃臣等恭奉恩命承办东坝饭厂事务。东坝地方上年被灾较轻，向未设厂，一切锅灶器具急需赶紧安设。臣等先自带领司员并饬大兴县县丞迅速前往齐备，于二月二十八日开厂放饭起，先期出示晓谕，自东坝一带直至东城各门关厢内外广为粘贴，俾贫民皆知届期就食。臣等连日督率司员及地方各官先行查点名数，分别男妇给签，挨次分散。并谕知伊等，此系皇上格外天恩，轸念贫民，无微不周之至意。贫民等感激欢欣，情形极为宁谧。奏入报闻。

初二日（壬申），万宁、范鏊奏言：窃臣等奉命派赴卢沟桥督理赈务，查该处地当孔道，为往来络绎之区，就食贫民较多，其办赈事宜亦较他处尤关紧要。兹奉恩纶添设饭厂一座，必须悉心经理，俾穷黎均沾实惠。仍复严密稽查胥役、饭头，不使稍有侵蚀，并多方防范，不许争闹滋事，方为妥协。除应用米石、柴薪、锅灶器具等项，业经公同酌议，责成顺天府派令该地方官领银制办，臣等一面带领司员前赴卢沟桥，督同西路同知蒋耀祖、试用知县刘鈖，即在拱极城内兴隆寺安设饭厂，仍一面于彰义门内张挂告示，令其前来卢沟桥饭厂就食。已于前月二十八日开厂，按名分散所煮饭食。臣等亲自尝验，均属洁净，分给亦俱均匀充足。核计领赈男妇大小，每日自三千一二百至五六百名口不等，用米不过八九石。现在领赈人等无不欢忻鼓舞，感激皇仁，随领随散，舆情极为安帖。臣等仍随时告谕实力访查，断不至有向隅滋事情弊。奏入报闻。

初三日（癸酉），徐绩、邵自昌奏言：窃臣等遵奉谕旨于黄村地方添厂煮赈，当经咨行顺天府，令其派员领银，备办锅灶器具，购买米石、柴薪，飞行运送。随即带领司员等前赴黄村，即就该地方官原设粥厂处所添设锅灶，多储米石，煮备干饭，于二月二十八日起开厂散给。所煮饭食，米系次细，臣等亲自验尝，均属洁净。开放数日，领赈男女大小口，自五千数百余人至六千不等。每日皆女口居十之六七，男口不过一千数百人。散给之时，俱极安静宁帖，并无拥挤争闹。所用米数，现在自十一石至十二石不定。嗣后总视人数多寡，量为增减。在厂弹压办理之地方官及营弁等皆各认真，不敢怠玩。再，黄村原设粥厂，据该地方官禀称，移于岳家务地方，去黄村三十里，照旧放给。奏入报闻。

初四日（甲戌），长瑀、周廷栋奏言：窃臣等奉旨派赴采育地方督办煮赈事务，当即咨行顺天府豫备锅灶器具，并领银购买米石，运送厂内；一面带领司员李兆时、承惠、赓音保前往查看。缘采育系大兴县所属，该处石佛寺内，原有地方官煮粥赈厂一座，每日领粥民人约三千数百名不等。其中妇女较多，向俱安静。该处设有防守尉一员、都司一员，所管弁兵足资弹压。此次特恩加赈复添一厂，该县现将粥厂移于北乡之下新堡地方，臣等即于原设厂内煮饭散给。现今远近灾黎恭阅恩旨眷黄，望泽情殷，闻风恐后，诚恐人多势众，男女混杂，拥挤滋事，或一时仓卒，分散不均，致有向隅之人。臣等悉心酌定章程，男女分为两处，一设石佛寺内，一设寺旁空庙，同时并放，以防守候重领各弊。定期黎明领签放入，巳时散给放出，豫先出示晓谕，并饬委都司、防守尉等官派拨弁兵，分段看守，以免人多拥挤。其老病残废步履艰难者，另置一处，拨役收签给发，以示体恤。掣验该县所运米石，俱系平斛，煮饭尚属洁净。当将饭食广为储备，务令有盈无绌。于上月二十八日开放起，至本月初二日，每日领饭大小男妇约六千数百名不等，每日用米十五六石有零。臣等带领司员，往来稽察弹压，领赈灾黎均各安静，并无争先拥挤滋事之处。奏入，上谕内阁曰：长瑀、周廷栋奏，现在办理饭厂，请将男妇及老病人口分厂领赈等语。采育地方所设饭厂，饥民纷纷就食，若年老有病之人同赴一厂，恐未免拥挤不前。分厂给赈，所奏事属可行。至领赈男妇，其中本有夫妻、父女、母子等相率偕来者，倘分设厂座，令各就各厂领赈，势必概行分开，转恐有遗失妇女、幼孩等事。现在卢沟桥、黄村、东坝等处所设饭厂，俱未如此奏请。长瑀等惟当督率地方官妥为经理，所有男女分厂给赈一节，不必行。

同日，吏部尚书宗室琳宁等奏言：窃臣等奉命办理平粜事宜，遵照向例，于内外城分设十厂，添派科道十员，专司其事。连日督饬五城正副指挥分赴各仓，将仓场指拨盈余稜粟二米及筛飏土米陆续领运。臣等眼同量验试煮盈余稜米，每升煮饭三升；粟米每升煮饭三升三合；土米中，每粳米一升煮饭一升九合，每稜米一升煮饭三升，每粟米一升煮饭二升三合。伏思此次平粜，只因市米昂贵，闾阎口食维艰，仰蒙皇上格外天恩，原为加惠穷黎，俾得实济。若不就米定价，但凭市价酌减，则小民未免裹足不前。查现在市价，稜米每石二千九百文，粟米每石二千六百文，均指十成好米而言。此种好米，每升煮饭四升四合。今盈余稜米煮饭，仅得三升，粟米煮饭仅得三升三合，是稜米较十成好米亏折三分有二，粟米较十成好米，亦亏折三分。就米定价，自应先除亏折分数，俾与现价相值，然后再行议减办理，方为核实。臣等传齐五城经纪，复将煮饭实数逐细比较，此项盈余稜米，按市价每石实止值钱二千文，粟米每石实止值钱一千八百文。应请再于此价内，查照户部原奏，每石酌减四百文，盈余稜米每石粜价一千六百文，盈余粟米每石粜价一千四百文。至于筛飏土米，仓场侍郎原奏按成计算，经户部议覆，令监粜大臣察看米色，照例估计。臣等公同筹酌，此项土米究系积年气头廒底，半多霉变，一经淘洗，即有折耗。现据五城经纪估计，土粳米较市集粳米，相去甚悬，每石粜价六百文；土稄米较盈余稄米成色亦减，每石粜价一千文；土粟米较盈余粟米成色亦减，每石粜价六百文。所估尚属平允。谨将查验米色开列清单，并将米样分匣，敬呈御览。奏入，得旨：允行。

初六日（丙子），禄康等奏言：前奉谕旨将五城各饭厂领粥贫民每日共有若干名，于五日汇奏一次。臣等查二月十九日起，至三月初五日止，据番子头目马凯、五营将备等官查报，此六日内领粥男妇，每日俱有二万四五千余名，较上次少二三百名不等，俱系直隶顺天所属一带民人。又奉旨在东坝添设饭厂，于二十八日起，此数日内每日领赈男妇，俱有五六七八千余名不等。又大井村饭厂，于初四日开厂起，每日领赈男妇约有四千余名不等。奏入报闻。

同日，那彦宝、巴宁阿、陈大文奏言：窃臣那彦宝、臣巴宁阿于二月二十九日接奉谕旨，目下各堤陆续开工，需用人夫如尚可增添，不妨再为雇募。并大井地方已增设饭厂，所有卢沟桥原设之厂，应于长新店西南一带另择适中之地安设。臣那彦宝、臣巴宁阿当即遵旨知会臣陈大文派员前往确查。兹勘得长新店西南二里许之佑善寺，庙宇宽敞，且在适中之地，堪以移设饭厂。现令该员等料理，搭盖席棚，安砌锅灶，并将饭厂所需什物赶紧运办，拟于初九日开厂散放。如此办理，三厂均匀布置，既可免拥聚一处，而卢沟桥迤东、迤西两路村民俱得附近就食。此皆仰赖圣明指示，睿虑周详，臣等曷胜钦服。至工次需用人夫，前经臣等奏明共有二万余名。目下南北两岸、三角淀、十八汛加培土堤，俱已一律开工。据该厅汛州县各员禀称，南岸雇用人夫一万一千二百余人，北岸九千一百余人，合之石景山一带石土各堤，已有三万余人，此外难以增添。现在卢沟桥贫民，除壮盛者赴工佣作外，其老弱妇女均分散各厂就近领食，情形极为安静。奏入报闻。

同日，长琇、周廷栋奏言：本月初四日接奉谕旨：长琇、周廷栋奏采育地方所设饭厂，请将领赈男妇分厂给赈一节，不必行。钦此。伏查此次皇上特恩加赈，远近灾黎闻风蚁附，其中夫妻、父女、母子相率偕来者，不一而足。若概行分开，则人多势众，遗失妇女幼孩之事，在所不免。今蒙圣明指示，仰见我皇上矜恤灾黎，无微不至。窃照采育现设饭厂，东西两庙相隔咫尺。臣等先赴原设石佛寺内查看，领粥灾黎约三千数百余名，每日先女后男，按名给领，事竣在巳正午。初自二十八日开设饭厂，每日男妇约五千四百余名至六千名不等，领完在未申之间。其残废老病者实属可怜，是以另行安置先给。询及年壮男妇，有自数十里外黎明赶到者，若令枵腹守候，诚恐拥挤争先，致有伤损，故两庙同时并放。其中有夫妻相随、父带幼女、母携男孩者，原未尝概行分开。京城内外各厂，办法约略相同。臣等原折内未经详细声明，致上劳睿虑，不胜悚惶。臣等惟有督同地方官认真办理，通行出示晓谕，所有只身男妇，仍令各归一处，勿许混杂滋事。其中有亲属相倚，扶老携幼，结伴偕来者，各听其便，毋庸逐一区别禁止，以示矜恤。奏入报闻。

同日，张鹏展奏言：查五城饭厂，向例于三月二十日停止。臣细察情形，近日饭厂饥民，每厂二千余人至三千不等，合计十厂，约有三万上下。每日按人给饭，而街衢倒卧者尚多。且僻巷贫民间有抢夺口食之事，一经查拿，不得不按法惩治，其情殊属可悯。若饭厂不日遽停，嗷嗷者更将何所资藉？现在五城设厂平粜，使米价稍平，以惠贫户。但有力买米者尚属次贫，其赤贫无依者势难购米，即有米亦难熟食，必须饭厂方可养济。每厂日用米数石，统十厂而论，每月不过千石。目下平粜各色米约共五万余石，将零数为饭厂之用，展赈一两月，亦可养活数万生灵，而京畿更觉安治。至外城右安门外中顶等数十村，去岁被水较重，现在一片沙砾，民食维艰，树皮、木叶亦借以充腹，偷窃树木之案，不一而足。现经兵役拿获多人，此皆穷苦所致。其地段离城内饭厂及卢沟桥大井等处，俱相距十余里，难以领饭度日，可否在中顶添设饭厂之处，出自皇上天恩。奏入，得旨：允行。

钦定辛酉工赈纪事卷三十三

三月初七日（丁丑），大学士管理刑部事务董诰等奏言：臣等遵旨审讯直隶霸州已革生员张封，呈控该州知州顾宾臣隐匿赈济米石侵吞肥己等情一案，据步军统领衙门将张封解送到部，当即提犯研讯，核其所供情节，与原呈大略相同。除另缮清供恭呈御览外，查向来办理赴京越控之案，经臣部审明后，如系寻常无关紧要案件，俱钦遵谕旨，先治以越诉之罪，发交各该督抚就近秉公审办。此案张封所控霸州知州顾宾臣，将赈济米粮隐匿八百余石，任意侵蚀，并因不便粜卖，申文放粥，将赈米改为粥米，更属大干法纪。若不彻底严办，不足以整饬官方。惟是人证卷宗俱在直省，相应奏明，或将该州知州顾宾臣先行解任，提同案内人证送部质审，抑或仍将原告张封发交署直隶总督就近查办之处，伏候训示遵行。奏入，得旨：著派德瑛驰驿前往秉公严审，定拟具奏。

同日，上谕内阁曰：纪昀、熊枚已派充会试正考官，德瑛现在出差，所有监粜事务，著改派张若渟、长麟、蒋曰纶。

同日，台费荫、刘湄奏言：窃臣等奉旨派往大井地方添厂煮赈，当即率同地方官搭盖棚厂，安设锅灶及应用器具，一面交宛平县遵照奏定米色，迅速采运。于本月初四日放起，至初六日止，此三日内共放过男妇大小一万二千六百三十七名口，计用米二十六石二斗。所煮之饭，臣等亲加尝验，均属洁净。并于放饭前散给大小口饭签时，查记附近村庄及外州县贫民人数，合计外县贫民较之附近者不及十分之一。连日查看民情，均极欢忭安静。奏入报闻。

初八日（戊寅），上谕内阁曰：此次朕恭谒西陵，沿途州县均系上年被水之区，自应格外加恩，以示体恤。所有经过宛平县地方，除本年应征钱粮业经全行豁免外，著再加恩将嘉庆八年应征钱粮宽免十分之五。其良乡、涿州、房山、涞水、易州五州县经过地方，著加恩将本年应征钱粮宽免十分之五。

初五日（己卯），窝星额、蒋予蒲奏言：自开厂后，臣等每日卯刻集人，均匀散饭，并察看米石，尝验所煮饭食，严查饭头、胥役人等，不使稍有侵蚀，务令人人足资果腹。再，查东坝距京较近，又与通州地界毗连，往来最便，每日领饭之人，本村附近贫民约居其半。其自东城内外一带奔赴就食，及原欲进城觅食因闻奉旨煮赈赴厂领饭者，亦复不少。臣等因人数较多，恐分散太迟，饥民枵腹守候。若点入过早，又恐无衣之人不耐朝寒，且栖止较远者恐多赶赴不及。是以于点入时，先安置宽展地方，俾皆松动行走，不致拥挤；放饭时，又增添木桶一具，令二人执杓齐放。贫民等及早得饭，一切安静。自初二日至初九日，俱系午正以前完竣。所有逐日领饭人数，谨另缮清单进呈。奏入。

初十日（庚辰），上谕内阁曰：京师五城煮赈，以三月二十日为止。但上年被水较重，现届青黄不接之时，贫民艰于得食，自应再为展赈，以广恩施。惟五城十厂分设城内城外，刻下农务方殷，近郊一带力作者多，若仍令其进城领赈，道路纡远，转有不便。著加恩将五城正副十厂并作五厂，均移至城外厂内开放，俱展至四月二十日止。其卢沟桥、黄村、东坝、采育、大井等处饭厂，亦著一体展至四月二十日止，以示朕惠济穷黎，有加无已至意。

十二日（壬午），禄康、恭阿拉奏言：查三月初六日起，至十一日止，据番子头目王鉴、五营将备等官查报，此六日内五城领粥男妇，每日俱有二万四千余名，较上次少千余名、七八百名不等，俱系直隶顺天所属一带民人。又东坝、大井二处饭厂，此数日内，东坝饭厂每日领赈男妇俱有七八千余名不等，又大井村饭厂每日领赈男妇俱有四五千余名不等。奏入报闻。

十三日（癸未），上命军机大臣传谕禄康、恭阿拉曰：昨因近郊一带力作者多，特降旨将五城饭厂十处并作五处，移至城外，以就民食。现定于何日归并厂座、安设何处及归并后领赈人数究有若干，著禄康、恭阿拉查明，于朕驻跸香山时具折奏闻。

十四日（甲申），万宁、范鏊奏言：窃臣等旬日以来，俱黎明赴厂，先将所煮饭食逐桶点验，旋即挨次发签，鱼贯而入。齐集后，先女后男，及携带幼孩，俱按名即时散给，不许稍有混杂，亦不使有一名遗漏，并详加询问，逐一分晰。其中妇女幼孩几及二千口，附近村庄居多，外来者不过十分之二。男子一千三四百名，外来者约有十分之九。询系文安、固安、霸州、涿州、清苑、永清、大城等州县民人，闻有以工代赈恩旨，皆踊跃前来，内有老弱疾病不能工作，皆赴饭厂领赈。再，查上年被水各州县俱已叠沛殊恩，本年复令该地方官设立饭厂，赈济贫民。现据清苑、永清、新城等县差人到厂，领回数十名口在本处就食。臣等随即饬令西路同知行文各州县照此办理，遣人前来认领，带回本处妥为安顿。现在领赈者仍有三千一二百至五六百名口不等，人数时有增减，不甚悬殊。俱安静祗领，并无争先拥挤情事。奏入，上命军机大臣传谕万宁、范鏊曰：万宁等奏放赈情形一折，内称清苑、永清、新城等县差人到厂，将领赈贫民领回数十人，在本处就食。万宁等即饬令西路同知行文各州县俱令照此办理，所办殊属非是。卢沟桥等处设立饭厂，原因附近各州县贫民外出趋食者多，是以添厂给赈，用资口食。乃万宁等以现在清苑等县有差人领回本处贫民，辄欲令各州县仿照办理，势不能不签派差役纷纷押送，竟与递解人犯无异。况其中道路较远地方，非一二日能到，途中必致乏食；而老弱疾病之人行走维艰，又有差役沿途督催，更难保无在途饿毙者，是驱之转于沟壑矣。且各州县所差人役，岂能于本处饥民概行指识，彼此认领，徒滋纷扰。若各该州县果能于本境内普遍散放，何致饥民出外就赈？是即使差人领回，恐仍未必得食。此事断不可行。除业经领回贫民只可听其回籍外，其余各州县如尚未行文，即应停止。若已经行文，即速行撤回。万宁等务于领赈穷黎妥为散给，毋使一夫失所。将此谕令各处饭厂知之。

同日，陈大文奏言：窃照文安积水并沿河长堤，经臣奏委原任永定河道王念孙逐细履勘，确估核办。嗣据王念孙禀称，遵即亲往文安履勘，但见一片汪洋，城垣仍在水中，再四访求，实无疏消之处。该县境内所属之千里长堤，亦皆水浸，无从取土。缘该县与河间、大城等处地势情形，皆西南高而东北下。其河间之高家口、大城之杜各庄，上年因各河盛涨，该处堤埝均有冲决，河间漫口之水自南而来。若此时将北面千里长堤堵筑，则河间漫水有来无去，仍属无益。并将文安四面周历细勘，因该县地居洼下，东南恃子牙河大堤以御子牙河之水，西恃烹耳湾直堤以御河间、任邱二县之水，北恃千里长堤以御大清河之水。上年各河同时并涨，所有堤埝均被冲决，是以被淹最重。现在大清河水势渐消，文安大洼之水亦可冀渐泄，虽有数处缺口受大清河之灌注，但有泄水之处相抵，尚无大碍。

是筹办文安积潦，亟须将河间之高家口漫水堵筑及大城之杜各庄新堵之口加筑土戗，俾资保护。所有千里长堤似可缓为修筑，俟水势稍退，查看情形，再行筹办。其河间县高家口漫工，现宽五十六丈，口门水深五六尺至八九尺不等，斜接上游正河，其势甚顺。漫口之下对面淤有新滩，逼溜直入口门，正河止余四分之溜，施工颇为不易。必须于正河西岸漫口之上先筑挑水坝一道，挑溜正趋归入下游正河，次将对面新滩顺势挑挖，使下游河流畅顺，口门之溜自减，方可克期兴工堵筑。共约需工料银三千九十五两零，分别缓急办理，并饬藩司筹款，核明议详请奏。臣细加覆核，实系应办工段，应请准其估报。所需工料银两，查有天津、清河二道库贮河淤地租银内可以动拨。此项漫堤用埽夹镶，方能堵筑，必须熟谙河工之员督办，应仍饬原任永定河道王念孙，酌带永定河历办埽工之河兵，督同该地方官赶紧集事，务使积潦渐消，工程稳固，以冀仰副皇上筹奠民居之至意。奏入，上谕内阁曰：陈大文奏请动款修筑河间县高家口漫工，派令王念孙到彼督办一折，上年雨水盛涨，河间县高家口堤埝冲决之水自南而下，灌注文安，致积潦日久未消，自应急为堵筑，以资捍御。其应需工料银三千九十五两零，著准于天津、清河二道库贮河淤地租银两内动拨。至原任永定河道王念孙系履勘原估之员，于该处情形自为熟悉，著那彦宝等饬令王念孙酌带永定河历办埽工之河兵，即赴河间，会同地方官，赶紧兴工堵筑，务臻稳固。

十五日（乙酉），巡视中城兵科给事中觉罗景庆等奏言：本月十二日报到钦奉谕旨，加恩将五城正副十厂并作五厂，移至城外厂内开放，俱展至四月二十日停止，仰见我皇上轸念穷黎，权衡悉当至意。臣等查五城煮赈，年例一城官给米二石，分赈内外二厂。缘上年被水较重，奉旨每城加赈五斗，共米二石五斗。兹复仰荷鸿慈展赈一月，移至城外厂内开放，统计五厂每厂祇领官米二石五斗。既经并厂办理，所有领赈男妇自难比常减少，而合两厂官米归一厂煮赈，现放米数不敷散给。臣等公同筹画，合无仰恳圣主格外天恩，于二石五斗之外，每城再赏给米二石，共米四石五斗，并入城外厂内煮放，足敷分赈。如蒙俞允，臣等即分饬该坊官先期赴仓支领，以便于二十一日移厂开放，截至四月二十日为止。至今冬应赈时，仍照常数遵办，不得援以为例。再，查城外饭厂，东、西、南、北四城，向来俱有一定处所，惟中城正副二厂均分设外城之内，自应酌量移设，以归画一。臣等拟于永定门外附近地方设立，俾近郊农民不至每日进城。奏入，得旨：允行。

十七日（丁亥），万宁、范鏊奏言：本月十四日钦奉谕旨：万宁等奏清苑、永清、新城等县差人到厂，将领赈贫民领回数十人，在本处就食。万宁等即饬令西路同知行文各州县，俱令照此办理。所奏断不可行。除业经领回贫民，只可听其回籍外，其余各州县，如尚未行文，即应停止；若已经行文，即速行撤回。仰见我皇上体恤穷黎无微不至。臣等悚惶之余，倍深钦服。前据清苑、永清、新城等县差人到厂，其中有情愿回籍者，领去民人三十余名。臣等当即遣人询问，据云相距一二百里，路程不远，沿途俱有饭厂，不至缺食。臣等未加详察，辄行听信，以为事属可行，任其领回，并欲西路同知行文令照此办理，殊属冒昧。今经圣明指示，实觉办理错谬，惭愧无地。至各州县文书，因连日西路同知赴良乡一带查办地方事务，并未行文，现在业已停止。嗣后臣等惟有钦遵谕旨，于领赈贫民加意经理，妥为散给，以副圣主不使一夫失所之至意。

同日，台费荫、刘湄奏言：臣等查大井地方添厂煮赈，自本月初七日起，至十五日止。此九日内，惟初八日人数多至五千七百余人，余俱四千内外。每日煮米自七石至十石不等。查问领赈之人，仍系本地贫民居多，其外州县民人仅有十分之一。诸凡极为安静。

同日，徐绩、邵自昌奏言：查本月初三日以后，黄村领赈男妇大小口，每日总在五千数百人上下，用米十四石。臣等逐日在厂散放察看，五千数百人中，女口大小或四千有零及三千数百人不等，男口大小总在一千数百人。细加询问，多系本村及附近村庄，或十余里，或二十余里，其外州县贫民颇少。昨年黄村一带被灾较重，仰蒙皇上深仁垂覆，当此青黄不接之时，济其口食，领赈人等无不欢忭踊跃，顶戴难名。臣等惟有认真办理，俾待赈灾黎不致失所。

同日，长琇、周廷栋奏言：臣等查本月初二日起，至十五日止，领赈贫民较开厂之始日渐增添，男妇大小自七千数百余名至八千数百名不等，每日女多男少，女居十之六七。臣等恐人多守候需时，易致拥挤，定期仍以卯刻放起，午刻放完为限。并饬令委员扩充地基，添派夫役，以期速于散放。照依普济堂之例，每人计米三合煮备干饭，小口减半，足以饱食。核计每日用米在二十石以上。临期查点名数，分别男女以及老病残废，先后给签，挨次分散。臣等带领司员眼同饭头执杓人等，逐一照数放给，仍不时往来稽查掣验，务令穷民均沾实惠。所有领赈人数及用过米石，皆设立号簿，逐日登记。其在厂弹压之文武员弁，亦俱认真办理，不致怠玩。均奏入，上命军机大臣传谕监放各饭厂卿员、五城御史曰：本日据台费荫、徐绩、长琇等奏饭厂放赈情形各折，所开各饭厂领赈之人，自四五千至七八千人不等，多系附近贫民，其外来者甚少。每日按照人数均匀散给，俱极安静。办理均为妥协。因思万宁等监放卢沟桥赈务，于一切散放章程尚无不合，惟令西路同知行文各州县签派差役，将外来领赈贫民领回本籍，竟与递解人犯无异；且沿途必致乏食，岂非驱令转于沟壑？前已降旨饬谕万宁、范鏊，著再传旨申饬。至现在各厂散给饭食贫民无不含哺果腹，但愚民无知，恐恃官赈可以常给，不早自谋生计，及届期停赈，不免口食无资。著各厂卿员及五城御史，于四月初间详细出示，俾贫民早知停赈有期，自必陆续散归也。再，本日刘湄亲赴香山呈递奏折，经朕召见询问所奏放赈情形，与折内无异。监放饭厂各员自应在彼时刻照料，若俱前来递折，转于赈务有误。嗣后遇有应奏事件，止须缮折交随带司员赍进，不必亲身呈递。

同日，陈大文奏言：窃臣于十六日行抵工次会商应办事宜，有武清县民百余人环吁具禀，请将该县朱令免令离任。臣当令分起逐一传问，据称县令朱杰到任两载，爱民如子，上年大水俱赖县主日夜救护，合邑人口藉此得生。今闻革职，如婴儿失父母，众百姓实不忍舍去。要来恳恩请留者人数甚多，大半被朱县令饬阻。小民等起身得快，随后还有许多人赶来。众口同称好官难得，涕泗交流，情词真切。体察情形，俱系朴质乡农出于至诚，断非假借。当用好言抚慰，令其安静转回，并传谕合县百姓皆安居候信，不得再行远来滋事。该民等闻谕叩头而去。臣伏查武清县知县朱杰平日官声本好，臣所素知。上年冬间经钦差熊枚查赈折内奏保，曾奉旨存记。现因北岸同知缺出，已拟将该员奏升，适有迟误剥船之事，经仓场侍郎参奏，奉旨革职，并查承修剥船迟误一案。臣于途次接据天津道蔡齐明、东路同知莫景瑞、通州知州潘仁、武清县知县朱杰前后具禀，缘上年坐粮厅起卸天津北仓米二十余万石运通，旋被冰冻零星散阻，以致船只不能派修。本年冰泮后，已赶修五百只，原备豫东漕粮起剥之用。又因接运北仓囤贮米石，用去三百五十余只。两处起运凑集一时，致有不敷。就现修之船起现剥之米，并添雇民船，指日原可运竣。并该同知州县禀内，或称甫经到任，或实系公出患病，俱确凿有据。臣以该员等既迟误于前，恐不无饰词狡辩，一面札饬通永道阿永将各该员实在迟误缘由确切查明禀覆，并饬督令赶紧赔修验报。现尚未据覆到。兹据武清县众民纷纷远涉乞留该县朱杰，再四环吁，臣不敢因业经奉旨革职，置之不理，以致下情不能上达。可否仰恳天恩俯念舆情，姑将已革知县朱杰暂留武清县任，以安民心；仍俟通永道查明各员迟误剥船实在原委，禀报到日，再行确核具奏请旨。奏入，上谕内阁曰：原任武清县知县朱杰，闻其平日居官尚好，办理放赈亦能认真出力。嗣因修舱剥船贻误，经达庆等参奏，曾降旨革职。前于召见熊枚时，据称朱杰办赈妥协，曾经保奏。及在差次面询陈大文，亦称该参员官声素好。本日又据奏行抵工次，有武清县民百余人远来具禀，请将朱令免其离任，并同称好官难得，涕泗交流，情词真切。其迟误剥船，实因上年起卸天津米石运通，旋被冻阻。本年已赶修五百只备用，又以接运北仓囤贮米石，致不敷豫东漕粮起剥之用。是其迟误尚属有因。现有该县民人远道乞留，可见朱杰居官清正，能得民心。所有革职之案，著加恩改为革职留任。

同日，上命军机大臣传谕陈大文曰：陈大文奏，行抵工次，有武清县民百余人远来具禀，请将已革知县朱杰免其离任。现已明降谕旨，将朱杰改为革职留任矣。朱杰平日官声本好，今既据该县民人合词恳留，可见其素得民心，是以加恩特准留任。著陈大文晓谕武清县民人，知县为亲民之官，原期慈惠清廉，爱民如子。朱知县到任两载，办事清正，此次经理赈务又能实力实心。兹因他案罢斥，尔等依恋情殷，远来吁请，经本部院据呈入奏，蒙皇上俯顺舆情，仍将朱知县留于本任。尔等得此好官，自宜同深感戴，倍加安分守法，勉为良善。至该署督前因北岸同知缺出，拟将朱杰奏升之处，且可暂缓。朱杰既于武清地方有裨，如遽行升调，仍须离任，不妨令其多任一二年，俟该处地方经理有效，再予升擢。所有北岸同知员缺，著该督另行拣员奏补。

同日，禄康、恭阿拉奏言：查三月十二日起，至十七日止，据番子头目王鉴、五营将备等官查报，此六日内，五城领粥男妇每日俱有二万三千余名，较上次少有千余人不等。俱系直隶顺天所属一带民人。又东坝、大井二处饭厂，此数日内，东坝饭厂每日领赈男妇俱有八千余名不等，大井饭厂每日领赈男妇俱有三四千余名不等。奏入报闻。

钦定辛酉工赈纪事卷三十四

三月二十日（庚寅），刑部尚书德瑛奏言：臣遵旨驰赴霸州，审讯革生张封呈控霸州知州顾宾臣匿分赈米等情一案。当饬南路同知将该州知州顾宾臣解任，一面票拘人证，提取放赈各册簿详细检查。旋据顺天府将原告张封解到，随提集一干人证，率同司员逐一研鞫。缘该州于上年六月被水成灾，蒙恩赈恤。该州查明灾户，按照奏定章程，领运泊头镇截留之南漕稜米二万石，又领银三万余两，设立赈厂三处，按户给发钱米各半。每户大口给米七升五合，制钱九十文；小口减半。张封本系保定县籍生员，寄居霸州。其父张采观、弟张振邦、子张养和大小七口，俱在霸州领赈。张封并妻女大小四口，自在保定儒学领食贫士之赈。第三次展赈时，其父张采观系属极贫，仍领三次钱米；其弟张振邦等在次贫册内，与该村次贫各户俱不食三次之赈。张封倡言，欲与村众普求多食一赈，即至厂内与户书张士平理论，声言办灾不公，致相争角，张封将张士平掌殴。其时该州顾宾臣奉委在大城县帮办赈务，张封复邀同村民吴可亮等前赴大城求赈。适值左都御史熊枚奉旨查灾，行抵该处，询知张封求赈之事，即将张封面交该知州讯办。该知州讯明张封在厂殴打书吏情事，以其阻挠赈厂，详明总督学政，将该生斥革。张封既革之后，心怀忿恨，意欲搜罗本州弊端，以图报复。忆及曾见书吏人等扛米回家，疑系私分赈米，又闻有民人张毓秀先曾控告户书苗士安等浮开户口冒赈，后又有具呈息讼之事，砌词赴京控告。如所控该州隐匿赈米八百余石分赏家人、吏役人等一节，讯据该知州顾宾臣供称，所领放赈银米，俱系按照详定户口，实用实销，并无短少。惟初查灾户，继放赈粮，在在须人经理，吏役人等不能不给与食用。我如何隐匿八百余石之处，切实指供只称有民人鲁逸直向伊说知，伊即作为凭据。当将鲁逸直传唤质讯，鲁逸直供称，并不知州官有隐匿赈米之事，何曾向张封说过，并极口埋怨张封无故将伊牵扯。张封不能质对，是张封所控该州匿米分肥，已属子虚。又如所控民人张毓秀先曾在州呈控书吏苗士安舞弊冒赈五十余户，后又具呈息讼一节，提查该州原卷，本有张毓秀即张允升控告书吏冒赈呈状。该州令其将冒赈各户姓名指出，张毓秀不能开写，即具悔呈销案。臣检查该州灾户册内，竟有苗士安之名，即将苗士安严讯。据供上年被灾虽少，有力之家亦难度活。我家道本贫，原向派出查灾之书吏王际美请托，叫他将我户口开列大小八口，冒领了两次赈粮。这是实情，不敢狡赖。我并无将别姓多开五十余户，侵蚀入己的事，可以质对。讯之王际美，供称：因与苗士安素好，听其嘱托，将其户口入册属实，此外并无多开别户。质之原告之张毓秀，供称：我家中共是七口，查灾时，我母亲卧病，我到房中欲搀扶我母出房。那时，查灾之书吏只据房外站立之人开写，将我少开两口。我后来叫他添写，已是不及。又闻得户书苗士安村中苗姓户口众多，想来是苗士安多开户口冒赈，就写为苗士安村内多冒五十余户在州控告。州官令我开写冒赈各户名姓，我不能开出，就自具悔呈销案，并不是贿和。今蒙查出苗士安本身领赈，我更是输服。彼时若知道是他本人，尽可指名告他，何用随手混开？至苗姓本非一户，岂有凡系苗姓俱不准食赈之理？我不敢砌供。复质之张封，据称实系听闻，即张毓秀见面，亦不能指出冒赈各户实据。是张封所控冒赈五十余户未能尽确，而于苗士安以现充户书朦混食赈，系属得实。此外所控各款，令张封与该州当面质对，张封理屈词穷。并将张封之父张采观传到，谕以伊子张封进京告状，曾否向你商量？如有冤抑，即当说出，以凭申理。张采观供称，系极贫灾户，领过三次大赈，又于未领赈之先吃过摘赈，并无短少。至我儿子张封，自在保定县领食贫士赈米，我并不知道他有上京控告的事。令其父子相质，张封更无言可答。又以苗士安既以现充经承食赈，恐此外尚有吏胥人等冒名领赈，牌行南路同知，令将有无现充吏役以本名食赈及改名冒赈之人详细查明。嗣据该同知详称，查明吏役花名册簿与领赈各册核对，除苗士安一户之外，别无浮冒，具文申覆。又委员摘传该州各村领过赈粮之旗民张田等十余人逐加面讯，俱称：我们所领赈粮都无短少，并未听说州官隐匿赈米。复查有该州自办小米五十石及劝令士商等凑米二百余石散给城中各户卷宗，并无派捐高粱一千石捏详领价之事。反复推鞫，矢供如一，似无遁饰。查例载：监守自盗仓库钱粮入己，数在六百六十两，杖一百，流二千五百里。又律载：诬告人死罪未决，杖一百，流三千里，加徒役三年。又例载：蓦越赴京告重事不实，并全诬十人以上者，发边远充军。又律载：冒支官银，注云承委支放而冒支者，以监守自盗论。又监守盗赃一两至二两五钱，杖九十各等语。此案张封以寄籍生员，倡率村众，混求加赈，掌殴书吏，本属多事。追既革之后，辄以该州顾宾臣隐匿赈米、分肥入己等情赴京控告。如所控匿赈分肥属实，核计八百石米数，折银科算在六百两以上，顾宾臣罪应拟流。今审系虚诬，虽于苗士安冒赈一节尚属得实，系属轻事，仍应以诬告论，拟流加徒。该犯将户书汪信美等十一人，俱称系匿米分肥，如审系俱实，应不分首从治罪，是其所诬又在十人以上，自应照律从其重者科断。张封应照蓦越赴京告重事不实并全诬十人以上发边远充军例，发边远充军，到配折责安置。苗士安现充户书，即以本名食赈，共领过米九斗、制钱一千零四十四文，核计折银一两四钱七分。除计赃科罪，苗士安应照承委支放而冒支者以监守自盗论，监守自盗一两至二两五钱，律杖九十，系书吏知法犯法，照例加一等杖一百。王际美查灾之时，听从苗士安嘱托，将其姓名列入灾户册内，应于苗士安满杖上，减一等，杖九十，均折责发落，革役不准复充。张封牵控之兵书刘惠、王耀宗、杨思明，户书张士平、赵秀、汪信美、汪曾美，州役赵国信、李本千，地方周大成，该州家人张二、刘二，并原控苗士安冒赈之张毓秀及并未控告刘惠之王国经等，俱讯无别情，应均无庸议。并有张封呈内无名，经臣摘传质证之鲁逸直及旗民人等，即均予省释。所有苗士安冒领之赈照数追出，补给遗漏之张毓秀两口名下领食，余米归公。该州顾宾臣讯无匿赈情事，其于现充户书苗士安领食灾赈未能查出，例应交部议处。应令该员回任，交吏部照例议处。谨将审拟缘由恭折具奏。奏入，得旨：刑部核拟具奏。

同日，德瑛又奏言：臣奉旨前赴霸州，经过新城县属之翘拱村，有该县粥厂一处是日轮放，妇女皆执持瓦罐、木桶络绎领食。随时摘唤数人询问，据称系间日分别男妇给粥，并无短缺，情形宁谧，均感皇仁。霸州地方现亦设立赈厂三所煮粥放赈，即系领用天津北仓存贮沈阳运来之小米按日煮放，亦无间断。至沿途麦苗，多系本年春麦，俱已长发。现在田土尚不缺雨，兹于本月十五日黎明，复有微雨霏洒，苗益滋润。奏入报闻。

同日，窝星额、蒋予蒲奏言：查东坝距关外不过二十里，每日领饭之人，由关外奔赴来厂者，不过十余人至数十人不等。其本处村庄及附近就食者为数较多，是以人数总在八千以外。今城内饭厂移设城外，将来自更陆续到坝。臣等随时安顿，体察民情，相度机宜，斟酌办理，不敢稍有迁就，亦不敢稍有拘泥，务使贫民居则有食，归则有依，以期仰副皇上浩荡殊恩，始终全活之至意。奏入报闻。

同日，万宁、范鏊奏言：本月十七日钦奉谕旨：万宁等监放卢沟桥赈务，令西路同知行文各州县佥派差役，将外来领赈贫民领回本籍，竟与递解人犯无异。且沿途必致乏食，岂非令转于沟壑？前已降旨饬谕万宁、范鏊，著再传旨申饬。仰见我皇上念切民依，不使一夫失所。臣等监放赈务，理应仰体慈怀，遇事详审。乃于清苑等县领回贫民一节，办理冒昧错谬，实属咎无可辞。荷蒙圣恩不加谴责，仅传旨申饬。闻命之下，五中惭赧，感惧交深。臣等惟有于经理赈务倍加勤慎，以仰副圣主逾格矜全之至意。再，本月初十日奉有展赈恩旨，领赈民人无不感颂皇仁，喜出望外。惟是愚民无知，恃有官赈，不早谋生计，诚如圣谕，恐停赈后不免口食无资。臣等自当钦遵谕旨，于四月初间面加晓谕，并剀切出示，俾贫民咸知停赈届期，必豫为筹画，逐渐散归，自不致再行观望。至连日饭厂内领赈者，共有三千三四百名口，用米八九石，按名散给，俱属均匀充足，民情亦极宁静。奏入报闻。

二十一日（辛卯），禄康、恭阿拉奏言：本月十四日钦奉谕旨：五城饭厂十处并作五厂，移至城外，定于何日归并厂座、安设何处，著禄康、恭阿拉查明具奏。臣等当即行文都察院，令其作速归并。兹据覆称，所有中城原设城内给孤寺饭厂，今归并永定门外海会寺饭厂；东城原设城内兴隆庵饭厂，今归并朝阳门外北海会寺饭厂；南城原设城内安国寺饭厂，今归并广渠门外积善寺饭厂；西城原设城内增寿寺饭厂，今归并阜城门外万明寺饭厂；北城原设城内永光寺饭厂，今归并德胜门外关帝庙饭厂。所有归并后领赈人数，于二十一日放毕后，另文呈报。谨将各城归并饭厂处所先行奏闻外，臣等仍饬令各营将备等官并派番役等，于二十一日开赈后，查明人数若干，详细陈报，再行具奏。奏入报闻。

二十三日（癸巳），禄康、恭阿拉、国霖奏言：据各营将备及番子头目等查报，三月二十一日、二十二日此二日，五城五厂领赈贫民，每日约有一万二千余名，较之从前十厂领粥之人，少一万余名。理合将五厂每日领赈名数，开单奏闻。再，东坝、大井村二处饭厂，自十八日至二十二日止，此数日内，东坝饭厂每日领赈男妇八千余名不等，又大井村饭厂每日领赈男妇三千余名不等。奏入报闻。

同日，吉林将军秀林奏言：本年正月二十日，臣于陛辞之际钦奉谕旨：去岁直隶偶被水灾，无业穷民不无出关趁食，著顺道查看，于抵任时据实覆奏。跪聆之下，仰见我皇上轸念灾黎，惟恐一夫失所。当于二十八日束装就道，沿途细心查看，顺天所属之通州、三河、遵化所属之玉田、丰润四州县上年被灾歉收，俱于通衢设立粥厂，无论本境以及过往饥民，概与散给。惟蓟州冲途并无粥厂，米粮价值按各处市斗，制钱七八百文至九百余文不等。永平所属之滦州、迁安、卢龙、抚宁、临榆五州县并未被灾，粮价亦属平减。臣行抵山海关，询之副都统韦陀保去岁被灾饥民有无出关，据称，自去年七月至今，共计出关趁食饥民一万五千五百余名，俱各寻觅营运。其衣履尚觉齐整者，约有一万余名。问明来历，均即放行。关外奉天所属之中前所、中后所、宁远县、高桥、大凌河、闾阳驿、小黑山、白旗堡、谷家子屯等九处，均经盛京将军晋昌会同兵部侍郎兼管府尹事务穆克登额等，派委员弁，在于该九处，凡有经过饥民，俱散给钱文。中前所至大凌河五处，自去年九月至今，已过男妇大小一万二千余名。此项饥民行至闾阳驿、小黑山、白旗堡、谷家子屯等处，或寻亲友，或觅工作，均往复州盖平等处，约一万一千余名。其余在承德、铁岭、开原等处存住谋生者八百余名。由威远堡边门赴吉林界内者，亦有三百余名。查饥民等虽因偶被水灾，散赴东省就食，屡蒙皇上浩荡深恩，于直隶正赈之外复加展赈，奉天等处又经该将军等散给钱文，藉资接济，得以长途遄行，并无稽滞。该贫民感激天恩，一路俱极安静，并未滋生事端。至前来吉林之饥民三百余名，或赴长春厅分种地亩，或赴吉林厅所属之大孤山等处谋生，现在奏明丈量地亩、清查丁册之际。俟将来查明数目，再当据实具奏。奏入报闻。

二十四日（甲午），庆桂、董诰、戴衢亨奏言：臣等遵旨传到五城御史面加询问，据称五城饭厂自归并城外以后，每日领赈人数并不加增。御史等察看领赈人口，约略俱系城外原领之人，并无城内赴彼领赈者。五城大略相仿。内丁壮约居十之二三，妇女老病幼孩约有十之七八。奏入，上谕内阁曰：京师五城地方煮赈，原于城内、城外分设十厂，嗣经降旨展赈时，虑及近郊一带农务方殷，若令力作贫民进城领赈，道路未免纡远，是以命将五城正副十厂并作五厂，在于城外安设。今据禄康等查明五厂领赈人数开单具奏，朕详加检阅，自并厂以后，较前分设十厂时，人数少至一半。自因城内老弱贫民又以城外路远，不能前往领赈，殊为恻念。因命军机大臣传到五城御史面行询问，该御史等果称，连日领赈俱系城外原领贫民，并无由城内赴领者。现在施恩展赈，原因青黄不接，令灾黎得资饱腹，自应令京城内外贫民一律齐沾实惠。并厂之旨系朕误降，以致城内贫民忍饥数日。朕从来不惮改过，著仍于城内改回二厂，责成该御史等妥速经理，勿使一夫失所。

二十六日（丙申），台费荫、刘湄奏言：向来偶遇偏灾，皆于冬春二季散赈。兹因上年被灾较重，特降谕旨添设饭厂赈济。复因有外来贫民，加恩展限至四月二十日始行停止。此皆向来未有之恩施。臣等面为晓谕，转瞬麦秋期近，尔等灾民各宜早自谋生，勿得恃有皇上格外鸿恩，一味贪恋现成饭食，不思归家务农。如此谆谆告谕。数日以来，督率地方保甲汛兵，指认附近土居之人，并详细确查外来贫民欲归无力者，均将籍贯、住址、男女、姓氏、名口登记册簿，各给手票，以便逐日稽查，并赁店房数间，暂令栖止。臣将伊等应领饭米，扣至停赈之日，酌其程途远近，或自四月初十日，或自十五日，宽为核计，折钱豫行放给，其老病残疾者量行加增，俾贫民等得有口粮之资，途间不致乏食，自当欣悦及早回籍，益感皇恩于无既矣。奏入，上命军机大臣传谕监放各饭厂卿员、五城御史曰：台费荫等奏，详查领赈贫民名口，请酌给钱文，俾资回籍。此事断不可行。各饭厂领赈贫民人数繁多，其附近居民及外来就食之人，安能一一详细区别，周知其姓氏、籍贯？即每日放饭，已不能详加辨识，若散给钱文，必有今日领钱，明日又诡捏他处籍贯，变易姓名，重来支领者。又岂能逐一稽察必无舛误？且适滋胥役等藉词稽察，扰及贫民之弊。该卿员等惟当遵照前旨，早行出示，并面行晓谕，以现在展赈乃系格外恩施，四月二十日即应停止。目下天气和暖，二麦将届登场，尔等力作佣工，谋食较易，当自为计，归家务农。尔等毋恃有官赈，希图观望，自误生业。至近日因城外饭厂贫民足资口食，虑及城内贫民路远，难以赴赈，复降旨于城内改回二厂。该卿员及御史等惟当妥为经理，务使老弱贫民均得人人领食，勿使拥挤不前，稍有向隅为要。

二十九日（己亥），陈大文奏言：窃臣前于差次面奉谕旨：以直省大灾之后，凡积水未消各州县，应据实查明具奏等因。钦此。当经檄饬藩司瞻柱遵照分饬各属确查详核。兹据具覆前来，臣复与司道等悉心核议。查上年直属灾区共一百二十八州县，内除受灾情形较轻之密云等八十三州县毋庸置议外，其成灾八分之昌平、定兴、望都、高阳、满城、故城，成灾九分之武清、宁河、顺义、东安、宝坻、永清、清苑、安肃、雄县、容城、新安、安州、新城、肃宁、景州、献县、天津、青县、静海、正定、新乐、藁城、赵州、柏乡、定州，成灾十分之大兴、宛平、涿州、房山、良乡、霸州、保定、文安、大城、河间、任邱、新河、宁晋、隆平等四十五州县，非现有积水未消，即属差繁地瘠，民情尤堪矜悯。伏查定例，被灾之年应征本年钱粮，统于麦收后再行征收，至奏销案内仍作一年例限扣参，不作缓征办理，阅久遵行。今直属上年被灾较重，延至此时，积水尚有未经全涸之区，民力拮据已甚，似应酌量再缓数月启征，以苏积困。除宛平、文安二县本年应征钱粮业蒙恩旨全行豁免不征外，所有昌平等四十三州县本年应征新旧地粮及各项旗租等款银两，相应仰恳圣恩俯准缓至今岁秋收后启征，以纾民力。臣仍督饬藩司瞻柱分饬各属，将积水上紧设法疏消。如实有地势低洼，频年难涸之处，俟再行察看情形，分别奏恳施恩减豁。至水冲沙压地亩，尚未据各属勘报齐全，并须委员逐加履勘，已屡次饬催，一俟委勘明确，即分晰旗地、民地，据实核奏请旨。奏入，上谕内阁曰：陈大文奏查明被灾各属恳请缓征，直隶上年被水成灾各州县，节经加恩分别蠲缓，但念受灾较重之区，现在非积水未消，即属差繁地瘠，若将本年钱粮照例于麦收后征收，民力不无拮据。除宛平、文安二县应征钱粮全行豁免外，所有昌平、定兴、望都、高阳、满城、故城、武清、宁河、顺义、东安、宝坻、永清、清苑、安肃、雄县、容城、新安、安州、新城、肃宁、景州、献县、天津、青县、静海、正定、新乐、藁城、赵州、柏乡、定州、大兴、涿州、房山、良乡、霸州、保定、大城、河间、任邱、新河、宁晋、隆平等四十三州县本年应征新旧地粮及各项旗租等款，俱著加恩缓至今岁秋收后启征，俾得从容输纳，以示朕轸念灾区，恩施无已至意。

同日，陈大文奏言：窃照南运河东西两岸工段绵长，为粮艘经行要道，保护沿河民舍地亩最关紧要。经臣饬令该管天津道蔡齐明前往确勘，兹据详称，逐加查勘，上年伏秋汛内雨水过多，南运河异涨，漫溢出槽，以致静海县境内两岸堤工到处均有残缺，若不赶紧修筑，加高培厚，一遇盛涨，实难抵御。撙节确估东西两岸堤工，共估土四十六万四千三百一十一方九分五厘，照工赈例每土一方给银一分、米一升，共需银四千六百四十三两一钱一分九厘五毫，米四千六百四十三石一斗一升九合五勺，外加平硪银八千四百九十六两九钱八厘零。内河滩等四段远处取土，自十五丈至五十丈不等，应给运脚银一千五百五十八两一钱二分五厘。尚有邱家堤、王家院二处，经上年汛水泛溢，虽即时借款堵合断流，仓猝施工，未能一律坚实，现在堤根透水，实非土工所能抵御，必须添建草工镶垫，以资保护，应需工料银四千三百八十两。又沧州之捷地、青县之兴济两减河绵长各百余里，今三十余年之久，河身浅狭，水势不能畅流。每年所领岁修银二千余两，实不敷挑挖之用。业于估报嘉庆六年岁修案内声明另行筹办。旋因上年水冲沙积，河流淤塞更甚，必须大加挑浚，方能宣泄。所有捷地、兴济两减河，共估挑土四十二万二千六百七方九分，照工赈例每土一方给银一分、米一升，共需银四千二百二十六两七分九厘，米四千二百二十六石七升九合。以上通共估需银二万三千三百四两二钱三分零，米八千八百六十九石一斗九升零，请照以工代赈之例办理，由藩司覆核，详请具奏。臣查运河堤岸河身保护民居，利济粮运，如有残缺淤塞，亟应随时修浚，庶不致因循贻误。复逐加确核，委系应办要工，应请准其援照以工代赈之例，赶紧集事，俾穷黎佣趁，藉以餬口，而运河之水亦可畅达，实于工程、民食两有济益。所需银两，在于道库备贮要工项下分别动支。所需米石，在于天津北仓存剩赈米并三省采买米石内动拨给领。如蒙俞允，即饬令天津道蔡齐明督同该州县并厅汛各员认真赶办，克期完竣，务使堤工稳固，河水畅流，以仰副皇上慎重河防之至意。再，此外尚有沿河各属应办要工，现饬催司道酌核缓急，汇案具详奏请。奏入，得旨：依议速行，务令坚固经久，不可草率。

钦定辛酉工赈纪事卷三十五

四月初二日（壬寅），那彦宝、巴宁阿奏言：永定河石土各工，自二月初十日开工以来，五十余日，天气晴和，人夫踊跃。所有今岁应修之桥南东岸二十二号片石堤一段长三十三丈四尺，二十三号片石堤一段长一百八十六丈五尺，堤前添安大石月牙坝一道长三十三丈，二十四号片石堤一段长一百二十九丈，又顺水坝一道长二丈五尺，桥北西岸税局后身大石片石等堤一段长三十三丈五尺，共计长四百十七丈九尺，于三月三十日俱已修砌完竣。臣等逐段验看丈尺、做法，均与旧式相符，工程亦属坚固。其各段补筑背后戗堤以及桥南桥北各拆砌、粘修、拘抿坍塌臌裂等工，现在照式修补，务期一律坚实，不使稍有草率。至南北两岸加高培厚土堤工程，前已派令兵部司员等间段抽查，尚无偷减情弊。今复饬委永定河道陈凤翔周阅查验，并将应行挑挖淤浅处所顺道查勘。据禀各员承办加培堤工，因工段丈尺多寡不一，取土地方远近不等，现在有已经完竣者，有修筑过半者，均属坚实。又查勘沿河溜势，大率趋走中泓，甚为畅顺。所有必须挑挖之处，亦不过量为裁湾〔弯〕取直，与每年疏浚中泓下口不甚悬殊，无须大费周章。臣等现已饬委原任北岸同知陈煜前往详估，务于四月内趁时挑挖，妥为疏浚。俟各段加培土堤一律报竣，臣等率同司员等按照原估细册逐段验收。再，卢沟桥一带工段佣趁人夫共有万余，今石工业已告竣，现在各工段不过三千余人，已减十分之七。而饭厂就食贫民仍系三千有零，其中多系本地妇女幼孩，男口仅有一千二百余人，较前并未加增。工次亦未存留拥聚，自系现当东作方兴之时，谋生有路，俱各散去。再，河工效力之原任道王念孙，经督臣陈大文具奏派往河间堵筑高家口漫口，奉旨允准。臣等于三月十八日饬令该革员起程前往，合并陈明。

同日，窝星额、蒋予蒲奏言：三月二十日以来，饭厂一切安静，每日领饭人数八千以外，其中妇女幼孩十居八九，老幼男丁十之一二，外来贫民不过二百余名。臣等于放饭之际，时时劝谕伊等，现在正当农务兴作，佣工度日谋食较易。往年饭厂系三月二十日停止，今奉皇上特恩，内外各厂一体展至四月二十日，尔等当早自为计归家务农，须知鸿慈稠叠，无以复加。小民等听闻之下，喜出望外，俱称皇上天恩多展一月，将来佣工、务农，尽可谋生，无不欢欣踊跃，感戴皇仁。所有逐日领饭人数，谨另缮清单进呈。

同日，万宁、范鏊奏言：自三月二十日迄今，已阅旬余，卢沟桥领赈女口幼孩计二千有余，男口一千三百，内外安静如常，并无遗漏拥挤情事。再，本月二十日即届停赈之期，诚恐愚民无知，不早谋生计，于每日放饭时逐一面加晓谕。据称我等蒙皇上恩外加恩，赈外加赈，自上年被水后，即仰受高厚鸿慈，养活至今。计止赈后，正值农忙时候，自当各去佣工谋食。臣等察其情词真挚，感激出于至诚。

同日，长琇、周廷栋奏言：皇上轸念灾黎，添厂煮赈，并将五城饭厂分别改设，一体展至四月二十日，皇恩浩荡，实属无以复加。第恐愚民无知，恃官赈可以长给，臣等于每日放赈时恺切面谕，以此次添厂展限，出自皇上逾格施仁，非寻常赈济可比。四月下旬，二麦将登，易谋口食。随时开导，所有领赈男妇老幼，无不俯伏叩首，感颂皇仁。现在青苗满地，将次二麦登场，无难各归本业。均奏入报闻。

初四日（甲辰），徐绩、邵自昌奏言：钦惟皇上笃念闾阎，添厂展赈，恩加无已。但仓储重大，岂能为亿万烟户频频接济？且二麦将熟，寻谋生理较前为易，各宜早自图谋，不得安然坐食，全抛生计。臣等于放赈时面为宣告，领赈人等咸知格外天恩，同声感激。俱言农务将忙，可以自求生理，不致流离。现自三月下旬以后，黄村每日领赈男女大小口总在五千人上下，较前减少八九百人及千余人不等。所用米石，臣等量其人数递为抽减，仍各令鼓腹，不使短少。本村米粮市价，亦较前日减。初二日丑刻，甘雨应时，臣等亲自刨验，入土约二寸有余。当此望雨维殷，得沾膏泽，人情益形欢悦。奏入报闻。

初五日（乙巳），巡视中城给事中景庆、御史李蘧、巡视东城御史书兴、秦维岳、巡视南城御史富林布、给事中张鹏展、巡视西城御史安柱、郑敏行、巡视北城御史明伦、茅豫奏言：臣等于前月二十六日在兴隆庵、增寿寺等处遵旨分设二厂，领饭男妇每日照常云集，均各向北叩头，欢声雷动。佥称每年饭厂至三月二十日例应截止，蒙皇上垂念穷黎展赈一月，已属恩施格外。兹复以城内贫民不能远赴城外，仍于城内添设二处，俾远近男妇咸资果腹。虽上年近京地方被水较重，似此皇恩浩荡，圣虑周详，我等实不觉有被灾之苦等语。臣等于监放时面加晓谕，以现在展赈至四月二十日，尔等每日藉资饱食，皆出自逾格天恩。既知同深感激，尤当各谋生计。据称我等本籍大半俱有田庐，因被水后来京，叠次仰沐圣主鸿慈，遍给棉衣，增添饭厂，半载以来，实皆饱暖。近闻直隶地方麦苗茂盛，收成自必丰稔，我等不日即可陆续散回。臣等察看各厂情形大略相等。其欢欣感戴，莫不出于至诚。再，查贫民内有病卧不能至厂领饭者，臣等于内外七厂附近地方，先令该坊官等每日分投察看，携带饭筐，按其人数多寡，逐名散给。

同日，禄康、恭阿拉、国霖奏言：自三月二十九日起，至四月初四日止，此六日内，据各营将官及番子头目等禀报，五厂并改回二厂每日领赈男妇，共一万三四千至一万九千余名口，较前十厂少人三四千名。东坝、大井村每日领赈男妇约有一万一二千名口。谨将各厂人数缮写清单，恭呈御览。均奏入报闻。

初八日（戊申），台费荫、刘湄奏言：钦奉谕旨，以臣等所奏将外县贫民应得饭米豫行折给钱文，资之回籍，易滋改名重领之弊，事不可行。臣等跪读之下，仰见我皇上圣明，无微不照，不胜钦服之至。臣等仍遵前旨，于每日放饭时留心查察，贫民等已渐有回籍者。自三月二十六至四月初七，此十二日内所有贫民领赈，感悦情形与前无异，均极安静。人数总在三千五百上下，煮米七八石不等。理合将此十二日领饭人口及煮米数目，谨缮清单，恭呈御览。奏入报闻。

十一日（辛亥），禄康、恭阿拉、国霖奏言：自四月初五日起，至初十日止，此六日内，据五营将官及番子头目等禀报，五厂并改回二厂，每日领赈男妇共一万四五千至一万八千余名口，较前六日共少人一千三百余名。其东坝、大井村每日领赈男妇仍照前数，约有一万一二千名口。谨将各厂人数缮写清单，恭呈御览。奏入报闻。

十二日（壬子），万宁、范鏊奏言：自初二日至今十二日，卢沟桥领赈妇女幼孩仍有二千余口，至男口亦仍有一千三四百名不等。现在附近工程完竣，贫民纷纷下工，而厂内领赈人数仍不见加增。因细加详察，缘做工贫民散归者居多，间有来厂暂留就食。至向日领赈之人，亦有陆续散去者。故厂内人数来去相等，与前不甚悬殊。俱称我等仰受皇仁，现在米好饭多，领到止赈之日，均可佣趁谋食等语。此亦贫民实在情形。奏入报闻。

十三日（癸丑），上谕内阁曰：京师五城分厂煮赈，向以三月二十日为止。前因上年被水较重，当青黄不接之时，贫民艰于得食，就赈者多，是以降旨令于卢沟桥等处添设五厂，复经加恩展赈一月，至本月二十日停止。近据各厂监赈卿员等奏到，各该处外来贫民，因农务兴作，陆续回家，领赈之人较前日减，自系实在情形。但前此酌定停止日期，原因四月中旬以后新麦将次登场，穷民易于谋食，无待官为赈给。日来雨泽愆期，土脉稍形干燥，恐减麦收分数，即日敬当设坛祈祷，叩吁昊恩，以期速沛甘膏，慰兹农望。而于加惠贫民之举，转行停徹〔撤〕，朕心实有不忍。除续添之卢沟桥、黄村、东坝、采育、大井五厂本系例后增设，毋庸再展外，其五城内外原设各厂，著加恩再行展赈，不拘日期，总俟至甘霖大沛之后，彼时酌量情形，再行奏请停止。该御史等其妥为经理，以副朕轸念民艰，恩施格外至意。

同日，窝星额、蒋予蒲奏言：东坝地方男丁中，由附近各州县来厂者，本不过二百余名，近因农务兴作，陆续回家，其外来赴厂领饭之人，仅余六七十名。复查东西两坝及附近村庄上年被水较轻，领饭贫民多系室家聚处，未曾迁徙别处。近日逐加查询，大抵皆粗有居址，可以栖身。今复仰荷圣恩，赈几两月。臣等于放饭后履看左右村庄地亩，见麦苗长发畅茂，茅舍泥墙多已自行修葺，将来停赈，均不患无处可归。所有逐日领赈人数，谨另缮清单进呈，奏入报闻。

钦定辛酉工赈纪事卷三十六

四月十六日（丙辰），禄康、恭阿拉、国霖奏言：自四月十一日起，至十五日止，此五日内，据五营将官及番子头目等禀报，五厂并改回二厂，每日领赈男妇共一万一千至一万六七八千余名口，比较前六日所查之数，共少四千八百余名口。其东坝、大井村每日领赈男妇，约有八九千至一万一二千余名口。谨将各厂人数缮写清单，恭呈御览。奏入报闻。

十七日（丁巳），那彦宝、巴宁阿、熊枚奏言：臣等前奉上谕：永定河岁修，每年实在需银若干并动用何项之处，著公同确勘，悉心妥议具奏等因。钦此。臣等公同酌议，嗣后设遇工程较多年份，再行随时奏请归于另案办理外，其每届岁修，自应酌定银数，俾有限制。至抢修一项，河流大小无定，工段平险靡常，办理虽在临时，而应用物料必须年前采买，分贮各工，以备一时抢护之用。应请仍照向例，同岁修银两先后赴部请领，预为筹备。当即檄行永定河道陈凤翔，将每年实需银数确核，酌定妥议。据详永定河岁抢修银两，从前建堤之始，原无定额。嗣经前督臣方观承奏定，南北两岸每年岁修银一万两、抢修银一万二千两，疏浚中泓并下口工程银一万两，石景山岁修银二千两，每年额定银三万四千两。复经军机大臣会同前督臣周元理奏明，岁需工程银两，每年秋汛后，将下年各工预估应需银数请领，其定额字样永远删除。如有另案工程，仍随时勘明办理各在案。近年动用岁抢修银两，每年多则三万一二千两，少则二万九千九百余两。查南北两岸旧设埽工一千八百余丈，工段绵长，银数有限，每多顾此失彼之虞。加以此次大工补还旧埽外，加增新埽二千余丈，较之旧有埽段增加一倍有余，每年皆须如式加镶，庶足以资抵御，则岁修、抢修料物夫工之费，亦多至一倍有余。应请于从前奏定南北两岸岁修银一万两、抢修银一万二千两外，酌增岁修银一万两、抢修银一万二千两。其疏浚中泓下口银一万两、石景山岁修银二千两，仍照旧请领，毋庸酌增。每年共需银五万六千两，所需银两仍照旧定章程，于年前先后赴部请领，工竣核实据销。如有余剩，归入下年动用，并于下年所领银两内，照所存之数扣除。倘有另案工程，再行随时奏请办理。臣等伏思此次兴举大工，凡新筑漫口以及险要处所添做埽段，既比往时多至一倍有余，其岁修、抢修银数若不量予加增，势难敷用。今该道详请于旧例岁修、抢修银二万二千两之外，酌增银二万二千两，核之新添埽段，尚属撙节，应请均照该道所请办理。再，此次修筑永定河堤工，臣等逐加筹度，凡例价尚可购办者，均照例价办理。其例价实在不敷各款，仰蒙圣恩准用市价办理。臣等以市价长落不一，将大宛二县每月所报市价逐款核对，均属有减无增，仍随时查访删减，不令稍有浮冒。其照永定河例价办理者，较部价更为节省。惟灰觔一项，永定河则例每砌片石一方，用灰八百斤。历年岁修不过拘抿、粘补，照例尚可敷用。此次石堤工程俱系通身修砌，按例用灰，实属不敷。伏思片石一项，大小厚薄参差不齐，全仗灰觔充足，方能粘固。臣等未敢拘执定例，饬令匠夫满用灰觔，结实铺砌，并加灌浆汁，以期巩固。是以现在所用灰觔，核之永定河则例，多至一倍有余，均系实用在工，并无别项情弊。理合据实奏明，仰恳皇上天恩，俯念堤工紧要，准照实用灰觔数目报部核销。奏入，得旨：

户部议奏。

同日，署直隶总督熊枚奏言：臣自京来保，沿途察访粮价，俱比京师较昂。因思直省现有奉天、山东、河南三省采买米麦高粱三十万石，钦奉恩旨减价平粜，市值自应日贱，何至照旧昂贵？臣于到省后，与藩司瞻柱熟商，该司亦正以前定粟米、高粱、红麦等价，系各按市价以次递减，于米粮成色未能恰合，正在筹议变通，以期小民踊跃赴粜，市价可以渐平。连日公同悉心酌议，前奏每石市价在一两八钱至二两者，减银二钱；二两以上者，减银三钱；三两一钱以上至四两一钱以上，俱照此累减；其一两八钱以下者，价尚平等，仍按常例减粜等因。只系就价酌减，并未分晰米色高下。今除高粱、米、麦价在一两八钱以下者为年来平等之价，应请仍照原奏毋庸再减外，其数在一两八钱至二两者，粟米每石减银二钱，麦每石减银三钱，高粱每石减银四钱；数在二两以上至二两五钱者，粟米每石减银三钱，麦每石减银四钱，高粱每石减银五钱；数在二两六钱至三两者，粟米每石减银四钱，麦每石减银五钱，高粱每石减银六钱。各州县市价有在三两以上者，未免过昂，不必按价递减。每粟米一石定价二两五钱，麦一石定价二两一钱，高粱一石定价一两八钱。如此逐加酌减，既与原买成本无亏，于闾阎民食大有裨益。据详请奏前来。臣思直省上年被灾较广，现在麦收未定，天气微觉干燥。自臣到直数日以来，粮价有增无减，民食愈艰，亟须大加调剂。已面谕该司速饬各州县一体遵办，并出示严禁市侩囤贩胥役掯挠诸弊。奏入，上谕内阁曰：熊枚奏请再减平粜价值以益民食一折，直省上年被灾较广，现在麦收分数丰歉未定，所有米、麦、高粱，虽经各按市价以次递减，尚恐民食维艰。著加恩照该署督所请，将各项价值再行递减，以示朕轸恤灾黎，有加无已至意。

同日，熊枚又奏言：前督臣陈大文奏明，将高家口要工专委王念孙赶紧修筑。兹据禀称，到工后，先行筹办东岸滩嘴，并赶筑挑坝。时当农隙，人夫踊跃，桩料应手，已于初八日辰时合龙，申刻闭气。复经加培外戗，添做边埽，以期一劳永逸。所有河间县蒲塔洼东、南、西三面之杨户生等三十余村、大城县西路之三王祥等二十余村，于合龙后，积水立见消落，可以赶种大田等情。王念孙旋亦来省面禀前由。臣思各州县堤埝有关民田庐舍，禀请动修者尚有十余处。现与藩臬等公商，择其尤关紧要处所，先行筹款赶修，另行具奏。王念孙于水利情形最熟，俟按定应修工段，仍当责成经理。臣已饬令暂回卢沟桥工次，听候差遣。奏入报闻。

二十一日（辛酉），台费荫奏言：窃臣同副都御史刘湄奉命于大井地方添设饭厂，近日留心查察，除附近居民外，其外来者已逐渐散归。自三月初四日起，至四月二十日止，共放过男妇大小十六万七千二百三十二名口，煮米三百五十四石一斗八升二合，计连运脚、柴薪，核银一千八百五十六两四钱三分六厘。又搭盖棚厂及置办一切器具人夫工食杂用，核银三百三十七两一钱四分四厘。除造具细册咨报户工二部、顺天府照例核销办理外，理合将开厂及停赈日期、共用米石、放过人数，恭折奏闻，并将宛平县造报米石、棚厂各项费用银两，另缮清单，恭呈御览。

同日，窝星额、蒋予蒲奏言：臣等奉命承办东坝赈务，于二月二十六日带领司员前往，二十八日开厂，一切遵奉谕旨随时经理，今于四月二十日停赈。连日领饭之人，较之前次十三日奏报人数不甚悬殊，虽尚在七千内外，但俱系本坝及左右附近村庄贫民，均有家可归。其外来领赈者，已陆续散回乡里。贫民等得沐皇仁，仰赖更生，无不欢欣感戴，理合缮折恭复恩命。

同日，万宁奏言：卢沟桥赈务于二月二十八日开厂后，每日黎明赴厂，督同委员逐桶点验，均匀散给，务令人人果腹，实惠均沾。臣留心查看近日领赈之人，已觉面无饥色。停赈以前，臣又以亟宜早谋生计，谆谆晓谕。该贫民等佥称，蒙皇上天恩，自上年养活至今，身体渐强，已能耕作。现在有赈可领，小民等不免希图便益，赴厂就食。停赈后，尽可自食己力，欢欣鼓舞，陆续散归者已多。谨将开厂以来领赈人数及用过米石，另缮清单，恭呈御览。至该地方官承办米石、柴薪、棚厂、锅灶、器具等项及书役饭食，臣逐一核查，开具细册，移咨顺天府、户工二部，查照其用过银两若干数目，由顺天府饬令该地方官详细造册，送部查核奏销。均奏入报闻。

二十二日（壬戌），徐绩、邵自昌奏言：臣等奉命前往黄村添厂给赈，厂中情形，叠经奏呈圣鉴。四月以来，领赈男妇日渐减少，自出示停赈日期之后，臣等时为晓谕，并加访问，该处民人于我皇上覆载深仁痌瘝在抱之至意，均能仰悉。本月二十日散放完毕之时，臣等复为宣谕圣慈，惟有顶戴皇仁，同声感激，察其情形甚为宁帖。自二月二十八日开厂起，至四月二十日止，所用米石随时增减，共计用米六百八十八石零四升。其米价、运脚、柴薪、器具、人工以及收殓病毙人口等项，均系顺天府经理，仍由顺天府核销。

同日，长琇、周廷栋奏言：臣等奉旨督办采育赈务，于二月二十八日开赈，今钦遵谕旨于本月二十日停止，共用过粳米一千零四十石。理合趋赴阙廷，恭复恩命。均奏入报闻。

二十三日（癸亥），禄康、恭阿拉、国霖奏言：臣等查五城五厂改回二厂，自十六日起，至二十日止，此五日内，据五营将官及番子头目等禀报，领赈男妇共七万四千五百名口。臣等核对数目，较之前五日，共少人一千四百名口。又据报二十一、二十二日，共计领赈男妇二万七千四百名口。其东坝、大井村已于本月二十一日停止。臣等随派番役前往该二处详细查询，领赈男妇业经散尽。至东坝赈厂停止后，原有外州县贫民二三十人，亦俱各回原籍。奏入报闻。

二十六日（丙寅），那彦宝、巴宁阿奏言：窃照附京一带地方，入夏以来晴霁日久，虽二麦尚觉茂密，秋禾亦经播种，远近村民望泽甚殷。二十六日辰刻落雨起，直至戌刻，雨势虽不甚大，而地气尚属潮润，得此甘霖，可期深透，于麦苗、秋禾大有裨益。且现在两岸堤工正在加培，一经雨润，愈觉坚实，行硪亦为得力。此皆仰赖皇上至德格天，浓膏广被，民情极为宁谧。至两岸加培工程，原拟月内告成，惟因取土地方远近不等，尚有一二处未经完竣，俟一律全完，臣等即行率同司员等携带原估细册核对查收。奏入报闻。

二十七日（丁卯），汪承霈、阎泰和奏言：本月二十六日卯时，京城内外浓云四布，微雨飘洒，渐次稠密，至亥时入土四寸有余。臣等伏查节届小满，农田待泽正殷，蒙皇上亲诣黑龙潭祈祷，复又于觉生寺拈香，精诚感格，甘霖获沛，麦穗既可饱绽，大田更藉长发，丰稔可期，一切菜蔬无不沾润，臣民共深欣庆。奏入报闻。

二十八日（戊辰），巡城给事中觉罗景庆、宋澍、御史书兴、秦维岳、富林、布雷纯、安柱、郑敏行、明伦、茅豫奏言：五城七厂领赈贫民，于四月二十日以后照常云集。臣等复敬宣我皇上轸念民艰，恩施格外至意，详加晓谕，该贫民等无不伏地叩头，同深感激。据称前此展赈一月，已属逾格天恩，兹复以雨泽愆期，再行展赈，稠叠鸿慈，有加无已。一得透雨，我等即可各谋生计等语。臣等每日在厂查点人数，较前已有减无增。实因外来贫民农务兴作，陆续散回，现领之人大半俱系近地男妇。兹仰赖我皇上精诚祈祷，甘霖渥沛，本月二十六日，自卯至亥，膏雨绵密，四野沾足。臣等于次日赴厂放赈，各贫民踊跃欢欣，佥称现已得此好雨，不独二麦收成，一切杂粮皆得及时播种。我等力作佣工，均可度日。臣等体察情形，似可毋庸官为赈给。所有内外原设饭厂，除现在照旧分放外，应否于五月初一日停止之处，谨合词具奏，伏乞皇上睿鉴。奏入，上谕内阁曰：前曾降旨将京城内外饭厂加恩展赈，俟甘霖大沛后，令监放御史再行酌量情形，奏请停止。兹据五城御史奏称，本月二十六日得有透雨，四野沾足。赴厂领赈贫民欢欣踊跃，佥称及时播种，力作佣工，均资度日。请于五月初一日停止给赈等语。该御史等体察舆情，遵旨奏请，本应即行停止，但念端午已近，若据行撤厂，恐贫民度节口食尚艰，著再加恩展赈至五月初五日为止。并著五城御史晓谕领赈贫民，此系格外恩施，现在获沛甘膏，农田均资耕作，其有可自谋生业者，日内不妨先行散归。自初六日停赈之后，不复再行展赈，务各安静营生，以副恩加无已至意。

二十九日（己巳），禄康、恭阿拉、国霖奏言：臣等查五城五厂并改回二厂，自二十三日起，至二十八日止，此六日内，据各营将官及番子头目等禀报，领赈男妇共十万零九百余名口。臣等核对数目，较之前七日，每日多一千余名口。再，臣等饬派南营参将赵全、番子头目王鉴等分别前往各厂查询，据禀各厂领赈人等多系附近村庄居民，此内直省各州县去岁被水老幼贫民约计二千余名口。并据各贫民咸称，蒙皇上散赈数月，我们得有生计，实在感戴天恩。今已得透雨，各处田禾皆可耕作，此后就可以往各处谋生等语。今将臣等差派查询各厂实在情形，据实奏闻，并将每日领赈人数，开单恭呈御览。奏入报闻。

钦定辛酉工赈纪事卷三十七

五月初二日（辛未），禄康、恭阿拉、国霖奏言：所有五城五厂、改回二厂领赈人数、籍贯，臣等奉旨派员前往逐厂查询。据禀，初一日查得五城七厂领赈男妇，大兴、宛平、直省各州县等处贫民共一万八千二百四十余名口。除前次得有透雨，业经散往各处佣工及仍回原籍者，其未散贫民计二千五百九十余名口，在京久住贫民计一万五千六百五十余名口等语。奏入报闻。

初九日（戊寅），那彦宝、巴宁阿奏言：臣等于去年奉命督办永定河工，屡蒙圣训指示周详，得所遵循，幸免贻误。所有石景山堵筑石堤漫口四处，凑长三百二十四丈五尺；拆补、拘抿坍塌臌裂石堤，先后估计，共凑长二千二百零八丈；补筑背后灰土、素土各戗堤，先后估计，共凑长一千七百二十七丈四尺；又筑打二十三、四号拦水坝二道，凑长四百六十九丈；又二十三号引河刨挖砂石，凑长四百六十五丈一尺；南北两岸堵筑土堤漫口十八处，凑长三千四百二十三丈；补还原旧埽段，凑长七百四十七丈；新添险工埽段，凑长二千零二十九丈八尺；去秋北上头工引河刨挖砂石，凑长八百五十七丈；挑挖淤滩，凑长一万四千二百六十二丈；今春疏浚下口、挑挖中泓，凑长三千八百七十九丈；南北两岸三角淀土堤加高培厚，凑长二万七千一百十丈零二尺；添置运土单轮车一千辆；并奉旨归于河工案内办理之卢沟桥栏板、海墁等件，桥东碑亭二座，俱已次第告成，一律完整。以上各工，均经臣等饬令永定河道陈凤翔分派各员，常川在工，按段监修。臣等仍不时派员前往稽查。凡石堤之刨槽、下钉、夯筑根脚、铺灰、灌浆、安锭、合缝处所，俱令如法修砌。土堤则层土层硪，修筑坚实。其盖顶镶帮尤关紧要，本地有好土者，取用本地土；如系纯沙之处，取用远方胶土，以期巩固。挑挖疏浚，则一律深通，俾得畅流无阻。并令承办各员，次第加结，由该道呈报。臣等率同司员等携带原估细册，亲往履勘，逐段核对，照估收工，均属妥协，尚无草率、偷减等弊。验收后，随即饬交专管厅汛各员按段接收，小心防护。仍饬令该道督率厅汛各员，于每岁春融并伏秋汛后详加查看，如石堤有残缺、臌裂，土堤有浪窝、水沟及卑薄处所，随时整理加培，以免日久废弛，仰副我皇上慎重河防之至意。查此项工程仰蒙赏发帑金一百万两，前后支领过银九十六万两。又署督臣颜检于豫抚任内，解交赔修银一万五千两。共银九十七万五千两。实在用过银九十七万一千三百二十两零，尚余银三千六百七十九两零，应请存贮永定河道库，以备明年岁修、抢修之用。俟秋间赴部请领时，照数扣除。其现在存库未发银四万两，亦即知照户部毋庸请领。谨将各工动用银数及丈尺做法，饬令永定河道陈凤翔逐款造具细册，咨送工部核销。又此内仰蒙圣恩准用市价办理各款，经臣等以市价长落靡常，饬令大、宛两县逐月呈报市价，以备随时稽查核减。应将各该县每月呈报市价清单，一并送部核办，并将在工出力各员缮写清单，恭呈御览。再，查永定河效力之原任道王念孙、原任同知翟嶜云、陈煜，于嘉庆六年十月内北上头工合龙时仰蒙恩旨，俟工程一律完竣，再行请旨。该员等自去秋到工以来，均知感激天恩，遇事奋勉，派令承办堤埽各工，均属认真出力。本年三月内，前署督臣陈大文，以王念孙于直隶各河道素尚留心讲求，一切工程亦肯细心勘估，奏请派往河间堵筑高家口漫口，奉旨允准。臣等当于三月十八日饬令前往，即于四月初八日合龙工竣，仍即来工帮办一切。今大工现已告竣，所有该革员等始终勉力之处，理合遵旨据实奏闻。谨会同暂署督臣熊枚恭折具奏。奏入，上谕内阁曰：那彦宝等奏报永定河大工告竣，并将出力人员开单请旨一折，永定河大工现在一切全竣，但此时伏秋大汛将至，所有新筑各工尚当加意防护。熊枚于办理河工一事本未经手，现在新任直隶总督颜检，须俟马慧裕抵豫后方能赴任，尚需时日。熊枚著驻扎省城，办理地方事务。那彦宝、巴宁阿在工督办已久，于工段情形较为熟悉，所有本年防汛事宜，即著伊二人轮流前往，在于长安城、卢沟桥往来督察，敬慎巡防，或半月或两旬，递相更换。俟秋汛安澜后，再一同回京供职。至姜晟前在直隶总督任内，上年永定河两岸决口四处，下游各州县民庐田舍多被淹浸，伊未能督率属员先事豫防，并于盛涨之时具奏迟延，其得咎较重，非寻常疏防可比。当经降旨将姜晟及该管道厅等一并革职拿问。但念姜晟到直隶接任未久，于河工事务本未深悉；上年雨水过大，河流涨发不时，人力难施，尚非有心玩误。姜晟简任督抚有年，且本系刑部司员出身，于刑名尚能谙习，前已赏给主事在部行走，著加恩以刑部员外郎用，遇缺即补。至已革道员王念孙、同知翟甹云、陈煜，自发往工次效力后，均尚勤勉。现在大工已竣，王念孙著赏给六品顶戴，翟甹云、陈煜均著赏给七品顶戴。仍著留于工次，随同那彦宝、巴宁阿防汛，俟秋汛平稳，该员等如果始终出力，再行奏闻，候朕酌量施恩。又据另片奏，兵部主事诚安，自带往工次以来，于稽查工作均属详慎，请加鼓励等语。诚安著以本部员外郎用，遇缺即补。此外调赴工次差委出力各员，著加恩照那彦宝等所请，永平府经历范溱盛、武清县主簿孙宬褒，以应升之缺升用；候补知县陈上理、吏目俞石麟、从九品席世绂、未入流陈颂雅、周开训、刘谦，遇有相当缺出，先尽补用；州判彭元英、李家言、县丞何贞、刘垓、主簿吴炳，著改拨河工，留于永定河差遣，遇有本省河工缺出，次第补用；其余州判郑淮等十三员及汛员郑澄川等六员，著交部议叙。又那彦宝等带去书吏谢肇瀛等六名，亦著分别给予议叙奖励。

初十日（己卯），熊枚奏言：直属上年诸河泛涨，堤埝多有残缺，河渠间被淤塞。荷蒙圣明训谕，令将应修堤埝查明确估，妥议具奏。臣到任后，复屡饬司道择紧要者确切勘估。兹据藩司瞻柱详称，勘明安肃、蠡县、祁州、高阳、河间、任邱、故城、新乐、冀州、新河、衡水十一州县请修堤埝及挑挖淤塞各工，俱关紧要，应援照以工代赈之例，动用银米，及时筑浚。并将开报土方银米数目，撙节确估，共需银二万四千三百一两二钱七分三厘七毫，米二万二千五百六石一斗五升二合七勺。请准照估办理，所需银两在于各属平粜三省米价内发给，所需米石在于各属仓项动支。如无存仓之处，即于平粜余剩三省采买米石内拨给。仍俟事竣之日，再行核实报销，臣复派委干员查勘。缘安肃等十一州县，或因堤埝残缺，或系河渠淤塞，俱关紧要，必须于伏汛以前迅速堵挑，方足以卫田庐而资保障，自应援照以工代赈之例，动用银米及时兴修。查直属被灾穷黎为数较多，正可赴工佣趁，力作营生，于河务、民食均有裨益。现距伏汛计有四十余日，臣前已先饬藩司飞饬该州县等一面赶紧办理，务令于汛前一律修筑疏浚完竣，俾河流顺轨安澜，以仰副皇上慎重河防之至意。奏入，得旨：允行。

十三日（壬午），庆桂等奏言：查上年六月间钦奉谕旨：朱珪等奏，分发州同何际会呈请捐办赈银八百两，稍补灾民不足等语。何际会以捐纳微员乐善好施，殊可嘉尚。现在官民内似此者尚复不少，将来事毕后，当按其捐数，酌量加恩，自不至没人之善。其何际会一员，著即存记，俟赈务完竣，通行交部量给加级纪录示奖。现在赈务完竣，所有何际会一员，应请饬交吏部遵照谕旨量予加级纪录，以示奖励。再，此外查部寺司员内，尚有捐银一千两二千两者数员，应否一并交部酌奖之处，谨开单进呈，恭候谕旨遵行。再，查刑部司员查有圻、盛时彦二员倡捐办赈，尚属认真。第该员等所出银数并未呈报，是以未经叙入单内，合并陈明。奏入，上谕内阁曰：上年京畿猝被水灾，分发州同何际会捐赀赈给贫民，曾经降旨将该员存记，俟赈务完竣，交部量给加级纪录。凡官民内有似此乐善好施者，均酌量加恩。兹各处赈务已毕，据军机大臣查奏，刑部司员查有圻、盛时彦二员，于被灾时即倡捐办赈。又有户部候补员外郎王大光、兵部候补员外郎王佩、工部候补员外郎邹文瑍、王鸣球、光禄寺候补署正袁煜俱各捐凑银两，均堪嘉尚。著将以上各员，一并交部议叙，以示奖励。

同日，那彦宝、巴宁阿奏言：查永定河修筑石土各工，现已全行告竣。除修筑土堤照例销六赔四外，其堵筑石堤、打坝、挖淤、挑引以及土堤加高培厚、添做埽段等项善后工程，均应照土堤销六赔四之例办理。统计用银九十七万一千三百二十两零二钱一分，请销银五十八万二千七百九十二两一钱二分六厘，其余银三十八万八千五百二十八两零八分四厘，俱著落各该员分别摊赔归款。又查此次土堤漫口至三千四百二十余丈，石堤漫口三百二十余丈，诚如圣谕，皆由历任各员因循玩误。若惟将修筑石堤及挑挖淤仰各款派令历任摊赔，其土堤漫口赔项仅著落姜晟等数员，则从前贻误各员，于土堤漫口工程转得置身事外。请将此次工程应赔四成银三十八万八千五百二十八两零八分四厘，均著落自乾隆三十八年起至嘉庆六年六月初十日止历任各员及姜晟、王念孙等，一体摊赔，以昭平允。查向来永定河遇有应赔银两，总督、河道各分赔十分之三；厅官分赔十分之二五；汛员分赔十分之一五。总督、河道为总辖全河大员，其名下各分赔十分之三，共银二十三万三千一百十六两八钱五分四毫，应查明各该员在任年月久暂，照数摊赔。至石景山、南北两岸、三角淀四厅所管工段，情形不同，而应赔银两多寡互异，所有厅员名下分赔十分之二五，共银九万七千一百三十二两二分一厘，应按各该员所管工段，按年摊赔，以示区别。至汛员本属微末，所管工段无多，向来之未能随时疏浚，以致淤垫高仰，原非伊等所能专主，请将此次南北两岸堤工漫溢之本汛各员，仍照在任年份，著落分赔银七百四十四两四钱八分二厘八毫。其余银五万七千五百三十四两七钱二分九厘八毫，均请摊于历任总督、道厅统辖各员名下，代为分赔归款，庶款项既不致无著，而分派亦不偏枯。谨将各员名下分派银数，分缮清单，恭呈御览。候命下之日，臣等行文工部，转咨各该任所、旗籍勒追归款。谨会同署督臣熊枚恭折具奏。奏入，得旨：军机大臣会同该部议奏。

同日，熊枚奏言：直属赈务完竣，所有承办各员贤否，据藩司瞻柱详称，上年被灾放赈者共九十州县，据各本管道府及原委监放各员逐一查明，内除大城县知县钱桂、藁城县知县路元锡业经参奏革职，其余大兴等七十五州县，俱系按照成例办理，尚无贻误。又，武清县知县朱杰，因承修剥船迟误被参革职，旋蒙恩旨改为革职留任。均应据实声明，毋庸置议外，查东安县知县金鸣琴、天津县知县沈长春、定兴县知县赵锡蒲、玉田县知县倪为贤，办理抚恤大赈等事，均能实心经理。及接办加赈事务，复能认真妥速。又冀州知州吴兆熊、清苑县知县孔传金、良乡县知县李元林、平乡县知县江淑架，于该州县被水后，勘灾、议赈悉能妥速，均属不辞劳瘁。以上八员，平日官声本好，办理赈务俱能深得民心。至宝坻县知县王铠、容城县知县章德溥，未将例不应赈之处先行出示晓谕，后复拘泥成案，致贫民觊觎求赈。香河县知县沈封忱散放大赈，未将应扣小建银数遍示晓谕，以致民间复求补赈。永清县知县李光绪，于开放头赈之时，未能赶运米石，因将折色先放，后于二赈案内，虽将米石一律补足，而百姓已有后言。以上四员，办理拘泥，未能随时变通，致启里民疑惑，但自被劾之后，极知改悔各等情。臣查金鸣琴等八员，经司道等详加确查，委系平日居官清正，深惬舆情，办理急赈、大赈、展赈各事宜，均能实心实力，实惠及民，洵属始终奋勉出力，为通省中出色之员。仰恳圣恩鼓励，将该员等送部引见，遇有应升缺出尽先升用之处，出自皇上天恩。至宝坻县知县王铠、容城县知县章德溥，经臣于上年访察，办理疏漏舛错，奏请严议。香河县知县沈封忱、永清县知县李光绪，不谙赈务，办理未协，奏请议处。今据司道查明，该员等于被劾之后，各知改悔，并无别项情弊。但起初办理拘泥，究有不合，应请旨交部分别议处。奏入，上谕内阁曰：熊枚奏查明直属办赈各员贤否分别劝惩一折，上年直隶被灾较广，一切放赈事宜，均须地方官实心经理。曾降旨谕令该署督，于赈务完竣后，详查承办赈务各员，分别举劾。兹据熊枚覆奏，查明东安县知县金鸣琴、天津县知县沈长春、定兴县知县赵锡蒲、玉田县知县倪为贤、冀州知州吴兆熊、清苑县知县孔传金、良乡县知县李元林、平乡县知县江淑棨，官声素好，于办理灾赈，均能妥速，不辞劳瘁，恳请量加鼓励。金鸣琴等八员，著加恩即以应升之缺升用，不必送部引见。至所称宝坻县知县王铠、容城县知县章德溥、香河县知县沈封忱、永清县知县李光绪四员，办赈拘泥，未能妥协，著照该督所请交部分别议处。此外，如尚有实力办赈之员，仍著熊枚遵照昨旨秉公确查，再行分别开单具奏。倘尚有办理不善，不孚舆论者，并著详查续奏。

二十一日（庚寅），户部等部奏言：据侍郎那彦宝等奏请酌添永定河岁抢修银两一折，奉朱批：户部议奏。又据奏此次石堤工程按例用灰，实属不敷，请将实用数目报销一折，奉朱批：并议具奏。查永定河南北两岸旧有埽工一千八百余丈，先于乾隆十八年，经原任督臣方观承奏明，每年设岁修银一万两、抢修银一万二千两，于年前赴部请领，采办物料，分贮险要工所备用，工竣核实报销。今永定河堤工自上年漫缺后，特派大臣驻工修筑。凡新筑漫口及险要处所，既增新埽二千余丈，较旧有埽段一千八百余丈多至一倍有余，则每年加镶，需费亦多。旧设岁修、抢修银两，自难敷用。应如该侍郎等所奏，南北两岸堤工，每年加增岁修银一万两、抢修银一万二千两，以资工用。仍照旧定章程，于年前先行赴部请领，办料备用。惟是永定河每年水势大小不同，工程多寡不一。如遇水小之年，工程平稳，埽工自不致著重。应令直隶总督转饬撙节确估，核实办理，不得以岁修、抢修银两额数加培，遂致任意开销。其另案工程，仍照旧例随时奏请办理。又查永定河工例载，补砌片石堤，每石一方用灰八百斤；又拘抿石缝，每见方一丈用灰八十斤。并无另加灌浆灰觔之例。今该侍郎等，以例用灰觔，每年拘抿、粘补尚可敷用，此次通身修砌，实属不敷，饬令匠夫满用灰觔，加灌浆汁成砌，核之例给灰觔，多至一倍有余，请照实用数目报部核销。固为工程巩固起见，第思物料价值，或有今昔贵贱之不同，而工程做法，初无今昔异宜之别。查永定河片石堤工，从前厘定成规，一切用工、用料，悉系核实详定。该处历年成砌片石工程，均照定例报销，并无另行加增之案。今请于例用灰觔之外增至一倍有余，事关成例，未便轻议更张。所有该侍郎等奏请例外加用灰觔之处，应毋庸议。奏入，得旨：允行。

二十七日（丙申），熊枚奏言：伏查上年直隶被灾地方共九十州县，荷蒙圣鉴发帑、截漕、蠲赋、煮赈，恩施稠叠，凡所以轸恤灾黎者，无微不至。地方官具有天良，宁不思实力奉行，仰副我皇上子惠元元之至意。是以臣上年周历灾区，抽查密访，地方官尚无浮冒、侵蚀情事。缘地广灾重，纠察甚严，州县俱知认真。即间有一二办理未协之员，亦只因拘泥例案，未能随时变通，业经劾奏议处。此外实无办理不善，不孚舆论，应行续劾之员。至州县中于承办赈务尤为出力者，前已据实奏闻。仰蒙圣明训谕，饬臣于前次保奏之外，秉公确查。臣与司道等详细会查，并据臣上年见闻所及，逐一覆核。查有保定府知府朱应荣，统属十七州县被灾俱重。该府持正爱民，董率查勘，勤劳奋勉，并因境内粥厂办理不敷，随时接济，民情甚为帖服。西路同知蒋耀祖，自永定河工漫溢，该员于所属被灾地方经理急赈、大赈、添设粥厂各事宜，悉能妥速认真，不遗余力。新城县知县胡永湛，念切民瘼，不尚虚饰，于分厂煮赈各事宜首先倡办。本年停厂后，遇有外路贫民，并能资助回籍。顺义县知县陈祖彝，禀陈赈恤事宜，具有条理。该处旗民杂处，查核户口，散放赈务，料理周妥，终始不懈，深得民心。三河县知县张力勤，该邑陡经水患，虽灾分较轻，而地瘠民贫，灾黎艰于谋食，该县自抚恤以至大赈，每事较他邑早为经理，无滥无遗，穷民咸称果腹。以上五员均能实心出力，应请旨加恩鼓励。其余尚有同知、州县、佐杂等十六员，或履勘所属赈务，随时抚绥，不辞劳瘁，或委赴邻境，实心抚恤，或随同勘灾，查办赈务，著有勤劳，皆能始终黾勉，俾灾民均受实惠。自应一体仰邀恩叙，俾知感奋。谨缮清单，敬呈御览。再，武清县知县朱杰，办赈最属出力实心，舆情爱戴。通州知州潘仁，经理赈务，亦为妥协。因系另案被参降革，蒙恩从宽留任，是以未经叙入。又原任大城县知县钱桂，因上年开报大赈户口迟延，经前任督臣陈大文参奏革职。查该参令自大城被水后，捐钱一千余千文，雇船济渡，并设立粥厂，散放急赈，俾灾民得以生存。又捐廉鸠工堵筑漫口。迨开放大赈之时，该参令惟恐稍有遗漏，沿门挨户，逐一亲查。是以开报迟延，核其情节，实与玩视民瘼者有间。臣于上年查勘赈务，访闻该参令平日官声尚好，民情极为爱戴。今复令司道等秉公确查，俱称该参令于开报大赈一事，委系过于详慎，转致迟延。且平日居官清正，深得民心。被劾后复又捐赀挑挖良乡、涿州牤牛河工程，共七百余丈，计日完竣。可否仰恳圣慈曲赐矜全之处，出自皇上格外天恩。奏入，上谕内阁曰：熊枚奏续查办赈出力人员，分别开单呈览，著照所请，知府朱应荣、同知蒋耀祖、吴辉祖、方其畇、李宗蕃、吴之勷、知州顾宾臣、知县胡永湛、陈祖彝、张力勤、钱复、胡逊、庄允治、顾翼、林煜堂、县丞张进忠、巡检徐会云、典史陈维、张凤岐等十九员，俱著加恩交部分别议叙；候补河工县丞席寿丰、候补河工从九品司马庠二员，俱著加恩遇缺先尽补用。又据奏原任大城县知县钱桂，上年因开报大赈户口迟延被参，现据确查，该参员捐廉急赈，逐户详查，并非玩视民瘼，且平日官声尚好等语。钱桂著该署督出具考语，送部带领引见。

钦定辛酉工赈纪事卷三十八

六月初三日（壬寅），莫瞻菉奏言：前面奉谕旨，通惠河工程应否挑挖之处，令臣于六月间前往详悉查勘。伏思现值漕艘络绎北上之时，正可就船只受水之浅深、行走之迟速，以验河身之高下。若其中果有淤垫，自当如该仓场侍郎等原奏，及时挑挖。如尚一律通畅，并无阻滞，亦应查明据实陈奏，归于缓修案内办理。现在高杞已补授湖南巡抚，伏乞再行简派廷臣一员协同前往，仍会同仓场侍郎，并带原派司员悉心商酌，奏请训示遵办。奏入，得旨：通惠河工程应否挑挖之处，著长麟会同莫瞻菉前往查勘。

初五日甲辰，礼科给事中汪镛奏言：直隶自去岁六月大雨后，蒙我皇上发帑、截漕、工赈兼施，更复平粜、展赈宽予时日，恩施叠沛，有加无已。方今二麦登场，民得粒食，而盖藏者少，米价仍未免高昂。查现在奉天及河南、山东等处麦收丰稔，秋成可望，自堪以有余补不足。伏思官为采买，恐办理不善，致累地方，莫若招商通济，俾民间自行贩运，似可两得其益。第商贩运粮来京，所过关津隘口，向来书役人等多有藉端需索勒掯情弊，每致商人裹足不前。即如上年奉天因采买粮石，地方官豫将船只封扣，商贩不能运载。山海关至天津一路，民间粮载减少，船不流通，米价腾贵，是其明验。臣查户部关税则例内载，山海关概不征收米麦等税，亦不征收船料；天津关只征收船料，不征米税；崇文门酒米征税，食米不征税等语。是其征收正款，原不能丝毫掩混。而书役等节外生端，封扣船只车辆，勒索饭食，以及藉口搜查，耽延滋扰，积弊多端，遂致商贩留难守候，或且畏避不前。粮载既稀，市价必贵。相应请旨敕下各关隘及沿河闸口严加清厘，不使胥役人等藉端滋弊。并饬该管官员随时查察，倘商贩有受其刁难阻滞者，立即惩治。其官员或混同舞弊，该上司查出从重参处。自然商运流通，市价平减，于京师民食，似有裨益。至粮石到京之后，各铺户随时粜卖，亦不必限以定数，俾铺家之米愈多，则卖米之价愈减，自可望常川接济，民食丰裕。奏入，上谕内阁曰：给事中汪镛奏清查关口，俾商运粮载流通一折，向来京师粮食，全藉俸米、甲米辗转流通，其资于商贩者本少。至奉天、豫、东商运杂粮，在京外各处售卖，例不征税。本年该三省麦收丰稔，水陆运载自必源源而来。所有近京一带经过关津隘口，毋许留难需索。该管官尤当随时查察，务令商运流通，京畿粮石日增，以平市价而裕民食。

初七日（丙午），那彦宝、巴宁阿奏言：前经臣等以永定河石堤工程所用灰觔较比定例为多，恳恩准照实用灰觔数目报部核销，奉旨交部并议。今于嘉庆七年六月初二日准户部咨称，工部查永定河工例载，补砌片石堤工，每石一方用灰八百斤；又拘抿石缝，每见方一丈用灰八十斤。并无另加灌浆灰觔之例。今该侍郎等以例用灰觔，每年拘抿粘补，尚可敷用，此次通身修砌，实属不敷，饬令匠夫满用灰觔，加灌浆汁成砌，核之例给灰觔，多至一倍有余。固为工程巩固起见，第查永定河片石堤工，从前厘定成规，一切用工、用料，悉系核实详定。该处历年成砌片石工程，均照定例报销，并无另行加增之案。事关成例，未便轻议更张。所有该侍郎等奏请例外加用灰觔之处，应毋庸议。现经具奏，奉旨依议。钦此。知照到臣，自应遵照部议，饬交永定河道陈凤翔等将多用灰八百二十八万四千二百余斤，计银二万一千一百余两，即在于前经奏明用过银九十七万一千三百二十余两内照数扣除，不准开销。惟查永定河自厘定成规以来，卢沟桥一带石堤从无通身修砌工程，每岁不过粘补拘抿，无须加灌浆汁，其灰觔尚可敷用，并无另行加增之案。今臣等奉命督办永定河工，用工用料俱系亲历查勘，核实办理，不敢稍有虚糜，亦不敢专事节省。一切工作，均照依旧式修理。又以卢沟桥两岸石堤附近京师，所关甚重，而铺砌片石，必灰力充足，方能粘合为一。是以未敢拘泥成规额数，饬令匠夫满用灰觔包砌，并加灌浆汁，以期巩固。此例外多用灰觔之实在情形也。臣等复思前项灰觔，均系实用在工，并无偷减浮冒情弊，可否将多用灰觔价银二万一千一百余两，准其在于前经奏明用过银九十七万一千三百二十余两内照数开销之处，出自皇上天恩。如蒙俞允，臣等饬令永定河道，此后零星岁修工程，仍遵照成规开报，不得援以为例。奏入，上谕内阁曰：永定河石堤工程所用灰觔，较成例多至一倍有余，前经该部照例核驳，已依议行矣。今那彦宝等奏称，永定河一带石堤，每次岁修不过零星粘补。上年工程，系通身修砌，加灌汁浆，所用灰觔因较常例倍增。所奏自系实在情形。著加恩将此次多用灰觔加银二万一千一百余两，准其照数开销，并著工部存记。如保固例限内致有损漏，仍著落承办之员赔补。此后永定河岁修工料，俱照部中成例办理。即他项工程，亦不得援以为例。

十二日（辛亥），庆桂等奏言：臣等遵旨会议侍郎那彦宝等，将永定河修筑石堤、土堤、挑淤、挖引等工用过银两，酌议应销、应赔款项。查此次永定河石土各堤工程，用过银九十七万一千三百二十两二钱一分，除修筑土堤例应销六赔四，其堵筑石堤及挑挖淤塞各工，据该侍郎等以未便因向无应赔之例稍从宽减，遵旨酌议，请照土堤销六赔四之例办理。臣等伏思永定河堤工，虽有土石之分，而所以保卫民生，初无二致。凡遇漫溢，自应一例赔销，以示惩儆。且上年漫缺石土各堤，至三千七百余丈之多，诚如圣谕，皆因下游高仰所致。历任各员因循玩误，咎实难辞。所有堵筑石堤、挑淤、挖引及土堤加高培厚、添做埽段等工，应如该侍郎等所奏，照依土堤销六赔四之例，分别赔销。至土堤漫口赔项，原应于现任疏防各官名下摊赔，今据称仅著落姜晟等数员摊赔，人数无多，必致拖延悬宕，仍属有名无实，且使从前贻误各员转得置身事外。亦应如所奏，同堵筑石堤、挑淤、挖引等工共分赔四成银三十八万八千五百二十八两八分四厘，均著落自乾隆三十八年至嘉庆六年六月初十日止历任各员及姜晟、王念孙等，一体摊赔，以昭平允。至永定河向来遇有赔项，系按十分摊赔。总督、河道各赔三分，厅官赔二分五厘，汛员赔一分五厘。今该侍郎等奏称，总督、河道名下，各赔十分之三，共银二十三万三千一百十六两八钱五分四毫；厅官名下，分赔十分之二，共银九万七千一百三十二两二分一厘；汛员名下，分赔十分之一，共银五万八千二百七十九两二钱一分二厘六毫。查与应赔分数相符。惟历任汛员，于一切疏浚事宜原难专主，且系微末之员，即令摊赔，仍属有名无实。所有应赔银五万七千五百三十四两七钱二分九厘八毫，该侍郎等请于历任督道厅统辖各员名下代为分赔归款之处，亦属公允，应如所奏办理。其南北两岸堤工漫溢之本汛各员，究有疏防之咎，应赔银七百四十四两四钱八分二厘八毫，仍应著落分赔，以示区别。以上应赔银两各员内，除此次疏防之姜晟、王念孙等前经奉旨革职，嗣又蒙恩录用，其厅员等业经分别严议，毋庸查办外，所有历任经理不善各职名应否查议之处，伏候训示遵行。并行文该督，将各员应赔银两转咨各任所、旗籍，分别按限催追，照数完缴，报部查核。并将堵筑土石各堤及挑淤、挖引等工用过银两，遵照奏明例案，切实具题，造册送部核销。奏入，上谕内阁曰：上年永定河土石各堤冲决，多至三千数百余丈，虽系雨水异涨，究因下游高仰，不能宣泄所致。直隶历任管河各员因循玩误，经理不善，咎无可辞。是以降旨令那彦宝等查明土石各工用过银数，统照河工销六赔四之例，著落历任管河各员分别摊赔，以示惩儆。今据那彦宝等查明，此项应赔四成银三十八万八千五百二十八两零，请著落自乾隆三十八年起至嘉庆六年六月初十日止历任各员赔缴。经军机大臣会同吏部、工部议准，并将历任各员应赔银数分别开单进呈，请按限催追。本应即照所请，分别著赔，但阅单内各该员在任远近不同，本身存殁亦异，若一律分摊，未免漫无区别。如乾隆五十年以前已故各员，离任既久，原难尽将办理不妥之处责之年久各员。所有此项应赔银八万二千四百八十两零，著加恩全行豁免。其乾隆五十一年以后已故各员，在任年月较近，于下游挑浚事宜，若能先时筹办，何至上年有溃决之事？是该员等获咎较重，但业经身故，比之现存各员亦尚有区别。所有此项已故各员应赔银二十一万四千三百七十两，著加恩照各该员应赔之数，俱宽免一半，余著照承追定限完缴。至现存各员，在直隶居官者居多，该员等经管河务，既未能疏浚于前，又未能防护于后，其咎无可宽免，著即照数摊赔，如限完缴。此内原任同知杨奕绣、贾德、李炳，原任通判曾成勋、沈鹤崐五员，并著行文各该员原籍，查明存殁年份，照此一律办理。至历任各员，既经著落分赔，所有应行查议各职名，著加恩宽免。

二十二日（辛酉），尚书长麟、侍郎莫瞻菉奏言：臣等遵旨查勘通惠河挑工，即于十八日带同郎中征保、员外郎英惠、龄椿、惠湘、主事奇明等，由大通桥起，沿河查勘情形，并逐段测量浅深。查由通州拨运大通桥粮船，吃水自二尺七八寸至三尺不等。现在通惠河中溜一律深通，船行并无阻滞。惟两边近岸处所间有淤浅，自一尺余寸至三尺余寸不等。虽不能处处俱敷运送，但河身中溜既俱深通，则粮运遄行，断无舍中溜而就两岸之理。臣等悉心商酌，应请将通惠河挑工暂从缓修，以节糜费。其通州内外城河俱形淤浅，现存水自七八寸至二尺余寸不等。此系由土坝起拨运入通仓之路，船小载轻，路又不远，即将每一船米石分作两船运送，是载愈轻则行愈利，亦不至有误运期。惟现当大雨时行之际，运河来源消长靡常，河身淤垫、堤埝汕刷亦均难以豫定，仍应请旨饬交仓场侍郎，督同通永道随时查看，转饬河员、闸官，于各闸蓄、泄、启、闭时刻留心，务俾水消时不致有妨运送，水长时亦不至有碍堤工。如一二年内外再行淤垫，即奏明请旨，仍照向例，派委通永道雇夫挑浚，核实报销。至沿河堤埝，臣等逐加勘看，亦俱稳固。惟平下闸东边南岸护堤荆笆板片，间有被刷破损之处，计长五十余丈。向例应入岁修，专委运河通判承办。臣等业已面谕该管通判即日照例详明，赶紧估办，俾不致再有冲刷，以防漫溢。仍一面咨明仓场侍郎督率办理，核实验收，并移咨直隶督臣一体查照。奏入，得旨：允行。

同日，莫瞻菉又奏言：六年七月二十六日奉上谕：户部郎中朱尔赓额、员外郎龄椿、英惠、工部郎中征保、员外郎邹文焕、主事谢城，著照高杞等所请，准其留工帮办一切，俟工竣各回本衙门办事。至该员等既派随工次，若因高杞、莫瞻菉现非本部堂宫〔官〕，心存玩忽，呼应不灵，以致贻误公事，即著高杞等据实参奏。如果在工奋勉出力，工竣时，著高杞等奏明，候朕酌量加恩。钦此。仰见我皇上轸恤灾黎，以工代赈，俾不致一夫失所，并垂念在工司员，微劳必录，实深钦感。臣凛遵谕旨，转饬该员等认真妥办。该员等感激洪慈，倍加奋勉，并不因臣业经调任，稍有懈弛。自开工以后，常川居住河堤，昼则分投董率，夜则实力稽察。所有招募人夫，至一万四五千名，无不欢忻踊跃，顶戴皇仁，安静做工，如期告竣，实为始终出力。现在通惠河工程业经奏请缓办，所有该员等前此办理护城河工出力之处，理合遵旨奏明。奏入，上谕内阁曰：上年办理护城河等工，经高杞、莫瞻菉等奏，将随带司员留工帮办。曾降旨令其察看该员等，如果始终奋勉，工竣时奏明，酌量加恩。此项工程早经办毕，现在通惠河挑工业据奏请缓办，所有办理护城河出力之户部郎中朱尔赓额、员外郎龄椿、英惠、工部郎中征保、员外郎邹文焕、主事谢城，俱著交部议叙。

七月二十日（戊子），上谕内阁曰：朕此次巡幸木兰，举行秋狝肄武之典。向来跸路所经，俱将本年应征钱粮蠲免十分之三。但思直隶州县上年被水较重，现在经过地方虽非灾重之区，而低洼地亩亦曾被淹浸，且沿途办理道路、桥梁，民力恐不无拮据，著加恩将本年钱粮宽免十分之五，以示朕格外施仁至意。

二十九日（丁酉），署直隶总督颜检奏言：窃照直属地方上年夏雨连绵，各河盛涨，近河堤塍同时漫溢，以致霸州等一百零一州县成灾五、六、七、八、九、十分不等。仰蒙圣恩，先将一岁新赋分别蠲免，旋即截漕、发帑，多方赈恤。今春又复煮赈数月，接至麦收始止。凡此稠叠殊恩，实属史册罕有。臣抵任后，确体舆情，咸怀挟纩之恩，并无疾苦之状，下怀钦感，莫罄名言。臣昨在差次又面奉温谕，再查灾区情形，据实具奏。更于恩施无已之中，复思泽广斯民之计。伏查上年成灾州县虽一百余处，其中轻重情形迥不相同。是以本年春间，前任督臣陈大文仅将昌平等四十三州县应征新旧地粮及各项旗租等款银两，奏请缓至秋后启征；此外州县应征新粮，均于麦收后开征。仰蒙俞允，民力已勘纾徐，莫不同深顶感。兹复蒙圣训谆切，臣敢不悉心筹酌，推广皇仁。臣查上年豁免钱粮十分之五者，共十七州县，受灾本轻。今岁二麦已收，秋禾告稔，自毋庸再议。又成灾六分至九分各州县，有麦后已经开征者，有应遵旨缓至秋后启征者。际此丰稔之岁，小民惟正之供自必踊跃输将，亦可毋须另议。惟陈大文前请缓至秋后开征之大城、河间、新河、宁晋、隆平、新安、安州、文安八州县，地连河泊，积水未尽全涸，低洼之处今岁又复间被漫淹，民力较为拮据。又大兴、宛平、霸州、保定、涿州、房山、良乡、任邱八州县，虽秋禾可望丰稔，但系上年被水成灾十分较重之区，民间元气究难骤复，不无尚待渥泽。至嘉庆六年各州县因灾出借常、社、义仓谷三万八千七百七十六石四升、米三千石、折色制钱二千五百千文，又是年青黄不接之时，常借常、社、义仓并井田、屯田谷三万七千六百九十石、米七百四十三石五斗，俱例应秋成还仓。但大城等十四州县新粮各准酌量豁免，其余被灾各州县民户领借前项仓谷，若仍照例征还，不无独抱向隅。可否仰恳格外施恩之处，出自圣主鸿慈。奏入。

八月初一日（己亥），上谕内阁曰：上年六月间，直隶所属地方，雨水连绵，河流盛涨，成灾州县一百余处。节经降旨设厂煮赈，发帑、截漕，蠲缓频仍，优加轸恤。今春复予展赈，直至五月初旬始行停止。体察民情，实已无虞失所。惟念该省上年灾区较多，今岁麦收虽稔，元气究难骤复，因谕令署督颜检详细查勘，如各州县有应再行加恩之处，据实查奏。兹据奏到各情形，著加恩将大城、河间、新河、宁晋、隆平、新安、安州七州县本年应征地丁正耗新粮并各项旗租银两，俱照宛平、文安二县之例，一体豁免。大兴、霸州、保定、涿州、房山、良乡、任邱七州县前项应征粮银，加恩豁免十分之五，余俟来岁麦收后开征。其应征节年带征缓征钱粮，仍照例分年带征。至上年被灾各州县因灾出借常、社、义仓谷三万八千七百七十六石四升、米三千石、折色制钱二千五百千文，又常借常、社、义仓并井田、屯田谷三万七千六百九十石、米七百四十三石五斗，如照例全数征还，未免稍形竭蹶。亦著加恩准予免缴一半，其一半亦俟来年麦收后征还，俾民力益臻宽裕，以副朕惠爱黎元，有加无已至意。该部即遵谕行。

初三日（辛丑），颜检奏言：臣前请将大城等七州县本年地丁正耗新粮并各项旗租银两，一体豁免。又大兴等七州县新粮酌量豁免数分，并附折奏明。如有尚须祈请之处，另行奏请加恩。兹臣由京以至新城，查看秋稼丰稔情形，实与密云一带无异。定兴县以南至安肃、清苑地方，豆子、芝麻一切菜蔬，青葱茂密，亦复相同。惟高粱、谷子，因五六月内间被虫蚀，初时尚拟可以长发，今臣经过其地详细察看，业已损坏，秋禾究未能一律有收。并据藩司瞻柱禀，查保定府属之满城、河间府属之景州、交河等州县，情形相仿，收成亦不无稍减。臣查定兴、安肃、清苑、满城、景州、交河所受虫患，虽仅一隅中之一隅，但均系上年被灾七、八、九分之区，今岁既未同获丰收，民力未免稍形竭蹶。可否仰恳天恩，将定兴、安肃、清苑、满城、景州、交河六州县应征本年地丁正耗新粮，亦照大兴、霸州等州县之例，准予豁免数分，其免剩分数，仍俟来岁麦收后开征。则收成稍减之处，均得仰沐恩膏，少输岁赋，实与丰收之百数十州县同征乐利矣。奏入，上谕内阁曰：昨经降旨将直隶大城等十四州县上年灾区分别蠲缓，并其余州县所有出借常、社、义仓欠缴谷石，均予减半带征。兹据颜检续奏，查明保定属之定兴、河间属之景州等州县今夏间被虫患，收成不无少减。著再加恩，将定兴、安肃、清苑、满城、景州、交河六州县应征本年地丁正耗新粮，亦照大兴、霸州等处之例，豁免十分之五，其应征五分，仍俟来岁麦收后开征，以示朕恺泽均施，惟恐一夫失所至意。

十三日（辛亥），那彦宝、巴宁阿奏言：臣等先经奏报伏汛安澜，钦奉谕旨，伏汛已过，秋汛方长，甚关紧要，务当督同道厅及各员弁加倍小心，昼夜巡防，以期各工均臻巩固。臣等荷蒙训示谆谆，倍增悚惕，当即札饬永定河道陈凤翔，通饬厅汛各员弁敬谨遵照。臣等仍带同司员等不时分赴各工，往来巡查，相机督办，以期仰副皇上慎重河防之至意。查永定河入秋以来，河水增长数次，自五六尺至八九尺不等。埽前水深处所，自一丈一二尺至一丈三四尺不等。溜势靡常，或东向西趋，或上堤下坐。所有南岸之上下头工、二工、三工、五工、六工，北岸之上下头工、二工、三工、六工，每于水长时为迎溜顶冲，水落时为埽湾侧注，在在均属险要。计南北两岸旧埽一千八百余丈，大工案内又于险要之处添设镶埽二千余丈，较前多至一倍有余。兼之新埽易于沈蛰，必须随时加镶，方能稳固。是以今岁修防，较之往年尤宜周密。臣等督率道厅，严饬员弁昼夜小心防守，平蛰则赶紧加镶，出险则竭力抢护。其平工无埽处所，一经溜势旁趋，迅即添补埽段，以资抵御。兹据该道禀称，现在时届白露，水势自可日渐消弱。卢沟桥现存底水四尺二寸，石景山、南北两岸、三角淀各汛石土堤工并金门闸北村灰坝、求贤灰坝均为稳固。汛期内各工抢险并添下埽段，所有去冬留存料物不敷应用，于道库存贮款项动用采买，另行造册，详请报部核销。臣等仰承谕旨，驻工防汛，常以河流无定，工段绵长，雨夕风朝，时深兢惕。今幸三汛安澜，此皆仰赖皇上敬天勤民，诚孚昊贶，河神效顺，循轨安流，凡在臣民，莫不同深额庆。该道陈凤翔感激皇上天恩，遇事实心，俱能妥为筹办。石景山、南北两岸、三角淀各厅及各汛员弁，亦俱属勤慎，不敢稍涉懈弛。其各汛员弁人数较多，惟于险要工段内择其最为出力者，谨缮清单，恭呈御览。至臣等随带之兵部员外郎智凝、候补员外郎诚安、主事徐寅亮及候补直隶州知州孙树本，在工上下稽查，督催抢护，均属认真奋勉。所有现在永定河秋汛安澜，并在工各员出力之处，理合会同署督臣颜检恭折驰奏。再，臣等于拜折后，即当诹吉在南北惠济龙神庙虔诚祀谢，仰答神庥。合并奏闻。奏入，上谕内阁曰：那彦宝等奏报永定河秋汛安澜，览奏欣慰。永定河工程上年冬间甫经合龙，初历三汛，关系紧要。那彦宝、巴宁阿系上年在工一手经理，是以将本年防汛事宜，即责成伊二人督办。那彦宝等轮流在工，督率河道陈凤翔等认真防护。夏间河水盛涨时，竭力抢镶，得臻平稳。兹已过白露，保护无虞，从此堤工巩固，河流顺轨，可期永庆安澜。此皆仰赖河神默佑，曷胜钦感。著发去大小藏香十枝，交那彦宝等敬谨祀谢，用答神庥。那彦宝、巴宁阿在工经理妥协，著与永定河道陈凤翔一并加恩交部议叙。其随同在工之员外郎智凝、诚安、主事徐寅亮、候补直隶州知州孙树本及单开各员，俱著加恩交部分别议叙。至王念孙、翟啤云、陈煜三人，本系专司河务之员，在任已久，非如姜晟初到直隶，且系兼辖者可比。上年堤工漫溢，伊三人革职之外，尚应发往新疆军台等处效力，经朕格外施恩，令其留工自效，前于工竣时又经赏给顶戴。此次且无庸再行加恩，著仍留永定河工次，俟明年三汛后，如果始终出力，再行奏闻请旨。

钦定辛酉工赈纪事后恭跋

窃闻尧水汤旱，盛世不免，而荒政之设，惟周官大司徒约举十有二事。自是而降，赈恤、蠲除之令，偶一举行，史册传为盛事。若夫以民为心，应天以实，德意所敷，旁皇周浃，盖未有如我皇上辛酉工赈之举之广大悉备也！是岁六月，京师大雨，西北诸山水下注，永定河骤涨，冲决堤岸，直隶被灾州县凡九十有九。奏入，皇上恻然动念，亟命京兆尹抚辑流民，给屡栖止，并简卿员分往四路查勘，及时赒恤。继以发帑钱、开仓廪、截漕粟、免租赋、赉絮衣、掩胔骼、减价平粜、疏浚河渠，发政施仁，同时并举，自朝至昃，诏书频仍，全活生灵，奚啻亿万万计。先是京师五城，冬月岁有赈厂各一所，以次年二月为限。至此，特命于郊外增设五所，并展赈至次年五月乃罢。而永定河堤，亦先于秋冬间命大臣亲往督视，颁帑兴修，俾臻完固，其无业贫民又得以工代赈之益。恩膏汜护，睿虑周详，而犹兢兢业业，刻以敬天省躬为念，咨儆勤于宵旰，痌瘝形于咏歌，实心实政，洵足以感召休和，转歉为丰矣！事竣，敕臣等纂辑成书，将以颁示中外，使牧民之吏恭读是编，仰见皇上遇灾而惧之心，共知拯济斯民之道。虽有旱干水溢，不敢玩视以瘝厥官，则海隅苍生，罔不阜成咸若。大哉王言！岂非万世保赤之良规哉。抑臣等日侍禁廷，窃见年来剿办邪匪，军书旁午，自命将出师以来，凡决策制胜、转馕峙粮以及信赏必罚、擒渠讯鞫之机宜，无不仰劳睿算，指示遵循。而畿辅偏灾，犹复如伤在抱，康济勤施，滋液渗漉，至周且悉。若此是以荃綍䜣合休征，叶应风雨，时年谷成，而草泽余氛不日迅扫成功，祇告宙合敉宁。诗曰：绥万邦，屡丰年。武有七德，备见于兹。则此书之作，实帝德、皇猷之金鉴，非特散利薄征，媲媲周典已也。臣等曷胜悦服欣幸之至！臣庆桂、臣董诰、臣朱珪、臣刘权之、臣丰伸济伦、臣戴衢亨、臣德瑛、臣彭元瑞拜手稽首恭跋。

荒政辑要

清嘉庆十一年苏藩署刻本

（清）汪志伊　辑

郝秉键　点校

尝见查办灾务，多有不善者。甚至一邑中委员各出意见，参差不齐，非遗即滥。虽上司三令五申，总未妥协，往往滋弊，酿成事端，非尽印委各员之咎也。盖章程未定，无所适从。此予《荒政辑要》之所由镂版也。全部八万二千五百字，每三圈折一字在内，缮赀八千二百五十钱，镌赀四万九千五百钱，版价二千三百五十钱。所费无几，获益良多。爰饬江苏两藩垣各刻版一副，倘遇偏灾，即便刷印。凡被灾府州县，必须各发给全部，以便查照筹画妥办。其分查委员，只须各给第三卷，以便遵照办理。较之漫无成法，各出意见者，迥不相侔矣。汪志伊识。

《荒政辑要》叙

嗟乎！天灾流行，何代无之。尧水九载，汤旱七祀，不闻有一民之失所者，胥以人事补造化之穷，所谓有荒岁无荒民者此也。我朝圣圣相承，敬天勤民，孜孜夙夜，凡平时所以教农桑，兴水利，裕积贮，尚节俭，敦风俗，以为民生计者，精益求精，休养生息百数十年矣。其间偶值旱涝及蝗蛟冰雹飓风等灾，一经飞章奏报，上廑宸衷，轸念民困，即不惜千百万帑金，迅加赈恤。蠲免钱粮，更不计其数。并截拨正供漕粮，及碾运邻近仓谷，以为平粜煮粥之需。是蠲赈之典，已逾常格。犹且谆谕封疆大臣，不得稍存靳惜，率属实心经理，毋任胥役侵渔，务使灾黎，均沾实惠。是诰诫复极周详，盖圣心勤求民瘼者诚也，岂汉唐宋元明诸代小补之术所能及哉。至若各省大小官吏，身任地方，非无爱民救患之真心。况考核森严，何敢泄视。而临时查办，往往有善有不善者，推原其故，才具有长短，历练有浅深。兼之灾务原属繁难，民情又多急迫，事本易于滋弊，吏遂缘以为奸。非得其人不能理，非得其法尤不能理。忆乾隆丁未岁，予以霍州牧赴丰镇谳案。因知大同府属上秋霜败稼，春又渴雨，至六月大饥。牧令讳之，予飞禀抚军勒宜轩奏明，即命予历一厅二州六县，督同查办。于流民则资送回籍，于贫民则煮粥充饥。区分极重、次重，停征钱粮。户别极贫、次贫，发仓赈济。间有仓谷不敷接济，则借库项，选殷商，循环籴粜，事竣归款。凡若此者，或循成例，或出心裁，只求于灾民有济，不计其他。及旋署，考诸古人成法，竟亦有合者。自是留意荒政益勤，由府道，而藩臬，而巡抚，每遇歉年，颇有定见。嘉庆甲子，吴中低洼田亩，或因春夏雨多，或因清黄盛涨，被水偏灾者四十二厅州县。予为此惧，寝食不安。将勘明灾田分数及小民拮据情形，据实奏〈闻〉。奉朱批：所见甚是。并颁恩旨，蠲缓与赈粜兼施。计蠲缓银五十一万三千余两，米麦豆五十一万九千余石，赈恤银二十九万四千余两，平粜谷二十四万三千余石。于是寮属与殷实绅士咸知激劝，或捐赀煮赈，或出米减粜。士民悦豫，无不感戴皇恩，颂声洋溢。乙丑春，阴雨频仍，无伤穑事。惟洪泽湖因暴风掣开义坝，致淮扬极低十一州县被淹异常。予亲往查勘，会同铁冶亭制军，奏荷圣恩允拨银十三万二千余两，先行抚恤。并敕仍察看成灾轻重，奏请加恩，不可稍有讳饰。当即钦遵，行令承办各官，认真清查，核实办理。先是铁制军防汛，住〔驻〕扎清江，较为切近，会予札委贤能守令及佐杂官，分赴各邑协查，其有邑令不胜任者易之。凡查明极次贫民口数，即胪列榜示村中。迨秋间，江宁、徐州、松江、海州、太仓各州郡，间有山田被旱，棉地被虫，勘不成灾，胥归淮扬灾案办之。计蠲缓银四十七万六千三百余两，米麦豆二十五万一千四百二十余石。其淮扬正赈、展赈连前抚恤，共银一百五十九万四千八百八十余两。节次奏蒙圣鉴，叠沛恩旨，有加无已，敬刊誊黄，遍张村镇，胥吏不能侵蚀，民赖以安。然寸心惴惴，更恐黄河盛涨，湖水溢流，实为数百万生灵田庐之患。其预筹妥办之方，尤未可苟且从事也。古人荒政，散见简编，良法美意固多，偏见私智亦不少。复加拣择，取其宜古宜今者，别类分门，成书十卷。每卷中但求事有次第可行，而朝代之前后不复拘焉。其丛言不能分者，提作纲目，列于卷首，名曰

《荒政辑要》。所有临时清查妥办之法，全载于第三、第四两卷中。地方官及委员必须逐条参究力行，方免遗滥错误之咎。其前后八卷，皆载前人良法美意，或以发明三、四卷未尽之意，或以推广三、四卷未备之法。若因地因时以制其宜，于灾黎大有裨益，而种德亦无涯涘。要之，予破冗纂辑是书，刊发各属官，盖冀历练深者，益扩其措施；历练浅者，亦有所依据。诸君子如果善学古人，大发其不忍人之心，实行其不忍人之政，于以仰承圣意，敷布皇仁，将见有荒岁而无荒民，亦如唐虞三代之世矣。岂不懿哉！

嘉庆十一年二月朔日皖江汪志伊叙于苏州节署之平政堂

荒政辑要目录

卷首 荒政纲目

荒政者，仁政也。自古及今，极为详备。有豫备于未荒之前者，有急救于猝荒之际者，有广救于大荒之时者，有方行于偏荒之地者，有补救于已荒之后者。全在大小官吏，遵谕旨，酌时势，权缓急，次第举行，迅速筹办，庶有裨于灾黎耳。然非提纲挈领，则胸无成竹，非误即淆，非遗即滥，欲己之善其事而民之被其泽也难矣。故特提荒政之纲目，列于卷首。

《周礼》十二荒政

《周礼》大司徒以荒政十二聚万民，一曰散利（贷种食也），二曰薄征（轻赋税也），三曰缓刑（省刑罚也），四曰弛力（息徭役也），五曰舍禁（山泽无禁也），六曰去几（去关防之几察，使百货流通），七曰眚礼（杀吉礼也），八曰杀哀（节凶礼也），九曰蕃乐（谓闭藏乐器而不作），十曰多婚（多婚配则男女得以相保），十一曰索鬼神（求废祀而修之也），十二曰除盗贼（安良民也）。

人主当行六条

一曰恐惧修省，二曰减膳撤乐，三曰降诏求贤，四曰遣使发廪，五曰省奏章而从诤谏，六曰散积藏以厚黎元。

宰执当行八条

一曰以调燮为己责，二曰以饥溺为己任，三曰启人主敬畏之心，四曰虑社稷颠危之渐，五曰进宽征固本之言，六曰建散财发粟之策，七曰择监司以察守令，八曰开言路以通下情。

监司当行十条

一曰察邻路丰熟上下以为告籴之备，二曰视部内灾伤大小而行赈救之策，三曰通融有无，四曰纠察官吏，五曰宽州县之财赋，六曰发常平之滞积，七曰毋崇遏籴，八曰毋启抑价，九曰毋厌奏请，十曰毋拘文法。

太守当行十六条

一曰稽考常平以赈粜，二曰准备义仓以赈济，三曰视州县三等之饥而为之计，（小饥则劝分发廪，中饥则赈济赈粜，大饥则告奏截漕，乞鬻爵，借内帑钱为粜本。）四曰视邻郡三等之熟而为之备，（才觉旱涝，即发常平钱，遣牙吏往丰熟处告籴，以备赈济，米豆杂料皆可。）五曰申明遏籴之禁，六曰宽弛抑籴之令，七曰计州用之盈虚，（存下一岁官吏支销，余皆以救荒。不给，则告籴他邦。）八曰察县吏之能否，（县吏不职，劾罢则有迎送之费，姑委佐贰官以辅之，不然对移他邑之贤者。）九曰委诸县各条赈济之方，十曰因民情各施赈济之术，十一曰差官祷祈，十二曰存恤流民，十三曰早检放以安人情，十四曰预措备以宽州用，十五曰因所利以济民饥，（兴修水利，整理城垣之类。）十六曰散药饵以救民疾。

牧令当行二十条

一曰方旱则诚心祈祷，二曰已旱则一面申州，三曰告县不可邀阻，四曰检旱不可后时，五曰申上司乞常平以赈粜，六曰申上司发义仓以赈济，七曰劝富室之发廪，八曰诱富民之兴贩，九曰防渗漏之奸，十曰戢虚文之弊，十一曰听客人之粜籴，十二曰任米价之低昂，十三曰请提督，十四曰择监视，十五曰参考是非，十六曰激劝功劳，十七曰旌赏孝弟以励俗，（饥年骨肉不能相保，有能孝养公姑、竭力供祖父母者，当即行旌奖。）十八曰散施药饵以救民，十九曰宽征催，二十曰除盗贼。

赈恤五术

宋元祐初，河东京东淮南灾伤，监察御史上官均言赈恤有五术：一曰施与得实，二曰移粟就民，三曰随厚薄施散，四曰择用官吏，五曰告谕免纳夏秋二税。

救荒八议

明嘉靖八年，山西大饥。参政王尚䌹上救荒八议：一曰悯饥馑，乞遣使行部问民疾苦。二曰恤暴露，乞有司祭瘗，消释戾气。三曰救贫民，乞支散庾积，秋成补还。四曰停征敛，乞截留住征，以俟丰年。五曰信告令，乞劝分菽粟。六曰推籴买，乞令无闭遏。七曰谨预备，乞申旧例，措处积贮，勿使廪庾空虚。八曰恤流亡，乞所过州县，加意存恤，勿使群聚思乱。

荒政丛言

明佥事林希元疏云：救荒有二难，曰得人难，审户难。有三便，曰极贫民便赈米，次贫民便赈钱，稍贫民便赈贷。有六急，曰垂死贫民急饘粥，疾病贫民急医药，病起贫民急汤米，既死贫民急募瘗，遗弃小儿急收养，轻重系囚急宽恤。有三权，曰借官钱以粜籴，兴工作以助赈，贷牛种以通变。有六禁，曰禁侵渔，禁攘盗，禁遏籴，禁抑价，禁宰牛，禁度僧。有三戒，曰戒迟缓，戒拘文，戒遣使。

救荒二十六目

明周文襄忱，救荒有六先，曰先示谕，先请蠲，先处费，先择人，先编保甲，先查贫户。有八宜，曰次贫之民宜赈粜，极贫之民宜赈济，远地之民宜赈银，垂死之民宜赈粥，疾病之人宜救药，罪系之人宜哀矜，既死之人宜募瘗，务农之人宜贷种。有四权，曰奖尚义之人，绥四境之内，兴聚贫之工，除入粟之罪。有五禁，曰禁侵欺，禁寇盗，禁抑价，禁溺女，禁宰牛。有三戒，曰戒后时，戒拘文，戒忘备。其纲有五，其目二十有六。

救荒正策

颜会元茂猷曰：正策有五：一曰开仓赈贷，二曰截留上供米以赈贷，三曰自出米及劝籴富民赈贷，四曰借库银循环粜籴赈贷，五曰兴修水利、补辑桥道赈贷，令饥民佣工得食，而官府富民得集事也。

卷一 禳弭

《书》曰：先知稼穑之艰难。注云：鱼无水则死，木无土则枯，民非稼穑则无以生。是生民之事，莫重于稼穑矣。其所谓艰难者，非特农时勿夺，宜念其辛劳，抑且天灾流行，须悯其困苦。倘旱涝方兆，螟螣萌生，非牧民者本急切悲悯之怀，尽祈祷消弭之法，何以格天心而慰民望乎？故此卷所采者，皆救灾恤患之先务焉。

竭诚祷

商汤因旱祷于桑林，以六事自责，曰：政不节欤？民失职欤？宫室崇欤？妇谒盛欤？苞苴行欤？谗夫昌欤？何以不雨而至斯极也。言未已，大雨方数千里。

《周礼》：小祝掌小祭，祝顺丰年，逆时雨，宁风旱，弥烖（按：同灾），兵，远罪疾。司巫掌群巫之政令，若国大旱，则帅巫而舞雩。国有大烖（按：同灾），则帅巫而造巫恒（巫恒，巫之有常者。帅巫而造之，求所以祷禳之术也）。

唐舒州令麹信陵有仁政，尝为祷雨文，其略曰：必也私欲之求，行于邑里，惨黩之政，施于黎元，令长之罪也。神得而诛之，岂可移于人而害于岁耶？焚毕雨澍。

宋真文忠德秀曰：祷祈未效，不可怠，怠则不诚矣。既效，不可矜，矜则不诚矣。不效不可愠，愠则不诚尤甚焉。未效但当省己之未至，曰此吾之诚浅也，德薄也。既效则感且惧，曰我何以得此也。不效则省己当弥甚，曰吾奉职无状，神将罪我矣。盖天之水旱，犹父母之谴责也。人子见其亲，声色异常，戒儆畏惕，当何如耶？幸而得雨，则喜而不敢忘，敬而不敢弛，惴惴焉恐亲之复我怒也。故曰仁人之事亲如事天，事天如事亲。一日祷雨于仙游山，书此自警，且以告亲友之同致祷者。

明王文成守仁答佟太守书曰：古者岁旱，则为之主者，减膳撤乐，省狱薄赋，修祀典，问疾苦，引咎赈乏，为民遍请于山川社稷。故有叩天求雨之祭，有省咎自责之文，有归诚请改之祷。盖《史记》所载，汤以六事自责。《礼》谓大雩，帝用盛乐。《春秋》书秋九月大雩，皆此类也。未闻有所谓书符咒水也。后世方术之士，或时有之，然彼皆有高洁不污之操，特立坚忍之心，虽所为不尽合于中道，亦有以异于寻常。是以或能致此，然皆不见经传，君子犹以为附会之谈。又况如今方士之流，曾不少殊于市井嚣顽，而欲望之以挥斥雷电，呼吸风雨之事，岂不难哉？仆谓执事且宜出斋厅事，罢不急之务，开省过之门，洗简冤滞，禁抑奢繁，淬诚涤虑，痛自悔责，为民请于山川社稷。彼方士之祈请者，听从民便，但不专倚以为重轻。天道虽远，至诚而不动者，未之有也。

陈文恭宏谋曰：时当亢阳，惟有祗率仪章，肃坛虔祷，仰吁于天，为民请命。董子《春秋繁露》载置龙求雨之法，有应有不应，遂有专任术士，书符咒水。事属不经，官无措手，民心益恐。真王二公之说，揆之义理，总归诚敬，可以并行不悖。至于雨多祈晴，则有伐鼓用牲，禜祭城门之典礼，是在竭诚致敬耳。

高文襄拱曰：天人之际，其理甚微，而谈者甚详。然在天有实理，在人有实事，而曲说不与焉。阴阳错行，乖和贞胜，郁而为沴，虽大不能以自主，此实理也。防其未生，救其既形，备饬虑周，务以人胜，此实事也。至谓天以某灾应某事，是诬天也。谓人以某事致某灾，是诬人也。皆求其理而不得，乃曲为之说者也。

扰龙事

宋淳熙时，大旱。知县李伯时，以扰龙事告太守，以长绳系虎骨，缒于龙潭中，遂得雨。取之稍迟，雷电随至。急令人取出，乃止。南州久旱，里人以长绳系虎骨，投有龙处，入水即数人牵掣不定。俄顷云起潭水，雨亦随降，龙虎敌也。虽枯骨犹能激效如此。

伐蛟说

陈文恭宏谋曰：往在江南，蛟患时闻。广原深谷之间，大率数载一发。其最甚者，宣城石峡山，一日发二十余处，六安州平地水高数丈也。江西缨山带湖，本蛟龙所窟宅，旌阳遗迹，其来尚矣。近世出蛟之事，在元一见于新建。在明一见于宁州，再见于瑞州，三见于庐山，四见于五老峰，五见于太平宫。国朝一见于永宁，皆纪在《祥异志》，彰彰可考。余来抚之次年，适兴国等处蛟水大发，漂没我田禾，荡析我庐舍，盡焉心伤，思所以案验而剪除之，未得其要领也。书院主讲梁先生，博物君子，出一编示予，言蛟之情状与所以戢之之法，甚详且核。有土色之可辨，有光气之可瞩〔瞩〕，有声音之可听。其镇之也有具，其驱之也有方。循是则蛟虽暴，不难剪除矣。云晋太元中，司马轨之善射雉，将媒下翳，此媒屡雊，野敌遥应。试觅所应者，头翅已成雉，半身后故是蛇。又武库中忽有雉，人咸怪之。司空张华曰：必蛇妖所作。搜括之，果得蛇蜕。由是观之，蛇雉之变常易位，其交而生蛟，尚何疑也哉。《易》离为雉，南方火猛烈，故雉性精刚而猋悍。《尔雅》以为绝有力奋者，蛟起之暴，正胎其气也。《禽经》云，雉交不再。《化书》云，雉不再合。《仪礼》注谓雉交有时，彼亦各有取尔矣。至《诗》刺卫宣之淫乱，则曰有鷕雉鸣，谓雌雉也。又曰雉鸣求其牡者，岂非求非其类而与之交与？诗人之言，雉蛇之明验也。盖物感变化，有未可以常理推者。大约雄鸣上风，雌鸣下风，眸运而物化，悉阴阳之偏气所孕结，其为迹也怪，斯其为害也亦大。古圣王知其然，故于季夏有命渔师伐蛟之令。季夏正蛟出之候，先时伐之，著在月令，补救之要务也。郑氏谓蛟言伐者，以其有兵卫，而伐之方法，笺疏无闻焉。历来郡邑，岁以水灾告者，蛟害常过半，贤长吏亦无如何，申请赈恤而已。盖山叟抚掌称快，且为之印证其说曰：月令季夏，夏正之六月也。今言蛟之出在夏末秋初，其可信一也。志称宏（按：此处系避讳，应为“弘”）治十七年，庐山鸣经三日，雷电大雨，蛟四出。今言蛟渐起地，声响渐大，候雷雨即出，知向所谓山鸣，乃蛟鸣也，其可信二也。许旌阳之镇蛟以铁柱，今言蛟畏铁，其可信三也。兵法潜师曰侵，声罪曰伐。今震之以金鼓，烛之以火光，如雷如霆，俨若六师之致讨，与伐之义正相合，其可信四也。予故亟录其说，广为刊布，且悬示赏格，有掘得者，给银十两。使僻远乡村之地，转相传说，人人属耳目，注精神，先时而侦候，临事而周防，庶几大害可除。此邦之人，永蒙其福，而他省之有蛟患者，皆可踵而行之。恐闻者不尽晓，兹撮举其征验攻治之法，别录于左，以便观览焉。

一、征验之法。蛟似蛇而四足细颈，颈有白瘿，本龙属也。其孕而成形，率在陵谷间，乃雉与蛇当春而交，精沦于地，闻雷声则入地成卵，渐次下达于泉。积数十年，气候已足，卵大如轮。其地冬雪不存，夏苗不长，鸟雀不集。土色赤，有气朝黄而暮黑，星夜视之，黑气上冲于霄。卵既成形，闻雷声，自泉间渐起而上，其地之色与气亦渐显而明。未起三月前，远闻似秋蝉鸣，闷在手中，或如醉人声。此时蛟能动不能飞，可以掘得。及渐起，离地面三尺许，声响渐大，不过数日，候雷雨即出。

一、攻治之法。蛟之出，多在夏末秋初。善识者先于冬雪时，视其地围圆不存雪，又素无草木，复于未起二三月春夏之交，观地之色与气，掘至三五尺，其卵即得。大如二斛瓮，预以不洁之物，或铁与犬血镇之，多备利刃剖之，其害遂绝。又蛟畏金鼓及火，山中久雨，夜立高竿，挂一灯，可以辟蛟。夏月田间作金鼓声以督农，则蛟不起。即起而作波，但叠鼓鸣钲，多发火光以拒之，水势必退。以上诸说，皆得之经历之故老，凿凿有据者也。

旱魃辨

李令蕃晓黄县民曰：嗟尔民旱甚矣，非魃不至此。我急欲诛之，以纾尔忧。然以新丧当之则不可。《诗》曰旱魃为虐。经无明注。及考他书，兆天下之旱者二，旱一国者亦二，而兆一邑之旱者四，新丧不与焉。其状如狐而有翼，音如鸿而名獙。獙者，姑逢山中有之。石膏水中似鳣而一目，音如鸥者，女巫山中有之。见则天下旱者也。其旱一国者，若南方之似人而目生顶上、行如飞者，一首两身，似蛇而名肥遗，生于浑夕山者是也。其状如鸮，而赤足直喙，音如鹄，而黄文白首，人面龙身者，在钟山之东也。有鸟焉，似鸮而人面，雌身而犬尾，在崦嵫山也。西望幽都，有音如牛，是镎于母逢山之大蛇也。有如蛇而四翼，其音如磬，是鲜山之下鲜水之鸣蛇也。如是者旱一邑。此皆出《神异经》及东西南北中诸山经，非予之臆说也，尔民察之。有一于此，任尔率比闾族党往诛之，无赦。其或仍谓新丧为魃者，是乱民也。予将执国法以诛之，亦无赦。

厚给捕蝗

晋天福七年，飞蝗为灾。诏有蝗处，不论军民人等，捕蝗一斗者，即以粟一斗易之。有司官员，捕蝗使者，不得少有措滞。

宋熙宁八年八月，诏有蝗蝻处，委县令佐躬亲打扑。如地方广阔，分差通判职官、监司提举，分任其事。仍募人，得蝻五升，或蝗一斗，给细色谷一斗；蝗种一升，给粗色谷二升。给银钱者，以中等值与之。仍委官烧瘗，监司差官覆按。倘有穿掘打扑损伤苗种者，除其税，仍计价，官给地主钱数。

此诏给谷既云详尽，而又偿及地主所损之苗，不但免税，而且偿其价数。噫！捕蝗而至此诏，可云无间然矣。

宋绍兴间，朱子捕蝗，募民得蝗之大者，一斗给钱一百文；得蝗之小者，每升给钱五百文。

蝗蝻害人之物，除之宜早，不可令其长大而肆毒也。故捕蝗者不可惜费，得蝗之小者，宁多给之而勿吝也。盖小时一升，大则岂止数石。文公给钱，大小迥异，不可为捕蝗之良法欤?

捕蝗法

李令钟份曰：雍正十二年夏，余任山东济阳令，闻直隶河间、天津属蝗蝻生发。六月初一二间，飞至乐陵；初五六飞至商河。乐、商二邑，羽檄关会。余飞诣济商交界境上，调吾邑恭、和、温、柔四里乡地，预造民夫册，得八百名，委典史防守。班役家人二十余人，在境设厂守候。大书条约告示，宣谕曰：倘有飞蝗入境，厂中传炮为号，各乡地甲长鸣锣，齐集民夫到厂。每里设大旗一枝、锣一面，每甲设小旗一枝。乡约执大旗，地方执锣，甲长执小旗。各甲民夫随小旗，小旗随大旗，大旗随锣。东庄人齐立东边，西庄人齐立西边。各听传锣一声走一步，民夫按步徐行，低头捕扑，不可踹坏禾苗。东边人直捕至西尽处，再转而东。西边人直捕至东尽处，再转而西。如此迴转扑灭，勤有赏，惰有罚。再，每日东方微亮时发头炮，乡地传锣，催民夫尽起早饭。黎明发二炮，乡地甲长带领民夫齐集被蝗处所。早晨蝗沾露不飞，如法捕扑。至大饭时，飞蝗难捕，民夫散歇。日午，蝗交不飞，再捕。未时后蝗飞，复歇。日暮蝗聚又捕，夜昏散回。一日止有此三时可捕飞蝗，民夫亦得休息之候。明日听号复然，各宜遵约而行。谕毕余暂回，看守城池仓库。至十一日申刻，飞马报称，本日飞蝗由北入境，自和里抵温里，约长四里，宽四里。余即饬吏具文通报，关会邻封，星驰六十里。二更到厂查问，据禀如法施行，已除过半。黎明亲督捕扑，是日尽灭。遂犒赏民夫，据实申报。飞探北地飞蝗夫〔未〕尽，余即在境堤〔提〕防。至十五日巳刻，飞蝗又自北而来，从和里连温、柔两里，计长六里，宽四里，蔽天沿地，比前倍盛。余一面通报关会，一面著往北再探。速即亲到被蝗处所，发炮鸣锣，传集原夫，再传附近之谷、生、土三里乡地甲长，带名〔民〕夫四百名，共民夫千二百名，劝励协力大捕。自十五至十六晚，尽行扑灭无余，禾苗无损。探马亦飞报北面飞蝗已尽，又复报明各宪。余大加褒奖乡地民夫，每名捐赏百文，逐名唱给。册外尚有余夫数十名，亦一体发赏。乡地里民欢呼而散。次早，郡守程公亦至彼查看，问被蝗何处，民指其所。守见禾苗如常，丝毫无损，大讶问故。余具以告，守亦赞异焉。

陆曾禹《捕蝗八所》

一、蝗所自起。蝗之起，必先见于大泽之涯，及骤盈骤涸之处。崇祯时徐光启疏，以蝗为虾子所变而成，确不可易。在水常盈之处，则仍又为虾。惟有水之际，倏而大涸，草留涯际，虾子附之。既不得水，春夏郁蒸，乘湿热之气，变而为蝻，其理必然。故涸泽有蝗，苇地有蝗，无容疑也。

任昉《述异记》云：江中鱼化为蝗，而食五谷。《太平御览》云：丰年蝗变为虾。此一证也。《尔雅·翼言》：虾善游而好跃，蝻亦好跃。此又一证也。有一僧云：蝗有二须，虾化者须在目上，蝗子入土孳生者，须在目下，以此可别。

二、蝗所由生。蝗既成矣，则生其子，必择坚垎（音劾）黑土高亢之处，用尾栽入土中，其子深不及寸，仍留孔窍，势如蜂窝。一蝗所下十余，形如豆粒，中止白汁，渐次充实，因而分颗，一粒中即有细子百余。盖蝻之生也，群飞群食，其子之下也，必同时同地，故形若蜂房，易寻觅也。

老农云：蝻之初生如米粟，不数日而大如蝇，能跳跃群行，是名为蝻。又数日群飞而起，是名为蝗。所止之处，喙不停啮，故《易林》名为饥虫。又数日而孕子于地，地下之子，十八日复为蝻，蝻复为蝗。循环相生，害之所以广也。

三、蝗所最盛。蝗之所最盛而昌炽之时，莫过于夏秋之间。其时百谷正将成熟，农家辛苦拮据，百费而至此，适与相当，不足以供一啖之需。是可恨也。

按春秋至于胜国，其蝗灾书月者，一百一十有一，内书二月者二，书三月者三，书四月者十九，书五月者二十，书六月者三十一，书七月者二十，书八月者十二，书九月者一，书十二月者三。以此观之，其盛衰亦有时也。

四、蝗所不食。蝗所不食者，豌豆、绿豆、豇豆、大麻、苘麻、芝麻、薯蓣及芋桑。水中菱芡，蝗亦不食。若将秆草灰、石灰二者等分为细末，或洒或筛于禾稻之上，蝗则不食。

（按：此处有脱漏）植之，不但不为其所食，而且可大获其利。

五、蝗所畏惧。飞蝗见树木成行，或旌旗森列，每翔而不下。农家若多用长竿，挂红白衣裙，群然而逐，亦不下也。又畏金声炮声，闻之远举。举鸟铳入铁砂，或稻米，击其前行，前行惊奋，后者随之而去矣。

以类而推，爆竹流星，皆其所惧。红绿纸旂，亦可用也。

六、蝗所可用。蝗若去其翅足，曝乾，味同虾米，且可久贮而不坏。以之食畜，可获重利。

陈龙正曰：蝗可和野菜煮食，见于范仲淹疏中。崇祯辛巳年，嘉湖旱蝗，乡民捕蝗饲鸭，鸭最易大而且肥。又山中人养猪，无钱买食，捕蝗以饲之。其猪初重止二十斤，旬日之间，肥而且大，即重五十余斤。始知蝗可供猪鸭，此亦世间之物性，有宜于此者矣。又有云，蝗性热，积久而后用更佳。

七、蝗所由除。蝗在麦田禾稼深草之中者，每日清晨，尽聚草梢食露，体重不能飞跃。宜用筲箕栲栳之类，左右抄掠，倾入布囊，或蒸或煮，或捣或焙，或掘坑焚火倾入其中。若只掩埋，隔宿多能穴地而出。

蝗在平地上者，宜掘坑于前，长阔为佳，两傍用板或门扇等类，接连八字摆列。集众发喊，手执木板，驱而逐之，入于坑内。又于对坑用扫帚十数把，见其跳跃往上者，尽行扫入，覆以干草，发火烧之。然其下终是不死，须以土压之，过一宿乃可。一法先燃火于坑内，然后驱而入之。《诗》云：去其螟螣，及其蟊贼，毋害我田稺。田祖有神，秉畀炎火。此即是也。

蝗若在飞腾之际，蔽天翳日，又能渡水，扑治不及。当候其所落之处，纠集人众，各用绳兜兜取，盛于布袋之内，而后致之死。

此上三种之蝗，见其既死，仍集前次用力之人，舁向官司，或钱或米，易而均分。否则有产者或肯出力，无产者谁肯殷勤？古人立法之妙，亦尝见之于累朝矣。列之于后。

八、蝗所可灭。有灭于未萌之前者。督抚官宜令有司，查地方有湖荡水涯及乍盈乍涸之处，水草积于其中者，即集多人，给其工食，侵水芟刈，敛置高处，待其干燥，以作柴薪。如不可用，就地烧之。

有灭于将萌之际者。凡蝗遗子在地，有司当令居民里老，时加寻视。但见土脉坟起，即便去除，不可稍迟时刻。将子到官，易粟听赏。

有灭于初生如蚁之时者。用竹作搭，非惟击之不死，且易损坏。宜用旧皮鞋底或草鞋旧鞋之类，蹲地掴搭，应手而毙，且狭小不伤损苗种。一张牛皮，可裁数十枚，散与甲头，复可收之。闻外国亦有此法。

有灭于成形之后者。既名为蝻，须开沟打捕，掘一长沟，沟之深广各二尺。沟中相去丈许，即作一坑，以便埋掩。多集人众，不论老幼，沿沟摆列，或持扫帚，或持打扑器具，或持铁锸。每五十人，用一人鸣锣。蝻闻金声，则必跳跃，渐逐近沟，锣则大击不止。蝻惊入沟中，势如注水。众各用力，扫者扫，扑者扑，埋者埋，至沟坑俱满而止。一村如此，村村若此；一邑如是，邑邑皆然。何患蝻之不尽灭也。

捕蝗十宜

一、宜委官分任。责虽在于有司，倘地方广大不能遍阅，应委佐贰学职等员，资其路费，分其地段，注明底册，每年于十月内，令彼多率民夫，给以工食，芟除水草，于骤盈骤涸之处及遗子地方，搜锄务尽。称职者申请擢用，遗恶者记过待罚。

二、宜无使隐匿。向系无蝗之地，今忽有之，地主邻人果即申报，除易米之外，再赏三日之粮。如敢隐匿不言，被人首告，首人赏十日之粮，隐匿地主各与杖警。即差初委官员，速往搜除，无使蔓延获罪。

三、宜多写告示，张挂四境。不论男妇小儿，捕蝗一斗者，以米一斗易之。得蝻五升者，遗子二升者，皆以米三斗易之，盖蝻与遗子小而少故也。如蝗来既多，量之不暇，遍秤称三十斤作一石，亦古之制也，日可称千余斤矣。惟蝻与子不可一例同称，当以朱文公之法为法也。

四、宜广置器具。蝗之所畏服者，火炮、彩旗、金锣及扫帚、栲栳、筲箕之类。乡人一时不能备办，有司当为广置，给与各厂社长，分发多人，令其领用，事毕归缴，庶不徒手彷徨。此即工欲善其事，必先利其器之意也。

五、宜二里一厂，为易蝗之所。令忠厚温饱社长、社副司之，执笔者一人，协力者三人，共襄其事。出入有簿，三日一报，以凭稽察。敢有冒破，从重处分。使捕蝗易米者，无远涉之苦，无久待之嗟，无挤踏之患。

六、宜厚工食。凡社长、社副、执笔等人，有弊者既当重罚，无弊者岂可不赏。或给冠带，或送门匾，或免徭役，随其所欲而与之。其任事之时，社长、社副、执笔者共三人，每日各给五升。斛手二人，协力者一人，每日共给一斗。分其高下，而令人乐趋。

七、宜给偿损坏。因捕蝗蝻，损坏人家禾稼，田地既无所收，当照亩数，除其税粮，还其工本，俱依成熟所收之数而偿之。先偿其七，余三分看四边田邻所收而加足，勿令久于怨望。

八、宜净米大钱。凡换蝗蝻，不得插和粞谷糠秕。如或给银，照米价分发，不许低昂。如若散钱，亦若银例，不许加入低薄小钱。巡视官应不时访察，以辨公私。

九、宜稽察用人。社长、社副等有弊无弊，诚伪何如，用钟御史拾遗法以知之。公平者立赏，侵欺者立罚，周流环视，同于粥厂，其弊自除。

十、宜立参不职。躬亲民牧，纵虫杀人，倪若水见诮于当时，卢怀慎遗讥于后世。飞蝗尚不能为之灭，饥贼岂能使之除？司道不揭，督府安存？甚矣！有司之不可怠于从事也。

蝗之为害最烈，今以八所阐发蝗之生灭，以十宜细说蝗之可除，曷勿事之？至捕蝗处分尤严，见于第四卷中，毋忽。

除蝗记

陆桴亭世仪曰：蝗之为灾，其害甚大。然所至之处，有食有不食，虽田在一处，而截然若有界限，是盖有神焉主之，非漫然而为灾也。然所为神者，非蝗之自为神也，又非有神焉为蝗之长而率之来，率之往，或食或不食也。蝗之为物，虫焉耳。其种类多，其滋生速，其所过赤地而无余，则其为气盛，而其关系民生之利害也深，地方之灾祥也大。是故所至之处，必有神焉主之。是神也，非外来之神，即本处之山川城隍里社厉坛之鬼神也。神奉上帝之命，以守此土，则一方之吉凶丰歉，神必主之。故夫蝗之去，蝗之来，蝗之食与不食，神皆有责焉。此方之民，而为孝弟慈良，敦朴节俭，不应受气数之厄，则神必佑之，而蝗不为灾。此方之民，而为不孝不弟，不慈不良，不敦朴节俭，应受气数之厄，则神必不佑，而蝗以肆害。抑或风俗有不齐，善恶有不类，气数有不一，则神必分别而劝惩之，而蝗于是有或至或不至，或食或不食之分。是盖冥冥之中，皆有一前定之理焉，不可以苟免也。虽然，人之于人，尚许其改过而自新，乃天之于人，其仁爱何如者，宁视其灾害戕食而不许其改过自新乎？故世俗遇蝗，而为祈禳拜祷，陈牲牢，设酒醴，此亦改过自新之一道也。顾改过自新之道，有实有文，而又有曲体鬼神之情，殄灭祛除之法。何谓实？反身修德，迁善改过是也。何谓文？陈牲牢，设酒醴是也。何谓曲体鬼神之情，殄灭祛除之法？盖鬼神之于民，其爱护之意虽深且切，乃鬼神不能自为祛除殄灭，必假手于人焉。所谓天视自我民视，天听自我民听也。故古之捕蝗，有呼噪、鸣金鼓、揭竿为旗以驱逐之者，有设坑、焚火、卷扫、瘗埋以殄除之者，皆所谓曲体鬼神之情也。今人之于蝗，俱畏惧束手，设祭演剧，而不知反身修德、祛除殄灭之道，是谓得其一而未得其二。故愚以为今之欲除蝗害者，凡官民士大夫，皆当斋祓洗心，各于其所应祷之神，洁粢盛，丰牢醴，精虔告祝，务期改过迁善，以实心实意祈神佑，而仿古捕蝗之法。于各乡有蝗处所，祀神于坛，坛旁设坎，坎设燎火，火不厌盛，坎不厌多。令老壮妇孺操响器、扬旗幡、噪呼驱扑。蝗有赴火及聚坎旁者，是神之灵之所拘也，所谓"田祖有神，秉畀炎火"者也，则卷扫而瘗埋之。处处如此，即不能尽除，亦可渐灭。苟或不然，束手坐待，姑望其转而之他，是谓不仁；畏蝗如虎，不敢驱扑，是谓无勇；日生月息，不惟养祸于目前，而且遗祸于来岁，是谓不智。当此三空四尽之时，蓄积毫无，税粮不免，吾不知其何底止也。

蝗最易滋息，二十日即生，生即交，交即复生。秋冬遗种于地，不值雪则明年复起，故为害最烈。小民无知，惊为神鬼，不敢扑灭，故即以神道晓之。虽曰权道，实至理也。（自记）

镇江一郡，凡蝗所过处，悉生小蝗，即春秋所谓蝝也。凡禾稻经其缘啮，虽秀出者亦坏。然尚未解飞，鸭能食之。鸭群数百，入稻畦中，蝝顷刻尽。亦江南捕蝝一法也。

是年冬，大雪深尺，民间皆举手相庆。至次年，蝗复生。盖岩石之下，有覆藏而雪所不及者，不能杀也。四月中，淫雨浃旬，蝗遂烂尽。以此知久雨亦能杀蝗也。（又记）

察冤狱

汉昭帝时，海州（按：豫省聚文斋刻本作“东海”）大旱三年。人民离散，莫知所从。会新太守下车，于公谓守曰：非申孝妇之冤不可。守询之，公曰：郯城昔有窦氏，少寡，事姑极孝。姑念孝妇侍奉勤苦，欲其嫁，妇不允，姑遂自经，盖以己在妨其嫁也。姑之女竟以杀母告，太守按治，妇乃诬服。某曾力争而勿听，咎非在是而何？新守斋戒沐浴，徒步往祭孝妇于塚。祝方毕而大雨如注。至今有孝妇庙在。

唐开元中，榆林卫等久旱非常。颜真卿为御史，行部至五原。时有冤狱，久不决，真卿至，立辨其冤，雨即沛然而至。郡人遂呼为御史雨。

明单县有田作者，其妇饷之，食毕即死。其翁曰：此必妇之故矣。陈于官，不胜箠楚，遂诬服。自是天久不雨。许襄毅公时官山东，曰：狱其有冤乎？乃亲历各境，出狱囚遍审之。至饷妇，乃曰：夫妇相守，人之至愿。鸩毒杀人，计之至密焉。有自饷于田而鸩之者哉？遂询其所馈饮食、所经道路，妇曰：鱼汤米饭，度自荆林，无他异也。公问时，适当其夫死之际，置鱼作饭，仍由旧路而行，试狗彘，无不立死者，遂出其罪。即日大雨如注。

掩枯骨

汉周畅为河南尹，永初二年夏旱，久祷无雨。畅因收葬洛城傍客死骸，凡万余。应时雨，岁乃稔。

卷二　清源

林希元《荒政》首言得人难、审户难，盖谓审户不清，各弊端从兹而起，故为荒政中最难事。然未有不得人而能清理者也。在院司当牧令是求，在州县宜衿耆是选，务在得人，方能济事。而得人审户之方，吾谓当行保甲之法。何也？保甲不立，烟户不清，则衿耆之贤否无别，何能得人以分任其劳？闾阎之贫富不分，安得审户而悉除其弊？况保甲之法，平日为弭盗而行，则官畏烦难，而民亦嫌其扰累。此时为蠲赈而行，则官甚便宜，而民亦乐于从事，而盗贼奸宄无所容，更不待言矣。是一举而无善不备焉。若逢灾象已成，诚于此卷成规，不畏其难，斟酌而力行之，则其余皆易为力矣。

求贤能

宋熙宁二年，遣使赈济河北流民。司马温公光言：京师之米有限，河北之流民无穷。莫若择公正之人为监司，使察灾伤州县，守宰不胜任者易之，各使赈济本州县之民，则饥民有可生之路，岂得有流移？

明佥事林希元疏云：救荒无善政，使得人犹有不济，况不得人乎？臣愚欲令抚按监司，精择府县官之廉能者，使主赈济。正印官如不堪用，可别择廉能佐贰，或无灾州县廉能正印官用之。盖荒事处变，难以常拘也。至于分赈官员，可令主赈官择之。事完，官则上之吏部，府县学职等官，视此黜陟；举人监生等人员，视此为除授。民则上之抚按，别其赏罚。如此则人人有所激劝，而荒政之行，或庶几乎？

陆曾禹曰：天下事未有不得人而能理者也，况歉岁哉！事起急迫，人非素练。老幼悲啼，妇女杂乱。厉之以严，则饿体难加扑责；待之以宽，则散漫莫肯循规。加之吏胥作弊，致使饿莩盈途。故不得人，其何以济！在君相当郡县是求，在郡县宜乡耆是选，递相慎择，必得其人，任之以事，自无不济。《书》云：建官惟贤，位事惟能。时当歉岁，可弗以择贤任能为首务哉？

元张光大云：择人委任，为第一要事。若委任得人，自然无弊。君子作事谋始，赈济之方，尤为当慎。若一概委用富豪之家，则富而好义者少，为富不仁者多，其害有甚于吏胥无籍之辈。今后莫若选择乡里有德望诚信、谨厚好义之人，或贤良缙绅素行忠厚廉介之士，亦不拘富豪，但为众所敬而悦服者，许令乡民推举，使之掌管，庶几储积不虚，凶年饥岁，得以济民也。

明御史钟化民救荒，谕所属曰：司厂不可用在官人，各地方保甲里耆，公举富而好礼者，州县官以乡宾礼往请，破格优礼，谕以实心任事，厂内利弊，陈请即行，月给官俸。能使一厂饥民得所，旌以彩币匾额，倍之者给以冠带，或为骨肉赎罪，或欲子弟采芹，任其所欲。富室捐赈，视其多寡，与司厂者同赏格。既谕之后，又巡历各方，用拾遗法，得实心任事、多方全活灾民、贤之尤者，即刻破格荐扬。贪暴纵恣以致饿殍枕藉不肖之尤者，即时驰参。以故群吏实心任事，饥民多所全活。

拾遗法。预令饥民进见时，人具一纸，勿书姓名，开所当兴当革及官吏豪猾有无侵刻横行，散布于地。即与兴革处分，然必择其佥同者而后察之也。

先审户

宋苏次参澧州赈济，患抄劄不公，给印册一本，用纸半幅，令各自书某家口数若干、大人若干、小儿若干、合请米若干，实贴于各人门首壁上。如有虚伪，许人告首，甘伏断罪，以便委官查点。又患请米者冗，分定几人为一队，逐队俱用旗引。如卯时一刻，引第一队领米，二刻引第二队，以至辰、巳时，皆用此法，则自无冗杂。且老幼妇女，悉得均籴矣。又任澧阳司户日，权安乡县，正值大涝。始至，令典押将县图逐乡抹出，全涝者用绿，半涝者用青，无水之乡用黄，不以示人。又令乡司抹来参合，方请乡耆逐乡为图，复以青绿黄色别其村分，出图参验，故不检涝而可知分数。催科赈济，亦视此为先后，其法甚简要也。

宋李珏守毗陵时，适遇民饥，将灾伤都分作四等抄劄。“仁”字系有产税物业之家。“义”字系中下户，虽有产税灾伤实无所收之家。“礼”字系五等下户，及佃人之田，并薄有艺业，而饥荒难于求趁之人。“智”字系孤寡贫弱、疾废乞丐之人。除“仁”字不系赈救，“义”字赈粜，“礼”字半济半粜，“智”字全济，并给票计口，如常法。惟济米预挂榜文，十日一次，委官散给。民至于今称之。丁卯，鄱阳旱暵。又将义仓米，每日就城中多置场所，减价出粜，先救城内外之民，却以此钱准价计口，逐月一顿支给，以济村落之民。非惟深山穷谷，皆沾实惠，且免偷窃拌和之弊。一物两用，其利甚善。

宋吴中大饥，方议赈恤，以民习欺诞，敕本部料捡，家至户到。左谏议大夫郑雍言：此令一布，吏专料民而不救灾，民皆死于饥。今富有四海，奈何谨圭撮之滥，而轻比屋之死乎？上悟，追止之。

宋余童蕲州赈济，尽括户口之数，第为三等。孤独不能自存者，专赈济；下户乏食者；赈粜；有田无力耕者，赈贷。阖境五邑，以乡村远近均粟置场，每场以一总首主出纳，十场以一官吏专伺察。

宋江东运判俞宗亨赈济，踏杀妇人一百六十二人，乞待罪。

宋从政郎董煟曰：勘灾抄劄之时，里正乞觅，强梁者得之，善弱者不得也。附近者得之，远僻者不得也。吏胥里正之所厚者得之，鳏寡孤独疾病而无告者未必得也。赈成已是深冬，官司疑之，又令覆实，使饥者自备裹粮，数赴点集，空手而归，困踣于风霜凛冽之时，甚非古人视民如伤之意。凡县令，宜每乡委请一上户平时信义为乡里推服官员一人为提督赈济官，令其逐都择一二有声誉行止公干之人为监视，每月送米麦点心钱，分团抄劄，不许邀阻乞觅，有则申县断治。其发米赈粜亦如之。若此，庶乎其弊少革耳。

宋袁燮为江阴尉，浙西大饥，常平使者罗点属任赈恤。燮命每保画一图，田畴、山水、道路悉载之，以居民分布其间，凡名数、治业悉书之。合都为乡，合乡为县，征发追胥，披图可立决。以此为荒政首。

明佥事林希元疏云：臣愚欲分民为六等。富民之等三，极富、次富、稍富。贫民之等三，极贫、次贫、稍贫。稍富不劝分，稍贫不赈济，极富、次富使自检其乡之次贫、稍贫而贷之种。非特欲借其银种也，欲于劝分之中，而寓审户之法。何者？盖使极富、次富之民，出银以贷诸贫，彼必度其能偿者方借，而不借者即极贫，不用耳目而民为吾耳目，不费吾心而民为吾尽心，法之简要，似莫有过于此者。若流移之民，则与鳏寡孤独等，皆谓之极贫可也。

明御史钟化民督理荒政云：垂亡之人，既因粥厂而得生矣，稍自顾惜，不就厂者，散银赒之。令各府州县正印官，遍历乡村，唤集里保，公同查审。胥棍作奸，许人举首，得实者重赏，如虚反坐。给与印信小票，上书极贫某人，给银五钱，次贫某人，给银三钱，鳏寡孤独，更加优恤。分东南西北，先期出示分给，以免奔走守候。敢有以宿逋夺去者，以劫贼同论。其银又当不时掣封秤验，如有低潮短少，视轻重处分。

明神宗时，陈霁岩知开州，时大水，无蠲而有赈。府下有司议，岩倡议极贫民赈谷一石，次贫民赈五斗，务必令民共沾实惠。放赈时，编号执旗，鱼贯而入，虽万人无敢哗者。公自坐仓门外小棚下，执笔点名，视其容貌衣服，于极贫者暗记之。庚午春，上司行文再赈贫者，书吏禀公出示另报，公曰不必，第出前之点名册，查看暗记极贫者，径开其人，唤领赈米。乡民咸以为神。盖前领赈之时，不暇妆点，尽得真态故也。

明周文襄忱抚苏时云：救荒者，凡以为贫户、下户也，官司非不欲一一清审之，奈寄之人则难公，任之己则难遍。昔人谓救荒无奇策，正以贫户之难审也。所以然者，亦不豫故耳。合令被灾之府州县，预乘秋月，以主赈官督在城保长，以在城保长催在乡保长，以保长催甲长，以甲长报花户。每甲分为不贫、次贫、极贫三等，除不贫外，将次贫、极贫各口数大小若干，贴其门首壁上。再令每保开一土纸手本，送至赈济官，不许指称造册，科敛贫民。待乡党日久论定，委官乘便覆查。此即宋时苏次参澧州赈济之法，但彼临时为之，不若先时查审贫富明白，民志定矣，尤为无弊。

明陈龙正曰：赈饥之法，往往吏缘为奸，皆由户之不能审也。贫者未必报，报者未必给，其报而给者又未必贫。请就里中推一二大姓，任以赈事。有司不时单车临视，稍立赏罚科条以劝戒之。盖大姓给散，其利有九。习知贫户多寡，不至漏冒，一也。给散近在里中，得免奔走与留滞之苦，二也。披籍而得姓名，谷米之数易于查勘，三也。以邻里之谊，不至伪杂损耗，四也。贫户素服大姓，即有缺漏，易于自鸣，五也。食糜各于其乡，不至群聚喧杂，秽恶薰蒸而成疫疠，六也。大姓熟识近邻，不至攫夺，七也。分县官之劳，八也。吏不能为奸，九也。

惠学士士奇曰：江东旱，提刑史弥巩以为，赈荒在得人，俾厘户为五等，甲赈，乙粜，丙为自给，丁籴而戊济，此厘户之法也。厘户之法，当仿韩琦河北救灾政，而择甲户之以赀为官者，宪司礼请之，属以计口均户而分五等，每县若干都，每都五人，视民居稀稠而增减其数。复授之粟，而属以亲至某乡聚民均给。人日一升，幼小半之。十日一周，终而复始，至麦熟止。仍分粜粟之所、给粟之所，俾均主之而有司总其成。如此则以户均户，以民赈民，既不侵牟，亦无掣顿。且人情各爱其乡，而又恐负宪司之意，必相与怂恿从事，而惟恐不均，则厘户之法可行也。

严保甲

《周礼》大司徒施教法于邦国都鄙，使之各以教其所治民。令五家为比，使之相保。五比为闾，使之相受。四闾为族，使之相葬。五族为党，使之相救。五党为州，使之相赒。五州为乡，使之相宾。

宋张咏守蜀，季春粜廪米，其价比时减三分之一，以济贫民。凡十户为保，一家犯事，一保皆坐不得籴。民以此少敢犯法。王文康知益州，献议者改咏之法，穷民无所济，复为盗。文康奏复之。其赈粜法，人日二升，团甲给票，赴场请籴。始二月一日，至七月终，岁出米六万石。蜀人大喜，为之谣曰：蜀守之良，先张后王，惠我赤子，俾无流亡。何以报之？俾寿而康。

宋朱文公熹于建宁府崇安县，因荒请米，既建社仓，乃立保甲法。其法以十家为甲，甲推一首，五十甲推一人通晓者为社首。逃军无行，不得入甲。凡得入者，又问其愿与不愿。惟愿者开其大小口若干，共登一簿，以便稽查。

陆曾禹曰：保甲法虽不为社仓而建，但既建社仓，此法断不可少。不然司事者无人，举报者无人，贤否无由而别，虚实何从而知？故欲富国强兵者，在所首重；而欲敦伦善俗者，亦不可少缓也。朱子学贯天人，岂漫无所据而力行哉？

明张朝瑞行保甲法，或言往岁赈饥，皆领于里甲，今编保甲以代之，何也？曰：国初之里甲，犹今时之保甲。昔相邻相近，故编为一里。今年远人散，每见里长领赈，辄自侵隐。甲首住居窎远，难以周知。及至知而来，来而取，取而讼，讼而追，追而得，计所得不足以偿所失。故强者怒于言，懦者怒于色，只得隐忍而去。甚有鳏寡孤独之人，里甲曰：彼保甲报之，于我何与？保甲曰：彼里甲报之，我何与焉？互相推诿，使民死于沟壑，无可控诉者，难以数计。不若立为画一之法，俱归保甲。盖凡编甲之民，萃聚一处，其呼唤易集，其贫富易知。昔熙宁就村赈济，张咏照保粜米，徐宁孙逐镇分散，朱文公分都支给，皆用此法也。

明王文成守仁巡抚江西，行十家牌法，曰：凡置十家牌，须先将各家门面小牌挨审的实，如人丁若干，必查某丁为某官吏或生员，或当差役，习某技艺，作某生理，或过某房出赘，或有某残疾，及户籍田粮等项，俱要逐一查审的实。十家编排既定，照式造册一本留县，以备查考。及遇勾摄并差调等项，按册处分，更无躲闪脱漏。一县之事，如指诸掌。

明周文襄忱抚苏时曰：弭盗安民，莫良于保甲法。是法也，为弭盗而设，是以治之之道编之也，人情莫不偷安，故其成之也难。为赈济而设，是以养之之道编之也，民情莫不好利，故其成之也易。今令各府州县，择廉能佐贰一员，专董其事。大概先将城内以治所为中央，每保统十甲，各设保正副等人。每甲统十户，设甲长一人。分东西南北，以东一保、东二保、东三保等为号，南与西北亦如之。其在乡四方保正副，又以在城保正副分方统之。假如在城东一保统东乡一保，在城东二保统东乡二保，余则皆以此为法。是保甲者旧法也，以城中之保而分统乡间之保者，新设之法也。若乡间保长抗令，即添差助城中保长协力处分，凡公事可以立办矣。

陆曾禹曰：保甲之法不立，城市错杂，乡村窎远，在位君子，乌能知其贤否并有余不足之家也。惟行之有素，按籍而稽，奸宄不得容留，贫富了然在目，冒破者无有矣。故不论赈济、赈贷、赈粜，饥年皆不可少。

彭中丞鹏曰：保甲行而弭盗贼，缉逃人，查赌博，诘奸宄，均力役，息武断，睦乡里，课耕桑，寓旌别，便赈贷，无一善不备焉。行之不善则民累滋甚矣。如旧例，朔望乡保赴县点卯守候，一累也。刑房按月两次取给索钱，二累也。四季委员下乡查点，供应胥役，三累也。领牌给牌纸张，悉取诸民，四累也。遣役夜巡，遇梆锣不响，即以误更恐吓，馈钱乃免，五累也。又保甲长托情更换，倏张倏李，六累也。甚而无名杂派，差役问诸庄长，庄长问诸甲长，甲长问诸人户，藉为收头，七累也。今与尔八路十五乡人等约，不点卯，不委员，不取结，保甲长不听情更换。凡一家牌、十家牌、百家总牌，自买纸印刷，付保长亲领，不费尔民一钱。巡夜非本县亲历，凡皂快人等，借称查夜，许尔庄长、甲长扭禀。假冒者惩责，得赃者重处。

保甲行于歉岁，田亩有蠲赋缓征之惠，则富者不肯隐匿；极次有抚恤赈贷之恩，则贫者亦乐开造。善为政者，因其势而利导之，则难办者转觉易为力矣。

先示谕

明周文襄忱曰：时值饥荒，民情汹汹，宜当民之未饥，多揭榜，云日将散财，将发粟，将皆蠲税银粮米，将平粜粟米。吾民毋过忧，毋出境，毋弃父子，毋为寇盗。则民志定矣。

卷三　查勘

此卷就江苏前任彭方伯家屏所刊灾赈章程，并采各省办灾事宜，及参酌见闻而成帙者。自报灾查勘田亩户口，以至蠲缓抚赈报销及除弊窦，分为四类，最关紧要。凡为地方官者，必须平时细加研究，庶免临事周章。若委员协查，尤宜提出此卷，交与细心阅看，实力奉行，俾免歧误。

勘灾事宜

一、凡州县查勘灾田，须凭灾户呈报坐落亩数，应先刊就简明呈式。首行开列灾户姓名、住居村庄。次行即列被灾田亩若干，坐落某区某图，或某村某庄。又次行刊列男妇大几口、小几口。其姓名田数区图村庄大小口数，俱留空格，后开年月。每张止须如册页式样，叠作两折，预发铺户刊刷，分给报灾之地方乡保，令转给灾户，自行照填报送。地方官即查对粮册相符，存俟汇齐，按照灾田坐落区图村庄抽聚一处，归庄分钉，用印存案，即可作为勘灾底册。

一、州县灾象已成，该印官应一面通报各上司，该管府州接到报文，即照例委员赴县协查。该州县一面按照各庄灾册，挨顺道路，酌量烦简，计需派委若干员，除本地佐杂若干外，尚少若干，即禀请道府派委邻近佐杂。如仍不敷，再禀院司调发候补、试用等官分办。

一、凡委员赴庄查勘时，该州县即按其所查村庄，将前项钉成灾册，分交各委员带往，按田踏勘。将勘实被灾分数田数，即于册内注明。如有多余少报，以及原系版荒坑坎无粮废地，又有只种麦不种秋禾名为一熟地者，逐一注明扣除。其勘不成灾，收成歉薄者，亦登明册内。若原册无名，临勘报到者，勘明被灾果实，亦注明灾分，附钉本庄册后。勘毕，将原册缴县汇报。其余未被灾之村庄，不许滥及。

一、灾分轻重，应照被灾村庄实在情形，不得以通县成熟田地统计分数，致灾区有向隅之苦。至一村一庄之中，大抵情形相仿，不必过为区别，致有纷繁零杂，难以查办，且易滋高下其手之弊。第州县之中，每一地方，即有数十村庄，及百余村不等。查勘灾分，应就一村一庄计算，不得以数十村庄之一大地方，统作分数，以致偏陂〔颇〕不均。

一、州县印官，一俟委员勘齐灾田，一面核造总册，一面先将被灾村庄轻重情形，及灾田钱粮内，如漕项河工岁夫漕粮等项，非奉题请例不蠲缓者，一并妥议，应否蠲缓，分别开折通禀。并将本邑地舆绘画全图，分注村庄，将被灾之处，水用青色，旱用赤色，渲染清楚，随折并送，以便查核。

一、定例夏月被灾，如种植秋禾，将来可望收成者，应统俟秋获时确勘分数，另行办理。如得雨稍迟，播种较晚，必需接济者，酌量借给籽种口粮。如遇冰雹为灾，及陡遭风水，一隅偏灾，亦照此办理。

一、被秋灾地方，如有旱后得雨尚早及水退甚速者，尚可补种杂粮，均当劝谕农民，竭力赶种，以冀晚收。如有得雨较迟，积水难消者，应饬设法宣导，使之早为涸复，灌溉有资。其乏种贫农，无力播种者，照例详请酌借籽种，候示放给。其有力之户，不得冒滥。

一、沿海土石塘工，如遇异常潮患，冲激坍损，查明果非修造不坚所致，例应免赔者，即开明工段丈尺、原修事案职名，固限月日，妥议通报，听候勘估详办。其城垣、仓库、衙署、要路、桥梁、营房、墩台、木楼等项，亦照此办理。

一、报灾定例，夏灾不出六月，秋灾不出九月，原指题报而言。至于州县被灾，自必由渐而成，况麦收在四五月，秋成在七八月，则是有收无收，荒熟早已定局。嗣后各州县被灾情形，应于五、八月内勘确通报，以便汇叙详题，不得延至六、九月始行详报，致稽题限。

一、定例灾田分数，蠲缓册结，应自题报情形日起限四十五日具题，迟则计日处分。而此四十五日内，由州县府道藩司层层核转，以至院署拜疏，均在其间扣算，是为期甚迫。若有逾违，处分最严。然州县勘定成灾，例由协查厅员及该管道府加结送司，每致迟延，檄催差提，不能即到。嗣后应令州县一俟委员勘齐灾田，即造具灾分田数科则蠲款总册，并造被灾区图田亩册，出具印结，一面专役直赍，送司查核转造，一面分送协查厅员，并由该管府道加结移司汇转，庶无稽误。

一、灾蠲钱粮定例，被灾十分者，蠲免七分。被灾九分者，蠲免六分。被灾八分者，蠲免四分。被灾七分者，蠲免二分。被灾六分、五分者，蠲免一分。至于先经报灾，后经勘不成灾田地，原无蠲缓之例。间有题请缓征钱粮者，乃属随时酌办之事。嗣后被灾州县，如有此等勘不成灾、收成歉薄田地，亦须查明实在斗则田数，另开一册，随同成灾田亩，一并送司，以便临时酌办。

一、扣除灾户钱粮，应按实被灾田数目验算。应蠲应缓，于额征确册内分注扣除。其未被灾田钱粮，不应统扣蠲缓，此乃理所最易明者。从前竟有州县误认统征分解之说，混将灾田蠲缓之项，照阖县田粮额数，不分灾熟，概行摊扣，以致追赔有案，后当视为炯鉴。

一、州县田地，有民屯、草场、学田、芦田、河滩等项之分，内如民赋漕田并卫省卫外卫屯田、草场、学田、芦田等项被灾，则应该州县查办，但须分项造具册结详报，不可汇归一册，致滋溷淆。又如淮大等卫屯田散处各邑境内，向系该卫官（按：此处似有脱漏），如遇被灾，例应该卫会同各该地方官勘明灾分田亩科则蠲粮各数，造具册结，仍由卫官办送。惟抚赈灾军，应随坐落州县一并查办。又如淮、徐等属，切近黄、淮，向以长堤为界。堤外滩地，水无关拦，去来无定，所征滩租，数亦甚轻，原与内地粮田不同。是以从前详定，总视内地粮田为准，如堤内无灾，止此河滩被水，不准报灾给赈。如遇堤内成灾，则堤外滩地，仍准一体报灾抚赈。嗣后仍应照旧办理。但须分案造册具结，随同民田等册，一例依限详送，不得稽迟。至盐场课地，例归盐法衙门查办，州县止须稽察，毋致混入民田。

一、灾赈公文，均关紧要，应于封套上加用灾赈公文红戳，或用排单，由驿站马上飞送，或专役赍投，不得发铺递致稽。

一、各属地方辽阔，灾赈事务头绪纷繁，印官一身不能兼顾，故须委员协办。务将刊定章程公同细讲，和衷妥办。凡有临时饬办事宜，亦即分抄细看遵办，切勿各逞臆见，办理参差。

抚恤事宜

一、抚恤一项，原为被灾之初查赈未定，极次未分，灾民之中，如系猝被水冲，家资飘散，房舍冲坍，露宿篷栖，现在乏食，势难缓待者，自应不论极次，随查随赈，给以抚恤一月口粮。或钱或米，各随灾户现栖之地，当面按名给发，印委各官登簿汇册报销。仍即讯明各灾户原住村庄注册，俟水退归庄后，查明灾分极次，仍按原庄给赈。其卫军、贫生、兵属有似此者，亦应一体查办。如有灶户在内，虽属盐法衙门管理，倘场员查办不及，应令地方官照依民例，先行抚恤，造册详请盐政衙门拨还归款。

一、猝被水灾，房屋坍倒，一时举爨无资者，或暂行煮粥赈济。其有趋避高处，四围皆水，不通旱路，穷民无处觅食者，该地方官亟应买备饼面，觅船委员散给，以全生命。此系猝被之灾，事非常有，向无另项开销。如遇此等办理，应按其救济灾民口数，归于抚恤项下报销。

一、坍房修费，例应每瓦房一间给银七钱五分，草房一间给银四钱五分。原为冲坍过甚，无力修葺者，方始动给，俾穷民无露处之虞。如系有力之家，并佃居业主之房，亦不得滥及。如有房屋已被冲淌，基址难以查考者，应酌按人口多寡，量给草房修费。凡一二口者，给予一间。口数多者，每三口递加一间。均于册内登明，详请给发。兵属、卫军，一体查办。灶户坍房，应令场员查明详报盐政衙门办理。

一、被水淹毙及坍房压毙人口，每大口给棺殓银八钱，小口四钱。除有属领埋外，其无属暴露者，着令地保承领掩埋。如有好善绅士，情愿捐备者，亦听其便。该地方官查明捐数，具详请奖，不得抑勒派扰。

一、被灾贫民，虽例应先行抚恤一月，仍须酌看情形，或被灾较重，或连遭歉薄，民情拮据，应行先抚后赈者，即行照例将抚恤一月口粮，先于正赈之前开厂散给汇报。如甫当麦收丰稔之后，适遇秋灾，或民力尚可支持，只须加赈，毋庸抚恤者，亦先期通禀，以便于情形案内声叙详题。

一、被灾地方，原有以工代赈之例。如有应兴工作，自当及时修举。但如挑河筑堤等工，所用夫力居多，方与贫民有益。若如修城建屋等工，料多工少，似非代赈所宜。须于临时斟酌，妥协详办。至灾户中，有赴工力作者，此乃自勤其力，以补日用之不足。若因其赴工而扣除其赈粮，则勤户反不若惰民之安然得赈，于理未协。嗣后凡有赈户赴工力作，毋庸扣其赈粮，俾其踊跃从事。

查赈事宜

一、查报饥口，例应查灾之员随庄带查。向凭地保开报，固难凭信，即携带烟户册查对，其中迁移事故，亦难尽确。在有田灾户，尚有灾呈开报家口，其无田贫户，更无户口可稽。况人之贫富，口之大小，必得亲历查验，方能察其真伪。嗣后委员查赈，务必挨户亲查，详察情形，参考原册，查照后开规条，酌分极次，查明大小口数，当面登册，填给赈票。勿怠惰偷安，假手地保书役代查代报，致滋混冒。查完一庄，即行结总，再查下庄。每日将查完村庄赈册票根固封缴县，仍将查过村庄饥口名数，或三日，或五日，开折通禀查核。

一、查赈饥口，以十六岁以上为大口，十六岁以下至能行走者为小口。其在襁褓者，不准入册。

一、贫民当分极、次，全在察看情形。如产微力薄，家无担石，或房倾业废，孤寡老弱，鹄面鸠形，朝不谋夕者，是为极贫。如田虽被灾，盖藏未尽，或有微业可营，尚非急不及待者，是为次贫。极贫则无论大小口数多寡，俱须全给。次贫则老幼妇女全给，其少壮丁男力能营趁者酌给。

一、业户之中，有一户之田散在各里者，应统行查核，如系熟多荒少，或田虽被灾，家业尚可支持者，毋庸给赈。如系荒多熟少，实系贫苦者，应归于住居村庄按灾分给赈，不得分庄混冒。如有弟兄子姓一家同住，总归家长户内给赈，不得花分重冒，违者究追。

一、业户之田，类多佃户代种。内如本系奴仆雇工，原有田主养赡者，毋庸给赈。如系专靠租田为活之贫佃，田既遇荒，业主又无养赡，并查明极次，及所种某某业主之田，按其现住灾地分数给赈，不得分投冒领。

一、寄庄人户，须查明实系本身贫乏方许给赈，否则恐其身居灾地，田坐熟庄，易滋冒滥。或人居隔县，田坐灾邑，本系田多殷户，其管庄之人，自有业户接济，亦可毋庸给赈。

一、被灾地方坐落营分，其兵丁原有粮饷资生，但家口多者，遇灾拮据，令该管营员查明灾地兵丁，除本身及家属三口以内不准入赈，其多余家口，方准分别极次，开册移县。该地方官会同该营亲查确实，与民一体给赈。如有虚冒，立即删除。无灾村庄，不得滥及。

一、被灾村庄内之鳏寡孤独疲癃残疾之民，除有力自给，或亲族可依，及已入养济院者，毋庸给赈，其无业无依遇灾乏食者，悉照所住村庄灾分轻重，分别极次，一体给赈。其余不被灾村庄内之四茕，概不准给。总以被灾、不被灾分清界限，不得以附近灾地牵混。

一、被灾村庄内，有无田贫民，或藉工营趁，或赖手艺餬口，因被灾失业，无处营生者，应随住居村庄灾分轻重，分别极次、一体给赈。无灾村庄不得滥及。其余有本经营开铺贸易者，务须严禁混冒，察出从重究治。

一、查赈之时，如有灾户外出未归，未经给赈，自必有烟户原册可查，空房遗址可验。承查委员应即查明，于赈册内一一注明，以备该户闻赈归来时查明补给，汇册报销，并杜捏报复领之弊。

一、向有留养流民资送回籍之例，是以一遇灾歉，人多四出。今此例已停，恐愚民尚未通晓，应令被灾地方官遍加晓谕，使知出外无益，各自安心待赈，免致流离失所。

一、屯卫灾军饥口，应归田亩坐落之州县，照依民例一体查赈。

一、被灾贫生，例系动支存公折给赈银。应令该学官查明极次及家口大小口数，造册移县覆查明确，会同教官，传齐各生，在明伦堂唱名散给，所以别齐民也。如或有滥有遗，即将该教官揭参。

一、民灶杂处地方，除灶户猝被水灾，亟须抚恤，经地方官代办者，已于抚恤项下议明外，其余一切办赈事宜，应听该管场员查办，仍关会该地方官稽查重冒。

一、勘灾查赈员役盘费饭食，除现任州县养廉充裕，无须议给，并州县官之跟随书役轿夫人等饭食，俱听自行捐给外，如试用知县佐杂教职各官，每员日给盘费银一钱。准随带承书一名，正印官跟役二名，佐杂等官跟役一名，每名日给饭食银三分。总以到县办事之日起，事竣之日止，俱由州县核实给发。如遇乘船，已有轿夫饭食抵用，毋庸另给船费。如闲住日期，除本邑佐杂概不准给盘费饭食外，其外来委员闲住之日，即令在县帮办赈务，准给盘费，不给书役饭食。其给单造册纸张公费，除贫生一项向不准销外，总照应赈军民兵属大小口数，以每万口作三千户计算，每千户准销单票银二钱。每千户计册四十页，每页准销银二厘。亦在县库动给，事竣分别造册报销。至委员书役，既已拨给盘费，一切供应均当自备，不得于所到村庄取给地保，并不许与该地绅衿交往，收受礼物，听情冒滥，违者察参。

一、定例被十分灾，极贫给赈四个月，次贫给赈三个月。被九分灾，极贫给赈三个月，次贫给赈两个月。被七、八分灾，极贫给赈两个月，次贫给赈一个月。被六分灾，极贫给赈一个月。被六分灾之次贫及五分灾民，例不给赈，止准酌借口粮，春借秋还。其酌借月份，或银或米，随时酌定详给。

一、给赈票应用两联串票，该地方官预先刊刷印就，每本百页，编明号数。其应用查赈户口册，每页两面各十户，亦即刊刷钉本用印，每本百页。凡委员赴庄查赈时，即按其所查村庄户口之多寡，酌发册票若干本，登记存案。各委员即赍带册票，按户查明应赈户口，即将所带联票，随时填明灾分、极次、户名、大小口数，将一票截给灾民，其票根留存比对，册亦照票填明。填完一庄，即将用剩册票，朱笔勾销，封交该州县收存，为放赈底册。

一、灾户领赈，即赍前给赈票赴厂，该委员验明放给。于票上钤用第几赈放讫戳记，仍付灾民收回，以备下月领赈。册内亦并用戳，俟领完末赈，即将原票收回缴县核销。如有灾户赈未领完，原票遗失者，查明果系实情，许同庄灾户一二人互保补给，仍于册内注明票失换给字样，以杜拾票之人冒领。

一、应赈之户，门首壁上用灰粉大书极贫、次贫某人，大几口、小几口字样，以便上司委员不时抽查。俟赈毕后，方许起除。

一、灾邑查赈放赈时，该管上司应亲自巡行稽察，并选干员密委抽查。如有冒滥遗漏等弊，立将原办之委员，按其故误情罪，据实揭参。书役冒户，一并严究，毋稍宽纵。至办赈委员，原系帮同地方官办理，是否妥协，应责成该印官随时稽察。如有重大弊端，除委员参处外，地方官亦应一并查参，庶不致膜视诿卸矣。

一、州县凡遇成灾，便当早筹赈需。先将从前历年被灾轻重及用过银米各数，逐一查明。再以现年被灾情形，较比何年相等，虽历年既久，户口日增，今昔难以拘泥，第约略度计现存仓库共有若干、尚需若干，当即禀请筹拨。并将该县地方水路可通何处、道里若干禀明，以便酌核派运。至放给灾民赈粮，应用干洁米谷，不得将存仓气头廒底及滥收别县潮湿米谷，混行散给，致苦灾民。其受拨州县一经奉文，即上紧选雇坚固船只，照例给足水脚，遴差妥当丁役，分押各船，星速儹〔趱〕运。如有船户押役沿途偷卖、搀水和沙、霉烂缺少等弊，立即拿究追赔。受拨州县，或应于水次接收转运入厂者，亦即预觅舟车，押赴交卸处所，候运粮一到，照依制斛，即为验明斛收，出给印照。如有缺少，即按数移追。如接收之后，复有搀和缺少之弊，惟接受之员役是问。运粮员役，例无盘费，不准报销。

一、放赈宜多分厂所。各按被灾附近村庄，约在数十里者设为一厂。须于适中宽地，或寺院，或搭篷，每厂须设两门，以便一出一入。领赈饥民，务令鱼贯而行，毋致拥挤喧哗。每届放赈，必须先期将某某村庄在某处厂内何月日放给，明白晓谕，并令地保庄头传知各户，以便灾民按期赴领，免致往返守候。

一、放给赈粮，虽有银米兼放之例，然须视地方情形酌办。如系一隅偏灾，四围皆熟，米充价贱者，则给赈银，留米以备急需。如系大势皆荒，米少价贵之处，则多给赈米，少给赈银，庶几调剂协宜。至于银米兼放厂分，须将粮米预为运贮，以便应期散放。但一厂之中，务须分断月分。若此月应放本色，则全放米粮。若放折色，则全放银封。切不可一厂之中，同时银米兼放，致滋饥民争执。

一、定例赈粮，每月大建，大口给米一斗五升，小口七升五合；小建每大口给米一斗四升五合，小口七升二合五勺。应照此四项定数，每项制备总升斗各数十副，该州县按照漕斛较准验烙，分发各厂应用，以免零量稽迟，且使斗级人等无从克短。倘有较验不准以及故为克短者，察出参究。

一、定例每米一石，即算一石，小麦、豆子、粟米亦然。如稻谷与大麦，每二石作米一石。膏〔高〕粱、秫秫、玉米，每一石五斗作米一石放赈。如有前项杂粮，俱应照此计算，并晓示灾民知之，免受吏胥欺骗。

一、放折赈，定例每石折银一两库平纹银，按月给发。如奉特恩加增米价，应照所加之数增给。该州县务须预将各厂应放村庄户口，逐一查明，每村庄共该大几口、小几口者，各若干户，照一月折赈之数，逐户剪封停当。俟届放期，开单同原查赈册银封，点交监厂委员带往，按户唱放，戳销原册。如有不到之户，即将原银收存，俟其续到，验明补给。如系已故迁除之户，于册内注明截支月分，原银归款。如有捏混冒销，查参究追。各厂委员，仍于每厂每届放完之后，即将经放月分饥口银米各数，具折通报查考。至剪封折耗、火工饭食，例不准销帑项。如有以银易钱散放，当按时价计算足钱，通报核给。需用串绳、运费，亦无准销定例，均应印官设法捐办，毋得借端克短及冒混请销干咎。

一、灾赈州县，务于正赈未满一两月前，先将地方赈后情形察看明确。如果灾重叠祲之区，民情困苦，正赈尚不能接济麦熟者，应剖晰具禀，听候酌办。如奉恩旨加赈，即照所指何项饥口、应赈月分，遍行晓示灾民，仍照原给赈票，按期赴厂领赈。放给之后，即于册票内钤用加赈第几月放讫红戳，余俱照正赈例一体查办。

一、赈济动用银米，皆有一定年款，如司库拨发甲年赈银，止可作甲年赈用，不可那作乙年别用也。即有急需动垫，亦当随时备具批领详司，划作收放。或遇司发赈银未到，暂动属库钱粮垫放，亦当随时详抵清楚，庶免溷淆。今查各属，每多不论年款，混行那垫，又不赴司作明收放，以致递年赈剩紊如乱丝，甚难清理。嗣后赈银务照本款支用，如有那垫急项以及径动属库钱粮者，务必随时备具批领详司，作明收放，先行清款。其用银之应销与否，仍听本案核明归结。如再仍前擅动，又不作抵收放，定以擅动库帑揭参。至于赈用米款，如常平仓谷、奉拨留漕等项，方为正款。若有存仓兵行局恤搭运漕五等米，各有本款支解，不得混行那动，致难归款报销。嗣后州县赈毕，即将原拨银米动存各细数，造具动款册，送司查核，以便稽核，赈剩分别饬解清款。不得一听书吏高搁不办，任催罔应，致烦差提干咎。

一、灾地赈济之外，间奉宪行煮赈，原无一定，应俟临时奉文筹办。如有地方实在穷苦，被灾村庄虽经给赈，而城市无灾之地无业茕民尚难餬口，该地绅衿富户，果有实心好善，自愿捐资设厂煮赈者，应通详批允，方可听其自行经理，不许官胥干预，抑勒派扰。惟于厂所，应派员弁弹压巡查，以防奸匪混争滋事。事竣，查明捐户姓名银米各数，造册详请分别奖叙。

一、平粜仓粮，原应青黄不接米少价昂时举行，所以平市价便民食也。如遇灾地秋冬正放赈粮，小民有米可资，原可无需平粜。况灾邑仓粮有限，若赈粜同时并举，势必仓箱尽罄，来春反无接济。自应仍令于放赈时毋庸平粜，撙节留余，以为青黄不接时粜济民食，不得早图出脱，致贻仰屋之忧。

一、各处出产米粮，多寡不一。米少之区，不得不仰藉邻封，以资接济。在沿海地方，尚当随时酌量给照流通，何况腹里内地，尤难稍有歧视。乃地方有司不明大体，每多此疆彼界之分，一遇米贵之时，辄行禁止出境，地方棍徒得以乘机抢截，滋事讹诈，最为恶习。嗣后凡系腹里内地商贩米粮，悉听其便，毋许阻遏。其沿海地方向禁米粮出海者，平时照常查禁，如遇邻封岁歉，需赖商贩接济者，应即详明给照，验放流通。并令晓谕口岸居民，毋致滋事干咎。

一、灾地米价昂贵，地方绅士如有情愿平粜者，应听其自便。乃地方官往往借劝谕为名，抑勒减价，并令有米之家开数报官，深为扰累。嗣后减粜务须听民自愿，如有抑勒派减等情，即行严查参处。

一、抚恤、正赈、加赈灾民、灾军既毕之后，即应查造报销简细二册。如简明册，应将被灾分数列于册首，将抚恤、正赈、加赈按照月分大小，分晰灾分、极次、大小口数逐赈开造。如有物故迁移截支各户，亦即逐月扣除。然后结明大总，列明动用银米各数，是为简册也。应造四套，造定之日，先行具结分送司府道加结核转。其花户细册，应将前项简明总数开列于前，次将被灾区图村庄逐区逐图逐村逐庄挨次造报。如甲区被几分灾，极次贫若干户，大小口若干，内某户大口若干、小口若干，务须总撒相符，南乡归南，北乡归北，不得颠倒错乱。其无田贫民，并卫军兵属，即于各该区图村庄册后附造毋漏。是为花户细册也。应造六套，随后送司汇转。至于贫生饥口册，应另照式造送简细二项册结，并取学结同送。

一、随赈报销者，如运赈水脚、查灾办赈委员书役盘费、坍房修费、借给籽种、借给口粮，均须逐项造具简细各册结，分案详送，以便核明汇转。

剔除弊窦

一、州县里保蠹役，每有做荒、卖荒之弊，私向粮户计亩索银，代为捏报。亦有不通知粮户，径自捏报，以图准后卖与别户者，其弊在荒熟相间之处为多。又有飞庄、诡名之弊。乡保串同胥役，以少加多，将无作有，希图朦混，其弊在僻远处所及邻县犬牙相错之地为多。甚至将一切老荒版荒已经除粮之地，并坑洼池塘历来不涸之地，一片汪洋，难以识别者，混行开报。或一村一庄，一图一圩，被灾者不过十之一二，而笼统混报。查勘之时，但凭乡地引至一二被灾处所，指东话西，遂以为实，不肯处处踏勘，必至轻重任乡保之口，分数凭书吏之权，移易增减。此报灾之弊也。勘员务须留心访查，有则严究根由惩处。

一、乡保里地，于查报饥口给票散赈时，多有指称使费，需索灾民。不遂其欲，则多方刁蹬，恣意诪张。印委各官务须严加禁约，加意密察，一有见闻，立拿究革，枷示追赃。如有故纵，该管道府州察实严参。

一、勘灾查赈，自应静候地方印委各员查勘。向有土豪地棍，倡为灾头名色，号召愚民，敛钱作费，到处连名递呈。或于委员查勘时，暗使妇女成群结队，混行哄闹。本系无灾而强求捏报，或不应赈而硬争极次，往往酿成大案。嗣后被灾地方，务须严切晓谕，加意查防。如有前项不法灾头，倡众告灾闹赈者，即将为首及妇女夫男严拿详究，毋稍宽纵。至于灾地赈厂，每多不饥之民乘机混入抢窃食物等事，并应严加巡缉，有犯即惩。仍行设法驱遣，毋任聚集滋事。又有百十为群，搭坐小船，号呼无处栖身，求附庄册领赈，实则彼此串通，分头换载，冒滥百出。勘员遇有此种，查毕一船，即将船头铲削数寸，书明某月日某庄查过，共坐若干人字样，准其附庄领赈，则奸伎自无所施，杜其再往别处重冒。

一、查赈则捏报诡名，多开户口。或一户而分作几户，或此甲而移之彼甲，按籍有名，核实无人。

一、劣衿刁民，见乡地混报、吏胥侵蚀，即从中挟制。或于本户之下，多开数户；或于领赈之时，顶名冒领。乡地吏胥，明知而莫可如何，不可不察。

一、各衙门书吏，视办灾为利薮。给票则有票钱，造册则有册费，灾民无力出钱，即删减口数。州县如此，府司院胥吏明知其弊，因而勒索，稍不遂意，将册籍苛驳。更有上下勾通，将空白印册交给，任其朦开捏造，俱于赈粮内取盈。非上下衙门之本官互相觉察，尤难破此弊也。

一、州县官，长厚者任其朦弊而不能觉察，柔懦者受其牵制而无以自展。又或因仓谷库项霉变亏缺，借此开销，或希冀盈余入己，遂徇私而不察其弊。讵上开一孔，下开百窦，则大利归于下，而重罪归于官矣。

摘写庄名一字 一号	二号	号	号	号	号
灾户姓名					
男口 女口 小口	男口 女口 小口	男口 女口 小口	男口 女口 小口	男口 女口 小口	男口 女口 小口
共口	共口	共口	共口	共口	共口
其家有无盖藏，是何营运艺业，所种地亩若干，牛具农器几何，并壮丁乳哺之不应赈者，均填格内。有应续赈者，加一续字。有应给棉衣者，加一衣字。					
极贫	次贫	贫	贫	贫	贫

右册式，每页刊列号数，惟便数十页为一册。以天、地、元黄等字样，为委员号记，人占一字，印于册面。所查某庄，即摘写庄名一字，编为册内号数。委员执册，挨户登注灾民姓名口数，仍将州县草册查对是否相符。如某项口无，则填以圈。按户注明极、次字样。查完一村庄，合计男女大小口总数，注明册后。一日查过数村庄，即通计数村庄男女大小口总数，注明册后，封送总查之厅印官覆核，移交地方官办理。

州县为存票事

今查得　村庄贫一户某

应赈大小口口共　口

除给本户照票领赈外存此备查

嘉庆　年　月　日

州县第　号

州县为照票事

今查得　村庄贫一户某

应赈大小口口共　口

嘉庆　年　月　日给付本户凭票领赈

票用厚韧之纸，制如质剂状。当幅之中，填号钤印而别之。票首用委员号记。依格册内所开极次贫户大小口数填注。如某项口无，则填以圈。一存官，一给本户收执。于赴厂时，监赈官点名验票相符，令执票领米，银随米给。监赈官另制普赈并各加赈月分图记，普赈讫，则于票上用“普赈一月讫”图记，加赈则于票上用“加赈某月讫”图记，按月按次用之，赈毕掣票。其外出归来之户，查明入册，一例填给小票。如适值放米时归来者，即就厂查明草册内前后户为某之左右邻，询问得实，添入册内，给发小票，一体领赈。再，查户时，一户完即填给一户赈票，官与民皆便。但村大户多，刁民往往于给票后妇女小口又复混入，则应俟一村查完后，于村外空地，以次唱名给票。其老疾寡弱户口，仍当下填给。

卷四 则例

此卷从《户部则例》中，抄出“灾伤蠲赈”一门，凡二十一类。夫例本因时因地，以制其宜，而其酌定之数，则各省有同有不同。盖灾出非常，稍迟焉，难免玩视民瘼之咎；官非素练，稍错焉，辄有误违定例之虞。故将则例备载此卷，以便查照办理。印委各官果能于第三卷内得前事之师，则胸中已有定见，而于此卷再能加意讲求，务合成例，庶得心应手，以广皇仁而救灾黎，则造福匪浅矣。末附捕蝗例，从部式也。

报 灾

一、地方遇有灾伤，该督抚先将被灾情形日期，飞章题报。夏灾限六月终旬，秋灾限九月终旬。（甘肃省地气较迟，夏灾不出七月半，秋灾不出十月半。）题后续被灾伤，一例速奏。凡州县报灾到省，准其扣除程限。督抚司道府官，以州县报到日为始，迅速详题。若迟延半月以内，递至三月以外者，按月日分别议处。上司属员一例处分，隐匿者严加议处。

勘 灾

一、州县地方被灾，该督抚一面题报情形，一面于知府、同知、通判内遴委妥员（沿河地方兼委河员），会同该州县，迅诣灾所履亩确勘。将被灾分数，按照区图村庄，逐加分别申报司道。该管道员覆行稽查，加结详请督抚具题。倘或删减分数，严加议处。其勘报限期，州县官扣除程限，定限四十日。上司官以州县报到日为始，定限五日。统于四十五日内勘明题报。如逾限半月以内，递至三月以外者，分别议处。上司属员一例处分。

一、州县勘报续被灾伤分数，除旱灾以渐而成，仿照四十日正限勘报外，其原报被水、被霜、被风灾地，续灾较重，距原报情形之日在十五日以外者，准于正限外展限二十日勘报。距原报情形之日未过十五日者，统于正限内勘报请题，不准展限。若已过初灾勘报正限之后，续被重灾，准另起限期勘报。

一、委员协勘灾务，不据实勘报，扶同具结者，与本管官一例处分。其勘灾道府大员，不亲往踏勘，只据印委各官印结，率行加结转报者，该督抚题参。

一、遇灾伤异常之地，责成该督抚轻骑减从，亲往踏勘。将应行赈恤事宜，一面奏闻。如滥委属员，贻误滋弊，及听从不肖有司，违例供应者，严加议处。凡督抚亲勘灾地，系督抚同城省分，酌留一员弹压；系督抚专驻省分，酌留藩臬两司弹压。

一、地方报灾之后，该管官若将所报灾地，目为指荒地亩，不令赶种，留待勘报分数，致误农时者，上司属员，一例严加议处。

灾 蠲 地 丁

一、凡水旱成灾，地方官将灾户原纳地丁正赋，作为十分，按灾请蠲。被灾十分者，蠲正赋十分之七。被灾九分者，蠲正赋十分之六。被灾八分者，蠲正赋十分之四。被灾七分者，蠲正赋十分之二。被灾六分、五分者，蠲正赋十分之一。山西省未经摊征之丁银，及无地灾户丁银，统随地粮应蠲分数一律请蠲，于蠲免册内分款造报。（奉天省被灾丁银，按成灾分数，分年带征。）

一、勘明灾地钱粮，勘报之日即行停征。所停钱粮，系被灾十分、九分、八分者，分作三年带征。系被灾七分、六分、五分者，分作二年带征。其五分以下不成灾地亩钱粮，有奉旨缓征及督抚题明缓征者，缓至次年麦熟以后。其次年麦熟钱粮，递行缓至秋成。若被灾之年，深冬方得雨雪，及积水方退者，该督抚另疏题明，将应缓至麦熟以后钱粮，再缓至秋成以后，新旧并纳。

一、直省成灾五分以上，州县中之成熟乡庄应征钱粮，准其一体缓至次年秋成后征收。

灾 蠲 耗 羡

一、凡灾蠲地丁正赋之年，其随正耗羡银两，按照被灾分数，一律验蠲。

被灾蠲缓漕项

一、民田内应征漕粮及漕项银米，被灾之年，或应分年带征，或与地丁正耗钱粮一律蠲免，该督抚确核具题，请旨定夺。

灾 蠲 官 租

一、入官旗地被灾，该管官将灾户原纳租银作为十分，按灾请蠲。被灾十分者，蠲原租十分之五。被灾九分者，蠲原租十分之四。被灾八分者，蠲原租十分之二。被灾七分者，蠲原租十分之一。被灾六分以下，不作成灾分数，其原纳租银概缓至来年麦熟后启征。

一、江苏省吴县公田一万二千五百余亩，额征余租米石，如遇歉收之年，准其照民田之例，勘明灾分，同该县正赋一律蠲缓。

蠲赋溢完流抵

一、恭遇蠲免钱粮，以奉旨之日为始。其奉旨以后文到以前已输在官者，准流抵次年应完正赋。若官吏朦混隐匿，照侵盗钱粮律治罪。

业户遇蠲减租

雍正十三年十一月奉上谕：朕临御以来，加惠元元，将雍正十二年以前各省民欠钱粮，悉行宽免。诚以民为邦本，治天下之道，莫先于爱民；爱民之道，以减赋蠲租为首务也。惟是输纳钱粮，多由业户，则蠲免之典，大概业户邀恩者居多。彼无业穷民，终岁勤动，按产输粮，未被国家之恩，尚非公溥之义。若欲照所蠲之数，履亩除租，绳以官法，则势有不能，徒滋纷扰。然业户受朕惠者，尚十捐其五，以分惠佃户，亦未为不可。近闻江南已有向义乐输之业户，情愿蠲免佃户之租者。闾阎兴仁让之风，朕实嘉悦。其令所在有司，善为劝谕各业户，酌量宽减彼佃户之租，不必限定分数，使耕作贫民有余粮以赡妻子。若有素封业户，能善体此意加惠佃户者，则酌量奖赏之。其不愿者听之，亦不得勉强从事。此非捐修公项之比，有司当善体朕意，虚心开导，以兴仁让而均惠泽。若彼刁顽佃户，藉此观望迁延，则仍治以抗租之罪。朕视天下业户、佃户，皆吾赤子，恩欲其均也。业户沾朕之恩，佃户又得拜业户之惠，则君民一心，彼此体恤，以人和感召天和，行见风雨以时，屡丰可庆矣。钦此。

乾隆五十五年奉上谕：今岁朕届八旬寿辰，敷锡兆民，普天胪庆。特降恩旨，将乾隆五十五年各直省应征钱粮通行蠲免，农民等皆可均沾惠泽。因思绅衿富户田产较多之家，皆有佃户领种地亩，按岁交租。今业主既概免征输，而佃户仍全交租息，贫民未免向隅。应令地方官出示晓谕，各就业主情愿，令其推朕爱民之心，自行酌量，将佃户应交地租量予减收。亦不必定以限制，官为勉强抑勒。务使力作小民，共享盈宁之乐，以副朕孚惠闾阎广宣湛闿至意。钦此。

蠲免给单

一、州县灾蠲钱粮，及蒙恩指蠲分数钱粮，该管官奉蠲之后，遵照出示晓谕，刊刻免单，按户付执，并取具里长甘结，详请咨送部科察核。若不给免单，或给而不实，该官吏均以违旨计赃论罪。胥役需索，按律严究，失察官议处。

一、凡遇蠲免钱粮年分，令各该州县查明应征应免数目，预期开单，申缴藩司，细加核定，发回刊刻，填给各业户收执。仍照单开各款，大张告示，遍贴晓谕，以昭慎重。

奉蠲不实

一、州县卫所官奉蠲钱粮，或先期征存，不行流抵，或既奉蠲免，不为扣除，或故行出示迟延，指称别有征款，及虽为扣除而不及蠲额者，均以侵欺论罪。失察各上司，俱分别查议。

查赈

一、凡灾地应赈户口，印委正佐官分地确查，亲填入册，不得假手胥役。其灾户内有贡监生员赤贫应赈者，责成该学教官册报入赈。倘有不肖绅衿及吏役人等串通捏冒，察出革究。若查赈官开报不实，或徇纵冒滥，或挟私妄驳者，均以不职参治。

一、凡地方被灾，该管官一面将田地成灾分数，依限勘报；一面将应赈户口，迅查开赈，另详请题。若灾户数少，易于查察者，即于踏勘灾田限内带查并报。

散　赈

一、民田秋月水旱成灾，该督抚一面题报情形，一面饬属发仓，将乏食贫民，不论成灾分数，均先行正赈一个月。（盛京旗地、官庄地及站丁被灾，各先借一个月口粮，即于加赈月分内扣除，不作正赈。民地被灾，正赈例与直省同。）仍于四十五日限内，按查明成灾分数，分晰极贫、次贫，具题加赈。（盛京旗地、官庄地及站丁被灾，加赈均不论极贫、次贫。）被灾十分者，极贫加赈四个月，次贫加赈三个月。（盛京旗地、官庄地被灾十分者，加赈五个月。站丁被灾十分者，加赈九个月。）被灾九分者，极贫加赈三个月，次贫加赈两个月。（盛京旗地、官庄地被灾九分者，加赈五个月；站丁被灾九分者，加赈九个月。）被灾八分、七分者，极贫加赈两个月，次贫加赈一个月。（盛京旗地被灾八分、七分者，加赈四个月。官庄地被灾八分者，加赈五个月；被灾七分者，加赈四个月。站丁被灾八分、七分者，加赈九个月。）被灾六分者，极贫加赈一个月。（盛京旗地被灾六分者，加赈三个月。官庄地被灾六分者，加赈四个月。站丁被灾六分者，加赈六个月。）被灾五分者，酌借来春口粮。（盛京旗地、官庄地被灾五分者，加赈三个月。站丁被灾五分者，加赈六个月。）应赈每口米数，大口日给米五合，小口二合五勺，按日合月，小建扣除。（盛京旗地、官庄地站丁灾赈米数，大口月给米二斗五升，小口减半。民地灾赈，米数例与直省同。）银米兼给，谷则倍之。贫生饥军，各随坐落地方与赈。（江南省各卫饥军，准其一体与赈。住居灾地营兵，除本身及家口在三口以内者不准入赈外，其多余家口，仍准入赈。）闲散贫民，同力田灾民一体给赈。闻赈归来者，并准入册赈恤。贫生赈粮，由该学教官散给。灾民赈粮，由州县亲身散给。（江南省泗州卫饥军，由该卫自行散给。）州县不能兼顾，该督抚委员协同办理。凡散赈处所，在城设厂之外，仍于四乡分厂。其运米脚费，同赈济银米，事竣一体题销。若赈毕之后，间遇青黄不接，仍准该州县详请平粜，或酌借口粮。其有连年积歉，及当年灾出非常，须于正赈、加赈之外，再加赈恤者，该督抚临时题请。

一、民田夏月风雹旱蝗水溢成灾，若秋禾播种，可望收成者，统俟秋获时确勘分数，另行办理。其播种较晚，必需接济者，酌借籽种口粮，秋后免息还仓。若播种止有一季，夏月被灾，即照秋灾例办理。其播种两季地方，既被夏灾，不能复种秋禾者，亦即照秋灾例办理。（江西省水冲田禾，每亩给籽粒银一钱。沙淤石压，每亩给修复银二钱。湖南省水冲田禾，每亩给修复二钱。广东省水冲沙压田地，每亩给赈银五分。广西省沙压田禾，须挑挖补种者，每亩给赈银三钱、谷五斗。水浸田禾尚可修复者，每亩借给谷五斗。田亩被冲不能修复者，计口赈银，每大口银三钱，小口银二钱；按亩赈谷，每亩谷五斗。云南省水冲田地，每亩给挑培银三钱。沙压田地，每亩给挑培银二钱。）

一、州县散赈，责成该管道府监察。如州县办理不实不力，致有遗滥，累及灾民者，揭报该督抚，以不职题参。其协办赈务正佐官扶同捏结，与本管官一例处分。若道府不亲往督查，率据州县印结加结申报者，该督抚指名题参。

一、地方遇有赈恤，该管官将所报成灾分数，应赈户口月分，先期宣示。及赈毕，再将已赈户口、银米各数覆行通谕。若宣示本无不实，赈济亦无遗滥，而奸民藉端要挟请赈者，依律究拟。

折赈米价

一、凡折赈米价，有奉恩旨加增折给者，以奉旨之日为始。其奉旨以前，仍按定价折给。事竣，分晰日期报销。（直隶省贫民折赈，每米一石，定价银一两二钱。贫生折赈，每米一石，定价银一两。江南、浙江、江西三省折赈，每米一石定价一两二钱，每谷一石定价六钱。山东、江苏、安徽、湖北、湖南、甘肃、云南七省折赈，每米一石定价一两，每谷一石定价五钱。山西省折赈，每米一石定价一两六钱，每谷一石定价九钱六分。奉天省折赈，每米一石定价六钱，每谷一石定价三钱。陕西省折赈，每米一石定价一两二钱，每谷一石定价六钱。福建、广东、广西、四川、贵州五省，向不折赈。）

坍房修费

一、地方猝被水灾，该管官确查冲坍房屋、淹毙人畜，分别抚恤。用过银两，统入田地灾案内报销。

一、奉天省水冲旗民房屋修费银，全冲者每间三两。尚有木料者，每间二两。尚有上盖者，每间八钱。凡验给坍房修费，以二人合给一间银两。如人口数多，所住房少，仍按实住间数核给。又淹毙人口埋葬，每口给仓米五石，无家属者官为验理。

一、直隶省水冲民房修费银，全冲者瓦房每间一两六钱，土草房每间八钱。尚有木料者，瓦房每间一两，土草房每间五钱。稍有坍塌者，瓦房每间六钱，土草房每间三钱。如瓦草房全应移建者，每间加地基五钱。凡验给坍房修费，每户仍不得过三间之数。又淹毙人口埋葬银，每大口二两，每小口一两。

一、山东省水冲民房露宿之时，不论极贫、次贫、又次贫，按户先给搭棚银五钱。水退后，分别验给修费银两，极贫每户一两五钱，次贫每户一两，又次贫每户五钱。淹毙人口埋葬银，每大口一两，每小口五钱。

一、山西省水冲民房修费银，全坍者，瓦房每间一两二钱，土房每间八钱。半坍者，瓦房每间五钱，土房每间四钱。淹毙人口埋葬银，每大口一两，每小口五钱。

一、河南省水冲民房修费银，瓦房每间一两，草房每间五钱。淹毙人口埋葬银，每大口一两，每小口五钱。

一、江苏省水冲民房修费银，瓦房每间七钱五分，草房每间四钱五分。淹毙人口埋葬银，每大口自五钱至八钱为率，每小口自二钱五分至四钱为率。

一、安徽省水冲民房修费银，极贫之户，瓦房每间四钱，草房每间三钱。次贫之户，瓦房每间三钱，草房每间二钱。淹毙人口埋葬银，每大口一两，每小口五钱。

一、江西省水冲民房修费银，瓦房每间八钱，草房每间五钱。淹毙人口埋葬银，每大口一两五钱，每小口八钱。

一、福建省水冲民房修费银，瓦房每间五钱，草房每间、瓦披每间各二钱五分，草披每间一钱二分五厘。淹毙人口埋葬银，每大口一两，每小口五钱。击破漂没民船修费银，大船每只三两，中船每只二两，小船每只一两。生存舵工水手，量给路费。

一、浙江省水冲民房修费银，楼房每间二两，瓦平房每间一两，草房每间五钱，草披每间二钱五分。淹毙人口埋葬银，每大口二两，每小口一两。

一、湖北、湖南二省水冲民房修费银，瓦房每间五钱，草房每间三钱。淹毙人口埋葬银，每大口一两，每小口五钱。

一、陕西省水冲民房修费银，全冲者瓦房每间二两，草房每间一两。未全冲者半给。淹毙人口埋葬银，每大口二两，每小口一两。淹毙牲畜，毋论数目，每户给银五钱。

一、甘肃省水冲民房修费银，冲没无存者每间一两，泡倒者每间五钱。淹毙人口埋葬银，每大口二两，每小口一两。冲毙牲畜，每户给银五钱。

一、四川省水冲民房修费银，冲没者瓦房每间二两，草房每间一两。坍损者瓦房每间一两，草房每间五钱。凡被冲瓦草房竹木尚存者，每间修费银自一钱至五钱为率，按情形轻重核给。淹毙人口埋葬银，每大口二两，每小口一两。

一、广东省水冲民房修费银，大瓦房全倒者，每间一两，半倒者每间五钱。小瓦房、大草房、大茅草房全倒者，每间五钱，半倒者每间二钱五分。小草房、小茅草房全倒者，每间二钱五分，半倒者每间一钱二分五厘。吹揭瓦房，每间一钱。击破漂没民船修费银，大船每只一两，小船每只三钱。淹毙人口埋葬银，每大口二两，每小口一两。压伤人口抚恤银，每口三钱。

一、广西省水冲民房修费银，瓦房每间银八钱，米五斗。草房每间银五钱，米五斗。淹毙人口埋葬银，每口一两。冲坏水车修费银，大者每座四钱，中者每座三钱，小者每座二钱。冲坏堰坝修费银，每座自六两至十两为率，按情形轻重核给。

一、云南省水冲民房修费银，瓦房每间一两五钱，草房每间一两。坍墙修费银，每堵二钱。淹毙人口埋葬银，每口一两五钱。

一、贵州省水冲民房修费银，瓦房每间八钱，草房每间五钱。淹毙人口埋葬银，每大口二两，每小口一两。

一、民间失火延烧房屋，地方官确勘情形，酌加抚恤。所需银两，于存公项下支销。

隆冬煮赈

一、京师五城，每年十月初一日起，至次年三月二十日止，按城设厂，煮粥赈济。每城每日给十成稄米二石，柴薪银一两。每年开赈之初，由部先期题明，知照都察院暨仓场衙门，届期该巡城御史备具文领，径赴仓场衙门请领米石，并赴部请领薪银。每日散赈，由该御史亲身散给。该都察院堂官不时稽察，倘有不肖官吏，私易米色，通同侵蚀者，指名题参。每年用过银米，由五城报销。（乾隆四十年遇闰十月，经都察院照例具奏，于闰十月朔开赈。钦奉谕旨，展于十月十五日开赈等因，钦遵在案。）

一、直省省会地方，照京师五城例，冬月煮赈。（江苏省长洲、元和、吴县，每岁岁底各设一厂煮赈。丰年煮赈一个月，歉岁加展一个月。每大口日需粥米二合，每小口日需粥米一合。每大小口四十口，日需盐菜二斤，每斤销价银一分。每厂书役九名，每名日给饭米一升。每厂水火夫一十二名，每名日给工食米三升。每用米一石，需砻糠一十七挽，每挽销价银九厘。每厂日需草一担，每担销价银一钱。每厂夜需灯油一斤，每斤销价银四分五厘。每厂所需搭棚工料添备什物价银，随时核实支销。凡米石于镇江府截漕赠米内动给，银两于存公项下动给。江西省城南昌、新建，每岁岁底煮赈，以四五十日为率。不论大小口，每口日需粥米四合。每厂小夫二十名，每日共给食米一斗。所需米石，于节备仓谷项下动给。陕西省咸宁、长安二县，每岁岁底，南北两关设厂煮赈，以一月四、五十日为率。所需银米，于道仓盈余项下动给。）其或夏秋被灾较重，例赈之外，准于近城处所煮粥兼赈。

士 商 捐 赈

一、凡绅衿士民，有于歉岁出资捐赈者，准亲赴布政司衙门具呈，不许州县查报。其本人所捐之项，并听自行经理。事竣，由督抚核实，捐数多者，题请议叙，少者给与匾额。若州县官抑勒派捐，或以少报多，滥邀议叙者，从重议处。土豪胥吏于该户乐输时，干涉渔利者，依律查究。

一、盐商于地方偏灾乐为捐赈者，听其自便。若纠结公捐，而暗增成本，借名取偿者，查究失察之该管官，并予议处。

查勘灾赈公费

一、凡查勘地方灾赈，除现任正印及丞倅等官，不准支给盘费外，教职及县丞佐杂候补试用等官，俱按日支给盘费。（山西、福建二省，委员不支盘费。）所带书吏跟役，口粮杂费均一体支销。奉天省经历、教职等官，每员日给盘费银三钱，准带跟役二名。巡检、典史等官，每员日给盘费银一钱五分，准带跟役一名。凡跟役每名日给饭食银五分。所查系大州县，准带书役四名，中州县准带书役三名，小州县准带书役二名。凡书役每名日给饭食纸笔银一钱。直隶省官每员日给盘费银二钱六分六厘有奇，准带书役四名，每厂准设书役二名、衙役四名、斗级四名，每名日给饭食银四分。给单造册等项纸张，每万户给银七两六钱七分有奇。山东省官每员日给银一钱，跟役四名，每名日给银五分，造册书役每名日给银六分。纸张笔墨等银，按赈谷每一千石给银八钱。山西省委员随带书役人等，每名日给饭食银六分。查造册籍赈票等项需用纸张笔墨等银，事竣核实报销。河南省佐杂教职等官，每员日给盘费银一钱。随带承书一名、跟役一名，正印官随带承书一名、跟役二名，每名均日给饭食银三分。造册纸张，每千户给银六分四厘。赈票纸张，每千户给银八分四厘。缮写册籍，每千户给饭食银三分。江苏、安徽、湖南三省试用候补官，每员日给盘费银三钱，教职佐杂，每员日给盘费银一钱，书役每名日给饭食银五分。给单造册纸张工费，每千户给单费银二钱，造册每页给银二厘。福建省委员随带书役，每名日给饭食银二分。雇倩缮书，每名日给工雇笔资银五分。造册笔墨纸张油烛，核实报销。江西省试用知县佐杂教职官，每员日给盘费银一钱。每官一员，随带承书一名，正印官带跟役二名，佐杂官带跟役一名，俱每名日给盘费银三分。造册纸张，每千户给银六分四厘。赈票纸价，每千户给银八分四厘。浙江省官每员日给薪水银一钱，坐船一只，日给船钱饭食银三钱二分。随带经书二名，每名日给饭食银三分。小船一只，日给船钱饭食银二钱。随从人役三名、五名不等，每名日给饭食银三分。船一只，日给船钱饭食银二钱。散给银米厂所书役匠人，俱照例支给。查造册籍纸张，于公费等银内动用，据实造销。湖北省官每员日给盘费银一两，每州县给造册纸张银十两。陕西省派委邻属官员及本州县佐杂，每官一员，日给口食银八分。随带书役工匠人等，每名日给口食银四分。调委隔属官员，每官一员日支口食银一钱。跟役每名日支口食银五分。官役每员名各给骑骡一头，每头每百里给脚价银二钱。查造册籍、印刷赈票、包封赈银封袋等项，所需纸张价值，核实造销。甘肃省官每员日给盘费银一钱。跟役一名，日给盘费银五分。官役各给驮骡一头，每头每百里给脚价银二钱。云南省地方官及委员道府州县每员带书办二名、差役三名、马夫一名，佐杂等官带书办一名、差役一名，每名日给米一京升，盐菜银一分五厘。造册所需纸笔饭食人工等项，每册一页，共给银一分，于司库铜息银内给发。

督 捕 蝗 蝻

一、直省滨临湖河低洼之处，向有蝗蝻之害者，责成地方官督率乡民，随时体察，早为防范。一有蝻种萌动，即多拨兵役人夫，及时扑捕。或掘地取种，或于水涸草枯之时，纵火焚烧，设法消灭。如州县官不早扑除，以致长翅飞腾者，均革职拿问。

邻封协捕

一、地方遇有蝗蝻，一面通报各上司，一面径移邻封州县星驰协捕。其通报文内，即将有蝗乡村邻近某州县，业经移文协捕之处，逐一声明。仍将邻封官到境日期，续报上司查核。若邻封官推诿迁延，严参议处。

捕蝗公费

一、换易收买蝗蝻，及捕蝗兵役人夫酌给饭食，俱准动支公项。令同城教职佐杂等官，会同地方官给发开报，该管上司核实报销。其有所费无多，地方官自行给办，实能去害利稼者，该督抚据实奏请议叙。其已动公项，仍致滋害伤稼者，奏请着赔。（直隶省捕蝗人夫，分别大口每名给钱十文，米一升。小口每名给钱五文，米五合。每钱一千，每米一石，俱作银一两。长芦所属盐场地方，雇夫扑捕，壮丁日给米一升，幼丁日给米五合。又老幼男妇自行捕蝻一斗，给米五升。江苏省捕蝗雇募人夫，每名日给仓米一升。每处每日所集人夫，不得过五百名。收买蝗蝻，每斗给钱二十文。挖掘蝻种，每升给钱一十文。安徽省捕蝗雇募人夫，每夫一名日给米一升，每处每日最多者，不过五百名。挖掘未出土蝻子，每斗给银五钱。已出士跳跃成形者，每斗给钱二十文。长翅飞腾者，每斗给钱四十文。每草一束，价银五厘。每柴一束，价银一分。每日每处，柴不过一百束，草不过二百束）。

捕蝗禁令

一、地方遇有蝗蝻，州县官轻骑减从，督率佐杂等官，处处亲到，偕民扑捕。随地住宿寺庙，不得派民供应。州县报有蝗蝻，该上司躬亲督捕，夫马不得派自民间。如违例滋扰，跟役需索，藉端科派者，该管督抚严查，从重治罪。

一、地方官扑捕蝗蝻需用民夫，不得委之胥役地保科派扰累。倘农民畏向他处扑捕，有妨农务，勾通地甲胥役，嘱托卖放，及贫民希图捕蝗得价，私匿蝻种，听其滋生延害者，均按律严参治罪。

捕蝗损禾给价

一、地方督捕蝗蝻，凡人夫聚集处所，践伤田禾，该地方官查明所损确数，核给价值，据实报销。

卷五　救援

尝思小民之拮据也，乐岁尚有通挪之处，凶年即无告贷之门。谚云：救灾如救焚，救饥如救溺。盖言发仓给粟，刻不可缓也。若赈济者业已倾囊，待哺者依然引领，宁中道而废耶？宜仿古人以工代赈、纳粟救荒之法，俾穷黎可以资生焉。然赈而不蠲，田禾被灾，租税安出？所当分别亟请，重则蠲免，轻则缓征，以纾其力而安其心。至于东作方兴之时，或口食犹缺，或耕种无资，苟不筹画接济，则又绝将来西成之望矣。贷米粟以裕生机，贷牛种以资东作，庶粒食可望，而饿莩可生矣。

急赈恤

汉武帝时，河内失火延烧千家，上使汲黯往视，还报曰：家人失火，比屋延烧，不足忧也。臣过河南，贫人伤水旱者万余家，至父子相食。臣谨以便宜持节，发河南仓粟以赈贫民。臣请归节，伏矫制之罪。上贤而释之。

宋董煟曰：古者社稷之臣，其见识施为，与俗吏固有不同。黯时为谒者，而能矫制以活生灵。今之太守号曰牧民，一遇水灾，牵制顾望，不敢专决，视黯当内愧矣。

汉韩韶为嬴长（嬴长，泰山郡县令长），贼闻其贤，相戒不入嬴境。余县流民万余户入县界，韶开仓赈之。主者争谓不可，韶曰：长活沟壑之人，而以此伏罪，含笑入地矣。太守素知韶名德，竟无所坐。韶与同郡荀淑、钟皓、陈实，皆尝为县长，所至以德政称，时人谓之颍川四长。

唐开元二十九年，制曰：承前饥馑，皆待奏报，然后开仓。道路悠远，何救悬绝？自今委州县及采访使给讫奏闻。

唐代宗时，刘晏掌财赋，以为户口滋多，则赋税自广，故其理财以爱民为先。诸道各置知院官，每旬月具州县雨旸丰歉之状白使司。丰则贵籴，歉则贱粜，或以谷易杂货供官用，及于丰处卖之。知院官始见不稔之端，先申至某月须若干蠲免，某月须若干救助。及期，晏不俟州县申请，即奏行之。应民之急，未尝失时，不待其困毙流亡饿莩然后赈之也。由是民得安其居业，户口蕃息。

陆曾禹曰：《大学》一书，刘晏能熟读“有德有人”一节，行诸事而见诸政。其后除刘公之外，凡理财者，或急急于征求；恤灾者，且迟迟而赈救。不知国之与民，所系甚重，偶有偏灾，即为救济，务使民有安全之乐，而无困厄之忧，则诚仁主爱惠子民之至计矣。

宋宁宗时，真文忠德秀知潭州，以廉仁公勤励僚友，以正心修身勉士行。遇水旱灾伤贫困无依之民，极力救恤。复立惠民仓，积谷至五万石。至凶荒时，照原价出粜。又积谷九万五千石，分十二县置社仓，以遍及乡落。立慈惠仓、养老仓，孤幼无依自十五岁以下，年老无养自六十岁以上，皆有赈给。

宋环庆大饥，帅守坐不职罢去，范纯仁代之。始至庆州，饿殍载路。官无谷以赈，纯仁欲发常平封贮粟麦赈之。州郡官皆不欲，曰：常平擅支，罪不赦。纯仁曰：环庆一路生灵付某，岂可坐视其死而不救？众皆曰：须奏请得旨。纯仁曰：人七日不食则死，岂能待乎！诸公但勿预，吾独坐罪可耳。即发粟赈之，一路饥民悉得全活。

陆曾禹曰：世多不职之吏，人亦知其所以不职之故乎？一惧祸患，二为功名，三贪财货。人肯置三者于勿问，惟以生民为己念，断无不做一番惠人之事，名垂竹帛者也。如范公曰“吾独坐罪”四字出口，不知压倒多少无能之辈。

宋秀州录事洪皓，见民田尽为水没，饥民塞路，仓库空虚，白郡守以荒政自任。悉籍境内之粟，留一年食，发其余粜于城之四隅。本境民有不能自食者，洪亦为主之。凡流民，俱立屋于城之西南两废寺，男女异处，樵汲有职。稍有所犯，以民饥不可杖，逐而去之。借用所司发运钱粮，不足，会浙东运常平米四万过城下，洪遣使锁津栅，语运官截留。官噤不肯，曰：此御笔所起也，罪死不赦。公曰：民仰哺当至麦熟，今腊犹未尽，中道而止，则如不救。宁以一身易十万人之命。竟留之。未几廉访使至，验其立法曰：吾行边军之法，不过如是。违制抵罪，为君脱之。又请得米二十万石，所活九万五千余人。后官至端明学士，谥文惠。

元武宗时，民饥者四十六万户，即诏每户月给米六斗。浙东宣尉同知脱欢察，议行劝贷之令，敛富民钱一百五十余万，以二十五万属海宁县簿胡长孺藏之。长孺察其有干没意，悉散于民。既而果索其钱，长孺抱成案进曰：钱在此。脱欢察怒而不敢问。

陆曾禹曰：饥民之得赈济，犹田苗之得时雨，点滴不到，根荄失鲜。业已云兴泽沛，则时刻不可需迟，何况云霓之转易乎？廉吏识破贪夫之意，发其积聚，补散民间，为苍生救饥，实则为脱欢消愆。仁智兼尽，一举而两得之矣。

明正德四年，孙玺知兴化县事，多奇政。时大水伤稼，上司不允题荒，玺即自为奏请，诏减田租之半。又赈饥民万余人。后以兵备巡历云贵，直声大振。

明万历二十二年，御史钟化民河南赈荒，垂危之人赈粥，有顾惜体面者，散银赈之。著州县正印官下乡亲放，移官就民，毋劳民就官。分东、西、南、北四乡，先示散期，以免奔走伺候。贫民领得钱谷，或里长豪恶要抵宿负者，以劫论，出首者赏。其银正印官监视戥凿，逐封加印立册，期日分给，差廉能官不时掣封秤验。躬巡所至，延见各色人等，不嫌村陋。

明景泰二年，都御史王竑巡抚江北。时徐、淮连岁饥荒，竑大发官仓赈救。诸仓尽空，独广运仓尚有滞积，此备京师之用者也。一中贵、一户部官主之。竑欲发而主者难之。竑曰：民惟邦本，本固邦宁。民穷至此，旦夕为盗，且上忧朝廷，何论备京师。尔不吾从，脱有变，吾先杀尔，治尔召盗罪，然后自请死。竑词既戆，主者素惮其威，许之。所存活百五十八万八十余人，他境流寓安辑者万六百余家，共用米一百六十余万石。先是徐、淮大饥，帝于棕桥上阅疏，惊曰：饿死我百姓矣，奈何！后得开仓赈济之奏，又大言曰：好御史！不然百姓多饿死矣。

仁宗时，扈称为梓州转运使，岁大饥，道殍相望。称即先出禄米赈民，故富家大族皆愿以米输之于官，而全活者数万人。降敕奖谕。

陆曾禹曰：竭一己之力有限，合众人之助方多，即江海不择细流之意耳。然不有以先之，其谁我信！今扈公先出禄米以赈民，则富人之恐后也必矣。君子之德风，信然。

明周文襄忱云：费宜先处，饥有三等。曰小饥多取足于民，中饥多取足于官，大饥多取足于上。取足于民，如通融有无，劝民转贷之类是也。取足于官，如处籴本以赈粜，处银谷以赈济是也。取足于上，如截上供米，借内帑钱，乞赎罪，乞鬻爵之类是也。

张清恪伯行曰：一、立奖励之法。盖地方虽有富户，未必人人好义乐施，必得上人奖励劝勉，则有所慕而为善益力。宜谕富户，各量力捐施。有捐之极多者，为一等尚义之民，院司给匾旌奖。次者为二等尚义之民，知府给匾旌奖。再次为三等尚义之民，州县给匾旌奖。若有破格多捐，为人所不能为者，则申详抚院，具题旌奖。

张清恪伯行曰：极贫赈济，或散米，或煮粥，无容赘矣。然赈法须公。今查饥民，止委乡保地方。此辈多奸猾作弊之人，或借名造册，或敛钱始得入册，而真饥者反不得入。此查饥之弊不可不知也。宜令乡地既报之后，于绅衿中择其品望公正者，加以隆礼，使之查核，必令得实，然后有济。

以工代赈

宋赵抃〔抃〕知越州，岁大饥。公多方赈救之外，又雇小民修城四千一百人，为工共三万八千，乃计其工而厚给之。民赖以济。

宋皇祐二年，吴中大饥。时范文正仲淹领浙西，发粟及募民存饷，为术甚备。吴人喜竞渡，好为佛事，仲淹乃纵民兢渡。太守日出宴于湖上，自春至夏，居民空巷出游。又召诸佛寺主守，谕之曰：饥岁工价至贱，可以大兴土木。于是诸寺工作并兴。又新仓廒吏舍，日役千夫。监司劾奏杭州不恤荒政，游宴兴作，伤财劳民。公乃条奏：所以如此，正欲发有余之财以惠民，使工役佣力之人皆得仰食于公私，不致转徙沟壑耳。是岁惟杭饥而不害。

宋欧阳修知颍州，岁大饥。公奏免黄河夫役，得全者万余家。（即此《周礼》所谓弛力也。）又给民工食，大修诸陂，以溉民田，尽赖其利。

宋汪纲，字仲举，知兰溪。岁苦旱，劝富民浚治塘堰，大兴水利。饥者得食其力，民赖以苏。

> 穷民无事，衣食弗得，法网在所不计矣。故盗贼蜂起，富室先遭涂〔荼〕毒，而饿莩亦丧残生，为害可胜言哉！今劝富民治塘修堰，饥者得食，富室无虞，保富安贫之道，莫过于此。

宋邵灵甫，宜兴人，储谷数千斛。岁大饥，或请乘时粜之，曰是急利也。或请损值粜之，曰此近名也。或曰将自丰乎？曰有成画矣。乃尽发所储，雇佣除道，自县至湖镇四十里；浚蠡湖、横塘等水道八十余里；通罨画溪，入震泽。邑人争受役，皆赖全活，水陆又俱得利。子梁登第，孙纲冠于南省，咸谓积善之报。

明嘉靖时，佥事林希元疏云：凶年饥岁，人民缺食，而城池水利之当修，在在有之。穷饥垂死之人，固难责以力役之事，次贫、稍贫人户力能兴作者，虽官府量品赈贷，安能满其仰事俯育之需？故凡圮坏之当修，湮塞之当浚者，召民为之，日受其值，则民出力以趋事，而因可以免饥，官出财以兴事，而因可以赈民。是谓一举而两得也。

明万历间，御史钟化民救荒，令各府州县查勘该动工役，如修学、修城、浚河、筑堤之类，计工招募，以兴工作，每人日给米三升。借急需之工，养枵腹之众，公私两利。

陆曾禹曰：化民之救荒，日驰数百里巡察各县粥厂，随从无几，所到食粥，以故吏民畏服，敬若神人。如修学、筑堤等类，悉令开工，每人日给米三升，不许略加粞谷。又谕州县，有领工价而或稍怠其役者，鞭挞概行停止。恐一人卧痛，合室饿亡故耳。诚不世出之仁人也。

宋莆阳一寺建大塔，工费巨万。或告陈正仲曰：当此荒岁，兴饿益土木，公盍白郡禁之？正仲笑曰：寺僧能自为塔乎？莫非佣此邦人也。敛于富家，散于窭辈，是小民藉此得食，而赢得一塔也。当此荒岁，惟恐僧之不为塔耳。

惠学士士奇曰：宋汪纲知兰溪县，会岁旱，躬劝富民浚堰筑塘，大兴水利，饥者得食其力，全活甚众。此开渠之法也。江南素称泽国，环三江，跨五湖，横为塘，纵为浦，支为泾、为荡、为泺，所以引灌溉也。堰以潴之，堤以束之，闸以时而启闭之，所以节水旱也。今堰闸不修而支渠浅淀，水至无以泄横流之溃，水退无以溉高仰之田，故雨则溢而旱则涸。当劝富民计亩出钱，以给下户，俾废者修、浅者浚而益深焉，则贫富两以为便。救一时之患，而成数百年莫大之功，则开渠之法可行也。

纳粟救荒

汉景帝时，上郡以西旱，复修卖爵令，而裁其价以招民。

宋隆兴间，中书门下省言：河南、江西旱伤，立赏格以劝积粟之家。凡出米赈济，系崇尚义风，不与进纳同。

明邱文庄浚曰：鬻爵非国家美事，然用之于救荒，则是国家为民，无所利之也。宋人所谓崇尚义风，不与进纳同是也。应请遇岁凶荒，民有输粟赈济者，定为等第，授以官秩。自远而来者，并计其路费。授官之后，给与玺书，有司加礼，与现任同。虽有过犯，亦不追夺。如此则平时人争积粟，荒岁民争输粟，是亦救荒之一策也。

宋朱文公熹疏云：湖南、江西旱伤，米价踊贵，细民艰食。理合委州县官，劝谕富室。如有赈济饥民之人，许从州县保明，申朝廷依今来立定格目，给降付身补授名目。窃恐有司将同常事，未即推恩，致使失信本人，无以激劝来者。欲望圣慈，特降睿旨，依已降指挥将陈夔等特补合得官资，庶几有以取信于民，将来有灾伤，易为劝谕。

陆曾禹曰：圣贤之心，岂为捐粟者计，实为阻饥者谋。若荒而令之捐，熟而迟其授，适有不足，再欲举行，其谁我信？《左传》有云：君子之言，信而有征，故怨远于身也。

蠲租税

汉元康二年五月诏曰：今天下颇被疾疫之灾，朕甚愍之。其令郡国被灾甚者，毋出今年田租。延光元年，京师及郡国二十七雨水大风伤人。诏曰：被淹伤者，一切勿收田租。

唐元和七年，上谓宰相曰：卿辈屡言淮浙去岁水旱，近有御史自彼还，言不至为灾，事竟何如？李绛对曰：臣按淮南、浙东、浙西奏状，皆云水旱，人多流亡，求设法招抚。其意似恐朝廷罪之者，岂有无灾而妄言有灾耶？此盖御史欲为奸谀以悦上意耳。愿得其主名，按置之法。上曰：卿言是也。国以人为本，闻有灾，当急救之，岂可复疑之耶？朕昔不思，失言耳。命速蠲其租税。

唐元和十年三月，京兆府奏恩敕蠲放百姓两税及诸色逋悬等：伏以圣慈忧轸疲氓，屡蠲逋赋，将行久远，实在均平。有依倚权豪，因循观望，忽逢恩贷，全免征繇。至于孤弱贫人，里胥敦迫，及其输纳，不敢稽违，旷荡之恩翻不沾及。亦有奸猾之辈，侥幸为心，时雨稍愆，已生觊望，竞相诱扇〔煽〕，因至逋悬。若无网〔纲〕条，实恐滋弊。自今后忽逢不稔，或有恩荡，伏请每贯每石内分数放免。输纳已毕者，准数折免来年租税。则恩泽所加，强弱普及，人知分限，自绝奸欺。从之。诸州府亦准此处分。

宋嘉泰四年，前知常州赵善防言：贫民下户，每岁二税但有重纳，未尝拖欠。朝廷蠲放，利归揽户乡胥，而小民未尝沾恩。乞明诏，自今郊霈与减放次年某料官物，或全料，或一半，其日前残零并要依数纳足。则贫民实被宽恩，官赋亦易催理。从之。

陆曾禹曰：饥馑不蠲，民安得活？但蠲而不得其当，徒归揽户，良善无恩。惟有停征本年，舒万姓剜肉之苦；免其来年，全四境易纳之人。顽户拖欠，空延日月，良民肯纳，来岁无征。此外别无善法。赵公所奏，可为万世不易之良规。

明神宗九年，给事中吴之鹏疏云：至若江南，天下财赋，半给于斯。霪雨不绝，田墟尽没，禾苗淹烂，庐舍漂流。若不大施捐免不可。然臣之所谓蠲者，不在积逋，而在新逋；不在存留，而在起运。何也？盖积逋之蠲，奸顽侵欠者获厚惠，而善良供赋者不沾恩，则何以劝？且以凶岁议蠲，而乃免乐岁逋欠之虚数；民危在眉睫，而乃议往年可缓之征输，则何以周急？乃若存留，不过国课十分之一二耳，官俸军储之类，讵可一日无哉？故非蠲运济民，未有能获苏者也。

陆曾禹曰：凶年之苦，拆屋伐桑，虽存皮骨，卖妻鬻子，不足充饥。故虽任尔千般锻练，总难上纳分厘，是不蠲亦蠲矣。何若蠲之而民心犹在也？然蠲而不得其法，等于不蠲耳。给事之疏，搜剔利弊，一目了然，奏蠲者所当急效也。

明周文襄忱曰：蠲令已行，奸猾里书，借口分别里分之灾伤为减免，以邀贿赂，任情移夺。村僻愚民，不知免数，难沾实惠。公查照题准分数，每项原派银若干，今减免银若干，出示四郊，使民共晓。里书莫能上下其手，民悉沾恩。

贷米粟

后魏李元忠为光州刺史时，州境灾俭，人皆菜色。元忠表求赈贷，至秋征收。被报听用万石。元忠以为万石给人，计一家不过升斗耳，徒有虚名，不救其敝。遂出十五万石赈之。事讫表陈，朝廷嘉之。

陆曾禹曰：杯水不可救车薪之火。古云：二千石与国同休戚。救民之灾，苟不力任，王仁恭见杀于刘武周，郭子和诛王才于榆林卫。皆以不赈而起人拂逆之心，可小视哉？今刺史不事虚名，增其赈米，不独救民，且可弭盗。

宋建隆元年户部郎中沈伦，使吴越归，奏扬泗饥民多死，郡中军储尚百万馀斛，可贷于民，至秋复收新粟。有司沮伦曰：今以军储赈饥民，岁若荐饥，无所收取，孰任其咎？上以难伦，伦曰：国家以廪粟济民，自当召和气而致丰稔，岂复水旱耶？帝命贷之。

宋程颢知扶沟，水灾民饥，请发粟贷之。邻邑亦请，司农怒，遣使阅实。使至邻邑，而令遽自陈谷且登，无贷可也。使至，谓颢盍亦自陈，颢不肯。使者遂言不当贷。颢则请贷不已，力言民饥，遂得谷六千石，饥者获济。而司农益怒，视贷籍户同等而所贷不等，檄县杖主吏。颢言：济饥当以口之众寡，不当以户之高下。且令实为之，非吏罪。乃得已。

宋曾巩《救灾论》亦极谈升斗赈救之害。盖上人方图赈济，先付里正抄劄，实未有定议也。村民望风扶携入郡，官司未即散米，裹粮既竭，馁死纷然，浊气薰蒸，疠疫随作。是以赈济之名，误其来而投之也。故须预印榜四出，谕以方行措置，发钱米下乡，未可轻动，恐名籍紊乱，反无所得，庶革饥贫云集之弊。民不去其故居，则家计依然，上不烦于纷给，则奸宄不生，视离乡待斗升米而不暇他为，顾不远哉?

张清恪伯行曰：稍贫之民宜赈贷，即今各州县之借用仓谷是也。而亦有当酌者。每见劣衿及豪强之徒，平日结交官吏，官吏等或喜其附己，或力不能制，一遇借谷之时，巧为夤缘。有借三、五石者，有借至三、五十石者，且有借至三、五百石者，辗转粜卖。多一继富之谷，即少一周急之谷，此稍贫之民不可不力为查核也。宜令计口授谷，每户若干口，每日需谷若干斗，每月亦止许照数借领，不许多支。亦给印票，执票赴领。仍劝谕蓄积之家，许行出利借贷与人，候丰熟之日，令其偿还。如有奸猾之人不肯偿还者，州县官为理索追比，不令逋欠。则人之借贷者多，穷乏之活者必众矣。

贷 牛 种

南齐戴僧静为北徐州刺史，买牛给贫民，令耕种，甚得边荒之情。

唐贞元元年二月，诏曰：诸道节度观察使所进耕牛，委京兆府勘责有地无牛百姓，量其产业，以所进牛均平给赐。其有田五十亩以下人，不在给限。给事中袁高奏曰：圣慈所忧，切在贫下百姓。有田不满五十亩者，犹是贫人。请量三两户共给牛一头，以济农事。从之。是时蝗旱之后，牛多疫死，诸道节度韦皋、李叔明等咸进耕牛，故有是命。

宋治平间，河北凶荒，民无食，多贱卖耕牛。刘涣知澶州，尽发公帑钱买牛。明年逋民归，无牛耕，价贵十倍。涣依元直卖牛。河北一路，惟澶州民不失所。

明佥事林希元疏云：幸而残冬得度，东作方兴，若不预为之所，将来岁计，复何所望？故牛种一事，犹当处置。臣召父老计之，自立一法，逐都逐图，差人查勘。除有牛无种，有种无牛，听自为计外，无牛人户，令有牛一头者，带耕二家。用牛则与之供食，失牛则与之均赔。无种人户，令富人户一人借与十人或二十人，每人所借杂种三斗或二斗。耕种之时，令债主监其下种，不许因而食用。收成之时，许债主就田扣取，不许因而拖负；亦加其息，官为主契，付债主收执。此法一立，有牛种者皆乐于借而不患其无偿，缺牛种者皆利于借而不患其乏用。有灾伤处，如臣之法，似可行也。

陆曾禹曰：佥事公之贷牛种也，特设一法，不取给于官，而通那于民，非至公至当可乎？故加息立券，万不可少；无许拖负，尤得民情。但当多发示谕，遍晓城市乡村，不得略迟时日。况为数不多，救全甚广。非亲身与父老斟酌者，而能得此善政耶！

宋至道二年，诏官仓发粟数十万石，贷京畿及内郡民为种。有司请量留以供国马，太宗曰：民田无种，不能尽地利，且竭力以给之。国马以刍藁可矣。

宋曾巩知越州，值岁饥，出粟五万石，贷民为种粮。使随岁赋入官，农事赖以不乏。

宋查道知虢州，蝗灾，知民困极急，取州麦四千斛贷民为种。民困由是而苏，遂得尽力耕耘之事。

明神宗时东南水灾，穷民工力种粪，一无所有。新建喻均守松江，得请免田粮若干出示佃户，还租亦如减粮之数。仍令有田之家量留谷本，至春耕时贷与佃户，为来岁种田之资。一时称为惠政。

陆曾禹曰：请免田粮，而惠及佃户，其仁溥矣。又令各留谷本，以贷佃户，殷殷无已，无非为乡民起见。不知喻公之为乡民，正所以为富户。乡民绝粒，业主何收？故当时钟御史给民之牛种云，有可耕之民，无可耕之具，饥馁何从得食，租税何从得有也！

宋陈珦知徐州沛县，会久雨，平原出水，谷既不登，晚种不入，民无卒岁具。珦谓：俟水退即耕而种，时已过矣。乃募富大〔人〕，得豆数千石以贷民，使布之水中。水未尽涸，而甲已露矣。是年遂不艰食。

高文定斌疏曰：臣查直隶各属，于七月初旬内得雨，多已沾足。秋禾结实，得此滋助，收成可加分数。旱灾地方，乘雨补种蔓菁蔬菜，藉以疗饥，民情较前稍觉安帖。且久旱得雨，地脉疏通，由此膏霖可期应候。八九月正值普种秋麦之时，民间多种一亩，来春获收一亩之益，尤为补救要务。但牛具子种，灾民无力营措，均须预为筹画。臣见在动项，委员采买麦种，分贮被灾州县，查明贫户畜有牛具者，按亩五升借给。如欲自买麦种，每亩借银一钱。缺乏牛力者，谕令雇用，每亩借雇价钱二十五文。并令牛力有余之家，将外出贫民所遗麦地，代为耕种，亦按亩借种，视本人回籍月日迟早，酌量分与子利。其困旱乏草，有牛而不能牧养者，不免轻为卖弃。令各员查赈之便，验明属实，登注毛齿，于八九两月，每月借银五钱，以资饲养。本人耕种之余，仍可出雇。计一日之牛力，可种地六七亩，约得雇值二钱。彼此相资，民所乐从。所借牧费雇价，俱于来年麦秋两季，分限还官。臣并饬地方官，亲诣四乡劝谕雨后广为布种，务无后期，无旷土。此时民情皆有恋土之意，外出者亦渐次归来，资以牛力，秋麦春麦接种无误，则来春生计有资，民气可望渐复。谨具奏闻。乾隆八年七月二十三日奉朱批：览奏稍慰朕怀。其劝课补种秋麦，实为目下急务，极力为之。

卷六　籴粜

昔鲁饥告籴于齐，晋饥乞籴于秦，无不输之以粟，凡以矜其民也。乃秦饥而晋闭之籴，不仁甚矣，是以《春秋》诛之。盖水旱蝗蝻，迫人沟壑，救之不力，与不救等。况民无籴所，劫掠必兴，待盗贼纵横而后治之，则生民复遭涂炭。是以籴必先其时，粜贵及其时也。然仓储有限，兴贩无穷，又必须严遏籴之禁，及酌行借帑通商劝富之法，方可循环籴粜，以源源而来之米，济嗷嗷待哺之民焉。

广籴粜

魏李悝为文侯作平籴法曰：籴甚贵则伤民，甚贱则伤农。若民伤则离散，农伤则国贫。故甚贵与甚贱，其伤一也。善为国者，使民无伤，而农益劝。故大熟则上籴三而舍一，中熟籴二，下熟籴一，使民适足，价平而止。小饥则发小熟之敛，中饥则发中熟之敛，大饥则发大熟之敛，以粜于民。故虽遇水旱饥馑，籴不贵而民不散。行之魏国，日益富强。

汉五凤四年，岁丰，谷石至五钱。耿寿昌建言，令边郡皆筑仓，谷贱时增价而籴以利农，谷贵时减价而粜以利民。名曰常平仓。民便之。赐爵关内侯。

唐开元十二年八月，诏曰：蒲、同等州，自春偏旱，虑至来岁贫下少粮。宜令太原仓出十五万石米付蒲州，永丰仓出十五万石米付同州，减时价十钱，粜与百姓。

陆曾禹曰：籴莫贵于早，粜莫贵于时。以八月而计来年，计之得矣。且以十五万石，赈粜于一州，每升减价十文，非美政乎？但唐时出粜之际，其法不传，使不知张公咏守蜀平粜之法，恐其利必尽归富户，其害实在穷民，深可叹耳。何也？穷民待哺之日时虽多，所籴之米粟有限。一则官不许其多籴，二则彼亦无钱多籴。奸人窥破其微，贿嘱官吏，串通斛手，在水次日买数十石而去（此米未曾发人公所，早已暗贷与人，故此无从查考，簿上仍填零卖之期），不逾月而官米已毕矣。奈此地米价稍减之名，忽又遍传商贩，商贩闻之，惧亏本而不来，官长察之，叹仓空而无继米，有不骤贵之理乎？奸人于是卖其所籴之米，不数旬而获利无算，宁勿令人切齿？是穷民之食贱米不过数旬，穷人之食贵米必需几月。食贱米者十不过二三，食贵米者十必八九。惠之者非即所以害之耶！故赈粜当兼行张公保甲之法。此法一行，既无冒滥，亦不失恩。宋之去唐不远，乌知张公所行之法，非即蒲、同等州所行之法哉！赈粜者尚其察之。

唐兴元元年十月乙亥，诏曰：顷戎役繁兴，两河尤剧。农桑俱废，井邑为墟。丁壮服其干戈，疲羸委于沟壑。江淮之间，连岁丰稔，迫于供赋，颇亦伤农。收其有余，济彼不足，宜令度支于淮南、浙江东西道增价和籴米三五十万石，差官搬运于诸道，减价出粜，贵从权便，以利于人。宜即遣使分道宣慰，劳免将士，存问乡闾，有可以救岁凶灾、除人疾苦，各与长吏商量奏闻。

是时陆宣公言于上曰：人君知过非难，改过为难；言善非难，行善为难。诏内命官和籴，不厌多方，疾苦可除，悉求具奏，意真词切，感动军民，此车驾之所以得返长安耳。忠良之言，有益于人国也如是夫！

宋韩魏公琦论常平仓米，遇年岁不稔，合减原价出粜。但出粜之时，须令诸县取逐乡逐村下户姓名，印给关子，令收执赴仓籴米。每户或三石，或两石，不许浮数。唯是坊郭，则每日零细粜与浮居之人，每日或一斗，或五升，则人人尽受实惠。

宋张咏知益州，以蜀地素狭，游手者众，事宁之后，生齿日繁，稍遇水旱，民必艰食。时斗粟值钱三十六，乃按诸邑田税，如其价，岁折米六万斛。至春籍城中细民，计口给券，俾如原价籴之。奏为永制。其后七十余年，虽有灾馑，米甚贵而民无馁色。

元至元三年十二月，大都城南等处，设米铺二十，每铺日粜米五十石，以济贫民，俟秋成乃罢。六年二月，增设京城米铺，从便赈粜。

明成化六年，奏准将京、通二仓粮米发粜五十万石。每秔（音耕）米收银六钱，粟米五钱，以减京城米价腾贵。再将文武官员俸粮，预支三个月。

明周文襄忱抚苏时云：次贫之民宜赈粜。其法有二：有坊郭之粜，宜多择诸城门相近寺院及宽敞民居，储谷于其中，不限时日，零细粜之。粜米计升，多不过一斗，粜谷不过二斗。如奸牙市虎，有借倩妆扮之弊，出首者重赏，其弊自革。有乡村之粜，宜行保甲之法，间月而粜之。每先一月出示，将有灾之乡保，限次月某日某保，排定日期，每隔一日一粜，以防雨雪壅滞之患。每甲大约许粜三石，多则五石。若通水去处，当移舟就水次粜之。粜价俱比时价减少，愈少愈善。富人强夺贫人之籴，用张咏连坐之法，一家犯罪，十家皆不许籴。其籴本或借官银，或借官粮，或劝富家，事完各归其本。如系民家，则加旌奖可也。

宋李珏在鄱阳时，将义仓米多置场屋，减价出粜，先救附近之民。却以此钱约价计口，逐月一顿支给，以济村落。一物两用，其利甚溥。盖远者用钱，可免减窃拌和之弊，转运耗费之艰。且村民得钱，非惟取赎农器，经理生业，亦可收买杂料，和野菜煮食，一日之粮，可化数日之粮，甚简甚便。

元文宗时，以张养浩为西台御史中丞。时关中大旱，民相食。既闻命，即散家之所有，以与乡里贫乏。登车就道，遇饥者赈之，死者瘗之。经华山，祷雨岳祠，泣拜不能起。天忽阴翳，一雨三日。及到官，复祷于社坛，大雨如注，水三尺乃止。禾黍自生，秦民大喜。时米价腾踊，缗钞壅不可得米。养浩以倒换之艰，乃检库中未毁缗钞，得一千八十五万五千余缗，悉印其背，又刻十贯、五贯为券给贫民，命米商视印出籴，诣库验数以易钞。又率富民出粟，为奏补官。四月未尝家居，止宿公署。夜祷于天，昼出赈饥，无少怠。每一念至，即抚膺恸哭。

张清恪伯行曰：次贫赈粜，即今之各州县减价平粜者是也。然其中亦有当慎者，须是查明真系次贫之民，方许籴减价之米。若无论贫富，人人得籴，富者或得贱买而贵卖，而贫人之受惠者少矣。宜照赈济之法，每家若干口，每月需米若干斗，每月止许籴减价之米若干。富民不许概籴，而次贫之氏亦不许多籴。如是则沾惠得均，庶免诈冒假托之弊矣。

禁遏籴

隋齐州刺史卢贲，坐民饥闭籴除名。皇太子为言：贲有佐命功，不可废。帝谓卢贲等功虽甚伟，然皆挟诈扰政，不可免也。乃如律治之。

陆曾禹曰：沽名而不恤民者，非良有司也。欲以闭籴为爱民，殊不知邻邦均赤子也。故孟子取五霸之禁遏籴，千古公正之论，莫大于此。高祖之论卢贲，略前勋而儆害民之吏，诚快举哉！

唐崔俊为湖南都团练观察使。湖南旧法，丰年贸易不出境，邻部灾荒不相恤。俊至，谓属吏曰：此非人情也，无使闭籴，以重困邻民。自是商货流通。

宋嘉祐四年，谏官吴及言：春秋之时，诸侯相争，窃地专封，固不以天下生灵为忧，然同盟之国，有救患分灾之义。秦饥，晋闭之籴，而《春秋》诛之。圣朝恩施动植，视民如伤，然州郡之间各专其民，擅造闭籴之令，一路饥则邻路为之闭籴，一郡饥则邻郡为之闭籴。夫二千石以上，所宜同国休戚，而宣布主恩，今坐视流离，又甚于春秋之间，岂圣朝所以子育兆民之意？

明神宗时，淮凤告灾，张居正疏云：皇上大发帑银，遣使分赈，恩至渥矣。然赈银有限，饥民无穷。惟是邻近协助，市籴通行，乃可延旦夕之命。近闻所在往往闭籴，灾民既缺食于本土，又绝望于他乡，是激之为变也。宜禁止遏籴之令，讲求平籴之法，听商民从宜籴买。江南则籴于江淮，山陕则籴于河南，各抚按互相关白，接递转运，不许闭遏。其籴本，或于各布政司，或于南京户部，权宜措处。河南、直隶四府县，以临、德二仓之米平价发粜，则各处皆可接济。

筹款循环籴粜

宋乾道七年，饶州旱伤，措画赈济。知州王秬劄子借会子五万贯，接续贩籴米麦之类以赈籴。得旨，依江州旱伤，益措置本州义仓米四万四千余石，又截留上供米六千五百余石，作本收籴米斛。

宋从政郎董煟曰：常平钱物，不许移用，不知他费不许移用，至于救荒，正所当用。若必待报，则事无及矣。今初遇旱伤，州县即一面计度，用常平钱于丰熟处循环收籴，以济饥民。俟结局日，以籴本拨还常平可也。

明佥事林希元疏云：臣欲借官帑银钱，令商贾分往各处籴买米谷，归本处发卖。依原价量增一分，为搬运脚力，一分给商贾工食，粜尽复籴。事完之日，籴本还官。官无失财之费，民有足食之利。非特他方之粟毕集于我，而富民亦恐后时失利，争出粟以粜矣。然籴粜之法，专为济贫，若有商贾转来贩去，所当禁革。又当遍及乡村，不得专及城市，则贫民方沾实惠。

明屠隆《荒政考》云：灾伤之处，议赈济，则恐官府之囷廪有限；议劝借，又恐地方之富户无多。最妙之法，借帑银若干，委用忠厚吏农富户，向丰熟去处，循环籴粜。积谷之家，虽欲踊贵其价，而官府平粜之粮，日日在市，势亦不能。如他处米亦不足，则杂置豆、粟、薷、蜀〔薥〕、麦、荞、蕨粉、芝麻之类，皆足充饥。但当严禁商牙来籴。

颜茂猷曰：州县有上供粮米者，先事奏请截留，而以其粜钱计奉朝廷，则米价自落，国赋不亏。

惠学士士奇曰：江右饥，辛弃疾榜通衢曰：闭籴者配，强籴者斩。召官吏儒生商贾，各举有干实者，贷以官钱，蠲其息，俾出籴他郡，期终月至城下发粜。由是连樯而至，米价自平。此广籴之法也。广籴之法，当聚耆老及乡先生，举富商之谨愿者，假官钱为本，而使出籴荆湖。籴十而粜二，则有二分息，粜三则有三分息。以本还官，剖其息而中分之，半赈饥，半予商，而稍优其直。其余则略仿真德秀之治潭而立惠民仓，辛弃疾之治福而置备安库，以为水旱盗贼之防，则广籴之法可行也。

通商贩

齐管子曰：滕鲁之粟釜百，则使吾国之粟釜千。滕鲁之粟四流而归我，若下深谷矣。

宋熙宁中，赵抃知越州。两浙旱蝗，米价踊贵。诸州皆榜道路，禁人增米价，人多饿死。抃独榜通衢，令有米者任昂价粜之。于是诸州米商辐辏，米价更贱，而民无饿者。

陆曾禹曰：抑价之令一行，商贾固裹足不前，囤户亦皆无米，吏知之乎？囤户恐人贱籴，略留少许以应多人，余皆重价而暗售他方。故无米者室如悬磬，有钱者亦欲呼庚。于是一夫不靖，千人应之。赵公之论，高出千古。

宋文潞公彦博在成都，米价踊贵，因就诸城门相近寺院凡十八处，减价粜卖，不限其数，张榜通衢，米价顿减。前此或限升斗，或抑市价，适足以增其气焰，而价终莫平。乃知临事须当有术也。（商米宜增，增则米之来其地者多。官米宜减，减则市之射其利者夺。而其价皆可不抑而自平矣。倘遇荒歉，而境内少米，则清献之法可行。或廪有余粟，则潞公之策可举。）

宋范文正公仲淹知杭州，二浙阻饥，谷价方踊，每斗一百二十文。公增至一百八十文。众不知所为。仍多出榜文，具述杭饥及米价所增之数。于是商贾争先惟恐其后。米既辐辏，价亦随减。

范公仁智兼全，行之固极其善，后世法令不可造次，须要揆时度势。假如杭州米贵，增价之榜文必须预先差人于产米地方张挂，约其已到之后，我处方增其价。不然，彼处米商未知，而我先增其价，贫民何堪久食贵米？但增价告示，切不可令一人知之，恐俱待增价而后卖，则民愈苦矣。

宋范忠宣公纯仁在襄城时，久旱不雨。公度来岁必缺食，遂尽籍境内客舟，召其主而谕之曰：民将无食，尔等商贩，唯以五谷贮于佛寺中，候缺食时，吾为汝主粜。众贾从命，运贩不停，以至春首，所蓄无虑十数万。诸县饥，独境内之民不知也。

宋绍兴五年，行在斗米千钱。时留守参政孟庾、户部尚书章谊，不抑价，惟大出陈廪，每升止粜二十五文，仅得时价四之一耳。民赖以济。

米贵时，民虽卖妻鬻女，总救不得数旬之苦。何也？米贵则人贱，所得无几耳。二公大出陈廪，减价救民，秋成仍可贱籴，非仁智两全之道欤？故虑米贵者，出天庾而贱籴，一也。借国帑以兴贩，二也。王侯贵戚、大小臣工、军民人等，有米照时价出粜，视其多寡，递有恩奖，三也。责重有司，广贷牛种，课民春耕，因其勤惰，定以黜陟，四也。朝廷重农抑求，忧恤穷氓，五也。得此五法，水利是务，专官督理，何米贵之足忧哉！

宋从政郎董煟云：比年为政者不明立法之意，谓民间无钱，须当籍定其价，不知官抑其价，则客米不来。若他处腾踊，而此间之价低，则谁肯兴贩？商贾不至，则境内乏食，有蓄积者，愈不敢出矣。饥民手持其钱，终日无告籴之所，有不肯甘心就死者，必不能安静，人情易于煽摇。此莫大之患也。惟不抑价，非惟舟车辐辏，而上户亦恐后时，争先发米出粜，其价自贱。

明周文襄忱抚苏时云：谷少则贵，势也。有司往往抑之。米产他境欤，客贩必不来矣。米产吾境欤，上户必然闭籴矣。上户非真闭籴也，远商一至，牙侩为之指引，则阴粜与之。以故远商可籴，而土民缺食。是抑价者，欲利吾民，反害吾民也。

明杭州司理蔡懋德通商济荒条议：杭城生齿，仰给外米，蒙宪行广籴通商，已无遗策。而聚米之道，不厌多方。近闻邻境闭籴，米价翔踊，商贩纷纷，有各处阻难之愬。职思官府之储散有限，民间之自运无穷，而民间之自运犹有限，远商之乐贩更无穷。但能使远地经商，望武陵为利薮，闻风争赴，米货迸凑，杭郡百万生齿之事济矣。招来之法，厘为八则：

一、不定官价。凡米到行家，悉听时价之高下。

二、清追牙欠。市牙侵商米价者，务令呈官追给，商米发粜，即要追足价银，俾可速运得利。

三、免税钞。凡米船过关，务五尺以下者尽行免钞。部勒有碑，不可不遵。

四、免官差。凡系米船埠头，不许混行差拨。

五、禁发米处奸棍阻遏。遏米原非美政，且已移文开禁，奸棍借口留难者，禀官拿究。

六、禁沿途白捕。吓诈水乡，假冒巡船，指称搜盐，因而抢夺，许鸣官重处。

七、禁役需索。请批挂号，官备纸劄，听米商随领随给，衙役不许私索分文，并稽半刻。

八、米到悉听民便。或积或卖，官俱不问。止许销批，倒换新批。

此上八议，明注批中，往来贸易，转相告谕。要使远近熙攘之辈，皆羡子母什一之赢，愿出我途，而源源灌输于不穷，或于荒政未必无少补也。

惠学士士奇曰：浙东饥，宰相王淮荐朱熹为提举常平事以赈之。始拜命，即移书他郡，募米商，蠲其征。及至，则客舟之米已辐辏，民以不饥。此通商之法也。今山东丰而荆湖熟，江南赤地千里，贵者金，贱者土，则灌输之利，权在米商。或不能蠲其征，当半减以招之。则楚帆湘柁，衔尾而来，大艑高樯，泊于水市者相望也。物聚价轻，又焉用抑？则通商之法可行也。

劝富户、业主、当商

宋曾子固巩通判越州，岁饥，度常平不足以赈给，而田野之人不能皆至城郭，至者群聚，又有疾厉之虞。前期谕属县，召富民自实谷数，总得十五万石。即令所在富民出粟，视常平价增以予民。民得从便受粟，不出四里而食有余，粟价遂平。

宋吴遵路知通州时，淮甸灾伤，民多流转。惟遵路劝诱富豪之家，得钱万贯，遣牙吏二十六次租赁海船，往苏秀收籴米豆，归本处依原价出粜。使通州灾伤之地，常与苏秀米价不殊。当时范仲淹乞宣付史馆。

宋绍兴初，苏缄为南城令。岁凶，里中藏粟者固闭以待价。缄籍得其数，先发常平谷，定中价粜于民，揭榜于道曰：某家有粟几何，令民用官价籴，有勒不出及出不如数者，挞于市。以是民无艰食。

明宣德间，山西、河南荒。命于谦巡抚二省。公到任，即立木牌于院门，一书求通民情，一书愿闻利弊。二省里老皆远来迎公，公曰：吾欲首行平粜之法。汝众里老，可将吾言劝谕富豪之家，将所积米谷，扣其本家食用之外，余者皆要粜与饥民。若伏〔仗〕义者，每石肯减价二钱，减至一百石以上者，免其数年差役；一二千以上者，奏请建坊旌表。有不愿减者勿强。若有奸民擅富要利，坐视饥民，不与平粜者，里老从实具呈，重罚不恕。凡有借欠私债，一概年丰还纳。

明嘉靖十年，令支太仓银三十万两，赈济陕西。又奏准陕西灾伤重大，扣本家食用，其余照依时价，粜与饥民。若每石减价一钱，至五百石以上者，给与冠带；一千以上，表为义门。

陆曾禹曰：劝谕之道不一。握其要，则民输恐后；失其方，虽官索不输。曷弗以古人为法哉？但又有一种分头劝，不可不知。宜预查通县共有几社，每社先访才干出众者、能事能言者数人，聘以礼，酌以筵，许其旌奖。每一人令其劝输几户，多者为能。倘有富足而不听劝输者，有司始自劝焉。不激不挠，循循善诱，务在必得。如是则社社无不输之上户，村村无不救之穷民矣。《诗》云：哿矣富人，哀此茕独。《周礼》云：五族为党，使之相救；五党为州，使之相赒。统诗礼而劝之，有无原贵相通，济贫即是安富，劝分其可少乎？特不可稍存其私耳。

方恪敏观承〈劝助赈示〉（按：此标题为道光二十一年豫省聚文斋刻本所加。下同）曰：本年旱灾二十七州县，荷蒙皇恩赈救，本道亲临灾地，督率印委各员，逐户察勘。并借农民麦种牛力，俾无旷土，无后期，凡可为贫民计者，无不殚思竭虑，次第办理。复念畿辅首善之地，风俗淳厚，以姻睦任恤称于乡者素不乏人。值兹灾祲，念彼饥寒，既生长之同方，合艰难之共恤。倘巨室有能好行其德，使贫民不皆待给于官，非特阴德为甚大，定为旌叙所先加。尔绅士商民人等，有谊笃桑梓者，或将裕存粮食，减价平粜，或就本地穷民，径行施给，或设厂煮粥，使之就食，或捐备棉衣，俾以御寒，事出乐施，情殷煮赈，即呈报地方官，听其自行经理。事竣之日，将用过银米数目，申报督院核酌，从优旌奖。如与例符，即予题叙。又或邻省富户、侨寓士商有乐于捐助者，亦一体呈报，转详核办。地方官只须明白晓谕，俾互相敦劝，不得抑勒强派。至贫民得邀资助，丝粟皆恩，各当心存感激，毋得妄生希冀。尤不可因本道出示劝谕，不如所愿，遂生怨望，甚至搅扰喧闹，借生事端。地方如遇此等奸民，即行严拿究治。

方恪敏观承〈劝富户周急〉示曰：今年所报旱灾地方，核办户口，宁滥无遗。有地百亩以内者，概已食赈，自此等而上之，虽朝廷有逾格之恩膏，而仓库有折中之限制，固不能遍及也。念一邑之中，尝有故家贫落而食指犹多，值此荒年，倍形窘迫。同邑之富有力者，又复故示羸形，售以田不可，售以房不可，售以什物不可，龂龂拒人，怨讟滋生。故兹出示劝谕，凡尔有力之家，当知任恤之道。况以我所有，易人所无，未为亏己，即已益人。其有以房田告售者，减其价，薄其利，留契立限，过期管业，亦为有得无失。至于什物器皿，从权作质，价贬什之七，利取什之二，迨至丰熟，人归故物，我获新赢，即论封殖，亦所宜然。周官荒政，有保富之条，以其能分财惠贫也。其不然者，亦何赖于富民哉？本道揆情示劝，于儒之教，则曰敦笃古风；于释之教，则曰力行方便。仰纾天庾广赉之深心，兼副当道熟筹之至计，唯尔等善守富者是望焉。

方恪敏观承〈劝业主恤佃〉示曰：本道办赈所至，检阅村庄户口，体访农民生计，因知占业自耕者少，为人佃种者多。此等佃丁，平时劳筋苦力，为尔等业主终岁勤劬，相依为命。一旦灾荒失所，为业主者竟膜外置之，毫不关心，谅不若是之忍。是周恤佃丁之举，实业主情谊之不容已者。除妇女小口，俱凭官发赈外，其出力耕作之本身壮丁，允宜量力周助，使之结感于歉岁，必将偿力于丰年。即日有借须还，亦属操券可得。其各将所恤佃丁姓名居址人数，报明地方官，以便于赈册内填注开除。如有将穷佃家口一并自认力为赡给，不待官赈者，本道必按名申报，从优奖励，以示与人为善之意。如佃丁妄生希冀，求索无厌，听该业户主持发付。倘竟借端挟制，强悍滋事，立即报官重惩。

方恪敏观承〈又劝旗丁恤佃〉示曰：佃民之赖旗地资生，与旗人之赖地租度日，其情事同也。为地方官者，必使旗民共信，业佃相安，悉除偏倚之见，乃为调剂之公。兹据牧令等禀请劝谕地主，将今岁秋租量行义让，或缓至来年夏秋收获之后，不得轻言易佃，致失小民恒业。合即饬谕府厅州传知所属，今年旗地之被偏灾者，如佃户实系贫苦，力难完交租额，地主应视灾分轻重，酌加优恤，或义让，或缓期，各量己力行之。如或刁佃藉灾抗租，以轻报重，地方官更不得沽名曲护，致长刁风。至于易佃之弊，亦不尽起于旗人，往往见有本处奸民，视旗地之尤腴者，啖以增租之利，或预期交纳，以为攘夺之计。旗人被诱，夺旧与新，然曾不数年，而新佃之抗欠，视旧佃为更甚。旗人徒被不令之名，而旧佃先有失业之苦。以此晓之于平时，而严奸民之罚于败露之后，是亦息事宁人之一端也。

方恪敏观承〈劝当商减利〉示曰：民食全赖农田，耕作必资器具。乃村民每际农隙，辄取犁钼半价赴质。质及犁钼，其贫可知，而犹以为轻而易赎也。值此荒年，分厘莫措，而待用孔亟，取赎失时，有误农功不小。在商家逐利，虽难责令减少，然犁钼不比衣饰，所质不过百钱上下，计所让之利无多。而人各取其一件以去，数盈万千，人无遗力，异日有收于南亩，与取赢于区肆者，其益正尔相资。况目击贫农待赈为活，而犹锱铢与较，揆情亦有所难安乎？尔等当商人等嗣后于贫民所质犁钼，及一切农用什物，宜各按每月三分之利，让半听赎。有再能多让少取者，地方官酌量加奖。夫不病农，即以惠商，本道非有所偏也。倘农民恃有此示，过缩钱文，强赎生事，亦即加以惩处。

禁强籴、强借

宋咸淳七年，抚州饥。黄裳奉命往救荒，但期会富民耆老以某日至，至则大书“闭籴者籍，强籴者斩”八字，揭于通衢，米价遂平。

魏叔子禧曰：重强籴之刑，时方大饥，民易生乱。若纵其强籴，则有谷者愈不肯粜，四方客粟，闻风不来，立饥死矣。且强籴不禁，势必抢夺，抢夺势必掳杀。当著为令曰：有不依时价强籴一升者，即行重处。盖彼原欲少取便宜，今且性命不保，则强籴者鲜矣。

沈方伯起元议曰：河、津、冀、深等属，田禾受旱，民食维艰。荷蒙皇上天恩，发粟分运借粜，仍俟勘确请赈。凡在士民，理宜安分守法，静待膏泽下颁。惟是被灾地广，其间良顽不一，恐有不法之徒，或号召强借，或率众抢夺，愚民被其煽惑，殷户遭其扰害。

宜先议定处分，详请通饬宣示，俾各属暨委员等有所遵守，即可当下发落，明示惩儆。除黉夜白昼入人家内抢夺米粮，杀伤事主，情关重大者，仍照例通详究拟外，其有素非善类，藉灾生事，号召多人，强行借贷，无异抢夺者，亦应通详，分别首从，按律定拟，以惩凶顽。若仅到门求借，尚知畏惧，不敢行强者，一面禀报，一面将首犯枷示通衢，余犯分别发落。至抢借为首之犯，素行尚无劣迹，实因迫于饥饿，一时起意纠集，抢夺米粮无多，情稍可原者，将首犯枷示通衢四十日，满日重责四十板。只系强借，将首犯枷示通衢一个月，满日重责三十板，余人酌量发落。其有向族戚强借，所纠集者亦皆族戚，将首犯重责示惩，即时谕令解散。仍责令该殷户分赡米粮，以敦亲谊，所有一切强借之赃照追给主，发落之犯交保管束。俱令地方官禀报总理赈务之道员，就近核办。其随从附和之无知灾黎，已到案者讯明即释，未到案者概免株连。

卷七 糜粥

昔自卫国凶饥，公叔文子为粥与国之饿者，人称其惠。此后世赈粥之政所由昉也。乃后世行之，而或无济于民者，良以胥吏乾没，徒托空名，搀以石灰，使其易熟，则是名为活人，其实杀之。又壮者得歠而不能及幼孤老病之人，近者得餔而不能遍窎远穷荒之地，活者二三而死者十七八矣。且萃数千鸠形鹄面之人于一市之中，则气蒸渐成疠疫，而众聚必起奸偷。或曰弊若此，不如其已也。然法因人坏，非法之不良。盖一粥虽微，得之则生，弗得则死。揆之不忍人之心，匪特不可已也，又乌可一日缓乎？故此卷所采良法特详，而专为一门。贤有司果斟酌而力行之，何弊不除，何事不集，其为惠也大矣。不将与文子并传不朽乎？

明张司农救荒十二议

一、亲审贫民。先令里长报明贫户，正印官亲自逐都逐图验其贫窘，给与吃粥小票一张，填写里甲姓名，许执票入厂，仍登簿。万不可令民就官，往返等候，先有所费。要耐劳耐久，细心查审。

明胡其重曰：若赈可稍缓，则须亲审。若州县辽阔，遍历不完，而赈又不可缓，则须于寄居官等择其有德有品者，分任其事亦可。

二、多设粥厂。众聚则乱，散处易治。昔富郑公设公私庐舍十余万区而安处流民，又多设粥厂。今议州县之大者，设粥厂数百处，小者亦不下百余处，多不过百人，少则六、七十人。庶釜爨便而米粥洁，钤束易而实惠行。

三、审定粥长。数百贫民之命，悬于粥长之手，不得其人，弊窦丛生。务择百姓中之殷实好善者三四人，为正副而主之。即富郑公用前资待缺官吏之意也。

四、犒劳粥长。饥民群聚，易于起争，粥长约束，任劳任怨。上不推恩激劝，待以心腹，谁肯效力尽心？故宜许其优免重差，特给冠带匾额。近则又有一法，半月集粥长于公堂，任事勤劳者，以盒酒花红劳之，惰者量行惩戒，以警其后。

陆曾禹曰：此法极善，可以鼓舞众人，而且易为。但有善人、能人，不妨任粥长当堂禀用，官即具帖请来厂中，协力料理。

五、亲察厂弊。粥厂素称弊薮，惟在稽察严密，然非守令躬察，则不知警。又有以逸代劳之法，限粥长三五日执簿赴堂领米，谆谆嘱其用心，察其勤惰。又要时加密访，置大签四根，书东、南、西北四字，日抽一签，如东字单骑东驰，不拘远近，直入厂中。果有弊者，造作不精者，分轻重而惩治之，不可贷也。

六、预备米谷。仓廪不实，支取易匮。或动支官银籴买，或劝借义民输助，必须多方设法，预为完备。凡煮粥之米，既交粥长，或搬运，或变卖，任从其便。只要有米煮粥，不许吏胥因而索诈。

七、预置柴薪。厂中器皿不可强借，惟铁杓必须官给两个，恐有大小故也。煮粥之柴，其费最多。粥长等既任其劳，那堪再行赔累。即令粥长，在所领米内，扣出其米，变卖作价可也。

八，严立厂规。驭饥民如驭三军，号令要严明，规矩要画一。印簿照收到先后顺序列名，鸣钟会食，唱名散签。凡散粥，或单日自左行散起，或双日自右行散起，或自上散，或自下散，或自中散，互为先后。则人无后时之叹，不至垂涎以起争端。敢有起立擅近粥灶者，即时扶出除名。粥长不遵规矩，亦有所惩。

九、收留子女。预示饥民，不可擅弃子女，然而饥寒困苦，难保其无。万一有之，令里老保甲老人等收起，抱赴官局收养。仍给送来之人数十文，以作路费，庶可酬其奔走之劳。

十、禁止卖妇。卖妇者当严为禁止，倘有迫切真情，将夫妻尽收入厂中，妇令抚婴，男归厂用，事完听去。

十一、收养流民。最苦者饥民逃窜，以路为家。须于通衢宽空处，另立流民厂，另置流民簿，随到随收。如若满百，须增厂舍。若乞丐，又立花子厂，不得与流民共食。

十二、散给药饵。凶年之后，必有疠疫。疫者，万病同症之谓也。不论时日早晚，人参败毒散极效，或九味羌活汤、香苏散皆可。但须多服，方有效验。合动官银，令医生速为买办。合厂散数十帖，以济贫民。至夏间，有感者为热病，败毒散加桂苓甘露饮神效。败毒散内不用人参，加石膏为佳。再令时医定夺，必不误也

陆曾禹曰：明神宗二十九年，陕西巡抚毕公懋康入关之始，见饥民嗷嗷待哺，乞生无路，乃云莫如煮粥最善。即将张司农救荒十二议发刻施行，荐拔勤员，特参惰慢，务令有司以一段真精神救获元元，可称贤大夫矣。

明山西巡抚吕叔简坤赈粥十五法

一、广煮粥之地。饥民无定方，而煮粥有定处。若不多设处所，以粥就民，恐奔走于场，难宿于家。或朝食一来，暮食一来，十里之外，不胜奔疲，不便一也。壮丁就粥，便可随在歇止，而老病之父母、幼弱之小儿、羞怯妇女，饿死于家，其谁看管，不便二也。乞粥以归，不惟道远难携，亦且妄费难察，不便三也。不如十里之内，就近村落寺庙之处，各设一场，庶于人情为便。

二、择煮粥之人。旧日监督主管，多委里甲老人。嗟夫！难言之矣。无迫切之心，则痛痒不关而事必苟；无综理之才，则点察失当而事恒不详；无镇压之力，则强者多，暴者先而惠不均。故定煮粥之法，当选煮粥之人。先令之讲求，讲求既明，正印官亲与问难。如于立法之外，另有良法者，即行奖赏。则人人各奏其能，而仁术益精详矣。

三、行劝谕之令。善不独行，当与善者共之。正印官执一簿籍，少带人数，各裹糇粮，遍到乡村。看得衣食丰足，房舍齐整之家，便入其门，亲自劝勉。或愿舍米粮若干，或愿煮粥若干，日饲养若干人，务尽激劝之言，无定难从之数。如有所许，即令自登簿籍，先送牌坊等样，为之奖励。

四、别食粥之人。凡来食粥者，报名在官，立簿一扇，分为三等六班。老者不耐饿，另为一等，粥先给，稍加稠。病者不可群，另为一等，粥先给。少壮另为一等，最后给。

此谓三等。造次颠沛之时，男女不可无辨，男三等在一边，女三等在一边，是为六班。

五、定散粥之法。擂鼓一通，食粥之人，男坐左边，以老病壮为序；女坐右边亦然。每人一满碗，周而复始。大率止于两碗，老病者加半碗、一碗可也。每日夕，人给炒豆一碗。

六、分管粥之役。大粥场，立总管一人，掌簿二人，司积二人，管米豆。俱以廉干者为之。每锅灶头一人，炊手一人，壮妇人更好，柴夫一人，水夫十人，皆以食粥中之壮者为之。但有惰慢及作弊者，即时杖逐。

七、计煮粥之费。凡米须积在粥厂严密之处，司积者自带锁钥，每日每人以三合为率。食粥之人，每日增减不同，掌簿先一夕日落报名数于司积，令某锅煮米若干。司积冒破米豆者，每一升罚一担。灶头克减米豆者，不论多少，重责革出。

八、查盈缩之数。不分军民良贱，不论本土流民，除强壮充实男女，不可轻收外，其余但系面黄肌瘦之人，尫羸褴褛之状，即准收簿。每簿分男女二扇，每班常余纸数叶，以备早晚续到之人。其人以日为序，如正月初一日，赵甲，某府某县人，现在何处居住，有子无子；初二初三，以次登记。

九、备煮粥之具。布袋若干条，大锅若干口，木杓若干只（约与碗大），木碗若干个（碗令食粥者自备，甚便。但大小不一，恐多寡不同），大木杓若干个，水桶若干只。柴薪不可多得，即差少壮食粥之人，令其拾采。

十、广煮粥之处。须行各州县一齐通煮，使穷民各就其便，而流来之人不致结聚。但一场过五百人，即将流民拨于别场。有父子夫妻，一同随拨。盖结聚易，离散难，老病妇女何害，少壮男子不散，必为盗于地方。接熟之日，照归流民法，各发原籍，更为得所。

十一、备草荐。饥病之人，坐卧无所，亦易生疾。州县将谷稻槀秸织为草荐，令之铺地，庶不受湿。有力之家，平日织千百，或冬月施与丐子，或饥年散给粥厂，大阴德事，事完另行奖励。

十二、奖有功。如果有功无过者，原委人役，大则送牌，小则花红鼓乐，送至其家，以示优厚。

十三、旌好义。看其费米之多寡，而定其旌赏之重轻，或送牌坊，或给免帖，或给冠带可也。

十四、赈流民。过往流民倘过粥场，每人给粥三碗，炒豆一碗，仍问姓名登记，以便查考。

十五、贮煮粥器皿。天道无十年之熟，一切煮粥器皿，须令收藏，备造一册存库，委付一人收掌，不许变价及被人花费。

> 此上皆吕公之良法，可谓曲尽人情。由此推之，若辰刻令人食粥一餐，随以米三合给之，代其下次之粥。民不守候一餐，误其一日之他图，官不为民过劳，日有两番之料理。不尤简且便哉！

垂死饥人赈粥法

魏叔子禧曰：边海有失风船，飘至塘，船中人饿将绝者。急与食，往往狼吞而致死。后有煮稀粥泼桌上，令饥人渐渐吮食之，方能得生。盖饥肠微细，不堪顿食也。

怜寒士

明御史钟化民曰：读书者，不工不商，非农非贾。青灯夜雨，常无越宿之粮；破壁穷檐，止有枵雷之腹。一遇荒年，其苦万状，从厚给之。

明张氏曰：荒年有外具衣冠，内实饥馁，不能忍耻就食者。如托人瓶钵取食，勿生疑阻。倘访知果赤贫无人转托者，更宜挑担上门量给之。

怜妇女

少妇处女，初次到厂吃粥之后，当给半月之粮，令其吃完此米，再到厂中来吃一次，如前给之。后皆仿此。不可令彼含羞忍耻，日日到厂，挨挤于稠人广众之中也。

怜婴儿

不论男妇到厂吃粥，倘怀中有婴儿者，许给一人之粥，令其携归哺之。彼利此粥，不致弃子，造福更大也。

粥不可过热过饱

明崇祯庚辰年，浙江海宁县双忠庙赈粥。人食热粥，方毕即死，每日午后，必埋数十人，与宋时湖州赈粥，粥方离锅，犹沸滚器中，饥人急食之，食已未百步而即死者无异。后杭人何敬德知之，遂于夜半煮粥，置大缸中，明旦分给，死者寡矣。其所以必死之故，人知之乎？凡食粥者，身寒腹馁，必然之势，身寒则热粥是好，腹馁则饱餐自调，殊不知此皆杀身之道，立死无疑。故赈饥民，其粥万不可过热，令其徐徐食之，戒其万勿过饱，始可得生。赈粥时尤须大书数纸，多贴于粥厂左右，上书：饿久之人，若食粥骤饱者，立死无救。若食粥太热者，亦立死无救。犹当令人时时高唱于粥厂之中，使瞽目者与不识字之人皆知之，庶可自警。人之生死系焉，仁人幸无忽也。

煮粥宜旧锅

旧传新锅煮粥、煮饭、煮菜，饥民食之，未有不死者。故厂中须用旧锅。万一旧锅不足，须将新锅，或向庵堂寺院，或向饭铺酒家，换取旧锅备用，庶不致损人之命。此又一要法也。

因里设厂赈粥

魏叔子禧曰：施粥者必须因里设厂，若劳其远行，恐半途仆毙。又须立人监理，令饥民至者，随其先后，来一人则坐一人，后至者坐先至之下，已坐者不许再起。一行坐尽，又坐一行。以面相对，以背相倚，空其中路，可令担粥人行走。坐至正午，击梆一通，高唱“给第一次食”，令人次序轮散。有速食先毕者，不得混与。一次散讫，然后击梆二通，高唱“给第二次食”，如前法。共三次即止。盖久饥之人，肠胃枯细，骤饱即死。惟饥民中称有父母妻子卧病在家者，量行给与携归。处分已讫，方令散去。散去之法，令后至坐外者先行，挨次出厂，庶不拥挤践踏。又多人群聚，易于秽染生病，须多置苍术醋碗薰烧，以逐瘟气。又不时察验，严禁管粥者克米，将生水搀稀，食者暴死。其碗箸各令饥民自备。按米多亦不得施饭，久饥食饭，有立死者。

择地聚人赈粥

魏叔子禧曰：城四门择空旷处为粥场，盖以雨棚，坐以矮凳。绳列数十行，每行两头竖木橛，系绳作界。饥民至，令入行中，挨次坐定，男女异行，有病者另入一行，乞丐者另入一行。预谕饥民各携一器，粥熟鸣锣，行中不得动移。每粥一桶，两人舁之而行。见人一口，分粥一杓，贮器中，须臾而尽。分毕，再鸣锣一声，德〔听〕民自便。分者不患杂蹂，食者不苦见遗。限定辰、申二时，亦无守候之劳，庶法便而泽周也。

担粥法

魏叔子禧曰：担粥法，无定额，无定期，亦无定所。每晨用白米数斗煮粥，分挑至通衢若郊外，凡遇贫乞，令其列坐，人给一杓。每担需米五六升，可给五六十人之餐，十担便延五六百人一日之命。或数日，或旬日，更有仁人继之，诸命又可暂延。无设厂之劳，有活人之实，既可时行时止，又且无功无名，量力而行，随人能济众，每日有仁方矣。此崇祯辛巳嘉善陈龙正赈粥之法也。

明张氏曰：担粥须用有盖水桶，外用小篮，备盐菜碗箸。

米代粥

明少参沈正宗为担粥法，止可待流亡之在其途者。若救土著之饥民，煮粥丛弊，不若分地挨户，给以粥米。既可活人，又不丛聚。但须分给得当，时加亲察，胜如因粥酿疫者多矣。

粥起止

凡赈粥，当在十月初旬为始，此际草根树皮，无从得觅，无粥则有死而已。其止当在三月初旬，此时草木既已萌芽，饥者或有赖于一二也。

黄齑粥

魏叔子禧曰：取菜洗净，贮缸中，用麦面入滚水调稀浆浇菜上，以石压之，不用盐。

六七日后，菜变黄色，味有微酸，便成黄齑矣。此后但以菜投入齑汁中，便可作齑，更不复用面。取齑切碎，和米煮粥食之，每米二斗，可当三斗之用。虽不及纯米养人，而充塞饥肠，聊以免死，亦俭岁缩节之一法也。

煮 麦 粥

黄慎斋澄曰：用大麦磨成面子，每面子八升，加以碎米二升，调成糊粥。遇饥荒之年，择一倚傍庙宇空处，对面搭棚十间，两头设立木栅门，门派二役把守。其棚内砌土灶五眼，用大锅五口，满贮清水，烧令滚沸。预将米粉、麦面二、八拌匀，堆贮棚内，一锅水滚入，麦面搅匀，顷刻浓熟可吃。用大杓约一大碗，自东栅门放饥民鱼贯而入，就锅与一大杓，挨次给散，令其由西栅而出。一人掌杓施粥，其调煮之人，即于第二锅内下面调搅，顷刻又熟。二锅散完，即散三锅，次第以至五锅，而第一锅又早水滚可用矣。锅不必洗，人不停手，灶下十人，灶上十人，共二十人替换，足供是役。计面粉每升可调三四杓，济饥民三四人，以三四石计，可济千人。每日调粥十余石，则济四五千人。初不虑其拥挤也。自卯末辰初，散至午末竣事。计麦面米粞之价，较米价止十分之五，而人工费用器具又省十分之七八矣。其便有五：一、价贱则经费可充可久。一、面粉粗于米粥，非实在饥民，不来争食。一、米粞拌入麦面之中，厂内人不能偷窃。一、熟可现吃，非若冷粥伤人脾胃。一、顷刻成熟可吃，非若米粥，必隔夜烧煮，不费人工时候。如境遇大荒，城乡分设四厂，可无受饥之民矣。但须预于半月前发米磨粞，发大麦磨面，责成磨坊碾部陆续磨运堆贮，以供应用毋缺。查大麦面子，淮、扬、徐、海贫民借以日食，收买甚易。江以南则须买麦焙熟再用，以免伤人脾胃。

劝 捐 粥

宋陈尧佐知寿州，岁大饥。公自出米为糜，以食饿者。吏民以公故，皆争出米，活数万人。公曰：我岂以是为私惠哉，盖以令率人，不若身先而使其乐从也。

明宣德末，永丰饥，乱民严季茂等千余人就缚。布政陈智伯谓胁从者众，不可概令瘐死，倡捐俸为粥赈之。奏报决首恶三十余人，余皆免。时有告富民与贼通者三百余人，智伯悉令诣官自告。谕之曰：果若人言，下吏鞠讯，尔尚能保家乎？今若能出粟赈粥，吾当贷尔。众流涕，乞如命。得粟万余石，所活不可胜计。

施 米 汤

陆桴亭世仪曰：凡饥民至饥岁，不得食而死者，十之六七；其由食而死者，十之三四。盖饥民饥渴久，肠胃日细，骤得食，则并急不能容受，往往肠断而死。故久饥之人，不可食饭，即糜粥亦不可多食。救荒书言：久饥之人，不可骤与粥，宜倾向棹〔桌〕上，令饥民就吮之，恐伤其肠胃也。盖饥民易死如此。因思今素封家，虽无余力可以活人，然朝饔夕飧，犹自不废。今愿与同志者约，凡朝夕炊粥饭时，幸少增勺米，汤沸必挹取数盏，盛大瓮中，多多益善。明晨以汤再炊，量入麦粉少许，使成稀粥。更以水姜三四块捣碎调和，各就门首施之。或一次，或早晚二次，汤尽为度，用以少润饥民肠胃。凡有活人之心，宜无不以为然者。

劝捐棉衣

高文定斌示曰：直属今年被灾地方，穷民困苦，荷蒙圣恩广沛，普遍赈恤，已无饥馁之患。惟是晨风戒凉，向前渐入寒冬，孤苦无营之人，虽幸得食，而衣不蔽体，仍恐莫保身命，深堪悯恻。案原题部议，绅衿士庶，有情愿捐赈，或捐备棉衣者，报明地方官，听其自行经理，多则题叙，少则奖励。奉旨允行。然抚恤灾黎之计，捐备棉衣又为急务。各州县可即出示劝谕绅衿士庶，有愿捐赈者，即令制备棉衣，分给贫民，或交地方印官，于赴乡散赈之便，察看单寒极贫之男妇，携带散给。不得预期声张，更不得委任胥役。仍将捐给数目据实申报，分别奖叙。如奉行不善，致有抑勒扰累，定即加以处分。

方恪敏观承谕曰：谕府州县，原题赈例，有劝谕绅衿富户捐助之条，业经出示晓谕。今时当秋尽，转瞬冬寒，灾地穷民，仰赖圣恩赈给，咸幸更生。而其中尤困苦者，衣不蔽体，寒已切肤，不死于饿，而复死于冻，宜亦父母斯民者之深为悯恻而亟思筹措者也。兹蒙督院捐制棉衣千件，盐政两司本道等亦各有施助，但力难遍及，心则无穷，有不能不望于绅士之好行其德者。该府州宜率同地方官，善为劝导，使之乐从。即如当商，平时取利于穷檐小户，今捐值十两、八两之棉衣以恤灾困，宜无吝情。况旧布短袄过期不赎者，不烦外求，无需另制，尤易为力。地方官总核所捐衣数，于赈册内查明极贫中应给名口，分遣妥人，指名散给。或属委员于放赈时察看无衣者预记之，有余更以及次贫户口之茕苦者。总勿显示恩施，致来希冀，惠难为继，而弊益滋多，即自生扰累矣。如捐户自能经理，不愿官办者听便。不愿捐者，尤不得勉强抑勒。所捐姓名衣数，俱通报院司察核。

高文定斌疏曰：臣伏查本年河间、天津各处被旱灾民，仰荷圣泽覃敷，发帑发粟，多方赈恤，实已普庆更生，咸称得所。惟灾民之尤孤苦者，衣不蔽体，无以御寒。且旱后柴薪缺少，得暖为难，并应筹画。臣于九月间，与司道等公同商酌，会同盐臣，各先捐制棉衣，为之倡率。行令被灾各府州县，于所属富户殷商善为劝谕，各随多寡捐助棉衣，或交官散给，或自行经理，听其乐输，严禁抑勒。仍将捐助姓名申报，分别奖励。兹据各府州县自捐并劝谕所捐棉衣，共四万三千六百九十一件，经各地方官于十一月加赈之时，视极贫人口无衣者，当面散给。就一州县所捐，皆已足用。现在臣派委专员，于被灾各处村庄道路巡环察看，劝谕穷民安业领赈，因以体察闾阎疾苦，时届初寒，尚不致有单衣露体之人。仰惟圣主痌瘝在抱，灾民冻馁时廑宸衷，合将捐给棉衣缘由，具折奏闻。

卷八　防范

读鸿雁之诗，而知周宣王矜流民之劬劳，而能劳来还定安集之，遂成中兴之业。以视晋惠帝时，六郡荐饥，流民入汉川者数万家，膜外视之，酿成李特之首乱者何如也。盖饥寒迫于身，始而流亡，必继为盗贼。凡有牧民之责者，取以为鉴，则流民之安、盗贼之弭，设法均不可不早也。至悯时疫，即《周礼》司救者治民病，掌除骴者，掩骼埋胔之遗意也。育弃儿，即《周礼》大司徒以保息六养万民，而首重慈幼之成规也。至若牛为耕种之本，私宰难宽，米乃养命之源，造酒宜禁，是皆荒政中切要之图也，毋忽。

安　流　民

宋韩魏公琦知益州，岁饥，流民满道。琦募人入粟，设粥济之，明年给粮遣归。又招募壮者，等第列为禁军。一人充军，数口之家得以全活。檄剑关民流移欲东者勿禁。凡抚活流亡共一百九十万。

仁宗癸未年，陕西饥，诏琦抚之。琦至，宽征徭，免租税，给复一年。逐贪残不职之吏，罢冗员六百七十人。时河中同华等州饥，民相率东徙，琦发廪赈之，凡活一百五十万人。琦后为相，封魏郡王，五子皆贵，忠彦继为相。

宋富郑公弼知青州，会河朔大水，民流入境内。公择部内丰稔者五州，劝民出粟十五万斛，益以官廪，随所在贮之。择公私庐舍十余万间，散处其人。官吏待缺者给之禄，使即民所聚，选老弱病瘠者廪之，约为奏请受赏。率五日辄遣人以酒肉劳之，人人为尽力。流民死者，葬之丛冢，自为文祭之。明年麦大熟，流民各以远近受粮而归。凡活五十余万人，募为兵者万余人。上闻之，遣使劳公，即拜礼部侍郎，公辞不受。前此救灾者，皆聚民城郭中，煮粥食之。聚为疾疫，及相蹈籍死，或待此数日不食，得粥皆僵仆。名为救之，而实杀之。自公立法，简便周至，天下传以为式。公每自言曰，过于作中书令二十四考矣。

宋富郑公弼安流法

擘画屋舍，安泊流民事。当司访闻青、淄、登、潍、莱五州地分，有河北灾伤流移人民逐熟过来，其乡村县镇人户，不那趱安泊，多是暴露，并无居处。目下渐向冬寒，切虑老小人口冻饿而死，甚损和气，特行擘画下项。

一、州县坊郭人户，虽有房屋，又缘出赁与人居住，难得空闲房屋，今逐等合那趱房屋间数开后：

第一等五间　　　第二等三间

第三等两间　　　第四等一间

一、乡村等人户小可屋舍，逐等合那趱间数开后：

第一等七间　　　第二等五间

第三等三间　　　第四等、五等二间

急将前项那趱房屋间数报官，灾伤流民老小在州者，州官著人，在县者，县官著人，在镇者，监务著人，引至抄点下房屋间数内计口安泊。本县及当职官员，躬亲劝诱，量其口数，各与桑土，或贷种救济，种植度日。如内有现在房数少者，亦令收拾小可材料，权与盖造应之。若有下等人户，委的贫虚，别无房屋那应，不得一例施行。如更有安泊不尽老小，寺院庵观门楼廊庑亦无不可，务令安居，不致暴露失所。

陆曾禹曰：人当颠沛流移之日，身无一文，扶老携幼，旅店不容安歇，道途桥上栖身，冷雨淋肤，寒风刺骨，即壮健者已将病疫，况饿体愁人，有不转于沟壑哉？富公于青州，首重安顿流民之法，故无暴露失所之人。则凡有流民入境者，安可不仿佛前贤，先有以安其身哉？

青州劝诱人户量出斛米救济饥民示云：河北一方尽遭水害，老小流散，道路填塞。坐见死亡之厄，岂无赈恤之方？又缘仓廪所收，簿书有数，流民不绝，济赡难周。欲尽救灾，必须众力，庶几冻馁稍可安存。况乎今年田苗，既大丰于累载，而又诸郡物价，数倍于常时。盖因流民之来，遂收踊贵之直，岂可只思厚己，不肯救人？共睹灾伤，谅皆痛闵。五州乡村人户，分等第并令量出口食，以济急难。施斗石之微，在我则无所损；聚千万之数，于彼则甚有功。凡在部封，共成利济。今具逐家均定所出斛米数目如后：

第一等二石　　　第二等一石五斗

第三等一石　　　第四等七斗

第五等四斗　　　客户三斗

已上并米豆中半送纳。

内有系大段灾伤人户，委的难为出办，即不得一例施行，亦不得为有此指挥，别生弊倖，透漏有力人户。稍有违戾，罪不轻恕。

一、凡有一官，令专十耆，将雕造印板，所印刷票子，给与流民。印押其头，后留余纸三四张，编定字号。所差官员，便令亲自收执，分头下乡，勒耆壮引领排门抄点。凡见流民，尽底唤出，不论男女，当面审问的实，填定姓名口数，便各给票子一道收执，以便请领米豆。不得差委他人，混给票子，冒支米豆。

凡有土居贫穷，或老年，或残疾，或孤寡，或贫丐等人，除在孤老院有粮食者不重给，余皆一体给票领银。

一、凡给米豆，每人日给一升。十三岁以下，每人日给五合。三岁以下男女，不在支给之例。仍于票子上预算明白，不得临时混算。

一、官如管十耆，每日只给两耆，以五日给遍十耆，一给五日。官员须早到治所办事，不得令流民迟归晚去，冻露道途。

一、官员受米豆，先要看耆内何处人家可以寄顿，只要便于流民请领，始为得当。

一、勘会二麦将熟诸处之流民，尽欲归乡，令监散官自五月初一日算至五月终，一并支与流民，充作路粮，以便归乡。

一、指挥青、淄等州，须晓示道店，不得要流民房宿钱。

陆曾禹曰：此皆富公青州安流之法，不但人无路宿，而且口食有资。宁若后人，虽本境饥寒，尚无术以处之哉？自公分养之法一立，愈于聚民城市薰蒸成疫者多矣。

宋董煟曰：流民至，当为法以处之。富弼令樵采打鱼之类，地主不得为主是也。但一时未免侵扰，莫若修堤浚河，兴水利，公私两便。不然官司出钱，租赁民间芦场，或柴篠山近县郭市井去处，纵流民樵采，官复置场买之。非惟流民得自食其力，雪寒平价出卖，亦可济应细民。

宋隆兴二年，赵令良帅绍兴。是时流民聚城郭，待赈济，饿而死者不可胜计。通判王恬、间邱宁孙建策云：今尽发常平义仓米赈给之，至来年麦熟止，恐无以为继。况旬给斗升之米，官不胜其劳，民不胜其病。莫若计其地之远近，口数之多寡，人给两月之粮，令归治本业，不犹愈于聚城郭待升斗之给，困饿而死乎？赵行其言，委官抄劄，给粮以遣之。不旬日间，城中无一死人。欢呼盈道，全活甚众。

宋滕达道知郓州，岁方饥，乞淮南米二十万石为备。后淮南东京皆大饥，达道独有所乞之米。召城中富民，与约曰：流民且至，无以处之，则疾疫起，并及汝等矣。吾城外废营田，欲为席屋以待之。民曰：诺。为屋二千五百间，一夕而成。流民至，以次授地，锅炊器用皆具。以兵法部勒，妇女炊，少者汲，壮者樵，民至如归。上遣工部侍郎王古按视，庐舍道巷，引绳棋布，肃然如营阵。古大惊，图上其事，有诏褒美，用活者数万人。

陈芳生曰：流民过境，必当量仓储多寡，预酌抚恤之宜。如其未至，又且所积无几，或欲扬声招之，以饰虚誉，此贼民之甚者，亦必自贾奇祸。切戒切戒！

杜纮为永平令，岁荒，民将他徙。召谕父老曰：令不能使汝必无行；若留，能使汝无饥。皆曰：善，听命。乃官给印券，称贷于大家，约岁丰为督偿。于是咸得食，无徙者。明年稔，偿不愆，民甚德之。

郑刚中判温州，岁饥，流民载道，劝守发仓赈之。守曰：恐实惠不及饥者。答曰：业有措置以万钱，每钱押一字，夜出坊巷，遇饥卧者给一钱。戒曰：勿拭去押字，次早凭钱给米。饥者无遗，守叹服。

张清恪伯行曰：流民当互相养济也，每十人为一排，或多一二人，或少一二人亦可。立一排头，来者即令著落排头。如来者多，再分排头。令聚一处，昼则各出分路求食，夜仍聚会一处，或庵观寺院，令排头代为料理，而以僧人董之。盖恐流来人多，或有死亡、拐带、盗窃、争闹事故，有此著落，如佃户之依里主，行旅之依店主，自帖然得安。至于男女，尤当分别。寺院有男僧者，令其收养流来之男人无妻女者。庵观之有女尼者，令其收养流来之女人无男夫者。如一家有男女数口者，不得分别拆离，或于寺观，或于各乡村处所，查设空闲房屋以处之，以耆老乡约主其事。然流民又宜各州县均为安插也。使此处安插，彼处或不安插，则此处之聚集必多，必有不能周全之虞。惟各处均为安插，则养济自易，而人亦无拥挤之患矣。

乾隆丁未夏，山西大同郡旱饥。郡中多关中、直隶、陕西来就工作之民。粮腾踊，工不通，民住无食，归无资，辄百十辈之富家横索，至攫饮食财物。而土著之隐民，无所取食者随之。蜂屯蚁聚，城乡被扰，号禀者日数十。总镇沐公派弁兵巡卫，太守文公议逐之。时予为霍州牧，奉委赴大同谳案。行至雁门关，得悉其状。念目前救荒，急安流民，大同虽歉，本籍固丰，官为资送，民自乐从。因由急递禀抚军勒宜轩，飞饬地方官招集流民，查明籍贯，分别四路造册，每名站给钱百文，拨役护送，凡过州县亦如之。本籍贫民，一面分设粥厂，其余蠲赈各事宜亦须速办。蒙檄准行，郡遂以宁。

弭盗贼

宋司马光知谏院时，言：臣闻敕下京东西灾伤州军，如贫户以饥偷盗斛斗，因而盗财者，与减等断放。臣窃以为未便。若朝廷明降敕文，预言与减等断放，是劝民为盗也。百姓乏食，当轻徭薄赋，开仓赈贷，以救其死。不当使之自相劫夺，况降敕而劝之，臣恐国家始于宽仁，而终于酷虐，意在活人而杀人更多也。

温公之奏，何等深切明白。盖君子之言，有当先期而告谕者，有宜存心而未发者，时中为妙。

宋熙宁七年，苏轼知密州军，论河北、京东盗贼，奏曰：臣伏见河北、京东，比年以来，旱蝗相仍，盗贼渐多。今又不雨，麦不入土，窃料明年春夏之际，盗必甚于今日。谨案山东自上世以来，为腹心根本之地，其与中原离合，常系社稷安危。近年公私匮乏，民不堪命，冒法而为盗则死，畏法而不盗则饥。饥寒之与弃市，均是死亡，而赊死之与忍饥，祸有迟速，相牵为盗，亦理之常。虽日杀百人，势必不止。苟非陛下较得丧之孰多，权祸福之孰重，特于财利少有所捐，衣食之门一开，骨髓之恩皆遍，人心不革，盗贼不衰者，未之有也。

宋淳熙中，庐陵艰食，饥民万余守谯门。录事参军谢谔亟命植五色旗，分部给穷民，顷刻而定。

陆曾禹曰：经济之学不讲，仓卒之变难支。饥民万余，守谯门而不散，使无仁术慰群黎，虽无作乱之心，难免劫掠之举，何以结局？

宋魏鹤山曰：有谓荒政之行为可缓者，不知自古国家倾覆之由，何尝不起于盗贼？盗贼窃发之端，何尝不起于饥饿？国家爱民，不如惜费之甚。官司忧国，不如爱身之切。

宋辛弃疾帅湖南赈济，榜文只八字，曰：劫禾者斩，闭籴者配。

明邱文庄濬曰：劫禾之举，此盗贼祸乱之萌。周人荒政除盗贼，正以此耳。小人乏食，计出无聊，谓与其饥而死，不若杀而死，况未必杀耶？闻粟所在，群趋而赴，哀告求贷，苟有不从，即肆劫夺。且曰，我非盗也，迫于饥寒，不得已耳。呜呼！白昼攫人所有，谓之非盗，可乎？渐不可长。彼知其负罪于官，因之鸟骇鼠窜，窃弄锄挺，以扞游徼之吏，不幸而伤一人，势不容已，遂至变乱矣。应请明敕有司，遇有旱灾，必先榜示，禁其劫夺，不从则痛惩首恶，以警余众。决不可行姑息之政，此乃弭祸乱之先务也。

明邱文庄濬曰：臣愿明敕有司，遇有水旱灾伤，势必至于饥馑，必先榜示，禁民劫夺。谕之不从，痛惩首恶，以警余众，决不可行姑息之政。此非但救饥荒，乃弭祸乱之先务也。倘有富民闭籴，何以处之？曰：先谕之以惠邻，次开之以积善，许其随时取直，禁人侵其所有。民之无力者，官与之券，许其取息，待熟之后，官为追偿。苟积粟之家，于口颇众，亦必为计算，推其赢余，以济匮乏。若彼仅自足，亦不可强也。凡有所积不肯发者，非至丰穰，不许出籴。彼见得利，又恐后时，自计有余，亦不得不发矣。

陆曾禹曰：劫粮之众固有罪，闭籴之民亦可恨。古人以数字而慰万民曰：劫粮者斩，闭籴者籍。诚荒政老妙策也。今邱公欲痛惩首恶，以警余人，非善法欤？虽然，衣食无资，恐难终止。故剿除不如招抚之美，蠲免不及赈济之佳。实惠及民，心怀盛德，何忧百姓之倾危？否则鲜有不为明主之责罚者，慎之慎之。

陆曾禹曰：弭丰年之盗易，弭饥岁之盗难。何也？持法若严，则失缓刑之意；治之稍宽，又开劫夺之门。呜呼！惟知之真，则处之当。盖迫于饥寒而图苟活者，实不等于以劫掠而为生涯者也。于以知饥年之弭盗，外貌不妨示以严，若柴瑾之封剑命诛，杨简之断肋示众，得之矣。存心又贵其能恕，如龚遂之抚恤乱民，王曾之笞释死犯，近之矣。

高文襄拱曰：《周礼》荒政十二，其十一皆宽恤，而终之以除盗贼。王浚川云：利之而后除之，若曰可以生矣，不悛而后杀之也。然乎？曰不然也。年谷顺成，即有狗鼠之盗，无能为乱。凶年饥岁，民方穷苦无聊，彼奸侠不逞之徒，乘机窃发，召呼之间，流离饿殍易于相从，乱之所由起也。故良民之宽恤者，不一而足，而于盗贼，独加严焉。曰除者，加之意之辞也，不止祛害安民，亦所以弭衅端、保国家也。若谓利之而后除之，则何时不然者，而独于荒年云尔乎？世有等迂腐有司，不识事体，务为煦煦之政。荒年贼民抢掠，则曰彼饥也，抢亦无妨。嗟乎！是纵之为乱也。抢掠者邦有常刑，固未曰荒年姑不行也。圣人所致严者，而俗吏以行其宽，徒使孱良无主，而地方日以多故，其犹可扑灭者，幸耳。

悯时疫

汉钟离意，会稽山阴人。少为郡督邮，太守贤之，任以县事。建武十四年，会稽大疫，死者万数。意独身自隐亲，经给医药（隐亲，谓亲自隐恤之；经给，谓经营济给之）。所部多蒙全济。

隋辛公义为岷州刺史。岷俗，一人病疫，阖户避之，病者多死。公义欲变其俗，命凡有疾者，悉舆至厅中，亲身为之抚摩。病者愈，召其家谕之曰：设若相染，吾殆矣。诸病者子孙皆感泣而去，敝风遂革。合境呼为慈母。

宋熙宁八年，吴越大饥。赵抃知越州，多方救济。及春，人多病疫。乃作坊以处疾病之人，募诚实僧人，分散各坊，早晚视其医药饮食，无令失时，以故人多得活。凡死者，又给工银，使在处收埋，不得暴露。

宋元祐三年冬频雪，冻死者无算。吕公著为相，日与同列议所以救御之术。乃发官米官炭，遣官分场贱卖，以惠贫民。疾病之人，日给医药饘粥，又不时委官看问，以故得多全活。

明嘉靖时，佥事林希元疏云：时际凶荒，民多疫疠。极贫之民一食尚艰，求医问药，于何取给？往时江北赈济，亦发银买药，以济贫民。然督察无方，徒资冒破。臣欲令郡县博选名医，多领药物，随乡开局，临症裁方。多出榜文，播告远近，但有饥民疾病，并听就厂领票，赴局支药。遇死者，给银四分，令人埋葬，生死沾恩矣。

明王文成守仁曰：灾疫大行，无知之民，惑于渐染之说，至有骨肉不相顾疗者。汤药饘粥不继，多饥饿以死，乃归咎于疫。夫乡邻之道，宜出入相友，守望相助，疾病相扶持。乃今至于骨肉不相顾，县中父老，岂无一二敦行孝义，为子弟倡率者乎？夫民陷于罪，犹且三宥致刑，今吾无辜之民，至于阖门相枕藉以死，为民父母，何忍坐视？言之痛心，中夜忧惶。思所以救疗之道，惟在诸父老劝告子弟，举行孝弟，各念尔骨肉，毋忍背弃，洒扫尔室宇，具尔汤药，时尔饘粥。贫弗能者，官给之药。虽已遣医生老人分行乡井，恐亦虚文无实。父老凡可以佐令之不逮者，悉以见告。有能典行孝义者，县令当亲拜其庐。凡此灾疫，实由令之不职，乖爱养之道，上干天和，以至于此。县令亦方有疾，未能躬问疾苦，父老其为我慰劳存恤，谕之以此意。

金闲存曰：或者曰：旱潦之后，每有时疫，其故何欤？恬然子曰：旱者气郁之所致也，潦者气逆之所致也。盖逆必决，决斯潦，潦必伤阴；郁必蒸，蒸斯旱，旱必伤阳。阴阳受伤，必滞而成毒。毒气溃发，人物相感缠而为患，疫症乃时行也。曰天地无私，无私则无累，而阴阳之气，宜其顺而达矣。其所以郁而逆者，又何故耶？曰由人心致之也。盖小人之心，无过贪生。贪生则贪利，而利有所不遂，则谋计拙而忧愁潜于肾脉，告援穷而恼怒聚于肝经。于是乎酬酢往来，同胞之和睦潜消；呼吸嘘嗳，造化之盘旋相阻。始则风雨不时，继则温寒犯令。而阴气闭于外阳，乃用逆；阳气伏于中阴，乃用郁。此其势、此其理也。不然，则庙廊之调燮，不几成无据之空谈矣乎！而何以论道之余，犹劳宰相之踌躇于痞瘵。曰然，则调燮者，其先调天下之财乎？曰然。财不调则贫富不均，民生不遂，而民气不伸，阴阳其必不和也，安所谓燮乎？夫是以圣人首重通财，而最忌壅财也。赈恤罚赎之典，所以行也。

张清恪伯行曰：人之饥饿而死者，必数日不得食而后死，断无一二日不得食即饿死之理。宜令流民头或僧人稽察，有真正一二日不得食者，即为禀官，给粥一顿，使能行走，再令出门求食。若居民，则令耆老公正者会同乡地，不时稽察，真正一二日不得食者，即令报所在官长，令给粥一顿。至风雪之日，寒冷不能出门求食者，尤宜稽察，报明所在官长，或量给米升合，或量给钱数十文，或用担粥法煮以食之。但要每日留心，如有冻饿而死者，即报明所在官长，捐棺木以埋之。如先不禀明几日不得食，而即禀报饿死者，严加治罪。如地方官冻饿死人不行申报，以匿灾论。如有隆冬真正无衣者，令耆老会同乡地查明，报所在官长，捐给棉衣，流民亦如之。或劝谕绅衿富户，酌量多少捐给。加〔如〕此则所费者少，而所活者多矣。

张清恪伯行［又］曰：骸骨不可不急为掩埋也。昔文王泽及枯骨，况现经饥饿而死者乎？每见有抛弃骸骨，日色暴露，甚为可惨。宜严饬城关各乡约地保人等，凡街市、道路、田间，有抛弃骸骨，俱令掩埋，以顺生气。盖灾祲之后，每当疫疾，皆因饿死人多，疠气薰蒸所致也。一经掩埋，不惟死者得安，而生者亦免灾沴之祲矣。

收育弃儿

宋叶梦得守许昌，值大水，流殍满道。公尽发常平仓所储者赈之，全活者数万人。独有遗弃小儿，无由得救。公询之左右，曰：无子者何不收养？曰：人固所愿，但患岁丰年长，即来认去耳。公即立法，凡灾伤弃儿，父母不得复认。遂作空券，印给发于里社，凡得儿者，明书于券以付之。计救小儿共三千八百余人。后官至尚书左丞，封侯，子皆登第。

宋刘彝所至多善政。其知虔州也，会江西饥歉，民多弃子于道上。彝揭榜通衢，召人收养，日给广惠仓米二升。每月一次，抱至官中看视。又推行于县镇。细民利二升之给，皆为字养，故一境生子无夭阏者。

给之厚，生之众，必然之理。刘公操此立论，故无不救之婴。苏东坡云：闻鄂人有秦光亨者，今已及第，为安州司法。方其在母也，其舅陈遵，梦一小儿，挽衣求救甚急。因念其姊有娠将产，而意不乐多子，岂应是乎？驰往省之，则婴儿已在水盆中矣。救之得免。以是观之，救之非救一婴儿，是救一安州司法矣。广而推之，功可胜言哉。

识认婴儿法。须记其头目疤痕，及手指旋纹，几箕几罗，始无差错。足指悉验而记之，方得其微。衣祩是何颜色，布帛单绵，此次辨也。

一曰凶年之所弃，父母性命，尚在不保，安顾婴儿？或有人通知，或有人抱来，急宜收养，问其来历，便其长大，知父母之姓名也。

明于忠肃谦巡抚山西、河南，劝民曰：若有遗弃子女，里老可即报与州县，差官设法收养，候岁熟，访其父母而还之。如里内有贤良之民，能收养四五口者，官犒以羊酒，给其匾额。十口以上者，加彩缎，免其终身差役。二十口以上者，冠带荣身。一时富民乐捐，而尚义者甚众。

张清恪伯行曰：鬻卖子女者，原非得已，盖举家饥饿，束手就毙，不如割爱，以苏旦夕之命也。且买者必有粮之家，卖者必得食矣。今凡卖子女者，责令地方官捐俸，代为回赎。此虽轸念贫民，曲为完聚之法，但富室有力之家，不肯再买，而灾黎穷困之极，必有遗弃道路而冻饿以死者。今宜令如有穷苦零丁不能自存者，许令亲戚收养。如无亲戚者，邻里养之。或所至之处，有愿收留者，任其收留役使，与雇卖人同。而人多不肯收养者，诚恐岁歉代为收养，至年丰伊又将竟回本家，不为使令，故不肯收养耳。今宜官给之券，听其自定限期，以若干为满。其有遗弃孤儿，人家收养长大者，即拜所养为父母，丰年不得归还本家，著为定例。盖父母生之而不能养，此能养之，即亦父母矣。则人之收养者自多，而孤儿庶免冻饿而死，此两全之道也。

禁卖牛、宰牛

方恪敏观承禁卖牛示曰：被灾各处，秋成无望，全在广种麦田，此时正资牛力。讵各乡村因旱乏草，饲养维艰，纷纷出卖，遂有刁民乘机兴贩牟利，百十成群，驱之北赴。在尔等剜肉医疮，固为计出无奈，独不思目下得雨既足，正宜及时种麦，牛具被弃，岂能徒手而耕？无网罟不能得鱼，无斧斤不能得薪，事甚明显，本道深为尔等顾惜筹虑。今按临各属勘灾放赈，并酌定借种之法，总以牛具为凭。如尔等有应种之麦地，先须验明牛具，始准借领。倘有地无牛不能种，即不准借。至于奸贩挟带银钱，在于村庄市集贱价收买耕牛射利，并偷宰病农等弊，业奉督部院通饬文武各衙门，分路严拿，尽法究处，并将所贩之牛全数入官。尔等慎毋听其诱惑，自绝生理。

明佥事林希元曰：凡年岁凶荒，则人民艰食，多变鬻耕牛，以苟给目前。不知方春失耕，岁计亦旋无望。按《问刑条例》，私宰耕牛，再犯累犯者，俱发边卫充军。但民果贫不能存活，许其赴官陈告，官令富民收买，仍令牛主收养。即以本牛种田，照乡例与富民分收。待丰年，或富民得牛，或牛主取赎。如此则牛可不杀，而春耕有赖矣。

陈芳生曰：禁宰耕牛，必须验死牛而后可以塞盗源。平时固当力行，凶年尤宜首重。牛之私宰者利最厚，故凶年盗牛居多。今惟禁屠家无得夜杀，夜杀者同盗牛法，坐十家。

无许住村僻，住乡僻者同私宰法，坐十家。首者免罪，私宰者或可熄迹矣。又闻江右近有凶徒，造毒药，淬利针，见农家有牛，暗以针刺牛，其牛见血立死。其所用药，大约射罔之属，与刺虎窝弓同类，迹之亦易得也。

高文定斌禁私宰耕牛示曰：力田之家，耕犁载运，全赖牛力。因其有益农功，是以律严私宰。开圈宰卖者，有计只论罪、初犯再犯之条，枷杖徒流，不少宽宥。本年河间、天津各属夏麦失收，秋禾复歉，惟藉来年麦熟，以资生计。今正值播种之期，需牛甚殷。本部院恐被灾穷民无力饲养，轻为弃卖，又恐有地无牛，雇借艰难，业经奏请借给牛草雇价银两，奉旨俞允。是民间畜牛，断宜爱恤存留，以资力作。若只图微利，宰杀售卖，不特有误秋耕，更至身罹法网，追悔莫及。乃无知愚民仍有私宰并卖于圈店者，更有嗜利奸徒收买贩运者，藐法妨农，漫无止戢。合饬地方官亟行出示严禁，并于因公下乡之时，谆切劝诫，仍令本管乡地不时查察。如有前弊，即禀官按律惩治，勿稍宽纵。乡地徇隐，事发连坐。

禁造酒

元大德十一年，江浙饥。中书省臣言，杭州一郡，岁以造酒，糜米二十八万石，禁之便。

陆曾禹曰：以必需之物，置之可省之途者，以米作酒是也。无酒人不害，无米人不生，禁之便。

卷九　善后

尝思燃眉则急，痛定则忘，人情大抵然矣，而办灾为尤甚。或请蠲缓以纾民力，或加赈恤以救民穷，地方官辄以为尽力尽心，事堪告竣，而不知民间之苦愁未已也。盖饥馑余生，疮痍未起，试为之四顾，闾阎居有定所乎？人肯完聚乎？食能果腹乎？田不荒芜乎？业不怠惰乎？俗果朴而风果醇乎？一有不然，民情即为之不安。为民父母者，独能晏然已乎！盖必慎终如始，而为甫能一饱之民画长久之计，而后可也。或曰务安辑、赎鬻子、信赏罚三事，洵善后之政也。而水利、农桑、仓储、节俭、风俗数大端，当先事而预为有备之计者，今反置为后图，何也？不知此数大端者，我国家讲之素而谋之精矣，特因地方官日久懈生，丁宁于无事之日，辄视为老生常谈。申明于既荒之后，创巨痛深，言易入而行必果也。

还定安辑

汉宣帝时，渤海岁饥多盗，帝命龚遂镇之。遂曰：民困饥寒，故盗弄陛下之兵于潢池耳。夫治乱民犹治乱丝，不可急也。乃单车至府，悉罢捕盗令。但以执田器为良民，令民卖剑买牛，卖刀买犊，曰何为带牛佩犊。由是吏民富实，而盗悉解。

后魏崔衡为秦州刺史，先是河东年饥，劫盗大起。衡至，修龚遂之法，劝课农桑，周年之间，寇盗止息。

唐代宗元年十一月制：逃亡失业，萍泛无依，特宜招绥，使安乡井。其逃户复业者，宜给复三年。如百姓先贷卖田宅尽者，宜委州县，取逃户死口田宅，量丁口充给。仍仰县令亲至乡村安存处置，务从乐业，以赡资粮。

唐李栖筠为浙西观察使，属师旅饥馑之后，百姓流离，讲诵之徒数年竟绝。乃大开学馆，招延秀异，表大儒。河南褚冲、吴郡何员等超资授官，为学者师，身自执经问疑义。由是远迩趋风，鼓箧升堂者至数百人，教化大行。

唐光启三年，张全义为河南尹，初东都荐经饥馑，饥民不满百户。全义选麾下十八人材器可任者，人给一旗一榜，谓之屯将。使诣十八县故墟落中，植旗张榜，招怀流散，劝之树艺，蠲其租税，惟杀人者死，余但笞杖而已。由是民归之者如市。数年之后，都城坊曲，渐复旧制，诸县户口，率皆归复，桑麻蔚然，野无旷土。全义明察，人不能欺，而为政宽简。出见田畴美者，辄下马与僚佐共观之，召田主劳以酒食。有蚕麦善收者，或亲至其家，悉呼出老幼，赐以茶彩衣物。有田荒秽者，集众杖之。或诉以乏人牛，乃召其邻里，责使助之。由是邻里有无相助，比户丰实，凶年不饥，遂成富庶焉。

宋苏文忠轼论积欠状：臣亲入村落，访问父老，皆有忧色。云丰年不如凶年，官吏以夏麦既熟，举催积欠，胥徒在门，枷锁在身，求死不得，故流民不敢归乡。臣闻之孔子曰：苛政猛如虎。昔常不信。以今观之，殆有甚焉。水旱杀人，百倍于虎，而人畏催欠，又甚于水旱。百姓何由安生？朝廷仁政何由得成？

陆曾禹曰：催欠于麦熟之际，以致居者日以扰，流者不敢归。盖些少之收，还官则仍然举家枵腹，救口则目前鞭挞奚辞？是饥于年者可救，饥于官者难逃。昔邵康节有云：宽一分小民，受一分之赐，凡为司牧者，当以抚恤黎民为首务。催征国课，固不可缓，第必揆时度势，审知现在之情形，勿以荒田灾累之穷民，认作顽户抗粮之百姓。庶几政无峻厉，而宽厚爱民之意乃行。

宋神宗时，巡视河南御史钟化民疏曰：臣每至粥厂，流民告称，一向在外乞食，离乡背井，日夜悲啼。今蒙朝廷赈济，情愿归家，但无路费，又恐沿途饿死。臣体皇上爱民之心，令开封等处，查流民愿归者，量地远近，资给路费，给票到本州县，补给赈银，并令复业。据祥符县申报，共给过流移男妇二万三千二十五名。

陆曾禹曰：既荒之后，如病初起。麦熟矣，旦夕可免啼饥之苦，有麦则然。蚕毕矣，出入可释无衣之叹，无丝则否。故小民有些须之蓄，尤不可有耗散之端。倘若徘徊岐路，归计无从，劫掠相侵，空囊如洗，或追呼逼迫，或礼义罔知，不仍如遭倒悬之苦耶？于以知归流也，弭盗也，停征也，教养也，四者皆仁政之大端，抚绥之急务。自汉唐以至元明，莫不各有善法，所当急效者也。才履丰年，方臻熟岁，可不下体民心，上承天意，以固我金瓯哉！虽然，若弭盗而不归其流，则劫夺之患不息；教养而不停其征，则妨民之困不除。农桑何由得盛，学校何从得兴？此又相因而为用者也，缺一不讲，乌乎可哉！

赎还鬻子

齐管子曰：汤七年旱，禹九年水，汤以庄山之金铸币，而赎民之无饘卖子者。禹以历山之金铸币，而赎民之无饘卖子者。

汉高祖五年诏：民以饥饿，自卖为人奴婢者，皆免为庶人。光武建武七年诏：吏人遭饥馑及为青徐贼所略为奴婢下妻，欲去留者，恣听之。敢拘制不还，以卖人法从事。

陆曾禹曰：此二诏为贫不为富，可一不可再，非中和之论也。若免为庶人，听其去留，少者空养育于平时，壮者徒费银钱于歉岁，设遇再饥，其谁复买？不遭啖食，定丧沟渠，岂禹汤铸币赎人之意哉。

唐贞观二年，遣使杜淹赈恤关内饥民，鬻子者出金帛赎还之。

明邱浚曰：呜呼！人之至爱者子也。时日不相见则思之，挺刃有所伤则戚之。当年丰时，虽千金不易一稚。一遇凶荒，惟恐鬻之而民不售。此无他，知偕亡而无益也。

唐柳宗元为柳州刺史，不鄙夷其民，惟务德化。先是以男女质钱，约子本相当，则没为奴婢。宗元与民设法，悉令赎归。衡湘以南，士皆北面称弟子。

陆曾禹曰：人知柳柳州以文章鸣世，而不知其以德化民。即如赎子女而归其父母，其德之施于民也远矣。罗池庙食有以哉。

宋淳化二年，诏陕西缘边诸州，饥民鬻男女入近界部落者，官赎之。大中祥符三年诏，前岁陕西民饥，有鬻子者，命官为赎之，还其家。庆历八年二月，赐瀛莫恩冀州缗钱二万，赎还饥民鬻子。

明万历二十二年，钟化民河南救荒疏：臣仰体德意，赎还民间历年出卖妻孥四千二百六十三名。皇上全人父子兄弟夫妇之伦，离而复合，断而复续，骨肉肺腑之亲，无悲思哀痛之惨矣。但赎还之后，不知其终保完聚否？倘餬口无资，复相转贸，如梦中乍会，觉后成空。思及于此，不觉泪下，惟帝念哉。

陆曾禹曰：曾闻明季成化乙未科状元费宏之父，捐馆资一十二金，赎妇还夫，狼狈而归。夜闻窗外神人曰：今宵采苦菜作饭，明年产状元为儿。宏果十九而登乡荐，翁生受吏部侍郎之封。

信赏罚

齐威王语即墨大夫曰：子令即墨，毁言日至。及使人视即墨，田野辟，人民给，官无事，东方以宁。是子不赂吾左右求助也。封之万家邑。语阿大夫曰：子令阿，誉言日至。及使人视阿，田野不辟，人民贫馁，是子赂吾左右求助也。是日烹阿大夫及左右尝誉者。自是莫敢饰非，而齐国大治。

宋绍圣元年十一月诏：河北赈饥，诸路恤流亡，官吏有善状才能显著者以闻。

宋淳熙八年七月，赏监司守臣修举荒政者十六人。十二月癸卯朔，以徽、饶二州，民流者众，罢守臣官。出南库钱三十万缗，付浙东提举常平朱熹赈粜。丙辰，诏县令有能修举荒政者，监司郡守以名闻。

宋潘潢覆积谷疏云：凡境内应有圩坼坝堰坍缺、陂塘沟渠壅塞，务要趁时修筑坚完，疏浚流通。倘坏久不修，修不完固，或因而害民者，并为不职，从实按勘施行。遇该考满，务查水利无坏，方许起送。有能为民兴利，如史起溉邺、郑国开渠之利，具奏不次擢用。该管官员，亦照所辖完坏多寡分数，定注贤否，一体旌别。

明孝宗十年二月，巡抚凤阳都御史李蕙奏：致仕六安州知州刘鉴前在州四年，积预备仓粮，余十万石，后致仕。适连岁荒歉，州民赖仓粮存济者甚众，请加旌异。上曰：鉴虽致仕，余惠在民，其仍进阶奉政大夫，以劝为民牧者。

明周文襄忱抚苏云：大司徒保息万民之政，既曰恤民，又曰安富。大率民不可以势驱，而可以义动。故民有出粟助赈煮粥活人者，上也。有富民巨贾，趁丰籴谷，归里平粜，循环行之，至熟方持本而归者，次也。有借粟借粮借牛于乡人，待年丰而取偿者，又其次也。凡此之民，皆属尚义。于此权其轻重，或请给冠带，或特给门匾，或给以赏帖，后犯杖罪子孙，皆可准折。皆所以奖之而不负之也。此在会典及累朝诏旨俱有之，有司所当急行者也。

陆曾禹曰：古云有功不赏，有罪不诛，虽唐虞不能以化天下。今多列报功而罚罪不载，非谓不职者可以宽其罚，盖不待事毕，早已逐而去之也。此即范仲淹一家哭何如一路哭之意耳。昔高澄问政要于杜弼，弼曰：天下大务，莫过于赏罚。赏一人，使天下之人喜；罚一人，使天下之人惧。二事不失，自然尽善。乃知灾伤之际，不有贤良建策斡旋，解民倒悬，出之汤火，孰与活垂毙而生饥殍？

兴　水　利

魏文侯时，西门豹为邺令，有令名。至文侯曾孙襄王时，与群臣饮酒。王为群臣祝曰：令吾臣皆如西门豹之为人臣也。史起进曰：魏氏之行田也以百亩，邺独二百亩，是田恶也。漳水在其傍，西门豹不知用，是不知也。知而不兴，是不仁也。仁智豹未之尽，何足法也。于是以史起为邺令。遂引漳水溉邺，以富魏之河内。民歌之曰：邺有贤令兮为史公，决漳水兮灌邺旁，终古泻卤兮为稻梁〔粱〕。

秦始皇时，韩欲疲秦，使无东伐。乃使水工郑国行间说秦，令开泾水，自中山西抵瓠口为渠，并北山东注洛三百余里，欲以溉田。中作而觉，秦欲杀国。国曰：始臣为间，为韩延数年之命。然渠成，亦秦万世之利也。乃使卒就渠。渠成，用溉注填阏之水，溉泻卤之地四万余顷，收皆亩一种。于是关中为沃野，无凶年，秦以富强。名曰郑国渠。

隋开皇十八年，以山东频年霖雨，杞、宋、陈、亳、曹、戴、谯、颍等诸州远于沧海，皆困水灾，所在沉溺。帝遣使将水工巡行川源，相视高下，发随处近丁疏导之。困乏者开仓赈给，前后用谷五千余万石。遭水之处，租调皆免。自是频有年矣。

唐杭州本江海之地，水泉咸苦，居民稀少。刺史李泌始引湖水入城，凿六井，民足于水，生齿始繁。后白居易复浚西湖，放水入运河，自河入田，灌溉千顷，始称富足。宋苏轼守杭州，浚茅山、盐桥二河，以茅山一河专受江潮，以盐桥一河专受湖水。复造堰闸，以为湖水蓄泄之限，而潮亦不入市矣。

五代吴越王钱氏，筑石堤以御潮汐。堤外又植大木十余行，谓之滉柱。

宋范仲淹为扬州府兴化令，海水为患，田不可耕。仲淹乃筑堤于通、泰、海三州界，长数百里，以卫民田。岁享其利。

宋仁宗时，虞集拜祭酒。讲罢，因言京师恃东南海运，而实竭民力以航不测。乃进曰：京东濒海数十里，皆萑苇之场，北极辽海，南滨青齐，海潮日至，淤为沃壤久矣。苟用浙人之法，筑堤捍水为田，听富民欲得官者，分授其地，而官为之限。能以万夫耕者，授以万夫之田，为万夫长。千夫百夫亦如之。三年视其成，则以地之高下，定额于朝，而以次征之。五年有积蓄，乃命以官，就所储给以禄。十年则佩之符印，俾得以传子孙。则东南民兵数万，可以近卫京师，外御岛夷，远宽东南海运之力，内获富民得官之用。游食之民得有所归，自然不至为盗矣。说者不一，事遂寝。

靳文襄辅曰：黄河一决，浊流泛滥，故道淤为平陆，国患阻漕，民苦垫溺，河之为害大矣。孟子曰：禹之行水，行其所无事也。所恶于智者，为其凿也。所谓行者，疏瀹决排是也。所谓无事者，因其欲下而下之，因其欲潴而潴之，因其欲分而分之，因其欲合而合之，因其欲直注而直注之，因其欲纡洄而纡洄之，一顺水之性，而不参之以人意焉，是之谓无事也。涨则气聚，聚不能泄，则其性乃怒；分则气衰，衰不能激，则其性又沈。流迅则性能挟沙土而俱行，势集则性能坏山陵而驾上。土能制之，即缕岸可抑其狂；风能助之，遇惊飚益张其势。故御之得其道，则利无穷；御之失其道，则害莫可测。如徐州而上，三门以下，土松地阔，则宽其途以让之，而水性以安。徐州而下，城邑逼近于河所，宜严其防范，束流刷沙，以趋于海，而河之性亦以安。然则宽之、束之，皆所以顺之耳。

靳文襄辅曰：近来河防致患之由，大率以黄水倒灌入淮也。淮既不能出清口，势必东溢，尽淹高、宝诸州县。夫下河高、宝、兴、泰七州县之被淹也，非淹于雨泽之过多，实淹于运河溢出之水也。盖溢出之水，由高堰而来，白马、汜光诸湖不能容，运河不能泄，乃溢注于下河，源源不穷也。若无一渠以达之于海，则日积于七州县之区矣。此七州县之所以被淹，下河之所以议开也。若止虑雨泽淫潦而欲泄之，则原有庙湾、石䃮、串场、芒稻诸河具在，又安用别治一渠哉？今人不明开下河之故，而漫然为局外之论，是以有堤高于地之惑也。须知七州县之地，其形如釜。西近运河，地势固西高而东下，东近海滨，又东高而西下。此范公堤之东障海潮，为百世之利也。倘凿渠以东通于海，不特减坝之水，不能逆上而出，将海潮且溢而入矣。今再四筹画，不得不于淮郡之南，高邮之北，筑长堤以护减下之水，曰东北就下而行朦胧港，以趋归于海也。果将减坝源源之水，送之入海，而田中所潴，皆属无源，不难日就涸竭也。彼谓田水反下，不能入渠为疑。试问开下河为泄田中之水乎？抑为泄减坝之水乎？若为泄减坝之水而开渠也，又何疑田水之难泄耶？

穿井法

明徐光启曰：凡开井，当用数大盆贮清水置各处，俟夜色明朗，观所照星何处最大，而明其地，必有甘泉。此屡试屡验者。

重农桑

宋江翱，建安人，为汝州鲁山令。邑多苦旱，乃自建安取旱稻种，耐旱而繁实，且可久蓄，高原种之，岁岁足食。（种法大率如种麦。治地毕，豫浸一宿，然后打潭下子，用稻草灰和水浇之。每锄草一次，浇粪水一次，至于三即秀矣。）

陆曾禹曰：土有高下燥湿之分，父母斯民者，原贵有以教之也。如宋真宗因江淮两浙旱荒，命取福建占城稻而种之者，避旱荒也。程珦因沛县大雨，募富民之豆而布之者，救水灾也。汜胜之云：稗既堪水旱，种无不熟之时，何不择其秸长而粒大者种之，水旱皆可避也。

元至元二十八年，诏颁农桑杂令，每村以五十家立一社，择高年晓农事者为长。增至百家，别设长一人。不及五十家者，与别村合社。地远不能合者，听自立社。专掌教督农民。凡种田者，立牌橛于田侧，书某社某人于上，社长以时点视劝戒。不率教者，籍其姓名，以授提点官行罚。仍大书所犯于门，候改过除之，不改则罚其代充本社夫役。社中有丧病不能耕种者，合众力助之。一社灾病多者，两社均助。浚河渠以防旱暵，地高者，造水车。贫不能造者，官给材木。田无水者穿井，井深不能得水，听种区田。又每丁课种枣二十本，杂种十本，土性不宜者种榆柳等，其数以生成为率。愿多种者听，其无地及有疾者不与。各社种苜蓿以防饥。近水之家，许凿池养鱼、牧鹅鸭、莳莲藕、菱芡、蒲苇，以助衣食。荒闲之地，悉以付民。

宋范纯仁知襄城，襄俗不事蚕织，鲜植桑者。纯仁因民之有罪而情轻者，使植桑于家，多寡视罪之轻重。按所植荣茂，与除罪。

裕仓储

《礼记》王制云：国无九年之蓄曰不足，无六年之蓄曰急，无三年之蓄曰国非其国也。三年耕必有一年之食，九年耕必有三年之食。以三十年之通，虽有凶旱水溢，民无菜色。

唐陆贽奏议云：臣闻仁君在上，则海内无馁莩之人，岂必耕而饷之，爨而食之哉？盖以虑得其宜，制得其道，致人于歉乏之外，设备于灾沴之前耳。魏用平粜之法，汉置常平之仓。隋氏立制，始创社仓，终于开皇，人不饥馑。除赈给百姓外，一切不得贷便支用。每遇灾荒，即以赈给。小歉则随事借贷，大饥则录事分颁。富不至侈，贫不至饥，农不至伤，籴不至贵。一举而数美具，可不务乎？

宋司马光言：常平之法，此乃三代良法也。向者有州县缺常平粜本，虽遇丰年，无钱收籴。又有官吏怠惰，厌籴粜之烦，不肯收籴，尽入蓄积之家。又有官吏虽欲趁时收籴，而县申州，州再申其提点，取候指挥，动经累月，已是失时，谷价倍贵，以致出粜不行，堆积腐烂。此乃法因人坏，非法之不善也。

宋熙宁初，陈留知县苏渭言：臣领畿邑，请为天下倡，令户分五等，自二石至一斗，出粟有差。每社有仓，各置守者，耆为输纳，官为籍记。岁凶则出以赈民，藏之久则又为立法，使新陈相登。即诏行之，既而王安石沮之，遂不果行。

陆曾禹曰：文公之前，即有欲立社仓而为天下倡者，天子已可其奏，奈为荆公所沮。盖青苗法专重取利，社仓法专在济民，立意不同，自相水火。嗟夫！景星庆云，不与暴风疾雨同时可见者也。

宋淳熙八年，浙东提举朱熹上社仓议，有云：乾道四年，臣熹居崇安之开耀乡，民艰食，请到本府常平米六百石赈贷，无不欢呼。于是存之于乡，夏则听民贷粟于仓，冬则令民加息以偿。每石息米二斗，如遇小歉，即蠲其息之半。

观朱子社仓诸记及各规约，法可谓备矣。然变通亦在其人，随其时地之宜而用之，未可执一也。按黄震通判广德军时，社仓大弊，众以始自文公，不敢他议。震曰：法出于圣人，犹有通变，安有先儒为法，遂不得救其弊哉？即别买田六百亩，以其租代社仓息，非凶年不得辄贷，贷不取息。此可谓善于法朱子者矣。

尚节俭

汉杜诗，字公君，河内汲人也。仕郡功曹，迁南阳太守。性节俭，而政治清平，以诛暴立威。善于计略，省爱民役，造作水排，铸为农器，用力少，见功多，百姓便之。又修治陂池，广拓土田，郡内比室殷足。时人方于召信臣。故南阳为之语曰：前有召父，后有杜母。

汉羊续，字兴祖，太山平阳人也。中平三年，拜南阳太守。当入郡界，乃赢服间行，侍童子一人，亲历县邑，采问风谣，然后乃进。郡内惊竦，莫不震慑。时权豪之家多尚奢丽，续深疾之，常敝衣薄食，车马赢败。府丞尝献生鱼，续受而悬于庭。丞后又进之，续乃出前所悬者，以杜其意。灵帝欲以续为太尉，时拜三公者，皆输东园礼钱千万，令中使督之，名为左驺。续乃坐使人于单席，举缊袍以示之曰：臣之所资，唯斯而已。

宋仁宗时，右司谏庞籍奏曰：臣昨在太平州界，检会广德军，判官钱中孚等状称：诸乡贫民多食草子，名曰乌昧。并取蝗虫暴干，摘去翅足，和野菜煮食。臣窃思之，东南上供粮米，每岁六百万石。至府库物帛，皆出于民。民于饥年，艰食如此，国家若不节俭，生灵何以昭苏？臣今取草子封进，望宣示六宫藩戚，庶抑奢侈，以济艰难。

明洪武三年，诏禁民僭侈。凡庶民之家，不得用金绣锦绮纻丝绫罗，止许用绸绢素丝；其首饰钏镯，并不许用金玉珠翠，止用银。五年诏：古之丧礼，以哀戚为本。治丧之具，称家有无。近代以来，富者奢僭犯分，力不及者，揭借财物，炫耀殡送。及有惑于风水，停柩经年，不行安葬。宜令中书省集议定制，颁行遵守，违者论罪如律。十四年，令农民之家许穿绸纱绢布，商贾之家止许穿绢布。如农民之家，但有一人为商贾者，亦不许穿绸纱。

陆曾禹曰：奢与俭较，俭固美矣，但俭而不能有益于人，见法于世，不因吾俭而去其奢，或恶其奢而师吾俭，此即於陵仲子之流矣，乌乎取？昔宋均有言：廉吏清在一己，无益百姓，似乎不足多也。故其廉使非於陵仲子之廉，兼能济人，末俗颓风赖之而振，始可称有功于斯世耳。

敦风俗

魏文侯时，西门豹为邺令，发民夫凿渠，引漳水灌田，以苏民困。俗信女巫，岁为河伯娶妇，选室女，投河中。豹及期往视，指女曰丑，烦大巫入报河伯，即呼吏投之。群巫惊惧乞命，从此禁止。

仇览一名香，为蒲亭长。有陈元者，母讼其不孝。览惊曰：守寡养姑，奈何欲致子于法？其母遂感悟而去。览亲至其家，谕以大义，卒成孝子。邑令王涣曰：不罪陈元，殊少鹰鹯之志。览曰：鹰鹯不如鸾凤耶！

陆曾禹曰：革人之面，不若革人之心；置人之死，不若救人之生。王涣能以王法坐不孝，仇览独不能以严刑治逆母乎？览则不然，躬行劝化，使蒙天性，慈者慈而孝者孝，不特陈元思报劬劳之德，而阖邑无不动孝养之心。有耻且格，末俗一新。是王涣欲为其易，而仇览独任所难。鸾凤鹰鹯之喻，不信然乎！

隋辛公义为牟州刺史，下车先至狱所，决断十余日，囹圄一空。后有讼事应禁者，公义即外宿。人问故，曰：忍禁人在狱而我独安寝乎？自是州人感化，以讼为耻。

隋赵煚（音景），字通贤，为冀州刺史。市多奸伪，煚造铜斗铁尺，置之肆间，百姓称便。上闻而嘉焉，诏天下如其法。尝有盗田中蒿者，为吏所执。煚曰：此刺史不能宣化故耳。彼何罪也。慰谕劝之，令人载蒿一车赐盗。盗感泣，过于严刑。

唐太宗即位之初，尝与群臣语及教化。上曰：今承大乱之后，恐斯民未易化也。魏征对曰：不然，久安之民常骄佚，则难教；经乱之民多愁苦，则易化。封德彝非之曰：三代以还，人渐浇讹，故秦任法律，汉杂霸道，盖欲化之而不能也。征又曰：五帝三王，不易民而化，行帝道而帝，行王道而王，顾所行何如耳？若云渐浇，今民当悉化为鬼魅矣。帝从征言。

宋沈度，字公雅，为余干令。父老以三善名其堂，一曰田无废土，二曰市无游民，三曰狱无宿系。

陆曾禹曰：圣人不云乎，斯民也，三代之所以直道而行也。官有善政，民无不誉，皆其良心之所发，而不容泯者也。田无旷土，则家有余粮。市无游民，则廛无旷业。狱无宿系，则囚乏冤民。三者备而民心得，有不咸欣至治而兴来暮之歌哉！

宋朱文公熹知漳州，奏除属县无名之征，岁免七百万。以俗未知礼，采古丧葬嫁娶仪制，揭以示民，命父老传训其子弟。拆毁淫祠，禁士女游集僧舍。风教一端。

元皇庆二年春三月，御史中丞郝天挺上疏论时政陈七事。一曰惜名爵，二曰抑浮费，三曰止括田，四曰久任使，五曰论好事，六曰奖农务本，七曰励学养士。帝皆嘉纳，诏中书悉举行之。

明王文成守仁谕军民曰：兵荒之余，困苦良甚。其各休养生息，相勉于善。父慈子孝，兄友弟恭，夫和妇从，长惠幼顺，勤俭以守家业，谦和以处乡里。心要平恕，毋怀险谲；事贵含忍，毋轻斗争。父老子弟，曾见有温良逊让、卑己尊人而人不敬爱者乎？曾见有凶狠贪暴、利己侵人而人不疾怨者乎？夫嚣讼之人，争利而未必得利，求伸而未必能伸，外见疾于官府，内破败其家业，上辱父祖，下累儿孙，何苦而为此乎！此邦之俗，争利健讼，故吾言恳恳于此。吾愧无德政，而徒以言教父老，其勉听吾言，各训戒其子弟。

陆曾禹曰：民之日流于污下，而不能享太平之福者，人知之乎？皆由未知孝弟忠信礼义廉耻之为重耳。如父兄能以此而教子弟，师友能以此而晓愚蒙，在位者察其言行，奖其淳良，民惟恐身之不端而见弃于大人君子矣，风俗有不敦者哉？呜呼！小民之焦劳初释，衣食方充，若不身自力行，格彼非心，虽处于丰亨明盛之时，恐亦变而为颓败委靡之俗矣，不大为可忧哉。历稽往哲，非皆以善教得民心，力任移风易俗之仁人耶？信乎！夫子之言。君子之德风，小人之德草，草上之风必偃。厚其生，复其性，有不永享太平之福者哉。

附录《荒政辑要》
道光二十一年豫省聚文斋重刻本跋

稼门先生手编《荒政辑要》十卷，捃摭史乘，博采前言，会最宋元以来救荒之书，自董季兴煟、欧阳原功元、陈惕龙龙正，下至吾乡陆氏曾禹所著，择其精要者，一皆经历体验，确有成效，而后笔之书，盖非空言者比。故列法□周备而分析条目又简而易知，复于每卷之首钩元提要，务令读者一目了然，其救世之心良苦矣。书成，刊版于江苏两藩署。先生自书简端曰：凡被灾府州县，各发给全部，分查委员只须分给第三卷，遵照办理。今按是书，首列荒政纲目一二卷，通论弭灾及用人审户之法，为后数卷之纲领。三四卷胪叙勘灾抚恤事宜及现行成例。此二卷最为切要，所宜加意讲求者。五卷以下，言赈贷、言籴粜、言赈鬻、言安流、弭盗、宽疾慈幼之政，坐言起行，皆有已事可师。末卷言善后之事，而终之以农桑水利，崇俭敦化，则又探原之论也。亦详晰，亦简要，司牧者人置一编，其有裨于实用者，岂浅少哉！余来大梁，值河水为灾，亟付剞劂氏，将分致当事诸公，备采择云。

道光辛丑冬十月钱唐许乃钊识

捐赈事宜

清嘉庆十五年刻本

（清）张青 选辑

夏明方 点校

序

戊辰秋，予典试浙中。余姚大令张君云巢以襄校入闱，数晨夕者匝月。将事恪恭，精心鉴别，人更悃愊而无华。予时心志之，知其必有以异于俗吏之所为也。越一年，予奉视学之命。甫下车，则藉藉闻贤令名。次年夏，邵瑶圃同年自其乡来，为予道贤侯之德不倦，于其行手一编视予，曰：此张侯之实政。邑之人欲刊之，以志不忘者也。盍以数言弁于前？予受而读之。盖张君以岁之偶歉，既捐且劝，诸大吏以义倡于上，众力咸集，取给不訾。邑之人不忍忘君德，而君亦不敢忘上下之相与以有成，故有是录也。予于是重有思焉。夫分己财以及人，事之所得为者也。分人财以惠人，情之不敢必者也。居下而获上，获上而活民，昔之人犹未敢轻信者也。今君以亲民之职，行亲民之事，而其时邑之士夫咸能义形于色，急姻睦之谊，诸大吏鉴其诚而助之施，实心所至，实政副之，民忘岁而食浮人，更以余力赡及寒畯，一举而众善备。此君之难也，亦君之幸也，实君之诚有以交孚于上下也。邑之人固不敢忘君，而谓君能自忘乎哉！读既竟，爰缀数语以报邵君，既以志君之贤，且以大诸君子之乐。与人以为善，而又窃幸予之相与于无相与者，其所见差不谬也。嘉庆十五年岁次庚午秋七月，浙江督学使者松陵周兆基撰。

序

嘉庆癸亥秋，云巢张君摄海宁州篆。余于马谦尊舍人席上始获识君，相见恨晚，遂订交焉。先是，君曾权嘉善。嘉善人士每为余言君礼士爱民，为今时吏所不易得。惜乎莅任未久，即受代去。及是年冬，君真授嘉善令，其乡人士走相告余曰：张侯复来，吾侪其庶有瘳乎！余惟嘉善之人，望君如望慈父母。君之设施，必能有以副邑人之望，固无足异。惟其视民疾苦，若痛痒之在厥身，有出于自然而不同于沽名钓誉者之所为，则其天性者然也。时余以养疴家居，杜门不出。君每因公事来禾中，必相过谈谦。以余为乡人，语次必细问民间利病，余亦不敢欺君。又尝两应君聘，校邑童子试卷。相处既久，君之宅心行事，见之最真，亦知之最笃。甲子夏，杭嘉湖三府大水，田禾淹没者十之六七。君办理灾赈，竭力尽诚，一邑之人饥而不害，咸以为出君赐，而君则歉然不敢自居。戊辰六月，以治行卓著，移宰余姚。邑人相率诣大府请留，格于成例，不得行。去之日，士大夫攀辕祖饯，作为歌诗。田夫野老、妇人孺子焚香遮道，无虑数千百人，至有泣下者。是可见君之惠政入人之深，斯民之不能忘，良有由也。君莅余姚未及数月，以科试届期，复邀余襄校试事。适其邑亦以上年旱涝不时，秋收稍歉，方春米价涌贵，贫民艰于升斗，妇女老弱相聚乞食。君与邑尉陈君谋所以安集之者。陈君亦能体君意，黾勉从事，不敢告劳。凡一切章程以及禀陈诰诫之词，皆君手自为定，而捐赈各事宜，一以委之陈君。余惟君之能以民事为己事，固有以自信，故亦能信人。而陈君之不分畛域，相与有成者，盖亦仅见之也。余襄校既竣，而劝捐之事亦已大集。凡得米若干、各乡之自捐自赈者又若干，君将著之于籍，以见姚邑人士慕义之殷。而余之获亲见君与陈君尽心乃事者，归以告嘉善父老，当又感念贤侯不置也。嘉庆十五年岁次庚午秋七月，赐进士出身翰林院编修秀水钱昌龄撰。

捐赈事宜目录

捐赈事宜

劝捐小引

盖闻人定可以胜天，而恤贫即所以安富。上年本邑早、晚二禾，南乡固属丰收，东、北两乡种植木棉亦均皆成熟，惟西乡晚稻间有歉薄之处。且现因镇江筑口，商贩未能流通，米价骤加昂贵，贫民口食未免拮据，以致城乡各处乞食者多。前因老幼妇女结队成群，向城乡富户强索滋扰，业经出示谕禁，并劝谕各大户发藏出粜，以惠桑梓。近查各贫民尚知畏法，不敢仍前聚集。夫藉端滋事，法在必惩，而觅食惟艰，情亦堪悯。现在相距春收，为时尚早，亟应设法调剂，俾贫民毋致向隅。查乾隆六十年间戴升任捐赈事宜，允为后事之师，皆藉众擎之力。爰与各绅士商议劝捐，分厂接济。仿照前事，量为变通，裁去丁男，专恤妇稚。每日每贫妇一大口，酌给粥米三合；每一小口减半，给米一合五勺。自成童以上强壮男子，尽可自食其力，一概不准散给。惟地广人稠，所需匪细。其胥役饭食以及零星杂用，俱由内署自行给发，并先捐俸银五百两，交给董事籴米开赈。若云博施济众，古圣人犹有不能。所赖乐善好施，各绅士胥克用劝。惟期勉力，相与有成。务于二月初旬定有成数，即于二月望后设厂举行。在诸公夙称好义，无难集腋成裘，而青选忝牧斯民，敢不实心从事。一切章程当再与各绅士会同筹议，以期尽善，务使咸沾实惠，人皆无困于年，将见庆兆丰登，天必报之以福。事集之后，仍将捐助姓名详达上宪，亦以见我姚邑各绅士好善不倦，高谊足风也。青选谨启。

告　　示

为谕禁事。照得穷民丐食，原属例所不禁，但只许分散求乞，毋得聚众强索。乃查新正以来，竟有老少妇女百十为群，在于城乡富家大户登门硬讨。稍不如意，即肆行吵扰。且有衣饰齐整，亦甘与乞儿丐妇同班逐队，不知羞耻为何事。其中必有好事之人从而唆煽，谓令妇女出头，即官法亦所从宽。殊不思妇女虽属无知，而夫男应得坐罪。除密访查拿外，合行出示谕禁。为此示，谕各穷民人等知悉：尔等如实因口食维艰，原许四处分散，沿门求乞，但不得结队成群，仍前滋扰。查数日来各大户分米虽多，而尔等每人所得不过数合，徒损于人，无利于己。且人数众多，老幼拥挤，稍有倾跌，不惟伤残肢体，亦且性命堪虞。本县痌瘝为怀，不惜剀切晓谕。自示之后，尔等妇女如再敢仍蹈故辙，定即查提各夫男，从重究处；一面密访唆煽之人，尽法惩治。本县有地方之责，安良必先除莠，而保富即以恤贫，无所偏徇，亦无所瞻顾。尔等各宜凛遵，慎毋自取咎戾。切切。特示。

嘉庆十四年正月十七日给

为劝谕出粜以裕民食事。照得余邑食米向藉西路商贩流通，现因镇江口筑坝，一时未能接济，以致杭州、绍兴一带米价骤加昂贵。将来开坝之后，外路贩客源源而来，自必渐次平减。惟现在市米颇少，贫民口食维艰，合行劝谕出粜。为此示，谕城乡各大户知悉：尔等除留食米之外，如尚有余米，应即及早出粜，以平市价，以惠桑梓。想尔等身家殷实，断不至囤积居奇，惟利是视，而本县念切民食，亦于尔等有厚望焉。各遵毋违。特示。

嘉庆十四年正月十八日给

为晓谕贫民安分待赈事。照得本邑前因米价昂贵，尔等贫民老幼妇女结队成群，硬讨滋扰，业经出示谕禁，并劝谕各大户出粜在案。今查尔等尚知畏法，不敢仍前聚集。因思尔等口食维艰，情亦堪悯，现在相距春收，为时尚远，本县念切民瘼，捐俸首倡，并与各绅士商议劝捐，量为接济。妇女幼稚，分别给米。其成童以上强壮男子，尽可自食其力，一概不准散给。至开赈起止日期，并设厂处所以及应行规条，俟事集之后，另行出示晓谕。为此示，仰各贫妇人等知悉：尔等须知此番赈济，不拘多少，皆出于众殷户谊切桑梓，好善乐施。尔等务须安分守法，静候散给，毋再仍蹈前辙，肆行滋扰，致负各绅士一番美意也。各宜凛遵毋违。特示。

嘉庆十四年正月二十三日给

为严禁棍徒藉端滋扰以靖地方事。照得入春以来，各乡贫妇因粮价昂贵，乞食为生。事非得已，但不应扶老携幼，沿门强讨。此皆夫男失于约束所致，即当查提究处。本县因体察民情拮据属实，不忍不为调剂，而遽以官法是绳。故倡议捐施，以恤妇稚，先经出示晓谕在案。人非木石，具有天良，理宜各知感激，静候给放。至于年壮丁男，自应安分谋生。今闻东南各乡，竟有不法之徒，呼朋引类，百十成群，不但割拔田间菜蔬，而且强砍山场树木，肆行无忌。若不按例究办，无以示惩。除饬差严拿外，合行出示晓谕。为此示，仰各乡军民人等知悉：嗣后务须各知安分，并约束妇人子女，毋许结队成群，强讨滋事。倘受地方棍徒煽诱，再有抢掳情事，一经查拿到案，定行尽法究惩，必不轻恕。该地保人等均当随时稽察，谆切诫谕。如敢怠纵，并究不贷。各宜凛遵毋违。特示。

嘉庆十四年二月初三日给

为分别晓谕事。照得本邑上年西乡地方，晚禾间有歉薄。入春以来，复因商贩稀少，米价昂贵，贫民口食未免拮据。先经本县邀集城乡各殷绅商议调剂，捐廉首倡，禀明各宪在案。兹奉抚宪暨府宪先后捐廉备济，并各殷绅捐输米石，以振贫乏。其强壮丁男各宜自食其力，惟妇稚人等觅食惟艰，量给粥米，藉资餬口。业经先行出示亦在案。今定期二十一日开厂散给。除南乡通得、四名、双雁等里，去年秋收均属丰稔之区，并东北后海一带木棉、杂粮亦属丰收，均可毋庸接济，其余歉薄都里，经各殷户情关桑梓，呈明自捐自赈外，所有附郭近地及尚有未能捐办者，本县与各绅士公同筹酌，于西门外接待寺、石柱头东岳庙、陡亹九功寺分设三厂，俾乏食妇稚得以就近领米。合再出示，分别晓谕。为此示，仰领米妇稚人等知悉：尔等务须遵照后开散济章程，安分领米，毋许稍有拥挤。其乡间各赈各村，毋得搀越滋扰，亦毋得赴厂重领。倘敢故违，许各殷户及该管地保查明禀究。如该地保知情徇隐，扶同舞弊，一经察出，定将该地保提案，立毙杖下。至无赖之徒敢于从中唆扰，本县一有访闻，立即查拿，治以棍徒扰害之罪，决不宽贷。本县为恤贫安良起见，惟有从严办理，断不徒博宽厚之名，以致姑息养奸也。谓予不信，请尝试之。各宜凛遵毋违。特示。

嘉庆十四年二月十六日给

为晓谕事。照得分设各厂，捐米赈恤，一切规条，节经晓示在案。所有大小口给米数目，原议大口十六岁以上给米三合，小口十五岁以下给米一合五勺。今自开厂以来，已属相安，惟设厂处所相去各乡远近不等，扶老携幼，跋涉道途，不无可悯。兹本县仰体上宪仁恩，并推广各绅士周恤桑梓之谊，格外加宽，自二月二十三日为始，凡赴厂领米者，无论年岁大小，每日每口一律给米三合，以示体恤。合行出示晓谕。为此示，仰领米贫民知悉：嗣后尔等赴厂，俱各照数请领，并著各地保传谕知之。毋违，特示。

嘉庆十四年二月二十二日给

为添设赈厂以示体恤事。照得捐输食米，散济贫民，先于接待寺、九功寺、石柱头岳殿三处各设一厂，按日分给。自二月二十一日开放以来，亦俱安静。惟念连日阴雨，道路不无泥泞，而接待寺一厂每日领米人数较多，其东首各村庄与接待寺相去稍远，妇女幼孩远来领米，跋涉道途，实堪悯恻。今于东门外东岳庙添设一厂，所有原在接待寺领米人等，于三月初七日起，其与接待寺较远村庄，著就近至东岳庙请领，以免远涉之苦并拥挤之患。合行出示晓谕。为此示，仰该乡领米贫民知悉：嗣后尔等均各遵照。各该地保亦即传谕知之。毋违。特示。

嘉庆十四年三月初四日给

为晓谕事。照得本邑前因米价昂贵，禀蒙抚宪暨府宪捐廉并各绅士捐输米石，设厂散济，一月停止，先经出示在案。兹自二月二十一日起至本月二十日止，已满一月之期，且豆麦均已登场，本可毋庸接济。惟查各绅士所捐米石现尚有余，再行展期五日，俾贫难妇稚口食益充，各夫男得以尽力南亩，勉为善良。至残老男丁亦未免艰于觅食，准于每日散给妇稚完竣之后，令其再行进厂，仍照前定章程按名散给，以示本县仰体各宪格外矜恤并推广各绅士惠济乡邻之意。合行出示晓谕。为此示，仰各领米妇稚并残老男丁人等知悉：尔等于二十一日仍于辰时赴厂，听候给领。其残老男丁在于厂外伺候，俟妇稚散完之后，再行放入，毋得先自进厂，以致男女混杂，并有拥挤之虞。至强壮丁男，仍照前示不准赴领。如敢故违，除驱逐出厂不许领米外，并即提案究处，决不宽贷。各宜凛遵毋违。特示。

嘉庆十四年三月十九日给

谕各领米人等知悉：照得各绅士所捐米石，散济一月之后，业经展赈五日。今各厂尚有余米，再行展赈三日，至二十八日撤厂停止。各领米人等仍照旧规赴领，一体遵照毋违。特示。

嘉庆十四年三月二十四日给

谕领米人等知悉：核计数尚有盈余，本日总散两日，每人共给米六合。此系本县格外体恤尔等贫苦之人，以免跋涉，切勿争先，致有拥挤。特谕。

嘉庆十四年三月二十八日给

散济规条

一、此次散济系出于各宪捐廉之惠与各殷户赒恤之情，凡属领米之人，均须各安本分，毋负宪恩，毋忘乡谊。

一、此次散济因捐数无多，不能遍给。除各乡自捐自赈外，所有附郭近地及未能捐办者，今在西门外接待寺、石柱头东岳庙、陡亹九功寺三处分设三厂，专恤妇稚。其大口每日给米三合，小口每日给米一合五勺，其成童以上强壮男子一概不准散给。

一、各厂散米竹筒，每一大口扣定三合，一小口扣定一合五勺。俱系按照市斛画一较准，并无参差。

一、各厂散米，分东西两门，随出随散，毋得各自争先，致有拥挤。

一、各厂每日定于辰时齐集，午时散给。人齐之后，施放号炮，即行开散。如炮响不到，不许再行进厂。

一、散给日期，以一月为准。自二月二十一日开厂起，至三月二十日停止。

一、各厂收放及散米之人，董事二位恐难兼顾，由董事酌量添请，并自行雇工办理，不涉吏役之手。其饭食工钱，董事自备捐给，不在捐数开销。

一、收放米石，俱由董事经手。米以干熟为主，如各殷户所捐米石间有潮杂之处，即行退换。总之米在公所，责在公所董事；米到各厂，责在各厂董事。全仗各董事实心经理。贫民受惠无穷，即各董事作福不浅。

一、各厂奉宪委员所有供给，由本县自行致送，不在捐数开销。

一、搭棚、运米等项杂用以及各厂弹压差役饭食，亦由本县自行给发，不在捐数开销。

一、城内公所所有茶炭、纸张杂用以及书役饭食，俱由本县自行给发。其董事早出晚归，毋庸在公所开爨，以归节省。

一、事竣之后，仍将乐助姓名并出力董事详达上宪，分别加奖。其乡间自捐自赈者，仍令将捐数报县，以凭转详。

奉宪派委巡查弹压各员衔名

绍兴府同知赵式训

署绍协右营都司左营守备袁俊

县丞赵球

试用从九品杨达

庙山巡检康廷杰

三山巡检沈为霖

中村巡检程雷

典史陈凤鸣
驻防把总许必昌
协防外委项肇周

董事姓名

公局
州同职衔朱培行
附贡生洪光圻
监生洪应堂
接待寺厂
原署金华府东阳县训导、试用训导诸开泉
原署温州府教授、试用训导诸如绶
候选县丞张炎
监生邵鼎涵
石柱头厂
原任温州府瑞安县教谕黄徵肃
例贡生毛琪
监生叶樊
监生洪维铲
九功寺厂
原署严州府分水县训导、试用训导史梦蛟
候选训导杨庆余
议叙府经历邵用之
附贡生洪光垕
监生张焕
东岳庙厂
州同职衔施廷栋

禀　　牍

禀抚、藩、臬、道、府各宪贫民乏食与绅士劝捐筹赈由。敬禀者：窃卑县上年早、晚二禾，南乡尚属丰稔；东、北两乡种植木棉，均各丰收；惟西乡晚禾间有歉薄之处，且地广人稠，本地产米不敷民食，向赖西路商贩接济。现因米船稀少，粮价昂贵，贫民未免拮据。城乡各处乞食颇多，并有无赖之人煽集老少妇女，百十为群，向各富户登门硬讨。十六七等日，每日富户散米，或三四石，或五六石不等。卑职恐其愈聚愈多，致滋扰害，业经出示谕禁，令其分散求乞。毋许聚集多人。数日来稍为宁帖。惟现距春收，为时尚远，察看情形，必须设法调剂。因与各绅士富户会同商议，均各念切桑梓，情愿捐输，以济贫乏。俟捐有成数，即行查照乾隆六十年卑县煮赈章程，斟酌变通，拟于城乡分设四厂，按口给米。除强壮男丁尽可自食其力，一概毋庸散给，卑职与绅士富户再四筹商，每日拟给贫妇一大口粥米三合，一小口粥米一合五勺。其日期之长短，视捐数之多寡为率。卑职先捐廉五百两，交付董事籴米备赈。所有弹压各厂差役饭食及零星杂用，俱由卑职自行给发，不在捐数开销。至城乡劝捐并设厂散米等事，均系各绅士富户议举公正董事经手料理，不假吏胥之手，务使实惠及民，以仰副宪台轸恤贫民之至意。合将卑县地方乏食筹赈情形禀明宪案。至将来散米章程及绅士富户乐输捐数，再行陆续缮禀，伏惟钧鉴。谨禀。

嘉庆十四年正月二十四日禀。奉抚宪阮批：所禀甚是，即速督同董事等妥为经理。本部院亦捐银三百两，业委杨达解赴该县查收备赈。另单并悉。此缴。

藩宪庆批：仰绍兴府速饬督同绅士实心妥协办理，总期贫民有沾实惠。不得假手吏胥，从中舞弊，亦不得勒派滋事。仍将散米章程及绅士等捐输银数禀报查核，并候抚宪暨臬司巡道批示。缴。

道宪陈批：据禀筹赈粥米事宜，具见惠泽穷黎，殊堪嘉尚。现距春收尚远，诚须劝谕乐输，以敷调济。此全在贤令尹善为办理也。至弹压胥役，尤宜严饬，免稍滋事。此缴。

府宪百批：据禀已悉。仰即妥协办理，毋任滋事，以安地方。仍候各宪批示。缴。

禀抚、藩、臬、道、府各宪现在备办开厂赈济由。敬禀者：窃卑职日前将地方贫民乏食，筹议捐赈一事禀蒙钧批抚宪钧批，并蒙赏捐银三百两，委员杨达管解下县，以备赈济。伏念卑县上岁秋收，西乡迤北一带间有歉薄。入春以来，适当青黄不接，贫民口食不敷，因向富户登门强讨，并有强砍山柴之事。卑职职任地方，未能先事调剂，正切悚惶。乃一经具禀，即蒙大人谆谆谕饬，捐赏多金，仰见宪台痌瘝在抱，保赤为怀。卑职稍有人心，敢不竭力尽诚，以仰副恩施逾格之至意。卑职于初五日覆试文童后，因闻乡间有强砍山柴之事，即于初六日黎明亲历各乡谕禁弹压，日来稍就宁帖。初八日平明回县，当将大人赏发银两以备赈济缘由谕知各绅士富户，并晓谕各贫民安分待赈，莫不同声感激，踊跃欢呼。卑职惟有督同巡典各员暨各董事妥为经理，俾贫民仰食有资，免致扰累闾阎，用以上纾慈廑。现在拟于二十一日即行开厂赈济，其乡间各殷户有情愿各管各里，自行按口分给钱米者，卑职亦各听其便。总求于地方有裨，不敢稍存成见。惟有督同巡典各员暨董事妥为经理，俾贫民仰食有资，免致扰累闾阎，用以上纾慈廑。所有赈济事宜，容再随时具禀。合先禀复，恭谢宪恩肃寸禀，仰祈钧鉴。谨禀。

嘉庆十四年二月初十日禀。奉抚宪阮批：据禀已悉。仰即督同各员暨董事等妥为经理，毋任胥役涉手滋弊。事竣将捐赈绅士照例分别请奖。赵球、杨达亦谕其速来矣。缴。

藩宪庆批：据禀抚宪捐发银两并定期开厂缘由已悉。但恐贫民争先滋事，仰候檄饬该县县丞赵球、试用从九品杨达来余，会同该县日逐稽查弹压，务期妥办，毋稍滋生事端，大干未便。仍候抚宪暨司道批示。缴。

道宪陈批：据禀已悉。仰即亲诣各乡，严禁棍徒多事，一面广为劝输，开厂赈济，督同巡典暨各董事妥协办理，俾贫民均沾实惠，本道之所厚望也。仍随时禀报毋迟，并候抚宪暨两司批示。缴。

府宪百批：据禀已悉。仰即查照另札，迅速会同绍捕分府晓谕弹压，并督率董事妥为赈恤，切勿假手书役。如有地棍藉端滋事，立即严拿究办，毋稍玩纵，致干未便。此缴。

禀谢本府捐给银两备赈由。敬禀者：窃卑县捐赈一事，业经叠次禀明宪鉴。兹本月十四日两奉钧札，饬发严禁年壮无赖成群强讨告示十道。当即遵照先行晓谕，一面赶缮多张，佥发四乡实贴。并蒙宪台赏捐银二百两，移交总捕赵分宪携带下县，会同弹压。具仰大老爷念切民依，分廉惠济。卑职即赍交公局，谨登捐簿，以备赈济。凡属绅士，莫不同声感激，颂戴宪仁。现在除乡间各殷户自捐自赈、各管各村外，通计所捐米数，已及三千石，定于二十一日在附郭接待寺及西乡东岳殿、九功寺分设三厂，按口散给。卑职惟有随同赵分宪并督同各员暨诸董事妥为经理，以期实惠及民，无负宪台恤贫振乏之至意。日来各乡强讨强砍之事均已敛戢，倘自此仰藉恩威，地方得以宁静，则感沐鸿慈，益无既极。肃泐禀复，叩谢宪恩，统惟钧鉴。谨禀。

嘉庆十四年二月十六日禀。奉府宪百批：据禀设法劝捐及稽查弹、压各缘由已悉。仰即妥速办理，俾贫民均沾实惠，而地棍不致滋生事端。是所切嘱。此缴。

禀抚、藩、臬、道、本府二月二十一日开厂散赈由。敬禀者：窃蒙宪台赏捐卑县备赈银两，当经卑职暨各绅士肃禀申谢。二月十三日接奉宪批，饬令督同各员暨董事妥为经理，毋任胥役涉手滋弊等因。卑县办理散赈缘由，业经前次禀蒙宪鉴在案。十六七等日，委员从九品杨达暨卑县县丞赵球先后到县传述恩谕，敬聆之下，感悚难名。伏查卑县此次散赈事宜，一概均系各董事经理，不涉胥役之手。前奉宪台暨本府捐发银二百两，均经交付各董事籴米运厂。现在所捐米数，除各乡自捐自赈外，通计已有三千石零。卑职初禀原拟城乡分设四厂，嗣缘各乡殷户多有情愿自捐自赈、各管各村之处，因与各绅士公同商酌，在附郭接待寺及西乡石柱头岳庙、陡亹九功寺地方分设三厂，于二月二十一日开厂散赈一月。每日每厂领米人数多寡、需米若干，容俟开厂，按旬摺报。倘一月后尚须接济，卑职仍当随时察看情形，预为筹画，亦不致有勒捐苛派之事。总期办理妥协，以仰副宪台恤贫安富之至意。所有各厂稽查，弹压委员暨各董事等衔名以及捐输绅士，并各乡自捐自赈各姓名数目，统容陆续开送外，合将开厂日期肃泐具禀，并将告示规条另缮清摺，先呈钧览。谨禀。

嘉庆十四年二月二十日禀。奉抚宪阮批：据禀呈示稿规条已悉。该县督率绅士妥为经理，务使贫民均沾实惠。事竣即将绅士捐输数目姓名开摺禀送。此缴。

藩宪庆批：据禀已悉。仰绍兴府转饬妥协办理。仍将每日散给以及捐输数目并委员、董事各衔名开摺送查，仍候抚宪暨司道批示。缴。

臬宪岳批：据禀已悉。仰绍兴府即饬督同巡典各员暨各董事妥为经理，务使民食有资，免致扰累闾阎。仍候抚宪暨藩司巡道批示。缴。

道宪陈批：据禀并规条均悉。该县仍不时体察情形，会同各委员妥为弹压经理，务使穷民均沾实惠为嘱。仍候抚宪暨藩臬司批示。缴。

府宪百批：据禀开厂散济缘由已悉。仰即督率各绅士妥协办理，俾贫民得资接济。毋得假手胥役滋弊，致干未便。仍候各宪批示。缴摺存。

禀抚、藩、臬、道、本府送委员董事衔名并每日散给米数由。敬禀者：窃卑县散赈规条及开厂日期，业经卑职于本月二十日肃禀宪鉴。兹自二十一日开厂，卑职随同赵丞、赵分宪并督同各委员分赴各厂弹压稽查，各董事均能仰体宪仁，实心经理。每日领米人等，俱于辰时齐集，午时散给，鱼贯进出，并无争先拥挤之事。卑职前与各董事拟定大口给米三合，小口给米一合五勺。今计捐米石合算每日领米人数、尚敷放给。卑职与各董事商量酌改，无论大小口，概行给米三合，俾远涉贫民多沾实惠。凡属领米之人，仰沐鸿慈，无不同声感戴。现在地方雨旸时若，民气恬和，足以上慰慈廑。卑职惟有随同赵丞、赵分宪并督同各员暨各董事始终勤勉，不敢稍有懈忽，辜负宪恩。合将各委员、董事衔名并每日散给米数另缮清摺，恭呈电览。肃泐其禀，伏惟钧鉴。谨禀。

嘉庆十四年二月二十五日禀。奉抚宪阮批：据禀已悉。该县随同赵丞并督同各员暨各董事妥为经理，务使贫民均沾实惠，毋任胥役滋弊。缴。摺存。

藩宪庆批：据送清摺存查。仰绍兴府转饬妥协办理，毋任稍滋事端。仍将续散米数开摺送查，仍候抚宪暨司道批示。缴。

臬宪岳批：据送各清摺存候查核。仰绍兴府仍饬该县暨各委员分赴各厂，随时上紧妥办，并将每日散给米数开摺禀报。仍候抚宪暨藩司巡道批示。缴。

道宪陈批：据禀捐赈散给米数并督协各厂委员弹压缘由慰悉。仍候抚宪暨藩臬司批示。缴。

府宪百批：据禀开厂散给米数缘由已悉。仰即会同分府，督率董事妥协经理，毋稍玩忽。仍候各宪批示。缴。清摺二扣存。

禀抚、藩、臬、道、本府三月初七日在东门外添设一厂散赈由。敬禀者：窃卑县散赈米厂分设之处，自二月二十一日起，至三十日止，业经两次将散给米数开具清摺，肃禀宪鉴。兹缘接待寺厂所每日领米人数较多，今于三月初七日在东门外东岳庙添设一厂，俾领米人等不致拥挤。其散给事宜，悉照各厂章程，以归画一。所有董事，即于各厂内分请办理，不涉书役之手。卑职与袁守备轮流弹压，厂所均属安静。现在卑县地方，在田豆麦，经初三、初四等日得有透雨，益觉畅茂。转瞬春熟登场，贫民得资接济，可免乏食之虞，足以上慰慈廑。合将连日各厂散给米数开摺呈电，伏惟钧鉴。谨禀。

嘉庆十四年三月初十日禀。奉抚宪阮批：据禀添设赈厂缘由已悉。仰即妥为弹压，毋任地棍滋事。此缴。摺存。

臬宪岳批：据送清摺，存候查核。仰绍兴府查照另禀批示，转饬遵照。仍候抚宪暨藩司巡道批示。缴。

道宪陈批：据禀三月初旬散给米数缘由已悉。仍候抚宪暨藩臬司批示。缴。摺存。

府宪百批：查人众则不免滋事，厂分则具领较便，足征实心实力，泽及穷黎，宜其春膏渥被，豆麦敷荣，民气恬和，丰收有象。阅禀稍慰，仍候各宪批示。此缴。摺存。

禀抚、藩、臬、道、本府展赈由。敬禀者：窃卑县前因米价昂贵，禀蒙抚府宪捐廉下县并各殷绅捐输米石，于二月二十一日开厂散济。所有各厂散给米数，业经叠次开摺禀呈宪鉴。兹截至三月二十日止，已满一月之期。现在豆麦渐次登场，贫民口食有资，本可无须接济。惟查所捐米石尚有盈余，卑职与各绅士酌商，再行展赈数日，总以米数散完为止，以期仰副大人、大老爷轸念贫民有加无已之至意。谨将三月十一日至二十日各厂散给米数，开具清摺，恭呈钧览，并将展赈缘由肃沥具禀。至各殷绅捐数，统容事竣之后开摺呈送。合并禀明，统惟慈照。谨禀。

嘉庆十四年三月二十一日禀。奉抚宪阮批：据禀已悉。缴。摺存。

藩宪庆批：据禀已悉。仰绍兴府转饬，一俟赈竣，将给发男妇大小口及捐输数目并动用一切经费等项，据实造册，候送详院核销，毋任违延。仍候抚宪暨臬司巡道批示。缴。摺存。

臬宪岳批：据禀将余米再行展赈缘由已悉。仰绍兴府饬候抚宪暨藩司巡道批示。缴。清摺存。

府宪百批：据禀展赈数日，以尽数散完为止，具见实力，殊堪嘉慰。仍候各宪批示。此缴。摺存。

禀抚宪缴呈捐赈银两由。敬禀者：本月初三日，据绅士翰林院检讨衔黄岱原、文渊阁检阅内阁中书邵瑛、前署温州府教授诸如绶等呈称：窃姚邑因上年西乡秋收稍歉，米价骤昂，仰蒙父师酌济，大宪捐廉，荷一言以风千户，皆勉为仁。自数石以至百囷，咸知慕义。东西厂设，午集申归，妇稚班分，肩摩踵接。相彼泛舟之役，源源而来，不使垂橐以归，多多益善。欣知四境之安堵，惟恐一夫之向隅。既分妇女，旋给男丁。更立一棚，又展九日。及人老，及人幼，觉一饱之易谋：至于再，至于三，免四方之餬口。现今膏雨连朝，春花秀颖，大田均已播种，陇麦立见有秋。凡天时人事之相宜，皆厚德深仁之所致。仰邀恩庇，迥逾推食而解衣；共托春晖，已见家给而人足。伏惟中丞大宪轸念民依，固知无微之不周；而吾侪小民仰承德意，愿留有余于不尽。一邑矢口，万姓齐声。所有饬发之项，岱等谨合词吁请，伏乞俯顺舆情，恭缴宪辕，敬祈据情转达等情。据此，卑职查该绅士等所禀，实出至诚。除将奉宪捐发廉银固封，仍交委员杨达赍缴，仰祈大人俯赐察核鉴存，并将各厂收放米数以及散赈起止月日，分别缮具清摺，禀呈钧鉴外，理合据情转禀，统惟慈照。谨禀。

嘉庆十四年四月初三日禀。奉抚宪阮批：据禀诸绅助振，本不屯膏；所司损禄，岂容反汗？既粥饘之式赡，即训迪之宜优。所有余剩银两，当付本地书院置买田畴，量增膏火，实为允便。仍仰该县广谕区区，勿宜多让。此缴。

禀抚、藩、臬、道、本府四月初一日撤厂停赈，所有捐米绅士、在厂出力之委员董事可否量予嘉奖。由敬禀者：窃卑县入春以来，米价昂贵，贫民口食拮据。先经卑职将设法捐赈缘由禀蒙宪鉴，并蒙抚宪暨本府宪台念切民隐，捐廉下县，以备赏恤。卑职随同殷绅各输米石，分厂散济。自二月二十一日开放起，酌定一月为期。嗣因各绅士感激宪恩，乐输之意愈加踊跃，公捐米石遂有多余，尚可展赈，亦经具禀在案。今据各董事回称，核计余米可散至月底，遂于二十八日同二十九日将应散之米并日放给完竣，穷民无不欢欣感戴。现在豆麦登场，农人餬口有资。而收获之后，便须播种早禾。即无业贫民，亦可藉工觅食。查四乡自捐自赈之处俱皆停止，无须再为接济，应请撤厂。惟奉抚宪暨本府宪台赏捐银两尚未动用，众绅联名禀请，代为呈缴，并求将感激微忱上达宪听等情。卑职留心察看，该董事与各绅士所禀，均属实情，遂于四月初一日撤厂停赈，谨将原银固封缴呈宪案除将前奉抚宪暨本府所发原银固封缴还外，所有各殷绅捐输数目开具清摺，恭呈电览。其捐数最多之绅士并出力董事，应请抚宪宪台分别给予匾音，以示嘉奖。捐输在一百石以下，即由卑职酌量奖励。是否有当，伏乞宪示饬遵。其各乡自捐自赈米数若干，各绅士尚未开送，合并声明。至各委员在厂弹压，不辞劳瘁，办理实为认真，可否仰恳宪台量予记功，以示鼓励，出自鸿慈，卑职未敢擅便。谨将米厂散竣并各绅士吁请转达缘由、肃泐具禀，伏祈钧鉴。谨禀。

嘉庆十四年四月初三日禀。奉抚宪阮批：据禀已悉。已捐之银未曾动用，缴回无此政体。仰即仍发交绅士暨书院董事置买良田，收入书院取息，以为膏火之资，并即勒石书院，毋致日久湮废。并将此次捐米三千余石之各绅士全行刊入碑内，以垂永久。所有捐米四百余石之杨景南，本部院书给"赈乡首义"四字匾音；其捐二百石至一百石六名，书给"力赈乡里"四字匾音，即给发制挂。该县暨县丞赵球、委员杨达办赈认真，除行司各记功一次，余如禀行。仍将收到银两并遵办缘由禀覆。此缴。摺存。

府宪百批：据禀各殷绅捐输米石、赈恤贫民完竣各缘由已悉。仰候核明，转禀抚、藩二宪分别奖励可也。仍候抚宪暨臬藩巡道宪批示。缴。摺存。

禀谢抚宪奉发银两置田收入书院，其出力之典史等员仍请一体嘉奖由。敬禀者：案蒙大人批卑职具禀捐赈事竣，恭缴宪廉缘由，奉批云云等因。奉此，除将发回银两遵谕仍交绅士，会同书院董事，置买良田，收入书院取息，为膏火之资，勒石纪载，以垂永久。乏食穷黎既沐垂慈之大德，读书士子复叨培植之深恩，阖邑士民无不欢感。奉赐匾音，亦经转交该绅士等敬谨制挂。至卑职身任地方，仰体大人惠爱之仁，设法捐济，乃属分所应尽。荷蒙大人准与卑县县丞赵球、候补从九品杨达等一体记功，感激之余，倍深悚惕。查此次捐赈，因典史陈凤鸣在任年久，地方情形较为熟悉，一切皆与商办。该典史在局在厂不辞劳瘁，尽心经理，实属首先得力之员。署城守都司袁俊、驻防把总许必昌、协防外委项肇周等弹压稽查，始终无懈，可否仰恳鸿慈，亦予记功，以示奖励。在厂出力之董事、试用训导诸开泉等并邀批奖之处，卑职未敢擅便。合再开列衔名，恭呈宪览，伏乞恩裁。肃此具禀，谨禀。

嘉庆十四年四月初十日禀

禀谢本府奉发银两一体买田收入书院，其出力之典史等员仍请嘉奖由。敬禀者：窃卑职因捐赈事竣，具禀抚宪暨宪台缴还宪廉缘由，初七日接奉钧札，以前项捐赈银二百两，业经捐给，断无收回之理，仰即留为地方别项公用等因。蒙此，又初九日奉到抚宪批示：据禀已悉。已捐之银未曾动用，缴回无此政体。仰即仍发交绅士暨书院董事置买良田，收入书院取息，以为膏火之资。并即勒石书院，毋致日久湮废，并将此次捐米三千余石之各绅士全行刊入碑内，以垂永久。所有捐米四百余石之杨景南，本部院书给"赈乡首义"四字匾音；其捐二百石至一百石六名，书给"力赈乡里"四字匾音，即给发制挂。该县暨县丞赵球、委员杨达办赈认真，除行司各记功一次，余如禀行。仍将收到银两并遵办缘由禀复。缴。摺存等因。奉此，卑职当将奉发匾音转发各绅士敬谨制挂外，并即仰遵宪意，将发回银二百两同抚宪发回银三百两，仍交绅士会同书院董事，置买良田，收入书院取息，为膏火之资，勒石记载，以垂永久。乏食穷黎既沐垂慈之大德，读书士子复叨培植之深恩，阖邑士民无不欢感。至卑职身任地方，设法捐赈，奉扬仁惠，乃属分所应然。蒙予记功，实深惭悚。而县丞赵球、委员杨达均蒙抚宪记功奖励，仰见无微不录之至意。查此次捐赈，因典史陈凤鸣在任年久，地方情形较为熟悉，一切皆与商办。该典史在局在厂不辞劳瘁，尽心经理，实属首先得力之员，今未邀一体记功。并署绍协右营都司左营守备袁俊与驻防把总许必昌、协防外委项肇周等，弹压稽查，始终无懈，卑职业已据实具禀外，可否仰恳鸿慈，转禀抚宪，亦予记功，以示奖励。在厂出力之董事、试用训导诸开泉等并邀批奖之处，出自宪恩。合再开列衔名，恭呈慈览。伏乞恩鉴。肃此具禀。谨禀。

嘉庆十四年四月初十日禀。奉府宪百批：阅禀具悉一切。典史陈凤鸣既系尽心经理首先得力之员，都司、把总、外委等弹压稽查始终无懈，董事等亦多在厂出力之人，自应分别奖励，仰候据情转禀、抚藩二宪核示可也。此缴。摺存。

宪　　札

绍兴府正堂觉罗百札余姚县知悉：案查该县上年秋收，东、南、北三乡尚属丰稔，惟西乡间有歉薄，产米不敷民食，商贩稀少，贫民未免拮据，成群求乞，甚有无赖之徒从而硬讨，禀请示禁，并捐廉设法劝谕绅士富户共商调济等情。当经据禀批谕，札致该县督同巡典各员妥速弹压，并严禁地棍藉端率众强讨滋事，并将实在乏食贫民劝捐按给钱米接济，一面出示严禁成群强讨在案。现又据该令具禀，择于本月二十日开厂赈济等情前来。查该邑地方辽阔，民情刁悍，恐有地棍扰累情事，必须严督弹压、赈恤，俾贫民得沾实惠，地棍不致滋事。值此青黄不接，亦须赒济源源。今本府捐廉银二百两，移交绍捕分府赍交该县，以凑赈恤，并会同督率弹压。除禀报各宪外，合亟抄禀飞饬。札到，该县立将绍捕分府赍交银二百两查收，并即遵照会同分府实力弹压。该县并即督率董事分设厂所，实力妥为经理赈恤，毋任假手书役。如有地棍藉端滋事情弊，立即严拿究辨，务使贫民得沾实惠，庶免扰累。均毋违误。切速切速。特札。

嘉庆十四年二月十二日

绍兴府正堂觉罗百为遵批饬知事。嘉庆十四年五月初三日，奉布政使司庆宪牌，嘉庆十四年四月二十一日奉巡抚部院阮批：余姚县具禀此次办赈，典史陈凤鸣在局在厂不辞劳瘁，尽心经理，实属首先得力之员。署绍协都司左营守备袁俊、驻防把总许必昌、协防外委项肇周等弹压稽查，始终无懈，可否亦予记功，以示奖励。在厂出力之董事、试用训导诸开泉等，并邀批奖，开摺禀送等缘由。奉批：典史陈凤鸣等系现任官员，各记功一次。至摺开董事职员生监等，并于碑末刊载，以记贤劳可也。仰布政司转饬知照。此缴。禀摺抄发。奉此，除将该县典史陈凤鸣、署绍协都司袁俊、驻防把总许必昌、协防外委项肇周各记功一次注册外，合行饬知等因。奉此，除移知绍协镇外，合亟飞饬。为此仰县官吏，文到，查照来文宪批事理，立即分别移行知照，并将摺开董事职员生监诸开泉等并于碑末刊载，以记贤劳。毋违。须牌。

嘉庆十四年五月十二日

署布政使司蒋札余姚县知悉：案查捐米散赈案内，据绍兴府禀，据该县禀称，蒙本府发回银二百两，遵同抚宪发回银三百两，仍交绅士会同书院董事，置买良田，收入书院取息，为膏火之资，勒石记载，以垂永久等情。当经前司批饬绍府饬取碑摹及田亩字号，详报立案去后，迄今尚未详覆，殊属迟延。合亟严催。札到，该县立将捐米散赈案内应行勒石之捐置田亩字号暨捐米三千余石之各绅士，全行刊入碑内，并碑末刊载之董事职员生监，刻日遵办，备具碑摹，详送立案。并将本年所收租息尽数收入书院，作为膏火之资。所有应给膏火诸生共若干名，每名旧有膏火银若干，今每名添给银若干，一并详报察核，毋得再延，致滋挪移侵隐，大干严咎未便。火速切速。特札。

嘉庆十四年八月初十日

匾音

抚宪匾音　赈乡首义（给奖捐米四百石以上绅士）

杨景南

抚宪匾音　力赈乡里（给奖捐米二百石至一百石以上绅士）

姜周化、思修、思义、思洪

严世琛、际丰、模、际遂

张味琴

洪申九

洪博人

赵则三

本县匾音　好善不倦（给奖捐米九十石至五十石以上绅士）

施美兼　洪文治、振华　叶孔蕃　邵烈光

洪葆南　朱仲皜　邵荣簪　邵蔼堂

邵云岩　宋备三

按：各乡殷绅捐米一百石以上者，均邀抚宪给奖。顾此外有一人独捐七八十石至五十石者，较四人合捐二百及一百石以上，为数有盈无绌，尤当嘉奖，用书“好善不倦”四字匾音，给予制挂，以昭好义之忱。青选谨识。

捐赈余金置龙山书院膏火田亩碑记

嘉庆戊辰六月，青选自嘉善移知余姚。先是，邑旱涝不时，咸以歉为忧。及秋成，减十之一二，市米日涌贵。邑所出谷，本不足一岁食，恒取资于江淮贩粜之船。而是岁江南方修治运河，泛舟者不时至，下户益皇皇。妇女老弱相聚乞食，累数十百人。青选莅兹土日浅，虑未孚。邑尉陈君在官久，乃与合谋，劝绅士之有蓄藏者躅米以振，白于大府。中丞阮公首发白金三百两，郡伯百公继捐二百金，青选亦躅俸入为助。于是邑之耆老士夫皆感激，奋励踊跃，先后共得米若干石，计可支一月，设厂散给，计口授粮。复以米有赢羡，展赈九日，于二月二十一日始，三月二十九日止。而各乡之好善者请自捐自给，又无虑十余所。麦秋告稔，播种伊始，人心帖然，饥而不损。此盖大府仁心仁术有以激劝，而乡人士君子能施惠于其桑梓，耆善而行其德。陈君则所谓将伯之助，使青选免于罪戾者也。事既竣，中丞所捐未及施用，邑人请以上还。中丞曰：既施之而复返，非余心，亦非政体也。其于龙山书院置田，以为诸生膏火资。于是邑人曰：中丞本以活我民者，移以养我士，尤不可以不志也。合中丞、郡伯所捐共五百金，买田若干亩，别著于籍。青选自愧无似，不足以养民训士，而奉中丞之德意，为耆士先，乃邑令职也，爰立石以志。其捐助诸君姓名，具列于后。

嘉庆十四年八月初一日，知余姚县事顺德张青选记

宪　捐

抚宪阮　捐银三百两

府宪百　捐银二百两

是项银两，因捐米足敷散给，各绅士呈请缴还。奉批置田，作为书院膏火之资。现已置田三十亩零，立有碑记。

本县张　捐米一百六十石（委员供给、搭盖篷厂及运米赴厂脚力并一切役食杂用等项，又捐钱六百千零）

捐米姓名

（各绅士衔未及遍考）

北城：

洪申九，捐米一百石（连当）。洪博人，一百石（连当）。

施美兼，八十四石（连当）。洪文冶、振华，八十四石（连当）。

叶孔蕃，八十石。洪葆南，七十石。

邵荣簪，七十石。邵云岩，五十石。

邹仪俊，四十石。叶磐如，三十石。

邹仪常，二十四石。宋元森、丹林，二十四石。

施耀祖，二十石。史绍先，二十石。

谢崇熙、德，二十石。吴奕唐，十四石。

史成学、书、坤，十石。施卫廷、锡三，九石。

沈锡功，八石。蒋廷魁、有美，八石。

史积贤，六石。袁鹏飞，六石。

金国彩，六石。倪舜阶、履安，六石。

戴之常，五石。郑钦堂、何启祥，五石。

史香楠，四石。施叙揆，四石。

王雨田，四石。金振羽，三石。

施赓尧，二石。

南城：

邵烈光，八十石。朱仲皜，七十石。

邵蔼堂，七十石。宋佩三，五十石。

沈安国、元贵、元茂、元相，五十石。徐德宜，二十六石。

潘雅秀，二十二石。宋人表静川，十六石。

徐履之，十五石。邵耿光，十石。

陈倍昌，十石。徐鼎臣，十石。

宋文瑞，十石。徐阳春，十石。

黄静涵，九石。周炳辉，八石。

张必达，八石。徐封之，七石五斗。

史育庭，七石。周维新，七石。

王滋荣，七石。鲁省三，六石。

徐君玉，五石。邵岐周，五石。

韩松茂，五石。吕贻椿，五石。

徐式南、星健，五石。徐协万，四石。

熊子揆，四石。吴英杰，二石。

邵如清，一石。

东乡：

胡邦荣，二十八石。劳廷佐、静专、士三，二十二石。

黄南阳　，十二石。康锦堂，五石。

潘凤岐，五石。舒金鲤，四石。

西乡：

杨景南（连当），四百二十石。张味琴，一百石（连当）。

毛成章，三十五石七斗。毛玉怀，二十八石五斗。

董以球，二十一石。施周书、金印、林书，二十石。

周聿旦，十六石。周旭初、静川，十六石。

毛维岳、鹤清、世成，十五石。徐世衡，十四石。

徐世援，十二石。施载策，十二石。

劳克修，十石七斗。毛玉瑶，十石。

谢亦南，十石。毛玉玠，十石。

董泉源，十石。董登陛，九石。

鲁大中，八石。劳启德，六石。

胡启蛟，六石。周翰臣，六石。

劳赞源，五石。周辉远，五石。

董科瑁，四石。马兰佩，四石。

宋位伦，四石。毛宗文，三石。

张守城，三石。莫世旺，二石。

毛绍忠，二石。韩章，二石。

施性川，二石。

南乡：

姜周化、思秀、思义、思淇，二百石。邵承洙，三十石。

朱蒙泉，二十二石。毛宇辉，二十石。

张志刚、克坚，二十石。黄式千，十八石。

吴学贤，十五石。沈士钫、洋，十四石。

黄栋臣，十石。史义法，十石。

孙道存，十石。黄品南，七石。

陈廷海、方天锡，五石。周学道，四石三斗。

鲁秀功、麟，四石。韩明义、杨世道、黄廷网、史积有，三石三斗。

邵应麟，三石。倪兆学，三石。

袁洪学，三石。夏兆祥，二石。

北乡：

严世琛、际丰、模、际遂，一百三十石。韩绥章，四十石。

叶敬亭，三十石。谢凤诰，十六石。

谷顺，十三石。谷于朝、佐朝，九石五斗。

张渭川，八石。鲁是本，六石。

鲁林墨，五石。鲁是材，四石。

毛静涵，四石。

上邑：

赵则三，一百石（连当）。

当铺：

叶泰和，三十六石。阮绳武，三十六石。

宓益大，三十六石。王踵武，三十六石。

王裕周，三十六石。王宁志，三十六石。

盐仓：

朱景桓，二十石。

酱园：

蒋致和，三十四石。邵具美，二十石。

南乡：

白云寺僧人云台，具呈捐米五十石。

以上统共实收市斛米三千六百三十七石五斗。按是时米价每石二千八百文，计钱一万贯有奇。合各宪暨本县所捐银钱、各乡自捐自散钱米，共费钱二万五千余贯。青选谨记。

散米数目

一、按待寺厂，共散给米一千一百八十九石七斗。

一、九功寺厂，共散给米一千十八石二斗。

一、石柱头厂，共散给米七百七十四石一斗。

一、东岳庙厂，共散给米六百一十石。

以上四厂，统共实散米三千五百九十二石。

一、各厂所偿修墙垣等项，酌给接待寺四石；九功寺四石，赔偿春息六斗；石柱头庵庙共四石；东岳庙二石；公局城隍庙二石。统共十六石六斗。又给养济院废疾孤贫每名五升，计一百六十名，共给米八石。余剩米二十石九斗，交同善堂董事领变，置棺施舍。

各乡自捐自散据呈捐输钱米姓名（挨都里叙列）

东一都

二里殷绅：毛孔仁，捐米一百三十一石。魏俞松，二十石。张德辉、张德胜，共六石。周锦凡，二石。黄兆周、黄腾蛟，共十一石。胡邦彦、胡邦显，共二石五斗。叶琴，十一石。杜汝蛟，七石。毛孔信、毛孔彰，共六石。毛汝耀、童肇周、喻作仁，各三石。叶汤俊、杜方垲、吴岳，各二石。黄增华、黄增荣，共十一石。张德佩、胡邦宁，共二石。黄应昌，一石。

东三都

一、二里殷绅：谢锦堂，捐钱一百四十千文。谢存实、谢育堂，各一百千文。谢伟人、谢炯，各九十千文。谢若思，八十千文。谢逊功、谢玉鸣、谢美彰，各六十千文。谢绮成、谢夔扬，各五十千文。谢守学、谢凤仪，各四十千文。谢充之、谢文斗房，各三十五千文。谢羽源、谢清臣房、谢钦儒房，各三十千文。谢维勤、谢曰铻，各二十八千文。谢泰交，二十四千文。谢良谟、谢大奎、谢守理，各二十千文。谢宜位，十八千文。谢亦圣、谢凤来、谢占梦、谢良千、谢静山、谢鼎和、谢圣英、谢宜才、谢浚源，各十六千文。谢丹山、谢端林房、谢旭照、谢守愚，各十四千文。谢光国、谢元位、谢耀清，各十二千文。谢清源、谢悦来、谢逮英，各十千文。谢开生，八千文。谢礼廷、谢有成、谢凤林、谢尚贵、谢贵龙、谢百清、谢从欲、谢霖如、谢通和，各七千文。谢盈辰、谢尚通房、谢周南、谢清标，各六千文。谢朝刚、谢树堂、谢怀瑾、谢维南、谢祥南、谢有鳌、谢南枢，各五千文。谢宏文、谢尚德、谢起贤、谢信旃、谢在璇、谢守清、谢朋南、谢佐清，各三千文。戚士佳，十二千文。童得利，十千文。杨宁和、孙恒昌、魏明鉴、戚东阳，各八千文。何芳阡、郑源利，各七千文。徐东木、朱万隆、沈隆兴初记，各六千文。陈凤迁、魏沅秀、李通谟、陈聚和、沈隆兴理记、戚必华，各五千文。宋福昌、吴秀本、张永兴、张顺兴、周立兴、吴孔沅，各四千文。许立祥，三千文。周立名、王景文、陈士名、吴文献，各二千文。

三里殷绅：洪怀德典（即北城洪申九），捐钱八十三千四百八十文。戚显廷，三十五千文。戚文琴、戚永年，各二十千文。戚广和，十一千文。戚广善、戚斯年、戚君佐、戚瑞鹤、戚配生、戚宁林，各十千文。戚宁槐、戚光朝、各八千文。戚登云、戚圣先、戚培，各七千文。戚文淮，六千文。戚明义，七千五十文。戚文海，五千文。戚文开，四千五百文。戚贤才、戚鹤鸣，各三千文。戚天发，二千五百文。戚光玠、戚明道、戚悦全、戚伦喆、戚名高、戚学效、戚兆惠、张可裕、陈忠元、马超伦、金胜道，各二千文。戚光绪、戚澜、戚学友、陈忠相，各一千五百文。陈忠孝，一千四百文。戚加元、谢士良、张奇刚、蒋士显、桑国祥、黄永功、祝怀仁，各一千文。

三里殷绅：戚志翔，捐钱四十六千二百文。戚问礼，四十千文。戚履金、戚定国、戚文学，各三十千文。戚士秀，二十六千文。钱富春，二十五千文。戚国英，二十四千文。戚调如，十八千七百文。宋美玉，十四千文。戚豹南，十一千文。宋美秀，九千文。宋美华、杨清标、戚国俊，各八千文。戚士高、戚英兆、戚学海、戚奇杰、戚檟林，各六千文。戚学淳、戚群鹤、戚大海、戚魁鳌、戚蛟，各五千文。戚勤裕、戚型，各四千文。戚元明，三千五百文。戚斯道、戚瑞、戚奇俊，各三千文。田国良、戚斯浩、戚奇秀、戚魁文、戚浩生、戚维孝，各二千文。戚凤俊、戚永嘉、戚元达，各一千五百文。厉天林、胡宗祐、戚瑞明、戚凤梧、戚问津，各一千文。

三里殷绅：任圣传、任心培，各捐钱四十千文。任赤文、任暻、任景垣、任芝芳、任存澜、任景旸、任景曜、任文鳌、任景春、任文贤、任在明、任起明、任礼学、任天贵、任大显、任兆亨，共六十千文。

风一都

一里殷绅：夏尊三、夏允恭，各捐米七石八斗。夏兰魁，十石。夏日初、夏允和，各七石。夏成化，八石八斗。夏文林、夏磐安，各三石二斗。夏崇冈，三石。夏德辉、夏毓奇、夏兆公，各二石四斗。夏廷栋，一石七斗。夏禹梅，一石四斗。夏仲煓、夏有恒，各八斗。夏德厚，七斗。

一里殷绅：徐驭天，捐米三石。徐日恒，十石。徐彬如、徐上珍，各六石。徐敬夫，四石。徐凤冈，二石。徐天寰，一石五斗。徐如年，一石三斗。徐启元，一石。

三里：庙山司详，自捐钱五千五百文。殷绅：朱国荣、韩瑞锜，各二十二千文。韩邦宁、韩国秀、韩邦鼐，各五千五百文。

三里殷绅：冯惇德，捐钱一百千文。冯其泳、冯熙安，各四十千文。冯其烱，二十千文。冯晴原，十千文。冯春谷，八千文。冯思成，五千文。

风二都

二、五里殷绅：何其昌、何其宜、何辰云、何辰枢、何裕光、何书、何德、何时、何月旦、何永华、何志�、何玉成、何学颜、何友伦、何维勇、何自东、何振扬、何亦衡、何景之、何廷兰，共捐钱三百千文。

川一都

一里殷绅：胡涵清，捐钱六十千文。胡承和、胡承源、胡元长，各三十千文。胡宏载、胡士宏、胡士仁、胡天行、胡天荣，共三十千文。

二里殷绅：孙鼎钦、孙元杏、孙咸需，各捐钱一百十二千文。孙宇芳，一百千文。孙锡祚、孙世美堂，各五十千文。孙广裕、孙守直、孙师周，各二十千文。孙增兰，十八千文。孙宇昌、孙熊钜，各十千文。陆大章、孙以扬，各五千文。

上三里殷绅：胡式炎，捐钱二十千文。胡方炯、胡宝堇、胡日新，各十千文。胡承绪、胡明玉、胡尔遂，共十二千文。胡宝江、胡绍安，共四千文。胡师淮、胡师泉，共四千文。胡凤仪，三千文。胡明伦、胡师洲，共二千文。

三里殷绅：沈邦柱、沈勋，各捐钱一百千文。陈志亨、胡佩玉，各五十千文。陈节廉，三十千文。潘名文，二十六千文。胡文翰，二十四千文。孙翥、孙悦梧、孙世灯，共二十三千文。许汉节，十八千文。潘鉴古，十四千文。胡振治、刘廷玉、翁抡才，共十二千文。叶汝相，十千文。胡宏枢、潘开元、蒋仁本，各八千文。叶敏鳌、叶人初，共八千文。罗朝安、高端怀，各七千文。刘廷楫、潘开芳，各六千文。叶兆元、叶敏隆、叶思扬，共六千文。胡世模、胡鼎秀，共六千文。叶日光、叶锦堂，共六千文。诸旭旦、高夏珍、高煌，共六千文。胡履泰、胡近仁，共六千文。胡兆鉴、胡思贵、胡佩球，共六千文。姜裕昌、宓协茂、柴亿中，共六千文。孙祥源、施协记、周广大，共六千文。董森茂、郑启明、董兴记，共六千文。胡福记、胡义和、厉茂森，共六千文。宋广泰、宋谦益、徐宁泰，共六千文。潘天祥、陈节勋、叶佩玉、周显廷、潘德馨、胡文刚，各五千文。陈宏儒、陈宏刚，共五千文。宓联星、陈协昌，共五千文。

五、六里殷绅：胡国让，捐钱十千文。胡承猷，七千文。胡子云、胡士清，共六千文。胡星灿、胡际云、胡鸣皋，共十千文。赵必华、赵仁彪、赵仁则，共十千文。

川二都

一里殷绅：徐天维、徐日高，各捐钱三十千文。徐敏惠，十三千五百文。徐鸣枢，十五千文。徐守圻、徐实瑛、徐朴贤、徐维翰、俞鼎轲、俞景翘、罗承高，各十千文。徐礼南、徐芳玉，各六千文。徐春霆、徐振冈、徐锡圭，各五千文。徐圣显、徐安宁、徐孝义、徐忠城，各四千文。徐世勋、徐富春，各三千五百文。徐鸣冈、徐王铨、徐谢铨、徐秉彝、徐秉智、徐观圭、徐富国、郁南英、郁金忠、龚达匡、龚财裕、陈斐章，各三千文。龚禹爵、龚凤珠、龚贤、龚育斌、郁南樛、郁南梅、徐忠茂，各二千文。徐汝洲，二千五百文。徐金城，一千五百文。郁南友、龚祥虎、龚汝为、陈斐然，各一千文。

上二里殷绅：徐鸣玉，捐钱三十千文。徐观寰，九千文。杨国臣、杨国勋，各八千文。徐观临、徐观成，各六千五百文。黄占鳌、徐我阶，各五千文。杨振清，四千文。徐观云、徐观仁、徐观风，共四千文。徐观陛，三千文。俞玉朋，三千五百文。徐观源，三千三百文。徐鼎魁、杨如进，各二千文。杨国治，一千五百文。徐观泉，一千三百文。徐朝江，一千文。

下二里殷绅：罗景谌、罗松乔，各捐钱七千五百文。罗清永、孙思仁，各四千文。罗绍丰，三千文。孙思义，三千三百文。罗清范、赵启宗，各二千文。罗清轩、罗东升，共四千文。沈维宁、沈维球，共四千文。罗绍明、罗奇丰，共二千文。马元芳，一千五百文。孙思鉴，一千三百文。徐月友、赵承忠、沈维秀，各一千文。

三里殷绅：黄德奎，捐钱十五千文。黄斗南，十二千文。黄维钢、黄维怀，各七千文。黄维锵，四千五百文。黄则惠，四千文。黄翰章，三千四百文。黄声锵，二千六百文。黄金，二千五百文。黄翰爵，二千二百文。黄桂庭、黄瑞林，各二千文。

东四里殷绅：龚传素，捐钱一百二十千文。厉载德，十五千文。童作霖，十四千文。翁体涛，十二千文。王义品，九千文。厉国佐，八千五百文。厉允昌、龚昌惠，各七千文。冯昆鹏，六千文。胡大立、庄梦禄、庄梦喜、赖国成、龚昌明、龚学海、龚维棠、龚维聪、龚昆源，各五千文。龚维龙、龚昌齐、龚国辉，各四千文。厉振玉、屠梦高、王人标、龚昌凤、张世标、童凤仪、童凤翥、童孝水，各三千文。厉秉照，二千五百文。龚明德、龚昌巨、龚廷荣、龚予德、龚信风、龚士富、赖书绅、陈德贤，各二千文。厉观民、冯宏义，各一千文。

西四里殷绅：黄余庆堂，捐钱三十五千文。孙寅清、黄仁安、胡启光，各十二千文。童首寅，十千文。王顺昌，八千文。胡则彬，七千文。孙兰清、童式典、黄云虔，各五千文。孙兆庆、童志云、罗敦化、黄俊杰，各三千文。童圣聪、陈琳、孙锦城、孙兆灿，各二千五百文。童忠茂、孙可廷、孙官达、卢维范、沈秀峰、童式奇、童其南、童宋荣、孙公行、陈廷标，各二千文。王荣达，一千八百文。孙景顺，一千六百文。黄绍灿、徐望昆、杨显明，各一千四百文。孙景荣，一千二百文。黄斌芳、童尚位、严开法、童与权、童彩章、童圣化、童圣敬、童圣序、童忠望、陈茂章、孙可官、孙锡宰、孙公良、娄云台、娄云行、孙能道、沈廷佐、王廷环、黄立人、叶日陛、童志惠、胡信富、徐德芳、沈殿佐、卢起宝、卢起璜、孙可行、史义高、陈式鉴，各一千文。

五里殷绅：胡渭清，捐钱六十千文。胡渭梁、胡席犟，各三十千文。胡南曜、胡季标，各十千文。胡守仁，六千文。胡日旦，三千文。胡士云，一千四百文。胡有仁、胡作云、胡南强，各一千文。

六里殷绅：华钰、华伟庭、华汝标、华涛、华珍、华邦槐，共捐钱二百二十三千文。

七里殷绅：朱世名，捐钱十二千文。杨苹舒、翁观贞，各七千文。孙予松，五千文。杨文斗，三千五百文。卢凤飞、胡清臣、孙予桓、孙思九，各三千文。孙永良、杨大孝，各二千五百文。杨争豪，二千二百文。朱仁阳、胡金檀、孙予模、孙婷、孙书宪、孙存义，各二千文。黄瑞仁，一千六百文。孙汝有，一千五百文。孙诗官、孙诗兴，各一千四百文。徐学礼，一千二百文。孙予楷、孙端忠、史义佐、孙思高，各一千文。

八、九里殷绅：马思安，捐钱一百千文。罗协华，五十千文。罗景新，十五千文。董廷麟，十二千文。罗彝祯，十一千文。戚存才，十千文。罗咸和、马沈良，各七千文。陈振育、陈若虎，各六千文。陈邦正，五千六百文。罗守宗、罗元三、陈岂范、王书秀、祝士虎、罗采芹、戚元开，各五千文。高兆清，四千四百文。伍式明、伍英明、戚良国、宋成九，各四千文。陈光旭、陈光型、陈禹鳞、岑安集、伍学明、伍端、伍煌、伍学泗、伍学高、戚廷国、阮兼才、宋宗秀，各三千文。高兆育、高沄，各二千二百文。罗效林、罗承太、罗承基、祝士峤、胡世忠、岑茂英、岑成宗、伍勋、伍洪、伍奕明、伍连、杨清方，各二千文。戚奇新、罗云张、罗邦显、罗光灿，各一千五百文。陈若禹、陈大生、沈行七、张克宏、周士法、张启揆、史善行、戚元贞、阮启贤，各一千文。

元一都

六里殷绅：朱临川、朱宇太、朱建周、朱维高，共捐钱五十九千文。张昆治、祝照、祝初昇、祝翼宏，共十千文。

元二都

三里殷绅：杨鸣山，捐钱十五千文。徐藏峰，七千文。徐玉音，五千文。杨名远，八千文。徐锡麟，三千文。徐梦华，二千五百文。徐梦高、徐志成、徐泳瑞、徐成才、洪子孝，各二千文。徐士才，一千五百文。徐志云、徐君佐、徐志春、诸廷豪、徐圣元，各一千四百文。赵元初、进春行、杨元魁，各一千文。杜兆成，四百文。

四、五里殷绅：徐克里，捐钱三千文。周占三、周际隆、周义方，各二千五百文。周士怀、周士奇、干永泰，各二千文。周树坊，一千四百文。周高岐，一千二百文。杨兆振、周士彦、张高良、周文年、周文科、周乾三，各一千文。周文森，八百文。

六里殷绅：符忠益，捐米十二石。符宗标，八石。符允成、符作龙、符雨苍，各三石。符国珠，捐钱三十千文。

七里殷绅：孙配峨、孙瀛，共捐米三十五石。

九里殷绅：杨和丰，捐钱二十七千文。杨尊宇，二十五千文。杨尔荣，二十千文。杨良甫，十五千文。高兼茂，十二千文。杨鸣山、杨瑞麟，各十千文。杨必祐。杨振文、杨竹贤，各七千文。杨敬承、杨敬修，共七千文。杨士美，六千文。杨为则、杨万顺、杨趾麟、杨周麟、杨玉书，各四千文。杨士乾、杨士朝，共四千文。杨国治，三千五百文。杨国涟，三千文。杨国佐、高澄汉、高铎，各二千五百文。杨士通、杨赞清、杨必发、符士刚、符如枫、符如桢、高澄孝、新进源、杨世功、新瑞源、高澄贤、杨国秀，各二千文。

祝淳傅、祝淳存，共二千文。杨煜、张克岐、潘允彦，各一千五百文。杨淦、陈成飞，各一千文。

元三都

四里殷绅：洪尚文，捐钱三十千文。洪伟彩、洪溯源，各四千文。徐志道、洪伟友，各三千文。洪飞云、洪有余、洪衣德、洪周高，各二千文。洪廷文，一千文。厉文运，七百文。洪元法，三百文。

柯一都

上三里殷绅：吕耕经堂，捐钱六十千文。张正谊堂，三十五千文。谢世贤，三十千文。张在庭，二十五千文。吕尚旦，二十千文。孙岐山、张士焕，共八千文。孙永富，七千文。

下三里殷绅：楼景之，捐钱十八千文。张仁一、张学政、郭安芳，各十千文。张承绪，九千文。张东铭、张在仁，共五千文。张高峰、朱肇贵，共五千文。杨志龙，七千文。杨起电、杨志珩，共五千文。杨禹金、杨禹贵，共六千文。郑本贵、邵光义，共五千文。胡文宰、胡文思，共五千五百文。徐瑞书、徐志峰，共五千五百文。

六里殷绅：黄宁远堂，捐米十五石。黄五文，三石。黄素望，捐钱九千文。诸明高、诸明刚，共五千文。何其贤、周士江、楼士才，共五千文。

柯二都

上二里殷绅：张景皞、张福庭、张文高，各捐钱十千文。张景岳、张懿岳、张在铭、张云鸿、张荣久，共十千文。

下二里殷绅：张管声，捐钱三十千文。方廷干，十六千文。

下三里殷绅：徐静桓，捐钱五十千文。

四里殷绅：卢粹表，捐钱六十四千四百文。卢梦吉，十三千七百文。卢奎耀，十二千文。卢梦元、卢洪英、卢大纯，共七千四百文。张成良，五千六百文。胡敏中、张赓炎，各五千文。

六里殷绅：茅清寰，捐钱五十千文。茅玉衡、茅楚佩，各二十千文。茅静阶，十五千文。茅炎池，十千文。

柯三都

一里殷绅：陈镇南，捐钱五十千文。陈元桢房，三十千文。陈奕模、陈若南，各二十千文。陈式如、陈贻勤堂、陈文治、陈丹三房，各十千文。陈平心堂，八千文。陈在华、金成训，各五千文。陈学全、陈宝山、陈行芝，共六千一百文。黄琴台、黄廷臣，共十千文。陈为纶，六千文。陈明怀、陈明高，共四千文。陈鸿章、陈秉钜，共四千文。

上二里殷绅：陆思敬堂，捐钱三十千文。许国宾、许继度，各十千文。陆汝舟，七千文。张聚和、张崇文、张序穆、张鹤年、张尺素、许锦初，各五千文。张崇昌、徐东魏，共五千文。许云鹏，四千文。

东、西二里殷绅：胡光熿，捐钱一百三十千文。胡聚奎，七十千文。胡高峰，六十三千文。胡开周，三十二千文。胡灿若，二十千文。陆咸和，十四千文。胡孔阳、胡文荣，各十千文。胡绍墉，九千文。许秀彝、许兆擎，各七千文。许廷耀，六千四百文。胡乾明、胡廷求，各六千文。许文富，五千文。王大忠、沈大顺、许秉功，共五千八百文。胡涵辉、胡文光，共五千文。柴启能，四千文。

下二里殷绅：张圣华，捐钱七千文。张武臣、吴廷楫、高兆育，共五千文。孙飞虎、陈廷耀、吴宗连，共五千文。许兼人、许开明，共五千文。

上三里殷绅：周为熿，捐钱二十四千文。陈荣清，十四千文。马逢时、周开基、陈荣华，各十千文。周静扬，八千文。陈荣贵、陆熙，各七千文。马作新、马作楣、施文谟、陈名邦、施旭安、周启宇，各五千文。马廷臣、施开祥，各四千文。张岐山，三千五百文。马仲礼，三千四百文。施梦奎、陈荣邦，各三千文。陈绍盈，二千八百文。陈世杰、施旭灿、陈有国、房悦忠，各二千文。宋广生、黄瑞丰，各一千四百文。瑞源庄、中和庄、俞学富、马昆源，各一千文。

下三里殷绅：马昂若，捐钱三十五千文。马廷璜，二十千文。马尚谟，十四千文。马国才，一二千文。马跃龙，七千文。

四里殷绅：徐宗位，捐钱十二千文。任一才、任一行，共四千文。任一豪、任光英，共四千文。邹载贤，五千文。邹荣先、邹缉止、邹武邦、各三千文。邹燧，四千文。邹鸿学、王友贞、胡宝□、胡宝珊、邹世福，共五千文。邹崇翰、邹秉文、邹国仁，共五千文。方大江、吕能集，共五千文。杨克祯、杨克进，共八千文。严志辉，五千文。邹启法、邹宇清，共六千文。邹禹平，四千文。

上五里殷绅：邹振声，捐钱三十一千文。邹振绪、邹咸泰，各七千文。邹东佐、邹东铨、邹誉扬，共十千文。邹振世，五千文。邹昆良、邹名英、邹襄、邹国芳，共十千文。邹元才、邹中辅、邹元禄，共六千文。陆国宝，六千文。陆国栋、陆麟奇、陆步瀛、陆传绪，共十千文。

西五里殷绅：翁元培、翁元新，共捐钱五十二千文。陈金彩，十四千文。陈可言，十千文。陈金佩，六千文。陈学全，五千文。陈麟图、陈仁英、陈载清，各三千文。许绳昌，一千文。陈克勤、陈世楠，各四千文。陈庶沾、陈正英，各七千文。陈美全，二千文。陈有信，二千四百文。严其元、严其升，共七千文。

东五里殷绅：陆翼清、陆维芳、张首选，共捐钱二百千文。

中五里殷绅：岑世瑞，捐钱十二千文。岑世豪、岑世奇，共五千文。邹锡三，七千文。邹登庭、邹登阶，共五千文。周日临、王忠涛，各三千文。周廷尧、周廷贵，共五千文。周日贞、周日清，共四千文。邹恭礼、邹载智，共五千文。钱邦贞，二千六百文。史积渠、蒋学忠、张新贵，共七千文。

下五里殷绅：方玉盛，捐钱二十千文。胡天佐，七千文。徐世爵，六千文。徐邦豪，五千六百文。牛正国，五千文。徐旭成、徐作云，共五千五百文。徐宏勋、徐君谟，共五千六百文。邵世廉、张能容，各四千文。

上一都

一里殷绅：岑谦益堂，捐钱五十六千文。丁有宾、岑省初，各四十千文。黄耿和，十二千文。岑六吉、岑九思，共十二千文。岑宏业，十千文。王位思堂，九千文。岑渭川、岑豹蔚堂，各八千文。岑畊心堂，七千文。孙如雷、孙如星，共六千文。岑希尹、岑占麓、岑敬胜堂、岑启明、岑士法，各五千文。岑希通、岑萃益堂、岑启新，各四千文。岑亦清、岑学正、岑永绥、岑双林、岑声逵、戚兆元、丁宇田、姚观澜、戚兆丰、戚锦章、俞万泰，各二千文。岑玉，三千五百文，岑余宝、岑圣明、岑宏芳、岑天阶、岑魁、岑世华，各三千文。岑锦霞，一千文。丁月波，六千文。黄载远、黄载丰，共四千文。孙维翰，四千文。王麟如、丁志贵、戚秀云、戚兆文、杜朝阳，各三千文。戚金坛，一千五百文。马国彝，一千四百文。姚观国，二千七百文。

二里殷绅：高步瀛、宋景文，各捐钱六十千文。周克岐，二十千文。高式才，十五千文。高上贵，七千文。高上相、高上行，共十千文。高仁如、高国宰，共八千文。周则南，五千文。凌方渚、凌启宸，共五千文。潘士珍、徐文运，各一千文。

二里殷绅：周文格，捐米七石。龚兆锡，三石三斗。周祖佑、叶回澜，各一石六斗。

三里殷绅：王赓飏、王岳瞻，共捐米三石七斗。王懋忠、王九如，共四石。王安槐、王麟玉、王丹凤，共三石七斗。王嘉福、王嘉元、王虎臣，共三石。王煜、王应贵，共一石六斗。王存诚、王将兴，共一石二斗。王载丰、王铭，共八斗。潘思义，一石二斗。何成友，六斗。胡成贵，四斗。童文茂，三斗。

三里殷绅：曹圣唐，捐钱二十四千文。陈汝章，二十千文。陈可朝，十六千五百文。陈尔法，十五千文。陈思聚，十四千文。陈世斌，十千文。陈思功，八千文。陈范园，七千文。陈景亮，六千六百文。陈春泉，六千文。陈鸿磐，五千文。陈咸春，四千文。陈尔昌、陈含章，各三千五百文。陈起鲍，二千三百文。陈作明、陈芳培、陈景和、陈斌、陈灿、陈兆裕，各二千文。陈裕周、陈邦达、陈翁太和，各一千七百文。陈昌来，一千五百文。陈兆亨，一千四百文。陈裕顺，一千三百文。陈朝忠、陈思赞、陈彝书、陈国表、陈国彝、陈邦荣、陈邦奇、陈起仁，共八千文。何会一，十五千文。何士臣，十三千文。何光全，十三千二百文。何士可，九千文。何大本，五千文。何玉堂，三千七百文。何士奇，三千三百文。何大标，三千文。何芳模，二千一百文。何廷我、何廷钦，共一千三百文。朱光朝，十一千五百文。朱灿，九千一百文。朱光辉，六千文。朱光泗、朱翰书，各五千文。朱光兴，三千二百文。朱大亮、俞廷标，各二千文。孙兰培，八千文。孙兰台，三千三百文。朱兰荣、朱韩辉、朱韩德、朱应华，共四千文。叶志杰、罗廷槐、曹彝旺，各二千文。何维丰、罗仲英，各一千文。曹汉荣、曹思孝、曹怀清、曹体仁，共四千文。陈孟然、陈崑一，共十九千四百文。

上二都

一里殷绅：余声文、余舟玉，各捐钱五十千文。余言一，二十千文。余象殷，十四千文。余靖四、余宇澄，各十千文。余方珮、余怀远、余勤光、余鸿谟、余翰周、余春荣，各五千文。余作炎，七千文。余省铨，十四千文。余思敬，二千五百文。余显瑞，三十千文。余克范，二千五百文。余惠明，六千文。余光家、余克嶷，各二千文。余国杰，三千文。余显侯，七千文。余恒谦，三千五百文。余见贤，一千四百文。余上爵，一千五百文。余显贤，二千四百文。余志贤、余方琦、余士美，各四千文。余楷，三千五百文。余如贤，一千五百文。余方茂、楼奕祥，各一千四百文。宋应杰，二千文。宋加秀、宋加进，共二千文。余有林、黄存素，各六千文。黄锦如，二十千文。黄国杰，三千文。孙开治，四千文。孙国有，五千文。沈秉坤，十四千文。沈秀亭，十二千文。沈典三，八千文。沈九封，五千文。沈大邦，七千文。沈可钧，二千一百文。沈芬有、沈怀玉，各一千五百文。杜成九，四千文。杜成瑶、杜奕才，各十千文。杜一海，六千文。杜克明，五千五百文。杜克相，八千五百文。罗成奇、罗凤治、吴邦宁，各三千文。吴起刚，五千文。何绍鹏，二千文。何述尧，一千四百文。惠尚法，三千文。黄国相，十五千四百文。徐尚谟，三千七百文。徐尚贵、余思明，各二千文。顾志麟、顾志文、顾志显、顾立积、顾立记、顾立富、顾立刚，共十九千九百五十文。余鸣基，一千文。

二里殷绅：毛禹平，捐钱六十千文。毛守素，四十千文。毛占枢、孙新邦，各二十四千文。毛怡怀、毛廷芬、孙朝元，各二十千文。毛月辉、孙受诏，各十二千文。毛怀仲、毛九锡，各十千文。毛国相、何占荣，各八千文。毛占飞，五千文。毛屿美，四千文。孙必明，三千文。何开师、何忝师，共十千文。洪因本、洪宰一，共十千文。

义一都

二里殷绅：卢仁德、朱兆榜，各捐钱十二千五百文。赵圣闲，十二千文。翁家范、翁劝助、翁时行，各十千文。翁格非，八千文。王裕祖，六千文。翁格苗，五千文。翁新之，三千文。朱兆运，三千五百文。朱肇仁，一千六百文。徐成宣，一千文。

四里殷绅：魏大定，捐米二十八石七斗。朱占衡，十石。魏松盛、魏效川，各二石五斗。魏再唐，二石。魏文明，一石五斗。朱廷球、王怀清、陈如科、叶宏膏，各二石。朱启凤，三石。吴志仁，二石五斗。王昆兰，一石。

义二都

五里殷绅：叶载阳、唐宇充、唐鲁东，共捐钱一百五十千文。

义三都

三里殷绅：熊绍奕，捐钱五十千文。熊渭，四十四千文。熊维清，三十五千文。熊安邦，二十五千文。熊景年，十五千文。熊瀚、熊绍洙，各七千文。能鸣臬，五千文。熊有常、熊尔贤、孙梦赍，各二千文。黄汝盘，八千文。熊成千、熊宗太、熊秀升、熊元贵、熊大赉、熊雪峰，各一千文。熊琨，一千五百文。熊连飞，一千四百文。熊廷占、熊振邦、熊振国、熊邦仁、熊钧、熊士显，共三千五百文。

泉一都

一里殷绅：翁六桂堂，捐钱二十五千文。毛日懋、鲁怀清，各十千文。徐廷烈，七千文。康渭望，六千文。郭秉符，四千文。张乾怀，三千文。

二、三、四、五里殷绅：王奕渠、王奕炎，各捐钱五十千文。吴占鳌，十五千文。王恂如、王滋庭，各五千文。徐禹甸、陆含光，各六千文。王奕诰、王承茂、邱文治、王奕振、徐禹章，各四千文。王承海，三千五百文。王奕棠、王奕操、骆起昂，各三千文。王承通，二千五百文。徐作舟、张忠信，各二千文。徐兆焕，一千五百文。徐子俊、徐礽舟、徐礽焕，各一千二百文。陆德茂、徐在科、徐兆奎、徐兆泮、徐礽林、徐名太，各一千文。

按：各乡自捐自散，或给米，或散钱，或呈明散给一月，或二十余日，或一月有余者，均各照地方情形斟酌办理。钱米捐数多寡，未能画一，册内皆照呈记载。其有先曾呈明自捐自散，事竣后未将捐数报核者，无从稽考，故未备载。至有并不呈明自行分给者，此系各绅士好善乐施，赒济乡党，不愿居名，亦复不少。青选谨识。

董事志略

己巳孟春，粮价骤昂。我姚迤西一带，因上年晚禾歉薄，贫难妇稚十百成群，沿门索讨。当经邑侯谕禁以法，而悯其疾苦，捐廉首倡，告诸邑之殷绅设局劝捐，散济粥米一月，俾资餬口。拟定规条，不输钱，不假手胥吏。自一石至数百石，莫不亲自赴局，公同书簿。城乡绅士情殷桑梓，不旬日而乐捐者三千六百石有奇。于是乡之好义者随有按里自捐自散，而东南丰稔之区及沿海北乡闻风兴起，亦一体办理。其捐散实数已各开呈，以为好善者劝。惟是公厂为一邑总汇，凡四乡少殷实而不能自散，及里多贫户而无力捐输者，远近咸来领给。于是相度适中，设立四厂，自二月二十一日起，前后正展各期共三十九日，用米三千六百十八石零。某等董其事，一切局厂费用工食，均自行捐备。厂员供给役食等项，由邑侯给发。丝毫并不开销，颗粒皆归实济。但周恤贫乏，听从自愿。有公局已捐而里内复出资散给者，有赴局已书捐数旋请酌拨自给者，有请全数拨回者，有呈明自捐而未及散者，有呈明自散一月，因公厂可就近赴领，不满期而停止者，事未画一。至写捐而米未交局，及交不足数，并邀请未经到局者，均于停厂后不复捐收。当将实收实散数目分晰开报。诚恐所捐米数多寡不符，并刊单揭之通衢，俾各周知，以便根查。兹邑侯将汇刊成帙，一一登载，益足以昭核实办公之道，以彰乐善好施之诚。嘉庆十四年清和月局厂董事公志。

赈记

（一名《赈纪》）

清嘉庆十八年刻本

（清）那彦成 编

郝秉键 点校

《赈纪》序

古称救荒无奇策，非无策也，自《周官》十二政、《管子》五惠而外，温赈沾恤，代不乏书。然古今异俗，时势异宜，区画有不当，或行之不以实，往往滋弊。若今那绎堂制府之于赈，可谓策之善者矣。先是，庚午岁甘省夏旱，民饥至三十余厅县。时绎堂初莅任，亟为请于朝，得旨缓本年征，特命予赈。爰议大赈之先，所在设厂煮粥，为急赈，免流民转徙。既则思赈广人众，弊端百出，自点阅户口，以至按日给赈，一切稽核督饬之法，不可不预定，但其要莫先于杜弊，使不肖官吏无由饱囊橐，始有实济。日与僚属讲求，集思广益，先奏定办赈章程六款：一、被灾地亩，责成该管道府亲往督勘。一、增设木牌，开明应赈细数，悬挂各堡。一、先给赈票，令各户收执，届期照票给领。一、择地分厂，拣派大员，往来督查。一、散放银粮，务查点足数，严禁克扣。一、查灾散赈印委各员，裁革夫马供给。旋奏定煮粥章程八款：一、先示谕流民，使知给赈。一、男妇分厂，毋令混杂。一、印委营员公同监放。一、增设木筹，轮流领缴。一、按五日、十日，开报候查。一、分派营员弹压。一、酌盖席棚及空闲寺宇蔽风雨。一、劝谕流民回籍，给口粮资送。又通饬各属规条十六款，皆次第实力行之。其给赈之期，以九月为普赈，十月至十二月为加赈。又因兰州、固原两城，岁久宜修，奏明以工代赈。赈务既举，民得按口授食，远近如归。莫不感颂皇仁，同声欢忭。凡赈四十七万六千三百余户，二百六十五万五千九百余口。粮用九万五千六百石有奇，银用五十七万一千九百两有奇。次年辛未正月，上念灾黎青黄不接，复加赏口粮一月，并借给籽种，计所以益民而裕食者无弗至。是岁夏、秋二收，丰稔倍常，民之元气顿复。盖圣恩有以感召天和，如此其神也。是举也，政肃而弊除，恩普而民悦。往来于兰者，莫不叹其事之善。越二年癸酉，余东归过兰，绎堂为余述始末甚详。余作而言曰：圣天子爱民如子，不惜畀百万帑金救民饥，为大吏者，体上恩意，尽心襄厥事，俾实惠逮且遍，固其职也。然杜弊之策，若绎堂所定各款，精密周详，纤悉毕备，洵可为救荒之良策，议赈者皆当以此为法。昔富郑公在青州，出粟赈民，全活甚众。当时下其法于诸州，称为善政。以今视昔，有过之无不及矣，宜撰述以示后人。绎堂瞿然逊谢。余嘉其不居成功，而重念圣主活民之赐，不可以无纪，爰就所闻叙之，为斯民幸焉。

嘉庆十八年岁次癸酉仲春月

赐进士出身礼部尚书通家生铁保拜撰

《赈纪》后序

铣幼读书，历随祖、父任，及长登仕版，有志四方，窃愿一见当代伟人，以柘胸臆。乾隆壬寅，先大夫任东河总河，时随阿文成公经理河防，相得甚欢。暇时倾谈家事，文成公每以绎堂制府少读书，有见解，将来可期成立。而制府已擢巍科，入词林。先大夫归而训铣兄弟，以世家子弟必应如是，而世家之训其弟子者，亦必应如是也。铣窃心焉志之，虽未见制府，已不禁景星乡云仰望之矣。甲辰岁，季弟金以召试授中书，从制府京邸往还无间。铣亦奉职西曹，于制府之文章经济，得窥一二。迨制府入赞枢密，出拥节麾，凡所建竖，皆表表有声。而铣以宦辙分歧，曾不得望见颜色，一纾数十年仰止之愫以为憾。嘉庆庚午，制府奉命总制陕甘。适甘省旱，飞章请赈，并乞缓入觐，得旨褒嘉，有不愧广廷相国之孙之谕。铣已自陕安道陈臬西江得读邸抄，不觉矍然起敬，始信制府于临大事、决大议，卓识鸿猷，真有古大臣器识，益叹先大夫之言为不爽。愧铣兄弟不能仰承庭训，如制府之克继先猷也。壬申冬，铣奉旨擢授甘藩，得随治事。制府以世交故，一见如旧识。政无巨细，靡不虚衷商榷，谋定而行，温容蔼言，时以国计民生，与僚属往复讲论。所谓当代伟人，殆有然欤！公余手《赈纪》十卷以示，铣读之而叹曰：善为政者，以其心心乎民而已。一民饥由己饥之，圣主保乂之心也。圣主以爱民之责，寄之制府，制府即以爱民之心，答乎天心。甘省地瘠民贫，偏灾时有，而为民请命，实心实力，举而登之衽席，如斯纪之所载，固可少哉。铣来兰迟二载，今春度陇，即闻制府曩时办赈，实惠及民，全活无算，为斯土从来所未有。茅檐土穴中，父老黔黎，犹有感恩泣下者。今读是纪，于查散利弊，纤悉毕当，不知当日制府用心，何以能如此之周密，而其时殚思竭虑，日昃不遑，又不知若何之劳悴也。迩者圣天子闿泽覃敷，至优极渥，时雨频沾，屡丰告庆，而制府尤不自逸，惟以此心仰对君父，即以此心抚爱斯民。迄今三秦之众，皞皞熙熙，以日游于太平之宇而不自知。铣不敏，职司佐理，又忝世交之末，得见制府之不坠家声而上承宵旰，盖既喜而又窃幸焉。窃惟政贵有恒，制府宣上恩德，无怠无荒，与吾民休养而生息之，所以报国家，即所以继文成公之志。而铣亦得步趋前尘，守先大夫之遗训，以相勖而相勉，尤私心所冀幸而同是兢兢者耳。

嘉庆癸酉八月甘肃布政使司布政使何铣拜手谨序

《赈纪》后序

今癸酉之春三月，制府那绎堂师编《赈纪》成，命序于烺。时则春雨优沾，土膏滋润，陇坂左右，玉关内外，守吏各以甘霖报。师顾而乐之，飞章入告，仰慰圣心。烺于是听雨而喜，受书而序之曰：方岁之在庚午也，夏大旱，民饥且三十余州邑。师至，请于朝，圣泽立沛，命发帑百万赈之。其急不能待者，为粥以食之。前后所全活亿万人，老弱得免于流离。是年秋即雨，明年辛未，夏雨渐濡，又明年壬申二月雨，雨且遍；八月雨，雨复优，岁报稔。今年三月，雨大足。询诸父老，佥云甘肃无连年春雨若此者。父老戴天子之仁恩，愈相与乐制府之实政也。烺分巡兰州，于今六年矣。回忆庚午之夏，奉檄巡下县，勘灾轻重，查户口多寡，跋马登山，驱车行野，烈日在天，山焦土赤。所至第见饥馑老羸，鸠形菜色，疾痛颠连之状，呼号泣涕之声，真有目所未睹、耳所未闻者。非吾师为民请命于圣主，承恩宣德，实心实力，率属从事其间，当时之民有不止饥饿转徙者，则此赈之不可以不纪也。今幸雨，雨且足矣，烺得从容襄事，执笔为文章。窃谓昔宋苏子瞻之喜雨也，仅以名亭，雨不过扶风一邑。今则春泽屡沾，西秦普遍，为十余年来所未有。烺之喜雨也，即以序吾师之《赈纪》。以今视昔，所得不愈多乎？自今以始，岁其有甘膏应候，禾黍油油，秦陇之民，含哺鼓腹，以游仁寿之世，我夫子其永有功焉。爰拜手而序之。若夫稽查之密，散放之实，咨询之周，调剂之善，载在全书，大宗伯铁冶亭师序之详矣，烺不赘。

赐进士出身翰林院庶吉士户科给事中出巡甘肃兰州道受业严烺谨识

跋

古者救荒有书，民命攸关，事甚重也。荒政之最要者，莫切于食。使无法制以相维，则耗食者十之二、三，侵食者十之四、五，欲救民，不几转致病民乎？育备员陇右，得读绎堂制府《赈纪》，其间宏纲细目，粲然毕陈，真无弊不除，无一夫不获其所，是殆已饥已溺之怀与！窃于校雠之余，得其二要，尤为赈务所宜恪遵者。其一在煮粥。集民于未赈之先，使勿流离，而户口藉可稽其实。一在悬牌。示民于将赈之际，使共晓谕，而胥吏不得逞其奸。法简而肃，政详而明，创前古所未逮。至矣哉！救荒之策，未有若斯之美且备者。夫国以民为本，民以食为天。使为民牧者，能知仓粮颗粒皆民命所系，丰积无缺，偶遇偏灾，遵是纪以行之，又何荒年之难救与？管见所及，敬识数言，以纪其盛，并以用勗同官云。

嘉庆十有八年岁次癸酉甘肃西宁道龙万育谨跋

编　纂

兵部尚书兼都察院右都御史总督陕甘等处地方军务兼理粮饷茶马管巡抚事　那彦成

校　对

甘肃等处承宣布政使司布政使　陈祁
甘肃等处承宣布政使司布政使　何铣
甘肃等处提刑按察使司按察使升任福建布政使　积朗阿
甘肃等处提刑按察使司按察使兼管通省驿传事务　德克精阿
甘肃分巡兰州道兼管驿盐茶马水利屯田事务　严烺
甘肃分巡西宁道今升湖南按察使　庆炆
甘肃分巡宁夏水利兵备道　苏成额
甘肃分巡巩秦阶道　同福
甘肃分巡安肃兵备道　富英
甘肃分巡西宁兵备道　龙万育
署甘肃宁夏道候补道　杨祖淳
甘肃皋兰县知县今升洮州同知　齐正训
甘肃皋兰县知县今升循化同知　丁阆州
原任甘肃隆德县知县　吕荣

校　刊

甘肃兰州府知府　黄方
甘肃皋兰县知县　李醇和

謄　录

甘肃西宁府经历　万方选
甘肃试用县丞　丁盞
甘肃试用主簿　魏承恩
甘肃试用未入流　张从孚

赈纪目录

卷一 上谕

饬查各属被灾轻重

（按：本卷所加各节标题系据原书目录）

嘉庆十五年六月十五日奉上谕：那彦成奏甘省被旱一折。前因那彦成奏请陛见，准令于六月内来京瞻觐，顺便省视伊母，令董教增赴甘署理督篆。第恐总督兼辖两省，职任甚巨，自以地方公务为重。今皋兰十八厅州县夏禾已多黄萎，秋禾尚未播种，灾象已成。其他州县，或受旱于前，或得雨较迟，西成亦必歉薄。此皆系该督应办要务，董教增甫经调任，于甘省情形自所未悉，且陕省自春徂夏，雨水短缺，亦间有成灾处所，系该抚本任应办之事，焉能分身兼顾？此时计那彦成已由甘肃起程，行抵西安。著接奉此旨，即由陕省一带查勘回甘，董教增即回抵西安，接办巡抚事务，俱先行由驿驰奏。所有皋兰等处被灾较重者，著该督先给口粮，其成灾分数及他州县是否成灾，迅委妥员履勘明确，如何分别蠲缓抚恤，由驿驰奏。统俟地方诸务办理完善，于冬底来京展觐，亦不为迟。至陕省被旱州县，著董教增详细确查，分别轻重及应蠲、应缓之处，亦由驿奏闻，务使穷黎不致失所为要。将此由四百里各谕令知之。钦此。

缓征皋兰等二十四厅州县银粮拨饷赈恤

嘉庆十五年六月十九日奉上谕：那彦成奏查勘甘肃各厅州县被灾情形并请拨帑接济一折。甘省本年自春徂夏，雨泽愆期，秋成失望。所有那彦成前次具奏之皋兰、金县、靖远、沙泥州判、红水县丞、宁远、会宁、漳县、盐茶、固原、环县、成县、文县、灵台、灵州及花马池州同、中卫、平番等十八厅州县并现据续报被旱较重之静宁、隆德、陇西、通渭、安定、碾伯六州县，共二十四厅州县本年应征新旧正借银粮草束，著加恩先行缓征，其余各处，仍著查明有无成灾应行调剂之处，随时据实具奏。至该督奏请筹拨银一百万两，著照所请，交部于附近陕、甘各省迅速筹款拨解，以资接济。折并发。钦此。

准缓陛见查办赈务

嘉庆十五年六月十九日奉上谕：那彦成奏甘省被旱成灾请先行缓征并拨帑施赈一折，已明降谕旨，均照所请行矣。前经降旨，准令该督于六月内来京陛见，昨据奏被旱情形，即谕令回甘办赈，不必急急来京。该督尚未接奉此旨，今伊另片内即计及查勘抚绥事关紧要，并不拘泥前准陛见谕旨，遽尔交代启程，一面飞咨董教增毋庸前来，所见皆是。该督能知事体轻重，实不愧为阿桂之孙。其另折奏称向来办赈积弊，所言俱切中窾要。朕轸恤民瘼，惟恐一夫失所，凡遇请蠲、请赈，皆立沛恩膏，从不少惜帑项。惟是灾区人数众多，帑项所给，岂能人人赡足？即如此次拨银一百万两，散给各处，计每人所得，能有几何？又况不肖官吏，丧尽天良，不惟不善为经理，且转向垂毙饥民，□其口食，挤之沟壑，安得不尽法处治？如山阳王伸汉一案，可为炯戒。该督现在酌议章程，俱系例内应办之事，惟当照单列各条，实力奉行，不可徒托空言。遇有贪官墨吏，一经访查得实，立即严参惩办，毋任丝毫染指，务令灾黎均沾实惠。该督俟赈务办完，一切俱臻妥协，于冬间再行奏请来京瞻觐可也。将此谕令知之。钦此。

缓征泾州等六州县银粮

嘉庆十五年七月十八日奉上谕：那彦成奏续查甘肃被旱州县内得雨较迟、夏灾稍重之泾州等六州县恳请缓征一折。前据那彦成奏皋兰等二十四厅州县雨泽愆期，秋成失望，曾降旨将本年应征新旧正借银粮草束，加恩先行缓征。兹泾州、渭源、伏羌、永昌、镇原、东乐县丞等六州县，既据该督续行查明被灾较重，所有本年应征新旧正借银粮草束，著加恩一体先行缓征，以纾民力。至于拟定章程分别赈恤之处，俱著照所拟，督饬所属认真办理。该部知道，折并发。钦此。

饬查各州县灾分轻重赈济缓急

嘉庆十五年八月初七日奉上谕：那彦成奏查办甘省被灾各属情形一折。甘省被旱成灾各地方，前据那彦成两次奏到，节经降旨缓征外，其应行分别赈恤之处，该督即应上紧查明，以凭续降恩旨。至其余尚有续报被水、被雹及山土摧压处所，以及续报荒旱地方，那彦成一据禀报之后，亦即应迅速查明，将如何施恩抚恤之处，分别具奏请旨，以安众心。乃今日那彦成之折，只叙称查办情形并酌拟灾赈规条进呈，而于应办赈恤事宜，全未之及。小民流离失所，望泽孔殷，朕廑念灾区，惟欲早覃恩泽，似此空言奏报，于实惠奚裨？且阅伊单内规条，亦尚有未善之处。如查点户口一节，向止责令地方官委员查勘，今那彦成忽欲令本处绅衿耆老随同点查，其意自以不肖官员浮开侵赈，舞弊繁多，如上年江苏省之王伸汉即其明证，因欲矫而为此，以杜弊端。殊不知绅耆中亦不皆诚实可靠，倘或挟私舞弊，亦可将其亲戚相好之人，意为朦混，甚或浮开户口，图便己私，隐匿侵吞，均属事之所有。将来纷纷上控，告案更多，办理多有窒碍，殊不可必。那彦成惟当遴派贤员，妥为经理，并随时严禁弊窦，有犯必惩，则贪吏奸胥，自然敛戢，毋庸因噎废食。此旨到后，著速将皋兰等三十厅州县以及渭源、平凉、河州等各处灾分轻重、赈济缓急，应如何请旨之处，速行分晰奏明，毋再延缓等因。钦此。

准修城工代赈

嘉庆十五年九月初八日奉上谕：那彦成奏请修理城垣以工代赈一折。据称甘肃固原等各州县，均有应修城工，业经报部，除泾州等处尚可从缓兴修，惟皋兰、固原二处，城身鼓裂，亟宜赶修等语。皋兰、固原城垣坍塌过甚，自难缓办。且本年该处田禾被旱，现虽加恩赈济，而来春青黄不接之时，必须预为筹画。著照那彦成所请，于来年开冻后，即行修理皋兰、固原二处城工，以工代赈，俾贫民得资餬口。至该督等估需工料银约计三十万两，请在办赈银一百万两内动支之处，亦照所请，行该部知道。折并发。钦此。

缓征巴燕戎格等四厅县银粮

嘉庆十五年九月初九日奉上谕：前经降旨，令那彦成将甘省被灾各州县灾分轻重、赈济缓急，应如何办理之处，速行具奏请旨。兹据那彦成奏，甘省本年夏禾被旱之皋兰等三十厅州县，此内有业经缓征，民力不致拮据者，惟皋兰等十八厅州县成灾五、六、七分至八、九分不等，已先行普赈一月口粮，将来再行加赈。至此外尚有夏禾被旱之武威、山丹二县及被雹并山土摧压之巴燕戎格厅，又续行被旱之古浪县，田禾受伤，虽勘不成灾，收成究属歉薄，著加恩将巴燕戎格、武威、山丹、古浪四厅县应征新旧正借银粮草束，一例缓至来年麦后征收，以舒民力。又折内续据查有被水州县轻重不等，除平凉县、洮州厅二处，该督已照急赈例抚恤，又秦州、岷州、礼县各村庄，亦已随时酌给口粮外，此内有无成灾之处，并著该督再行据实查明，奏闻办理，不可少有讳饰。钦此。

饬查已赈各属应否接济

嘉庆十五年十月十七日奉上谕：本年盛京岫岩、凤凰城、辽阳、牛庄各等处被水。吉林松花江下游永智社旧站等四十七屯，及沿江低洼田亩并义仓官庄各地，阴雨水发，多有被灾。直隶清苑等四十州县得雨较少，又文安县大洼地亩及安州等七州县内各村庄，积水被涝，又固安等十一州县因永定河漫溢被淹。江苏山阳县之时清各乡，因三铺漫水，秋收失望，又山、清二县各乡，因云昙口漫水，收成歉薄。山东章邱等十五州县卫并续报之招远县被水成灾。河南孟津旧县十三村庄水涨被淹，又安阳之和仁等十二村庄、汤阴县之南故城等十三村庄，因洹、卫二河水发被淹。陕西西安、同州、凤翔三府，邠、乾二州因雨泽愆期，收成歉薄，又榆林、延安、绥德所属地方，因阴雨过多，兼有被雹处所，秋禾受伤，又宁陕、南郑等五厅州县因山水陡发被冲。甘肃皋兰等三十三厅州县夏禾先后被旱，又武威、山丹二县被旱，巴燕戎格厅被雹，又山土摧压田亩成灾，又续查之平凉县、洮州厅、秦州、岷州、礼县各村庄被水。节经随时加恩，分别蠲缓赈恤，小民餬口有资。第念来春青黄不接之时，民力不无拮据，著传谕该将军、督抚等体察情形，如有应行接济之处，迅即详查，据实覆奏，候朕于新正降旨加恩。将此谕令各将军、督抚知之。钦此。

缓征狄道等十州县银粮

嘉庆十五年十一月初十日奉上谕：那彦成奏甘省续报秋收歉薄之各州县恳请缓征一折。甘省狄道州等处，自赶种秋禾后，或被雹、被旱、被水，收成歉薄，间阎不无拮据。所有狄道、河州、平凉、华亭、庄浪县丞、崇信、抚彝、镇番、肃州州同、毛目县丞等属被灾各乡庄，著加恩缓征其新旧正借银粮草束，均缓至来年麦后征收，用纾民力。该部知道，折并发。钦此。

加给皋兰等十八厅州县一月口粮

嘉庆十六年正月初四日奉上谕：上年甘肃皋兰等三十三厅州县，间有先后被旱、被水地亩，节经降旨分别蠲缓，并拨帑赈恤，小民餬口有资，无虞失所。惟念东作方兴，青黄不接，贫农盖藏未裕，恐不免拮据。著加恩将原报情形较重之皋兰、金县、沙泥、靖远、红水、陇西、会宁、安定、通渭、固原、盐茶、静宁、隆德、平番、灵州、中卫、花马池、灵台十八厅州县，按照上年普赈户口，再赏给一月口粮、籽种，其情形较轻及附近敛〔歉〕收各州县，并著酌借籽种、口粮，以资接济。该督务须饬属认真经理，俾小民益臻宽裕，用副朕履端布闿、加惠闾阎至意。该部即遵谕行。钦此。

固原文生白淑通冒赈治罪

嘉庆十六年四月初十日奉旨：此案刁生白淑通身列胶庠，胆敢起意冒赈，又复主谋纠众夺犯，殊属目无法纪。本年秋审，自应列入情实，亦必予勾。所有白淑通一犯，著即处绞，余依议。钦此。

卷二　奏折

各属被旱情形

奏为甘省被旱情形仰祈圣鉴事。据甘肃布政使陈祁详称：甘省自去冬今春，雪泽稀少。本年三月至四月下旬，惟庆阳府属之宁州、安化、正宁三州县，西宁府属之西宁县，各得透雨一次。五月内惟秦州得透雨一次，西宁、大通、安定三县得雨三、四寸不等，泾州、河州、狄道、渭源、陇西、伏羌、西和、平凉、华亭、清水、徽县等处得雨三寸余。此外各厅州县禀报得雨，仅湿地皮及一寸有余，并有尚未得雨之区。除宁夏宁朔、平罗等县及张掖迤西各地方均藉渠水灌溉，雨泽虽少，可望有收，容俟秋成后再行勘办外，其余各属，多半山田旱地，风高土燥，全赖雨泽应时，禾苗始能长发。兼之地气苦寒，秋田于夏至前必须播种，非若他省麦收后尚可再种秋禾。兹据皋兰、金县、靖远、沙泥州判、红水县丞、宁远、会宁、漳县、盐茶、固原、环县、文县、成县、灵台、灵州及花马池州同、中卫、平番十八厅州县禀报，夏禾已多黄萎，秋禾尚未播种，灾象已成。其他州县，或受旱于前，或得雨较迟，麦收已少，西成亦必歉薄等情，具详前来。臣伏查甘省上年收成本属歉薄，本年雨泽愆期，自四月至今，臣每日率同司道各官虔诚步祷，并严饬各属一体诚求，虽间有得雨处所，率未深透。夏收歉薄，粮价日昂，民力颇形拮据。臣与司道等日夜焦灼，现与藩司察核，情形较重地方，酌量先行借给口粮，以安民心。日内如获甘霖，尚可劝谕农民布种晚秋，若至小暑不得透雨，即当飞饬该管道府上紧查勘，臣一面督同藩司亲履勘验，分别成灾轻重，照例赶办，以期仰副皇上轸念民艰、不使一夫失所之至意。再，今岁被旱成灾之处过宽，民情不无惶惑。查勘抚绥，事事均关紧要。嗣后若遇灾赈事宜，应奏明请旨俯允臣由马上飞递驰报，理合一并奏闻，伏祈皇上睿鉴。谨奏。嘉庆十五年五月二十七日奏，六月二十五日奉朱批：另有旨。钦此。

请缓陛见

再，正在封折间，接奉上谕：那彦成现在奏请陛见，准其于六月内来京瞻觐，其陕甘总督印务，著董教增即前往署理，以便那彦成交卸启程。所有陕西巡抚印务，仍著朱勋护理。钦此。仰蒙我皇上俯鉴蚁忱，恩准所请，俾得早遂瞻依之愿，并得见臣之母，以遂乌私，感激下忱，实难言喻。惟查臣于五月初四日奏请陛见时，尚在芒种以前，甘省地方气候较迟，如能即沛甘霖，夏麦仍可有收，秋禾尚堪播种，不致成灾。兼因本年冬间，有清查钱粮、考试武闱等事，诚恐不及赶回办理，是以恳请六月进京。讵自五月迄今，总未普沾透雨，旱象已成，业将被灾情形恭折专差具奏在案。刻下靖远、盐茶、固原一带，民情尤形惶惑。查勘抚绥，事事均关紧要。近接陕省来信，抚臣董教增于六月初旬方能到陕，计至甘省，约在月底。且灾赈事宜，头绪纷繁，系臣任内之事，自当一手经（按：有脱漏）。臣仰荷圣主鸿施，畀以重任，当此民瘼吃紧之时，不敢稍事拘泥，遽尔交代启程，竟存诿卸。除飞咨抚臣董教增毋庸前来外，所有臣暂缓陛见缘由，理合附片奏闻，伏祈皇上睿鉴。谨奏。嘉庆十五年六月初七日奏，七月初二日奉朱批：汝实不愧广庭相国之孙，嘉是览之，另有谕旨。钦此。

请拨赈银

奏为甘省被旱成灾，现在分路查勘，据详预请拨帑以资接济仰祈圣鉴事。窃查甘肃本年自春徂夏，雨泽愆期。前因皋兰等十八厅州县灾象已成，其余各处，或连年歉收，或受旱在先，或得雨未透，夏秋收成，均难有望。经臣具折奏闻，并请将灾赈事宜，均由马递驰奏在案。兹据藩、臬两司详称：日内又有静宁、隆德、陇西、通渭、安定、碾伯六州县续报被旱较重，现已分委妥员，并移行该管道府驰赴各属确切查勘，一经勘实，自应即为赈恤。此时会宁、靖远等处，已有饥民强借抢粮之案，虽已惩办完竣，惟穷民无食，绳以严法，其情实觉可悯；若从宽原宥，久而恐酿大事。现已遵照前奏，将被灾较重之处，酌量借予口粮，以安民心。目下业已安静，而赈恤事宜，尤不可不亟为筹办。查甘省司库，除存贮兵饷廉俸等项之外，并无闲款。现在请借口粮，已形支绌，若俟勘明成灾始请拨帑，尤恐缓不济急，灾黎失所，殊非仰体我皇上爱民保赤之意。查嘉庆六年甘省被旱，经前任总督长麟具奏，是年被灾共有四十一厅州县，牵算大、中、小县户口数目，给赈两三月至四个月，以每处本折赈粮五万石约计，请拨银一百二十万两，粮八十万石，并奏蒙圣恩，将正借新旧银粮分别豁免带征，民情始克安堵。本年现在被旱成灾地方，已有二十四处，虽较之六年少轻，而各该处半系连年歉薄之区，民情甚觉惶惑。此时通盘计算，减半撙节办理，每处酌减一万石，即以赈粮四万石牵算，每石计折银一两，已需银九十余万两。此外毗连处所亦需调济者，尚属不少。约略计算，必得预筹赈银一百万两，以备接济。详请具奏前来。臣伏查甘省本年受旱较重，前因节令甫届夏至，尚冀续得透雨，可以赶种晚秋，今时已小暑，甘霖仍未沾足，业已成灾，自应准两司详请，预行请拨帑银，始免临时贻误。理合奏恳皇上天恩，俯准在于甘肃邻近省份拨银一百万两，并令迅速解甘，务于七、八月间到齐，俾资给散。至甘省现在市粮稀少，价值日昂。六年时尚有附近灾区州县仓粮可拨，今东、南两路，大率仓贮空缺，西路仓粮虽多，而相离过远，脚费倍于粮价，难以拨运。将来若全给折色，恐贫民买食维艰，仍难糊口。应请将被灾地方仓贮有粮者先尽支放，如无额贮，容臣督同藩、臬两司及各道府妥为斟酌，设法拨运。间需运脚等费，即在所请银两内通融支用。事切民瘼，办理固不必存节省之见，而国帑攸关，臣等天良俱在，何敢少事浮糜？惟有实力实心，公同商酌，尽心筹画，务使实惠及民，以上副皇上轸念穷黎、不使一夫失所之至意。再，臣先经具奏之皋兰、金县、靖远、沙泥州判、红水县丞、宁远、会宁、漳县、盐茶、固原、环县、成县、文县、灵台、灵州及花马池州同、中卫、平番等十八厅州县，又据续报被旱较重之静宁、隆德、陇西、通渭、安定、碾伯六州县，共二十四州县应征新旧正借银粮草束，并请圣恩，一体先行缓征。其余各处，容臣与两司分投通行亲查，如有续应办理分别调剂之处，容臣再行随时确查具奏，断不敢稍存讳饰，上负恩慈。谨将现在查勘及请拨赈银缘由，先行驰奏，伏祈皇上睿鉴训示。谨奏。嘉庆十五年六月初七日奏，七月初二日奉朱批：另有旨。钦此。

办赈章程并清单

奏为酌议办理灾赈章程以清浮冒侵渔积弊恭折奏闻仰祈圣鉴事。窃惟灾赈事宜，上縻国帑，下切民生，必须肃清弊窦，惠及灾民，方足以广皇仁而孚众望。查甘省从前捏灾冒赈诸弊，自乾隆四十六年大加征创以后，颇知警畏，无敢仍前捏冒。惟是甘省地土瘠薄，民鲜盖藏，丰收之年少，歉收之年多，一遇水旱灾伤，不能不筹议赈恤。办理既多，为日又久，不肖官吏熟于其事，不恤灾民之苦，转视为牟利肥己之端。总须先事预防，早为杜绝。查历年报灾，例由该管道府覆勘，照例具报藩司，藩司具详总督批准行文，查办清楚，然后领饷散给，定例原属周密。近来各州县往往以急赈为名，径请径放，率向督、藩禀请，不由道、府核转。各道、府果能公正自持，亦自可认真办理。无如积习相沿，不能振作，各州、县亦乐于少人稽查，便于作弊，各道、府亦止阘冗推诿，从不过问，亦无从查悉，不过事后照例移详具结。于是距省辽远之州县，任意侵冒，远者如此，近亦效尤。似此浮冒弊混，各道府尚同局外，民间亦何从得悉？且现在正值清查，不肖州县或思乘此机会，藉以弥补，或因冲途差繁赔累，假此补偿；少有天良者，尚系挪移办公，而其中难保其不用以肥己。本官既有私图，下至书役乡保，以及地方奸民，愈得肆意舞弊，本官亦无敢禁止。且弊端既起，虑难掩人耳目，不得不委曲周旋，以塞其口，甚至过临上司之书吏丁役人等，无不输情尽礼，嘱托照应。所有查灾散赈各委员，亦不免有馈赠，扶同隐饰，上下分肥。又该管道府及各委员，往往苦于道途之穹远，村庄户口之纷繁，并不实力确查。各州县官亦贪图安逸，并不亲身周历散放，听凭书役串通乡约地保，或浮开人数，或虚捏户口，有力者可串通多领，无力者转一无所得。又或乡保代领，书役包散，或藉称纸笔盘费及脚价口食，藉端克扣，并不按人按户放散，灾民亦不知谁为应领、不应领，而其实在曾否散放，竟不可问。是办灾之要益含糊而弊益丛生。总在彰明较著，使被灾之民家喻户晓，一有浸渔，即可告发。庶贪官墨吏，知所儆惧，不敢肆行。臣仰荷圣恩，擢任封疆，此种积惯舞弊，上冒国帑，下刻民膏，言之真令人切恨。因而时刻留心，广为采访，商略防弊数事，前于借放籽口之时，酌拟条款，张示晓谕，使百姓周知某某应领若干，严禁包揽浮冒。试行于被灾之区，颇为有效。现因被旱成灾，请拨帑银百万两，国家经费有常，民瘼关系至重，更当悉心筹画，及早熟计，预为防范，凛遵圣明教谕，尽心办事，上可对君父，下可对百姓，务使实惠及民，帑无虚糜，以期仰副我皇上爱民施惠之至意。谨将酌议章程，另缮清单，恭呈训示。臣仍督同藩、臬两司，随时随地严密访查该管道府及印委各员，倘敢阳奉阴违，即据实严参究办。尚有禁止不周、思虑未到之处，临时再行酌增具奏。合将现在筹办缘由，恭折奏闻，伏祈皇上睿鉴训示。谨奏。嘉庆十五年六月初七日奏，七月初一日奉朱批：另有旨。又于“藉以弥补”句旁奉朱批：必有之事。又于“下至书役乡约”句旁奉朱批：更不可问矣。钦此。

谨将酌议办理灾赈章程缮具清单恭呈御览：

一、被灾地亩，宜著该管道府亲身督勘，以昭慎重也。查州县地方被灾，例应遴委妥员，会同该州县履亩确勘，将被灾分数，按照村庄，分别申报司道。该管道府覆行稽查，加结详请具题，定例至为详慎。惟甘省州县，往往相距数百里至千余里不等，该管道府，每因道途辽远，往返需时，恐逾限期，率据印委各员印结，加结转报，并不亲身覆查。又或虑其浮冒，凭空删驳，而各属虑及删减，早已预先浮开。上下相蒙，尤非核实之道。此次所有灾伤处所，俱著该管道府亲往踏勘，据实核转。如所属被灾州县较多，相距又远，急切未能分身者，许转禀请委可信州厅大员，会同该州县确查结报。该道府仍严密访察，深信不疑，始准加结转报。如有率加结报及任意删减者，严行参办。

一、散赈宜添设本牌，遍挂各堡，以杜弊混也。查例载，地方遇有赈恤，该管官将所报成灾分数、应赈户口、月份，先期宣示。及赈毕，再将已赈户口银粮各数，覆行通谕，本极周详。但向来散赈州县，惟张挂告示，将应赈户口银粮各数笼统开列，仅凭册落细数，愚民无从深悉底里，侵渔影射之弊，由此即生。此次应令散赈各州县，除照旧出示晓谕外，另行置备木牌，开明某堡某村户口若干，应赈银粮若干，逐细排列村堡地名人名，填注数目，悬挂各村庄适中处所，俾民间家喻户晓，照牌给领。倘有书役乡保人等，仍敢侵渔影射，以及藏匿木牌，不行悬挂者，该民人等即可随时指名禀控，俾经手之人无从偷匿弊混。仍责令道府大员，亲行查点牌内所开户口银粮，与原报数目是否相符，据实禀报，统俟道府查过后，方许撤收。臣等仍委员前往，将该员等所挂木牌照抄，存于总督、藩司衙门，以便与报册核对，庶几彰明较著，弊混可除，而灾民均沾实惠矣。

一、散赈宜先散赈票，以凭查验也。查散赈处所，人数庞杂，一时难于辨认。恐奸民重复冒混，无由稽查，应先刊刷连二赈票，填注某乡村极、次贫某户，大、小口若干，应领银粮若干，并于年月骑缝处钤印过朱，一存该衙门备查，一预给各灾户收执。令于散赈之日，各带票查验，照给银粮。设有加赈，于票内注明“初赈放讫”字样，仍随时将原票给还，以凭加赈查验。其未经散票以前，须先彰明晓谕，使灾民一体周知，各索票据，既免奸民冒混之弊，亦防乡保人等勒扣之端。

一、散赈宜择地分厂，并著大员往来督查，以期安妥也。从前查灾点户各事宜，俱为散赈而设，此时办理，尤关紧要。应令各该地方官多设赈厂，按村堡户口之多寡，酌中定地，勿使穷黎苦其远涉。间有须渡黄河者，亦应相度形势，妥为筹办，俾免风波之虑。至期即派原查户口之员，分赴各厂，按牌照票，逐名给散。先及妇女、老幼、残疾，次及壮盛丁男，毋得拥挤吵嚷。或有本人不能赴领，托户族亲邻代领者，令该处乡保识认，即于册内及木牌上登注姓名，俾有查考。其胥役乡保人等，俱不得包揽代领。散完后即于册内结明总数，钤用图记，朱标年月日，旁写监散官衔名，预备上司调查。仍著道府大员于开赈之日，往来督查，毋使稍有差误。

一、散赈银粮宜查点足数，以免克扣也。查贫民应领银粮，丝粒皆关生计，应令道府大员随处抽查，务使斛面戥头俱无短少。或有以银易钱给散之处，亦俱按照时价足数给散，毋得高抬钱价，扣短串头。如有前项情弊，即行参办治罪。

一、查灾散赈大小官员，均宜洁己奉公，以肃官箴而勤民瘼也。查例载，查勘灾赈，除现任正印及丞倅等官不准支给盘费外，教职、县丞、佐杂、候补、试用等官，俱按日支给盘费，所带跟役口粮，一体支销等语。推原例意，诚以教职、县丞、佐杂、候补、试用等官，盘费未免艰难，且恐该员等藉称赔垫，转生弊端，是以准其按日支给盘费，所以示体恤，亦所以绝觊觎。至现任正印及丞倅等官，俸廉优厚，于灾务中自备资斧，协同查办，实属分所当然，断不宜丝毫骚扰，转滋被灾地方之累。但恐狃于积习，以夫马为应得，视供给为故常，而书吏丁役人等，更肆其磕诈勒索。该处官吏，勉为承应，无可开销，势必于中浮冒，甚至大小各员，瞻徇情面，未便声张，不得不扶同隐饰。种种弊窦，难以枚举，不可不严加防范。此次查办灾赈各员，除教职、县丞等官，遵照甘省成例，官每员日给盘费银一钱，跟役一名日给盘费银五分，官、役各给驮骡一头，每头每百里给脚价银二钱，于存公项下开销外，其现任正印及丞倅等官一应夫马供给，俱严饬永远裁除。倘该处官吏必欲违例承应，此即分肥染指之渐，责令该管上司据实揭报，以凭严参究办。

覆奏灾区情形粥厂条规

奏为遵旨覆奏仰祈圣鉴事。窃臣于六月二十五日接奉廷寄上谕：那彦成奏甘省被旱并访获新教为首回犯审办各折。前因那彦成奏请陛见，准于六月内来京瞻觐，顺便省视伊母，令董教增赴甘署理督篆。第总督兼辖两省，职任甚巨，自以地方公务为重。今皋兰十八厅州县夏禾已多黄萎，秋禾尚未播种，灾象已成。其他州县，或受旱于前，或得雨较迟，西成亦必歉薄。又盐茶地方，回民复倡新教，煽惑乡愚，此皆系该督应办要务。董教增甫经调任，于甘省情形自所未悉。且陕省自春徂夏，雨水短缺，亦间有成灾处所，系该抚本任应办之事，焉能分身兼顾？此时计那彦成已由甘肃启程，行抵西安，著接奉此旨，即由陕省一带查勘回甘，董教增即回抵西安，接办巡抚事务，俱先由驿驰奏。所有皋兰等处被灾较重者，著该督先给口粮。其成灾分数，及他州县是否成灾，迅委妥员履勘明确，如何分别蠲缓抚恤，由驿驰奏。其倡复新教一案，若不从严究治，恐煽诱聚众，如前次之回民争教，酿成巨案。第过于搜求，又不免拖累无辜。该督现将为首之马养陇、马诚、牛诚功等犯拿获，其余从教者，出示晓谕，不事株连，以安人心，所办甚是。该督提到马养陇等详加审讯，即定拟具奏。统俟地方诸务办理完善，于冬底来京瞻觐，亦不为迟。至陕省被旱州县，著董教增详细确查，分别轻重，及应蠲应缓之处，亦由驿驰奏，务使穷黎不致失所为要。将此由四百里各谕令知之。钦此。臣跪读之下，仰见皇上慎重民瘼，训诲周详，不胜钦佩。臣前经奏请于六月中瞻觐天颜，敬聆圣训。嗣以地方旱象已成，一切抚恤查勘事宜紧要，是以不敢拘泥，复经奏明暂缓赴京，并知会陕西抚臣董教增，亦未起身来甘。兹奉到谕旨，早经圣明烛照，事前先期谕止，令冬底来京，亦不为迟，并蒙圣恩垂念臣省视私情，体恤备至。臣感佩难名，惟有竭尽血诚，将灾赈要务实心经理，以期仰酬高厚。伏查本年甘省被旱州县，先后具报共有二十四处，业经奏请缓征。此外尚有毗连处所，夏禾均已无收。幸自五月下旬及六月以来，各属陆续大小不等均得雨泽，可以赶种晚秋。若接连再沾普雨，则秋禾尚有可望。现在藩、臬两司及各道府俱已亲身分路查勘，应俟逐一勘明，如二十四州县之种秋不及，业已成灾者，即当查明户口，照例给赈。而二十四州县内现已得雨、业经翻种晚秋者，或二十四州县之外又有续报成灾者，将来或应赈恤，或止须缓征，或尚有应行查办及酌量接济之处，统容臣督同两司各道，细核各处实在情形，分别妥办，另行奏闻。日内续经查出得雨较迟、夏灾稍重之泾州、渭源、伏羌、永昌、镇原、东乐县丞等六州县，应请旨同前次具奏皋兰等二十四厅州县一体先行缓征，以抒〔纾〕民力。六月份各州县内有幸获透雨、有已种晚秋及可赶种者，谨开单呈览，冀可少慰宵旰。至各处未经得雨之先，被灾较重之各州县，臣业已遵照定例，酌量借给籽口，以安人心。间有乏食离散及因窖水缺乏、四出就水者，一经出走，无力回归，多在兰州、西宁、凉州等处聚集，老弱妇女及饥饿生病，流离失所，实所不免。并或纠集乞食，或强借抢窃，无灾处所亦不免受累，自应照急赈办理。惟一时散给银钱，买食亦属昂贵；给与米粮，锅灶柴薪一切俱无。现在赶紧在适中之地，分设粥厂，饬委道府大员，督同地方文武各员，妥为抚戢弹压，预先出示，定于散赈之日为止。缘此次非寻常煮粥，为日太早亦太久，不可不示之期限，使之早自谋生，或回归故处。如果临时饥民尚未能即散，再为宽限，以广皇仁。俟办理截止之日，统归正案报销。此时民间知有普恩给赈，现又恩准缓征，且分设粥厂，得沾圣泽，民情安贴，地方亦甚宁谧。惟办理粥厂，亦期实惠及民，应需弹压稽查，不得拥挤生事。亦拟定章程，饬令文武各委员遵照办理。条款清折，亦一并呈览，恭请皇上指示。至盐茶回民马养陇等复倡新教一案，业经臣提至省城详细审究，并密加查访，备知回民新旧两教无甚区别，惟新教经卷本少，科则简便，回民延伊念经花用较省，新教一出，则延请老教者少，以致彼此因利互讦，实无煽惑乡愚及图谋不法情事。但攻讦即忿激之渐，聚众乃滋事之原，况新教曾经滋事，若不随时惩办，则新教日炽，老教不服。然而查办过严，又恐老教首告无休，一经办理不善，甚且激成大案。此中斟酌，断不敢轻心率办。惟有督同司道，虚衷商确〔榷〕，随时细按情罪，妥为分别办理。马养陇等一案，此次已随报具奏，目下新旧各教，亦俱安静无事，可以仰慰圣怀。臣统俟将灾务办竣后，察看民情安堵，别无紧要事件，即当遵奉恩旨，于冬底趋赴阙廷，敬请圣训，兼陈地方一切情形，临时再当具奏请旨。所有接奉谕旨分别查办缘由，并臣感激下忱，谨先由驿覆奏，伏祈皇上睿鉴训示。谨奏。嘉庆十五年七月初五日奏，是月三十日奉朱批：即有旨。钦此。

煮粥章程清单

一、此次煮粥，原因被旱贫民，缺水乏食，出走四方，无力回归，现距散赈之期尚早，是以先为煮粥抚恤。自应先出示定限，自七月初一放赈，至十月初一止，约计三月。先行晓谕，以便各流民明白知悉，或得届期各自谋生，或各归本乡，听候给赈，庶无逗遛纷扰之事。

一、男妇须分厂散放。其男孩十五岁以下，许随妇女入厂；十五岁以上，概入男厂，以免混杂。

一、每日开销，大口粮五合，小口粮二合五勺，核计粮若干，煮粥若干，置备大小铁勺，每名应给一勺或两勺，地方官、委员、营员公同散放。其柴薪水火夫工食等酌定数目，核实办理。如给炒面，即照开销数目，公同散给。倘有克扣短少及搀和不堪食用之物，立即严参治罪。

一、查穷黎领粥人多，若每日按人记档，非特纸笔需费浩繁，而一时拥挤人众，吏书等亦赶写不及。应酌量多寡，置备或一尺或八寸长木筹一分，上用火烙双单印记，外备五寸或四寸长小木筹一分。如于双日开厂，则于先一日委员讯明姓名年岁何县人，造册存查。每人给双印大筹一根，次早委员在厂门用小筹将大筹换回。约厂内能容若干人，作为一次，开门放入。厂内委员在厂监视，收回小筹，即行给粥。并换单印大筹，为明晨单日支领粥面之需。既经领获，由旁门放出厂外。委员即将续换小筹之人，照前数复行放入。如此散放，则厂内既无拥挤之虞，而食粥穷黎已换大筹，双单印记不符，不能重领。且放筹有数，次早煮粥多寡，即可以放筹为准。委员等稽查人数，亦可以取放木筹核实。并新来贫民，如有请领粥赈者，亦于先一日前赴委员处，问明姓名年岁，添入册内，按日给予双单筹，庶可不致紊乱而便稽查。

一、本厂全在经手人员办理得宜，应责令本管道府，督同印委各员，妥为布置，毋任胥役人等克扣滋弊，亦毋许流民扰攘争竞，致生事端。地方官每五日开折通报，仍由道府核明，转报该委员，仍将该厂一切情形，按十日一报，以凭查考。

一、本年春夏被旱地方，贫民乏粮出外谋食者固属不少，而因旱窖涸无从得水逃散四方者尤多。往往游手好闲，藉称荒旱，在外游荡滋事之徒，亦恐混迹其中，并恐有恶棍刁生，逞势滋事，不可不预为防范。应添派城守营及各标营参游等官，带领跟役，每日黎明，先赴厂巡查弹压。每早即将本日应煮之米，按册监量，方准下锅。若散炒面，亦照数监查。倘该营官等懒惰迟延，以及有意挑斥，许文员禀办。如果粮色不好，或搀杂糠秕等事，许营员据实禀办。该营员将该处情形随时禀报，并炒面粮色随禀包呈。十日一报，以凭核对。仍令严行稽查，设有犯窃滋扰等事，立即按例严办，以示惩儆。

一、入秋天气早凉，宜在空阔处所，酌盖席棚，或择空闲窑屋庙宇，俾蔽风雨。既得住宿，仍分别男女，不得搀混，并专派年老纯正教官，早晚照料稽查，以免生事。

一、被旱之区，业经奏明查办给赈，计日即可抚恤。且各处多已得雨翻种，安分农民，闻本籍得雨，既已有水可饮，或尚有秋禾可望，并能就赈，断无不愿回归之理。应令地方官及委员等随时劝谕，俾各回故里，早安生业。其无力回籍者，地方官计算归程，按日给予下色粮五合。其有不愿回归者，即系不务正业之人，应令地方官详晰查明，递回原籍，以免聚集滋事。如此分别办理，则良善自分，而游荡之徒亦可不致混迹滋事矣。奉朱批：览。钦此。

平凉、巴燕戎格二处急赈

再，据平凉县详称，所管白水地方，于六月二十、二十一两日山水陡发，淹死男女四十口，冲倒房铺二百八十余间，牛羊牲畜亦被冲没，禾苗多有漫淹等情。又据巴燕戎〔格〕厅详称，所管东乡之缠林尔庄及西南乡之朵思加庄等二十三庄堡，于六月十九及二十三、二十七等日风雷大作，冰雹甚重，打伤一切田禾，收成难望。又于二十五日南乡麻尔加庄夜被山土推压民房、牲畜牛羊，现在查勘各等情。具报前来。当即札饬该管道府亲往查勘，另详核办。仍即各照急赈例，先为抚恤，俾穷黎不致失所，仰副我皇上至仁爱民之意。所有平凉、巴燕戎格二处偶被偏灾，虽系一隅中之一隅，亦合附片奏闻，伏祈皇上睿鉴。谨奏。同日奉朱批：览。钦此。

覆奏查办赈恤情形

奏为恭缴朱笔恩谕，敬陈感愧下忱，并现在查办情形仰祈圣鉴事。窃臣前次具奏酌议灾赈章程，请将被旱之皋兰等二十四厅州县先行缓征，并恳预拨帑银以备赈恤，臣留甘督办，暂缓陛见各折。兹于七月初二日钦奉朱批谕旨，仰蒙圣主施恩，一一允行，并以臣能知事体轻重，不愧阿桂之孙优加勖励。臣跪读之下，感激惭悚，莫可名状。并蒙皇上眷念旧臣，朱批恩谕赐书官号，不书名字，不特臣感戴终身，即臣祖父阿桂亦当衔结地下。臣惟有事事倍加小心，虚衷商办，实力勉行，期于民生国计有裨，以冀上承君恩，下继家业，断不敢少自暴弃，有负我皇上教诲期望之意。伏查甘省本年被旱之处，在四、五月间，地段颇宽，情形亦重。幸六月以来，连得透雨，各处均以地候较迟，赶紧翻种秋禾，民情顿觉安贴。虽有夏禾被旱、向不种秋及不能翻种，业已成灾之处，而续报补种秋禾者，现已滋长，即从前被旱最重奏请缓征处所，亦间有续得透雨，现须另行勘办。查四、五月间有连年被旱，如盐茶回民争教，安定、会宁、靖远等处强借抢夺之案，共有二十余起，臣等身任地方，实不免中心惶惑。今得仰托皇上洪福，各属均得有甘雨，民气稍苏，此时大局，较从前具奏时，已可大定。然灾民业皆积苦之余，流离实自可怜。今蒙允准拨帑办赈，臣断不肯稍任虚縻，亦不敢预存节省之见，使小民或至失所。惟当督同司道，将此项办赈银两，公同监视出入，分别轻重，确核灾分，总期无滥无遗，民沾实惠，以仰副皇上轸念民瘼、不惜百万帑金普恤灾黎之意。至灾赈一切弊端，诈伪百出，臣到甘未久，不能备摘诪张。近日悉心访询，随时讲来〔求〕，即守令教谕中平素老成谙练者，亦俱令其各抒所见，冀得周知民隐，切中弊源。臣仍与司道虚心商确〔榷〕，不遗余力，凛遵谕旨，切实奉行。倘有官吏侵肥染指，定即严参惩办，断不敢徒托空言，上负圣训。谨将朱笔恩谕敬谨封缴，所有臣感激下忱，并现在办理情形，恭折覆奏，伏祈皇上睿鉴。谨奏。嘉庆十五年七月初五日奏，是月三十日奉朱批：实心任事，言行相符为要。钦此。

请修城工代赈

奏为请旨修理急工城垣以工代赈仰祈圣鉴事。窃臣于本年五月准工部咨奉旨事理粘单内开：嘉庆十三年甘肃咨报文内，声明固原州、泾州、陇西县、宁远县、洮州厅、宁夏满城、西固州同、崇信县、安化县、贵德厅十处城垣，被雨坍损，急应修理。今查嘉庆十四年咨报，业经委员勘估，俟造册至日，另案办理，应令陕甘总督作速取造册结具奏办理等因。自应遵照，赶紧饬造估册确核办理。惟固原等十处城垣，若同时兴修，需费在一百万两以外，未免过多。应择其坍塌过甚者，预筹款项，先行估修，既于公事有裨，兼可以工代赈。查皋兰县、固原州二处城工，久在急修之列，臣于嘉庆九年署陕甘总督时，因经费不敷，奏请暂缓兴修，迄今又历四、五年之久。前项城垣续又坍塌，必须乘时补修。除奉部饬修之泾州、陇西、宁远、洮州、宁夏满城、西固州同、崇信、安化、贵德九处城垣尚可暂缓兴修外，所有皋兰、固原二州县，现在据报城身鼓裂，土牛坍塌，情形较重，保障攸关，难以缓办。且皋兰、固原二处，本年田禾被旱，现经奏请圣恩，赈贷并施，今岁九、十月放赈，冬间可以支持，明正有特恩普赈一月，亦可无虞饥饿。臣认真督办，似可实惠均沾。惟于来春青黄不接之时，餬口维难，亦须预为筹画。臣与藩、臬两司会同酌议，所有该二处城垣，应即乘时估办，先将需用各料置备齐全，至来春开冻后，便可兴工修理，俾贫民得赴工趁食，即以工代赈，实属一举两得。其所需工料银两，约计三十万两上下，现在通盘筹计，似不必再动司库银两，即将前请办赈银一百万两内，有秋田可望勘不成灾、无需给赈之存余银两，给发修成费用。如有不敷，再行奏请添拨。现派委员据实勘估，仍饬藩司会同兰州、平庆二道，速为亲勘，撙节确估，俟估有定数，另行具奏。合先将现在筹议情形奏明请旨，如蒙俞允，即添派委员，饬令皋兰、固原二州县，先将各项物料赶紧置办齐全，一俟来春开冻，即开工兴修。臣仍亲身督查，务令工归实用，不使少有浮冒，以期有裨要工，并可以工代赈。为此恭折具奏，伏祈皇上睿鉴训示。谨奏。嘉庆十五年八月初十日奏，十月初二日奉朱批：另有旨。钦此。

奏上办赈章程并清单规条

奏为恭报甘省被灾各属分别查办情形，仰祈圣鉴事。窃照本年甘省被旱各属，先后具报共三十厅州县，业经奏请圣恩，准予缓征，并预拨帑银，以资赈恤。嗣因被旱各属，六月间俱已得雨，且有深透之处，即夏禾业已被灾，尚可翻种晚秋，究有秋成可望。其中是否成灾及成灾轻重，最宜详慎分别。现已督同司道各员，逐细确查。其三十厅州县内，皋兰、金县、沙泥、靖远、红水、陇西、会宁、安定、通渭、宁远、伏羌、固原、盐茶、静宁、隆德、环县、东乐、平番、永昌、灵州、中卫、花马池、泾州、灵台等二十四厅州县，夏禾均已被灾，其秋禾杂粮，或得雨较迟，未及补种，或虽已补种，尚未长发，自应列入成灾数内。但其中各乡各堡各村庄灾伤轻重不等，且有不致成灾之处，仍须履亩确勘，分别办理。其渭源、漳县、镇原、文县、成县、碾伯六县，夏禾虽属歉收，所种秋禾俱已青葱长发，应请俟秋成后再行勘办。又平凉县被水处所，及巴燕戎格厅被雹、山土推压处所，均已照急赈例先为抚恤，民情亦属安贴。此外河州、狄道、西和、武威、山丹等五州县续报有被里〔疑为“旱”字〕村庄，秦州、灵州、固原、岷州、礼县、花马池六州县续报有被水村庄，隆德、华亭、西宁、灵台四县续报有被雹村庄，除固原、隆德、灵州、花马池、灵台被水被雹处所，统与被旱成灾地亩一并查办外，其余俱系一隅中之一隅，应否缓征及量加赈恤之处，俟确切勘明后另行办理。至兰州、西宁、凉州、中卫等处，俱设有粥厂赈济流民。西宁、凉州两处厂内食粥之人，近因各属已得雨泽，有赶回本土种秋之人，亦有因得雨后有水可饮，情愿回籍之人，流民日见涣散，自不必仍旧设厂，以致拥聚。臣已与两司商酌，先将此二处流民，照例资给口食，令回乡里，所设粥厂，月内即可停止。将来被灾较重处所，应于散赈后加以粥赈者，再行察看情形，即将此二处粥厂移于就近灾区，以广皇仁，俾贫民尽沾惠泽。臣仰荷高厚鸿慈，责任綦重，际此民瘼吃紧，目睹流离形状，情实难忍。且皇上不惜百万帑金，救民饥苦，身膺民社者，若不竭思尽力，期于弊窦肃清，实惠及民，无以对灾黎，即属辜负圣明委任。是以任劳任怨，于贪墨不遗余力，严切纠察。近日悉心访求，于地方利弊及民间疾苦，渐得周知。另拟查办灾赈规条，通行被灾各属遵照。谨将所发规条，照缮清单，恭呈御览。臣仍率同藩、臬两司各道严密查察，倘查办灾赈各官阳奉阴违，即据实严参究办。合将现在筹办缘由，恭折奏闻，伏祈皇上睿鉴训示。谨奏。嘉庆十五年七月二十三日奏，八月二十日奉朱批：另有旨。钦此。

饬发各属查办灾赈规条

一、查灾例有定限，自应赶紧查办，但过于匆促，必至草率了事。现已及早遴委妥员，会同该厅州县迅诣灾所，履亩确勘，一面查明户口，将被灾分数及极次贫大小口逐加分别，仍责令该管道府亲身督查，以期无滥无遗。其地方广阔人户众多之处，应由该管道府详请添委老成谙练之教职、佐杂等官，帮同分办。仍各将督办、会办、分办衔名开报，以专责成。总督与藩、臬两司，仍替换前往抽查。如有错误，惟经手之员是问。

一、勘灾点户，书差需索，乡保冒混，种种弊端，时时而有，灾民仍无实惠。惟各员俱须亲身挨查，不得多带从人，亦不得假手胥后〔役〕乡保人等。竟于本处绅衿耆老中，择其端方诚实、晓事爱脸及能写字者数人，加之优礼，令其随同报查，逐细上册，则乡约保长及书役人等，均不可用。又须严禁从人，毋许藉称查点户口，擅入人家内室，违者立予究处。至如此办法，惟在印委各员报国尽职，民受其福，不惟公事有益，亦免己身失察之处分，且阴福及于子孙，循良著于通省。是在各人自为自勉，万勿苟且塞责，致干罪戾。

一、被灾各属，六月间俱已得雨，且多深透之处。即夏禾业已成灾，尚可翻种晚秋，究有秋成可望。其中成灾分数，最宜详慎确查，分别办理。如夏禾无收，晚秋又未翻种者，为最重。夏禾无收，晚禾虽已翻种，尚未长发者次之。晚禾虽未长发，而夏禾尚有薄收，及夏禾虽属无收，而晚禾可望有收者，又次之。其夏禾收成在五分以上，及夏禾收成不及五分，而所种晚秋较多，现已畅茂者，俱不得滥报成灾。

一、旱灾惟高阜山地受伤较重，若低洼近水处所，虽得微雨，亦资润泽。或有沟渠溪河诸水可以灌溉，田禾尚有可收，不宜冒滥入赈。印委各员于查灾时即须分别办理，其稍有存粮者，不至滥邀，则其实在乏食者，均沾实惠，切宜详慎。

一、甘省贫民，盖藏本鲜，现值荒岁，度日皆难。论贫乃无所不极，应以人口众多而地亩全荒者为极贫，人口本少而地亩尚有薄收者为次贫。其鳏寡孤独疲癃残疾贫民，须格外体恤，酌量加给。入册户口，有病故者，不可除扣。至于绅约〔衿〕、铺户、商贾、书役以及肩挑贸易、手艺营生不致失业者，均不得冒滥。至灾地贫生，委系赤贫者，该教官预查造册，转送州县，以凭一体查办。

一、贫民中难保无奸狡之徒，藉端弊混。如各属交错，地方各员应预先议定，过一处即查一处，均亲身督令绅耆等开造户口，当下入册，即立写照票，对票书押发给。一面各相知会，以免路途迂折。且事经公正绅耆主报，自可免重叠冒领，及一家冒分两家，或别有营生冒称被灾农户之弊。

一、赈前散票，官民均据此为凭，不特吏役乡保人等无从侵扣，亦使地方奸民无从冒混。但若俟查点户口后另行散给，又生弊端。已饬印委各员，于查赈前刻出册式，临时填注，先写村名户名，某户务农，灾地几何，应赈；某户何项营生，不给赈。其应赈者，查明大几口、小几口，随写连二票，一为照票，一为对票，随时填册，随时写票，即于二票骑缝处，钤印书押分开，当下将照票散给，令候示领赈。总须查清一村，即散给一村之票，官民两便。更须将该村户口及应赈数目，随时书榜粘贴，或木或席，悬挂村口，使家家知晓，尤为周密。

一、赈银携带既多，委员又无照料，应通知本营汛武官，派人护送，即随同验放之道府大员稽察。如赈银过境，亦派弁随行护送，以昭慎重。

一、春间各属散放籽种口粮，饬令置备木牌悬挂，使民间一律周知，已具奏办理在案。此次放赈，尤宜切实奉行。须于放赈一月前，按照村堡户口，核对照票、对票，照前定式样，书写木牌，送道府委员核明，即派妥人将木牌送交该村堡衿耆看守悬牌，并先询道路远近迂捷，先期定某日放某村某堡，不可爽约，以便临期赴领无误。仍将木牌并册同抄禀报，册与照票对，照票与对票对，对票又与木牌对，公同散给。所挂木牌，仍须道府亲临查过后，方许撤收。

一、前次各属报放籽口，但称于各村堡适中之地，悬牌散给，未报明几村几堡之适中，往往惜费畏难，令贫民远涉偏僻处所，或竟不得知，即知亦因盘费艰难，不肯亲身赴领，吏役乡保人等遂得因之中饱。应饬令适中之地，不得过三堡，地界辽阔者，一、二堡亦可。

一、被灾贫民逃荒赴各路谋食者，在在多有。西宁、凉州设厂处所，聚集尤多。应先定赈期，开列应赈某地方，通饬各属，均令出示晓谕，俾各流民知本处散赈，及早归领，免致留滞他乡。实在饥饿不能行走者，仍照例资送。

一、此次应赈各属，仓粮所存无多，不敷动用。即有粮之区，亦须留备今冬明春平粜。除灵州、中卫、东乐等处拟以本色给散外，其余应概赈折色。查向来折色赈银，多系易钱给发，以便贫民零用。但僻小地方，钱文未易猝办，而钱商往往乘势勒措，甚或串通书役乡保，舞弊剥削，亦为一蠹。此次应明饬各钱铺当行，将赈银当堂平准领去，按照极、次贫大、小口数，兑准包封，封面注明银数字号，钤用图记，并注明内包若干，合时价换钱若干。其钱价亦须本官核定出示，不得任铺户随意增长。所有钱价，亦应禀明上司查核。贫民领去银两，如有短少，准将原封呈验，罚令该铺户加倍补给，仍治以应得之罪。如已开封者，不准索补，免致勒措争执。

一、赈银令铺户包封后，每一村汇为一总封，由道府抽查画押，各员领至悬牌适中处所，会同本汛营员，并传同前次查报之衿耆，按照各村庄，次第开封散给。先远后近，先妇女老弱残疾，次及壮盛丁男，毋使拥挤停留。每一村散毕，即令该处约〔衿〕耆带回。总须于本日内将应放各村庄一并散毕，不得越宿，亦不宜太晚，既免守候，亦防生他故也。

一、查灾散赈，不可委一人，此时饬各员查清具报后，仍另派人散赈。查灾之人不得经手银钱，散赈之人不得更改册票。如有遗漏及应改应补之户，许散赈之人于册内注明，俟道府查时再行补办。

一、外出人户，有闻赈归来者，到时参差不齐，既难零星覆查，传唤认识亦多纷扰。应令印委各员，于查点户口时，遇有遗留空屋空窑，问明本处衿耆邻佑人等，此户系何姓名，男女大小几口，何时外出，另册登记，报明各上司，以便归来日核对，毋使舛错遗漏。仍派明白委员及老成绅士，或在城中，或于通衢要路，设一公所，凡有闻赈归来者，许赴公所随时具报，核对原册一一相符，即给票准领。册内无名者，或系冒领，或一时漏报，另行查明办理。

一、查赈时老病孤寡各户，不能亲身赴领，或当下问明本人将来托何人来领，细心注明，散放时告明绅士，实在认识，方准给发。其代领之人，亦不得过三户。又或查时未病，查时在家，临时有病，及偶因事故外出者，亦须对众交明在场各绅士为妥。

一、灾赈应静候印委各员勘查散放。如有土豪地棍及乡保庄头人等，号召愚民连名递呈，冀冒灾赈，或于查勘散放时，暗使妇女成群结队，混行哄闹者，即将为首及夫男严拿详究，毋稍宽纵。

一、查灾散赈委员，除现任正印及丞倅等官例不给盘费外，其余候补、试用及教职、佐杂等官，俱照例给予盘费。所带跟役，一体交销，毋许丝毫扰累地方。如有需索供应，及得受银钱者，官则严参，役则重处。又书胥乡保人等，虽不令伊经手赈务，究难免书写及随同奔走之劳，未便令其枵腹从事，自应酌给口食，俾免赔累。如有藉称办灾纸笔及承办官员差使向民间勒派钱文者，察出从重究办。

煮粥平粜请拨粮石

奏为灾重粮贵处所酌拟煮粥平粜拨粮接济恭折奏闻伏祈圣鉴事。窃臣前将设厂煮粥安辑流民缘由，节次奏明在案。嗣因各属俱已得雨，又届查灾点户之时，流民多半思归，应即给予口食，资令回籍，免致留滞拥聚。已将凉州、西宁二处粥厂撤收，奏明移于灾重之区安设。伏查甘省居民本无余蓄，现在被旱较重处所，如皋兰、靖远、安定、会宁、盐茶等处，田禾无收，粮价腾贵，灾民多将麦草及各种草根等物，磨研充食。其中疾病黄肿，因而致毙者不少。即素有营生之户，亦苦于贵籴，度日维艰。况甘省之所谓富民，盖藏本虚，不过在本地为差强。现今富民转眼即成贫民，是贫民亟须拯救，有力之户亦须预为调护。臣与藩、臬两司再四熟筹，并据两司会详，现在饥民待哺，迫不及待，分设粥厂，极贫得资餬口，稍为有力之家，未便与贫民一体给赈，而日渐艰食，亦应急于筹画。惟平粜一节，于通境民食有济，于国帑无损，臣等实力督率办理，似可实惠及民，两有裨益。现拟皋兰、中卫二处本设粥厂，毋庸撤收外，查有皋兰属之水北河地方，与金县、沙泥、红水等处毗连，靖远属之打拉赤地方，与会宁、安定等处毗连，该数处被灾较重，应分设粥厂，使附近灾民俱得就食，庶可免于沟壑。现在煮粥，各州县仓贮本属无多，且应留备各该营汛兵粮之用，不可动用，必须筹运口粮前往，方可接济无误。查向来省城需粮，均在附近之西宁、凉州等属拨运，应请酌拨西宁仓贮粮石，由水道运省，较为捷便。惟冬令水落冰冻，不能挽运，并请于稍近省城之狄道、武威、镇番等州县，由陆路拨运粮十余万石，以为搭放赈粮及现在煮粥之用。至所需水陆脚价，前经奏明，在于所请赈银内动用开销。但水运脚价稍省，陆运则因粮价日昂，无论驼驴、人工、口食、脚价，较往年加倍。臣等忝膺民社，目睹灾黎流离疾病，日渐加增，惟以早得一日之粮，则民早获一日之生，自不暇于脚价鳃鳃虑及。但通盘筹算，亦须计其常久，此项脚价即未便额外开销，致违定例，又未便令地方官赔累，致滋藉口。臣愚昧之见，现在粮价昂贵，惟减价平粜，计所得价值，除俟丰收买补归仓之外，当有赢余，即以此贴给陆运不敷脚价。设尚有不敷，臣等自愿公捐养廉贴补。其平粜粮价银两，俱提贮司库，以杜侵挪，留备将来买补归仓。嗣后查看情形，他属或有应行平粜，亦须就近拨粮之处，俱照此拨运办理。臣仰荷殊恩，畀以封疆重任，惟有仰体皇上不使一夫失所之至意，一刻不敢自安。于灾务实心督率，设法办理，务期室皆安堵，民无向隅，藉以仰答升平，即以稍图报称。如各属不能实力奉行，或更从中舞弊，亦即随时密查，严行参办。所有酌拟办理缘由，理合恭折奏闻，伏祈皇上睿鉴训示。谨奏。嘉庆十五年八月十八日奏，十月初五日奉朱批：依议办理，务得实济。钦此。

覆奏灾分轻重赈济缓急

奏为遵旨覆奏仰祈圣鉴事。窃臣于八月二十日恭奉谕旨，因臣所奏查办甘省被灾各属情形一折，只叙称查办情形，并酌拟灾赈规条进呈，而于应办赈恤事宜，全未之及，似此空言奏报，于实惠奚裨？且单内规条，如查点户口一节，欲令本处绅衿耆老随同点查办理，多有窒碍，殊可不必。惟当遴派贤员，妥为经理，并随时严禁弊窦，有犯必惩，则贪吏奸胥自然敛戢。此旨到后，着速将皋兰三十州县以及渭源、平凉、河州等各处灾分轻重、赈济缓急，应如何请旨之处，速行分晰奏明，毋再延缓等因。钦此。仰见皇上痌瘝在抱，烛照如神。又蒙训示周详，使臣顿开聋聩，恐惧悚惶之下，感激倍深。伏查本年甘省夏禾被旱各属皋兰等共三十厅州县，嗣因六、七月间俱得雨泽，且多深透之处，即夏禾业已被灾，或尚有秋成可望，其中是否成灾及成灾轻重，不可不加之详慎，此外又有续报被旱、被水、被雹及山土推压处所，亦不得不确切勘明，分别办理，未敢稍致遗漏。是以于应办赈恤事件，奏报稍迟。兹臣督同司道各员逐细查明，除渭源、漳县、镇原、文县、成县、碾伯六县，前经奏明秋成勘办、业已出示缓征外，又宁远、优羌、永昌、泾州、环县、东乐县丞六处，夏禾收成虽歉，秋禾长发，可望有收，业经缓征，民力不至拮据。惟皋兰、金县、靖远、沙泥、红水、陇西、安定、会宁、通渭、静宁、隆德、固原、盐茶、灵台、平番、灵州、中卫、花马池等十八厅州县，夏禾均已被灾，其秋禾杂粮未及补种，即间有补种者，亦未能长发，实已成灾，自五、六、七分至八、九分不等。内有被旱后复被雹、水之隆德、固原、灵台、灵州、花马池等五州县各村庄，并入被旱灾区办理，均照例先行普赈一月口粮，以资接济。现在河南省拨解赈银，业已到甘，不日查明，即可赶紧给散。仍俟确查成灾地亩分数、极次贫民，再行照例加赈。至夏禾被旱之武威、山丹二县及被雹、山土推压之巴燕戎格厅，又有续报被旱之古浪县，田禾受伤，虽勘不成灾，收成究属歉薄，应仰恳天恩，将巴燕戎格、武威、山丹、古浪四厅县应征新旧正借银粮草束，缓至来年麦后征收，以抒民力。又平凉县被水，冲淹人畜房屋及被淹生存户口，均已照急赈例妥为抚恤。其被水较轻之秦州、岷州、礼县各村庄，亦随时酌给口粮，以资接济。至被旱之河州、狄道、西和三州县及被雹之华亭、西宁二县，并不成灾，毋庸查办。以上被水、雹各州县，业已分别妥为办理，可以仰慰宵旰。八月内惟洮州厅续报于初七日被水，冲淹人畜房屋田禾，情形颇重，一面先照急赈例即行抚恤，以安民心，仍俟勘明被冲地亩是否成灾，另行办理。所有各属被旱、被水、被雹情形，分别轻重，及已办未办之处，除现在另疏具题外，谨缮清单，恭呈御览。再，被灾处所，实在极贫户口及闻赈归来之流民，虽给领粮银，尚不足资餬口。前经臣奏明于被灾最重及灾区适中之皋兰、中卫、水北河、同心城、打拉赤等处地方，分设粥厂，现计每厂每日就食贫民，少者数千人，多至万有余人，俱各含哺鼓腹，感颂皇仁。嗣后自必续有增添，再届寒冬，虽有赈恤银粮，恐此数处粥厂亦未可即撤，统俟届时再为查勘情形办理。现在细访各灾民，得有粒食，病饿者气已苏缓。至粮价昂贵，应行平粜处所，臣俱由各处设法运粮开粜，以平市价。各属乏食贫民及逃荒流民，均已安辑。即稍有生计之户，亦因现在平粜，市价顿减，得免贵籴，民情俱属宁谧，足以仰慰圣怀。至臣前拟规条，原有鉴于自来冒赈之弊，是以乘查灾未赈之前，采访舆论，与各官细心斟酌定议。然臣等究竟见事拘浅，转恐为不肖官吏朦蔽，以致实惠不能及民，故敢于冒渎圣听，琐细奏闻，希冀仰邀皇上教训，幸有遵循。今蒙圣明指示，绅耆中不皆诚实可靠，倘或挟私舞弊，办理尤多窒碍。臣始知前此愚昧之见，实系矫枉过正，不胜愧悚。臣仍传宣圣训，通省各官无不敬服感激。惟当恪遵谕旨，遴员经理，严禁窦弊，有犯必惩，仍时时留心，续有见闻，熟商妥协办理。务使贪吏奸胥尽行敛戢，灾区贫户悉庆生全，以期仰副我皇上廑念民艰、不使一夫失所之至意。所有各属灾分轻重及现在赈济缓急缘由，谨遵旨分晰奉闻，伏祈皇上睿鉴训示。谨奏。嘉庆十六年八月二十七日奏，九月二十二日奉朱批：即有旨。内“矫枉过正”四字旁奉朱点。又奉朱批：此四字实汝一生之病，改之。钦此。

谨将甘省被旱及偏被雹水之各厅州县业已赈恤缓征，与应待查明办理及俟秋成勘办并无庸查办等处，分晰开具清折，恭呈御览：

皋兰县　金县　靖远县　沙泥州判　红水县丞

陇西县　安定县　会宁县　通渭县　固原州

盐茶厅　静宁州　平番县　灵州　中卫县

花马池州同　灵台县

以上十八厅州县成灾较重，现应先行普赈一月，一俟各省银两解到，不日即可给散。

渭远县　漳县　环县　碾伯县　文县　成县　宁远县

伏羌县　永昌县　泾州　镇原县　东乐县丞

以上十二处被灾较轻，业已出示缓征讫。

武威县　山丹县　古浪县

以上三处被旱不至成灾，应请旨缓征。

巴燕戎格厅

以上一处，被雹又被水冲山推，人畜受伤，情形较宽，业已照急赈例抚恤。民间渐已安业，仍应请旨缓征。

平凉县

以上一处，被水冲压，人畜受伤，缘被灾不宽，业已照急赈例抚恤，民间亦俱复业，无庸缓征。

秦州　岷州　礼县

以上三处被水稍轻，业已酌给口粮接济讫。

河州　狄道州　西和县　华亭县　西宁县

以上五处被旱、被雹并不成灾，无庸查办。

洮州厅

以上一处续报被水冲淹人畜房屋田禾，业已照例急赈，仍俟勘明被冲地亩是否成灾，另行办理。

秋成勘办情形

奏为甘省夏禾被旱，各属现届秋成，勘明无庸给赈及仍应缓征同续报秋收歉薄之各州县请旨一体缓征缘由，恭折奏闻，仰祈圣鉴事。窃查甘省各属夏禾成灾，先经奏奉恩旨，将皋兰、金县等十八厅州县给予赈恤，并将勘不成灾之渭源、漳县、宁远、伏羌、环县、山丹、东乐、武威、永昌、碾伯、文县、成县、泾州、镇原、古浪等十五州县县丞先后题奏请旨缓征，声明俟秋成勘办。其河州、狄道、西和三属未入缓征，续经奏明在案。兹据藩司陈祁会同臬司积朗阿详称：查得渭源、漳县等十五属夏禾被旱较轻，各该处续得雨泽，或翻种晚秋，或补种杂粮，现已陆续登场，据报秋收均在五分以上，先已奉准缓征，民力稍纾，毋庸另行给赈。其狄道、河州、西和三属，除西和秋收六分以上，无庸缓征外，惟狄道夏旱后，其东、西二乡秋禾被雹者三十村庄；河州夏旱后，其东、南、北三乡秋收歉薄者六十村庄。以上二州，前此察看情形，无庸查办，现在秋成究薄，应仍一并缓征。又续报秋禾被灾者八属，内平凉县四乡夏间被水后，续又被雹者八十七村庄；华亭县四乡被雹、被水者七十四村庄；庄浪县丞四乡被雹者五十四村庄；崇信县东、西、北三乡被雹者五十五村庄；抚彝厅南乡西海被旱者五渠；镇番县四乡被旱者九十四村庄；肃州州同四乡被旱者一十六村庄；毛目县丞四乡被旱者四村庄。以上秋成勘办同续报秋灾者，共一十属，俱经查勘属实，应请均予缓征，以纾民力。所有夏旱缓征之渭远、宁远等十五属及秋收歉薄之狄道州、河州等一十属，仍俟冬春之交，照例给予籽种口粮，另容查办等情。详请具奏前来，臣复经督饬道府覆勘无异。查已经缓征之渭源、漳县等十五州县秋收五、六、七分不等，民力稍纾，自可毋庸给赈。其未经缓征之西和县，秋收六分以上，亦毋庸缓征外，惟狄道、河州二属，夏田不致成灾，虽经续奏毋庸查办，今已逐细分别查明，所有该二处被雹及歉收之村庄，应请分别缓征。至续报偏被秋灾之平凉、华亭、庄浪县丞、崇信、抚彝、镇番、肃州州同、毛目县丞等八属，仰恳皇上天恩，一体准予缓征。其新旧正借银粮草束，均缓至来年麦后征收，以纾民力。至先后缓征之各厅州县，臣仍督同司道察看情形，俟冬春之交，照例借给籽种口粮，俾贫民得资接济，无误春耕，以仰副圣主轸念民依至意。再，前次奏奉谕旨，饬令查明平凉、洮州、秦州、岷州、礼县等五属有无成灾，据实奏办等因，除平凉夏间被水，先经照例急赈，现复请予缓征外，查洮州被水，已照急赈例抚恤。该厅向系不种晚秋，但已给与口粮，可资接济。秦州、岷州、礼县俱已酌给口粮。以上三属秋收不致歉薄，同洮州一厅，均可无庸缓征，合并陈明。所有现在秋成勘明、已经缓征之处，无庸给赈、未经缓征之处，应行奏请恩旨一体缓征各缘由，理合分晰具奏，伏祈皇上睿鉴。谨奏。嘉庆十五年十一月初一日奏，十一月二十三日奉朱批：即有旨。钦此。

加给口粮

奏为钦遵谕旨查明缓征赈恤地方应行接济以广皇仁恭折覆奏仰祈圣训事。本年十二月二十九日，承准军机处大臣字寄内开，嘉庆十五年十月十七日奉上谕：本年甘肃皋兰等三十三厅州县夏禾先后被旱，又武威、山丹二县、巴燕戎格厅被雹及山土推压田亩成灾，又续查之平凉县、洮州厅、秦州、岷州、礼县各村庄被水，节经随时加恩，分别蠲缓赈恤，小民餬口有资。第念来春青黄不接之时，民力不无拮据，传谕体察情形，如有应行接济之处，迅速详查，据实覆奏，候于新正降旨加恩等因。钦此。仰见圣德如天，至优极渥，臣等曷胜钦感！当即行司钦遵查办。兹据藩司陈祁、臬司积朗阿会详称：查得甘省本年夏秋被旱、被水、被雹并山土推压田亩勘不成灾，已未缓征及附近灾区之各州县虽被伤较轻，民力未免拮据，俟冬末春初，察看情形，分别酌借籽种口粮，足资接济外，其勘明成灾之皋兰、金县、沙泥、靖远、红水、陇西、会宁、安定、通渭、固原、盐茶、静宁、隆德、平番、灵州、中卫、花马池、灵台等一十八处受伤较重，现在虽已照例赈恤，来春青黄不接之时，民力仍不免拮据。请将皋兰等一十八处被旱、被水村庄，无论极、次贫民，查照本年九月份普赈户口，请旨赏给一月口粮，仍俟春间酌借籽种口粮，以资接济等情前来，臣伏查甘省本年各属除勘不成灾已未缓征之处被灾较轻及附近灾区之各州县，应俟冬春之交，照例酌借籽种口粮，无庸另办外，惟成灾之皋兰、金县、沙泥、靖远、红水、陇西、会宁、安定、通渭、固原、盐茶、静宁、隆德、平番、灵州、中卫、花马池、灵台等一十八厅州县，被灾均属较重，节经缓征赈恤。仰荷恩慈，无不共庆生全，同生感戴。但来春青黄不接之时，民力实不免拮据。臣等钦遵恩旨，查看情形，不敢不据实覆奏。惟有仰恳皇上天恩，俯准按照本年九月普赈户口，赏给一月口粮，俾贫民得有接济，益沐皇仁，仍于春间照例另借籽种口粮，俾资东作。臣惟当督饬司道等认真散放，务期帑不虚糜，民沾实惠，仰副圣主普锡春祺有加无已至意。所有钦遵谕旨查明缓征赈恤地方应行接济缘由，理合恭折覆奏，伏祈皇上睿鉴训示。谨奏。嘉庆十五年十二月十三日奏，十六年正月初七日奉朱批：候旨行。钦此。

普赈加赈动用银粮数目

奏为查明甘省各属普赈加赈散放将次完竣，所有动用银粮数目恭折奏闻仰祈圣鉴事。窃甘省皋兰、金县等十八厅州县，本年夏旱成灾，蒙恩准拨各省饷银一百万两解甘赈恤，经臣将核实查办情形，先后题奏在案。嗣各省饷银陆续到齐，户口赈票亦已散竣。随饬藩司陈祁核明银数，与在省司道公平弹兑，次第运往。臣复专派道府大员，分投前赴各州县督令委员等将银当堂剪夹会验包封，按照奏定章程，查对赈票木牌，认真散放。查九月份普赈，十月、十一月加赈，俱已散毕，现即续散十二月加赈。据藩司查明，普赈、加赈动用银两及仓贮粮石详请覆题前来，臣覆加查核，九月份普赈，不论成灾轻重。十月、十一、十二三个月加赈，各按成灾之轻重及贫民之极、次分别散给。计普赈共用粮八万七千九百六石零，又银二十三万七千八十七两零。加赈用粮七千七百一石零，又银三十三万三千七百八十一两零。内仓贮有粮之州县，因留备次年兵粮，是以加赈用粮少而用银多。又此外平凉、灵州、花马池三属被水，赈恤用银一千一百九两零。合之各属普赈、加赈，除粮石不计外，通共用银五十七万一千九百七十八两零。所有总细数目，另缮清单，恭呈御览。尚余银四十二万八千两零，内除去各属安设粥厂、运粮平粜等项约计需银十余万两，及奏准拨运皋兰县、固原州二处城工银三十万两外，合计原拨银一百万两，仅足敷用。至散赈各处，臣仍即亲历稽查，务期实惠及民，剔除积弊。再，各处粥厂，臣原奏声明以放赈之日截止，缘本地贫民及外来就食者络绎不绝，交冬更多。现查皋兰之河北、水北河二处，靖远之打喇〔拉〕赤一处，及由中卫移至灵州同心城一处，又花马池新设一处，每处贫民自一万至一万五六千名不等。当此饥寒交迫之际，实未便遽行撤除，致有饥馁。各厂既未停止，其应用银粮数目急切亦难截算，理合一并奏明，仍俟来春察看情形，于撤厂之日，另行确核具报。至厂中饥民，甚有赤身受冻者，殊堪悯恻。臣与司道等已捐备毡衣、毡裤数万套，分别散给，并于各厂搭盖草棚，或向阳处所多挖窑洞，以资栖止。现在贫民得免饥寒，均属宁谧，堪以仰慰圣怀。所有查明普赈、加赈动用银粮数目，除汇疏题报外，理合恭折具奏，伏祈皇上睿鉴。谨奏。嘉庆十五年十二月十三日奏，十六年正月初七日奉朱批：户部知道。钦此。

谨将各厅州县普赈加赈户口银粮数目开缮清单，恭呈御览：

皋兰县被灾六、七、八、九分，共户五万九千三百八十七户，内大口二十二万三千二百四十三口，小口一十五万四千六百六十二口，普赈粮四万三千五百八十三石二斗三升，加赈银四万四千四百七两四钱一分七厘五毫。

金县被灾六、七、八分，共户二万一千三百八十九户，内大口九万二千一百七十三口，小口六万五千九百四十六口，普赈银一万八千一百四十六两一钱七分，加赈银一万七千一百三十六两四钱七分五厘。

沙泥州判被灾六、七、八分，共户二千二百四十四户，内大口八千八百一十九口，小口五千五十八口，普赈银一千六百四十五两四钱六分，加赈银二千一百一十五两八分五厘。

靖远县被灾六、七、八、九分，共户三万七千三百七十四户，内大口一十四万四百一十口，小口九万一千四百六十七口，普赈一半本色粮一万三千四百九十五石四斗三合七勺，又一半折色银一万三千四百九十五两四钱三厘七毫，加赈银二万八千六十九两七钱六分二厘五毫。

红水县丞被灾八、九分，共户六千七百七十一户，大口二万五百二十口，小口一万四千七百二十四口，普赈银四千四十二两八钱九分，加赈银五千七百九十五两三钱四分二厘五毫。

陇西县被灾五、六、七分，共户一万七千一百五十九户，内大口六万五千一百七十四口，小口四万八千一十四口，普赈银一万二千九百三十一两二钱四分五厘，加赈银一万二千三百七十二两四钱六分五厘。

会宁县被灾七、八分，共户三万六千七百八十八户，内大口一十一万六千四百七十四口，小口五万一千七百五口，普赈银二万六百三十七两三钱四分二厘五毫，加赈银二万二千四百七十七两二钱九分二厘五毫。

安定县被灾七、八分，共户一万二千六百九十一户，内大口五万五千八百八十六口，小口三万六千六百八十六口，普赈银一万七百六十三两二钱五厘，加赈银一万一千九百七十五两八钱五分七厘五毫。

通渭县被灾六、七、八分，共户二万四千八百五十八户，内大口七万九千九百九十五口，小口四万八千四百一十四口，普赈银一万五千一百九两二钱九分，加赈银一万五千六百三十二两三钱。

固原州被灾五、六、七分，共户七万二千四百七十九户，内大口一十七万五百三十七口，小口一十万五千四百六十口，普赈银三万二千三百七十三两七钱一分五厘，加赈银二万七千五百四十四两七钱一分。

盐茶厅被灾七、八、九分，共户五万四千一十五户，内大口二十一万八千二十六口，小口一十二万六千二百二十八口，普赈银四万七百六十五两三钱，加赈银四万九千三百六十八两四钱一分。

静宁州被灾七分，共户三万八千七百六十户，内大口一十五万一千五百九十五口，小口一十万一千一百五十一口，普赈银二万九千三百一十四两七钱二分二厘，加赈银三万七百六两五分五厘。

隆德县被灾五、六、七分，共户一万八千九百一十七户，内大口七万五千二百九十二口，小口五万一千七百九十八口，普赈银一万四千六百七十二两六钱九分五厘，加赈银一万五千九十九两五钱七分。

平番县被灾五、六、七、八、九分，共户一万二千六百六十六户，内大口四万五千六百七十口，小口三万六百三十八口，普赈粮八千八百四十三石四斗五合，加赈银八千六百四十六两八钱四分五厘。

灵州被灾八、九分，共户二万三千四百五十八户，内大口八万五千六百五十口，小口六万四千四百七十二口，普赈粮一万七千九十三石四斗七升，加赈银一万七千八百一十八两六钱八分七厘五毫。

中卫县被灾八、九分，共户五千七百八十三户，内大口二万五千四百六十口，小口一万六千五百三十七口，普赈粮四千八百九十石六斗三升二合五勺，加赈粮七千七百一石六斗二升五合。

花马池州同被灾八、九分，共户一万三千三百八十三户，内大口五万七千四百六十口，小口一万二千五百六十口，普赈银九千二百四十二两三钱，加赈银九千六百五十三两四钱四分二厘五毫。

灵台县被灾七、八分，共户一万八千二百二十九户，内大口七万三千四十九口，小口四万六千二百八十二口，普赈银一万三千九百四十七两五钱五分，加赈银一万四千九百六十一两八钱八分二厘五毫。

以上普赈九月一月，无分极、次贫民，共粮八万七千九百六石一斗四升一合二勺，又银二十三万七千八十七两二钱八分八厘二毫五丝。

加赈十月、十一、十二三个月，分别极次贫民，共粮七千七百一石六斗二升五合，又银三十三万三千七百八十一两六钱。

又平凉县被水赈恤银四百四十九两五钱五分，灵州被水赈恤银五百七十二两七钱五分，花马池被水赈恤钱〔银〕八十七两五钱。

以上通共用粮九万五千六百七石七斗六升六合二勺，用银五十七万一千九百七十八两六钱八分八厘三毫。

请动城工款项先放口粮及添拨帑项

奏为钦遵恩旨酌筹赈借银两通融动用，并请添拨帑项以资接济仰祈圣鉴事。窃臣钦奉上谕：上年甘肃皋兰等三十三厅州县间有先后被旱被水地亩，节经降旨分别蠲缓，并拨帑赈恤，小民餬口有资，无虞失所。惟念东作方兴，青黄不接，贫民盖藏未裕，恐不免拮据，着加恩将原报情形较重之皋兰、金县、沙泥、靖远、红水、陇西、会宁、安定、通渭、固原、盐茶、静宁、隆德、平番、灵州、中卫、花马池、灵台十八厅州县，按照上年普赈户口，再赏给一月口粮，仍借给口粮籽种。其情形较轻及附近歉收各州县，并看〔疑衍〕着借籽种口粮，以资接济等因。钦此。仰见皇上普锡春祺、有加无已至意。臣遵即饬司刊布誊黄，通行晓谕，阖省官民，无不仰戴皇恩，同声欢感。所有恩赏一月口粮及酌借口粮籽种，一并行司筹议。去后兹据藩司陈祁详称：上年蒙恩拨给赈恤银一百万两内，除动用银五十七万余两及赈粮运脚并煮粥等项十余万两外，余银三十万两，先经奏准作为皋兰、固原二处城工以工代赈之用。兹遵恩旨加赏贫民一月口粮，并酌借口粮籽种，查有粮之中卫县一处，应以本色散给外，其皋兰等一十七处以折色散给。按照上年普赈户口，共需银三十余万两。又被灾地方及附近歉收各属应借籽种口粮，酌核情形，撙节借放。除有粮州县给予本色外，尚需折色银二十余万两。统计共需银五十余万两。现查司库仅存正项十余万两，不敷动支等情。臣复与该司陈祁及臬司各道悉心酌议，民隐固当体恤，不敢屯膏；而帑项亦应撙节，不可糜用。现在度支繁费之时，臣等何敢全数请拨，上渎圣聪？伏查皋兰、固原二处城工，其近水被冲及坍塌过甚之处，不得不及时修理，先已饬令估修，内有可以稍缓段落，今拟请暂行从缓，即将此项城工节省银两及司库暂可借动之款，先为酌动，计赈借两项，实不敷银二十余万两，合无仰恳皇上天恩，俯准在于甘肃邻近省份赏拨银二十万，以为添凑赈借之用。至现在东作方兴，瞬届青黄不接，若俟拨银到后始行散给，诚恐缓不济急。臣不敢拘泥，已饬司在于留备城工及俸饷项下暂行借动，俟拨银到日归款。似此通融办理，庶穷民早沭恩慈，而国帑亦昭慎重。臣惟当督饬所司，认真散放，务期民沾实惠，仰被圣主履端行庆之恩。再，城工缓修段落，如果必须续修，另容查看情形，酌量奏办，合并陈明。臣等愚昧之见，是否有当，理合缮折奏闻，伏祈皇上睿鉴训示。谨奏。嘉庆十六年二月初八日奏，三月十七日奉朱批：户部议奏。钦此。

展赈粥厂完竣

再，甘省各属展赈已经完竣，惟内有逃荒在外，此次未及承领之户。臣那彦成先经督饬散放各员查明扣除，将银解还司库，以重帑项而杜浮冒。各处粥厂亦已次第停撤。所有展赈及粥厂动用银粮，现在督同司道核实查算分别报销外，至领赈穷民，自去秋至今，叠次仰荷圣恩有加无已，无不感戴皇仁，同声欢颂。察看地方民情，实属宁谧。惟各属冬春以来，得雪虽已优渥，时届春耕，雨泽尚少。内东路之固原、盐茶、安定、会宁及省城之皋兰、金县一带，常有风霾，雨不能降，而盐茶地方尤甚。臣屡次差人查访，复札询提臣杨遇春，据覆固原、盐茶二处，上年被旱未甚之地亩，今春播种者不过十之二、三，其余均未下籽。惟望日内即得透雨，或可有济等语。臣先因西安军标改镇未尽事宜，不及亲身前赴调度，曾嘱杨遇春先往西安布置一切。该提督正在起程，嗣因地方关重，复商令留驻固原，以资弹压。所有各该处籽种口粮，业经照例借给，此后如何情形，臣仍当随时斟酌，急为接济，俾穷民渥沐恩慈，仰副圣主绥靖闾阎至意。理合附片奏闻，伏祈睿鉴。谨奏。同日奉朱批：一切核实办理，不可讳饰。钦此。

缴还赈余摊捐运脚

奏为缴还赈务余银及摊捐不敷运脚银两恭折奏闻仰祈圣鉴事。窃查甘省皋兰等一十八厅州县，本年展赈，前经奏明散放完竣，惟内有逃亡未领之户，经饬散放各员查明除扣，将银解还司库，所有办理缘由，已于前折声明在案。兹据藩司陈祁详称，据各道府具报，查明展赈案内逃亡未领各户实存剩银一万九千九百二十二两零，存剩粮八十石九斗零。并据报查出上年散放初、加赈时，委员查造户口册藉之后，有外出就食谋生者，有因时疫流行未能领赈者，迨后或归庄、或病愈，陆续补领，是以存剩银粮，未能截数开报。兹于展赈完竣查明初、加赈案内，逃亡、病故各户共存剩未领银二万九千五百八十两零，存剩粮一百八十四石零，按照赈册逐细确查无异。详请具奏前来。臣窃查此次办理赈务，凛遵圣训，务在剔除积弊，核实钩稽。今督同藩司逐一查明初、加、展赈案内，实由逃亡未领各户共余银四万九千五百三两六钱，共余粮二百六十五石七斗四升。其银已饬据各州县解缴司库，粮石业已归仓，并无留存隐匿。除饬藩司将初、加、展赈存剩银粮及户口细数于奏销清册内照数开除具题外，理合据实具奏，伏祈皇上敕下户部查照办理。再，查上年办理赈恤，曾请拨运西宁县仓粮，因冬令水落冰冻，不能挽运，并请于近省之狄道、武威、镇番等州县陆运粮十余万石，以为放赈及煮粥之用，所需运脚在于赈银内动销。惟因粮价日昂，陆运脚价较常加倍，又未便额外开销，声明于平粜项下，俟买补还仓之日，如有盈余，即以此赔补陆运脚价，尚有不敷，公捐养廉赔补。其他属有须就近拨粮之处，照此办理等因，均经奏蒙圣鉴。兹据藩司详称，查得皋兰、靖远、平番、花马池州同、盐茶等处，拨运狄道、武威、西宁、镇番、平罗、灵州、中卫等处共粮一十一万五千六百二十五石零，照例核算脚价，共应请销银九万七千八百五十八两零。惟各州县具报共实用银一十三万六千七百二十七两零，均于赈银内拨垫动用，实较例价浮多银三万八千八百六十九两零。节经驳查，佥称去岁粮价昂贵，脚价倍增，委无浮冒等语。查平粜买补，尚需时日，所有实用运粮脚价，未便悬宕，请将例外不敷银两，查照奏定原案，在于通省养廉项下摊捐归补等情。查上年至今，粮价昂贵，运费较常加倍，系属实在情形，未便竟令挽运之州县独担赔累，或致借口亏挪。惟此次赈恤及煮粥、平粜各项，屡沐圣恩，业已至优极渥，何敢复以例不准销之项，率请动给。伏念臣与司道等养廉优厚，况赈务为通省民瘼所关，即府厅州县均应各尽乃心，公捐归补。所有拨垫例价不敷银三万八千八百六十九两零，今已于通省养廉内摊捐归款。除饬藩司将准销例价另行报销外，以上赈余及摊捐二项，共银八万八千三百七十二两零，又粮二百六十五石零，所有缴还及摊捐归款缘由，理合分晰奏闻，伏祈皇上睿鉴。谨奏。嘉庆十六年五月十五日奏，六月十七日奉朱批：户部知道。钦此。

卷三　勘议

饬勘皋兰等二十四属被灾情形

札兰州藩、臬两司。照得甘省各属禾苗受旱情形，并应行查办赈恤事宜，业已奏明在案。所有具报被旱成灾之皋兰等十八厅州县，并续报成灾之静宁、隆德、安定、陇西、通渭、碾伯六州县，应先委该管道府亲往查勘，据实结报，以凭覆勘核办。合行札饬。札到，该司即会同移饬道府，迅速驰赴所属被旱地方，履亩确勘受旱情形及轻重分数，据实分晰结报，以凭核办。倘不认真确勘，稍有因循怠玩，扶同捏饰情弊，立即严参究办。该司等即将派员查勘之处，速即会议派委，先行开折呈核，并令各委员具禀加结呈报核对。民瘼攸关，勿稍刻迟。特札。

饬催勘灾

札各道、府、州。查地方被旱成灾，事关民瘼。该道、府、州系亲临上司，所属地方既有旱灾，自必早已目睹，乃不惟不即具报，及所属州县报到，亦竟任意延搁，玩视之咎，莫甚于此。合亟札查。札到，即将所属州县受旱各处因何并不转报，或竟系地方官蔑视未报之处，先行明白禀覆。仍即亲赴所属被旱地方履亩确勘情形，据实分晰结报，以凭覆勘办理，并将起身及亲勘各日期随时具禀。倘再因循怠玩，或偷安坐视，并不认真，及扶同捏饰，定即参究。特札。

饬查平凉各属被旱情形

札平凉府。前因该府所属盐茶、固原、静宁、隆德地方被旱，该府并不赶紧查勘，经严札申饬在案。兹据补禀，又不将各该属被旱轻重及应如何分别办理情形，切实禀陈，率以与该厅州县所报相符等语塞责。本部堂明知该府但据各属文禀转报，并未亲身履亩确勘，随经专人查访，该府虽亲赴盐茶等处，仍然安坐公馆，并未出外勘办。查该府本系衰弱无能，于此种民瘼吃紧事宜，又不肯实心经理，家丁书役人等，愈得从中弊混，难保无需索作践情事。该府无从查察，自亦无从约束，不恤灾民之苦，徒滋地方之累，实属大负委任。合行札饬。札到，该府速将因何并不亲履确勘及有无滥受地方供应、听凭丁役弊混等情，即日明白禀覆，以凭核办。特札。

催造户口册

札兰州布政司。照得甘省皋兰等十八厅州县本年夏禾被旱成灾，业经本部堂奏恳圣恩赈恤在案。兹值散放赈粮之际，自应查明被灾村庄，分别极次贫民大小口数，先行造具细数清册呈赍，以凭核办。乃现届散放之期，尚未据造册呈院，迟延已极。除静宁、隆德二处专差守提，并径催各该州县速即造报外，合亟札饬。札到，该司刻即查明前项应赈灾民户口；如已造册到司，刻日汇案请题，一面开具清折，先呈查核。其未到者立限差催，均勿再延。特札。

饬议赈银户口各数目

札兰州布政司。此次所请赈银一百万两，现在煮粥、平粜，俱须在内开销。若放赈时，似应酌定章程，每户几名口，应给赈银若干，并通饬被灾各属，于查点户口时，即于册票内注明大、小口若干，应给赈若干口，以凭领银时核对给发，合行札饬筹议。札到，该司即将现请银两通盘核算，飞速禀覆，通饬印委各员遵办，以归画一。特札。

饬查散赈弊端筹议条款

札各道、府、州。照得现在被旱成灾者二十四厅州县，业经奏请拨饷以资赈恤，并专责该管道、府、州亲身督查在案。查甘省向来办理灾赈，该管道、府、州并不实力亲查，率据印委各员结报核转。该地方官亦乐于少人稽查，便于作弊。下至吏胥乡保人等，皆得随同弊混，不可不严防其渐。合行札饬。札到，该道、府、州务须不辞劳瘁，亲身督查，亦不得多带从人，滥受供应，致滋扰累。至一切弊端，应如何杜渐防微之处，本部堂于情形未能深悉，思虑亦未能周遍，仍即悉心筹议，胪列条款，禀候查核。务使上下人等同心协力，肃清弊端，庶国帑不至虚糜，穷黎尽沾实惠，本部堂实有厚望焉。特札。

前事行州县及各学官

札州、县及各学。照得本年甘省被旱，现在具报成灾者二十四厅县，业经本部堂专折奏请拨饷以资赈恤。惟查甘省向来办理灾赈，弊窦丛生，难以枚举。此次查灾放赈，该地方官实心实力，秉公办理者，固不乏人。但经理稍有未善，检点稍有未周，即难保无遗滥侵冒之弊。即使本官自矢清洁，而书役乡保及地方奸民，皆得从中舞弊，借饱私囊，不可不严防其渐。合亟札饬。札到，该某即将各该处民情地土如何，相宜如何办理，其书役人等如何作弊，逐一查察，应如何随地制宜，杜渐防微之处，妥速筹议章程，胪列条款，禀候查核。亦借此深知各官才力心思，又得收博采之益，庶国帑不至虚糜，穷黎尽沾实惠，实有厚望焉。特札。

札发办赈条款

札各府、州。照得甘省被灾各属分别查办情形，业经本部堂覆奏，并将酌议查办灾赈规条缮呈御览。除折稿行司饬知外，所有酌议规条，合行札发。札到，该府、州即查照各条，认真督办，毋得视为具文，苟简塞责。此外尚有思虑未到、见闻未周之处，亦须随时随地，妥为筹酌，务使一丝一粒，均能实惠及民，既免侵渔，亦无糜费，为功于黎庶不浅，造福于子孙亦不浅。至细册内须将村名户口，某户务农地几何，某户何项营生，男妇大小几口，及老病孤寡逃荒出外之人，逐细开载，以为将来查办保甲地步。仍另填应领赈银一册，为放赈册，及照票、对票，并写一总牌悬于村口，俾各灾民明白知晓。其细册即申送本部堂衙门备查可也。特札。

卷四　缓征

缓征皋兰等属银粮

为示谕先行缓征以纾民力事。照得各处地方，雨泽愆期，禾苗受旱。前据禀报，即经恭折具奏，并饬委本管道府亲赴各处履亩确勘，据实结报，俟奉到恩旨，再为恭录示遵外，查该处地方既已被旱成灾，夏收自属歉薄，民力不无拮据。所有本年应征新旧正杂钱粮草束，应先行缓征，以纾民力。为此示谕被灾户民人等知悉：所有本年应输正借钱粮，停其交纳，免受追呼。倘催差乡甲人等复行催征，即行禀究。倘有不务正业游手好闲之徒，伙同强借及有抢夺食物滋事者，即按名拘究，以靖地方，决不宽贷。特示。

前事饬发告示

札兰州布政司。照得皋兰等二十四厅州县雨泽愆期，禾苗受旱，前据详报，业经恭折具奏，并饬委本管道府亲赴各处履亩确勘，据实结报，俟奉到恩旨，再为恭录行知外，查皋兰等处既已被旱成灾，夏收自属歉薄，民力不无拮据。所有本年应征新旧正杂钱粮草束，应先行缓征，以纾民力。除告示径发各该州县遍行张挂外，札到，该司即转饬各该州县，照抄多张，在于城乡僻壤遍贴，务使灾民一体周知，得免追呼，各安生业。倘该州县再令催差，乡保人等复行催征，及需索滋事，即行严揭请参。特示。

缓征狄道各属银粮

为晓谕事。照得狄道、河州、平凉、华亭、庄浪县丞、崇信、抚彝、肃州、王子庄州同、毛目县丞、镇番等处，本年秋禾被旱、被水、被雹，虽勘不成灾，民力不无拮据。所有本年应征新旧正借银粮草束，自应先行缓征，以纾民力。除俟奏奉恩旨，再为恭录饬遵外，合行示谕。为此示仰被灾户民人等知悉：所有本年应输新旧正借银粮草束，停其交纳，免受追呼。倘催差甲长人等复向尔等催输，许禀官究办。特示。

前事饬发告示

札兰州布政司。查狄道、河州、平凉、华亭、庄浪县丞、抚彝、崇信、肃州、王子庄州同、毛目县丞、镇番等处，本年秋禾被旱、被水、被雹，虽勘不成灾，民力不无拮据。所有应征新旧正借银粮草束，自应先行缓征，以纾民力。现经本督部堂具奏，俟奉到恩旨，再为恭录饬遵外，所有缓征示稿，合先札发。札到，限三日内刊刷二百六十张，呈院钤印分发。特札。

卷五　煮赈

饬设皋兰粥厂

札兰州布政司。照得皋兰县每于冬月，在司库请领各官记过银两，设厂施粥，以济贫民。兹皋兰、安定、会宁、隆德、靖远、盐茶、静宁等处夏禾被旱稍重，业经奏请赈恤在案。现在各该处灾民，扶老携幼，纷纷就食来省，若不急为设法调剂，恐老弱者饿毙道途，少壮者抢食滋事，应即加意抚辑，以免流离，合行札饬。札到，该司即会道查明司库现存各官记过银两若干，先行给发皋兰县，速择城外寺庙宽敞地方，设厂煮赈，俾贫民借资餬口。并于试用、候补正、佐各员内，选派妥员，在厂经理监放，毋任胥役人等克扣滋弊。并添派武弁，于每日量米下锅时，在彼弹压，该管道府仍不时赴厂稽查，总期民沾实惠。如记过银两不敷，或公同捐廉办理之处，即行议禀。特札。

司详分设粥厂

为详请分设粥厂赈恤出外饥民以济穷困事。窃查甘省各属春夏间雨水缺少，被旱较重之区，业蒙奏明拨帑赈恤在案。除责令各道府暨委员等分查确实，本司仍亲赴灾区，查明详请复题照例办理外，惟查得东路地方，率食窖水，一经天旱，水窖干涸，无从得水，是以灾民有就水而去者。兹据各道府暨地方官陆续禀报，各处觅食贫民甚多，沿途扶老携幼，摘食麦穗，诚恐滋事。本司等查访属实，除饬各地方官谕令回籍，听候赈恤外，惟现在清查户口，散赈尚需时日。贫户等在外觅食，或不肯遽归，若不急为抚恤，既难保其不滋事端，且恐流离失所，实堪悯恻。除饬催委员赶紧查明被灾村庄户口，即予赈恤，俾得速归就赈外，其各处觅食贫民，应请于四路适中之地，在皋兰之沙井驿，并西宁、凉州、中卫、秦州等五处，各动就近仓粮，分设粥厂，或仓贮无米之区，即给予炒面，俾贫黎得食，免致委填沟壑，以期仰副皇上惠爱黎元不使一夫失所之至意。是否有当，相应详请核示。

批：如详速办，并一切章程，亦即议覆候夺，毋迟。缴。

司禀西宁、凉州等四处煮赈

敬禀者：据护西宁道面禀，西宁所属各厅县雨水不缺，尚可有收。其碾伯一处，雨水稍短，现蒙奏请缓征，应否赈恤，现在确勘查办。惟东路缺雨，各处贫民，逃至宁郡觅食者络绎不绝，扶老携幼，为数甚多，目击颠连，殊堪悯恻。似应量为煮赈，以资餬口等因。第念贫民逃荒外出者，谅不独赴西宁一处，应于凉州、中卫、秦州等处，一体煮赈，免致西宁壅积滋事。本司伏查缺雨之区，穷黎因乏粮缺水，逃避出外，一时人众，无可谋食，颠连困苦之状，实属可悯。请于西宁、凉州、秦州、中卫等四处，暂为赈粥，或就仓贮所有青稞、大豆、大麦等色，赶磨炒面，责成本管道府，并由省派委妥员，会同本管官，将外来饥民备造籍贯姓名清册，或煮赈给食，或大口日给炒面五合，小口日给炒面二合五勺，统以两月为期，以散赈之日截止，令即各回本籍。如勘明成灾者，听候领赈；若勘不成灾，则该处已可谋食，令其自谋生计。至各穷黎于此两月之内，如闻本籍已得雨水，或径回籍，或别谋生理，令各州县会同委员随时开除。其有复来之户，并准收造给赈。每五日开折通报，该道府确查无遗无冒，即行转报，以免滋弊。再，此项赈粥及炒面等费，事竣核明确数请销。

批：据禀已悉，仰即转饬遵照办理。并将各处就食贫民，如何调剂妥办，俾费无虚糜，民得实惠之处，妥议条款，速行具禀，以凭查核饬遵，勿迟。此缴。

司禀煮赈章程

敬禀者：窃照本年甘省旱灾，节蒙奏办，分饬履勘。惟东路向以雨水贮窖，一经缺雨，人畜皆渴，因而四处就水觅食。该穷黎等不能挟赀出外，所在地方觅食无由，势必穷饿滋事。自应亟为抚恤，以免失所。本司等前经会详，请于附近省城之沙井驿，并逃荒饥民较多、四路适中之西宁、凉州、中卫、秦州等处，分设粥厂。蒙批准妥议章程，饬查记过银两现存若干，先发皋兰县赶办等因。查本年春、夏二季，记过银两仅止扣收银九十二两零。去冬皋兰办理粥厂，共用银五千八百两。除记过银三百两及该县自垫银二千两外，无着银三千五百两，系借动新疆经费垫发，现拟在通省养廉内摊捐归款。此次粥赈，计期尚须两月，除西宁、凉州、秦州本处无灾，止系外来贫民食粥，其皋兰、中卫二处，均已成灾，本处贫民自应一体准其领食。中卫系属创始，无从比较。其皋兰需费，自较寻常粥厂为多，记过银两无济于事，此外别无闲款，惟有暂行借款给发，将来或归入赈项内报销，或通省捐廉归款，事竣之日，请示办理。至各处设厂地方，除省城一处，据皋兰县已拟定在于附近之庙滩子开设外，其西宁等四处，现在移行该管道府，自行酌定城外宽广之处，或在庙宇，或搭棚厂，务使饥民便于就食，村众不受侵扰，各行禀复，听候酌定。其一切散放稽查弹压事宜，本司等谨先酌拟章程，另开呈核。

批：现在各处穷黎，待哺甚殷，自应急为办理。仰将发去本部堂酌拟章程七条，与该司等酌拟章程互参酌用，总期周妥尽善，俾就食各贫民得沾实惠，并即飞饬各该处遵照，迅办勿迟。此缴。

司拟条款

一、煮赈宜酌定章程，以免克减浮冒也。查皋兰往年隆冬煮赈，每锅用粟米四仓升，豆面四仓升，约可食大、小口二十人。此次亦应仿照行之。应专派员验量米面如数，监视下锅，即免克减，亦无浮冒之弊。其柴薪、水火夫工食等项，悉照各该处向定章程核实办理。再，各该处仓贮及市集难觅粟米者，秦州可用包谷，西宁可用青稞煮赈。现已专札飞饬查覆，仍均由省派委妥员会同监视给散，庶几吏胥等无从滋弊，而穷黎均沾实惠。

一、设厂宜择宽阔地方，以免拥挤滋事也。查凉州、西宁、秦州、中卫及皋兰之庙滩子等处，均宜选择宽阔庙宇，或驼厂，或建搭席棚，安设煮赈。附近有空窑、防店、栖流所等处地方，可以安歇穷黎，不致露处及盗窃野田蔬谷等事。各该地方何处可以安顿，移行各道府，督同地方官，速为查明定议禀报。届期委员巡查弹压，以免滋扰。

一、食粥宜设立大小木筹，以防重领而稽实数也。领粥人多，若每日按人记档，非特纸笔需费浩繁，而一时拥挤人众，吏书等亦赶写不及。应酌量多寡，置备或一尺、或八寸长木筹一分，上用火烙双单印记，外备五寸或四寸长小木筹一分。如于双日开厂，则于先一日委员讯明姓名、年岁、何县人，造册存查。每名给双印大筹一根，次早委员在厂门用小筹将大筹换回，积至百根或二百根，开门放入厂内。委员在厂监视，收回小筹，即行给粥，并换单印大筹，为明晨单日支领粥面之需。发领后由旁门放出，鸣锣一声，厂外委员听闻，即将续换小筹之百名或二百名复行放入。如此散放，则厂内既无拥挤之虞，而食粥穷黎已换大筹，双单印记不符，不能重领。且放筹有数，次早煮粥多寡，即可以放筹为准。委员等稽查人数，亦可以取放木筹核算。至新来贫民，如有请领粥赈者，亦于先一日前赴委员处问明姓名、年岁，添入册内，按日给予双单筹，庶可免紊混而便稽查。

一、出外穷黎，俟开赈有期，宜随时劝谕回籍，以免流离，并稽查匪徒，以免滋扰也。查本年春夏被旱地方，贫民乏粮出外谋食者，固属不少，而因旱窖涸，无从得水，逃散四方者尤多。此等贫民，自多良善。而游手好闲，借称荒旱，在外游荡滋事之徒，亦恐混迹其中，不可不预为防范。应令地方官并委员严行稽查，设有犯窃滋扰等事，立即按例严办，以示惩儆。再，查被旱之区，业蒙奏明查办给赈，计日即可抚恤。且各处多已续有得雨翻种者，安分农民闻本籍有雨，既已有水可饮，或尚有秋禾可望，断无不愿回归之理。应请一俟放赈有期，即行出示晓谕，并令各地方官及委员等随时劝谕，俾各回故里，早安生业。其无力回籍者，地方官计算归程，按日给予下色粮五合。其有不愿回归者，即系不务本业之人，应令地方官详晰查明，递回原籍，以免聚集滋事。如此分别办理，则良善自分，而游荡之徒，亦可不致混迹。

院拟条款

一、此次煮粥之期最早，应预出示，定限散放两月，于某日起某日止，以便各民明白知悉。或届期各自谋生，或散归本乡，庶无逗遛纷扰之事。

一、外来贫民，宜著落地方官，会同委员，预查男妇大、小口数及姓名、乡贯，每名各给小木牌一件，以凭临时核对。仍于贫民内择其人稍老成者，准率领贫民五十名，给大牌一件，开列五十人姓名，赴厂挨次点换牌头名姓，即令其带领小牌五十人上前领食，俾免拥挤。如再有续添至五十人者，又为一牌，仍须逐日查察，续来者随时补入，已去者随时开除，庶无重复假冒之弊。

一、男妇须分厂散放。其男孩十五岁以下，许随妇女入厂；十五岁以上，概入男厂，以免混杂。

一、每日开销大口粮五合，小口粮二合五勺，核计粮若干，煮粥若干，每名应给几碗，置备大小铁勺，地方官、委员公同散放。如给炒面，即照开销数目，公同给散，不得克扣短少，及搀和不堪食用之物，致干严究。

一、入秋天气早凉，宜在空阔处所，酌盖席棚，或择空闲窑屋、庙宇，俾蔽风雨。即得住宿，仍分别男女，不得搀混，并专派年老诚实教官，早晚照料稽查，以免生事。

一、粥厂全在经手人员办理得宜。应责令本管道府，督同印委各员，妥为布置，毋任胥役人等克扣滋弊，亦毋许流民扰攘争竞，致生事端。地方官每五日开折通报，仍由道府核明转报。该委员仍将该厂一切情形，按十日一报，以凭查考。

一、添派城守营及各标营参游等官，带领跟役，每日黎明，先赴厂所，将本日应煮之米，按册监量，方准下锅。若散炒面，亦照数监查。倘该营官等懒惰迟延，以及刁难挑斥，许文员禀办。如果粮不足色，或搀糠秕，或下石灰等事，许营员据实禀办。各厂人多，不无恶棍、刁生趁势滋事，责令武官查拿弹压，不许嘈杂拥挤。该营员将该处情形并炒面粮色，随禀包呈，十日一报，以凭核对。

饬发奏定粥厂章程

札司、道、府。照得甘省皋兰等厅州县本年夏禾被旱成灾，各处贫民缺粮乏水，逃荒就食者甚多，情殊可悯。先经行司在于皋兰、中卫、武威、西宁地方设厂施粥，以资餬口。并派委文武各员前往办理，稽查弹压在案。惟是食粥贫民，俱系五方杂处之人，设厂施粥，若不定立章程，难免拥挤而滋事端。所有奏定章程，合行札饬。札到，即饬各州县等认真妥办，务使穷黎均沾实惠，无滥无遗。特札。

司详粥厂委员衔名

为详请等事。兹将皋兰粥厂饬委试用通判瑞麟、俸满知县诚忠、试用府经历秦春、未入流马震等四员，即赴厂所，会同该县办理。又中卫粥厂饬委试用知县常久、试用府经历唐元善等二员，前往查办。又凉州府属之武威粥厂，饬委试用知县江遴、试用州同蒋际韶前往查办。又西宁府属之西宁各粥厂，已委试用州同郭学泗赴厂办理，已于六月二十四日饬行该员等照依派定地方，即速前往，会同地方官办理。开具衔名详报。

批：据详已悉。仰即速饬该委员等迅赴各该处遵照议定章程，实力经理，认真妥办。务使各处就食贫民得资接济，免致饿毙，并严查胥役人等搀和侵扣诸弊。仍令将每日食粥男妇大小口数并所用米面锅数记册，按五日开报一次。此缴。

饬令各镇派员稽查粥厂

为檄饬遵照事。照得各处被灾贫民，逃往各路就食者甚多，不可不亟为安辑。前经行司转饬在于凉州、中卫、西宁地方暂行设厂施粥，以资餬口。现值设厂散放之期，恐灾民杂处，难免生事，自应酌派妥员弹压稽查，合行檄饬。为此照会该镇，即速遵照派委妥员，在于中卫、凉州、西宁粥厂妥为弹压，勿令拥挤滋事，并稽查每日煮粥粮色，有无搀和短少、调用石灰等弊，禀报查考，毋违。

前事札饬各营将

札护中卫协副将德忠、秦州营游击马成、标下中军。照得皋兰等处被灾贫民，扶老携幼，逃往各处就食者甚多，恐致失所，已行司饬令秦州、凉州、中卫、西宁、皋兰等处暂行设厂施粥，以资餬口，免致流离失所。第恐有游手恶棍从中滋事，自应稽查弹压，以靖地方。合行札饬。札到，该协、游击每日亲赴粥厂，监视量米下锅后，即带领兵役，在厂弹压稽查，俾就食贫民，安静食粥。倘有滋事恶棍，即行严拿，送交地方官究办，切勿稍有张皇，致激事端，亦不得玩视疏懈，凛之。特札。

西宁守庆龄禀粥厂事宜

敬禀者：接奉宪札，饬将奉发煮粥章程条款，速饬各该县并各委员等一体遵照，实心经理，认真妥办，务使穷黎均沾实惠，无滥无遗，并将食粥人数以及所用米面等项，据实开报等因。仰见痌瘝在抱，妥定章程，于仁慈恻隐之中，仍寓筹备安全之意。卑府为民守土，自应仰体遵照奉发章程，督令地方官并各委员，实心实力，妥为经理，庶民沾实惠，粮不虚縻，以期仰副谆谆告诫之至意。查自七月初一日设厂以来，卑府即率同西宁县图令及各委员逐日在厂经理，并会同城守营都司马光宇及各营员随时稽查弹压。所有就食贫民，虽日渐增多，尚俱宁贴，并无本地游手之徒从中混迹。其贫民口数，业经该县等按五日折报在案。所有磨给炒面，均系卑府及各委员查验，并无搀杂情事。其炒面色样，已由该县等包呈查验，亦在案。今复蒙发给章程，卑府等更得遵循有自。随添派教官、经历、兴〔典〕史逐日轮流在厂加意查察，不致稍有弊混，并经西宁特镇亲身赴厂查看，又委中营游击孙维贤及各营员巡查弹压，极为安静。至现在就食贫民，遵照先行出示晓谕，自七月初一日放面起，至十月初一日止，届期各流民或各自谋生，或各归本乡，听候给赈，以便明白知悉。其有愿意回归而无力者，计算归程，按日给予行粮，以便早回安业。如不愿回者，查系不务正业之人，自当遵照分别递籍，以免逗遛滋事。

批：仰兰州布政司转饬实力妥办，毋稍漠视。其有在外营生觅食，不愿回籍者，听其自便，不必强为驱遣。此缴。

署武威令王世焯禀前事

敬禀者：卑职奉谕，在于凉州等处设立粥厂，或炒面接济东路各州县逃荒贫民，以资餬口等因。仰见轸念灾黎不使流离失所之至意。卑职自应上体慈怀，实心妥办，既不使穷黎餬口无资，亦不任游民混迹冒滥，更不敢假手书役乡保克扣滋弊。卑职先于自省回凉之际，沿途留心随地体访，凡东来男妇老幼，多系携带行装骑驮骡马，或其邻佑亲识，素在西路甘、凉、肃州等处手艺贸易，因而挈眷相依，就食于粮贱之地者，十之四、五。抑或小本经营，以及各色手艺人等，因灾区生意淡薄，手艺平常，约伴西来各谋生计者，十之一二。其餬口无资，沿途觅食者，不过十之三、四。此东来逃荒男妇之实在情形也。卑职现在会同委员，查其信宿西往者，察其有无匪徒混迹，逃盗潜踪。其有逗遛凉城，手艺餬口经营谋食者，登记姓名、籍贯，听其自便。其实在乏食老幼男妇，与夫年力虽壮而父母妻孥随同乞食者，诘系实在穷黎，询问姓名、籍贯，逐一造册，令其散处各庙宇栖身安置，不许男女混杂，滋生事端。一面设立火烙腰牌并领食名签，在于东关外师将军祠堂宽阔之处，设厂领食，以免饥馑。其有续到之人，亦随时询明入册，置给牌签，一体接济。惟是煮粥给散，县仓粟米，系满兵配食，不便动用。若现时采买，价值昂贵，殊费周章。应请即将仓贮小麦内动支炒磨，散放炒面，较为便捷。然小麦炒面，仍需柴薪、磨工，又恐转多消耗，且易滋搀和不熟之弊。卑职再四筹维，小麦不论多少，舂去粗皮，即成适口麦饭，若连皮煮食，亦可充饥。倘竟以小麦散放，俾灾民均沾实惠，核之炒面，更为简便。或动放大麦于穷民，亦堪应用。是以据实禀明，请示酌办。如蒙许允，仍按每大口日给仓升五合，小口二合五勺之数，计口给散，按五日支放一次，仍开折具报。卑职更有请者，凉属夏禾被旱，市集粮价较昂，城乡无业无依之鳏寡孤独、茕茕无告者，实不乏人。一闻外来灾黎设厂接济，纷纷环吁，冀望一体给食。卑职目击情形，既难漠视，我宪台一视同仁，必不示以区别。惟在卑职核实确查，务期无滥无遗，以副宪德之宽宏，俾免办理不善之咎戾耳。所有遵檄办理缘由，合先肃禀，统希鉴核示遵。

批：仰兰州布政司核饬，实力妥办。此缴。

凉州马镇禀前事

敬禀者：案照前蒙宪檄武威地方设厂施粥，令派委妥员，每日亲赴粥厂稽查弹压，监视量米下锅，勿令搀杂糠秕及下石灰等物等因。并据署标下中军游击六十八呈报，蒙委该将亲赴粥厂妥为弹压等情。查外来就食贫民，俱系五方杂处之人，设厂施粥人数众多，恐该将一人难以周顾，当即饬行选派妥干千总五员，带领兵丁，俟粥厂设起，遵奉赴厂巡查弹压在案。兹复奉檄饬令遵照煮粥章程，并饬该营员等一体实心经理，认真妥办，务使穷黎均沾实惠等因。查被灾贫民，日每西来就食者络绎不绝。设厂施粥，男妇混杂拥挤，难免滋生事端，应须添派妥员协同弹压，以期宁谧。本职随即派署后营兼管城守都司马永泰，俟期同游击六十八带领所派弁兵赴厂巡查，并行游击六十八会同弹压，及移甘凉图道，速饬地方文员，议择宽阔处所，设厂施放。去后兹准覆称，据王令会同委员蒋州同禀报，已择东关外师将军祠堂宽阔处所设立，现在查造贫民姓名、籍贯，并请将武邑无告穷黎一体施赈等情。查粥厂地方既已议定地面，俟开厂散粥之日，即令该将等督率弁兵，实心办理，务使穷黎均沾实惠，以杜搀杂短少等弊。本职仍按日亲赴该处照料弹压，勿致滋生事端。

批：据禀足见办理认真细心，本部堂藉以少慰。仍将如何散放情形，随时具禀。此缴。

中卫令翟树滋禀前事

敬禀者：接奉札饬，本年雨水缺少，皋兰等处被旱成灾，饥民逃避他方者，情堪悯恻，饬令卑县设立粥厂，以济外来饥民等因。仰见轸念灾黎不使失所之至意。遵查卑县香山地方，绵亘七百余里，俱属旱地。东南壤接灵州，正南壤接盐茶，西南壤接靖远，俱有小路可通。本年四、五月内，香山各村堡禾苗被旱，该处饥民与靖远、盐茶、灵州各饥民，乞食皋县城乡者甚众。仰蒙垂念民食维艰，逐处借给口粮。又六月初九日以后，连得雨泽，贫民渐次回籍者约居其半。今蒙饬令设立粥厂，卑职逐细查点，现在外来饥民，在城乡或捡拾麦穗，或挖卖青草，或沿门乞食，以资餬口，尚有七八百人。开厂之后，人数自必日渐加增。今卑职遵奉指示，在本城东门外东岳庙内设立粥厂，择于本月十五日开厂。该处地甚宽阔，居民稀少，既易于查察，亦无拥挤之虑。凡食粥之人，每人给木牌一面，牌上注明姓名及大小口数，以杜混冒。放粥之时，督同教佐分头弹压，不使拥挤喧哗。仍分男左女右，以免混杂。又恐人众无处安歇，于离厂一二里择地搭棚，使男妇分棚安宿，夜派更夫沿棚巡查。又于此中举头人数名，一人管束十人或十余人，如有滋事之徒，即惟头人是问。煮粥以米七麦三配煮，照例给大口五合，小口二合五勺。制造木瓢较准，每日辰兴未止，随到随散，不使稽延守候。西路通衢之长流水添厂一处，委训导、典史在彼弹压稽查。

批：仰兰州布政司转饬宁夏水利和丞，即赴该县将粥厂事务会同据实办理。缴。

停止皋兰、靖远各厂告示

为晓谕事。照得上年皋兰十八厅州县夏禾被旱，贫民餬口无资，当经奏明在于皋兰县属之河北水北河、靖远县属之打喇赤并本城两处设立粥厂，以济贫黎。兹时值春融，天气和暖，正当耕作之候，尔民藉有工作，足可自谋生计，除饬将河北水北河、打喇赤、本城粥厂于二月十五日停止外，合行出示晓谕。为此示仰食粥贫民知悉，尔等遵示停止，各归本业，自谋生理。其无业者，乘此春融和暖，各自寻工觅食，勿得滋事，致干严究。特示。

停止同心城粥厂告示

为晓谕事。照得上年皋兰十八厅州县夏禾被旱成灾，当经本督部堂奏明赈恤灾黎，足资接济，毋庸再设粥厂。前因时值冬令，恐无业贫民未免仍形冻馁，是以在该处设厂施粥。今现值春融，农事方兴，穷民俱可寻觅工作，趁食度日。除饬令该州等将同心城粥厂于二月十五日停止外，合行出示晓谕。为此仰食粥贫民知悉，尔等遵照示定停止粥厂日期，各归本业，自谋生理。其无业者，乘此春融和暖，各自佣工觅食，勿得为匪滋事，致干重究。特示。

饬属照例捐廉施粥

札兰州布政司。照得甘省各厅州县每岁于十一月起，至正月止，均自行捐廉，设厂施粥，以济穷黎，久经饬遵在案。今皋兰、靖远、灵州地方，现在官为设厂施粥，应归入灾赈案内办理外，所有十一月起至十二月止，该州县自可毋庸捐廉。其自来春正月起，该州县再行捐廉设厂施粥，以资接济，合行札知。札到，该司即转行遵照。其中卫粥厂，已经饬知停止，所有十一、十二、正月亦应由县照例捐施，均即转饬遵办。特札。

卷六　拨运

催运四川、湖南、山东、河南饷银

札兰州布政、按察司。案照甘省被旱成灾，办理赈恤，前经具奏请拨给赈银两，奉准部覆，在于四川、湖南、山东、河南四省，拨银一百万两解甘备用等因，当即檄饬遵照在案。查此项赈银，一俟查清户口，即须散放。诚恐沿途州县，照依寻常协甘饷银，缓程接解，有误急需，除咨催四川、湖南、山东、河南及飞传经过各省沿途州县一体迅速接解外，合行札饬。札到，该司严饬东路各州县，即速备办骡马车辆，在站等候，俟四川等省解到前项赈银，迅速接运来省，以济需用。毋得照依寻常各省协甘饷银，拨给所站牛车，迟延耽误。特札。

催运四川饷银

札宁羌州。照得甘省办理赈恤，前经奏请拨饷，奉准部覆，在于四川藩库拨银三十万两等因。除飞咨四川督部堂转饬迅速拨解，并传催沿途州县赶紧接运外，合行札饬。札到，该牧速即预雇驮脚人夫，在站等候，赶紧接解，毋稍延误。特札。

催运湖南饷银

札潼关厅。照得甘省办理赈恤，前经奏请拨饷，奉准部覆，在于湖南拨银十万两、山东拨银三十万两、河南拨银三十万两等因。除飞咨各省转饬迅速拨解，并传催经过沿途各州县赶紧接运外，合行札饬。札到，该丞即赶办骡马车辆，在站等候，赶紧接解，毋稍迟延。特札。

拨运西宁粮石

札署贵德同知贾升。查兰州一带夏禾被旱，贫民买食维艰，是以本部堂前经面谕候补县丞陈沅，前赴西宁，赶紧拨运粮石，以裕民食在案。今该员抵宁日久，藉词延宕，除行司另委外，合亟札饬。札到，该员刻即星赴西宁，将仓贮青稞赶运二万石、莞豆一万石、大豆三万石，限十月内全数运省。倘有迟误，定行严参不贷。特札。

拨运镇番粮石

札凉州府。照得皋兰本年夏禾被旱成灾，赈恤灾民口粮，均需粮石。查镇番县仓贮充裕，自应拨运省城，以备需用。合行札饬。札到，该府刻日前往镇番县，将仓贮小麦，多为雇觅厂驼，设法赶紧拨运八万石，限于十月十五日运送齐全来省，以备需用。该守素称急公能事，若少迟误，定干参办。并将起运日期粮数，先行禀报。特札。

卷七　查散

委道府大员查散

札各道、府、厅。照得某地方本年雨泽愆期，夏禾受旱，经奏明拨饷赈恤在案。兹查各省解甘赈银将次到齐，即可散放，必须道府大员亲身督查，方足以昭慎重而免弊混。合行札委。札到，该道等照派定地方，俟各省赈银到齐，即赴司库，将赈银照数携带前赴某处，遵照奏定章程，查明灾民村庄远近分厂，按照印委各员查定极次贫民大小口数应赈月分、银粮数目，督同各员按册散放，务期无滥无遗，俾灾黎均沾实惠。倘有胥役乡保人等从中舞弊，侵扣冒领，即行严拿究办。所有委办名单，附片奏明，责无旁贷矣。特札。

计开：

皋兰县、金县两处，委兰州严道散放督查

靖远县、沙泥州判两处，委西宁府庆守散放督查

红水县丞、平番县两处，委庄浪厅吴丞散放督查

泷西县、通渭县两处，委巩昌府黄守散放督查

安定县、会宁县两处，委安肃富道散放督查

静宁州、隆德县两处，委巩秦阶同道散放督查

盐茶厅、中卫县两处，委宁夏苏道散放督查

固原州、灵台县两处，委平庆泾德道散放督查

灵州、花马池州同两处，委宁夏府王守散放督查

前事饬知州县

札各厅、州、县。照得该州、县地方，本年雨泽愆期，夏禾受旱成灾，业经奏明拨饷赈恤，分设赈厂散放在案。兹查各省解甘赈银将次到齐，不日即可散放。所有该州县被灾户民应散赈恤银两，已委某府、道、厅携带银两散放督查外，合行札饬。札到，即速遵照，俟该府、道、厅到日，照依奏定章程，随同散放，务使灾黎均沾实惠。如有胥役人等从中舞弊，侵扣冒领，即行严拿，禀请从重究办。倘该州、县并不认真经理，及稍有弊端，一经查出，或被告发，定即严行参办。特札。

委员监散

札某员。照得某某地方，本年夏禾被旱成灾，经本督部堂奏明拨饷赈恤在案。兹值开赈之期，诚恐该地方官有克扣短发及办理未妥情事，合行札委。札到，该员即赴散赈处

所，俟赈银一到，即会同地方官验明银数，觅匠公同看视，摊开剪碎，照依应散银数，秤准包封，平足分两，于封皮注明户口人名银数，送道府验明，将各包归总一大包，计程按日携至村庄适中挂大木牌处，按户名银数与包封银两查对明确，即同印委各员公同看视，亲赴各乡照牌按户据实监散，务期实惠在民。并将监散某乡赈银日期，按五日报核，毋得疏懈偷安，给发乡保人等总领转散，致滋弊端。亦不得需索供应，稍有扰累。凛之。特札。

饬知委营员会同散赈

札某道、府。照得某处赈务，业经奏明派委该道府监散稽查。现值开赈之期，恐该地方官摊剪包封短少分两，除派委某营某员前往某处，会同地方官将发去赈银摊剪秤准包封，亲赴各乡照牌监散外，合行札饬。札到，该道府务须督同妥办，俟赈银剪兑包封完竣后，逐细抽查，是否分两足数，有无短少，抽查明确，再令按户散放。倘有侵扣短发情弊，即行揭参，毋稍徇隐。特札。

前事饬知州县

札十八厅州县、州判、县丞。照得该处本年夏禾被旱成灾，经奏明拨饷赈恤在案。现值开赈之期，诚恐地方官有克扣短发及办理未妥情事，除札委某营某员前往该处会同监散外，合行札饬。札到，该员遵照。俟赈银一到，即会同该委员验明银数，觅匠公同看视，摊开剪碎，照应散银数秤准包封，分两足数，封皮注明户口人名银数，送道府验明，将各包归总一大包，计程按日携至村庄适中挂牌处所，按户名银数与包封银两查对明确，即同委员照牌按户据实散放，务期实惠在民。并将散放日期，按五日报查，毋得给发乡保总领转散，致滋弊端。特札。

谕令流民归籍领赈

札各厅、州、县。兹值查造灾民户口之期，诚恐流寓灾民不知定例，流寓他乡，不思归里，该被灾处所印委各官，无从查点户口，以致不能入册。迨后灾民闻赈回归，因册内无名，无凭散给，即续行查补，亦费周章，难免向隅之苦。若不定以限期，势必多所遗漏。合行札饬。札到，该某等遵照示谕，情愿食赈者，务于八月十五日以前，各归原籍，听地方官查点入册，候领赈银，免致遗漏。特札。

抚绥流民

札各州、县。照得甘省河东各属，本年夏间雨泽愆期，被旱稍宽，前经奏请赈恤，已奉恩旨，转行饬遵在案。今因奉拨赈银尚未到甘，散放有需时日。闻各处贫民，逃往粮贱地方就食者甚多，恐致流离失所。当经本督部堂札饬藩司转饬皋兰、中卫、武威、西宁等处，设厂施粥，以资餬口。第恐各该州县地方，均有外来逃荒饥民在彼就食，若不妥为抚辑，恐其流离失所，觅食维艰。合行札饬。札到，该州县即查明该州县地方，现在外来逃荒饥民共有若干，酌量助给口食盘费，遣令回籍，候领赈粮。如有情愿在外营生觅食者，听其自便，不必强为驱遣，亦应妥为抚辑，俾得安静觅食。总之为民父母，痛痒相关，当此饥民满目，鸠鹄堪怜，各属仁心爱民者，不特以公事为重，亦当积子孙之余福，其有忍心漠视甚或于中牟利者，天理难容，王章亦所不贷也。特札。

其　二

札通省各厅、州、县。本年被灾贫民，流散四方，所在多有。地方官无论有灾无灾处所，俱宜随处留心，设法安辑，或酌给盘费口食，劝令回家，不宜强行逼逐。至流民老弱残废及在途疾病死亡者，尤宜妥为收恤，并置备药饵、棺木等物，俾生者得安衽席，死者免弃沟壑。该员等职司民牧，凡系颠连无告之民，俱当不分畛域，一体抚绥，不得因非本境之民，竟行漠视。合行札饬，札到，务须仰体皇仁，广恤民瘼，近则积福于一己，远则种德于子孙。仍将遵办缘由禀覆查考。特札。

饬知印委各员认真散赈

札查灾印委各员。照得治法全在治人，实心自有实政。一命之士，存心于利物，于人必有所济。该员等职无大小，均有父母斯民之责，一经委任，凡地方利弊以及闾阎疾苦，俱宜认真体察，倍矢忧勤，上以报国恩，下以奠民瘼，福敛于一己，德种于子孙。从来良吏之勋名，只此良心之感发，当不以我独贤劳告瘁也。本年甘省夏禾被旱，所有成灾处所，业经奏请赈恤。现在委员分赴被灾各属，协同地方官实力查办。际此哀嗷待泽之日，正职司民牧者寝食不安之时。本部堂叠次酌议章程，谆谆告诫，非好为条教号令之烦，实欲使大小官吏仰体皇仁，同心经理，毋致一夫失所。除酌定各规条另发饬遵外，合再剀切申谕。谕到，该印委各员务须以民心为己心，视民事如己事，不辞劳苦，亲身遍历，选举该处衿耆端方诚实、晓事爱脸及能写字者数人，随同逐村逐户细细挨查，随时上册，给予赈票。不得假手家丁胥役人等，致滋弊混，亦不得以夫马供应等事，丝毫骚扰，转为被灾地方之累。其中地亩是否成灾，户口应否给赈，俱须确切访查，俾无浮冒。其稍有生计者，无由滥厕，庶实在乏食者，均免向隅。至于鳏寡孤独以及疲癃残疾之人，尤宜格外体恤，加倍抚绥。或有他处流民老弱残疾及在途疾病死亡者，尤宜不分畛域，妥为收恤。其男妇应回乡土，或伊本处现亦放赈者，酌给口食，谕令回归，亦不宜强行逼逐。总在该员等熬苦耐烦，随时留意，不谓办公直同行善，官多任一分之劳，即民多受一分之惠。至各属地界，犬牙相错，往往欲查本属地亩，须于他属境内经过，路途每多迂折。假如毗连两县都有灾伤，不妨彼此照会，将相错处所注明县名，照式备票，送交彼处印委各员，就近代查，较为省便，亦即禀明上司立案。本部堂时时以安辑蒸黎为念，即事事以振兴吏治为心。尚各勉旃，毋苟简塞责。特札。

饬知放赈大员严禁供应

札各道、府。照得查办灾赈，全在州县无弊，欲州县无弊，尤在该管道府以勤为用，以廉为体，使州县知畏而不敢作弊，知感而不肯舞弊。本部堂前此条奏章程，事事皆责重于道府，所属望者甚深，业已通行遵办在案。及近闻该道府等，仍有因夫马供应等项累及地方官者。该道府身为大员，岂不自爱，本部堂原不遽以不肖之心相度。然其随从之人，向时习染已深，不免仍蹈前辙。道府既自弛其防闲，又安能禁州县之无弊，虽勤何益？合行札饬。札到，该道府等查灾放赈，不可多带从人，设用书役，即令地方官派人伺候。至一切夫马饮食，均须节省自备，更须严禁从人需索作践，不但于人无扰，并为自己敛福，即为子孙积德也。况当此灾黎待哺，哀鸿满目，为民父母，更有何心尚图享受？其各州县悬挂木牌处所，不可仅于通衢大路稽查，凡山重水复道路迂回之处，亦必亲身查看，不可惮劳。如此则州县之弊自绝，委员亦皆效法而不敢偷安，恣意自便，庶几民沾实惠，帑不虚縻，其共勉之。特札。

饬查平凉赈银营员有无会散

札署平凉城守营游击宁喜。现据署平凉县禀报，县属白水镇地方上年被灾户民应需赈恤银两，业已散放完竣等情。查该处赈恤银两，该县果否遵照章程，悬挂木牌，据实散放，有无遗漏弊混，该营曾否会同散放，因何并不禀报，合行札查。札到，该营刻将平凉县散放赈银是否实散在民，及该营因何并不具禀缘由，据实飞禀。倘敢扶同捏饰，定干查究。特札。

饬查盐茶赈银有无短放

札金塔协都司马正元。现据署盐茶厅缪元辅禀报，该处赈银，先到者业已摊剪完毕，正在赶紧包封，其后到银两，现在烛夜摊剪，并传城乡各铺户一面包封一堡之数，散给一堡各等情。查被灾各户，望赈甚殷，自应遵照前札，将赈恤银两，公同前委文武各官看视摊剪包封，呈明本道验明后，上紧分途赶散。今该厅禀称，饬传各铺户包足一堡，一面散给一堡，并未会同各委员摊包，亦未呈明本道验看，恐有短少不实情弊，合行札查。札到，该都司即将该厅摊剪包封及散放赈银如有短少不实情弊，即行据实密禀，倘敢扶同隐饰，查出严参。特札。

饬查各灾区应否展赈

札兰州布政司。案查前奉上谕：皋兰等处本年被灾贫民，虽经加恩蠲缓赈恤，小民餬口有资，恐来春青黄不接之时，民力不无拮据。如有应行接济之处，迅速奏闻，于新正降旨。加恩等因。钦此。当经行遵办在案。兹值具奏之期，尚未据该司具详前来，合亟札催。札到，该司刻即会同臬司，将各处被灾贫民，如有应行接济及应否展赈之处，据实查明，详请覆奏毋迟。特札。

委放展赈银粮

札各道、府、州。照得皋兰等十八厅州县上年夏禾被旱成灾，业已赈恤，复经奏请展赈，兹据两司详请散给二月一个月口粮，并开具银粮数目到案。合行札饬，札到，即遵照前定章程，摊剪包封，督同地方官并同城各营学，照依前次设立赈厂地方，悬挂木牌，书明应赈银粮数目，按照户口据实散放，务使灾民均沾实惠。特札。

行知派委营员先散展赈印票

札兰州布政、按察司。照得皋兰等十八厅州县上年业已赈恤，复经本部堂奏请加给一月口粮，钦奉恩旨准行。兹据该司详请散给二月一个月口粮，并开具应赈银粮数目到本部堂。据此，除派委武员先赴各州县领取赈票散给外，所有派委各武员衔名，合行开单饬知。札到，即移该管道及饬府、厅、州、县遵照章程，妥为办理，毋致稍滋弊端。特札。

计开：

皋兰县散放赈票

署兰州城守营参将马鸣玉

督标右营参将庆麟

督标左营守备马明图

署督标右营守备张怀辅

金县

金县营把总贾文标

督标前营游击杨云霄

督标右营把总王元

督标前营外委霍兴兰

靖远县

靖远协千总杨斌

署靖远协都司庆长

署芦塘营游击马如必

署督标后营守备周佐胜

陇西县

署巩昌营游击西固营都司巴哈布

兼署河州镇标右营游击孙光烈

署河州城守营都司李万年

秦州营游击马成

通渭县

马营监营游击承启

通渭汛把总阎世荣

署河州镇标左营游击马绩
马营监营千总段蟾桂
安定县
安定汛把总陶瑛
署八营守备汪建福
署凉州镇标右营游击札坤珠
固原提标后营千总马满得
会宁县
会宁营守备张作功
署石峰堡守备杜缙
署永安堡守备冯琛
固原提标左营游击乌什喜
马家堡千总李得学
郭城驿千总祁敏
会宁把总施友
固原州
固原城守营游击刘发恒
固原提标中营参将马玉麟
署固原提标中营守备刘凤翥
固原提标左营守备康容
静宁州
静宁协副将王延年
署固原提标右营守备马明
静宁协千总刘永贵
署静宁协都司李如绪
隆德县
隆德营守备马成龙
固原提标前营游击李士林
署固原城守营守备马辅相
固原提标中营千总徐成麟
盐茶厅
盐茶汛千总张魁
署固原提标右营游击张锡奎
西安州营都司高连升
下马关营守备陈大荣
平番县
署庄浪协副将曾受
安远营都司郑柏
护庄浪协都司方以麟

署岔口营都司周贵

灵州

灵州营参将王成杰

署古水井堡守备孙价

署宁夏镇标右营游击明昌

平罗营参将和保

中卫县

中卫协副将德忠

署同心营守备雷仁

广武营游击吴得友

署中卫协都司张天爵

花马池州同

花马池营参将萨灵阿

署宁夏镇标后营都司德克精额

平罗营守备福敏布

石空寺堡守备王应熊

灵台县

灵台汛经制外委蒋世恒

署平凉城守营游击宁喜

署泾州营都司陈喜

署泾州营千总马成荣

前事派委营员

札某协、营。照得皋兰等十八厅州县上年业已赈恤，复经本部堂奏请加给一月口粮，钦奉恩旨准行。兹据藩、皋两司详请散给二月一个月口粮，并开具应赈银粮数目到本部堂。据此除札饬本管道、府、州就近监散，及该地方官会同营学散放外，第恐办理未妥，或致滋弊。今本部堂酌拟，除兰州属之沙泥、红水距省较近，户口较少，易于稽查，毋庸另办外，其某某各州县另派武员分往各处，查照上年普赈章程，饬令文员会商武员，一面散放赈票，领票后，委员、地方官再一面散放赈银。仍令地方官照旧刷印赈票二张一连，一张交给武员带往该处，先期查明，散放赈票，以便地方官并委员随后持所存票根查对明确，再散赈银。除行藩、臬两司及道、府、州等查照外，合行札饬。札到，该协、营即遵照后开指定散放赈票之处，先赴某州、县领取赈票册子后，即亲赴各村庄先行散票，务须查明户口，毋稍弊混，亦不得需索滋扰。特札。

闻赈归来各户核实会散

札各厅、州、县。照得本年被灾之区，凡有闻赈归来各户，应给银粮，必须会同前委文武各员眼同散放，不得一人独散。合行札饬。札到，即将该处应散各逃户银粮，务须会同正委文武各员实力散放。如该逃户过期不到，即将赈银解司，赈粮归仓。毋违。特札。

逃户领赈期限

札兰州布、按两司。前经查定各处应行赈恤灾民，恐因赈银未到之先，迫不及待，逃往他处觅食，是以本部堂札令监散正委文武各员，查明各该处逃户，即将应散赈银，原封交给文员贮库，赈粮存仓。俟各逃户闻赈归来，再为给散。如该逃户过十二月十五不来领赈，即将银两解交司库，粮归仓贮。除饬令正委文武各员一体遵办外，合行札饬该司，通饬遵照毋违。

卷八　工赈

行知部准修理皋兰、固原城工

为请旨等事。嘉庆十五年十一月二十九日准工部咨营缮司案呈内阁奉上谕：那彦成奏请修理城垣以工代赈一折，据称甘肃固原等州县，均有应修城工，业经报部，除泾州等处尚可从缓兴修，惟皋兰、固原二处，城身臌裂，亟宜赶修等语。皋兰、固原城垣坍塌过甚，自难缓办。且本年该处田禾被旱，现虽加恩赈济，而来春青黄不接之时，必须预为筹画。著照那彦成所请，于来年开冻后即行修理皋兰、固原二处城工，以工代赈，俾贫民得资糊口。至该督估需工料银约计三十万两，请在办赈银一百万两内动支之处，亦照所请，该部知道。折并发。钦此。钦遵抄出到部，相应移咨陕甘总督遵照。并将前项城垣转饬据实确估，照例造具册结奏报办理，并知照户部可也等因。准此拟合就行，为此仰司官吏查照。部文内奉朱批上谕事理钦遵，即分饬赶造估计册结，由司核明详请核办，仍移明兰臬司，毋违。

委员勘估固原城工

札候补知州普宝、署盐茶厅缪元辅。案据藩、臬两司会详，固原州城垣坍塌过甚，保障攸关，难以缓待，呈请具奏兴修等情前来。除札委署盐茶厅缪令、候补知州普牧会同该州、厅前往勘估外，合行札饬。札到，该州、厅即日亲往固原，将该处城垣会同亲加查勘，撙节确估应需工料银两实数，迅速禀报，立等核办，毋得稍有浮冒，致干查究。特札。

前事行司

札兰州布政司。案据该司等会详，固原州城垣坍塌过甚，保障攸关，难以缓待，呈请具奏兴修等情前来。除札委候补知州普宝、署盐茶厅缪元辅前往固原会同勘估外，合行札饬。札到，即会同臬司速饬该员等刻日亲往固原，将该处城垣会同亲加查勘，撙节确估应需工料银两实数，迅速禀报，立等核办，毋任稍有浮冒，致干未便。特札。

委道员会勘固原城工

札平庆泾道。案据藩、臬两司会详，皋兰、固原、泾州、岷州等四处城垣，现在坍塌过甚，保障攸关，难以缓办，呈请具奏兴修各缘由，到本督部堂。据此合行札饬。札到，该道会同委员普宝先将固原城垣亲加查勘，撙节确估应需工料银两实数，迅速详报，立等核办，毋得稍有浮冒，致干未便。特札。

专委平庆道经修固原城工

札候补德道。案照固原城垣坍塌过甚，前据藩、臬两司详请具奏兴修，当经札委平庆道亲加查勘，据实撙节确估详请核办在案。查固原城工保障攸关，既需修理，必须专委结实可靠大员经理兴修，庶办理益昭慎重，工程可期坚固。该道精练安详，办理自必周妥，合行札委。札到，该道即赴固原，将该处城工经理兴修。其一切工料，照依估定数目据实妥办，务期工归实用，帑不虚糜，勿令在工人役稍有偷减。俟工程完竣，即将所用工料银两，据实开报核办。特札。

前事行司

札兰州藩、臬两司。查固原城工既需兴修，必须专委结实可靠大员经理兴修，庶办理益昭慎重，工程可期坚固。查候补德道精练安详，堪以经理兴修，除径札〔饬〕委外，合行札饬。札到，该司等即移令该道，将固原城工照依估定工料银数，经理兴修，务期工归实用，帑不虚糜，勿令在工人役稍有偷减。俟工程完竣，即将所用工料银两，据实开报。并移令速即据实撙节确估，造册呈赍，以凭核奏，毋违。特札。

司详委员估修皋、固城工

为详委事。窃照皋兰、固原二处城垣，前因年久坍损，仰蒙奏奉俞允，准其修理，随经移行道府，饬令造估在案。惟是此项工程浩繁，必须派委熟谙工程之员造估承修，俾要工得归实效。兹本司查得平庆道德克精阿、署平凉府知府普宝、兰州府知府杨祖淳、抚彝通判延桂等，为人勤慎，向于工程事件素称熟谙。所有皋兰县城垣，应请饬委兰州府知府杨祖淳、抚彝通判延桂造估分段承修。固原州城垣亦应委现任平庆道德克精阿、署平凉府知府普宝造估分段承修，以昭核实。相应详请鉴核批示，以便移行造估兴修。

批：据详已悉。仰即移行遵照，造估兴修。缴。

饬催估计

札兰州布政司。案照皋兰、固原二处城垣，前因坍塌过甚，保障攸关，均难缓办，当经本部堂奏奉谕旨，准其修理，行司转饬查造估计册结。去后，迄今月余，未据造赍前来，合亟札催。札到，刻即飞移兰州、平庆二道，速饬皋兰、固原二州县将前项城垣照依原奏，赶造简明册籍，并即查造细数估计册结绘图贴说，由该司先将简明册籍呈请核奏，并将估计册结亦即照例分案详请具题。事关奉旨查办之件，未便延缓，并先行饬令将需用物料置备齐全，一俟来春开冻，即可兴工修理，俾贫民借口趁食，以资接济。毋得稍迟。特札。

其　二

札兰藩司、平庆道。案查前据该司等藩、臬两司会详，固原州城垣坍塌过甚，保障攸关，难以缓办，呈请具奏兴修，当经本部堂札饬平庆道该道会同委员将固原城垣亲加查勘，撙节确估应需工料银两实数，迅速详报在案。迄今多日，未据勘估详报，殊属延缓，除径札平庆道札藩司外，合亟札饬催。札到，该司即会同臬司速移平庆道，即速遵照前札刻日查勘确估，据实详报。仍照另札委候补德道核实办理，毋得任延。特札。

卷九　禁谕

劝谕补种晚秋

为晓谕事。照得本年甘省雨泽愆期，各厅州县报灾处所，本部堂现在委勘分别办理。但所报灾地，或夏禾已萎，或秋禾未种，如果属实，此时小暑已至，收成自属无望，不能不以成灾办理。但近日各属有续报得雨者，若即翻犁补种荞麦等杂粮，于民食不无小补，惟恐地方官及乡保人等，误以所报灾地必待勘验，不令赶种杂粮。该农民等亦虑及一经翻犁，便无灾伤实据，以致迟疑观望。殊不思补种荞麦等项，工本有限，设入秋天气不寒，可望成熟。至夏禾是否被灾，自有收割茎穗可凭，无难查验，决不以现种杂粮，便不以成灾核办，合亟示谕。为此示，谕被灾各属农民人等知悉：尔等被灾地亩，但可翻犁者，急宜赶紧补种，冀幸薄收，仍与现报成灾分数不相干涉。该地方官及乡保人等，即剀切劝谕，勿令观望自误。特示。

示谕绅耆随同确查灾户

为晓谕事。照得本年雨泽愆期，夏禾被旱，所有成灾处所，业经奏恳圣恩，拨饷赈恤。现在遴员会同该地方官履亩确勘，一面查明户口，造册给票，一面令该管道府亲身督查其灾，以夏禾无收晚禾又未播种者为最重，夏禾无收晚禾已种尚未长发者次之，晚秋虽未长发而夏禾尚有薄收及夏禾虽属无收而晚禾可望有收者又次之。如夏禾收成在五分以上，及夏禾收成不及五分，而所种晚禾较多现已畅茂者，俱不得列入成灾。至绅衿、铺户、商贾、书役、兵丁以及肩挑贸易、手艺营生不致失业者，均不在应赈之列。如有鳏寡孤独疲癃残疾者，应格外加之矜恤。其逃荒出外之户，自有遗留空屋空窑可据，于查户时册内注明该户姓名及男女大小口数，以凭归来时核对给发。现经另立规条，发交印委各员遵照办理。惟印委各员虽各亲身遍历，耳目究恐未周，于一切详细情形，仓猝未能尽悉。若假手吏胥，倚任乡保，不特侵渔影射，弊窦丛生，且恐无耻不法之徒，或就中串嘱，或藉端把持，奸民视为利薮，则灾民难免向隅，稍有生计者得以冒滥，而实在乏食者仍不能遍及。本部堂与司道各官再四熟筹，惟于被灾各属之绅衿耆老中，选择品行端方、才具明白、素为乡里所重者，每村堡各举数人，随同印委各员分别查办。该绅衿等于本处地亩人户，平时既确有见闻，而目前极贫、次贫应赈、不应赈情形，尤易随时查察。果能一秉至公，毫无私意，自然人人悦服，户户信从。吏胥乡保，无自营奸，即无耻不法之徒，亦何所施其串嘱把持之计。如此办理，庶几无滥无遗，贫民均沾实惠。除通饬被灾各属一体遵办外，合行剀切晓谕。为此示，仰被灾各属绅衿耆老人等知悉：该绅衿等务须实力实心，矢公矢慎，推居恒任恤之谊，全乡里休戚之情，勿谓派令办公，竟是协同行善，万勿苟且塞责，致启弊端。至灾民人等，亦须各安本分，静候印委各员率同衿耆查勘散放。如有争竞多少，扰攘喧哗，以及本不成灾，强求赈恤，别有营生，冒称灾户者，严行究办不贷。毋违。特示。

禁止客贩入甘贩粮

为禁止外省客商入甘贩买粮石以裕民食事。照得民为邦本，食为民天。固贵酌盈剂虚，要宜量入为出。平时各省粮食互相粜籴，原当不分畛域，听其流通，但必先筹本省之有余，然后可补他省之不足。甘省地瘠民贫，闾阎本无储蓄，本年自春夏以来，各路雨泽均未沾足，夏禾未免受旱，即将来秋成丰稔，亦仅足敷本省民食。本部堂访闻近有山西等处奸商，多挟重赀，入甘贩买粮石，愚民但图目前得价，不顾后来缺乏，实于本省民食大有妨碍，合行示禁。为此示，仰居民行户及商贩人等知悉，除本省粮食流通在所不禁外，所有山西等处商贩，毋得私入甘境贩买粮石。如有行户人等勾串商贩运粮出省者，倘经察出，或被告发，必当从重究辨。该居民等亦当知粮食为身家性命所关，一时贪得价值，远运他省，致使民食渐缺，市价渐昂，何以度日？不如留得余粮，庶几有备无患，不可不早为筹计也。至胥吏乡保人等，如有藉端需索及受贿纵放情事，该地方官随时严行查察，尽法惩治，庶于民食有裨，亦不至滋生事端。毋违。特示。

禁止商民阻挡运省粮石

札兰州布政司。前因甘省河东地方被旱稍宽，本省粮石，自应在于本省粜卖，以济民食。恐外省奸商携银来甘，收囤贩运，则粮食益致缺少，价值日昂，贫民买食维艰，曾经札饬严禁外省奸商不许贩出甘肃本境，并未禁止甘省各属不许贩粮来省也。若本省商人，在有粮地方贩运被灾处所售卖，则市粮广集，价必平减，贫民自不致艰于买食。近闻有粮州县，禁止商民人等，不许贩粮出境，违例遏粜，大属非是。查甘凉、西宁、河州、狄道、巩秦等处，均属有粮之区，合行札饬。札到，该司即飞饬遵照。如有本省商民人等前往各该处贩运粮石者，不得禁止。如有差役人等阻挡勒掯需索等事，即行严拿究办。特札。

劝谕任恤

为晓谕富户矜恤贫民以兴仁让事。照得本年甘省各属雨泽愆期，夏禾被旱。所有成灾处所，仰蒙皇恩拨饷赈恤，即勘不成灾及附近灾区地亩，亦得一律缓征。其中乏食贫民既资接济，即殷实富户亦免追呼，圣德如天，无一人不被其泽。惟念缓征放赈，俱为拯民困苦起见，但贫民完纳钱粮有限，所缓既属无多，即灾户所领赈银，亦止济目前之急。至富户田亩多者数顷、数十顷不等，计其缓征之数，较之贫民领赈之数，有多至百十倍者。虽系暂时宽缓，然以民间放债利息计之，所得已多。且现在地亩虽或歉收，平时粮食岂无余蓄，际此粮价昂贵之时，或反大获其利。是荒年之苦，苦及富民犹少，苦在贫民者独多。邻里乡党，谊关休戚，当此歉岁，目睹流离饥饿之状，恻隐之心，人皆有之，损有余以补不足，近则种德于一己，远则积福于子孙。况贫民未尽宁辑，富民岂能独安？是救饥济贫，不特为善之首务，亦未必非保家之良策也。用特开列数条，剀切劝谕，以期殷商富户，交勉而力行之。须至告示者。

计开：

一、现在查灾放赈，已饬令印委各员，于各村堡中选举端方明白之绅衿耆老，协同查办。其中殷实之户，尤当踊跃急公，妥为料理，务须实心实力，一秉至公，自然人人悦服，任劳无虞任怨。万勿观望推诿，致辜倚重。

一、贫民田亩，大约佃种起租者居多。灾地业已无收，自不能再向索租。其附近灾区田亩，虽不成灾，亦得一律缓征。该业户或以田本有收，仍向佃户索取全租，贫民未免拮据。自应酌量减收，以示体恤。如佃户藉此拖赖，仍治以抗租之罪。

一、贫民每遇青黄不接之时，向殷户借粮借钱，约至收成后偿还。此时田已被灾，无力归款，债主因其现在领赈，藉索欠项，是使救饥之银粮，尽归牟利之囊橐，苟有人心，何忍为此？所有灾地借欠账目，俱著暂缓索讨，俟成熟后再行清理。

一、现在粮价昂贵，贫民买食维艰。凡平昔有粮之户，尚须劝令出粜，以平市价，若再肆行囤积，粮愈少则价愈昂，病民尤甚。除踩曲烧锅，本干例禁，已出示严禁外，其余商贾市廛，应遵前示，不得广收粮石，囤积居奇，致干严究。

一、被灾户口，业经请帑赈恤，并于皋兰等处设厂散粥，以安流民，自不至于失所。但放赈既有定期，粥厂亦难遍设，恐此后嗷嗷待哺，接续为难。所望殷商富户好善乐施之人，不吝捐资，互相唱和，共襄义举，以广皇仁。或散钱，或散粥，或散粮，呈明地方官立案，于冬春之交举行，仍听各绅耆自行经理，小则施之一村一堡，大则行之一乡一邑。此等善士，俱堪嘉尚。该地方官秉公申报，以凭奖励。

一、流民中有老幼残废以及在途疾病死亡者，尤堪悯恻。除饬各地方官妥为收恤外，该处居民绅商殷实之户，亦宜随处留心，或酌给盘费，令其回归，或量予粮食，俾资餬口，以及医药棺木等项，亦当量为置备，不得因系他处人民，束手漠视。

一、贫民告贷无门，不得已鬻卖田产，有力之户往往故意勒措，图占便宜。该贫民或因所得价值不敷养赡，或因急无售主，难以谋生，以致死亡相继，甚有酿成命案者。当知刻薄成家，理无久享，况刻薄未必成家，转或因之破家，何如忠厚留有余之为得乎？

一、访闻各属灾民，抛妻弃子及沿途卖鬻者不少。天下无不顾恋妻子之人，非万分困顿，何至甘心丢弃？有等不法奸民，毫无恻隐，反得因以为利，且有目睹幼男稚女，抛弃道途沟壑，不一回顾者。此辈良心丧尽，直非人类。是在好善之人，随时随地，查看情形，量为安顿。往往有今日得资接济，不至离散，明日便得生路，可永远相依者。此中功德最大，宜勉而行之。

以上各条，特为殷实好善之人，示以存心行善之路，因人力之有余，补天行之不足，庶几善气所感，休祥立应，水旱不作，贼盗不生，相与长享太平，诞受多福，本部堂实有厚望焉。

禁止烧锅

为严禁开设烧锅以平粮价以裕民食事。照得踩曲烧锅，糜耗五谷，有妨民食，即收成丰稔之年，亦属例所当禁。本年甘省各属雨泽愆期，夏禾被旱，现在收获之粮，尚不足供民间饔飧之用。若再开设烧锅，囤粮造酒，谷石因之愈少，粮价因之愈昂，妨食病民，莫此为甚。除通行各地方官查办外，合行严禁。为此示，仰各属军民人等知悉：凡有开设烧锅各户，速即自行闭歇，另改别业。如敢违禁复开，许地邻乡保人等随时首告，以凭严拿究办。并将器具粮石，一并入官，以为网利病民者戒。该地邻乡保人等，倘有藉端讹索及受贿买放情事，察出尽法惩究不贷。凛之。特示。

前件饬发告示

札某州、厅、县。照得踩曲烧锅，有妨民食，即收成丰稔之年，亦属例所当禁。本年甘省各属雨泽愆期，夏禾被旱，现在收获之粮，尚不足供民间饔飧之用。若再开设烧锅，囤粮造酒，谷石因之愈少，粮价因之愈昂，妨食病民，莫此为甚。除出示严禁外，合行札饬。札到，该州厅、县即将发来告示底稿刊刻多张，仍由州县及各学、各营遍行张挂，仍谆切劝谕，令开设烧锅之家速行闭歇，另改别业。如敢违示私开，许乡邻等首告究治。倘胥役乡保人等，有藉端讹索及受贿卖放情弊，随时严密查察，尽法重惩。务期实力实行，毋得视为具文，草率塞责。特札。

固原文生白淑通冒赈治罪示众

为晓谕地方士民安分守法以保身命事。照得甘省上年查办灾赈，经本部堂奏定章程，督同司道等委员次第散票散赈，所以扫除积弊者无微不至。本部堂念切痌瘝，只期实惠及民，不使吏胥乡保人等从中滋弊。尔等百姓，当无不共见共闻。乃尚有固原州属文生白淑通及乡约白玉等、捏开户口、多领赈票之事。查捏冒贪利，已属不法，乃该生身列胶庠，不遵王法，竟至聚众抢犯，情节尤属可恶。今特奉谕旨，将白淑通即行处绞，白玉等分别治罪在案。尔等百姓，试思上年至今，节次赈恤，皇恩何等浩荡？本部堂劳心为民，剔除弊端，功令何等森严？文武大小各官，如何认真劳苦？乃劣生奸徒不知感激，尚敢以身试法，其妄可恶，其愚可怜。至官为民之父母，痛痒相关，施恩既重，执法益严。尔等试问，如白淑通、白玉者，身罹重罪，丧其性命，尔等愚民，可不安分守法，触目警心耶！合行剀切晓谕。为此示，仰合属绅士居民人等知悉：嗣后务须各安本分，各保身家，倘敢自作不法，憨不畏死，白淑通、白玉等是其前车之鉴，悔无及矣。凛之。特示。

卷十 条议

署巩昌府黄铣十二款

敬禀者：接奉宪札，令将府属被灾处所，不辞劳瘁，亲身督查，一切弊端应如何杜渐防微之处，悉心筹议，胪列条款，禀候查核等因。仰见轸念灾黎，时时在抱，期于弊窦肃清，皇仁普被之至意。捧读之下，实深钦佩。伏思卑府甫至甘省，即蒙委署巩郡，当此办理赈恤，民瘼攸关，责任綦重，何敢不仰体慈怀，实心经理？查现据各处报灾分数，业经卑府履亩确勘，虽尚无捏饰情弊，而将来查点户口，散放赈粮，情伪百出，设使查察稍有未周，即难保无不肖官吏希图染指，冒开短发，以及胥役乡保藉端需索等弊。卑府惟当凛遵宪谕，不辞劳瘁，轻骑减从，自备供给，躬亲往来，周历督查。倘有侵扣捏冒，一经查出，官则立予揭参，役则从严究办，总期帑不虚糜，民沾实惠，庶克仰副委任。至一切弊端应如何杜渐防微之处，卑府查照从前办过章程，参以管见所及，谨拟十二条呈览。

一、灾民户口宜于查点后先行随时报府亲查也。查灾民全凭户口以定赈粮之多寡，若仅由地方官及委员等查报，未免无从觉察，易启冒滥之弊。此次拟于有灾各属，每处各派委明干教杂二员，令其协同地方官分路挨庄按户查点。查竣一乡，即先将某庄某户被灾几分、极次大小口数分晰造册赍府，卑府携册亲往抽查，如有冒滥，即行揭参。

一、加赈银粮宜按月给散，以免灾黎花消也。查赈恤六分以上，例有加赈，自当按月接济。设使一总散给，贫民到手花消，后将不继，仍致失所。此次应请照依应赈月份，按月预行出示，晓谕日期，令其赴领，不准总给。如有程途窎远，实在必须一总给发者，地方官临时酌量办理。

一、散赈宜仍悬示木牌也。查前奉宪檄，散领籽口，俱令置备木牌，开明某乡某村应发籽口若干，逐一开列姓名，填注银粮数目，悬挂各村庄适中之所，俾民间一律周知，以杜书役乡约人等克扣朦混情弊。各属遵照办理，已有效验，最为良法。此次散赈，亦应照办。倘有隐匿不挂，即行揭参。

一、散赈宜先散票，以便稽查也。查被灾之户，虽经官为查点户口，而其应领银粮若干，灾民未得知悉，难免乡保吏胥从中滋弊。应先刊刷连二赈票，将某村某户被灾几分、大小口若干、应领极次贫银粮若干逐一注明，钤印过朱，一给灾户，一存署内。务于初赈前数日全行散给，令其按期带票验领。其应行加赈者，先将初赈放过银粮，于票内注明，仍发收执，次第按月请领，俟领完收销。如有遗失，许庄头保甲具保补给，并于册内注明补给字样，以杜拾票人冒领之弊。

一、散赈造册给票，宜严禁书吏索费也。查办赈登记册档应需笔墨纸张等项价银，例准开销，自应地方官先为垫办，事竣请销。第恐不肖书吏，借此混行需索，贫民无力应付，勒掯遗漏，以致向隅。应令地方官先行出示禁止，如有前项情弊，立即禀究。

一、散赈设厂宜酌中定地也。查各属地方远近不一，若令灾民远道请领，未免跋涉维艰。应酌量距庄三、四十里适中之区，设立赈厂。先行出示，将某村庄在某处厂内何月日散赈之处，明白晓谕，务俾穷乡僻壤咸各闻知，至期点名给散。其有不能前来请领者，许亲族带票伐〔代〕领，仍令本处乡保庄头认明，于册内登注。

一、极、次贫民宜画一查办也。查被灾各户，内有水地旱地，并种夏禾或兼种秋禾者。虽旱地夏禾无望，而水田以及秋禾尚得薄收，稍可支持者，为次贫。其余止种旱地，全行被旱，家室萧条者，为极贫。倘有止种水地秋田，未种山旱地亩者，一概不准给赈。

一、大小口数宜分别年岁也。查甘省曩年赈恤，俱照兵眷盘费请准部覆之例，以十岁以上为大口，十岁以下为小口。此次仍应照办。

一、灾民交错地方，宜两相知会也。查甘省接壤地方，每多犬牙相错。有地亩在此邑而村庄在彼邑，易启重领冒滥之弊。是以前于乾隆五十二年经前藩司议详，无论村庄坐落何处，总以地亩所隶之处给赈。设有一户兼种两县地亩者，仍以村庄坐落为准。彼此造册，两相知会，止于一处给赈，以杜重冒。此次仍应照办。

一、灾户门首宜粉书极次口数也。向来灾赈，均于灾户门首壁上用灰粉大书极次贫某人姓名，并大小口各数目。此次仍应照办，以便抽查。

一、散赈宜严禁债主索欠也。查民间春种之时，工本不及，未免向人借贷。今当夏禾被灾，所领赈银餬口不及，岂能再行还欠？但恐债主见其领银到手，即向讨要，仍致枵腹可虞。应令地方官出示晓谕，如有负欠之户，俱各从缓归结，此时不准向索。

一、散赈宜严禁铺户短价换银也。查灾民领获赈银，均须易钱应用，铺户等因见银多，高抬钱价，垄断罔利，在所不免。应先出示晓谕，凡有散赈银两，俱着照依时估易换，即因银多钱少，亦只准稍减数文，不得任意居奇，违者究处。

批：可谓用心矣。老而益壮，可嘉之至。必能善督所属，泽遍及民，不辞辛苦，我所素知也。所议各条，已于白禀内批示，仰即遵照批示办理。缴。

署巩昌府黄铣覆禀

敬禀者：接奉宪批，据卑府条议查灾办赈章程一禀，仰蒙训示谆谆，以实心实政造福民生即造福子孙为诫，益见轸念灾黎之中，实寓策励矜全之意，卑府宁不感激思奋？伏读钧批，令于查灾时亲往各村，酌带一二老实家丁，择父老乡绅之明白者，问明户口，即令伊等能写之人，一面口报，一面入册，按册造明木牌悬挂。领赈时，唤出伊等眼同放散代领，亦令伊等具结。纸墨亦自己带往，有一书差入其村，乡保多一言，许其禀告等因。伏思查灾放赈，乡保书差最为民蠹。今蒙将若辈概置不用，大弊先除，赈鲜中饱，实属意美法良，至当不易。至于钱铺易钱，居奇垄断，势所必然。卑府前议出示禁止，仍恐无可稽考，难免阳奉阴违。今蒙批示，竟行着落伊等分包，令书其字号分两，官再画押，或印花、或图记，钱户畏人告发，必能慎之又慎等因，是使该银铺于分包之始已存顾忌之见，责有攸归，将来即欲克短而势有不能，立法弥见周密。以上二条，皆非卑府愚昧之见所能计及，一经指示，烛照靡遗，灾民蒙福不尽。同其余应行各条，即当转行查灾正要各员，令其遵循办理。此番既经悬示木牌，所有灾户门首粉书口数一条，亦饬令各属毋庸举行。一俟各员查点某乡某里呈册到日，卑府即刻携带起程，次第抽查，并将册开户口与所挂木牌细加核对，倘有不符，即行究办。再于所到之处，将一切革除弊端，对众宣示，咸使闻知。倘有违犯，准其指控。将来初赈、加赈，亦照此查办，总期皇恩宪德遍及穷黎，吏蚀官侵概行禁绝。断不敢因年已衰暮，惮于辛苦，上负慈怀。谨将遵办缘由禀覆。

批：据禀已悉。仰即实力督办，留心查看本属及各委员勤廉者，密具禀闻。此缴。

隆德县许宁五款

敬禀者：窃查甘省地方，向来一经被旱，书役人等各存希冀之心，乡保地方即有浮捏之弊。办理人员稍有未善，弊窦丛生，难以枚举。然要在亲民者之能实心不能实心耳。虽曰弊生百端，而其大要有二：一、由于未能廉以自矢，一、由于不克勤以奉公。不廉则书役人等阴伺其意，怂恿之，挟持之，迎其机而巧施其技，或捏增户口，或侵扣银粮。凡此诸弊，皆因不自廉之所由出也。不勤则凡报旱灾非止一乡一村，或畏山河跋涉，或惮道路崎岖，并不亲身履勘，仅据乡约之禀报，一任地保之查看，受旱地亩，轻重未详，被灾贫民，极次莫悉。其间奸民花户，营谋领赈，增多易少，凡此诸弊，又因不自勤之所由出也。欲为民善其事，莫先自革其弊。信能如此，则书役无从捏造其册，地保无从增减其户。清源即所以截流，正己乃可以率物也。至查造户口，散放赈银，又须层层立法，事事分条，以杜遗滥侵冒之弊。一曰详查地亩。必先遍历受旱之处，履亩查看，将被灾地亩，分造轻、重二册，登记清楚，庶免以轻作重，以重作轻之弊。二曰分析极次。将查明灾重之地列作极贫，灾轻之地列作次贫，以免乡保虚报之弊。三曰点查户口。将所查极次贫民册中，某户几大口几小口，一一按户注明，以免遗漏之弊。四曰先给领票。于查明户口大小之后，随时按户给一小票，上注明或系极贫，或系次贫，大口若干，小口若干，应领赈若干，散放时验禀给银，以杜侵冒之弊。五曰照票封银。将赈银照给过小票包封，每票一张，包银一封，外注明户口若干，应领银若干，于散放时一面收票，一面发封，以免书役乡地影射之弊。以上五法，在办理者稍有成规，而在领赈贫民，或未能尽悉，尤必谨遵前定章程，将户口银数细书木牌张挂各村口，使远近乡民一体周知，则经理之人无可丝毫蒙混，而群黎百姓尽得仰沐宪恩。似此筹办，纵或未能尽善，庶国帑不至虚糜，而穷黎可沾实惠矣。

批：所禀未尽细微，仍另据实将切中时弊者透彻言之，密具以陈，无负采听之意。此缴。

固原州李尧询六款

敬禀者：恭奉宪札，饬将查灾放赈如何随地制宜杜渐防微之处，妥速筹议章程，胪列条款，禀候查核等因。卑职参以管见，胪列数条于后。

一、确查户口，以防侵冒也。赈务大弊，首在捏开户口。村庄散漫，人户零星，乡地人等最易捏冒，书役人等惟利是图，一令经手，不惟从中作弊，更且滋扰穷民。惟在正委各员亲赴四乡，遍历村庄，逐户挨查。每查一户，即于门口书明一户某人大几口、小几口，并每庄照饬发散放籽口木牌之式，总书某庄某户若干，共大口若干，共小口若干。则户口实数，众人皆知，无从捏冒；上司执册核查，立可对明，可免浮冒侵蚀之弊。

一、领赈之户，宜防假冒也。散赈先散赈单，照造就户口册填写赈单，填明极次贫大小口数，并初赈、加赈银数。放赈之先，每户散给赈单，酌道路之远近，分定日期，灾户亲身执单领赈。但领赈之人是否本身，恐有预〔顶〕冒。唱名散放之时，令乡保等在旁辨认，并令其同庄之人彼此互认，以免假冒。

一、赈银包封准兑，以防克扣也。每户赈银，照赈单所注极次贫大小口数，初赈、加赈，算清银数，兑准包封，就封面将户名银数书明。恐假手书役，难免无克扣短数等弊，须传钱行各铺户准兑包封，就封背面将该铺户字号写明，并令自钤图记。该铺户恐干赔补，自不敢短数，即灾民就封易换钱文，亦免奸商掯勒短平。

一、晓示应赈数目，以免争竞也。灾有分数，贫别极次，赈数因之。乡民不知定例，若见己少彼多，不无争论。且刁生、劣监、土棍，把持乡曲，或借以纷扰。先期将大、小口每月应赈数目，及灾分轻重，极、次贫应赈数目，分别明白晓谕，并请上司给示，使乡愚共知无争竞，亦即以稽查浮冒克扣诸弊。

一、查明田地较多之户，如果乏食，一体给赈，以免遗漏也。农民以田地之多寡，分家道之厚薄。而甘省地瘠民贫，素无积蓄，田地较多之户，在收成之年为有力，一被灾祲，空有田地，并无积粮，即至乏食。若看其居舍，尚非甚贫，查其地亩，亦不为少，因不予赈恤，将朝夕不给，终必至于流离。应一体给赈，以免向隅。至殷实之户，自应删除，以免冒滥。

一、逃荒外出各户，查明造册，以备闻赈归来也。地方连年积歉，今又被旱，春夏以来，扶老携幼，就食他方，外出之户甚多。应询明同庄邻佑，将该户姓名大小口数，另造清册，俟闻赈归来，查核请赈。

批：所议多可行，勉期实践。内用钱铺封记一节，尤为众人思议所未及。此外尚能细思续禀否？缴。

署灵州翟汉八款

敬禀者：遵查荒政要务，备载《钱谷总志》、《荒政琐言》、《户部则例》诸书，历来成规良法，已在洞鉴之中。卑职自筮仕到甘，历署狄道、合水、环县、固原、阶州等缺，实未办过赈案，何敢妄参末议？惟地方现需赈恤，所有卑州地势民情从经从权，可以管窥蠡测者，仅例条款，禀求训诲，以冀遵循。

一、赈案始于查户，从未有户口不清而辨灾能无遗滥者。其弊由于胥吏营私，刁民挟制，朋比为奸，不堪枚举。今卑职剀切严谕各堡堡长，先赶紧查造草册，俟造到后，即会同委员分途照册逐户挨查，但有不符，即为更改。其贫民极次之分，人口大小之辨，俱于册内亲为注明，庶书役无敢作弊。

一、查户之时，先期发给告示，载明某日查某村庄，并晓谕应赈贫民，在室安居，不许拦街迎挤，庶免冒滥影射之弊。查定之家，各于门墙灰书姓名、人口，以为志识。查明后仍遵用木牌按户注明，于各村庄口张挂，令百姓周知。

一、天灾流行，自古有之。查灾蠲赈，前人递有成法，其所以办理不善者，大率正委各员，不能实心实力，以致奸胥猾吏乘间弊生，贫民何以得邀实惠。今卑职与委员悉心筹办，事无大小，必得亲临，朝夕纠防，乡保书役，庶不使联为一气。

一、贫民谋食出外未归，亦所恒有，如查点户口之际，见有空室无人，或一家本有数口，临查有一二名出外者，俱于册内注明，以备闻赈归来，按原册校对定准。庶几流亡之民，不致返庐失所。

一、贫民待赈，情同望哺。在书斗人等，恐防零星折耗，即不免有短少合勺之弊，何以广皇仁而施实惠？今卑职拟同委员轮替监放，勿令书斗人等轻重其手，庶贫民普沾实济。

一、赈粮不足之区，兼须赈银，宜先期谕传本城当商、钱铺客民，各携戥剪，至署较准，按一村庄需钱若干，开一花名清单，令各客民照单按户弹兑。兑完每封，上书明包银商民姓名，以备抽查短少之弊，俾书役无从染指。

一、放赈照考试之例，先期示知各乡，某日赈某村，俾百姓得以早闻。届期同委员诣仓照册点名，验明赈票，方准入仓领粮。设有临点不到者，每日补点一次，以冀无遗。

一、堡长查造户口草册，并书辨〔办〕攒造报销蠲免、蠲缓各项册籍，以及连二赈票，一切笔墨纸张，卑职备办给发。一面于城乡挂发告示，严禁堡长书役借称前项纸笔，私向里下科敛。并于贫民领赈之际，面为访询，使吏胥知所畏惧。设有玩法作弊者，亦无难立时抉摘。

批：已有条规发刻，不日即行到矣。然法不为君子设，勉之毋负期望。该令能谨守，谅必能耐苦也。所议各条，有已入规条者，足见人心大概相同耳。缴。

灵台县戴椿龄禀

敬禀者：卑职一介庸愚，毫无知识，筮仕灵邑，仅越三载，并未辨〔办〕过灾赈，亦未游历他区，何敢妄参末议？第蒙俯询，不敢不以所闻者上陈。夫遗滥侵冒之弊，盖由地方官心有私欲，又惮烦劳，不肯亲查户口，任听乡甲书役捏造，在于保甲及民谷总数内酌量增减，臆度详报。及至散放之时，抑勒小民，见其衣衫稍完者，即指为殷实之户，不使领给。所以银粮有剩，私入己橐，又借供应委员之名，从中克扣，因而书役奸民乘邪而入，书办乡甲则捏造户口，奸民则挟制讹诈。地方官有欲不刚，小民有遗漏之苦矣。此卑职所闻遗滥侵冒之弊也。然地方官之廉介，如处女之守身，乃分内事耳。况地方被灾穷民，有倒悬之厄，为民父母，何忍侵渔？且明有功令，暗有鬼神，即不惜子孙，宁不自爱其身乎？是廉介之矢未必皆无，而怠惰之习恐或不免。如能立身清洁，不惮烦劳，查户口则亲历山谷，散赈银则丝毫不苟，书役乡甲从何作弊，奸民无衅可乘，此地方官勤劳之为要也。至于委员过多，则州县供应不暇，于事似无裨益。查各县设有教杂，再添委员一人，自可帮查户口，分认乡村，虽穷乡僻壤，必须亲临。即如卑县居民多在深沟大壑之中，轿马皆不能到，如一惮劳，势必为乡甲所欺，仍不免有冒滥之弊。伏乞责成各州县，清洁固当自矢，而烦劳断不可惮，宽其查报户口之期，俾得贫民确数。并饬令本管道府，在于极大之区，民情刁悍之处，亲临监散，其余委员散放事竣，仍往亲查。现在泾属办灾，仅止本县一处。本州相离百里，自可亲临监放，不惟诸弊可清，亦可弹压地方，免致饥民滋生事端。再，卑县民情最苦，自十年被旱以后，元气未复，去岁夏旱秋雨，终岁歉薄，今复被灾，其窘难堪。照例有极次贫民之分，而闾阎无次贫之民，抚恤颇费周章。似应因地制宜，使之一律均沾，或可杜其争竞滋事矣。

批：所论颇悉情事，本部堂现已刊刷章程，不日即可饬发矣。仰即遵照另檄，实力奉行，妥协办理，毋稍懈忽。此缴。

花马池州同李大櫄五款

敬禀者：卑职久任闲曹，鲜经赈务，惟就地方风土之宜，悉心筹画，似于贫民有济，而吏胥不致作奸者，谨开款折呈电。

一、查点户口，宜分别登注也。赈案始于查户，极次贫由此而分，大小口由此而别，赈数多寡由此而定。从未有户口不清，办赈得免冒滥遗漏者。其弊有三：书役乡保，各有亲族，因其爱憎，以为增减，一也。吏胥既有私弊，刁民必出而挟制，若辈畏其作梗，相与结连，非虚报人口以餍其欲，即听其使令鱼肉贫民，或增或删，分肥勒诈，二也。一堡之内，村庄畸零，若办理不善，则东村之民即可冒入西村，有力之家无难装称无力，三也。今卑职现商令各堡长、保长，协同衿耆，先行查造草册。如一堡之下，分晰村庄若干，无论庄之大小，每庄造册一本，内注户名及大小口数。凡查过者，于门墙之外，照册灰书姓名人口，以为记号。俟草册造到，先期发给告示，某日查某堡某村，凡有请赈之民，在室安居，毋许当街拦挤。届期卑职会同委员挨庄逐户，亲自抽查。其与草册相符者，即用朱笔点定，其有浮冒不合者，立时为之抹改。如见有老弱细小不能亲身领赈者，亦于册内注明字样，庶将来散赈，不妨准人代领，毋庸再查。此外如有空室无人之家，及一家之内其人本有数口，临点时间，有一二名在外谋食未归者，问明姓名年岁，亦于册尾注明，以防闻赈归来，即可凭此较对。查过之处，即按户给发赈票，仍遵用木牌于路口通衢张挂，俾令周知。

一、贫民领赈，宜简设科条，以清积弊，以免守候也。贫民望赈情同待哺，惟人数既多，不能不设立章程，俾有查考。然转折太多，乡愚无由周悉，贫民苦于守候，奸胥猾吏反得借为需索之端。即如履勘报名入册缮票登记木牌，此犹当商典衣给票随记水牌，以免遗漏，先在慎之于始，迨后认票赎衣，销号抹牌，显而易见，毋许多生枝节。查向例散给赈票，赈讫即收，下月加赈，另给另掣，在防伪之法，似亦近理。第灾黎何堪烦扰？今卑职请于赈票内，注明应赈月份，赈过一月，加一戳记，仍令贫民收执，次月照样加戳，至末赈领粮后，对册收票报销。初赈、加赈、展赈俱于牌内书明查考，其每处发赈票印册，必须二本，一备查点，一备支放，均与木牌户口相符，以便抽查，似于贫民为便。

一、向闻散赈之处，有引旗分队之法，以防拥挤，此亦似涉虚文。今卑职请于未赈之先，示知各乡，某日赈某堡，共有几庄，分晰等次，早令百姓知闻。届期卑职会同委员亲赴厂所，照考试之式，用高脚木牌，写明庄名，令堡长执牌率领引进，按册唱名，每点一名，验明赈票大小口数，注册点名。上半日点验者，令其下半日赴廒赴厂领给钱粮。其廒厂支放钱粮人员，按照点验印册，先为计口筹备，注明散总，至期按名查放；其下半日点验者，令其次早上半日支放，可免错乱挤拥遗失冒混之弊。夜间算赈，查对印册木牌符合，按旬折报，预备次日事宜，以昭慎重。若层折愈多，适以病民，且生弊窦。其赈票须用厚毛头纸刊印连二存照式样，如州县收粮，串票既发，串根存查。倘有遗失，许其报明补给。

一、民间通行，无过钱米两宗。谷粟有待碾磨，艰于驮负；银两散碎蚀耗，虑及指骗。穷乡僻壤，无处易钱，市廛则适饱奸商刁甲，大戥减价，设法克剥。应请责成各地方官，除小麦簸净尘土之外，粟谷估定成色，俱碾净米，银两报明市价，易换足钱。均合〔令〕道府大员查验，预为筹贮，临期责成妥实铺户书役经手散放。将每廒每厂经手人名预写册面，仍每于给赈之先，派令委员随手抽查米色匀净、钱文足数，方准开放。违漫克扣，查出即将经手之人立予责处，押令赔补，甚或枷号示众，缘坐本管官司。其堡保书役作弊犯案者亦如之。

一、卑属地形，东接陕省延安定边县，该处今岁亦被旱歉。北靠边墙，出阖门外，向多汉人佃种夷地圈落。查点户口，内地人民固属一例，其蒙民及流民，均系灾民，一闻给赈，虑其纷纷前来，势必混淆争执，易滋事端。揆情均属可悯，而东、北两边界，皆无赈恤之区，无可互相照应，未免向隅，且拒阻或致酿事。卑职再四熟筹，惟有于开赈之日，预派妥当士民书役，先赴东、北两界口庄村地面，暗为查点，遇有此等流民蒙民越界入口求赈者，大口每人酌给制钱二、三十文，小口每人酌给十五文，其有老弱颠连者倍给之。即善为遣还，告以无册无票，不能领赈，不必前往，徒受劳累。另立印簿，登时记明散给钱文姓名，归于本日赈厂报销。嗣后再赈，或有增减人数，亦断不致悬殊。统俟赈务告竣，并入闻赈归来钱粮项内造报。仍饬委员查察，互相弹压，抚慰遣还，似与地方有益，并可推广皇仁宪德矣。

批：所议具见细心，于防弊极为周彻，可嘉之至。仰将发去规条五本，分给各学及委员阅看，因地制宜，不妨斟酌行之，要在民得实惠，不在斤斤文墨也。勉为循吏，实心爱民，本部堂期望之至，勉之。此缴折存。

署会宁县张尔㶷禀

敬禀者：窃卑县接奉宪批，伏读秋来即放大赈一语，觉二十四厅州县顿如枯木逢春，非救弊扶伤如恐不及，何迅疾乃尔？庄诵之下，几欲感泣。继读训词，欲民之沾实惠也，则查散有方；欲民之省拖累也，则听断有权。务须躬亲访诸父老，所谓地方之事，与地方共之，允蹈斯言，循良何愧？是盖爱百姓如慈父之爱其子，故教属吏如明师之教其弟。甘省五十余属，与闻此者有几？而谆谆提命，乃在新进微员，循常格则，恩遇莫酬，图建树则抱负无具，何敢得意，适足疚心。计卑职莅事甫经匝月，荷蒙宪眷三降温言，念惟实心办公，不袭州县习气，庶少答万分之一。是以到任以来，凡办理口粮、抢案、劝粜以及诸生月课等事，皆以实心出之，宁使百姓讥其少文，不令百姓议其多诈，或者邑人谅其无他，相与安之，不致过萦宪虑耳。兹荷训诲，谆谆勉以实政，是直略官民之分，联家人之欢，乃知前此之见，缺遗正多，岂止书绅，宜铭肺腑。嗣当凛遵章程，以副期许。自七月初七连沾雨泽，虽经播种晚秋，而百姓仍苦枵腹。计食赈之期，约须五十日，今之急务，劝粜为先。然贫民无钱，富民无亲，较之前月，更觉勉强。卑职意欲嗣后富民以无粮告者，责令出具甘结，乃暗立赏格，饬役密查。设结后私粜升斗，即查封入官，赏给贫民，以为为富不仁者儆。则富民畏罚，不敢居奇，贫民稍获接济矣。

批：前批能句句奉行，必可成一名令尹，勉之，勉之。如始勤而终怠，辜负本部堂爱才之心，亦自弃其才也。富民乃地方元气，须保之，无轻扰。劝捐等事，此时尚早，留待来春乃可用之。深思之。缴。

兰州府学教授张培禀

敬禀者：窃卑职前遵钧批，曾将救荒事由另议具禀在案。蒙批著再访积弊，透彻言之等因。卑职窃访得蠲之策一而行之，则有四弊。其弊之在州县者，闻风预征，一也。影射诡征，二也。甚至黄封已下，白纸犹催，置民瘼于度外，三也。大人轸念民饥，奏请缓课宽赋，而亲民之官依然酣饮丰食，取足于民，四也。赈之策一而行之，统计则有十弊。弊之在地方官者，奉行而多所迟缓，一也；拘文而少所权变，二也。其弊之在委员者，因繁生急，一也；因难生畏，二也；率意三也；饰诈四也。其弊之在书役乡保者，造册户口，惟赂是视，赂则入册，不赂则不入册，以致册多侵冒遗漏，一也；教唆奸民，纠众哀号，以乞恩之名，存挟官之势，二也；临散赈之时，勾通委员之家人长随，多方侵渔剥削，于银则短分两，于钱则短数目，三也；既散赈之后，借称供应委员饭食夫马草料，按户科派，苦累贫民，四也。凡此诸弊，或大或小，或重或轻，均于荒政有妨。仰惟密察严禁，使州县委员以及书役乡保人等，咸知清洁自矢，认真办理，而更佐以耆老里民之协同经营捡点，乃可以善其蠲赈之策。抑卑职窃尝诵林希元《荒政丛言》，首以得人为难，以知办荒务在得人。所谓人者，非必负奇才异略也，但择其忠厚谨慎安详勤敏，能以大人之心为心者，激励鼓舞，当无不济也。卑职管窥蠡测，囿于所见，伏惟鉴核训示。

批：言弊颇为确实，何以除弊尚未议及。仰即勉思续禀以闻。缴。

皋兰县训导朱世隆八款

一、皋兰土瘠民贫，兼有每月支散兵粮，虽丰年田亩所出，不足以供食用，皆赖他处民人赴城粜卖粮石。况今岁亢旱，禾苗被灾，民困尤甚。宜先行文出示严禁四邻州县地方，毋得纵容蠹役奸民遏籴杜粮，借端磕索，庶贩卖粮者多而市价可以稍平。

一、拨运减粜，可平市价。但皋兰人烟辐辏，减粜之时，尝有奸民串通仓书斗级一日籴粮数次而转粜渔利者，即有循良贫民数日求籴一次而不得者。宜先按城内关乡郭外，设二十家门牌，限日按牌，各赴减粜之处，挨次轮流籴粮。有余富民，不得混造入十家门牌内，庶贫民均沾实惠。

一、皋兰地高气寒，山地、旱地多而水地少。散给口粮赈借，分次贫、极贫，先宜委廉能干员，亲临被灾之处确查，种水地之家为次贫，无地及种旱地之家为极贫，造具花户册籍，按名查点，庶免庄头衙役捏造户口之弊。

一、于次、极贫民散给赈借银两，宜先造合同串票，小执照内开普赈几月，给银若干，展赈几月，给银若干，并开明花户姓名、大小人口数目。俾民手执一张，官执一张，以便查对散给，庶免书役庄头人等瞒多散少之弊。

一、散给赈借银两，择民居适中之地，委廉能干员，按名散给，可免小民往返盘费。但散给之时，庄头乡保串同委员之长随衙役，每借口伺候委员公馆饭食与长随衙役使费若干，横行摊派勒索，致小民仍不能实沾其惠。宜于委员并跟随人役酌给盘费饭食，先行出示晓谕小民周知，庶免庄头衙役人等勒索之弊。

一、委员散给赈借银两，宜亲身按名查散，勿使庄头乡保人等总领。倘有逃荒出外户口，应缴该地方官存贮，俟回籍之日，著本人具结请领，庶免庄头乡保人等冒领之弊。

一、设立粥厂，可救济逃荒贫民。宜先饬谕州县，按市价籴买粥厂米面，随时发价。不可迟延日月，使小民畏首畏尾，虽有米豆，不敢出粜，反致市价昂贵，有碍贫民。

一、查皋兰本城酒馆百有余处，所费米粟极多。今岁亢旱，新米尚未收成，旧米多系酒馆存贮。设立粥厂，正在粟米缺少之时，宜照嘉庆十年、十一年之例，出示暂令关闭酒馆，并谕伊等将存贮粟米出粜，一则可平市价，一则可备粥厂。恐有开馆奸民将粟米挪移囤积别处，饬地方官出示查拿严禁，庶有裨益。

批：道本地情事颇实落。内有已办者、未行者，亦可采听，勉思之，续具禀闻。缴。

金县学训导孙大才五款

一、庄头冒捏庄名宜查禁也。金邑所属地方，多高山峻岭，向来有不肖刁民，串通书役，于穷山僻壤处，使人预备烟火，迨官员履勘时，遥指烟火处，以为有庄有户，故引至险途隘路，勘验官惮于跋涉，遂至虚实莫辨。此次必精勤委员亲履其地，凡居民所到者，官亦能到，勘验明白，庶不至有欺冒之弊。

一、滥冒户口宜严也。如查验东庄灾民，既已应名注册，又复竞奔西庄，易名应点。查验官岂能一一详识，难保不无混滥。此处乡保户首，耳目最为熟习，必使细查具报，仍取甘结，嗣后一经查出弊端，定将乡保指名连坐，追还银两缴官。

一、饬示晓谕宜周也。此次散赈，应仍照前放口粮章程，多设木牌，填写庄村，书极贫大小口赈银若干，次贫大小口赈银若干，足平足色，并无乡保书役饭食纸笔之费，张挂各乡村镇，使人人周知。非惟书役人等不敢需索，即灾民洞悉颠末，亦不肯听其侵蚀矣。

一、去乡逃窜者宜恤也。凡被灾穷民，均属可伤。至因灾远适之民，资生无策，束手为难，不得已而寄食他乡。他乡之赈，既无贯籍可领，一旦闻赈归来，又未经本县查验，不免向隅。请饬委员查勘时，须令乡保人等取具切实甘结，另为注册，以俟补赈。迨补赈后，仍设立木牌，书写补赈大小口若干，以备抽查。

一、散放银两宜一次总发也。查向例无论极贫、次贫，普赈一月，其被灾六、七、八、九、十分均有加赈定例，应按灾分之轻重，银数之多寡，一次给发。穷黎借此糊口之外，或别营生理，稍获蝇头微利，亦可多延数月之口食，兼得免往返之繁费，庶体恤无不周矣。

批：所议尚有可采。此缴。

署金县事漳县贾炳十二款

一、查向年办理赈恤，经委员赴乡查点户口，该庄头人等造册投送委员，以备查点，而不肖庄头，捏造多名，迨查点时冒名顶替，遂至浮滥靡所底止。此次办理赈恤，应先传齐各该乡保，谆切面谕，即在每村庄拣选老成公正庄头一名，查明某户大小口若干，分晰造册送县，以备委员按户查点。如有捏冒之处，即将该乡约惩治。

一、县属各处村庄户口，若照从前办过底案造报，难免不尽不实之弊。此次必得按庄挨户逐细确查，据实开报，是乃绝弊之最要。是以卑职现经具报被旱情形详内，因未查实，不便拘泥成例，遽将村庄填列也。查旧时所造村庄，是否果有其名，与夫户口之男妇丁口及极贫、次贫，务使公同委员分诣各乡逐一亲加查点，便可的确。此非可以仓猝查明，约计一乡地方，挨户点查，须得十余日方能查清，庶不致有冒滥。

一、皋、金二县，界属犬牙，每逢办理赈恤，率多两处冒滥。此次查点户口，应归皋兰食赈者，听皋兰办理。应归金县食赈者，委员查明，带领书役，在于门口墙面大书“金县查点”四字，并移明皋兰，以杜冒滥而重灾务。

一、四乡穷民，搬移逃荒在外者甚多。若经委员按户查点，不见其人，概为删除，该灾民反不能得实惠，未免向隅。是在委员并地方官赴庄留心查询，邻近居民看明坐落房屋，实有若干户口，另行造册存核，俟闻赈归来之日，另行补给。

一、奏请赈恤，原所以赈灾黎也。金邑四乡民人，间有力能自赡及例不应赈恤之书役兵丁绅士人等，查明概行删除，不准食赈，以昭慎重。

一、应行赈恤各户，挨庄按户查点毕，仍照新定章程，在于村口张挂榜示，书明某庄共若干户，每户大小若干口，分极、次，以备道府按临抽查。

一、应赈户民，按照委员点准户口，照名照册填写赈单，发给该户民收执，赴厂候领，监散官验明给散，以杜冒领弊端。

一、散放赈恤，必须择其适中之地。金邑清水镇系东乡适中之地，新营镇系南乡适中之地，北山高山岭地方辽阔，哈巴台、金家崖二处系适中之地，西乡距县城为适中之地。如此分厂散放，庄头不得代领，花户人等亲身候领到手，即饬令回家，以资养赡，不得任意花消。

一、应赈银两，户数较多，其分剪平兑及各封填注户名银数，势不能不假手书吏银匠。虽派有署内亲信之人看守，并于封竣亦经官为抽兑过朱，似可无弊。然灾期散给，胥役等或暗中抽换克扣，自应于散时置设一平唱名散给，即于各灾户当场平兑。其平兑之人，即于该处买卖铺中临时选择妥人，似亦绝弊核实之法。

一、办赈书役人等，最宜严加防范，以恤穷黎。访闻向年办理赈恤，灾户人等于领赈时，书役藉端需索盘费，实于灾民大有不便。此次散放赈恤，书役人等随时酌量给与口食，毋许需索，倘有蹈前辙者，查出立即严办。

一、庄头藉端敛钱，尤为灾黎之苦，不可不严加整饬，剔除积弊。向有等不法庄头，往往藉以书役饭食使费名目，竟将花户领出赈银哄骗到手，恣意科派侵肥，灾黎束手莫敢声言。今先出示各庄花户人等一体周知，毋庸听从庄头之言，任其科敛，倘有不肖庄头，再行磕索，即着该花户指名扭禀，以儆刁风。

一、奉委散赈人员，于某日在于何处开厂散放某乡赈恤，即于某日完竣，同委员姓名及散放数目，开折通报，以备查考。

批：所议已悉，续有所见，随时具禀。此缴。

宁夏府王赐均十二款

一、宁夏地处极边，春雨甚稀，秋霜最早，于渠田毫无妨碍。惟灵州、中卫之旱堡、香山及花马池等处，止生黍谷，每岁夏禾不过十之一二，俱于芒种以前播种。大秋但得雨旸时若，霜气来迟，一岁有收，便足两年食用。且地广赋轻，无产贫民借以谋食者甚众。

只因十四、十五两年歉收，今岁夏秋全无，是以民情皇皇，倍于寻常。现在节气已过，不及多种晚秋，已劝民多种菜蔬，以助饘粥。

一、夏秋虽一律无收，不分轻重，然灾赈分数，不可不少为区别。今将种晚收一分者，列为九分灾。种晚收二分者，列为八分灾。

一、查灾委员宜宽限时日，大州县一月，小县二十日，务令从容周到，逐庄逐户，一一检点明确。初查造册之后，道府覆加查勘，书载木牌。务本农民，固宜加赈，而无业贫户，亦当入册。在官兵役，固宜删除，而一家口数，不应尽去。惟有力之家，不可冒滥。

一、制造本牌，每庄悬挂一面，将某户某人、大小口数、应赈几月粮数分晰注明，俾灾民无不周知，奸民胥役无从舞弊。中卫散粮用此法，已有成效，永堪遵守。

一、贫民亲身领赈，不许一人代领数户，更不许数人包揽一庄。如有孤寡老弱不能赴仓者，将应赈之粮扣存仓内，准亲族、邻佑、本庄富民代为具领，乡保认识，册内注明，以便稽查。

一、适中运散，有名无实，凡州县城池，四乡星罗棋布，即是适中之地。望赈众户，近悦远来，岂辞劳瘁？且当饥荒之际，将粮运至孤村野市，难保无虞，似不必虚糜例价。

一、开赈毋庸太早，散赈毋庸太急。灾民夏秋易过，严冬难度。夏则园蔬野菜，皆可采食。冬则饥寒交迫，存活甚难。应将四月赈粮，仍照例于十月初起、正月底止，匀作四月散竣，可以耐至春融。且陆续散放，贫民负载亦易。

一、散赈必须散票，俾众户持票领粮，仓书散与堡长，堡长散与花户，多少不等，其中俱有需索。今木牌已将户口、粮数宣示明白，散赈之时，户民照牌来领，仓门外书办散票，仓门内委员过朱，可杜层层需索之弊。

一、查造户口，每每捏报诡名，多开户口。劣衿刁民，见乡地混报，吏胥侵蚀，即从中挟制。或于本名之下，多开数户，或于领赈之时，顶名冒领。乡地吏胥明知而莫敢如何。今遵用木牌，预为注明，可杜此弊。

一、逃荒外出者，即另登一册，亦于木牌后尾注明，俟归来补给。

一、仓书、堡长、庄头枵腹办公，未免太苦，每人酌给口食钱文，以示体恤。

一、灵州、中卫，仓贮无多，每岁支放兵粮，灵州几及一万，中卫万余，应请半本半折，方能留余以顾兵糈。花马池仓贮全无，应全请折色。

批：所议各条，均属可行。此次查办赈恤，务须督饬所属，实力妥办，认真经理，以期诸弊尽除，民得实惠为至要。此缴。

陇西县樊玉轴八款

一、查灾应分别水旱、夏秋地亩以归核实也。查本年夏禾被旱成灾，多在山坡向阳地亩，其山阴低洼及近水之处，虽已歉薄，尚有可收，秋田甫经补种。民间高山，夏禾受旱，自应赈济。其间有止种水地、秋田，并无旱地，及水地秋田、山阴低洼所种各禾多于山地受旱之处者，一概不准给赈，以示区别。

一、查灾应就种地之人给赈也。查各户自种己地，被旱成灾，自应赈恤。其内有将地租佃于人，止收租息者，多属有力之户，应止赈种地之人。所有地主，一概不准给赈。

一、乡保、庄头应严行查察也。查四乡灾区，正委官员亲行覆勘成灾分数，不难一望而知。即已翻犁改种秋禾之处，亦有收存枝茎可验，自易得实。惟查点户口，不能不责令乡保人等先行造册，但恐该乡保等藉此渔利，串通奸民，冒开户口。或因需索不遂，竟尔匿报。应先出示遍行晓谕，如有前项情弊，立即禀究。卑职仍同委员分投照册按户查点，倘有遗滥，大法严惩。其中如有先经逃荒在外，并未列名，随后闻赈归来者，准其一体补入给赈，以免向隅。

一、散赈应严查书吏索取票钱也。查现在查勘分数，卑职亲身会同委员，于查明后将村庄地亩自行登记，即将来查点户口，亦有乡保人等先呈户册，按籍可稽，均可毋庸携带书吏。惟散赈之时，不能不假手伊等填写，该书吏等藉以纸笔饭食为名，难免不向灾民需索票钱。卑职拟于临时刊刷票式，所需笔墨纸张等项，悉行自备，饬令该书吏在于内署给以饭食，令其照册填写。俟放赈之前数日，当堂散给，俾得带票领赈。并先出示晓谕灾黎，不得给与书吏票钱。如有违禁勒索，即行禀究。

一、应赈灾民应仍悬木牌也。查向来办赈，均于灾民门首，用灰粉大书极次贫民、大小口数，而于应领银数，并未书明，仍恐乡保人等不无影射克扣滋弊。本年借散籽口，蒙令置备木牌，开明某乡某村应发籽口若干，逐一开列姓名、填注银粮数目，悬挂各村庄适中之所，俾民间一律周知，乡保吏胥无从朦混，最为良法。将来散赈，亦应照办，以昭严密。

一、散赈宜于适中地方设厂也。查卑县东至宁远县交界四十里，南至漳县交界六十里，西至渭源县交界九十里，北至安定县交界九十里。虽相距本城俱不甚远，而灾民往返，究觉跋涉为劳。兹卑职拟于四乡稍远之适中处所，各设一厂，令其就近领赈。其余距城一、二十里者，仍在本城厂内给领，并将某村定于某日在于何厂请领之处，先期出示晓谕。

一、散赈应严查代领以杜侵冒也。查四乡灾民，或因患病，或因妇女，不能亲身领赈，间有托人代领。然每村之中，不过一、二户，多则不无假冒。卑职临时查明，如果每村一、二户实有事故，托人代领，责令乡保人等承保，方准领回，仍于册内注明。倘有多于此数者，即行扣除，另传本人给发。

一、邻邑逃荒灾民，应谕令各归本土领赈，以免奸民影射也。查本年夏禾被旱成灾，邻邑如安会等处民人多有逃荒来至卑县四乡，在于有力之家依亲傍友，就食餬口。自得雨后，虽已陆续旋归，尚未尽去。一闻开赈，势必纷纷请领，易启奸民影射冒领之弊。将来查点户口，惟当踏田问户，始准入册，其有并无地亩之外来灾民，概令仍回故土领赈，不准在此给发，以杜冒滥。

批：所议多可行，足见留心民瘼，可嘉之至。此外再能细思益我否？望之，勉之。此缴。

中卫县知县翟树滋四款

一、严禁刁徒以杜扰累也。查地方刁民，每遇公事，辄向前承揽，希图肥己。穷檐小户，受其欺压，即乡保人等，畏其凶横，听伊指使。如正委各官赴乡查点户口，该刁徒跟从书役，指东捏西，牵混舞弊，经本官查明申饬，伊等强辩饰非。至散赈有期，伊复包揽冒领，声言单丁独户，不能远步仓厂，有意影射分肥，小民不能均沾实惠。种种扰乱章程，深堪痛恨。应请嗣后查点户口时，遇有此等刁健之徒，先行锁拿入城，严加管押，俟赈务完竣，重责释放。伊之家口，一体赈恤。似此刁徒敛迹，地方宁静，民无欺饰之病，官无牵制之累，照依立定章程办理，俾远近灾黎，均沾实惠。

一、临时给票，以免冒领之弊也。查各庄户口登记册籍，嗣于放赈之时，将各庄花户赈票，总付乡约转给各户，赴仓请领，而书吏乡约不无需索情弊。莫若放赈时，散某庄即饬某庄乡约认识是否本人，并当堂问其大小口数，册籍相符，即临时给票，赴仓亲领，庶免隔手之弊。其中即有兄弟子侄及亲戚代领者，即于册下注明，并饬乡保取具并无冒领甘结在案。仍照册籍户口粮数悬挂木牌在各庄堡，以凭贫民自行查对。

一、查报户口，应令公举有力之户协同乡约开造也。查历来办赈，俱令乡约开造户口册，按册点查，即准给赈。在乡约不无需索纸笔之费，且难保以少报多，影射肥己情弊。莫若一村之中，令其公举正直有力之人一、二名，协同乡约查开户口。如乡约开造不实，即会同公举之人据实禀报。若无遗滥，即具保结投案备查。

一、捐给口食以资办公也。查书役舞弊，必串通乡保。严禁浮冒之弊，书役必无从染指，然令伊枵腹从事，势必难行。书役人等，本官按日捐给口食，必无怨怼。乡保等按家口之多寡，除一体赈恤外，每人酌赏若干。伊等既有格外之恩，自然各禀天良，实力办公也。

批：所议各条，尚系浮议，仰即确切妥议，另禀查夺。

固原州儒学训导唐阖三款

一曰清查户口。赈救之道，期于无滥无遗。然户口不清，则侵冒兴而遗滥之病起。固原幅员辽廓，四履所及，远者五、六百里，近者犹三、四百里。除集镇外，居民寥落，零星散处，山泽谿谷之间，率少房屋。往往数家或十数家陶复陶穴，聚族而居，又必隔十数里或二、三十里，始有人烟。而山岭重复，径路崎岖，官长亲履查勘，非阅月逾时，不能周遍。当哀鸿嗷雁待泽之时，岂能俟查勘既清而始议赈恤乎？其势不得不委之书役。而书役人等，与乡长乡约乡保串通舞弊，藉饱私囊，以无为有，以少报多，于是奸民之桀黠者，从中挟持，藉以分肥，此又弊中之弊，不可穷诘者也。其弊一也。

二曰分别贫富。赈施之意，原以周急，非以继富。然赈给之时，惟凭册籍，册籍所列，不必尽贫者也。往往殷富之家，亦列名其中，而其实富者不知也。乃奸民乡保人等，搀入其中，以为冒领地步。其弊二也。

三曰区画地界。四乡村落，去城穹远，贫民从数百里外赴州领赈，所得者不过升斗之资，而往来盘费，守候需时，比至家而已耗其半矣。于是不得不托人带领，而所托非人，侵渔之弊随之。业已侵蚀，欲赴州申理，则资斧无出，贫弱之民，忍气吞声，甘心待毙。其弊三也。

批：细阅各款，均我意中事，犹有不敢言者，盍密具禀以闻。

静宁州知州丁文衔十款

一、户口宜委员分途亲查以免遗漏也。（原书行间批语：不如亲去，早去早竣事。）查甘省州县地方辽阔，民多零星散处。山僻窎远之处，乡地查报，每多遗漏，致使向隅。州县官势难亲身遍历，应委员分途查点，庶乡僻穷民，得以均沾渥泽，免致遗漏。

一、灾民应按户查点以杜舞弊假捏也。查被灾之户，散处乡庄，户口繁多，虽经官为查点，势不能全行记忆。每有乡地串通灾户，于业经查点之后，改易姓名，重复假捏，不可不严加查察。应于查点之时，将姓名大小口数登记册档，逐户于门前墙上用白粉书明，并大书“查点讫”三字，则乡地灾民虽欲假捏，字迹不能骤去，以杜舞弊。

一、灾民应给照票以杜冒领也。查散赈之际，人口众多，虽该管乡地亦不能全行认识，其中恐有顶名冒领之户。既经给散之后，难以返查，应刊刷小票，于查点之时，将各户姓名、大小口数填写票内，给灾民收执。令于领赈之时，执票为凭，按户给散，以杜冒领。

一、赈恤银粮应各乡设厂以免穷民远涉也。查甘省各州县地方辽阔，距城有在数百里以外者。穷民老弱妇女，岂能远道来城请领？应于四乡适中之地，委员设厂分散。除赈银无需脚价外，其本色仓粮，准按途程里数造销，（原书行间批语：向无议此者，可见并无其名无其事也。）以免穷民远涉。

一、赈恤户口应出示晓谕以杜侵冒也。（原书行间批语：不如用木牌。）查赈恤银粮，地方官造册申报，穷民无由知悉，恐有不肖官史捏造村庄户口，侵蚀赈银，致糜帑项。请饬被灾州县，将应赈户口、银粮，于散放后出示悬挂各该村庄，俾民周知，责成道府查察。如所出之示，有与册造不符者，立即揭参，以杜侵冒。

一、赈恤银粮应确查无力贫民以杜冒滥也。查被灾之户，内有绅士、铺户、匠工及兵役人等，概应删除。缘绅士力能读书报捐，必有余资，但值荒歉，谅不乏食。铺户有本经营，匠工有手艺赡家，兵有粮饷，役有工食，非赖务农餬口。虽经被灾，未便一律赈恤，以免冒滥。如生监兵丁中有委系赤贫者，责成教官营员造册，移送地方官覆查，一体准赈。（原书行间批语：似不可行。）

一、令公报庄头询老民情形以分极次也。（原书行间批语：此等之坏尚可问乎？不用为愈。）查极、次贫民，非易区别，既经官为按户亲点，自当查点之时，验明灾户情形，或极或次，注明册内。每庄派定庄头一人办公，一庄之民情丰啬自无不知。应即询老庄头，与官注极次姓名相符，散给赈银，以期平允。

一、设立木牌请归简易也。（原书行间批语：木牌不可简少。欲民来领赈，尚恐其畏远不来，乃责令其来看木牌，远近不同，盘费何出？是不可行。）查灾民既散照票收执，其应赈银粮细数，业已周知，应请照依镇堡置牌，胪列每村庄户口银粮总数，悬挂适中之地，使民周知，毋庸填花名，以归简易。

一、包封银两，印委官眼同弹兑，以免扣克也。（原书行间批语：此亦向时之虚名耳。）查包封银两，各州县每多铺户经手，穷民所得无几，恐分厘有缺，不足以示赈恤。应按极次花名，包封足数，每名用封筒装盛，仍于袋面分晰书明极次户口银数，与照票画一。地方官眼同委员弹兑，除去纸皮，核计银数，以杜扣克短包情事。

一、散放银粮不准代领，以免侵肥也。四乡既经设立厂所，逼近各灾民住址，自应本人亲领，不准他人代领。倘或间有因残老不能动履者，询明代领之人，果系族党亲戚，凭票只准代领一、二户，毋许多领，以杜侵肥之弊。

批：该牧所禀，似无心思，已于禀内详为批示。仰再细玩，照此试行，可期诸弊尽除，实惠在民，政声当必日起矣，勉之。

环县儒学训导刘树烈十四款

一、环邑地方，居民辽阔，有离三、二百里不等者，差乡地书役查报，不无遗漏冒滥之弊，应委妥员亲查。

一、先命乡地书役，据烟户册，查人口、地亩、生理有无，俟委员据册再问庄头邻佑，酌量赈济。

一、从前散赈，不论地之多寡有无，概行散赈，未免于滥。须查地有十亩、人口止一二口，不准给赈。或人口众多，除一二口之外，须照口给赈。

一、无地之家，或有生理，或充当吏役兵丁，前次给赈，今不必准给。

一、查准应赈之家，即照人口给票，俟散赈之期，在邻近街镇领银。

一、或票或银，从前有乡地代领者，不无克扣侵渔之弊，今必给本人，不可入乡地等手。

一、一乡赈银，从前趸发乡地里长，令其分散，不免中饱私橐之弊。须零星包封，散给本人。

一、本人或有故不得亲领，使人代领，必写代领人姓名。

一、从前书役包封银两，有短少之弊。今计人口照数包封，外面须书包者姓名，以便稽查。

一、生监从前赈多不公，今须确查，果贫者给赈。

一、孀妇无亲人者，须凭庄头、邻佑禀报给赈。

一、逃荒出外不及报名者，闻赈归家，须凭庄头、邻佑禀报给赈。

一、赈银须就居民邻近街镇给散，预先示期，庶不致有误。

一、所领银两，或分两差错，许即在散赈之处，禀官查究，不得迟久。

批：所议条款，只言大略，仰即另行筹议，详细禀闻。

署碾伯县知县尹元龙覆禀六款

敬禀者：窃卑职禀赍议拟赈恤条款清折，蒙批：所禀寥寥，多肤词。平日留心民事者，当不止此，或者不敢尽言也。仰再细心筹议具禀。若知识尽于此，亦自禀覆等因。奉此，卑职盥诵之下，不胜悚惶。兹不揣冒昧，再陈管见，另议六条。

一、办理灾赈，地方官宜先正己也。查甘省向来办赈滋弊，皆由州县官先心存不肖，假手胥吏乡保，浮冒户口，甚至捏造村庄，弊窦丛生，转被挟制。此次卑职承办灾赈，断不敢存不肖之心，惟有洁己奉公，诸期认真核实以身先之，则胥吏乡保自无从滋弊矣。

一、查点户口须临时变通不可拘泥也。凡查户口，如先期示知，则民间必预作准备，或亲邻更替，假他人为父子，易滋浮冒。卑职单骑减从（原书行间批语：好！能实力行之方善），所至之处，皆出其不意。既经挨查，又复抽查，凡一家中房舍多寡，服色异同，无不留心。即有出外贸易，赴田耕作者，必于邻佑访查确实，以凭删存。而于家有年老者，尤倍加抚恤。总期实惠在民，无遗无滥。

一、极、次贫民，宜详加分析，以免偏枯也。查被灾户民，咸欲以极贫自居，希冀多领赈银。若不酌定章程，难免临时纷争。卑职愚见，应请以无业无地及有地在二十亩以内者为极贫，二十亩以上者为次贫。其大小口亦宜酌定，庶免办理参差。似应以十六岁以上者为大口，十六岁以下者为小口。如此议立限制，庶便于查点时区别，以昭画一。

一、里蠹土豪宜严行查究也。灾赈之区，难保无里蠹土豪插身其间，煽惑愚民，敛钱肥己。或于查勘时主使妇女，结队成群，以无灾而强为有灾，不应赈而硬欲食赈，恣意肆闹，不可不严查究办，以示惩创。如有前项不法情事，应将倡率之棍徒及妇女之夫男，并拿枷示赈厂，俟散赈完日，折责开释，庶免闹赈滋事之渐。

一、加赈银两宜按月给散以资实济也。（原书行间批语：初次即全给，省许多弊病，总使在民。其自己妄花者，虽按月给，亦不能禁也。）查加赈银两，因灾民居住窎远，一总给散，虽系体恤之意，但银数稍多，易于花消。谨持灾民，尚知撙节使用，其不知俭约之人，一经到手，非自行花消，即被奸民愚弄，转致枵腹，情殊堪怜。应将加赈银两按月给散，于赈单内逐月注明，以备查考。俾灾民餬口无虞，免致失所。

一、灾民领赈宜填给印票也。户口查定，即宜备双联印票，填明村庄灾民姓名、大小口数、初赈加赈月份银两数目，给散灾民收执。俟放赈时，投厂听候唱名验票给赈。其有应食初赈一月者，厂员散放后，随时收回印票注销。应食加赈者，于票内注明，印以图章，以备稽查。灾民内如有遗失印票者，厂员查讯供词，如住址、姓名、大小口数悉与册造相符者，取具同庄灾民保结，准其补给，并详注册内，以防拾票人影射冒领之弊。

批：已于所议折内批示矣。仰即遵照批示及发去规条，实力办理。规条内或有应改处，不妨禀改。总期行之有益，本部堂原无成见也。

试用知县常久议禀五款

一、散赈首稽查户口，户口不清，捏冒之弊丛出。查甘省地方，人民散处，四乡窎远，向来稽查户口，往往诿诸乡保书役，任意捏造，求其无滥无遗难矣。其弊在委员等不能亲身周历，徒事纸上空谈，以致户口不清，难免浮冒。今被灾州县，每处派一府、厅、直隶州大员，令其各举所信谨饬之员三、四人，带往该处，分查户口，该府、厅等从中董率稽查。饬令将某乡某庄委某员查办，先行具文通报，如委员所查之村庄，有捏冒影射情弊，该府、厅等查出，立即揭参。若徇隐不报，或别经发觉，一并究办。果委员等办理妥协，无冒无遗，许董率之员据实禀明，量加鼓舞。该委员等既惧参办之罪，不敢偷安，复冀鼓舞之恩，倍加奋勉。如此设立章程，则户口可期清厘，而国帑民生，均可得其实际矣。

一、查户口必须协同本地老成士庶委员等。稽查户口，其中顶冒影射各弊，难以尽知。令择各乡醇谨老成士庶为一乡重望者，带同挨查，其极次贫户之分、大小口数之别，可以洞悉无遗，亦不至有浮冒之弊。再，老成士庶随同委员各处确查，难令其枵腹从事，应请照委员应得分例酌给，以资日用。

一、查明户口后，即当恪遵宪示，悬挂木牌。择适中之地，所有查明应赈之户，将村庄姓名详细开列，书挂木牌。并将派查之员衔姓亦书于牌首，将来如有浮冒不实，惟该委员是问。再，各乡逃荒之户留有空房者，亦令查明丁口数目，注于册内，并书于牌尾，以备将来闻赈归来，照册牌核散。

一、散放赈银，必须责成钱行，领到赈银，按户包封。若假手胥吏人等，难保无克扣情弊。委员协同本地方官当堂将钱行传至，照依查明户口，监令公平弹兑包封，皮面书明分两、字号，盖用钤记，散给穷民。将来如有短少，惟铺户是问。

一、查户散赈，乡保人等原不可靠，但各乡人民，良莠不一，往往有奸猾之辈，冒名重领，甚至刁徒把持，委员无从深知。应择其诚实者，随同该乡老成士庶，在旁认明，的系本人方准给领，庶无冒领之弊。如有棍徒牵制，亦令指名，禀官究办。至散票散银等事，均不得令其经手，彼虽狡猾，亦无伎俩矣。

批：所见甚真，是亲身曾到语，可嘉之至。仰将发去规条十本，可散给本学及各委员细酌之。合之地方情形，不妨准酌而行。此缴。

抚豫恤灾录

清嘉庆十九年刻本

（清）方受畴　辑

夏明方　点校

序

大中丞鹤浦先生手辑《抚豫恤灾录》，刻既竣示余，得卒读焉。有客谓予曰：子知中丞之志乎？曰：不知也。客曰：中丞初秉臬此邦，今来抚豫，固旧治，风土物情，咸周知之。惜当凶札扰攘之后，其他设施有所未及，姑以恤灾为先。前田端肃公抚之于休养生息之余，故以宣化著录，寓富教之意。今中丞下车，会逢其难而是录成，中丞又宁异于端肃乎？一客曰：唯唯。犹有说中丞为宫保恪敏公犹子，少秉教节署，恪敏之丰功骏烈濡染既久，一旦举而措之，虽曰国宪，亦其家规。且恪敏在畿辅尝治荒矣，世所传《赈纪》是也。《赈纪》刻于乾隆甲戌，纪八年前后三年中赈政，距今六十年。而是书成，若有符合者。然则中丞之绍衣恪敏之燕翼，胥于此见，岂徒沾沾奉端肃为圭臬哉？是二说者，皆是也。虽然，事因时为变通，器就地为良楛。盖公黄老，无裨汉治；宋用《周礼》，新法滋纷。必执成法而规仿之，器有不成焉者矣；必泥前事而墨守之，人有讥其后者矣。为政之道莫先乎仁。推此仁以事上则忠，推此仁以爱下则惠，推此仁以制事则义，推此仁以率属则明。仁也者，心也。端肃存此心而宣化成，恪敏存此心而畿辅治。中丞心二公之心，行二公之政，则此编其明征矣。而不但此也。发常平以赈饥，则汲长孺之治河内也；粜存谷以平价，则苏文忠之在浙中也；乐输有劝，禄糈有捐，则富郑公之在青州也；入告而发封椿〔桩〕，则范忠宣之知庆州也；计口以给粟，郊野以设厂，收养无告，掩骼埋胔，方药疗疾，则赵清献之在越州也；教民植易生，以补五谷之所不及，则又合朱橚救荒、鲍山博录之遗意也。至于天时和而嘉禾生，二麦秀而双歧茁，则又张渔阳之瑞应也。凡此者，古人有一端，史书之矣。中丞独兼众善焉，可不谓贤乎！然则是编之首列章奏而必冠以睿训者，明渥恩之出自朝廷也；次录文移，明非独断也；次详禀，次禀牍，明奉行者之响应也。皆足以见中丞之心而不徒以迹矣。若夫风行而草偃，言出而令行，群有司观感兴起之所自来，则欲读是编者之深求其故也。敢拜手而为之序。

嘉庆十九年岁次甲戌八月上浣旧治
弟仁和余集书于大梁讲院

抚豫恤灾录总目

卷一 上谕 奏疏〔稿〕

奏为查明开封等府州所属缺雨情形，仰恳圣恩缓征钱粮以纾民力事。窃查开封、彰德、卫辉、怀庆、陈州及许州直隶州所属祥符等二十七厅州县，上年冬雪较少，今春雨泽又未能沾足，节经臣于恭报雨水粮价折内奏明在案。现在时过谷雨，麦苗微细，难望有收。虽于三月初旬间得雨泽，亦未深透。此时即获甘霖，只能播种大田，而西成尚早。所有应征新旧钱粮等项，若催令照常输纳，恐民力稍形竭蹶，当即飞饬各属确切查办。去后，兹据藩司蒋继勋转据开封府知府昌宜泰等查明各该州县实在情形具详前来，臣覆加查核，开封府属之祥符、陈留、鄢陵、中牟、兰阳、仪封、禹州，彰德府属之安阳、武安、内黄，卫辉府属之汲县、新乡、辉县、获嘉、淇县、延津、滑县、浚县、封丘、考城，怀庆府属之修武、原武、阳武，陈州府属之扶沟，许州直隶州并所属之临颍、长葛等二十七厅州县所有新旧钱粮、加价等项，应请仰恳圣恩缓至本年秋后起征，以纾民力。再，查彰德府属之汤阴、临漳二县，先于上年被旱，奏请分别缓至麦后、秋后启征。现在雨泽亦未透足，且系上年被旱之区，应请与祥符等州县一体缓至本年秋后，察看情形，再行开征，以广皇仁。至此外南阳、汝宁、河南、归德四府并陕、光、汝三州所属各州县，雨水透足，大田均已耕种，二麦可冀丰收。现计应请缓征各州县，通省不及十分之三，民情极为宁帖。合并陈明。所有请缓祥符等州县钱粮缘由，理合恭折具奏，伏乞皇上睿鉴。臣长龄谨奏。

嘉庆十八年四月初三日，内阁奉上谕：长龄奏查明开封等府州所属缺雨情形请旨缓征一折，河南开封等府州所属祥符等各厅州县上年冬雪稀少，今春雨泽又未沾足，麦田难望有收。若将新旧钱粮等项照常征输，民力未免竭蹶，著加恩将开封府属之祥符、陈留、鄢陵、中牟、兰阳、仪封、禹州，彰德府属之安阳、武安、内黄，卫辉府属之汲县、新乡、辉县、获嘉、淇县、延津、滑县、浚县、封丘、考城，怀庆府属之修武、原武、阳武、陈州府属之扶沟，许州直隶州并所属之临颍、长葛等二十七厅州县所有应征新旧钱粮、加价等项，均缓至本年秋后启征。又，彰德府属之汤阴、临漳二县，先因上年被旱，奏请分别缓至麦后秋后启征。现在雨泽仍未透足，此二县应征各款，并著一体缓至本年秋后，察看情形，再行启征，以纾民力。该部知道。折并发。钦此。

军机大臣字寄河南巡抚。嘉庆十八年四月初三日奉上谕：本日长龄奏祥符县等二十九厅州县缺雨情形恳请缓征一折，已明降谕旨，照所奏加恩矣。各该厅州县缺雨已久，民情待泽孔殷，长龄接奉恩旨，著即饬令所属迅速多贴誊黄，使比户周知，人心安定，以望有秋。该处一带地方，现在自各虔求雨泽。一经得沛甘霖，迅即由驿奏闻，以慰廑注。将此谕令知之。钦此。遵旨寄信前来。

奏为遵旨据实覆奏仰祈圣鉴事。窃臣于四月初二日接奉廷寄上谕：本日姚文田到京，经朕召见，询问河南地方情形。据奏，卫辉府所属地方去冬雪泽稀少，二麦多未播种；春间又未得有透雨，虽于本月初七八等日得雨三四寸，因枯旱已久，大田仍未能翻犁耕种，贫民皆以草根树皮餬口度日，经过官道两旁，柳叶采食殆尽。缘该府地方近三四年来总未大稔，粮价腾昂，是以民情倍形拮据。幸该府民风淳朴，閭阎尚为安静等语。豫省卫辉府地方，现在荒旱情形至于如此，长龄总未据实陈奏，岂竟听小民转徙沟壑，不为拯救？该抚系弃瑕录用之人，若玩视民瘼，意存讳饰，自问安能当此重咎？著传谕该抚，即将该处荒歉实在情形，应如何施恩调剂，俾小民不致流离失所之处，迅速由驿具奏。该府近日又曾否得雨，附折奏闻，毋再迟延，致干严惩。将此由四百里谕令知之。钦此。遵旨寄信前来。仰见我皇上宵旰勤求，心殷保赤之至意。臣跪读之下，惭惧交深。伏查豫省开封、卫辉、彰德、怀庆等府属，上年冬雪较少，今春雨泽愆期，节经臣于恭报雨水粮价折内，将率属设坛步祷，及饬令藩司查明先行分别借粜，一面确查另筹接济等情，历次奏明在案。前据藩司蒋继勋转据该府等查明，所属祥符等二十七州县得雨未能深透，二麦难望有收，业将该州县新旧钱粮奏请圣恩缓征，亦在案。至卫辉府属十县，早经借粜兼施，又复先为出示停征，贫民已有接济。惟秋禾播种之后，民心始能安贴。三月内虽经得雨，未能沾足。今于四月初一日，该府属之汲县、淇县各报得雨三寸；其余各县同时自可均沾，尚未报到。据该府禀称，此次得雨之后，现在即可播种秋禾，民情甚为宁贴。臣每月均分派正杂各员，前赴被旱各县查看情形，随时禀报。俟查明此次得雨后能否一律播种、秋禾有无成灾之处，再为酌核奏请恩施。至姚文田所奏该处贫民采食柳叶等情，臣前经查明，该处无业贫民间有采食之事，但该处接壤山东、直隶二省，现在毗连东省之曹州等府歉收，贫民赴南就食，经由该处，亦复不少。臣办理地方一切情形，姚文田均系目睹，断不敢稍为讳饰。且臣仰蒙皇上逾格天恩，弃瑕录用，正思竭力图报，整顿地方，调剂民生，何敢稍存膜视，自取重咎。容俟查明缓征各州县得雨后是否均能一律播种、大田或有成灾之处，即当据实奏明请旨。所有查明现在情形，由驿覆奏，伏乞皇上睿鉴。臣长龄谨奏。嘉庆十八年四月初二日具奏，本月十二日奉到朱批：续得雨否，即行具奏。应加恩之处，不可迟延。钦此。

奏为查明祥符等州县被旱情形，分别借给籽种口粮奏恳圣恩事。窃臣前将派委各员分赴缓征之祥符等处，会同各该府查勘被旱轻重情形，再行据实具奏各缘由，恭折奏明在案。兹据各该府并委员等查勘明确，由藩司汇核详称：祥符等二十九厅州县，于四月上中二旬，虽各得雨一二三四寸不等，均未沾足。除鄢陵、中牟、兰阳、仪封、修武、许州、临颍、长葛等八厅州县麦收虽歉，秋禾业经播种，现已缓征钱粮并借粜仓谷，民力尚不致十分拮据，毋庸调剂，并扶沟被旱较轻，应请再加粜谷二千石，以平市价外，其余祥符、陈留、禹州、安阳、汤阴、临漳、武安、内黄、汲县、新乡、辉县、获嘉、淇县、延津、滑县、浚县、封丘、考城、原武、阳武等二十州县，或二麦歉收，或春雨未普，种麦无多，秋禾又不能一律播种；即或芒种后得有透雨，亦只能赶种晚秋。现虽缓征钱粮，粜借兼施，藉资糊口，其有地乏食贫民，不无竭蹶，应请分别酌借一月口粮；其未种秋禾各村庄有地无力贫民，酌借籽种，以资接济。并据查明，此外尚有襄城一县及杞县之人和等二十社村庄，麦收虽约有五分上下，惟现当缺雨之际，民力未纾，应请将新旧钱粮一律缓征前来。臣覆加查核该府等所查各处，系属实在情形，其麦收歉薄、秋禾未能播种齐全之地，自应亟加调剂，以广皇仁。所有开封府属之祥符、陈留、禹州，彰德府属之安阳、汤阴、临漳、武安、内黄，卫辉府属之汲县、新乡、辉县、获嘉、淇县、延津、滑县、浚县、封丘、考城，怀庆府属之原武、阳武等二十州县，应请仰恳圣恩，分别未种秋禾各地酌借籽种，其有地乏食贫民借给一月口粮，俾得耕作而资餬口。如蒙恩允，并请照向办章程本折兼放，即令藩司蒋继勋亲往，督同各该道府州县核实按名给发，务使无滥无遗，以期穷黎均沾实惠，仰副圣主痌瘝在抱，不使一夫失所之至意。再，续经查出现在缺雨之襄城一县，并杞县之人和、秦奉、黑木、焦喇、葛冈、七基、阳堌、巴河、双塔、新兴、白丘、西肥、山头、吕兴、蒜木、韩店、花元、斗厢、晁村、王堌等二十社村庄，所有本年应征新旧钱粮、加价银谷，仰恳恩施，一体缓至本年秋后，察看情形，再行启征，以纾民力。至此外如再有应行调剂之处，臣即当随时察看，奏闻办理，断不敢稍事讳饰迟延。谨将查明被旱地方筹办缘由恭折具奏，伏乞皇上睿鉴。臣长龄谨奏。

嘉庆十八年四月二十八日，内阁奉上谕：长龄奏查明祥符等州县被旱情形分别借给籽种口粮一折，豫省祥符等州县春间缺雨，四月上中旬得雨，仍未沾足，秋禾多未播种，贫民口食维艰。著加恩将开封府属之祥符、陈留、禹州，彰德府属之安阳、汤阴、临漳、武安、内黄，卫辉府属之汲县、新乡、辉县、获嘉、淇县、延津、滑县、浚县、封丘、考城，怀庆府属之原武、阳武等二十州县查明未种秋禾各地，均酌量借给籽种，其有地乏食贫民，借给一月口粮，循照旧章本折兼放。该抚即督饬所属认真经理，俾穷黎早沾实惠。其续报缺雨之襄城一县并杞县之人和等二十社村庄本年应征新旧钱粮、加价银谷，并著加恩一体缓至本年秋后，察看情形，再行启征，以纾民力。该部知道。折并发。钦此。

奏为查勘祥符等州县未种秋禾，各地民情拮据，恭折奏恳圣恩抚恤一月口粮以资接济事。查祥符等二十州县，前因二麦歉收，雨泽愆期，节经奏蒙恩旨缓征新旧钱粮，借给籽种口粮，并饬藩司蒋继勋亲赴各处，督同该府县及委员等赶造户册，逐加查核，以便次第散放；并将本月十一二日各属得雨缘由，均经附片奏明在案。兹据该司详称：亲赴卫辉、彰德一带，并经行祥符、怀庆各境地，于按查地户之时，谨将皇上恩施现在借给籽种口粮，查明即行散放之处，详加宣布。亿万群黎，闻听之下，靡不同声感颂鸿仁，极为宁贴。惟查勘十一二日所得雨泽，仍未普遍透足，且久燥之土，不能滋润。现在时逾芒种，所有已种之秋〔禾〕，如旬日内即得透雨，仍可收成有望；其未种秋禾之地，即旬日内得有透雨，仅可赶种荞麦杂粮。并查有无业贫民，一时无处耕作，未能佣趁餬口，不无拮据。应请将缺雨之祥符、陈留、禹州、安阳、汤阴、临漳、武安、内黄、汲县、新乡、辉县、获嘉、淇县、延津、滑县、浚县、封丘、考城、原武、阳武等二十州县未种秋禾各地无业贫民及鳏寡孤独等户，恳请恩赏抚恤一月口粮，俾资接济等情前来。臣确加查核，现在未经播种各地及无业贫民，自应推广皇仁，亟加筹办。惟有仰恳天恩，将祥符等二十州县未种秋禾各地无业贫民及鳏寡孤独等户赏给一月口粮，藉以接济而资口食。如蒙恩允，即责成该管道府督同印委各员核实，按名散给，仍令藩司蒋继勋往返稽查，以期穷黎均沾实惠，仰副圣主痌瘝在抱，不使一夫失所之至意。所有查勘现在情形、办理缘由，恭折具奏，伏乞皇上睿鉴。臣长龄谨奏。

嘉庆十八年五月二十六日，内阁奉上谕：长龄奏查勘祥符等州县未种秋禾各地贫民请赏给口粮一折，豫省祥符等各州县，前因雨泽愆期，二麦歉收，节经降旨缓征并借给籽种口粮。今据该抚查明祥符等二十州县近日得雨仍未普遍深透，秋禾赶种未齐，所有无业贫民不能耕作佣趁，藉资糊口。著加恩将祥符、陈留、禹州、安阳、汤阴、临漳、武安、内黄、汲县、新乡、辉县、获嘉、淇县、延津、滑县、浚县、封丘、考城、原武、阳武等二十州县未种秋禾各地无业贫民及鳏寡孤独等户，赏给一月口粮，以资接济。该抚即督饬所属认真经理，务使穷黎均沾实惠，无致一夫失所，用副朕敷惠灾区有加无已之意。该部知道。折并发。钦此。

军机大臣字寄直隶总督温承惠、河南巡抚长龄。嘉庆十八年五月二十九日奉上谕：京师本月二十六、七两日连得澍雨，疏密相间，四野优沾。二十八日甘霖大降，滂沛淋漓，昼夜各有数时之久，近畿一带已十分沾足。日来云气宽广，西南一带尤觉浓厚，所有直隶省南各府州暨豫省河北三府及开封府属未知曾否得有透雨？朕心深为廑念。著温承惠、长龄即速查明。如各该处已得透雨，先行由驿奏闻；俟各属报齐，再将得雨分寸汇开清单续奏。昨已降旨截留江西漕米，分拨直隶、河南各四万石，接济灾区民食。漕米为天庾正供，自南省转运北来，劳费繁重，朕因轸念灾民，截留赈恤。该督抚当仰体朕惠鲜怀保之心，加意经理。于漕米行抵附近水次，即饬属迅速分运，督率各地方官核实散放，务使穷黎妇子颗粒皆沾实惠，勿任经手吏胥从中侵蚀。如查有弊端，即行严参，不可姑息。将此各谕令知之。钦此。遵旨寄信前来。再，查开封及卫辉、彰德、怀庆等属被旱二十州县，屡蒙圣恩酌借籽种，并赏给一月抚恤口粮，又蒙截留漕米四万石，叠荷恩施，均经刊刻誊黄，遍行张挂。现据臣派往各处查看委员等回称：自五月以来连次得雨，虽未透足，其中情形不一。如卫辉府属十县内淇县、滑县、浚县、辉县并彰德府属安阳、汤阴、临漳、武安、内黄等县，得雨次数稍多，秋禾日见畅茂；其余十一州县得雨虽少，亦皆渐次长发，若旬日内得有透雨，均可一律有收。各县穷黎瞻视誊黄，实系万口同声，欢忻感戴，民情极为安贴等语。伏思现届六月下旬，望泽更为殷切，倘雨水愆期，致成灾象，不敢不预为筹计。臣与藩司蒋继勋连日详核库项，除本年应支兵饷及河工防险麻料等款备用银两不得动用外，拟将司库应入明年春拨项内筹备银六十万两，附近各州县现贮仓谷内先行酌备六十万石，以便临时奏明动用。如日内普得透雨，即可毋庸动拨。谨将预为筹备缘由，理合附片奏闻。谨奏。嘉庆十八年七月初三日奉到朱批：应加恩之处，由驿具奏。钦此。

奏为查明原续被旱各州县分别轻重情形，恭折具奏仰祈圣鉴事。窃查豫省河北彰、卫、怀三府并开封府所属被旱各州县，屡蒙皇上夙宵廑注，频加垂询，前于六月间河北三府屡获甘膏，而卫辉府属汲、淇、辉、浚四县尤得透雨，曾将委员前往查勘雨后情形并分查续报汝州等州县秋禾受旱各缘由，均经奏明在案。兹据该委员等勘明禀称：彰、卫、怀三府所属被旱十八县，自得雨以后，早秋棉花畅茂结穗，晚秋业已播种，其未种之区亦俱补种荞麦杂粮。以目下情形，查勘均不成灾。惟又晴霁半月，应俟七月底秋收确定分数，再为酌核办理。至祥符等十六厅州县，自五六月以来得雨均未沾足，早秋渐次黄萎，晚禾种后未能长发，秋收无望，多已成灾。并有得雨稍迟、早晚秋禾间有受旱之新郑等十三州县，收成减薄，虽系一隅歉收，民情不无拮据。均经各委员等勘明，禀据藩司汇案核实，分别轻重，具详前来。臣复加确核，均系实在情形。现届立秋，即得透雨，恐难有济。谨将被旱轻重、应赈应缓各州县分别开单，仰恳恩施。臣即督同藩司蒋继勋派委妥员，分赴应赈各州县详细核定灾分，查明大小户口，按例造具牌册，务使无滥无遗。再，查祥符等十六厅州县业已成灾，照例先应抚恤一月口粮。若俟查明户口，再行核实散给，未免有需时日。现在灾黎待哺孔殷，自应急筹接济。臣与藩司悉心计议，查《户部则例》载：夏秋被灾较重，准于近城处所煮粥兼赈。请将此一月口粮，即于城乡分厂煮粥散给，俾灾民得以早沾实惠。即专派印委各员，会同该府州亲身查察，认真妥办。臣仍同藩司不时严密稽查，倘有书役克扣冒滥滋弊，立即从严究惩，以仰副圣主爱惠黎元，有加无已之至意。所有查明被旱各处分别办理缘由，恭折具奏，伏乞皇上睿鉴。臣长龄谨奏。

谨将查明被旱各州县分别应赈、应缓，缮具清单，恭呈御览。

计开：

祥符县　陈留县　禹　州　中牟县　仪封厅　兰阳县

杞　县　新郑县　许　州　临颍〔颍〕县　襄城县

长葛县　汝　州　郏　县　宝丰县　伊阳县

以上十六县〔厅〕州县被旱较重，业已成灾。查祥符、陈留、禹州，前因麦收歉薄，虽请过口粮，但现在情形稍重，应请与各州县一并仰恳圣恩，照例先行抚恤一月口粮，仍各按成灾分数分别蠲缓给赈，其新旧钱粮仓谷、漕项漕粮加价等款，暂行停征。其灾分确数另行核实题报。

鄢陵县　郑　州　通许县　宁陵县　偃师县　叶　县

扶沟县　尉氏县西南乡　洧川县西北乡

荥泽县河北三保　密县曲梁等五保　太康县独塘一带

睢州北关等十五社

以上十三州县被旱较轻，虽系一隅歉收，民情不无拮据。应请仰恳天恩，将该州县等应征新旧钱粮仓谷、漕项漕粮加价等款，一体暂行停征，统俟秋收后查勘情形，再行办理。

嘉庆十八年七月十六日，内阁奉上谕：长龄奏查明被旱各州县情形分别办理一折，豫省祥符等十六厅州县，五六月以来，得雨均未沾足，早秋晚禾难望有收，现据勘明，业已成灾。著将被旱较重之祥符、陈留、禹州、中牟、仪封、兰阳、杞县、新郑、许州、临颍、襄城、长葛、汝州、郏县、宝丰、伊阳各州县，加恩先行抚恤一月口粮，即于城乡分厂煮赈散给，俾灾民早沾实惠。该抚务督饬所属认真妥办，毋任胥吏侵渔，致有克扣冒滥等弊。其新旧钱粮仓谷、漕项漕粮加价等款，俱著暂行停征，俟查明灾分确数，再奏请分别蠲缓。其被旱较轻之鄢陵、郑州、通许、宁陵、偃师、叶县、扶沟、尉氏县西南乡、洧川县西北乡、荥泽县河北三保、密县曲梁等五保、太康县独塘一带、睢州北关等十五社，虽系一隅歉收，民情不无拮据，亦著加恩将该州县等应征新旧钱粮仓谷、漕项漕粮加价等款，一体暂行停征，著该抚统俟秋收后查勘情形，再行奏明办理。该部知道。折单并发。钦此。

奏为勘明各属秋禾被旱成灾分数，据实奏闻请旨事。嘉庆十八年七月十六日奉上谕：长龄奏查明被旱各州县情形分别办理一折，著将被旱较重之祥符等州县先行抚恤一月口粮，于城乡分厂煮赈散给；其被旱较轻之鄢陵等州县应征新旧钱粮仓谷、漕项漕粮加价等款，一体暂行停征，统俟秋收后查勘情形，再行奏明办理。钦此等因。臣钦遵刊发誊黄，分委干员，会同该管地方官分投查勘，并饬令查明此外缺雨各处，一并勘办，毋许稍有讳饰。去后兹据各委员将被旱成灾及收成歉薄各处陆续勘报前来。臣悉心体察，本年秋禾播种本未齐全，直至七月中下二旬始得透雨，虽于补种之荞麦杂粮大为有益，而高粮黍谷，究因得雨较迟，未能普律秀实。所有原报祥符等十六厅州县固已秋收失望，其原报被旱较轻之地，亦有渐次成灾。仰蒙皇上恩施抚恤停征，乏食小民，近者领粥，远者领谷，得以糊口有资。即流移觅食民人，闻风各回乡里，欢忻就食，感戴皇仁。今已屡得透雨，民情尤为安贴。兹通计成灾二十六厅州县，成灾五、六、七、八、九分不等，内已邀抚恤者十六厅州县，现在陆续抚恤者十州县。此外另有秋收歉薄之十六州县，勘不成灾。兹谨分晰，缮具清单，恭呈御览。合无仰恳皇上天恩俯准，将勘明成灾之祥符、陈留、禹州、杞县、兰阳、仪封、中牟、新郑、许州、临颍、襄城、长葛、汝州、郏县、宝丰、伊阳、郑州、尉氏、洧川、通许、鄢陵、密县、太康、扶沟、裕州、叶县等二十六厅州县，照例蠲缓给赈；其蠲剩新旧钱粮仓谷、漕项加价，俱缓至来年麦熟后启征，漕粮缓至来年秋后启征，以抒〔纾〕民力。内除已经抚恤各州县毋庸重复恤给外，其续报成灾之郑州、尉氏、洧川、通许、鄢陵、密县、太康、扶沟、裕州、叶县等十州县，仰恳恩施，一体赏给抚恤一月口粮，在于城乡分厂煮赈散给，俾乏食贫民均沾实惠。其收成歉薄之宁陵、睢州、鹿邑、虞城、柘城、洛阳、偃师、巩县、孟津、登封、鲁山、罗山、信阳、光州、荥泽河北三保、孟县林泉等二十二村庄，又共计十六州县，应请将本年应征新旧钱粮、仓谷、漕项加价等款均缓至来年麦熟后启征，漕粮缓至来年秋成后启征。臣已屡饬该管道府暨印委各员实心实力，妥协办理，务期无滥无遗，以仰副圣主轸念民瘼，俾无一夫失所之至意。再，河北三府属安阳、汤阴、临漳、武安、内黄、汲县、新乡、辉县、获嘉、淇县、延津、滑县、浚县、封丘、考城、原武、阳武等十七县，前已邀恩借给籽种口粮，赏加抚恤，臣经亲赴河北督率散放，抽查完毕，将放过户口数目，分乡出示晓谕，小民感戴皇恩，欢声载道。现又屡获甘膏，补种晚禾荞麦杂粮，秋收有望。其前已缓征之修武一县，情形相同，地方民情均各宁贴。惟原奏系在本年秋后启征，此时虽已得雨有收，而闾阎元气未复，若遽行开征，恐民力不免竭蹶。可否将河北原缓之安阳等十八县本年应征新旧钱粮、仓谷、漕项加价等款，缓至来年麦熟后启征，漕粮缓至来年秋后启征，俾民力益臻宽裕，更戴圣主恩施。合将勘明灾分轻重分别筹议缘由，恭折具奏，伏乞皇上睿鉴，训示遵行。臣长龄谨奏。

谨将勘明被旱各属，除得雨有收之地照例不计外，所有灾地分数，敬缮清单，恭呈御览。

计开：

原奏成灾十六厅州县：

祥符县　成灾六七八分不等

陈留县　成灾八九分不等

禹　州　成灾七八九分不等

杞　县　成灾七八九分不等

兰阳县　成灾五七八分不等

仪封厅　成灾七八分不等

中牟县　成灾八分

新郑县　成灾八九分不等

许　州　成灾八分

临颍县　成灾八分

襄城县　成灾七分

长葛县　成灾八分

汝　州　成灾八分

郏　县　成灾八分

宝丰县　成灾八分

伊阳县　成灾八分

续勘成灾十州县：

郑　州　成灾五七八九分不等

尉氏县　成灾六七分不等

洧川县　成灾六分

通许县　成灾七八九分不等

鄢陵县　成灾六分

密　县　成灾六七分不等

太康县　成灾六七分不等

扶沟县　成灾七分

裕　州　成灾六七分不等

叶　县　成灾七八分不等

以上二十六厅州县，内除原奏十六厅州县已邀抚恤毋庸重复恤给外，所有续勘成灾十州县，恳请皇上加恩抚恤一月口粮，一体分厂煮赈散给，仍同原奏成灾之十六厅州县按例分别蠲免给赈，蠲剩钱粮分年带征。其旧欠钱粮仓谷、漕项加价等款，均缓至来年麦熟后启征，漕粮缓至来年秋成后启征。

宁陵县　睢　州　鹿邑县　虞城县　柘城县　洛阳县

偃师县　巩　县　孟津县　登封县　鲁山县　罗山县

信阳州　光　州　荥泽县河北三保　孟县林泉等二十二村庄

以上十六州县，收成歉薄，勘明秋收五分余，例不报灾，但本年二麦歉收，秋禾又复歉薄，且系毗连灾区，民力不无拮据。应请皇上加恩，将新旧钱粮仓谷漕项加价等款均缓至来年麦熟后启征，漕粮缓至来年秋成后启征，以抒〔纾〕民力。

嘉庆十八年八月十七日，内阁奉上谕：蒋继勋奏勘明豫省秋禾被旱成灾分数一折，本年豫省各州县间有被旱处所，节经降旨赏给籽种口粮，并暂行停征，俟秋收后查勘情形具奏。兹据该护抚将通省被旱州县查明成灾分数并勘不成灾之处分别具奏，自系实在情形，著加恩将勘明成灾之祥符、陈留、禹州、杞县、兰阳、仪封、中牟、新郑、许州、临颍、襄城、长葛、汝州、郏县、宝丰、伊阳，并续报成灾之郑州、尉氏、洧川、通许、鄢陵、密县、太康、扶沟、裕州、叶县等二十六厅州县，俱照例分别蠲免给赈，其蠲剩新旧钱粮、仓谷漕项加价俱缓至来年麦后启征，漕粮缓至来年秋后启征。内郑州等十州县，并著赏给一月口粮。其收成歉薄、勘不成灾之宁陵、睢州、鹿邑、虞城、柘城、洛阳、偃师、巩县、孟津、登封、鲁山、罗山、信阳、光州等十四州县，并荥泽县河北三保、孟县林泉等二十二村庄，本年应征新旧钱粮、仓谷、漕项加价等款俱缓至来年麦后启征，漕粮缓至来年秋后启征。又前已缓至来年秋后启征之河北三府所属安阳、汤阴、临漳、武安、内黄、汲县、新乡、辉县、获嘉、淇县、延津、滑县、浚县、封丘、考城、原武、阳武等十七县并修武一县，秋禾虽已得雨有收，闾阎元气未复，此时若即行开征，民力仍不免竭蹶，著将本年应征新旧钱粮、仓谷、漕项加价等款一并缓至来年麦后启征，漕粮缓至来年秋后启征，以抒〔纾〕民力。该部知道。折单并发。钦此。

嘉庆十八年十月十六日，奉上谕：本年直隶邢台等五十六州县被旱歉收，又清苑等四县被雹，山东德平等十六州县境内各村庄及钜野等二十四州县，德州、临清、东昌、济宁四卫被旱，河南祥符等五十八厅州县及荥泽、孟县各村庄被旱，陕西西安、凤翔、同州、邠州、乾州五府州属秋成歉薄，湖南龙阳、武陵、沅江、澧州四州县堤垸被水，广东三水等十七州县被水，又镇平县属白马等乡间被水淹，广西怀集、全州、岑溪三州县低田被水，节经该督抚等具奏，朕已加恩分别蠲缓赈恤，小民餬口有资。惟念来春青黄不接之时，民力不无拮据，著传旨该督抚等体察情形，如有应行接济之处，速即查明，据实覆奏，务于年内奏到，候朕新正降旨加恩。再，安徽亳州等五州县被水，又东流等十州县高田间有被旱，潜山等十州县低田间有被淹，河南睢州漫口，下游州县被水，福建光泽一县间被水冲，江西庐陵等四县低田被水，湖北随州、应山二州县缺雨，江陵、公安、石首三县民堤溃决，湖南安仁、长沙二县村庄被水，已据该督抚等奏明查勘，亦著迅速办理，并将来春应否接济之处一并查明具奏。其直隶、山东、河南现在被贼蹂躏各州县，除酌量抚恤外，来春有应行接济之处，事定后，俱著一体详查具奏，候朕施恩。将此谕令该督抚知之。钦此。遵旨寄信前来。

嘉庆十八年十月十八日，内阁奉上谕：台斐音奏查明睢汛下游漫水情形一折，本年豫省因睢州下汛二堡河水漫溢，下游州县民田庐舍多被淹浸。兹据台斐音查明，宁陵县被淹较重，睢州次重，商丘县西南及柘城、鹿邑二县东北各乡庄低洼地亩亦均有被淹处所。著加恩将宁陵、睢州、商丘、柘城、鹿邑被水各乡庄抚恤一月口粮；除睢、宁、柘、鹿四州县业经缓征外，所有商丘县应征钱粮加价，著一体缓至来年秋后启征，以抒〔纾〕民力。方受畴现已到任，著即督饬所属认真经理，以期实惠及民，并即刊刷誊黄，遍行张挂，俾小民静俟赈恤，勿致流离失所，用副朕轸念灾区，加惠黎元至意。该部知道。折并发。钦此。

奏为查明秋禾实收分数恭折奏闻仰祈圣鉴事。窃照定例，每届秋成，应约计分数开单具奏。前因通省秋禾补种较迟，未能预计，经前抚臣长龄奏请，俟核明实收分数汇总奏报等因在案。兹届秋收之期，据布政使详据开封等九府四直隶州确查所属各厅州县秋禾实收分数，开单详送前来，臣覆加查核，秋禾实收八分者七县，实收七分有余者九州县，实收七分者八县，实收六分有余者九县，实收六分者十州县，实收五分者三十州县，实收四分者十一州县，实收三分余者十三厅州县，实收二分余者十一州县，合计通省一百八厅州县多寡牵算，秋禾实收五分有余。理合恭缮清单，敬呈御览。至豫省本年夏秋亢旱，得雨补种，节气已迟，晚禾杂粮正当扬花之际，经霜侵压，以致秋收逾形歉薄。现在详加察看，所有收成不及五分之各州县，内除水旱灾区应行给赈外，其续勘成灾及毗连灾区秋收较歉各州县，仰恳皇上天恩俯准，将前已缓征、续勘成灾七分之鲁山县一体给予抚赈，其秋收稍歉之洛阳、巩县、登封、偃师、光州五州县抚恤一月口粮，其收成止有五分之林县、涉县、河内、济源、孟县、武陟、温县、光山、新安、渑池、上蔡、舞阳、西平、郾城、阌乡、淮宁、西华、商水、项城、沈丘应征新旧钱漕加价，一体缓至来年秋后启征，以抒〔纾〕民力。再，本省今年起运漕粮，止有汜水、荥泽、荥阳三县粟米麦豆及蓟粮八千余石，麦粒细小，只可改征粟米，留豫备赈。所有查明秋禾实收分数及酌请抚赈停缓缘由，理合恭折具奏，伏乞皇上睿鉴训示。臣方受畴谨奏。

谨将嘉庆十八年秋禾实收分数恭缮清单，敬呈御览。

计开：

实收八分者七县

安阳县 汤阴县 临漳县 永宁县 灵宝县 息 县

淇 县

实收七分余者九州县

永城县 滑 县 浚 县 嵩 县 南召县 新野县

卢氏县 固始县 陕 州

实收七分者八县

夏邑县 武安县 内黄县 辉 县 修武县 唐 县

镇平县 内乡县

实收六分余者九县

获嘉县 宜阳县 泌阳县 汝阳县 确山县 新蔡县

遂平县 商城县 正阳县

实收六分者十州县

原武县 阳武县 孟津县 南阳县 桐柏县 邓 州

淅川县 荥阳县 荥泽县 汜水县

实收五分者三十州县

柘城县 虞城县 林 县 涉 县 河内县 汲 县

新乡县 延津县 封丘县 济源县 孟 县 武陟县

温 县 考城县 信阳州 罗山县 光山县 鹿邑县

渑池县 新安县 上蔡县 舞阳县 西平县 郾城县

阌乡县 淮宁县 西华县 商水县 项城县 沈丘县

实收四分十一州县

光 州 鄢陵县 商丘县 偃师县 登封县 汝 州

郏 县 宝丰县 伊阳县 洛阳县 巩 县

实收三分余者十三厅州县

尉氏县 密 县 祥符县 兰阳县 仪封厅 郑 州

宁陵县 睢 州 裕 州 叶 县 太康县 扶沟县

鲁山县

实收二分余者十一州县

洧川县 陈留县 杞 县 中牟县 禹 州 许 州

临颍县 襄城县 长葛县 通许县 新郑县

以上，通省秋禾实收五分余

嘉庆十八年十月十九日具奏。是月二十五日奉到朱批：即有旨。钦此。

同日，又奉上谕：方受畴奏查明秋禾实收分数，请酌量抚恤缓征一折，豫省本年夏秋亢旱，得雨已迟，收成歉薄，现在各州县内，除水旱灾区查明给赈外，著加恩将前已缓征续勘成灾之鲁山县亦一体给予抚赈，其秋收稍歉之洛阳、巩县、登封、偃师、光州五州县抚恤一月口粮，其收成止有五分之林县、涉县、河内、济源、孟县、武陟、温县、光山、新安、渑池、上蔡、舞阳、西平、郾城、阌乡、淮宁、西华、商水、项城、沈丘应征新旧钱漕加价，一体缓至来年秋后启征，以抒〔纾〕民力。至该省改征粟米，并著照所请，留豫备赈。该部知道。折并发。钦此。

再，查本年豫省应搭运保、雄及密云、良乡、固安等处兵米俸米共二万五千一百九十一石零。现据督粮道张翻详称，本年漕粮，被灾各属均奉恩旨蠲缓，仅有汜水、荥泽、荥阳三县应征粟米等项八千余石，亦经奏准留豫备赈，所有前项额运兵米俸米，应请敕部在于通仓内暂行拨给，仍俟明岁秋成后带征补运还款。至本年应运改麦，既已改征粟米备赈，应请明岁无庸补运。其白麦一项，来岁仍于荥阳等三县粟米项下通融抵改，同祥符等州县带征白麦，共足一万石之数，运通交纳供用。除咨明户部暨漕运仓场总督外，谨附片奏闻，伏乞皇上训示。臣方受畴谨奏。嘉庆十八年十一月初四日具奏，于本月十一日奉到朱批：户部知道。钦此。

奏为续查被贼滋扰地方恳恩抚恤，并各属水旱灾黎酌筹煮赈，恭折具奏仰祈圣鉴事。窃照滑、浚二县被贼村庄，经臣奏蒙恩准赏给两月口粮。兹查贼匪由长垣阑入封丘，经过阳武、新乡、获嘉、辉县、林县等处，蹂躏村庄，难民猝遭焚掠，殊堪悯恻。恭恳圣恩，准照滑、浚二县被贼难民一体赏给两月口粮，以免流离失所。至大河南北各州县，连岁歉收，本年又复旱潦相继，仰蒙圣主垂悯穷黎，业已抚赈兼施，得登衽席。惟积歉灾伤情形过重，臣抵任后，到处详加体察，凡可以为灾民生计者，无不昼夜悉心筹维，不敢稍余心力。现在时届隆冬，各处无业贫民及老幼残疾鳏寡孤独觅食维艰，饥寒交迫，情甚堪怜。臣与司道等已捐廉，在于省城关外向年煮粥处所设厂赈济，并饬令各府州督率各州县一体倡捐，劝谕绅士富民量力捐赀，近则煮赈，远则散谷，以资餬口。第相距来岁麦收尚远，必须时日稍宽，庶免嗷嗷待哺，恐捐办不敷，合无仰恳皇上天恩俯准，酌动常、社仓谷，于本年十二月、明年正月设厂煮赈两月，俾各属茕黎咸资果腹，感颂仁施，益无既极。至阌乡、西华、项城、郾城四县续报歉收，业已奏准缓征钱漕。兹据藩司台斐音查明，该四县因荞麦被霜，民力拮据，应请一体煮赈两月，俾资口食。所有设厂各处，仰食者既多，恐有匪徒溷迹其中，现今查明人数，先期给与照票，临时验票给发，以便查考而免混淆。惟有督饬各属随时加意，严密稽查，以仰副皇上轸念民艰、绥靖地方之至意。其附近滑、浚各县，已蒙赏给口粮。此时贼氛未净，应无庸煮赈，以免别滋事端。统俟军务告竣后，再行酌办。理合恭折具奏，伏乞皇上睿鉴训示。再，被灾各属应于常赈之外，如何量为调剂之处，容臣确查，另行具奏，合并陈明。臣方受畴谨奏。嘉庆十八年十一月二十六日具奏，于十二月初十日奉到朱批：即有旨。钦此。

嘉庆十八年十二月初三日，内阁奉上谕：方受畴奏续查被贼滋扰地方恳恩抚恤并各属水旱灾黎酌筹煮赈一折，河南封丘、阳武、新乡、获嘉、辉县、林县等处被贼焚掠村庄，居民荡析，殊堪悯恻，著加恩赏给两月口粮。其大河南北各州县连岁歉收，本年又复旱潦相继，现届隆冬，无业贫民嗷嗷待哺，著准其酌动常、社仓谷，于本年十二月、明年正月设厂煮赈两月，阌乡、西华、项城、郾城四县补种秋莜复被霜灾，亦著一体煮赈两月。该抚务督饬所属认真办理，俾小民均沾实惠，以副朕轸恤民艰至意。该部知道。折并发。钦此。

卷二　上谕　奏牍〔稿〕

奏为遵旨确查被旱被水各州县来春酌筹接济恭折奏恳圣恩事。窃臣钦奉上谕：本年河南祥符等五十八厅州县及荥泽、孟县各村庄被旱，已加恩分别蠲缓赈恤，小民餬口有资。惟念来春青黄不接之时，民力不无拮据，著该抚体察情形，如有应行接济之处，速即查明，据实覆奏，务于年内奏到，候朕施恩等因。钦此。仰见皇上轸念穷黎有加无已。臣跪读之下，实深钦感，当即钦遵转饬。去后兹据布政使台斐音查明议详前来，臣伏查豫省本年旱涝灾区，业经分别轻重，奏准蠲缓抚赈，并于常赈之外加煮赈两月，亿万灾黎无不渥被鸿施，同声感颂。兹复仰沐圣慈垂询，自当推广皇仁，酌筹接济，俾明春青黄不接之时，民食益臻充裕。所有被旱成灾业经抚赈之祥符、陈留、杞县、通许、中牟、兰阳、仪封、郑州、禹州、新郑、尉氏、洧川、鄢陵、密县、裕州、叶县、太康、扶沟、许州、临颍、襄城、长葛、汝州、郏县、宝丰、伊阳、鲁山及被水成灾业经抚赈之宁陵、睢州、鹿邑、柘城、商丘等三十二厅州县，应请皇上恩施，无论极次贫民，于明春展赈一月。其秋收歉薄、续经抚恤之洛阳、偃师、巩县、登封、光州等五州县并荞麦被霜、续请煮赈之阌乡、西华、项城、郾城等四县极贫户口，并恳天恩，明春酌赏一月口粮。其余勘不成灾之虞城、安阳、汤阴、临漳、林县、内黄、武安、涉县、汲县、新乡、获嘉、淇县、辉县、延津、封丘、考城、河内、济源、原武、修武、武陟、孟县、温县、阳武、孟津、新安、渑池、舞阳、上蔡、西平、信阳、罗山、淮宁、商水、沈丘、光山及荥泽河北三保三十七州县，业经奏准缓征新旧钱漕，应请明春酌量平粜仓谷，并借给籽种口粮，以资接济。至被贼蹂躏之滑县、浚县、封丘、阳武、新乡、获嘉、辉县、林县等县各村庄难民，业经先后奏请抚恤，其应给赈银，俟平定后查明，另行酌议奏办。臣惟有督率藩司，谆饬各府州县，共矢天良，妥协经理，务使灾民均沾实惠，不致一夫失所，以期仰副圣主念切痌瘝恩施稠叠之至意。理合恭折具奏，伏乞皇上睿鉴。臣方受畴谨奏。嘉庆十八年十二月初四日具奏。十二月十四日奉到朱批：候旨行。钦此。

嘉庆十九年正月初八日奉上谕：上年豫省祥符等厅州县被旱被水成灾，节经降旨分别蠲缓抚赈，并于常赈之外煮赈两月，小民餬口有资，自已无虞失所。惟念现届东作之期，距麦秋尚远，闾阎绌于盖藏，青黄不接，未免仍形拮据。著加恩将祥符、陈留、杞县、通许、中牟、兰阳、仪封、郑州、禹州、新郑、尉氏、洧川、鄢陵、密县、裕州、叶县、太康、扶沟、许州、临颍、襄城、长葛、汝州、郏县、宝丰、伊阳、鲁山、宁陵、睢州、鹿邑、柘城、商丘等三十二厅州县，无论极次贫民，均展赈一月；其秋收歉薄之洛阳、偃师、巩县、登封、光州等五州县并被霜之阌乡、西华、项城、郾城等四县极贫户口，赏给一月口粮；其余勘不成灾之虞城、安阳、汤阴、临漳、林县、内黄、武安、涉县、汲县、新乡、获嘉、淇县、辉县、延津、封丘、考城、河内、济源、原武、修武、武陟、孟县、温县、阳武、孟津、新安、渑池、舞阳、上蔡、西平、信阳、罗山、淮宁、商水、沈丘、光山等州县及荥泽河北三保，一体酌量平粜仓谷，并借给籽种口粮，以资接济，用副朕春韶锡羡、加惠灾区至意。该部即遵谕行。钦此。

军机大臣字寄河南巡抚方受畴。嘉庆十九年二月初四日奉上谕：御史申启贤奏，豫省各处歉收，所报灾区尚有不实不尽；其已奉旨赈恤各州县地方官，亦未能实力奉行；各处饥民纷纷向湖北一带求食；前因将截漕米石改拨军需，应行折给赈粮，尚多遗漏；又开封、彰德未经奏准采买，该地方官亦借军需为名，科派草豆；并请严缉南、汝一带红胡子、顺刀手各等语。豫省连年歉收，现在河北各属又被贼匪蹂躏，节经加恩赈恤，其一应抚绥安集事宜最关紧要，该地方官自当认真经理，以靖民生。何以开封、河南、陈、许、南、汝诸处饥民纷纷流徙？著该抚严饬所属，将应行赈恤各州县按照查报户口，妥速散放，毋任官侵吏蚀，实惠不得及民。其彰德等处有无借军需苛派民间之事，并著严查具奏。该省南、汝一带曩多匪徒，现在办理保甲，著严饬地方官实力编查，妥为镇抚。再，前据该抚奏永城地方有匪徒夜聚晓散，宝丰一带有匪徒纠众拒捕之事，现在曾否拿获？办理地方是否安靖？朕宵旰殷怀，总未据该抚续奏，殊属怠缓，又因循矣。著将该二处查报情形迅速由驿奏闻，将此由五百里谕令知之。钦此。遵旨寄信前来。

奏为钦奉谕旨据实覆奏仰祈圣鉴事。窃臣于本月初七日承准军机大臣字寄，内开奉上谕：御史申启贤奏，豫省各处歉收，所报灾区尚有不实不尽；其已奉旨赈恤各州县地方官，亦未能实力奉行；各处饥民，纷纷向湖北一带求食；前因将截漕米石改拨军需，应行折给赈粮尚多遗漏；又开封彰德未经奏准采买，该地方官亦借军需为名，科派草豆；并请严缉南、汝一带红胡子、顺刀手各等语。豫省连年歉收，现在河北各属又被贼匪蹂躏，节经加恩赈恤，其一应抚绥安集事宜最关紧要，该地方官自当认真经理，以靖民生。何以开封、河南、陈、许、南、汝诸处饥民纷纷流徙？著该抚严饬所属，将应行赈恤各州县按照查报户口，妥速散放，毋任官侵吏蚀，实惠不得及民。其彰德等处有无借军需苛派民间之事，并著严查具奏。该省南、汝一带曩多匪徒，现在办理保甲，著严饬地方官实力编查，妥为镇抚。再，前据该抚奏永城地方有匪徒夜聚晓散，宝丰一带有匪徒纠众拒捕之事，现在曾否拿获办理？地方是否安靖？朕宵旰殷怀，总未据该抚续奏，殊属怠缓，又因循矣。著将该二处查报情形，迅速由驿奏闻，将此由五百里谕令知之。钦此。遵旨寄信前来，并奉发下该御史申启贤奏折一件到。臣伏查本年豫省七十余州县旱涝相继，先经前抚臣长龄、护抚臣蒋继勋、台斐音等委勘灾歉情形，分别轻重，节次奏报。迨臣于十月间莅任后，各处赈银业经给发，复经查明九州县应须调剂，续经据实奏闻，并无不实不尽之处。叠蒙皇上轸念民艰，恩膏渥沛，蠲缓赈恤，无已有加。臣督率藩司，严饬各府州县官吏，力除积弊，务使实惠及民。现在大赈将次散放完竣，凡灾区黎庶，莫不感颂皇仁。因时值隆冬，尚恐饥寒交迫，又经臣奏请煮赈两月，俾穷民得免冻馁。臣受恩至重，似此民瘼切要之务，苟心力所能到，敢不认真经理？该御史所奏豫省连年未得丰收，今岁尤为荒歉，委系实在情形。即所称大河以南各处饥民，纷纷向湖北一带求食，亦在所难免。臣何敢稍有讳饰？缘被水被旱州县至七十余处之多，地广人稠，灾伤过重，民间既素乏盖藏，不但本省近地皆系荒歉之区，即山东、直隶一带情形相同，既不能往北就食，势必前赴江南、湖北有收之处暂图餬口。况国家经费有常，按灾给赈，例有定数，不能不统筹大局，次第举行。小民出境谋生，自未便官为禁止，然闻赈归来之户，亦莫不补给赈银，务期仁施周浃。至滑县匪徒滋事，大兵攻剿已及三月，军需草豆支应浩繁，自不得不藉资于邻郡。即运送军火饷粮车骡，亦须雇自民间。臣于军兴之始，即经严饬该管道府并各州县，凡军营所需草豆米面以及木料柴薪，务须照依时价购买，雇用车骡亦令照例按站发价，不许丝毫派累。现又密饬藩司台斐音就近于卫辉一带访查，倘有不肖官吏借端科派民间，立即据实详揭参办。南、汝一带向有红胡子名色，叠经惩创，此风尚未尽除。值此兵荒之际，复当寒冱之时，地方匪类三五成群，乘机抢夺之事，时或有之。凡有详报之案，臣悉心勘酌。其无关紧要者，即就案完结，以免牵累而滋惊扰。其情节较重者，如宝丰、永城等案，仍即奏闻，严密查办。现在首犯俱已就获，地方均属安静。业经臣随时具奏在案，俟提省审明即可定拟完结。臣忝任封圻，察吏安民，皆分内之事。惟有严饬各属时时顾惜，闾阎不得丝毫扰累，一应抚绥安集事宜尽心料理，不敢稍涉因循，以仰副圣主视民如伤、谆谆训诫之至意。理合恭折覆奏，并将御史申启贤原奏一件随折缴进，伏乞皇上睿鉴。臣方受畴谨奏。

军机大臣字寄河南巡抚方受畴。嘉庆十八年十二月十八日奉上谕：现在豫省军务已竣，正在办理善后事宜，方受畴系该省巡抚，一切皆须经理。其当务之急，尤在抚恤难民，勿使失所。滑、浚、封、考一带系被贼较甚之区，西路辉县等处亦经窜匪滋扰，其各村镇难民，焚掠之余，自必荡析离居。其黄河以南各州县，本年荒旱尤甚，饥民载道。此等穷民，皆系朕之赤子，与逆贼李文成等并非迫于饥寒、甘心谋逆者迥不相同。若地方官不加抚绥，听其辗转沟壑，更或因饥掠食，聚众扰攘，彼时既经犯法，即不能不加以惩办，蚩蚩小民既困于饥寒，复罹于罪辟，民为邦本，朕体天地好生之心，实为不忍。该抚务遴派实心任事之员，分赴被贼各州县确实查勘，速加抚恤。至黄河以南被灾各该处，亦加意察看情形，饬属妥为办理。该抚前此本有分设粥厂之议，但恐有转徙道路不能赴厂就食者，或派委员酌带银米就地安集，更为有益。诚能多尽一分心力，即多活无数生灵。近日各督抚等多有捐廉之请，试思朕此时裁汰繁费，停止工作，岂肯受伊等进奉？若果仰体朕惠爱黎民之心，各大员首捐廉俸，倡率属员赈恤灾黎，以补国帑所不逮，则即系伊等尽心为国，而全活者众，其积德于身家亦不少矣。此时豫省情形更较各省为重，该抚惟当实心经理，务令实惠及民为要。将此附本日五百里报，便谕令知之。钦此。遵旨寄信前来。

奏为钦奉谕旨恭折覆奏事。窃臣钦奉上谕：现在豫省军务已竣，正在办理善后事宜。方受畴系该省巡抚，一切皆须经理。其当务之急，尤在抚恤难民，勿使失所。滑、浚、封、考一带系被贼较甚之区，西路辉县等处亦经窜匪滋扰，其各村镇难民，焚掠之余，自必荡析离居。其黄河以南各州县，本年荒旱尤甚，饥民载道。此等穷民，皆系朕之赤子，与逆贼李文成等并非迫于饥寒、甘心谋逆者迥不相同。若地方官不加抚绥，听其辗转沟壑，更或因饥掠食，聚众扰攘，彼时既经犯法，即不能不加以惩办，蚩蚩小民既困于饥寒，复罹于罪辟，民为邦本，朕体天地好生之心，实为不忍。该抚务遴派实心任事之员，分赴被贼各州县确实查勘，速加抚恤。至黄河以南被灾各该处，亦加意察看情形，饬属妥为办理。该抚前此本有分设粥厂之议，但恐有转徙道路不能赴厂就食者，或派委员酌带银米就地安集，更为有益。诚能多尽一分心力，即多活无数生灵。近日各督抚等多有捐廉之请，试思朕此时裁汰繁费，停止工作，岂肯受伊等进奉？若果仰体朕惠爱黎民之心，各大员首捐廉俸，倡率属员赈恤灾黎，以补国帑所不逮，则即系伊等尽心为国，而全活者众，其积德于身家亦不少矣。此时豫省情形更较各省为重，该抚惟当实心经理，务令实惠及民为要。钦此。仰见皇上轸念穷黎，惟恐一夫失所，一切抚绥要术，无不上廑宵旰殷怀，谆谆训谕。臣跪诵之下，既深钦感，尤切悚惭。伏念本年豫省河北一带既被贼氛肆扰，河南各属又遭水旱相仍，小民困苦情形实为迫切。臣受恩深重，畀任封圻，守土保民，皆系分内之事。凡可以为民生计者，无不竭虑筹维，不敢稍余心力。所有善后应办事宜，业经会同钦差大臣那彦成分晰奏请圣训。查北岸被贼之区，滑、浚两县为最重。现蒙赏给两月口粮，并饬地方官查明，另请赈济。藩司台斐音现在军营，已令其就近督办。其封丘、考城、辉县、林县等处被扰较轻，现派粮道张翻率同该府县查办抚绥，小民尚可无虞冻馁。至黄河以南水旱灾伤，开封、归德、汝州、许州等属为最重，河南、南阳等属次之，业蒙叠沛恩膏，加之赈恤，而际此严冬残岁，小民餬口无资，全赖官为经理。是以臣奏请分设粥厂，以济饥寒。再四思维，此外更无他法。自月初开厂以来，各处就食者日多。臣分委道府丞倅各员稽查弹压，地方甚为安静。仰惟圣主痌瘝在抱，无时不念切民艰。兹因臣粥厂之请，恐有转徙道路不能赴厂就食者，睿虑周详，无微不至。查被旱地方，附近百姓就食尚易，惟住居穹远之老幼户口，往返不便；其隔水各村庄，更属艰于跋涉，诚如圣谕。自应派员酌带银米，就地安集。臣先经派委前任开归道陈启文专在归德料理此事，并谆饬各该管府州亲身督同各州县，尽心办理，务期实惠及民，勿使转乎沟壑。惟是来春二月逢闰，青黄不接之际，距麦收之期尚遥，自应从长计议。钦惟我皇上保民若赤，偶遇水旱偏灾，不惜数百万帑金，原无藉区区之补助。而臣仰荷豢养深恩至优极渥，为民为国，实所当尽之心。除现在粥厂已捐之外，兹再捐交养廉银一万两以济赈用。藩、臬两司、各道府直隶州及州县等均有牧民之责，各捐半年廉银共一十万两。合与臣所捐之数，统计一十一万两，均匀拨给被旱被水各属，采买粟米，于二月以后接续煮粥散给。往后天气和暖，将近麦收，小民便可各自谋生。臣惟有恪遵慈训，实心经理，无负圣主惠爱元元之德意。理合恭折覆奏，伏乞皇上睿鉴。臣方受畴谨奏。嘉庆十八年十二月二十九日具奏，十九年正月十五日奉到朱批：实心经理，造福无量。多活一民，减我君臣一分罪孽，自求多福，不可不勉力办理！此内混入余匪，仍须拿究正法，造福愈大矣。钦此。

嘉庆十九年二月初八日，内阁奉上谕：给事中李鸿宾条奏三省善后事宜一折，所言切中时弊，皆应速办。上年直隶、豫、东三省交界奸民滋事，皆由林清首倡逆谋，枭獍豺狼滔天之罪，寸磔不足蔽辜。其从逆徒党，亦皆被其煽惑，罹刑网、伏诛夷者殆以万计。而良民受其荼毒，因而戕生荡析者更不可胜数，朕思之实为悯恻。三省连年本多荒歉，兹又加以兵燹，闾阎凋瘵，若再不尽心抚字，其何以拯救黎元？前屡颁谕旨，令该督抚等加意赈恤，分给银米，并于各处多设粥厂，俾道路饥民咸资餬口。今据该给事中奏称：粥厂虽设，而民居穹远，老弱卧病枵腹余生不能赴食，并有匍匐而来、未得食而先毙者。直隶大名、山东曹州情形相同，而河南滑、浚、中牟、睢、郑、祥符、考城、宁陵各州县为尤甚。夫以民就厂，何如以厂就民？此时亟应多为筹备米粟，酌量村庄远近，添设粥厂。或本境米粮稀少，即就近于丰熟地方广为采买。督抚大吏，下及有司，皆有为朕牧民之责。伊等动辄以捐廉办公为请，朕多不允纳。若仰体朕保赤之诚，以俸入所余倡先施济，使地方富户绅民共知则效，能令灾民多所全活，其所济者大矣。又所奏查禁地窨一节，上栋下宇，庐舍市廛，各有恒式。今奸民等创为地窨，为鬼为蜮，小而窝藏奸赌，大而聚匿凶徒，皆倚以为巢穴，不可不严行查禁。著三省督抚即分饬地方官，访明现有巢窟，令其自行毁除，并出示晓谕，毋许再有私造，以杜隐慝。又所奏严禁私渡一条，据称官渡因查人过严，难民致被拦阻，而私渡得钱卖放，奸民转可偷渡。三省沿河地方及河南睢宁二境黄河口以下，比比皆是。坝上棚民，因禁渡路毙日多等语。渡口盘诘奸宄，若因此稽留难民，为暴商旅，是防弊而实以滋毙〔弊〕。著该督抚分派委员，于官渡私渡一体留心查察。如有形迹可疑及带有违碍字迹器具者，即行查缉；其勒索钱文、苦累平民、卖脱奸宄者，查出从重惩治，毋稍姑息。又所奏派兵会哨一事，搜捕余匪，弹压地方，防兵不能旷日久驻。该给事中奏请仿江海会哨之条，藉以察勘营汛，稽查匪党，是亦弭患之道。但每月二次，亦未免太数。应如何按计营汛程途远近，拨派弁兵，轮流巡缉，俾居民无扰，奸匪潜踪，著直隶、河南、山东督抚酌议章程，妥协办理。该给事中原奏俱著发给阅看。钦此。

奏为钦奉谕旨恭折覆奏仰祈圣鉴事。窃臣接奉上谕，饬将给事中李鸿宾条奏添设粥厂、查禁地窨、严查私渡、会哨边界各款逐一妥协查办，并抄发该给事中原奏等因。仰见皇上周咨博采救灾除害之方，无时不上劳圣廑，臣跪诵再三，不胜钦服。伏查豫省积歉之后，继以兵荒，民间困苦情形实难殚述。幸蒙圣主念切民瘼，多方抚赈，殊恩旷典，无以复加。臣前因二月以后相距麦收尚远，又经奏请捐廉，加煮粥赈一月，饬属劝谕殷绅富民量力乐输，复令各州县在育婴堂收养幼孩，务使多为设法，以资全活。凡可以救济穷黎，实不敢稍遗余力。现查水旱成灾及附近灾区，设厂煮赈已有八十余州县，每处自三四厂至五六厂不等。惟设厂处所，心须关厢及村庄稠密适中之地，再得宽阔庙宇搭厂，始能分别男女，稽查出入，以免拥挤遗漏。其锅灶器具、照料人役、弹压委员，处处皆须布置妥协，庶免滋生事端。至于僻远零落村庄以及附近老弱衰病不能赴厂之人，俱委员分投挨户散给米粮，可期周遍。臣昨赴睢工，经过各粥厂，逐一查勘，每厂食粥饥民四五六千不等。睢工野鸡冈领粥男女，多至一万二三千口。臣将各厂所煮之粥亲行尝验，俱极稠厚。察看地方官办理此事，尚属实心。本年入春以来，膏泽频沾。通省州县，本月十五日复得雪盈尺，麦苗滋长，东作并兴，人心业已大定。臣身任地方，仰蒙皇上谆谆训谕，至再至三，万不敢稍有膜视，上负圣慈。至该给事中所奏奸民私造地窨一节，豫省南联江楚，地气卑湿，不能造窨。西界晋陕一带，山村陶穴，古俗相沿。至花窨、冰窨等项，均非地窨可比。惟省北毗连直隶、山东，恐有掘窨藏奸之事。现已严饬各地方官细心查访，毁除禁止，以杜隐慝。其查禁私渡一节，上年匪徒滋事时，臣曾饬将各口渡船概移南岸，以防偷越，并于睢工漫口水浅易涉之处分委妥员，接济难民商旅，盘诘逃窜奸宄。自大兵凯撤后，往来行旅早经照常济渡。臣仍密饬各州县加意留心，查缉逃匪，不使脱漏。又交界地方定期会哨一节，既可省防兵久驻，又不致缉捕懈弛，实为目前要务。豫省西南与陕楚接壤，从前本有每年文武会哨旧例，现在遵行。今三省甫经宁辑，滑、浚、考城一带均与直隶二省交界，自应亟议条规，轮流巡哨，以弭伏孽而重边防。臣现在咨会直隶、山东二省，按照相距营汛远近，酌定章程，另行具奏。所有遵旨分别查办缘由，理合恭折覆奏，伏乞皇上睿鉴。臣方受畴谨奏。嘉庆十九年二月二十四日具奏，闰二月初七日奉到朱批：知道了。钦此。

奏为钦奉谕旨恭折覆奏事。窃臣于闰二月十七日承准廷寄，钦奉上谕：据御史卓秉恬奏称，河南南阳等州县倒毙饥民，自樊城以下至黄河口以上，不下数万人，沿途暴露等语。豫省大河以南灾歉较重，现在该处饥民流离，尸骸暴露，闻之实堪悯恻。著方受畴严饬速为掩埋，勿再仍前玩泄，慎之！等因。钦此。臣跪读之下，仰见圣主宵旰忧劳，于惠爱黎元之外，更复泽及骸骨，实深钦服。伏查豫省上年水旱成灾，既广且重，小民乏食困苦情形，节经臣据实奏闻，不敢稍存隐饰。仰荷天恩渥被，抚赈频施，全活灾民不下亿万万计。上冬时届严寒，臣即经虑及贫民衣食不周，必有冻饿路毙之人，十一月先于省城捐买空地二十八亩，委员分投查看收埋，并通饬各州县一体捐廉买地，遇有路毙尸骸，立即埋葬。彼时据报，路毙者尚少。及至本年正月中下二旬暨二月初六、十五六等日，屡次大雪，天气冱寒，兼以贫民于秋间刨食草根树皮并经霜损坏荞梗，肠胃受毒，春深瘟疾盛行，各处多有倒毙。又经臣饬属捐赀，修合解瘟丸剂，广为施散，并商同升任藩司台斐音，分委查粥厂之粮道张翻、开封府知府昌宜泰、候补知府李清平、候补同知谢樟等二十余员，南至新野、裕州、叶县及信阳、遂平、许州一带，北至滑、浚，西至洛阳、登封，凡灾重之区以及黄河两岸分途查看，督饬地方官认真掩埋，并派员赍带银两，分往查办。现据各该员禀称，遍历各处确查，前此实因春寒疫盛，沿途陆续倒毙者较多，业已会同收埋净尽。城厢原野，远近无遗。现在气候和暖，晴雨得宜，瘟疫日渐减除，已无路毙骸骨等情。臣并查得各处报到掩埋，因中寒染疫而毙者，本年二月较上冬为甚，然统计亦无数万人之多。凡此皆系臣与地方官分内应办之事，是以未敢渎陈圣听。兹蒙训谕谆谆，惟有严饬所属照前查办掩埋，断不敢稍为泄视。至被灾各属抚赈之外，业经奏准，于上年十二月起煮赈两月，并又捐廉通煮一月。至二月下旬三个月煮赈期满，臣复因麦收尚远，正值青黄不接之时，未便遽行停撤。现又饬令各属展赈一月，计至闰二月底，通共煮赈四个月。三月初旬接放展赈，闰年节气较早，四月间二麦即可有收，闾阎得以自谋生计。而入春以后，南北各境雨雪优沾，麦俱畅发。自许州以南至汝州、南阳一带，更为丰茂。其余赶种二麦不及者，除已种大秋外，间有余土，即令补种菜蔬。臣察其土性，遍为谘访，春序可种杂粮甚少，惟油菜、苜蓿二项易于生发，亦可配搭充饥。经臣购觅菜种，派员给散农民，教令如法艺种，并委员赍项，前赴陕西交界处所购买苜蓿籽粒，来豫散给播种。臣惟有随时随事，殚心竭力筹办，俾生者得以多为存活，死者免其暴露，以仰副皇上轸念灾区、有加无已之至意。理合恭折据实覆奏，伏乞皇上睿鉴。臣方受畴谨奏。

再，被灾各州县乏食贫民，经臣于奏准煮赈两月之外，续又捐煮一月、展煮一月，统计已煮赈四个月。各处粥厂，均派诚妥委员监放，并令道府大员不时往来查察，计口授食，不致遗漏，于救济灾民更为周普得力。兹查展煮粥赈，计至闰二月底及三月初旬，先后届满，即当接放恩加展赈，但灾重之区必须宽为接济。臣不敢因现在雨水渥沾，麦收可期丰稔，民情宁贴，稍存大意。复与署藩司诸以谦悉心筹画，查明被灾较重各州县，于煮赈四个月及展赈之外，再行加展煮赈半月，俾贫黎得以度至四月中旬。彼时已届麦收，无虞失所。谨将办理情形附片奏闻。嘉庆十九年闰二月二十六日附奏。

军机大臣字寄河南巡抚方受畴。嘉庆十九年闰二月二十五日奉上谕：方受畴奏豫省瘟疫盛行，现在捐赀合药施散，并派员分路掩埋展赈等语。豫省上年水旱成灾，兼遭兵燹之后，居民甫经蹂躏，其存者复值瘟疫盛行，倒毙过多，闻之深为悯恻。特命太医院开写清瘟解毒丸、藿香正气丸二方，发交方受畴精选药材，按方修合，广为施散，俾染疫者饮药得痊，以冀稍减疫疠。中州人民遘此厄困，该抚务竭力拯救，多尽一分心力，即可多活无数躯命。其已毙者，仍督饬亟为掩埋，毋任日久暴露，致乖春和。并著方受畴将该省灾民情形，或半月，或旬日，具奏一次，以慰廑注。又前据高杞奏，讯据匪僧吉仰花供伊所带“天平大王”木戳，系十七年在豫省河南府南关铁佛寺遇见刘呈祥等给与者，刘呈祥向在登封一带诱人入教等语。当即降旨，令方受畴严密查拿。迄今已及一月，尚未据拿获具奏。刘呈祥一犯，与林清案内逸犯姓名相同，是否即系其人，该抚派员查拿后曾否得有踪迹，著即据实奏闻，仍一面饬属严拿务获，毋再延玩。将此谕令知之。钦此。遵旨寄信前来。

奏为遵旨查办恭折复奏事。窃臣钦奉上谕：豫省瘟疫盛行，倒毙过多，闻之深为悯恻，特命太医院开写清瘟解毒丸、藿香正气丸二方，发交方受畴，精选药材，按方修合施散，俾饮药得痊，稍减疫疠。该抚务竭力拯救，能多尽一分心，即可多活无数躯命。其已毙者，仍督饬亟为掩埋，毋任日久暴露。嗣后并著将该省灾民情形，或半月，或旬日，具奏一次，以慰廑注。又前据高杞奏，讯据匪僧吉仰花供伊所带“天平大王”木戳，系在河南府南关铁佛寺遇见刘呈祥等给与者，刘呈祥向在登封一带诱人入教等语。当即降旨，令方受畴严密查拿，迄今尚未据拿获具奏。刘呈祥一犯与林清案内逸犯姓名相同，是否即系其人，该抚派员查拿后曾否得有踪迹，著即据实奏闻，仍一面饬属严拿务获，毋再玩延等因。钦此。仰见我皇上轸念民生，于拯救灾伤疫疠，无不上烦睿虑，指示周详。臣跪读之下，实深钦感。伏查豫省上年水旱成灾，复遭兵燹，穷民流离困顿，兼以雪后严寒，入春染疫，不但灾黎倒毙甚多，即各州县羁禁罪囚及臣委查粥厂官役亦俱传染，因此病亡者甚众。经臣捐赀合药施放，派员买地，分投掩埋骸骨，并令地方官买棺收殓存恤，自连得雨雪之后，人心既定。现值春气融和，渐消疵疠，民间疾病较前稍减。兹蒙颁发清瘟解毒丸、藿香正气丸方，臣遵即精选药材，按方修合，委员会同地方官广为施散，并将奉到谕旨恭刊誊黄，通颁各府州县一体钦遵办理，务期瘟气尽除，病者速就痊愈。其路毙之人，节经臣委员四路查看收瘗，不任暴露，日内亦渐稀少。省城于前次得雨后，闰二月二十七日复沾雨泽，旋即晴霁，暄润得宜，二麦以次吐穗。内有每丛五六穗至一二十穗者，丰茂异常，现据农民纷纷具呈献瑞。臣以圣心念切痌瘝，该农民等务宜勤耕节用，永为善良，即可感召天和，谕令各回安业。现在早秋俱已布种齐全，米面价值日渐平减，实属大有起色。此后一切情形，谨当遵旨按旬奏报，以纾宸廑。至奉谕旨饬拿匪僧吉仰花供出匪犯刘呈祥及同行之王幅玉等，前经臣派委候补知府钟禄、守备蒋光奎驰赴河南府，会同该府齐鲲，督饬洛阳县，查明南关马市街一带以及城关各处，均无铁佛寺名色。惟南关有华藏寺一处，密访并无容留外来匪人。传讯寺僧，据供嘉庆十七年六月十一日，亦无僧俗人等在寺聚谈之事。该守备随即驰赴登封县，改装易服，在于庵观寺院以及幽僻村庄遍行访查，毫无踪迹。现准高杞将各犯年貌咨复，臣复详细开列，饬委河南府通判孙葆元督同地方官上紧查缉。一俟拿获，即当遵旨讯明刘呈祥是否即系林清案内最要逸犯，另行具奏，不任稍有疏纵玩延。所有遵旨分别办理缘由，合先恭折覆奏，伏乞皇上睿鉴。臣方受畴谨奏。

奏为钦奉谕旨恭折据实覆奏仰祈圣鉴事。窃臣承准廷寄，钦奉上谕：据蒋祥墀奏，现在河南办理灾赈，胥役乡保彼此侵吞，饥民实在领赈者不过十分之四。胥役下乡登名造册，每名索大钱二三十文不等。穷民无处借挪，竟束手待毙。又于发签时多番刁难，致老弱拥挤仆毙，该役将口粮肥己。又地棍相率抢夺，饥民从而附和，如新郑、禹州等处，抢案甚多，地方官亦不究办等语。览奏殊深廑系。方受畴久任直隶藩司，上年林清谋逆本有失察重咎，亦应降调，因升任在先，未加惩处。伊到豫省后，滑县剿贼一事毫无出力之处，惟抚恤事宜责令实心经理，经朕屡次降旨，严切训示。乃节据李鸿宾、卓秉恬陈奏该省饥民难民情形，流离载道，恻人心目，蒋祥墀复有此奏，而召见面奏者更多。是豫省办理赈务，种种不妥！试思该省甫遭兵燹，又值荒歉，若不妥为收恤，其壮者迫于饥馑，势必掠食纠抢，又罹诛夷，其老者弱者但俛首转于沟壑而已。豫省冬春以来幸得渥雪普沾，麦收可望丰稔，此实天心仁爱，宥罪敷恩。朕诚心保赤，屡下宽大之诏，蠲缓赈贷，不靳恩施。该抚身为疆吏，乃如此泄泄沓沓，一任属员胥吏隐饰侵欺，以致民不聊生，道殣相望，既不知仰体天心，又不能上承朕意，该抚抚心自问，安乎？否乎？方受畴著传旨严行申饬，并交部议处。该抚务激发天良，保全身家，严查地方官，除弊安民，拯吾赤子，不得再似前次虚言搪塞，仍欲掩盖前非。倘始终玩忽，必将方受畴革职治罪，断不宽恕。蒋祥墀原折发给阅看等因。钦此。伏念臣驽钝下材，蒙恩简用巡抚，去秋由浙江调任河南，原因灾区赈务紧要，特令认真妥办。臣稍有人心，敢不仰体圣主保赤殷怀，力为拯济？且臣直隶藩司任内，失察之咎甚重，乃曲荷恩全，贷其惩处，而滑县匪徒滋事，臣因奉旨弹压省城，堵御南岸，又未能亲历行间，协力剿捕。惟此赈恤灾民要务，责无旁卸，况屡蒙训谕，谆谆勖以救济抚绥之要，诸事有所遵循，更何敢稍为泄视？兹因廷臣交章陈奏，上烦宸廑，臣心刻难自安。伏查向来办理灾赈，胥保捏报侵蚀暨刁难索费等弊，在所不免。上年祥符等州县夏秋被旱成灾，早经前抚臣长龄等奏准赈恤。迨经查明户口开报，系前护抚臣台斐音发银散放。臣于十月内抵豫，如果前办查有弊端，必当纠参厘正，实无所用其回护。其睢工漫口，宁陵等五州县续被水淹，经臣奏蒙恩准抚恤口粮，接续散放大赈，节经分饬道府实力稽查，并选派诚实妥员分投会办，谆切告诫，不啻至再至三。臣连次前赴睢工，往来查访，尚无遗滥侵欺等弊。所到之处，亦无一人控告。只缘豫省阏〔阖〕境虽土沃地宽，民间止知力穑，别无生计。有地之家每遇夏秋两熟，除自留一年粮食之外，即将余粟尽行粜卖，比户素鲜盖藏。一逢歉岁，不论有业无业，悉皆坐困。况连年积歉，去岁灾伤尤重，天时亢旱日久，不但麦秋两季无收，即蔬菜等项亦俱不能滋长。其时逆贼鸱张，人心未定，饥民逃亡相继，困厄万端。台谏所言，得自道路传闻，尚有未能尽悉者。是以散赈后急筹设厂煮赈，奏蒙恩准动拨仓谷，臣率属倡捐，各处绅衿富户亦皆好义乐输，迄今已阅四月。赖以存活者，正复不少。各厂俱皆安静，无不感颂皇仁。至于地棍土豪拥挤抢掠，历经严拿究治。其有鬻男卖女者，卖去得以生全，存留反遭饿殍，势难禁止，并经臣饬属捐赀，广为收养育婴堂内，以俟麦熟后亲属赴领。现在各州县收养者甚多。自连得雨雪之后，贫民得以佣趁谋生，不惟鬻卖者已少，并有赴堂领回者。外此则捐赀买地，委员收埋路殍，并买给籽粒，劝民于隙地补种蔬菜，出借籽种口粮，劝谕各典商照旧开当，以通有无，并晓示有地之户不得将地贱售，致失恒产。数月以来，臣昼夜焦思，无时不筹救拯之策，与藩司等悉心商办稽查。历次所陈，不敢一字涉虚，致蹈欺饰。臣虽愚陋，亦知仰体天心圣德，而饥民多所全活，得免负恩失职，并可自保身家，更何肯视同膜外！惟灾地广袤千里，臣虽殚竭心力，事事面嘱檄查，几至唇焦颖脱，而一人耳目难周，各该地方官才质优劣不齐，其中具有天良实心任事者固多，亦难保无不肖官吏故为隐饰。臣每逢过往之人，随时询问地方情形。有言得雨之后天气晴和，瘟疫渐除，二麦已将结穗，四月中旬即可刈获，早秋布种齐全，粮价日就平减，转歉为丰，迥非去冬光景者；有言灾重已久，麦尚未收，一时难以复原，道旁间段，见有饿莩乞丐者。其说不一，而所指多在南阳、许州所属之叶县、临颍等处。臣已饬司将该县等撤回，另委干员接署，责令严查官吏有无侵欺，据实参办重惩。仍令接署之员将诸事妥为经理。查灾重各处，先后奏明煮赈四个半月，计至三月中旬已满，接续散放恩加展赈。现据各州县陆续赴司请领，俟届放期，臣即与署藩司诸以谦分路亲往督查。倘有丝毫弊混，立将该州县据实严参。至新郑、禹州抢案，查无文报。该二州县俱已更换新任，现复委员前往详查，无难水落石出。如系讳匿不报，即行参办。此时距麦收尚有月余，凡可以救荒裕食，仍当遵旨设法补救，不敢稍遗余力，以仰副皇上惠爱群黎有加无已之至意。所有惭惧下忱并查办缘由，理合恭折据实覆奏，伏乞皇上睿鉴。臣方受畴谨奏。

奏为筹议设立义仓，以资储备，以裕民食，恭折奏请圣训事。窃查豫省地方连岁歉收，上年旱灾尤重，归德府属州县复遭黄水淹漫，滑、浚一带又被贼匪骚扰，其间被灾被难失业贫民转徙流离，倍形困苦。仰荷殊恩浩荡，蠲赈兼施，而于拯救一切事宜，上烦宸廑，训诫再三，臣率属祇遵办理，所以保全生命、安集流亡者不下亿万万计。灾黎仰戴鸿慈，莫不同声胪颂。所幸冬春雨雪普沾，土膏沃润，二麦现已发荣吐穗，早秋亦皆播种及时，已有转歉为丰气象。仰荷圣主休养深仁，元气不难渐复。惟豫境去岁灾伤过重，临时救济，措置甚难。臣目击民艰，悉心筹画，因思牧民之道备贮为先，耕九余三，必使仓有充盈之蓄，庶民无匮乏之忧。前人常社义仓之设，法至善也。以河南通省而论，沃野千里，地气中和，所产本属饶裕。民间朴厚成风，于读书仕进之外，悉皆安分力田，百工技艺素所不习，出外经营贸易别谋生计者更少。乐岁所获虽丰，农民罔知积聚。每于计口授食足敷一年粮食之外，尽将余粟粜卖，比户素鲜盖藏。一逢歉岁，无论有业无业之家，悉皆坐困。虽赈恤不靳恩施，而奉行当遵成例，经费有常，难以多糜帑项，非预筹储积之方，奚足以补岁功而备荒歉！各州县常平仓谷，典守在官，出纳宜谨，尚难听民自便。臣胞伯方观承前在直隶总督任内，钦遵高宗纯皇帝圣谕，在于所属各州县设立义仓，劝捐备贮，曾经条议章程，刊刻图本，奏蒙钦定遵行，著有成效。窃念臣伯此举，仰符圣主保惠无疆至意，诚得地方官妥为劝导，使众尽晓然，咸知积于公者无异藏于家，节殷富之有余，备旱潦之不足，而随时出纳，按户稽查，闾里族党，相赒相救，无非目前熟习之人，生聚既可周知，奸良即易辨识，化民弭盗，法并寓焉。于豫省现在情形，更属相宜，亟须仿照办理。谨将前议规条、图说式样缮录成册，恭呈御览，伏候训示遵行。本年虽可期丰稔，而农民所得仅可补苴，未能宽裕，应令各州县督率绅民，先行相度建仓之地，预筹捐办。俟来岁察看情形，再为劝捐积谷。臣并当督率所属实心稽察，不任胥役经手，以杜派扰。仍俟事竣后，再将规条详加厘订，镂板刷印，通行遵办，以期永久无弊，于裕食保民要务俾有实济。是否有当，理合恭折具奏，伏乞皇上睿鉴训示。臣方受畴谨奏。

奏为查明地方安辑情形遵旨恭折奏闻仰祈圣鉴事。窃臣前奉谕旨，饬将灾民情形，或半月或旬日具奏一次等因，当将遵办缘由并勘工查赈出省日期恭折具奏在案。臣于本月十一日起程，周历中牟、郑州、新郑、许州、襄城、临颍一带，确查现在散给展赈银两，俱查对上年户口底册，核实散放。臣按册抽查，沿途密访，并无侵扣留难各项情弊。经过粥厂，臣亲自监放尝验，均极稠厚适口。领粥男妇老幼人等佥称，自去冬及今，领粥五月，藉以饱食存活者不少。现在二麦将次登场，俱各欢欣载道，感颂皇仁。查原续煮赈，统至三月十五日届满。现距麦收之期不过半月，若即行停止，恐灾民领得赈银，即时买食，花费无存。臣仍饬灾重各州县再行捐煮半月，统于三月底一律停止。现在大麦数日内即可刈割，小麦亦已结实，转瞬可资接济。此半月中，穷黎既领赈银，仍得照常食粥，于生计益臻宽裕。本月初十及十六七九等日，各属复得透雨，旋即晴霁，二麦含滋，倍加饱绽，早秋亦均出土，弥望青葱。臣所过各处，均系上年被灾最重之地，而丰收在即，乡农力作，气象恬熙，迥非去冬光景。据报襄城以南二麦更为茂盛。连日经历六七百里之内，并无倒毙人口暴露骸骨。惟瘟疫虽已渐除，而各村庄间有传染未清之处，官役兵丁尚有染疫之人。臣谨遵钦颁药方，广为修合，并刊印多张，遍行给散。各府州县暨臣标两镇各营，咸称药有神效，服者无不立愈。一切情形实已安辑，洵足上慰圣怀。臣于十七日自襄城由许州赴工，适钦差桂芳、初彭龄亦于是日过许，当即启程前进。臣现从尉氏、通许、杞县等处前赴睢州查勘土工，容俟到工后再行详细奏报。谨将查看地方情形并加展粥赈各缘由恭折具奏，伏乞皇上睿鉴。臣方受畴谨奏。

奏为河北被贼地方抚恤完竣恭折奏闻事。窃照滑、浚二县及封丘、阳武、新乡、获嘉、辉县、林县、兰阳、延津、考城等县被贼蹂躏地方，经臣先后奏奉恩旨，赏给两月口粮，一体抚恤。又续据司府查禀，陈留北岸小寺等村庄界连封丘，仪封厅北岸陈家集等村庄界连考城一带，亦有被贼难民，并应恤给口粮，俾免失所。当即饬委粮盐道张翽，督率委员，分投周历查勘。除延津一县续据查明，虽经贼匪阑窜过境，并未滋扰，毋庸抚恤外，所有滑县城关四乡共七百七十三村庄、浚县城关四乡共一百四十四村庄、封丘县胡村等十七村庄、阳武县店东等一十五村庄、新乡县东张庄等二十五村庄、获嘉县南樊等一十五村庄、辉县南滩等六十六村庄、林县雀儿等五村庄、兰阳县四门堂等一百六十八村庄、考城县小付堂等六十六村庄、陈留县小寺等二十三村庄、仪封厅陈家集等二村庄，均系被贼蹂躏，经该委员等会同地方官查明户口，凡系被难复业良民，悉皆宣布圣恩，按名给散口粮。其被贼焚毁房屋，照例给予修费。外来避难之人，亦皆酌给路费，资送回籍。于三月初十、十八、二十三等日，一律抚恤完竣。该民人等扶老携幼，各自归家安业，口食有资，莫不感颂鸿慈，欢声载道。除将给过抚恤银数饬令核实造册报销外，所有河北被贼地方抚恤完竣缘由，理合恭折具奏，伏乞皇上睿鉴。臣方受畴谨奏。

再，臣先据彰德府属之汤阴县、卫辉府属之浚县禀报，于本年正月十五日戌刻，地势微震，民房各有坍塌，并压伤男妇等情。经臣派员分赴确查，分别抚恤办理。去后，兹据查复，该二县境内地震并不甚重，各村庄朽旧瓦草房屋间有坍塌，各止一百余间，压伤男妇数十名口，现在多已医痊。惟汤阴县压毙四人，浚县并无伤毙等情。经臣饬司酌量捐赀抚恤，并将坍塌房屋给资修复，需费无多，毋庸请动帑项。合并附片奏闻。

奏为商丘县被淹地亩额征漕粮银米仰恳圣恩俯准一体缓征以纾民力事。窃查上年睢州下汛二堡漫口下游地亩被淹，所有抚恤事宜，钦奉谕旨，著升任藩司台斐音驰往查办。旋经臣台斐音查明睢州、宁陵、柘城、鹿邑、商丘五州县被淹地亩，内除睢、宁、柘、鹿四州县先因被旱业经奉旨缓征外，其商丘县应征钱粮加价，当经奏请，一体缓至嘉庆十九年秋后启征，钦奉恩旨允行在案。嗣据司道等复查，睢州、宁陵、柘城、鹿邑四州县应征钱粮加价仓谷漕粮漕项银米，前已奉旨一并停缓，今商丘县续被水淹，除钱粮加价奏准缓征外，尚有应征本色漕粮及漕项银米，因台斐音原奏内遗漏，未经声明请缓，随经详请咨明户部，一例缓至十九年秋后启征。现准部覆：被灾蠲缓，俱应奏奉谕旨准行。商丘县被淹地亩既有应征漕粮漕项，何以前奏不一体请缓？碍难核办。行令专折奏明办理，并取前奏遗漏职名附参等因。臣复查上年睢工漫口，商丘县境内地亩被淹，秋收歉薄，民情甚为拮据。所有该县应征漕粮漕项银米与钱粮加价等项，届期无力完纳，俱经停缓征收。合无仰恳圣恩俯准，一并缓至嘉庆十九年秋后再行启征，则小民感沐皇仁更无既极。所有前奏遗漏职名，系前任河南布政使、升任广西巡抚台斐音相应附参，听候部议。为此恭折具奏，伏乞皇上睿鉴。臣方受畴谨奏。

奏为恭报二麦约收分数仰祈圣鉴事。窃照豫省各府州县，上冬臈（按：疑为“蔼”字）雪普沾，今岁春膏叠沛，农民所种二麦，培养得宜，及时滋长。现届四月中旬，业已成熟，先后刈获登场。兹据署藩司诸以谦将通省约收分数开折汇报前来，臣查豫省九府四直隶州所属一百八厅州县内，约收九分有余者，济源等一十四州县；约收九分者，郑州等一十三州县；约收八分有余者，陈留等三十二厅州县；约收八分者，祥符等二十四州县；约收七分有余者，鄢陵等一十八州县；约收七分者，夏邑等五州县；约收六分有余者，浚县、延津二县。统计通省约收共八分有余。仍俟收获齐全，查明有无增减，将实在收成分数另行确核，恭疏题报。再，现据西平、河内、郾城等县呈送一茎双穗瑞麦，臣查验无异。伏思豫省上年水旱成灾，既广且重，民情困苦异常，仰蒙皇上不靳恩施，多方拯救，臣祗承训谕，竭力奉行，而我圣主保赤如伤、忧民望岁之诚感孚立应，得以寅承天贶，二麦告登，民间足资接济。臣欣幸之余，尤深兢惕。惟愿此后雨水调匀，秋成继稔，庶长享丰亨，何敢执此一端，遽存盈满之见，侈陈祥瑞？惟麦生双穗，皆因及时得养、气醇力厚所致，足为收成丰稔明征，洵堪上纾宸廑。除将麦穗咨送军机处外，所有二麦约收分数，理合恭折具奏，并缮具清单，恭呈御览，伏乞皇上睿鉴。臣方受畴谨奏。

卷三　文行

札归德府谢守

照得商丘、鹿邑、柘城三县，皆因睢工漫溢，以致被水淹浸，必须查勘明确，以凭核办，合亟札委。札到，该府立即束装驰赴商丘、鹿邑、柘城一带，督率该县印委各员，亲赴被水处所，确切查明被灾庄村轻重情形，作速分晰，开具细折禀报，以凭奏办。事关民瘼，毋稍泄视干咎。速速！此札。

札开归道陈

照得睢州下汛二堡堤工漫溢，水势下注，所有睢州、宁陵一带正当大溜之际，被灾穷黎殊堪悯恻。合亟札委。札到，该道立即就近飞赴睢州、宁陵二处，督率该州县委员，亲赴被水各村庄履勘明确，分别灾分轻重、户口多寡，逐一开列清单禀报，以凭奏办。事关民瘼，毋稍泄视干咎，毋违。速速！此札。

札开归道陈

照得睢州、宁陵两处被水各村庄，前委该道督率查勘在案。兹该道虽将届卸事，所有赈务事宜仍须责成该道办理，不得稍存推诿，合再札知。札到，该道即便查照前札，迅速督率印委各员，亲赴被水各村庄履勘明确，分别灾分轻重、户口多寡，作速开具细总清折禀报，以凭奏办。事关民瘼，毋得以卸事在即，意存推诿，草率具覆，致干未便。切切！此札。

札布政司台

案查祥符、陈留、禹州、杞县、兰阳、仪封、中牟、新郑、许州、临颍、襄城、长葛、汝州、郏县、宝丰、伊阳、郑州、尉氏、洧川、通许、鄢陵、密县、太康、扶沟、裕州、叶县、鲁山二十七厅州县被旱成灾，业经勘明灾分，奏请赈恤在案。现届冬令，所有赈恤银米自应及早散放，以资接济。其漫口之商丘、宁陵、睢州、鹿邑、柘城等五州县被水村庄灾民抚恤一月口粮，转瞬大赈之期，亦应赶紧先行散给，俾灾黎得以早沾实惠，不致流离失所。至续报被旱之登封、偃师二县抚恤口粮，曾否一律发给，均未据详报，合行札催。札到，该司立即查明被旱成灾之祥符等二十七厅州县应行赈恤村庄户口，作速造册呈送查核。其赈恤银两，现在司库已发若干、未发若干，所需赈恤米石是否动用本处存贮常平仓谷，抑系邻封协拨，分晰开具清折呈送。至商丘、宁陵、睢州、鹿邑、柘城等五州县被水村庄户口，如各委员尚未查明详报，亦即严催赶办。时届冬令，勿任延宕。再，被旱最重及现在荞麦被霜各州县应否加赈，并冬月如何调剂煮赈之处，迅即筹议具详，以凭核办。均毋违误。切切！此札。

札河陕汝道富

照得汝州暨所属各县本年秋禾被旱成灾，业经前院饬司委员查明灾分轻重、应赈户口，现在定期散放。本部院现因弹压省城，筹拨军需，不能亲赴抽查，合亟札委。札到，该道立即驰赴汝州，将被灾处所详加履勘，原报分数是否确实，所有极次贫民应赈户口有无浮冒，据实先行禀覆；一面督率印委各员按期散放，毋使稍有遗滥。倘有克扣混冒情弊，立即查实严参，以凭奏办。均毋瞻徇扶混，致灾黎不能均沾实惠，并干未便。至汝州界连南阳，向与汝、宁等处均有棍徒截盐滋衅，现当剿办滑、浚匪徒，诚恐余党潜踪勾结。该道并即不动声色，严密巡察，饬令该牧令劝募丁勇，加意防范，以期闾阎安辑，有备无患。仍将查看地方情形及办理缘由驰覆察夺，均毋泛视违延。切切！特札。

札前任开归道陈、归德府谢守

照得睢工漫口淹及商丘、宁陵、睢州、鹿邑、柘城等五州县，所有被水村庄户口，前经专责该道府督饬印委各员分投确查实在户口，照例抚恤一月口粮，自应赶紧散放，俾灾黎早沾实惠，不致流离失所。现届大赈之期，抚恤户口至今未据查竣散给，玩延已极，合行札催。札到，该道府立即督饬印委各员，迅将各州县被水村庄户口分路查明，星夜造册申送。一面先行委员赴司领银，将抚恤口粮赶紧散放，以资接济。仍将大赈户口亦即赶紧查办。时届冬令，倘再玩延，定以玩视民瘼揭参，毋谓言之不预也。并将何日可以查竣领银散放缘由先行禀报查考，均毋违误。切切！特札。

札布政司台

照得豫省本年被旱各厅州县并睢州漫口下游被淹各处，均经奏明分别蠲缓赈恤，钦奉谕旨，饬令实力查办，务使小民均沾实惠等因，钦遵在案。现当散放大赈之时，诚恐各委员及地方官并不实心查办，致滋冒滥，合行札饬。札到，该司立即严饬各委员及州县等实力查放。如果办理认真，并无冒滥迟误，贤声素著，尤为出力者，该司据实禀候，奏明奖励。倘有漫不经心，草率从事，或任听书役滋弊者，立即详揭严参，以示劝惩。毋迟，速速！特札。

札署光州荣庆

案查该州地方本年秋收减薄，民力拮据，已据司详，奏请抚恤一月口粮。一俟奉到谕旨，另檄行知。时已冬令，饥民待哺孔殷，所有抚恤户口自应赶紧查办，以资接济。合行札饬。札到，该州立即遴委正杂干员，督率分头赶查户口，迅速散放本色，事竣核实报销。至设厂煮粥，亦即筹议，赶紧设法妥办，务使民沾实惠，勿任吏胥弊混，致干参咎。速速！特札。

札某州厅县

案查该州厅县秋禾被旱，仰蒙圣恩，赈恤兼施，自应及早散放，俾灾民得以早沾实惠。兹据藩司具禀，大赈银两早经饬发，屡催赶紧散放，仅据祥符等十五州县申报开厂日期，其尉氏等十二厅州县尚未申报放赈等情。查大赈银既经藩司发给，何以延不散放，以致灾民嗷嗷待哺？实属玩视民瘼，合亟由六百里札催。札到，该州厅县立即赶紧散放，以资接济。时已隆冬，勿再任延。仍将因何延不散放缘由，先行禀覆查考毋违。速速！此札。

札试用布库大使章孟芳、汲县县丞严理、试用知县刘祖得、李兆元、候补库大使邢牧

照得被旱各区，仰蒙圣恩轸念穷黎，不惜帑费，赈恤兼施，凡成灾六、七、八、九分者，先行抚恤一月口粮；成灾九分者，极贫给赈三个月，次贫两个月；八、七分者，极贫给赈两个月，次贫一个月；六分者，极贫给赈一个月，俾灾民均沾实惠。现经藩司具报，赈恤银两全行发给，正各州县散放之期。恐有希图肥己，并不据实散放，以致贫民流离失所。自应严密访查，以昭慎重，合行札委。札到，该员立即驰赴祥符、陈留、禹州、杞县、新郑等五州县吊查被水村庄户口花名清册，密往按册抽查极次灾民是否相符。如有假捏村庄户口及克扣短发等弊，一经查实，立即据实密禀，以凭参办。该员务须实心查办，慎勿徇隐，并干未便。凛速切速！此札。

札署归德府通判谢樟

照得睢州、宁陵、商丘、鹿邑、柘城等五州县被水灾民，仰蒙圣恩赈恤兼施。现据藩司具报，发给抚恤银十万两，接续赶放大赈，自应委员监放，以昭慎重。合亟札委。札到，该丞立即束装驰赴鹿邑，督同印委各员，按户核实散放，勿遗勿滥，务期帑不虚糜，民沾实惠。倘有克扣短发等弊，一经查出，迅速据实禀候参办。该丞务须实心经理，慎勿懈忽，致负委任。凛速切速！特札。

札布政司台

照得豫省秋禾被旱灾区，除奏奉恩旨，按照成灾分数分别加赈抚恤外，所有续经禀请加赈平粜及酌动常平仓谷煮粥、酌借籽种并折银代赈各州县，均经批饬该司筹议详办在案。迄今日，从未据议覆。现已隆冬，饥民待哺甚殷，未便再延，合亟札催。札到，该司

立即查照节次批饬事理，作速查明，例案筹议，详请核办。事关民瘼，勿再稽延，致干未便。切切！特札。

札前任下南河同知张坛

照得祥邑地方，每年隆冬，向有设立粥厂，收养贫民，以资存活。兹据祥符县开折呈报，拟设粥厂三处，除城内药王庙一处恐有匪棍混入城内、未便照旧设厂外，所有南门关店内、朱仙镇、三皇庙、曹门关十方院、北门关天王寺等四处地方，是否堪以设厂，合亟札委查勘。札到，该丞立即前往各该处，逐一确切查勘设立粥厂之处是否妥协，据实详细禀覆核夺。毋违。此札。

札布政司台、九府四直隶州

照得豫省本年秋禾被旱，复因睢工漫口，旱涝成灾，荷蒙圣恩蠲缓抚赈普遍，凡属灾民，皆可无虞冻馁。惟无业贫民及老幼残废暨过往流丐，只身飘荡，衣不蔽体，地方积歉之后，觅食维艰。值此朔风凛冽，饥寒交迫，情殊堪悯。查各州县向来隆冬设厂煮粥，收养贫民。本年被灾较广，就食必多，若照常设厂煮粥，势难遍及。凡为郡守牧令者，睹此情形，自当同生恻隐，首捐廉俸，一面劝谕绅士富户及积贮粮石之殷商量力捐资，多寡各从其便，不得官为派累，假手书役。应令公举明白正直绅士董司其事，在于各州县适中之区添设粥厂二三处，或大镇市，或大村庄立厂，广为收养，俾资就食。现在河北贼匪屡经大兵痛加剿歼，势甚穷蹙，恐有败窜余匪混入粥厂。该州县务须严密稽查，多派兵役壮丁，慎勿稍存大意。俟明岁春融，听其各自谋生。事竣造册具报。本部院核其捐数最多之绅士、富户、商人，查明本身职分，从优奖励。其次者，由各道府州县给与匾额，以彰善举。至各厂需用米石，先动捐资。如果再有不敷，据实册报，准其酌动常、社仓谷添补煮用。各州县务当激发天良，实心妥为经理，勿稍玩视。除分饬遵照外，合亟札饬。札到，该司府州立即飞饬所属各厅州县，就地方情形赶紧实心妥办，务期穷黎均沾实惠，不致一夫失所，是所厚望。倘敢任听胥役藉端抑勒滋扰，一经查出，或被告发，定行严参不贷。仍将遵办缘由及设厂处所、开赈日期先行禀报查考，均毋违延。速速！此札。

札祥符县王祁

照得豫省连年荒歉，今岁水旱成灾，现值寒冬，凡过往流丐贫民，业经本部院札饬该县添设粥厂收养，以资存活。恐有病毙之人暴露荒郊，致被牲畜残毁，深为可悯。现经本部院捐廉买得该县民人赵见白地三段，计二十八亩，施为义冢。所有原契，合亟饬发。札到，该县即将买契用印存案，并饬妥员前往丈清界址，刻立碑记，以垂永久。嗣后遇有路毙贫民，随时收殓，深埋义冢，俾免暴露残毁。仍将遵办缘由具报查考，毋违。此札。

计发买契一张。

札九府四直隶州

照得豫省连年荒歉，今岁水旱被灾，现届隆冬，恐有过往流丐贫民，即收入留养局或归入粥厂，以资存活。倘有路毙之人暴露荒郊，致被牲畜残毁，深为可悯。该牧令为民父母，各有仁心，自应捐廉备棺置地，随时收殓深埋，以免暴露。合亟通饬。为此札仰该府州立即遵照，飞饬所属各州县，各捐廉俸，置买棺木隙地。凡有路毙贫民，随时收殓埋葬，俾免暴露残毁。仍将遵办缘由具报查考，毋违。速速！此札。

札归德府谢守

照得该府所属商丘、宁陵、睢州三州县本年被旱，睢州、宁陵二处又因漫口淹浸，被灾极重，业经抚赈兼施。但灾伤过甚，当此隆冬之际，无业贫民仍不免于冻馁。屡蒙圣衷轸念灾黎，谆谆告诫，期于咸获生全，不使一夫失所。本部院上体皇上爱民若赤之怀，下怜百姓待哺嗷嗷之苦，焦劳夙夜，几至废寝忘餐。除捐廉专弁星驰赍发外，合亟飞饬。札到，该府即将发到银三百两，刻日分发商丘、宁陵、睢州，每处各一百两，连各处所捐银谷及动拨仓谷，严饬该州县赶紧多设粥厂，一体煮赈，务使乏食之民尽皆果腹，不致困于饥寒。此系目前第一要务。该州县身任地方，各具天良，野有饿殍，于心何忍？若能多用一分心力，即可救全无数贫黎。尽心既可活民，积德实能裕后。倘敢玩视民瘼，仍使流亡失所，本部院现在明查暗访，一经得实，定即立挂弹章。凛之慎之！特札。

札署许州韩庆联、汝州熊象阶

照得该州暨所属临颍、襄城、长葛三 郏县、宝丰二县（界连汝州，本年被旱成灾），业经抚赈兼施，但际此隆冬，无业贫民仍不免于冻馁，屡蒙圣衷轸念灾黎，谆谆告诫，期于咸获生全，不使一夫失所。本部院上体皇上爱民若赤之怀，下怜百姓待哺嗷嗷之苦，焦劳夙夜，几至废寝忘餐。除捐廉专弁星驰赍发外，合亟飞饬。札到，该州即将发到许州银二百两（于该州并所属临颍、襄城、长葛三县酌量分给，连各处所捐银谷及应动仓谷，赶紧设厂。汝州银三百两，存留一百两为州境煮赈，其余二百两刻日发分郏县、宝丰，每处各一百两。严饬该县等速将各户所捐银谷及应动仓谷）赶紧设厂煮粥赈济，务使乏食之民尽皆果腹，不致困于饥寒。此系目前第一要务。该州县身任地方，各具天良，野有饿殍，于心何忍？若能多用一分心力，即可救全无数贫黎。尽心既可活民，积德实能裕后。倘敢玩视民瘼，仍使流亡失所，本部院现在明查暗访，一经得实，定即立挂弹章。凛之慎之！特札。

札开封府昌守及某州县

照得该府所属各州县被旱成灾，虽经奏准抚恤给赈，但本年豫省旱涝相继，又值剿匪军兴，小民困苦情形，非寻常灾地可比。前因隆冬之际，无业灾黎不免冻馁，业经札饬司府及该州县饬令设厂煮赈，并于祥符、陈留两处业经捐发廉银外，查杞县、通许、郑州、禹州、新郑等州县被灾均在八、九分，嗷嗷待哺，情形与祥符、陈留二县相等，亟应一体捐廉煮赈，俾资全活。合行札饬。又除业经发廉煮赈在案外，查该州县被灾均在七、八、九分，合再捐廉银百两。该州县立将捐发银两同该州县自捐俸廉、该府即将发到银五百两，立即分给杞县、通许、郑州、禹州、新郑等五处各一百两，饬该州县赶紧采买米石，煮粥赈济，务使乏食之民尽皆果腹，不致饥寒。现在屡奉谕旨念切灾黎，谆谆告诫，不使一夫失所。本部院上体圣心，下怜民困，焦劳筹画，夙夜靡宁。该州县身任地方，天良具在，饿殍在野，于心何安？若能多用一分心力，即可救全无数贫黎，既可活人，复可积德。倘敢玩视民瘼，仍不免流离失所，本部院现在明查暗访，一经得实，定即立挂弹章，切毋稍有违延，自贻伊戚。凛之慎之！特札。

计开：

祥符县 三百两

陈留县 二百两

裕 州 一百两

禹 州 一百两

郑 州 一百两

通许县 一百两

叶 县 一百两

新郑县 一百两

杞 县 一百两

札戈什哈高汉之、候补千总胡占鳌、经制外委方保全

照得商丘、睢州、宁陵、许州、汝州并所属被水被旱灾区无业贫民及老幼残疾鳏寡孤独，当此隆冬饥寒交迫，业经本部院奏奉谕旨煮赈两月，俾资口食。第今岁煮赈，系全活灾民，与常年煮赈不同，恐难遍及，乏食贫民仍有失所。本部院念切民瘼，捐发养廉银若干两，合将银数粘单札委。札到，该员弁即赍前项银两，驰赴归德府许州、汝州，迅速分拨商丘、睢州、宁陵三州县，赶紧煮粥，广为散放，务饬该州该县实心妥为经理，俾乏食贫民咸资存活。如有路遗幼孩及卖出外境者，严行禁止，饬令地方官广为收养。俟明岁年谷顺成，查明幼孩父母，给还领回团聚。至路毙贫民，屡经本部院札饬该州县捐廉买地，随时备棺深埋，以免暴露。是否遵办，亦即查明禀复，均毋讳饰，致干未便。凛速切速！特札。

札布政司台

照得各州县设厂煮粥，赈恤灾黎，业经本部院奏明捐廉银一万两，分发各属，赶紧妥办。所有开封府属之祥符等州县、归德府属之商丘等州县暨汝、许二州并属，共已捐发银二千两，合行札知。札到，该司立即转饬后开领过捐赈银两，各州县即速遵照节次札饬，实心经理，务使贫民咸资果腹，不致一夫失所。仍将收领本部院捐发银两出具印领，补送

备案。毋迟。此札。

计开：

捐发开封府属祥符县银三百两，郑州、通许、禹州、杞县、新郑每处银一百两，陈留县银二百两

归德府属之商丘、睢州、宁陵，每处银一百两

汝州并所属银三百两

许州并所属银二百两

南阳府属银二百两，分发裕州、叶县各一百两

札南阳府嵩守

照得该府所属被灾之裕、叶二州县，虽经奏准抚恤给赈，第上年豫省旱涝相继，又值剿匪军兴，小民困苦异常。值此隆冬之际，无业贫民仍不免于冻馁。屡蒙圣衷轸念灾黎，谆谆告诫，期于咸获生全，不使一夫失所。本部院上体皇上爱民若赤之怀，下怜百姓嗷嗷待哺之苦，焦劳筹画，夙夜靡宁。除捐廉银二百两，每处饬发银一百两外，合亟札饬。札到，该府立即严饬各州县将所发银两同该州县所捐银谷，赶紧添设粥厂，一体煮赈，务使乏食之民尽皆果腹，不致困于饥寒。该州县身任地方，具有天良，野有饿殍，于心何忍？若能多用一分心力，即可救全无数贫黎，尽心既可活民，积德实能裕后。倘敢玩视民瘼，仍有贫民流离失所，本部院现在明查暗访，一经得实，定即立挂弹章。凛之慎之！特札。

札署布政司诸

照得豫省上年旱涝相继，滑匪称戈，小民困苦情形，非寻常灾地可比。本部院业经捐发廉银二千两分发各属，饬令煮粥放给，实心妥办在案。今据该县禀称，本月初四日（云禀）并新设粥厂三处，开折禀呈等情到，本部院据此查该县原煮两月、续煮一月，均经期满，但该县地居省会，人烟稠密，虽屡经赈抚，尚恐不能周遍。今该县又称赤仓、新城及北岸之新店等处新设粥厂三处，一律煮至月底再行停撤，收养人数较前自必更多，且时值青黄不接之际，诚恐该县经费不敷，合再饬发捐廉银三千两，饬令接续煮赈，俾资全活。除银两径行札发该县外，合行饬知，俾资接煮。为此札，仰该司官吏立即转饬该县，将本部院捐廉银两即速遵照节次札饬实心经理，务使多煮一日，则小民多受一日之惠，俾贫民咸资果腹，不致一夫失所。仍将收领本部院捐发银两出具印领，呈送备案。再，仰该县立将本部院捐发银两同公捐俸廉赶紧采买米石，接续煮粥，广为赈济，务使贫民果腹。本部院上体圣心，下怜民困，焦劳筹画，夙夜靡宁。该县身任地方，宁忍饿殍在野？若能多用一分心力，即可救全无数贫黎，既可活人，复可积德。倘敢玩视民瘼，仍不免流离失所，本部院现在明查暗访，一经得实，定即立挂弹章，切毋稍有违延，自贻伊戚。凛之慎之！特札。

计发银三千两。

札开归陈许道岳、南汝光道崔、河陕汝道

照得水旱灾区，仰蒙圣恩轸念穷黎，不惜帑金百万，抚赈兼施。凡成灾七、八、九分者，先行抚恤一月口粮；成灾九分者，极贫给赈三个月，次贫两个月；八、七分者，极贫给赈两个月，次贫一个月；六分者，极贫给赈一个月。务期无遗无滥，实惠及民，不使一夫失所。今各厅州县大赈与抚恤陆续可以放竣，本应藩司亲往抽查。现在该司驻扎卫辉府办理军需，不克分身，前已责成该管道府严密抽查，以昭核实。迄今未据查覆，合亟札查。札到，该道立即查明祥符、陈留、杞县、通许、尉氏、洧川、中牟、鄢陵、兰阳、仪封、郑州、禹州、新郑、密县、宁陵、睢州、鹿邑、柘城、商丘、太康、扶沟、许州、临颍、襄城、长葛等二十五厅州县，裕州、叶县、光州等三州县，洛阳、偃师、巩县、登封、汝州、鲁山、郏县、宝丰、伊阳等九州县，各地方官是否遵照定例，于查报户口之初，官给册费，按户散放；其放过银米数目，有无刊示晓谕。如果各厅州县查放认真，丝毫不苟，各灾民均沾实惠，异口同声，一夫不致失所，民情爱戴，此等良吏，自当密请奖励。倘有假捏村庄户口及辗转克扣，抽查与册不符，或胥吏需索等弊，一经查出，立即据实具禀，以凭参办。该道务须实心严查，慎毋徇隐，并干重究。凛遵速速！此札。

札开封府昌守、归德府谢守、河南府齐守、南阳府嵩守、陈州府李守、署许州韩庆联、汝州熊象阶

照得水旱灾区，仰蒙圣恩轸念穷黎，不惜帑金百万，抚赈兼施。凡成灾七、八、九分者，先行抚恤一月口粮；成灾九分者，极贫给赈三个月，次贫两个月；七、八分者，极贫给赈两个月，次贫一个月；六分者，极贫给赈一个月。务期无遗无滥，实惠及民，不使一夫失所。今各厅州县大赈与抚恤陆续可以放竣，本应藩司亲往抽查。现在该司驻扎卫辉府办理军需，不克分身，前已责成该管道府严密抽查，以昭核实。迄今未据查覆，合亟札查。札到，该府州立即查明祥符、陈留、杞县、通许、尉氏、洧川、中牟、鄢陵、兰阳、仪封、郑州、禹州、新郑、密县等十四厅州县，宁陵、睢州、鹿邑、柘城、商丘等五州县，洛阳、偃师、登封、巩县等四县，该属裕州、叶县等二州县，太康、扶沟等二县，临颍、襄城、长葛等三县，鲁山、郏县、宝丰、伊阳等四县，被灾村庄户口花名册，是否按册抽查极次贫民户口姓名相符，其放过银米数目，有无刊示晓谕。如果各厅州县查放认真，丝毫不苟，各灾民均沾实惠，异口同声，一夫不致失所，民情爱戴，此等良吏，自当密请奖励。倘有假捏村庄户口及辗转克扣，或胥吏需索等弊，一经查出，立即据实具禀，以凭参办。该府州务须实心严查，慎毋徇隐，并干重咎。凛遵速速！此札。

札九府四直隶州

照得水旱灾区无业贫民及老幼残疾鳏寡孤独觅食维艰，值此隆冬，饥寒交迫，情甚可悯。前经本部院通饬该府州所属各州县倡捐廉俸，劝谕绅士商民量力捐赀，设厂煮赈，以资餬口。兹据宝丰县秦令禀报捐廉买米，并劝谕绅士庞龙文等捐输银米煮赈，并不动用仓谷，办理甚属妥善。可见地方绅士乐善好施者原不乏人，总在办理得当，一切自臻妥协。合亟通饬，一体仿照办理。为此札仰该府州立即转饬所属各州县遵照，各就地方情形实心妥办，务使贫民均沾实惠，不致失所，毋得假手胥役，勒派滋扰，致干参咎。凛遵速速！此札。

札候补库大使章孟芳、候补知县朱重伦、候补知县朱清浀、候补知县周以炘

照得本年水旱灾区抚恤加赈，均已陆续放竣，值此隆冬，本部院念及无业贫民及老幼残疾鳏寡孤独觅食维艰，饥寒交迫，又经奏请煮赈两月，俾穷民得免冻馁。一面札饬各州县首捐廉俸，并劝谕绅士富户量力捐输，赶紧设厂煮粥，以资就食在案。兹于十二月初十日钦奉上谕：大河南北各州县连岁歉收，本年又复旱潦相继，现届隆冬，无业贫民嗷嗷待哺。著准其酌动常、社仓谷，于本年十二月、明年正月设厂煮赈两月。阌乡、西华、项城、偃师四县补种秋莜复被霜灾，亦著一体煮赈两月。该抚务督饬所属认真办理，俾小民均沾实惠，以副朕轸恤民艰至意等因。钦此。除恭录札行藩司及该管各府州转饬所属一体钦遵赶紧妥办外，恐各州县并不实心查办，以致穷民流离失所，殊堪悯恻，合亟密委访查。札到，该员立即驰赴兰阳、仪封、睢州、宁陵、商丘、鹿邑、杞县、陈留、尉氏、洧川、长葛、鄢陵、扶沟、太康、通许、中牟、郑州、新郑、密县、许州、临颍、襄城、禹州、汝州、郏县、宝丰、伊阳、裕州、叶县等厅州县严密访查，前放抚赈银两是否实惠及民、有无侵蚀遗漏情弊？现办煮赈何州县设厂几处、每月用米若干石？是否捐输，抑系动用仓谷？该员务须查竣一处，迅速密行禀覆。如有现在尚未开厂煮粥者，即催令赶紧设厂煮粥散放，俾资就食。倘各州县玩视民瘼，一味因循，不及赶办者，该员亦即据实密禀。如敢扶同隐饰，一经查出或被告发，定将该委员严参，毋谓言之不预也。凛遵速速！特札。

卷四　文行

札各厅州县

照得本年水旱灾区抚恤加赈均已陆续放竣，值此隆冬，无业贫民及老幼残疾鳏寡孤独觅食维艰，业经本部院札饬各该府州督饬所属首捐廉俸，并劝谕绅士富户量力捐输，赶紧设厂煮粥，奏奉谕旨，准其酌动常、社仓谷，于本年十二月、明年正月设厂煮赈两月，以资就食，均经转饬遵照办理在案。迄今日久，各州县具报开厂日期甚少，实属迟延，合亟飞札严查。札到，该厅州县刻将现办煮赈贫民、共设粥厂几处、每日用米若干石、捐输若干、动用仓谷若干，开折禀报，并即赶紧设厂煮粥散放，俾资就食，务使贫民均沾实惠。倘敢稍有因循，玩视民瘼，一经访闻，定即严参不贷。仍将设厂处所、开厂日期及因何延不禀报缘由先行飞禀查考，慎毋刻迟。切速切速！此札。

札归德府谢守

照得本年水旱灾区无业贫民及老幼残疾鳏寡孤独觅食维艰，前经本部院奏请煮赈两月，以免冻馁，惟该府所属多未具报开厂。今查宁陵县仓谷漂没无存，自应在于邻近州县酌拨协济，以便赶紧开厂，煮粥放散，合行札饬。札到，该府立即遵照酌拨商丘县常平仓谷一千石、睢州谷一千石、柘城县谷一千石，查明设厂处所，就近运交厂内，赶紧煮赈。岁内为日无几，该府务即督饬该县迅速妥办，毋再因循延缓，大干未便。慎速切速！特札。

札禹州卢建河、汝州熊象阶、柘城周阶平、扶沟江心筠、鲁山张树之、尉氏汪景焯、商丘钱熙、宁陵孙杰、署西华栗毓美、伊阳李东暇

照得本年水旱灾区无业贫民及老幼残疾鳏寡孤独觅食维艰，饥寒交迫，前经本部院奏请煮赈两月，俾穷民得免冻馁，一面札饬各州县首捐廉俸，并劝谕绅士殷商量力捐输，赶紧设厂煮粥散放，以资就食，并经札催在案。今别属均已申报开厂散放日期，惟该州县至今未据禀报煮赈，玩视民瘼，莫此为甚。本应参办，姑再专札严催。札到，该州县立即遵照前札，赶紧设厂煮赈，酌动常、社仓谷，务期实惠及民。捐输若干，随时详报，妥为办理，毋再因循延缓，亦不得假手书役克扣滋扰。岁内为日无几，倘此催之后，仍不实心赶办，定以玩视民瘼严行参办，勿谓言之不预也。仍将设厂几处及煮赈日期，即行禀报查

考。慎速切速！特札。

札河陕道富、开封府昌守、陈州府李守、汝宁府特守、开封府同知张时霖、原任同知张坛、试用同知蔡馨、候补直隶州宋于渭、候选知县傅钟瑑

照得本年水旱灾区无业贫民及老幼残疾鳏寡孤独觅食维艰，饥寒交迫，前经本部院奏请煮赈两月，俾穷民得免冻馁。一面札饬各州县首捐廉俸，并劝谕绅士殷商量力捐输，赶紧设厂煮粥散放，以资就食。兹于嘉庆十八年十二月二十二日钦奉上谕：其黄河以南各州县本年荒旱尤甚，饥民载道。此等穷民皆系朕之赤子，与逆贼李文成等并非迫于饥寒、甘心谋逆者迥不相同。若地方官不加抚绥，听其辗转沟壑，更或因饥掠食，聚众扰攘，彼时既经犯法，即不能不加以惩办，蚩蚩小民既困于饥寒，复罹于罪僻〔辟〕，民为邦本，朕体天地好生之心，实为不忍。该抚务加意察看情形，饬属妥为办理。该抚前此本有分设粥厂之议，但恐有转徙道路不能赴厂就食者，或派妥员酌带银米就地安集，更为有益。诚能多尽一分心力，即多活无数生灵。此时豫省情形更较各省为重，该抚惟当实心经理，务令实惠及民为要等因。钦此。除径札各该州县赶紧设厂煮赈外，合就恭录札委。札到，该道员府县立即驰赴扶沟、太康、西华、项城、宁陵、睢州、商丘、鹿邑、柘城、祥符、陈留、杞县、通许、尉氏、洧川、鄢陵、中牟、兰阳、仪封、郑州、禹州、密县、新郑等厅州县，立即驰赴汝州、鲁山、郏县、宝丰、伊阳、许州、临颍、襄城、郾城、长葛、裕州、叶县、洛阳、偃师、巩县、登封，确切查勘各该厅州县现设粥厂处所是否妥协，某厂每日动用常、社仓谷若干，现在绅士捐输者若干，迅速禀覆。如有道路遥远，老幼残疾不能赴厂就食者，即委妥员酌带银米，就近散给，以免往返守候。并有遗弃幼孩，务饬地方官设法收养。如有现在尚未开厂煮赈者，即催令赶办，务期实惠及民，不致一夫失所。此系奏明责成该道府州丞查办之件，倘不实心经理，以致贫民流离失所，定同该地方官一并严参不贷，并将某州县设厂几处及开厂日期先行飞禀查考。慎速切速！特札。

札开封府同知张时霖

照得商丘县被水成灾，抚恤业已散放完竣，正值赶放大赈之期，本部院风闻竟有不法之徒包揽代领之事，殊堪痛恨，合亟札委密往稽查。札到，该丞立即驰赴商丘，催令该县迅将大赈银两按照灾分刻即赶紧秉公散放，务于年内一律放竣，造具村庄户口花名细总册结径送本部院查考，并严加稽查。倘有不法之辈包揽代领，稍滋弊端，一经查出，立即飞禀，以凭严参究办，毋得扶同徇隐，并干参咎。切切！特札。

谕候补千总胡占鳌、经制外委方保全、戈什哈高汉之

照得被灾各州县，当此隆冬，正饥寒交迫，情堪悯恻。业经本部院奏准煮粥赈济两

月，俾资口食。但今岁煮赈系全活灾民，与常年煮粥收养贫民情形不同，恐各州县未能实力办理，乏食之民仍有失所，合亟密查。谕到，该员弁立即驰赴归德府，将经过陈留、杞县、睢州、宁陵等州县，汝州将经过尉氏、洧川、许州、襄城、郏县等州县，许州将经过尉氏、洧川等县，确查该处城内外共设粥厂几处、何日开厂、大口给粥若干、小口给粥若干、男妇老幼共有若干，刻日密行开折禀复；仍查明有无遗漏饥民未经散给，一并据实速禀。本部院念切民瘼，是以特派密查。倘敢扶同捏混，设或藉端需索，一经察出，定行责革。凛之！特谕。

札试用知县朱清淮

照得宁陵县被水成灾，业经奏准煮粥两月赈济贫民。前已批令该员驰赴商丘县访查散放抚赈有无弊端，并催令赶设粥厂在案。合再札委专催。札到，该员立即驰赴宁陵，催令该县刻即赶紧设厂煮粥散放，并将设厂几处、每日用米若干、某处于何日开设、系派何人经理，详细开折，飞禀查考。岁内为日无几，倘再因循迟延，定以玩视民瘼参办。该员毋得瞻徇，并干参咎。切切！特札。

札归德府谢、候补知府李守

照得该府所属宁陵、睢州、商丘、鹿邑、柘城被水灾区户口，专委该守督率办理抚恤，业已放竣。现在散放大赈之际，尤应严密稽查，以杜弊窦。合再札饬。札到，该守立即遵照，催令各州县迅将大赈银两赶紧秉公散放。如有水围路远村庄，灾民不能赴领，即遴委妥员携带银米亲往散放，务于年内一律完竣，实惠及民。各州县被灾贫民，先给抚恤，接放大赈，现又煮赈，如果实心经理，各处灾黎自可不致失所。倘再有逃荒外出之人，必系办理不善，或被不法棍徒包揽侵蚀滋弊。该府守系专委督办之员，若不认真查办，致启弊端，定将该府守同各地方官一并严参不贷。仍俟事竣，造具户口花名细册，同查灾监赈各委员衔名开折申送查核，均毋违延。速速！此札。

札试用知县恽焯

照得睢州被水成灾，业经奏准煮粥两月，赈济贫民。第恐该州一人料理难周，合亟札委。札到，该员立即驰赴睢州，设立粥厂处所，实力帮同在厂，妥为经理，务使贫民均沾实惠，不致一夫失所。并将该州共设粥厂几处、何日开厂、大口每日给粥若干、小口每日给粥若干、男妇老幼共有若干、每日需米若干、有无遗漏，刻日开折密行禀覆，均毋玩视违延，致干参办。切切！特札。

札陈州府李守

照得归德府属睢州、宁陵、商丘、鹿邑、柘城等五州县设立粥厂，前已委该守稽查在案。所有各该州县现在散放大赈之际，尤应稽查，剔除弊窦，合再札委。札到，该府立即驰赴睢州等五州县，确查该州县共设粥厂几处、何日开厂、大口每日给粥若干、小口给粥若干、男妇老幼共有若干名口、每日需米若干、有无遗漏，刻日密行开折禀覆。其现放大赈银两何处、委员何人监放，催令赶紧秉公散放。如有水围路远村庄，灾民不能赴领，即会同归德府遴委妥员，携带银米，亲往散给，务于年内一律放竣，造具村庄户口花名细册同监赈委员衔名，径送本部院查考，并严密稽查。如有不肖之员玩视迟延及不法棍徒包揽代领侵蚀滋弊，一经查出，立即据实密禀，以凭严参究办，毋得稍有瞻徇，并干参咎。切切！特札。

札河陕汝道富

照得该道所属汝州、鲁山、郏县、宝丰、伊阳、洛阳、偃师、巩县、登封、阌乡等处，本年秋禾先经被旱成灾，复因荞麦被霜，虽经分别抚赈兼施，而当此严寒之际，恐无业小民仍有冻馁之虞，前经札饬各该管府州饬令煮粥散放，俾资存活。现奉谕旨谆谆告诫，务期加意抚绥，不使一夫失所，自应钦遵妥办，以全民命而副圣怀。除汝州并属被灾较重，业经捐廉专弁赍发外，合亟札委。札到，该道立即驰赴被灾各处，督同各该管府州，将乏食贫民速行筹拨米谷煮粥赈济，务须普遍散放，勿使一名遗漏。至老幼残疾不能赴厂就食者，并即派委妥员酌带银米就地散放，总期实惠及民，俾免饥寒困毙。该道职任地方，务督饬各该管府州严督各属，实心实力，妥速办理，俾灾黎咸登衽席，切勿稍任泛视遗漏，致令流离失所，大干未便。火速！特札。

札前任开归陈许道陈、陈州府李守

照得归德府所属宁陵、睢州、商丘、柘城等处，本年先经被旱，复因睢工漫口，猝被水潦，小民荡析离居，情堪悯恻。虽已抚赈兼施，而当此严寒之际，恐小民仍有冻馁之虞。前经饬令煮粥散放，俾资存活。现奉谕旨谆谆告诫，务期加意抚绥，不使一夫失所，自应钦遵妥办，以全民命而副圣怀。除经捐廉专弁赍发外，合亟札委。札到，该道府立即驰赴归德府，督同该府县将被水被旱各州县乏食贫民速行筹拨米谷煮粥赈济，务须散放普遍，勿使一名遗漏。至隔水各村庄贫民，艰于跋涉，并即派委妥员，酌带银米，就地散放，总期实惠及民，俾免饥寒困毙。该道系本部院奏明专办之员，务须督饬该府各州县及委员等实心实力，妥速办理，俾灾黎咸登衽席，切勿稍任泛视遗漏，致令流离失所，大干未便。火速！特札。

札八府四直隶州

照得被灾各州县无业贫民及老幼残疾鳏寡孤独，当此隆冬，饥寒交迫，经本部院奏奉谕旨煮粥赈济两月，定例每大口日给粥米三合，小口减半，俾资存活。今各州县申报，每大口日给米三合者，亦有日给米四五合者，办理既不画一，将来难以报销，自应严密确查，以归核实。合行札饬。札到，该府州立即严查各州县粥厂，共设几处，何日开厂，大口每日是否给米三合、小口减半，男妇老幼共有若干名口。如有增减，随时核记每日用米若干石，按五日开折具报。至贫民住居远处，早晚就食，往返跋涉，多有情愿领谷者，竟可俯顺舆情，按半月一次散放仓谷。灾黎既得免仆仆道途，且自行舂磨煮食，所剩糠秕亦可充饥，较之领米更为有益，自应速从其便。惟老幼残废及无家之人炊爨无具，必须放粥者，仍行煮赈。其绅富捐输，不但银米，即麦豆杂粮均可散给救饥，总在该地方官变通妥办，俾灾民无枵腹之虞，是为至要。仍将办理缘由先行禀复查核，毋违。速速！此札。

札八府四直隶州

照得被灾州县虽经抚赈兼施，第灾伤过广，值此隆冬，无业贫民仍不免于冻馁。复经本部院奏准煮粥赈济两月，俾资口食。屡经谆谆告诫，务期实心经理，咸获生全，不致一夫失所。该州县身任地方，自当激发天良，实力办理。今查各厅州县申报开厂煮粥及收养贫民、动用米谷数目，参差不齐。有开报设厂几处，收养贫民男妇若干，动用米谷若干者，亦有仅报开厂日期，并无设厂处所、收养贫民数目者，亦有笼统开报需用米谷若干者，其中显有情弊，自应严密确查，以归核实。合行札饬。札到，该府州立即严密确查所属各州县城内关厢及村镇共设厂几处，何日开厂，大口粥米不得过三合、小口减半，每厂男妇老幼贫民共若干名口，每日需米若干，饥民就食有无遗漏，据实禀覆，以凭核对。仍饬各州县务将收养贫民男妇大小人数，按五日开折禀报，不得仍前含混滋弊。倘敢玩视民瘼，以致贫民流亡失所，本部院现在明查暗访，一经得实，定即据实参办，毋谓言之不预也。凛速火速！特札。

札八府四直隶州

照得被灾各州县业经本部院奏准抚赈兼施，现又设厂煮粥散放，乏食贫民自必尽皆果腹。今本部院访得各处贫民有挖食麦苗者，如果各厅州县实心煮赈，何致贫民仍多乏食？若不严行查禁，必致多挖麦苗，收成无望。所关甚大，合亟札饬。札到，该府州立即飞饬所属各厅州县，严禁挖食麦苗，赶紧添设粥厂煮赈，务使乏食贫民尽皆果腹，不致困于饥馁。倘各厅州县玩视民瘼，并不实心经理，煮赈未能遍及，以致贫民仍有挖食麦苗，收成失望，本部院明查暗访，一经得实，定即据实严参究办，断不稍存姑息，毋谓言之不预也。凛速切速！特札。

札八府四直隶州

照得煮赈，自应查明实在穷苦无依极贫老幼男妇户口，先行给票食粥。其年力精壮之人可以佣趁营生，不得滥给。前奉谕旨，近者给粥、远者折米，原为体恤穷黎往返跋涉之意。今本部院闻得各州县粥厂，有无知生监及年壮民人以折谷散放误会放赈，聚集多人，直至粥厂喧嚷。若不严行查禁，必致滋生事端。合行札饬。札到，该府州立即飞饬各厅州县，务须查明实在无业贫民穷苦无依例应食粥者，先给粥票，以免混冒。如实系住居窎远老幼残疾穷黎不能赴厂就食者，验明粥票，始准按半月一次照票折谷散给；如果厂少人多，自当于适中之区添设粥厂，俾远近贫民得以就食，以随民便，断不可意图省费，减少粥厂，一体折米散放，致生弊窦。如有不法之徒再行滋扰，立即查拿究处。至各州县添设粥厂，有自上年十二月二十前后及本年正月初间始行开厂煮粥者，总以补足两月为率，不得以十二月初一日至本年正月底即行停止。统俟两月期满时，先于半月前具禀请示，以凭核夺。本部院念切民瘼，屡经谆谆告诫，倘各州县并不实心经理，一味玩视，以致胥吏克扣滋弊，仍使穷黎流离失所，一经查访得实，定即据实严参究办，断不姑容。慎速切速！特札。

札长葛县知县邹蔚祖、洧川县知县邹士麟

照得设厂煮粥，原为救济贫民，自应确查实在穷苦无依极贫之户，方准给票食粥，不得笼统散放，漫无稽考，致滋弊混。前据该县会同委员章孟芳会禀，并不查明户口，仅以酌动仓谷一语饰混，当经批饬该县查明食粥贫民大小男妇共若干名口、每日需米若干石，据实具报，以凭核夺在案。迄今日久，未据查明申覆，实属迟延，合亟札催。札到，该县立即查明现在食粥贫民是否先给粥票，如无给票者，赶紧补给，以杜混冒。其生监及年力精壮之人自可谋生者，不得滥给，务期无滥无遗，实惠及民。倘敢漫不经心，以致胥吏侵蚀滋弊，仍使贫民流亡失所，一经查访得实，定即严参不贷。仍将现在食粥贫民男妇大小共若干名口、每日需米若干并补给粥票缘由，先行禀覆，毋违。速速！特札。

札布政司台、九府四直隶州

照得民为邦本，食为民天。豫省旱潦相继，连岁歉收，加以睢工漫口，滑匪又有谋逆之事，以致被灾被难者十居七八。刻下逆匪虽已剿平，我皇上宵旰焦劳，爱民若赤，业已不靳数百万金频施蠲赈，尤灾黎失所，殷殷垂训，至再至三。顾救荒无善策，自古皆然。国家之经费有常，黎庶之待哺甚众，凡为臣下，自宜激发天良，仰体圣意，各就地方情形奏捐廉俸，劝谕富户殷商，不拘米面蔬薪，量力输将，共襄义举。一面多设粥厂，以资拯救。先尽捐赀，再动仓谷，务使哀鸿安集，出水火而登衽席，不使颠沛流离，方为无忝厥职。查该州县固多实力遵办者，亦有泄视妄冀多销仓谷者，折报内所开收养人数及动用谷数，牵混纠缠，率多未协。合亟拟式饬发。札到，该司府州立将发去折报底稿转发被灾煮赈各属，嗣后务须照式画一开报，毋得再有含混舛谬，希图冒销。爱民即以造福，并饬剀切晓谕，设法劝捐。各厂内按口散放，并留心查察匪徒混杂，实心妥为经理。倘再玩忽因循，以致灾地迫于饥寒，勾结滋事，酿成抢掠巨案，本部院定将该劣员立挂弹章，决不稍为宽贷。凛之速速！此札。

计发按旬折报稿一纸

某府州某州县，今将自嘉庆十九年　月　日起至　月　日止十日内各厂收养贫民口数米数开呈

计开：

某州县设立粥厂几座

一、某处粥厂委员某人，安设几印锅几口，每日大小口　千　百　十余名不等，每大口

给米三合，小口减半。

一、某处粥厂　照前。

一、某处粥厂　照前。

一、某处粥厂　照前。

以上粥厂几处，某日至某日共收大口若干名，小口若干名，共用米若干石。

一、某处散放米谷　厂每日大口给米三谷六合，小口减半。

某日至某日共收大口若干，小口若干，共散给米谷若干石。

以上统共用米谷若干。

自嘉庆十八年　月　日起至十九年　月　日止，已动用某项米谷若干。

一、收某某捐银钱若干两文。

一、收某某捐米谷若干石。

一、领回某处拨发米若干石。

一、碾动某项仓谷若干石。

如无捐项，于各条下注一无字。

札汝州知州熊象阶

照得上年被旱成灾，前经奏奉谕旨，先行抚恤一月口粮，仍按成灾分数照例加赈。嗣届隆冬，诚恐无业贫民及老幼残废人等觅食维艰，仍不免于流离失所，复经本部院奏准，酌动常、社仓谷煮赈两月，均经札行遵照在案。兹本部院访闻该州前放抚赈，公允妥协，即办理粥赈事宜，尤为实心，俾无数穷黎咸得存活，不致辗转迁移，饿填沟壑，造福实为无量，更属可嘉，合行札知。札到，该州即将各厂煮粥事宜仍前倍加勤慎。如果始终妥为经理，能使男妇老幼安居果腹，得免颠沛逃亡，不特该州自求多福，本部院亦可仰酬圣主保赤之怀。勉之慎之！毋违！特札。

札睢州知州汪如潮、试用知县恽焯、马际泰

照得该州上年秋禾先曾被旱，复因黄水漫溢成灾，所有被水灾黎，业经奏奉恩旨，于抚赈兼施之外，又准煮赈两月，均已札饬司府转行办理在案。兹本部院访闻该州办理粥厂甚属认真，灾黎咸资果腹，具见保赤心诚。野鸡冈粥厂人数颇多，办理周妥，俾远近均得就食，不致一夫失所，更足验该州之措施咸宜。且候补知县马际泰、恽焯二员在厂帮同经理，亦皆勤慎妥协，无数穷黎得资存活。实皆该州县等拯救之力，造福无量，洵属可嘉，合行札知。札到，该州员即便会同，如果较前倍加奋勉，经理妥协，始终实惠及民，不致虚糜国帑，则该牧令等造福愈大，本部院自当加以奖励。勉之慎之！特札。

札试用知县纪树珊

照得上年水旱灾区，前经本部院奏准煮粥两月，以免贫民冻馁。因查宁陵县仓谷漂

没，前已札饬归德府，在邻近之商丘、睢州、柘城三州县，各酌拨常平仓谷一千石协济，以便赶紧开厂煮粥散放在案。所有柘城县谷石尚未运到，未便再迟，合行札委。札到，该令立即驰赴柘城县，迅将拨运常平仓谷一千石刻即押运宁陵县张弓集，添设粥厂处所，赶紧碾米煮粥散放。该令务须在厂，实力实心，帮同妥为经理，按日监放，务使贫民均沾实惠，不致一夫失所。仍将每日收养大小口数及动用米数，遵照前发折式，按旬开报，毋稍疏懈，有负委任干咎。切切！特札。

札布政司诸

照得洛阳县上年秋收歉薄，业经本部院奏奉谕旨抚恤一月口粮，复经奏准煮粥两月赈济贫民，以资存活，均经札行司府转饬遵办在案。兹据该县禀称，煮赈尤须广设粥厂，令各绅士自捐自办，各顾各乡，厂多则可无滥无遗，赈粥则愚劣饥民无从粜卖，自捐自办则官绅无所猜疑，而书吏亦无从舞弊，各赈各乡则情亲而捐输踊跃，亦地近而识别无难。复经议设城关五厂，八十四乡每乡一厂，共设八十九处。惟是十数万口之饥民，嗷嗷待哺。窃思富户殷商力捐不继，又虑劝捐事缓，不能各厂同日齐开，不得不仰恳宪恩，准动社仓谷四千四百五十石，令各厂领谷五十石，一面开厂，一面劝捐，一面出示反覆晓谕，一面亲历各厂稽查弊窦，帮同劝捐。统限于二月初一日各厂一律齐开，至闰二月三十日为止。则灾黎均沾实惠，而办理亦归画一矣，等情到。本部院据此查该县所禀办理煮赈情形，极为周妥。据请先动社谷分拨各厂，亦与前议章程相符。除禀批该县赶紧分拨各乡克期开厂外，合亟札知。札到，该司立即飞饬该县先动社谷四千四百五十石，赶紧分拨各乡，克期开厂煮粥散放，并饬该县劝谕绅富迅速捐输接济，并晓谕董事实心经理，务期贫民咸资果腹，毋任稍有忽延。速速！特札。

札布政司台

照得豫省上年水旱成灾各州县，于抚赈兼施之外，复又煮赈两月，以资灾黎口食。但本年二月逢闰，青黄不接之际，相距麦收尚远，必须另筹接济，业经本部院奏明捐廉银一十一万两，均匀拨给被旱被水成灾各属采买粟米，接续煮粥，已奉朱批，饬令实心经理。现查各属煮赈，有具报于上年十二月初旬开厂者，扣至二月初旬，已满两月之期。应即将捐廉煮赈赶紧饬令接续办理，以免延误，合亟札饬。札到，该司即便遵照查明水旱成灾各州县被灾情形，核计现放粥厂人口用米之多寡，以定分派捐项之等差，通盘筹画，将某州县应派给捐项若干，所需银两，各处未经捐解以前，应如何筹款垫发、催完归补，刻日一并妥议具详，以凭核明，饬遵接办。至各处煮赈，有具报于上年十二月初一日开厂者，亦有十二月中下二旬及本年正月始行开厂者，先后不能画一。此案系于上年十二月初十日奉到谕旨，今酌定据报十二月初十日以前开厂各处，俱令作为十二月初十日起，以符奉旨原案。其有禀报十二月中下二旬及本年正月初旬开厂者，仍各照所报日期扣足两月，再行接办捐赈。该司并即明晰分饬遵照，俾免参差，均毋稍延。速速！此札。

签布政司台

据该司详送水旱成灾各州县分派捐项接办煮粥一案。据此本部院逐加查核所派各州县银数，内郾城、鹿邑二处，虽原报之数未尽确实，现在饬查，但该二县大小贫民均有二万余口，即使扣去浮开之户，煮赈一月，需米尚多，所派每处一千两，未免过少。汝州原报每日用米虽止十八石有零，但续据该州具禀，就食贫民日渐加增，又复添设粥厂，睢州野鸡冈一厂饥民较多，裕州被灾情形与叶县不甚相殊。该三州派给捐项，亦应稍增。今酌定郾城、鹿邑二县，每县加增银二千两，俟查明实在户口米数，再行酌发。汝、睢二州灾重之区，每处加给银一千两，裕州加银二百两。以上五处，共计加银六千二百两。至密县被灾本止六七分，且有劝捐杂粮凑用，应酌减银一千八百两。洧川报灾六分，情形本轻，应酌减银五百两。宁陵县给赈未久，又经煮赈两月，且户口米数未据报到，应酌减银二千两。太康县抚赈银数较他处为多，贫民沾惠已遍，应酌减银五百两。扶沟县捐项最多，据禀煮赈两月之外，尚有多余，应酌减银五百两。阌乡县并未成灾，应酌减银四百两。鲁山县亦有捐项可以补凑，应酌减银四百两。光州据报贫民无多，需米有限，所派银一百两毋庸给发。以上八州县，共计减银六千二百两。以各处酌减之银，作五州县应加之项，数目相符，合行签饬。签到，该司立即遵照，逐一更正，另开清折申送，以凭批饬转行。毋迟。速速！此签仍缴。

札布政司台

照得本月初三日，据祥符县知县王祁禀称，上年豫省旱涝成灾之后，继以剿匪军兴(云禀)，并开该生年岁履历，恭呈鉴核。计开石麟昭，年十八岁，系开封府祥符县学附生，由嘉庆十五年学政王科试入学。等情到，本部院据此查豫省上年旱潦成灾，民情拮据，口食无资，虽现在雪泽优沾，麦收有望，而二月逢闰，青黄不接，为日正长，仰蒙圣恩赈恤频施，并经本部院率属捐廉煮赈，第户广用繁，必须宽为筹画。据禀该县附生石麟昭，首先捐银三千两，以备赈济之用。该生弱冠游庠，能知向义，乐输济众，不惜重赀，实堪嘉尚，合行札知。札到，该司立即先行给匾，委员送往，以式其闾。一俟事竣，本部院即当据实具奏，请旨甄叙，以示优奖。毋违。特札。

札布政司台、六府三州

照得为政首在得民，而得民必先教养。自古救荒虽无善策，殚心拯济，究在人为。豫省连岁歉收，加以上年睢工漫口、滑逆称戈，水旱兵烽同时并发，以致哀鸿遍野，宵旰焦劳。圣天子不靳数百万帑金剿灭匪徒，频施蠲赈，现又春膏普锡，无论极次贫民，概行展赈一月，所以加恩黎元者至优极渥。第旱潦之被灾甚广，而国家之经费有常，前经本部院奏准煮粥两月，先尽捐输，后动常、社。第自开厂以来，或已满两月，或已煮月余，虽仰荷天庥，各属普沾雪泽，二麦可望有收，惟二月逢闰，相距麦熟之期尚远，遽行停撤，饥民必多失所。复经本部院饬司将奏明公捐银十一万两均匀拨给被灾各属，各按开厂先后扣足两月，再行接煮一月，俟办毕此次煮赈，即行散放展赈一月口粮。第查各处被灾轻重不同，食粥贫民多寡亦难画一，倘所发捐项或有不敷，总以劝捐凑补，多煮一日，灾民多饱一日。豫省民风淳朴，当此青黄不接、嗷嗷待哺之时，该绅士等谊关桑梓，自必同殷拯救之心。即如祥符县附生石麟昭，首先捐银三千两，急公向义，乐善可风。扶沟一邑绅民好义乐输，数将及万。其他如杞县、鄢陵绅商捐银俱有四千余两，裕州绅富捐赀设厂煮赈两月，太康、鲁山、宝丰三县绅士捐银谷亦俱约值千余金及二千金不等，许州盐、当商捐银一千二百两，密县绅士捐输杂粮棉衣，其通许、长葛、柘城、商丘四县捐数虽属无多，究系急公尚义。一俟事竣，自当分别奖励。十室之邑，必有忠信，岂可谓蕞尔之区，竟乏好施之士？全在良有司以办理妥协之处为矜式，实心劝导，俾勷善举。昨据商丘等县禀请将所捐半廉银七百两解贮司库，动谷一千石煮粥，秋后领银买补，于民有益，业已准其通融办理，合亟札饬。札到，该司府州立即转饬所属被灾州县，迅速遵照札内事理，悉心筹办，务使灾黎咸登衽席，上纾圣廑，下济民生，从此年谷顺成，嘉祥感召，本部院实有厚望焉。倘接煮一月之后，捐项充余，堪以增宽时日，尤为善举。其各上体天心，力图全活，切勿视为劝世迂谭也。切切！特札。

札试用知县朱邦达、朱清湝

照得怀庆府所属河内、武陟、济源、温县，河南府所属洛阳、登封、巩县、偃师等处，各据禀报陆续开厂煮赈，所有各该县粥厂共有贫民若干、每日用米若干、是否实心经理、有无遗漏冒滥诸弊，并该县曾否设立育婴堂收养幼孩，合行札委。札到，该员立即前赴河内、武陟、济源、温县、洛阳、登封、巩县、偃师等县，查明该县等上年实系何时开厂、设厂几处、每处领煮贫民大小各若干口、每日用米若干、有无玩视遗漏以致小民失所，以及任听差役乡地舞弊冒滥、并有无设立育婴堂收养幼孩，限即日确切查明，据实禀复，以凭核办，毋稍扶同饰混，大干严谴。凛速！特札。

札原任开归陈许道陈、归德府谢守

照得睢工漫口，淹及商丘、宁陵、睢州、鹿邑、柘城等五州县，上年奏奉恩旨抚恤一月口粮，接续散放大赈，俱系该道府等督同监放办理，甚为妥协。现届散放展赈之期，各该州县俱已赴司请领赈项，合亟札委。札到，该道府立即驰赴被灾各该处，督率该府随同陈道，饬令印委各员分赴各乡督同，随查随放。如遇有逃亡之户，即行扣除；其闻赈归来者，亦即查明，按口补给。总期无滥无遗，俾灾黎均沾实惠，帑不虚糜。仍令出具切实印结，并造具村庄户口银数清册呈送，以凭抽查，以杜冒滥。倘有不肖之员任令胥役乡保从中弊混，致有遗漏克扣侵蚀情事，一经访察得实，即将印委各员一并严参，决不宽贷。凛之慎之！仍先将应放银数出示遍行晓谕，务使周知，均毋违延。切切！特札。

卷五　文檄

札试用知府李守

照得本部院前因被灾地方贫民乏食，奏准煮粥两月，并捐廉展赈一月，先尽捐输，再动仓谷，以期灾黎均沾实惠，国帑不致虚縻。三令五申，不啻唇焦颖秃。各属苟有天良，自当实心经理。本部院访闻新郑县粥厂开设既属迟延办理，又多不善，现值该县丁艰，署员初到，诚恐照料难周，合亟札委。札到，该员立即星夜驰赴新郑县设立粥厂处所，实力帮同在厂妥为经理，务期无滥无遗，使穷黎咸资果腹，不致一夫失所。并将该县共设粥厂几处、大小口每日给粥各若干、男妇老幼共有若干名口、每日实需米若干、有无遗漏克扣情弊，刻日开折密禀核办。事关民瘼，毋得瞻徇回护，亦不得玩视违延，并干参办。凛切慎切！特札。

札候补知县马际泰

照得兰阳县东关粥厂，据报每日收养男妇五千余口。兹本部院经临该县委查，厂内领粥仅有五六百人。时已辰刻以后，何以人口如此之少？且查该厂设锅二十口，按轮计算，亦不能煮放五千余人之粥。是否浮开捏报，抑另有别情？必需确查根究，务使实惠及民。至该县白云山及北岸王里集、姜家楼等厂是否煮粥，抑系散米，并每厂实在人数，亦应确加查察，庶免滋弊。查该令于查赈事宜向能认真妥协，其粥赈一切亦所谙悉，合亟委查。札到，该令立即驰赴兰阳县，先将该县东关一厂领粥贫民实有若干，该令即在厂内监放二三日，立定章程，即至白云山一厂认真查办。俟查毕，再赴北岸王里集、姜家楼二厂确查，或系放粥，或系放米，实在人口若干，限即日一并据实密禀，以凭核夺，毋稍扶同徇混，并干严谴。凛速！特札。

札布政司、九府四直隶州

照得豫省连岁歉收，上年大河南北被旱较广，归德府所属复遭黄水漫淹，滑县一带又为贼匪蹂躏，其间被灾被难无业贫民转徙流离，委填沟壑，种种困苦情形，实堪悯恻。幸蒙圣德如天，仁恩叠沛，蠲租缓赋，抚赈兼施，所以保全生命、安集流亡者不下亿万万计。现在地方宁谧，雨雪普沾，转瞬二麦有收，秋禾丰稔，元气不难渐复。惟岁收丰歉，势所不齐，给帑恤灾，例有定数，欲为足食久长之计，必须预筹储备之方。本部院昔年随伯父恪敏公在直隶总督任内，深知奏设义仓规条，每州县各按幅幁大小，或四五处，或七八处，劝谕殷实绅民捐输积贮，以备荒歉。一切章程，悉禀先儒朱子社仓规则，缕晰详明。迄今数十余年，著有成效。豫省地处中州，民称殷庶，惟出外贸易者甚少，即遇丰年，亦不知节用，是以户少盖藏，一遇歉岁，即坐以待毙。本部院再四筹画，急宜仿照办理义仓，遇有水旱偏灾，借粜有备。且借领之时取用互保，游手好闲即不准借。如此明定规条，愚者自必益勤生业，黠者亦可泯其奸邪。行之日久，一乡一里之中，何人素行良善、何人不安本分，众所共知，有犯立时举发。是义仓之设，非特助常、社之不逮，兼可与保甲相为表里，善政宜乎亟行，古风无难复振。除恭折具奏外，合行酌定规条札发查办。札到，该司府州即速转饬所属一体遵照，先将四乡可设义仓几处、如何劝捐、如何收贮，照依发式详细绘图，限一月内具禀。今年将仓设齐，二十年为始，春秋两季捐收。倘所发规条内有限于地方情形不能悉遵者，据实禀明酌改。一面延择各乡殷实端谨绅耆数人，晓以周恤之谊，发其施济之心，令各遵照规条，转相劝谕。果有乐善好施、倡捐数多者，本部院定当优加奖赏，但不得稍涉抑勒派累等弊。州县为亲民之官，此法有益于闾阎者甚大，务须实心经理，勿袭虚文，勿滋流弊，共勷盛举，永作良规，将见俗尚敦庞，民鲜匮乏。本部院实有厚望焉。仍将遵办缘由先行禀覆，嗣后每一月具禀一次，以凭查核。毋违！特札。

酌定义仓规条：

一、择地建仓也。谨按先儒朱子社仓之法，大要在于便民。故守于民而不守于官，贮于乡而不贮于城，立法至善。豫省地方辽阔，不能五十里一仓。今拟于各州县大村集镇酌建，每县或四五处，或七八处。设仓之所，必择地势高阜，并与四面村庄相近，至远不出三四十里，丰年既易输运，歉岁亦便取携。该州县接到图式，先将四境大小村庄，分东、西、南、北逐一绘图贴说，一面传集绅耆，公同酌议。某处立义仓一所，附仓村庄若干处，距仓若干里，务于图内一一注明，了如指掌，呈送该管府州核定，汇送院司锓板存查。每仓仍各悬挂一图，使村民共晓。向后积贮日广，随时增建。建仓之法，每处瓦房三间，约可贮谷千余石；每间开门，以便出纳。离地尺许，厚铺木板，围以高垣，门额题某村义仓字样。垣外再造草房一间，以居守仓之人。需用工料等费，动支捐项，公议明白殷实之人经办，不得假手胥役。士民有零星捐输料物，或独力捐建者，准照谷价一体奖励。此后修葺添建，俱由仓正、副会集捐户议定禀官，准将息谷酌变动用，仍随时报明上司存案。

一、奖励捐输也。以民养民，固里党任恤之谊，然非官为董率化导，诚恐未能踊跃。今拟于秋收丰稔之年，该管道府转行州县劝捐。捐谷一二十石者，州县给以花红；三十石者，奖以匾额；五十石以上，由布政司给匾；如先后捐输通计数至三百石者，核实具题，给予九品顶带；四百石，给予八品顶带；五百石者，给予七品顶带；一千石以上，给予六品顶带。杂粮照谷数折半计算，一体奖励。劝捐簿首摘叙事由，盖用司印，发各州县照式多书，分发四乡绅耆，转相劝谕。无论粟米杂粮，不拘升斗斛石，听捐户自书，毋许抑勒强派。捐有成数，州县分晰村庄，列入司印总簿，申送藩司，汇册报院转奏。仍将捐户姓名数目，大书张挂各村。嗣后每年于十月内举行，年终由司汇报具奏一次。地方官及盐、当商人有愿捐者，一体登簿交仓。收成六分以下停捐；如富户自愿仍捐者，逾格旌之。

一、立规典守也。从来治法必须治人，法不可不周，人更不可不择。义仓之设，捐输典守在民、而督率稽查在官，必须明定章程，方可杜绝流弊。今拟每仓谷数在五百石以内者，设仓正一名；每加五百石，添设仓副一名。均听捐户公议举报，州县给发执照，令其经管，将姓名申报上司存案。倘有刁衿劣监把持生事，许即公呈详革。各仓锁钥，仓正收掌。如遇阴雨湿漏，会同各捐户开仓看视晒晾，禀县发给封条，不许擅开。每岁十二月仓正、副会同捐户盘粮一次，具结呈送州县，转报上司查核。州县遇有交代，接任官于常平仓谷限外一月内，将各义仓谷石盘查，出结报部。倘有亏缺，将仓正、副照监守自盗律治罪追赔。前官知情，著落赔补。仓正、副经管三年，果能辛勤无误，详明府州，给匾示奖；六年无过，由布政司给匾；十年无过，由巡抚给匾。至仓正、副禀事，令各州县刻给某村义仓仓正木戳，盖用封递，地方官批示发回，不许胥役传唤扰累。每处再置仓夫一名或二名，住仓看守，每名每月给工食谷五斗，在息谷内动支。

一、出纳积息也。义仓立意原在裕积贮而济缓急，若章程不定，必致春借混淆，秋收拖欠，仍无恤民之实。今拟每年定于三月下旬开仓，分半出借。仓正、副预将某村应借若干，开单送官覆核，标贴仓门。愿借者互保赴仓具领，仓正、副核明，于领内画押登簿。每户自数斗至二石为止；愿借杂粮者听，仍不逾借谷之数。如已借常、社仓谷，即不准重借，仍于领内注明并无重借字样。游手不事生业者不准借，通村无捐户者不准借。倘有强借情事，立即禀究。事毕，仓正、副将出借花名簿领送州县查核钤印。秋后发仓催缴，收成八分以上，加一收息；收成六七分，免其加息，每斗仍收耗谷三合；收成五分以下，缓至次年秋后分别加免还仓。借杂粮者，丰年易谷交还，仍照谷数加息。各户交还正、息谷，俱令仓正、副眼同登簿，于原借簿内注销，岁底通计完欠加免各数，造册送州县转报。如有抗欠，禀官追罚。仓正、副徇私捏还销欠，察出究处，罚加十倍；故绝无著者，报官开除。每仓置斛斗升各一，俱照部颁成式，铁包印烙，发仓贮用。出入令借户互相灌量，仓夫执挡，以免高下之弊。息谷准以丰年所入，每百石收息十石，以一石为仓正、副纸张饭食，以一石为仓谷折耗，以一石为铺垫之资，其余七石除动支仓夫工食外，存作修建仓廒之用。如有赢余，源源积贮。

札睢州汪如潮

照得民为邦本，在履丰绥辑之时，尚应加之教养，况当旱潦相仍，兵烽甫息，小民流离困苦，岂可胜言！若不共竭实心，稍存膜视，则亿万灾黎安能咸登衽席。豫省上年水旱成灾，又值军兴，河朔哀鸿遍野，触目堪怜。节经奏奉谕旨，抚赈兼施之外，煮赈两月，又复捐廉接煮，复奉谕旨展赈一个月，俾小民餬口有资，无虑缺乏。但今春二月逢闰，青黄不接，为日甚长。今查归德府所属各州县粥厂，扣至三月初旬，原煮两月，续煮一月，均已期满，拟于三月中旬散放展赈。惟该州野鸡冈一厂设立在先，人数众多，能否煮至月底，接放展赈，再行停止之处，合亟札询。札到，该州立即确切妥议，详请察夺，务期多煮一日，则小民多受一日之惠，爱民即以造福。勉之慎之！特札。

札汝州熊象阶

案据该州禀称，遵照奏案，于十二月二十五日起至二月二十五日止，动用常、社谷石煮赈两月，并领回捐廉，采买粟米，接续煮赈。因所领捐项不敷购买一月粥米，且相距麦秋尚远，设法催缴绅民捐米，并劝谕绅商乐输，该州复自行捐廉添补，拟煮至三月杪，再行撤厂等情。据此当查该州自上年九月捐廉煮粥，已属认真，兹复设法劝谕乐输，并自行捐廉凑办，俾得多煮时日，实心爱民，殊堪嘉尚。随经批饬藩司，将该州先行记功示奖，并令通饬煮赈各州县一体遵照在案。但该州所属能否均如该州一律展煮至三月底再行撤厂，合亟札询。札到，该州立即遵照，实心妥办，并即查明所属各县能否一律展煮、何日撤厂之处，速即确核妥议，由五百里先行禀报，以凭察夺。事关赈恤灾黎，毋任稍有饰延，致干未便。切切！特札。

札某府某州

照得为政首在得民，而得民必先教养。自古救荒虽无善策，殚心拯济，究在人为。豫省旱潦相继，连岁歉收，加以睢工漫口，滑逆称戈，水旱兵烽同时并发，以致哀鸿遍野。节经奏奉谕旨，抚赈兼施之外，煮赈两月，复经本部院奏明捐廉接煮一月，以资灾黎口食。但各属有自上年十二月开厂者，亦有自本年正月开厂者，先后日期不一，或已接煮届满，或尚未接煮，又各参差不齐。现在天气甚寒，且距麦熟之期尚远，若接煮一月期满，遽行停止，则小民仍虞枵腹，前功尽废。如能多煮一日，则小民多受一日之惠，救全无数生灵，造福愈大。业经饬司查议去后，现据藩司议禀，被灾各州县，无论期满先后，总以煮至闰二月底为止，先尽捐项动用。如果实有不敷，确核所短实数，再行酌动常平，秋成由该牧令捐赀买补。所议甚为妥协，除批饬藩司通饬遵办外，合行札饬。札到，该府州立即转饬所属被灾各州县遵照，一律煮至闰二月底再行停撤。仍一面饬令各州县赶紧造册，赴司请领展赈银两，锤剪散封，务于三月初旬散给，以资接济。倘有不肖之员漫不经心，任令胥役地保克扣侵蚀滋弊，致小民不沾实惠，本部院耳目最周，一经访查得实，定即据实参办，决不宽贷。凛之慎之！特札。

札某州县

照得为政首在得民，而得民必先教养。自古救荒虽无善策，殚心拯济，究在人为。豫省旱潦相继，连岁歉收，加以睢工漫口，滑逆称戈，水旱兵烽，同时并发，以致哀鸿遍野。节经奏奉谕旨，抚赈兼施之外，煮赈两月，复经本部院奏明捐廉接煮一月，以资灾黎口食。但各属有自上年十二月开厂，亦有自本年正月开厂者，先后日期不一，或已接煮届满，或尚未接煮，又各参差不齐。现在天气甚寒，且距麦熟之期尚远，若接煮一月期满，遽行停止，则小民仍虞枵腹，前功尽废。业经饬司查议去后，现据藩司议禀，被灾各州县，无论期满先后，总以煮至闰二月底为止，先尽捐项动用。如果实有不敷，确核所短实数，再行酌动常平，秋成由该州县捐赀买补。所议甚为妥协，除批饬藩司通饬遵办外，合行札饬。札到，该州县立即遵照，煮至闰二月底再行停撤。一面赶紧造册，赴司请领展赈银两，锤剪散封，于三月初旬散给，以资接济。仍将遵办缘由，由六百里先行禀覆。事关民瘼，均毋稍有遗滥迟延，致干未便。切切！特札。

计粘单一纸：

祥符县十八年十二月初一日开厂，扣至十九年二月初一日两个月期满，应于二月初二日接办捐粥。

陈留县十八年十二月初四日开厂，扣至十九年二月初四日两个月期满，应于二月初五日接办捐粥。

密县十八年十二月十一日开厂，扣至十九年二月十一日两个月期满，应于二月十二日接办捐粥。

通许县十八年十二月十五日开厂，扣至十九年二月十五日两个月期满，应于二月十六日接办捐粥。

郑州十八年十二月初一日开厂，扣至十九年二月初一日两个月期满，应于二月初二日接办捐粥。

杞县十八年十二月初三日开厂，扣至十九年二月初三日两个月期满，应于二月初四日接办捐粥。

兰阳县十八年十二月二十日开厂，扣至十九年二月二十日两个月期满，应于二月二十一日接办捐粥。

洧川县十八年十二月十六日开厂，扣至十九年二月十六日两个月期满，应于二月十七日接办捐粥。

新郑县十八年十二月初十日开厂，扣至十九年二月初十日两个月期满，应于二月十一日接办捐粥。

鄢陵县十八年十二月初九日开厂，扣至十九年二月初九日两个月期满，应于二月初十日接办捐粥。

禹州十八年十二月十五日开厂，扣至十九年二月十五日两个月期满，应于二月十六日接办捐粥。

中牟县十八年十二月初四日开厂，扣至十九年二月初四日两个月期满，应于二月初五日接办捐粥。

尉氏县十八年十二月二十日开厂，扣至十九年二月二十日两个月期满，应于二月二十一日接办捐粥。

仪封厅十八年十二月初五日开厂，扣至十九年二月初五日两个月期满，应于二月初六日接办捐粥。

太康县十八年十二月初十日开厂，扣至十九年二月初十日两个月期满，应于二月十一日接办捐粥。

扶沟县十八年十二月初一日开厂，扣至十九年二月初一日两个月期满，应于二月初二日接办捐粥。

西华县十九年正月初八日开厂，扣至闰二月初八日两个月期满，应于闰二月初九日接办捐粥。

项城县十八年十二月初一日开厂，扣至十九年二月初一日两个月期满，应于二月初二日接办捐粥。

许州十八年十二月二十一日开厂，扣至十九年二月二十一日两个月期满，应于二月二十二日接办捐粥。

临颍县十八年十二月二十五日开厂，扣至十九年二月二十五日两个月期满，应于二月二十六日接办捐粥。

襄城县十八年十二月初一日开厂，扣至十九年二月初一日两个月期满，应于二月初二日接办捐粥。

长葛县十八年十二月二十三日开厂，扣至十九年二月二十三日两个月期满，应于二月二十四日接办捐粥。

郾城县十八年十二月十五日开厂，扣至十九年二月十五日两个月期满，应于二月十六日接办捐粥。

登封县十八年十二月二十五日开厂，扣至十九年二月二十五日两个月期满，应于二月二十六日接办捐粥。

偃师县十八年十二月初一日开厂，扣至十九年二月初一日两个月期满，应于二月初二日接办捐粥。

巩县十八年十二月初一日开厂，扣至十九年二月初一日两个月期满，应于二月初二日接办捐粥。

宝丰县十八年十二月初六日开厂，扣至十九年二月初六日两个月期满，应于二月初七日接办捐粥。

郏县十八年十二月初一日开厂，扣至十九年二月初一日两个月期满，应于二月初二日接办捐粥。

伊阳县十八年十二月初一日开厂，扣至十九年二月初一日两个月期满，应于二月初二日接办捐粥。

叶县十八年十二月初十日开厂，扣至十九年二月初十日两个月期满，应于二月十一日接办捐粥。

裕州十八年十二月初六日开厂，扣至十九年二月初六日两个月期满，应于二月初七日接办捐粥。

阌乡县十八年十二月初五日开厂，扣至十九年二月初五日两个月期满，应于二月初六日接办捐粥。

札候补府李守

照得被灾州县粥赈，原煮两月、续煮一月，节经本部院饬令实心经理，毋使一夫失所，不啻口敝唇焦。兹复因捐煮期满，相距麦熟尚远，又经饬令展煮至闰二月底为止，以免灾黎仍虞饥馁。该州县身膺民牧，自当激发天良，广为拯济。连日雪后春寒，诚恐地方官办理不善，饥民仍多枵腹，并恐将粥厂遽行停撤，合亟札饬。札到，该守即将新郑粥厂梁令到任以后作何办理、是否散放周遍、有无遗漏、城乡倒毙尸骸曾否概行收埋，刻日据实禀复，一面亲赴郑州，查照前指，一体确查具禀。该二州县遵照另札，无论接煮期满先后，概行展煮至闰二月底为止。倘该州县不候指示，业已先期撤厂，立即禀候参办。该守徇延，并干严谴。凛速凛速！特札。

札粮盐道张

照得被灾州县乏食贫民，节经本部院札饬各牧令激发天良，实心经理，期于一夫不致失所。谆谆告戒，不啻舌敝唇焦。其中心存拯济、设法救全民命者固不乏人，而玩视民瘼、虚应故事者恐亦不少。连日雪后春寒，灾重地瘠之区饥民众多，设地方官办理不善，散粥不能周遍，必致饥寒交迫，倒毙堪虞，并恐有不肖之员私行停撤。查该道现赴禹州查办煮赈事宜，合亟札饬。札到，该道即将禹州各粥厂领回捐廉及绅富乐输之项，督令赶紧买米接续散放，毋使一名遗漏。饬令煮至闰二月底为止，察看情形，再行请示办理。该道经过之长葛、洧川、尉氏三县，确查现在如何放粥、有无路毙，饬令遵照另札，一体展煮，俟月底再行撤厂，并将路毙尸骸速为掩埋。倘各该县有办理遗漏，或竟将粥厂停止，立即据贯驰禀，以凭严参。事关民命，该道务须严行查办，毋稍徇隐。凛切！特札。

札某员

照得被灾各州县所设粥厂，原煮两月，续煮一月，现在先后期满。本部院因甫交闰月，正值青黄不接之际，若将粥厂停止，乏食灾黎势必仍填沟壑，业已札司通饬被灾各属，无论期满先后，概行展煮，统至闰二月底为止。现闻办理不善之处，散粥不能周遍，并有不候指示遽行停撤者，以致雪后春寒，饿莩相藉于道，忝颜民牧，毫无恻隐之心，言之实堪痛恨！合亟札委。札到，该员立即驰赴州县查明，该州县领回捐廉接煮一月，现在如何散放，期满之后是否遵照展煮，境内灾黎除领粥之外有无遗漏，城乡四野倒毙饥民若干、曾否掩埋，倘办理不善，仍多冻馁，或竟停厂不煮，立即据实星飞禀报，以凭严参。该员如敢扶同讳饰，本部院接踵委查，一经别员禀出，定即一并参办，决不姑贷。凛速凛速！特札。

札署布政司诸

照得被灾各属设厂煮赈已经三月，原煮续煮，扣至本月初旬，先后届满。本部院因现在相距麦收尚远，恐遽行停撤，穷黎口食无资，仍虞馁毙，饬据前升司议请无论期满先后，概行展煮至本月底为止。业经批饬照议转行遵照在案。自应一面展煮，一面赶紧领回展赈银两，于三月初旬接续散放。但查自上年十月放赈之后，迄今已阅四五月之久，各属灾民或已他出，或已病故，自不便以去年放赈之册即为现在领银之据，合行札饬。札到，该司即便飞饬有灾州县，将前查各户，会同诚实委员逐一覆查，将外出病故各口扣除。如有归来之户添入，核明实在应领银数造册，于二十日前后赴司领回，錘剪散封，以备三月初旬散放。总期民沾实惠，毫无浮滥，切毋稍任含混。其被灾至重之区，或需将展赈搭放本色一二成，俾极贫户口生计益臻宽裕之处，并即悉心筹议，详覆核夺，毋迟。此札。

札某县

照得河北各属上年被旱虽未成灾，但当滑县军兴之后，或曾经被贼窜扰，或兵差络绎，农业失时，际此青黄不接，又值雨雪之后，气候甚寒，贫民因饥倒毙，恐所不免。合亟飞札饬查。札到，该县立即查明境内报设粥厂系煮至何时停撤，现在乏食贫民，该县作何设法拯济；仍查明通衢僻壤有无路毙尸骸，曾否深埋。限即日由六百里禀覆查考。倘敢丝毫捏饰，一经本部院委员密访得实，定即以玩视民瘼严参不贷。凛速！特札。

札禹州卢建河

照得本月初九日，据兼署按察司事粮盐道禀称：职道驰抵禹州，查明卢牧办理捐输煮赈一切宁谧情形，当经具禀宪鉴在案。兹职道传集乐输银米绅商面为询问，据称地方积歉，贫民众多，既蒙皇仁赈恤，又奉宪德捐廉煮粥，恩施无已，绅商等谊切维桑，何能稍存膜视，是以竭力捐助等语。职道遵照钧谕，面为嘉奖。其捐银千两以上者，职道自书匾额给予悬挂；捐银百两以上者，由该州一体给匾；其余捐输各户，均给花红，以示奖励。该绅商等甚为欣悦。所有未缴各户，饬令卢牧听其自便。有愿缴者，仍收局备赈。至现在已收银两，除买米逐日散放外，余存银两足敷买米煮赈，放至闰二月底为止。如有续缴之项，再行续展，无拘日数，俾贫民益资接济。再，各处粥厂分派试用知县刘湜及两学、州判、吏目各员，稽查弹压，甚为安静。其黄吕店、大庙、火龙庙、红畅四处粥厂，据试用知县郑令逐一确查口数，均与折报相符。兹将该州捐赈较多各绅商姓名并确核捐项足敷展赈日期开具清折，禀呈电览。再，职道具禀后，即日起程回省，合并附禀，等情到。本部院据此查该州所办均属妥协，除禀批发外，合行札饬。札到，该州立即遵照妥为经理，务期灾黎均沾实惠，毋致一夫失所。其未缴各户，听其自便，未便相强。如有续缴之项，再行接展，不必拘定煮至月底为止。总期多煮一日，则小民多受一日之惠，爱民即以造福。勉之慎之！特札。

札各府州

照得兵荒之后必有大疫。豫省上年水旱成灾，继以兵燹，本年入春以来雨雪沍寒，贫民当饥馑之余，虽有粥厂可以济其口食，而初寒之气易于内侵。现闻各处均有染患瘟疫，内有一症名羊毛疹，时医罔识，药饵误投，有伤生命。本部院心切救全，特采秘方广传活众，合亟刊刻札发。札到，该州县立即转行所属各州县，将发来丹方照刊刷印多张，广为传散，俾染疹之人得以照此救活。此方屡经试验，神效异常，切勿忽视违延。速速！特札。

计开：

春疫染者，症内有名羊毛疹，时医罔识，特刊秘方广传活众。

荞麦面，以热水搅糊成团，于患者遍身搓擦，旋搓旋换，团内尽带羊毛，搓尽病愈。如受病重者，搓后仍不能愈，再用鸡蛋煮熟去壳，乘热放病人肚脐上烫熨，随冷随换。肚内瘟毒均可拔出，蛋上青黑色渐淡，毛亦净尽，其病立愈。

嘉庆十九年二月　日。

札开封府昌守

前据汝州知州熊象阶具禀，该州贫民有因采食经霜荞叶，受毒浮肿，经该牧捐合解毒经验丸剂并香苏等治瘟丸散，施散救人等情。经本部院饬据该牧将各方开送前来，合亟札发。札到，该府立即照方赶紧配合丸散，广为施济。一面札饬所属各州县并札致各府州被灾较重之区，一体转饬，照方合药普散，俾受毒染疫之民多所全活，切勿稍迟。特札。

解食荞麦花毒经验丸方：

黑豆（十八两，或大药豆更好）、甘草（一两去皮）、贯众（一两去皮）、苍术（五钱）、砂仁（五钱）、茯苓（五钱）。

以上各药熬烂，将药滓捞出，入黑豆煮浓，捣如泥丸，如芡实大。每服五丸，滚水送下；多服亦可。

香苏散（治瘟疫）：

紫苏、香附（各二两，醋制）、陈皮（一两，去白）、甘草（五钱）。

右为细末，每服三钱，用水为丸，开水送下。

昔有城中大疫，一白发老人教人合此药，施病者，皆愈。疫鬼相顾曰：此老教三人矣。遂遁。

运气五瘟丹：

黄芩、黄柏、黄连、山栀子、香附、紫苏、甘草稍、大黄。

右七味生用为末，将大黄三部煎汤去滓，捣药为丸，朱砂、雄黄、金箔为衣，每丸约重三钱。此药乙庚年黄芩为君，丁壬年山栀子为君，丙辛年黄柏为君，戊癸年黄连为君，甲巳年甘草稍为君。为君者多一半也，余四味与香附、紫苏为臣者减半。每逢热病，改为小丸。救人甚有灵效。

广博救荒丸：

黄豆（七斗）、芝麻（三斗）。

蒸熟晒干，再蒸再晒，各三次。磨为细末，丸如核桃大。每服一丸，三日不饥。岁荒用之一料，可济数万人。

札杞县、鲁山、郏县、
偃师、扶沟、登封、尉氏、密县

照得该县上年被旱成灾歉收，业于抚赈赏给口粮之外，饬令煮赈。现在时届三月，即可散放展赈加赏一月口粮。惟查刻下相距麦收尚有月余，乏食贫民数月以来设法救全，业已共竭心力，际此功在垂成，断不可使其一日失所。除灾重各州县现已饬令加展煮赈半月，俟三月中旬接放展赈，即可度至四月中旬。至该县地方展煮完竣之后，现在贫民能否自谋生计、应否再为接济，该县为民之官痌瘝相关，所见较确，合札飞饬。札到，该县立即确查境内穷黎，麦收以前如果尚虞缺食，务各设法拯济，或再多煮半月或十日，总期散放展赈加赏口粮之外，为小民多筹一日口食，即可接济至二麦登场。不但尽心民事，且上体天心，下全黎庶，积功造福，自益良多。本部院深有厚望，共勉为之。切切！特札。

札开封、归德、南阳三府、许州、汝州

照得该府州暨所属之各州县展赈期满之后，现经本部院行司查议转饬再行加展煮赈半月，俟三月中旬再行停止接放展赈，俾贫黎口食有资，得以度至麦熟，不致尽弃前功。此

系本部院仰体圣明，惠爱群生，是以又复加展，业经具奏。必须该地方官实心实力妥协办理，庶无侵冒遗漏诸弊，合亟札饬。札到，该府州立即饬令所属各州县务速遵照另札，再行加展煮赈半月。事关拯济穷黎，总期多为救全。倘该州县仍前玩愒，并不实心妥办，以致穷黎缺食流亡道路，仍有乞丐抢食，尸骸暴露，一经查出，不但将该地方官立挂弹章，该府州为亲临上司，定即一并严参，勿谓言之不预也。凛之！特札。

札布政司

照得树艺为民生之本，稼穑为地利之先。豫省幅员袤广，沃野绵延，能因物土之宜，勤于耕耨，小民何忧冻馁？只以水利不兴，劝课久废，以致偶逢旱潦，即至颠连。现当春泽优沾，亟宜劝耕教植，以裕生计。查油菜一种，摘叶取梗，既可以供蔬餐，结子砟〔榨〕油，又可以充日用。又查苜蓿一项，易于发生而便煮食。汴省虽有播种，而莳者甚少。兹闻被灾各州县境内，麦地之外，余亩尚多。与其置阡陌于荒芜，莫若植蔬菘而滋利。合行札知。札到，该司立即通饬各府州飞饬所属被灾各州县，逐一查明未经种麦之地，赶紧购买油菜、苜蓿二种，教令如法广为播种，俾为物产之助。慎毋以事属细微，忽视惰延，致干未便。仍将何处布种若干据实具禀，以凭查验。切切！特札。

札坐补典史史致灿、朱仙镇巡检庄际可、经历庄兆麒、试用未入裴常乐

照得豫省农业失勤，生植不广，是以麦秋偶歉，民食无资。现当春泽优沾，亟宜劝耕教植，以收地利。查油菜一项，摘叶取梗，既可以供盘餐，结子砟〔榨〕油，又可以充日用。汴省虽有栽种之区，而所莳不广。现在各处麦地之外，余亩尚多，自可教令播种，以饶物产。除陈留等县业经发种转给外，查省城四野袤延，隙地尤为不少，自应赶紧照办，合亟札委。札到，该员即赴祥符县领取菜子，即日前赴东、西、南、北乡一带村庄，传唤农民，将油菜易于发生、堪供食用明白谕知，择其有地无种之户均匀分给，教令如法布种。其有力之家留地种秋者，听其自便。事关稼穑，有益民生，该员慎勿忽视，有干未便。仍将分给处所遵办缘由禀覆查考毋迟。特札！

札委员某

照得裕食足民，首重稼穑。豫省农业失勤，生植不广，是以麦秋偶歉，小民即有乏食之虞。本年入春以来，膏泽优沾，原隰滋润，亟宜劝耕教植，以收地利。查油菜一项，摘叶取梗，既可以供盘餐，结子砟〔榨〕油，又可以充日用。汴省虽有栽种之区，而所莳无多。现在各处麦塍之外，尚有余地，自可教令播种，以饶物产。除祥符、陈留等县业经发种转给布种外，兹闻某县境内闲旷之地甚多，所有本部院购备油菜籽种，应即发交散给，合行饬委。札到，该员刻即赴辕请领菜种，星驰押解某县，会同该县迅即查明有地无种之户，即行均匀分给，教令如法播种。其有力之家留地种秋者，听其自便。事关稼穑，有益民生，该员等慎勿忽视，有干未便。仍将分给处所遵办缘由禀覆查考毋迟。特札。

札陈留施廷炯、通许陈书绅、滑县孟屺瞻

照得树艺为民生之本，稼穑为地利之先。豫省幅员袤广，沃野绵延，苟因物土之宜，勤于耕耨，小民何忧冻馁！只以水利不兴，劝课久废，以致偶逢旱潦，即至颠连。现当春泽优沾，亟宜劝耕教植，以裕生计。查油菜一种，摘叶取梗，既可以供蔬餐，结子䃴〔榨〕油，又可以充日用。汴省虽有播种之区，而蓺者甚少。兹闻该县境内，麦地之外，余地尚多，与其置阡陌于荒芜，莫若植蔬菘而滋利。合行委员札发。札到，该县即将发来菜种，立即查明有地无种之户，即行均匀分给，教令如法播种，俾为物产之助，慎毋以事属细微，忽视惰延，致干未便。切切！特札。

札署河陕道岳

照得树艺为民生之本，稼穑为地利之先。豫省幅员袤广，沃野绵延，苟因物土之宜，勤于耕耨，小民何忧冻馁！只以水利不兴，劝课久废，以致偶逢旱潦，十室九空。现当春泽优沾，亟宜劝耕教植，以裕生计。查得油菜一项，摘叶取梗，既可以供盘餐，结子䃴〔榨〕油，又可以充日用。汴省虽有栽种之区，而不能广蓺。现在各该县境内，麦地之外，余亩尚多，自可教令播种，以饶物产。当经购觅菜种，委员发交祥符、陈留等县，转给乡农，教令如法布种。去后现据禀覆，业已分发种植，并添购菜子，一律遍散等情。据此合亟札饬。札到，该道即通饬所属购种，转给有地无种之户一体仿照播种，俾收春熟。至苜蓿一项，种植尤易，而一经长发，按年刈割，无需重莳，牛马牲畜既资喂养，贫民亦堪充食。此项种出西安，而河南府一带蔓生甚广。今本部院捐廉五十两给发该道，并即购买苜蓿种子数十石，刻日解省，以凭分发各州县乘时布种，毋稍迟延。特札。

计发银五十两。

札试用知事王鼎亮

照得豫省农业失勤，生植不广，是以麦秋偶歉，民食无资。现当春泽优沾，亟宜劝耕教植，以收地利。查油菜一项，摘叶取梗，既可以供盘餐，结子䃴〔榨〕油，又可以充日用。汴省虽有栽种之区，而所蓺不广。现在各处麦地之外，余亩尚多，自可教令播种，以饶物产。除陈留等县业经发种转给外，查省城四野袤延，隙地尤为不少，前经委员饬赴祥符县领取菜子，分赴四乡，择其有地无种之户均匀分给，教令如法布种在案。兹查南乡委员朱仙镇巡检庄际可现有查放流民粥厂事宜，所有分给菜种，自应改委妥员赶紧照办，合亟札委。札到，该员即赴祥符县领取菜子，即日前赴南乡一带村庄，传唤农民，将油菜易于发生、堪供食用明白谕知，择其有地无种之户均匀分给，教令如法布种。其有力之家留地种秋者，听其自便。事关稼穑，有益民生，该员慎勿泄视，有干未便，仍将分给处所遵办缘由禀覆查考毋迟。特札。

签把总杜纶、千总黄振升

照得被灾州县饥民众多，虽经设厂煮赈，但连日雪后春寒，沿途倒毙，所在不免，尸骸狼籍，或为鸟兽伤残，殊堪悯恻，合行签饬。签到，该弁即将发去银三十两，刻日赍带驰赴朱仙镇、尉氏县、许州、襄城等处 长葛、临颍、郾城、西平、遂平、确山等县，沿途逐一查看，如有倒毙尸骸，立即买备席包，雇夫抬赴旷野之地挖坑深埋，务期全行收掩，勿使一尸暴露。仍将何处收路毙若干，据实禀报查考，并知会地方官填报。本部院恻隐为怀，是以专派该弁办理此事。如敢忽视，致道路仍有遗骸以及藉端需索，一经查出，定即严行革究，决不宽贷。凛速！特签。

札布政司

照得本部院于嘉庆十九年闰二月十八日具奏，遵奉谕旨覆奏倒毙饥民速为掩埋一折，前已抄稿札知在案。兹于本月初一日奉到朱批：另有旨。钦此。同日又奉上谕一道，除行按察司转饬查拿逸犯刘呈祥等务获外，合再恭录札行。为此札仰该司官吏即便钦遵将奉发丸方谨敬修合，分发各府州遍为施散，并饬各州县查明，如有路毙饥民，立即掩埋。一面将奉到上谕丸方恭录刊刻誊黄多张，颁行通晓毋违。此札。

计粘抄上谕一道、清瘟解毒丸等药方。

军机大臣字寄河南巡抚方。嘉庆十九年闰二月二十五日奉上谕：方受畴奏豫省瘟疫盛行，现在捐赀合药施散，并派员分路掩埋展赈等语。豫省上年水旱成灾，兼遭兵燹之后，居民甫经蹂躏，其存者复值瘟疫盛行，倒毙过多，闻之深为悯恻。特命太医院开写清瘟解毒丸、藿香正气丸二方，发交方受畴，精选药材，按方修合，广为施散，俾染疫者饮药得痊，以冀稍减疫疠。中州民人遘此厄困，该抚务竭力拯救，能多尽一分心力，即可多活无数躯命。其已毙者，仍督饬亟为掩埋，毋任日久暴露，致乖春和。嗣后并著方受畴将该省灾民情形，或半月、或旬日具奏一次，以慰廑注。又前据高杞奏，讯据匪僧吉仰花供伊所带“天平大王”木戳，系十七年在豫省河南府南关铁佛寺遇见刘呈祥等给与者，刘呈祥向在登封一带诱人入教等语。当即降旨令方受畴严密查拿，迄今已及一月，尚未据拿获具奏。刘呈祥一犯与林清案内逸犯姓名相同，是否即系其人，该抚派员查拿后曾否得有踪迹，著即据实奏闻。仍一面饬属严拿务获，毋再延玩。将此谕令知之。钦此。遵旨寄信前来。

清瘟解毒丸：

牛蒡（二两）、马勃（二两）、薄荷（五钱）、连翘（二两）、黄连（一两）、元参（二两）、黄芩（一两）、板蓝根（二两）、姜蚕（一两）、柴胡（一两）、甘草（五钱）。

共研细末蜜丸，重三钱。每服一丸，白水送下。此方治天行瘟疫时毒。

藿香正气丸：

藿香（二两）、陈皮（一两）、枳壳（一两）、苏梗（一两）、大腹皮（一两）、桔梗（一两）、苍术（一两）、白芷（一两）、赤苓（二两）、厚朴（一两）、半夏曲（一两）、甘草（一两）。

共研细末蜜丸，重三钱。每服一丸，白水送下。此方治四时一切不正之气。

札候补知县谢世科、新郑县梁直方

照得该县地方上年被灾甚重，贫民较为困苦。本部院沿途察看，除郭店驿业经设立粥厂，附近穷黎堪以按日领食。惟查自郭店驿至县相隔四十余里，中间住居窎远之户，两处均难就食，自应于适中之二十里铺添设粥厂一座，俾免远涉遗漏，合亟札饬。札到，该员刻速会同新郑梁令、候补谢令即于二十里铺添设粥厂一座，将附近贫民及未经领食之实在贫民即收入该厂，按日散给。所有该县展赈，委员试用知府李守督同查放。今该守因病回省，该令并即会同梁令、谢令查明户口，定期接续按村散放。事关拯济灾黎，该员务须实力帮同妥协经理，俾免一夫失所。其有染患时疫之人，并即施给丸散，以资救济。切勿稍存膜视，致负委任，大干未便。特札。

札荥阳县李清杰、新郑县梁直方

照得该县地方土性沙瘠，上年被旱较重，灾民困顿情形甚于他邑。现在相距麦收尚有匝月，必须将粥厂煮至月底二十外，定期散放展赈赈银，粥饭兼施，庶乏食穷黎得以接济至麦熟之时，不致前功尽弃。合亟札饬。札到，该员立即遵照，会同该县梁令、荥阳县李令在于城关遍行挨查，无论大街僻巷，凡有贫民三五成群、嗷嗷待哺者，概行收入粥厂，按日散给，毋得一名遗漏，致干未便。该令俟粥厂展煮完竣，再行回署。特札。

札试用县丞袁通

照得上年被灾各州县现在查放展赈，屡经本部院饬令，按照去年放赈底册，查明病故外出者扣除，闻赈归来者补给，总期无滥无遗，民沾实惠。今查各处办理，仍未画一，必须明立章程，庶免混冒滋弊。合亟札委。札到，该员立即前赴洧川、尉氏、杞县，会同该县及各委员携带上年放赈底册，按照村庄挨户确查，将应行领赈之户查明，给予赈票。倘上年虽经领赈，现在病故外出，立行扣除。其闻赈归来者，核实补给。俟散完赈票之后，再行定期出示，饬令各灾民执票赴领，俾免假手胥役乡地，致滋弊混。事关赈务，该员务须遵照会同，将赈票确查散给。倘该县等故违不遵，即据实禀候参办，毋稍扶同草率，大干严谴。如该员到时，该县已将赈银放给，即令将放过户口银数出榜晓示。切切！此札。

札布政司、开归陈南河五府、许汝光陕四州

照得向来放赈章程，地方官于查明户口之后，即将某村应领赈银户口逐一列榜悬挂村内，使应领者不被里胥侵蚀，遗漏者可以即时请补，上司抽查亦易稽察。前据该司议详各州县散放展赈之后，按照章程出榜晓示，业经如详批饬，通行遵办。兹本部院周历应行放赈各州县，俱未见列榜张挂，合亟札饬。札到，该司府州即速转饬所属被灾各州县，将现在散放展赈查明某村内户数口数银数，按照底册明白列榜，在于各村庄悬挂，饬令乡地看

守，毋许风雨损坏。无论已散未散，俱即时办理，不准稍有违延。本部院或亲临抽查，或随时密饬文武员弁按户查对。倘有丝毫弊窦以及抗不榜示，并捏称损坏，希图蒙混，定将该州县及委员立予严参究办，断不姑宽。凛之飞速！特札。

札中牟县于墀、杞县甘扬声

照得利民足食，稼穑为先。古者劝课农桑，原系有司之责。豫省民不知勤，官复失教，以致偶逢旱潦之灾，即有饥馑之患。前经本部院访察油菜一项，摘叶既供盘餐，砟〔榨〕油兼充日用，业经购种发交遍莳。并查苜蓿一项易于滋长，不费耕耘，生发之后，牲畜既资喂养，贫民并可充食，物微利薄，费少功多。且沙碛之地既种苜蓿，草根盘结，土性渐坚，数年之内即成膏腴，于农业洵为有益。该县上年被旱成灾，民力尚未全复，亟宜广求物产，以尽地利。兹据河陕道解送前来，合行饬发。札到，该县即将发来苜蓿种子，立即查明境内各村庄未经种麦种秋隙地及沙碛之区，散给各农民，谕令迅为布种，并将利益之处向该农民详加晓谕，俾知踊跃。仍将发过村庄及农户姓名开折禀复，以凭委员覆查，毋得稍有忽视。切切！此札。

札祥符、兰阳、新郑、陈留县、郑州

照得苜蓿一项，布种之后易于滋生，不烦再植。一经长发，牲畜既资喂养，贫民兼可充食，物微而利薄，费少而功多，洵于乡农有益。豫省连岁歉收，亟须广求物产，以裕民食。前经本部院查赈勘工，经临该县境内村庄田间陇畔，并未见有苜蓿、油菜苗土，是否未经给种，抑因前发籽粒无多，未能遍及？兹据河陕道续解前来，合再饬发。札到，该县即将发来苜蓿种，立即查明境内各村庄未经种麦种秋沙碛之区，散给各农民，谕令迅为播种，并将长发后易于滋蔓、人畜并得其益，且沙地既种苜蓿，数年之后草根盘结，土性坚实，即成膏腴，向该农民详加晓谕，以尽地利。仍将发过何处村庄、农民何人领种，开折禀复，以凭委员覆查，毋得稍有忽视。切切！此札。

札委员滑县孟屺瞻

照得苜蓿一项，布种之后易于滋生，不烦再植。一经长发，牲畜既资喂养，贫民兼可充食，物微利薄，费少功多。且沙碛之地既种苜蓿，以后草根盘结，土性渐坚，数年之间即成膏腴，于农业洵为有益。该县甫经安谧，田地抛荒者甚多，亟须广求物产，以裕民食。前经本部院委员发交该县苜蓿种四斗，据报业已分散。现在曾否长发？兹据河陕道续解前来，合再饬发。札到，该县即将发来苜蓿种七斗，立即查明境内各村庄未经种麦种秋隙地及沙碛之区，散给各农民，谕令迅为布种，并将利益之处向该农民详加晓谕，俾知踊跃。仍将发过村庄农户姓名开折报复，以凭委员覆查，毋得稍有忽视。切切！此札。

札署布政司

照得豫省今春雨旸时若，二麦倍常丰茂，指日即可收割。但向来刈麦之后遗剩断穗，或装运之时零星散落，附近村庄妇女拾取，原系乡俗之常。至未割以前及临割之际偷割强抢，均干例禁。与其惩办于后，莫若告诫于前。除出示谕禁，将示稿径札各府州饬属照抄遍贴晓谕外，合并抄稿札知。札到，该司立即速饬各府州遵照办理，毋违。此札。

札九府四州

照得豫省今春雨旸时若，二麦倍常丰茂，指日即可收割。但向来刈麦之后遗剩断穗，或装运之时零星散落，附近村庄妇女拾取，原系乡俗之常。至未割以前及临割之际偷割强抢，均干例禁。与其惩办于后，莫若告诫于前。所有禁止示稿，合行札发。札到，该府州立即遵照转饬所属书写本部院衔姓，照抄多张，遍贴晓谕，咸使周知。仍饬将贴过告示处所并照抄张数开折报查，毋违。此札。

札署布政司、五府四直隶州

照得豫省上年被灾各属贫民及鳏寡孤独老幼残废人等，节经本部院先后奏准煮赈展赈，屡经札饬一体遵照，煮至三月底止，接放展赈银两，该贫民等自不致有失所。惟查现在虽已麦收，而老幼残废无倚男妇及无父母收养之幼孩，仍需加意抚养。兹据署中牟县于令具禀前来，除径饬该管府州转饬所属饬藩司转饬各州县遵办外，合亟抄禀札饬。札到，该司府州立即严饬所属各该州县迅速查明，各厂内凡有老幼残废无倚男妇并无父母收养各幼孩，即在城内租赁房屋，捐给米粥，全行收养，务须实心妥协办理，不致一夫失所。仍将遵办缘由先行禀报，均毋玩视违延，致干未便。凛切速速！特札。

卷六　文檄（附告示）

札卫辉府郎守

照得滑县逆匪，现经钦差大臣督率诸军全行剿灭，生擒逆首牛亮臣等，全境肃清。本部院现已行抵封丘，指日按临滑城，筹办一切善后事宜。所有安抚难民，为目前第一要务，合亟飞饬。札到，该府迅将克复滑城之后，查明城内外难民男妇，立即妥为安抚。其有室庐可归者，即令仍回本户；其房屋被贼焚毁、无可依栖者，迅即搭盖棚厂，暂为栖止。仍遵照奏准原案，查明人口，按名先行给发口粮，俾资日食。一面同被贼蹂躏村庄，一并确查实在户数，造册详报，以凭分别恤赈，汇核具奏，毋稍迟延。火速！特札。

札　某　员

照得滑、浚二县被贼难民，业经本部院奏奉谕旨赏给两月口粮。今滑城现已克复，所有蹂躏各村庄必须逐勘明确，方免遗漏，合亟札委。札到，该员立即星驰前往，会同滑、浚二县逐一确切查明被贼村庄户口，分晰开具清折禀报；并查明该县境内如有余匪潜匿，亦即实力搜捕，以净地方。毋得玩视遗漏，致干未便。速速！此札。

札候补知县张溥

照得前此贼匪西窜，经过封丘、延津二县，间赴各村庄抢夺粮食牲畜，经本部院奏奉谕旨一体抚恤。今滑城业已克复，该二县各村庄被扰之家实有若干，自应查明确数，以凭核办。合亟札委饬查。札到，该员立即星驰前往，会同延津、封丘二县，将贼匪经过各村庄被抢粮食牲畜之家实有若干，确查户口，分晰开具清折，禀报核办，慎毋玩视遗漏，有干未便。切切！特札。

札　布　政　司

照得滑县地方，自逆匪滋事以至荡平，已阅三月。浚县逼近贼氛，被贼村庄甚多，小民猝遭蹂躏，室庐资用悉被焚掠，情殊可悯。前经本部院奏准赏给两月口粮，现在时届隆冬，地方甫经安堵，灾黎待哺情形较他处尤为急迫。昨奉谕旨谆谆告诫，总期一夫不致失所，自应钦遵赶办。合亟札饬。札到，该司立即就近督同该道府县及各委员，将克城之后救出难民并被贼蹂躏村庄确查户口，先行散给口粮。其房屋已被焚毁者，搭盖棚厂，以资栖止。一面照依灾例查明造册，另请给赈，并给予修房之费。该二县被贼最重，情形更迫，该司务须仰体皇仁，下恤民命，严饬妥速安抚。倘该县并委员等玩视民瘼，致有流离失所，立即据实禀揭，以凭参办。慎毋违延。速速！特札。

札试用知县余从龙

照得延津县地方，本年未经被旱成灾，嗣因贼匪西窜，由该县经过，各村庄间有被贼抢夺粮食牲畜，业经本部院札委试用知县张溥前往查明抚恤在案。惟该县地方现在粮食是否充足、民情是否拮据、时届隆冬曾否照例设厂煮粥，均未据该署令随时禀报，合行委查。札到，该令立即密赴延津县，确查该县市集粮食是否充裕、民间有无盖藏、应否设立粥厂赈济乏食贫民、其曾经被贼各村庄现在作何安抚，并查明远近村镇，自前此报过抢案之后，此外有无匪棍乘机抢夺之案，一并密访确实，据实禀覆核夺。事关体察民隐，毋稍草率含混，有干未便。特札。

札粮盐道张

照得前此滑县匪徒滋事，封丘、延津、阳武、新乡、获嘉、辉县、林县、考城及兰阳北岸各村庄均经被贼窜过，有焚掠伤人者，亦有仅被抢夺粮食牲畜者，前经奏奉恩准一体抚恤。现届隆冬，被贼贫民栖身无地，食用无资，情堪悯恻。钦奉谕旨，谆谆训诫，自应加意抚绥，俾免失所。合亟札委。札到，该道立即驰赴各该县，督同委员并该地方官，将曾经被贼蹂躏村庄分别轻重，逐一确查人数，遵照奏案，禀请给发口粮。其无房屋可居者，迅速搭盖棚厂，俾资栖止。一面照依灾例查明户口，造册申送，以凭奏请给赈。事关抚辑被贼难民，该道务须详细督查，妥速办理，庶小民咸登衽席，切勿玩视违延，大干未便。火速！特札。

札候选训导耿龙光

该员在军营投效，既蒙钦差总统批准效力，自应办理军营善后事宜。现在滑县附近贼氛被掠村庄甚多，抚恤难民为第一要务，合亟札委。札到，该员即就近会同前委梁直方、张炳林等及该县孟令，逐一查明。如房屋实在被焚，栖止无所，立即搭盖棚厂，并按各村庄查明户口散给口粮，毋使一夫失所。并查明老安、桃园、八里营、李家庄等处有无从逆逃出，余匪潜匿，即于清查户口时留心访缉，不可稍留余孽。至曾经入教而未从逆者，即是良民，应劝谕各安本分，从此改邪归正，毋再被人诱惑，致干重罪。一面将被贼村庄户口造具清册，禀报核办，均毋玩视遗漏，致干未便。速速！此札。

札卫辉府郎守

照得滑县甫经克复，首在全活难民，而渠逆虽已歼除，尤须稽查余孽。滑、浚一带系该府专辖之地，所有善后事宜必须殚心实力，督率妥办，俾得一劳永逸。除札委投效候选教谕耿龙光就近会同原派各员安抚难民、访缉余党、赶紧查办外，合亟粘单飞饬。札到，该府立即遵照，督率各委员派定村庄，饬令会同该县孟令逐一查明。如房屋实在被焚，栖止无所，立即饬令搭盖棚厂，并按村庄查明户口散给口粮，毋使一夫失所。并查明老安、桃园、八里营、李家庄等处有无从逆逃出、余匪潜匿，务期搜捕净尽，不留余孽。其曾入教而未从逆者，应劝谕各安本分，从此改邪归正，毋再被人诱惑，永作良民。一面将被贼村庄户口造具清册，禀报核办，均毋玩视遗漏，致干未便。切切！此札。

一、远近村庄及城内救出男妇难民，应即遵照奏案，查明户口，给放两月口粮。其老幼废疾不能自炊者，现在设厂煮赈。闻滑县南门粥厂就食者甚多，必须照依大口三合、小口一合五勺煮成净粥，按口散放。倘有搀和多水或浮开人数、以一报十、希冀侵冒者，一经访出，官参吏处，决不宽贷。

一、滑县书役势须招募，但滑县东北各村庄被贼者多，其间从逆后逃出潜踪者亦复不少，且前此滑县滋事首逆牛亮臣即系已革县书，此时募用书役，自应倍加慎重。应于西南未经入教各村庄招选诚实良民充当，以襄公事，切勿草率充数，或致余匪混迹，自取重罪。

一、煮赈需用米石，前经专派委员前赴楚旺赶运，现在已经运到若干，是否足敷给散口粮，应即通盘筹画，迅速禀报。

一、匪徒滋事之际，不但蚁聚滑城，其道口、老安、八里营、桃园等处亦多有成股匪党屯扎肆扰。迨至官兵剿捕，岂无临阵脱逃之犯？现在清查户口，必须督饬委员实力稽查，并令地邻指首。倘有直隶、山东及滑县习教从逆之犯，立时擒获审办。如仅止习教并未从贼为逆者，遵照历次谕旨，宽其既往，予以自新，毋稍牵连株累。仍于户口册内逐一注明，俾悔过愚民尽成良善。

札布政司台

照得滑县地方，自逆匪滋事以至荡平，已及三月。浚县逼近贼氛，被贼村庄甚多，小民猝遭蹂躏，室庐资用悉被焚掠，情堪悯恻。前经本部院奏准赏给两月口粮，嗣又钦奉谕旨，令遴派实心任事之员，分赴被贼各州县确实查勘，速加抚恤等因。钦此。均经恭录札饬该司督令赶紧查办在案。兹本部院复于覆奏赈恤灾民、捐廉分设粥厂折内声明，该司现在军营，已令其就近督办。除已抄折札知查办外，合再札饬。札到，该司立即就近督同该道府县及各委员等，迅将克城后救出难民并被贼蹂躏村庄逐一确查，先行散给两月口粮，俾资接济。其房屋已被焚毁者，即搭盖棚厂，以资栖止。一面照依灾例，赶紧查明，造册请赈，并给房费。该二县系被贼极重之区，该司务须认真经理，上体皇仁，下恤民命，严饬赶紧妥为安抚。倘印委各员敢于轻心相掉，致有流离失所者，立即据实严揭请参，毋稍瞻徇迟延，致干未便。切切！特札。

札署归德府通判谢璋

照得考城县境内前被教匪蹂躏，居民多有逃窜。现在贼匪殄灭，被难男妇业俱陆续归里，虽据该县禀报煮粥收养，兰阳河北各村亦经具报设厂抚恤，惟作何安抚，在于何处设有粥厂几座，食粥男妇共有若干，每日作何散放，难民曾否得所、不致颠沛流离，且闻考城与山东曹县连界之处，前有土棍在交界抢掠滋扰，刻下曾否宁谧，均未据该县随时逐细禀闻。本部院念切痌瘝，实深悬盼。前经奏定赏给难民两月口粮，亦须查明户口，早为散给，合亟札委。札到，该员立即束装驰赴考城，会同方令，将该处设厂煮赈章程暨食粥户口及曹、考联界处所有无土棍纠抢滋事之处确查，逐细飞速具禀。一面帮同将被贼蹂躏村庄查明户口，详请给放口粮。现在设立粥厂妥为经理，务使被难各民均沾实惠，得以早安生业，藉免冻馁逃亡。慎勿玩忽贻误，以致复有饥民勾结酿衅，有干重究。速速！特札。

札卫辉府滑县孟屺瞻、浚县朱凤森

照得该二县甫经安抚，现在分设粥厂，难民纷纷就食，必须留心稽查，庶免匪党溷匿滋事。合亟札饬。札到，该府县立即督同各委员地方官留心稽察，并晓谕饥民自相保认。倘有习教从逆之犯潜来厂内，立即当官密首，严拿审办，毋稍疏懈；仍将如何稽察密缉缘由禀覆。切切！此札。

附　告　示

为晓谕事。照得本年被旱被水灾分最重之区，于抚赈之外，复经本部院奏请煮粥赈济，已奉恩准。现在饬据各州县设厂煮赈，本部院率属捐廉给发，俾待哺穷黎咸资果腹，合行晓谕。为此示，仰官民人等知悉：尔等务须咸戴皇恩，并体本部院救全民命之苦心，各矢天良，实力经理，总期男妇老幼放给普遍，不使一夫失所，共尽乃心，聿修厥德。该贫民等亦不得拥挤争先，致有喧哗滋事，有干察究。各宜凛遵毋违特示。

又

为剀切劝导以安民业事。照得豫省连岁歉收，饥民乏食，以致轻弃田产。向值价银数两者，辄以数百钱出售。不知房地为养家之本，一经价卖，必无业可归，颠沛流离，终身无靠。圣天子惠爱黎元，业已不靳数百万金频施蠲赈，又经本部院奏准煮粥两月，以资拯救，现又通饬将粥厂展煮一月，又蒙恩旨展赈一月口粮，并出借籽种以助春耕。瞬届麦熟，当此雪泽优沾之后，自必一律丰收，无虞贫乏。自宜各守田庐，断不可率行轻售，止图一时饱暖，不顾日后饥寒。合行出示劝导。为此示，仰各属军民人等知悉：尔等务各慎保厥产，守此二三月穷苦，以待麦收。万勿受人愚弄，将地贱卖，以致遇丰岁而无地可耕，谋生乏业，自取困穷。各宜猛省凛遵，毋贻后悔。特示。

又

为晓谕事。照得当铺之设，原以便民。该富商等平时既取利于是邦，当此岁歉青黄不接之时，更宜广筹资本，照常典质，庶几有无相通，俾贫乏之家暂济一时之用。近闻各处当商多有停当候赎，掯勒居奇，且有将资本贱买房产什物，以图重利者，则是该商为富不仁，非公平贸易之道。合亟出示晓谕。为此示，仰各当商知悉：尔等务须共发天良，多方筹措，凡遇贫民携物至铺，照常秉公典质，既可以权子母，亦可以济困穷，毋得饰词停当，重困吾民。咸宜凛遵毋违。特示。

又

为严禁遏籴以安灾黎事。照得商贩贵乎流通，有无必须共济。豫省连岁歉收，开归、陈、许一带被灾尤甚，以致种麦之地较少。惟南、汝、光及河北三府上年尚属有秋，所种二麦甚广。入春以来，雨雪应时，土膏滋润，麦苗现俱秀发，转盼可望丰登。顾小民无知，每存此疆彼界之见，往往因邻境贩运粮食，恐致本邑价昂，勾串劣监刁生具呈遏籴。地方官不知大体，竟有被其所愚，遽尔出示禁阻，以致匪徒结党成群，沿途讹诈勒索，甚或酿成拦抢截劫。种种弊窦，不一而足。该州县止知一邑之民为民，亦思圣明在上，四海一家，何莫非朝廷赤子，忍令邑有余粟而邻有饿殍，实属大干功令。除檄饬各府州一体访查外，合亟出示严禁。为此示，仰绅士军民人等知悉：嗣后如遇商贩至境，无论米面麦豆，俱任随时贩运，不得违例阻挠。倘敢纠众拦抢讹索，或被告发，或经访闻，定即提省严审究办，决不稍宽。各宜凛遵毋违。特示。

又

为晓谕事。照得豫省上年水旱相仍，灾地较广，不但无业贫民情形困苦，即有产之家秋收失望，亦皆有匮乏之虞。仰蒙圣天子念切民艰，频施抚赈，下全民命，上格天心，今春雨旸时若，暄润得宜，二麦倍常丰茂，指日即可收割。查向来刈麦之后，田间遗剩断穗，或装运之时零星散落，近村妇女携筐拾取，原系乡俗之常。至于未割以前及临割之际偷割强抢，均干例禁。况今岁乡农盼望收成，比之往年尤切，若不预行饬禁，诚恐愚民无知，贪图小利，自罹法网。合亟出示晓谕。为此示仰阎〔阖〕属军民人等知悉：尔等当此转歉为丰之候，务各敬感天恩，勉为良善，有业者收麦之后节省盖藏，以备缓急，无业者趁工觅食，谨守法度。其田野零星散麦，俟业户收割遗落，方许拾取。倘敢故违禁令，私窃强抢，一经业户禀首，立即严拿，尽法究惩，断不姑宽。各宜凛遵。特示。

卷七　详禀

布政司台详禀

为查明睢汛下游漫水情形，详请奏恳圣恩先行抚恤缓征以恤灾黎事。窃照睢州下汛二堡漫工，经本司驰赴该处，派员携带银钱，雇船扎筏，散馍抚恤，业经奏明在案。叠次钦奉谕旨，著本司认真经理，加意筹办，将灾区应办事宜自行具奏等因。钦此。本司遵即由卫辉军营交卸护抚印务，驰回漫口处所，督率各委员及该管府州县顺流查勘。宁陵县正当口门下游，大溜顶冲，被淹较重。因水来仓猝，势甚汹猛，冲塌护城堤埝，灌注入城。城墙倒塌一面，衙署、仓廒、监狱均已冲没，仓谷漂失，监犯救出移禁，民田庐舍多被冲塌，并有伤毙人口。睢州系分溜下注，被淹次重。城垣间断冲塌，民田庐舍亦多淹没倒塌。其商丘县西南及柘城、鹿邑二县之东北各乡庄低洼地亩，均有旁溢倒漾之水，被淹较轻。水围居民均已渡出，移住高阜，搭盖席棚栖止，并散馍饼，暂资餬口，不致失所。应请奏恳皇上加恩，将宁陵、睢州、商丘、柘城、鹿邑被水各乡庄抚恤一月口粮，内除睢、宁、柘、鹿四州县先因被旱业经奉旨缓征外，其商丘县现在被淹村庄虽属无多，而本年秋收歉薄，四面毗连灾区，民力不无拮据，应请奏恳恩施俯准，将商丘县应征钱粮加价一体缓至来年秋后启征，以纾民力。除俟查明被灾分数应行蠲缓给赈分别另详请题，并将坍塌城垣、衙署、民房次第筹款给修外，所有查明睢汛下游漫淹情形及筹办抚恤事宜，业经本司遵旨具奏在案，候奉朱批，另当呈请咨部外，理合详报。

布政司台详禀

案奉宪札，嘉庆十八年十月二十一日接奉上谕：本年河南祥符等五十八厅州县及荥泽、孟县各村庄被旱，已加恩分别蠲缓赈恤，小民餬口有资。惟念来春青黄不接之时，民力不无拮据，著传旨该抚等体察情形，如有应行接济之处，速即查明，据实覆奏，务于年内奏到，候朕新正降旨加恩。再，河南睢州漫口下游州县被水，来春应否接济之处，一并查明附奏。现在被贼蹂躏各州县，除酌量抚恤外，来春有应行接济之处，事定后，俱著一体详查具奏，候朕施恩等因。钦此。钦遵。札行到司，转饬查议去后，兹据各府州陆续查明禀覆前来。伏查豫属本年水旱灾区，业经分别轻重蠲缓抚赈，贫民餬口有资，感戴圣恩，莫不同声胪颂，民间极为安贴。兹复仰沐鸿慈垂询，自当推广皇仁，酌筹接济。应请将本年秋禾被旱成灾之祥符、陈留、杞县、通许、中牟、兰阳、仪封、郑州、禹州、新郑、尉氏、洧川、鄢陵、密县、裕州、叶县、太康、扶沟、许州、临颍、襄城、长葛、汝州、郏县、宝丰、伊阳、鲁山，被水之宁陵、睢州、鹿邑、柘城、商丘各村庄共三十二厅州县业经抚赈，惟明春青黄不接，民力拮据，应请无论极次贫民，展赈一个月。又续奏秋收歉薄之洛阳、偃师、巩县、登封、光州等五州县及荞麦被霜之阌乡、西华、项城、郾城等四县极贫下户，明春酌赏一月口粮。又勘不成灾之虞城、安阳、汤阴、临漳、林县、内黄、武安、涉县、汲县、新乡、获嘉、淇县、辉县、延津、封丘、考城、河内、济源、原武、修武、武陟、孟县、温县、阳武、孟津、新安、渑池、舞阳、上蔡、西平、信阳、罗山、淮宁、商水、沈丘、光山及荥泽河北三堡村庄共三十七州县，业经奏准缓征新旧钱漕，应请明春酌借籽种口粮，以资接济。又被贼蹂躏之浚、滑等处及现在被贼各村庄难民抚赈，统俟平定后分别办理。理合详请具奏。再，豫省大河南北各州县连年歉收，无业贫民及老幼残疾鳏寡孤独觅食维艰，饥寒交迫，情殊可悯。应请附片奏明，酌动常、社仓谷，设厂煮粥两个月，以资存活。事竣归于赈案报销。总期实力奉行，闾阎安堵，以仰副圣主轸念灾黎恩施稠叠之至意。理合详请核奏。

布政司台详禀

嘉庆十九年正月二十六日蒙宪台札开：照得豫省上年水旱成灾各州县，于抚赈兼施之外，复又煮赈两月，以资灾黎口食。但本年二月逢闰，青黄不接之时，相距麦收尚远，必须另筹接济。业经本部院奏明捐廉银一十一万，均匀拨给被旱被水成灾各属，采买粟米，接续煮赈。已奉朱批，饬令实心经理。现查各属煮赈，有具报于上年十二月初旬，开厂者，扣至二月初旬，已满两月之期，应即将捐廉煮赈赶紧饬令接续办理，以免延误。合亟札饬。札到，该司即便遵照查明被旱成灾各州县被灾情形，核计现放粥厂人口用米之多寡，以定分派捐项之等差，通盘筹画，将某州县应派给捐项若干，所需银两，各处未经捐解以前如何筹款垫发、催完归补，刻日一并妥议具详，以凭核明，饬遵接办。至各处煮赈，有具报于上年十二月初一日开厂者，亦有十二月中下二旬及本年正月始行开厂者，先后不能画一。此案系于上年十二月初十日奉到谕旨，今酌定据报二月初十日以前开厂各处，俱令作为十二月初十日起，以符奉旨原案。其有禀报十二月中下二旬及本年正月初旬开厂者，仍各照所报日期，扣足两月，再行接办捐赈。该司并即明晰分饬遵照，俾免参差，均毋稍延。速速！等因。蒙此，本司遵查上年祥符等三十二厅州县旱灾、阌乡等四县续灾、宁陵五州县水灾，共计四十一属，除腊、正两月煮赈系奉奏准酌动常、社仓谷，并蒙札谕先尽绅商捐输，其河北附近滑、浚各属并祥符、兰阳、仪封等属所辖北岸各村庄另归抚恤案内办理外，此次捐廉银十一万两，遵循宪奏，应拨水旱灾区四十一属采买粟米，于二月以后接续煮粥散放。兹蒙札饬核计粥厂用米之多寡，以定分派捐项之等差，并荷录发清单，俾得勾稽确核。本司谨就各该州县现开日用米数，综计月需，详查司档，逐加厘剔，敬缮清单，恭呈鉴定。惟查接济捐粥日期应在二月以后，前此腊、正两月煮粥先后开厂日期参差不齐，由于各灾区放赈事竣迟早不一，应请饬令据实从各该州县开厂日起，扣足两个月期满，再将奉拨捐项赶紧买米，接续煮放，庶分案分期分款可得截核。至于采买粟米，市集价值早晚不同，以市斗十二筒半合之仓斗十筒，价值又有低昂。现有据报添设粥厂及续报收养大小口数，恐有不实，当再严查，殊难一律定准。所有单开拨给银数，系按粟米每石市价三两三四五钱零约计之数，至其买米多寡，接煮一月，或竟有余，抑或不足，总令尽此拨给之数，据实买米支放，事竣开报，不致再有津贴采买之累。至粥厂务在救饥，各属议请多设厂所，俾免远道跋涉，是为尽善。若并期散谷，易滋流弊。总在各牧令委员钦遵圣训，竭尽心力，因地制宜。一粥虽微，生命有系。若复有胶执私意，希图草率了事，怠于煮放，图惜小费，并期散谷散钱，致有浮冒滋弊，一经访察得实，定当揭参，为玩视民瘼忍心欺饰者戒。是否有当，理合详请鉴核，批示饬遵。

布政使台详禀

顷奉谕函垂询：展赈分别轻重，搭给本色，是否可行？此外被灾最重之州县应作何搭放？迅即悉心筹酌，禀覆饬遵。祥符现余银米，新设三厂酌煮二十日，城关及朱仙镇各厂格外再煮十日，俟新旧各厂一并完竣，即派员帮同接放展赈，似较妥协。至陈留等厅州县，闰月初四五至初十亦俱先后届满。现在天时尚冷，粥厂骤停，必至前功尽弃，迅饬各该厅州县设法多煮旬日，俟领到展赈可以散放之日，再行停止等因。仰见轸念民生加惠黎元之至意。本司遵查被灾各属粥厂，开放早迟不齐，间有在后添设之厂，扣计期满，亦属先后不一。现当闰月之初，正值青黄不接，天时尚冷，贫民觅食维艰，粥厂诚难遽撤。若因接煮期满，一旦骤停，仍不免有冻馁转徙之虞，诚如宪谕，必至前功尽弃。若令一律多煮旬日，亦尚觉先后参差，难于一致。本司悉心查核现办粥厂各属，有禀明筹捐者，有请动常平仓谷事后买还仓者，各地情形不同。应请通饬被灾处所，各按旧厂原定章程，无论期满先后，概行展煮至闰二月底，察看情形，再行截止。如宁陵等县原扣计至三月初间期满者，毋庸再议加煮。其中有多煮二十余日及半月有余并不及十日半月者，各按开厂添厂日期接算，遵照宪颁折式开报，毋许稍有混淆。所需粥米，先尽捐项余赀办理。如果实有不敷及地居至瘠无可筹捐、禀准酌动常平之州县，应准照所需米谷确数，仍动常平，统于秋成后责成该牧令捐赀买补归仓，以符原议而杜虚冒。其展赈一项，现在另详申请给发，勒限本月中旬造册赴领银两，赶紧捶剪散封，于三月初旬一律示期散放，则贫民全活，咸戴鸿施。如蒙俯允，即当通饬遵照。是否有当，肃泐禀覆。谨禀。

署河南布政使司按察使诸详禀

为酌筹散放展赈章程仰祈鉴核饬遵事。窃照上年水旱成灾各属，蒙宪奏奉恩旨展赈一月，并奉宪檄，以瞬当粥厂停撤之期，务于三月初旬赶紧散放，以资接济。且因上年散赈之后，迄今已阅四五月之久，各属灾民或已他出，或已病故，自应详细复查。即飞饬有灾州县，将前查各户会同诚实委员逐一复查，将外出病故各口扣除，如有归来之户，即行添入，核明实在应领银数造册，于二十日前后赴司领回，以便三月初旬散放等因。仰见宪慈指示周详，无微不至，实深钦服。本司于本月初六日任事后，当经飞饬查办，并将遵办缘由详覆在案。现计为期已迫，而各属户口花名细册屡催未齐，自因户口较多，查造未能迅速。即现有数处申送，亦系笼统总数，难凭稽核。穷黎待赈孔殷，若再辗转驳查，未免复需时日。因思各属灾民户口，上年既经查有确数，现在虽有增减，度亦不甚悬殊。本司再四熟筹，莫若随查随放，可期妥速，且免遗滥之弊。应请各照上年加赈户口应给一月银数先行给发领回，赶紧捶剪，一面飞饬各该管府州，督率所属，会同委员，于分赴各处散放时就便悉心查察。如有本户携眷外出及病故之口，即行扣除；其闻赈归来者，即将扣除之项补给。俟散放完竣，核明扣除补给之数，有余解还司库，不足再为找领。仍各令出具切结，并于册内将村庄户口银数详细造报查核。本司仍将散过银数遍为出示晓谕，并委员抽查，以杜冒滥。似此随查随放，庶户口均归核实，吏胥既无从弊混，而穷黎亦得早资接济，以冀仰副宪台轸念灾区，务期办理妥速，不使稍有遗滥至意。是否有当，伏祈训示祗遵。

署河南布政使司按察使诸详禀

案照各属粥厂，经台前司详定，一律至闰二月底察看情形再行撤厂。奉允通行，饬遵在案。本署司详加察看灾重之区，食粥人数尚多。若一旦撤厂停煮，老幼残弱之人尚觉难于觅食。除灾轻各地，饬令各该地方官自行酌办外，其被灾较重之祥符、陈留、禹州、新郑、郑州、许州、临颍、襄城、长葛、叶县、宁陵、睢州十二处，应请再行展期煮赈至三月十五日为止。所需粥米，禹州现有捐赀可动，应令先尽捐项用完，再行凑动仓谷外，其余各县，应准一律暂动常平，碾米煮放，事竣计数捐买还仓。除通饬遵照外，相应详请鉴核批示饬遵。

署河南布政使司按察使诸详禀

案照各属粥厂，前蒙奏明公捐养廉银一十一万两，于二月以后分给买米，接续煮放。经前升司详定章程，通行遵办，并蒙节次派委道府大员往来查察，各属灾民悉得计口授食，果腹有资，感诵皇仁宪德，实已浃髓沦肌。现计截至闰二月底及三月初旬接煮之期，先后届满，即当接放恩加展赈，益可实惠普沾。复蒙宪台轸念灾重之区尚须宽为接济，饬令再行加展煮赈半月，俾穷民得以度至四月中旬。彼时已届麦熟，自可无虞失所，仰见宪慈拯济灾黎有加无已至意。惟查前此公捐银款，因米价昂贵，人数众多，一切柴薪经费，办理已觉□支，复因祥符地方辽阔，于城关设厂之外，又于距城较远之赤仓等处添设各厂，以致原领银数不敷，势须筹项找给。兹复议灾重之区再行展煮半月，本司通盘筹计，至三月十五日止，除禹州地方绅士捐项较多，是否敷用，核实办理，其仓贮充裕州县，仍照节次详定章程，准其酌碾常漕谷石，俟秋成各照市价捐买还仓外，其贮谷较少灾重之区，自须续筹捐款，以便给领接办。应请除州县免其续摊，再于司道府养廉内续捐银一万二千两，核实分拨前次不敷及现在加展半月不能复动仓谷各州县，领回买米接煮，俾穷黎益资果腹，而经费亦无虞短绌。是否有当，伏候鉴核，训示饬遵。

开封府昌守禀

窃照豫省本年被灾较广，歉收之区亦复不少，其被灾州县虽抚赈兼施，而因荞麦无收，市集粮价日渐昂贵。且现值隆冬，又兼岁歉，穷乏贫民以及过往乞丐较之往年定必倍多。若照向例责令地方官捐赀煮粥，诚恐力有未逮，自须另为筹办，实惠及民，应请仍照煮赈章程办理，以示矜恤。祥符县地居省会，人户较多，过往乞丐亦复不少，其应需煮粥米石，即在奉拨荥阳等县协济漕粮米内核实动用，分设多厂，妥协办理外，其余各州县准令动用仓谷，粥谷兼放。但各州县所动谷石，必须示以限制，以杜任意开销，并须预备来春借粜之需。被灾较重者，准其每日动用谷四十石；被灾较轻者，每日动用谷二十石。自十二月初一日起，至来年正月底止，在于城乡设厂散给。所需一切经费，悉令地方官捐办，仍将收养贫民人数及动用谷数，按五日具报查考。其煮粥谷石既定限制，不能多用，尤恐不敷支放，遍及于民，惟有仰祈宪台颁发告示，一面劝谕大户富商，有谷者劝令出谷，有财者劝令乐输，各顾各村，按户周济，并令公举诚实绅衿董司其事，将所捐钱谷逐一登记，不经书役乡地之手。事竣呈明本官，查核转报。各宪按照捐输多寡，分别奏请赏给职衔匾额。倘有贪利囤积，仍当照例示惩。如此妥为办理，在有力者费惠无多，可保身家而邀奖誉；安分饥民亦得餬口有资，不致饿毙。即无赖不法匪徒，或可望其回心知感，免罹法网。是否有当，理合具禀，仰祈察核批示，并请通饬各府州转饬各州县一体遵照，妥协办理。谨禀。

加府衔前任开封府下南河同知张坛、署祥符县知县候补知州王祁禀

窃卑职坛于本月十六日接奉钧札，以祥邑每年隆冬，尚有设立粥厂，收养贫民，兹据该县折开设厂之处，除城内药王庙一处，恐有匪棍混入城内，未便照旧设厂外，所有南关等处是否堪以设厂，饬即确勘禀复等因。卑职坛遵即赴县，会同卑职祁逐处确切查勘。缘祥邑每年隆冬，向于宋门内之药王庙设立粥厂一座，收养五关九隅老幼残废赤贫妇女，并于南门关厢及朱仙镇之三皇庙各设粥厂一处，收养各该处附近贫民并外来乞丐，历年办理在案。兹卑职等悉心会商，本年旱潦相继，麦秋均属歉薄，饥民较前更多，且滑邑贼氛未靖，随地奔窜，防范益宜严密，诚如宪谕，恐有匪棍混入城内。所有宋门内药王庙粥厂未便照旧设立，以杜窜匪溷迹滋事，但九隅五关妇女每年赴厂领粥，习以为常，现届隆冬，无不嗷嗷待哺。今若裁汰，未免向隅，又不便令其扶老携幼，远出城关，男女杂沓赴厂就食。卑职等现拟仍饬各该管乡地，照旧查明赤贫妇女名口，散给执照，遵照灾赈成例，分别大小口，给予本色粟米，自行煮食，以资存活。其南关并朱仙镇三皇庙二处，均系宽厂地面，且城关内外俱有兵勇设卡巡防，足资弹压，应循旧章设厂煮粥，收养各该处附近贫民。至外来乞丐及被水被贼附近村庄避难贫民，流离载道，值此严寒，无衣乏食，情堪悯恻，自应急为抚恤，俾灾黎不致失所。已于曹门关距城二里之十方院、北门关距城三里之天王寺、西门关距城一里之朝阳宫查勘，各该处地方均属空旷，离城既远，四围又无民居，俱经卑职祁搭盖棚厂，一律煮粥收养。仍详请每厂选委佐杂一员，赴彼给放稽察，严禁书役人等克减情弊，并选派妥干丁役在彼管束巡查，不使滋事。如有病故回籍，照例分别大小人口，给予埋葬路费；一面严饬城关各乡地，凡有沿街求乞及裸体贫男，概令出城分投各厂，按日领粥，俾免在城乞讨，以期仰副矜恤穷黎、抚靖地方至意。缘奉札饬，合将查明南关等处均堪设厂分别收养本地及外来各贫民缘由，开折肃泐具禀。

署杞县知县甘扬声禀

窃照案蒙本府转蒙宪札，以卑县本年被旱成灾，虽经抚恤赈济，但时值隆冬，乏食贫民恐不免饥寒交迫，饬即倡捐廉俸，并劝谕绅士商民量力捐资，或酌动仓谷，设厂煮粥散

赈，以资餬口等因。仰见念切民生诚求保赤之至意。卑职遵即捐廉并遵饬动碾仓谷，于十二月初三日起，在四关设厂煮粥。凡系无业贫民、鳏寡孤独、过往乞丐，分别收养，准其食粥。卑职同委员俞经历亲身在厂稽查，逐日散放。各贫民口食有资，均各安贴。所有开厂日期、收养名口，均经先后禀折申报在案。卑职一面劝谕各绅士商民量加捐输，在四乡分设粥厂，嗣据绅士商民等陆续共捐输钱四千六百余千。惟是四乡距城较远，煮粥维艰，恐致徒滋靡费，卑职再四熟筹，惟有改为钱谷兼放，按名一总散给，俾乡僻贫民便于食用，免其跋涉，似觉有益。卑职即将各绅士商民捐输钱四千六百四十一千八百文，并前奉本府捐发银一百两，易换钱文，卑职又捐廉买谷二千三百五十石，在四乡分设八厂散放。查明实系鳏寡孤独乏食贫民，每名散给钱一百文、谷五升。自十二月二十五日开厂起，至二十七日止，所有钱文谷石均已悉数散完，查计贫民共有四万七千名口。系卑职同俞经历并卑县典史、教职、武弁亲身在厂稽察散给，乡地人等并无侵蚀克扣情弊，委属各贫民均沾实惠。至四关粥厂收养贫民乞丐，现仍按日散给。俟来年春融二月，听其各自谋食。卑职具有天良，睹此贫民饥寒交迫，均系实在认真办理，不敢稍有捏饰。除将捐输姓名钱数并领过钱谷、贫民户口分别造册具文申送外，所有散给四乡贫民钱谷俾资食用缘由，理合肃禀。

署杞县知县甘扬声禀

本月十八日接祥符王令来札，传奉钧谕，饬将分设粥厂，实心经理等因，仰见念切灾黎叮咛告诫之至意。遵查卑县前蒙宪饬，当即捐廉买米，并动碾仓谷，于关厢适中之处分设四厂煮粥，逐日散放。复恐乡僻小民艰于就食，一面劝谕绅民捐输钱文，并自买谷石，在四乡设厂，按名散给钱谷，节经禀报在案。昨蒙捐发银两，卑职遵复添买米石，于二月初接续煮粥。凡属乏食穷民，均予给食。各灾黎无不同声感颂皇仁宪德。现在粥厂，系卑职率同典史、教职亲身稽查，按日给放，均系本境贫民及过往乞丐，无外来奸匪混迹其中。卑职屡蒙训示谆谆，具有天良，自应实心经理，曷敢稍存玩视，自干咎戾。至卑境民情极为宁静，合将遵办缘由谨禀。

署杞县知县甘扬声禀

二月二十六日接奉本府札，转蒙宪谕，以路经卑县之清水营地方察看民情，较之他处拮据尤甚，饬即妥为查办等因，仰见痌瘝在抱念切灾黎之至意。遵查清水营系卑县人和社村庄，东界睢州，北界仪封，距人和社三里。卑县自本年二月初四日起接续煮粥散放，设立粥厂八座，内有双塔集粥厂一座，距清水营不过十里。所有清水营贫民，每日赴双塔集粥厂食粥。兹奉札饬，卑职即于闰二月初一日拨亲信家人照应，在人和社添设粥厂一座，查明清水营乏食贫民，即按名补给粥票，令其就近赴人和社粥厂食粥。卑职仍不时赴该处查察，实力实心，妥协办理，以期仰副诚求保赤之德政，断不敢稍事捏饰，自干严谴。所有添设粥厂缘由，理合禀覆。

署杞县知县甘扬声禀

三月初五日，接祥符王令来札，以面奉钧谕：刻下相距刈获二麦之期尚有月余，饬令再行展煮粥赈半月，并加意掩埋尸骸，毋任暴露，嘱将实在办理情形禀覆等因。遵查卑县上年被旱灾荒，仰蒙皇仁宪德，抚赈兼施，继以粥厂，叠奉檄饬收养幼孩，掩埋路毙，施舍避瘟丸散，捐发菜子，教民播种，凡所以利益民生、保全民命之事，无不悉萦慈廑，指示周详。卑职凛遵训谕，实心实力，业经次第举行。昨因原续煮粥期满，相距麦收尚需时日，故又捐廉买米，续再展煮粥赈半月，截至三月二十日停止，始行接放赈银，俾灾民口食有资，得以接至麦熟，前经具禀在案。并遵札配制避瘟散，无论城乡市镇，遍行晓谕施散，遇有疾病，服此药而痊愈者不少。至春初瘟疫时行，间有路毙，当经卑职谕令乡地，协同巡役，随时挨查。间有据报路毙穷黎，即捐给棺木，召亲领埋。其无人认领者，即深埋义冢。兹蒙前因，卑职益当竭尽愚忱，周历稽查，务使食粥贫民均沾实惠，关厢原野无令暴露尸骸，以仰副拯救生灵泽及枯骨之至意。所有卑境二麦，现在长发畅茂，晴雨应时，闾阎欣忭，知廑宪怀。合再肃禀。

署祥符县知县候补知州王祁禀

上年豫省旱涝成灾之后，继以剿匪军兴，无业贫民乞丐在在饥寒。仰蒙救全区处，夙夜持筹，凡流离无告之情形，皆寝梦不忘之心事，爰于国赈既优之后，续陈捐廉煮粥之章，清俸频颁，率吏僚以集腋，储糈恐乏，筹浥注之良方，蔼牍星驰，慈云春盎，方之古卿相固本宁邦、化民成俗之道，实有过之。用是下吏殷绅，无不各发天良，争襄善举；哀鸿泽雁，悉皆顿苏涸鲋，共上春台。比来瑞雪盈郊，青葱遍野，无分遐迩，歌起葭蓬。卑职弱质庸资，趋公省邑，幸同灾歉生灵。睹太平景象者，何莫非亮节清风、与人为善之感召也。感铭佩颂，文纸难宣。所有卑县劝捐事宜，自蒙告诫谆谆，悉经凛遵谕言，延集殷实绅商，当面传宣宪示，奖劝兼施，未敢稍加抑强。已捐数目，多寡不一，统俟事竣核明出入，开折呈电，听候分别示奖。惟其中有本邑附生石麟昭首先捐银三千两，虽系地方大户分应办理之事，但该生年甫十八岁，历事未久，竟尔为富能仁，率乡取义，上体皇仁宪德，下全颠沛流离，风义可嘉，不敢壅于钧听。可否仰恳恩施附奏，酌予梯荣，俾该生得以青衿仰邀甄叙，一身有耀。天恩既出自公题，阖邑腾欢，民俗益归于敦厚，渐仁摩义，声教常昭，懦立顽廉，休风益溥。卑职缘为奖励好善绅士起见，肃具寸禀，并开该生年岁履历，恭呈察核。

通许县知县陈书升禀

窃卑县上年秋禾歉收成灾，正赈之外，十二月接奉钧札：当此隆冬，穷黎饥寒交迫，请捐放粥赈两月，收养穷黎。近者捐廉买米，设厂给粥，远乡蒙拨常平仓谷二千石散放，以资存活等因，遵办在案。并蒙宪台捐廉奉发银一百两，本府捐廉奉发银一百两，卑职捐廉银一千两，盐、当商人捐银四百两。卑职将银交付首事李法曾等买米二百九十余石，卑职又捐廉买米二百石，在于卑县城外东北三义庙、刘将军庙分设粥厂两处，每日煮粥散放穷民乞丐，四乡遵照，半月一次散给谷石。自上年十二月十五日开厂起，截至十九年二月十五日止，两个月届满。兹奉宪台札饬，奏请捐廉加展一月，接续散放，仰见轸念穷黎有加无已之至意。凡彼哀鸿，得兹加赈以济青黄不接，靡不欢欣载道，同声感激。惟是前赈两月计算，仅有十日届满。所有续加一月城厂二处，男妇穷民流民乞丐每日共二千七百七八十口，内大口二千四百三十余口、小口三百四十余口，每日计需米八石有零，一月共需米二百四五十石；四乡穷民共一万零五百六十八户，内大口八千三百六十余口、小口四千四百余口，一月大小口共需米九百五十一石一斗二升。现奉加展一月，城乡共需米一千二百余石。为期促迫，必须先期赶紧购买，以备续放。卑职现在无项可筹，仰祈俯赐拨款给发，以便分交首事采买米谷，以资接济。千万穷黎感荷恩施无既矣。肃此具禀。

通许县知县陈书升禀

窃照卑县捐设粥厂，接济饥口，于二月十五日已届两月期满。仰蒙宪恩公捐养廉酌发卑县银四千六百两，再行买米接续煮赈一月，饬令于四乡适中之区添设厂所，以便远村贫民就近领食。卑职即经赶购米石，晓谕遵照办理。据四乡地保耆民郭敬、张振如、戴明智、周国栋等联名呈称，缘通邑上年被旱成灾，荷蒙勘详奏请先行抚恤一月口粮，嗣于大赈放竣之后，又叨捐设粥赈两月。现在复感上宪鸿慈，公捐廉俸，再行煮粥一月，灾区穷黎赖以存活，莫不鼓腹讴歌。惟去秋之抚恤与前次捐设两月粥厂，均系近城吃粥，远乡领谷，甚属安贴，民皆称便。今此次接煮一月之粥，现蒙示谕，于四乡适中之地添设厂所，一体按日给粥，自应遵奉施行。但四乡地方辽阔，即于适中地面添设数厂，在近村便于领吃，而远庄亦不免有十数里之遥。老弱妇孺，每日清晨仆仆道途，未能果腹，先行委顿。宪仁固属体恤灾黎，而灾黎转有未便之情形。似不若仍照上年抚恤及前次粥厂章程，近城吃粥，远乡折给谷米，按五日一次散放。穷民自顾口食，糠秕亦得养生，不致虞其花费。且有更可虑者。若四乡添设粥厂，则邻近之乞丐流民即不全赴城厢吃粥，势必就便各就乡厂领食，日聚日多，其中奸良莫辩〔辨〕，查察难周，恐有匪徒溷迹其间，勾结地棍为害村庄，则被灾之赤子岂不更受扰累？为此不揣冒昧，公恳照旧散给，深为德便等情。据此，卑职复查添设乡厂，据称灾民转有未便，且恐邻境流丐聚积日多，奸良莫辩〔辨〕，查察难周，虑有匪徒溷迹为害，虽属实在情形，但可否因地制宜，俯顺舆情，仍照前次粥厂章程，近城逐日散粥，远乡照旧按五日一次折给谷米，权宜办理之处，卑职未敢擅便。除城关各厂仍于十五日起接续煮粥外，理合据情禀请核示遵行。

署归德府通判谢樟禀

卑职接奉钧札，饬查粥厂及掩埋路毙等因。卑职即于初五日驰赴通许。查该县仅于东、北两关设立粥厂二处，其东厂给票不过一千余口，外有流民乞丐，每日七八百口不等，北厂不过九百余口；其余四乡，一概放米。陈令因绅士、地保纷纷具呈，以为民便起见，然一经折放米谷，又恐绅士、地保捏名混冒而灾黎不能均沾实惠。莫若仍照宪谕，于四乡适中之所分设粥厂，便民就食。当此青黄不接之际，多设一厂即多活数千人。卑职沿途细访，众口同声，即于初六日出示晓谕，不准领米，概行煮粥。限三日内，于东、西、南、北各大镇添设四厂：一在长智集，城东十五里；一在底阁集，城南二十五里；一在树冈集，城西二十五里；一在朱砂冈集，城北十五里，连东、北两关，共设六处煮赈，俾灾黎便于就食，绅士乡保无从冒领，则阖邑贫民似可无虞失所矣。卑职并派教谕王育贤、训导郭文煜、典史王士琦，又陈令官亲一名，分管四乡各厂，卑职兼管附郭两处。俟陈令回署，再行四乡巡查许口若干、每日用米若干，另行禀报。至于蒙谕掩埋倒毙尸骨，卑职一路留心查看，谨遵宪谕，广积阴功，当即捐赀雇夫，饬令家丁，眼同衙役，分路巡查，随时掩埋。初六日周城二十余里，共埋去十五个。其四乡路远、耳目所不能遍及者，亦经出示悬榜，饬令地方禀报专差掩埋，庶免尸骸暴露，足以仰体轸念灾黎泽及枯骨之至意。所有添设粥厂、掩埋路毙缘由，合肃具禀。

署归德府通判候补同知谢樟、开封府通许县知县陈书升禀

窃照前奉宪札，饬令展煮半月粥赈，再行接放恩加展赈银两。卑职樟当即会同卑职书升遵照办理，仍复城关四乡分设六厂，即于三月初八日开厂煮放。已将遵办缘由并按五日一次将各厂领粥户口、用过粥米数目分晰开折，先后禀报钧鉴在案。兹卑职等伏查，展煮半月粥赈，自初八日起，至二十二日又届期满，自应撤厂接续散放加展赈银。惟查二麦现虽陆续扬花，其结实成熟尚在四月望间，若此月停止粥厂，即放恩赈银两，计于月底均可完竣。则四月望前，距麦收之期尚有半月，灾黎口食无计接济，仍恐难免复有饥饿之虞。且自去冬散竣正赈之后，即捐设粥厂接续煮至于今，穷民得以藉延性命，不致失所流离，皆出自皇仁宪德之所致也。今仅缺此半月，卑职等若不设法调剂，未免功亏一篑。卑职书升拟于本月二十二日期满，再捐展煮至月底三十日止。与卑职樟彼此筹商，意见相同。至四月初一以后，即续接放恩赈，庶贫户日食有资，直可接至收麦之时，无虞饥馁。所需展煮八日粥米，仍请借动常、漕二仓谷石，暂行碾用，按五日一次开折报明，秋后统归卑职书升捐买还仓。至于各厂煮粥柴薪以及夫役饭食经费，均系卑职书升自行捐办，不敢吝惜。是否可行，合将卑职等会商捐办再展八日粥赈缘由联衔具禀。

尉氏县知县汪景焯禀

窃查卑职展赈粥厂，前经禀明展至本月初五日停止，仰蒙钧鉴在案。惟查现在食粥贫民，每日共计大小五千余人，均属赤贫无倚。此时相距麦收尚远，若将煮厂停止，各该贫民艰于谋食，均有枵腹之虞。卑职仍捐廉购备米石，仍行照常煮赈，展至本月十五日再行停撤，俾贫民咸资果腹，得以接至麦秋，以冀仰副轸念穷黎夙夜筹劳之至意。至收养男妇贫民及幼孩等，仍照前禀，至四月初旬再行遣回。合并禀闻。

试用知县王曾澍、署洧川县事试用知县夏琳禀

窃查前奉宪札，腊、正两月放煮之外，奏明通省捐廉煮赈一月，卑县奉发银三千两。当经卑职琳领回采买米石，于二月十七日会同卑职曾澍接放捐粥，起至闰二月十六日一月期满止，共放过饥民流丐大口二十三万九千八百十二口、小口十一万七千三百八十三口，大口用米三合、小口减半，共用米八百九十五石五斗一升五勺。卑职琳前领银三千两，按照核定时价每石三两四钱，共买米八百八十二石三斗五升三合，计不敷米十三石一斗五升七合五勺，业经卑职琳捐廉备买，毋庸再行请领。嗣奉宪札，饬令粥厂无论期满先后，概行展至闰二月底止。因卑县并无捐项，当经禀明遵照札饬，酌动常平仓谷，自闰二月十七日接放展粥起，至月底止，计十三日，放过大口十万三千八百七十六口、小口五万一千五百七十一口，共用米三百八十八石九斗八升四合五勺，动用谷七百七十七石九斗六升九合。俟秋成，仍由卑县捐赀买补还仓。至展赈银两，现在已蒙饬发，卑职琳即当赶紧散放，务使无滥无遗，俾灾黎均沾实惠，以仰副告诫谆谆之至意。所有接放捐粥及展粥缘由，理合会禀查核。

鄢陵县知县刘澍禀

窃卑职接奉宪檄，饬将捐廉设厂煮粥收养贫民展至闰二月底为止，再行停撤等因。业将遵办缘由禀覆在案。今展煮期满，卑职已将展赈银两请领回县，现在赶紧散放。各贫民得此接续赈济，自不致于失所。惟查卑县厂内收养之流民流丐以及孤苦幼孩，共计三百七八十口不等，俱属无家可归，其情更觉可悯。卑职与委员刘天桂辗转熟商，再为展煮一月，统至三月底为止。彼时二麦成熟，听其自行谋食。所有一月内需用煮粥米石，卑职情愿捐廉购买，不敢动用仓谷，以仰副轸念民瘼之至意。合将筹办缘由禀查核。

署中牟县知县睢州州判于墀禀

窃卑职前因捐赈扣至闰二月初四日期满，察看情形，恐穷黎觅食维艰，复禀自行捐廉接放。旋蒙札饬，准动常平仓谷，一律煮至闰二月底为止，秋后由卑县捐资买补，并令领回赈银，于三月初旬接放等因。遵即动用常平，妥协经理。现在又届期满，所有逐日用过谷数，业经卑职先期核明禀覆在案。查展赈银两，已于闰二月二十六日领回，本可撤厂，第捶剪秤封尚需时日，若将粥厂遽行停止，犹恐难资接济。卑职拟再捐廉接煮，亦不拘定日期，总俟赈银按户秤封完竣后，再将粥厂停撤，接放赈银，庶穷黎餬口有资，不致枵腹以待，以仰副惠保黎元之至意。至前奉札饬查埋路毙尸骸，卑职逐日专派亲信家丁四路分投，遍加搜查，随时掩埋，不使稍有暴露。昨蒙委员巡查，当经出具印结，移交委员转呈。卑职惟有实心查办，断不敢稍事粉饰，致负宪恩。肃此具禀。

兰阳县知县童泰初禀

本月初五日，接祥符县王令来信，转蒙宪谕，以距麦收尚有月余，饬令再展煮赈半月，并遵旨加意掩埋尸骸，毋任暴露，致乖春和等因。同日接奉藩司札并发银三百两，饬令买米接煮，一面散放展赈，俾穷黎咸资接济等因。卑职遵即按照原厂已于本月初八日接煮起，放粥半月，至二十二日止，一面先行散放河北抚恤银两，现在民情甚为宁谧。卑职惟有实心经理，以期仰副拯济灾黎有加无已之至意。至路毙贫民，卑职屡蒙训饬，久经选派诚实家丁，督同土工，携带铁锹，在于各乡梭寻。其路毙者甚少，偶有病毙之尸，当即掩埋，并无暴露尸骸。知廑宪慈，合肃禀复。

汜水县王宗敬禀

窃卑职于前月二十九日，将卑县粥厂捐至三月底，以期全活，禀明在案。旋于本月初六日接祥符来信，转传钧谕，知展粥一事已先蒙加恩虑及灾黎，恐其仍不接食，饬令各属加展半月等因。捧读之下，感激涕零。伏惟宪台去冬自浙临豫，正值河患军兴，灾荒丛集，彼时豫民均有朝不保夕、九死一生之势。经福星一照，事事皆秉忠诚，上感天和，雨旸时若，下恤民难，饥困全纾。八十余区被灾之地既请赈恤，二十余县收养之人亦令捐抚，而且养育遗孩，掩埋暴骨，广施药饵，刊布良方，善政仁心，自古罕有。犹恐麦秋尚远，惠泽中虚，又复准碾仓谷，面饬首邑，谆劝通属，再展粥限，从此亿万生灵，尽登衽席，悉由宪台全力挽回所致。此恩此德，造福无疆。卑职素荷栽培，亲瞻盛举，惟有钦服巨画，纤细能周，铭刻鸿慈，官民咸被。此岂徒矜名誉，实为普度众生。卑职日赴粥厂，勉力办理，并宣布仁施至于此极。合县绅民既颂皇上天恩，倍感宪台渥泽，同声号佛，惟祝寿算弥增而已。合将奉谕展粥暨遵办情形肃禀。

仪封抚民通判黄兆枢禀

窃卑境白口集前奉宪德饬发油菜子种，现经渐次出土，农民欢忭，莫可言宣。兹复奉宪恩，饬赴陕界购到苜蓿籽粒，发交本府，札委候补未入孟廷勋解赴仪封，交收分发等因。仰见念切灾黎有加靡已，不胜钦佩。卑职遵即传齐乡农，查明未经种麦种秋余地，眼同该未入，将奉发苜蓿籽粒均匀发给，领回布种，并将物微利薄、大益耕农备细传谕。农民等皆叩头称谢，鼓舞欢欣，地方极为宁贴，足以仰副慈怀。除将苜蓿出土再行具禀外，所有现在遵办缘由，合先肃禀。再，三月初七日奉到宪札，饬令再行展煮半月粥赈。卑职自当捐廉，购办煮放。至展赈银两，现经饬匠锤剪，赶紧散放。饥民情形，较去冬已胜数倍。尸骸四路巡查，委无暴露。如遇有路毙，立即掩埋折报。知廑宪注，合肃附闻。

郑州知州阮文焘禀

本月初四日蒙布政司札，以酌请续捐灾重之区再行加展煮粥半月，至三月十五日截止，酌发卑州银三百两，饬即领回买米接煮散粥，一面散放展赈，务俾穷黎咸资接济，度至麦熟，毋稍间断，以致贫民枵腹，尽弃前功。如或捐资买米煮放完竣，核计尚有不敷，准再动用常平仓谷碾米接煮，务须实心经理，毋稍玩视遗漏，并蒙饬委试用未入流胡秀庭赍到银三百两等因。仰见宪慈轸恤灾黎有加无已至意。查卑州城乡粥厂，展煮半月，需米四百九十六石二斗六升。内除奉发银三百两，核计采买粟米，每仓石市价五两六钱，可买米五十三石六斗，尚短米四百四十二石六斗六升，应动仓谷八百八十五石三斗二升。除遵照现奉章程动用漕仓谷石碾米接煮外，伏思卑州地方灾歉较重，贫民殊形窘苦，虽蒙抚赈频施，现又加展煮粥至三月十五日截止，接放展赈，可度至四月中旬，但至麦熟之期尚须半月，惟恐贫民仍多枵腹，尽弃前功。今卑职现拟自行捐资，再行加煮半月，统至四月初一日停止，接放展赈一月，俾穷黎益资接济，得以度至五月初间。尔时已届麦收，即可无虞失所，以期仰副慈怀。除将收到银两出具印领交给委员汇呈外，所有遵饬办理并卑职复又自捐廉俸再行加煮半月统至四月初一日停止缘由，合肃具禀。

代理禹州事候补知州陆有恒禀

窃卑州地方情形，收养贫民为当务之急。卑职到任后，查明殷商富户，剀切劝捐，即有杨圣修等户观感兴起，共乐输将。业将所捐银数及开厂放赈之期禀蒙宪鉴。嗣又接续捐收，先后并计共得银一万六千五百两。现在米麦杂粮相兼采购，按照时价，足买粮食二千五百余石。除奉宪捐发养廉银一千七百两先经买米煮赈，于二月二十四日放竣，具文开报外，所有劝捐粥厂，即于是日接放。卑州原设西南二关粥厂各一处，又郭连街、黄吕店、大庙前、火龙店、红场里粥厂各一处，统共七厂，收养大小贫民二万七千零八口，系按大口每名三合、小口减半煮放。内有僻壤穷黎老幼残疾者，按五日一发米粮，以免跋涉。约计每日需粮七千余石，应支粮价银四百八十余两。所有捐项，系存城内大庙公所，选派诚实绅士候补教谕赵金范、生员田耀西经理收发登簿，卑职随时稽查，毋许胥吏经手，以杜染指。通盘核算，散放匝月之后，尚有旬日余粮，似与展赈可以相接。此番收养最为宽广，捐输者固属急公尚义，而经理之绅士人等亦莫不实力奉行，小民均沾实惠，足以仰慰怀保之心。除收养贫民及需用粮石确数按旬具文申报外，肃此具禀。

代理禹州事候补知州陆有恒禀

窃卑职遵奉宪饬，劝捐收养贫民，各富户殷商均知观感兴起，踊跃乐输，共捐银一万六千五百两，业经禀明在案。伏思伊等谊重桑梓，情殷推解，使大小贫民二万七千余口得有四十日之粮，好善乐施，实堪嘉尚。正拟禀请恩赐奖励，于本月初四日蒙委粮道抵州查明劝捐情形，将捐银在一千两以上之杨圣修等四户给以匾额。该绅士等得荣闾里，莫不鼓舞欣欢。尚有王松林等六户，俱捐银六百五百两不等，现在禀请本府给额示奖。其捐银在五百两以内各绅士，均由卑职量予奖赏。似此分别等次鼓励，庶无遗滥。除捐银各绅士姓名开折呈明外，肃此具禀。

署禹州事候补知州陆有恒禀

窃照阜州劝捐收养贫民，各富户杨圣修等捐银一万六千五百两，均经分别奖励在案。查派拨粥厂各绅士赵金范等十六名，从前卑职因其任劳经理，未曾劝捐，兹该绅士谊重桑梓，各愿捐银三百两，共捐银四千八百两。窃思卑州捐赈，扣至闰二月底，系属有盈无绌，展赈银两久经请领，即日可以发放，本可无须再行煮赈。今其自乐捐输，纷纷呈缴，未便阻其急公尚义之心。除仍行采买粮食接赈，并按旬折报，一面将该绅士等从优奖赏外，合肃具禀。

批：据禀该州煮赈，计至闰二月底止，捐项充余，有盈无绌。今绅士赵金范等谊切桑梓，捐银四千八百两，仰布政司即饬该署牧仍令该绅士等在厂自行经理，展煮至本月底为止。俟四月初旬，再行散放展赈，俾民食益臻宽裕。至该绅士等管理粥厂业已数月辛劳，兹复捐资接煮，实堪嘉尚，并饬开封府先行给予匾额，以示奖励。禀抄发。

密县知县景纶禀

卑职接奉宪台札饬，卑邑上年被旱成灾，抚赈之外，饬令煮赈。现在时届三月，即可散放展赈。惟距麦收尚有月余，际此功在垂成，贫民不可一日失所，饬即设法拯济，总期散放展赈之外，再加煮粥，济至二麦登场，尽心民事等因。遵查卑邑去岁荞麦被霜，灾分加重，卑职办理煮赈，自上年隆冬开厂，至闰二月底，计及四月，贫民餬口有资，无不叩感皇仁，仰颂宪德。嗣复蒙札饬，仿效汝州捐煮至三月杪撤厂，更为尽善。当经约会本邑众绅士等开导劝捐，旋据该绅等公同妥议，出具连环保结，联名呈请酌借仓粮，再行捐煮一月，秋后公捐还仓。业于本月初一日具禀宪鉴，一面照常接煮，以济民食。并将领回展赈银两锤剪包封，陆续散放。现在卑境大麦渐次抽穗，小麦亦极芃茂，若将粥厂煮至月杪，赈银于四月初放竣，二麦俱可登场，灾黎再不致饥馁失所，殊足仰副轸念民瘼有加无已至意。所有遵照设法情形，肃此具禀。

即用知县刘湜、试用直隶州州判邱丹桂、署禹州事候补知州陆有恒禀

卑职等遵奉札饬，查对年前放赈底册及分赴各乡确查灾民户口，暨暂缓停撤粥厂，以裕民食缘由，禀明宪鉴在案。查禹州地方辽阔，除四关四隅，远处一百余里，近处三五十里不等，设立煮赈，原因青黄不接之时俾资果腹，不敢以展赈有期，遽行停撤，致小民转有枵腹之虞。现拟开放某里赈银，始行停撤某里粥厂，挨次办理，以资接济。卑职等周历各乡，应减应添，本月二十一日已确切查勘完竣。即于二十二日设立四厂，开放展赈。仍于散票之时，悉心查察，务使无滥无遗，以期均沾实惠。约于四月初间可以放竣。至绅士等捐项未敷，卑职有恒仰沐宪恩，唯以恻隐为怀，情愿自出已赀，毋庸动用仓谷。再，卑职等访得去冬该户等领银之后，多有以饥困难忍，沿途贱售银包，并有即时抵偿饭食赈

者。卑职有恒现于城内关外各厂广添锅灶，自行捐赀煮粥，使饥民领到赈银之后，得以饱食归家，至赈完之日为止，以免市侩居奇，借以愚弄乡民之弊。所有开放各村庄户口确数，除随时分别宣示外，容俟放竣后再行开具花名清册，据实详报。谨将卑职等散放各里展赈及停撤煮赈日期清折理合先行驰禀，伏祈钧鉴。

新郑县知县梁直方禀

卑职于月之初六日接奉宪札，谕各州县无论期满先后，总以煮至闰二月底为止。缘现在天气尚寒，且距麦收之期尚远，若接煮一月期满遂行停止，则小民仍虞枵腹，前功尽废。仰见宪恩体恤穷黎，至优极渥。小民敬闻之下，欢声载道，笔楮难传。查卑县粥厂二处，一设城之南关，一设郭店庙内，俱逐日煮放。谷厂三处，一在灵泉寺，一在东郭寺，一在三官庙，俱十日一放。卑职随同候补府李守、候补州判邱丹桂、荥泽县县丞杨纪堂循环查察，悉心经理，务使奸胥滑吏不能施其巧，刁生劣监无所逞其能。卑职间日亲诣各处，一有路毙尸骸，即督令地保人等迅速掩埋，无致暴露，实足仰慰宪怀。所幸近日以来，穷民日沾赈恩，又叠得雨雪普遍，不独麦苗可望有收，即菜蔬等类亦弥望青葱，是以旬日间路毙者绝少。卑职犹不敢稍存懈弛，仍复逐日查察，以冀仰副宪恩委任之至意。所有展煮月底及掩埋路毙情由，合肃具禀。

陈留县知县施廷炯禀

本月初九日接奉宪批，卑县禀遵批加展煮赈半月禀由，奉批：据禀按照原厂接煮至三月中旬已悉。现据郑州等处具禀，恐贫民领回展赈，不能度至麦熟，自行捐廉煮至月底等情。该县被灾较重，自应一体多展旬日。如果力难捐办，仍准动用仓谷，仰即遵照煮至月底，实心妥办，毋稍玩视惜费，致弃前功。切切等因。仰见轸念灾黎恩始恩终，卑职实深钦服。伏查卑县被灾最重，民间贫苦较甚，若于本月中旬停止煮粥，虽有展赈银两堪以买食，而粮价昂贵，赈银易尽，半月之中，灾黎诚不免有枵腹之虞。今奉宪谕，饬令展煮至月底止，维时正值收获大麦，堪以听其谋生，不致再虑失所。卑职惟有遵照宪批事理，展煮至月底止，加意经理，实心散放，务使民沾实惠，仰副慈怀。所有遵办缘由，理合具禀。

署中牟县知县睢州州判于墀禀

窃卑县前奉札饬，将捐办粥赈一律煮至三月十五日为止，再行接放赈银，俾资接济等因。卑职旋奉藩司委赴郑州查办事件，未及放赈，而粥厂亦不便遽行停止，是以复行接煮。今卑职已于三月二十八日设厂，会同委员散放赈银，至三十日始将粥厂停撤。现在瞬届麦收，各贫民均可自谋生计，餬口有资，不致再作饿殍。所有卑职先后奉札捐办展粥，计自闰二月初五日起，接续至三月三十日止，共计一个月零二十五日，除各厂日用经费不算外，统共核计收养贫民大口三十五万一千五百四十三口、小口三万七千四百八十二口，每大口日给米三合、小口减半，共实用常平仓谷二千二百二十一石七斗四合，业经开折通报在案。惟各厂内查有幼孩一十三名，并无父母收领，卑职在于城内赁房三间，作为育婴堂，仍行捐廉收养。至一切老弱残废无倚男妇，亦一体捐粥收养，以救余生。除俟放竣展赈另行报查外，所有散放赈银并停撤粥厂各日期及动用粥谷数目，合肃具禀。

荥阳县知县李清杰禀

窃卑职于上年十二月二十六日捐设粥厂，拟放至闰二月底止，节经具禀宪鉴在案。兹据麦秋尚有月余，粮价亦未平减，若即撤停，贫民谋生无策，必致仍复采食草根树皮苟延时日。卑职身膺民社，分当仰体皇仁宪德，勉力捐输，展放至三月底止。届时二麦成熟，民生有赖，无虞失所矣。合将展放煮赈缘由肃禀。

汜水县知县王宗敬禀

窃卑职捐施粥厂，于去年十一月初一日起，至本年闰二月底止，计已五阅月，用米已三千数百石。现届春融，闻各县于三月初均有停止之议。卑职细查贫民光景，虽有野菜堪食，而大麦尚未抽穗，必须小满节气，大麦甫可望收，小麦才能成粒。卑县向来不种早秋，皆俟麦后接种晚谷，彼时收麦种秋，佣趁始有人觅。现在正当青黄不接，若将粥厂停止，中隔一月，无从觅食，则以前延喘饥民仍难全活。且近日瘟疫大行，十人九病。其到厂领粥，一人家中皆有卧病数口。究其病源，因饿而病，病则更饿，非食莫救。必应再施一月，则贫病余生均同再造。卑县粥厂本属自捐，禀请暂动谷石，秋后措〔捐〕廉买补。计每日所养不过七千余人，卑职竭力再施一月，定于三月底为止。并遵宪颁药方，配造施布。每隔三五日赴乡一次，察看民间疾苦，兼传集各乡医生按病照方拯救，谕令讲习吴又可《瘟疫论》，俾不至误作伤寒。细询本境居民虽多饥病，自年前至今，死者甚稀。卑职复捐买义地数处，遇有病毙乞丐，随时深埋，绝无一骸暴露。已尽心筹画，第恐附近州县于三月初即停粥厂，无食贫民蜂拥而至，卑县亦难支持，势必亦须中止，因噎废食，实为不忍。合肃仰恳宪恩劝谕各州县一体再捐米粥一月，俾全数得生。谷气胜则疫气消，不惟饥者可苏，即病者皆起矣。事关民命，沥忱通禀，伏祈鉴核施行。

归德府谢守禀

二月初八日接奉钧札，饬令将煮赈扣足两月，再行接煮一月，俟办毕后即行散放展赈一月口粮等因。仰见情殷保赤，筹虑周详，俾灾黎源源有济，不致失所。卑府捧读之下，钦感交深，遵即转饬查照办理。伏查睢、宁、商、鹿、柘五州县设立粥厂，于上年十二月二十八日并正月内先后煮放起，连闰扣至三月初旬，统计原续煮赈月分均已放足，所有展赈请于三月中旬散放。其应赈口粮，查该五州县仓谷，现有借粜并酌动煮赈之用，未便再行搭放，应请全放折色。是否允协，理合禀请宪台察核示遵。肃此具禀。

归德府谢守禀

窃查卑属宁、睢、商、鹿、柘五州县去岁被水成灾，仰荷轸念民艰，业经抚赈兼施，并捐廉设厂煮粥赈济；即去岁勘不成灾之虞城，亦酌令煮赈。计卑属各州县粥厂不下二十余处，阅时久远，全活生民实属无算。兹因散放展赈，蒙宪驾亲临查察，训示再三，无刻不以灾黎为念，实已纤悉必筹。兹复垂询，以永、夏二县地方附近灾区情形若何，有无流民他出觅食，饬令据实禀复等因。遵查卑属去夏被旱，原止郡西一隅，秋间漫口成灾，亦在西南一带，其迤东之永、夏二县秋收中稔，粮食原不缺乏，并无户口流亡。即或因附近灾区民力未能充裕，其无业贫民，亦可于毗连之商丘等处粥厂就近领食，无须远出他乡觅求升勺。惟闻江南徐州粥厂内有豫省贫民就食者，谅系灾区猝被水围之时，逃亡外出，依托彼处亲友，适值设有粥厂，因而就领，在所不免。至于道路乞丐转徙靡常，不独永、夏之人可赴江境与山东，来豫者亦往往而有。现在卑属雨旸应候，二麦葱茂，伫卜丰收，其有地之户固已各安生业，即无地贫民知麦场收获可以佣工觅食，纷纷归来又已不少。况有展赈以补流亡，土工以资力作，谋生有藉，故土难忘，不招自徕，情势可必。其老幼废疾不能力作之人，现又奉谕令设法妥为收养。卑府思此时天气暄暖，煮粥已不相宜，惟有于城内设立公所，捐赀量给钱米，使之餬口有资。转瞬麦收，觅食更易，不致虞其失所。此在灾地贫民且已日有起色，况永、夏二县连岁有收，更不应尚有待哺之人矣。缘奉饬查，理合据实禀覆。谨禀。

商丘县知县钱熙禀

本月二十二日准祥符县信开，蒙宪台传谕，抄发嘉庆十八年十二月二十九日奏为钦奉谕旨恭折覆奏事：捐廉分设粥厂一折，于十九年正月十五日奉朱批：实心经理，造福无量。多活一民，减我君臣一分罪孽。自求多福，不可不勉力办理。此内若混入教匪，仍须拿究正法，造福愈大矣。钦此。仰见痌瘝在抱，凡为灾黎补救生全者，无微不至。卑职身为民牧，自当仰体皇恩宪德，实心经理，断不敢视为具文，自取咎戾。卑县设厂四处，当将设厂处所并开厂日期具报在案。前蒙饬发捐廉银两，卑职当即买米分交各厂，使亿万灾黎咸沾慈惠。两旬以来，就食贫民无不欢欣果腹。卑职逐日分赴各厂稽查，并谆嘱各委员于散签放粥时认真留心，遇有形迹可疑、语言支吾者，严加究诘。卑职仍不时查察，庶不致匪徒混迹其中。查卑县每年养廉银一千四百两，应捐一半银七百两。卑职前捐银三百两，业已发厂备制柴薪器具人工之需，此次捐廉银七百两，若照银买谷，现在市价昂贵，所买无几，且各绅商所捐米四百十五石将次用完，应先事筹画接济，不误赈期。卑职愚昧之见，应请动用常平仓谷一千石发厂碾米煮粥，卑职应捐之银七百两批解司库收贮，秋后领回买谷还仓。一转移间，于饥民口粮大有裨益。如荷允准，卑职分别动用批解，具详立案。除各厂口数动用谷石仍按旬折报外，所有恪遵办理缘由，理合具禀慈鉴批示祇〔祗〕遵。谨禀。

宁陵县知县孙杰禀

窃查卑县孔家集、吕老庄于本月初六日开设粥厂，赈济贫民，并声明如果就食人众，俟商丘、睢州、柘城等三州县运米到日，再在卑县张弓集添设粥厂，普济贫民。禀蒙批示，以卑职素称循吏，实心民事，今地方被灾较重，设立粥厂，自应加意经理，以期实惠均沾。如住居窎远及隔水老幼残废贫民不能赴厂就食者，按半月一次折谷散给，俾远近不致一夫失所，毋稍玩视遗漏，致干未便等因。仰见诲谕谆谆，惠爱穷黎，毋使一夫乏食失所之至意。卑职自应凛遵示谕，倍加实心经理，以期实惠在民。除隔水窎远之老幼残废贫民按半月一次折谷散给外，卑职伏查卑县孔家集粥厂，现在就食人众，纷纷拥挤，自应在于卑县张弓集添设粥厂一处，俾男妇大小贫民就近食粥，免致拥挤远涉。惟是张弓集南隔大河，距城较远，卑职与同城文武员弁教职各员均已分赴孔家集、吕老庄粥厂稽查弹压，不能兼顾。现在张弓集乏员经理，应请遴委干员前赴卑县张弓集粥厂，专司经理，稽查弹压，以专责成。再，奉拨商丘、睢州、柘城等三州县各谷一千石，共谷三千石，仅准商丘县钱令运到米五百石（核谷一千石）赴卑县孔家集交收，其柘城、睢州二州县谷石尚未运到。卑职查卑县张弓集粥厂与柘城县道路相近，吕老庄粥厂相距睢州不远，或米或谷，应请饬令柘城县运赴张弓集交收，睢州谷石运赴卑县吕老庄，以归简便，合并禀明。

宁陵县知县孙杰禀

窃查卑县孔家集路当孔道，贫民较多，奉宪檄饬设立粥厂赈济贫民。因卑县绅士富户均已被灾，粮食漂没，无可劝捐，卑县常、漕仓谷漂没无存，不能煮赈，经卑职会同委员试用知县恽焯据实具禀，蒙酌拨商丘县谷一千石、柘城县谷一千石、睢州谷一千石协济卑县设厂煮赈。卑职当将商丘县钱令运到米五百石存贮孔家集厂所，于本年正月初十日开厂煮赈，节经禀明，按旬折报在案。兹查自本年正月初十日开厂煮粥起，至二月十九日止，共计四十日，安设八印锅四十口，每日大口三千八九百名、小口四百一二十名不等，每大口需米三合、小口减半，共动用过商丘县运到米四百九十四石八斗五升，仅存商丘县运到米五石一斗五升，不敷一日煮赈。所有奉拨柘城县米五百石，应在于张弓集厂所煮粥；睢州米五百石及卑县常、漕仓谷碾米一百三十二石七斗五升，应存贮吕老庄粥厂煮放，未便通融匀煮，以致此盈彼绌。附近州县均系灾区，仓储无多，现有应办本境借粜煮赈事宜，卑职未敢复生无厌之求，再请拨协，自应各归各厂，尽数尽赈。惟是孔家集老幼男妇鳏寡孤独贫民纷纷赴厂就食，待哺孔急，卑职目击贫民鸠形鹄面，乏食堪怜，自应仰体慈怀，推广宪德，将前奉捐银两及卑职应捐银六百九十两零赶紧买米，于二月二十日接续煮放捐粥，并将宪恩高厚、惠爱穷黎、捐赈并施、有加无已之至意剀切晓谕。该贫民等均各赴厂欣然就食，异口同声，咸颂宪德造福无量，民获更生之庆矣。除将接放捐粥民数米数另行开折按旬具报外，所有卑县孔家集奉拨商丘县米五百石，业经煮赈完竣，并接放捐粥日期，合肃开折谨禀。

宁陵县知县孙杰禀

窃卑职具禀卑县孔家集粥厂动用商丘县运到米五百石煮赈完竣接放捐粥并开折呈送缘由，兹于本年闰二月初六日蒙批示：该县孔家集粥厂前拨商丘米石业经用竣，该县现将捐廉银两买米接煮，所办甚属妥协，仰即赴司领回应找捐廉，通盘核算各厂可以接煮若干日、何时为止，飞速禀候察夺等因。仰见惠济穷黎，预筹经久，于全活生灵亿万之中仍寓矜全下吏之至意。卑职伏查卑县孔家集、吕老庄、张弓集设立粥厂三处，因孔家集煮赈最早，食粥贫民较多，奉拨商丘县运到米五百石，自本年正月初十日开厂起，至二月十九日止，业已煮赈完竣，接放捐粥。所有卑县吕老庄粥厂奉拨睢州米五百石，又动卑县常、漕仓谷碾米一百三十二石七斗五升，自本年正月二十日开厂起，食粥贫民不少，核实散给，可计至闰二月十四日止，足敷五十五日煮赈之米。又卑县张弓集粥厂，奉拨柘城县米五百石，自本年二月十一日开厂起，食粥贫民颇多，计口给食，可计至闰二月二十一日止，足敷四十一日煮赈之米。又加奉发及卑职领回捐粥银两共计银六千两，照依市价，堪以买米一千二百石，实心实力，亲身赴厂经理，每厂均可煮捐粥一个月。卑职遵照宪谕，通盘筹画，牵匀计算，截长补短，以张弓集开厂较迟，同吕老庄拨运煮赈捐粥余米，以补孔家集开厂最早煮赈不足之数，均可扣至本年三月初七日，煮放粥赈完竣，一律撤厂，即或不敷，卑职自当勉力捐办。至卑县粥厂三处安设棚厂、锅灶、缸杓、粥筹、票张、器具，以及三月之内每日煮粥柴薪、人夫饭食等项，前蒙发给领回粥厂经费银二千两，卑职与在厂各委员均各仰体宪怀，认真实心经理，以民事如家事，倍加撙节使用，将来事竣核实报销，亦足敷用，不致十分赔垫。似此统计匀算，量入为出，同日撤厂，为日已久，全活实多。食粥大小男妇贫民无不同声感颂悦服。再于撤厂之后接放恩赈一月口粮，时已和暖，转瞬麦熟，即可谕令贫民安分守命，各自谋食，另图生计，以仰副惠教并行、恩施稠叠、至优极渥、无可复加之至意。除将收养贫民口数、米数遵照折式按旬开报并俟事竣撤厂核实造册报销外，所有核计煮赈济贫起止日期，合肃禀闻。

宁陵县知县孙杰禀

窃卑职于本年闰二月二十九日，蒙署布政司札开，卑县被灾较重，食粥人数尚多，应再行展期煮赈，于三月十五日为止。卑县仓贮无存，听候酌发银两买米煮放等因。卑职遵查卑县孔家集、吕老庄、张弓集设立粥厂三处，每厂每日需米十二三石不等，共计三厂日需米三十五六石有零。前蒙宪台饬令通盘计算，卑职已将卑县粥厂三处截长补短，通融匀煮，均可煮至三月初七日一律撤厂。业经禀明，已邀允准在案。兹因老幼残疾之人尚觉难于觅食，饬令展期煮赈，仰见轸念灾黎有加无已之至意。卑职伏查多设粥厂一日，即可全活无数生灵。卑职现在筹款，派拨亲信家人，分赴刘家口及亳州等处，照依时价，赶紧采买米石，运赴各厂，预备接续煮赈，免致临时赶买不及，贻误赈需。除俟奉发银两到日即行归款，并将接放展赈日期开折呈报，所有遵办缘由，肃先禀闻。

卷八 详禀

睢州知州汪如潮禀

窃卑职在东坝史村铺设厂散放抚恤，初四日，候补知县恽令到厂面述宪谕，饬令设立粥厂，收养贫民，并掩埋路毙尸骸，免致犬鸟残食等因。遵查前奉钧札，行令设立粥厂，当查野鸡冈为南北往来冲途，随于天王庙设立粥厂一处，动用仓谷碾米煮放，多备锅碗木瓢柴薪等物，现定初六日开厂。已禀本府委员弹压，仍选派亲信丁役巡查照料，卑职不时往来稽查，务使贫民均沾实惠，不致一夫饥饿。卑职俟回署后，再将城关另行捐输设厂，随时禀报。至大路倒毙之人，因天寒外来游民甚多，间有倒毙，节据乡地禀报验埋。现在境内以及东西两坝已专派丁役分段专管，严饬乡地，遇有倒毙，随时禀报，以凭速验深埋，断不使有暴露。即日设立粥厂，贫民口食有资，自无倒毙之人矣。所有开厂日期，理合禀报。谨禀。

睢州知州汪如潮禀

本月初四日，蒙宪台批，据卑职禀野鸡冈粥厂期满应否接续煮赈禀由，蒙批：查灾地贫民，本部院前因今岁二月遇闰，青黄不接，为日甚长，奏请捐廉再行煮赈一月，业蒙恩准。该州野鸡冈粥厂，扣至本月初五日，已满两月之期，仰即照旧煮赈一月，仍候饬司拨发捐项，务须实心经理，毋得稍有遗滥，致干未便等因。遵查此案，已蒙藩司行知酌拨银六千两，卑职一面具领采买谷米，随即会同委员，于本月初六日接续煮赈。现在妥为经理，务使实惠及民，不敢稍有遗滥。所有遵办缘由，理合禀报查核。肃此具禀。

睢州知州汪如潮禀

窃卑职接藩司札开，蒙宪台批本司禀各属粥厂一律加展至闰二月底再行截止缘由，奉批：所议甚为妥协，仰即通饬被灾州县赶紧遵办，所需粥米，先尽捐项余赀办理。如果实有不敷及地居至瘠无可筹捐者，准其于捐廉用尽，照所短米数酌动常平仓谷，俟秋成后，该牧令捐赀买补。睢州野鸡冈一厂开设较早，一体展煮半月等因。遵查卑州设立粥厂三处，野鸡冈于上年十二月初六日开厂，史村铺、南关均于上年十二月二十五日开厂，扣至闰二月初五、二十五等日，煮赈两月期满，蒙已先后通报在案。至捐廉煮赈，如三厂并放，至闰二月底为止，需用米石颇多。现在市中米价每石五千三百余文，除奉发银六千两买米煮放外，不敷之数甚巨。至南关等厂，卑职现在会同文武各员捐廉，并劝好善绅商捐输，买米接煮，总期放至月底为止，以副惠爱黎元之至意。惟野鸡冈粥厂一处，路当孔道，贫民就食甚多，业已遵奉府批动用仓谷照常煮赈，亦至月底截止。所动接煮谷石，另行详报，俟秋成后买补还仓。其谷价柴薪经费一切，除劝捐外，均系卑职自行捐办。所有各厂办理缘由，合肃禀闻。

睢州知州汪如潮禀

闰二月二十九日，接奉署藩司札开，以卑州被灾较重，食粥人数尚多，饬令再行展期煮赈，至三月十五日为止，暂动仓谷碾米煮放，事竣捐买还仓等因。遵查卑州野鸡冈等处粥厂，至闰二月底本已期满，兹奉前因，卑职当即碾运仓谷，会同各厂委员，于三月初一日接续煮放。所有遵办缘由，理合禀报查核。

留豫委员从九品沈树信、未入流余鼎、庄尚忠禀

卑职等前奉藩司札委，驰赴睢州野鸡冈粥厂实力稽查，务使乏食贫民均沾实惠，禀蒙钧批：爱民即以造福等因。蒙此袛〔祗〕聆之下，卑职等惟有恪遵恩训，事事小心，务使男妇老幼贫民咸沾渥泽，鼓腹含哺，仰副惠爱灾黎之至意。截至闰二月二十九日止，续展之限已满，正在出示停止间，是日接到睢州汪牧知会，以奉署藩司详，蒙宪台再行加展半月，至三月十五日为止。现届青黄不接，贫民沐此稠叠恩施，有加无已，男妇贫民欢声载道，歌颂宪德，盈于远迩。卑职等接到汪牧知会，接续煮放，所有奉委到厂后截至续展之闰二月二十九日止赈过男妇老幼贫民逐日口数，理合先行开具清折，禀呈慈鉴。肃此具禀。

柘城县知县周阶平禀

窃卑县奉文接煮一月粥赈，计请领捐廉银一千两，自闰二月初六日起，至三月初六日止，业经一月完竣。所有按旬放过口数米数均已折报在案。今查四厂实用米四百八十六石一斗八升，市价每米一石需银四两，所领捐廉银一千两只能买米二百五十石，其余垫发之米及一切油薪杂费，卑职情愿自捐，不请开销。理合将接煮一月粥赈完竣，并用过捐廉买米及不敷垫用各银数肃具禀闻，仰祈俯核。再，卑县内连得雨雪，二麦青葱长茂，丰收可卜，现在民情极其安贴。而被水各地方贫民，旋又得请领展赈口粮，足资接济。合并声明。谨禀。

署虞城县事试用知县黄堂禀

正月二十六日，奉本府转奉宪札，饬令添设粥厂，有自上年十二月二十前后及本年正月初间始行开厂，总以补足两月为率，不得以十二月初一日起至本年正月底即行停止，统俟两月期满时，先于半月前具禀请示，以凭核夺等因。遵查上年十月间蒙署抚宪高札，檄饬循照旧章，设立煮厂，收养无衣乏食贫民。卑职遵于十一月十一日在卑县西关地藏庵捐

买粟米，开厂煮放。第查卑县自十六年被水之后，元气未复，上年秋禾被旱，收成歉薄，且与曹县毗连，居民等前因贼匪滋事向南逃避，迨至年底贼匪荡平，纷纷归里，其中老幼残废颠连困苦、断炊乏食者甚众，照常煮赈，势难遍及。仰蒙轸念民艰，无微不至，札令劝捐添设煮厂。如捐不足数，酌动仓谷。卑职首先倡捐制钱一百千文，盐当绅士共捐一百五十九千文，为数甚少，仅敷柴薪人工之用。当即酌动仓谷，在城东太山庙添设煮厂一处，于正月初一日两厂煮放，业经按旬开折报明在案。计自开厂以来，食粥者数千余口。凡兹无告，皆仰蒙恩施格外，得以救全残喘，感切再生。现在雪雨优渥，土脉滋润，天气融和，东作已兴。二月以后应否停止，拟合先期禀明，伏候宪台核夺示遵。肃此具禀。

归德府谢守禀

窃卑属商、宁、睢、鹿、柘五州县上年被水成灾，仰蒙念切痌瘝，恩施稠叠，今复荷垂询刻下地方情形，仰维宪慈记廑灾区，诚求保赤，钦感实深。查该州县上年九月漫口成灾，以宁陵为重，睢州次之，商丘、柘城、鹿邑又次之。当猝被水围之初，一时小民迁徙流离，实所不免。自蒙勘明入奏，得邀恩旨抚赈兼施，至优至渥，统计岁前闻赈归来者，已有十之七八。复荷矜恤灾黎，首捐廉俸，饬令城乡多设厂所，奏明煮赈。正、二两月以来，就食者日逐增加。即如睢州野鸡冈一厂，至有一万四五千人，实为收集逃亡之明验。灾黎鸠鹄渐苏，固已日有起色，犹恐青黄不接，又复续行捐廉加展一月。凡宪虑为灾民区画者，实属纤悉周详，有加无已。现在煮赈后接放展赈，计期麦秋登场，民间接济有资，鸿嗷可免。卑府节经多出告示，宣喻皇仁宪德，以收养贫民、收养幼孩为已归之户示绥抚，以严禁囤积、严禁贩粜为流亡之民示招徕。自入春以后，扶老携幼，复有来归。又值雨雪优沾，统计该州县地亩，宁陵种麦约有十之二三，睢州、商丘种麦约有十之四五，柘城、鹿邑种麦约有十之六七。现在民气实为宁贴，即间有迁移未归者，实因本籍田庐现在水中，非依托亲戚，即佣趁觅食。如毗连江、东两省，亦间有入豫者。小民生计支绌，一值歉收，往往如此，似在官亦难禁止。刻下口门缓筑，筹办土工，咸知力作有资，无不感颂慈仁，以工代赈，则无虞乏食，不招自归。一经麦收，粮价平减，人情故土难忘，自不患有流离失所之人矣。至于流亡归来之户，卑府皆饬各州县核明烟户保甲，方准给赈。即在工夫役，亦令夫头认保，并可藉此稽查漏网之匪，自不致宵小溷迹。卑府蒿目灾荒，与各牧令具有天良，亲见夙夜焦劳，求宁求瘼。凡邀训诲指示所及，无不竭尽血诚筹办，以冀拯民衽席，仰副钧慈，断不敢稍有怠玩，膜视地方。所有入春后实在情形，谨肃禀陈，仰祈鉴察。

陈州府李守禀

十一月二十六日接奉宪札：豫省本年旱涝成灾，若照常设厂煮粥，势难遍及。郡守牧令首捐廉俸，劝谕绅士富户殷商量力捐赀，添设粥厂，广为收养，俾资就食。明岁春融，听其各自谋生。事竣册报，核计绅士人等捐数，分别奖励。至需用米石，先动捐资，如果不敷，酌动常、社仓谷。仍将遵办缘由及设厂处所、开赈之期先行禀报查考等因。仰见轸念民依，殷怀拯济，筹画备至，训示周详。庄诵之余，实深钦佩。遵查卑府到任以来，凡遇隆冬，设厂煮粥，赈济贫民，谆饬各属实心办理，广为收养。经费不敷，卑府捐廉佽助，务使就食贫民俱各果腹，俾免饥寒。即养济孤贫等院例养贫民以及在狱罪囚，每遇隆冬盛暑，无不格外矜恤，与各该县令捐赀加给口粮絮衣，配施药饵，期免冻馁而生疾苦。本年豫境水旱成灾，无业贫民艰于饔飧，情形尤堪悯恻，更应优加调剂。卑府所属太康、扶沟二县灾黎，已荷圣恩抚恤加赈，西华县续报成灾，亦蒙据情入奏，均无一夫不获。其余淮、商、项、沈四县应征钱粮加价，概予停缓，以纾民力。皇仁宪德，实已普被茅檐，遍周蔀屋矣。惟是无业贫民谋生乏术，以及孤寡残废老幼男妇暨过往饥民、外来流丐，值此积歉之后，觅食维艰，自宜广为收养，俾资存活。早经卑府谆饬各属，各就地方情形设法筹办。查淮宁县附郭府城，见闻尤切。卑府督饬署县邵令各自捐廉，并先期出示，剀切劝谕富户殷商量力捐赀。民情虽俱踊跃，总缘本年麦秋收成均属歉薄，户鲜盖藏，有力之户尚须周济族亲及养育佃户人等，力难博施济众，无力之户仅能自给，不遑他顾。至于殷商大贾，则因时逢荒歉，生意澹泊，终朝坐食，营运维艰，均难克期从事。若仅藉捐廉筹办，断难持久。复与邵令再四商榷，社仓谷石原系绅民捐贮，以备灾歉。以之动用煮赈，名义相符。是以饬县详请动用劝捐社谷五千石，碾米煮粥，在于南、北二关设厂。凡有境内乏食鳏寡残废老幼男妇概行收养。其过往饥民、外来流丐，另设一厂，广为施赈。统俟来岁春融，酌看情形，再行停止。以民捐之谷，拯救阖县穷黎，正与劝捐之义吻合，仍俟秋收丰稔，劝捐还仓。至日用柴薪及搭盖棚厂并置办锅灶器具以及人夫饭食等项，约需两千金，卑府已与邵令捐廉办理，不致扰累闾阎。又据署太康县高令禀称，捐银四百两，首为之倡，现有富绅王綍言等并盐、当各商共捐谷一千一百五十石，其余各乡绅士尚有陆续捐输，统容事竣册报，等情。其余各属，有据禀劝捐银米设厂煮赈者，亦有按照隆冬施粥旧章广加收养者，卑府现经分饬各属学教官，逐日在厂监放，并令多派兵役壮丁，细心严密稽查，勿致败窜余匪潜踪混迹，务使贫民普沾实惠，地方藉臻宁静。仍严禁丁役人等克扣搀和等弊，毋致有名无实。事竣分晰造册具报。除饬将设厂处所并开赈日期由各县径自禀报外，所有遵札转饬办理各缘由，合肃禀覆。

陈州府李守禀

窃奉宪札，以被灾各县设厂煮赈，务须俯顺舆情，近处贫民按名给粥，远者给谷。卑府昨在省垣，又蒙训谕谆谆，仰见痌瘝在抱之至意，下怀钦佩，莫可名言。兹卑府于正月二十九日回署，经过太康县地方，沿途逐加查察。该处所设各粥厂，均属妥协。询之灾黎人等，佥称赖蒙皇仁宪德，每日领粥藉资生计，感戴之声溢于道路。卑府因该县被灾较重，恐住居穹远之处未能遍及，随捐廉四百两，耑委试用县丞王宁澜带赴四乡，在于距城数十里外之各村庄随时散给，毋使一夫失所。至附郭淮宁县及西华、沈丘、项城、扶沟等处，均各早设粥厂，卑府仍当随时查察，不敢稍存玩视。现在民情极为宁贴，堪以上慰宪怀。再，卑府前奉钧札，以路毙贫民饬属掩埋，遗弃幼孩饬属收养，叠经转饬该县等实心经理，嗣据该县等禀复捐买义冢及设立育婴堂在案。兹因连得大雪，天气严寒，诚恐路毙之民，丁役等未能即时掩埋，致令暴露。太康一县，即令王宁澜随处经理。其西华、扶沟、项城等县，耑委经历杨得琳周历各境，督同乡地丁役随时掩埋。如有遗弃幼孩，即令地保等送县收养。所有各属粥厂情形并掩埋路毙、收养遗孩及卑府捐廉以助经费缘由，合肃具禀。

陈州府李守禀

窃奉藩司转奉宪台批行，以西华县具禀续收食粥领谷贫民口数有无捏冒，饬即严查具覆，仍俟各厂扣满两月，即将领到捐廉银两接办等因，仰见慎重核实之至意。卑府现在考试，遵即札委署淮宁县丞沈登瀛驰赴该县彻底严查，不得稍有浮冒。饬令据实禀覆去后，旋据沈县丞会同代理栗令禀称，查得该县地方上年麦收歉薄，民力已形拮据，迨早秋被旱，晚秋被霜，闾阎更形竭蹶，历经详请缓征，设立各厂救济贫民，近则散粥，远则散谷。先时已有大小贫民共计一万三千余口，嗣有距城窎远村庄得信稍迟并逃荒外出之户闻赈归来，嗷嗷待哺，未便令其向隅，是以续收五千余口。俱系出示给票，按名给领，委无浮冒。至劝捐银数，据绅监及盐、当等先后共捐银二千六百四十两，又奉颁发银一千两。自正月初八日起，至闰二月初八日止，已足两月之期。又于闰二月初九日展期至三月初八日为止，即可接放加赏一月口粮。除将颁发之银尽数买米应用外，尚有前两月碾米存余一百余石。现又剀切劝谕，将来尚有续捐。如再不敷，栗令自行捐赀办理，断不敢虚縻公项等情到府。卑府覆查该县栗令平素结实可靠，现在办理尚为认真，委无浮冒捏报。该处粥厂于三月初八日截止，为期已比各县较迟，接放一月口粮，民困藉苏。惟多展一日之期，贫民即多受一日之惠。除饬令实力经理，分别远近，粥谷兼放，毋滥毋遗，务使实惠及民，不得稍存膜视。如能捐输踊跃，即令放至三月底为止，更为有裨，仍饬按旬开折具报。所有查明西华县领粥散谷贫民口数缘由，合肃具禀。

署淮宁县知县、南阳府经历邵元璋禀

案蒙宪札，本年豫省旱涝成灾，贫民就食必多，饬令首捐廉俸，并劝谕绅士富户殷商量力捐赀，添设粥厂，广为收养。需用米石，先动捐资；如果不敷，酌动常社仓谷，事竣册报等因。遵查卑县境内，今岁二麦本未丰登，早秋收成亦殊歉薄，豆禾复被虫伤，荞麦又经霜萎，户鲜盖藏，民艰饔飧。卑职到任后体察情形，不敢隐讳，即经详请缓征钱粮并平粜常平仓谷，以纾民力而裕民食。惟本境无业贫民并老幼鳏寡孤独残废之人实繁且多，以及过往灾黎、外来乞丐亦复不少，前因时届隆冬，必须设厂煮粥，广为收养，俾资存活，先经卑职禀商本府，各捐廉银五百两，购买木植席绳，在于南北两关搭盖宽大棚厂数处，置备一切应用器具并柴薪藁鞯等项，一面劝谕绅士富户殷商量力捐助。总缘时值荒歉，民鲜盖藏，一时未能集事。卑职反覆筹维，惟恐缓不济急，因思劝捐社仓谷石，原系本境绅民捐贮备借，以之动用煮粥施赈，实属名义相孚。是以详请动谷五千石，碾米煮赈。查前项谷石，向贮城仓，嗣于嘉庆十四年间，前县焦故令因仓廒不敷收贮，遂将谷石尽行分贮四乡村庄，每处选举社长、社副二人收存经管。卑职随即示谕该社长等，各将收管谷石陆续运缴，以资碾用。业于十二月十五日开厂。凡有境内无业贫民并老幼鳏寡残废不能谋食困穷无告之人，俱仿照查办灾赈之例，责成地保先行确查，汇册造报，卑职逐名点验，发给粥票。现在食粥贫民已有八千余口。其过往灾黎流丐，另厂收养。每日于辰时施放起，至午时止。如有衣不蔽体及无所依栖者，酌给絮衣藁鞯，妥为安置。卑职遴选明白端谨亲友、妥干丁役驻厂经理，勿使夫役等偷减升合，搀和糠秕石灰等弊，并禀请本府派委教官佐杂监放，卑职仍会同县丞营弁，督率典史轮流稽查弹压，毋任匪徒混迹滋事，务期贫民普沾实惠，地方宁静。一俟来岁春融，察看情形，再行停止。除将收养男妇大小名口、动用米石数目按旬折报外，所有设厂处所、开厂日期先肃禀报查考。再，所动谷石如有不敷，临时再行续拨详报。其柴薪棚厂以及器具什物一切人工饭食等项，约需二千余金，俱系卑职与本府捐办，不敢丝毫扰累民间。合并声明。肃此具禀。

署太康县知县高崧禀

十二月初二日接奉本府札，转蒙宪札，以本年旱涝成灾，时届隆冬，无业贫民以及老幼残废过往流丐冻馁交加，殊堪悯恻，饬即于常例设厂煮粥之外，添设数处，首捐廉俸，一面劝谕绅士富户殷商捐资办理，并核其捐资多寡，分别奖励。需用米石，先尽捐资动用，如有不敷，准动常、社仓谷添补，册报核销等因。仰见于轸恤穷黎之中，又寓激励任恤之意，卑职捧诵之下，感佩交深。遵查卑县地方频年积歉，小民觅食维艰，值此朔风凛烈，老幼男妇号寒啼饥，殊堪悯恻。卑职接奉宪谕，当即邀令绅士富户殷商在于公廨会齐，谨将钧札传视各绅士，并将宪台矜恤灾黎之意谆切劝谕。各绅士富户殷商无不欢欣鼓舞，踊跃捐输，佥称穷民得食，则地方宁谧，是保富之道莫先于安贫。此各绅士敬领宪谕、乐于捐输之情形也。现在卑职首先捐廉四百两，以为之倡。当据候选刑部司狱王綍言捐谷二百石，贡生杨玉铎捐谷二百石，候选千总苑如泗捐谷一百石，盐商晋六吉捐谷一百五十石，各当商捐谷五百石，各绅士尚有陆续报捐之人，统容事竣册报。卑县东西两关，于隆冬时向设留养局两处，已于十二月初一日开厂煮粥，禀报收养在案。兹复添设粥厂二处，在于南关地方，定于十二月初十日开厂，勿论土著流丐，广为收养，俾资就食。其有衣不蔽体、寒冬可怜者，并给棉衣一件。需用米石柴薪棉衣，先尽捐项动用；倘有不敷，遵照宪饬，动用常、社仓谷添补，事竣册报核销。卑职仍谕令各绅士公举公正殷实之绅士，各厂分派二人，董司其事，以杜吏役侵渔之弊。更恐河北剿败余匪窜入混迹，不可不严密稽查。卑职与委员署淮宁县丞沈登瀛及县丞刘廷弼、典史叶封分投赴厂，细加诘询，并验其发际衣领等处有无暗记，分别查办，断不敢稍事颟顸，辜负谆谆告诫之意。除该绅士殷商富户捐输谷石数目并姓名清册俟事竣之日另文造报外，所有遵办缘由，合肃禀报。

署太康县知县高崧禀

窃卑县乏食贫民，仰蒙皇仁宪德，谕令煮赈两月，当此隆冬，得有就食，靡不欢欣鼓舞。卑县原设粥厂四处，分东、西、南、北四路。因各厂人众拥挤，卑职又在东西路适中之区各添设一处，均匀分厂，免致拥挤守候。每日各厂收养贫民二千七八百名，多少不等，均派令诚实绅士妥为经管。道路遗弃婴孩，谕令各乡居民携抱送城，卑职酌赏钱文，付给有乳贫妇妥为收养，按月发给口粮，俾襁褓幼孩得依乳哺，以免饿毙之惨。此卑职仰体宪慈先经查办之情形也。今蒙宪委候补州宋于渭并候补库大使章孟芳先后抵县，传述钧谕，仰见恩慈肫切，痌瘝在抱，卑职自当实心经理，不敢稍存怠忽。伏查此次无业贫民、鳏寡孤独、过往流丐纷纷赴厂请领粥票，实在众多，皆因卑县开厂较早，地方辽阔，现截至正月初三日止，计各厂人数共一万五千零十三口，每口三合，每日需米四十五石三升九合，每月需米一千三百五十一石一斗七升。今查各绅士原捐并续输共捐谷一千六百四十一石，并卑职所捐廉俸银四百两，统计核算，仅敷煮赈二十日之需。卑职察看情形，无可再为劝输。缘卑县地方连年积歉，各绅士殷户本无积蓄，而贫民嗷嗷待哺，仰食维殷，现在动用常平仓谷煮赈接济，应请动用谷四千石，务使穷黎均沾实惠，以符奏定两月之限。至残废老病贫民，现谕各乡绅士就近将捐输之谷查明散给，按照每口粥米三合，用过若干，准其扣除，俾老病者不致匍匐转徙之劳，更免遗漏滥冒之弊。至散给残废贫民口数并收养婴孩人口，统俟事竣据实册报。各厂贫民甚为宁谧，恐有奸匪混迹，卑职随时稽察留意，不敢疏忽。肃此具禀。

署太康县知县高崧禀

二月二十九日，接奉本府奉布政司转奉宪批：查被灾各州县粥厂，前经札司通饬，不论开厂迟早，总以扣足两月之期，即行拨发捐廉接煮一月在案。今该县粥厂既系扣至本月初十日两月届满，应于十一日起再行接续煮赈一月。据禀放粥给谷，均展至闰二月底止，所有多放二十日粥谷，是否绅富乐输，抑系该县自行捐办，仰布政司饬速查明禀覆毋迟等因。遵查卑县奉文煮粥两月，拨发捐廉接煮一月，自十八年十二月初十日开厂起，应扣至十九年闰二月初十日三个月期满。卑职屡荷剀切训示，仰体宪台惠爱黎元有加无已。卑境入春以来，虽叠沾雪泽，民情宁贴，第距麦收尚远，穷民谋食维艰，卑职复传谕宪台矜恤灾黎之意，谆切劝导，众绅士均各情愿量力续输，卑职仍自行续捐廉俸，再行煮赈二十日，应请展至闰二月底，俾贫民多领两旬之粥，则多受一分实惠。卑职竭尽愚忱蚊力，以冀上慰宪恩高厚于万一。所有卑职同众绅续捐展煮二十日缘由，合肃具禀。

太康县知县高崧禀

三月十五日，接奉本府札，以距麦秋之期尚有月余，小民尚需接济，粥厂必须展煮，饬令筹款展煮至四月初十日为止等因。遵查卑县粥厂，截至闰二月底止。卑职前在省城面奉钧谕，粥厂必须宽展，以资接济。经卑职议请捐办粥厂，展至三月十五日为止，通禀在案。伏查卑县被灾较邻封为重，则展煮粥厂亦应宽以时日。当此灾黎嗷嗷待哺，宪注殷切，卑职惟有遵照札饬，实心遵办，以期实惠及民。今拟加展粥厂至四月初十日止。需用米石柴薪等项，前次绅士捐输业无余剩，皆应筹款捐办。惟小米价值昂贵，非赴周口购买，不能应用，而车运又需脚价，似应酌筹办理。应请仰遵宪饬，准动常平仓谷，事竣截数核计需用谷价，在卑县十九年分养廉内均摊捐缴，秋后买补还仓。所有筹议捐展煮粥缘由是否允协，理合据实禀请核示遵行。肃此具禀。

扶沟县知县江心筠禀

窃卑职前蒙宪檄，饬令收养贫民，当将分设粥厂及动用社谷缘由，会同委员候补库大使章孟芳具禀宪鉴在案。兹于本月初六日接奉批示，令将酌动社谷若干核明禀覆等因。遵查卑县社仓项下，止存谷一千一百石零；常平仓项下，除去清查案内缺谷及本年抚恤动用谷石，止存谷三千七百石零。卑职以仓贮未便空虚，而煮赈谷石又一时不及采办，是以先行动碾社谷三百石。至此处殷商富户，卑职前同委员宋牧善言劝导，乐输银二千余两，现在续有捐输之银，共计已有三千余两。以后径令各绅士买谷煮赈，毋须再动仓谷。如捐项不敷，再行禀明酌动。卑职仰体轸念穷黎慎重仓储之意，既不肯使一夫失所，亦不敢颗粒虚糜，总期于仓贮民生两无窒碍。并遵照钧谕，查明实在乏食贫民，近者给粥，远者及老幼残废按半月一次给谷，督率绅士实心经理，不敢稍有遗漏。其中恐有匪徒混迹滋事，仍留心稽察，不敢稍存大意，用纾垂廑。缘奉饬查，合肃禀覆。

候补库大使章孟芳禀

卑职于本月十五日由通许前赴扶沟，即查各粥厂并访察该县前放抚赈，人口银谷相符。其各粥厂煮粥放粥事宜，均系各绅士经理，互相觉察，江令仍亲赴稽察，极其认真妥协。所有乐输之项，现已捐至六千余金，远乡尚有闻风来捐者。看其目前之踊跃，捐项尚不止此。伏思扶邑粥厂，江令先以米石一时不及采办，曾经借动社仓谷三百石，并禀明宪台，以后捐项充裕，径令各绅士买米煮放，毋须再动仓贮。今捐项已至六千有余，而食粥人数现在一万一千七百十二口，捐项方兴未艾，通盘核算，已敷两月煮赈之用，竟可不动仓谷。将来捐项有余，先行买补前借社谷，于煮赈两月之外，仍行散放，总以捐项散尽为止。卑职与江令商议相同，期于实惠及民，不敢稍存拘泥，用纾廑念。卑职于发禀后即赴鄢陵稽查，合并陈明，仰祈钧鉴。

扶沟县知县江心筠禀

窃卑县煮赈一事，已将上年十二月二十五日至本年二月三十日止人数米数具禀宪鉴。兹于本月初七日接奉批示，以卑县捐项充裕，计可煮至何时为止，饬令查明禀复。又奉宪檄，饬令煮至闰二月底为止，先尽捐项；如有不敷，酌动常平谷石，秋成时由卑职捐赀买补等因。遵查卑县绅商捐输之项，现在已有八千两，每米一石，市价四两零，买米二千石。自上年十二月二十五日开厂，至本年二月二十五日两个月期满，用米一千六百八十四石零，尚余米三百十五石零，计可煮至闰二月初五日为止。昨奉宪台捐发银一千五百两，约计可买米四百石，可以接放至闰二月十八九等日。惟是天气现在尚寒，距麦收之期犹远，未便遽行停止。查闰二月系属小建，卑职现定放至三月初一日停止，计短米四百石零。如再有续捐之项，仍尽所捐煮放。如无续捐，卑职自行捐廉办理，先行酌动仓谷，秋后买补。所有遵办缘由，合肃具禀。

扶沟县知县江心筠禀

卑县粥厂，前经禀明三月十一日停止，业经按旬折报在案。嗣奉本府转奉宪谕，以麦收尚远，恐有老弱残废谋食维艰，饬令设法再行展煮半月，勉成一篑等因。仰见惠爱斯民，有加无已，下怀感佩，莫可名言。卑职即于城东关酌留一厂，将境内凡有老弱残废，饬令乡地送县尽数收养，共计大口一千五百六十八口、小口三百四十六口。卑职自行捐资，于三月十二日接放起，定于四月初一日截止。尔时大麦业已登场，小麦亦渐刈获，便可接济，不致乏食。所有遵办缘由，合肃禀闻。

沈丘县知县吴荫松禀

窃卑县地方本年麦未丰收，秋成亦属歉薄，嗣因荞麦被霜损坏，民力倍形拮据。当经详请将丁地钱粮、衡工加价停缓征收，又经详请平粜常平仓谷，以抒〔纾〕民力。嗣奉宪饬，本年被灾较广，隆冬收养贫民，谕令妥为办理，首当自捐廉俸，一面劝谕绅士富户殷商量力捐输。如果不敷，酌动常、社仓谷，事竣册报等因。卑职先已首自捐廉，于近城东西两关宽空之处设立粥厂两处，置备应用器具并煤薪等项，碾米煮粥，广为收养。凡本境无业贫民并老幼残废鳏寡孤独之人及外来灾黎并乞食流丐，每口给粥两大杓，计米五合，小口减半，每日督率给放。当经两次具禀并折报在案。查自开厂以来，其实在贫乏应行给粥之人，已有三千八百余口。卑职因需费孔多，传同绅衿富户等屡加劝谕，无如各绅士等佥称岁收荒歉，力难资助。兹据盐商查庆余捐市平元银三百两，当商罗恒祥、张怡如、陈元亨共捐钱三百千，折值计共纹银五百三十两零，买米运厂接济，实属不敷所用。卑职通盘筹画，查卑县社仓项下存贮谷一千六百石零，本系绅民捐贮，相应禀请将此项社仓谷石全数动用，碾米煮粥，以裕民食而全生计。俟年岁丰收，另行劝捐归款。所有每日放粥，遴派明白诚谨亲友带同妥干丁役在厂经理，毋许稍有偷减搀和滋弊。卑职仍会同两学教官，督率典史，轮流稽查弹压，严禁匪棍混迹滋事，务期贫民沾受实惠，地方宁静，庶仰副宪台轸念灾黎不使失所之至意。除将收养人口米石数目具文按旬折报外，所有盐当捐数不敷动用、请动社仓谷石缘由，合肃具禀。

项城县知县侯蟠山禀

窃正月二十四日由本府转蒙钧札，以开厂煮粥总以补足两月为率，不得以十二月初一日起至本年正月底即行停止，统俟两月期满时，先以半月前具禀请示等因。伏查卑县系上年十一月十五日先于在城及东西二关外设粥厂三处，所用米薪系卑职自行捐办，嗣于十二月初一日添设南北二关外粥厂二处，共五处，系禀请动用常、社谷办理，按旬开报在案。至本年正月蒙委宋知州到县察查，当将卑县粥厂情形分晰具禀，请至正月底停止在案。惟核查厂内食粥流民，上旬止存七百余口，今连日又增添三百余口，至四乡领谷贫茕三千八百余口，仍复接踵纷纭，并未减少。日来冰雪在地，天气骤寒，卑职察看情形，实不便遽行停止。今卑职情愿捐廉，再行展放一月，以仰副念切民瘼、谆谆告诫至意。应需米石，缘市集难以采办，请借动常谷办理。俟转灾为祥，卑职自行买补还仓，并请毋庸开报。再，卑县厂内尚无绅监及年壮民人滋闹情事，合并声明。肃此具禀。

代理西华县事试用知县栗毓美禀

窃卑职于正月二十一日准祥符来信，转奉钧谕，饬令查办粥厂，实心经理，并将遵办缘由先行具禀等因。仰见轸恤灾黎、谆谆告诫之至意，卑职曷胜钦感。遵查卑县上年秋禾被灾，仰蒙奏请粥赈两月。卑职奉檄之后，赶紧查造户口，先将在城附近村庄查定食粥人数，于正月初八日开厂散放。其距城较远村庄，亦经陆续查明，共男妇大口一万二千五十四名，小口一千二百八十名，给发照票，并将户口姓名各按村庄遍示晓谕，咸使周知，以杜冒滥。一面分设四厂，按口散给。仍遵照宪檄，俯顺舆情，远则散谷，半月一次给领，近则散粥，按日给领。俟补足两月，再行请示办理。至老病残废无告穷民，卑职于宜济堂之外，另设留养局，自十八年十二月初一日起，收养一百五十名，点给照牌，按月捐给口粮钱文，拟至闰二月底止。现又归入粥厂，足资果腹。其遗弃幼孩，另设一厂，随时查收，登记籍贯册档。现有六十八名，每日给粥二次，并雇派诚实妇女妥为抚养，不致流离冻饿。卑职具有天良，自当恪遵宪谕，实心经理，无滥无遗，不敢稍存玩视，以冀仰副慈怀。除将食粥人口谷数另文具报外，所有遵办缘由，合肃驰禀钧鉴。再，劝捐一项，已据盐、当捐银一千二百两，绅士尚未捐有成数。合并禀闻。

代理西华县事试用知县栗毓美禀

接奉钧札，饬将捐廉煮粥至闰二月底再行停撤，仍将遵办缘由禀覆等因。遵查卑县粥赈两月，自正月初八日起，至闰二月初八日止，业已放完。即于闰二月初九日起接放捐廉煮赈，拟至三月初八日止，仍分别远近，粥谷兼施。核计一月需用米九百三十六石八斗零、谷一千三百三十六石零，除领过捐廉银一千两采买米三百三十五石有零外，尚有上二月所放粥米一米二谷，内按一谷五米核算，统计有余米一百六十七石零，一并煮放。此外不敷米石，卑职自行捐赀采买，并遵奉札谕，剀切劝捐。现有卑县监生王同文首先倡捐银五百两，阎启玉捐麦五十石，照依市价，值钱五百千文，张遐夫、李瑛、许时中、丁焕章、张富、王有贤、生员杨中立等捐钱八百四十千文，并盐、当捐银一千二百两，共捐银三千四十两。现在尚有踊跃捐输，将来不止此数。伏查卑职自正月初八日开厂起，至闰二月初八日止，共用谷五千七百四十一石，除原详谷三千石外，计借动谷二千七百四十一石零，即于劝捐项下扣存谷价，俟秋后买补还仓，不致多縻帑项。其自闰二月初九日起，至三月初八日止，需用谷石，自领银买米并碾谷余米及卑职捐赀之外，总尽捐项动用，不致再动仓谷。若果捐项充裕，仍可于原详谷数量为筹补。卑职具有天良，惟有实心经理，固不敢稍存膜视，致令贫民失所，亦不敢任意虚縻，有亏仓廪，以冀仰副轸恤灾黎有加无已之至意也。所有卑县筹办接续煮粥并绅士捐银缘由，理合禀候鉴核。肃此具禀。

代理西华县事试用知县栗毓美禀

窃卑县接收捐廉煮粥，自闰二月初九日起，至三月初九日止，一月期满，业经报明钧鉴在案。惟查本年节候较迟，麦收尚远，值此青黄不接之时，若将粥厂遽行停撤，则贫民谋食维艰，转恐流离失所；若概行普放，则食粥人数众多，经费难于措备。卑职通盘筹画，现将食粥人数内，择其年力强壮尚可佣趁者，放给恩恤口粮，听其各自谋生。内有老幼男妇鳏寡孤独疲癃残疾实在穷而无告者，大小五千二百四十三名口，卑职自行捐赀，买米接续煮放。定于三月初十日起，至三月二十九日止，一体放粥。其有距城窎远往返艰难者，现择宽大庙宇并捐赁客店，分别男妇，妥为安置，俾得栖止。卑职仰体轸念穷黎有加无已之至意，自当实心经理，断不敢稍存玩视，致令贫民失所也。所有捐赀接放缘由，理合具禀。

署许州事候补直隶州知州韩庆联禀

日前接奉宪札，以本年灾出非常，乏食贫民饥寒交迫，情殊可悯，必须广为收养，饬俟委员赍解捐项到日，酌发被灾各属，认真办理等因，并蒙饬委戈什哈高汉之赍银二百两，于二十七日到州，仰见轸念灾黎有加无已之至意。伏查卑州收养贫民，近者食粥，远者给谷，前经通盘计算，需谷六千余石。当经禀请酌动漕仓谷三千石。其不敷之三千余石，卑职与在城盐、当各半公捐银两，亦于漕谷内动用，俟来年买补还仓。是卑州收养之资，已可无虞缺乏。至所属临、襄、长三县，前据禀报，皆已一律劝捐，并各自捐廉，先后开厂。该县等既有仓储可动，又有捐项可用，似亦可无须再为筹款。但本年收养贫民，非昔年可比，老幼残废鳏寡孤独之外，尚多应恤之人。卑职现在转饬各属，察看情形，如果经费不敷，即将奉发捐项广为煮赈，宁滥无遗。倘有盈无绌，则贫民果腹有资，亦不宜任意开销，致滋縻费。所有收到银两转发缘由，合肃禀覆。

署许州事候补直隶州知州韩庆联禀

顷奉署藩司札，以卑州及临颍、襄城、长葛三县被灾较重，现经详明宪台，将所设粥厂再行煮至三月十五日为止，并委员前往查办等因。遵查卑州东北两关及四乡适中之地各设粥厂一所，前于煮赈两月期满之后，自二月二十一日起，至闰二月初十日止，按口给米，经卑职禀明自行捐办，不在奉发捐项之内。现复于闰二月十一日起，煮至三月十一日为止。临颍县刘令亦请于三月十二日为止。均经委员孟县孙令与固始县县丞赵福清会衔具禀在案。至襄城县王令，现在中旬折报，声请捐廉，煮至三月十五日；而长葛邹令现据禀报续有劝捐钱米，请于此次煮放完竣以后，复自三月初一日为始，至三月十六日停止。是卑州暨被灾各属闰月煮完，本未即行停撤。伏思卑州与临颍县停厂日期，与详定章程相去不过数日。此数日中，所费无多，自应各行捐办。襄城已据报捐廉，长葛则现有捐项可动，自俱可无须动碾仓谷。除转饬各属一体遵办外，合将遵照展煮及无须动用仓谷缘由，驰禀以闻。再，卑州与临颍等处各粥厂，俱经委员孙令等逐一查验，襄城粥厂前已饬委试用知县毛献珍前往监放，合并禀明，统祈恩鉴。

直隶许州临颍县知县刘谷万禀

前蒙宪台委员解发捐廉银三千两，饬令卑职于隆冬煮赈两月期满，接续展煮一月，俾贫民有资接济等因，遵于前二月二十五日期满后续行接煮，并将遵办缘由禀报在案。惟查前次领谷不领粥之人，即系此次应行领粥贫民，若仍止南北二厂煮赈，贫民众多，殊形拥挤。正在设法添设粥厂间，据前次领谷贫民纷纷具呈，以居址离厂窎远，日日往返一次，殊觉劳乏难支，且恐一经遇雨，更难走领，吁恳照依前二月放谷章程，每五日散米一次，既得糊〔餬〕口之资，又免跋涉之苦各等情，具呈前来。卑职查该贫民等居址，离厂自二三十里至三四十里不等，若令每日仆仆往来，实属可悯。当将窎远贫民每五日散米一次，仍照依领粥米数大口二合五勺，小口减半。至初六日十日期满，正欲具折通报并声明现在米粥兼放缘由间，适蒙宪台札委孟县孙令，会同固始县县丞赵福清到颍查勘。据孙令言，离城窎远贫民，若日日赴厂跋涉，固属艰难，按五日放米，自系体恤之意，与放粥原属事同一律。但贫民领米回家，不免多柴薪之费，与其按五日散米，不若于适中之处添设粥厂较为妥当。卑职与之筹商，意见相同。兹于本月初十日起，在四乡适中之所添设粥厂四座，并示谕各贫民仍行赴厂领粥。除将前二月二十六日起至本月初十日止领过粥米各贫民及大小口数另具清折具报，并现在设立粥厂六座收养贫民，于本月十一日起，扣至三月十二日一月期满止，理合将添设粥厂停止放米各缘由，禀祈宪台鉴核。肃此具禀。

候补县丞汪兆椿禀

窃卑职前奉藩司饬委监放临颍县赈粥，当经叩辞，于初四日驰抵临邑。因现在粥厂尚未停撤，其展赈自应俟煮粥期满再行散放。嗣于初七日署任徐令接篆后，卑职当与商办展赈事宜。据称各处粥厂，除遵札煮至三月十五日期满外，伊情愿捐赀接煮至三月底再行截止，庶贫民餬口有资，于生计益觉宽裕。所有展赈，拟煮粥期满，再行散放等语。卑职正在具禀间，于初七日戌刻接奉钧札，饬将临颍粥厂现在是否煮放，抑已擅停，饥民情形如何，尸骸有无暴露，限即日星飞先行据实禀覆，仍加意照料，随时具报等因。卑职遵于初八日先赴南北两关查看粥厂情形，初九日赴西乡离城十五里之杜〔下文为“社”字〕曲，初十日复赴北乡离城十五里之固厢等厂，查得男妇贫民络绎领粥，均属安静。以上四厂，现在委系一律煮放，并无擅停情事，一路亦无暴露骸骨尸身。至东乡瓦店南乡十里铺两厂曾否停赈，有无暴露尸骸，并以上各厂贫民若干名口，俟详细查明，再行禀报。卑职素蒙培植，有逾恒常，更当仰体宪台，廑念灾黎，不使一夫失所之至意。卑职稍具知识，断不敢稍有懈忽，自蹈愆尤。所有查过各厂及地方情形，并俟粥厂期满再放展赈缘由，肃先禀覆。

署直隶许州临颍县事即用知县徐柱臣禀

窃卑职蒙宪台委署临颍县印务，遵即驰赴任事，当经查明地方情形并固厢镇、南、北二关三处粥厂贫民领粥安贴缘由，禀明在案。兹准前任刘令将粥厂收养贫民口数造册移交前来，卑职随即亲赴南北两关及固厢镇并诣瓦店、社曲、十里铺三处粥厂，逐一查核，并点查领粥及前次领米贫民，与刘令所开口数均属相符，委无浮冒情弊。除将卑职自本月初七日到任接手煮赈起，至十五日展煮期满止，计九日收养贫民口数及用过米数开具清折，另行呈电外，再卑职于本月十六日起，自行捐赀，至三月底止，现在一律展煮，贫民照旧领粥，极为安静。至展赈银两业已领到，卑职现同委员分赴四乡，将应赈户口核实查点，随查随放。并遵照宪札，如有外出病故临点不到者，即行扣除；其闻赈归来者，查明添入，务使灾民均沾实惠。现在大麦业已成熟，粒极饱绽，小麦亦已结实，早秋长发，现获时霖叠沛，丰稔可期，灾民元气不难即复。前禀拟借晚秋籽种之处，兹卑职亲赴四乡履勘，业已布种齐全，并无隙地，似可毋须出借。卑职自分才庸，仰蒙逾格栽培，加之委任，惟当事事实心，竭尽驽骀，以期无负宪德。除仍间日亲赴各厂，实力稽查，以杜胥吏滋弊，并于地方有益之事，随时酌量其应禀请示遵者，仍行飞禀请示外，所有卑职覆查地方情形暨领粥贫民口数各缘由，理合据实禀祈宪台鉴核。肃此具禀。

署鲁山县事试用知县华宗坛、直隶许州襄城县知县王琦禀

窃卑职宗坛日前面奉钧谕，令沿途查看粥厂是否煮至月底，接上展赈，切不可半途中止，并有无路毙尸骸，会同随时掩埋等因，遵将查过尉氏、许州等处情形禀闻在案。兹于十八日路经襄城县，查得该县自上年十二月初一日起，在于南关设厂煮赈，所需米石，卑职琦自行捐备应用。四乡贫民住居穹远就食不便者，报明动用漕仓，折给谷石，扣至本年二月底止。业经按旬开折禀报在案。嗣蒙饬发捐项银三千两，当即采买粟米，即于闰二月初一日起开厂接煮，仍在南关设厂一处，并于四乡适中之地各添一厂，概行煮粥散给。每日共计大口九千四百七十二口，小口四千七百零二口。再，卑县绅商陆续捐输银七百九十五两、钱六百四十千文，亦已采买粟米添补应用。所买米石，约可煮至三月初五日。至期，卑职琦再当捐廉接煮，至十五日为止，再行停撤。亦经开折报明在案。兹卑职宗坛亲赴各厂察看放粥情形，极为宁静。该县煮粥至三月十五日停止，正可接上展赈，俾灾黎不致失所。至路毙尸骸，卑职琦于上冬置买义地，分遣家丁前赴各路，督同地保随时查察，就地掩埋。现查境内并无暴露。卑职宗坛察看一切均属妥协，堪以上慰慈怀。再，查襄城境内麦苗约种十分之六七，现在长发青葱，早秋业经布种，并赶种蔓菁、菜子，农民甚为宁贴。合将到襄查察缘由会衔肃禀。

直隶许州襄城县知县王琦禀

窃卑县设厂煮赈，收养贫民，先蒙饬发捐项银三千两采买粟米，于闰二月初一日起接续煮放，又蒙续发捐项银三百两，并准酌动常平仓谷碾米展煮半月，至三月十五日为止，接放展赈。仰见宪慈矜恤灾黎有加无已。卑职凛遵，实心经理，已将收养口数、用过米数先后开折申报在案。伏查卑县境内，二麦甫经吐穗，须俟四月中旬方可有收。现虽散放展赈银两，但距麦收尚有时日，若能多煮旬余，则老幼灾民更可藉资接济。卑县绅商前已捐银七百九十五两、钱六百四十千文，报明买米添补应用。卑职现又劝谕绅商续捐银三百七十一两，惟米价昂贵，购买无多，不敷煮用。卑职情愿捐廉，赶紧采买，即于十六日起仍设五厂，概行展煮至三月底止，再行撤厂，无须再动仓粮，以仰副宪台拯救灾区之至意。所有筹办缘由，合肃禀闻。

直隶许州郾城县知县冯仝禀

本月初八日奉札饬，捐煮一月期满，展煮至闰二月底为止，先尽捐项动用。如果实有不敷，确核所短实数，再行酌动常平，秋成买补。一面赶紧造册，赴司请领展赈银两，三

月初旬散放，以资接济。仍将遵办缘由，先行禀复等因。遵查卑县于上年十二月十五日开厂起，至本年二月十五日两个月煮赈届满，已于二月十六日接办捐煮一月。其初给发粥票，约减前次十分之二。近今天气晴和，乡间农工动作，稍有生计，流徙灾黎亦陆续回里。刻下统计城乡四厂就食男妇大小，不过一万三千余口，较前已减去过半。除奉发银三千两照依市价采买粟米尽数煮放外，其余不敷，卑县已自行捐备。俟放足一月之期，再遵照酌动常平仓谷碾煮，至本月底停撤，事竣核实报明，秋成捐资买补，以实储备。至卑县蒙宪恩奏准一月口粮，间阎情形今昔既有不同，必得确实稽查，以杜冒滥。容俟赶紧查办造册，赴司请领银两，于三月初旬散放，俾资接济。卑职惟有凛遵宪札，实心经理，竭力捐施，以仰副保赤深仁有加无已之至意。所有遵办缘由，合肃驰禀。

直隶许州长葛县知县邹蔚祖禀

窃卑县奉文煮赈两月，并蒙饬发捐廉银两接煮一月，均经遵照办理。嗣蒙札饬展煮至闰二月底为止，亦经将遵办缘由禀报在案。兹复据卑县绅民李苞、赵以诚、杨鉴、赵尽礼等陆续捐有白米三百余石、钱一百八十千文，为煮粥之需，业已缴贮公所。是皆荷蒙钧札叠颁，劝其赒恤乡邻，保全民命，所以各动仁心，协力捐助。现拟于三月初一日起，将各绅民所捐钱米再行接煮，放至三月十六日撤厂停止。卑职业将该绅民捐资展赈缘由出示晓谕，并将所捐数目逐一开列于后，以表其好善乐施之意。事竣仍给匾额，奖其善举。理合肃禀，稍慰慈怀。再，展赈银两现在请领，赶紧捶剪，务遵札谕，于三月初旬放给。合并禀闻。

孟县知县孙世澧、固始县县丞赵福清禀

窃卑职等奉委赴许州、临颍、郾城、遂平四州县查勘展煮粥厂情形并城乡有无倒毙饥民、曾否掩埋据实禀报等因，遵于本月初四日禀辞出省，初六日驰抵许州。查得该州东关设粥厂一处，北关设粥厂一处，均系按日给粥。此外四乡贫民，据韩牧称，自二月二十一日起放至三十日，复自闰二月初一日起放至初十日，系在四乡适中之地分厂散米，计共大小口二万四百余名。卑职等当与韩牧面商，自本月十一日起，除旧有东北两关粥厂二座外，即于四乡适中之地改设粥厂四座，每厂安设十八印锅十五六口，即照该州册报大小口二万四百有零人数，按名发给粥票煮放，至三月初十日为止，以符展煮一月之期。该州现已照办。卑职等复驰赴临颍县，查得南北两关有粥厂二处，每厂设接大锅三口，计每日共收养大小口一千三百余名。此外亦系按旬放米。卑职等遵将许州现办改设粥厂情形与刘令面商，亦于四乡添设粥厂四处，每厂安设十八印接口锅八九口及十口不等，即照该县册报大小口一万七千四百余名之数发给粥票，按日领粥，于本月十二日起展煮至三月十二日为止。该县亦即照办。卑职等复驰至郾城，查得该县城乡设粥厂四座，每厂安设十八印锅八口，领粥人数每厂大小口约有二三千名不等。该县自二月十六日展煮起，实系每日放粥。据冯令称，从前给票人数甚多，近日实领粥者，大小口共计一万二三千名。卑职等亲赴该县四厂查勘，情形与该令所言相同。卑职世澧查过郾城后，因临颍、许州改设粥厂，尚须亲身覆查，当嘱卑职福清先赴遂平。查得该县东北关设有两厂，询据朱令称，正月初十日

开厂起，至本月初十日已满两月之期，现仍遵照宪示，接续煮放至月底为止。再，自许州交界起至遂平交界止，大路三百余里，卑职等往来旬日，内仅见有倒毙饥民及掩埋不深又复暴露者共十九具，均已随时捐赀，立即深埋。现在各州县均派有丁役，往来查勘，自无暴露。至麦田情形，节次春膏透足，日形长发。许州境内约种麦及半，临颍十之五六，郾城十之六七，西平、遂平一带十之七八。一望青葱，极为茂盛。其余地亩，皆布种大秋。野无旷土，转丰有象，望岁可期，舆情极为宁贴，均堪上慰仁廑。卑职世澧现于十五日回省销差，嘱卑职福清暂留许州、临颍等处，往来查勘，务期两处领粥人数与册报相符，再行回省销差。理合陈明所有遵查四州县展煮情形，据实具禀。

卷九 禀牍

署彰德府知府候补道吴禀

接奉宪札，以时届隆冬，各属积歉之后，无业贫民、过往流丐就食者多，恐照常赈粥难遍，饬令率属捐廉，劝谕绅商量力捐资，如有不敷，准酌动仓谷添补，务使均沾实惠，并饬多拨兵役严密稽查，以防逸匪混迹，均勿忽延等因。仰见轸念民生严防奸匪之至意。卑署府身任表率，自当恪遵慈训，率属捐廉，并劝谕绅商量力捐资，共勷赒恤，以期仰副深仁。伏查卑属安、汤、临、武、内五县，因上年秋禾、今春二麦俱被旱歉收，荷蒙圣恩稠叠，缓征粮赋，借粜仓谷，复又出借籽粮，并施抚恤，嗣经前抚宪以秋收尚远，又加调剂，饬令各属官绅捐散馍粥。当经前府阎守率属捐廉，并据各该县将劝捐接济缘由禀报在案。第卑属于积歉之后，本年秋禾又未获丰收，闾阎元气未复，值此隆冬，其乏食穷黎及邻境难民就食者倍于往年。诚如宪谕，若照常赈粥，势难遍及，自应饬属广为收养。惟需用米石较多，必当善为筹备。彰属系积歉之区，户鲜盖藏，且滑、浚、山东、直隶剿补〔捕〕贼匪地方，皆与卑属连壤，各县绅商俱因团练乡勇需费维艰，皆自顾不暇，力难捐输。查安阳等五县于夏灾抚恤案内，前蒙恩旨，有拨济该五县贫民南漕米各一千石。内除临漳县因秋后民间无须调剂情形，将奉拨漕米一千石禀辞。旋安阳县自直军旅戒严，当经安阳禀蒙各宪，将临漳禀辞米一千石添拨安阳，以为储备。旋据安、汤、武、内四县，将应领漕米均已照数运回。前据武安县请将领回米一千石于冬月尽数煮赈等情禀经藩司批，通计所属情形汇议，毋致岐异等因。业经前府阎守议将安、汤、武、内四县领回原拨米一千石煮赈散放，并因安阳地方辽阔，且系南北大道，过往流丐与本境贫民多于别县，其原拨米一千石不敷散放，请将该县前请改拨临漳米一千石添补煮用，均请于十二月初一日一体分厂赈恤等由，禀明藩司核示。旋据武安县具报遵办。所有安、汤、内三县领回漕米，应请仍照前府所议，饬令该三县一律妥为煮赈。不敷米石，卑署府当率属捐廉办理，毋须动用仓谷。其林、涉二县暨临漳县民力尚可支持，易于遵照办理。兹奉札饬，当遵饬所属，各就地方情形，实心经理，在于城乡适中之处设厂煮赈。其有衣不蔽体者，捐给棉衣。务使穷黎均沾实惠，不致一夫失所。并委员分赴各县监放，及督饬兵役严查奸匪混迹。除仍饬县将该厂处所、开赈日期禀报外，所有转饬遵办缘由，合肃禀覆。

署彰德府知府候补道吴禀

接奉宪札，饬令转饬各属各捐廉俸，置地备棺，将路毙贫民随时殓埋，仍将遵办缘由报查等因。仰见轸恤穷黎、泽及枯骸至意，下怀曷胜钦佩。卑署府伏查路毙尸骸乏人收殓，暴露荒郊，被畜残毁，诚如宪谕，深为可悯。卑署府现在首先倡捐，饬令安阳章令于城外空隙处所置买义地，多备棺木，遇有路毙之人，即收殓深埋，插标记认。一面转饬所属一体捐廉，遵照办理，以冀仰副仁至义尽之至意。所有饬属遵办缘由，合肃禀覆。

加五品衔安阳县知县章玉森禀

卑职于二月二十三日奉本府札，以藩司转奉札开：二月逢闰，距麦熟之期尚遥，饥民必多失所，饬即劝令各绅商捐资拯救，同勷善举，事竣详请奖励等因。仰见俯恤灾黎，无微不至。昨岁勤宣圣德，渥荷蠲赈之频施，际兹序展春和，复虞青黄之不接，于国家经费之外，庶闾阎博济之方。凡属灾区，当何如仰体宪意，下恤舆情。遵查卑县境内上年夏间被旱，曾劝令该绅商共捐银五千余两，煮粥散赈。嗣于冬季复蒙奏准煮粥两月，遵即确查灾民户口，分厂办理，共用过米二千四百二十石。内动用截漕米二千石，余系卑职捐廉赈给，均先后据实申报在案。今年入春以来，卑境幸邀福芘〔庇〕，喜凯旋之胥吉，庆雪泽之优沾，顷值农祥，又得膏雨，麦苗渐次滋长，民气颇觉安恬。卑职随时体察地方情形，似与极重灾区有间。惟念登麦之时尚缓，救荒之策必周，穷民有四，或无告而颠连，善政惟三，以厚生为急务，朝廷之恩膏屡沛，井里之任恤宜推，义取相赒，民利用劝，诚如宪谕，总以捐项充余，宽增时日，尤为善举，自应妥速筹办，以全民命而纾慈廑。因思捐项交县，仍行设厂，一切经理，未免需时，且恐距城窎远贫民就食维艰，转滋拖累，似须变通酌剂。查卑县四乡共分八十四里，现定剀切出示，劝令该绅商富户急公尚义，慷慨捐施，各就附近村庄，会同乡约地保，查有鳏寡孤独并极贫待哺户口，或酌散馍饼，或量给钱文，既免老弱就食之艰，更无吏胥经手之弊，总期事归实济，多获生全。除附城之普济、育婴等处，卑职仍自勉力增捐，妥为养给外，统俟麦秋事竣，查明该绅士等果有捐资最巨者，即据实详请奖励，以彰义举而普仁风，庶几勉副谆谆劝善、务使灾黎咸登衽席、感召嘉祥之至意。肃此禀闻。

汤阴县知县郝延年禀

本月初七日接奉宪札，以际此青黄不接，又值雨雪之后，气候甚寒，贫民因饥倒毙，恐所不免，饬即查明报设粥厂系煮至何时停撤，现在乏食贫民作何设法拯济，仍查明有无路毙尸骸曾否深埋，由六百里禀覆等因。遵查卑县自上年十二月二十五日开厂煮赈起，至本月〔年〕正月二十八日，将受拨南漕米一千石全数煮完，即停粥厂。迨卑职回任后，因尚未煮足两个月之期，而贫民又乏食堪虞，经卑职捐廉买米二百石，并劝谕绅商申全豫等捐米四百石，共米六百石，复又于二月十五日开厂起，照依原查户口，按名给粥，以资接济。节经禀报在案。前后计算，煮至闰二月十一日，已足两月之期。惟查此次开厂以后，天气渐觉和暖，贫民多有自行谋食，其赴厂食粥者日渐减少。所有捐米，约计尽可煮至闰二月底。应俟彼时将捐米煮完，再行停撤粥厂。现在该贫民等口食有资，其停撤粥厂以后，正属播种秋禾之时，亦可工作谋生。且卑县上年秋收尚属丰稔，市粮不甚昂贵，似无须再行调剂。至卑县境内，现在并无路毙尸骸。卑职仍当随时稽查，一有路毙尸骸，即行验明，捐棺盛殓，深埋义冢，俾不致有暴露之惨。断不敢稍有捏饰，自干严谴。缘奉札饬，合肃禀覆。

林县知县张兆安禀

窃卑职本月初九日接本府札，准开封昌守札开：蒙宪台面谕，今春雨泽优沾，麦收可望，惟距刈获之期尚有月余，饬令煮赈州县再展半月，以资接济，并将尸骸赶紧掩埋，毋任暴露，致乖春和等因。仰见轸恤灾黎、有加无已之至意。遵查卑县上年秋收虽薄，并未成灾。其被贼滋扰数村庄，现经详请抚恤口粮，按户分给，已足自赡。所有未经被贼地方，卑职细加察看，民力尚不甚拮据。惟距麦秋尚远，现当青黄不接之际，无力贫民家鲜盖藏，终恐难于接济。诚当恪遵宪谕，共矢实心，勉成一篑。卑职刻即先行捐廉，并劝谕县属各绅士殷户共笃梓谊，量力捐输。凡实在力不能支贫户，俱散给银米，足资半月口粮，俾得延至麦收，无虞失所。现在春膏叠沛，闾里敉宁，境内并无瘟疫流行，亦无尸骸暴露，堪以上慰慈廑。所有遵办缘由，理合肃禀驰申。

临漳县知县王果禀

接奉本府准首府札，奉宪台面谕，再行展煮半月，以迓春和等因。仰见轸念黎元有加无已，五中钦戴莫可名言。伏查卑县上年秋收八分，本属中稔之岁，闾阎尚可支持。惟究系积歉之区，元气未复。经卑职于十一月二十并本年正月十一等日在于西南二关设立男女四厂，分别煮赈，截至闰二月初十日止，陆续收养男妇大小五百六十名口，用米六十五石一斗八升四合，又给过棉衣二百一十五件，均卑职捐廉办理。复令各处诚实绅士举报鳏寡孤独老弱残废难以赴厂啜粥之人，给签领谷，两月为期，按月给发，每大口共给谷三斗，小口减半，统共男妇大小一千五百六十四名口，用谷三百八十一石四斗五升，在于仁育仓项下动拨。节经开折禀报并叙详在案。卑职现复传知各绅士，于原报之外，将曾经啜粥之贫民流丐一并举报，卑职捐发廉俸购买米石，每大口给米四升五合，小口减半，以符煮粥半月之数。并添雇乳母，在于育婴堂收养幼孩，俾免遗弃。一面遵饬修合辟瘟丸散，以济疾病。至路毙尸骸，卑职复经诣看，并无暴露。卑职忝为民牧，自当认真料理，以广皇仁而副宪德，断不敢稍掉轻心。倘言从事违，一经查觉，自干咎戾。所有遵办缘由，合肃禀覆。

武安县知县丁承镐禀

十二月初七日蒙本府转奉钧札，以无业贫民及老幼残废暨过往流丐只身飘荡，衣不蔽体，地方积歉之后，觅食维艰，值此朔风凛冽，饥寒交迫，情殊堪悯。本年被灾较广，就食必多，恐照向来隆冬设厂煮粥，势难遍及。凡为牧令，自当同生恻隐，首捐廉俸。一面劝谕绅士富户殷商量力捐资，广为收养，不得官为派累，假手书役。各厂需用米石，先动捐资；如果不敷，据实册报，准其酌动常、社谷添补煮用。务当激发天良，妥为经理，仍将设厂处所、开厂日期先行禀报等因。仰见宪虑周详，不使一夫失所之至意。卑职身任地方，有斯民之责，敢不尽心筹画，仰报鸿慈。遵查卑县奉拨南漕米一千石，于十二月初一日起，在于城乡适中之东岳庙、康二城、庄晏村、崇议村、罗峪村分厂煮粥，按照本年六月查定抚恤之户共计七千五百四十七名口，按日给散，业经具报在案。兹查原报贫民病故者二百七十二名口，应行删除。又逐日续收无业贫民、过往流丐九百五十四名口。现计原续贫民八千二百二十九名口，每名日需米五合，先尽南漕动用。不敷之数，卑职首先捐银三百两，一面劝谕绅士富户及积贮粮食之殷商量力捐资，不敢假手书役，致滋派累。仍令各举公正绅士董司其事，完竣造册具报，听候恩奖，务使穷黎均得就食，不致一夫失所。卑职与委员及同城教杂分路严密稽查，不使败窜余匪混入粥厂。俟来岁正月再看情形，如果捐资不敷，另请动用常、社仓谷。事关民瘼，卑职具有天良，惟有实力实心秉公妥办，不敢稍存大意，自干重谴。除将用过米石另文申报外，知廑钧怀，谨将遵办缘由肃具禀覆。

武安县知县丁承镐禀

顷奉本道批，据卑职禀覆展煮半月并加意掩埋尸骸禀由，蒙批：据禀捐廉煮赈并掩埋尸骨缘由已悉。该县志在恤民，深堪嘉尚。第思三月下旬，收获尚早，民食仍未免拮据。迩日据各县报到，展至四月半停止者居多。仰即设法妥筹，一律展至四月望前为率，以副大宪廑怀，仍将遵办缘由通禀等因。蒙此遵查，卑县前奉本府转奉宪台谕令加展煮赈，即捐廉购备粟米三百石，按照前办章程分厂煮粥，于三月十六日起，至三十日止，加赈半月。自开厂以来，民歌宪德，共乐含哺。兹届赈满之期，距收获尚早，民食仍未免拮据。卑职遵再捐廉购备粟米二百石，在于各原设厂处所，于四月初一日起，至十五日止，煮粥加赈半月，俾贫民餬口有资，无虞失所。卑职仍督率教杂各官，分投实心经理，以期实惠及民，仰副慈廑。肃泐具禀。

卫辉府知府郎守禀

窃卑府于本月二十日驰赴滑、浚二县查办抚恤一切及善后事宜，当查设厂煮粥为目前第一要务。滑县自正月初八日起，于四关分设四厂，经该县督率典史分厂照料，每日按票散给。半月以来，极为宁静。惟该县地方辽阔，离城较远之处，其鳏寡孤独残疾老病势难远赴领食。卑府体察舆情，与孟令再四筹酌，查得该县城东之老岸镇，距城七十里，为居民稠密之所，前被贼匪滋扰，焚掠一空，今难民纷纷归来，必须添设粥厂。又该县城北什善堂地方，距城五十里，前被贼滋扰，良民均各远逃，现亦陆续归业，亦应添设粥厂，庶附近一带村庄可以分别就近领食，实属大有裨益。兹均拟定于本月二十九日开厂煮粥。查有山西投效举人耿龙光，年壮才明，卑府与之讲求此事，极为中窾。现在老岸一带挨查户口，当委令协同老岸镇巡检秦丙在该镇监放。又有汲县训导魏云峰，去岁委查抚恤，甚属可靠，即委令就近查办抚恤，并在什善堂监放粥厂。复查浚县南关于正月初七日起设厂煮粥，经该县会同训导王三畏经理照料，每日按票散给，亦极宁谧。该县被贼蹂躏处所虽不至滑县之多，惟一处设厂，恐穷民奔走惟艰，且人众亦多拥挤。现亦拟定本月二十九日起，在东西北三关添设三厂，仍饬该县会同训导并督率典史轮流监放，容俟事竣，分别造册报销，并令按旬据实具报，卑府仍不时亲往密查。除抚恤事宜现在添委正杂各员分路赶紧确查另行具禀外，合将督饬滑、浚二县添设粥厂缘由，先行具禀宪台查核。肃此具禀。

浚县知县朱凤森禀

卑县地方，于本年正月初七日，在于南门外城隍庙设立粥厂煮赈，业经具禀在案。兹查四乡领粥贫民，扶老携幼，日逐增添，纷纷拥挤，兼之远道奔驰，似非便民之道。是月二十八日，在于东关三官庙设厂一座，西关山陕会馆设厂一座，北关文昌阁设厂一座，似此分设四关，庶贫民领粥不致远道奔驰，亦不致纷纷拥挤。卑职仍移卑县，训导札饬典史，分门督率监放，卑职往来查察，实心经理，以期贫民均沾实惠，不致一夫失所，仰副宪台念切民瘼之至意。所有卑县添设粥厂缘由，理合禀明。

滑县知县孟屺瞻禀

窃查卑县收养救出城内难民，并在四关老岸镇、什善堂分设粥厂，煮赈被贼难民，已请领过楚旺稷米二千石，又准承办直隶督镇两标粮台试用知县刘在田移交小米四十三石，又先经起获贼遗谷黍杂粮三百石，续获贼粮一千二百六十四石五斗，共杂粮谷一千五百六十四石五斗，按一米二谷折算，碾米七百八十二石二斗五升，统共收过米二千八百二十五石二斗五升。自煮赈以来陆续用过米石，业经分晰按旬折报在案。现在存米无多，卑县商民被贼蹂躏，并无捐输之项，又无别项米石可以动拨，而难民嗷嗷待哺，散放两月口粮尚需时日，刻难接济。卑职再四筹维，惟有捐办，以资民困。卑职情愿捐一年养廉银一千四百两，俟存米用完之后买米接煮。如再不敷，另行筹办，以煮赈至散放口粮之日为止。所有捐廉煮赈缘由，合肃禀明。

辉县知县萧炤禀

案照卑县地方连岁歉收，荷蒙宪恩奏准劝捐煮赈两月，以赡穷民。当经遵照办理。无如卑县殷实之户本属无多，上年大半被贼焚掠，家无余赀，势难勉强输将。卑职先拟将仓存谷石碾米煮赈，嗣因储谷无多，未便碾动，随一面自行捐资籴米煮赈。因力有不敷，禀蒙本府转禀藩司批准，将上年卑县奉拨之截留南漕梭米一千石运回应用在案。兹两月之期已满，共用过米一千一百二十一石。卑职除捐备煤薪并水火夫工价外，计捐米一百二十一石。现在仰荷天庥，雨泽应时，二麦可望有收，自应即行停止。惟本年二月逢闰，相距麦熟之期尚远，且被贼村庄无业难民陆续就厂食粥者甚多，而抚恤银两虽经请领，尚未发下，若遽行撤厂，穷黎仍多失所。卑职目睹情形，只得再为捐赀接煮，以截至闰二月底为率，庶青黄不接之时，小民无枵腹之虞矣。所有办理缘由，合肃具禀。

获嘉县知县陈蕖禀

本月初八日接奉钧札，以河北各属上年被旱，又当滑县军兴之后，农业失时，际此青黄不接，又值雨雪，气候甚寒，恐有贫民饥饿倒毙，饬将报设粥厂至何时停撤、现在乏食贫民如何设法拯济、通衢僻壤有无路毙尸骸、曾否深埋，驰禀查考等因。遵查卑县隆冬收养贫民，自奉文于上年十二月初十日设厂起，收养名数，按旬禀报。至本年前二月初十日已足两月之期，且时届春融，将停止缘由通报。至需用粥米以及卑职捐廉银数，禀请本府核转在案。停止粥厂之后，又值雨雪，气候甚寒，诚如宪谕，恐有贫民饥饿倒毙。卑职当即复行查察，将无依贫民询有富裕亲族可依者，劝谕暂为依倚；其实在年老残废茕独无依者，收养卑县原设惠济堂内，捐给口粮，俾免冻馁。仍饬差在于通衢僻壤遍历巡查，如有异乡流丐，讯明居址，给资谕令回籍；如有路毙，随时报验，捐棺殓埋。现在贫民得所，路无饿殍。卑县仍当随时稽查，实心办理，不令贫民流离失所，死者遗骸暴露，以副轸恤穷黎之至意。再，卑职因公赴乡，时加体查，现届春融，地土滋润，此际东作方兴，无业贫民亦可力作谋生，麦秋可望，民情甚宁，堪以仰慰慈廑。缘奉札饬，合将设法拯济贫民、收埋路毙尸骸缘由肃禀。

淇县知县周南禀

本月初八日接奉钧札，以河北各属上年被旱虽未成灾，但当滑县军兴之后，或贼匪窜扰，或兵差络绎，农业失时，际此青黄不接，又值雨雪之后，气候甚寒，贫民因饥倒毙，恐所不免，札饬查明报设粥厂应煮至何时停撤、现在乏食贫民作何设法拯济，仍查明通衢僻壤有无路毙尸骸、曾否深埋，限即日由六百里禀覆等因。仰见轸念穷黎，推广皇仁，无微不至，实深感悚。遵查卑县去年秋收，于卫郡各属较为丰稔，旋因滑县教匪滋事，虽与卑境毗联，幸有淇河为界，卑职当即督率乡勇民夫协力防御，间有贼探入境，立时拿获，解府究办，卑境因未被贼窜扰。即兵差络绎，俱系随时照料妥协，亦无秋毫侵犯。是以阁〔阖〕邑居民安堵如常，尽力农亩，播种二麦统计十分之八。今春瑞雪频沾，麦苗长发青葱，可望有收，民情甚属安贴。且时近清明，正可耕种早秋，小民得以佣趁度日，不致十分拮据。目下情形似可毋须煮赈，业经禀明本府在案。或至三四月间青黄不接，必须调剂，再当禀请粜借接济。至路毙之案，自正月至今，未及十起。均经卑职验明，捐棺深埋，断不忍其暴露。屡蒙体恤为怀，谆谆告诫，卑职具有人心，何敢丝毫捏饰，上负鸿慈，下增民困，自取重咎也。所有地方实在情形，理合据实驰禀。

封丘县知县全福禀

本月初一日，奉代理本府札转，蒙宪札：赈济乏食贫民，总在变通妥办，俾灾黎无枵腹之虞，是为至要。仍将办理缘由，先行禀覆等因。窃卑职于上年十一月二十八日具禀设厂收养贫民，蒙宪批：以贼氛未靖，无庸煮赈，以免别滋事端。仰即按名捐米散给，俾资口食等因。卑职遵于十二月初旬起按名给米，嗣于十九日复奉宪札：无业贫民值此朔风凛洌〔冽〕，饥寒交迫，情殊堪悯，饬令添设粥厂，广为收养，俾资就食等因。卑职遵即在原设厂所并东乡之黄陵集、东北乡之冯村各设厂一处，于下旬一律煮粥。经卑职禀明，按旬折报。兹奉前因，卑职遵复俯察舆情，其有老幼残废及无家之人炊爨无具，仍行煮粥，令赴各厂就食；其有远处贫民情愿领谷者，查明实在大小口数，给以照票，按大口给谷六合、小口减半，按半月一次给散，令其领回自行舂磨煳口，以期仰副矜恤灾黎，俾免枵腹之至意。至动用米谷，卑职首先捐廉及劝令绅士富户殷商量力捐助，尽数煮赈。若难以为继，再动用仓谷。除按五日开折通报，并俟煮赈两月事竣实用仓谷若干另行通报外，所有卑职察看舆情，遵照分别粥谷兼赈缘由，肃此具禀。

前任获嘉县知县汪桂葆、考城县知县方起莘禀

本月二十二日接奉河北道札转，准藩司咨，奉宪台札饬，令即会同确查卑县有无设立粥厂、如何定立章程，间有被水三十一村庄，查明实在穷苦无依老幼极贫之户，先给米票，按日赴领，残疾不能赴厂，核实散谷，统归抚恤案内造册报销，毋稍遗滥。仍将查办章程通禀查考等因。卑职桂葆、起莘遵查上年间有被水之张庄等三十一村庄，其中无业贫民觅食维艰，前经卑职等禀请宪示，一面先于旧城设厂，分别给予粥米，暂戢哀鸿。其县城附近乏食贫民暨飘流难民，一并设厂收养，俾资口食。节经卑职起莘具禀按旬折报在案，并蒙河北道亲临督查。兹奉钧批，饬令确查，统归抚恤办理，仰见痌瘝在抱、切念穷黎、无微不至之德意。卑职等查自正月初二日开厂以来，每日散放粥米，实系乏食贫民及鳏寡孤独穷苦无依，均先期给票，临时验票散给，并令牌头甲长分别稽核，互相纠察，以杜弊混。其相距较远及老幼残疾者，并日给谷，每大口粥米三合，小口减半。嗣奉批饬，以散米易滋浮冒，旋即改定章程，概行煮粥散放。不能赴厂者，令其亲邻代领；远村极贫之人，即令赴厂栖止，俾免跋涉。卑职等仍不时查察，断不敢稍有遗滥，以期仰副宪慈。动用谷石，事竣归入抚恤案内造册报销。所有遵札查办章程，理合具禀。

考城县知县方起莘禀

本月初七日戌刻接奉宪札，饬将卑县粥厂系煮至何时停撤、现在乏食贫民作何设法拯济，仍查明通衢僻壤有无路毙尸骸、曾否深埋，即日由六百里禀覆等因。仰见轸念民瘼慈怀保赤之至意。遵查卑县系于正月初二日开厂煮赈起，因现当青黄不接，气候甚寒，乏食贫民殊堪悯恻，是以卑职现在仍设厂散粥，并未停撤。俟气候稍和，卑职察看情形，再行禀请宪示。至卑县通衢僻壤，春初间有路毙之人，随即深埋。现在确查，并无路毙尸骸。合并禀覆。

滑县知县孟屺瞻禀

三月初九日接奉本府转蒙宪札，饬发苜蓿籽粒到县，令分给乡农布种，以饶物产，仍将查收转给缘由禀覆等因。仰见教民稼穑，无微不至，曷胜饮佩。卑职遵将奉发苜蓿，传集乡农，逐户分给，谕以未经种麦种秋余地，如法布种，易于发生，堪可采食。农民纷纷领种，靡不欢欣鼓舞，歌颂宪恩。卑职查前奉饬发菜种，现俱播种长大，藉供菜蔬之需。今又奉发苜蓿籽粒，四散布种，以饶物产，从此流传广布，于民生大有裨益，则宪德之高厚永感不忘矣。所有分给苜蓿籽粒缘由，合肃禀覆。

怀庆府袁守禀

窃卑属原、阳二县，因上年麦收歉薄，详蒙无力贫农借给籽粮，其鳏寡孤独并无寸土者，仰荷恩旨赏给一月口粮。旋缘去年秋成又未丰稔，民情艰窘，复蒙皇仁宪德，于奏截南漕案内拨给各该县南米各一千石，以资接济，并奉颁发誊黄，遍贴晓谕。凡穷檐蔀屋，无不家喻户晓，颂德歌功。迨九月间滑匪滋事，大兵云集，将截拨原、阳米石改作军粮，致虚所望。今蒙俯念灾黎，奏明劝谕富户殷商量捐煮粥；如有不敷，酌动仓谷一千石，饬令各该县设厂散放，俾不致失所，实属意美法良。但原、阳二县地瘠民贫，兼之连岁歉收，与邻封各属稍有不同。若仅动谷一千石，实属不敷。且奉拨原、阳二县南米各一千石，靡不周知，合无仰恳宪恩，按照一米二谷之例，准各动仓谷二千石，庶乏食贫民得以普沾惠泽，而办理亦不致掣肘矣。是否有当，合肃禀请，察核示遵。谨禀。

河内县知县吴为义禀

闰二月初八日接奉宪札，饬查粥厂何时停撤，乏食贫民作何拯济，通衢僻壤有无路毙尸骸、曾否深埋，限即日由六百里禀覆等因。仰见念切痌瘝，无微不至，下怀钦感，莫可名言。遵查卑县前奉宪台札饬，设厂两处煮粥赈济，业将收养名数按旬折报在案。卑职察看舆情，莫不鼓舞欢忻，颂皇仁而歌宪德。今两月之期已于二月二十日届满，但月逢增闰，麦熟尚遥，青黄不接之时，未便遽行停撤，况蒙训诫谆谆，尤应仰体悉心调剂。卑职自行捐廉，并劝谕殷商富户量力捐输，再赈一月。此时捐项已有一千三百两，现尚剀切劝谕，不拘柴米，得有续捐。诚如宪谕，多煮一日，多饱一日，总期灾黎普沾实惠，断不敢稍存玩视，自取咎戾。月前雨雪叠沛，气候甚寒，僻壤通衢难免无穷民路毙。卑职先饬妥役，协同保地，分投查看。嗣因编查保甲亲赴乡间，遇有路毙及尸骸暴露者，捐棺深埋义冢。现仍随时查办，以冀仰副慈怀。缘奉札饬，合将筹办加赈、掩埋路毙缘由肃泐禀覆。

河内县知县吴为义禀

前卑职以接展煮赈至三月底，察看情形，再行停止，肃泐禀陈，谅邀垂览。兹查青黄未接，粮价犹昂，乏业穷民尚无生计，未便遽行撤厂，致无所归。卑职遵仍捐廉煮至四月十五始行停赈，合肃禀明。

济源县知县何荇芳禀

窃卑县上年秋收歉薄，贫民餬口无资，当经禀蒙批准，动用仓谷一千石，设厂煮赈。旋因食粥贫民人数较多，奉准之谷不敷应用，复经卑职捐廉办理。嗣蒙宪恩檄饬借动仓谷一千石，照例碾得米五百三十石，于本月初一日动用起，卑县共收养大小贫民七千二百九十六名口，每大口日给米三合，小口减半，每日需米二十一石三斗七升二合，约计二十五日，亦经全数完竣。查卑县于十八年十二月二十日开厂起，迄今虽已三月，惟是二月逢闰，距麦收之时尚远，一经撤厂，老弱贫民仍不免于沟渎，而经费浩繁，势不得不藉资众力。卑县僻处山隅，地瘠民贫，绝少殷商富户。随即传集众绅民等，曲为劝谕，并将节次奉到宪文给令阅看。兹据前任大名道李师舒并众绅民等共陆续捐输银一千一百七十六两零，又杨同意捐米二十石。卑职现将捐银专差诚实家丁分投购买米石，如有续捐，亦即一体购米存贮，以备应用。总以二麦将次成熟之时，察看情形，再行撤厂。倘或捐资不敷，卑职仍当捐廉办理。至厂内一切事宜，卑职惟有督同典史亲身经理，务使灾黎均沾实惠，以期仰副宪台痌瘝在抱之至意。所有卑县劝捐煮粥展赈缘由，合肃具禀。

修武县知县杨廉禀

案蒙宪札，以报设粥厂何时停撤，现在贫民作何拯济，并有无路毙尸骸、曾否深埋，限即日由六百里禀覆等因，仰见宪台轸〔轸〕念民瘼，无微不至之至意。伏查今岁节气甚迟，粮食昂贵，卑县自去冬奉文捐廉煮粥，业经照办，按旬折报。旋奉本府转奉宪台批准，先动仓谷一千石设厂煮赈，随于本年正月二十日起开仓碾米散放，一切俱遵宪定章程办理，得以实惠及民。今至闰二月十二日，准动仓谷之数业已用尽，贫民待哺尚殷，势难中止。欲劝绅民共襄义举，必捐廉俸以为首倡。卑职现于闰二月十三日起捐廉续煮一月，一面劝谕殷商富户量力乐输，定于三月十三日起捐煮一月，至四月十二日为止。今岁春膏叠沛，转瞬麦熟，定卜丰登，贫民餬口有资。俟届期，再将粥厂停撤。至卑县路毙贫民本属无多，俱经随时捐棺盛殓，深埋义冢，不使伤残。总之事关民瘼，卑职自当亲率佐杂人等认真办理，不敢虚应故事，务求实济及民，以期仰抒宪廑。再，卑县合邑分为一十三路，今劝捐煮粥，定以分设一十三处。某路绅商所捐米谷，即入某路粥厂煮给。该路贫民，仍令各举公正绅商妥为经理，不假书吏之手。卑职仍不时稽查。俟事竣后造具捐户花名清册申送，祇候宪裁。所有办理情形，合肃禀覆。

署武陟县知县孙肃元禀

窃卑县奉文办理煮赈收养贫民一案，除详准动支及捐借仓谷共二千石，业于二月暨闰二月按名按日给放，三月内接放劝捐粮食，俾贫民得以源源接济，当经具禀宪鉴在案。查此案，卑职于奉文之初，与富户殷商从长计议，凡愿捐之户，不分多寡，各听其便。现查捐到粮食共有六百八十余石，陆续而来，情颇踊跃。再，查卑县收养贫民大小男妇共七千五百三十余名口，计每日口粮需米二十余石，一月内共需米六百一十余石，计三月之期，所捐之数尚有多余。因思此时距麦收尚有月余，似应加展赈期，俾贫民于三月之外，再得半月之调济，庶无业穷黎得以始终，均沾实惠。除一面已将劝捐停止毋庸续捐外，所有粥厂一律展至四月十五日为止，务使九仞之功不亏一篑，以仰副念切民瘼痌瘝在抱之至意。至路毙尸骸，卑职亦即随时捐棺掩埋，并严密查访，断不使稍有暴露，致乖春和。肃此具禀。

温县知县姚杰禀

本月初十日接奉本府转准开封府札开：面奉宪谕，以现距麦收之期尚远，贫民谋食惟艰，饬令所设粥厂再行展煮半月，勉成一篑，即将遵办缘由通禀等因。遵查卑县粥厂，前因人数日多，捐米不敷，详奉批准碾动仓谷一千石，当于前二月二十一日在本城及城西二处设厂煮放，业将碾煮日期及收养丁口数目按旬折报。嗣至闰二月中旬，准动谷数已将次碾放完竣，卑职因麦秋尚远，未便遽行停止，致贫民谋食惟艰，复劝谕城乡商民捐助米谷，自闰二月二十一日起接续展煮一月，以资接济，并将捐办缘由禀明宪鉴在案。惟本年节候较迟，二麦须下月初间方可刈获，计展煮期满，相距尚有旬日，恐乏食者仍苦餬口无资。在该贫民等仰沐宪恩收养数月，感铭德意，业已浃髓沦肌，佥称自来煮赈未有如是之久者。每赴厂探问日期，靡不欣喜过望，何敢复为无厌之求。第就食六千余人，均系赤贫之户，数月中惟赖赴厂领食得以生全。刻下尚在青黄不接之时，一旦遽失所依，情殊可悯。卑职现已捐廉购买米石，遵照宪谕展煮，至月底再行撤厂。尔时天气和暖，且二麦渐次收获，该贫民等均可自行谋生，庶不至有失所之虞。所有厂内事宜，卑职恐日久懈生，复于丁属中添派诚实可信者，妥为经理。卑职仍不时亲赴稽查，严禁书役人等，毋许稍有克扣，并谕以各尽心力，即系自积阴功，务使执事者均以造福为念，俾就食贫民咸沾实惠，以仰副宪台惠爱穷黎有加无已之至意。除捐用米石收养丁口仍遵照颁式填折申报外，合将遵谕展煮缘由肃泐谨禀。

阳武县知县壁昌禀

前二月二十一日接本府札，转奉宪檄，饬即将接煮赈粥，悉心筹办，共成善举，务使灾黎咸登衽席等因。蒙此遵查卑县地方，上年二麦无收，秋成歉薄，民力不无拮据。仰沐宪恩，于例借籽口之外，无地贫民加以抚恤；复蒙皇上天恩，截留南漕粮米，以资赈济。后因滑匪滋事，将南漕改作军糈，奉文动用仓谷，设厂煮粥，以代南米。卑职遵于十二月十五日开厂煮粥起，并散给不能赴厂食粥贫民米石。截至二月十五日止，共动用仓谷碾米八百六十二石五升三合。现已足满两月，似应停止。惟是今春二月逢闰，相距麦熟之期尚属遥遥，若遽行停撤，饥民必多失望。是以卑职于前月十六日照旧接煮，以待春融。兹奉宪台札，以现当青黄不接，贫民嗷嗷待哺，饬令妥协劝捐，再行煮粥一月。仰见念切民瘼，无微不至，祗聆之下，感激难名。伏查卑县地方沙瘠民贫，乐输好义之士甚属寥寥。若一经劝谕捐输，更恐耽延时日。卑职职司民牧，痛痒相关，情愿将接煮一月粥米捐廉买办，务使灾黎咸登衽席，以仰副痌瘝在抱之至意。除将食粥大小口数并煮用米石按五日一次具报外，所有捐廉接煮一月粥米缘由，合肃具禀。

卷十　禀牍

南阳府嵩守禀

窃照卑府于二月二十五日起程，前赴裕、叶二属稽查粥厂贫民，当经禀报在案。兹卑府抵裕后，查得该州孙牧于上年十月抚恤灾民之后，即首捐养廉，在东关太山庙设厂一处，自十八年十一月初六日煮赈起，至十二月初五日止，散粥一月。旋又劝谕绅商捐输，自十二月初六日起接续煮赈。嗣奉宪札，饬令添设粥厂，准动仓谷煮粥两月，广为收养。经孙牧在西关开化寺添设粥厂一处，动用常仓谷石煮赈，于本年正月十六日开厂起，应扣至闰二月十五日两个月限满。所有东西两厂，陆续收养贫民男妇大小口数、用过米石及柴薪等钱，该州已随时按旬折报，其数均与所报相符，并无捏冒。其捐办之厂，据孙牧面禀各绅商捐项，逐日收养，截至二月十五日止，除尽数动用外，计不敷钱二百余十千。经该牧捐廉，找发清款。今此厂贫民，又自二月十六日接续煮赈起，俟闰二月十五日西厂期满，一同撤厂。所需经费，应将奉发捐廉银一千两项下动用。因未领回，现系该牧垫办等语。卑府伏查该州东厂贫民，自二月十六以后，虽已奉宪恩捐发银一千两，经孙牧接续煮赈，定于闰二月十五日西厂期满一同停撤。第查本年节候较迟，距麦收为期尚远，两厂贫民未免仍多生计维艰，自应预为筹计，设法调剂，以惠穷黎。所需经费，已与孙牧商定卑府捐银三百两发给孙牧收用外，孙牧又捐银四百两，共成七百两，购办米石，照旧按每大口日给米三合、小口减半煮赈，统俟三月初旬撤厂。总期多放一日，使穷黎多沾一分恩泽，以仰体惠爱黎元之至意。现在民情极其安贴。所设粥厂至三月初旬停止，更有展赈银两散放接济，东作正兴，麦收之期亦近，贫民又可佣趁度日，口食有资，不致失所。又查得叶县在南关之泰山庙、北关之元帝庙各设粥厂一处，山陕会馆设谷厂一处，自十八年十二月初十起，至本年二月初十日止，逐日收养贫民男妇大口四千一百余口，小口四千六百八十余口。需用谷石，除动用捐项谷八百五十余石外，又添动常仓谷六百八十余石。经该县按旬折报其数，与所报无异，亦无捏冒情弊。又奉发捐廉银二千两，照依札饬，自二月十一日起，至闰二月初十日止，再放一个月，远者给谷，近者散粥。现在徐令与委员候补知县赵瓛每日照旧散放。惟据徐令禀称奉发捐银二千两，约计至闰二月初十边即可用完，往后经费不继，难以接续收养等语。查徐令所禀，虽系实在情形，但此青黄不接，如因经费短缺，即行停止收养，贫民仍属𫗦口维艰。查该县前次劝捐各绅商，所捐无几，当与徐令熟筹，嘱令会同委员，于绅商中再为劝捐。该县亦一并加捐添补，作为接续收养之资。所有各厂贫民，自闰二月十一日以后，仍照旧按每大口给米三合、小口减半之数分别散给，统俟三月初旬为止，一齐撤厂，接放展赈以资接济。徐令现俱遵照劝捐办理，按日收养甚多，贫民亦皆安贴，均堪仰慰慈怀。理合具禀。

南阳府知府嵩守禀

前奉钧札，以卑属叶县煮赈至闰二月底期满，距麦收尚有月余，灾黎未免仍有缺食，行令督饬该县再行加展半月，至三月十五日为止接放展赈等因。当经卑府将转饬该县遵办加展接煮散放缘由禀覆宪鉴。兹卑府于十一日自郡起程，前赴裕州，十五日抵叶。随顺道查看南、裕、叶一带，沿途并无贫民倒毙。各该牧令诚恐续有外来乞丐病毙，现俱专派丁役多名梭织巡查。如有倒毙在途，即随时拨夫深埋。其墩台营汛并无坍塌，间有渗漏墙垣粉饰剥落之处，该管有司亦俱觅匠修葺，一律完整。各营汛均有兵丁及眷口住守，内有染患瘟疫、遇晚不能巡守之处，卑府已移营另拨兵丁，前赴该营汛代为照应。俟原派守汛兵丁病痊，即令撤回，更换归伍，各专职司。又查裕州上年被灾，较叶邑灾分本属稍轻，该州开厂煮粥散放，又早自上年十月初散粥起，至本年闰二月底止，节次加展，已有半年之久。迨撤厂之后，经卑府饬委试用知县邹国华，会同孙牧，于三月初六日开厂起，至初十日止，即将展赈银两散给各贫民在案。今卑府吊册抽查散过户口，银数相符，体询领赈贫民，均称俱自行亲领，书役乡保无从侵肥。复加察看春间雨雪调匀，二麦畅茂，现在大麦将次成熟，旬余之间即可收获，小麦亦俱吐穗扬花。市集因二麦可望丰收，粮价已日渐平减。早秋多已出土，少壮穷民均得受雇佣趁餬口，可期不致失所。惟老幼残废以及外来流丐，未免谋食维艰。其叶县煮赈，前奉钧札，饬再加展半月，至三月十五日为止。该县徐令即于三月初一日接续加展，并未停止。现在署知县候补通判李倅仍照旧设厂煮赈，卑府督同印委各员分厂核实监放。至展赈银两，徐令因散给银两锤剪既多折耗，贫民零星易钱，又恐各钱店压戥短价，致多吃亏，将银分发各钱铺易换足钱，以俟粥赈完竣给领。嗣因卸事，即将存铺银易钱文并各钱铺领状全数移交署县李倅接收，以备散放，俾贫黎早沾实惠。查卑府未到叶邑以前，十三日接奉宪批，卑属裕、叶二处灾区现距麦收尚有匝月，务须飞饬该二州县多设粥厂，煮至月底停止等因。卑府随即飞饬去后，兹据裕州孙牧禀，业已遵批，即于十六日仍在旧设处所分设粥厂二处，加展煮赈，至三月底止。如届时小麦尚未成熟，再行加展煮赈，至四月初旬撤厂等情。裕、叶系毗联之区，李倅亦拟仿照裕州办理，一体加展至四月初旬为止。多煮数日，贫民更可无虑缺食。现在民情均极安贴，地方宁谧，足以仰慰慈怀。合肃具禀。

南阳县知县吴鸿诏禀

窃卑职于本月初十日接准祥符县王牧札称：蒙宪台面谕，现距二麦刈获之期尚有月余，贫民谋食犹难，令再展煮半月，勉成一篑，并遵旨加意掩埋尸骸，毋任暴露，致乖春和等因。仰见惠爱穷黎有加无已之至意。遵查卑县收养贫民，自仲冬至今，已届五月。兹值春融，本应听其各自谋生，第念麦尚未收，当此青黄不接之时，未得佣雇，以及丐食贫民尚难谋生，仍均留养普济等堂，按日给予钱米，以资餬口。卑县北邻裕、叶灾区，自南闻赈归北贫民，前因时寒疫盛，不免间有道殣。卑职当经捐买隙地，示谕城乡保地分投查看，无不随时报验饬埋。并恐保地奉行不力，又遣亲信丁役分赴四乡遍查，并无暴露情事。兹奉传谕，卑职益当加意查瘗，不敢泄视，致乖春和。而贫艰穷黎，亦惟遵谕展煮，俟麦熟再行酌散，俾免流离，以副宪怀。所有遵办缘由，合肃具禀。

裕州知州孙寿域禀

接奉本府札，转奉宪札，饬开实力赶办粥厂，拯救灾黎，并蒙先后委员稽查，传谕妥速遵照等因。卑职查卑州东关外泰山庙，于上年十月初六日开厂赈粥起，至十一月初五日止，系动用仓谷，报明在案。卑职自十一月初六日首先捐廉接煮一月，至十二月初五日止。又劝谕乐善绅商捐输，自十二月初六日接手，照旧煮放。俱按大口日给米三合，小口减半。亦经卑职节次具报。查现在领粥男妇老幼贫民共有三千九百余名口，核计捐款银数可以敷衍至二月初间。兹蒙皇恩浩荡，宪德汪洋，饬使灾黎普沾惠泽，毋致一夫失所，仰见轸念穷民，诚心保赤。卑职与委员蔡丞、周令公同酌议，除东关外泰山庙原设粥厂之处，仍归绅士捐输之款照旧办理外，又于城西适中之地多备锅灶席片厂棚，添设粥厂一处，定于正月十六日煮放。遵照奏定章程，酌动仓谷，每名仍日给米三合，小口减半，俾老幼残废以及流丐穷黎务使普沾德泽，不致一夫失所。总期竭力尽心，以仰副念切痌瘝之至意。除将收养穷民数目、动用仓谷仍分别按旬折报外，所有现在添设粥厂实心遵办缘由，合肃具禀。

裕州知州孙寿域禀

窃查卑州添设粥厂，普济穷黎，已与宪委蔡丞、周令公同酌议，于西关开化寺添设一处，多备锅灶席棚，定于正月十六日开放缘由，具禀在案。发禀后，于十四日接准祥符王令专差送到宪发银一百两，并公文一角，卑职敬谨捧诵，感与涕俱。伏思宪台统辖两河，全以仰体圣心，捐廉周济，卑职身膺民牧，敢不恪奉宪怀，实力遵行。惟查东关泰山庙原设粥厂一处，自上年十月初六日起，先动仓粮，次经卑职捐廉，现今绅士捐输接煮，可至二月初旬。兹又于西关开化寺添设粥厂一处，复蒙奏明，准动常、社谷石，则四近灾黎足资存活。惟远处乡间老幼残疾往返跋涉，就食维艰，卑职仰承念切痌瘝，不使一夫失所，谨将宪发银两再加卑职力捐廉俸易换钱文，即赴四乡随查随散。诚如钧谕，多用一分心力，即多救无数穷黎，总期仰副皇仁宪德，保惠灾黎谆谆告诫之至意。除将印领已交王令转呈外，所有卑职收到银两、办理散放缘由，肃此具禀。

裕州知州孙寿域禀

查卑州东关泰山庙粥厂，自卑职捐廉一月接煮后，于十八年十二月初六日，即经好善绅士仍照旧章接手办理。其收养贫民口数，经卑职分案按旬开折具报。查劝谕绅商捐款，共有三千七百零三两。今自十八年十二月初六日起报，至十九年二月十五日截止，已煮有两个月零十日。现据承办首事绅士原任山西石楼县知县贾杰、候选通判孟敏功开单报销，卑职查单开所收捐款，各绅商俱按每银一两交钱一千文，共收钱三千七百零三千文。除锅灶、缸盆、木桶、铁杓及厂棚、席片、木杆、绳索俱系开厂时卑职垫款置备，此次毋庸开销外，所有动用米石、柴薪、灯油各价并水火夫工食，共用钱三千九百六十三千二百文。

除收捐项外，尚短钱二百六十千零二百文，系卑职自行捐给，补足清款。开具收支款，声明呈览。惟查卑州系瘠土之区，本乏素封巨富，然各绅商能上体宪怀，下切梓谊，集腋成裘，共勷义举，两月余来，俾无数穷民得有餬口，不致嗷嗷，实由各绅商乐善好施之助。而董事之贾杰、孟敏功实心经理，终始无懈，亦属可嘉。前蒙札饬，凡捐输之绅士富户商人，事竣造报，核其数多寡，或由道府或由卑州给予匾额，以彰善举等因。当经卑职晓谕，咸使周知。兹已事竣，极其安静妥协。理合将捐银数目花名另具清折，呈候饬示遵行，俾得以乐其始而勉其终，实为恩便。肃此具禀。

候补知县赵瞰、叶县知县徐崑禀

窃卑职瞰蒙两司转蒙宪台札委，驰赴叶县帮办粥赈，当即会同卑职崑自上年十二月初十日开厂起，至本年二月初十日止，两月期满，节经按旬开折呈报在案。嗣因发银二千两，檄饬再放一月，卑职等遵即会同，于二月十一日起，每日接续散放。灾民果腹有资，莫不感颂皇仁宪德。惟查自二月十一日起，至闰二月初十日止，转瞬又届一月期满。值此青黄不接之时，若遽为停止，贫乏灾黎仍属向隅，且虑前功尽弃。卑职崑现在凛遵宪谕，设法劝捐，并津贴养廉，自闰二月十一日起，至三月初旬止，再为接续散放折报。惟需米较多，势难为继。如果捐项不敷，酌动常平仓谷数百石，不敢冒滥縻费，致干严谴。卑职瞰仍帮同妥协经理，务使灾民均沾实惠。再，查此处市价，粟米每仓石核钱五千二百余文。奉发银两，为闰二月初十日以前买米之需，尚有不敷，系卑职崑捐廉添补，合并声明。所有卑职等接续办理粥赈缘由，肃泐具禀。

候补知县蔡超群、叶县知县徐崑禀

二月二十八日，卑职超群奉藩司札委驰赴裕、叶二州县，会同该牧令，将路毙乞丐捐棺随时殓埋，俾免暴露，仍将办理情形禀覆等因。遵即束装，于闰二月初三日驰抵叶县，会同卑职崑，查得叶邑路当孔道，前因正月下旬连降大雪，寒冷异常，所以月底月初常有路毙乞丐。均经卑职崑置买义冢，随时捐棺殓埋。近来天气融和，路毙较少。卑职崑仍选派丁役，常川在外察看。问〔间〕有路毙贫民，悉皆随时殓埋。卑职超群抵叶后，亲赴南北大路并偏僻村庄周历巡查，现在实无路毙乞丐暴露荒郊。并传述谆谆面谕，卑职崑随时实力奉行，断不敢虚应故事，以期仰副宪台仁慈恻怛泽及枯骨之至意。卑职超群拟初六日前赴裕州查办，后即旋省销差。所有叶邑办理情形，肃泐具禀。

候补知县蔡超群、裕州知州孙寿域禀

卑职超群奉藩司委赴裕、叶二州县，会同该牧令殓埋路毙乞丐，俾免暴露等因，已将查过叶县情形禀明在案。兹于闰二月初六日，由叶抵裕。查得裕州自去冬迄今，凡有路毙乞丐，俱经卑职寿域饬令各乡地保随时禀验捐棺，殓埋义地，并逐日给发饭钱，拨差四出巡查，以期仰副泽及枯骨仁慈，勿使暴露之惨。卑职超群自入裕境，沿途查察属实。仰蒙面谕谆谆，到裕后即赴四乡各路稽查，委无路毙尸骸。所有查明裕境缘由，合肃会禀。

邓州知州周禀

顷由南阳接祥符王令札开，蒙谕饬将贫民设法接济，尸骸加意掩埋，仍将遵办缘由径行禀覆等因，仰见念切灾黎泽及枯骨之至意。伏思豫省连年歉收，上年被旱较重，且水灾兵燹相继频仍，民若哀鸿，室如悬罄。上系圣廑，尤切慈怀，叠筹赈济之施，屡备救荒之策，捐廉俸以煮粥，合丸散以解瘟，置义地以埋尸，买菜籽以补种，皇恩宪德如此至渥且周，凡为民牧者，无不同深钦佩。卑州居民如果饥寒困苦疾病死亡，卑职民社躬膺，天良具在，何敢稍存膜视。兹查卑州地方上年秋收虽非丰稔，本地居民尚可敷衍度日。惟外来逃荒之辈颇有乏食之虞，经卑职请动社仓谷石，并量力捐资，钱米兼放，已可藉资存活。其有卖男鬻女者，即遵照收养育婴堂，并将路毙之尸，与该绅民等捐地掩埋，均系随时办理。入春以来，雨雪频沾，天气和暖，逃荒者多已回籍，贫乏者亦可谋生。且大麦现在渐次收割，小麦约在四月初旬亦可成熟。卑职仍当留心体察，如果实有老幼穷苦之人，自宜酌量捐施，并普散解瘟丸散，遍收暴骨掩埋，俾生者得以安全，死者免致暴露，断不敢稍存玩忽，致乖春和而干严谴。所有卑职地方情形并遵办缘由，肃泐具禀。

镇平县知县王海观禀

本月十五日，接南阳吴令札准祥符传奉宪谕：展赈半月接济贫民，遵旨加意掩埋尸骸，毋任暴露等因。遵查收埋路毙一事，上冬叠蒙札饬，节经添置义地，随时稽查验埋，现在并无暴露尸骨。所有收养贫民，卑职先经捐廉，自上年仲冬设厂煮赈。嗣因人口众多，复经劝捐乐助，于本年闰二月初五日撤厂散赈。均经先后禀报在案。兹奉谆谕展赈，自当于劝捐之外，再行捐廉，设法接济，总期于月底为止。彼时大麦登场，民生有赖，即可自行谋食，无虑啼饥。卑职民社所司，天良具在，断不敢稍存膜视，有负宪德高深也。所有遵办缘由，合肃禀覆。

南召县知县庄诜男禀

接南阳吴令转准祥符王牧来信，以刻下相距刈麦之期尚有月余，现蒙面谕，饬令共矢实心，展煮半月，勉成一篑，并遵旨加意掩埋尸骸，毋任暴露，致乖春和等因。仰见上体皇仁、矜恤穷黎、有加无已之至意。卑职忝膺民社，具有天良，曷敢不竭尽驽诚，勉图抚恤。遵查卑县于闰二月初间，因邻近被灾州县均有展赈，外来饥民往往潜回本邑，领有赈银。至卑县散放米石之期，复来就领，浸聚浸多，难乎为继。且时届春融，少壮力堪佃种者均可各自谋生，不得不禀明停撤。其实在无食老弱穷民，卑职捐备钱二百千查明散给，俟麦熟后停止。当经具禀在案。迨查放人数众多，卑职将附近老弱残废实无依无食者，随时收入养济院内，其住居遥远及外来者，遣令亲信亲丁携带钱文，四出散给，俾免聚集纷扰。现在前项钱文业经告竣，卑职自当续行捐备，散至麦熟为期，以冀勉成一篑。又瘟疫甚行，卑职遵奉颁发清瘟解毒丸、藿香正气丸及香苏散、七味丸各方，精选药材，修合施散。现在饮药得痊，全活甚众。至掩埋暴露，早经卑职分饬各乡随时殓埋，并无暴露。仍不时巡查密察，实力奉行，断不敢稍存膜视，有负委任。合肃具禀。

泌阳县知县永铭禀

前奉宪饬劝捐赈济，收养贫民，当经卑职将首捐廉俸、劝谕绅士富户量力捐施广为收养情形禀报在案。因本年秋收歉薄，乏食贫民十倍于前，兼有外来逃荒乞丐，络绎不绝，若照向规，于普济堂等处设厂收养，势难遍及。卑职于普济堂照常收养外，复于四乡各堡、羊册、象河、牛蹄、百秩等处分设赈厂，卑职首捐廉俸，劝谕殷实居民量力捐资，即令明白正直绅士董司其事，察其本处及外来无业贫民，先将姓名开入册内，以免混冒。自十二月初一日起，至十二月底止，共收养散给谷之大口四千六十四名，小口三百四十五名，大口每名日给谷六合，小口减半。除扣小建，共散谷八百二十二石三斗零一合。外有散给钱之大口四百五十二名，小口四十名，大口每名日给钱十五文，小口减半，除扣小建，共散给钱二百零五千七百三十文。以上共收养大小男妇贫民五千四百五十一名。除俟事竣另行造册申报外，所有设厂处所、收养名数、开赈日期，先行禀报。

唐县知县萧元吉禀

本月二十三日，接祥符王祁来信，奉宪谕，饬令捐廉分设粥厂，实力奉行，妥为经理等因，仰见轸念穷黎之至意。卑职前奉宪檄，除常例收养贫民不计外，遵即捐廉在于城厢另设粥厂二处，并劝谕各乡殷实之户乐输钱米，听其自便，并劝令该绅士等按村庄之大小、就道路之远近设立粥厂，往来贫民便于就食。一面将设立处所造册送县，卑职不时亲往巡查，并不假手胥吏。自正月下旬起，至闰二月底止，计赈恤两个月零十日。卑县系未被灾之区，现在无业贫民乘此春融之际，得以各自谋生，不致流离失所。兹奉传谕，理合将遵办缘由肃禀。

镇平县知县王海观禀

二月二十三日，接奉本府札奉藩司札转蒙宪批：委员候补库大使章孟芳禀扶沟县食粥人数及劝捐银数禀由，通饬一体遵照办理，务于三月初旬停止，事竣造报，分别优奖等因。伏查劝赈一事，上年十一月间祗蒙札饬，卑职遵即奉行。因绅民等以时值干旱，春收未卜，诸多观望，遂致劝捐未就。经卑职捐廉煮赈，收养贫民，自十一月初一日起，至本年闰二月初四日止，历经按月折报在案。惟卑职廉俸有限，需用繁多，入春以来，虽雨雪频沾，二麦可望丰稔，但距收期较远，天气尚寒，无业贫民现在难以谋生，尚应酌量赈恤。兹奉前因，遵复亲历四乡，多方劝谕绅民等量力捐助。自二月二十九日至今，已集捐银一千五百余两，按照时价买谷散放，俾贫民得以领回碾食。今于闰二月初五日起，至十五日止，在本城山陕庙陆续收点大小男妇贫民四千五百四十八名口，按名给票，逐日亲放。计大口一名给谷四升，妇女及小口各给谷二升，以十日一次轮流散给，共计每次散放谷一百三十四石八斗六升，每石时价银二两八钱五分，共需银三百八十四两三钱五分一厘。以现在捐数通盘核算，足敷四十日散放。后有捐输，再当接赈，总以捐数散尽为止。

断不敢稍存膜视，任其饥馁，亦不经书役之手，致滋侵蚀，以期实惠及民，仰副轸念穷黎谆谆告诫之至意。除遵照奉发折式按旬具报，仍俟事竣开造各绅民捐助银数另报请奖外，所有劝捐散赈情形，合先具禀。

桐柏县知县李临春禀

本月十四日，接奉本府转蒙宪台札饬，以豫省连年荒歉，今岁则水旱被灾，现届隆冬，恐有过往流丐贫民，即收入留养局，或归入粥厂，以资存活。倘有路毙之人暴露荒郊，致被牲畜残毁，深为可悯，饬即捐廉备棺置地，随时收殓深埋，以免暴露等因。仰见轸恤穷黎无微不至之意。遵查本年秋收减薄，时值隆冬，无业贫民与外来乞丐不无流离踵至。卑职已设立留养局，分别男妇，收入留养。并设粥厂广为赈济，免致冻馁失所。业将遵办缘由具禀在案。至过往流丐贫民，际此严寒，恐有卧毙道路，谕饬各地保随时留心稽查。如有路毙之人，立即报官，卑职亲诣验明，捐棺收殓，深埋义冢，俾免暴露之惨。缘奉札饬，所有遵办缘由合肃具禀。

内乡县知县汪应培禀

本月十七日，接准南阳吴令转准祥符县王牧札会：蒙宪面谕，豫省连岁歉收，上年被旱较重，刻下相距获麦之期尚有月余，饬令共矢实心，展煮半月，设法接济，并加意掩埋尸骸，毋任暴露等因。仰见念切穷黎，泽及骸骨，有加无已。卑职敬聆之下，曷胜钦佩。除即谨遵宪谕，实心筹办，凡有乏食无依贫民，仍行捐给钱米，妥为抚恤，并饬差分赴四乡，周历稽查，如有路毙尸骸，视无别故，即协同该地保等随时掩埋外，所有遵办缘由，合肃具禀。

卷十一　禀牍

汝阳县知县候补知州梁达榜禀

接奉本府札转奉藩宪札，蒙宪札开，以无业贫民及老幼残废过往流丐，值此朔风凛冽，饥寒交迫，情殊堪悯。饬令首捐廉俸，一面劝谕绅士富户人等量力捐赀，添厂收养，事竣造报奖励，并令先动捐赀，不敷酌动常、社仓谷，添补煮用等因。仰见轸念穷黎，有加无已。卑职具有天良，何敢稍为膜视。前经查有老幼鳏寡衣不蔽体者，照依向例，于上年十一月初一日起收留养济院等处，捐给钱米；过往乞丐，设厂煮粥，听其就食，为数已倍多于昔年。当经禀报在案。旋因各处逃荒流丐就食甚多，粥厂需用浩繁，力难独捐，已蒙本府捐廉同办。至年底核计，所捐钱米四百有余已经用竭，而外来贫民日渐加多。卑职曾同本府劝谕绅民殷商量力捐赀，无如卑县上年秋收歉薄，以致富户人等愿捐无几。况今岁仲春遇闰，更须宽为筹备。正在筹画间，接奉前因，除遵照晓谕劝捐外，第外来贫民均系鹄面鸠形，朝不保夕，连本地老幼鳏寡以及无告者，现在共计已有三千余名口，无不嗷嗷待食。若俟劝赀办理，缓不济急，诚如宪谕，睹此情形，能无恻隐。今卑职除前捐不计外，再捐养廉银五百两买米煮赈，已于本年正月初一日在于南关及城内真武庙添设男妇粥厂各一处，同前设各厂广为收养，选令亲信家丁及先后捐赀之诚实绅士任复性、赖振清等妥协经理，务使各穷黎均沾实惠，庶几仰副谆谆训谕拯救难民之至意。至应行食粥贫民，卑职先令查明，散给记号木牌，誊注姓名年岁，按日验照给粥。如有续到者，亦即照办，以杜混淆滋弊。仍会同本府委员及县丞、典史，带领兵役，随时严密稽查。如有匪类，分别究办。一面仍劝令绅民富商捐赀接济。再有不敷，借动民捐社谷，添补煮用。统俟春融撤厂，分别造报，听候察核奖励。所有遵办缘由及添设收养日期，理合据实禀报。

正阳县知县张井禀

顷奉本府转准开封府昌守札开，以现距麦收之期尚有月余，灾民仍须赈恤，传奉面谕，饬令共矢实心，再加展赈半月，设法接济，并遵旨加意掩埋尸骸，毋任暴露等因。仰见轸念灾黎有加无已之至意，曷胜钦佩。遵查卑县并非灾歉之区，前因外来饥民逃荒就食者络绎于道，接奉宪札，饬令收养。当经卑职遵照设厂，分别留养收恤，并将收养人数按旬折报在案。现值天气融和，往来乞丐已较前稀少，留养之人亦渐次散归，人数无多，易于捐办。兹蒙谕饬，卑职遵复捐备米石，展煮半月口粮，以资接济，统俟三月底再行停撤，以期仰慰慈怀。至路毙尸骸，先经卑职分路饬差，协同四乡地保挨查收掩，并专派家丁，携带钱文，在于往来大道处所梭织巡查。遇有倒毙之人，立即雇夫抬埋，并无任听暴露情事。除仍遵照加意搜查收埋外，所有遵办缘由，理合禀覆。

确山县知县郑命成禀

案蒙藩宪转奉札开，以豫省上年秋禾被旱，复因睢工漫口，旱涝成灾，无业贫民觅食维艰，饥寒交迫。睹此情形，自当同生恻隐，首捐廉俸，一面劝谕绅士富户等量力捐赀，多寡各从其便，不得官为派累，饬令添设粥厂，广为收养，俾资就食。事竣造册具报，核其捐数多寡，分别奖励。至需用米石，先动捐赀；如果不敷，再动仓谷。务当激发天良，实心妥为经理等因。仰见为国为民，上慰圣主宵旰殷怀，下安黔黎衽席至意。伏查卑县上年收成统计六分余，本境贫民尚易营生。惟因北路被旱，商贩搬运粮食，原期流通，未便遏籴，以致粮价增昂。卑职当于上年十二月内先行详粜常平仓谷三千石，而市价渐平，籴食户口尚可无虞。惟查外来逃荒流民觅食艰苦，情实可悯，卑职先行捐赀，买备面馍，按口散给，计男女口一千二三百人不等。及至正月底，而各处闻风来食者日见其多，渐增至二千余人。卑职首先捐米一百石，即于二月初二日开设男女粥厂二处，男口在于东关外山陕会馆散给，女口在于东关外天齐庙散给，每日计男女大小共有三千余人。卑职逐日分派亲丁，按口散发，并亲自赴厂稽查弹压。如有匪徒混杂，立即拿获究办，不敢稍存怠忽。仍一面设法劝谕绅士等量力捐资，各从其便，以期接济。俟捐有确数，核其多寡，分别奖励禀闻。现在地方民情均属安静，卑职惟有恪遵宪示，实心妥为经理，以期无负施恤穷黎之德意。所有卑县分设粥厂日期缘由，理合通禀。

新蔡县知县罗泽应禀

奉文隆冬赈粥，收养贫民，以歉收之处较广，就食必多，饬令筹捐妥办。仰见惠遍穷黎，不使一夫失所之至意。查卑境上年秋收六分，本境乏食贫民及过往乞丐，先经卑职捐廉，于十一月十八日起按名散给粟米钱文，并收入普济堂闲房留养，均令自行煮食。当经具禀折报在案。兹入春以后，北来饥民日渐众多，本境贫民纷纷领米，远近皆集。卑职于二月初二日起，在于东关大寺开设男妇粥厂二处，概行煮赈。按照已编保甲，查明实在贫民，给与照票，分签给粥。附近各处，可以就食领回；其远而往返不便者，各于寺庙及赁给民房，听其栖止，兼准领十日五日粥米。外来饥民过往乞丐，统行收养。一面申谕远近各绅士在集镇设厂煮粥，共惠乡里。计大口每日给厚粥一大杓，核米三合，小口减半，仿照郡城粥厂条规妥协办理。一切经费，卑职先捐银一千两，余听在城绅商陆续乐输，择老成殷实绅士袁锡山等专司其事，不经书役之手。查本年节令较迟，现在雪后严寒，期于二月、闰二月赈粥两月，将来经费不敷。查卑县秋收六分，尚非灾区，似未便酌动仓粮，仍由卑职捐办。卑职与典史赴厂稽查弹压，并分派巡役地保昼夜巡查支更，务期实惠及民，不致滋事，以济穷黎而安地方，并藉以查缉匪徒，不使混迹，仰副保赤殷怀。所有卑县设厂赈粥并先经散给钱米各缘由，合肃具禀。

信阳州知州查彬禀

本月初十，接奉本府札转奉札开，以现届隆冬，凡有路毙贫民，即捐廉俸置买棺木隙地，随时收殓埋葬，以免暴露，仍将遵办缘由通报查考等因，仰见仁人利济之至意。遵查卑州前于夏闲〔间〕业已劝谕各绅民添设义冢一处，责令绅耆专司其事，并具详本府有案。如有暴露尸骸，卑职即为捐廉，置买棺木，随时收埋义地，不敢任其委露。兹奉饬，又谆谕各地保并司事人等实力奉行，以昭矜恤。缘奉札饬，所有业经遵办缘由理合禀覆。

信阳州知州查彬禀

接奉本府转蒙宪札，以地方被歉之后，贫民流丐觅食维艰，饬即劝谕绅士富户殷商量力捐赀，设厂煮粥。需用米石，先动捐赀；再有不敷，据实册报，酌动常、社仓谷添补等因。遵查卑州向于隆冬，凡有乏食无依贫民，因人数无多，历系捐廉设厂。惟十六年歉收，卑职禀明立案，情愿劝捐并捐廉煮粥两月，每日给放数千人在案。今卑境本年秋收歉薄，粮少价昂，与十六年情形相仿。诚如宪谕，若照常设厂，势难遍及，必须宽备经费，广为收养。当经出示晓谕绅民互相劝捐。现据该绅涂杰首先捐赀百千，其余绅民或一二十千，或数千不等，共已捐钱七百余千。业经赴确山一带采买高粱粟米，于本月十六日开放。查卑州山柴甚多，向听检拾，贫民日有口粮，可以自行炊食。是以闲〔间〕日放米，所节人工柴价亦可增入口粮应用。其本地居民，则按门牌，察其贫乏者，先期散给印票，以便持票领米，可以鱼贯而放，不致拥挤。其外来贫民，缘卑境距北路较远，沿途逃荒就食者甚少。逐日遇有过往灾黎，即计口酌给口粮，听其各觅生路。其实在无路可投者，酌为留养，一体与本地居民给领。如此亦不虞外路灾黎拥聚一邑，别生事端。核计所捐钱文仅足敷二十余日之需，现仍一面劝捐。来正如有不敷，卑职情愿照十六年自行捐廉，凑齐给放，以仰体惠爱穷黎之至意，可无庸请动仓谷。至查办时，全系卑职亲身验给，并不假手胥吏。除将已放户口按旬申报外，所有已劝捐散济缘由，合肃禀覆。

罗山县知县王殊泽禀

本月初十日，接奉本府藩宪转奉札开，本年秋禾被旱，无业贫民较多，应于向例隆冬设厂煮粥之外，再为首捐廉俸，并劝捐钱米，添设粥厂，广为收养。如有败窜余匪混入粥厂，严密查拿。仍将遵办缘由、开赈日期，禀报查考等因。蒙此遵查，卑县向年于十一月初旬，在于四城设立粥厂，收养贫民。本年秋禾被旱，兼恐有外来流丐难民，诚如宪谕，自应较往年宽为添设煮赈。是以于十一月间首先倡捐，并劝谕绅士富户殷商人等量力乐输，于四城宽空处所，并于县城适中之大胜关等处设立粥厂，收养贫民，并给絮衣，俾免冻馁。派令正直绅士董司其事。曾经按旬折报在案。兹蒙前因，遵即再于四境镇集出示劝捐，以资接济。一俟事竣，酌其捐输数目，申请奖励，并再加意经理，务期均沾实惠，不致一夫失所，以副痌瘝在抱轸念民瘼之至意。卑职仍督同兵役详细稽查贫民来历，如有形迹可疑之人，随时查究，以免败窜余匪混迹其间。现在地方宁静，民情安贴。缘奉札饬，合将遵办缘由肃禀具覆。

西平县知县程云翰禀

接奉本府转接开封府信开，蒙面谕，饬令共矢实心，将乏食民人再行展煮半月粥赈，力图接济，并遵旨加意掩埋尸骸，毋任暴露，仍将实在遵办缘由径禀等因。窃思豫省上年水旱成灾及歉收之区，仰蒙轸念灾黎至优至渥。凡关赈恤事宜，无不再三筹虑，设法安全，仁慈高厚，有加靡已。伏查卑县上年秋收五分，钱粮当经请缓，仓谷早详粜借，并奉饬知劝捐及卑职捐廉施散贫民，于本年正月内具禀钧鉴。卑职复又自捐廉银办理，俾资穷黎口食。又于具覆播种油菜禀内声明在案。至卑县入春以来，膏泽优沾，近日天气晴霁，雨旸时若，二麦可庆丰稔。卑职连日赴乡查点保甲，探询诚实绅耆人等，回称距麦收之期不远，所有向藉佣趁乏力养赡工人，目下种麦各户正在出资预定，是以穷民添此接济，益觉安宁等语。卑职细详体察所言，俱属实在情形，闾阎亦极宁谧。所有掩埋尸骸，均系捐资分拨亲信丁役，时刻四路查看。如有，立即雇人深埋，境内并无暴露骸骨之处。卑职身膺民社，似此应办要件，惟有实心竭力稽察妥办，以祈仰副皇恩宪德之至意，断不敢稍存玩忽，致干严谴。今将卑县捐济贫民、掩埋骸骨并地方宁谧及遵办缘由，据实禀闻。

光州知州何光熊禀

据商城县姚令禀称：窃卑职前奉署本州转蒙藩司奉宪札，以上年被灾之区较广，无业贫民就食必多，若仅照向来隆冬收养之例，势难遍及。必须劝谕绅士等量力捐赀，添设粥厂，广为收养，应令公举明白正直绅士董司其事，事竣核其捐数，分别奖励。仍将遵办缘由先行禀报等因。遵查卑县去岁歉收，穷黎拮据，先经卑职筹画，照依十六年旧章捐廉赈粥，并劝谕有力绅民量力捐赀。所有添设粥厂四处及捐钱数目、每日收养人数，业经禀报在案。伏思卑县绅民捐数较多者，自当祇遵宪谕，给予匾额，以示奖劝。惟经理煮赈一切事宜，必得明白公正者方能胜任。卑县十六年捐设粥厂，系本地举人候选教职杨心镕经手办理，极为妥善。该员家计贫寒，乐行善事，县中本有善人之目。现在煮赈一事，卑职因相信有素，藉资熟手，仍交该员经理。凡支收银钱及赴各乡买运米石、购备柴薪，该员独任其劳，丝毫不苟。在绅民富户踊跃乐输，共成义举，固属难得，而经理得宜，公正无私，始终不辞劳瘁，俾贫民均沾实惠，实赖该员一人之力。卑职不敢壅于上闻，祇遵宪札，据实禀陈。可否仰恳转禀量加奖励之处，伏候裁夺。再，该员系嘉庆庚申科举人，戊辰科会试后大挑二等，以教谕即用。本年春闲〔间〕应选实缺，现奉委署祥符县训导，合并陈明等情到州。据此卑职覆查，该员家计贫寒，乐行善事，今于该县捐设粥厂之时，该员独能不辞劳瘁，经理妥善，使贫民均沾实惠，较之富户捐赀尤为难得。兹据该县禀报前来，卑职不敢壅于上闻，相应据情转禀，可否仰恳宪恩量予奖励，或于将来汇奏时酌加升衔之处，出自鸿施。肃此具禀。

固始县知县谭焜禀

本年正月二十四日，奉本州转奉钧札，以被灾各州县业经奏准抚赈兼施，现又设厂煮粥散放，乏食贫民自必尽皆果腹。今查有揠食麦苗之事，谕令赶紧添设粥厂，务使穷民不致饥馁等因。卑职遵即将卑县上年秋收实有六分余，贫民口食有资，间有不能自给之处，已捐廉散谷，并无饥馁揠食麦苗之事，禀覆在案。旋奉本州准祥符王令面奉钧谕，以前件系奉朱批饬办之事，传饬各属实心办理，仰见爱育灾黎痌瘝在抱之至意。卑县境内虽与被灾各州县有间，究属薄收，诚恐穷乡僻壤或有乏食贫民，卑职身任地方，敢不仰体鸿慈，倍加轸念。现在亲历各乡，逐加查访，以前经散谷，近又出借仓谷，不惟口食无缺，抑且东作有资，咸有鼓腹之乐。惟距麦收之期尚远，诚恐青黄不接之际或有不继，卑职自当查看情形，量加调剂，以期无负宪恩。合再肃禀。

商城县知县姚莆禀

正月二十八日，接奉州札转准祥符县札开传述宪谕：覆奏捐廉分设粥厂一折，奉到朱批实心经理等因。钦此。并令将遵办缘由具禀。仰见推广皇仁，恩施周浃。卑职恭聆之下，钦佩实深。遵查卑县上年秋收六分余，无业贫民待哺甚殷。当经卑职倡捐廉俸，并劝谕有力绅民共勷义举，分设粥厂，煮赈接济。业将办理缘由禀明宪鉴在案。查卑县捐项共钱六千四百余千，内有卑职捐钱八百千文，均交公正绅士经理，可以赈至闰二月底止。惟卑职与光州、光山等处接壤，均系被灾之区，现在附近就食者不少。今岁节候较迟，距麦收尚远，无业贫民值此青黄不接之时，谋食维艰。兹闻奏准捐廉接续煮赈，顶戴鸿慈，感声载道。卑职断不敢以捐廉在先，稍存观望。所有此次应捐半廉银两，卑职拟仍发交现在经理绅士，购办柴米，接续展赈，务使民沾实惠，果腹更长。是否可行，伏候钧示。

商城县知县姚莆禀

窃卑县于四关外分设粥厂，赈济穷民，业将开厂日期及捐项数目、每日收养人数先后禀报在案。前奉钧札，饬将绅民所捐钱数最多者查明本身职分，从优奖励等因。遵查卑县上年冬间劝捐煮赈，各绅民等谊切桑梓，均皆踊跃乐输。除卑职捐廉外，共集钱五千七百余千，俱系量力捐赀，零星凑集。内有捐数稍多者，卑职仰体宪怀，给予匾额，随时奖励。旋因食粥人数众多，所有捐项仅能赈至本年闰二月底止。维时天气尚寒，距麦收之期较远，穷黎谋食维艰，粥厂骤难停止。卑职正在设法筹款间，又据在城绅士捐纳知州黄思桂独捐钱七百四十千，以为展赈之需。现在接续煮赈，实可展至三月十五日止，于贫民更有禆益。查该员原捐钱六十千，计先后共捐钱八百千，实属好义可风，乐善不倦。理合禀明，仰请宪恩俯赐优奖，以示鼓励，则该员更感荣宠无既矣。再，查卑县盐商公兴旗捐钱三百六十千文，举人周曦捐钱二百千文，均皆踊跃乐输，可否并邀奖励之处，出自恩施。合并禀陈。

息县知县李仲白禀

顷奉本州札转准祥符县王令来札，以年前宪台覆奏捐廉分设粥厂一折，奉有朱批，抄录示知，兹蒙面谕，饬令通札分致，实心经理，仍将遵办缘由禀覆查考等因。遵查卑县上年秋收八分，闾阎温饱者多。隆冬之际，间有无业贫民、外来乞丐，难免饥寒。卑职察看情形，当即遵照向例，捐廉收养，设厂煮粥，酌给棉衣，以御严冬。均得饱暖，不致冻馁。所有收养贫民大小名口及捐用米石数目，陆续册报在案。现届春融，均可各自谋生，无须续再收养。且现又开仓平粜，兼之近日以来连得雪泽，市粮减价，民情欢畅，益觉宽裕，差堪仰慰宪怀。缘奉前因，合肃具禀。

河南府知府齐鲲禀

本月初七日，接开封府昌守来信：蒙宪台面谕，现届麦收尚有月余，饬令各属共矢实心，再行展赈半月，勉成一篑，设法接济，并遵谕旨加意掩埋尸骸，毋任暴露，致乖春和。嘱将遵办缘由径行禀覆等因。仰见轸念灾黎，有加无已之至意。遵查卑府属洛、偃、巩、登四县上年被旱较重，荷蒙宪恩，于正赈之外，奏请煮粥捐廉，并展赈劝捐，多方调剂。嗣复奉藩司详准，饬令粥厂均截至闰二月底为止，随即接续散给一月口粮，计期已至三月月底。本年麦熟较早，四月望边，二麦即可次第告登，屈计只须半月口粮，民力足资接济。复蒙筹计万全，谆谆训谕，卑府暨各县身任地方，何敢稍有膜视。复查卑属各县开设粥厂稍迟，煮赈至闰二月底，加展日期本属有限。现据洛、偃二县禀称劝捐凑办，总期至四月十五日为止。至巩、登二县，卑府已饬令设法接济，一律加展半月，以期多所保全，不致前功尽弃。至时疫盛行，未免人多路毙。郡城地方，前已设有同善公局，收尸殓埋。其余各县，亦早经饬令仿照办理。卑府仍当随时稽查，务令认真妥办，勿任再有暴露。所有遵奉传谕办理缘由，合肃禀覆。

洛阳县知县魏襄禀

本月二十日接奉宪札，以本年水旱灾区抚恤加赈均已陆续放竣，无业贫民及老幼残疾鳏寡孤独觅食维艰，业饬首捐廉俸，劝谕绅士富户捐输，并准酌动常、社仓谷，设厂煮赈两月，以资就食。饬将现在设厂几处、每日用米若干、捐输若干、动用仓谷若干，开折禀报，仍将设厂处所日期即行飞禀查考等因。遵查卑县被灾乏食贫民，前蒙抚恤一月，已于十一月二十七日开厂，遵照粥谷兼放，现未放竣。并将灾民中之极贫者，会同委员查明，禀请照例加赈，以资接济。至收养贫民，业于前次奉文之后捐设粥厂，散给棉衣，分别禀报在案。前奉宪谕并本府齐守捐廉五百两，卑职遵再捐银三百两，随又恺〔剀〕切劝谕各绅士富户量力捐输，仍照抚恤原厂分别城乡办理。城关三处、乡间八处绅厂，即令该绅士等自行经理，官为弹压。均于放散抚恤完竣之日起，至明年正月三十日为止。惟自二月以至五月，距麦收甚远，极贫之民为粜借所不及，委难敷衍，不得不仰恳宪恩，照例俯准加赈一月，始足以广皇仁而全生命。除业经另行禀恳应候批示遵行外，兹奉饬查，合肃禀覆。

洛阳县知县魏襄禀

案蒙宪批，卑职会同伊阳县知县杨懋玖、试用知县郑敏质禀会查卑县成灾情形，议将极贫仍照例加赈一月并请银谷兼放禀由。奉批：查该县地方本年秋禾实收五分余，例止停缓钱漕。嗣因荞麦被霜，民力拮据，本部院奏奉谕旨抚恤一月口粮，现又煮赈。如果地方官办理妥协，即可救全无数灾黎，仰即遵照妥办，毋得玩视贻误，致干未便。此缴等因。遵查卑县于上年十二月二十七日抚恤完竣，小民搀糠配食，原可度至二月初旬。惟冬春向有收养贫民之例，值此歉岁，岂得因抚恤谷石甫经放竣，转视收养为具文。缘将抚恤之后一日煮粥起，至本年正月三十日为止，禀明在案。第所收均系无告贫民暨往来流丐，卑职随同本府捐廉收养，并劝谕乡间富绅一体办理，为数无多，未敢请动常、社仓谷，亦经节次具禀，均蒙宪鉴。兹奉批示恺〔剀〕切详明，卑职自应恪遵宪谕，竭力劝捐，以期仰副轸念灾黎有加无已之至意。而卑职梼昧之见，尤须广设粥厂，令各绅士自捐自办，各顾各乡。厂多则可以无滥无遗，赈粥则愚劣饥民无从粜卖。自捐自办，则官绅无所猜疑，而书吏亦无从舞弊。各赈各乡，则情亲而捐输踊跃，亦地近而识别无难。卑职谨议城关五厂八十四乡，每乡一厂，共设八十九处。现在已定董事之厂三十五处，未定董事之厂五十四处，约计十日内一律报齐，另行开折具报，以凭查考。惟是数十万口之饥民嗷嗷待哺，窃恐富户殷商力捐不继，又虑劝捐事缓，不能各厂同日齐开，不得不恳宪恩，准动社仓谷四千四百五十石，令每厂领谷五十石，一面开厂，一面陆续劝捐。卑职一面出示，反覆晓谕，一面亲历各厂稽查弊窦，帮同劝捐。统限于二月初一日各厂一律齐开，至闰二月三十日为止，则灾黎均沾实惠，而办理亦归画一矣。愚昧之见，是否有当，伏乞训示遵行。肃此具禀。

偃师县知县武肃禀

本月二十日戌刻，接奉钧札，以本年水旱灾区赈恤已竣，值此隆冬，无业贫民及老幼残疾鳏寡孤独觅食维艰，饬令捐俸劝输，并照奏准酌动常、社仓谷，设厂煮赈两月，以资就食等因。伏查卑职前蒙宪札，遵将设厂煮赈缘由，于城市乡村遍贴晓谕，复劝谕绅士富户量力捐输，赶紧筹办在案。穷黎莫不感戴宪台推广皇仁，子惠元元之至意。卑职自行捐米二百石，已于十一月初一日开厂煮粥。所有鳏寡孤独老幼残疾及外来乞丐，卑职俱收入养济院内给粥，按旬折报在案。兹复仰蒙恩慈统行煮赈，阁〔阖〕邑灾黎无不同声感德。卑职现于东西城外南北二乡添设粥厂四处煮赈，按日散给，以资餬口。现在选择各庄殷实大户、素行好善、众所悦服之人，令其实力经理，按名散给。至劝捐谷石为数甚少，尚未完交，穷黎嗷嗷待哺，实属缓不济急。卑职即遵宪札，在常、社仓内动用谷石碾米，于本月二十二日开厂散粥。仍会同教职，派委典史，日夜在厂稽查，毋许胥役人等致滋弊窦，总期民沾实惠，谷不虚縻，以仰副轸恤穷黎痌瘝在抱之至意。除奖劝有力各户源源乐输，俟有成数，收贮公所，即将姓名捐数造册及吃粥口数、煮赈谷数另为具报外，所有设厂煮赈日期、动用仓谷各缘由，先行禀报。合肃具禀。

河南府偃师县知县武肃禀

窃照卑县奉文续办煮赈一案，自二月二十三日起，至闰二月底止，业将仍照前赈户口概给粥赈遵办缘由禀覆在案。现届期满，其赏给口粮银两业已领到，现在锤剪平兑包封，禀请委员监放，总须三月初十间方能一律散给。若于闰二月底遽将粥厂停止，其年少力壮者，当此春融之候，尚堪佣趁餬口；至于老幼残疾鳏寡孤独无家可归不能谋生之人，仍须接济。查卑县上年遵照奏案，于十二月二十二日起，至二月二十二日止，捐廉劝捐，并动用常、社仓谷煮赈两月，嗣又领回捐廉银两，买米接续煮赈。因所领之项仅止二百，不敷采买月余粥米之用，业经遵照捐项不敷，酌动常、社仓谷，分厂散给，俾得接济，穷黎均沾实惠。此时卑职细察舆情，曲为筹画，除年力少壮之人即于三月上旬听其佣趁自便外，其实在老幼残疾鳏寡孤独无家可归不能谋生之人，卑职复行捐廉劝捐，煮赈三月一月。至四月望后，察看麦收情形，禀请停撤。再，卑县收养遗弃幼孩，有甫生数月必须乳哺者，亦有一两岁、三四岁、八九岁不等者，收入育婴堂内，另觅乳媪，并就近妥雇贫妇人家一体抚养。卑职仍不时查看，分别奖励，以期多为救活。至此项幼孩，并无姓名可查，赤子无知，更堪悯恻。应即与鳏寡孤独老幼残疾无依之人一体养至麦后，查看情形，如麦收后有人领养，即注册给照，妥为安置。倘或实无所归，均遵照于养济院、育婴堂内捐资留养。卑职不敢徒托空言，惟求灾黎均得实济，不致有弃前功，以期仰副保全民命劳心无已之至意。所有三月初一日起至四月望后止，卑职捐资添补接煮并筹议收养幼孩缘由，谨此具禀。

巩县知县李朝佐禀

接奉宪札，饬将乏食贫民煮赈至闰二月底再行停撤，仍将遵办缘由先行禀覆等因。查卑县粥厂，自嘉庆十八年十二月十一日开厂散放，又于二月初一接办捐粥，遵奉谕示，扣至闰二月底止，始行期满。现在逐日领粥贫民纷纷就食，无不感戴深仁厚泽，欢呼传颂。统俟粥厂完竣，即于三月初旬续放赈银，以资接济，贫民藉可无虞失所，足以上纾慈注。事关民瘼，卑职万不敢玩忽，自干严谴。所有遵奉接办煮赈缘由，合肃驰禀。

登封县知县李云兴禀

窃卑县煮赈贫民，于年前禀明动碾仓谷三千石，于腊月二十五日在于县东关并金店镇两处开厂煮赈。迨本年正月十一日，因领粥男妇众多，复又禀明将两处男妇分为两厂，并按旬折报各在案。自上年腊月二十五日开厂起，至本月二十五日止，两月之期已毕，核计共用谷二千八百一十一石二斗六升二合。除开折另报外，至续赈米石，前奉本府转奉藩司并宪台札饬，卑职捐半廉银买米煮办，当即禀请仍动仓谷，俟秋收买补还仓。旋又奉藩司札饬，拨给银二千八百两，饬即赴领。卑职已于本月十八日选拨丁役备文请领去后，兹于本月二十四日接奉藩司转奉宪台批饬，将卑职应捐半廉银两准碾仓谷八百五十七石等因，卑职遵即照依动碾谷石，即于二十六日接续煮放，俾穷黎得资果腹，仰副惠爱黎民之至意。至蒙藩司拨给煮赈银两，一俟领回到日，即当赶紧买米，一面即行禀覆。兹将煮赈两月之期已毕，现又碾谷续赈同动用过谷石数目各缘由，合肃禀闻。

河南府登封县知县李云兴禀

本月十三日接奉宪札，饬将捐廉接续煮赈一月口粮立即遵照，煮至闰二月底再行停撤，并一面赶紧造册，赴司请领展赈赏给一月口粮银两散给，以资接济，仍将遵办缘由先行禀覆等因。遵查卑县煮赈两月，自上年十二月二十五日开厂起，至本年二月二十五日期满，即于二十六日接续捐廉煮赈一月，均经按旬折报。兹奉宪札，即当遵照煮至闰二月底止，以仰副惠爱穷黎之至意。至奉恩旨原经抚恤极贫户口赏给一月口粮应需银两，业经造具户口总册，出具印委各结，于本月十一日由府详请饬发。一俟领到银两，即当遵照办理。兹奉札饬，合肃禀覆。

巩县知县李朝佐禀

案蒙本府转奉藩司蒙宪台札开，饬令教民种植油菜、苜蓿，以裕生计，以饶物产等因，仰见爱育黎元、富教精详之至意。遵查卑县境内农民，树艺五谷外，兼种棉花。其油菜种植较少。卑职遵奉钧札，当即捐购菜种，传集四乡农耆，剀切劝谕，乘此春泽优沾，除麦地外，间有隙地，悉令乘时播种。至苜蓿种植较易，诚如宪谕，一经长发，无需重莳，牲畜既资喂养，贫民亦可充食。卑职现已一体购种劝植，俾闾阎益资丰裕，以广宪恩而饶物产。所有卑职遵办缘由，合肃驰禀。

孟津县知县赵擢彤禀

窃卑县地方上年秋收歉薄，小民餬口无资，禀奉宪檄，饬令煮粥两个月，动用仓谷三千石等因。经卑职于上年十二月二十日开仓起，近处煮粥，远处给谷，当将办理情形并贫民户口动用米谷各数分别禀明折报在案。兹截至本月二十日，业经两月期满，计通共用过谷三千三百一十九石八斗。内除遵照宪饬动用常平仓谷三千石外，所有长用谷三百一十九石八斗及柴薪等项，均系卑职自行捐办，以期仰副惠养穷黎之至意。除另开清折呈送外，合将完竣日期肃禀。

孟津县知县赵擢彤禀

窃卑县上年秋收歉薄，小民餬口维艰，奉文动用仓谷设厂煮粥。经卑职于上年十二月二十日起，至本年二月二十日止，遵照宪示，近处食粥，远处给谷，并将不敷谷石自行捐办缘由分晰禀闻在案。嗣奉宪札，以本年遇闰，距麦收之期尚遥，饬令恺〔剀〕切劝捐，接续办理，以济民食等因。卑职遵即邀请士商，谆谆劝谕，该士商等仰体宪慈，各敦梓谊，情愿量力捐输，以成善举。惟卑县地瘠民贫，并无十分富有之家。除监生周广业捐钱一百二十千，生员谢升平捐钱一百千，其余为数无多。阁〔阖〕邑士商捐项，共止合钱一千三百五十九千二百四十文。而城乡贫民至有七千八百九十九户之多，既不便采买米石，设厂煮赈，即按户给钱，为数亦觉太少。兹卑职恪遵慈谕，自行捐钱二百二十千五百六十文，核与士商等所捐，共成一千五百七十九千八百文。不计口数多寡，每户给钱二百文，俾贫民自行买食。自本月十一日起，至二十日止，卑职与两学典史亲诣各村，率同诚实绅士地保逐一点放，业已一律散竣。贫民既蒙赈恤于前，复得捐赀于后，莫不同深鼓舞，感激生成。现在雨旸时若，二麦指顾丰收，即可藉资接济。体察舆情，甚为宁谧。所有地方捐项及贫民户数并卑职自行捐俸按户散放各缘由，合肃开具简明清折，禀呈钧鉴。再，所有各村首事及捐数较多之士商等，均经卑职给予花红，以示鼓励。合并陈明。谨禀。

永宁县王相济、洛阳县丞徐锡亨、偃师县武肃禀

窃卑职相济、锡亨接奉本府札委，赴偃师县会同，将领回展赈银两务于三月初旬接续散放。查有逃亡之户，即行扣除；其闻赈归来者，亦即查明，按户补给。倘有余剩，提解司库；不足再为找领，毋致一夫失所等因。业将会同散放展赈银两日期具禀钧鉴在案。卑职等于三月初十日起，逐日携带银两，分赴各乡各村，按户随查随放，至二十九日散放完竣。卑职等遵照札饬，逐细确核，将逃亡之户扣除，其闻赈归来之户按口补给。查偃邑自上年九月抚恤之后，迄今已阅半年有余，各乡灾民有佣趁外出者，有病故者，有分爨餬口者，诚如前奉宪台札示，自不便以去年放赈之册即为领银之据，遵即逐一复查。实在佣趁外出贫民六百四十八户，大口一千三百二十二口，小口七百八十四口；病故贫民，大口一百六十五口，小口八十四口。共计大口一千四百八十七口，小口八百六十八口，应给口粮银三百四十五两七钱八分。除将病故及佣趁外出扣除外，实在放过各乡极贫二万一千三百九十四户，大口二万九千二百七十三口，小口一万五千六百五十四口。每大口给银一钱八分，小口减半，共散过口粮银六千六百七十八两。实在闻赈归来极贫一千二百四十八户，大口二千一百五十一口，小口八百九十四口。卑职等复加察询，委系穷苦农民自外佣趁回家待赈，应即按口补给之户，并无重复冒领情弊。每大口给银一钱八分，小口减半，共补放过口粮银四百六十七两六钱四分。通共放过银七千一百四十五两六钱四分。前奉发口粮银七千二十三两七钱八分放完外，计不敷银一百二十一两八钱六分，卑职肃已随时垫给。以上所放各户银两并无遗滥，灾黎均沾实惠，餬口有资，莫不鼓舞欢欣，感颂皇仁宪德于靡既。所有会放展赈银两完竣日期并口数银数榜示周知缘由，理合具禀。

偃师县知县武肃禀

三月初八日接奉藩司札，以卑县食粥人数尚多，若于闰二月底撤厂停煮，老幼残废之人尚觉难于觅食，饬令再行展期半月，至三月十五日止。所需粥米，准暂动常平碾米煮放，事竣计数捐买还仓等因。遵查卑县奉文续办煮赈，截至闰二月底止，业将遵办缘由并动用谷数禀呈钧鉴在案。兹蒙札饬前因，遵将三月初一日起至初十日止所有收养贫民，其中有各村绅富大户自捐自散、各归各乡就食者，亦有年力壮健之人佣趁耕作谋食者，是以人数较前逐日递减。其十五日以后，老弱残废鳏寡孤独以及男妇幼孩并过往乞丐，仍行捐资设厂，煮粥收养。至四月望后，察看麦收情形，妥为安置，以期仰副宪台矜恤灾黎有加无已之至意。所有三月初一日至十五日加展煮赈日期并酌动社仓谷石数目，理合开具清折

禀呈。

署永宁县知县王相济禀

案蒙本府转蒙宪台檄饬，现届隆冬，凡有老幼鳏寡以及过往乞丐难以存活者，设厂煮赈，量予米薪絮衣，俾免冻馁等因，遵照在案。卑职遵即在于城内之城隍庙、城北河底镇之元武庙照旧安设粥厂，一律收养，均照往例，每大口一名用米五合、小口减半，煮粥赈济，酌给絮衣，俾免冻馁。自十一月初一日起，至来岁春融止，除将收养名口并用过米薪棉衣各数目按旬开折具报外，所有遵办缘由，合肃具禀。

嵩县知县莫尚贤、试用知县郑敏质禀

案蒙本府札转蒙宪台叠次札饬，劝谕殷商富户，无论银钱米麦杂粮，量力捐输，设厂煮赈等因。伏查卑县僻处山隅，除盐店、当铺外，并无殷商。即土著居民，大率自食其力居多。间或稍有盖藏，均系散处乡间。自奉札饬后，当经剀切劝导，均各踊跃从事。有贡生任际盛首先倡捐银五百两，孀妇梁段氏捐银五百二十两，布经王定国捐银八百两，监生郭体忠、布理问张玉堂各捐银四百两，监生张三益、宋俊各捐银三百两。正在陆续劝捐间，卑职尚贤因公晋省，卑职敏质奉本府檄饬赴嵩弹压并稽查劝捐事宜，遵即驰抵嵩邑。复又谆谆劝谕，已据富商李凌霄等续捐银一万二千余两，小米杂粮一百二十余石。此外尚有纷纷乐捐者，络绎不绝。现在饬令四路董事绅士筹备米石，查造实在无依老疾贫民及外来避荒乞丐确册，定于本月二十五日开厂散放粮食。惟嵩邑四面环山，地方辽阔，以民就食不如以食就民。统计合邑有三十七地方，每一地方，于适中之处设立一厂，择该里中家道殷实、为人正直者三四人董司其事，经管银两米石，自捐自放，毫不假手胥吏，致有克扣滥遗之弊。仅按贫民之多寡，通盘筹算，均匀分拨各里办理。大口给米三合，小口减半，按五日一放，以免跋涉之苦。卑职仍不时往来稽查，并移知两学、巡检、典史分路稽察，务使实惠及民，不致一夫失所，以期仰副轸念民瘼之至意。除散给实在贫民米粮数目按旬开折通报，并俟事竣后将商富姓名银数暨劝捐董事各绅士造册申送量予嘉奖外，所有劝捐接赈开厂日期，理合驰禀。

伊阳县知县杨懋玖禀

窃卑县上年秋禾被旱，荞麦经霜，蒙前本道本府按临查勘，请动常平仓谷三千石，煮粥两月。当将设厂煮粥日期禀奉批饬，准动谷二千石，查明近者煮粥，如住居窎远及老幼残疾贫民，按一月一次折谷散给等因。遵即首先捐廉，并劝谕城乡绅士量力捐输，一面动碾核准常仓谷石，督同教杂各官分历各所，实力奉行。自上年十二月十六日设厂之日起，至本年二月十六日两月期满，卑职于未至期满以前，察看情形，若将粥厂依期停止，麦秋尚远，饥民营生为难，恐致辗转沟壑。正在筹办间，接奉宪札扣足两月，再行接煮一月。仰见思虑周详，无微不至。卑职复又亲赴各乡，挨村谆切劝谕，各富户殷商俱愿乐输，较之前次更为踊跃，务期所捐之项足资一月煮粥之需。所有前设五厂，照旧接办。窎远之处，饬即酌议添〈设〉，俾饥民得以就近果腹，无往返跋涉之劳。卑职□与教杂各官分厂稽查弊窦，总期阖〔阖〕邑灾黎均沾实惠，仰副如伤在抱加惠元元之至意。除将前次食粥户口、动用谷石数目另开清折外，合将现在劝捐接煮缘由禀闻。

陕州直隶州知州耿育仁禀

十一月三十日，接奉宪札，以本年豫省被灾较广，各处煮粥，就食贫民必多，饬令首捐廉俸，劝谕绅士富户殷商捐资，广为收养，就地方情形妥办禀报等因。仰见矜恤穷黎、无微不至之意。伏查卑州界联秦晋，地当冲衢，本年豫省卑州之东南各处被灾饥民，由州奔往西北者甚多。卑职前恐匪徒混迹，筹议毋庸放粥，按大小口数，五日给发衣米一次，令其自行煮食等情，禀蒙宪台札饬，如禀办理等因在案。兹奉札饬查，河北匪徒虽现已剿灭，但屡奉札拿之犯尚多，且闻山西蒲圻、解州，陕西鄜县、宝鸡等处均有贼匪滋事，解州距卑州较近，不得不先为预防。业经于各要处多派兵役，稽查防堵。如广设粥厂，则贫民闻风云集，最易藏奸。设有贼匪混迹，所关匪细。就地方情形而论，放粥事多格碍。惟是豫省今岁被灾较广，诚如宪谕，贫民就食必多，卑职身为民牧，曷敢漠不关心。自应遵照捐廉，设法广为收养。现在首捐廉俸采买，得小米三百石，添置棉衣裤八百件，仍照前禀，按五日委员给发一次，卑职仍不时亲往稽查，并多派兵役严密访巡。一面劝谕富户殷商捐资，各就所居村庄，自行收养。遇有外来求食贫民，陆续散放衣米。仍令将放过衣米数目、收养人数，按十日开报一次。谕令统俟明春截止后，核计收养人数多寡，分别赏给花红匾额，以示奖励，并令留心稽察，勿使匪棍潜溷。各富户人等无不欣然乐从，现俱遵办，总期野无饿莩，境无贼匪，以冀仰副宪怀。除转饬所属各就地方情形妥办禀报外，所有卑州遵札酌办缘由，肃禀以闻。

卢氏县知县方时亮禀

十二月十五日，接奉本府转蒙宪台札开，豫省本年秋禾被旱，复因睢工漫口，旱涝成灾。时届朔风凛冽，凡有无业贫民及老幼残废暨过往流丐，饥寒交迫，饬令卑职于向设粥厂之外，首捐廉俸，并劝谕绅士富户等添设粥厂，广为收养，仍将遵办缘由通禀等因。仰见痌瘝在抱矜恤穷黎之至意。遵查卑县东界永宁，西连陕省雒南，北接宝丰，南毗内乡，惟地处山陬，不通大道。前已查照向例，在于县城城隍庙及栾川镇分设粥厂赈济。当将设厂日期禀报慈鉴。兹蒙宪谕谆谆，卑职忝膺民社，敢不实心经理。现于十二月二十日为始，卑职首先捐廉，并劝谕阖〔阖〕邑富户殷商量力捐资。除南路业于栾川镇设有粥厂，毋庸重设外，其东路适中之观音阁、北路适中之官道口、西路适中之官坂镇，各添设粥厂一处，广为收养，俾免贫民冻馁。一面令公举正直绅士董司其事，卑职仍不时赴厂查察，务使穷黎均沾实惠，毋令匪徒混入。统俟来岁春融，听其各自谋生。除将收养贫民数目事竣造册另文具报外，所有遵办缘由，合肃禀闻。

阌乡县知县王掌丝禀

本月十一日，接奉钧札，以现届青黄不接，又值雨雪之后，气候甚寒，饥民倒毙恐所不免，饬将报设粥厂系煮至何时停撤、现在乏食贫民作何设法拯济、通衢僻壤有无路毙尸骸、曾否深埋，禀覆查考等因。蒙此，仰见痌瘝在抱轸念灾黎无微不至。遵查卑县因上年荞麦被霜成灾五分，乏食贫民，蒙奏明动用常、社仓谷，于腊、正两月煮粥赈济。复荷宪恩倡率捐廉，于二月内接续煮赈一月。卑县因距省穹远，二月十一日始行奉文，未及依期赶办。并卑职于前次粥厂限满之先，察看饥民赴厂食粥者源源不绝，未敢停止，首先捐资，并劝谕绅富殷商量捐钱米，先行接赈。扣至闰二月初五日一月届满，该绅士等无力再捐。卑职将奉文捐廉接续煮赈一月，于闰二月初六日开厂，禀报在案。是卑县粥厂应煮至三月初六日停撤。彼时极贫之户尚有奉旨赏给一个月口粮，现在造册赴司请领，散放有地无力农民。并详请借粜仓谷，以资接济，麦前自可无虞缺乏。再，查冬春雨雪，虽气候甚寒，卑县粥厂尚未间断，饥民不致枵腹。间有倒毙，即随时捐棺，著亲属领埋，并无暴露。卑职不敢稍有捏饰，合肃禀覆。

阌乡县知县王掌丝禀

窃照卑县被灾贫民，蒙宪台倡率捐廉接续煮赈一月，于闰二月初六日开厂，至三月初六日届满。复奉藩司札饬，详明宪台，将粥厂展至三月十五日为止，所需粥米一律暂动常平仓谷，事竣计数捐买等因。现已如期煮至三月十五日为止，因正当青黄不接之候，奉发口粮银两甫经领到，尚须锤剪，卑职恐该贫民等一时不能接济，复行捐米一百余石，即于十六日接续煮放二日。今于十七日散粥后概行停止，十八日即按名发给口粮银两，以资接济。所有卑县详准借粜漕仓谷三千石，于十九日开仓。以后二麦将次成熟，贫民不致乏食。现在风雨均调，麦收可期丰稔，闾阎宁贴，堪以上慰慈怀。所有停厂及散放口粮、借粜仓谷并地方情形，理合具禀。

卷十二　禀牍

汝州知州熊象阶禀

案蒙宪札，以时届隆冬，无业贫民及老幼残废鳏寡孤独觅食维艰，行令倡捐廉俸，并劝谕绅士富户量力捐资，设厂煮粥，俾资口食等因。仰见轸念穷黎、有加无已至意。遵查设厂煮粥，每名日需米三合。贫民得此一勺之粥，即可以资果腹，实为救饥第一良法。卑州于八月间抚恤煮赈，城乡共设厂六处。嗣于九月初六日一月期满，各厂裁撤。因实有老幼残废穷黎无从得食者二千余人，未便悉行遣散，致令失所，是以酌留东关粥厂，统归一处收养。前经禀明在案。今已三月有余。因岁暮严寒，嗷嗷恳乞者日益加增，又于十二月十五日在西关添设一厂。计两厂食粥贫民共三千八百余名，日需米十一石有零，均系卑职捐廉收养。前奉札饬，并富道到州，传集绅士，并示谕殷商富户量力捐赀，以便多设厂所，广为收养。无如卑州地处山瘠，民间素乏盖藏。连岁歉收，向称有力之家，近则自顾不及。匝月以来，劝捐米八十石，尚未收齐。是以亦未禀报。兹奉奏准谕旨酌动常、社谷石，于今年十二月及明年正月煮赈两月，以资就食，并饬委员试用知县周令到州查察。卑职与周令酌商，除东西二厂照常收养外，诚恐远乡贫民不能来城就食，于南乡离城三十五里之小屯街、北乡离城二十五里之灵头街添设二厂，置备席棚锅灶一切什物，定于月之二十五日开放。其收养贫民若干、日需米若干石，旬日之后，另行禀报。卑职倘力能收养，自毋须动用仓谷。如实人数众多，卑职力有不能，亦当据实禀陈。今年已抚赈兼施，现又煮赈贫民，自不致失所。惟距来年麦收之期为日尚远，如正月以后即行停厂，贫民仍无从谋食，则前功尽弃。卑职总期收养至三月以后，麦收有望，再行裁撤，听其各自谋食。卑职职司民牧，具有天良，惟有殚竭心力，认真办理，断不敢徒托空言，任听穷民流离失所，有辜惠爱黎元至意。所有现在添设粥厂收养缘由肃禀。

汝州直隶州知州熊象阶禀

窃卑职前于九月间捐廉煮粥，收养贫民二千余名。嗣奉宪札，饬令多设厂所，广为收养。卑职于原设东西两关之外，又于南乡之小屯街、北乡之灵头街添设二厂，自十二月二十五起，至正月初五日止，计四厂共食粥贫民六千八百八十名口，业经开折禀报在案。兹自初五日以后，就食贫民日见增加，现在共有大小贫民一万余人，每厂各有贫民二千五六百人。每日自黎明散放起，须至午后始得放竣。不特贫民候领需时，厂所拥挤，即卑职督率委员丁役人等照料亦甚忙迫，不得不添设厂所。查西北二乡，山乡地瘠，穷苦之户较多。今于十二日在西北乡距城十八里之风伯庙添设一厂，俾该处贫民就近领食，以免往返跋涉之劳；而东西二关及小屯、灵头各厂领粥贫民稍减，亦可从容办理。至远乡僻壤，前恐老幼残废孤独男妇不能赴厂就食，曾饬委教职吏目等员，各带谷石，分路散放。兹该员等均已回城，共散放过实在穷苦难以存活而又不能领粥者，共男妇大口一千八百十五名口，小口七百九十一名口。每名日给粥谷六合计，两月粥谷三斗六升，小口减半，共散放粥谷七百九十五石七斗八升。阁〔阖〕境灾黎无不歌颂鸿慈，咸深感激。除仍按旬折报外，所有添设粥厂及散放远乡粥谷缘由，肃禀。

汝州直隶州知州熊象阶禀

案业〔奉〕宪札，饬令设厂煮粥，总以开厂之日起补足两月为率。俟期满时，先于半月前具禀请示等因。遵查卑州先于上年九月间，在东关设厂，自行捐廉煮粥，收养贫民二千余名。嗣于十二月间接奉钧札，奏奉谕旨，准动常、社仓谷，饬令多设厂所，广为收养。卑职遵于西关并南乡之小屯街、北乡之灵头街、东北乡之风伯庙添设四厂，连东关旧厂共五处，查明穷苦无依贫民老幼男妇，给予粥票，广行收养。即于十二月二十五日开厂起，每日食粥穷民，大口八千六百三十五名，小口三千二百二十五名。今扣至二月二十五日两月已满，除将用过米石另行造报外，理合先期具禀，伏乞鉴核示遵。再，卑州现奉藩司拨发公捐养廉银三千两，饬令接煮一月，业已赴司请领。一面赶紧采买粟米，每仓石市价六两有零，核计可买米四百余石。计不敷一月之用，且距麦收之期尚远，未便中止。卑职前经劝谕绅民捐米八十石，现在赶紧催缴。又续据盐、当商捐米二十石，又山西稷山县知县张应辰捐银二百五十两，此外卑职再行捐廉添备，竭力措办，务期煮至三月杪再行撤厂。合并禀。

汝州知州熊象阶禀

窃卑州于上年九月间抚恤口粮煮赈期满之后，因有老弱残废无依乏食男妇二千余人，若不收养，必致流离失所，因统归东关一厂，仍煮粥收养。原系捐廉办理，是以不复详晰禀报。嗣奉富道两次到州查办赈务，曾蒙查明代禀在案。旋蒙奏奉谕旨，行令多设厂所，广为收养，先尽捐项，后动仓谷，务使灾黎咸资果腹，不使一夫失所等因。卑职遵即在于西关并南乡之小屯街、北乡之灵头街、西北乡之风伯庙添设粥厂四处，与东关原设粥厂共五处。凡有老幼男妇无依乏食穷民，悉予收养。当经会同委员原任同知张坛、候补知县周以炘禀报在案，一面分委教职各员分厂经理。自十八年十二月二十五日起，至十九年二月二十五日止，两月期满，收养男妇贫民大口八千七百五十五名，小口三千二百五十五名。又远乡不能赴厂领粥散给粥米贫民，大口一千八百十五名，小口七百九十一名。共动用过常平仓谷四千七十八石九升三合八勺。查卑州地方偏隅僻处，山多地瘠，并无殷商富户。前经剀切劝谕，仅据绅民盐当共捐米一百石、银二百五十两，为数无多，且有尚未完缴者，实无捐项可动。因思现蒙捐廉煮赈，卑职职司民牧，任汝九年，何敢膜视，所有此项动用仓谷，情愿自行捐廉办理。核计谷价银二千八百五十四两六钱六分六厘，即解贮司库，秋后领回买谷还仓。至五厂所需棚席、煤炭、人工饭食一切经费，约须千金，一统归卑职捐办，应请毋庸造报。再奉文展煮亦〔一〕月，奉藩司拨发银三千两，卑职即于二月二十六日采买粟米，仍照常煮赈，并将绅民所捐米石赶紧催缴，一并散放，务使穷黎咸登衽席，不使一夫失所。统俟事竣，另行开报。所有煮赈两月卑职全行捐办缘由，肃禀。

汝州直隶州知州熊象阶禀

月之十二日，接奉钧批，以卑职具禀捐廉煮赈两月一事，仰蒙宪台于垂慈训诲之中寓勉勖矜荣至意，下怀感悚，自问奚堪。伏查卑州自上年成灾以来，一切抚绥事宜无不仰体仁慈，悉心经理，实不敢稍有怠忽。兹查奉文展煮一月，应自二月二十六日起，至闰二月二十五日止，业奉藩司拨发银三千两。市集粮价较昂，不敷动用，卑职现将绅民所捐银米催缴，并捐廉添办。惟是期满之后，相距麦收尚有月余，灾民仍无从得食，必致前功尽弃。目击情形，实有难以中止之势。卑职拟自行捐廉，再行展煮一月，至三月下旬撤厂。维时二麦即可登场，无虞失所。至所属各县，卑职业已劝令一体展煮。容俟覆到，另行禀报。兹遵将误食荞麦叶解毒方并香苏丸等方录呈钧鉴。

鲁山县知县张树之禀

案蒙钧札，奏奉上谕，以本年水旱灾区时值隆冬，于十二月、正月设厂煮粥，收养鳏寡孤独老幼残废贫民，酌动常、社仓谷，并捐廉俸，劝谕绅士富户量力捐输，分别捐数多寡给予奖励，仍将设厂处每日用米数目开折禀报等因。仰见推广皇仁，轸念民艰至意。查卑职自嘉庆十一年任鲁以来，每岁隆冬，无论丰歉，凡有贫苦无养以及外来流丐，捐廉煮粥，俾资就食。历经开折报明在案。本年卑县东北二乡具报成灾七分，业蒙奏明赈恤兼施，闾阎得以馏口。惟四乡荞麦歉收，寒冬凛冽，鳏寡孤独老幼残疾以及乞丐民人无食乏衣，倍于往昔，情尤可悯。是以于十一月初一日即在东关以外并张良店地方设立二厂，按照点验实在贫民，造入册内，给与粥票，捐廉开厂，煮粥施放。近则给粥，远则散谷。其流民乞丐，随时收养，不拘名数。业经禀明本州在案。惟自今冬以至明岁麦秋，加以闰月，为日甚长，民力拮据，尚须接济。卑职现于十一月初一日起，拟至来年正月底止，勉力捐廉煮粥三月。至于劝捐一事，卑职曲宣宪谕，善导酌捐。该绅商等无不同声感颂，鼓舞乐施。现在陆续捐输，复筹两月之资。维时春气融和，民有生计，谅能自行谋食。现办捐项约敷所需。卑职愚昧之见，常、社二仓谷石似可暂缓动用，以俟来年青黄不接之时，有地无力农民难免借资口粮仔〔籽〕种，彼时查看情形，再行斟酌详办，则小民益臻宽裕，渥沐皇恩，优沾宪德，而于仓储亦不至多縻。际此荒歉之时，卑职具有天良，一切事宜倍应实心经理，不敢稍存膜视，有负痌瘝在抱、焦劳昕夕之心。除将食粥大小贫民名口以及捐输谷数分别开折造册随时详报外，合将卑职捐廉煮粥自十一月初一日开厂，施放三月日期并劝捐筹办缘由具禀查考。再，卑县常、社仓谷均系额贮无亏，合并禀明。

鲁山县知县张树之禀

窃查卑县前因东北二乡被灾七分，详蒙抚赈兼施之后，时近隆冬，贫民尚多乏食，随于东关及距城三十里之张良店设厂二处，分别男女地方，自十八年十一月初一日起，至十九年正月底止，卑职自行捐廉煮粥三月，节经禀明在案。今查开厂以后，两厂每日收养本境贫民大小口三千六百八十名，用米十石零三斗五升三合。其流民乞丐参差不一，每日收养大小口一千零二十名，用米二石七斗六升。以上两厂，每日共用米十三石一斗一升三合，每月用米三百九十三石三斗九升，共放三个月，统共用米一千一百八十石一斗七升，折谷二千三百六十石零三斗四升。随时赴集购买，每谷一石计银一两二钱，卑职共捐过银二千八百三十二两四钱零八厘。其二月、闰二月两厂应需接煮粥米，已有奉到饬发银两并绅商捐输米石先行动用。至于西关添设粥厂一处，自正月初九日起，以及赴乡散给贫民谷石，业经按旬折报，动用常平仓谷，以资两月口粮，事竣造册另报。以上三厂设或再有不敷所需，卑职仍察看情形，另行办理，总期民沾实惠，餬口有资，仰副恩施编氓之意。合将卑职捐廉煮粥三月完竣缘由禀明查核。

鲁山县知县华宗坛禀

窃卑职仰蒙委任，业将接印日期禀报钧鉴。伏思地方当积歉之后，抚戢贫民，稽查户口，为现在第一要务。所有煮粥事宜，荷蒙谆切诲示，给领公捐银两，当此青黄不接之时，更应赶紧接办，以济穷黎，免致失所。兹查前任张令在县城东关及距城三十里之张良店设厂二处，计领粥大小贫民四千七百名口。自上年十一月初一日起，捐廉煮粥三月，至正月底止。后系绅商捐办两月，至闰二月底为度。又续设西关一厂，于正月初九日起，计大小贫民一千六百余名，酌动常平仓谷，煮至闰二月初八日止，已足两月。嗣蒙札饬发给公捐银一千六百两，接煮一月，应放至三月初九日停止。卑职酌看情形均属安静，业已循照旧章分别接办。惟三月初旬，正当紧要，未便撤厂，而绅商捐谷亦经放竣，不能再为接续。卑职身任地方之责，分应一体捐办，接煮至三月底为止，俾贫民得资果腹，不致流离。其远近贫民有陆续到厂求食者，随时收养，不敢拘定成数。并经劝谕城乡绅士，各就街道村庄查察。或因路远阻隔及老弱残疾不能赴厂者，随地报明，按照口数给谷。其病毙尸骸，亦令该绅士等督同乡保掩埋，各立条规，查明勤惰，以示赏罚。卑职现赴各乡稽查展赈户口，俟领到银两，会同委员核实散放。一切应办事宜，总当实心实力，随时酌量妥办。计至麦熟之期不过两月，断不敢稍遗余力，有负念切痌瘝之至意。至各乡种麦约有十分之六七，幸连日天气晴明，大麦已渐吐穗，小麦亦极畅茂，新种秋禾俱已出土，农民皆有，可望地方宁静。合将实在情形肃具禀。

鲁山县知县华宗坛禀

窃卑职日前叩谒行辕，祗聆钧诲，仰见念切痌瘝、诚求旸雨、忧勤惕励之怀无时或释。凡属官民，无不同深钦感。宗坛禀辞后，于二十二日回县，沿途察看。次十九日得雨后，连日晴霁，二麦益形畅茂，籽粒渐自饱绽，早秋及时播种，均已出土二三寸，并无隙地。宗坛领到展赈银两，按现在确查户口，分厂散放，已于二十日全数放竣。贫民正资接济，可以度至麦熟。至城乡原设粥厂，收养八千余口，此时正当紧要，仍照常捐办，至四月初十日再行酌量停撤。地方安静，民情宁谧。合将现在情形肃具禀闻。

郏县知县王闲禀

接奉钧札，饬将卑县设厂煮赈贫民一案，令煮至闰二月底为止，先尽捐项。如有不敷，酌动常平仓，损资买补，仍将遵办缘由具禀等因。遵查卑县自二月初二日起，至闰二月初二日止，计领捐廉银一千五百两，业经采买米谷，分别煮散在案。县境虽屡沾雨雪，二麦可望收成，第距期尚远，当此春荒，实贫民嗷嗷待哺之际。若将粥厂遽行停撤，灾黎仍虞枵腹，诚如宪谕，有废前功。卑职身膺民社，睹此疮痍，数月以来皆沐鸿慈豢养，获以生全，何敢掉以轻心，再致乏食，有负谆谆告诫至意。惟卑县廉费一项，除前次捐办外，实无余力再可筹箸。所贮仓谷，业经卑职煮散二千石有奇，按旬折报在案，似未便再为碾动，转致仓储空悬。现查雨雪以后，民情极为宁谧，卑职兹复传同各绅商，待以优容，示以历次宪文，反复劝导，谕令捐输，无论出资多寡，亦不计麦豆菜蔬柴薪，稍资佐助。兹据捐纳知县马尔烈等十四人共捐纹元银二百四十两、制钱一百四十三千、煤五百筐，卑职即采买粟米接续煮赈。士民中如再有好善乐施之人，自当一体劝捐，禀请褒奖。仍以此月底为止，务使贫黎咸资饘粥，不致一夫失所，以仰副惠保黎元恩勤调护之至意。谨开具捐资绅商姓名并捐银钱数目清折禀呈。

署郏县知县候补知州吴扶曾禀

窃卑职于三月初六日抵郏，接印任事。其时宝丰县秦令代理郏县，尚在接办粥厂事宜，当准面交。初二日奉到宪札，饬查卑县境内穷黎麦收以前如果尚虞缺食，务各设法拯济，或再多煮半月、或十日接放展赈，即可济至二麦登场等因。仰见惠爱灾黎有加无已之至意。伏查卑县地方旧岁被灾较重，叠蒙皇仁宪德，赈恤兼施，救全无数。当王、秦二令任内遵设粥厂以来，均竭心力，已在将竣之际。若刻下一经停止，接放展赈一月口粮，相距二麦登场，尚有两旬乏食之虞，诚如宪谕，功在垂成，不可使其一日失所。深仁厚泽，意美恩明。卑职敬聆之余，实深钦佩。卑职虽民社初膺，知疏识陋，断不敢稍存膜视，致负恩施，自当勉竭微棉〔绵〕，量为接办。查郏邑常、社二仓所贮谷石无多，卑职甫经履任，未及交盘，不敢遽行支动。兹有前任库存谷价银两，卑职情愿捐本任养廉银一千二百两，暂借此项，在于市集尽数买籴小米，即从初七日接手煮粥，实力施放。其柴薪役食等项，卑职另行发给，总计可以放至月底。其时展赈银两亦可领到镕剪，分别散给，即可接至麦收，闾阎得以自谋生计矣。至卑职认捐廉银，一俟筹措齐备，即行如数解存州库，不敢托诸空言，致稽借款。所有卑职遵照捐廉一年接煮粥赈缘由，理合具禀。

知府衔前任下南河同知张坛、宝丰县知县秦伯度禀

窃卑职坛奉委赴汝州及所属各县查勘粥厂动用仓谷若干、绅士捐输若干，并设法收养遗弃幼孩等因，遵将照勘过郏县、汝州、伊阳、鲁山情形叠次禀报在案。兹于正月初九日，由鲁山前抵宝丰，查得该县前因抚赈已毕，即届隆冬，尚有无业贫民暨过往流丐觅食

维艰，遵照宪谕，节次出示劝谕绅士等量力捐资，并自行捐廉，于上年十一月二十六日起，在东关外设厂，煮粥收养。嗣因人数日渐增多，复在距城三十里之东南乡闹店街添设一厂，陆续收养贫民男妇大小五千一百余名口，每月约用米三百六十余石，业经按旬折报在案。查绅士共已捐过米一百四十石零、银八百八十两。卑职伯度曾将各捐一百二十两之绅士庞龙文、岳钟灵、余万全三名禀蒙本道给匾，又将各捐银五十两之绅士周相解即禀蒙本州给匾，以示奖励。因刻下尚有陆续捐输之家，多少不一，容俟捐有成数，再与前捐之庞龙文等汇造清折，申造宪核。所有东关及闹店街两厂粥米，除民捐之外，均系卑职伯度自行捐办。又有距城十里之南乡杨老庄捐职布经杨岳独自捐设一厂，按十日一次散给本庄数十家口粮。查西北一带居乡穹远者，尚恐难以赴厂就食。卑职伯度拟于西乡之商酒务、北乡之高隍庙，皆距城二十五里，添设粥厂两处，既免穷黎跋涉之苦，更可保无流离失所之虞。正在筹办间，适卑职坛到县察看，情形甚为妥协。现经卑职伯度搭盖棚厂，散给粥票，并令公正绅士董司其事，不假书役之手，以杜克扣滋弊。定于十二日开厂，扣足两月为止。所有收养人数，容俟另行折报。惟添设此两处粥厂，需米较多，自当仰遵钧谕，酌动仓谷碾米煮用。彼时距麦秋尚远，倘有捐输余资，再行接放。遇有遗弃幼孩，现亦设法收养。卑职等惟有实心经理，务使贫民均沾实惠，以期仰副慈怀。现将查过宝丰捐设粥厂及添设粥厂情形肃禀。

宝丰县知县秦伯度禀

接奉本州转蒙宪札，饬查卑县设立各厂煮赈贫民，行令实心妥办，并将能否展煮至三月底再行停撤之处确核禀覆等因。遵查前奉饬发捐廉银两，并令动碾常平仓谷石，展煮至闰二月底止，请领赈银散放，俾资接济。经卑职遵办，妥为经理。查卑县现收贫民计数增多，一粥虽微，众黎生计攸关，且距麦收尚有月余。际此青黄不接最为吃紧之时，伏思该贫民等舍哺啜粥，数月以来，皆沐鸿慈高厚勤拳诰诫豢养至今，卑职何敢掉以轻心，体察情形，实须再为收养，俾无乏食。卑职现拟仍借动常平仓谷煮赈，至新麦登场再行撤厂，秋后捐资买补，既不致贫民一夫失所，而仓储亦无虞短缺。除煮赈名口米数仍按旬折报外，合将遵办缘由禀陈鉴核。

知府衔前任下南河同知张坛、伊阳县知县李东暇禀

窃卑职坛奉札饬赴汝州并所属四县，查勘现设粥厂是否妥协及开厂日期，先行飞禀查考等因，业将查过郏县、汝州情形禀报在案。兹于正月初三日驰抵伊阳，查得该县地处山陬，歉收之后，虽经抚恤赈济，其鳏寡孤独老幼残废实在乏食贫民所在多有。卑职东暇因土瘠民贫，绝少殷商富户，难以劝捐，先于上年十二月初一日自行捐廉，在于城内设立粥厂一处，共计食粥贫民流丐二千四百余名，每日约用米七石有零。卑职坛亲赴粥厂查看，俱系按照大口粥米三合、小口折半，并无欺饰，办理甚为妥协，贫民足资果腹。卑职东暇因天气严寒，且西南乡道路穹远，恐有转徙不能就食之苦，择其适中之地，于城西二十里之上店镇、城南五十里三屯镇，各设粥厂一处。当出示晓谕，定于正月初五日煮放，业经

具禀在案。所有两镇添设棚厂器具，均已预备齐全，并已分散粥票，共计一千七百余名。卑职坛到县后，即会同监放初五六两日，并宣扬痌瘝在抱轸念民艰至意。其在厂食粥贫民，无不同声感激，可保无流离失所之虞。但卑职东暇捐资有限，现计三厂共有食粥贫民四千一百余名，每日需米十一石有零。除年前城内自行捐办，而新添两厂，开放较迟，亦必定期两月，扣至闰二月初五日再行停止。此后贫民日渐增多，自当仰遵钧谕，动仓谷碾米煮用，按旬据实开折申报。并日逐选派亲信丁役四处查看，遇有遗弃幼孩，普为收养。卑职等惟有各矢天良，实心经理，上副仁慈，断不敢稍事率忽，致蹈愆尤。卑职坛具禀后，遵即前赴鲁山查看情形，另行具禀。谨将查过伊阳粥厂缘由肃禀。

伊阳县知县李东暇禀

本月初二日，接奉钧批卑县禀奏发捐项不敷买米煮放，请动常平仓谷，秋后捐买还仓禀由。蒙批：据禀已悉，仰即督率教职典史，实心经理，务期灾黎咸资全活，毋使一夫失所。至所称奉捐发廉银两不敷买米煮放，请动常平仓谷，究竟应动仓谷若干，核明实数，另禀核夺等因。卑职遵查卑县粥厂三处，现在领粥大口五千五百余名，小口一千五百六十余名；又住居遥远不能赴厂就食折给粥谷贫民，大口一千三百九十余名，小口五百十余名，每日需米二十三石八斗零。若仅止展煮一月，卑县自闰二月初五日接续煮放起，扣至三月初五日，即须停止。月前接奉本州转奉宪札，以相距麦秋尚远，饬查能否展煮至三月抄〔杪〕撤厂。卑职因思凡在厂领粥领谷者，俱系鳏寡孤独老幼残废，及年虽少壮，向以雇工为业乞食为生，今因地方歉收无处觅食之人，诚恐一经停放，麦熟尚远，谋食拮据，不免仍为饿殍，前功尽弃。业经请以煮放至三月底再行撤厂，所需米石亦请暂动常平仓谷，秋后卑职捐买还仓禀由，本州转禀在案。卑职查日来各厂续收贫民渐见稀少，计自闰二月初五日起，至三月三十日止，约需米一千三百石有零。除奉发捐项买米一百五十六石外，实不敷米一千二百石有奇，需动用仓谷二千四百石，以资应用。缘蒙饬查，理合据实禀陈察核。卑职仍当督率教职典史，实心经理，务使穷黎咸资果腹，俾获生全，以仰副轸念民瘼谆谆训诫至意。肃此具禀。

宝丰县知县秦伯度禀

窃照卑县上年被旱成灾，迄今奉文展赈，业将开放日期禀报在案。兹于本月十八日开放起，至二十七日止，卑职亲赴各集镇按户散放完竣。内有外出病毙与闻赈归来者，俱经分别扣除补给，并不敢稍有遗滥。严查胥役乡保人等，亦无捏冒等情。一面按照各村庄出示晓谕，灾黎咸皆感戴皇仁普被，无不颂扬宪德，异口同声。除将放过户口银数另册造报外，所有卑县展赈放竣日期，合肃具禀。再，查卑县乡间大麦将次熟，小麦亦已扬花结实，粮价可期渐平，民心已定，地方宁贴。合并禀闻。

宝丰县知县秦伯度禀

本月十六日，接准鲁山县转准祥符县札知：奉面谕，饬令各属共矢实心，再行展煮半月，勉成一篑，并遵旨加意掩埋尸骸，毋任暴露等因。卑职遵查卑县粥厂，前经禀请仍动常平仓谷展煮，至新麦登场再行停撤，俟秋后捐资买补。已奉宪批允在案。至于掩埋尸骸，曾经卑职捐置地亩，添设漏泽园，一面出示好善之士民一体量力捐棺，添设义冢。嗣据生员王淑元在宝四里捐施地七亩余，以作义地，收埋暴骨，并过往路毙乞丐及本处无地埋葬之贫民。当经卑职嘉奖，许以存记档案。俟续纂县志采入，以志其义。卑职责任地方，于煮赈灾黎并掩埋尸骸之事，惟有实心加意奉行，以期仰副再三谆切告诫之至意。合将实在遵办缘由，肃此具禀。

候补通判荣庆禀

窃卑职于武陟差次接奉藩司札委，饬赴宝丰、伊阳二县监放展赈等因，卑职差竣后，遵于三月二十三日行抵宝丰县。查该县展赈系本月十八日开厂，现惟剩有应行补给各户。该县秦令在乡查核给领，卑职查看放过底册户口，有增有减，询系删除外出病毙及添入闻赈归来之户。随即携带原册，赴乡抽查户口银数，俱各相符。询访耆衿男妇，佥称实无克扣遗滥、拥挤守候各事，咸皆感戴天恩，无不颂扬宪德。兹于二十七日一律散放完竣，卑职当嘱秦令，即将放过户口按庄造明花名银数告示，分贴各庄，务使灾黎周知，以宣皇仁普被。仍一面照抄细册一分，由汝州转呈藩司，复行宣示。卑职即于次日驰往伊阳外，所有抽查宝丰县展赈完竣缘由，理合先行禀闻。

候补通判荣庆禀

窃卑职前将查过宝丰县粥厂未停缘由，业已禀报在案。兹于三月二十九日行抵伊阳。查该县西乡上店镇、南乡三屯镇并在城共设粥厂三处，现俱照常煮放，尚未停止。其远乡不能赴厂就食者，按旬散给粥谷。询据该县李东暇言称，现蒙宪台廑念民瘼，频仍札檄，东暇职司民牧，具有天良，敢不仰体仁慈，实心赈救。前已禀明，俟新麦登场再行停放。今二麦成熟，次第收刈，贫民果腹，不致再有啼饥之人，定于本月三十日撤厂停煮。目下瘟疫渐退，并无暴露尸骸。或偶有因病路毙，当即验明，捐棺殓埋。断不敢稍存瘼视，致蹈愆尤。卑职于赴四乡抽查展赈，随就近至各粥厂查看所煮之粥，大口按照章程用米三合、小口减半煮放，并无欺饰。遍行查询，咸称自开厂之后，近者领粥，远者领谷，实无饿毙之人。现又得领赈接济，且二麦渐次成熟，有地之户餬口有资，无地之人亦可获遗秉滞穗之利。众口如一，似尚可信。卑职于经过该县境内留心察看，委无流离失所之人，亦无尸骸暴露之处，理合据实禀闻。

西平县知县程云翰禀

窃卑职因境内二麦丰茂异常，必有双岐三秀瑞麦，当即晓谕四乡农民据实呈报。兹届麦熟之时纷纷呈献，卑职选取充实饱满、茎挺完整者，盛匣专丁先呈宪辕，上慰慈怀。恭惟仁熟五谷，德遍群黎。贵建节堂之旌，心勤穑事；荣分天家之庾，念切民依。诗歌千耦之勤，祈年孔肃；范陈八政之要，望岁弥殷。往师中而馘囚，义锄莠草；承巽命而保赤，仁育良苗。皇恩深于瀛海，宪泽被乎中州。卿月扬辉，合箕风毕雨而各从其好；岳云占吉，遍穈芑秬秠而大肇其祥。所以铃阁瞻赵衰之日，茅檐颂傅说之霖也。兹际恢台之孟夏，云被野而皆黄；睹连理于中田，颖〔颖〕同茎而异紫。生于亥而熟于巳，固为大地之菁华；岐成两而秀成三，洵属熙朝之上瑞。长稠长穗，遍乎下隰高原；不稂不秀，迄于南阡北陌。宁必高寻员峤始见嘉禾，何须远觅琼山方能合颖。此非小民服田力穑，遂获嘉祥，实由燮阴理阳，始招和气。卑职循重农之至意，情自肫肫；野人怀献曝之微忱，来之得得。在昔康叔献于周后，书以名篇；彭山贡于宋君，史还载笔。神雀黄龙之异，安足等伦；白麟赤雁之符，岂能比拟？卑职西邑微员，太仓稊米，实为欣此休征，非敢好言祥瑞。虔抒丹忱，肃亟禀献云云。

郾城县知县冯仝禀

窃以嘉禾表号，自古为昭；瑞麦呈奇，于今罕见。兹卑县境内得有麦秀两岐，仰见皇仁益茂，地献其灵，宪德弥崇，穑成为宝。用特专遣家丁，驰呈慈鉴。

代理怀庆府事怀庆府通判李羲文禀

窃卑职伺送庆藩司于清化途次，查见麦秀双岐一茎，足卜丰稔。兹特摘取麦茎，专遣家丁驰呈钧验，用慰慈怀。

开封府知府昌守禀

窃卑府于本月十三日，据署洧川县夏临禀送双岐连理瑞麦前来，当即恭呈钧览。兹于二十一日，又据该令禀送三穗连理瑞麦一匣，洵称物产之华，并羡仁帡之庆。伏维泽深洛水，德比嵩峰。溥美利于不言，两河播颂；迓休征之时若，匝地敷荣。际兹槐夏初阴，喜值麦秋献瑞。率育荷明昭之赐，已看穗美双岐；含薰试饼饵之香，又见枝称连理。纪联芳于《宋史》，偕灵草而共发。其华等同颖于周郊，视嘉禾而尤征其盛。盖惟圣天子痌瘝在抱，宵旰勤劳，共仰天心，协应而绥抚为怀，夙夜匪懈，用彰品物。咸亨沐浴而咏，丰年欢腾；子姓鼓舞而歌，化宇庆溢。寅僚专修丹禀，敬呈瑞麦，伏乞宪鉴。

鲁山县知县华宗坛禀

本月十五日，据卑县良阜等里乡约王庆年等禀称，各该里地内产有双岐瑞麦，合行禀报等因。卑职亲诣查验，见夫颗若珠悬，穗如璧合，或并生而有偶，或错出以呈奇。绿浪翻畦，万顷实坚实栗；黄云覆垄，千村如栉如墉。曾闻汉代称祥，今报熙朝盛瑞，斯皆湛恩滅泽，属童叟以腾欢，非若灵醴仙芝，徒铺张而作颂也。仰惟圣主轸念民依，宵旰常勤夫怀保，宪台钦承帝命，忧劳时切乎闾阎。是以曰旸曰雨之休征，胥应至诚之感召；有干有年于兹土，无非一德之修和。卑职欣觇牟麦呈祥，已告丰登于夏至；原田多稼，早征大有于秋成。所有采到双歧瑞麦，理合具禀敬呈。

汝阳县知县候补知州梁达榜禀

窃卑职〔县〕上年秋收歉薄，贫民乏食，且开、归等处荒歉尤甚，逃荒而至者络绎不绝。前蒙本府轸念灾黎，饬令赈救以全民命。当蒙本府与卑职首先捐银二百两，及各绅士量力捐输，总共捐钱八百余千文，以挑挖城濠为名，将工代赈，每名给钱四十文，藉资全活，不致匪徒混迹。嗣河北教匪剿灭净尽，而饥民就食者日益加增，必须煮粥赈济方可全活。并蒙重加谕饬，广为拯救，卑职当捐银五百两，复荷本府捐发银二百两，卑职亲赴各乡劝捐，共得银约二千两，于南关并城内设立男女两厂，自正月初一日开厂煮赈，至闰二月底止，每日收养贫民三千八九百名不等，每日每名粥米三合，每日共需米十一石七斗，每日共用薪水工用等项钱十四千四百余文，当经开折禀明本府在案。卑职嗣因本年节气较迟，距麦收之期尚远，就食贫民不少，若遽令自谋生计，转恐失所，似不便骤行撤厂，禀蒙本府展赈一月，并又蒙捐廉银二百两，卑职仍又捐银五百两，自三月初一日起，每日收养贫民三千九百余名及四千名不等，每日需米十二石，薪水人工等项钱十五千文。计自正月初一起，至三月底止，共需米石工用薪水等项钱四千二百四十余千文。前后共用钱五千零四十余千文。除本府前后捐银五百两，又卑职前后捐银一千一百两，又绅商前后捐钱二千五百余千文外，尚不敷九百四十余千文。伏思经费有常而仓谷尤关储备，卑职即不敢擅自动碾仓谷，亦不敢冒昧请拨银两，卑职情愿自行捐廉办理，以仰副子惠元元、慎经费而重仓储之至意。所有卑职分厂煮赈各事宜并停厂日期及自愿捐办各缘由，合肃具禀。再，四月初一日停厂，其外来无力回籍之人，卑职均每人捐给盘费钱一百文，令其作速归里。共计二千四百余名。该贫民等无不仰颂宪恩，欢声雷动。合并禀闻。

跋

嘉庆癸酉冬十月，先生奉命由两浙移节来豫。先是，豫中夏月苦旱，继则秋潦连旬，河水泛溢，灾连数邑。滑、浚莠民因间窃发，煽众肆逆。上廑宸虑，宵旰勤求，申用诰诫。先生乔木世臣，公忠体国，甫下车，团练义勇，简阅军实，两阅月而邪氛埽涤。于是招集流亡，振恤寒饿，所以为斯民谋生聚，计安全，昕夕不遑，巨细咸理。凡易生之物产、备荒之良法，莫不广咨博采，酌古准今，以期久远。而自冬仲至夏初，计里设赈，计口授食，凡鸠形鹄面者，得免转沟壑而登衽席，莫不鼓腹含哺矣。盖全豫九郡四州，煮赈阅五月之久，先生率属奉行，奖劝备至，佥各奋兴。请展期至再，给米给粥，全活亿万万计。此《周礼》荒政之所未详而实惠之足以及于贫民者，实莫善于此。以是休和协应，合颖双岐，遍于大河南北。先生以圣主之廑切豫民也，据以入告。非以侈陈瑞应，只期仰慰睿怀。皇上特颁明诏，益申勖勉，备迓祥和。天人感应之理，历历不爽。圣训昭垂，诚有当共矢慎清，仰承渥泽。知不徒以是录为寻常治谱观也。诸以谦谨跋。

我中丞方公莅抚中州之明年，岁在甲戌，麦书大有，时转绥丰。乃即旧冬迄今，凡章疏简牒汇为一书，曰《恤灾录》，以示不忘忧患之意，且以见数月来为民谋安集而抚字之者，用心良苦。翻受而读之，以为公之实心实政固于恤灾见之，公之实心实政不徒于恤灾尽之也。当公甫至境，环河数十邑饥馑荐臻，而河决为灾，兵戎猝起。维时议蠲缓，议赈恤，议守防，劳于图度，罔所措手，民之望公如望岁然。我皇上亦以公曾秉臬是邦，克知民之艰，抚绥而噢咻之，微公莫属。故救灾恤民之政，君以是责之臣，臣即以是任之己。帝曰吁咈，公曰赞襄，虞廷交儆，不过如是。于是辨疆域之咽吭，审征调之缓急，凡境内险要厄塞之图、军中资粮扉屦之用，莫不按籍而稽，指挥而定。是以不数月间，滑城克复，人心以靖，民无兵燹转徙之虞，乃得从容而筹其饔飧之计。至若虑贫民之众多，酌官廪之盈绌，首捐廉金巨万以为倡，属吏若民，罔不观感兴起，相与输粟煮粥。始仲冬以至麦秋，凡六阅月而止，计百余邑中，所全活者不可数计。而又令有司给药石，拯疫厉〔疠〕，有不起者，随在收瘗之。公之用心于恤灾者，委曲纤悉，无不具备。其施虽在豫，其仁足以示天下；其事虽行于一时，其法可传于后世。不宁惟是，公虑豫之民性窳惰，可与处乐岁而不可处凶年，爰饬守令颁示章程，广立义仓，以为备荒之策；又令编查保甲，以清户籍。自今而后，豫之民将享其利于无穷而无虞灾患之来也已。翻以迂庸，幸得依绛帐，坐春风，知所步趋，无贻陨越。羞顾于公政事文章，莫能窥其万一。聊缀数语于简末，以志向往之诚云。兼署河南按察使粮盐道受业张翻谨跋。

夫非常之原，黎民惧焉。当水旱盗贼疾疫，死亡相继踵至，棼如乱丝，繁如错节，心思所不能专，耳目所不能周，自非有非常之人出而肩之，诚足以孚主，仁足以活人，智足以周物，才足以济变，而又出之以大公，持之以至正，岂能救难扶危，劳徕安集，举数百万鸠形鹄面颠踣枕藉之民起沟壑而衽席之哉！我大中丞方公之抚豫也，值河溢于睢，盗起于滑，加之以饥馑，继之以疫疠，人方震眩愕眙，莫知其所终极，公则凛然穆然，不动声色，卒能措之于泰山之安，上抒宸廑，下拯民厄，可不谓难欤！今读公所示《恤灾录》而知其致此盖有由矣。圣天子轸念灾区，宵衣旰食，公体德意而广皇仁，凡可以加惠斯民，无不敷陈剀切，而一德所感，辄邀俞允，其诚之足以孚主也。灾黎万亿，全活綦难，公则议蠲，议缓，议抚赈，议加展，议捐资，议善后，议积贮，合丸散以救危笃，勤掩埋以恤枯朽，而存者亡者悉蒙其泽，其仁之足以活人也。大河南北，幅员辽阔，势不能家至户觌，则寄臂指于寮属，励之奖之，劝之惩之，虽下吏末弁，无不感激奋发，实力奉行，故千里之外若在堂奥，其智之足以周物也。当戎马交驰，人心惶惧，公搜军练勇，邪氛赖以肃清，而地方被疮痍、呼庚癸者，自朝至于日昃，应接不暇，公忘食忘寝，多方筹画，勿后时，勿缓事，勿生其心，勿掣其肘，而政无不举，人无不宁，其才之足以济变也。夫诚足以孚主，仁足以活人，智足以周物，才足以济变，四者备而非常之灾可弭矣。然非大公则有己，有己则不免窒碍难行；非至正则有偏，有偏则不能泛应曲当。公乃准古酌今，旁咨博采，出之以公，持之以正。于奏牍，见公之肫诚恳挚；于文檄，见公之恻怛慈爱；于禀详，见公之虚怀兼听；于委任，见公之量能器使。而设义仓、劝种植，更见公之思深虑远，流泽孔长。是以能感召天和，易灾为祥，双岐呈瑞，率育降康，民生遂而民气大舒也。所谓惟非常之人克建非常之功，岂不信欤！仁埴备宇下凡，公之硕画大猷无不目击心折。兹得黾勉趋承，与全豫士民同享圣世太平之福，非公其能及此哉！用敢觍缕泚笔，谨缀于简末云尔。署开归陈许兵备道唐仁埴谨跋。

舒初仕畿辅，敬读恪敏公《义仓规条》，法良意美，吏不扰而民自便，朱考亭社仓法复见于今，窃冀他省遵行之不可得。兹我大中丞公著《抚豫恤灾录》，首以筹画义仓为急务，仿照前规，因地制宜，条分缕晰，通变宜民，继先志也。至若抚难民，恤灾黎，买义地，瘗尸骸，粥厂展赈，委曲周详，惟恐有司不善奉行，一夫不得其所，兢兢业业，仰慰宸衷，忠爱之诚，溢于言表，盖本恪敏公所以治冀北者治河南也。舒久叨下吏，会属子民，潜心体玩，精神倍增，曰古大臣忠贞世笃，惟德动天。曾何恤乎人言！前任直隶大名道李师舒谨跋。

伏读《抚豫恤灾录》覆奏各折，语语出于至诚，不假一毫粉饰。至筹办一切，擘画周详，觉人意想所到者，早已先人而为之；其意想所不到，亦皆无微不至。阅者第服吾夫子之才大思精，而所以仰酬宵旰，造福苍生者，正不知费几许心血矣。庆承等曷胜钦佩之至。前任直隶通永道祝庆承谨跋。

癸酉之秋，公奉天子命，以河南岁比不登，自浙东移抚。未至而睢州河溢，下游郡县半没于巨浸。大河以北，凶丑不靖。公自金陵驰至，亲历灾邑，腾章入告，发帑振廪，导励僚属，勤宣德意，凡七阅月而民气乃苏。当公之初莅兹土也，首途归德。稔知中州被灾，归德为最，亲驻旌旄，指授擘画，保卫抚绥，虑周且备。学崇承乏郡守，从事行台，聆训最先，奉行最切。窃窥公之筹运，惟公知荡析之后，料简户口，惧或遗且滥也，乃慎遴贤吏，以厘丁籍；公知祈寒之后，招徕流亡，不能简稽而家给也，乃遍设粥厂，以养隐民；公知饥馑之后，疫疠所不免也，乃捐赀先购隙地，以掩道殣，宣示方剂药饵，以疗疾苦；公知积歉之后，田庐易弃而难复也，乃诫民毋得轻去恒产，以期还定而安集；公知水旱之后，饥寒迫身，虽慈母不能保也，乃设法收养，俾茕茕有归而不致离散；公知保息之后，储蓄不可不讲也，乃颁社仓图说，命有司董劝，俾民知盖藏而有无足以相恤。他若谋奠庐舍，修葺堤防，以工代赈，善政不可偻数。其间度支帑金须俟朝请者，公既据实以闻。至若便宜集事，先期筹度，凡有益于民者，巨细咸举，惟以实心行实政，初不欲以瑱瑱者屡吁圣聪。迨奉垂询，始一一敷陈。公可谓默契圣心而不事矜名饰行者矣。比岁氛祲嚣张，大河以南民食不给而卒皆安堵如常，无一人鹿骇狼顾者，实赖公随时经营，实心抚绥，以定民志而格民情，于焉一迓天和，其效如响。阅岁甲戌，旸雨咸宜，麦禾大有。众请于公，乃以先后恤灾事宜荟萃成编，首谕旨，次章奏，次文檄，次禀申，为《抚豫恤灾录》六卷。学崇窃维古之治民者往往谓救荒无善策，若公之泽及斯民，可为天下后世法矣。昔田宫保文镜著《抚豫宣化录》，为当代名臣著录，褎（按：同“袖”）然声称藉甚。夫宣化于无事之时，与抚绥于多事之际，其所处难易，不待衡量。则公之设施，其视田宫保更何如耶？学崇幸服公之教，乐治之有成，乃就平日仰窥所及，附识数语于简末。若夫慈惠之衷、忧勤之意，诚未能宣扬于万一也。归德府知府谢学崇谨跋。